円朝全集

第十二巻

岩波書店

編集
倉田喜弘
清水康行
十川信介
延広真治

火中の蓮華
谷文晁の伝
闇夜の梅
奴勝山
塩原多助後日譚
怪談阿三の森
心中時雨傘

本文校訂・注解・後記

今岡謙太郎（火中の蓮華）
延広真治（谷文晁の伝）
（闇夜の梅）
山本和明（奴勝山）
佐藤かつら（塩原多助後日譚）
横山泰子（怪談阿三の森）
佐藤至子（心中時雨傘）

目次

火《か》中《ちゅう》の蓮《れん》華《げ》

○火中《くわちう》の蓮華《れんげ》

三遊亭円朝　口演
速記社社員　速記

（一）

エー、此《こ》の度中央新聞社《たびちうあうしんぶんしや》から御依頼《ごいらい》に付《つ》きましてお聴《き》きに入《い》れますするお話《はなし》は『火中《くわちう》の蓮華《れんげ》』と云《い》ふ演題《えんだい》でございます、火《ひ》の中《なか》に蓮華《れんげ》が咲《さ》きまして永劫尽《えいごうつ》きない蓮華《れんげ》があるといふ、ナニか仏説《ぶつせつ》のお話《はなし》でございます、是《こ》れは円朝《わたくし》が中上《まをしあ》げます訳《わけ》ではない　有《あ》り難《がた》い和尚《おしやう》さんから聴《き》きました、

ツイ先達《せんだつ》て中《ちう》、少々《せう〳〵》腸胃加答児《ちやうゐかたる》と云《い》ふ病《やまひ》を円朝《わたくし》が煩《はつら》ひましたに付《つ》いて、養生《やうじやう》旁々《かたぐ〳〵》暑《しよ》を避《さ》けると云《い》ふ程《ほど》ではございませぬが、*池上《いけがみ》へ参《まゐ》りました、この*池上《いけがみ》の温泉《をんせん》で*松葉館《まつばくわん》と云《い》ふがございます、是《こ》れは*奥州福島《おうしうふくしま》の松葉館《まつばくわん》が、当地《こつち》へ支店《してん》を出《だ》しましたので、ナカ〳〵主人《しゆじん》は贅沢家《ぜいたくか》で旨《うま》い物《もの》を食《た》べ尽《つく》した道楽肌《だうらくはだ》の方《かた》でございます、また細君《さいくん》が極奇麗《ごくきれいず》好きで女中《ぢよちう》に吩咐《いひつ》けますから掃除《さうぢ》は勿論万事《もちろんばんじ》行届《ゆきとゞ》きます、又夜具《またやぐ》は善《よ》し割烹《れうり》は東京《とうきやう》の*腕《うで》ツコキと云《い》ふ料理人《れうりにん》を雇《やと》ツてあります、庭《には》は広《ひろ》く大樹《だいじゆ》の間《あひだ》から海《うみ》が斯《か》う遠《とほ》く見《み》えます様子《やうす》と云《い》ひ、空気《くうき》は実《じつ》に流通爽《りうつうさはや》かでございまして、誠《まこと》に池上《あれ》へ参《まゐ》りましたら脚気《かつけ》ぐらゐは癒《なを》るかと思《おも》ふやうな結構《けつかう》な所《ところ》で、円朝《わたくし》ども保養《ほやう》に参《まゐ》ツた訳《わけ》ではありませぬ、マア御主人《ごしゆじん》が円朝《わたくし》を贔負《ひいき》にして呉《く》れますから松葉館《それ》に置《お》いて貰《もら》ひまして毎朝《まいあさ》*祖師堂《そしだう》へ参詣《さんけい》を致《いた》しましたが実《じつ》に良《よ》い心《こゝろ》もちに成《な》りますもので……、

当地《こゝ》で池上《あれ》へお出《いで》のお方《かた》と云《い》ふものは、皆《み》な日蓮宗《にちれんしう》の信《しん》者《じや》ばかりで、其《そ》の信徒《しんと》が寄《よ》ると有《あ》り難《がた》いお話《はなし》が追々《おひ〳〵》あります、そこで不図《ふと》思《おも》ひ付《つ》きましたことがあります、

実《じつ》は唯今《たゞいま》のことではありませぬ、昨年《さくねん》……お名前《なまへ》は中上《まをしあ》げられませぬが、*或《あ》る御贔負《ごひいき》の御方様《おかたさま》のお供《とも》を致《いた》して円朝《わたくし》*沼津《ぬまづ》の静浦《しづうら》の保養館《ほやうくわん》へ参《まゐ》ツて居《を》りました、殿様《とのさま》に奥方《おくがた》とお両方様《ふたかたさま》にお附《つ》きのお女中《ぢよちう》が居《を》ります、家扶家従《かふかじう》が附《つ》いて御《ご》多人数《たにんず》でございます、円朝《わたくし》もお供《とも》をして長《なが》く参《まゐ》ツて居《を》るうちに、御運動《ごうんどう》と云《い》ふので折々《をり〳〵》お出掛《でか》けになります、彼地《あれ》は*桃郷《もゝがう》から静浦《しづうら》、獅子浜《しゝはま》、江《え》ノ浦《うら》までの間《あひだ》と云《い》ふものは実《じつ》に

佳《よ》い景色《けしき》で、殊《こと》に静浦《しづうら》と云《い》ふ所《ところ》には*安藤先生《あんどうせんせい》の病院《びやうゐん》が立《た》ツて居《を》ります、それに*上等《じやうとう》なお方《かた》〻《ぐ》の御別荘《ごべつさう》が出来《でき》ます、ト云《い》ふのは恐《おそ》れながら　*東宮殿下《はるのみやでんか》が彼地《あれ》へ成《な》らせられると云《い》ふやうなことで、追〻《おひ〳〵》紳士《けつかう》な御方《おかた》がお出《い》でになる、実《じつ》に風《ふう》景《けい》の宜《よろ》しいと申《まを》すは入海《いりうみ》の中《うち》に小島《こじま》などがありまして、北《きた》は富士山《ふじさん》が近《ちか》く見《み》え南《みなみ》は伊豆《いづ》の方《はう》が見《み》えます、西《にし》に当《あた》りましては*龍華寺《りうげじ》の方《はう》から清見潟《きよみがた》、三保《みほ》ノ松原《まつばら》が見《み》えると云《い》ふ絶景《ぜつけい》の地《ち》でございます、或《あ》る日《ひ》のこと御運動《うんどう》にお出《い》で遊《あそ》ばすのに

紳士「一緒《しよ》に円朝往《あんてうい》かぬか」

と仰《お》ツしやる、

円「畏《かしこま》りました」

と云《い》ふので、是《こ》れから支度《したく》を致《いた》しお供《とも》をして参《まゐ》ります、尤《もつと》も少《すこ》しお寒《さむ》い時分《じぶん》でございますから、円朝寒《あんてうさむ》がりで頻《しきり》にコテ〳〵と着《き》まして、ステツキを突《つ》きながら段〻後《だん〴〵あと》へ従《つ》いて参《まゐ》りました、獅子浜《しゝはま》と云《い》ふ所《ところ》へ参《まゐ》ると彼処《あれ》に*富蔵山本能《とみくらざんほんのう》寺《じ》と読《よ》みますが富蔵山本能寺《ふざうざんほんのうじ》と云《い》ふのがお寺《てら》の山号《さんがう》であると云《い》ふことを始《はじ》めて聞《き》きました、其《そ》の門前《もんぜん》へ参《まゐ》るとお約束《やくそく》の通《とほ》り左《ひだり》の方《はう》に*七字《じ》の題目《だいもく》、髭題目《ひげだいもく》と云《い》ふと御信者《ごしんじや》に叱《しか》られます、跳題目《はねだいもく》と云《い》ツて文字《もんじ》が跳《は》ねてある、マア髭《ひげ》が生《は》へたと云《い》ふやうです、それは日蓮上人《にちれんしやうにん》が変《かは》ツたことでなければ弘《ひろ》まらぬからと云《い》ふので、他《た》の目《め》につく様《やう》に書《か》いた、何《なに》か文字《もんじ》に髭《ひげ》が生《は》へると云《い》ふのは可笑《をか》しな訳《わけ》でございますがそれでも法《はふ》を外《はづ》れてはならぬと云《い》ふので七字《じ》のうち「法《はふ》」の字《じ》ばかりは髭《ひげ》がありませぬ、是《こ》れは法《はふ》を外《はづ》れぬと云ふ為《た》めで、真《ま》ン中《なか》に「法《はふ》」の字《じ》がある、*ひげいいねエの真《ま》ン中《なか》だと云《い》ふのは是《こ》れから始《はじ》まツたなんと云《い》ひます、

（二）

其《そ》の本能寺《ほんのうじ》の門前《もんぜん》へ通《とほ》り掛《かゝ》ると、参詣《さんけい》でもして出《で》て来《き》ましたか、*千箇寺《がじ》参《まゐ》りの婦人《をんな》、年《とし》の頃《ころ》は二十三四でございます、色《いろ》のクツキリと白《しろ》い中肉中脊《ちうにくちうぜい》で吻《くちもと》に愛嬌《あいけう》があツて、鼻《はな》筋通《すぢとほ》ツた眼元涼《めもとすゞ》やかな頗《すこぶ》る別嬪《べつぴん》でございますが、装《なり》を見《み》ると木綿《もめん》の子持縞《こもちじま》の布子《ぬのこ》、上《うへ》に白《しろ》い袖《そで》のございませぬ禅衣《おひづる》のやうではございますけれども、真《ま》ン中《なか》に赤《あか》いのが附《つ》いて居《ゐ》る訳《わけ》ではない、白《しろ》い所《ところ》にお題目《だいもく》を書《か》いて貰《もら》ひ、千箇寺《がじ》参詣《さんけい》いたした其《そ》の寺々《てらぐ》で御印《ごいん》を捺《お》して戴《いたゞ》き諸国《しよこく》の霊場《れいぢやう》を拝《はい》すといふのでございます、腰《こし》に小包《こづゝ》みを巻《ま》き着《つ》け、大《おほ》きな珠数《じゆず》を左《ひだり》の手《て》に持《も》ち、白《しろ》い脚絆《きやはん》に*甲掛草鞋《かふかけわらじ》、細竹《ほそだけ》の杖《つえ》を突《つ》き、*菅三度笠《すげさんどがさ》を被《かぶ》ツて向《むか》ふへ往《い》きますから

奥「貴方様《あなたさま》、彼《あり》ア千箇寺《がじ》参《まゐ》りでございますか」

殿「さうサ」

奥「可哀《かあい》さうだからお遣《や》り」

極慈善《ごくじぜん》のお方《かた》でございますゆゑ、多分《たぶん》のお手当《てあて》を下《くだ》さいました、円朝《ゑんてう》もマア心《こゝろ》ばかりチヨツと手当《てあて》を致《いた》します、

スルと案内《あんない》に附《つ》いて往《ゆ》きました漁夫《れふし》が一人《ひとり》ある、これは保養館《ほやうくわん》から附《つ》けて出《だ》した案内者《あんないしや》でございます、

案内「円朝《ゑんてう》さん、ドウもアレだけの縹緻《きりやう》を持《も》ツて居《ゐ》ながら、千箇寺《がじ》参《まゐ》りーすると云《い》ふのは、マアドウ云《い》ふ訳《わけ》だか事情《わけ》イ分《わか》らねいネ」

円「イヤ、私《わたし》の考《かんが》へぢやア、何《なに》かマア因縁《ゐんねん》のあるこツたらうが、此《こ》の寂《さび》しい所《ところ》を一人《ひとり》で歩《ある》くのは、ナカ〳〵度胸《どきやう》の据《すは》ツたもんだノ」

スルと奥方《おくがた》が

「イヽヱ、皆《み》な善《い》い人《ひと》でもアヽ云《い》ふことを願《ねが》ツて、信心《しんぐ》で廻《まは》る人《ひと》もある、何《なに》も悪《わる》い人《ひと》ばかりと云《い》ふ訳《わけ》ではない、縹緻《きりやう》と云《い》ひ様子《やうす》の善《い》いお方《かた》だから、罪障消滅《ざいしやうせうめつ》の為《た》めだらうヨ」

案内「ヱヽ円朝《ゑんてう》さん、何《なに》かネ、彼ア《ありや》漁夫《れふし》の娘《むすめ》かネ」

円「エツ……漁夫《れふし》の娘《むすめ》……そりやアドウ云《い》ふ訳《わけ》で」

案内「今奥《いまおく》さんが海上安全《かいしやうあんぜん》の為《た》めだと仰《お》ツしやツた」

円「海上安全《かいしやうあんぜん》の為《た》めぢやアない、罪障消滅《ざいしやうせうめつ》の為《た》めと仰《お》ツしやツたのだ

案内「ハアさうだか……」

円「エーモシ〳〵彼処《あれ》にお出《い》での奥様《おくさま》が貴方《あなた》に報謝《はうしや》しますヨ、これは私《わたくし》が心《こゝろ》ばかり……」

と多分《たぶん》の手当《てあて》を遣《や》ツたから喜《よろこ》んで

女「アヽ有難《ありがた》うございます」

と立止《たちどま》ツて珠数《じゆず》を揉《も》みながら*自《じ》化偈《くわげ》と云《い》ふお経《きやう》を読《よ》み、続《つゞ》いて普門品《ふもんぼん》を読《よ》み、立《た》ツて居《ゐ》る間《あひだ》長《なが》らく御回向《ごゑかう》を致《いた》します、待《ま》ツては居《を》られませぬから此《こち》らはズン〳〵先《さき》に往《い》ツて仕舞《しま》ふ、振返《ふりかへ》ツて見《み》ると一町《ちやう》も先《さき》へ往《ゆ》くのにまだ立《た》ツて読《よ》

んで居《を》りまして、幾度《いくたび》も繰返《くりかへ》し揖礼《おじぎ》をして居《ゐ》る

「ア、成《な》るほどドウも感心《かんしん》な心懸《こゝろがけ》のものだ、本統《ほんとう》に彼《あれ》は信心《しんぐ》で歩《ある》くのであらう」

と噂《うはさ》をして居《を》ります、

それから静浦《こゝ》からお厭《あ》きになツたのではありませぬが殿《との》様《さま》が*修禅寺《しうぜんじ》へお出《い》でになる、修禅寺《しうぜんじ》に御滞在中《ごたいざいちう》に御退窟《ごたいくつ》だから御保養旁々《ごほやうかたぐ》と云《い》ふので、また案内者《あんないしや》が附《つ》きまして*加殿《かどの》山妙国寺《さんめうこくじ》と云《い》ツて*日蓮上人《にちれんしやうにん》船渡《ふなわた》しの御難《ごなん》と云《い》ふ御霊場《ごれいぢやう》のお寺《てら》がございます妙国寺《それ》へ御参詣《ごさんけい》に成《な》りますと、この道《みち》は橋《はし》が普請中《ふしんちう》で田船《たぶね》のやうな小《ちい》さな船《ふね》に乗《の》りまして向《むか》ふへ渡《わた》り田甫路《たんぼみち》へ出《で》まして五六町《ちやう》往《い》くと其《そ》のお寺《てら》の大門《だいもん》が見《み》えます、参詣《さんけい》をして帰《かへ》ツて来《く》ると、また向《むか》ふから出《で》て来《き》ましたのが千箇《が》寺《じ》参《まゐ》りで、先達《せんだつ》て獅子《しゝ》浜《はま》で見《み》ましたところの女《をんな》、

円「殿様《とのさま》ソラ御覧《ごらん》なさいまし、ア、此《こ》の間《あひだ》何《なん》です、静浦《しづうら》で見《み》ました彼《あ》の女《をんな》が、また此処《こゝ》で出会《であひ》ますのは妙《めう》なものですナ」

殿「妙《めう》なことはないぢやアないか、千箇《が》寺《じ》参《まゐ》りだから千箇《が》寺《じ》お寺《てら》へ参《まゐ》る、伊豆《いづ》でも遇《あ》やア、駿河《するが》でも遇《あ》やア、また甲州《かふしう》でも武州《ぶしう》でも遇《あ》ふのが当《あた》り前《まへ》……

円「エ、成《な》るほどさうですナ……千箇《が》寺《じ》参《まゐ》りさんまた此《こ》処《ゝ》でお目《め》に懸《かゝ》りますネ」

女「ハイ、……先達《せんだつ》ては有難《ありがた》うございます、多分《たぶん》のお布《ふ》施《せ》を戴《いたゞ》きまして誠《まこと》に有難《ありがた》う存《ぞん》じます」

円「エー、是《こ》れは少《すこ》しばかりだが、また進《あ》げますヨ」

女「有難《ありがた》う存《ぞん》じます」

とまた立止《たちどま》ツて長《なが》くお経《きやう》を読《よ》み、親切《しんせつ》に回向《ゑかう》をして居《を》りますから、それで別《わか》れて帰《かへ》ツて仕舞《しま》ひました、

（三）

是《こ》れから此《こ》の御前《ごぜん》お二方《ふたかた》と云《い》ふものは静浦《しづうら》へ帰《かへ》る筈《はず》でありましたが、ドウ云《い》ふことでございますか尤《もつと》も風《かぜ》が荒《あら》かツた故《せい》か、*興津《おきつ》へ行《いら》せられまして、*海水楼《かいすゐろう》と云《い》ふ温泉宿《をんせんやど》があります、此《これ》宿は上等《じやうとう》です　此《こ》の温泉宿《をんせんやど》へお泊《とま》りになりました、其《そ》の年《とし》も越《こ》えて翌年《よくねん》になりますと、マア新暦《しんれき》で一月《げつ》でございまして、ナカ〳〵寒《さむ》うございます、

そこで或《あ》る日《ひ》のこと

殿「当地《こゝ》は随分温《ずゐぶんあつた》かいナ」
円「エ、ドウもお温暖《あつたか》でございます」
殿「ア、貴様《きさま》はアノ身延《みのぶ》へ参《まゐ》ツたことがあるか」
円「へ、私《わたくし》はまだ身延《みのぶ》へは参《まゐ》りませぬ」
殿「貴様《きさま》は法華《ほつけ》ぢやアないか」
円「イエ、*私《わたくし》は日蓮宗《にちれんしう》ではございませぬ、禅宗《ぜんしう》でございます」
紳士「ぢやア是《こ》れから一《ひと》つ身延《みのぶ》へ参詣《さんけい》をして見《み》やうか」
円「それは宜《よろ》しうございますが、身延《みのぶ》の方《はう》は大変《たいへん》お寒《さむ》いぢやアございませぬか」
紳士「マア寒《さむ》いと云《い》ふことは聞《き》いて居《ゐ》る、寒《さむ》いツて長《なが》く居《ゐ》るぢやアない、チヨツと一《ひ》ト夜《ばん》か二《ふ》タ夜泊《ばんとま》ツて……まだ見《み》ない所《ところ》は面白《おもしろ》い、ドウせ斯《か》うやツて遊《あそ》んで居《ゐ》るのだ、一《ひと》つ所《とこ》に居《ゐ》るのも退窟《たいくつ》だから……」
円「左様《さやう》でございます、有難《ありがた》いことで……」
是《こ》れから*綱《つな》ツ引《ひき》のお車《くるま》を誂《あつら》へ、十二三台《だい》でございまして身延《みのぶ》へお出《いで》がある、
谷川《たにがは》の水《みづ》はぢやふ〳〵身延道《みのぶみち》

鳥《とり》も経読《きやうよ》む山《やま》のならはし

面白《おもしろ》い狂歌《きやうか》であります、

*田中屋《たなかや》勘蔵《かんざう》と云《い》ふ上町《かみまち》の旅店《やどや》が上等《じやうとう》でございますから、田中屋《これ》へ成《な》らせられまして、先《ま》づお二階《かい》へお座敷《ざしき》を極《き》めました、お寛《くつろ》ぎになツて、翌朝御《よくあさご》参詣《さんけい》になる、ナカ〳〵御参《ごさん》詣《けい》と云《い》ひましても山《やま》を登《あが》ツて往《い》きますするのは、石阪《いしざか》が二百八十段《だん》もあると云《い》ふやうなことで、*お祖師堂《そしだう》や何《なに》かを細《こま》かに拝《はい》しました*御骨堂《おこつだう》へ這入《はい》ツてお拝《はい》し遊《あそ》ばし、長《なが》い廊下《らうか》を通《とほ》りまして、先《ま》づお帰《かへ》りになり昼飯《ひるはん》を田中屋《たなかや》で召上《めしあが》ツて、都《つ》合《がふ》で是《こ》れから*日朝堂《につてうだう》の方《はう》へダラ〳〵ダラ〳〵降《お》りて往《い》きました、スルと日朝堂《につてうだう》の横町《よこちやう》へ曲《まが》らうと云《い》ふ所《ところ》の角《かど》まで円朝《わたくし》がズーツと坂《さか》を降《お》りて出《で》て来《き》ますと、先達《せんだつ》て船渡《ふなわたし》の御難所《ごなんじよ》、加殿山妙国寺《かどのさんめうこくじ》で遇《あ》ひました千箇《が》寺《じ》参《まゐ》りの女《をんな》にまたパツタリと遇《あ》ツた、

女「オヤ、コリヤアマア誠《まこと》に思《おも》ひ掛《が》けない度々《たび〳〵》お目通《めどほ》り、マアドウも妙《めう》ですナ」

円「また此処《ここ》でお目《め》に懸《かゝ》らうとは思《おも》はなかツた、お前《まへ》お一人《ひとり》で此《こ》の山《やま》を越《こ》えて……ドウも円朝《わたくし》は始《はじ》めて来《き》ましたがネ、興津《おきつ》から当地《これ》へ這入《はい》ツて来《く》る道《みち》は僅《わづ》かな里程《みち》だと云《い》ふけれども、ドウしてナカ〳〵来《こ》られませぬナ、酷《ひど》い峠《たふげ》だ、マア小々《こまぐ》した峠《たふげ》だけれども*小島阪《をじまざか》から富士見峠《ふじみたふげ》、西行峠《さいぎやうたふげ》と万沢《よろづさは》までは何《なん》でも三《みつ》つか四《よつ》つあります、此処《こゝ》までお一人《ひとり》で……」

女「イヽエ、妾一人《わたくしひとり》では参《まゐ》りませぬ、亭主《つれやい》が居《を》ります、亭主《つれやい》と申《まを》しても眼《め》が悪《わる》うございますから、斯《か》う手《て》を引《ひ》いて遣《や》りましては、却《かへ》ツて同伴《つれ》のない方《はう》が歩《ある》きますのに楽《らく》でございます」

円「ヘー御亭主《ごていしゆ》が……ハヽアお眼《め》が悪《わる》い」

（四）

女「ハイ、モウ長《なが》い間《あひだ》の眼病《がんびやう》でございまして、色々《いろ〳〵》御名《ごめい》医《ゝ》にも願《ねが》ひましてお療治《れうぢ》を受《う》けました、病院《びやうゐん》へもモウ二年《ねん》半《はん》ほど這入《はい》ツて居《を》りましたが、ドウも癒《なほ》りませぬ、迚《とて》も助《たす》からないことと夫《やど》も妾《わたくし》も諦《あきら》めて居《を》りましたが、実《じつ》は御信心《ごしんぐ》のお方《かた》のお勧《すゝ》めに、お前改宗《まへかいしう》と云《い》ふことをして一代法華《だいほつけ》になり、*日朝様《につてうさま》へ心願《しんぐわん》を懸《か》けると、ズツト眼《め》が癒《なほ》る、幾《いく》らも

於苦惱死厄　能爲作依怙　具一切功德
慈眼視衆生　福聚海無量　是故應頂禮
佛說是普門品時　衆中八萬四千衆生
皆發無等等阿耨多羅三藐三菩提心

眼《め》の明《あ》いた人《ひと》があるから、願《ねが》ツたら宜《よ》からうと仰《お》ツしやいますので、マア苦《くる》しいときの神頼《かみだの》みと申《まを》します譬喩《たとへ》の通《とほ》り、医者《いしや》がモウ癒《なほ》らぬと仰《お》ツしやいますから、ドウぞせめて一眼《かため》でも薄《うす》くなりと見《み》せて遣《や》りたいと、一生懸命《しやうけんめい》に夫《やど》と妾《わたくし》と火《ひ》の物絶《ものだち》で願懸《ぐわんが》けを致《いた》しました、百日《にち》の間《あひだ》一生懸命《しやうけんめい》にお題目《だいもく》を唱《とな》へまして日朝様《につてうさま》へ願懸《ぐわんがけ》を致《いた》しますと、貴方《あなた》百日目《にちめ》に斯《か》う少《すこ》し明光《あかり》が見《み》えて参《まゐ》りました、」

円「フーム、マア〳〵……ヱー殿様《とのさま》、ドウぞ少《すこ》しお先《さ》きへお出《い》でなすツて、私《わたくし》は材料《ざいれう》*かた〳〵少々《せう〳〵》千箇寺参《がじまゐ》りに聞《き》きたいことがございますから……此処《ここ》へお掛《か》け、マアサ……そんなことを言《い》はないで此処《ここ》へお掛《か》け……珠数屋《じゆずや》さん、貴方《あなた》の所《ところ》ではノ、私《わし》は通《とほ》る度《たび》ごとに此《こ》の懸《かゝ》ツて居《ゐ》る珠数《じゆず》を土産《みやげ》に買《か》ツて信心《しんじん》の方《かた》に持《も》ツて往《い》ツて遣《や》る、ドウか高《たか》くなくツて宜《よ》うございます、珠数《じゆず》をお貰《もら》ひ申《まを》しますが私《わし》に少々《せう〳〵》椽《えん》をお貸《か》しなすツて……」

珠数屋「へー、此方《こちら》へお這入《はい》りなさい、……此方《こつち》へ……」

円「エ、少々此処《せう〳〵こゝ》をお貸《か》しなすツて……フヽムそりやア不思議《ふしぎ》ですナ、百日経《にちた》ツて見《み》えるとは、信心《しんじん》は酷《ひど》いもので……」

女「モウ何《なん》とも有《あ》り難《がた》くて実《じつ》に夜分《やぶん》も嬉《うれ》しくて眠《ね》られませぬ、夫《やど》も喜《よろこ》びまして、マア少《すこ》しづゝ斯《か》う手《て》の形《かたち》が見《み》えて来《き》た、明光《あかり》が見《み》える、日輪《おひさま》が見《み》えると申《まを》されますので、嬉《うれ》しくてなりませぬから、段々《だん〴〵》信心《しん〴〵》を怠《おこた》らずドウか罪障消滅《ざいしやうせうめつ》の為《た》めにお礼参《れいまゐ》り旁々《かた〴〵》御霊場《ごれいぢやう》を廻《まは》りたいと思《おも》ひ、夫婦連《ふうふづれ》で千箇《が》寺《じ》参《まゐ》りを致《いた》します、夫《やど》を連《つ》れて歩《ある》きますとナカ〳〵貴方《あなた》不自由《ふじいう》な身体《からだ》で、手《て》を引《ひ》いて歩《ある》きますから埒《らち》が明《あ》きませぬ、それでお寺様《てらさま》へ願《ねが》ひましたり又宿《またやど》を取《と》り、妾《わたくし》だけお誦経《じゆぎやう》を致《いた》し纔《わづ》かな報謝《はうしや》を受《う》けまして、それで木銭宿《きせんやど》へ泊《とま》り、或《あるひ》はお寺様《てらさま》のお台所《だいどころ》の隅《すみ》を願《ねが》ひ、斯《か》うやツて御霊場《ごれいぢやう》を廻《まは》ります、是《こ》れからまた末《すゑ》は*小湊《こみなと》の誕生寺《たんじやうじ》から*清水《きよみづ》からアレへ廻《まは》りまして*佐渡《さど》の塚原《つかはら》までも参《まゐ》りが仕《し》たいと存《ぞん》じます」

円「ア、御信心《ごしん〴〵》なことだネ、マドウ云《い》ふ訳《わけ》で……その眼《め》の悪《わる》くなり始《はじ》まりはドウで……」

女「ハイ、此処《こゝ》で申《まを》しますのもなんで……」

円「エ……ナニ当家《こゝ》は珠数屋《じゆずや》さんだ、却《かへ》ツてお前《まへ》話《はな》す方《はう》が罪滅《つみほろ》ぼしになツて宜《い》い」

女「ハイ、左様《さやう》ならお話《はなし》を致《いた》します」

少《すこ》し人《ひと》が善《よ》い者《もの》と見《み》えまして、顔《かほ》が斯《か》うポツと赧《あか》くなりました、なれども度々《たび〴〵》報謝《はうしや》を多分《たぶん》に貰《もら》ツて居《ゐ》るし、少《すこ》し身《み》の上話《うへばなし》をしなければならぬと存《ぞん》じますかして、女《をんな》が身《み》の上《うへ》話《ばなし》に掛《かゝ》りますところ、チヨツと一《ひ》ト息吐《いきつ》きませう。

（五）

エー、申《まを》しかけました*身延詣《みのぶまうで》のところをお聴《きゝ》に入《いれ》ます、扨《さ》て此《こ》の身延山《みのぶさん》は其《そ》の昔《むかし》、*波木井《はきゐ》六郎実長《らうさねなが》の所有地《しよいうち》でございましたが、文永《ぶんえい》十一年《ねん》の六月《ろくげつ》、日蓮上人《にちれんしやうにん》の徳《とく》を感《かん》じて、悉皆《のこらず》寄附《きふ》したと申《まを》すが、波木井《はきゐ》六郎《らう》も思《おも》ひ切《き》ツた人《ひと》でございます、当今《たうこん》開《ひら》けた明治《めいぢ》世界《せかい》には千坪《せんつぼ》でも菩提寺《ぼだいじ》へたゞ遣《や》る人《ひと》はございませぬ、また百坪《ひやくつぼ》でも貰《もら》うやうな道徳《だうとく》の僧侶《そうりよ》も出来《でき》ないと仰《お》ツしやツた人《ひと》がございますが、成るほどさうです、彼《か》の身延《みのぶ》はナカ〳〵広《ひろ》い山《やま》で入口《いりくち》から本堂《ほんだう》まで二十七八町《ちやう》もあります、総門《そうもん》の額《がく》に*開会関《かいくわいくわん》の三字《さんじ》は日朝上人《につてうしやうにん》の筆《ふで》で其《そ》の門《もん》を這入《はい》ると西《にし》の方《かた》の石阪《いしざか》の上《うへ》を*逢島《あひしま》の祖師堂《そしだう》と申《まを》して、高祖《かうそ》が初《はじめ》て此山《このやま》に草庵《さうあん》を建《たて》られた旧跡《きうせき》でござい

ます、其《そ》の向《むか》ふに接待茶屋《せつたいちやゝ》*がありますが、此家《これ》は佐野順道《さのじゆんだう》*と申《まを》す法華《ほつけ》の行者《ぎやうじや》の尽力《じんりよく》で近年《きんねん》出来《でき》ましたと申《まを》します、其《そ》の筋向《すぢむか》ふには小学校《せうがくかう》があります、身延川《みのぶがは》*に朱塗《しゆぬり》の橋《はし》を架《か》しまして是《こ》れを大平橋《たいへいばし》*と申《まを》します、東《ひがし》の方《かた》の山手《やまて》に建碑《けんぴ》*があります、深彫《ふかぼり》で発句《ほつく》が見《み》えました、

この山《やま》の茂《しげ》りや妙《めう》の一字《じ》より　蓼太
法華経《ほけきやう》とのみ山彦《やまひこ》も鳥《とり》の音《ね》も　完成
御影講《みえかう》や油《あぶら》のやうな酒《さけ》五升《しやう》　はせを

石門稲荷《いしもんいなり》の社《やしろ》がありますので狐町《きつねまち》と申《まを》すか、其《そ》の先《さき》を下《しも》町《まち》、中町《なかまち》、上町《かみまち》と両側《りやうがは》が皆《み》な商家《しやうか》で其《そ》の中《なか》にも珠数店《じゆずみせ》が多《おほ》くあります、

此《こ》の身延《みのぶ》の珠数屋《じゆずや》では大和屋重兵衛《やまとやぢうべゑ》と云《い》ふのが珠数屋《じゆずや》の鼻祖《はじまり》だと申《まを》します、それは日蓮上人《にちれんしやうにん》が始《はじ》めて身延山《みのぶさん》へお出《い》でのときに、其《そ》の頃《ころ》は道路《みち》が開《ひら》けませぬ時分《じぶん》のことで、ナカ〳〵奥《おく》へ這入《はい》るのに容易《ようい》には這入《はい》れませぬから、此《こ》の重《ぢう》兵衛《べゑ》と云《い》ふ人《ひと》が馬《うま》を曳《ひ》いて来《き》て、日蓮上人《にちれんしやうにん》を馬《うま》に乗《の》せて山《やま》深《ふか》く這入《はい》りましたと云ふので、それが例《れい》に相成《あひな》ツて居《を》りまして当今《たゞいま》でも二月《げつ》の初午《はつうま》には必《かなら》ず此《こ》の重兵衛《ぢうべゑ》と云《い》ふ人《ひと》が上《かみ》

下《しも》を著《つ》けて　田舎《ゐなか》の人《ひと》は堅《かた》い、チヤンと馬《うま》を曳《ひ》いてお礼《れい》に参《まゐ》るさうでございます、其《そ》の大和屋《やまとや》重兵衛《ぢうべゑ》と云《い》ふ珠数屋《じゆずや》の店前《みせさき》を借《か》りて身《み》の上話《うへばなし》を聴《き》くのでございますから、此方《こちら》も義理《ぎり》で珠数《じゆず》を買《か》はなければなりませぬ、

円「珠数《じゆず》はドウ云《い》ふのがあります」

珠数屋「ヘ左様《さやう》でございます、ヱー水晶《すゐしやう》では如何《いかゞ》でございます、」

円「水晶《すゐしやう》……土産《みやげ》にするのだから実《じつ》は重《おも》くない方《はう》が宜《い》い、水晶《すゐしやう》より他《ほか》に廉《やす》いのがありませう」

珠数屋「紫檀《したん》か黒檀《こくたん》でございます」

円「紫檀《したん》か黒檀左様《こくたんさやう》サネー……モウ少《すこ》し廉《やす》いのはありませぬか」

珠数屋「左様《さやう》でございます、それでなければ梅《うめ》か桜《さくら》でございますナ」

円「梅《うめ》と桜《さくら》、梅《うめ》と桜《さくら》で六百《ろくひやく》でせう、……*梅《うめ》と桜《さくら》で六百出《ろくひやくだ》しや気儘《きまゝ》と云《い》ふ唄《うた》があるから……梅《うめ》を一《ひと》つ戴《いたゞ》きませう、余《あんま》り大《おほ》きくない方《はう》が宜《い》い、掛《か》けるのぢやアないから……サア〱ぢやアマア此処《これ》へお掛《か》け……ア、珠数屋《じゆずや》さんそれは袋《ふくろ》へ入《い》れてネ、今日《けふ》でなくても宜《い》い、明日《あした》でも宜《い》いですから田中屋《たなかや》へ届《とゞ》けて下《くだ》さい」

珠数屋「ハイ、畏《かしこま》りました」

（六）

円「モシ、ときにお前《まへ》さんの御亭主《ごていしゆ》さんと云《い》ふ者《もの》はドウ云《い》ふお身《み》の上《うへ》で……」

女「ハイ……ハイ」

円「イヤサ、元《もと》は何《な》んです、商人《あきんど》ですか、お職人《しよくにん》かネ」

女「ハイ、元《もと》は徳川《とくがは》の士族《しぞく》でございます、旗下《はたもと》とも呼《よ》ばれました者《もの》でございますけれども……」

円「フヽム」

女「誠《まこと》に人《ひと》が善《よ》うございますから、親父《おやぢ》もモウ御維新《ごゐしん》になりまして仕《し》やうがございませぬで*品川《しながは》の天王前《てんわうまへ》へ少《すこ》しばかりの店《みせ》を開《ひら》きまして、煙草屋《たばこや》を致《いた》して居《を》りましたそうでございます、マア其処《そこ》で大分《だいぶ》に売《う》れました、可哀《かあい》さうだと言《い》ツて買《か》ツて下《くだ》さる方《かた》もあり、またお廉《やす》いところで売《う》れましたか、マア巴屋《ともへや》と申《まを》しまして、能《よ》く人様《ひとさま》が御存《ごぞん》じだそう

場所《ところ》は善《よ》うございますナ、売《う》れましたか」
女「ハイ、モウ売《う》れますと申《まを》したところが、善《い》い古《ふる》いお店《みせ》ほどは売《う》れませぬ、ホンの小《こ》僧一人《ぞうひとり》ぐらゐを使《つか》ひまして店《みせ》で商《あきな》ひを致《いた》し、また折々《をり〳〵》そのお馴染《なじ》みの所《ところ》へ風呂敷《ふろしき》に入《い》れまして脊負《しよ》ツて出《で》ました、此《こ》*の節《せつ》は巻煙草《まきたばこ》が流行《はや》りますが、其《そ》の時分《じぶん》にはまだ巻煙草《まきたばこ》などは余《あん》まり喫《あが》るお方《かた》がございませぬ、ところが巻煙草《まきたばこ》があると云《い》ふので珍《めづ》らしいから、マアこれが大分《だいぶん》に利益《りえき》になツたさうでございます」
円「ハヽア成《な》るほど元《もと》はお旗本《はたもと》の何《なに》かネ」
女「ハイ、左様《さう》でございます、御小納戸役《おこなんどやく》を勤《つとめ》まして………」
円「ヘー、御小納戸役《おこなんどやく》と云《い》ふとナカ〳〵なんですナ、能《よ》く士族《しぞく》の商法《しやうはふ》などと云《い》ひますが、ヘーそれでは五百石取《こくと》ツたですナ」
女「ハイ、お役高《やくたか》を五百石頂戴《こくちやうだい》いたした身《み》の上《うへ》でございます、余《あま》り売《う》れましたものでございますから、ツイ元《もと》の殿《との》様気《さまぎ》が起《おこ》りましてネ、人《ひと》に誘《さそ》はれて舅《しうと》の金兵衛《きんべゑ》と申《まを》します者《もの》が稲葉町《いなばちやう》*の方《はう》に清元《きよもと》の師匠《しゝやう》とか申《まを》すものがございます、でございます、余《あん》まり売《う》れますところから、手前《てまへ》の亭主《つれやい》の親父《おやぢ》の篠井《しのゐ》金兵衛《きんべゑ》と申《まを》します者《もの》が、*京橋《きやうばし》五郎兵衛町《ろべゑちやう》へ煙草《たばこ》の店《みせ》を開《ひら》きました」
円「ヘヽー京橋《きやうばし》五郎兵衛町《ろべゑちやう》、成《な》るほど、ナカ〳〵ドウもエー延峰《のぶみね》とか申《まを》します、大層声《たいそうこゑ》が美《よ》ツて芸《げい》が上手《じやうづ》だと云《い》ふので人《ひと》に勧《すゝ》められ此処《こゝ》へ参《まゐ》ツてマア出来《でき》は致《いた》しますまいけれども、其《そ》の清元《きよもと》を習《なら》ツたと見《み》えましてネ……」

円「ハヽア成《な》るほど」

女「さう致《いた》しますと、何《なん》でも煙草屋《たばこや》の旦那《だんな》煙草屋《たばこや》の旦那《だんな》とトウ〳〵人《ひと》の善《い》いところから、其《そ》の延峰《のぶみね》に欺《だま》され多分《たぶん》に借財《しやくざい》を致《いた》して、モウ実《じつ》に手《て》の附《つ》けられないやうなことになりましたのでございます、モウその煽動《おだて》られましたのが始《はじ》まりでございまして借財《しやくざい》は出来《でき》る、仕《し》やうがなくなりました、其《そ》のときには確《たし》か妾《わたくし》の亭主《つれやい》は極幼《ごくちい》小《さ》い時分《じぶん》でございました、何事《なにごと》も深《ふか》いことは存《ぞん》じませぬが、丁度《てうど》此《こ》の*身延様《みのぶさま》のお山《やま》に火事《くわじ》がありまして其《そ》のお山《やま》のお堂《だう》の焼《や》けない前《まへ》の年《とし》に参《まゐ》りましたと云《い》ふことでございます、其《そ》の清元《きよもと》の師匠《しゝやう》を連《つ》れて身延山《みのぶさん》へ参詣《さんけい》に行《ゆ》くと言《い》ツて出《で》たツきり舅《しうと》は行衛知《ゆくゑし》れず、モウ音《おと》も沙汰《さた》もございませぬ、色々《いろ〳〵》手分《てわ》けをして捜索《さが》しますが、今《いま》だに行衛《ゆくゑ》が分《わか》りませぬ　タツた一人《ひとり》の親《おや》の行衛《ゆくゑ》が分《わか》りませぬのは残念《ざんねん》だらうと存《ぞん》じます、母《はゝ》のお稲《いね》と申《まを》しますのもそれを気病《きや》みに致《いた》して病死《みまか》りますやうなことになりました　妾《わたくし》の亭主《つれやい》は元《も》と兼之丞《けんのじやう》と申《まを》す名《な》でございますがマア亭主《つれやい》が煙草屋《たばこや》でございますから、兼之丞《けんのじやう》と言《い》ツては堅《かた》すぎる、お父《とツ》さんの名《な》を名乗《なの》ツた方《はう》が宜《よ》からうと云《い》ふので、唯今《たゞいま》では金兵衛《きんべゑ》と父《ちゝ》の名《な》を襲《つ》いで居《を》りますが、兼之丞《けんのじやう》と二人《ふたり》でマアドウやら斯《か》うやら跡《あと》を相続《さうぞく》して居《を》りますうちに、眼《め》が悪《わる》くなりましてモウ仕《し》やうがございませぬ、俄盲目《にはかめくら》で感《かん》が悪《わる》うございます、それで医者様《いしやさま》も迚《とて》もいかないと見放《みはな》されましたゆゑ夫婦《ふうふ》で一生懸命日朝様《しやうけんめいにツてうさま》へ心願《しんぐわん》を懸《かけ》ましたところ、薄《うす》くも見《み》えるやうになりましたから、お霊場廻《れいぢやうまは》りを致《いた》しますので……」

円「ヘヽーお霊場廻《れいぢやうまは》りを……ぢやア其《そ》のお父《とツ》さんと云《い》ふのは何年《なんねん》ばかり前《まへ》で……」

女「モウ二十一年前《ねんあと》に家出《いへで》を致《いた》したので……」

円「ヘー、それツきり行衛《ゆくゑ》が知《し》れないと云《い》ふのはドウも妙《めう》ですナ」

女「ハイ、マアその何処《どこ》にか隠《かく》れて居《ゐ》るのではないか、ドウぞ親父《おやぢ》にも遇《あ》ひたい、斯《か》う眼《め》が悪《わる》ツて遇《あ》ツたところで知《し》れないが、ドウか夫婦《ふうふ》で一生懸命信心《しやうけんめいしんぐ》をしたら、御利《ごり》益《やく》でも知《し》れさうなものだと亭主《やど》も申《まを》して、二人《ふたり》で方々《はう〴〵》搜索《さが》し歩《ある》いて居《を》りますうち、お祖師《そし》さんの御利益《ごりやく》でございますから、始終《しじう》は遇《あ》へるだらうと存《ぞん》じます」

円「ヘー、さうですか、エー、シテその清元《きよもと》の師匠《しゝやう》も帰《かへ》らないで……」

女「左様《さやう》でございます」

円「フヽーム……」

女「ドウ云《い》ふ訳《わけ》だか深《ふか》く聞《き》いたところが、当人《たうにん》にも分《わか》らないのですから……」

（七）

円「是《こ》れからお前《まへ》さんは何処《どこ》へ往《ゆ》くのです」

女「エエ当地《こちら》に参《まゐ》りましてからは、この日朝様《にッてうさま》のお堂《だう》へ夜《よる》はお籠《こも》り致《いた》しますに付《つ》いて*覚林坊様《がくりんばうさま》と云《い》ふのへ願《ねが》ひまして、日朝様《にッてうさま》のお堂《だう》へお籠《こも》りを致《いた》すのにお堂《だう》へは極近《ごくちか》うございます、それゆゑお坊《ばう》へ御厄介《ごやくかい》になツて居《を》ります、ホンの飯汁《めしゝる》一椀《わん》ぐらゐで、夫婦《ふうふ》の者《もの》がヤツと食《た》べて居《を》ります」

円「オヤ〱そりやアマアお前《まへ》さん感心《かんしん》なことだ　お年《とし》は若《わか》いやうだが……お幾《いく》つでございます」

女「二十四でございます」

円「何《なん》と仰《お》ツしやいますエ」

女「ハイ、浪《なみ》と申《まを》します」

円「アヽ御貞節《おていせつ》なことで、ドウも恐入《おそれい》りましたナ、感心《かんしん》なことです、マアドウも一生懸命《しやうけんめい》お前《まへ》さんの信心《しんじん》が届《とゞ》いて屹度《きつと》その病気《びやうき》は全快《ぜんくわい》しますヨ、結構《けつかう》なお心懸《こゝろが》け……」

浪「有難《ありがた》うございます」

円「左様《さやう》なら……」

是《こ》れから段々《だん〴〵》此《こ》のことを調《しら》べて見《み》ると、延峰《のぶみね》と云《い》ふ者《もの》は年《とし》が二十五であツたと云《い》ふ、けれども極婀娜《ごくあだ》な婦人《をんな》で、金兵衛《かた〱》は何分《なにぶん》にも元《もと》が御小納戸《おこなんど》を勤《つと》めた人《ひと》ですから人《ひと》が善《よ》過《す》ぎる、それでスツかり欺《だま》されて家屋《かをく》を抵当《ていたう》に致《いた》した上《うへ》多《た》分《ぶん》の金子《かね》を借《か》り、其《そ》の金子《かね》を家《うち》へは置《お》かずに自分《じぶん》が悉皆《そつくり》持《も》ツて、此《こ》のお峰《みね》と二人《ふたり》で参詣《さんけい》に出《で》ましたので、始《はじ》まりは甲《かふ》州路《しうち》から参《まゐ》らぬければドウも道路《みち》が悪《わる》い、それは誰《だれ》が参《まゐ》ツても左様《さやう》でございます、八王子《わうじ》へ参《まゐ》ツて八王子《あれ》から小仏《こぼとけ》峠《たふげ》を越《こ》し、笹子峠《さゝこたふげ》を越《こ》すと云《い》ふ難所《なんしよ》を通《とほ》ツて甲府《かふゝ》へ往き、

甲府《かふゝ》から*小室《こむろ》、小室《こむろ》から身延《みのぶ》へ掛《かゝ》るので、マア*鰍沢《かじかざは》へ参《まゐ》り鰍沢《あれ》から船《ふね》に乗《の》ツて卸《おろ》すなど〻云《い》ふ、実《じつ》に危険《けんのん》な道路《みち》ばかり通《とほ》ります」

此《こ》のお峰《みね》と金兵衛《きんべゑ》が身延《みのぶ》へ参詣《さんけい》をして丁度《てうど》秋《あき》の末《すゑ》のことでございましたが、肌寒《はださむ》く、*横日《よこひ》のことでございますから日《ひ》も寒《さむ》い、

峰「お前《まへ》さん、モウ帰《かへ》らうぢやアないか」

固《もと》より信心《しんぐ》で参《まゐ》ツたのぢやアありませぬ、人《ひと》に遇《あ》はない所《ところ》へ往《い》きたいと云《い》ふのが願《ねがひ》で参《まゐ》ツたのでございます、是《こ》れから段々《だんぐ》下山《げさん》いたしまして*大野《おほの》へ掛《かゝ》ツて、大野《おほの》から*南部《なんぶ》へ来《き》て昼食《ちうぢき》を致《いた》しました、遅《おそ》く昼食《ちうぢき》になツたけれども……其《そ》処《こ》で駕籠《かご》を誂《あつら》へれば宜《よ》かツたが誂《あつら》へませぬで、外《そと》へ出《で》て成《な》りたけ廉《やす》い駕籠《かご》に乗《の》らうと、*女郎買《ぢよらうかひ》の糠味噌汁《ぬかみそじる》、イヤなところで吝嗇《けち》をして、詰《つま》らぬところへ銭《ぜに》を使《つか》ふ、二人《ふたり》は途中《とちう》で駕籠《かご》を誂《あつら》へたが一挺《てう》しかございませぬ、仕方《しかた》がないからお峰《みね》を乗《の》せ

金「山道《やまみち》だから気《き》を附《つ》けて呉《く》れ」

と女連《をんなづ》れのことゆゑ足許《あしもと》を見《み》られてはならぬと手当《てあて》を致《いた》

し、是《こ》れから段々《だん〴〵》段々《だん〴〵》彼《か》の西行峠《さいぎやうたふげ》と云《い》ふへ掛《かゝ》りました、西《せい》*行峠《ぎやうたふげ》と云《い》ふ所《ところ》は西行《さいぎやう》が通《とほ》り掛《がゝ》ツて富士《ふじ》を見《み》たと云《い》ふ、それで西行松《さいぎやうまつ》*と云《い》ふのが今《いま》も山《やま》の上《うへ》に残《のこ》ツて居《を》ります、其《そ》の道《みち》はナカ〳〵通《とほ》れませぬ、当今（たゞいま）*は新道《しんだう》が出来《でき》て大《おほ》きに道《みち》が楽《らく》になりましたが、往昔《むかし》の道《みち》は酷《ひど》いことでございましたらう、

（八）

日《ひ》は追々《おひ〳〵》西《にし》に傾《かたむ》き、樹木《じゆもく》は繁茂《はんも》いたして、ドウしても薄《うす》暗《くら》い、其《そ》の所《ところ》を向《むか》ふへポツつり〳〵往《ゆ》く、丁度秋《ちやうどあき》のことゆゑ山《やま》の間《あひだ》から、霧《きり》のやうな雲《くも》が出《で》て来《く》ると、ポツリ〳〵と顔《かほ》へ当《あた》ります、

駕籠舁「アヽ、モシ旦那《だんな》」

金「エツ……」

駕「ドウか誠《まこと》に済《す》みませぬが降《お》りとくんなさいませぬか」

金「降《お》りてドウする」

駕「エー、誠《まこと》にお気《き》の毒《どく》でございますが歩《ある》けませぬでネ……」

金「歩《ある》けねい、歩《ある》けねいと云《い》ふのはドウ云《い》ふ訳《わけ》だ、己《お》れさへ歩《ある》いて居《ゐ》るのに駕籠舁《かごや》が歩《ある》けねい訳《わけ》はない、一挺《ちやう》しかねいで女《をんな》だからマア一人《ひとり》を乗《の》せて己《お》れは斯《か》うやツて歩《ある》いて来《き》た、お前達《めへたち》は駕籠舁《かごや》ぢやアないか」

駕「昨日甲府《きのふかふゝ》まで実《じつ》はその日帰《ひげへ》りに往《い》ツたもんだからネ、足《あし》がバーテて誠《まこと》に歩《ある》けねい、お願《ねげへ》だがドウか一《ひと》つ此処《これ》から降《お》りてお貰《もれ》ひ申《まを》していもんですナ」

金「コウ、戯談《じやうだん》言ツちやいけない、此《こ》の峠《たふげ》へ掛《かゝ》ツて、此処《これ》まで登（あが）ツて来《き》た、今《いま》になツて降《お》りて呉《く》れなんて詰《つま》らないことを言《い》ツちやアいけない、駕籠賃《かごちん》を先《さき》に呉《く》れ、都合《つがふ》があるからと言《い》ふんで駕籠賃《かごちん》も遣《や》り、茶代《ちやだい》を呉《く》れと云《い》ふからさうかと言《い》ツて茶代《ちやだい》を遣《や》り、さうしてお前達《めへたち》に御馳走《ごちそう》まで
して遣《や》ツた、それを此《こ》の山《やま》の中《なか》へ掛《かゝ》ツて、歩《ある》けないから降《お》りて呉《く》れなんて理不尽《りふじん》なことを言《い》ツちやア困《こま》る」

駕「理不尽《りふじん》なことを言《い》ツちやア困《こま》るツて歩《ある》けねいから、歩《ある》けねいと言《い》ふ」

金「ナニ、歩《ある》けない、歩《ある》けなけりやア何故此処《なぜこれ》まで担《かつ》い

で来《き》た」

駕「歩《ある》けると思《おも》ツて担《かつ》いで来《き》たけれどモウ草臥《くたび》れて酒《さけ》へ御馳走《ごちそう》になツたら尚《な》ほ歩《ある》けねい、ドウかお願《ねげへ》だからネ降《お》りてくんなせい」

金「コウ、女連《をんなつ》れだと思《おも》ツて馬鹿《ばか》にすな、酒代《さかて》を先《さき》に取《と》ツて居《ゐ》ながら、今《いま》になツて歩《ある》けないなんて言《い》ふ奴《やつ》があるものか、女連《をんなつ》れだと思《おも》ツて足許《あしもと》を見《み》て人《ひと》を馬鹿《ばか》にするな」

駕「ナニ、コウ担《かつ》げねいから担《かつ》げねいツて言《い》ふんだ、酒代《さかて》ィ取《と》ツたなんて何《なん》だ、何程出《どれほどだ》した、此《こゝ》の女《をんな》がな公然《おもてむき》の御新造様《ごしんぞさま》だとか、権妻《ごんさい》さんだとか、立派《りつぱ》な女連《をんなつ》れならば担《かつ》ぎも仕《し》やうけれども、何《なん》だ西行峠《さいぎやうたふげ》へ掛《かゝ》ツて、西行《さいぎやう》ですら驚《おどろ》いて此処《こゝ》から先《さき》は往《ゆ》くことが出来《でき》ねいツて帰《けへ》ツたと云《い》ふ難《なん》*所《しよ》だ、それもまた五両《りやう》か十両《りやう》の骨折《ほねを》り銭《せん》を遣《や》ると言《い》へば有《あり》難《がて》いと思《おも》ツて担《かつ》ぐめいもんでもねいが、何《なん》だテ三十銭《せん》や五十銭《せん》の酒代《さかて》を出《だ》したぐれゐで有《あ》り難《がて》いと思《おも》ツて担《かつ》ぐ奴《やつ》が……」

金「オヤ此畜生《こんちくしやう》……」

峰「マア〱お待《ま》ちなさい旦那《だんな》、妾《わたし》は歩《ある》きますヨ」

金「歩《ある》くツて……」

峰「イヽエ、妾《わたし》は歩《ある》きます、妾《わたし》は嫌《い》やだヨ　乗《の》ツて居《ゐ》ても怖《こは》くツて仕《し》やうがない、先刻《さつき》から変《へん》なことばツかり言《い》ツて……お前《まへ》さん、何《なん》です信心参《しんぐまゐ》りに来《き》てサ、先刻《さつき》から妾《わたし》は気味《きみ》が悪《わる》くて仕《し》やうがない、降《お》りる、……ドウか駕籠舁《かごや》さん、降《おろ》しておくんなさい」

金「降《お》りるツたツてドウもその駕籠賃《かごちん》を先《さき》に取《と》ツて居《ゐ》る……」

駕「駕籠賃《かごちん》を取《と》ツたツて歩《ある》けねいものは歩《ある》けねいや」

峰「イヽエ、妾《わたし》は降《お》りるから宜《い》い、マア〱降《おろ》しておくんな、草履《ざうり》を出《だ》してお呉《く》れ」

駕「ドウか此処《こゝ》へ置《お》きますから降《お》りておくんなせい」

金「フヽ本統《ほんとう》にドウも呆《あき》れ返《けへ》ツた……」

駕「何《なん》だ、何《なに》を言《い》やアがるんだ、それもナ、お前《めへ》さんが南部《なんぶ》へ休《やす》んだときに*仁井屋《にゐや》からでも吩咐《いひつ》けて駕籠《かご》が出来《でき》たんなら大丈夫《でいぢやうぶ》だがドウも仕《し》やうがねい、歩《ある》けねいのは当《あた》り前《めい》だ……お前《めへ》さん降《お》りてくんなせい、サア〱……」

金「今《いま》になツて此奴《こいつ》め、そんなことを言《い》ツて……」

駕「仁井屋《にゐや》か他《ほか》の旅宿《やどや》から雇《やと》ツたぢやアなし……」

金「何《な》に……」

峰「止《よ》しておくんなさいヨ、喧嘩《けんくわ》アしてはいけませぬ、怖《こは》いからお止《よ》しなさい、妾《わたし》は歩《ある》くから、妾《わたし》さへ歩《ある》けば宜《い》い、足《あし》が棒《ぼう》のやうになツても我慢《がまん》して歩《ある》く、……では駕籠舁《かごや》さん、包《つゝみ》を此処《こゝ》へ出《だ》してお呉《く》れ」

金「ぢやアマア往《い》きなさい……エヽ唯置《たゞお》く奴《やつ》ではないけれども……酷《ひど》い奴《やつ》だ　余《あんま》り足許《あしもと》を見《み》るにも程《ほど》がある」

峰「*何《なに》を言《い》ふにも峠《たふげ》のこと、マア〱お止《よ》しなさい」

金「峠《たふげ》でも何《なん》でも構《かま》やアしない」

峰「宜《い》いぢやアないか、……サツサと駕籠舁《かごや》お往《い》で」

駕籠舁《かごや》は悪口《あくたい》を吐《つ》きながら駕籠《かご》を担《かつ》ぐと下《くだ》り坂《ざか》で早《はや》いから、トツ〱トツ〱下《くだ》ツて一《ひ》ト廻《まは》り廻《まは》ると、モウ姿《すがた》は見《み》えなくなツた、

（九）

後《あと》へ残《のこ》ツたのはポツリ〱霧雨《きりあめ》が降《ふ》る中《なか》をタツた二人《ふたり》、

峰「旦那《だんな》、モウ先刻《さつき》から駕籠《かご》に乗《の》ツて居《ゐ》てネ、彼奴等《あいつら》の

言《い》ふことを聴《き》くのが、モウ本統《ほんとう》に何《なん》だか薄気味《うすきみ》が悪《わる》くて、イヤに駕籠《かご》の中《なか》で腹《はら》が痛《いた》いと思《おも》ツて自身《じしん》で擦《さす》ツて居《ゐ》ましたが、キヤ〳〵癪《しやく》が痛《いた》くて……」

金「見《み》や、仕《し》やうがないぢやアないか、マア呆《あき》れた、人《ひと》が悪《わる》いなア彼奴等《あいつら》は……あんな悪《わる》い駕籠《かご》に乗《の》り当《あ》てたが災《さい》難《なん》だ、歩《ある》けるか、此処《ここ》に丸薬《ぐわんやく》があるから之《こ》れを少《すこ》し服《の》みな」

峰「だツて水《みづ》も何《なに》も無《な》いから……」

金「水《みづ》ツたツてモウ少《すこ》し先《さき》へ往《ゆ》かなくちやア仕方《しかた》がない、先《さき》へ往《ゆ》から、アノナ向《むか》ふに斯《か》う焚火《たきび》でもして居《ゐ》るか火《ひ》がチラ〳〵見《み》える、彼処《あそこ》へ往《い》ツて休《やす》まう、歩《ある》けるか、マア己《お》れにシツカリ摑《つかま》りな」

と金兵衛《きんべゑ》はお峰《みね》の手《て》を拉《と》ツて漸《やうや》くのことに彼《か》れ是《こ》れ半町《はんちやう》ばかり参《まゐ》りますと、峠《たふげ》の中央《まんなか》に一軒《けん》の掛茶屋《かけぢやや》がございます、峠《たふげ》には能《よ》くあるものでございます、

金「御亭主《ごていしゆ》さん、御亭主《ごていしゆ》さん」

亭主「ハイ」

と亭主《ていしゆ》が出《で》て来《き》ましたが、寒《さむ》い時分《じぶん》のことでございまして*艾縞《もぐさじま》の単衣《ひとへもの》の染《そめ》ツ返《かへ》した布子《ぬのこ》に、其《そ》の上《うへ》へ*夜具縞《やぐじま》の大《おほ》きな縞《しま》の袖無《そでなし》を着《き》まして塵除《ちりよけ》に手拭《てぬぐひ》を巻附《まきつ》け、土竈《どべツつい》の下《した》をプー〳〵吹《ふ》いて居《ゐ》た、此《こ》の火《ひ》がチラ〳〵木《こ》の間隠《まがく》れに見《み》えたのでございませう、

金「アノ、不加減《ふかげん》の女《をんな》があるから薬《くすり》を服《の》ませたいが、湯《ゆ》を一杯《ぱい》お呉《く》んなさい」

亭主「ハイ、御免《ごめん》なさいまし、エー微温《ぬるく》なりましたから、モウ少《すこ》し熱《あつ》くします」

金「微温《ぬる》くても宜《よ》うございます」

亭主「へー」

金「イヤ、ドウも……オイ〳〵昨日《きのふ》アノ御符《ごふう》を戴《いたゞ》いたが御符《ごふう》を飲《の》むか」

峰「御符《ごふう》より妾《わたし》はその何《なに》があるぢやアないかネ、アノー熊《くま》の胆《い》が一番《ばん》効《き》くんだアネ」

金「さうか、包《つゝ》みの中《なか》に一切薬《さいくすり》を入《い》れてある……」

峰「アラ……大変《たいへん》なことをした」

金「何《なに》を……」

峰「アラマア彼《あ》の薬《くすり》か無《な》い、それからお前《まい》さんが大事《だいじ》に

しろと言ツて渡《わた》した小包《こづゝみ》を妾《わたし》が腰《こし》へ巻《ま》き附《つ》けて居《ゐ》たが「重《おも》たくていけない、駕籠《かご》へ乗《の》ツたとき腰《こし》へ斯《こ》うやるとネ、ドウも冷《ひ》えていけぬ　と思《おも》ツて蒲団《ふとん》の間《あひ》へ挟《はさ》んだなりで駕籠《かご》を返《かへ》した、ツイ駕籠《かご》の中《なか》へ忘《わす》れて……」

金「ツイ忘《わす》れたぢやアない、仕《し》やうがないぢやアないか、路金《ろぎん》が這入《はい》ツて居《ゐ》るのに……」

峰「それだから妾《わたし》は途方《とはう》に昏《く》れた」

金「途方《とはう》に昏《く》れたぢやアない、路金《ろぎん》が這入《はい》ツて居《ゐ》る、困《こま》るぢやアないか」

峰「仕《し》やうがない、ドウしたら宜《よ》うございませう」

金「金子《かね》が無《な》くツちやア往《い》かれない……イヽ、彼《あ》の南部《なんぶ》の御方《こつち》の出尽頭《ではづれ》の*立場《たてば》茶屋《ちやゝ》まで急《いそ》いで往《い》ツたら駕籠舁《かごや》が居《ゐ》るだらう……御亭主《ごていしゆ》、ぢやア私《わたし》は南部《なんぶ》の方《はう》へチヨツと往《い》ツて来《く》る、アノお願《ねがひ》だが此女《これ》を少《すこ》し預《あづ》かツておくんなさい」

亭主「何処《どこ》へ往《ゆ》きます」

金「エ、ナニ今南部《いまなんぶ》の出尽頭《ではづれ》の立場《たてば》茶屋《ちやゝ》で駕籠《かご》が一挺《てう》しかない、仕方《しかた》がないから一挺誂《てうあつら》へ、此女《これ》を一人《ひとり》乗《の》せ、私《わたし》は歩《ある》いて此処《こゝ》へ登《あが》ツて来《き》たが、峠《たふげ》へ掛《かゝ》ると歩《ある》けないと言《い》ふ、

ドウも酷《ひど》い奴《やつ》でございますナ、駕籠賃《かごちん》を先《さき》に取《と》ツて酒代《さかて》を遣《や》ツて飯《めし》を食《く》はせて遣《や》ツたのに坂《さか》で歩《ある》けないなんて女連《をんなつ》れだと思《おも》ツて足許《あしもと》を見《み》て、祝儀《しうぎ》の五両《りやう》も十両《りやう》も呉《く》れりやア担《かつ》いで往《い》くまいものでもないと悪口《あくたい》を吐《つ》いた、腹《はら》が立《た》ツて口惜《くや》しうございます、それも宜《い》いが本統《ほんとう》にマア大変《たいへん》なことをしました　路金《ろぎん》の這入《はい》ツて居《ゐ》る包《つゝ》みを胴巻《どうまき》へ入れて、色《いろ》々紙幣《さつ》や何《なに》か一緒《しよ》にして此女《これ》に預《あづ》けて置《お》いたのを、駕籠《かご》の中《なか》へ忘《わす》れて来《き》たといふのにはドウも困《こま》ツたことをしました、駕籠《かご》の蒲団《ふとん》の間《あひだ》へそれを忘《わす》れて来《き》たですがありませうか」

亭主「左様《さやう》でございますなア、悪《わる》い奴《やつ》にお乗当《のりあて》だと出《で》ませぬがナ、ドンな奴《やつ》でございます」

金「ア、斯《か》う横《よこ》ツ後頭《こけ》に禿《はげ》のある奴と、頬《ほ》ツぺたに傷《きず》のある奴《やつ》で」

亭主「イヤ、そりやア旦那様《だんなさま》悪《わる》い奴《やつ》に御乗当《のりあて》でございますヨ、貴方《あなた》そりやア禿虎《はげとら》に傷松《きずまつ》と言《い》ツて此《こ》の街道中《かいだうちう》でモウ評判《ひやうばん》の駕籠舁《かごや》で、悪《わる》い駕籠《かご》へお乗当《のりあて》でございますナア」

金「ハアー禿虎《はげとら》に傷松《きずまつ》……名《な》が知《し》れりやア尚《な》ほ宜《い》い」

亭主「ナニ、疾《とう》に何処《どつ》かへ往《い》ツて仕舞《しまひ》ましたヨ」

金「ヱ、私《わたし》は警察《けいさつ》へ掛《かゝ》ツても何処《どこ》へ掛《かゝ》ツても取《と》りますから宜《よ》うございます、ドウぞ御頼申《おたのみまを》します」

亭主「イヤ、モシ〳〵日《ひ》が昏《く》れますと冬《ふゆ》は狼《おほかみ》は出《で》ませぬが、ドウかすると此処《こゝ》には悪《わる》い獣《けだもの》が出《で》る、狐《きつね》や狢《むじな》が出《で》て人《にん》間《げん》を欺《だま》かして、谷《たに》へ落《おと》したりすることがあります、貴方《あなた》鉄《てつ》砲《ぱう》を担《かつ》いで往《い》ツしやい」

金「鉄砲《てつぱう》は私《わたく》しは打様《うちやう》を知《し》らぬ」

亭主「成《な》るほど、そりやア困《こま》ツた……ぢやア此《こ》の火縄《ひなは》を持《も》ツて往《いら》ツしやい」

と鉄砲《てつぱう》の火縄《ひなは》を取《と》ツて二つに切《き》り、坐炉《ゐろり》の火《ひ》を移《うつ》して

亭主「之《こ》れをお持《も》ちなさい」

と云《い》ふ

金「大《おほ》きに気丈夫《きぢやうぶ》でございます」

と火縄《ひなは》を振《ふ》りながら其処《そこ》を出掛《でか》ける、

峰「旦那《だんな》〳〵、早《はや》く帰《かへ》ツて来《き》て下《くだ》さい」

金「イヽヨ金子《かね》を取《と》らにやア帰《かへ》ツて来《こ》ない」

峰「旦那《だんな》マア当家《こちら》の御亭主《ごていしゆ》さんに頼《たの》んで……」

金「イヽヨ、マアドウかアノお茶屋《ちやゝ》の旦那《だんな》、お頼申《たのまを》しま

す」

亭主「エ、モウお預《あづ》かり申《まを》しました、シツかりお懸合《かけあひ》なさらないと金子《かね》は返《かへ》らぬかも知《し》れませぬから……」

金「エ宜《よ》うございます」

亭主「ぢやアドウかお早《はや》くお帰《かへ》りなさるやう……此方《こツち》の右《みぎ》の方《はう》へ沿《つ》いて往《い》らツしやると谷間《たにま》でございまして、何《なん》でも其《そ》の辺《へん》は道路《みち》が悪《わる》うございます、モウこの霧雨《きりあめ》が降出《ふりだ》して来《く》ると辷《すべ》ツていけませぬ、宿木《やどりぎ》の方《はう》へ沿《つ》いて往《いら》ツしやい」

金「アイ〳〵、マアさう致《いた》しませう」

と急《いそ》いで路金《ろぎん》が無《な》いのだから、イヤモウ一生懸命《しやうけんめい》にトツ〳〵トツ〳〵と金兵衛《きんべゑ》が下《くだ》ツて往《い》きまする、

（十）

茶屋《ちやゝ》の亭主《ていしゆ》は、金兵衛《きんべゑ》が火縄《ひなは》を振《ふ》ツて往《い》く後姿《うしろすがた》を見《み》て居《を》りましたが、何思《なにおも》ツたか火縄《ひなは》を取《と》り、坐炉《ゐろり》の火《ひ》を斯《か》う移《うつ》した儘《なり》で鉄砲《てつぱう》の狙《ねら》ひを附けたが、引金《ひきがね》がカチリツと云ふとドーン、

此《こ》の鉄砲《てつぱう》の音《おと》に驚《おどろ》いた清元《きよもと》の師匠《しゝやう》の延峰《のぶみね》が塵除《ほこりよけ》に巻《ま》いて居《ゐ》た手拭《てぬぐひ》を取《と》りまするると上《うへ》に着《き》て居《を》りました浴衣《ゆかた》、其《そ》の頃は塵除《ほこりよけ》に能《よ》く浴衣《ゆかた》を羽織《はお》ツたものでございます、スラリ其《そ》の浴衣《ゆかた》を脱《ぬ》ぎますと下《した》には南部《なんぶ》の藍《あい》の子持縞《こもちじま》に、巻帯《まきおび》を致《いた》して居《を》りましたがズートと見《み》ると亭主《ていしゆ》が、軒下《のきした》に立《た》ツてドーンと鉄砲《てつぱう》を打《う》ち火縄《ひなは》を吹《ふ》いて向《むか》ふを見《み》て居《ゐ》る様子《やうす》ですから、ビツクリ結《むす》び髪《がみ》の姿《すがた》で片膝立《かたひざた》ツて

峰「勝《かつ》さん、手応《てごた》へはしたかエ」

勝「ン、火縄《ひなは》を目当《めあて》にドツサリ打《や》ツた、確《たし》かに手応《てごた》へはした様子《やうす》だが、ドウせ谷《たに》へ落《お》ちたに違《ちげ》いあるめい」

峰「さうかエ、妾《わし》はネ、マア此処《こゝ》で御前《まへ》に遇《あ》はうとは実《じつ》に思《おも》はなかツたヨ」

勝「一昨日《をとゝひ》ナ禿虎《はげとら》が来《き》てお峰《みね》さんがお出《いで》ですから其《そ》の積《つも》りに支度《したく》しておいでなせいと云《い》ふ　そりやアマア思《おも》ひ掛《が》けねい、ドウして来《き》たと云《い》ふと是《こ》れ〳〵斯《か》う云《い》ふ訳《わけ》だ、それから今日《けふ》は来《く》るか明日《あす》来《く》るかと毎日《まいにち》〳〵手前《てめへ》が来《く》るのを待《ま》ツて居《ゐ》たが、メツソウに遅《おく》れたなア」

峰「遅《おく》れたツてネ、今日《けふ》は何処其処《どこそこ》へ往《い》かう〳〵と、マ

ア寒《さむ》いから*七面《めん》さんだけは御免蒙《ごめんかうぶ》ツたが、実《じつ》に困《こま》ツた、ドウも危《あぶ》ない橋《はし》を渡《わた》ツて此処《これ》まで来《き》たヨ、お前《まへ》がネ此処《こゝ》に隠《かく》れて居《ゐ》やうとは妾《わたし》も思《おも》はない、マア思《おも》ひ掛《が》けないぢやアないか」

勝「手前《てめへ》路金《ろぎん》の這入《はい》ツた胴巻《どうまき》を持《も》ツて居《ゐ》るのか」

峰「五百円《ゑん》紙幣《さつ》とネ、古《ふる》い二分金《ぶきん》や何《なに》かが混《まじ》ツて居《ゐ》るのを帯《おび》の結目《むすびめ》の間《あひだ》へ端折《はしよ》ると見《み》せて隠《かく》して置《お》いたから、此処《こゝ》にお金《かね》はあるヨ」

勝「さうか、ぢやア宜《よ》かツた、アヽ何年遇《なんねんあ》はねい」

峰「何年《なんねん》テ、お前《まへ》に丁度《ちやうど》七年遇《ねんあ》はないヨ」

勝「思《おも》ひ掛《が》けなかツたなア」

峰「金兵衛《あのひと》はドウしたらう」

勝「鉄砲《てつぱう》が中《あた》り谷《たに》を踏外《ふみはづ》して真《ま》ツ逆《さか》さまに*富士川《ふじがは》へ落《お》ちたら下《した》までは二十四五丈《ちやう》、迚《とて》も助《たす》かる気遣《きづけひ》は無《な》い」

峰「勝《かつ》さん*柳島《やなぎしま》で遇ツたぎりだネー」

勝「さうヨ……サア手前《てまへ》が来《く》るだらうと思《おも》ツて旨《うめ》い物《もの》を取《と》ツて置《お》いた、一杯飲《ばいやら》う、余《あま》り久《ひさ》し振《ぶ》りだから……松野郎《まつやらう》に虎野郎《とらやらう》が手引《てびき》をして呉《く》れたから斯《か》う行《い》ツた、旨《うま》く行《い》くだらうとは思《おも》ツたが、実《じつ》は己《お》れも案《あん》じて居《ゐ》た、サア一杯飲《ばいやら》う」

峰「さうかエ、久《ひさ》し振《ぶ》りで盃《さかづき》の献酬《とりかはせ》をするんだネ」

破膳出《やれぜんだ》して二人《ふたり》で酒《さけ》を飲《の》むところを見《み》ると元〻《もと〱》話合《はなしあひ》で甲《かふ》州《しう》信州《しんしう》をかけて行者《ぎやうぢや》に化《ば》けて悪事《あくじ》なし、勝五郎《かつらう》と共《とも》に*縄《なは》ぬけも致《いた》した此《こ》の女《をんな》は題目《だいもく》お峰《みね》と云《い》ふ大悪人《だいあくにん》でございます、是《こ》れが後《のち》にお罰《ばつ》を被《かうむ》りまして重刑《ちうけい》になると云《い》ふ、実《じつ》に輪廻《りんゑ》応報《おうはう》と云《い》ふものは遁《のが》れ難《がた》いことと見《み》えます。

（十一）

エー、前回《ぜんくわい》に弁《べん》じました勝五郎《かつらう》、お峰《みね》の身《み》の上《うへ》のところからお話《はなし》が二十一年経《ねんた》ツて明治《めいぢ》二十九年《ねん》に相成《あひな》ります、其《そ》のところの御話《おはなし》で、これは前々《ぜん〳〵》申上《まをしあ》げました篠井《しのゐ》兼之丞《けんのじよう》が二十七で女房《によう ばう》お浪《なみ》は二十三歳《さい》で誠《まこと》に良《よ》い夫婦《ふうふ》でございます、殊《こと》に夫《をつと》が眼病《がんびやう》でございますから、此《こ》のお浪《なみ》と云《い》ふ貞婦《ていふ》が手《て》を引《ひ》いて身延《みのぶ》へ参《まゐ》りまして、覚林坊《がくりんばう》と申《まを》す彼《か》の日朝様《にツてうさま》のお堂《だう》へお籠《こも》りを致《いた》し、お礼参《れいまゐ》りでございますから、お題目《だいもく》の日《ひ》に一万遍《べん》からも上《あ》げぬければならぬと云《い》ふ一心《いッしん》、其《そ》のお蔭《かげ》か致《いた》して追々《おひ〳〵》と眼病全快《がんびやうぜんくわい》になります、昔《むかし》加藤清正公《かとうきよまさかう》は毎《まい》日《にち》五万遍《べん》の題目《だいもく》を唱《とな》へたと申《まを》しますが……

この千箇寺参《がじまゐり》と云《い》ふと、千箇寺《せんがじ》霊場《れいぢやう》を廻《まは》るのでございます、これはドウも信心《しんぐ》でなければ容易《ようい》に出来《でき》ぬことでございます、二十一日の間《あひだ》お籠《こも》りを致《いた》して、身延《みのぶ》の参詣《さんけい》も充分《じうぶん》に出来《でき》ましたことでございますから、漸《やうや》く一月の二十七日に身延《みのぶ》を出立《しゆつたつ》いたしまして、是《こ》れから夫婦《ふうふ》手《て》に手《て》を引《ひ》かれ、細竹《ほそたけ》の杖《つゑ》を突《つ》いて兼之丞《けんのじよう》は薄《うす》く見《み》えますなれども山道《やまみち》は危険《けんのん》で、段々《だん〳〵》段々《だん〳〵》彼《か》れ是《こ》れ二三里《り》登《のぼ》ツて参《まゐ》ると榧《かや》の木《き》の大《おほ》きなのばかりございます、*榧木峠《かやのきたふげ》と云《い》ふ所《ところ》もあるが、其《そ》の榧木峠《かやのきたふげ》ではございませぬ、これは大野《おほの》から*福士《ふくし》にかゝり、それから南部《なんぶ》の方《はう》へ越《こ》える道《みち》でございまして、道幅《みちはゞ》が狭《せま》うございます　殊《こと》に山畠《やまばた》が所々《ところ〴〵》にポツ〳〵拓《ひら》いてあります、当今《たゞいま》では余《よ》ほど開《ひら》けましたが、其《そ》の頃《ころ》は沢山《たんと》山畠《やまばた》は開《ひら》けぬことでございます、少《すこ》し登《(あが)》ツては先《ま》づ腰《こし》を伸《の》ばして休《やす》み〳〵二人《ふたり》が峰《みね》まで参《まゐ》りました

兼「アヽ草臥《くたびれ》たノ」

浪「ハイ、貴方《あなた》がマア御不自由《ごふじいう》な身躰《からだ》でお草臥《くたびれ》だらうと思《おも》ツて、誠《まこと》に妾《わたくし》は案《あん》じますが、貴方《あなた》疲《つか》れてはいけませぬ、余《あんま》りワク〳〵登《あが》ると、逆上《のぼせ》てお眼《め》に障《さは》ります」

兼「ア……」

浪「此処《こゝ》で少《すこ》しお休《やす》みなさい、此《こ》のネ、山《やま》の所《ところ》に大《おほ》きな榧《かや》の木《き》があります、これで大《おほ》きにヒヤリとして、出《で》た汗《あせ》が引《ひ》ツ込《こ》みまして宜《よ》うございます、尤《もつと》もマア寒《さむ》い時分《じぶん》だから

宜《よ》うございますが、暑《あつ》い時分《じぶん》には迚《とて》も来《こ》られませぬネ」
兼「ア、アヽ……ナカナカ骨《ほね》が折《を》れるもんだノー、併《しか》しまた登《のぼ》り詰《つめ》れば、これから下《くだ》るのか」
浪「ハイ……御覧《ごらん》なさいましヨ、此処《こゝ》に大《おほ》*きな自然石《じねんせき》へお題目《だいもく》が彫《ほ》ツてありますヨ……大《おほ》きな石碑《いしづか》がございます」
兼「ハー……さうかノ、フヽム……ホ、成《な》るほど是《こ》れか」
左《ひだり》の手《て》を伸《の》ばして手探《てさぐ》りに
兼「オー台石《だいいし》の所《ところ》は往来側《わうらいばた》にあるナ、地震《ぢしん》でも揺《ゆ》ツて倒《たふ》れては困《こま》る」
浪「大丈夫《だいぢやうぶ》でございます……此方《こちら》にお題目《だいもく》がございます」
兼「題目《だいもく》が……ヤレヤレお題目《だいもく》が……」
浪「ヱー日蓮上人《にちれんしやうにん》五百遠忌《あんき》と彫《ほ》ツてございます、施主《せしゆ》智光院日栄《くわうゐんにちえい》として書判《かきはん》が彫《ほ》ツてございます……エー明治元年《めいぢぐわんねん》十月十三日当村中《たうむらちう》と彫附《ほりつ》けてございますヨ」
兼「フヽム……お浪《なみ》アヽドウも日蓮様《にちれんさま》は難有《ありがた》いお方《かた》だノー」

浪「それは難有《ありがた》うございますヨ」
兼「此のノー、お題目《だいもく》の碑《つか》がマア諸方《しよはう》に建《た》ツて居《ゐ》るぢやアないか」
浪「何処《どこ》と云《い》ふことなしに建《た》ツて居《を》ります」
兼「それから、マアお寺《てら》の数《かず》も幾千在《いくせんあ》るかタイして殖《ふ》えたものだノー　ドウだノー、ドウだい、此《こ》の大《おほ》きな石碑《いしづか》を建《た》てるツて……マ、能《よ》く考《かんが》へて見《み》なヨ、此《こ》の節《せつ》は*市《し》税《ぜい》だとか、商業税《しやうげふぜい》だとか、人税《にんぜい》だとか、地価《ちか》とか、地租《ちそ》と云《い》ふ租《そ》税《ぜい》は、是《こ》れは人民《じんみん》が出《だ》さなくちやアならない、これは当然《あたりまへ》のことだ、それでさへも区役所《くやくしよ》から催促《さいそく》を受《う》けると、自分《じぶん》が納《をさ》めるのを滞《とゞこほ》ツて居《を》りながら、ブツ〳〵口小言《くちこごと》を言《い》ツて、納《をさ》めなければならないものを納《をさ》めるのを嫌《い》やがる、納《をさ》めろとも何《なん》とも言《い》はないのにドウだいマア喜《よろこ》んで寄附《きふ》すると云《い》ふのは、喜捨《きしや》と云《い》ツて喜《よろこ》び捨《すて》ると云《い》ふことだ、五百年経《ねんた》ツた後《のち》だから日蓮様《にちれんさま》と懇親《こゝろやす》い方《かた》もなし、またお目《め》に掛《かゝ》ツた方《かた》もないが、ドウ云《い》ふ御道徳《ごだうとく》のものか知《し》らぬが、マア喜《よろこ》んで此様《こん》な石碑《いしづか》を建《た》てる、五百年経《ねんた》たうが千年経《ねんた》たうがドウも種《たね》が尽《つ》きないと云《い》ふのはエライものだなア」
浪「本統《ほんとう》にさうでございまする、サア納《をさ》めないかと区役所《くやくしよ》から催促《さいそく》を受《う》けまして、不満《ふまん》で漸々《やう〳〵》傭人《やとひにん》に持《も》たして遣《や》るくらゐのことでございますが、宗祖《しうそ》のお為《た》めならモウ多分《たぶん》のお金《かね》を惜気《をしげ》も無《な》く喜捨《きしや》します、誠《まこと》に不思議《ふしぎ》な御道徳《ごだうとく》でございますネー」
兼「ア、有《あ》り難《がた》い、南無妙法蓮華経《なむめうはふれんげきやう》、南無妙法蓮華経《なむめうはふれんげきやう》」
浪「少《すこ》し休《やす》みながらお題目《だいもく》を上《あ》げませう」
兼「マア百遍《べん》も上《あ》げたら大《おほ》きになんだらう、足《あし》も……へ、、、草臥《くたびれ》たから……」
浪「マア足休《あしやす》めかた〴〵申《まを》しては勿躰《もつたい》ないがお題目《だいもく》を上《あ》げませう」
と夫婦《ふうふ》の者《もの》が、首《くび》に懸《か》けた珠数《じゆず》をザラ〳〵ザラ〳〵押鳴《おしな》らしまして頻《しき》りにお題目《だいもく》を唱《とな》へて居《を》りました、

（十二）

大《おほ》きに足《あし》の草臥《くたびれ》もぬけましたから
兼「サア参らう」
と云《い》ふので、是《こ》れから段々《だん〴〵》段々《だん〴〵》降《お》りて来《く》ると、チラリ

〱と雪《ゆき》が降《ふ》り出《だ》して来《き》ました、
兼「ア丶……冷《つめ》たいナ」
浪「いけませぬネー、マア雪《ゆき》が降《ふ》ツて来《き》ましたヨ」
兼「ア丶困《こま》ツたものだなア、マア此《こ》の山《やま》で雪《ゆき》にあツちやア実《じつ》に困《こま》る」
浪「マアドウしたら宜《よ》うございませう……アラマア御覧《ごらん》なさいまし」
と見《み》る中《うち》に深山路《みやまぢ》は渦《うづ》を巻《ま》いて吹《ふ》ツ掛《か》けて来《き》まして忽《たちま》ち真《ま》ツ白《しろ》になりました、
浪「直《ぢき》に寒《さむ》い所《ところ》でございますから積《つも》ツてネ……」
兼「ア丶ーム」
浪「アラ〱」
と云《い》ふうち忽《たちま》ちに吹廻《ふきまは》して積《つも》ります雪《ゆき》は、モウ一面《めん》に銀《ぎん》世界《せかい》となりました、
兼「ア丶困《こま》ツたものだ、今此《いまこ》の山《やま》へ掛《かゝ》ツて降《おり》なけりやアならぬのに……」
頻《しき》りに心配《しんぱい》いたして居《を》りますと、向《むか》ふの榧《かや》の木《き》の間《あひだ》よりチラリ〱と中《なか》で焚火《たきび》を致《いた》すのか、降《ふ》る外《そと》の雪《ゆき》に格子《かうし》が戸《と》

の隙間《すきま》から漏《も》れて映《えい》じます焚火《たきび》の光《ひか》り、

浪「ハ、……彼処《あそこ》にネ、アノ焚火《たきび》の光明《あかり》が映《うつ》りますから、彼処《あそこ》へ往《い》ツて頼《たの》んで見《み》ませう」

兼「さうか、此処《こゝ》で降《ふ》られちやア困《こま》る、ナ、何《な》にしろマア急《いそ》いで往《ゆ》かう」

チヨツと往《い》ツて斜《なだれ》に降《お》りてまた登《あが》ると云《い》ふ谿間《たにあひ》、先達《せんだつ》て円朝《ゑんてう》も此《こ》の地《ち》を通《とほ》りましたが、実《じつ》に避暑《ひしよ》などには良《よ》い幽邃《いうすい》の地《ち》でございます、それもお金《かね》が沢山《たくさん》あツて旅《たび》を致《いた》せば景色《けしき》が好《い》いとか面白《おもしろ》いことでございませう、けれども貧乏人《びんぼふにん》が金無《きんな》しで斯《か》う雪《ゆき》の降《ふ》る中《なか》を通《とほ》るなどと云《い》ふのは、実《じつ》に難渋至極《なんじふしごく》でございます、

スタ〳〵急《いそ》いで来《き》て見《み》ると榧《かや》の木《き》の下《した》の所《ところ》に茅葺《かやぶき》で四間《しけん》間口《まぐち》の古《ふる》い家《うち》がある、

浪「庵室《あんしつ》がございます　此の木連格子《きつれがうし》からチラ〳〵焚火《たきび》の光明《あかり》が外《そと》へ漏《も》れましたので……」

兼「アーア……」

浪「アノネ、貴方《あなた》此処《こゝ》は庵室《あんしつ》でございますヨ」

兼「庵室《あんしつ》だ、……お寺様《てらさま》か」

浪「イヽエ、お寺《てら》と云《い》ふほどぢやアございませぬ、庵室《あんしつ》でございますヨ」

兼「マア成《な》るたけナ、日蓮宗《おしうし》でなけりやア幾《いく》ら難儀《なんぎ》をしても泊《とま》るまいぞ」

浪「日蓮宗《おしうし》かも知《し》れませぬヨ」

兼「ドウして知《し》れる」

浪「アノ石碑《いしづか》にネ、お題目《だいもく》が書《か》いてございます」

兼「ホー……さうか、妙法蓮華経《めうはふれんげきやう》と書《か》いてあるか」

浪「書《か》いてございますヨ……アラマア御覧《ごらん》なさいまし、マア御利益《ごりやく》ぢやアございませぬか」

兼「アヽ有《あ》り難《がた》いことで……」

浪「庵室《あんしつ》の額面《がく》にネ、日朝堂《につてうだう》と書《か》いてございますヨ」

兼「フヽーム……南無《なむ》妙法蓮華経《めうはふれんげきやう》、南無《なむ》妙法蓮華経《めうはふれんげきやう》」

浪「是《こ》れはモウ真《しん》に御利益《ごりやく》でございます」

兼「有《あ》り難《がた》いことだなア、何《なん》にしろマアさう急《いそ》いでも足許《あしもと》が分《わか》らぬから……」

浪「石段《いしだん》があります、妾《わたくし》が手《て》を引《ひ》きますヨ、サア……宜《よ》うございますか、二三段《だん》ございますヨ」

兼「ア丶……願《ねが》ツて見《み》な、願《ねが》ツて見《み》な」

浪「ハイ……少々《せう〳〵》御願《おねがひ》がございます、私共《わたくしども》は夫婦《ふうふ》で千箇《せんが》寺《じ》参《まゐ》りを致《いた》す者《もの》でございますが、身延《みのぶ》へ参詣《さんけい》を致《いた》して帰途《かへりみち》此《こ》のお山《やま》へ掛《かゝ》りましたらば、雪《ゆき》が降《ふ》ツて来《き》まして難渋《なんじふ》いたします、ドウぞお情《なさ》けに今晩《こんばん》一夜《ばん》お庵室《あんしつ》へお泊《と》めなすツて下《くだ》さる訳《わけ》にはなりますまいか、モシ……」

「アイ〳〵」

と庵室《あんしつ》の内《うち》で返詞《へんし》を致《いた》しました

○「嘸《さ》ぞ〳〵マアお困《こま》りでございませう、唯今《たゞいま》開《あ》けますヨ……ア、サア〳〵此方《こつち》からお這入《はい》りなさい　其処《そこ》はモウ閉《し》めて仕舞《しま》ツてネ、開《あ》きませぬから此方《こつち》から廻《まは》ツて下《くだ》さいヨ……イ丶エ、そのネ、今登《いまあが》ツた方《はう》へお寄《よ》んなすツて斯《か》う北《きた》へ附《つ》いて廻《まは》ると勝手口《かつてぐち》でございますヨ」

浪「ハイ、有《あ》り難《がた》うございます」

手《て》を引《ひ》かれて夫婦《ふうふ》の者《もの》が北《きた》の方《はう》へ附《つ》いて廻《まは》ると上総戸《かみそうと》*がありますそれへ手《て》を掛《か》けて斯《か》う開《あ》けると、田舎《ゐなか》の庵室《あんしつ》で広《ひろ》くはありませぬけれども、土間《どま》だけは何処《どこ》でも少《すこ》し広《ひろ》く取《と》ツてあります、筧《かけひ》を渡《わた》る水《みづ》がチヨロ〳〵モウ少《すこ》し凍《こほ》り掛《かゝ》ツて居《ゐ》る、

(十三)

浪「マアドウも有《あ》り難《がた》う……」

○「オヤ〳〵、お籠《こも》りに……オーお眼《め》が悪《わる》いか、そりやアマアお困《こま》りだらう、サア〳〵此方《こつち》へお上《あが》りなさい……草鞋《わらじ》を脱《ぬ》いでネ……イ丶エ、足《あし》は雪《ゆき》だから汚《よご》れて居《ゐ》る気遣《きづか》ひは無《な》い、構《かま》はず足袋《たび》を穿《は》いたまゝ坐炉辺《ゐろりばた》へ足《あし》を出《だ》して……」

兼「ア丶御《ご》親切《しんせつ》にお蔭《かげ》で助《たす》かります有《あ》り難《がた》う存《ぞん》じます、誠《まこと》に私《わたくし》は不自由《ふじいう》な身躰《からだ》でございまして、モウ実《じつ》に此《こ》の峠《たふげ》へ掛《かゝ》りまして雪《ゆき》にあはうとは思《おも》ひませぬ、身延《みのぶ》へ昨夜泊《さくばんとま》りまして、マア天気《てんき》にもなりましたし今日《けふ》はモウ二十一日《にち》、お籠《こもり》をしましたから、漸《やうや》く覚林坊様《かくりんぼうさま》を立《た》ツて……」

○「オヤ〳〵日朝様《につてうさま》のお堂《だう》から……さうでございますか、此《こん》様な山《やま》の中《なか》の庵室《あんしつ》、何《なん》にも御馳走《ごちそう》はありませぬ、貴方《あなた》ネ此処《こゝ》へ来《き》てはマア焚火《たきび》ばかりが御馳走《ごちそう》で……其《そ》の籠《かご》の中《なか》に粗朶《そだ》も木《こ》の葉《は》もございますから構《かま》はず出《だ》してお焚《く》べなさ

い」
兼「有《あ》り難《がた》うございます」
浪「左様《さやう》なら御遠慮《ごゑんりよ》は致《いた》しませぬ、之《こ》れを燃《も》して宜《よ》うございますか」
○「ハイ」
浪「有《あ》り難《がた》うございます」
是《こ》れから籠《かご》の中《なか》へ手《て》を入《い》れまして二摑《ふたつかみ》ばかり木《こ》の葉《は》を差《さし》焚《く》べました、其《そ》の葉《は》へ火《ひ》が移《うつ》るとボーッと燃《も》え上《あが》る、榾火《ほたび》の光明《あかり》で彼《か》の尼《あま》の顔《かほ》を見《み》ると年《とし》の頃《ころ》は四十四五歳《しじふしご》になりますが、色《いろ》の白《しろ》い、眼《め》の中《うち》の涼《すゞ》やかな、口元《くちもと》の愛《あい》らしい、若《わか》いときには嘸《さ》ぞ美《うつく》しい女子《をんな》であッたらうと思《おも》ふほどの、まだみづみづとした尼法師《あまはふし》でございます、
兼「誠《まこと》に有《あ》り難《がた》う存《ぞん》じます」
尼「イエ、モウドウもネ、お眼《め》が悪《わる》いと云《い》ふものは誠《まこと》にお困《こま》りでございませう、オー、今本堂《いまほんだう》の方《はう》で頻《しき》りと読経《どきやう》を致《いた》して居《を》りませう」
兼「ハイ〳〵、読経《おきやう》の声《こゑ》が聞《きこ》えます」
尼「アレが私《わたし》の亭主《つれあひ》でございますが、モウ貴方《あなた》ネ長《なが》ひ間《あひだ》

の眼病《がんびやう》で七年《ねん》このかた私《わたし》も苦労《くらう》をしぬきますが、ドウも罪《ざい》障消滅《しやうせうめつ》しないと見《み》えまして唯今《たゞいま》まで癒《なを》りませぬ」

兼「オヤ、マア貴方《あなた》の御庵主様《ごあんしゆさま》もお眼《め》が……」

浪「ヘー、それはドウもお傷《いた》はしいことで……」

尼「それでもネ貴方《あなた》、痛《いた》みますのだけ癒《なを》りました、マアその*青底翳《あをそこひ》と云《い》ふのではない、黒底翳《くろそこひ》の方《はう》だから事《こと》に依《よ》ると癒《なを》ると云《い》ふお医者《いしや》のお告《つ》げでございます、一生懸命《いつしやうけんめい》になりまして日朝様《につてうさま》へ御願懸《をぐわんがけ》を致《いた》しまして実《じつ》に難渋《なんじふ》いたします」

浪「マア妾共《わたくしども》も長《なが》い間《あひだ》の眼病《がんびやう》でございまして、百日大《にちだい》精進《しやうじん》を致《いた》し、お願懸《ぐわんがけ》をしましたところ、マア有《あ》り難《がた》いことには少《すこ》し見《み》えるやうになりましたから、是《こ》れでは宜《い》い、御《ご》霊場《れいぢやう》をお礼参《れいまゐ》りかた〴〵千箇寺参《せんがじまゐ》りをして二人《ふたり》で修行《しゆぎやう》をしやうと、唯今《たゞいま》まで貴方病院《あなたびやうゐん》へ這入《はい》りましたり、医者《いしや》にも診《み》せましたり、モウ種々《いろ〳〵》のことでお金《かね》も多《おほ》く眼《め》の為《た》めに入《い》り上《あ》げました、実《じつ》に仕方《しかた》がありませぬからマア妾《わたくし》の亭主《つれあひ》はお堂《だう》ならお堂《だう》へ這入《はい》ツてお籠《こも》りをしまして、妾《わたくし》だけ修行《しゆぎやう》をしてマア纔《わづ》かな御報謝《ごはうしや》を戴《いたゞ》き、また挽割《ひきわり》や、麦《むぎ》や粟《あは》を戴《いたゞ》きまして、夫婦《ふうふ》がやツと凌《しの》いで居《を》りますので……」

尼「オー、マア善《い》いお心懸《こゝろが》けだネー……ア、其様《そん》なにお礼《れい》を仰《お》ツしやらないでも、モウ此様《こん》なにネ私等《わしら》夫婦《ふうふ》共眼《ともがん》病《びやう》で名医《めいゝ》と云ふ名医《めいゝ》にそりやアモウ実《じつ》に是《こ》れまで幾人診《いくたりみ》て貰《もら》ツたか知《し》れませぬが、少《すこ》しも効験《げん》がありませぬ、是《こ》れも皆《みん》な前世《ぜんせ》の宿業《しゆくごふ》か、若《わか》い時分《じぶん》の心懸《こゝろがけ》が悪《わる》い故《ゆゑ》でございませう」

兼「マア其様《そん》なに仰《お》ツしやツて下《くだ》さいますと私《わたくし》も同様赤面《どうやうせきめん》いたします……アヽ善《よ》い所《ところ》へ泊《とま》りましてナ……」

尼「ア、貴方《あなた》ネ、此方《こちら》へお寄《よ》んなさい……アノ朝伝《てうでん》さん朝伝《てうでん》さん」

朝伝「アイ〳〵……アイ」

尼「漸《やうや》くお経《きやう》も終《しま》ひましたやうで……」

朝「アヽ、お客《きやく》さんが来《き》なすツたことは知《し》ツて居《ゐ》るがナ、読《よ》み掛《か》けたお経《きやう》をドウも止《や》める訳《わけ》にはいかぬから……コレは〳〵御免《ごめん》なさい」

兼「ヘー、こりやアお庵主《あんしゆ》でございますか、手前《てまへ》は眼《め》が悪《わる》うございましてナ、エー此《こ》の峠《たふげ》へ掛《かゝ》ると雪《ゆき》にあひまして、マア当庵《こちら》へ願《ねが》ひましたところ、日朝様《につてうさま》のお堂《だう》でございますさうで、是《こ》れもドウも御利益《ごりやく》で……誠《まこと》に助《たす》かります、貴方《あなた》も御眼病《ごがんびやう》でお困《こま》りださうで……」

（十四）

朝「ハイ〳〵貴方《あなた》ネ、私《わたし》はモウ少《すこ》しも見《み》えませぬで、誠《まこと》にドウも難渋《なんじふ》です、七年《ねん》このかた一心不乱《しんふらん》に願《ねが》ひますけれども、ドウも皆《み》な障礙《しやうげ》*の為《た》めでございませう」

兼「左様《さやう》でございますか」

朝「何《なん》ぞ温《あたゝ》かい物《もの》を上《あ》げて呉《く》んな」

尼「温《あたゝ》かい物《もの》と言《い》つても何《なん》にもありはしない、……貴方《あなた》ネ此《こ》の山《やま》の中《なか》では仕方《しかた》がありませぬヨ」

朝「サア〳〵此方《こちら》へお寄《よ》んなさい」

兼「ハイ〳〵」

と坐炉《ゐろり》へ寄《よ》りまして薄《うす》くは見《み》えますから、斯《か》う透《すか》して見《み》ました、けれども兼之丞《けんのじやう》には此《こ》の眼《め》の悪《わる》い庵主《あんしゆ》の様子《やうす》は分《わか》りませぬ、彼《か》の女房《にようばう》のお浪《なみ》が透《すか》して見《み》ると年《とし》の頃《ころ》は五十歳《ごじふ》前後《ぜんご》と云《い》ふ齢《とし》で、装《なり》を見《み》ると薄《うす》い鼠《ねずみ》の木綿《もめん》でございます、是《こ》れも綿《わた》を沢山《たんと》入《い》れて、下《した》にも鼠色《ねずみいろ》の繻絆《じゆばん》と胴着《どうぎ》を襲《かさ》ねて居《を》ります、其《そ》の上《うへ》に茶《ちや》の無地《むぢ》の斯《か》う半纏《はんてん》のやうな物《もの》に綿《わた》を沢山《たんと》入《い》れて之《こ》れを着《き》て居《を》ります　鼻筋《はなすぢ》の通《とほ》つたまだ白毛《しらが》は少《すこ》しばかり生《は》へて居《を》りますが、若《わか》い時分《じぶん》には此人《これ》も美《うつく》しい男《をとこ》であツたらうと思《おも》はれる人品《じんぴん》の善《よ》い人《ひと》でございます、

朝「サアサアお寄《よ》んなさい、エーお前《まへ》さんは少《すこ》し見《み》えるさうで……」

兼「ハイ、私《わたし》は一生懸命《しやうけんめい》にこの日朝様《につてうさま》へ御願懸《ごぐわんがけ》を致《いた》しますと、御利益《ごりやく》と云《い》ふものはあるもので、実《じつ》にお蔭《かげ》でネ、少《すこ》しは此《こ》の頃《ごろ》見《み》えるやうになりました」

朝「フヽーム……マア何《なん》でございますナ愚僧《ぐそう》も以前《いぜん》は狩《か》野《の》のお画所《ゑどころ》も勤《つと》めまして百俵《べう》も高《たか》を取《と》る身《み》の上《うへ》でありました、けれども眼病《がんびやう》でお暇《ひま》が出《で》ました、実《じつ》に画工《ゑかき》が眼《め》が盲《つぶ》れたから仕方《しかた》がない」

兼「ア、貴方《あなた》はお画工様《ゑかきさま》でございましたか」

朝「イヤ、モウドウもナ　書《しよ》を読《よ》み、画《ゑ》を描《か》く者《もの》、彫刻《ほりもの》をする者《もの》などは実《じつ》に困《こま》ります、エー噂《うはさ》に聞《き》きましたが、彼《あ》の目貫後藤《めぬきごとう》*と呼《よ》ばれた後藤《ごとう》一乗先生《じやうせんせい》も四十二歳《しじふに》のときに

眼病《がんびやう》になられて、モウドウすることも出来《でき》ぬのを、妙法様《めうはふさま》へ願懸《ぐわんがけ》をして、京都《きやうと》に居《を》られた時分《じぶん》菩提寺《ぼだいじ》の*知足山常徳寺《ちそくさんじやうとくじ》へ日参《につさん》をなされた　スルとモウ盲《つぶ》れて仕舞《しま》ツて迚《とて》も助《たす》からぬと、医者《いしや》も見放《みはな》した眼病《がんびやう》が全快《ぜんくわい》になり、両眼共《りやうがんとも》に明《あき》らかで、遂《つゐ》には八十六歳《はちじふろく》の長寿《ちやうじゆ》を保《たも》ツて死《し》ぬまで目貫《めぬき》を彫《ほ》ツたと云《い》ふことを聞《き》きました、法名《はふめう》は光代院一乗日敬居士《くわうだいゐんいちじやうにつけいこじ》と申《まを》します、私《わたくし》もマアドウか薄《うす》く見《み》えたにしても、モウ画《ゑ》は描《か》かれませぬが何《なに》しろ一々手《て》を引《ひ》かれて便所《ようば》へ往《い》くのが辛《つら》くツて殊《こと》に人少《ひとずく》なでは誠《まこと》に困《こま》りますから、薄《うす》くも見《み》えるやうにしたいものです」

夫婦「モウそれは嘸《さ》ぞ御不自由《ごふじいう》でございませう」

朝「アヽ、ドウせ此《こ》の雪《ゆき》は止《や》みませぬ、明日《あした》も屹度止《きつとや》まないから、マア緩《ゆ》ツくりと彼方《あちら》のネ、本堂《ほんだう》の先《さき》の彼《あ》の南《みなみ》の方《はう》の口《くち》がチツと温《あつた》かい、彼処《あそこ》へ火《ひ》でも持《も》ツて往《い》ツてお寝《やす》みなさい、私《わたし》は此方《こつち》に居《ゐ》ます、本堂《ほんだう》と斯《か》う両方離《りやうはうはな》れ〴〵に寝《ね》るも御因縁《ごいんねん》でございます……マア本堂《ほんだう》と云《い》ツても僅《わず》か左右《さいう》に三畳《でう》づゝ畳《たゝみ》が敷《し》いてあるぐらゐで……」

兼「誠《まこと》に有《あ》り難《がた》うございます」

浪「イヽエ、モウ何《な》にも戴《いたゞ》きたくございませぬ」

兼「モウ〳〵是《こ》れなり……」

尼「アラマア其様《そん》なことを言《い》はずに、ドウかネ蕎麦《そば》掻《がき》でもして上《あ》げたい……」

浪「イエ、モウ何《なに》も戴《いたゞ》きたいことはございませぬ、少々《せう〳〵》弁当《べんたう》は背負《しよ》ツて居《を》りますから……」

朝「それではマア早《はや》くお寐《やす》みなすツた方《はう》が宜《い》い」

兼「ハイ、日朝様《にツてうさま》の御《ご》本堂《ほんだう》を拝《はい》しましてドウかお経《きやう》を上《あ》げてそれから伏《ふせ》りませう」

朝「サア〳〵……アヽそれにしてもコレお茶《ちや》を一杯《ぱい》上《あ》げナ」

燻《くすぶ》ツた薬缶《やくわん》を下《おろ》して尼《あま》が渋茶《しぶちや》を汲《く》んで出《だ》しましたから兼《けん》之丞《のじやう》夫婦《ふうふ》は茶《ちや》を貰《もら》ツて飲《の》みました、

（十五）

是《こ》れから本堂《ほんだう》へ参《まゐ》ツて荷物《にもつ》の中《うち》より線香《せんかう》を取出《とりだ》し其《そ》の線《せん》香《かう》を本堂《ほんだう》の前《まへ》の須弥壇《しゆみだん》の香炉《かうろ》へ立《た》てまして夫婦《ふたり》で自我偈《じがげ》*を上《あ》げ、観音経《くわんおんきやう》を上《あ》げなど致《いた》しまして、頻《しき》りにお経《きやう》を読《よ》んで居《を》りました、それからお題目《だいもく》を彼《か》れ是《こ》れ五千遍《べん》も読《よ》んだかと思《おも》ひますうちに、追《おひ》〳〵疲《つか》れて参《まゐ》り礼拝《れいはい》を致《いた》して、三畳《でう》の所《ところ》で南《みなみ》へ寄《よ》ツた方《はう》の本堂《ほんだう》の次《つぎ》室へ寝《ね》ました、

翌朝《よくあさ》になると少《すこ》し雪《ゆき》はあがりました、けれどもまだドンヨリ曇《くも》ツて居《を》ります、マア〳〵仕方《しかた》がないから盲人《めくら》を留守《るす》居《ゐ》と云《い》ふので

尼「私《わたし》は是《こ》れからお参《まゐ》りに往《ゆ》きます、今日《けふ》は二十八日《にち》で、鬼子母神様《きしぼじんさま》の御命日《ごめいにち》ですから是非《ぜひ》お参《まゐ》りをしますが……」

兼「ハ、左様《さやう》でございますか」

浪「エー、チヨツと……貴方《あなた》は何処《どこ》へ御参詣《ごさんけい》に……」

尼「イエ、マアお参《まゐ》りは兎《と》も角《かく》、近所《きんじよ》にお寺《てら》がありますけれども修行《しゆぎやう》をして参《まゐ》りませぬと仕方《しかた》がありませぬ、二人《ふたり》共《とも》に眼《め》が悪《わる》くて……実《じつ》は修行《しゆぎやう》をして参《まゐ》りますと、この道《みち》が崩《くづ》れたので、細道《ほそみち》へ通《とほ》り掛《かゝ》ツたら、お百姓《しやう》が居《ゐ》まして、お前《まへ》さん方《がた》は此《こ》の庵室《あんしつ》へ這入《はい》ツてお経《きやう》を上《あ》げて下《くだ》さい、留守《るす》居《ゐ》が無《な》くて仕方《しかた》がないから少々《せうせう》の間居《あひだゐ》て呉《く》れろと頼《たの》まれました、丁度《てうど》往《ゆ》く所《ところ》が無《な》くて幸《さいは》ひのことにしまして足掛《あしか》け三年《ねん》ばかり此庵《ここ》に居《を》ります　私《わたくし》夫婦《ふうふ》のやうな往《ゆ》き所《どころ》がない

者《もの》には又御利益《またごりやく》でございます、私《わたくし》の名《な》は朝香《てうかう》と云《い》ひますから皆《みな》さんさう呼《よ》んで下《くだ》さい」

浪「ハイ、畏《かしこま》りました」

兼「ヘー、朝香《てうかう》さん、良《よ》いお名《な》でございます」

浪「それでは貴方《あなた》がお修行《しゆぎやう》に往《いら》ツしやるなら妾《わたくし》もドウか勝手《かつて》を知《し》りませぬから、御同道《ごどうだう》を願《ねが》ひまして修行《しゆぎやう》を致《いた》したいもので……」

尼「オヽさうですかい、エヽ可《か》なりネ、報謝《はうしや》を呉《く》れます人《ひと》がありますから、ソンなら一緒《しよ》に参《まゐ》りませう」

と是《こ》れから二婦《ふたり》人は盲人《めくら》二人《ふたり》を留守居《るすゐ》に頼《たの》みまして山道《やまみち》に出《で》て往《い》ツて仕舞《しま》ひました、

朝伝《てうでん》もまた兼之丞《けんのじやう》も、お堂《だう》へ参《まゐ》ツて日朝様《につてうさま》の前《まへ》で頻《しき》りとお経《きやう》を読《よ》み、お題目《だいもく》を唱《とな》へて坐炉辺《ゐろりばた》へ帰《かへ》ツて来《き》ましたが、昼餐《おひる》を食《た》べる時分《じぶん》になツても二人《ふたり》とも帰《かへ》りませぬから、誠《まこと》に困《こま》ツた、けれども其《そ》のうちにチヨツと尼《あま》は帰《かへ》ツて来《き》ました、昼餐《おひる》を食《た》べるとまた修行《しゆぎやう》に出《で》て往《い》きました、日暮《ひく》れ方《がた》になりまして、またチラ〳〵チラ〳〵雪《ゆき》が降《ふ》ツて来《く》るとヒユー〳〵と真東北風《まならひ》が吹《ふ》きますから寒《さむ》くて堪《たま》らぬ朝「ア丶寒《さむ》うございますナ」

兼「ドウも余《よ》ほどお寒《さむ》いやうで……」

朝「台所《だいどころ》の方《はう》を開《あけ》ツ放《ばな》しちやア往《い》きませぬか」

兼「イ丶エ、閉《しめ》て往《いら》しツたやうで……」

朝「ハア、私《わし》はちツとも見《み》えないで誠《まこと》に困《こま》る、少《すこ》し風《かぜ》が這入《はい》ると、何処《どッ》か開《あ》いては居《ゐ》ないかと思《おも》ツて……併《しか》しお互《たがひ》に眼《め》が悪《わる》くなツては何《なん》にも楽《たの》しみは無《な》い、物《もの》を見《み》ることが出来《でき》ぬから、マア他《ひと》の話《はなし》を聴《き》くのが何《なに》よりの楽《たの》しみで、お前《まへ》さんは東京《とうきやう》かネ」

兼「ハイ、東京《とうきやう》で——エー京橋《きやうばし》の方《はう》でございます」

朝「ハ丶アー、京橋区《きやうばしく》……盛《さかん》な所《ところ》で、何御商法《なにごしやうはふ》かネ」

兼「イエ、モウ唯今《たゞいま》では商法《しやうはふ》も眼《め》が盲《つぶ》れまして出来《でき》ませぬ、家内《かない》と二人《ふたり》で少々《せう〳〵》ばかりの蓄財《たくはへ》もございましたけれど、モウ使《つか》ひ果《はた》して、仕様《しやう》がない眼《め》には換《か》へられませぬから、ドウか少《すこ》しでも見《み》えるやうになりたいと思《おも》ひ、唯一心《たゞいつしん》に日《にっ》朝様《てうさま》へ願懸《ぐわんがけ》を致《いた》しますと、不思議《ふしぎ》に癒《なを》りました」

朝「フ丶ーム……デはスツパリ見《み》えますか」

兼「イエ〳〵、さうハツキリは見《み》えませぬ、貴方《あなた》が斯《か》う動《うご》きなさるのや、お鼻《はな》の在《あ》るところ、口《くち》の在《あ》るところ、眉《まみえ》の在《あ》るところなどはボンヤリ見《み》えます」

朝「マア結構《けつかう》なことだ、有《あ》り難《がた》いネ……貴方名《あなたな》は何《なん》と申《まを》しますエ」

兼「エー手前《てまへ》は兼之丞《けんのじやう》と申《まを》します」

朝「へ丶ー、立派《りつぱ》な名《な》だネ、兼之丞様《けんのじやうさま》……成《な》るほどマア兼《けん》さんか、ハアー、愈ゝ《いよ〳〵》マアそれぢやア兼様《けんさま》として……誠《まこと》に寒《さむ》うございますナ……モウ日《ひ》暮《く》れ方《がた》になツたから帰《かへ》りさうなものだ」

兼「モウ彼《か》れ是《こ》れお帰《かへ》りでございませう」

（十六）

朝「先刻《さつき》はモウ帰《かへ》るまい、昼餐《おまんま》が食《た》べられまいと思《おも》ツて心配《しんぱい》したが、チヨツと駈抜《かけぬ》けに帰《かへ》ツたからまた出《で》て往《い》ツたが矢張《やツぱ》り遅《おそ》く帰《かへ》るかナ」

兼「大方左様《おほかたさう》でございませう」

朝「ウーム、久《ひさ》しう東京《とうきやう》を見《み》ませぬが、京橋区《きやうばしく》の方《はう》なら*煉瓦通《れんぐわどほ》りと云《い》ふのが、大層立派《たいそうりつぱ》に出来《でき》たことは、私《わたし》も眼《め》

の善《よ》い時分《じぶん》にチョツと一度《ど》通《とほ》ツて見《み》ましたが……」

兼「ハイ、彼処《あそこ》はマア第《だい》一等道路《とうだうろ》で盛《さかん》な地《ち》でございます」

朝「ハア左様《さう》かネ、フヽム……さうサなア、何《なに》か御馳走《ごちそう》をしたくツても何《なん》にも御馳走《ごちそう》がないナ、……アー私《わたしや》アいかないがネ、蕎麦粉《そばこ》の貰《もら》ツたのがあツた、アリやアネ、蕎麦《そば》湯《ゆ》にして飲《の》んでも蕎麦掻《そばがき》にしても宜《い》いんだ、ところがなんの抽斗《ひきだし》にある、何《なん》しても私《わたし》には見《み》えないが、アリやア随分《ずゐぶん》寒《さむ》さを凌《しの》ぐかネ……」

兼「貴方《あなた》、エー私《わたし》はマルツキリ見《み》えないぢやアない、ボンヤリ見《み》えますから、貴方《あなた》が斯《か》う云《い》ふ所《ところ》にあると言《い》へば手《て》探《さぐ》りで捜《さが》して参《まゐ》りませう」

朝「成《な》るほど、亭主《ていしゆ》がぶツ座《つは》ツて居《ゐ》て、お客《きやく》を使《つか》ふ……」

兼「イヤ、モウお客《きやく》などと仰《おつ》ツしやツて下《くだ》さるな」

朝「それぢやアネ、台所《だいどこ》の確《たし》か左《ひだり》の方《はう》の突当《つきあた》りの棚《たな》に、大《おほ》きなその手《て》が附《つ》いた土鍋《どなべ》がある、それでマアその蕎麦湯《そばゆ》をなさい、袋《ふくろ》はその鼠不入《ねずみいらず》の抽斗《ひきだし》にあります、鼠不入《ねずみいらず》の左《ひだり》の方《はう》の戸《と》を開《あ》けると砂糖《さとう》の壺《つぼ》もあると思《おも》ひます、それを持《も》ツて来《き》て貴方《あなた》拵《こさ》へて下《くだ》さい」

兼「ハイ〳〵、畏《かしこま》りました……エーお燭器《あかり》は何処《どツ》かにありませぬか」

朝「ア、暗《くら》くなツたから……成《な》るほど……ぢやアそのなんです、本堂《ほんだう》のでは勿躰《もつたい》ないが、お蠟燭立《らうそくだて》を拝借《はいしやく》して、それに蠟燭《らうそく》の点余《とぼしさし》があツたと思《おも》ツた、此処《こゝ》に寸燐《まツち》があるからそれを点《つ》けて……」

兼「ハイ〳〵、それぢやマア捜《さが》して見《み》ませう、知《し》れるか知《し》れぬか知《し》りませぬが……」

寸燐《まツち》を擦《す》ツて蠟燭《らうそく》の点余《とぼしさし》へ移《うつ》し、是《こ》れから本堂《ほんだう》の燭台《しよくだい》を持《も》ツて来《き》て捜《さが》しました、ところが棚《たな》に鍋《なべ》があり、抽斗《ひきだし》に蕎麦粉《そばこ》の袋《ふくろ》がありまして、砂糖《さたう》の壺《つぼ》が漸《やうや》く分《わか》ツたから、それを手探《てさぐ》りで、ジヾムサイけれども鍋《なべ》の中《なか》へ人指《ひとさしゆび》を入《い》れて沢山湯《たんとゆ》を注過《つぎす》ぎないやうにし、蕎麦粉《そばこ》を入《い》れて之《こ》れを座炉《ゐろり》の薪《まき》を組《く》んだ上《うへ》へ乗《の》せ漸々《やう〳〵》に湯《ゆ》を注《さ》し、是《こ》れから頻《しき》りと廻《まは》して居《ゐ》るうちドン〳〵燃《も》えますから、忽《たちま》ちに出来《でき》た、

兼「ア、モウ出来《でき》が悪《わる》いかも知《し》れませぬが……お砂糖《さたう》は此《こ》の中《なか》の匙《さぢ》へ五杯《はい》も入《い》れましたら宜《よろ》しいかネ」

朝「ドウ云《い》ふ匙《さじ》だか私《わたし》には分《わか》らぬ、マア飲《の》んで見《み》て甘《あま》くなかツたら、また入《い》れやうぢやアございませぬか」

兼「左様《さう》でございますナ、貴方《あなた》のお湯呑《ゆのみ》は……」

朝「ハイ〳〵此処《こゝ》に……湯呑《ゆのみ》と云《い》ツたところが是《こ》れは貰《もら》ひましたが、ツイ割《わ》りまして一旦《たん》継《つ》いで貰《もら》ひました、当所《こゝ》は焼継屋《やきつぎや》と云《い》ツてもまア甲府《かふゝ》へ往《ゆ》きませぬと、滅多《めつた》継《つ》ぐことは出来《でき》ませぬ、ぢやア是《こ》れへ注《つ》いで下《くだ》さい、サア貴方《あなた》も召上《めしあが》ツて下《くだ》さいヨ」スヽー「アヽこれはマア旨《うま》く出来《でき》ました、ウー、ナカ〳〵お前《まへ》さんは慣《な》れて上手《じやうず》だ」

兼「イエ、モウ漸《やうや》く此《こ》の頃《ごろ》此様《こん》なことが出来《でき》るやうになりました、マア〳〵旅《たび》をすると自分《じぶん》で何《なん》でも拵《こしら》へるやうなことになります」

朝「これは妙《めう》だ、有《あ》り難《がた》い……お前《まへ》さん飲《の》んだかネ」

兼「戴《いたゞ》きました　まだ少《すこ》し剰《あま》ツて居《ゐ》ますが、なんでございませうか残《のこ》して置《お》きまして尼様《あまさま》に……」

朝「アヽさうサネ、お前《まへ》さんの女房《おかみ》さんにも飲《の》ましたいネ」

兼「エ……モウ帰《かへ》ツたら甘《あま》い物《もの》が好《す》きだから喜《よろこ》んで……」

朝「ア、ぢやアお前《まへ》さんネ、マア帰《かへ》るまで寒《さむ》いから座炉《ゐろり》辺《ばた》にお居《ゐ》でなさるとも、それともなんなら少《すこ》し寐《ね》ちやアドウです、待《ま》ツて居《ゐ》てもナカ〳〵退屈《たいくつ》するから部屋《へや》へ往《い》ツて寝《ね》ても宜《よ》うございます、何《なん》ぞ有《あ》る物《もの》を引《ひ》ツ掛《か》けて……」

兼「有《あ》り難《がた》うございます誠《まこと》にドウも色《いろ》〳〵と……それでは私《わたし》は少《すこ》し彼処《あれ》へ這入《はい》ツて寝《やす》みませう」

朝「私《わたし》も寝《やす》みますから……」

（十七）

相手《あひて》をするのも少《すこ》しうるさい、若旦那《わかだんな》育《そだ》ちでございますから兼之丞《けんのじやう》は其処《そこ》を立《た》ツて三畳《でう》の部屋《へや》の方《はう》へ来《く》る、朝伝《こちら》も綿《わた》の這入《はい》ツた半纏《はんてん》を引《ひ》ツ掛《か》け、襟巻《えりまき》を巻附《まきつ》けまして座炉辺《ゐろりばた》の所《ところ》に少《すこ》し斯《か》う温《あたゝ》まツて居《を》りますと雪《ゆき》は一面《ばい》に積《つも》りました、スルと帰《かへ》ツて来《き》ましたのが朝香《てうかう》と云《い》ふ彼《か》の比丘《びく》でございます、何《なに》か食物《たべもの》を買《か》ツて来《き》ましたか、貰《もら》ふて来《き》ましたか、サク〳〵サク〳〵雪《ゆき》を踏《ふ》んで

尼「ア、寒《さむ》いこと寒《さむ》いこと……サア開《あ》けておくれ……開《あ》けとくれ」

朝「エ、……誰《だれ》だ」

尼「私《わたし》だヨ」

朝「オー〳〵帰《かへ》ツたかヤー、そりやアマア能《よ》く帰《かへ》ツた、ササ……サ、マア此方《こつち》へ這入《はい》んなヨ」

尼「這入《はい》りたいがネ、手《て》に提《さ》げて居《ゐ》る物《もの》がある、此《こ》のネ提《さ》げて居《ゐ》る物《もの》を取《と》ツて貰《もら》はないとマア困《こま》るんだがネ、チヨイとお前《まへ》さん、少《すこ》し斯《か》う手探《てさぐ》りで匍出《はいだ》して、是《こ》れだけ其処《そこ》へ持《も》ツて往《い》ツて下《くだ》さいネ」

朝「己《お》れがお前《まへ》ドウも困《こま》る、不自由《ふじいう》な者《もの》を使《つか》はうツたツてさうはいかねい……ドレ、マア立《た》てるか立《た》ツて見《み》やう」

と立上《たちあが》ツたが、ヒヨロ〳〵バツターリ身躰《からだ》が痺《しび》れて倒《たを》れました、

尼「ドウしたノ……お前《まへ》さん、ドウしたノ」

朝「エ、ア痛《いて》い〳〵ア、痛《いて》いー、ドウしたんだか身躰《からだ》が利《き》かねいんだ、サ、……寒《さむ》さに、また負《ま》けたか知《し》ら」

尼「寒《さむ》さに負《ま》けて身躰《からだ》が利《き》かないツて……何《なに》かお前悪《まへわる》い

物《もの》でも食《た》べやアしないかエ」

朝「イ、エ食《た》べやアしねい」

尼「ア、アーまた土地《ちまはり》の悪《わる》い酒《さけ》を飲《の》んだネ、悪《わる》い酒《さけ》を飲《の》むと身躰《からだ》に中《あた》るから、お酒《さけ》だけは止《よ》すが宜《い》い、眼《め》の為《た》めに悪《わる》いから止《よ》すが宜《い》いとアレ程言《ほどい》ふのにお前《まへ》さんは肯《き》かないでまたお酒《さけ》を飲《の》んだらう」

朝「ナニ、酒《さけ》も何《なに》も飲《の》みやアしないヨ、此《こ》の間貰《あひだもら》ツた蕎麦粉《そばこ》があるから、千箇寺参《がじまゐり》の客人《きやくじん》と二人《ふたり》で、己《お》れは眼《め》が見《み》えないから、彼《あ》の人《ひと》に捜《さが》し出《だ》して貰《もら》ツて、二人《ふたり》で漸《やうや》く拵《こしら》へて半分《はんぶん》づゝ蕎麦湯《そばゆ》を飲《の》んだんだ」

尼「エ、ツ……蕎麦湯《そばゆ》を、ナニかエ何処《どツ》からお出《だ》しだエ」

朝「お前此《まへこ》の間貰《あひだもら》ツて鼠不入《ねずみいらず》の抽斗《ひきだし》へ入《い》れたらう」

尼「アラマア……それをお前《まへ》さん飲《の》んだかネ」

朝「飲《の》んだ」

尼「飲《の》んだ……マア飛《と》んだことをして呉《く》れたぢやアないか、そのネ、蕎麦粉《そばこ》の袋《ふくろ》の中《なか》には毒《どく》が這入《はい》ツて居《ゐ》るんだヨ」

朝「エヽー……ナニ、毒《どく》を己《おれ》に飲《の》ました？……」

尼「お前《まへ》に飲《の》ませやうと思《おも》ツて拵《こさ》えて置《お》いたぢやアないネ、此《こ》の間《あひだ》千箇寺《がじ》参《まゐ》り夫婦《ふうふ》達《たち》が、段々話《だん〳〵はなし》を聞《き》くと身延《みのぶ》の山《やま》を修行《しゆぎやう》に歩《ある》いて居《ゐ》るとき、華族様《くわぞくさま》か何《なに》かに遇《あ》ツて多分《たぶん》のお金子《かね》を貰《もら》ツたと、夫婦《ふうふ》で昨夜《ゆふべ》包金《つゝみがね》を出《だ》してマア喜《よろこ》んで居《ゐ》た、まだ懐中《ふところ》にある、余《よ》ほど心懸《こゝろがけ》の善《い》い奴《やつ》と見《み》えて十八九円《ゑん》の金子《かね》を持《も》ツて居《ゐ》る様子《やうす》だ、マア沢山《たんと》は無《な》くツても、二人《ふたり》の代物《しろもの》から何《なに》からぢやア四五十両《りやう》の物《もの》はあると思《おも》ツたから、ドウかして取《と》らう、他《ほか》に工夫《くふう》はないから、彼《あ》の眼《め》の悪《わる》い亭《てい》主《しゆ》に毒《どく》ウ飲《の》ませ、身躰《からだ》を利《き》かなくして置《お》いて谷《たに》へでも突《つ》ツ込《こ》んで仕舞《しま》やア淵川《ふちかは》へ落《お》ちて死《し》んで仕舞《しま》ツて誰《だれ》にも知《し》れる気遣《きづか》ひは無《な》いと、拵《こしら》えて置《お》いた痲痺薬《しびれぐすり》、それを彼《あ》の袋《ふくろ》の中《なか》へ入《い》れて置《お》いたから、女房《かゝア》の帰《かへ》らないのを幸《さいは》ひ飲《の》ませやうと思《おも》ツて急《いそ》いで今帰《いまかへ》ツて来《き》たんだヨ、砂糖《さたう》も買《か》ツて来《き》たんだが本統《ほんとう》にお前《まへ》さん、それを彼《あ》の客人《きやくじん》と飲《の》んだかエ」

朝「飲《の》んだ」

尼「そいつはドウも大失策《おほしくじり》をやツたネー」

朝「ウヽム……お、己《お》れをドウか助《たす》けて呉《く》れー」

尼「助《たす》けたいツてネ、モウ飲《の》んで仕舞《しま》ツちや仕様《しやう》がない、亭主《ていしゆ》さへ死《し》んで仕舞《しま》やア彼《あ》の女房《かゝア》はまだ二十二三で美《い》い女《をんな》だ、宿場《しゆくば》へ沈《しづ》めるより甲府《かふゝ》へ売《ばら》しやアドンな*山女衒《やまぜげん》の手《て》に渡《わた》しても五十《ごじふ》両や百《ひやく》両になると思《おも》ツたがマアお前《まへ》飲《の》んで呉《く》れたかエ、仕方《しかた》がないねエ」

（十八）

朝「アヽ……助《たす》けて呉《く》れー」

尼「助《たす》けたいツて助《たす》けることも何《なに》も出来《でき》ない、仕方《しかた》がないからお前《まへ》はネ死《し》んでお仕舞《しま》ひ、ヨ、其《そ》の代《かは》りにネ彼《あ》の夫婦《ふうふ》の奴《やつ》は何処《どこ》が何処《どこ》までも欺《だま》かし終《をほ》せて私《わたし》が此処《こゝ》を連《つ》れ出《だ》して亭主《ていしゆ》を殺《ころ》す、亭主《ていしゆ》はモウ蕎麦湯《そばゆ》を飲《の》んだら屹度《きつと》死《し》ぬから其《そ》の代《かは》り女房《にようぼ》をたゝき売《う》ツて其金《それ》でお前《まへ》の葬儀《とひ》追善《とむらひ》をしてあげるから死《し》んでお呉《く》れ」

朝「た、た、助《たす》けて呉《く》れ、助《たす》けて呉《く》れー」

と云《い》ふ声《こゑ》が篠井兼之丞《しのゐけんのじよう》の耳《みゝ》へ這入《はい》ツたときに、驚《おどろ》いたの驚《おどろ》かないのではない、サア周章《あはて》て逃《に》げやうと致《いた》したけれども、ナカ〳〵身躰《からだ》が利《き》かない、立上《たちあが》ツてはヨロ〳〵バタリ、

立上《たちあが》ツてはヨロ〳〵バタリ、音《おと》がしたらば此処《こゝ》へ来《こ》られる、来《こ》られてはならぬと薄《うす》く見《み》えても眼《め》が悪《わる》いゆゑ、ドウしたら宜《よ》からうと一生懸命心《しやうけんめいこゝろ》の中《うち》で、お題目《だいもく》を唱《とな》へて居《を》るうち、不図気《ふとき》の附《つ》きましたのが小室《こむろ》で戴《いたゞ》いた御符《ごふう》

「ア、小室《こむろ》から戴《いたゞ》いて来《き》た此《こ》の毒消《どくけ》しの御符《ごふう》を」

と云《い》ふので是《こ》れから懐中《ふところ》より取出《とりいだ》しました、守袋《まもりぶくろ》を開《あ》けては間《ま》に合《あ》はないから紙《かみ》ごと含《の》みましたが　此《こ》の庵主夫婦《あんしゆふうふ》は悪人《あくにん》でありました、それから逃《に》げやうと思《おも》ふのだから雨《あま》戸《ど》へ手《て》を掛《か》けたが、何分《なにぶん》にも戸《と》が雪《ゆき》で凍《こほ》り附《つ》いて開《あき》ませぬ

「情《なさ》けない、斯《か》う云《い》ふ所《ところ》へ泊《とま》り合《あは》せて、此処《こゝ》は日朝様《につてうさま》のお堂《だう》、アヽドウもよく〳〵因縁《いんえん》の悪《わる》いことに相違《さうゐ》ない、此処《こゝ》で斯《か》うやツて悪人《あくにん》の為《た》めに毒《どく》を飲《の》まされて死《し》ぬと云《い》ふのは、ドウも情《なさ》けないことだ、予《かね》て菩提寺《ぼだいじ》の和尚様《をしやうさま》が仰《お》ツしやツた、

*欲知過去因《くわこのいんをしらんとほつすれば》　可見今生果《こんじやうのくわをみるべし》
欲知未来果《みらいのくわをしらんとほつすれば》　可見今生因《こんじやうのいんをみるべし》

アヽ何事《なにごと》だ、彼様《あん》な悪党《あくたう》とは知《し》らないで、己《お》れは斯《か》うやツて薄《うす》く見《み》らるけれども、彼《あ》の人《ひと》は少《すこ》しも見《み》えなくて気《き》の

毒《どく》だと、実《じつ》は日朝様《にってうさま》のお堂《だう》へ参《まゐ》ツてもドウか彼《あ》の庵主《あんしゆ》の眼《め》が癒《なを》りますやうにと、拝《をが》んで上《あ》げたのが残念《ざんねん》だ、オヽ因縁《いんえん》の悪《わる》いことだ、前世《ぜんせ》の宿業《しゆくごふ》仕方《しかた》がない、仕方《しかた》がないがドウかして遁《のが》れるだけは逃《のが》れて見《み》たい」

と云《い》ふので力《ちから》に任《まか》してグッとやツたが開《あ》かない

「南無妙法蓮華経《なむめうはふれんげきやう》」と大《おほ》きな声《こゑ》を出《だ》して聞《き》かれてはならぬと思《おも》ふから口《くち》の中《うち》で一生懸命《しやうけんめい》、

ドウか云《い》ふ呼吸《こきふ》でスツと開《あ》きました、はづんでドンと開《あ》いた途端《とたん》に転《ころ》がり落《お》ちまして、裏方《うらて》の泥《どろ》中へ転《ころ》がツた儘摑《まゝつか》んだ雪《ゆき》を寝《ね》たなりで、ムシヤ〳〵食《く》ツた、スルと咽喉《のど》へ支《つか》へて居《ゐ》た毒消御符《どくけしごふう》が、ズーツと腹中《ふくちう》へ通《とほ》りました、実《じつ》にこれを御符《ごふう》と云《い》ふか、

此《こ》の毒消御符《どくけしごふう》は先頃深川《さきごろふかゞは》でお開帳《かいちやう》がございましたが、必《かなら》ず験《き》くて、先達《せんだつ》て深川《ふかゞは》へ参《まゐ》ツてドウ云《い》ふ訳《わけ》だと聞《き》きましたら高祖《かうそ》が四十六《しゞふろく》歳のときに彼《か》の小室《こむろ》へ御出《おい》でがあツて、永《なが》らく御滞在《ごたいざい》になツた、其《そ》のときに*栄長法印善知《えいちやうはふいんぜんち》と云《い》ふ年若《としわか》の者《もの》が居《を》りまして、其人《それ》と法文《はふもん》の議論《ぎろん》をしたところが、忽《たちま》ち日蓮上人《にちれんしやうにん》に説伏《ときふ》せられ、恐入《おそれい》ツて改宗《かいしう》を致《いた》してお弟子《でし》になツたけれども腹《はら》の中《うち》にまだ残念《ざんねん》と心得《こゝろえ》て居《を》ツたから、牡丹餅《ぼたもち》の中《なか》へ毒《どく》を入《い》れまして、高祖《かうそ》に食《た》べさせやうと云《い》ふ了簡《れうけん》で、是《こ》れは家内《かない》が拵《こさ》へましたと言《い》ツて持《も》ツて往《ゆ》きました、高祖《かうそ》は毒《どく》の這入《はい》ツて居《を》ることを能《よ》く御存《ごぞん》じであツたか

「アヽ忝《かたじ》けない、能《よ》う持《も》ツて来《き》て呉《く》れた、遠途《とうど》の所《ところ》を誠《まこと》に有《あ》り難《がた》い」

と言《い》ツて身延《みのぶ》の庵室《あんしつ》から、椽《えん》へ出《で》て飼馴《かひな》れた犬《いぬ》がありまして其《そ》の犬《いぬ》が尾《を》を掉《ふ》ツて来《き》ましたときに、一《ひと》つ其《そ》の牡丹餅《ぼたもち》を投《な》げて遣《や》る、犬《いぬ》が之《こ》れをベロ〳〵食《た》べますと忽《たちま》ち身《み》を悶《も》掻《が》き苦《くる》しがり、綿《わた》のやうな血《ち》を吐《は》いて死《し》んだ、其《そ》のときに此《こ》の善知坊《ぜんちばう》と云《い》ふ者《もの》が、之《こ》れを見《み》てアヽ悪《わる》いことをしたと始《はじ》めて気《き》が附《つ》きトウ〳〵此人《これ》が真以《しんもつ》て高祖《かうそ》を尊《たふと》み、高祖《かうそ》の道徳《だうとく》を信《しん》じ、後《のち》に一箇寺《かじ》を開《ひら》いて*徳永山妙法寺《とくえいさんめうはふじ》と云《い》ふのが小室《こむろ》のお寺《てら》でございます、其《そ》*の毒消御符《どくけしごふう》で、是《こ》れは必《かなら》ず験《き》くテ、癪《しやく》の起《おこ》りました人《ひと》が、チヨツと服《の》むと必《かなら》ず治《なを》る、此話《これ》を聞《き》いて御医者《おいしや》が立腹《りつぷく》いたしましたが不思議《ふしぎ》に験《き》くのでございます、

サア戸外《そと》へ転《ころ》がり出《だ》して、大《おほ》きに身躰《からだ》が快《よ》くなツたやう

になると、此処《こゝ》へ女房《にようぼ》のお浪《なみ》が帰《かへ》ツて来《こ》なければ宜《い》いが、ウツかり帰《かへ》ツて来《く》ると殺《ころ》されて仕舞《しま》ふ、ドウかお浪《なみ》を助《たす》けて遣《や》りたいと思《おも》ふと、表《おもて》の方《はう》へお浪《なみ》が帰《かへ》ツて来《く》ると云《い》ふお話《はなし》、チヨツと休息《きうそく》して申上《まをしあ》げます。

（十九）

引続《ひきつゞ》いてお聴《き》きに入《い》れました千箇寺《がじ》参《まゐ》り篠井《しのゐ》兼之丞《けんのじやう》、お浪夫婦《なみふうふ》の者《もの》が信心《しんぐ》を致《いた》し、お浪《なみ》は至《いた》ツて貞婦《ていふ》なり、兼之丞《けんのじやう》は心懸《こゝろが》けも善《よろ》しく、親孝行《おやかうく》の人《ひと》でございます、此《こ》夫婦《れ》がドウも斯様《かやう》な大難《だいなん》に遇《あ》ふ、併《しか》し此《こ》の大難《だいなん》が遁《のが》れなければ神《かみ》も仏《ほとけ》もない、前世《ぜんせ》の宿業《しゆくごふ》とでも云《いふ》より外何《ほかなん》とも申《まう》さう様《やう》がない、

だが此《こ》の法華経宗《ほけきやうしう》は*末法《まつぱふ》を開《ひら》くと云《い》ふが法華《ほつけ》のお経《きやう》で、釈迦如来《しやかにょらい》が涅槃経《ねはんきやう》に悉《ことぐ》く説《と》いてあると云《い》ふことでございます、法華宗《ほつけしう》の人《ひと》は門徒宗《もんとしう》を悪《わる》く云《い》ひ、一向宗《かうしう》の人《ひと》はまた法華《ほつけ》気違《きちが》ひだ、日蓮宗《にちれんしう》は気違《きちが》ひ宗《しう》だ大鼓《たいこ》を叩《たゝ》いてなどと、お互《たがひ》に悪《わる》く云《い》ふ、先達《せんだつ》ても確《たし》か四*個《か》の格言《かくげん》とかで大分《だいぶ》に争《あらそ》ひがありまして実《じつ》に面倒《めんだう》でございました、併《しか》し法源《もと》を洗《あら》ツて見《み》ると、皆《み》な釈迦如来《しやかにょらい》が説《と》いたのでこれが川柳《せんりう》の狂句《きやうく》に

*宗旨《しうし》論何方《ろんどちら》が負《まけ》でも釈迦《しやか》の恥《はぢ》

とはうがツた物《もの》で其釈迦如来《そのしやかにょらい》の説《と》きましたのが*華厳宗《けごんしう》でそれから*阿含方等般涅《あごんはうとうはんにや》それから法華経《ほけきやう》だなどと申《まを》されます五百年目《ねんめ》五百年目《ねんめ》に名僧《めいそう》が産《うま》れて来《き》て、一宗《しう》を開《ひら》くと云《い》ふことを三千年《ねん》の前《まへ》に釈迦《しやか》の説《と》き詰《つ》めて置《お》いたことで、不思議《ふしぎ》なことがあるもの、釈迦《しやか》が終《をは》ツて五百年目《ねんめ》に、達摩大師《だるまだいし》が出《で》て以心伝心《いしんでんしん》とか云《い》ふ悟《さとり》の法《はふ》を開《ひら》いたので、また其《そ》の後《ご》天台大師《てんだいぐし》が出《で》ますするとか、皆《み》なエライ人《ひと》が出《で》て来《き》まして、追々《おひく》八宗《しう》十宗《しう》と開《ひら》くことになり、末法《まつぱふ》に至《いた》ツては此《こ》の日蓮上人《にちれんしやうにん》が　法華《ほつけ》と云《い》へば天台《てんだい》でございますが、天台《てんだい》の中《なか》の無《な》くてならぬ肝腎《かんじん》の貴《たうと》いところばかりを、八巻《くわん》に纏《まと》めてこれを頻《しき》りと説《と》きましたが此法華《このほつけ》の方《はう》は後《あと》から開《ひら》いたから余《よ》ほど派手《はで》です、大概本堂《たいがいほんだう》の欄間《らんま》の彫《ほり》が極彩色《ごくさいしき》の天人《てんにん》とか、繧《うん》繝《げん》の*花《はな》の丸《まる》の合天井《がふてんじやう》、金泥《こんでい》の*巻柱《まきばしら》、朱塗《しゆぬり》の経函《きやうばこ》を置《お》いたり、大鼓《たいこ》を叩《たゝ》いて大陽気《おほやうき》です、*鐘《かね》と云《い》ふものはドウも陰気《いんき》なもので、マア鐘《かね》の音《ね》がヂヤーンと云《い》ふと、ドウも陰気《いんき》でございますが、大鼓《たいこ》の方《はう》はドウも陽気《やうき》に聞《きこ》えます、だから繁昌《はんじやう》

火中の蓮華（十九）

することを陽《やう》に取《と》ツてこれは大鼓《たいこ》の音《ね》で彼処《あそこ》の家《うち》は繁昌《はんじやう》だ、ドン〳〵する、彼処《あそこ》の家《うち》はドウして身代限《しんだいかぎ》りで潰《つぶ》れたかおヂヤンだ、鐘《かね》の音《ね》だと云《い》ひますがさうでもございますまい、ドウもこの題目《だいもく》は陽気《やうき》で、鼻《はな》の先《さき》で斯《か》う言《い》へるやうなもの、妙《めう》と云《い》ふことが附《つ》きまするが、*妙《めう》と云《い》ふことは此《こ》の現世《げんせ》の御利益《ごりやく》と云《い》ツて、滅《めつ》するときは南無阿弥陀仏《なむあみだぶつ》が附《つ》き、現世《げんせ》のことには此《こ》の妙《めう》が附《つ》くと云《い》ふ、マア早《はや》い話《はなし》だが、此《こ》の茶碗《ちやわん》をツイ誤《あやま》ツてトーンと板《いた》の間《ま》へ落《おと》して傷《きず》が出来《でき》ない

「コウ、彼様《あん》なに酷《ひど》い音《おと》がしたがエ、妙《めう》だぜ〳〵」

壊《こは》れないときは妙《めう》、こいつをパッと落《おと》して粉微塵《こなみぢん》になると

「ア、南無阿弥陀仏《なむあみだぶつ》」

と云《い》ひます、月夜《つきよ》の晩《ばん》に戸外《おもて》へ出《で》て、

「ドウも良《い》い月《つき》だ、妙《めう》だナ」

月《つき》が冴《さ》えて居《ゐ》るのを妙《めう》だと云《い》ふ、月夜《つきよ》の晩《ばん》に若《も》し二十銭《せん》の紙幣《さつ》でも拾《ひろ》ツて御覧《ごらう》じろ

「ホー妙《めう》ぢやアないか、こんなかにコウ紙幣《さつ》が落《おつこ》ツて居《ゐ》る」

と拾《ひろ》ひでもすれば、

「妙《めう》だ、妙《めう》だ」

と二つぐらゐ続《つゞ》けて言《い》ふ、

甲「だけれどもコレ二十銭《せん》だツて届《とゞ》けなけりやアなるまい」

乙「此様《こん》なものを拾《ひろ》ツて届《とゞ》けるにやア及《およ》ばない、マア使《つか》ふサ」

甲「ン、ぢやア君《きみ》ドウセナ、タイした奢《おご》りは出来《でき》ない、向《むか》ふの蕎麦屋《そばや》へ上《あが》ツてチヨツと抜《ぬ》きか何《なに》かで一杯《ぱい》飲《や》らう」

と是《こ》れから蕎麦屋《そばや》へ這入《はい》ツて*玉子《たまご》の抜《ぬ》きを誂《あつら》へ、天麩羅《てんぷら》蕎麦《そば》を取《と》り、ビールの一本《ぽん》も取《と》ツて

「勘定《かんぢやう》は幾《いく》らになる」

「六十三銭《せん》」

「オ、六十三銭《せん》か……四十三銭《せん》の足前《たしまへ》だ、ヤレ南無阿弥陀仏《なむあみだぶつ》」

となる妙《めう》なものでございますナ、それから彼《あ》の団扇大鼓《うちはだいこ》を叩《たゝ》きましてお開帳《かいちやう》のお著《つ》きや、何《なに》かと云《い》ふものはドウも此《こ》の法華経宗《ほけきやうしう》に限《かぎ》るやうでございます　狐附《きつねつ》きを落《おと》したりするにはドウも宜《よ》いもので

「南無妙法蓮華経《なむめうはふれんげきやう》、南無妙法蓮華経《なむめうはふれんげきやう》、南無妙法蓮華経《なむめうはふれんげきやう》、スツトン〳〵スツトントン、スツトントンスツトントントン」

と叩《たゝ》きますから、狐《きつね》も居《ゐ》られませぬで、スコン〳〵と飛《とび》出《だ》して仕舞《しま》ふ、ドウも門徒宗《もんとしう》などは

「西方阿弥陀如来《さいはうあみだにょらい》、南無阿弥陀仏《なむあみだぶつ》、南無阿弥陀仏《なむあみだぶつ》、アヽアーア、アー」

なんて言《い》ふから、狐《きつね》が宜《い》い心持《こゝろもち》になツて、モウ二三日逗《にちとう》留《りう》しやう、居《ゐ》られちやア困《こま》ります、悔《くや》みに往《い》ツたらお念仏《ねんぶつ》に限《かぎ》ります、極親切《ごくしんせつ》らしい

「誠《まこと》にマア承《うけたま》はりまして驚入《おどろきい》りましたがお亡《なく》なりなすツたさうで……」

「実《じつ》にモウ此《こ》の度《たび》のやうに急《きふ》に悪《わる》くならうとは思《おも》ひませぬ」

「実《じつ》にマア先達《せんだつ》てお顔《かほ》を見《み》ましたが誠《まこと》にお気《き》の毒《どく》で……」

「ドウぞマアお線香《せんかう》を上《あ》げて遣《や》ツて下《くだ》さいまし」

「御免《ごめん》あそばせ……オヽマア〳〵お情《なさ》けないものですなア、人《ひと》と云《い》ふものは無常《むじやう》のもので、南無阿弥陀仏《なむあみだぶつ》」

と云《い》ふから大層親切《たいそうしんせつ》らしい、

（二十）

法華宗《はつけしう》は
「唯今承《たゞいまうけたま》はりますれば驚入《おどろきい》りましたが、お亡《かく》れになりましたさうで、誠《まこと》に御愁傷《ごしうしやう》のことでございます、何《なん》とも申《まを》さうやうはございませぬ、一つお題目《だいもく》を」
とお線香《せんかう》を立《た》て団扇太鼓《うちはだいこ》を叩《たゝ》いてサア
「南無妙法蓮華経《なむめうはふれんげきやう》」
スットン〳〵スットントンなんてやり出《だ》すから何《なん》だか親切《しんせつ》がないやうな様子《やうす》ですナ、併《しか》しドウも陽気《やうき》なお宗旨《しうし》で、門徒《もんと》の方《はう》は
「西方阿弥陀如来《さいはうあみだによらい》」
日蓮上人《にちれんしようにん》の産《うま》れた所《ところ》は陽気《やうき》な国《くに》で、東《ひがし》の端《はて》でございます、*小湊《こみなと》の誕生寺《たんじやうじ》と云《い》ふ所《ところ》で産《うま》れてお父《とツ》さんは*貫名次郎重忠《ぬきなのじらうしげたゞ》と云《い》ふ御仁《ごじん》　母親《はゝおや》が梅菊女《むめぎくによ》と仰《お》ツしやツて、産婆《とりあげ》さんの名《な》は知《し》りませぬけれども、その東《ひがし》の日《ひ》の出《で》る所《ところ》の端《はて》で産《うま》れましたゆゑに、トウ〳〵鎌倉《かまくら》へ渡《わた》ツて往《ゆ》きまして、一宗《しう》を開《ひら》いたと云《い》ふマアエライ方《かた》、エライ方《かた》だけれども一躰派手《たいはで》なお方《かた》でございます、
こゝで篠井兼之丞《しのゐけんのじよう》が、アヽ浪《なみ》が帰《かへ》らぬければ宜《よ》いと、唯《たゞ》自分《じぶん》が毒《どく》を飲《の》んで殺《ころ》されることは思《おも》はず、ドウか女房《にようばう》が此処《こゝ》へ帰《かへ》ツて呉《く》れぬければ宜《よ》いがと思《おも》ツて居《ゐ》るところへお浪《なみ》が帰《かへ》ツて来た、斯様《かやう》なことがあらうとは神《かみ》ならぬ身《み》の知《し》りませぬ、見《み》ると雪《ゆき》の中《なか》を帰《かへ》ツて来《き》て
浪「オヤ、貴方《あなた》ドウして雪《ゆき》の中《なか》へ出《で》て……」
兼「オーお浪《なみ》〳〵、アヽ能《よ》く帰《かへ》ツて呉《く》れた、サア危《あぶ》ない〳〵サヽ……此方《こッち》へ、こゝ此方《こッち》〳〵」
とお浪《なみ》の手《て》を取《と》ツて無理《むり》に引摺《ひきず》りましたから、何《なん》だかサツパリ分《わか》らない
浪「ドウなすツたドウなすツた」
と言《い》ひながら本堂《ほんだう》の背後《うしろ》の方《はう》へ廻《まは》りました、スルと
兼「アヽお浪《なみ》、アノナ、日朝堂《にッてうだう》の庵主《あんしゆ》と云《い》ふ者《もの》は、夫婦《ふうふ》とも悪党《あくたう》だぞ、己《お》れに蕎麦湯《そばゆ》の中《なか》へ毒《どく》を入《い》れて飲《の》ました、それで身躰《からだ》が利《き》かなくツたが」
浪「エー毒《どく》を……」

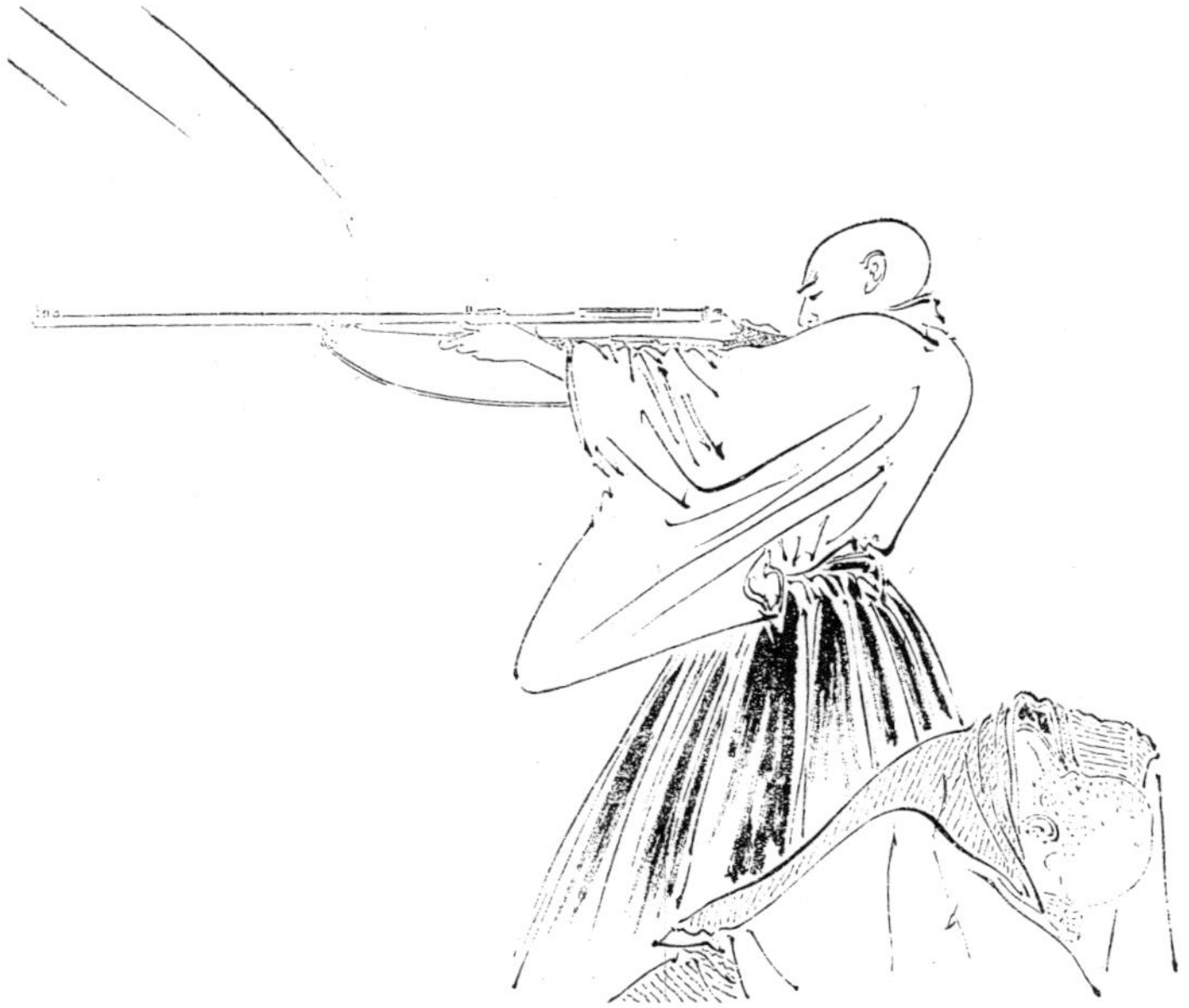

兼「御利益《ごりやく》で今《いま》小室《をむろ》の毒消御符《どくけしごふう》を戴《いたゞ》いたら少《すこ》し身躰《からだ》が利《き》いて来《き》た、浪《なみ》、蕎麦湯《そばゆ》を飲《の》むといけない」

浪「エツマ……アドウも呆《あき》れ返《かへ》ツて仕舞《しま》ひましたネー」

兼「それだからナ……」

浪「マア〳〵少《すこ》し此処《こゝ》に待《ま》ツて居《ゐ》て下《くだ》さい……此処《こゝ》へ泊《とま》ツたのは妾《わたし》が悪《わる》かツた、けれども其様《そん》な奴《やつ》とは知りませぬ、待《ま》ツて下《くだ》さいヨ、妾《わたし》はネなんでございます、彼《あ》の……」

兼「エ、サ……マア室内《なか》へ入《はい》ツては……」

浪「だツてお前《まへ》さん肝腎《かんじん》な物《もの》を忘《わす》れて来《き》ました……イ、エサ、脊負《しよ》ツて歩《ある》く笈《おひ》がなくちやアいけませぬ、彼《あ》の中《なか》へ御本尊様《ごほんぞんさま》も這入《はい》ツて居《ゐ》れば、著換《きがへ》も這入《はい》ツて居《ゐ》る、ドウぞ此処《こゝ》に待《ま》ツて居《ゐ》て下《くだ》さい」

と雪《ゆき》の所《ところ》へ待《ま》たして置《お》きまして、ソーツと忍《しの》んで開《あ》いて居《ゐ》る雨戸《あまど》の中《うち》へ上《あが》ツて見《み》ると、庵主《あんしゆ》が部屋《へや》の方《はう》でバタリツバタリツと転顚《ころが》ツて苦《くる》しむ声《こゑ》

朝「ア丶助《たす》けて呉《く》れ」

尼「助《たす》かりやアしないヨ」

朝「助《たす》けて呉《く》れー」

尼「助《たす》かりやアしないヨ　諦《あきら》めて死《し》んでお呉《く》れ」

朝「エヽ、たゞ死《し》ぬ奴《やつ》があるものか」

と頭《あたま》は円《まる》くても臨終《りんじふ》のときに、正念《しやうねん》の出来《でき》ぬと云《い》ふのは二人《ふたり》とも悪心《あくしん》ゆゑでございます、

（二十一）

是《こ》れからお浪《なみ》は手探《てさぐ》りでもツて、竹編《たけあみ》の笈《おひ》を背負《しよ》ひ、小《こ》包《づゝみ》を腰《こし》に巻附《まきつ》けて、それでも女《をんな》のたしなみでございます、菅笠《すげがさ》の古《ふる》いのに、草鞋《わらじ》の古《ふる》いのから杖《つゑ》まで一《ひと》ツ抱《かゝ》へにして持《も》ツて降《お》りて参《まゐ》り

浪「サアく此方《こツち》へお出《い》でなさい」

兼「イヤ、マア能《よ》く逃《に》げて来《き》て呉《く》れた」

浪「是《こ》れが無《な》いと明日《あした》からお修行《しゆぎやう》に出《で》られませぬ」

兼「さうだなア、己《お》れのはドウでもお前《まへ》のは……マア有《あ》り難《がた》い、金子《かね》もそれに這入《はい》ツて居《ゐ》るか」

浪「ハイ……是《こ》れだけ背負《しよ》ツて往《い》ツて下《くだ》さい」

兼「アヽ……先《ま》づサアく早《はや》く往《い》かう危《あぶ》ないから……」

逃《に》げた様子《やうす》を聞《き》きましたが、朝香《てうかう》と云《い》ふ尼《あま》が

「オイ、彼奴《あいつ》はネ、夫婦《ふうふ》とも逃《に》げやアがツた様子《やうす》だから、此処《こゝ》に掛《かゝ》ツて居《ゐ》る鉄砲《てつぱう》でネ、彼《あ》の夫婦《ふうふ》の者《もの》を打殺《うちころ》して、お前《まへ》の敵《かたき》を取《と》るから諦《あきら》めて死《し》んでお呉《く》れ」

朝「誰《だれ》が死《し》ぬ奴《やつ》があるか……アヽせつない」

と云《い》ふうちに、鉄砲《てつぱう》と云《い》ふことを聞《き》いたから周章《あはて》て二人《ふたり》は逃《に》げる、雪《ゆき》が積《つも》ツて居《ゐ》るゆゑ往来《わうらい》かと思《おも》ツて根笹《ねざゝ》の上《うへ》へ兼之丞《けんのじやう》が乗《の》ると、雪《ゆき》が崩《くづ》れてツヽヽーツと、彼《か》れ是《こ》れ十五六町《ちやう》ある所《ところ》の谷間《たにあひ》へ落《お》ちましたから、助《たす》かりやうはありませぬ、何分《なにぶん》にも御案内《ごあんない》の通《とほ》り下《した》は富士《ふじ》川《かは》と云《い》ツて恐《おそ》ろしい急湍《はやせ》でございます、冬《ふゆ》は水《みづ》が涸《か》れると云《い》ふけれども、彼《あ》の川《かは》は涸《か》れませぬ、ナカくドウも冬《ふゆ》でも酷《ひど》い急流《きふりう》でございます、円朝《わたくし》も冬参《ふゆまゐ》ツたことがございます、お浪《なみ》は

「ホ……アヽー」

と言《い》ツたが笈《おひ》を背負《しよ》ツて居《ゐ》たから、ドウか夫《をつと》を助《たす》けたいと思《おも》ツても間《ま》に合《あ》ひませぬ、其《そ》のとき助《たす》かる法《はふ》はドウしてもないのだ、だがこゝで助《たす》からなければ妙法蓮華経《めうはふれんげきやう》の御利《ごり》益《やく》と云《い》ふものはありませぬ、*観音経《くわんおんきやう》の七難《なん》の部《ぶ》に

或漂流巨海《わくへうるこかい》　龍魚諸鬼難《りうぎよしよきなん》

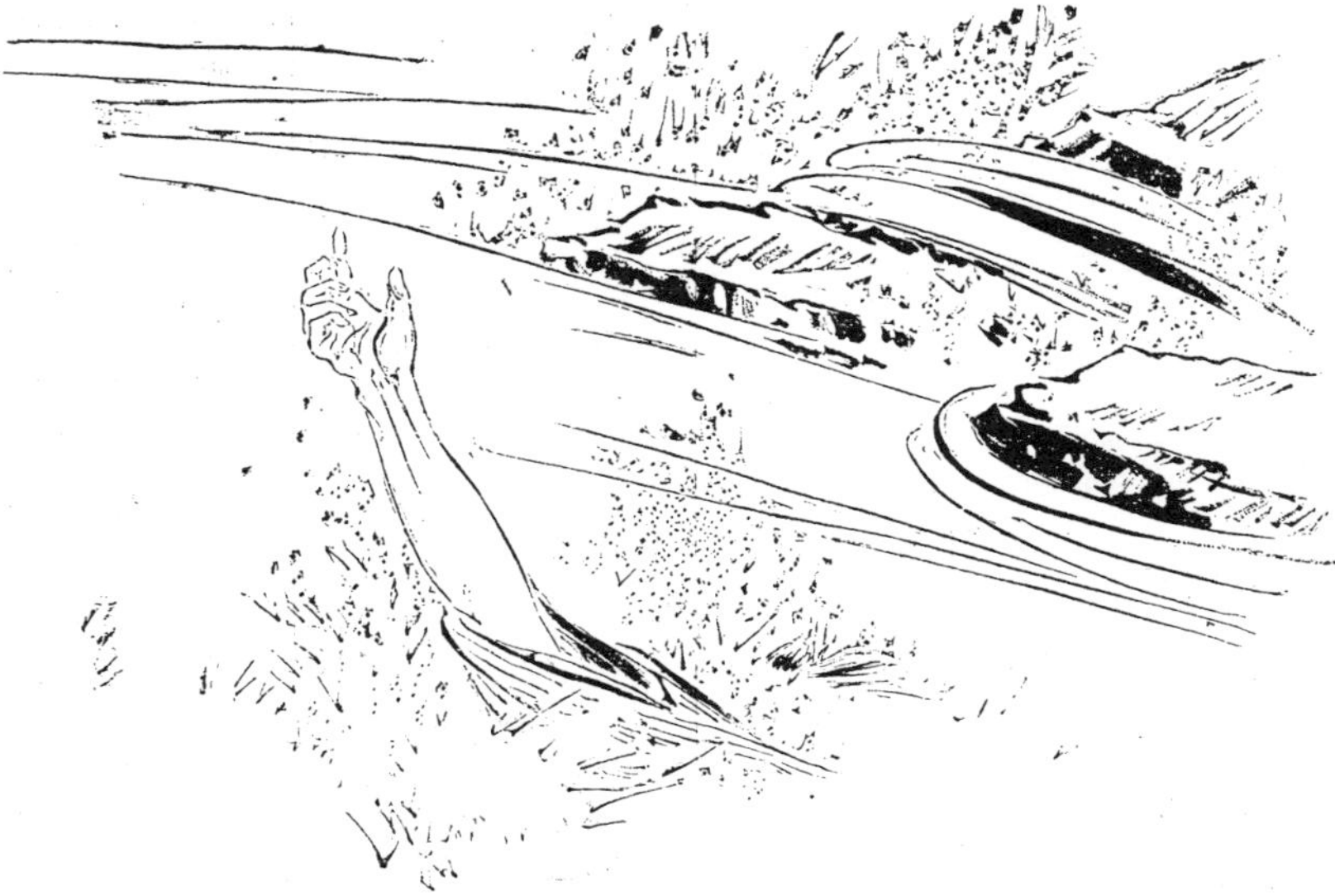

念彼観音力《ねんぴくわんおんりき》　波浪不能没《はらうふのうもつ》

と云《い》ふ此《こ》の四句《く》は、或《あるひ》は海《うみ》に漂《たゞよ》ひ流《なが》れ、龍神《りうじん》や諸々《もろもろ》の鬼《おに》の難《なん》も彼《か》の観音《くわんおん》の力《ちから》を念《ねん》ずれば、波浪《なみ》も没《もつ》すること能《あた》はずと云《い》ふことで、悪龍毒魚《あくりうどくぎよ》の難《なん》、又《また》は悪鬼羅刹《あくきらせつ》の難《なん》に遭遇《であ》ふときに、彼《か》の観音《くわんおん》の力《ちから》を念《ねん》ずれば小波《こなみ》も立浪《たつなみ》も船《ふね》を沈《しづ》めることが出来《でき》ないと云《い》ふので、唯観音《たゞくわんおん》と云《い》ふが、観音《くわんおん》と云《い》ふのは何《なん》のことかと云《い》ツて伺《うかゞ》ツたら、音《おと》を観《み》ると云《い》ふこと、音《おと》と云《い》ふのは何《なん》の音《おと》かと聞《き》くと鐘《かね》の音《ね》でゴーンと鳴《な》る鐘《かね》の音《ね》、ドーンと鳴《な》る太鼓《たいこ》の音《ね》、其《そ》の音《ね》を観《み》さへすれば菩薩心《ぼさつしん》と云《い》ツて菩薩《ぼさつ》の心《こゝろ》になる、人体《じんたい》が菩薩《ぼさつ》になる、マ是《こ》れはさう旨《うま》くは参《まゐ》りますまい、観音《くわんおん》とは何《なん》のことを言《い》ふかと段々《だん〴〵》聞《き》いて見《み》ますると*天照大神宮《てんせうだいじんぐう》、八幡大菩薩《はちまんだいぼさつ》と唱《とな》へるも同《おな》じこと、*諸天善神《しよてんぜんじん》と云《い》ふも同《おな》じこと、普門品《ふもんぼん》と云《い》ふも同《おな》じことで、此《こ》の普門品《ふもんぼん》の中《なか》の二十八品《ぼん》の名目《めうもく》の題号《だいがう》を妙法蓮華経《めうはふれんげきやう》と云《い》ふ、貴《たつと》いお経《きやう》と云《い》ふもので、観音《くわんおん》と云《い》ふも同《おな》じこと、それゆゑ神《かみ》も仏《ほとけ》も同《どう》一体《たい》、それは同《どう》一と云《い》ふことはないけれども一心《しん》になツて唯大慈大悲《たゞだいじだいひ》とか申《まを》したり南無妙法蓮華経《なむめうはふれんげきやう》と唱《とな》へるうちは、悪心《あくしん》と云《い》ふものが決《けつ》して出《で》るものでは

ない、鼻唄《はなうた》ではいけませぬ、

（二十二）

富士川《ふじかは》の逆巻《さかま》く激流《ながれ》へズブーツと兼之丞《けんのぢやう》は落《お》ちましたが、不思議《ふしぎ》なことには此《こ》の岸《きし》に尺角《しやくかく》弐尺角《しやくかく》の*山筏《やまいかだ》と云《い》ふものが繫《つな》いであッた、ドウ云《い》ふことでございまするか、此《こ》の筏《いかだ》の上《うへ》に茅《かや》だの其《そ》の他挽割《ほかひきわ》ツた板《いた》が一ぱい乗《の》せてある、是《こ》れは街道筋《かいだうすぢ》の或《ある》は*鈴川《すゞかは》でございまするの、*岩淵《いはぶち》、江尻辺《えじりあたり》を皆《み》な其《その》の頃廻《ころまわ》る、此《こ》の山茅《やまがや》の積《つ》んである上《うへ》へ雪《ゆき》が積《つも》ツて居《ゐ》た、其所《そこ》へドーンと落《お》ちたから、少《すこ》しも怪我《けが》はなかツた、スルと其《そ》の筏《いかだ》が岩《いは》へ綱《つな》で繫《つな》いであツたものか、それがドウか云《い》ふ機会《はづみ》で取《と》れてガラ〳〵ガラ〳〵ツと彼《か》の川縁《かはべり》へ流《なが》れまして、ズーツと真《ま》ツ直《すぐ》に山《やま》の西《にし》へ附《つ》いて往《い》くかと思《おも》ふと、岩《いは》角《かど》へ当《あた》りまして、ヅーンとウネツて、東《ひがし》の方《はう》へ流《なが》れて往《い》くときの怖《こわ》いこと、一ト通《とほ》りぢやアない、サアドウも危《あぶな》いも何《なに》も夜《よる》ではあるし、雪明《ゆきあか》りではあるけれども眼《め》が悪《わる》いから唯板《たゞいた》へ摑《つらま》ツて一生懸命《しやうけんめい》お題目《だいもく》を唱《とな》へて居《を》るうちに、ガラ〳〵ガラ〳〵ヅーンと大島滝《おほしまたき》でございまするの、或《ある》は籔滝《やぶたき》などと云《い》ふ所《ところ》へ落《お》ちました、皆《み》な滝《たき》〳〵と云《い》ふのは何《なん》でも真《ま》ツ逆落《さかおち》に落《お》ちるやうな所《ところ》で、ア丶云《い》ふ所《ところ》へズーツと落《お》ちては、又《また》その機会《はづみ》で西《にし》の方《はう》へ流《なが》れて往《い》く、水勢《すゐせい》でドーンと一つ岩角《いはかど》へ当《あた》ツたから十本《ぼん》ばかり組合《くみあは》せてあツた二尺角《しやくかく》、尺角《しやくかく》の継《つな》ぎがポカツと切《き》れ離《はな》れて仕舞《しま》ツた、それゆゑタツた一本《ぼん》の木《き》の上《うへ》へ兼之丞《けんのじやう》は縋《すが》り附《つ》いて一生懸命《しやうけんめい》に「南無妙《なむめう》法蓮華経《はふれんげきやう》、南無妙法蓮華経《なむめうはふれんげきやう》」と唱《とな》へて居《ゐ》る、スルと山《やま》の峰《みね》から打《う》ツた鉄砲《てつぱう》がタツた一本《ぼん》の木《き》へ乗《の》ツて居《ゐ》た兼之丞《けんのじやう》の肩《かた》の所《ところ》を外《そ》れて向《むか》ふの岩角《いはかど》へ機会《はづ》んでドーンと当《あた》りましたから、此《こ》のくらゐ怖《こわ》いことはない、モウ直《す》ぐにもグルリ覆《かへ》るかと思《おも》ひ、唯一心《たゞしん》にお題目《だいもく》を唱《とな》へて居《ゐ》る、実《じつ》に危《あぶな》いことで*ございました、」

扨《さ》て其《そ》の翌日《よくじつ》が丁度《てうど》二十九日《にち》でございます、此《こ》のときに*蒲原或《かんばらある》は興津辺《おきつあたり》から魚《さかな》の荷《に》を担《かつ》いで来《く》る者《もの》がある、是《こ》れは其《そ》の近海《きんかい》で捕《と》れた魚《さかな》を夜通《よどほ》しに山道《やまみち》を興津辺《おきつあたり》より這入《はい》りまして、彼処《あれ》から*八木間《やぎま》から小島《こじま》と云《い》ふ所《ところ》の山《やま》を一つ越《こ》えて*宍原《しゝはら》、打房《うちぶさ》、万沢《まんざは》、南部《なんぶ》などと云《い》ふ所《ところ》へ掛《かゝ》ツて来《く》るので、所々《こゝ》に寄《よ》ります、また頼《たの》まれて売《う》ツて往《い》くことがあり、或《ある》

は身《み》延《のぶ》へ往《い》き鰍沢《かじかざは》へ往《い》き、事《こと》に依《よ》ると甲府《かふゝ》までも往《い》くことがある、それでモウトツ〳〵トツ〳〵と担《かつ》いで往《い》きます、円朝《わたくし》が或《あ》る御方《おかた》のお供《とも》で参《まゐ》ツたとき、笊《ざる》を担《かつ》いで通《とほ》りますから

「何《なん》です、魚《さかな》ですか」

「ヘー縮緬《ちりめん》です」

「縮緬《ちりめん》……人《ひと》を馬鹿《ばか》にする　知《し》らないと思《おも》ツて魚《さかな》の荷《に》を担《かつ》ぎながら縮緬《ちりめん》だなんて呉服商《ごふくや》みたいに……」

と笑《わら》ツたことがありますが、アレは縮緬《ちりめん》に相違《さうゐ》ない、縮《ちり》*緬《めん》ぢらとか云《い》ひましてナカ〳〵奇麗《きれい》なしらすの大《おほ》きいので、其《そ》の魚《さかな》の荷《に》を担《かつ》いでトツ〳〵トツ〳〵と参《まゐ》ります、今絶《いまぜつ》頂《ちやう》の所《ところ》へ掛《かゝ》ツて山《やま》の上《うへ》から富士川《ふじかは》の急流《ながれ》を瞰望《のぞ》むと、雪《ゆき》が止《あが》ツて東《ひがし》の方《はう》へ斯《か》う日《ひ》が光《ひか》ツて来《き》ましたゆゑ最《い》と心地《こゝち》善《よ》い、それが丁度《ちやうど》十時頃《じごろ》、ドウ云《い》ふことか、マアズツと此方《こちら》へ日《ひ》が映射《さ》したので雪《ゆき》が融《と》けたのでせう、ザラ〳〵と落《お》ちた、見《み》る気《き》もなく俯向《あふむ》く途端《とたん》に雪《ゆき》が口《くち》の中《なか》へ這入《はい》りましたから、ハツと気《き》が付《つ》いて

「エ、……」

と驚《おどろ》き上《うへ》を見《み》ると籠《かご》を担《かつ》いだ魚商《さかなや》が絶頂《ぜつちやう》から斯《か》う覗《のぞ》いて居《ゐ》る
「お助《たす》け下《くだ》さいヨー」
と呼《よば》はる声《こゑ》に魚商《さかなや》が
「オツ……ドウしたんだ、ドウしたんだ」
「ハイ、昨夜《さくばん》から此処《こゝ》へ落《お》ちまして木《き》の枝《えだ》や蔦葛《つたかづら》に摑《つかま》ツて凌《しの》いで居《を》ります、雪《ゆき》に凍《こゞ》えて死《し》にましたが、唯今日《たゞいまひ》が映《あた》りまして始《はじ》めて雪《ゆき》が融《と》けて咽喉《のど》へ這入《はい》りましたか、気《き》が附《つ》きました」
魚商「エツ……そりやアドウも、なゝなんだ、マヽマア少《すこ》し待《ま》ちねエ、周章《あはて》ちやアいかぬ、巡査《おまはり》さんに届《とゞけ》をして来《く》る、此方《こつち》ア早《はや》く持《も》ツて往《い》かにやアならねいが……」
と云《い》ひながら向《むか》ふを見《み》ると丁度是《ちやうどこ》れがその御利益《ごりやく》と云《い》はうか、天《てん》の祐《たす》けと云《い》ふか、僥倖《しあはせ》なもので、江尻《えじり》の分署《ぶんしよ》が興《おき》津《つ》にございます、其《そ》の分署《ぶんしよ》へお詰《つ》めなさる警部《けいぶ》村岡《むらをか》某《それがし》と云《い》ふお方《かた》が、やんごとなき御方《おかた》が身延《みのぶ》へ往《い》ツたと云《い》ふので、甲府《かふゝ》の警察署《けいさつしよ》へ其《そ》のことを届《とゞ》けぬければならぬと命令《めいれい》を受《う》けました、部長《ぶちやう》の命令《めいれい》だから急《いそ》いでポク〳〵通《とほ》り掛《かゝ》ツた、

（二十三）

魚商「少々《せう〳〵》お願《ねがひ》がございます」
警部「何《なん》だ」
魚商「エー、唯今此《たゞいまこ》のた、た、谷《たに》の中《なか》に一人《ひとり》の女《をんな》が木《き》の枝《えだ》と蔦葛《つたかづら》に引《ひ》ツ懸《かゝ》ツて居《を》ります」
警部「ハツ……どど何処《どこ》に」
と魚商《さかなや》の指《ゆび》さす所《ところ》を覗《のぞ》いて見《み》ましたが
警部「成《な》るほど……」
途中《とちう》に引《ひ》ツ懸《かゝ》ツて居《ゐ》る新造《しんざう》は
「お助《たす》けなすツて下《くだ》さいー」
警部「綱《つな》がなければドウすることも出来《でき》ぬが、マヽドウかして早《はや》く手前《てまへ》が……コレ人命《じんめい》の貴《たつと》いことは存《ぞん》じて居《を》るだらう」
魚商「ヘエ……」
警部「人命《じんめい》の貴《たつと》いことは存《ぞん》じて居《を》るだらう」
魚商「神明様《しんめいさま》の有難《ありがた》いことは……」
警部「エヽ神明様《しんめいさま》ではない、マア揚《あ》げぬければならぬ、

ドウかして降《おり》て揚《あ》げろ」

魚商「降《お》りる訳《わけ》にやアいきませぬ、ナカ〱深《ふか》うございます、余程下《よほどした》の方《はう》で……」

警部「困《こま》ツたものナアモウ一本綱《ぼんつな》がなければいかぬ、綱《つな》はないか」

魚商「綱《つな》と云《い》ふものは別《べつ》にございませぬが、之《こ》れに這入《はい》ツて居《ゐ》るところの紐《ひも》がございます」

警部「そりやア紐《ひも》だ……マアそりやア困《こま》ツたナ」

スルと後《あと》から続《つゞ》いて魚商《さかなや》が二人《ふたり》ばかり善《よ》い塩梅《あんばい》に参《まゐ》りました、先《ま》づ此《こ》の者《もの》が持《も》ツて居《ゐ》た綱《つな》を継《つな》ぎまして

警部「斯《か》う致《いた》せ、斯《か》う致《いた》せ、此《こ》の綱《つな》を継《つな》いで　余程長《よほどなが》くなければいかぬ、胴中《どうなか》を一人《ひとり》縛《しば》ツてナ、それから段々《だん〴〵》と手《て》捞《さぐ》りで……ア、僕《ぼく》を下《さ》げても宜《よろ》しい、下《さ》げても宜《よろ》しいが、なんだ、落《お》ちぬやうにナ、己《お》れが落《お》ちると婦人《ふじん》も助《たす》かりはせぬから、一生懸命《しやうけんめい》に押《おさ》へて心《こゝろ》しづかに段々《だん〴〵》下《さ》げろ、下《さ》げると己《お》れが中《なか》へ這入《はい》ツて、さうして婦人《ふじん》を抱《かゝ》へて上《あが》るから……」

魚商「左様《さやう》でございますか、宜《よろ》しうございます……ちや

ア之《こ》れを斯《か》うしてシツかり継《つな》いで……御免《ごめん》あそばせ」
お役柄《やくがら》とは云《い》ひながら警部様《けいぶさま》が胴中《どうなか》へ綱《つな》を縛《しば》り附《つ》けました

甲「エヽ、お前等《まへ》ア何処《どこ》か……ナニ、蒲原《かんばら》か」

乙丙「さうヨ」

甲「己《おり》やア興津《おきつ》の者《もの》だ、通《とほ》り掛《か》ゝツて人《ひと》を助《たす》けるんだ、こりやア警部《けいぶ》さんだからナ気《き》を附《つ》けて無暗《むやみ》に放《はな》しちやア危《あぶ》ねエ、大事《だいじ》に一生懸命《しやうけんめい》少ツとづゝヤワ〳〵自然《じねん》と頼《たの》むヨ」

乙丙「宜《よ》し〳〵」

甲「旦那《だんな》、宜《よろ》しうございますか」

警部「宜《よろ》しい……ア、雪《ゆき》をさう蹴落《けおと》すな」

甲「蹴落《けおと》すんぢやアございませぬ、足《あし》に力《ちから》が這入《はい》ツて、雪《ゆき》が自然《ひとりで》に落《お》ちて貴方《あなた》の襟《えり》へ這入《はい》りますので……」

警部「冷《つめ》たいから気《き》を附《つ》けてやツて呉《く》れ」

三人「宜《よろ》しうございます」

ツル〳〵ツル〳〵と下《さが》ツて見《み》れば二十二三歳《さい》になる婦人《ふじん》

警部「コレ、お前《まへ》はドウしたのだ」

「ハイ、妾《わたくし》は浪《なみ》と申《まを》しまして、夫《をつと》と一緒《しよ》に千箇寺参《がじまゐ》りを致《いた》す者《もの》でございますが、悪人《あくにん》の為《た》めに殺《ころ》されるところを、漸《やうや》く逃《に》げましたが、勝手《かつて》を知《し》りませぬ雪《ゆき》の路《みち》でございますから此《こ》の山道《やまみち》を蹈外《ふみはづ》してツイ落《お》ちました、妾《わたくし》の亭主《つれやい》も此《こ》の下《した》の川《かは》へ落《お》ちました」

警部「イヤ、それは大事《おほごと》だマア〳〵……コレ〳〵コレ、アヽさうドウも雪《ゆき》を落《おと》さぬやうにせい」

乙「エ、なんです、足許《あしもと》から落《おと》すぢやアございませぬ」

甲「上の方から落ちますので……ヘエ何《なん》でございますか」

警部「アヽ、なんだモウ一本綱《ぽんつな》を下《おろ》して呉《く》れ、婦人《ふじん》を先《さき》に縛《しば》ツて揚《あ》げやう」

甲「ヘー、さうしませう」

乙丙「エヽドウもさう綱《つな》はございませぬがナ、貴方《あなた》のお腰《こし》を縛《しば》ツた其《そ》の細引《ほそびき》を取《と》ツて仕舞《しま》ツて、それで女《をんな》を縛《しば》ツては……」

警部「さうすると己《お》れが陥落《おツこ》ツて仕舞《しま》ふ、モウ一本下《ぽんおろ》せ」

甲「モウ綱《つな》がないから困《こま》りましたがナ、ドウかして揚《あ》げませう」

魚商《さかなや》三人《にん》がグヅ〳〵と漸《やうや》くのことで引揚《ひきあ》げ、警部《けいぶ》村岡公《むらをかこう》は木《き》の枝《えだ》へ摑《つかま》り、或《あるひ》は岩《いは》の角《かど》へ足《あし》を蹈掛《ふみか》けまして、やう〳〵上《あが》りました、

さて是《こ》れから彼《か》の悪僧夫婦《あくそうふうふ》の行衛《ゆくゐ》を尋《たづ》ねると云《い》ふ　また篠井兼之丞《しのゐけんのじやう》はドウ相成《あひな》りましたか、此処《こゝら》等で一息《ひといき》いたしましやう。

（二十四）

扨《さ》て引続《ひきつゞ》いてお聴《きゝ》に入《い》れますお話《はな》しは篠井兼之丞夫婦《しのゐけんのじやうふうふ》の身《み》の上《うへ》でござります、貞婦《ていふ》のお浪《なみ》が夫《をつと》の眼病《がんびやう》も略々《ほゞ》全快《ぜんくわい》いたしたに就《つ》いて改宗《かいしう》を致《いた》し日蓮宗《にちれんしう》に凝固《こりかた》まり夫婦《ふうふ》は細竹《ほそだけ》の杖《つゑ》を突《つ》いて法華宗《ほつけしう》の霊場《れいぢやう》を廻《まは》らうと千箇寺《がじ》参《まゐ》りを致《いた》して歩《ある》きます、

禅僧教法家門徒《ぜんそうけうはふかもんと》と申《まを》して成《な》るほど僧《そう》の行《おこなひ》が正《たゞ》しくて本統《ほんとう》の釈迦如来《しやかにょらい》の以心伝心《いしんでんしん》の道《みち》を布《し》いて居《を》る者《もの》は禅宗《ぜんしう》に限《かぎ》る、併《しか》し御経《おきやう》の方《はう》は法華《ほつけ》に限《かぎ》ります、日蓮宗《にちれんしう》は至《いた》ツて御経《おきやう》が上手《じやうず》で、チヨツと側《そば》に聞《き》いて居《を》ツては分《わか》らぬくらゐ達者《たつしや》に読《よ》みます、また家柄《いへがら》は一向宗《かうしう》にあることで、其《そ》の争《あらそ》ひがありますので先日池上《せんじついけがみ》の本門寺《ほんもんじ》へ参詣致《さんけいいた》しますと或《あ》る御方《おかた》の御《お》歌《うた》に

妙法《めうはふ》の
　蓮華《れんげ》のひげで
　　朝《あさ》な夕《ゆふ》な
　　　心《こゝろ》のちりを
　　　　払《はら》へ人々《ひとぐ》

と斯《か》う御《お》よみでございました、面白《おもしろ》い道歌《だうか》でございますが併《しか》し末法《まつぱふ》に至《いた》ツては此《こ》の法華《ほつけ》の八巻《くわん》でなければならぬやうに涅槃経《ねはんきやう》に説《と》いてあると云《い》ふ、其《そ》の経《きやう》を看破《みやぶ》ツたに依《よ》ツて日蓮上人《にちれんしやうにん》が*最妙寺《さいめうじ》時頼《ときより》のやうな立派《りつぱ》な仏学者《ぶつがくしや》の将軍《しやうぐん》がありましたが、是《こ》れも三*度《ど》まで諫言《かんげん》を致《いた》してトウ〳〵やツて〳〵やり抜《ぬ》きましたから文永《ぶんえい》十一年《ねん》五月《ぐわつ》二日《か》に御使者《おししや》を以《もつ》て*北条時宗《ほうでうときむね》より日蓮上人《にちれんしやうにん》に日蓮宗《にちれんしう》を弘《ひろ》めろと云《い》ふところの先《ま》づ免許《めんきよ》が下《お》りたのでございます、

頃年《きやうねん》あまた*真法《しんはふ》の威力《ゐりき》御感《ぎよかん》最《もつと》も深《ふか》し　三国比類《ごくひるゐ》なき*妙宗後代《めうしうこうだい》ありがたき尊像《そんざう》いづれの宗《しう》か之《これ》に比《ひ》せん　日《に》

本国中《ほんこくちう》に宗門《しうもん》を弘《ひろ》むること其妨《そのさまたげ》あるべからず
日蓮大上人《にちれんだいしやうにん》　城左兵衛《じやうのさひやうゑ》　奉《たてまつ》る

と書《か》いて月日《つきひ》の下《した》に北条時宗《ほうでうときむね》の黒印《こくいん》が捺《すは》ツて居《を》ります、是《こ》れは先達《せんだつ》て鎌倉長谷《かまくらはせ》の*光則寺《くわうそくじ》で拝見《はいけん》いたしましたが其《そ》の本文《ほんもん》は何処《どこ》にありますと言《い》ツて聞《き》きましたらこれは当今《たうこん》は奥州仙台《おうしうせんだい》の*孝勝寺《かうしようじ》と云《い》ふ日蓮宗《にちれんしう》の寺《てら》に伝来《でんらい》いたして居《を》ると云《い》ふことを聞《き》きました、マア日蓮上人《にちれんしやうにん》が寂滅《なくな》ツて六百三十九年《ねん》になりますがそれほどの星霜《としつき》を経《へ》ましても今《いま》だに彼《あ》の難所《なんしよ》の沢山《たくさん》ある甲州《かふしう》の山道《やまみち》を踰《こ》えて身延《みのぶ》へ参詣《さんけい》の絶《た》えぬところを見《み》るとドウも日蓮上人《にちれんしやうにん》の道徳《だうとく》と云《い》ふものは大《たい》したものでございます、エヽ円朝《わたくし》も一度《ど》興津《おきつ》から参《まゐ》りましたけれども興津《おきつ》から参《まゐ》ると小島峠《こじまたふげ》、富士見峠《ふじみたふげ》、万沢《まんざは》、万沢《まんざは》まで下《くだり》阪山道《さかやまみち》はドウも酷《ひど》い難所《なんしよ》であります、当今《たゞいま》は少々道《せうくみち》が平坦《たひら》になりましたが開《ひら》けぬ折《をり》はドノくらゐ悪《わる》いかと想像《さうぐ》いたしますくらゐのことでございます、

其《そ》の恐《おそ》ろしい榧木峠《かやのきたふげ》と云《い》ふ難所《なんしよ》へ掛《かゝ》りました所《ところ》に*清子村《せいごむら》と申《まを》す所《ところ》があります、その村《むら》の人《ひと》に聞《き》きましたら*三街沢村《みつかいざはむら》とまをしました、ドチラが字村《あざむら》でありますかそれはまだ調《しら》

べが届《とゞ》きませんが　此《こ》の山道《やまみち》の難所《なんしよ》を*彼《か》の倉沢《くらさは》の人《ひと》と興津《おきつ》から魚《さかな》の荷《に》を担《かつ》いで甲府《かふゝ》まで往《ゆ》く人《ひと》が通《とほ》り掛《かゝ》ツて見《み》ると白《しろ》い衣服《きもの》を着《き》た婦人《をんな》が谷間《たにあひ》の木《き》の枝《えだ》に引《ひ》ツ掛《かゝ》ツて居《ゐ》るからドウかして助《たす》けたいと云《い》ふこれは人情《にんじやう》であります、心配《しんぱい》して居《を》りましたけれども、ナカ〳〵ドウも谷深《たにふか》く這入《はい》りますのであるからドウすることも出来《でき》ませぬ、大音《だいおん》を揚《あ》げて

魚商「オーイ、其処《そこ》に居《ゐ》る女《をんな》は死《し》んでるのか、生《い》きてるのかエー」

と怒鳴《どな》ツた、スルとその雪《ゆき》が段々《だん〳〵》日《ひ》の映《さ》すので融《と》けましたから雪《ゆき》の雫《しづく》が咽《のど》へでも這入《はい》ツたか、ガツクリ我《われ》に返《かへ》ツて上《うへ》を向《む》くと谷《たに》を覗《のぞ》いて呼《よ》んで居《ゐ》る真実《しんぢつ》が響《ひゞ》きましたか

浪「アー助《たす》けて下《くだ》さいー」

と云《い》ふ声《こゑ》もナカ〳〵容易《ようい》に出《で》るものぢやアございませぬ、ところへ幸《さいは》ひまた通《とほ》り掛《かゝ》ツた人《ひと》がある、是《こ》れは前申上《ぜんまをしあ》げました*江《え》尻《じり》の警察分署《けいさつぶんしよ》で興津《おきつ》詰《づめ》の二等《とう》警部《けいぶ》の村岡某《むらをかなにがし》と云《い》ふ人《ひと》でございます、此《こ》の人《ひと》が能《よ》く調《しら》べて職掌《しよくしやう》とは言《い》ひながら、イヤモウお骨《ほね》の折《を》れましたことで

警部「これは大変《たいへん》だ、人民保護《じんみんほご》」

と言《い》ふので忽《たちま》ちに*身体《からだ》を縛《しば》ツて置《お》いて魚商《さかなや》三人《にん》を谷間《たにあひ》へ下《さ》げさせたのだが爾《しか》も雪《ゆき》の中《なか》だから是《こ》れくらゐ危《あぶな》いことはございませぬ、漸《やうや》くのことで右《みぎ》の婦人《をんな》を引揚《ひきあ》げて見《み》ると縹緻《きりやう》と云《い》ひ、年齢《とし》は廿二三にもなりませうか、ナカ〳〵の美人《びじん》でございまするテ

警部「オ、お前《まい》マア心《こゝろ》を確《たし》かに持《も》ちなさい、僕《ぼく》が少《すこ》し気《き》附《つ》け用《よう》の物《もの》を持《も》ツて居《ゐ》るから……」

（二十五）

此《こ》の村岡《むらをか》と云《い》ふ警部《けいぶ》は元《も》と徳川氏《とくがはし》の士族《しぞく》のやうに思《おも》はれます、*此《こ》の辺《へん》をお勤《つと》めなさるのだから左様《さう》でございませう、

警部「此処《これ》に薬《くすり》が有《あ》るから之《こ》れを服《の》みなさい　コレ若者《わかいもの》、何処《どつ》かへ往《い》ツてアノ水《みづ》を貰《もら》ツて来《こ》んか」

魚商「エヽ、水《みづ》たツてございませぬ、山《やま》の上《うへ》の斯《か》う家《うち》も何《なん》にも無《な》い所《ところ》で……」

警部「成《な》るほどさうだらう……ぢやアその何《なに》を……」

魚商「エー宜《よ》うございます、此処《こゝ》に雪《ゆき》の塊《かたま》りがございますから……」

警部「オーそれが宜《よ》からう」

と婦女《をんな》に薬《くすり》を服《の》まして雪《ゆき》を手《て》の平《ひら》へ斯《か》う掬《すく》ツて来《き》まして口《くち》の中《なか》へ入《い》れ

警部「ア、マ、宜《い》い、心《こゝろ》を確《たし》かに持《も》ちな」

女「有難《ありがた》う存《ぞん》じます、マア皆《みな》さんは命《いのち》の親《おや》で……有難《ありがた》う存《ぞん》じます」

警部「マア心《こゝろ》を落付《おちつ》けな、アーお前《まへ》は何処《どこ》の者《もの》だ」

と是《こ》れから手帳《てちやう》を取出《とりだ》して鉛筆《えんぴつ》で書留《かきと》めに掛《かゝ》ツた

女「ハイ、妾《わたくし》は浪《なみ》と申《まを》しましてアノ京橋区《きやうばしく》でございます」

警部「ア、東京《とうきやう》の京橋区《きやうばしく》か、立派《りつぱ》な所《ところ》だナ」

浪「ハイ、五郎兵衛町《ごろべゑちやう》六番地《ばんち》でございます」

警部「ン、五郎兵衛町《ごろべゑちやう》で、お前《まへ》は独身《ひとり》ではあるまい、亭主《つれやい》があるか」

浪「ハイ、篠井兼之丞《しのゐけんのじやう》と申《まを》しますが妾《わたくし》の亭主《つれやい》でございます」

警部「ハ、ア、それで亭主《ていしゆ》のある身《み》の上《うへ》でありながらドウ云《い》ふことで千箇寺参《がじまゐ》りの姿《すがた》であるか、お前一人《まへひとり》で身延《みのぶ》へでも参詣《さんけい》に来《き》たか」

浪「イヽエ、亭主《つれやい》と同道《どうだう》でございます」

警部「亭主《つれやい》は居《お》らんぢやないか」

浪「ハイ、モウ亭主《つれやい》が眼病《がんびやう》でございまして御医者《おいしや》にも診《み》て戴《いたゞ》き、病院《びやうゐん》へも這入《はい》り色々《いろ〳〵》丹精《たんせい》を竭《つく》しましたがドウも効験《げん》が見《み》えませぬ、それで或《あ》るお方《かた》が日朝様《にツてうさま》へ願懸《ぐわんがけ》をすれば屹度《きつと》全快《ぜんくわい》すると仰《お》ツしやいますから妾共夫婦《わたくしどもふうふ》が命《いのち》を懸《か》けましてドウか一ト度薄《たびうす》くも見《み》えますやうにと百日《にち》の間火《あひだひ》の物断《ものだち》をして願懸《ぐわんがけ》を致《いた》しました、スルと不思議《ふしぎ》のことには満願《まんぐわん》の当日朝眼《たうじつあさめ》が覚《さ》めますと旭日《あさひ》が斯《か》う映《うつ》りますやうに思《おも》はれますと亭主《つれやい》が申《まを》します……」

警部「フヽム……成《な》るほど見《み》えて来《き》たのだナ」

浪「ハイ、サアモウ私《わたくし》は飛立《とびた》つやうでございましてそれから、アヽ有難《ありがた》いことだと存《ぞん》じましてお礼参《れいまゐり》かた〴〵日朝《にツてう》様《さま》へお参《まゐり》を致《いた》し、またアレより日蓮宗《にちれんしう》の霊場《れいぢやう》を廻《まは》りたいと存《ぞん》じ　実《じつ》は宅《たく》を閉《しま》ひまして夫婦連《ふうふつ》れ立《だ》ツて千箇寺参《がじまゐり》に出《で》ましたのでございます」

警部「ハヽア……それでお前《まへ》はドウして此《こ》の雪《ゆき》の降《ふ》るの

に其処《それ》へ辷《すべ》ツて落《お》ちたか」

浪「エー、実《じつ》は清子《せいご》村《むら》を通《とほ》り掛《かゝ》るときに山道《やまみち》で雪《ゆき》にあひまして夫婦《ふうふ》の者《もの》が難儀《なんぎ》を致《いた》し路傍《みちばた》に在《あ》ツた日朝堂《につてうだう》と云《い》ふ額《がく》の懸《かゝ》ツて居《ゐ》る庵室《あんしつ》へ参《まゐ》ツて、ドウか一泊《ばく》を願《ねが》ひたいと助《たす》けを請《こ》ひましたときに年《とし》の頃《ころ》四十五六になる尼《あま》が出《で》て参《まゐ》りましてマア〳〵此方《こちら》へお這入《はい》りと親切《しんせつ》に言《い》ふて呉《く》れましたから、妾《わたくし》も有難《ありがた》いと存《ぞん》じまして亭主《つれやい》の手《て》を引《ひ》いて台所口《だいどころぐち》へ廻《まは》り足《あし》を拭《ぬぐ》ひまして漸《やうや》くに上《うへ》へあがり段々話《だん〳〵はなし》を聞《き》きますと、其《そ》の日朝堂《につてうだう》の庵主《あんしゆ》と申《まを》しまする者《もの》は朝伝《てうでん》と申《まを》します盲人《めしひ》でございまして、アア私《わし》も眼《め》が潰《つぶ》れて難儀《なんぎ》をするゆゑ信心《しん〴〵》が起《おこ》り斯《か》うやツて法華《ほつけ》になツて千箇《が》寺《じ》参《まゐ》りをして歩《ある》いたが今《いま》だに障礙《しやうげ》といふことがドウも癒《なほ》らぬ、ドウかお前方《まへがた》も眼《め》が悪《わる》いと云《い》ふから察《さつ》し入《い》る、同病相憐《どうびやうあひあはれ》むと云《い》ふことであるからマア〳〵緩《ゆる》りと此方《こちら》に泊《とま》ツて居《ゐ》なさい、お前《まへ》もドウせ宿《やど》屋《や》へ着《つ》くのであらう、此《こ》の近辺《きんぺん》には信者《しんじや》が随分多《ずゐぶんおほ》いから近《きん》辺《べん》を修行《しゆぎやう》して歩《ある》いて緩《ゆつ》くり雪《ゆき》の融《と》けるまで居《ゐ》たら宜《よ》からう、と親切《しんせつ》に庵主《あんしゆ》と尼《あま》と二人《ふたり》で申《まを》して呉《く》れましたゆゑ、有難《ありがた》いと存《ぞん》じまして其《そ》の庵室《あんしつ》に足《あし》を止《と》め、一泊《ばく》いたして翌朝《よくあさ》になりましてから盲人《めくら》の庵主《あんしゆ》と亭主《つれやい》を二人《ふたり》置《お》いて尼《あま》と同道《どうだう》で妾《わたくし》は他《ほか》へ修行《しゆぎやう》に参《まゐ》りましてございますが、一ト足遅《あしおそ》く妾《わたくし》が帰《かへ》りますと是《こ》れ〳〵是《こ》れ〳〵で、夫《をつと》は其《そ》の朝伝《てうでん》と申《まを》す者《もの》の悪計《たくみ》でございまするか、尼《あま》の悪計《たくみ》かは存《ぞん》じませぬが毒薬《どくやく》の這入《はい》りました蕎麦湯《そばゆ》を飲《の》みました、それゆゑ身体《からだ》が利《き》かず裏手《うらて》の方《はう》へ這出《はひだ》して苦《くる》しんで居《ゐ》るところへ妾《わたくし》が帰《かへ》り、ドウか夫《をつと》を助《たす》けたいと存《ぞん》じ色々《いろ〳〵》心配《しんぱい》して居《ゐ》るうちに夫婦《ふうふ》の者《もの》は逃《に》げたに依《よ》ツて路用《ろよう》を取《と》るに不都合《ふつがふ》だ、撃殺《うちころ》して路用《ろよう》の金《かね》は残《のこ》らず取《と》らうと申《まを》しますのを聞《き》きまして妾《わたくし》も夫《をつと》も驚《おどろ》きまして山道《やまみち》を裏手《うらて》へ廻《まは》ツて逃《に》げやうと致《いた》すと　何分《なにぶん》にも雪《ゆき》の積《つも》ツて居《ゐ》る熊笹《くまざゝ》を道《みち》と心得《こゝろえ》まして根笹《ねざゝ》の上《うへ》へ乗《の》りますとガツクリ雪《ゆき》が落《お》ちまして夫《をつと》がドーツと転《ころ》げましたからドウか助《たす》けたいと思《おも》ふうちに妾《わたくし》も踏外《ふみはづ》しまして谷《たに》の中《うち》へ落《お》ちました、夫《をつと》は多分《たぶん》富士《ふじ》川《かは》の流《なが》れへ転《ころ》げ落《お》ちて死《し》んだに相《さう》違《ゐ》ございませぬ、妾《わたくし》は谷《たに》へ落《お》ちてそれから先《さき》は夢現《ゆめうつゝ》のやうでトンと存《ぞん》じませぬが、先程《さきほど》呼《よ》ばれました其《そ》の御声《おこゑ》で始《はじ》めて気《き》が附《つ》きましたが是《こ》れまで谷間《たにあひ》に一ト夜《よ》凍《こゞ》えて居《を》りましたことと見《み》えます」

警部「ア、それはドウもエライこツちや、マア怪《け》しからんことであつた　ドウもその庵室《あんしつ》に悪僧夫婦《あくそうふうふ》が居《ゐ》るなどと云《い》ふことは……お前清子村《まへせいごむら》の其《そ》の所《ところ》は覚《おぼ》えて居《ゐ》るだらうが兎《と》も角《かく》も来《き》なさい……魚商《さかなや》お前方《まへがた》も折角《せつかく》斯《か》うやツて助《たす》けて呉《く》れたが斯《か》う云《い》ふ次第《しだい》だから直《すぐ》に僕《ぼく》は*南部《なんぶ》の警察分署《けいさつぶんしよ》へ参《まゐ》る、お前方《まへがた》も掛《かゝ》り合《あひ》だから同道《どうだう》して往《い》きなさい」

魚商「ア……掛《かゝ》り合《あひ》……」

警部「掛《かゝ》り合《あひ》だから兎《と》も角《かく》も往《い》きなさい」

ドウも是《こ》れは仕方《しかた》がない、また其《そ》の事《こと》を聞《き》いて見《み》ると少《すこ》しは意趣返《いしゆがへ》しに其《そ》の朝伝《てうでん》と云《い》ふ悪僧《あくそう》を捕《とら》まへて遣《や》りたいくらゐの心《こゝろ》は出《で》るものでございますから、是《こ》れからしてゾロ〳〵南部《なんぶ》警察分署《けいさつぶんしよ》へ参《まゐ》りました、此分署《このぶんしよ》は甲府《かふゝ》の方《はう》の警察《けいさつ》分署《ぶんしよ》でございます、

（二十六）

此処《こゝ》でお話《はなし》が二つに別《わか》れまして篠井兼之丞《しのゐけんのじやう》は、前回《ぜんくわい》に申上《まをしあ》げまする通《とほ》り危《あやう》いことで斯《か》う縢《から》げてある尺角《しやくかく》がタツタ二本残《ほんのこ》ツた其《そ》の上《うへ》へ乗《の》ツてスーツと流《なが》れて往《ゆ》く間《あひだ》はモウ生《しやう》体《たい》なく夢現《ゆめうつゝ》のやうになツて居《を》る、スルと

○「オーイ〳〵気《き》をしツかり持《も》てヨー　気《き》をシツカリ持《も》てヨー」

と耳《みゝ》の端《はた》へ口《くち》を寄《よ》せて呼《よ》ばれました声《こゑ》でアツと気《き》が附《つ》いて

兼「エー有難《ありがた》うございます」

○「シツカリ気《き》を持《も》てヨ、マア飛《と》んでもない訳《わけ》だ　何処《どつ》から下《お》りて来《き》た……鰍ケ沢《かぢさは》へ……」

兼「イヽエ……」

○「ナニカ、鰍ケ沢《かぢさは》から岩淵《いはぶち》まで下《お》りるか」

兼「イヽエお前《まへ》さん千箇寺《がじ》参《まゐ》りでございます」

○「オー、身延山《みのぶさん》へ参詣《さんけい》の者《もの》か……成《な》るほどフヽム……ドヽドウして此《こ》の川《かは》へ落《お》ちた、船《ふね》に乗《の》ツたか」

兼「イヽエ、実《じつ》は是《こ》れ〳〵の災難《さいなん》に遇《あひ》まして……」

と細《こま》かに話《はな》したゆゑ捨置《すてお》かれませぬに依《よ》ツて

○「それはドウも飛《と》んだことである、サア直《すぐ》に是《こ》れから届《とゞ》けんければならぬ」

と云《い》ふので届《とゞ》けることになりました、

此《こ》の篠井兼之丞《しのゐけんのじやう》を助《たす》けて呉《く》れましたのは富士川《ふじかは》を上下《のぼりおり》する船頭《せんどう》でございます、これは彼地《あちら》へ往《い》らしツた方《かた》は御案内《ごあんない》でございますが、下《お》*りるときには鰍ケ沢《かぢさは》から忽《たちま》ちに下《くだ》りますが、また上《のぼ》るときには三日《か》ぐらゐは掛《かゝ》る、モウ冬《ふゆ》*の涸水《かれみづ》でも二日《か》は泊《とま》らんければならぬ、南部《なんぶ》か万沢《まんさは》と云《い》ふやうな所々《ところぐ》川原《かはら》の所《ところ》へ根笹《ねざゝ》や或《ある》は菰《こも》のやうなもので低《ひく》く西北《にしきた》の方《はう》を囲《かこ》うてございまして其《そ》の中《なか》に船夫《かこ》の者《もの》が寝《ね》るのでございます、船頭《せんどう》さんは万沢《まんさは》なら万沢《まんさは》へ著《つ》きますと泊《とま》り附《つ》けの宿屋《やどや》があツて其処《それ》へ泊《とま》る、それゆゑ此《こ》の船頭《せんどう》の名前《なまへ》を書《か》きまして其《そ》の村方《むらかた》の宿屋《やどや》の主人《あるじ》、村長《そんちやう》などの名前《なまへ》をチヤンと認《したゝ》め印形《いんぎやう》を捺《つ》き、右《みぎ》の事情《じじやう》を残《のこ》らず書立《かきた》てまして訴《うつた》へんければなりませぬ、それで南部《なんぶ》と云《い》ふ所《ところ》の突当《つきあた》りの警察署《けいさつしよ》まで参《まゐ》ツて其処《そこ》へ這入《はい》ツたときに胆《きも》を潰《つぶ》したのはお浪《なみ》で、思《おも》ひ掛《が》けなく夫《をつと》が手《て》を引《ひ》かれて来《く》るのを見《み》て

浪「オヽ……お前《まへ》さん、能《よ》く達者《たつしや》で居《ゐ》て下《くだ》さいました」

兼「ハイ、誰様《どなた》……」

浪「浪《なみ》でございますヨ」

兼「オーお浪《なみ》か……アヽ、お前《まへ》もマア能《よ》く達者《たつしや》で居《ゐ》て呉《くれ》た、お前《まへ》はドウしたか、毒《どく》を服《のま》されやアしないかと思《おもつ》て案《あんじ》て居《ゐ》ましたが能《よ》く達者《たつしや》で居《ゐ》て呉《くれ》た」

浪「妾《わたし》もネ、お前《まへ》さんばツかり案《あん》じられてドウなすツたかと色々《いろ〳〵》心配《しんぱい》して居《を》りましたが、マア〳〵誠《まこと》に宜《よ》うございました」

警部「ア、ナニかこれはお前《まへ》の亭主《つれやひ》か」

浪「ハイ、妾《わたくし》の夫《をつと》でございます」

兼「エー手前《てまへ》の妻《さい》でございまして浪《なみ》と申《まを》す者《もの》でございます」

警部「イヤそれはマア幸《さいは》ひのこツちや、ドウ云《い》ふ次第《しだい》だ」

と言《い》ふと船頭《せんどう》から細《こま》かに訴《うつた》へましたから、側《そば》に書記《しよき》が居《を》りまして一々認《したゝ》めて仕舞《しま》ひまして、

是《こ》れから先《ま》づ怪《あや》しいのは清子村《せいごむら》の庵室《あんしつ》で、村長《そんちやう》へも届《とゞけ》なしで無暗《むやみ》と其処《そこ》に住《す》んで居《ゐ》る道理《だうり》と云《い》ふものはないといふので、直《すぐ》に掛《かゝ》りの探偵《たんてい》が調《しら》べに参《まゐ》りました、段々《だん〳〵》村《むら》へ往《い》ツて聞《き》いて見《み》ると成《な》るほど日朝堂《につてうだう》があツて其《そ》の裏手《うらて》へ廻《まは》ると彼《か》の朝伝《てうでん》と云《い》ふ和尚《おしやう》、眼《め》が見《み》えないと云《い》ふのは全《まつた》く偽《いつは》りでございまして　毒《どく》を服《の》み雪《ゆき》を摑《つか》んで七顛八倒《しつてんばつたう》の苦《くるし》みを致《いた》した態《なり》で其《そ》の儘《まゝ》呼吸《いき》は絶《た》えて居《ゐ》る、

（二十七）

是《こ》れから村長《そんちやう》へ掛《かゝ》ツて是《こ》れ〳〵の事《こと》を問合《とひあは》せますと「イエ少《すこ》しも存《ぞん》じませぬ、ドウ云《い》ふことですかサツパリ其《そ》の夫婦《ふうふ》の者《もの》の居《を》ツたことは存《ぞん》ぜぬ」

と言《い》ふ、それから探偵《たんてい》が充分《じうぶん》に手別《てわ》けを致《いた》して調《しら》べましたところがナカ〳〵知《し》れませぬもので、何処《どこ》をドウ逃《に》げましたか朝香《てうかう》と云《い》ふ尼《あま》は逃《に》げ失《う》せて仕舞《しま》ツたことでございます、けれども斯《か》う早《はや》く逃《に》げる訳《わけ》はないが甲府《かふゝ》へ逃《に》げたかそれとも富士川《ふじかは》を船《ふね》に乗《の》ツて逃《に》げたかと云《い》ふので、此《こ》の方《はう》を調《しら》べることになツた、こゝが天命《てんめい》で、何処《どこ》にか身《み》を潜《ひそ》めて居《を》ツたことと見《み》えまして*大野《おほの》と云《い》ふ所《ところ》へ通《とほ》り掛《かゝ》りました、此処《こゝ》に乗合船《のりあひぶね》の会所《くわいしよ》が立《た》ツて居《を》りまして川岸《かはぎし》の所《ところ》に

一仕立船《したてぶね》　三円《ゑん》五十銭《せん》

一乗合《のりあひ》　十七銭《せん》

と書《か》いてある、此《こ》の乗合《のりあひ》の方《はう》は方々《はう〴〵》へチヨイ〳〵附《つ》けて

上《あが》る者《もの》があるから時間《じかん》が掛《かゝ》りますが、仕立船《したてぶね》だとスーッとモウ岩淵《いはぶち》なら停車場《ていしやば》近《ちか》い所《ところ》まで参《まゐ》ります、それから其《そ》の船《ふね》会所《くわいしよ》の向《むか》ふの飴菓子《あめくわし》などを売《う》る婆《ばア》さんの家《うち》へ這入《はい》ツて

探偵「モウ今日《けふ》は船《ふね》が出《で》たか」

婆「ハイ、今何《いまなん》でございます乗合《のりあひ》が一ぱい出《で》ました、それからアノ法衣《ころも》を着《き》た男《をとこ》か女《をんな》か知《し》りませぬが年《とし》を取《と》ツた方《かた》が仕立《したて》で周章《あはて》て早《はや》く出《だ》せと言《い》ツて出《で》ました」

探偵「フヽム船《ふね》が出《で》たか……それなら……」

とバラ〳〵ツと川原《かはら》へ駈《か》けて来《き》ました、ところが船《ふね》が斯《か》う下《お》りて来《く》る間《ま》が少《すこ》しありまする所《ところ》へ往《い》ツてチヤンと待《ま》ツて居《ゐ》ると、モウ棹《さを》を張《は》ツてスーツ〳〵と岸《きし》を離《はな》れて船《ふね》が出《で》る所《ところ》へ往《い》ツて

探偵「オーイ、其《そ》の船返《ふねかへ》せ、其《そ》の船返《ふねかへ》せー船《ふね》を返《かへ》せー」

と呼止《よびと》める、

船夫「オー、呼止《よびと》めたツていかねいヨー、乗合《のりあひ》ではねい、こりやア仕立船《したてぶね》だヨー」

探偵「仕立船《したてぶね》でも其《そ》の中《なか》に居《ゐ》る方《かた》に少々用《せう〳〵よう》があるんだー……モシ〳〵お客《きやく》さん、お客《きやく》さん、ドウかチヨツと待《ま》ツと

くんなさー」

船夫「お客《きやく》さんだツて駄目《だめ》だヨー　こりやア何《なん》だヨー仕《し》立船《たてぶね》でお一人《ひとり》でもツて岩淵《いはぶち》まで下《お》ろすだヨー」

探偵「其中《そのなか》に乗《の》ツて居《ゐ》るお方《かた》に用《よう》があるんだー妙香《めうかう》さん妙香《めうかう》さーん」

と声《こゑ》を掛《か》けたから自分《じぶん》のことでないと思《おも》ツて安心《あんしん》して尼《あま》はズツと首《くび》を出《だ》して

朝香「イヽエ私《わたし》は妙香《めうかう》とは申《まを》しませぬ朝香《てうかう》と申《まを》します」

と言《い》ふと

探偵「其《そ》の朝香《てうかう》さんに用《よう》があるんだ」

とザブ〳〵川《かは》の中《なか》へ這入《はい》り船中《せんちう》へ飛乗《とびの》ツた、此《こ》のときに朝香比尼《てうかうびく》もアヽさては足《あし》が附《つ》いたと思《おも》ひましたが心《こゝろ》を取直《とりなを》して

朝香「ハイ、私《わたし》に用《よう》があると仰《お》ツしやるのは何誰様《どなたさま》でございますか、私《わたし》は朝香《てうかう》と申《まを》す比尼《びく》でございます」

探偵「イヤモウ誠《まこと》に幸《さいは》ひのことでした、アヽあなたに少《すこ》しお聞《き》き申《まを》したいことがあるんですが、チヨツと南部《なんぶ》まで往《い》ツて下《くだ》さいませぬか」

朝香「南部《なんぶ》と云《い》ふと何処《どこ》でございます」

探偵「エヽ、其処《そこ》の*上川原《かみがはら》から上《のぼ》れば直《ちき》ですが……」

朝香「南部《なんぶ》まで参《まゐ》るのは実《じつ》にドウも私《わたし》の法用《はふよう》の妨《さまた》げになりますことでナ……」

探偵「シテあなたは何方《どちら》へ往《い》らツしやるです」

朝香「ハイ*内房《うちぶさ》の本勝寺《ほんしやうじ》まで参《まゐ》ります」

探偵「ハヽア、何《なん》の御用《ごよう》で往《い》らツしやるですか」

朝香「ハイ、マア出家《しゆつけ》の身《み》の上《うへ》では法用《はふよう》でございまするナ」

探偵「エヽあなたは何御寺院《なにごじゐん》のお弟子《でし》ですナ」

朝香「ハイ、東京府下池上村本門寺《とうきやうふかいけがみむらほんもんじ》々《ゞ》*中理《ちうり》教院《けうゐん》の弟子《でし》でございます」

探偵「エヽ其《そ》のお弟子《でし》が何《なに》ゆゑに清子村《せいごむら》の山道《やまみち》なる日朝堂《につてうだう》に居住《おいで》なすツたか、ありやア明庵室《あきあんしつ》で村長《そんちやう》に届《とゞ》けがなければ無断《むだん》にドウも彼処《あれ》に住居《すまひ》して居《ゐ》る訳《わけ》にはいかぬが、ドウ云《い》ふ訳《わけ》で彼処《あれ》に居住《おいで》ですか」

(二十八)

尼《あま》は笑《わら》ひながら

「マアドウも飛《とん》だお尋《たづ》ねでございます、私《わたし》が彼《あ》の山道《やまみち》へ通《とほ》り掛《かゝ》りましたときに谷村兵左衛門《たにむらひやうざゑもん》と云《い》ふ家《うち》へ喚《よ》ばれました、それも法華経宗《ほけきやうしう》で仏間《ぶつま》へドウか志《こゝろざし》の回向《ゑかう》を頼《たの》むと言《い》はれて回向《ゑかう》を致《いた》しお斎《とき》を食《た》べますときに是《こ》れ〳〵で明庵室《あきあんしつ》がある、留守居《るすゐ》が無《な》くて本尊《ほんぞん》を守《まも》る者《もの》はないが、ドウか留守居《るすゐ》かた〴〵お守《もり》をして呉《く》れまいかと頼《たの》まれましたから、余儀《よぎ》なく私《わたし》も彼《あ》の庵室《あんしつ》に居《を》りましたので……」

探偵「フヽム、其《そ》の尼法師《あまはふし》どのが御亭主《ごていしゆ》の朝伝《てうでん》が中毒《ちうどく》で苦《くるし》んで居《を》るのを見捨《みす》てゝお立《た》ちになるのはドウ云《い》ふ訳《わけ》でございますか」

朝香「尼《あま》の身《み》の上《うへ》に夫《をつと》のあるべき道理《だうり》はありませぬ、何《なに》を証拠《しようこ》に左様《さやう》なことを仰《おほ》ツしやるので……」

探偵「今《いま》その証拠《しようこ》の無《な》いことは言《い》はぬ、僕等《ぼくら》も其《そ》の職《しよく》を拝命《はいめい》して居《ゐ》る者《もの》だ、マア如何《いか》ほど陳《ちん》じてもいかぬから僕《ぼく》と同道《どうだう》して南部《なんぶ》まで往《い》ツて下《くだ》さい」

朝香「イヽエ、私《わたし》は法用《はふよう》の妨《さまた》げになりますから南部《なんぶ》まで参《まゐ》る訳《わけ》には行《ゆ》きませぬ、私《わたし》が時間《じかん》を費《つひや》しては法用《はふよう》の大事《だいじ》でございますから……」

探甲「イヤ左様《さやう》ではありませうがマアお出《い》でなさい」

探乙「其様《そん》なことを言《い》はずにお出《い》でなさい」

と二人《ふたり》の探偵《たんてい》が側《そば》へ寄《よ》ツて尼《あま》の手《て》を取《と》り、ズーツと南部《なんぶ》の駅《えき》の上川原《かみがはら》と云《い》ふ所《ところ》へ此《こ》の船《ふね》が着《つ》く、直《すぐ》に尼《あま》は手《て》を取《と》られて南部警察分署《なんぶけいさつぶんしよ》へ這入《はい》ると云《い》ふお話《はなし》、

エー法華宗《ほつけしう》の御話《はなし》が出《で》たから続《つゞ》いて弁《べん》じます、法華《ほつけ》に凝《こ》ると云《い》ふ訳《わけ》ではないが信心《しんゞ》が有難《ありがた》いと思《おも》ひ詰《つ》めるときはモウ寝《ね》ても忘《わす》れることがない、アヽ有難《ありがた》いと思《おも》ふに附《つ》けて七字《じ》の題目《だいもく》が出《で》て来《く》るやうなことになり、題目《だいもく》三昧《まい》と云《い》ツて誠《まこと》に結構《けつかう》なことでございます、

*徳川家康公《とくがはいへやすこう》は軍中《ぐんちう》で念仏《ねんぶつ》を唱《とな》へる、南無阿弥陀仏《なむあみだぶつ》と云《い》ふ六字《じ》の名号《めうがう》を日《ひ》に六万遍《べん》づゝ唱《とな》へたと云《い》ふ　また*加藤肥後守《かとうひごのかみ》清正《きよまさ》と云《い》ふ人《ひと》は戦《いくさ》の中《なか》でも念仏《ねんぶつ》より一字《じ》多《おほ》い七字《じ》の題目《だいもく》を日《ひ》に五万遍《べん》づゝ唱《とな》へたと云《い》ふが、これもまた根気《こんき》なもので、池上《いけがみ》の本門寺《ほんもんじ》などは清正《きよまさ》が建立《こんりふ》いたしましたときに彼《か》

の釈迦堂《しやかだう》から祖師堂《そしだう》へ渡《わた》る所《ところ》に橋《はし》が架《かゝ》ツて居《を》ツて其《そ》の橋《はし》の下《した》を彼《あ》の清正《きよまさ》の大《おほ》きな躰《なり》で立烏帽子《たてゑぼし》を被《かぶ》り馬《うま》に乗《の》ツた儘《まゝ》ズーツと潜《くゞ》ツて通《とほ》ツたと云《い》ふから余《よ》ほど大《おほ》きいことでございます、＊朝鮮征伐《てうせんせいばつ》に参《まゐ》ツても題目《だいもく》の御旗《みはた》を飜《ひるがへ》して御勇戦《ごゆうせん》の上《うへ》トウ〳〵勝利《しやうり》を得《え》て帰《かへ》りましたことでございます、誠《まこと》に加藤清正《とうきよまさ》と云《い》ふ人《ひと》は大信者《だいしんじや》でござりました、

（二十九）＊

エー或《あ》る所《ところ》の差配人《さはいにん》でございました、地主《ちぬし》も法華《ほつけ》なら差《さ》配人《はいにん》も法華《ほつけ》でナカ〳〵ドウもそりやア日蓮宗《にちれんしう》の凝固《こりかたま》りだから長屋《ながや》に他宗《たしう》の者《もの》を一人《ひとり》も置《お》かない、法華宗《ほつけしう》の者《もの》なら店賃《たなちん》も取《と》らないで置《お》いて遣《や》るな＊かと云《い》ふくらゐ凝《こ》ツて居《ゐ》る、だから長屋《ながや》の者《もの》でも差配人《さはいにん》、地主様《ちぬしさま》も皆《みん》なモウ極交情《ごくなか》が善《よ》い、他宗《たしう》の者《もの》と云《い》ふと商人《あきんど》でも入《い》れませぬから八百屋《やほや》などが中《なか》には胡魔化《ごまくわ》して法華《ほつけ》の積《つも》りでやツて来《き》ます、

「八百屋《やほや》は何《なん》ぞ宜《よろ》しう　今日《こんち》は南＊無妙《なむめう》りやう菠薐草《はうれんさう》に祖《そ》師大根《しだいこん》はよろしうございます……＊」

○「八百屋《やほや》さん南無妙菠薐草《なむめうはうれんさう》はにちれん幾《いく》らだエ」

八百「*八部経《ぶきやう》でございます　祖師大根《そしだいこん》はエー*三十ばんじんで……」
○「大層高《たいそうたか》い、*本第《ほんだい》十六銭《せん》におまけ」
なんて洒落《しやれ》を言《いひ》まして可笑《をか》しいことで……
○「ドウだネ……オヤ〳〵こりやアお前《まへ》さんが長屋《ながや》の行《ぎやう》事《じ》に当《あた》りましたか」
□「ヘー」
○「何《なに》しろ困《こま》るぢやアございませぬか　*下雪隠《しもせつちん》が一ぱいになツて長屋《ながや》の者《もの》はドウも出来《でき》ないが……」
□「そりやア私《わたくし》も言《い》ひましたが他宗《たしう》の者《もの》に汲《く》ませるのは嫌《い》やだと言《い》ツて居《ゐ》なさる」
○「嫌《い》やでも一ぱいになツては困《こま》る　一つお差配《さはい》さんに願《ねが》はうぢやアございませぬか」
□「ア、そりやア一人《ひとり》ぢやアいかない、あなたもお出《い》でなさるで……久《きう》さんもお出《い》でなすツて」
久「ヘー」
□「此方《こちら》でもドウぞ……」
と長屋《ながや》の者《もの》が揃《そろ》ツて差配《さはい》の家《いへ》へ参《まゐ》り

□「エー御免下《ごめんくだ》さい」

差配「オヤ〳〵大層《たいそう》お揃《そろ》ひで……」

一同「ヘー……」

差配「何《なに》か御用《ごよう》かネ……何《なに》か寄進《きしん》かヱ」

□「イ、エさうぢやアないですが、エー御案内《ごあんない》の通《とほ》り下《しも》雪隠《せつちん》が一ぱいになりましたがドウしても肥取《こゑとり》が参《まゐ》りませぬ」

差配「それは私《わたし》も心配《しんぱい》して居《ゐ》ます、ドウしたツて彼奴《あいつ》が来《こ》ないか誠《まこと》に困《こま》ツたものだ、何《なん》でも煩《わづら》ツて居《ゐ》るナ……煩《わづら》ツて居《ゐ》るなら他《ほか》に代《かは》りを寄越《よこ》さなけりやアならぬ、それも来《こ》ないから余《よ》ほどドウ云《い》ふことか事情《わけ》のあることであらうが、嘸《さ》ぞお困《こま》りだらう　他宗《たしう》の者《もの》に肥《こゑ》を汲《く》ませるのも嫌《い》やだが……」

一同「ドウか一つ　私共《わたくしども》がしたいと思《おも》ツてもドウにも仕《し》方《かた》がございませぬ、お嫌《い》やではございませうが長屋《ながや》の者《もの》一同《どう》の願《ねがひ》でございますがドウぞその往来《おもて》を通《とほ》ります……」

差配「往来《おもて》を通《とほ》るツたツて他宗《たしう》の者《もの》に汲《く》ましたくない私《わたし》がマア一つ宗旨《しうし》を調《しら》べてから汲《く》ませませう……ハイ〳〵マア承知《しやうち》しました」

一同「ドウカ何分《なにぶん》お願《ねが》ひ申《まを》します」

と長屋《ながや》の者《もの》は帰《かへ》ツて仕舞《しま》ふ　差配《さはい》は家《みせ》の鼻《はな》ツ先《さき》へ煙草盆《たばこぼん》を持《も》ツて来《き》てパクーリパクーリ煙草《たばこ》を喫《の》んで待《ま》ツて居《を》りました、

（三十）

ところへ随分肥取《ずゐぶんこえとり》と云《い》ふものは通《とほ》るものでございますナ

「オーアイツ」

差配「掃除屋《さうぢや》さん」

肥取「へー」

差配「肥《こえ》をナ、一ぱい溜《たま》ツて居《ゐ》るんだがお前《まへ》持《も》ツて往《い》ツて呉《く》れないか」

肥取「エ、そりやア有難《ありがた》うございます」

差配「ウム、お前《まへ》は何宗旨《なにしうし》だ、宗旨《しうし》に依《よ》ツて酌《く》ませるからナ」

肥取「私《わし》の宗旨《しうし》は誠《まこと》に有難《ありがた》い宗旨《しうし》でございます」

差配「有難《ありがた》いと言《い》へば他《ほか》にやアないが何宗旨《なにしうし》だヱ」

肥取「エ、お東《ひがし》でございまして一向宗《かうしう》でございます」

差配「*念仏無間《ねんぶつむげん》、ウーンドウも地獄《ぢごく》の道連《みちづ》れで延喜《えんぎ》が悪《わる》い」

肥取「オヽ……こりやア、マア塩《しほ》を打《ぶ》ツ掛《か》けるたア何《なん》てこんで、悪《わる》けりやア酌《く》みやアしねへ、塩《しほ》を打《ぶ》ツ掛《か》ける奴《やつ》があるけい」

差配「往《い》け……エヽ往《い》け、グズ〳〵しやアがると向脛《むかふずね》を打《ぶ》ツ払《ぱら》ふぞ、世《よ》の中《なか》に有難《ありがた》い宗旨《しうし》と言《い》やア日蓮宗《にちれんしう》より外《ほか》にやアない、法華《ほつけ》八巻《くわん》で末法《まつぽふ》を知《し》らぬ奴《やつ》だ、サツさと往《い》け……アヽ往《い》ツて仕舞《しま》ツた、嫌《い》やな奴《やつ》だ彼奴《あいつ》と口《くち》を利《き》くなア穢《けが》らしい」

「オーアイツ」

差配「また来《き》た……オイ〳〵お前《まい》なア肥《こえ》が溜《たま》ツて居《ゐ》るが酌《く》まして遣《や》らう、お前《まへ》酌《く》むか」

肥取「へー有難《ありがた》うございます」

差配「エヽ宗旨《しうし》に依《よ》ツて酌《く》ませなくツちやアその都合《つがふ》の悪《わる》いことがある　お前《まへ》の宗旨《しうし》が有難宗旨《ありがたいしうし》なら酌《く》まして遣《や》る何《なん》だ」

肥取「私《わし》の宗旨《しうし》は有難《ありがた》い宗旨《しうし》でございます」

差配「何《なん》だエ」

肥取「エ、真言宗《しんごんしう》でございます」

差配「真言亡国野郎《しんごんばうこくやらう》、ウーン……お前《まへ》それを何故《なぜ》有難《ありがた》いと心得《こゝろえ》る、コレ能《よ》く考《かんが》へて見《み》なさい、国《くに》を亡《ほろ》ぼすと言《い》ふのだ、誠《まこと》にドウも真言《しんごん》と云《い》ふものは害《がい》になる」

肥取「真言《しんごん》でもなア害《げい》になるツたツて　あんたの方《はう》は何《なに》宗旨《しうし》で」

差配「己《おれ》の方《はう》は此《こ》の上《うへ》もない有難《ありがた》い宗旨《しうし》で……日蓮宗《にちれんしう》だ」

肥取「日蓮様《にちれんさま》てい方《かた》も元《もと》は真言宗《しんごんしう》のお弟子《でし》になツた　清《きよ》水寺《みづでら》のお弟子《でし》に……」

差配「アアグズ〳〵言《い》ふな、サツさと往《い》け」

肥取「己《おら》の方《はう》が有難《ありがた》い宗旨《しうし》だからナ、*オンアヲキヤヒロシヤナア」

差配「此《こ》の馬鹿野郎《ばかやらう》往《い》け、畜生《ちくしやう》め」

肥取「何《なん》だ塩《しほ》を打《ぶ》ツ掛《か》けやアがツて……」

差配「打《ぶ》ツ掛《か》けなくツて　真言《しんごん》なぞを唱《とな》へる奴《やつ》はサツさと往《い》け、往《い》け下《くだ》らねへ」

「オーアイツ」

差配「ア、また来《き》た、コレ〳〵お前《まへ》アノー掃除屋《さうぢや》さん肥《こえ》を取《と》らして遣《や》らう」

肥取「有難《ありがた》うございます」

差配「何宗旨《なにしうし》だエ」

肥取「私《わし》は禅宗《ぜんしう》でございます」

差配「禅天魔《ぜんてんま》、サツさと往《い》ツて呉《く》れ」

肥取「何《なん》でい塩《しほ》を打《ぶ》つ掛《か》けるなんて……」

幾人通《いくにんとほ》ツても塩《しほ》を打《ぶ》ツ掛《か》けますから終《しま》ひには塩《しほ》を掛《か》けられた肥取《こえとり》ばかりズーツと河岸《かし》の所《ところ》に肥桶《こえたご》を置《お》いて正午時分《ひるじぶん》になツたから固《かたま》ツて飯《めし》を食《く》ひながら

甲「私肩《わしかた》ん所《ところ》に塩《しほ》が掛《か》ゝツて居《ゐ》るナ」

乙「ン塩《しほ》が掛《か》ゝツた」

甲「彼処《あそこ》の二町《ちやう》ばかり先《さき》の横丁《よこちやう》で格子《かうし》戸造《どつくり》の広《ひろ》い家《うち》ナ、彼処《あそこ》の前《めへ》で塩《しほ》を打《ぶ》ツ掛《か》けられた」

乙「アヽ彼《あ》の水菓子屋《みづぐわしや》の向《むか》ふの家《うち》か、アリヤア何《なん》だ」

甲「何《なん》だか知《し》らねへけれど己《おれ》がア念仏無間《ねんぶつむげん》だツて塩《しほ》を打《ぶ》

ツ掛《か》けて向臑《むかふずね》掻《か》ツ払《ばら》うと言《い》ツた」

乙「己《おら》も打《ぶ》ツ掛《か》けられた　禅天魔《ぜんてんま》だツて……」

丙「ン、己《おら》ア真言亡国《しんごんばうこく》だツて打《ぶ》ツ掛《か》けられた、法華気違《ほつけきちが》ひだなア」

甲「違《ちが》ひねへ、ありやアドウも法華宗《ほつけしう》であればマア何《なん》だナ、ドノくらゐ肥酌《こえく》まして御馳走《ごちそう》するか知《し》れねへ」

丙「肥唯酌《こえたゞく》まして御馳走《ごちそう》なる……」

乙「さうだツてサ、法華宗《ほつけしう》でありやア宜《い》い」

甲「己《おら》が村《むら》にやア無《ね》いなア」

丙「さうだ無《ね》いなア」

丁「兼《かね》どんそりやア何処《どこ》かなア」

甲「そりやア何処《どこ》だツて此《こ》の二町先《ちやうさき》の横町《よこちやう》を左《ひだり》に切《き》れて水菓子屋《みづぐわしや》の向《むか》ふの格子戸《かうしど》の家《うち》で、＊オーアイツて往《い》きやア直《すぐ》に喚《よ》ぶんだ」

丁「己《おら》が往《い》くべい」

甲「往《い》くツたツてお前宗旨《まへしうし》が違《ちが》ふ」

丁「己法華《おらほつけ》のつもりになるべい」

甲「つもりになツたツてさう往《い》くもんか」

丁「宜《い》いヨ大丈夫《でいぢやうぶ》だ」

と言《い》ひながら肥桶《こえたご》を担《かつ》いで出掛《でか》けた、

「オーアイツ」

（三十一）

差配「コレ〳〵掃除屋《さうぢや》」

肥取「へー」

差配「貴様《きさま》は何宗《なにしう》だ、肥《こえ》が溜《たま》ツて居《ゐ》るが肥《こえ》を酌《く》まして遣《や》ツて其《そ》の上《うへ》でまた馳走《ちそう》もするがドウだい、何宗旨《なにしうし》だか有難《ありがた》い宗旨《しうし》なら汲《く》まして遣《や》るだ」、

丁「己《おら》の宗旨《しうし》くらゐ有難《ありがて》い宗旨《しうし》は無《ね》いと思《おも》ふ　己宗旨《おれしうし》の人《ひと》でなけりやア頼《たの》まれて肥酌《こえく》まねへだ」

差配「フヽム、有難《ありがた》い宗旨《しうし》と言《い》へば極《きま》ツて居《ゐ》る」

丁「己《おれ》の所《ところ》は先祖《せんぞ》代〻《だい〳〵》日蓮宗《にちれんしう》だ」

差配「ハヽア有難《ありがた》いなア、己《おれ》も日蓮宗《にちれんしう》だ」

丁「さうかマア〳〵ドウもそりやア本統《ほんとう》に日蓮宗《にちれんしう》か、能《よ》く見《み》せて呉《く》れ」

差配「見《み》せて呉《く》れツて彼処《あそこ》に仏間《ぶつま》がある、正面《しやうめん》が三＊菩薩《ぼさつ》

様《さま》、下《した》に居《ゐ》らツしやるのが彼《あ》の通《とほ》り宗祖様《しうそさま》のお姿《すがた》、此方《こちら》に*七面大明神様《めんだいめうじんさま》、*柴又《しばまた》の帝釈様《たいしやくさま》のお札《ふだ》が皆《みん》な立掛《たてか》けてあるだ」

丁「成《な》るほど法華《ほつけ》だなア　*それぢやアマア酌《く》まうか……酌《く》みていいけれどドウも腹《はら》が空《へ》ツてるからナお飯《まんま》ア食《く》ひていなア」

差配「夫《それ》ぢやアマアお膳立《ぜんだて》をして上《あげ》ナ掃除屋《さうぢや》さんに……其処《そこ》に何《なに》があツたソレ鹿尾菜《ひじき》と油揚《あぶらげ》の煮《に》たのが……」

肥取「鹿尾菜《ひじき》と油揚《あぶらげ》の煮《に》たのはいけねへ、其様《そん》な物《もの》ぢやア食《く》へねい、ドウかマア迚《とて》も御馳走《ごちそう》するならばお祖師様《そしさま》に御馳走《ごちそう》したと思《おも》ツて鰻《うなぎ》を取《と》ツて呉《く》れ」

差配「色〻《いろん》なことを言《い》ふ　鰻《うなぎ》を……ぢやアマア仕方《しかた》がない、鰻《うなぎ》を……」

肥取「なんりやうほうれんさうも取《と》るか」

差配「マア其様《そん》なことを言《い》はないでいちぶきやうも……」

肥取「いちぶきやう……三十ばんじんくれゐ取《と》るが宜《い》い……アヽドウも有難《ありがた》い、マア酒《さけ》を一杯《ぱい》飲《の》みていなア」

差配「贅沢《ぜいたく》を言《い》へ」

肥取「ドウか酒《さけ》を飲《の》まして呉《く》れ」

差配「ぢやアマア酒《さけ》をつけて持《も》ツて来《き》な」

肥取「有難《ありがて》い、己《おれ》も代々《でい〱》日蓮宗《にちれんしう》で日蓮様《にちれんさま》くれゐ有難《ありがて》いものは無《ね》いと思《おも》ふなア」

なんてグズ〱言《い》ひながら酒《さけ》を飲《の》み、鰻《うなぎ》でお飯《まんま》を五六杯《ばい》食《く》ツて真《ま》ツ赤《か》に酔《ゑ》ツた

肥取「有難《ありがて》い〱、アヽ酔《よ》ツた、腹《はら》がクチクなツた、ドウかネ私今日《わしけふ》は大儀《ていぎ》だから帰《けへ》ツて明日《あした》酌《く》みに来《こ》やう」

差配「其様《そん》なことを言《い》ツては困《こま》る、一《いつ》ぱいになツたからお前《まへ》を頼《たの》んでお前《まへ》に御馳走《ごちそう》までした」

肥取「己《おれ》に御馳走《ごちそう》すると思《おも》ふといけねいからナ、マア其様《そん》なに心配《しんぱい》しねいでお宗旨《しうし》がお互《たが》ひツこだから……」

差配「そりやアさうだナ、エーお前《まへ》もお宗旨《しうし》の方《はう》なら同《おな》じ者《もの》だが、鎌倉《かまくら》の*松葉《まつば》ケ谷《やつ》へ御参詣《ごさんけい》に往《い》ツたかナ」

肥取「エー参《めへ》りやせぬ」

差配「房州小湊《ばうしうこみなと》へは……」

肥取「それも参《めへ》りやせぬ」

差配「何処《どこ》へ参詣《さんけい》したか……身延《みのぶ》へは往《い》ツたらうナ」

肥取「己《おら》ア身延《みのぶ》へ往《ゆ》かうと思《おも》ツてドウもコレマア忙《せは》しい身《み》の上《うへ》でまだ参《めへ》りやせぬ、ドウか己《おら》に其何処《そのどこ》を酌《く》むだかそれへ案内《あんない》してお呉《く》んなせい」

差配「宜《よ》し〱己《おれ》が案内《あんない》して遣《や》る、他《ほか》の宗旨《しうし》でないから案内《あんない》して遣《や》るんだ……ソレ宜《よ》いか、此処《こゝ》だヨ」

肥取「有難《ありがた》い、アノネー誠《まこと》にお願《ねが》ひだがネ、大儀《ていぎ》になツてドウも仕様《しやう》がねいからあんた肥酌《こえく》んどくんなせい」

差配「己《おれ》に肥《こえ》を酌《くま》せるとはドウ云《い》ふ訳《わけ》で……」

肥取「マア己《おれ》が大儀《ていぎ》だから今日《けふ》は止《よ》して明日《あした》にしやうと云《い》ふけれど酌《く》ませるだから一《ひと》つやツてお呉《く》んなせい　己《おれ》が肥酌《こえく》んだと思《おも》ふと腹《はら》が立《た》つからお祖師様《そしさま》に酌《く》んだと思《おも》ツて……」

差配「お祖師様《そしさま》に酌《く》んだとは何《なん》のことだ……仕方《しかた》がない、マア手拭《てぬぐひ》を持《も》ツて来《き》なヨ、鼻《はな》を縛《しば》るだから……大変《たいへん》なことだ……サア〱一《いつ》ぱいになツた一《いつ》ぱいになつた」

肥取「アヽドウも有難《ありがて》い」

差配「サア〱危《あぶ》ねいヨ、宜《い》いか担《かつ》げるか」

肥取「エヽ宜《よ》うがす」
と言《い》ひながら担《かつ》ぎ出《だ》したが、ヒヨロ〳〵蹌踉《よろ》けてドブーンと溢《こぼ》れると
肥取「南無阿弥陀仏《なむあみだぶつ》南無阿弥陀仏《なむあみだぶつ》」
差配「オヤ此奴《こいつ》法華《ほつけ》ぢやアないナ」
肥取「イヽエ此様《こんな》穢《きた》ない物《もの》は念仏《ねんぶつ》にかずけるんだ」
是《こ》れは落語《おとしばなし》でございますが、マア其《そ》のくらゐ凝《こ》りませぬければ面白味《おもしろみ》もなし、また有難《ありがた》みも出《で》て来《こ》ない。

（三十二）

引続《ひきつゞ》いて申上《まをしあ》げます、篠井兼之丞《しのゐけんのじやう》お浪夫婦《なみふうふ》の者《もの》が南部《なんぶ》の警察署《けいさつしよ》で身上《みじやう》を調《しら》べられて居《を》ります所《ところ》へ、大野川原《おほのがはら》から朝《てう》香比丘《かうびく》が引致《いんち》されました、それは南部《なんぶ》の上川原《かみがはら》へ船《ふね》が着《つ》きましたから、探偵《たんてい》の為《た》めに捕《とら》はれて警察署《けいさつしよ》へ参《まゐ》り、ズーツと調所《しらべしよ》へ這入《はい》ると、兼之丞《けんのじやう》お浪《なみ》の両人《りやうにん》が居《を》るのを見《み》て尼《あま》も驚《おどろ》きましたが、またお浪夫婦《なみふうふ》の者《もの》も驚《おどろ》きました、
兼之丞《けんのじやう》は眼《め》が悪《わる》いからハツキリは分《わか》りませぬが、お浪《なみ》はビツクリしまして
浪「ア、コヽ此《こ》の者《もの》でございます、唯今申上《たゞいままをしあ》げました朝《てう》香《かう》と申《まを》します清子村《せいごむら》の日朝堂《にってうだう》に居《を》りました尼《あま》は此《こ》の人《ひと》でございます」
警部「フヽム……左様《さやう》か……コラお前《まへ》は清子村《せいごむら》の日朝堂《にってうだう》に是《こ》れまで長《なが》い間《あひだ》村長《そんちやう》にも無断《むだん》に住《すま》ゐ致《いた》して居《を》ツたと云《い》ふことだが、お前《まへ》の亭主《つれやい》は朝伝《てうでん》と云《い》ふか」
朝香「ハイ……ハイ」
警部「此処《こゝ》に斯《か》う夫婦《ふうふ》の者《もの》が居《を》るからは、モウ隠《かく》すことは出来《でき》ぬ、モウ是《こ》れまでのことヽ思《おも》ひ諦《あきら》め速《すみや》かに言《い》ツて仕《し》舞《ま》ふた方《はう》が宜《よ》からう……ドウだ」
朝香「誠《まこと》に恐入《おそれい》りましてございます、モウ決《けつ》してどのやうに此《こ》の者《もの》が申《まを》しませうとも私《わたくし》の方《はう》には一言半句《ごんはんく》の申開《まをしひら》きはないことでございます、重《おも》い御処分《ごしよぶん》を仰付《おほせつ》けられ、また寛《くわん》大《だい》の御処置《ごしよち》も願《ねが》ひます」
警部「フム、アヽ速《すみや》かに言《い》ふたところはそこが人倫《じんりん》と申《まを》すものぢや……篠井兼之丞《しのゐけんのじやう》、お前《まへ》は何歳《なんさい》になる」
兼「私《わたくし》は二十七歳《さい》でございます」
警部「フム、眼病《がんびやう》は何時《いつ》からぢやナ」

兼「へー、眼病《がんびやう》は三年《ねん》あとからでございます」

警部「フム、其《そ》の間格別眼病《あひだかくべつがんびやう》の手当《てあて》はせぬか」

兼「イヽエ、モウ色〻《いろ〱》御《ご》名医《めいゝ》と云《い》ふ御名医《ごめいゝ》にも診《み》て戴《いたゞ》き、病院へも這入りまして色々心配いたし、また中《なか》にはお医者《いしや》様《さま》が伊東方成様《い*とうはうせいさま》と云《い》ふお方《かた》は誠《まこと》に眼《め》の方《はう》はお上手《じやうず》のお方《かた》で、殊《こと》にまたお医師《いし》方《がた》が眼《め》が病《わる》くなると方成様《はうせいさま》に願《ねが》ふと云《い》ふことでございますから、彼《あ》の大先生《だいせんせい》にも診《み》て戴《いたゞ》きました、ところがドウもお前《まへ》の眼はナカ〱底翳《そこひ》で癒《なほ》らぬ質《たち》であると仰《おほ》ツしやいました、モウさう云《い》ふ風《ふう》に病院《びやうゐん》へも這入《はい》り、色《いろ》々《〱》心配《しんぱい》いたした甲斐《かひ》もなく癒《なほ》らぬと云《い》ふことを聞《き》きまして諦《あきら》めて居《を》りましたが、此《こ》のお浪《なみ》が他《わき》で聞《き》いて来《き》ましたには日朝様《につてうさま》へ願懸《ぐわんがけ》をすると眼《め》が癒《なほ》る、妾《わたし》が命願《いのちぐわん》を懸《か》けるからお前《まへ》は何《なに》も断《た》たなくて宜《よ》いと申《まを》しまして、一生懸命《しやうけんめい》にお浪《なみ》が日朝様《につてうさま》へ願懸《ぐわんがけ》を致《いた》しました、それがドウ云《い》ふことでございましたか百日目《ひやくにちめ》に夜《よ》が明《あ》けますと、ボンヤリ斯《か》う旭日《あさひ》が見《み》えるやうになりました、癒《なほ》ります時節《じせつ》かは知《し》りませぬが、誠《まこと》に不思議《ふしぎ》と思《おも》ひまして有難《ありがた》くて夫婦《ふうふ》の者《もの》が御礼参《れいまゐり》かた〴〵日朝堂《につてうだう》へ参詣《さんけい》いたしたい、就《つ》いては身延《みのぶ》まで参《まゐ》る道《みち》すがらドウか日蓮宗《にちれんしう》の霊場《れいぢやう》へも参詣《さんけい》いたしたいと存《ぞん》じまして、始《はじ》まり八王子《はちわうじ》の方《はう》から諸方《しよはう》を参詣《さんけい》いたして参《まゐ》りましたので、エーその帰《かへ》り途《みち》に身延《みのぶ》から廻《まは》り途《みち》をして榧木峠《かやのきたふげ》で雪《ゆき》に降《ふ》られまして日朝堂《につてうだう》へ泊《とま》りました、斯様《かやう》な悪人《あくにん》とは存《ぞん》じませぬで夫婦《ふうふ》の者《もの》が欺《だま》され　柔《やさ》しい心底殊《しんていこと》には庵主《あんしゆ》も眼病《がんびやう》だと云《い》ふに就《つ》いて日朝様《につてうさま》へ願懸《ぐわんがけ》をして此《こ》のお堂《だう》に居《を》るが私《わし》は障礙《しやうげ》の為《た》めドウも眼《め》が癒《なほ》らぬが、お前《まへ》が眼《め》の悪《わる》いのは察《さつ》し遣《や》るから何時《いつ》までも当堂《こゝ》に泊《とま》ツて居《を》れと親切《しんせつ》らしく言《い》ひまして私《わたくし》に毒《どく》を飲《の》ましたのでございます」

(三十三)

警部「フヽム、毒《どく》を飲《の》んで苦《くるし》んで居《ゐ》る所《ところ》へお浪《なみ》、貴様《きさま》がその帰《かへ》ツて来《き》たのか」

浪「ハイ、妾《わたくし》が帰《かへ》ツて見《み》ますると、本堂《ほんだう》の背後《うしろ》の方《はう》に亭主《つれやい》が輾転《ころが》ツて居《を》りますから、ビツクリ致《いた》してドウしたんですかと尋《たづ》ねますと、蕎麦湯《そばゆ》の中《なか》へ毒《どく》を入《い》れて朝伝《てうでん》と云《い》ふ庵主《あんしゆ》が飲《の》ませたと申《まを》します、ドウか助《たす》けたいと存《ぞん》じ連《つ》れて逃《に》げやうと思《おも》ひまするうちに、色〻《いろ〱》考《かんが》へましたのは方々《はう〱》で戴《いたゞ》いて来《き》ましたお札《ふだ》か何《なに》かゞございますし、また笈《おひ》のやうな物《もの》もございます、それだけは置《お》いて往《い》かれぬと存《ぞん》じましてそれからソツと座敷《ざしき》へ上《あが》り、残《のこ》らず荷物《にもつ》を拵《こさ》へて身体《からだ》へ巻附《まきつ》けたり、包《つゝみ》を抱《かゝ》へて出《で》やうと思《おも》ふと、エー此《こ》の尼《あま》でございます、お前《まへ》は迚《とて》も助《たす》からないからと、その朝伝《てうでん》と申《まを》す庵主《あんしゆ》に申《まを》しましてお前《まへ》の敵討《かたきうち》に泊《とま》ツた千箇寺《がじ》参《まゐ》り夫婦《ふうふ》の者《もの》を鉄砲《てつぱう》で撃殺《うちころ》す、と云《い》ふことが耳《みゝ》に這入《はい》りました、ビツクリ致《いた》してそれから駈出《かけだ》しまして這々《はう〱》の体《てい》で裏手《うらて》へ逃《に》げて参《まゐ》りましたが周章《あはて》ますと仕方《しかた》がないものでございます、早《はや》く手《て》を引《ひ》いて逃《に》げやうと思《おも》ふが、何《なん》にしろ鉄砲《てつぱう》で殺《ころ》すと云《い》ふことを聞《き》きましたから、亭主《つれやい》も周章《あはて》まして雪道《ゆきみち》と存《ぞん》じて熊笹《くまざゝ》の上《うへ》へ乗《の》りますと根笹《ねざゝ》のことでございますから、辷《すべ》ツて亭主《つれやい》は富士川《ふじかは》へ落《お》ちました、モウ迚《とて》も助《たす》かるまいがドウかして助《たす》けたいと存《ぞん》じて妾《わたくし》も後《あと》から続《つゞ》いて飛《と》び込《こ》まうかと存《ぞん》じますうちに踏外《ふみはづ》して谷間《たにあひ》へ落《お》ちましたのを、此処《これ》に居《ゐ》らツしやいます村岡様《むらをかさま》と云《い》ふ警部様《けいぶさま》がお通《とほ》り掛《かゝ》りで、図《はか》らず思《おも》ひ掛《が》けなく命《いのち》が助《たす》かりましたのでございます」

警部「フム、左様《さやう》か、お前《まへ》は何処《どこ》の住《すま》ゐぢや、ン、京橋《きやうばし》

区《く》で……」

浪「ハイ、五郎兵衛町《ごろべゑちやう》六番地《ばんち》でございます」

警部「商業《あきなひ》は何商《なにあきなひ》……」

浪「煙草店《たばこや》を致《いた》して居《を》りましたのは、エー実《じつ》は此《こ》の兼之《けんの》丞《じやう》の親父《おやぢ》で金兵衛《きんべゑ》と申《まを》します、元《も》と品川《しながは》に住《すま》ゐ致《いた》して居《を》りました、それから段々《だんだん》繁昌《はんじやう》いたしましたものですから、良《よ》い所《ところ》へ出《で》ましたらモツと売《う》れやうと存《ぞん》じて唯今《たゞいま》の五郎兵衛《ごろべゑ》町へ移《うつ》りましたので、然《す》るところ商《あきな》いが沢山《たんと》ございますのでドウもその奢《おご》りが出《で》まして、実《じつ》は清元《きよもと》の延峰《のぶみね》とか申《まを》しまする師匠《ししやう》と深《ふか》い交情《なか》になりまして　それから内々《ないない》で多分《たぶん》の借財《しやくざい》を致《いた》しまして　まだ此《こ》の兼之丞《けんのじやう》が幼少《ちさ》い時分《じぶん》でございますが、其《そ》の多《おほ》くのお金《かね》を持《も》ちまして延峰《のぶみね》と申《まを》す者《もの》と失踪《かけおち》を致《いた》し、それぎり行衛《ゆくゑ》知《し》れずになりましたのでございます、ハイ……」

朝香「モシ、少《すこ》しお聞《き》き申《まを》したいが　アノ煙草屋《たばこや》の篠井《しのゐ》金兵衛《きんべゑ》さんの此《こ》の兼之丞《けんのじやう》さんと云《い》ふお方《かた》は御子息《おむすこ》でございますか」

浪「ハイ、ドウしてあなた御存《ごぞん》じで……」

朝香「へ、ー……何《なに》を隠《かく》しませう私《わたし》が延峰《のぶみね》でございます」

夫婦「ヘエー……お前《まへ》さんが……」

朝香「アイ、其《そ》の時分《じぶん》は若《わか》い折《をり》でネー、イヤモウ実《じつ》に面《めん》目次第《ぼくしだい》もない訳《わけ》で何《なん》とも申《まを》さうやうはありませぬが　お前《まへ》さんのお父《とつ》さんを欺《だ》まして金《かね》を借《か》りさしてネ身延《みのぶ》へ連《つ》れて逃《に》げましたのは、皆《みん》な私《わたし》のさしがねで……ア、マア思《おも》ひ掛《が》けないことでございましたネー」

浪「お前《まへ》さんが？」

（三十四）

兼「ソンならば早速《さつそく》聞きますが　私《わたし》の親父《おやぢ》は今以《いまもつ》て帰《かへ》りませぬが　お前《まへ》さんが何処《どつ》かへ連《つ》れて往《ゆ》かれたと云《い》ふことだが、何処《どこ》に隠《かく》れて居《を》りますか　達者《たつしや》で居《を》りますか」

朝香「ハイ誠《まこと》に悪《わる》い事《こと》は出来《でき》ないものと今思《いまおも》ひ知《し》りました、実《じつ》はお前《まへ》さんの父御《おやご》は彼《あ》の倶《とも》に毒《どく》を飲《の》んで日朝堂《につてうだう》の台《だい》所口《どころぐち》で死《し》にました朝伝《てうでん》と云《い》ふ私《わし》の亭主《つれやい》、彼《あれ》は元《も》と甲府《かふゝ》無宿《むしゆく》で勝五郎《かつごらう》と云《い》ふものでございます、私《わし》も題目《だいもく》お峰《みね》と綽名《あだな》をされるぐらゐ悪行《あくぎやう》が重《かさ》なりまして、実《じつ》は縄抜《なはぬ》けをして逃《に》げました者《もの》でございます……警部様《けいぶさま》お聞《き》き遊《あそ》ばして下《くだ》さい、スルと勝五郎《かつごらう》が甲州《かふしう》に居《を》ると云《い》ふことを聞《き》きましてドウかして亭主《つれあひ》に合《あ》ひたい合《あ》いたいと存《ぞん》じましたから、あなた路《ろ》用《よう》が無《な》くては往《ゆ》くことが出来《でき》ず、男《をとこ》が居《ゐ》なくては困《こま》りますから　実《じつ》はその兼之丞《けんのじやう》の親父《おやぢ》金兵衛《きんべゑ》と云《い》ふ人《ひと》を色情《いろ》に仮托《ことよ》せ欺《だま》して連《つ》れて逃《に》げましたのでございます、唯今思《たゞいまおも》ふと西《さい》行峠《ぎやうたふげ》に峠茶屋《たふげちやゝ》と申《まを》しまして松《まつ》の下《した》に一軒茶屋《けんちやゝ》がございました、其《そ》の峠茶屋《たふげちやゝ》の亭主《ていしゆ》になツて勝五郎《かつごらう》が身隠《みがく》しをして居《ゐ》ることを仄《ほの》かに聞《き》きましたから、禿虎《はげとら》に傷松《きずまつ》と申《まを》す駕籠舁《かごかき》の同類《どうるゐ》を語《かた》らひまして其《そ》の峠《たふげ》まで参《まゐ》ります途中《とちう》で駕籠舁《かごかき》を帰《かへ》し、峠茶屋《たふげちやゝ》に私《わたし》が癪《しやく》が起《おこ》ツて休《やす》んで居《を》ります振《ふり》をして　今《いま》思《おも》ふと実《じつ》に恐《おそ》ろしいことでございますが、その勝五郎《かつごらう》が火《ひ》縄《なは》を持《も》たして遣《や》ツて火縄《ひなは》を見当《みあて》に鉄砲《てつぱう》で撃殺《うちころ》しました、大《おほ》方谷間《かたゝにあひ》へ落《お》ちましたから富士川《ふじかは》へ流《なが》れ恐《おそ》ろしい急流《はやせ》でございましたから海《うみ》へでも流《なが》れまして死骸《しがい》は知《し》れぬことでございませう」

警部「フヽムそれではお前《まへ》の親父《おやぢ》を殺《ころ》した敵《かたき》か」

兼「ハイ」

しがみ附《つ》きたいやうに兼之丞《けんのじやう》は思《おも》ひましたけれども致《いた》し方《かた》はありませぬ、

そこで流石《さすが》の悪人朝香尼《あくにんてうかうに》も実《じつ》に我《が》が折《を》れて、アヽ悪《わる》い事《こと》をしたと*胸《むね》の雲霧《くもきり》が霽《は》れて見《み》れば元《もと》の月《つき》に返《かへ》ります、殊《こと》に尼《あま》にもなツて居《を》る身《み》の上《うへ》でございますから

*欲 知 過 去 因《くわこのいんをしらんとほつせば》　可 見 今 生 果《こんじやうのくわをみるべし》

欲知未来果《みらいのくわをしらんとほつせば》　可見今生因《こんじやうのいんをみるべし》

と云《い》ふことは自分《じぶん》も聞《き》いて居《を》ります

*我身《わがみ》から憂《う》き世《よ》の中《なか》を歎《なげ》きつゝ

人《ひと》の為《た》めさへ悲《かな》しかるらむ

実《じつ》に悪《わる》い事《こと》をしたと自《みづか》ら悔悟《くわいご》いたしました、エー是《こ》れがドウも即《すなは》ち人《ひと》の性《せい》は善《ぜん》なるものでございまして

朝香「ドウか重《おも》き御処分《ごしよぶん》にお就《つ》けあそばして下《くだ》さいまし」

とモウスツカリ諦《あきら》めが附《つ》いたから、悪怯《わるび》れず顔色《かほいろ》も変《かは》りませぬで泰然自若《たいぜんじじやく》として尼《あま》は控《ひか》へて居《を》ります、尤《もつと》も*大悪《だいあく》を為《な》す者《もの》は大善《だいぜん》に近《ちか》い者《もの》だとか申《まを》します、スツカリ諦《あきら》めて少《すこ》しも騒《さは》がず警部《けいぶ》公《こう》に御苦労《ごくらう》を掛《か》けませぬ、

如何《いか》にも此《こ》のお浪《なみ》が貞節《ていせつ》で兼之丞《けんのじやう》を大事《だいじ》に致《いた》しましたゆゑ、夫婦《ふうふ》の者《もの》は命《いのち》が助《たす》かりました、それゆゑ京橋区《きやうばしく》五郎兵《ごろべ》衛町《ゑちやう》まで電信《でんしん》を以《もつ》て迎《むか》ひの者《もの》を出《だ》すやうにと云《い》ふことでございましたが、送《おく》り立《たて》になりまして故郷《こきやう》へ帰《かへ》るやうなことになり、尼《あま》は直《すぐ》に甲府《かふゝ》地《ち》方裁判所《はうさいばんしよ》へ送《おく》られそれだけの調《しら》べを受《う》けまして快《こゝろよ》く死刑《しけい》を遂《と》げたと云《い》ふ、善悪邪正事細《ぜんあくじやしやうことこま》や

かに相分《あひわか》りまして誠《まこと》に死罪《しざい》に遇《あ》ひまするときも尼《あま》は題目《だいもく》を唱《とな》へ本心《ほんしん》に立返《たちかへ》ツて正念《しやうねん》の座《ざ》に至《いた》ツたと云《い》ふことでございます、

尚《な》ほ兼之丞《けんのじやう》お浪夫婦《なみふうふ》の者《もの》は信心《しんじん》に凝《こ》り、全《まつた》く日蓮宗《にちれんしう》に改《かい》宗《しう》を致《いた》し、大信者《だいしんじや》となツて頻《しき》りと慈善《じぜん》の心懸《こゝろがけ》でございまして陰徳《いんとく》を施《ほどこ》し、多《おほ》くの人《ひと》を助《たす》けると云《い》ふ誠《まこと》にお目出《めで》たいお話《はなし》でございます　（完結《をはり》）

谷《たに》文《ぶん》晁《ちょう》の伝《でん》

○谷文晁の伝

*三遊亭円朝　口演
酒井昇造　速記

第一席

エヽ一席名人競《せきめいじんくらべ》の裡谷文晁《うちたにぶんてう》の伝《でん》を伺《うかゞ》ひます　当今《たうこん》は誠《まこと》に*美術流行《びじゆつはやり》で特《こと》に上野《うえの》公園地《こうえんち》内《ない》に*美術館《びじゆつくわん》を設《もうけ》られ種種出品《しゆじゆしゆつぴん》もある中《なか》に文晁《ぶんてう》の画《ぐわ》などは先《ま》づ優等《いうたう》の地位《ちゐ》を占《しめ》て居《お》る方《ほう》でござりまする

一躰《たい》此《(この)》文晁といふものは心懸《こゝろがけ》の違《ちが》つて居《ゐ》た人《ひと》で　随分世《ずいぶんよ》の亀鑑《きかん》ともなるべき事柄《ことがら》ゆへ諸方《しよほう》から承《うけたま》はりましたる事項《こと》を一巻《くわん》に纏《まと》めましたる丈《だけ》のお話《はなし》で　素《もと》より愚作《ぐさく》には相違《さうゐ》ないが別《べつ》に構造《こしらへ》やふもない真実《ほんとう》の経歴談《みのうえばなし》でござりまする

文化《ぶんくわ》より天保《てんぼう》の始《はじめ》まで文晁先生は隆盛《さかん》でござりました、が、文晁の師匠《しゝよう》は*文麗《ぶんれい》と申《もう》しまして是《これ》は御案内《ごあんない》の通《とほ》り伊予《いよ》の大洲《おうず》で六万石を領《れう》されましたる従五位加藤遠江守殿《じゆゐかとうとほとうみのかみどの》と申された御方《おかた》、六万石の太守《たいしゆ》が画《え》を御好《おこの》みあそばしたことだが余《あま》り人が存《ぞん》じませぬから文晁程名高《ほどなだか》くはない、尤《もつと》も爾《さ》う沢山画《たくさんえ》をお描《かき》なさいませぬ

文晁は*田安侯《たやすこう》の御家来《ごけらい》でお儒者《じゆしや》を勤《つと》めて居《お》つた*谷直右衛門《たになほうえもん》といふ方《かた》の*次男《じなん》で幼名《ようめう》を文五郎《ぶんごろう》と申されましたが、幼年《ようねん》の頃《ころ》より非常《ひじよう》に画《え》を好《この》まれた所《ところ》から父《ちゝ》も許《ゆる》して

直「まア〳〵当人《たうにん》が好《すき》な事《こと》なら学問《がくもん》より画《え》を習《なら》はせる方《ほう》が宜《よ》からふ」

と云《い》ふので*下谷御徒士町《したやおかちまち》の加藤侯御邸《かとうこうおやしき》へ参《まい》り*御手本《おてほん》を戴《いたゞ》き一心不乱《しんふらん》に之《これ》を習《なら》ひ　清書《せいしよ》を持《もつ》て参《まい》つた時《とき》加藤侯が御覧《ごらん》なすつて大《おほき》に御感心《ごかんしん》をなされ

加藤「実《じつ》に是《これ》は天稟《てんりん》である、却々小児《なか〳〵こども》の筆《ふで》とは思《おも》はれぬ、何《ど》うも此筆力《ひつりよく》が別《べつ》である」

と云《い》ふて誉《ほめ》られたさふでござります

此文麗《このぶんれい》先生は*天明《てんめい》二壬亥寅年《みづのへゐのとらどし》三月五日に死去《しきよ》いたされ御年歯《おんとし》は七十七才であつたといふ、ソコで師匠《しゝよう》を失《うしな》ひました以来《いらい》文晁は*外《ほか》の者《もの》を師《し》と頼《たの》まなかつたといふ――生涯《しようがい》両人《ふたり》と師匠《しゝよう》を取《と》らぬ処《ところ》が感心《かんしん》なもので此*時《とき》文晁は十九才でござりまする

其後《そのゝち》文晁は別段《べつだん》に師匠は取《とり》ませぬが唯彼《たゞか》の*狩野守信探幽《かのうもりのぶたんゆう》だけが信仰《しんこう》で

文「何《ど》うも探幽《たんゆう》は名人《めいじん》だ、探幽先生《たんゆうせんせい》が存生中《ぞんじやうちう》に俺《おれ》も生《うま》れたなら之《これ》を師《し》として十分《ぶん》に勉強《べんけう》をしたら定《さだ》めて画道《ぐわだふ》の蘊奥《うんおう》が究《きは》められたものを」

と夫《それ》のみ平素悔《つねぐくや》んで居《お》つたといふ事でございます

然《さ》れば斯《かく》まで探幽《たんゆう》を慕《した》ひ居《お》りましたことゆへ文晁は*子《ね》に臥《ふ》して寅《とら》に起《おき》るといふ行《おこない》――是《これ》は却々出来《なかくでき》がたい事《こと》で私共も実行《やり》たいと存《ぞん》じますけれども何《ど》うも宵張《よいつばり》の朝寝坊《あさねぼう》だから幾許心懸《いくらこゝろがけ》ても往《い》けませぬ、多年《たねん》の習慣《しうくわん》になつて丑《うし》に臥《ふ》して午《うま》に起《おき》たり致《いた》します、是《これ》は余《あま》り自慢《じまん》には相成《あいなり》ませぬ

文晁は性来《せいらい》*無口《むくち》の人《ひと》でございまして人《ひと》が来《き》ても頓《とん》と談話《はなし》をする事《こと》がないから何《ど》うしても親《したし》くなりやふが無《な》い、ダガ忠義無二《ちうぎむに》の人《ひと》で段々深《だんくふか》く交際《つきあふ》て見《み》ると実意《じつい》が顕《あら》はれて来《く》る、然《さ》れば*田安侯《たやすこう》の奥勤《おくづとめ》をいたし終《つひ》には奥詰頭取《おくづめたうどり》とまで昇進《しやうしん》いたし御邸中《おやしきうち》の評《へう》も誠《まこと》に善《よ》かつたのでございまする

当時《そのころ》*一橋《ひとつばし》の楽翁公《らくおうこう》が殊《こと》の外《ほか》文晁を御贔負《ごひいき》でございまして夫ゆへ*自分《じぶん》の御主人《ごしゆじん》と一橋公と隔日《かくじつ》に出勤《しゆつきん》をいたしたといふことでございます、ダから金粉《きんぷん》にもせよ絵《え》の具《ぐ》にもせよ皆《みな》お遣《つか》はされになりましたから何《いづ》れも結好《けつこう》なものばかり、何《ど》うかすると結好《けつこう》な極彩色《ごくさいしき》などを見《み》ることがございます、彼《か》の絵《え》の具抔《ぐなど》は買《かひ》たいと思《おも》つて金銭《かね》で尋《たづ》ねても容易《ようい》に手《て》に入《い》るものではない

尤《もつと》も文晁は画道《ぐわだふ》に掛《かけ》ては至極《しごく》の勉強《べんけう》でございまして常住《じやうじう》座臥共《ざぐわとも》に心《こゝろ》を放《はな》さず　名人《めいじん》となる人《ひと》は違《ちが》つたもので箸《はし》が転《ころ》んでも画《え》に直《なほ》し風邪《かぜ》を冒《ひい》ても眼《め》へ砂《すな》が入《はい》つても一々画《え》に描《か》いて見《み》なければ置《お》かぬといふ熱心《ねつしん》

然《しか》るに父《ちゝ》は儒者《じゆしや》であるから極堅《ごくかた》い厳格《げんかく》な人《ひと》で　夫《それ》ゆへ文晁は常《つね》に綿服《めんぷく》を着《ちやく》し小《こ》倉《くら》の袴《はかま》を穿《は》き*酒《さけ》は素《もと》より菓子《くわし》も喫《たべ》ませず嗜《すき》な煙草《たばこ》さへ呑《のま》せませぬ――昔時《むかし》は誰《たれ》でも*元服《げんぷく》を仕《し》なければ煙草《たばこ》は喫《のま》せなかつたもの、然《しか》るに*当今《たゞいま》では商家《しやうか》の小《こ》僧《ぞう》さん抔が巻煙草《まきたばこ》を咬《くわ》へながら腕車《くるま》に乗《のつ》て往来《おうらい》をする、彼《あれ》だけ開《ひら》けたんでございませふが結局《つまり》お身躰《からだ》に障《さわ》るやふで余《あま》り煙草《たばこ》を沢山召上《たくさんめしあが》ると*躰量《めかた》が減《へ》るといふから身躰《からだ》のためお悪《わる》いには相違《さうゐ》ない

直右衛門は固《かた》く誡《いま》しめて文晁に煙草《たばこ》を喫《のま》せないから祖母《そぼ》

が見《み》かねて側《そば》へ参《まい》り

祖母「文五郎」

文「ハイ、何《なに》が御《ご》用《よう》でございますか」

祖母「お前はマア能《よ》くアノ厳《きび》しい阿父様《おとうさま》に仕《つか》へて身《み》を慎《つゝし》みお酒《さけ》は素《もと》より旨《うま》い物《もの》も喫《たべ》ず、夫《それ》に嚙《か》むやふに好《すき》な烟草《たばこ》さへ禁《きん》じられ夫《それ》をハイハイと聴《き》いて居《ゐ》るがお前のやふな優《やさ》しい気立《きだて》の人《ひと》だから阿父様《おとうさま》の御機嫌《ごきげん》が取《と》れるンだヨ、本当《ほんたう》に阿父様は大人《おとな》でも小児《こども》でも見界《みさかい》なく頑固《ぐわんこ》なことばかり仰《おつ》しやつて困《こま》るネ、阿父様へは吾儕《わたし》が能《よ》く願《ねが》つて置《お》くからお前祖母様《おばあさま》が煙草《たばこ》を喫《の》めと仰《おつ》しやつたと云《い》つて喫《の》みな」

文「イエ、御案《おあん》じあそばしますナ、決《けつ》して阿父様がお留《とめ》なすつたのではございませぬ、私は心《こゝろ》で煙草《たばこ》を慎《つゝし》んで居《お》りますので」

祖母「イヽエお前其《そん》様な……」

文「爾《さ》うでございませぬ、此間《このあいだ》御医者様《おいしやさま》のお話《はなし》を承《うけたま》はりますのに*煙草《たばこ》は身躰《からだ》に毒《どく》だから慎《つゝし》むが宜《よ》い　第一無益《むだ》なものだ、不経済《ふけいざい》のものだ、貴重《きてう》な金銀《きんぐ》を烟《けむ》にして了《しま》ふからと仰《おつ》しやいました

祖母「ナニ、お前其《そん》様な事を言《い》はずに喫《の》みなヨ、吾儕《わたし》は昔者《むかしもの》だから気《き》には入《い》るまいけれどもお前にやらふと思《おも》つて莨入《たばこいれ》と煙管《きせる》を持《もつ》て来《き》た、煙草《たばこ》も一杯《ばい》這《は》入《いつ》て居《ゐ》るから、サヽお前、宜《い》いから喫《のみ》なヨ、若《も》し阿父様《おとうさま》に叱《しか》られたら吾儕《わたし》にかづけてお了《しま》ひ、祖母様《おばあさま》が喫《のめ》と仰《おつ》しやいましたから戴《いたゞ》きましたと爾《さ》うお云《い》ひ、ナニ此位《このくらい》の事遠慮《えんりよ》しないでも宜《よ》いヨ」

と唐物緞子《からものどんす》で巾着様《きんちやくやう》に仕立《したて》、太《ふと》い紐《ひも》が附《つ》いてギユーツと引括《ひつくゝり》になつて居《お》り長筒《ながつゝ》に銀《ぎん》の延烟管《のべきせる》を刺《さ》したなりで祖母《そぼ》から与《あた》へられた、文晁は辱《かたじけ》ないと心得《こゝろえ》て生涯《しようがい》手許《てもと》を放《はな》さず此《この》烟草入《たばこいれ》を持《もつ》て居《お》つたといふ人《ひと》で何《ど》うも心懸《こゝろがけ》の違《ちが》つたものでございます

此話《はなし》は現今《たゞいま》毛利《もうり》公《こう》の老女役《ろうぢよやく》を勤《つと》めて居《お》られるお*杉《すぎ》さまといふ方《かた》よりの直話《ぢきわ》でモウ七十余才にお成《なり》あそばす御老女様《ごろうぢよさま》でございます、此《この》お杉様《すぎさま》は文晁の実子《じつし》であらせられるといふ事を承《うけたま》はりました

又《また》文五郎が父《ちゝ》直右衛門に喚《よ》ばれまする時《とき》に父《ちゝ》が「文五」と云ふ裡《うち》にモウ手許《てもと》へ来《き》て

文「ハイ、何《なん》ぞ御用《ごよう》でございますか」

と云つたさふでございます、此事《このこと》何日《いつ》しか田安公《たやすこう》の御耳《おみゝ》に達《たつ》し

殿「ア、文五郎は親孝心《おやこうしん》の者《もの》ぢや、父《ちゝ》に喚《よば》れると直《すぐ》に側《そば》へ参《まゐ》り少《すこ》しでも父《ちゝ》を労《らう》させまいとの心懸《こゝろがけ》、実《じつ》に感服《かんしん》なものである」

と斯《か》う仰《おつ》しやつたといふ事《こと》でございます

後《のち》に*下谷《したや》二長町《てうまち》――現今《たゞいま》の市村座の裏手《うらて》の場所《ところ》が拝領地《はいれうち》*になつて居《ゐ》まして文晁*の家《いへ》は御一新前《しんまい》まで残《のこ》つて居《お》りました

さて文晁先生は毎年《まゐねん》十月*の七日に探幽祭《たんゆうまつり》といふ事《こと》をいたしました、当日《たうじつ》は知己《ちき》朋友《はうゆう》多人数《たにんず》の客《きやく》を招《まね》き吉原《よしはら》から芸妓《げいしや》幇間《たいこ》を呼《よ》んで賑《にぎやか》に祭祀《まつり》をして来賓《らいしん》一同《どう》に向《むか》ひ探幽先生の行《げう》状抔《ぜうなど》を談話《はなし》したと云《い》ふことで、是《これ》は其折《おり》招聘《よば》れました紙商《かみや》、或《あるい》は筆商《ふでや》の亭主《ていしゆ》などが円朝《わたくし》に話《はな》されたのでございまする

併《しか》し此《この》探幽と云ふ方《かた》も非凡《ひぼん》なもので常*《つね》に怒《おこ》つた事《こと》のない人《ひと》であつたといふ――狩野元信《かのうもとのぶ》、尚信《なほのぶ》、安信《やすのぶ》、守信《もりのぶ》と斯《か》う誰方《どなた》でも御存《ごぞん》じの名《な》でございますが其中《そのなか》で守信《もりのぶ》の探幽《たんゆう》が最《もつと》も勝《すぐ》れ且沢山《かつたくさん》に画《ゑ》を描《か》いたやふで殊《こと》に長生《ながいき》をいたしました

夫《それ》に就《つ》いて一個《ひとつ》面白《おもしろ》い話柄《はなし》がございます、是《こ》れは少《すこ》し憚《はゞか》る所《ところ》があつて御姓名《おなまい》は申上げられませぬが*某御大名《あるおだいめう》でございます、馬*《うま》に縁《えん》のある御方様《おかたさま》とだけ申上げて置《おき》ますから其方《そちら》でお考《かんが》へあそばしましたが宜《よろ》しい、其殿様《とのさま》が

「何《ど》うも探幽は常《つね》に立腹《りつぷく》した事《こと》がないと云ふは面白《おもしろ》い、何《ど》うかして探幽に腹《はら》を立《た》たせて見《み》たいもの」

と思召《おぼしめ》されて御近習《ごきんじゆ》の者《もの》を召《め》されてコレ〳〵にせよと示《しめ》されソコで無地金《むぢきん》の屛風《べうぶ》を一双《そう》チヤンと箱《はこ》に入《い》れたるを梵*《ぼん》天帯《てんおび》に真鍮巻《しんちうまき》の木刀《ぼくとう》を差《さ》した仲間躰《ちうげんてい》の者に担《かつ》がせ屛風係《べうぶがゝり》の役人《やくにん》が木挽町*の守信方《もりのぶかた》へ参《まゐ》り玄関《げんくわん》へ係《かゝ》つて

「頼《たの》む〳〵」

取次「ドーレ」

と執次《とりつぎ》の書生《しよせい》が出《で》まして

取次「エ、入《い》らつしやいまし、何《いつ》れから」

「ア、手前《てまい》は何《なん》の某家《なにがしけ》来何《らいなん》と申す者《もの》、少々《せう〳〵》主人《しゆじん》より先生《せんせい》へお願《ねがひ》の筋《すじ》があつて罷越《まかりこ》しました、先生へ御目通《おめどほり》の上委細《うへいさい》申上げまする、宜《よろ》しく御執次《おとりつぎ》を願《ねが》ひます」

取次「畏《かしこま》りました」

是《これ》から奥《おく》へ行《い》つて探幽先生に此話《このはなし》をすると

探「此方《こちら》へお通《とほ》し申すが宜《よ》い

と直《すぐ》に応接所《おうせつじよ》へ通《とほ》し探幽も夫《それ》へ出《で》た

「エ、手前《てまい》は土山《つちやま》五左衛門と申す至つて武骨者《ぶこつもの》　此後《このご》とも幾久《いくひさ》しく御別懇《ごべつこん》に願《ねが》ひます、さて先生へ折入《おりいつ》てお願《ねが》ひ申したい事《こと》がござりまするので　実《じつ》は主人《しゆじん》より急《きう》の仰出《おふせいだ》されで御客来《おきやくらい》に間《ま》に合《あ》ふやふ先生に御揮毫《ごきごう》を願《ねが》ひたいので　素《もと》より墨画《すみゑ》で宜《よろ》しいのでござるが今日中《こんにちちう》に屏風《べうぶ》へ馬《うま》の画《ゑ》を描《かい》てお貰《もら》ひ申したいのでござる」

探「成程《なるほど》、併《しか》し何《ど》うも幾《いく》ら墨画《すみゑ》にしても少《すこ》しは図《づ》を考《かんが》へねばなりませぬから到底今日中《とてもこんにちぢう》には出来《でき》ませぬナ」

「开所《そこ》を折入《おりいつ》てお願《ねが》ひ申上げたいので　若《も》し愈々今日《いよ〳〵けふ》は出来《でき》ぬと先生が仰《おつ》しやつたなぞと立帰《たちかへ》つて主人《しゆじん》へ申しますると*癇癖《かんぺき》の強《つよ》い君《きみ》ゆへ啻《たゞ》に御不興《ごふけう》を蒙《こうむ》るのみならず何《ど》の様《よう》な御咎目《おとがめ》を受《うけ》るかも知《し》れませぬ、夫《それ》を想《おも》ふと誠《まこと》に何《ど》うも心《しん》配《ばい》でなりませぬから　切望《どうか》手《て》前《まい》の失策《しくじり》になりませぬやふ手《て》前《まい》の心中《しんちう》を御汲分下《おくみわけくだ》し置《お》かれて御無理《ごむり》でもござらふが御承《ごしやう》諾《だく》を願《ねが》ひたいもので」

探幽も爾《さ》う聴《き》いて見《み》ると気《き》の毒《どく》で堪《たま》らぬ、否《いや》だと云へば此武士《さむらひ》が失策《しくじ》ると云ふのだから

探「兎《と》に角《かく》其お屏風《べうぶ》を拝見《はいけん》したいもので

「宜《よろ》しうございます」

直《すぐ》に屏風箱《べうぶばこ》を取寄《とりよ》せ中《なか》から出《だ》して建《たて》て見《み》ると　昔《むかし》の屏風《べうぶ》だから御丈《おたけ》が六尺《しやく》もあらふといふ立派《りつぱ》な幅広《はゞびろ》の上等《じやうとう》の金箔《きんぱく》が二重《ちう》に置《お》いてあるからテカ〳〵した新《あたら》しい金屏風《きんべうぶ》

探「成程《なるほど》、是《これ》は何《ど》うも誠《まこと》に好《よ》いお屏風《べうぶ》で」

「切望是《どうかこれ》へ一ツ願《ねが》ひたいもので、是非《ぜひ》御聞済下《おきゝすみくだ》し置《お》かれまするやふに

探「何《ど》うかまア致《いた》しませふ」

「夫《それ》では御承諾《ごしやうだく》下さりますか」

探「ハイ、足下《あなた》が御迷惑《ごめいわく》になると仰《おつ》しやるから拠《よんどころ》なくやりますが五六頭位《ひきぐらゐ》描《か》かぬければなりますまいナ」

「ヘイ、夫《それ》はもふ幾匹《いくひき》でも宜《よろ》しうござります」

探「夫《それ》ぢやア描《か》くといたしませふ」

「何《ど》うも誠《まこと》に有難《ありがた》いことで、夫に就《つ》いて是《これ》だけ御謝儀《おしやぎ》を

するやふにと申して主人《しゆじん》より金子《きんす》二百両遣《つか》はされましてござりまする」

と奉書《ほうしよ》の紙《かみ》に包《つゝ》み水引《みづひき》をかけ長熨斗《ながのし》を添へて立派《りつぱ》に包《つゝ》みを出《だ》す、上《うへ》に金二百両と書《か》いてある、之《これ》を見《み》ると探幽はグーツと怒《おこ》つて、煙管《きせる》を持《もつ》た手《て》がブル〳〵震《ふる》へた位《くらゐ》、此方《こなた》の武士《さむらひ》は

「ハア怒《おこ》つたナ」

と想《おも》つて居《お》る裡《うち》に探幽が平生《つね》に似気《にげ》なき大声《たいせい》にて

探「コレ、誰《たれ》か大硯石《おほすゞり》を此所《これ》へ持出《もちだ》して墨《すみ》を摺《す》れツ」

書生「ハイ」

是《これ》から其席《そのせき》へ毛氈《もうせん》を敷《し》き大硯石《をほすゞり》を持出《もちだ》して結好《けつこう》な上墨《じようぼく》を摺始《すりはじ》めた

探「コレ、誰《たれ》ぞ手《て》の明《あい》て居《ゐ》る者《もの》、二人許《ふたりばかり》門前《もんぜん》へ出《で》て馬《うま》の草鞋《わらじ》を拾《ひろ》て来《こ》い

「馬《うま》の草鞋《わらじ》を――ハテな、何《ど》うするのか知《し》ら」

と見《み》て居《を》る裡《うち》に書生《しよせい》が馬《うま》の草鞋《わらじ》を二足拾《そくひろ》つて来《き》た

探「ヨシ〳〵拾《ひろ》つて来《き》たら毫《すこし》も泥《どろ》ツ気《け》の無《な》いやふに洗《あら》へツ」

書生「ヘイ」

お弟子《でし》がスツカリ泥気《どろけ》を洗落《あらひをと》し清浄《きれい》にして大盃鉢《おほどんぶり》の中《なか》へ入《い》れ夫《それ》へ持《もつ》て来《き》ました、探幽先生は御骨折料《おほねをりれう》として二百両遣《や》ると云《い》はれたのが非常《ひじよう》に腹《はら》が立《た》ちましたものか　右《みぎ》の洗《あらひ》揚《あげ》たる馬《うま》の草鞋《わらじ》へドツプリ墨汁《すみ》を浸《ひた》し腹立紛《はらたちまぎれ》にツヽヽーと十二匹《ひき》の馬《うま》を描《か》いたが筆力雄健《ひつりよくゆうけん》、神韻縹々《しんいんひやう〳〵》とも謂《い》ふべき出来《で》で　馬《うま》の怒《いか》れる気合《きあい》と云《い》ひ勇《いさ》める意気組《いきぐみ》と云《い》ひ嘶《いなゝ》くもあり首《くび》を垂《た》れるもあり走《はし》るあり臥《ふ》すありて実《じつ》に其光景《そのありさまい》活ける《き》が如《ごと》く無類《むるい》の上出来《じようでき》ゆへ　彼《か》の武士《さむらい》は思《おも》はず小膝《こしざ》をハタと打《うつ》て

「是《これ》は〳〵噫《あゝど》何うも先生実《じつ》に恐入《おそれいつ》た、真《しん》に敬服仕《けいふくつかまつ》つた、嘸《さぞ》かし主人《しゆじん》も喜《よろこ》ぶでござらふ、アヽ何《ど》うも有難《ありがた》いことで」

探「マヽ手《て》を附《つけ》ちやア往《い》けませぬ、乾《かわ》かぬ裡《うち》は」

「ハイ」

是《これ》からスツかり墨《すみ》を乾《かわ》かせ屏風《びようぶ》を箱《はこ》に入《い》れて従僕《しもべ》に担《かつ》がせ厚《あつ》く謝辞《れい》を述《の》べて彼《か》の武士《さむらい》は立帰《たちかへ》りました

君邸《やしき》へ帰《かへ》つてコレ〳〵斯《かう》いふ次第《しだい》でと申上げると殿様《とのさま》が

お喜《よろこ》びなすつて

殿「噫何《あゝど》うも是《これ》か　無類《むるい》の出来《でき》である、余《よ》が家《いへ》に伝《つた》へて末代《まつだい》までの重宝《たから》である

と仰《おつ》しやいました

スルと其翌年《そのよくとし》のこと探幽が庭内《にわうち》の稲荷祭《いなりまつり》をするといふので彼屏風《かのびようぶ》を御依頼《おたのみ》になつた御邸《おやしき》へ使《つかい》を出《いだ》し　御重役方《おちようやくかた》から御屏風係《おびようぶかゝり》まで六七名を御招待《ごしようだい》しまして結好《けつこう》なお懐石《くわいせき》にて大《たい》層御馳走《そうごちそう》をいたし　一同《だう》も大酩酊《おゝめいてい》をしてブラ〳〵庭《には》へ下《を》り立《たつ》て見《み》ると種々《しゆぐ》の飾物《かざりもの》や何《なに》かゞあり馬《ば》鹿囃《かばやし》なぞがあり得来《えらい》趣向《しゆこう》

「ア丶先生是《これ》は長栄稲荷《ちやうえいいなり》と申《もう》されますするか」

探「ハイ一躰《いつたい》私は日蓮宗《にちれんしう》でナ、宗祖《しうそ》が法華経《ほけきやう》の功力《くりき》を示《しめ》して日蓮宗《にちれんしう》と云《い》ふものを開《ひら》かれた御骨折《おほねをり》は容易《ようい》ならぬ*根機《こんき》のもので此根機《このこんき》があつたら手前《てまへ》も画《ゑ》が名人《めいじん》になれるであらふと考《かんが》へました、ソコで祖師《そし》が一旦佐渡《たんさど》へ流《なが》され給《たま》ひ漸《やうや》くにして赦免《しやめん》となり再《ふたゝ》び鎌倉《かまくら》へ帰《かへ》られるの砌佐渡《みぎりさど》から上人の御供《おとも》をして来《き》た射干《きつね》がある、幾百年《いくひやくねん》とも知《し》れぬ年経《としふ》る老狐《きつね》で是が常《つね》に上人の御手許《おてもと》にあつて色々御用《いろ〳〵ごよう》を達《た》したとか申す、後《のち》に上人が池上《いけがみ》の本門寺《ほんもんじ》にて死去《みまか》られ遺骨《いこつ》を身延山《みのぶさん》へ持《もつ》て行《ゆ》きし時《とき》も此射干《きつね》が附《つ》いて参《まい》り始終《しゞう》*骨堂《こつだう》を守護《しゆご》して其側《そば》を離《はな》れぬから　万一《もし》猟夫《かりうど》が誤《あやま》つて打殺《うちころ》すやふな事《こと》があつてはならぬからと色々言聴《いろ〳〵いひき》かせましたが何《ど》うしても聴容《きゝい》れず遂《つひ》に骨堂《こつだう》の側《そば》に在《あつ》て物《もの》を食《しよく》せず餓死《がし》して了《しま》つたといふ、夫《それ》ゆへ池上《いけがみ》では此射干《このきつね》を*長栄稲荷《ちやうえいゝなり》と祀《まつ》つてある、実《じつ》に畜生《ちくしよう》ながら感《かん》ずべきものであるから手前方《てまいかた》でも之を祀《まつ》つたのでござります」

「成程《なるほど》、然《しか》らば御本尊《ごほんぞん》は射干《きつね》で」

探「イエ左様《さやう》ではない、まア御覧《ごらん》下さい、此通《このとほ》りでござります」

と扉《とびら》を開《ひら》くと曩《さき》に屏風《べうぶ》を頼《たの》まれた時《とき》の二百両、目録包《もくろくつゝみ》のなりでソツクリ金子《かね》が本尊《ほんぞん》になつて居《を》つたといふは却々面《なか〳〵おも》白《しろ》い腹中《はら》の人《ひと》で――箇様《かやう》な人《ひと》も随分近年《ずいぶんきんねん》まで居《を》りました、彼《か》の*柴田是真翁《しばたぜしんをう》なぞも　お前さん幾許《いくら》で描《か》いて下《くだ》さるなんぞと云《い》はうもんなら

「イ丶エ画工《ゑかき》に相場《さうば》はありませぬ、何《ど》うもお前さんは吾儕《わつし》の気《き》に入《い》らねへからサツサと持《もつ》てお帰《かい》んなさい」

＊ナカと怒付《おこりつ》けて容易《ようい》に描《か》きませぬ、是から愈々《いよ〳〵》文晁の伝《でん》に取掛《とりかゝ》りまする

第二席

疇昔《むかし》の人《ひと》は無慾《むよく》で澄《すま》して居《ゐ》られました、文晁先生なんぞは扶持《ふち》といふものがありましたが当今《たゞいま》では紙《かみ》から筆《ふで》から墨《すみ》から絵《え》の具《ぐ》まで自分《じぶん》で買《か》はなければなりませぬ、文晁の様《やう》に絵《え》の具《ぐ》は御大名方《おだいみやうかた》から遣《つか》はされになるといふやふな事がなく入費《ものいり》が係《かゝ》ります、従《したが》つて礼金何程《れいきんなにほど》と極《き》めて画《え》を軽《かる》く描《か》くなどゝ云《い》ふ先生方も随分《ずいぶん》あるさふで　尤《もつと》も是《これ》は時勢《じせい》の変遷《へんせん》で是非《ぜひ》もござりませぬ

併《しか》し何《なん》＊の伎《わざ》でも有名《ゆうめい》になる人《ひと》は他念《たねん》に離《はな》れて其伎倆《そのわざ》にばかり熱心《ねつしん》をいたし其困苦心労《そのこんくしんらう》は却々容易《なか〳〵ようゐ》のものではない、惜《おし》いも慾《ほ》しいも打忘《うちわす》れて了《しま》ひ美味物《うまいもの》を喫《たべ》やふとも美《よ》い物《もの》を着《き》やふとも面白《おもしろ》い物《もの》を観《み》やふとも思《おも》はず唯《たゞ》一心《しん》に画道《ぐわだう》のみを思詰《おもひつ》め喜怒哀楽《きどあいらく》ともに画《ぐわ》になる、尤《もつと》も其位《くらゐ》でなければ何事《なにごと》も妙所《みやうしよ》は得《え》られますまい、之《これ》を仏説《ぶつせつ》では生死《しやうじ》の沖《おき》を超《こへ》て涅槃《ねはん》の岸《きし》に至《いた》ると謂《い》ふ、古人《こじん》の歌《うた》に

＊まだ知《し》らぬ船路《ふなぢ》を夢《ゆめ》のみなれ棹《ざほ》
　さして何方《いづく》と人《ひと》に語《かた》らむ

とありまする通《とほり》で　探幽《たんゆう》や文晁の如《ごと》きは平凡《へいぼん》の沖《おき》を超《こ》へて名人《めいじん》に成了《なりおほ》せたので唯《たゞ》一念《ねん》に心《こゝろ》の磁石《じしやく》の剣先《けんさき》を画《え》の港《みなと》へ引向《ひきむ》けて油断《ゆだん》なく梶《かぢ》を取《と》り終《つひ》に彼岸《ひがん》に到着《たうちやく》したといふやふなもの、なれども大概何事《たいがいなにごと》にもあれ油断《ゆだん》なく専《もつぱ》ら其事《そのこと》にのみ心《こゝろ》を注《そゝ》ぎ勉強《べんけう》をいたしますれば上手《じやうづ》にはなるもの、スルと得《え》て天狗《てんぐ》と云ふ颶風《はやて》や慢心《まんしん》と云ふ赤嶋《あかしま》＊に出遇《であ》ふといふ事《こと》がありますから　能々心《よく〳〵こゝろ》を鎮《しづ》めて何様《どん》な難風《なんぷう》が起《おこ》りましても如何《いか》なる暴風雨《あらし》に出逢《であ》つても常《つね》に此本心《このほんしん》の剣先《けんさき》に眼《め》を着《つけ》て梶《かぢ》を取外《とりはづ》さぬやふにさへして居《お》れば何日《いつ》しか妙《みやう》といふ港《みなと》へ着《つ》くものだといふ

慾心《よくしん》の遠《とほ》く鳴海《なるみ》の海越《うみこ》へて
　今日住吉《けうすみよし》へ着《つ》くぞ嬉《うれ》しき

といふ歌《うた》がござります、成程面白《なるほどおもしろ》い歌《うた》で　其伎《そのわざ》に係《かゝ》つて何《ど》うか旨《うま》くやらうとか美《うつく》しく拵《こしら》へやうとかいふ慾心《よくしん》が出《で》る裡《うち》はまだ下手《へた》なんで　文晁先生などはモウ其沖《そのおき》を超《こ》へて居《ゐ》るから得来者《えらいもの》でござりまする

*其頃《そのころ》だから諸家《しよけ》よりして目録包《もくろくづゝみ》が来《く》る、奉書紙《ほうしようがみ》或は糊入《のりいれ》へ二歩、一歩、二朱抔と貼付《はりつけ》て持《もつ》て来《く》ると文晁先生は息成《いきなり》水引《みづひき》を抜《ぬ》き熨斗《のし》を剝《はが》し夫から中《なか》の金子《かね》を引《ひつ》ツ剝《ぺが》して夫を左《ひだり》の袂《たもと》へ入《い》れて委細構《いさゐかま》はず画《ゑ》を描《か》いて居《ゐ》たといふ

何《ど》うかすると日暮方《ひくれがた》から抜《ぬ》けて吉原《よしはら》へ遊興《あそび》に出《で》かける、其頃抱一上人《そのころはういつしやうにん》が吉原《よしはら》へ入込《いりこ》み大層《たいそう》お浮《うか》れになりましたがアノ位粋《くらゐいき》な方《かた》はござりませぬ、日暮方《ひくれがた》から黒縮緬《くろちりめん》の羽織《はおり》を引《ひつ》掛《か》け仲の町の七*軒《けん》の茶屋《ちやゝ》へお立寄《たちより》になり店《みせ》の端《はな》へ腰《こし》を掛《かけ》て居《ゐ》らせられた前《まい》を、花魁《おいらん》が八文字《もんじ》を踏《ふ》んで道中《どうちう》を仕《し》ながら「オヤ、抱一さん」と声《こゑ》をかけられるのを大層嬉《たいそううれ》しがられたといふ、抱一上人は始終《しゞゆう》吉原へ入込《いりこ》んで居《ゐ》られたから

文晁は遊《あそ》びたいばかりではない画《ゑ》の相談《さうだん》もあつて参《まゐ》つた事《こと》と見へまする、夫《それ》ゆへ文晁は何日《いつ》でも*チヤンと引前《ひけまへ》には宅《たく》へ帰《かへ》る、其時女中《そのときぢよちう》が先生の衣服《きもの》を畳《たゝ》まうとして袂《たもと》から一分《ぶ》銀《ぎん》や二分金《ぶきん》が出《で》ることがある、是《これ》は皆下婢《かひ》のホマチになるから先生の衣服《きもの》を畳《たゝ》むのを楽《たのしみ》に待《まつ》て居《お》つたといふ

*抱一上人は酒井雅楽頭様《さかゐうたのかみさま》の御隠居《ごいんきよ》で十五万石《ごく》の御大身《ごたいしん》ゆへ何様《どん》なお贅沢《ぜいたく》でも出来《でき》まするが衆人《ひと》に尊《とうと》がられる事を嫌《きら》つて根岸《ねぎし》へ草庵《くさのいほり》を結《むす》び文人墨客《ぶんじんぼくかく》とのみ交際《つきあ》つて居《お》られました

其頃恰《ころてう》*ど上方《かみがた》から加茂《かも》の季鷹《すへたか》が下《くだ》つて参《まゐ》り抱一上人に御《お》目《め》に掛《かゝ》つて

季「何分御贔負《なにぶんごひゐき》に願《ねが》ひまする」

抱「イヤ是《これ》は能《よ》う出《で》て来《き》た、西《にし》の者《もの》が東《ひがし》へ参《まゐ》つたのぢやから何《なん》ぞ御馳走《ごちそう》を仕《し》やふぢやないか」

季「イエ、手前《てまい》は何《なに》も御馳走《ごちそう》は戴《いたゞ》きたくない、が、吉原《よしはら》は江戸《えど》の花《はな》ぢやといふ事《こと》を聞《き》きました、幸《さいわひ》の桜時《さくらどき》、何《ど》うか吉原の夜桜《よざくら》を見たいものと存《ぞん》じます」

抱「夫《それ》ア何《ど》うも面白《おもしろ》い
是《これ》から船《ふね》で向島の花《はな》を一見《けん》いたし夫《それ》より*堀《ほり》の大桟橋《おほさんばし》へ着《つけ》て吉原へ参《まゐ》ると恰《てう》ど文晁も蜀山人《しよくさんじん》も来《き》て居《ゐ》るから打連《うちつれ》て*京町二丁目の松葉屋《まつばや》半蔵《はんぞう》方へ登《あが》つてお遊《あそ》びになりました

其頃松葉屋《そのころまつばや》に代*々山《よゝやま》といふ華魁《おいらん》があつて全盛《ぜんせい》なもので——*昔時太夫職《むかしたいふしよく》と呼《よ》ばれた時分《じぶん》には娼妓《しようぎ》にも大層権識《たいそうけんしき》のあつたものでござります、華魁《おいらん》の方《ほう》から御客《おきやく》へ烟草《たばこ》を附《つけ》て出《だ》

すには三回目《くわいめ》の馴染《なじみ》からでなければ仕《し》なかつたといふ、今《こん》日《にち》は加茂《かも》の季鷹《すへたか》へ御馳走《ごちそふ》にと云ふので抱一上人の御声《おこへ》がかりしゆへ否々《いや〳〵》ながら此代々山《このよゝやま》が季鷹《すへたか》の敵娼《あいかた》に出《で》ることになつた、折柄仲《おりからなか》の町左右《さゆう》のお茶屋《ちやゝ》は*チリカラタツポウの大景《おうけい》気《き》、此時《このとき》抱一上人が発句《ほつく》を詠《よま》れました

　*一トひらで山《やま》を動《うご》かす桜哉《さくらかな》

抱「何《ど》うだ」

「や、是は面白《おもしろ》い」

抱「蜀山《しよくさん》お前《まへ》は有名《いうめい》な狂歌師《けうかし》だが何《なん》ぞやつたら宜《よ》からふ」

蜀「ヘイ一首《ひとつ》やりませふ」

と筆《ふで》を執《とつ》て

　大門《おほもん》を車《くるま》ではいる桜《さくら》かな

と詠《よ》んだ――其頃大門内《そのころおうもんうち》へ車《くるま》で這入《はい》る事《こと》は出来《でき》ないが*桜《さくら》を植《うへ》る時《とき》には拠《よんどころ》なく車《くるま》で曳込《ひきこ》んだからでござります、時《とき》に文晁も同《おなじ》く筆《ふで》を執《とつ》て

　*吉原《よしはら》に花《はな》を咲《さ》かせて四《よ》ツ帰《かへ》り

此句《このく》にても文晁の行為《おこない》はチヤンと分《わか》りまする、スルと抱一上人が

抱「今日《けう》は一枚何《ひとつなに》か俺《おれ》が粋《いき》なものを描《か》かふ」

季「夫《それ》は何《ど》ふも有難《ありがた》いことで、上《かみ》へ家苞《みやげ》になりますことで」

抱「イヤ、家苞《みやげ》にやるのではない　是《これ》は頼《たの》まれて居《お》るのぢや、お前《まへ》も何《なん》ぞ歌《うた》を残《のこ》さんければ往《い》かぬヨ、斯《かう》いふ図《づ》だ」

附立書《つけたてがき》で六枚折《まいおり》の屏風《びやうぶ》に男帯《おとこおび》が懸《かゝ》つて居《お》る処《ところ》の図《づ》で、

抱「何《ど》うぢや、今《いま》お前《まへ》が此通《このとほり》になるのぢやから此図《づ》で何《なに》か一首歌《ひとつうた》を詠《よ》んだら宜《よ》からふ」

季「左様《さよう》かナ、では少々《せふ〳〵》お筆《ふで》を拝借《はいしやく》――」

とスラ〳〵と認《したゝ》めましたる季鷹《すへたか》の歌《うた》に

　*常陸帯《ひたちおび》の長《なが》き契《ちぎり》を結《むす》びつゝ

と詠《よ》んだ

季「何《ど》うでげす」

抱「成程《なるほど》、是《これ》は好《よ》い、ソコで下《しも》の句《く》は」

季「イエ、下《しも》の句《く》を私《わし》が書《か》きましては面白《おもしろ》うござりませぬ、是《これ》は太夫《たいふ》さんに願《ねが》ひたいもので」

代々山「吾儕《わちき》には出来《でき》やアしませんヨ
季「其様《そない》な事《こと》を云《い》はずに何卒《どうぞ》――」
代々山「左様《さやう》なら吾儕《わちき》のやふなものが筆《ふで》を染《そめ》ましては誠《まこと》に恐入《おそれいり》ますが」
と恥《はぢ》らひながら筆《ふで》を執《とつ》て

　　解《と》きつゝかはす寝屋《ねや》の手枕《たまくら》

と附《つけ》た
季「ヤ、是《これ》は旨《うま》い、何《ど》うも得来者《えらいもの》や、実《じつ》に此華魁《このおいらん》などは鴛鴦《おしどり》の姿《すがた》に黄鳥《うぐいす》の啼声《なきごゑ》を持《もつ》て居《ゐ》るやふなものや」
と誉《ほめ》た
スルと蜀山人《しよくさんじん》が可笑《おかし》がつて
蜀「是《これ》は面白《おもしろ》い、成程京都《なるほどけうと》の者《もの》は世辞《せぢ》が好《よ》いと云《い》ふが是は妙《みやう》だ、ウフヽヽ、鴛鴦《おしどり》の姿《すがた》で黄鳥《うぐいす》の啼声《なきごゑ》を持《もつ》て居《ゐ》ると云《い》ふのは是《これ》で一首狂歌《ひとつけうか》をやりませふ」
と蜀山《しよくさん》が直《すぐ》に筆《ふで》を執《とつ》て

　鴛鴦《おしどり》と共《とも》に浮寝《うきね》のかもどのか
　　流《なが》して此所《こゝ》に尻《しり》をすへたか

抱一上人も膝《ひざ》を打《うつ》て大層《たいそう》お笑《わら》ひなすつたといふ、了得《さすが》は名人揃《めいじんぞろひ》で是《これ》から追々《おひ〳〵》面白《おもしろ》いお話《はなし》になるのでございます

第三席

さて引続《ひきつゞ》いてお聴《きゝ》に入《い》れまする谷文晁の伝《でん》、此人《このひと》は名家《めいか》になるだけあつて*頓《とん》と慾《よく》がなかつたといふことでございます

在昔蔵前《むかしくらまへ》に*伊勢四郎《いせしろ》と申しまして名高《なだか》い札差《ふださし》がございました――当今《たゞいま》の*青地さんでございませふが札差《ふださし》の事《こと》は細《こまか》に弁《べん》じまする と諄々《くど〳〵》しくなりますから略《りやく》して置《おき》まする、尤《もつと》も此札差《ふださし》のことは*福地源一郎先生《せんせい》の書《か》かれました春雨傘《はるさめがさ》に悉《くわ》しく出《で》て居《お》りまする、彼書《あれ》を御購読《およみ》になれば大概《たいがい》お了解《わかり》になりますが御家人《ごけにん》や御旗本《おはたもと》が皆己《みなおのれ》の食禄《しよくろく》を抵当《ていとう》にして金子《かね》を借《か》りて融通《ゆうづう》を致《いた》したものでございます、然《しか》れば其繁昌《はんぜう》なことは太《たい》したもので其頃蔵前《そのころくらまい》には十八大通《だいつう》といふものがありまして大層隆盛《たいそうさかん》なものでございました

其中《そのなか》でも一二と指《ゆび》を屈《お》られる伊勢四郎《いせしろ》さんの思考《かんがへ》に「目下《いま》画工《ぐわこう》で名人《めいじん》にして品《ひん》格の好《よ》いのは抱一上人《はういつしやうにん》、夫《それ》から唐画《からゑ》では文晁先生であるが　如何《どう》かして抱一上人に筑波《つくば》

四「ヱ、始《はじ》めまして御目通《おめどほ》りを仕《つかまつ》ります、手前《てまい》が伊勢屋四郎兵衛でございます、何《ど》うも今日《こんにち》は誠《まこと》に有難《ありがた》いことで到底御尊来《とてもごそんらい》は下さるまいと心得《こゝろえ》て居《を》りましたが早速《さつそく》お聴容《きゝいれ》下《くだ》されまして私身《わたくしみ》に取《と》り此様《このやう》な有難《ありがた》いことはございませぬ」

抱「イヤ、誠《まこと》に何《ど》うも好《よ》い家屋《うち》だネ柔《やはらか》に出来《でき》て居《を》つて」

四「イエ何《ど》う仕りまして、尊台様方《あなたさまがた》をお招《まね》きまをすやふな宅《たく》ではございませぬ、御覧《ごらん》の通《とほ》り至《いた》つて手狭《てぜま》ゆへ嘸御窮《さぞごきう》屈《くつ》で居《ゐ》らつしやいませふ

抱「イヤ此方《このほう》が宜《よろ》しい、吾儕《わし》は広《ひろ》い家屋《うち》は大嫌《だいきらひ》ぢや、大《だい》名邸《めうやしき》などといふものは唯広《たゞひろ》いばかりで何《ど》うかすると二町《ちやう》半《はん》も三町《ちやう》も歩行《ある》かんならんで誠《まこと》に困《こま》るからワザ〳〵根岸《ねぎし》に詫住居《わびずまひ》をしてるのぢや、何《なに》か番頭《ばんたう》の話《はなし》では乃公《をれ》に屏風《びやうぶ》を描《か》いて貰《もら》ひたいとか云《い》ふことで」

四「ヘイ誠《まこと》に何《ど》うも御筆《おふで》を願《ねが》ひましては恐入《おそれいり》ますけれども何《ど》うか御前《ごぜん》の御筆《おふで》を戴《いたゞ》きたいと存《ぞん》じまして夫《それ》から文晁先生にも御筆労《ごひつらう》を願《ねが》ひまする心得《こゝろえ》で、*文晁先生は富士《ふじ》が御《お》得意《はこ》で居《ゐ》らつしやいますから富士《ふじ》を願《ねが》ひ　御前《ごぜん》には筑波山《つくばやま》を描《か》いて戴《いたゞ》き文晁先生にお得意《はこ》の富士《ふじ》の山《やま》を描《か》いて貰《もら》いたい」

といふ了見《れうけん》を起《おこ》しました、ソコで早速金砂子《さつそくきんすなご》を撒《ふつ》た立派《りつぱ》な屏風《べうぶ》を拵《こしら》へ美事《みごと》に出来上《できあが》りましたから番頭《ばんとう》に命《めい》じ抱一先生にお願《ねが》ひ申して来《こ》いと云《い》ふ、番頭《ばんたう》は心得《こゝろえ》て根岸《ねぎし》の草庵《さうあん》へやつて参《まゐ》り折入《をりい》つてお願《ねがひ》申上げまするると、快《こゝろよ》く御承知《ごしやうち》になり明日《めうにち》行《い》つて遣《つか》はさふとの仰《おふせ》、誠《まこと》に有難《ありがた》いこと、御請《おうけ》をして主家《しゆか》へ立帰《たちかへ》りました

翌日《よくじつ》になると毛氈《もうせん》を敷《し》き絵《ゑ》の具《ぐ》から絵《ゑ》の具碟《ぐざら》まで出《だ》し——主個《あるじ》も少《すこ》し画《ゑ》を習《なら》つて勝手《かつて》を心得《こゝろえ》て居《お》るから一切道具《さいどうぐ》を取揃《とりそろ》へて待《ま》て居《ゐ》ました、処《ところ》へ抱一上人が*アンポツの駕籠《かご》に召《め》して入《い》らせられました、時《とき》は文化《ぶんくわ》の二年でございますから抱一上人は五十三、文晁先生は四十四の時《とき》でございます

四「サア何卒此方《どうぞこれ》へ」

と云ふので鄭重《ていてう》に御案内《ごあんない》申上げ床《とこ》の間附《まつき》*の一室《ざしき》へ通《とほ》しましてフツクリとした座蒲団《ざぶとん》の前《まい》に紹色《ろいろ》の田楽箱《でんがくばこ》の莨盆《たばこぼん》に青《せい》磁《じ》の火入《ひいれ》が這入《はいつ》て居《お》る、主個《あるじ》は鄭寧《ていねい》に辞儀《じぎ》をいたし

を描《か》いて戴かふかと存《ぞん》じますので」
抱「ウム、成程《なるほど》、夫《それ》は宜《よろ》しからふが、マ兎《と》も角始《かくはじ》めて昵近《ちかづき》になつたもんだから一盃飲《ばいのみ》たいものだナ」
四「ヘイ承知《しやうち》いたしました
是《これ》から直《すぐ》に*誰袖《たがそで》(其頃有名《そのころいうめい》の料理店《れうりてん》)へ仕出《しだし》を申附《まをしつ》け結好《けつこう》な料理《れうり》で御馳走《ごちそう》をいたしますると抱一先生はお心持克《こゝろもちよ》く御《ご》酒《しゆ》を召上《めしあが》りながら四方山《よもやま》の談話《はなし》をして居《ゐ》らつしやいましたが
抱「何《なに》かお前《まへ》も画《ゑ》を習《なら》つたと云《い》ふ事だネ」
四「イエ、出来《でき》も何《なに》も致《いた》しませぬが唯拝見《たゞはいけん》をいたすのが好物《こうぶつ》で懸物《かけもの》を見《み》ましたり花《はな》を活《い》けたりするのが何《なに》より娯楽《たのしみ》でござりまして」
抱「イヤ夫《それ》は風流《ふうりう》な事《こと》で、吾儕《わし》も花《はな》を挿《はさ》むのが好《すき》ぢや、尤《もつと》も花商《はなや》の花《はな》では往《い》かぬ、花壇《くわだん》からパチリと鋏《はさ》んで*逆水《さかみづ》を切《きつ》てもまだ水《みづ》がポタ〳〵滴《たれ》る処を見《み》るのが何《ど》うも宜《よろ》しいテ」
四「私共《わたしども》も結好《けつこう》に存《ぞん》じます、彼《あれ》は誠《まこと》に好《よ》いもので」
抱「*デね、今日《けう》は芽出《めで》たいからもつと御馳走《ごちそう》を仕《し》なよ」
四「ヘイ承知《しやうち》いたしました、」
是《これ》から二の膳附《ぜんつき》で大層《たいそう》に饗応《もてな》しました
抱「何《ど》うぢや主個《あるじ》に一盃差《ばいさ》そふ」
四「ヘイ誠《まこと》に有難《ありがた》いことで」
と主個《あるじ》と番頭《ばんたう》で頻《しきり》にお相手《あいて》を致《いた》して居《を》る裡《うち》に
抱「アヽ好《よ》い心持《こゝろもち》になつた、何《ど》うも痛《ひど》く酩酊《めいてい》して今日《けふ》は書《か》けぬからまた今度来《こんどき》て書《か》かうよ」
と日暮《ひくれ》になつてお駕籠《かご》に召《め》しお帰《かへり》になりました
其翌日又駕籠《そのよくじつまたかご》をもつて迎《むかひ》に行《ゆ》くと直《すぐ》にお来臨《いで》になりましたが却々《なかく》書《か》かない、夫《それ》から四五日隔《へだ》つてまた来《こ》られたが書《か》きませぬ、何日《いつ》も朝来《あさき》ては夕暮《ゆうぐれ》にお帰《かへ》りになること三月程《みつきほど》係《かゝ》つたが何《ど》うしても書《か》かないから了得《さすが》の伊勢四郎さんも駭《をどろ》いた、併《しか》し是《これ》は其筈《そのはづ》で十五万石の御大身酒井雅楽頭様《ごたいしんさかゐうたのかみさま》の御《ご》隠居《いんきよ》で容易《ようい》に願《ねが》はれるものではござりませぬ、けれども抱一先生は誠《まこと》に粋《いき》な御方《おかた》で御大名《おだいみやう》には珍《めづら》しい御仁《ごじん》、まづ出羽《では》様《さま》の不昧公《ふまいこう》抱一上人抔は何《いづ》れも開《ひら》けた御方《おかた》で御両君《おふたかた》とも*俳《やく》優《しや》とまで御交際《おつきあい》なされ其頃*高貴《そのころこうき》な方《かた》が黒縮緬《くろちりめん》の羽織《はをり》を召《め》すといふは滅多《めつた》に無《な》いことでございますが　抱一上人は黒縮《くろちり》緬《めん》の羽織《はをり》を召《め》し　日暮方《ひくれがた》から仲《なか》の町《ちやう》の茶屋《ちやゝ》へ腰《こし》を懸《かけ》て居《ゐ》らつしやるのを華魁《おいらん》が道中《だうちう》をしながら之《これ》を見掛《みかけ》ると「オヤ抱一さん」と声《こへ》を掛《かけ》られるのを楽《たのし》みに仲《なか》の町《ちやう》の茶屋《ちやゝ》へ入《い》らつしつては莨《たばこ》を呑《の》んで居《ゐ》るといふ極洒落《ごくしやれ》た御方《おかた》でございます　さて毎日〳〵《まいにち〳〵》三月《みつき》の余《よ》も伊勢四郎方《かた》へ来《き》ましたけれども画《ゑ》が出来《でき》ないから主個《あるじ》も心配《しんぱい》をして居《を》りますと　或日《あるひ》のこと

抱「今日《けふ》は描《か》から、今《いま》までは何《ど》うも相手《あいて》が文晁だと云《い》ふから吾儕《わし》も下手《へた》なものを描《か》く訳《わけ》に往《ゆ》かぬ、夫《それ》に筑波山《つくばさん》と云ふのは始《はじ》めて描《か》くのだから色色心配《いろいろしんぱい》をして漸《やう》やう図《づ》が出来《でき》たから今日《けふ》は描《か》く」

と是《これ》から筆《ふで》を揮《ふる》はれ暫時《ざんじ》にして極彩色《ごくざいしき》で出来上《できあが》りましたが実《じつ》に非凡《ひぼん》の筆勢《ひつせい》、其結好《そのけつこう》と云ふものは何《なん》とも申《もう》しやふが無《な》い位《くらゐ》ゆへ主個《あるじ》も大層《たいそう》に喜《よろこ》びまして

四「ヘエー、何《ど》うも誠《まこと》に有難《ありがた》いことで　是《これ》は生涯私共《しやうがいわたしども》の宝物《たからもの》にいたします」

と云《い》つて改《あらた》めて御馳走《ごちそう》をいたし多分《たぶん》の御謝儀《おれい》もいたしましたことでございませふ

夫《それ》からまた文晁先生の許《とこ》へ往《い》つて頼《たの》み右《みぎ》の話《はなし》をすると

文「ナニ抱一上人が筑波《つくば》を描《か》いて拙者《せつしや》に富士《ふじ》、イヤ是《これ》は面白《おもしろ》い事だ、直《すぐ》にやりませふ」

と云《い》ふて筆《ふで》や何《なに》や色々《いろ〳〵》道具《だうぐ》を用意《ようい》して出《で》て来《き》ました——

此文晁先生の用《もち》ゐました処の筆《ふで》といふものは下谷《したや》*の池《いけ》の端《はた》仲《なか》の町《ちやう》の玉宝堂《ぎよくほうどう》で作《つく》るのを使《つか》ひ決《けつ》して他《ほか》の家《うち》の筆《ふで》は用《もち》ゐなかつたといふ

さて伊勢四郎方へ来《きた》り彼《か》の屏風《びやうぶ》を建《たて》させて暫《しばら》くの間煙草《あいだたばこ》を喫《のみ》ながらコー見《み》て居《を》りましたが

文「嗚呼《あゝ》何《ど》うも能《よ》く出来《でき》ました、実《じつ》に抱一先生は名人《めいじん》だネ、ウム、宜《よろ》しい、サ描《かき》ませふ」

是《これ》から墨《すみ》を摺《すつ》て此方へ富士《ふじ》の山《やま》をスーツと墨画《すみゑ》で描《か》いたか実《じつ》に凄《すご》い程《ほど》の出来《でき》だから主個《あるじ》は大変《たいへん》に喜《よろこ》びまして

四「マヽー何《ど》うも誠《まこと》に有難《ありがた》いことでございました、早速《さつそく》の御揮毫《ごきごう》、何《なん》とも御礼《おれい》の申上《もうしあ》げやふがありませぬ、実《じつ》は抱一先生は三ヶ月程折々《ほどをり〳〵》お来臨《いで》でございましたが何日《いつ》も御酒《ごしゆ》を召上《めしあが》つてはお帰《かへ》りになりますので　番頭《ばんとう》も私《わたくし》も於酒《ごしゆ》のお

相手《あいて》に殆《ほと》んど当惑《たうわく》をいたしました位《くらゐ》の処《ところ》　夫に引替《ひきかへ》先生はお来臨《いで》になると直《すぐ》にお描《か》き下《くだ》さいまして誠《まこと》に何《ど》うも有難《ありがた》いことでございます、ウム、爾《さ》う〳〵」

と何《なに》やら番頭《ばんとう》と耳語《さゝやい》て居《ゐ》ましたが　番頭《ばんとう》が恭《うや〳〵》しく目録台《もくろくだい》の上《うへ》へ*金五千疋《びき》と書《か》いた包物《つゝみもの》を載《のせ》たのを持来《もちきた》り文晁の前《まい》へ差出《さしだ》しましてエ、

番「是《これ》はホンの主人《しゆじん》の寸志《こゝろざし》ばかりでございまして　毎日《まいにち》〳〵お越《こし》があつても仕方《しかた》がない処《ところ》を直《すぐ》に入《い》らしつてお描《か》き下され、誠《まこと》に有難《ありがた》い訳《わけ》で、是《これ》はホンの御礼《おれい》の印《しるし》までござりまして少《すく》ないかも存《ぞん》じませぬが御受納下《ごじゆなうくだ》し置《を》かれますれば有難《ありがた》いことで、サア何《なに》もござりませぬが一献召上《こんめしあが》りまして」

と宅料理《うちれうり》で御馳走《ごちそう》が出《で》ました　此躰《このてい》を見《み》ると文晁先生は急《きふ》に面色《かほいろ》が変《かは》つて

文「是《これ》は礼儀《れいい》ですか」

番頭「ヘイ左様《さやう》で」

文「ぢやアね番頭《ばんとう》さん　此五千疋《このごせんびき》で極好《ごくよ》い金粉《きんぶん》を買《かつ》て来《き》て下《くださ》いよ」

番頭「ヘイ〳〵ヘイ」

文「極好《ごくよ》いのでなくツちやア往《い》けませぬ、*横山町《よこやまちやう》の絵《え》の具屋《ぐや》清助方《せいすけかた》で買《かつ》て貰《もら》ひたい、直《すぐ》に行《い》つて来《き》て下《くだ》さい」

番頭「ヘイ〳〵畏《かしこま》りました」

是《これ》から番頭《ばんとう》が若《わか》い者《もの》を走《はし》らせましたが横山町《よこやまてう》だから直《ぢき》に参《まゐ》れる、暫《しばら》くして金粉《きんぶん》が来《く》ると薄膠《うすにかわ》の溶《と》いたのを調合《てうがふ》をいたし盃洗《はいせん》の中《なか》へ金粉《きんぶん》を皆容《みなあ》けて了《しま》ひスツカリ之《これ》を解《と》いて剝《は》毛《け》に浸《ひた》しスー、スーと横《よこ》に霞《かすみ》を引《ひ》きました、墨絵《すみゑ》の富士《ふじ》に金粉《きんぶん》で霞《かすみ》が引《ひ》けましたから何《なん》とも云《い》ひやふのない結好《けつこう》な具《ぐ》合《あひ》になつた

文「モシ伊勢四郎《いせしろ》さん、文晁《ぶんてう》は今日御《こんにちご》当家《たうけ》へ参《まゐ》つて画《ゑ》を認《したゝ》め多分《たぶん》の御謝儀《おしやぎ》をお差出《さしだ》しになつたが是《これ》は受《う》けませぬよ」

四「ヘイ〳〵ヘイ」

文「御覧《ごらん》の通《とほ》り五千疋《びき》だけ金粉《きんぶん》を求《もと》め残《のこ》らず此屛風《このべうぶ》へ引《ひ》いて了《しま》つたから御謝儀《おれいい》だけは皆屛風《みなべうぶ》へ載《の》せて置《おき》ました、左様思召《さやうおぼしめし》て下《くだ》さい、之《これ》を描《か》いたからツて御謝儀《おれいい》は一銭《せん》も戴《いたゞ》きませぬよ」

スーツと怒《おこ》つて帰《かへ》つたから伊勢《いせ》四郎さんも駭《おどろ》いた、が此《この》屏風《べうぶ》は当家《たうけ》末代《まつだい》までの重宝《たから》である、と云《い》つて土蔵《どざう》の裡《うち》に入《い》れて置《おい》ても万ケ一焼《や》くやふな事《こと》があつてはならぬと消防夫《せうばうふ》を四人《にん》ツヽ附《つけ》て置《おい》て非常《ひぜう》の時《とき》には此屏風《このべうぶ》を長持《ながもち》に納《い》れたまゝ持出《もちだ》せるやふにチヤンと準備《ようい》がしてあつたといふ、名人《めいじん》の行方《ゆきかた》は誠《まこと》に可笑《をかし》なものでござりまする

文晁先生は平生無口《ふだんむくち》で誰《たれ》が来《き》ても話《はなし》が出来《でき》ませぬ、けれども来客《らいきやく》の談話《はなし》を聴《き》くのを此上《このうえ》なき娯楽《たのしみ》にして居《を》つて諸《しよ》国《こく》の勝地《しやうち》、山水明媚《さんすゐめいび》の図《づ》や或《あるひ》は花鳥人物《くわちやうじんぶつ》やふなものを描《か》いて悉《こと〴〵》く之《これ》を居間《ゐま》の壁《かべ》に貼《はつ》て置《を》き　来客《らいきやく》が見《み》て彼《あれ》は何所《どこ》の景《け》色《しき》でございませふ私が前年参《ぜんねんまい》つた時斯《かう》いふ話柄《はなし》がありました抔《など》と喋舌《しやべ》るのを楽《たのし》んで承《うけたま》はり画《ゑ》の材料《ざいれう》にいたしたといふことでござりますが、成程是《なるほどこれ》は必《かなら》ず好《よ》い参考《さんこう》に相成《あいなり》ませふ

其頃《そのころ》の町奉行《まちぶげう》は*根岸肥前守《ねぎしひぜんのかみ》と云《いふ》て名高《なだか》い御方《おかた》さま、寛政《くわんせい》の十年から文化《ぶんくわ》の二年まで勤役《きんやく》されましたが蛭子大黒《ゑびすだいこく》の双《そう》幅《ふく》を文晁に誂《あつら》へました、早速《さつそく》に取掛《とりかゝ》り極彩色《ごくさいしき》で出来上《できあが》り根《ね》岸様《ぎしさま》の御邸《おやしき》へ持《も》つて出《で》ました

肥「早々《さう〳〵》此方《こちら》へ通《とほ》れ」

とあつて御目通《おめどほり》をいたしたが当今《たゞいま》と違《ちが》ひ其頃《そのころ》の町奉行《まちぶげう》は大権式《だいけんしき》なもの

肥「イヤ文晁能《よ》う出《で》て来《き》たノ」

文「ヘイ、誠《まこと》に御無沙汰《ごぶさた》のみ申上《もうしあ》げまして恐入《おそれいり》ますが、御前様《ごぜんさま》には何日《いつ》も御変《おかはり》もなく御壮健《ごそうけん》に渡《わた》らせられ　文晁身《み》に取《と》り大悦至極《たいえつしごく》に存《ぞん》じまする」

肥「爾《さ》う丁寧《ていねい》に挨拶《あいさつ》をされちやア困《こま》る、此方予《このはうかね》ての希望《のぞみ》に何《ど》うかしてお前《まへ》の筆《ふで》を残《のこ》して置《をき》たい、夫《それ》には床《とこ》の間《ま》へ掛《かけ》て拝《はい》をするやふなものをと斯《か》う存《ぞん》じて筆労《ひつろう》を頼《たの》んだが能《よ》う直々《ぢき〳〵》に持《もつ》て来《き》て呉《くれ》られた」

文「恐入《おそれいり》ます、誠《まこと》に拙劣《つたな》い画《ぐわ》ではございますが一ト通御《とほりご》覧《らん》を願《ねが》ひます」

ズツと差出《さしだ》したから　手《て》に執《とつ》て推戴《をしいたゞ》きスーと披《ひら》いて見《み》まずると極彩色《ごくさいしき》にいたして洵《まこと》に結好《けつこう》な出来《でき》だ

肥「アヽ何《ど》うも是《これ》は格別《かくべつ》だ、ムーム、能《よ》う出来《でき》た、早速《さつそく》経師職《きやうじしよく》に命《めい》じて表装《ひやうそう》を加《くわ》へ蛭子講《ゑびすこう》の間《ま》に合《あ》ふやふに致《いた》させやふ」

文「へヱー蛭子講《ゑびすこう》を……」

肥「ウム、当家《たうけ》では先祖《せんぞ》より代々《だい〳〵》蛭子講《ゑびすこう》をいたすのぢやテ」

文「へヱー夫《それ》は何《ど》うもお珍《めづら》しいことで　成程商家《なるほどしやうか》では能《よ》く夷子講祭《ゑびすこうまつり》をいたしまするが*御《お》武家《ぶけ》にて夷子講祭《ゑびすこうまつり》をなさるといふことは是迄頓《これまでとん》と承《うけたま》はつたこともござりませぬが何故《なにゆへ》でござりませふ」

肥「是《これ》は怪《け》しからぬ、文晁お前《まい》も田安公《たやすこう》の家来《けらい》ではあり常《つね》に*一位公《いこう》の御側《おそば》にあつて経書《けいしよ》の講義《こうぎ》をいたす所《ところ》の直右衛門の次男《じなん》でありながら蛭子命《ひるこのみこと》の故事《こじ》を知《し》らぬと云《い》ふのは解《わか》らぬ、ソレで能《よ》く画《え》が描《かけ》るな」

文「へイ、左様《さやう》でござりますか、毫《すこし》も其故事《そのこじ》は心得《こゝろえ》ませぬで」

肥「尤《もつと》も是《これ》は国学者《こくがくしや》でなからねば知《し》つて居《をる》まい、知《し》らぬなら話《はな》して聴《き》かさふが　抑《そもそ》も大己貴命《おほあなもちのみこと》の御子《おこ》に蛭子命《ひるこのみこと》と云《い》ふがあつたのぢや」

文「へイ〳〵」

肥「其子《そのこ》生《うま》れながら不具《ふぐ》にして足《あし》の立《た》たざるゆへに「ヱビス」とも又「カタワ」とも云《い》ふたのぢや、物《もの》の形貌《かたち》の揃《そろ》はぬを「カタワ」又は「ヱビス」と云《い》ふ　後世之《こうせいこれ》を誤《あやま》つて*物《もの》の歪《ゆが》んだり何《なに》かして居《ゐ》るを「イビツ」と云ふは「ヱビス」の転訛《なまり》たるものぢや、又往古《またむかし》は内地《ないち》を離《はな》れた処《ところ》の者《もの》とは交際《こうさい》をせぬで之《これ》をヱビス国《ぐに》と申《もうし》たであらふナ」

文「へイ〳〵成程《なるほど》」

肥「デ、其蛭子命《そのひるこのみこと》は足《あし》が立《た》たざるゆへ衆人《みな》が綽名《あだな》して「ヱビスカミ」と申《まをし》たことである」

文「成程《なるほど》」

肥「ソコで蛭子命《ひるこのみこと》は身躰《からだ》が利《き》かぬから摂州西《せつしうにし》の宮《みや》へ放逐《はうちく》したが　何《なに》も用《よう》がないから日々《ひゞ》海岸《かいがん》へ出《で》て魚《うを》を釣《つ》り之《これ》を米《こめ》や何《なに》かと交易《こうえき》して楽《たの》しく世《よ》を送《をく》られて居《を》る裡《うち》に　神武天皇《じんむてんのう》が兵《へい》を率《ひき》ゐて浪速津《なにはづ》に至《いた》り長髄彦《ながすねひこ》と戦端《せんたん》を啓《ひら》かれた」

文「へイ〳〵へイ成程《なるほど》」

肥「処《ところ》が神武天皇の軍勢既《ぐんぜいすで》に矢種《やだね》が尽《つき》て奈何《いかん》ともすることが出来《でき》なくなつた時《とき》　蛭子命《ひるこのみこと》が矢《や》を献上《けんじやう》いたし或《あるひ》は其他《た》の軍器兵糧《ぐんきひやうろう》を献上《けんじやう》した、是《これ》より大《をほい》に便利《べんり》を得《え》て何《なん》でも不足《ふそく》な物《もの》が入る毎《ごと》に蛭子命《ひるこのみこと》に命《めい》じさへすれば直《すぐ》に間《ま》に合《あ》ふた、ソコで到頭《とう〳〵》捷利《しやうり》となり神武天皇が日《に》本《ほん》を一統《とう》され皇統連綿《くわうとうれんめん》として今日《こんにち》に至《いた》る偉勲《いさほし》は全《まつた》く蛭子命《ひるこのみこと》が兵粮万端《ひやうろうばんたん》の用達《ようたし》をして呉《くれ》たから遂《つひ》に賊軍《ぞくぐん》を夷《たひら》げ大勝利《だいしようり》を得《え》て今日《こんにち》の如《ごと》き目出《めで》度日《たきに》本《ほん》を見《み》ることが出来《でき》るやふになつたのぢやから　言《い》はご蛭子命《ひるこのみこと》は御《ご》用達町人《ようたしちやうにん》の鼻祖《はじまり》だから商人《しやうにん》は何《ど》の様《やう》にも祭《まつ》らねばならぬ、又武家《さむらい》も之を祀《まつゝ》て宜《よろ》しい理由《わけ》だ、十月廿日ばかりでなく――併《しか》し*十月は陰《いん》の極《きよく》にして此上《このうえ》ないから「かみなし」月《づき》といふ、又仏《ほとけ》は陰《いん》に属《ぞく》し神《かみ》は陽《よう》に属《ぞく》し陰《いん》の極《きよく》にして陽《よう》が無《な》いゆへ十月を神無《かみな》し月《つき》と申《まを》すのぢやテ」

文「ヘヱー成程始《なるほどはじ》めて承《うけたま》はりました」

肥「夫《それ》を後世《こうせい》間違《まちが》へて十月は諸神《しよじん》が出雲《いづも》の大社《をほやしろ》へ集《あつ》まつて縁結《えんむすび》をなさる中《なか》に蛭子《ひるこ》の神《かみ》が不具者《ふぐしや》であつて行《ゆ》くことが出来《でき》ぬから一人《ひとり》跡《あと》に残《のこ》つて居《を》る、之《これ》を商人《あきんど》が祭《まつ》る抔《（など）》といふ、大《をう》きな誤《あやまり》ぢや、夫《それ》ばかりではない　御当代《ごたうだい》になつて天海大《てんかいだい》僧正《そうじやう》が東照宮《たうしやうぐう》の命《めい》に依《よつ》て描《えが》きたる所《ところ》の蛭子命《ひるこのみこと》の図《づ》を旗本《はたもと》等が写《うつ》し取《と》り*正月の廿日には各自《めい〳〵》己《おのれ》の邸《やしき》にて屹度《きつと》之《これ》を祀《まつゝ》たものぢや、正月は芽出《めで》たい月《つき》ぢやから」

文「ヘヱー成程《なるほど》、何《ど》うも恐入《おそれいり》ましたことで、面白《おもしろ》いお話《はなし》を承《うけたま》はりました、文晁も何《ど》うか蛭子講祭《えびすこうまつり》をいたし度《たい》もので」

肥「ウム、やつたら宜《よ》からふ」

文「私は何《ど》うも懸物《かけもの》がござりませぬから」

肥「懸物《かけもの》は自分《じぶん》の手《て》で何様《どんな》にでも描《か》けるぢやないか」

文「イヽヱ私の描《か》いたのぢや往《い》けませぬ、が、唐画《からえ》にはありませんから狩野法眼元信《かのはふげんもとのぶ》か永徳《えいとく》か探幽尚信位《たんゆうなほのぶくらゐ》の処《ところ》の筆《ふで》があれば宜《よろ》しいが何《ど》うもござりませぬテ」

肥「爾《さ》う云《い》はずに探《さが》したが宜《よ》からふ」

文「イヱ幾許《いくら》探《さが》しても滅多《めつた》にはござりませぬ」

肥「イヤ何《ど》うか探《さが》したら無《な》い事《こと》もあるまひ」

文「御前《ごぜん》も御覧《ごらん》あそばしましたかも存《ぞん》じませぬが*尾《を》張《はり》町の恵比寿屋《えびすや》の*暖簾《のれん》を」

肥「ウム、彼《あれ》は見《み》た事《こと》がある」

文「彼《あれ》は何《ど》うも宜《よ》うござりますナ、何《なに》か承《うけたま》はりますれば尚信《なほのぶ》と云《い》ふ事でござりますがアノ真向《まむき》の恵比寿《えびす》を私《わたくし》は欲《ほ》しいと存《ぞん》じます、が、アヽいふ風《ふう》に真向《まむき》になつて居《を》る図《づ》がござりませぬ」

肥「何《なに》か*柴田《しばた》八郎右衛門が為換御用《かはせごよう》を仰付《あふせつ》けられたる時《とき》幕頂戴《まくちやうだい》の願《ねがひ》に就《つ》いて上様《うへさま》より尚信《なほのぶ》へ仰《おつ》しやり付《つけ》になり特別《とくべつ》に描《か》かせて柴田《しばた》八郎右衛門へお遣《つか》はしになつた処《ところ》の暖簾《のれん》ぢやから由緒《ゆいしょ》のあるものだ、彼《あれ》は幾《いく》ら慾《ほ》しくツてもお前《まい》の手《て》には這《は》入《い》らぬテ」

文「是非《ぜひ》彼《あれ》を慾《ほ》しいと思《おも》ひますが　代代狩野家《だいだいかのけ》で描《か》きますのださふで」

肥「ウム左様《さやう》ぢや」

文「何《ど》うかして手《て》に入《い》れたいと存《ぞん》じますが到底《とても》往《い》けますまいか」

肥「イヤお前《まへ》が強《たつ》て慾《ほ》しいと云《い》ふなら恵比寿屋《えびすや》へ行《ゆ》つて彼《あれ》を窃《ぬす》め」

文「ヱツ、是《これ》は怪《け》しからぬことを仰《おつ》しやいます」

と額《ひたへ》に青筋《あをすじ》を現《あら》はして居《ゐ》丈高《たけだか》になり

文「憚《はゞか》りながら手前《てまい》も谷文晁《たにぶんちやう》で、幾《いく》ら慾《ほ》しい物《もの》がありましても盗賊《とうぞく》をしてまでとは思《おも》ひませぬ」

肥「イヤ爾《さ》う腹《はら》を立《たつ》ては困《こま》る、ダガね此肥前守《このひぜんのかみ》が案内《あんない》をするが何《ど》うぢや」

文「ヘエー、御奉行《ごぶぎやう》が盗人《ぬすびと》の御案内《ごあんない》をなさるといふは不《ふ》思議《しぎ》な訳《わけ》で」

肥「ナニ柴田八郎右衛門がア丶云《い》ふものを秘蔵《ひぞう》して居《を》つても唯蟲《たゞむし》の餌《え》にするやふなものぢや、殊《こと》には年々《ねん〳〵》公儀《こうぎ》から戴《いたゞ》く暖簾《のれん》であるから今日夕景《こんにちゆうけい》に身共《みども》が柴田《しばた》の本宅《ほんたく》へ参《まい》つて話をいたして置《お》く、宜しい公然盗《こうぜんぬす》め、コレ〳〵の手続《てつゞき》にいたして置《を》くから」

文「夫《それ》は何《ど》うも有難《ありがた》い事《こと》でござります」

是《これ》から文晁は自宅《じたく》へ帰《かへ》り翌日柴田方《よくじつしばたかた》へ参《まい》り玄関《げんくわん》へ係《かゝ》つて

文「お頼《たの》う申します」

執次《とりつぎ》の若《わか》い者《もの》が夫《それ》へ出《で》まして

若「ヘイ入《い》らつしやいまし」

見《み》ると黒《くろ》の羽織《はをり》に仙台平《せんだいひら》の袴《はかま》を穿《は》きたる立派《りつぱ》な御武家《おぶけ》

文「エ丶手前《てまへ》は谷文晁《たにぶんちやう》といふもので　御当家《ごたうけ》にある真向《まむき》の恵比寿《えびす》の暖簾《のれん》を盗《ぬすみ》に参《まい》りましたから左様御主人《さやうごしゆじん》へ仰《おつ》しやつて下《くだ》さい」

若「ヘイ」

と云《い》つたが若《わか》い者《もの》は驚《おどろ》いた
若「番頭《ばんとう》さん番頭さん」
番「ウム」
若「盗賊《とうぞく》が這入《はいり》ました」
番「エツ、泥棒《どろばう》が、何所《どつ》から」
若「玄関《げんくわん》から這入《はいり》ましたよ」
番「玄関《げんくわん》から、早《はや》く締《しめ》ちまへば宜《い》いのに、何《ど》うも大仰《をほぎやう》な泥坊《どろばう》だナ、強盗《おしこみ》かしら、何様《どん》な打扮《なり》をして」
若「黒紋附《くろもんつき》で仙台平《せんだいひら》の袴《はかま》を穿《は》き御召御納戸《おめしおなんど》の羽《は》二《ぶ》タ重《え》の紋附《もんつき》を着《き》ましてスーツと這入《はいり》まして、二本佩《ほんさ》して」
番「イヤ夫《それ》は大変《たいへん》だ」
騒《さは》いで居《を》る処《ところ》へ支配人《しはいにん》が出《で》て参《まい》り
支「何《なん》だ阿房《あほう》らしい、是《これ》は文晁先生《せんせい》ではござりませぬか」
文「ハイ、私は谷文晁でござる」
支「夫《それ》はまア能《よ》うお来臨《いで》になりました、サア〱何卒《どうぞ》此方《こちら》へ」
文「実《じつ》は御当家《ごたうけ》のナ、暖簾《のれん》をば町御奉行《まちごぶぎやう》の御案内《ごあんない》に就《つ》いて窃《ぬすみ》に這入《はい》りました」
支「能《よ》く窃《ぬすみ》にお出下《いでくだ》さいました、誠《まこと》に有難《ありがた》いことで」
是《これ》から鄭寧《ていねい》に案内《あんない》をして奥《をく》へ連《つれ》て行《ゆ》き上座《かみざ》に請《しやう》じまして
支「エ、手前《てまい》は当家《たうけ》の支配《しはい》をいたす久兵衛《きうべえ》と申《ま》うす者《もの》、今日《こんにち》は思掛《おもひがけ》なき御尊来《ごそんらい》で　主人《しゆじん》も御目通《おめどほり》をいたすべき筈《はづ》でござりますが生憎他出《あいにくたしゆつ》いたして居《を》りませぬ、尤《もつと》も先生御尊来《せんせいごそんらい》のことは承知《しやうち》いたして居《を》りまして万事《ばんじ》私《わたくし》が計《はか》らいまするから御随意《ごずゐい》にお持帰《もちかへ》りを願《ねが》ひます、実《じつ》は今朝程御差紙《けさほどおさしがみ》でござりましたから何事《なにごと》ならんと駭《をどろ》いて御奉行所《ごぶぎやうしよ》へ出頭《しゆつとう》仕りますると　今日其方家《こんにちそのはういえ》に秘蔵《ひぞう》してある上《かみ》から頂戴《ちやうだい》の暖簾《のれん》が紛失《ふんしつ》をいたすから早速紛失届《さつそくふんしつとゞけ》を差出《さしだ》せとの御沙汰《ごさた》、今《いま》に先生《せんせい》が御来駕《おいで》があるかと御待受《おまちうけ》申しましたのでござります」
文「イヤ夫《それ》は有難《ありがた》いことでござる、夫《それ》では直《すぐ》に之《これ》をお貰《もら》ひ申《もう》して帰《かへ》りませふ」
支「マア〱先生《せんせい》、何《なに》もござりませぬが御一献召上《こんめしあ》がりまして」
と是《これ》から大《たい》した御馳走《ごちそう》をいたし立派《りつぱ》に家苞物《みやげもの》まで持《も》たせて帰《かへ》した

文晁は宅《たく》へ帰《かへ》り早速之《さつそくこれ》に表装《ひやうそう》を加《くわ》へ床《とこ》の間《ま》へ懸《かけ》て　夷子《えびす》講《こう》をいたした時《とき》の上客《じやうきやく》が根岸肥前守《ねぎしひぜんのかみ》でござりまして二客《にきやく》が柴田《しばた》八郎右衛門其外懇意《そのほかこんい》な者《もの》を大勢喚《たいぜいよ》びまして芸妓幇間《げいしやたいこ》を揚《あ》げ大《たい》した宴会《えんくわい》を開《ひら》いたといふことでござりました

是《これ》が縁《えん》となつて

八「切望《どうか》文晁先生にも恵比寿《えびす》の画《え》を描《か》いて戴《いたゞ》きたい」

と頼《たの》まれ文晁が筆《ふで》を揮《ふる》つて描《か》いたのが今《いま》木《だ》に恵比寿屋《えびすや》の家《うち》に残《のこ》つて居《を》るといふが当今《たうこん》は何《ど》う相成《あいなり》ましたか分《わか》りませぬ、是《これ》が恵比寿屋《えびすや》の家《いへ》では例《れい》になつて毎年白木《まいねんしらき》の台《だい》へ仙台《せんだい》平《ひら》の袴地《はかまぢ》を載《の》せて夷子講《えびすこう》の時《とき》にはチヤンと文晁先生の許《とこ》へ送《おく》つて来《き》たといふ、夫《それ》ゆへ文晁先生存生中《ぞんじやうちう》の袴地《はかまぢ》は皆恵比《みなえび》寿屋《すや》から贈《おく》られたものでござります、文晁も後《のち》には*剃髪《ていはつ》を致《いた》しまして*御絵所《おんえどころ》改役《あらためやく》となり*天保《てんほう》十二年十二月の十四日享年《きやうねん》七十八才で入滅《にふめつ》をいたされたと云《い》ふ事《こと》で、香華院《てら》は*下谷《したや》の池《いけ》の端池《はたいけ》の妙音寺《みやうをんじ》の隣《となり》の*玄空寺《げんくうじ》でござりまして現《いま》に香華《こうはな》が絶《た》えぬといふ、文晁の伝記《でんき》も細《こまか》に申上《もうしあ》げまするとまだ幾《いく》らも逸事《いつじ》がありまするが先此位《まづこのくらゐ》にいたして置《をき》ませふ

（畢）

闇《やみ》夜《よ》の梅《うめ》

闇夜の梅

三遊亭円朝　口演
酒井昇造　速記

第一席(一)

エヽ講談《こうだん》の方《はう》の読物《よみもの》は多《おゝ》く記録《きろく》其他《そのた》古書《こしよ》等多少拠《たしようよりどころ》のあるものでございますが　浄瑠璃《じやうるり》や落語《らくご》人情噺《にんじやうばなし》に至《いた》つては*作物《さくもの》が多《おほ》いやうでございます、段々《だん〳〵》原因《たね》を探《さぐ》つて見《み》ると詰《つま》らぬもので　彼《か》の浄瑠璃《じやうるり》で名高《なだか》いお染久松《そめひさまつ》の如《ごと》きも*実説《じつせつ》では久松《ひさまつ》が十五お染《そめ》が三才《みつゝ》であつたといふから　如何《どう》しても浮気《うはき》の出来《でき》やう道理《だうり》がございませぬ、久松《ひさまつ》が十五の時主人《ときしゆじん》の娘《むすめ》お染を*桂川《かつらがは》の辺《ほとり》で遊《あそ》ばせて居《を》る裡《うち》に　遂誤《つひあやま》つてお染《そめ》を川《かは》の中《なか》へ堕《おと》したから　御主人《ごしゆじん》へ申訳《まをしわけ》がない如何《どう》かして助《たす》けにやならぬと思《おも》つたもの歟《か》　久松《ひさまつ》も続《つゞ》いて飛込《とびこ》むと游泳《およぎ》を知《し》らなかつたから遂夫切《つひそれぎり》となつた、之《これ》を種《たね》にしてお染久松《そめひさまつ》といふ*質店《しちみせ》の浄瑠璃《じやうるり》が出来《でき》ましたものでございます　又大《またおほ》坂《さか》の*今宮《いまみや》といふ処《ところ》に情死人《しんじゆう》があつた時《とき》に　*或狂言作者《あるきやうげんさくしや》が巧《たくみ》に之《これ》を綴《つゞ》り　標題《ひやうだい》を何《なん》としたら宜《よ》からふかと色々《いろ〳〵》に考《かんが》へたが如何《どう》しても工夫《くふう》が附《つき》ませぬ、そこで*三好長楽《みよしちやうらく》の許《とこ》へ行《い》つて

「ナント是迄《これまで》に拵《こしら》へたが外題《げだい》を何《なん》と命《つ》けたら宜《よ》からふ

長「イヤお前《まへ》のやうに其様《そんな》に凝《こ》つちやア往《い》けませぬ、一層《そ》手軽《てがる》く「*心中話《しんぢうばなし》たつた今宮《いまみや》」と仕《し》たら宜《よ》うございませふ

「成程《なるほど》

と直《すぐ》に右《みぎ》の通《とほり》の下題《げだい》にして演《や》ると大層《たいそう》に当《あたつ》たと云ふ話《はなし》がある、其真似《そのまね》をして*林家正蔵《はやしやしやうぞう》といふ怪談師《くわいだんし》が*今戸《いまど》に情死人《しんじゆう》のあつた時《とき》に「*たつた今戸心中噺《いまどしんぢうばなし》」と標題《ひやうだい》を置《を》き拵《こしら》へた怪談《はなし》が太《たい》して評《ひやう》が好《よ》かつたと云ふ事《こと》でございます、這回《こたび》円朝《わたくし》が演《いた》しまする「闇夜《やみよ》の梅《うめ》」と題《だい》するお話《はなし》は　戯作物抔《げさくものなど》とは事違《ことちが》ひ　全《まつた》く私《わたくし》が聞《きゝ》ました事実談《じゞつだん》でございます

エヽ浅草《あさくさ》に*三筋町《みすじまち》と申す所《ところ》がある——是《これ》も縁《えん》で三筋町《みすじまち》があるから其側《そのそば》に*三味線堀《しやみせんぼり》といふのがある抔《など》は誠《まこと》に可笑《おかし》い、*夫《それ》ゆへ生駒《いこま》といふ御邸《おやしき》があるんだなんぞは跡《あと》から拵《こしら》へたものらしい、下谷《したや》があるから上野《うへの》があつて側《そば》に*仲町《なかちやう》がありまして上中下《じやうちうげ》と揃《そろつ》て居《を》る、縁《えん》といふものは如何《どう》考《かんが》へても不思

議なもので腕尽《うでづく》にも金尽《かねづく》にも及《およ》ばぬものだといふが　是《これ》は左様《さやう》かも知《し》れませぬ、まア呉服商《ごふくや》抔《など》で不図《ふと》地機《ぢばた》の宜《よ》いお値《ね》段《だん》も格好《かくこう》な反物《たんもの》を見附《みつけ》たから買《か》はふと思《おも》つて　懐《ふところ》へ手《て》を入《い》れて見《み》ると金子《かね》が少々《しやう〱》足《たり》ないから一旦《たん》立《たち》帰《かへ》り金子《きんす》の用意《ようい》をして再《ふたゝ》び来《く》ると

「誠《まこと》にお気《き》の毒《どく》さまでござりますが　貴下《あなた》がお帰《かへ》りになると直《すぐ》に入《い》らしつた御方《おかた》が見《み》せて呉《くれ》と仰《おつ》しやいまして到頭《たう〱》其方《そのかた》の方《はう》へ縁附《えんづき》になりました

「イヤ夫《それ》は残念《ざんねん》な事《こと》をした、モウあゝいふのはありませぬか

「ヘイ、彼《あれ》は二百反《たん》の中《うち》二反だけ別機《べつはた》であつたのですからモウ外《ほか》にはござりませぬ

「夫《(それ)》では詮方《しかた》がない　縁《えん》がなかつたのだらふ

と諦《あきら》めて了《しま》ふと　時経《ときたつ》てから不意《ふい》と田舎抔《いなかなど》から其自分《そのじぶん》が買《かひ》たいと思《おもつ》た品《しな》と酷肖《そつくり》な反物《たんもの》を貰《もら》ふ事抔《ことなど》がある、又《また》お馴染《なじみ》の芸者《げいしや》でも生憎《あいにく》買《か》はふと思《おも》つた晩《ばん》　外《ほか》にお約束《やくそく》でもあれば逢《あ》ふ事《こと》は出来《でき》ませぬ、又金子《またかね》を沢山懐中《たくさんふところ》に入《い》れて芝居《しばゐ》を観《み》やふと思《おも》つて行《い》つても　爪《つめ》も立《た》たない程《ほど》の大入《おほいり》で這入《はい》り場所《どころ》がなければ観《み》る事《こと》は出来《でき》ませぬ、だから縁《えん》の無《な》い事《こと》は金尽《かねづく》にも力尽《ちからづく》にも往《い》かぬもので　況《まし》てや夫婦《ふうふ》の縁抔《えんなど》と来《き》ては尚更重《なほさらおも》い事で、人間《にんげん》の了見《れうけん》で自由《じゆう》に出来《でき》るものではござりませぬ

エヽ浅草《あさくさ》の三筋町《みすじまち》——俗《ぞく》に*桟町《ざんまち》といふ所《ところ》に御維新前《ごいしんまい》まで*甲州屋《こうしうや》と申《もう》す紙商《かみや》がござりました、主個《あるじ》は先年死去《せんねんみまか》りまして　お杉といふ末亡人《ごけ》が家督《あと》を踏《ふ》まへて居《を》る、お嬢《じやう》さんは今年《ことし》十七になつて名《な》をお*梅《うめ》と云《い》ふて　近所《きんじよ》では評判《ひやうばん》の別嬪《べつぴん》でござります、番頭《ばんたう》、手代《てだい》、子僧《こぞう》、下女《げじよ》、下男《げなん》等数多召使《あまためしつか》ひ何暗《なにくら》からず立派《りつぱ》に暮《くら》して居《を》りました、スルと子飼《こがひ》から居《を》る*粂之助《くめのすけ》といふもの　当今《いま》では立派《りつぱ》な手代《てだい》となり誠に優《やさ》しい性質《うまれ》で其上美男《そのうへびなん》でござります、嬢《ぢよう》さんも最早妙齢《もはやとしごろ》ゆへ良《よ》い聟《むこ》があつたらば娶《とり》たいものと　阿母様《おつかさま》は大事《だいじ》がつて毫《すこし》も側《そば》を離《はな》さぬやふにして置《おき》ました、が何《ど》うも詮方《しかた》がないもので　或晩《あるばん》の事阿母様《おつかさま》が不図目《ふとめ》を覚《さ》まして見《み》ると娘《むすめ》が居《ゐ》ない

第一席(二)

母「ハテな何所《どこ》へ行《い》つたか知《し》らん、洗手《てうづ》に行《い》つたならモ

ウ帰《かへ》りさふなものだが……

と思《おも》つたが何日《いつ》迄《まで》経《たつ》ても戻《もど》つて来《こ》ない

母「ハテな、嬢《じよう》ももう年頃外《としごろほか》に何《なに》も苦労《くらう》になる事《こと》はないが　店《みせ》の手代《てだい》の粂之助《くめのすけ》は子飼《こがひ》からの馴染《なじみ》ゆへ大層情交《たいそうなか》が好《よ》いやうだが　殊《こと》に依《よつ》たら深《ふか》い贔負《ひゐき》にでもして居《ゐ》はせぬか知《し》ら

と阿母《おつか》さんが始《はじ》めて気《き》が附《つ》いた、けれども気《き》の附《つき》やうが遅《おそ》かつたからモウ間《ま》に合《あひ》ませぬ、是《これ》が痴騃《ばか》の阿母《おつか》さんなら直《すぐ》に起上《おきあが》つて紙燭《てしよく》でも点《とぼ》しガラ〳〵方々《ほうぐ》を開散《あけちら》かして　此《この》娘《こ》は如何《どう》したんだよなんテ怒鳴《どなつ》て騒《さは》ぐんだが　沈着《おちつ》いた方《かた》だから其様《そん》な蓮葉《はすは》な真似《まね》はしない、息成長羅宇《いきなりながらを》の煙管《きせる》で唾壺《はいふき》をポン〳〵と叩《たゝ》いた、深夜《しんや》の事《こと》ゆへビーンと響《ひゞ》いたから　お嬢《じよう》さんは吃驚《びつくり》いたしソツと抜足《ぬきあし》をして便所《べんじよ》へ参《まい》りギイー、バタンと便所《べんじよ》から出《で》たやふな音《をと》ばかりさせてポチヤ〳〵と水《みづ》をかけて手《て》を洗《あら》ひ　何喰《なにく》はぬ顔《かほ》をして其晩《そのばん》は寝《ね》て了《しま》つた

翌朝《よくあさ》になると阿母《おつか》さんが直《すぐ》に鳶頭《かしら》を喚《よび》にやつて右《みぎ》の咄《はなし》をいたし　一時《じ》粂之助の暇《ひま》を取《とつ》て貰《もら》ひたいと云《い》ふ、鳶頭《かしら》も承《しよう》知《ち》をして立帰《たちかへ》つた跡《あと》で

主婦「粂《くめ》や、粂《くめ》

粂「ヘイ

主婦「アノお前《まへ》ノウ　鳥渡鳥越《ちよいととりこへ》*の鳶頭《かしら》の許《とこ》まで行《い》つてくんな、要《よう》は行《ゆ》きさへすれば解《わか》る……、吾儕《わたし》が爾《さ》う言《い》つたから来《き》ましたと云《い》へば解《わか》るんだよ

粂「ヘイ畏《かしこま》りました

何《なん》だか理由《わけ》は解《わか》らぬが粂之助は直《すぐ》に抱《かゝへ》の鳶頭《かしら》の許《とこ》へやつて来《き》まして

粂「ヘイ今日《こんち》は

鳶「イヤお上《あが》んさい、宜《い》いからまアお上《あが》んさい、ズーツと二階《かい》へ、梯子《はしご》が危《あぶ》ならうがすよ、オイお民《たみ》、粂どんに上《あ》げるんだから好《い》い茶《ちや》を入《い》れなよ、ナニー何《なん》か茶受《ちやうけ》があるだらふ、羊羹《やうかん》があつた筈《はづ》だ、アレを切《き》んなよ、チヨツ無性《ぶしやう》な奴《やつ》だナ、折《をり》の蓋《ふた》の上で切《き》れるもんか、俎板《まないた》を持《もつ》て来《こ》なくツちやア往《い》かねイ、厚《あつ》く切《き》んなよ、薄片《うすつぺら》に切《き》ると旨《うま》くねへから、俺《をれ》が持《もつ》て来《こ》いてツたら直《すぐ》に持《もつ》て来《き》な、宜《い》いか、談話《はなし》の真最《まつさい》中半間《ちうはんま》な時分《じぶん》に持《もつ》て来《き》ちやア行《い》けねへぜ

トン〳〵と梯子《はしご》を上《あが》つて

鳶「へ、今日《こんち》は

粂「何《なん》だかネ鳶頭《かしら》、お内儀《かみ》さんが鳶頭《かしら》の許《とこ》へ行《い》きさヘすれば解《わか》るから行《い》つて来《こ》いと仰《おつ》しやいましたから参《まゐ》りました

鳶「夫《それ》は何《ど》うもお忙《いそが》しい処をお喚立申《よびたてもう》して済《す》みませぬ、粂どん実《じつ》は斯《かう》いふ話《はなし》だ、今朝《けさ》ネお内儀《かみ》さんから吾儕《わたし》へお人《ひと》だ、何《なん》だらふと思《おも》つて直《すぐ》に出掛《でか》けてツて御目《おめ》に係《かゝ》ると　奥《をく》の六畳《ちやう》へ通《とほ》して長々《なが〳〵》と昔噺《むかしばなし》が始《はじ》まつたンだ、鳶頭《かしら》お前《まへ》がまだ年《とし》の行《ゆ》かねへ時分《じぶん》から当家《うち》へ出入《でいり》をするネと仰《おつ》しやるから左様《さよう》でごぜへます長《なげ》ェ間《あいだ》色々《いろ〳〵》お世話《せわ》に成《なり》ますんで、ナニ其様《そん》な事《こと》は何《ど》うでも宜《い》いが旦那《だんな》が死《し》んで今年《ことし》で四年《ねん》になるし　吾儕《わたし》も段々《だん〳〵》年《とし》を取《と》るしお梅《うめ》もモウ十七になる　来年《らいねん》は歳廻《としまはり》が良《い》いから何様《どん》な者《もの》でも聟《むこ》を取《とつ》たら宜《よ》からふと話《はなし》をすると　何日《いつ》でも嬢《じやう》が厭《いや》がる、他人様《ひとさま》から斯《かう》いふ良《よ》い聟《むこ》がありますと申込《まをしこ》んでも厭《いや》がるもんだから衆人《ひと》が色々《いろ〳〵》な事《こと》を云《い》つて困《こま》る、妙齢《としごろ》の娘《むすめ》が聟《むこ》を取《と》るのを厭《いや》がるには何《なに》か理由《わけ》があるんだらふ、ナニ夫《それ》は店《みせ》の手代《てだい》に粂之助といふ好《い》い男《おとこ》があるから　殊《こと》に依《よつ》たらアノ好《い》い男《おとこ》と私通《わけ》でもありはしないか、と云《い》ひもしないがヒヨツとして其様《そん》な事《こと》を云《い》はれた日《ひ》には　世間《せけん》の口《くち》にやア戸《と》が閉《たて》られねへ、ネー鳶頭《かしら》、と斯《か》うお内儀《かみ》さんが云《い》ふのだ、シテ視《み》ると何かお前《めへ》さんとお嬢《じやう》さまと怪《あや》しい情交《なか》にでもなつて居《ゐ》るやふに吾儕《わつし》の耳《みゝ》には聞《きこ》へるんだ、宜《よ》うがすかイ、夫《それ》から誠《まこと》に何《ど》うも夫《それ》は御心配《ごしんぺい》な事《こと》でと云《い》ふとお内儀《かみ》さんの仰《おつ》しやるには　粂之助も幼稚時分《ちいさいじぶん》から長《なが》く勤《つと》めて居《ゐ》たから能《よ》く気心《きごゝろ》も知《し》れて居《ゐ》るが　何分今《なにぶんいま》直《すぐ》に何《ど》う斯《か》ふと云《い》ふ訳《わけ》にも往《ゆ》かず棄置《すてゝおい》て失策《しくじり》でも出来《でき》ると往《い》けねへから　一ト先《まづ》谷中《やなか》の兄《あに》さんの方《はう》へ連《つれ》て行《い》つて時節《じせつ》を待《ま》つたら宜《よ》からふ、其裡《そのうち》には復《また》出入《でいり》をさせる事《こと》もあるぢやアねへか、と斯仰《かうおつ》しやるのだ、ウム夫《それ》から何《なん》だ斯云《かうい》ふ事《こと》も言《い》つた、何分宅《なにぶんうち》の奉公人《ほうこうにん》や何《なに》かの口《くち》が蒼蠅《うるせ》いから一時《じ》爾《さ》ういふ事《こと》にするんだが　仮令他人《たとへひと》が何《なん》と云《い》はうとも吾儕《わたし》の為《ため》には唯《たつ》タ一人《ひとり》の娘《むすめ》だから　同《おな》じ取《と》るなら娘《むすめ》の気《き》に入《いつ》た聟《むこ》を取《とつ》て初孫《うひまご》の顔《かほ》を見《み》たいと云ふのが親《をや》の情合《じやうあい》ぢやアねへか、娘《むすめ》が強《たつ》て彼《あれ》でなければならないと云《い》へば吾儕《わたし》には気《き》に入《い》らぬでも　娘《むすめ》の好《す》いた聟《むこ》を取《とつ》て其若夫婦《そのわかふうふ》に吾儕《わたし》は死水《しにみづ》を取《とつ》て貰《もら》ふ気《き》だが鳶頭《かしら》何《ど》うだらふ、と仰《おつし》やるのだ、お内儀《かみ》さんの

思召《おぼしめし》では一時《じ》お前《まへ》さんに暇《ひま》を出《だ》して世間《せけん》で愚図《ぐづ》々々《〱》云《い》はねへやふにしちまつて　夫《それ》から良《い》い里《さと》を拵《こせ》へてズーツと表向《おもてむき》お前《まへ》さんを聟《むこ》にして　死水《しにみづ》を取《とつ》て貰《もら》はうてへお心持《こゝろもち》があるんだから粂どん　早《はや》まつちやア往《い》けねへヨ、宜《よ》うがすか、お内儀《かみ》さんには色々《いろ〳〵》深《ふけ》エ思召《おぼしめし》があるんだから、吾儕《わつし》も大旦《をほだん》那《な》のお若《わけ》エ時分《じぶん》まだ糸鬢奴《いとびんやつこ》の頃《ころ》から甲州屋《こうしうや》の御店《おたな》へ出入《でいり》をしてエて　お前さんとも古《ふる》い馴染《なじみ》だが今度来《こんどき》やアがつた番《ばん》頭《とう》ネ、彼奴《あいつ》が悪《わり》い奴《やつ》なんだ、色色誤魔《いろいろごま》を摺《すり》やアがつて仕《し》やふがねへから　お内儀《かみ》さんも心配《しんぱい》をして居《ゐ》らつしやるんだが、ネー粂どん

第一席(三)

粂「ヘイ承知《しやうち》いたしました

鳶「デネ、何《なん》にも云はず少《すこ》し兄《あに》の方《はう》に用事《ようじ》が出来《でき》ましたからお暇《いとま》を願《ねが》ひます　長々《なが〳〵》御厄介《ごやつけへ》になりましたと斯云《かうい》つて廉《かど》を云《い》はずにお暇《ひま》を取《と》つちまう方《はう》が宜《い》い、色々《いろ〳〵》諄々《くど〳〵》しく詫《わび》なんぞをしちやア往《い》けねへよ

粂「ヘイ畏《かしこま》りました、何《ど》うも誠《まこと》に面目次第《めんぼくしだい》もござりませぬ

オロ〳〵泣《なき》ながら粂之助《くめのすけ》が帰《かへ》りまして

粂「ヘイ唯今《たゞいま》

主婦「アイ粂《くめ》か、此方《こつち》へお這入《はい》り　宜《よ》いよ遠慮《えんりよ》をしないでも――先刻鳶頭《さつきかしら》が来《き》たから四方山《よもやま》の話《はなし》をして置《お》いたが何《ど》うだい能《よ》くお前《まへ》の胸《むね》に陥《おちい》つたかい、何《なに》も是《こ》れといふ落度《おちど》のないお前《まい》に暇《いとま》を出《だ》すと云《い》つたら如何《いか》にも酷《むご》い主人《しゆじん》のやふにお想《おも》ひかも知《し》らないが　是《これ》は皆《みんな》お前《まい》の為《ため》だよ　お前《まい》も幼少《ちいさ》い時分《じぶん》から当宅《うち》に居《ゐ》たから何《なん》だか吾儕《わたし》も子《こ》のやふな心《こゝろ》持《もち》がして誠《まこと》に可愛《かあゆ》く思《おも》ふが　何分世間《なにぶんせけん》の口《くち》が面倒《めんだふ》だから暇《いとま》を出《だ》すのだけれども　又縁《またえん》があれば一旦主従《たんしうじう》となつたのだもの出入《でいり》の出来《でき》ない事《こと》はないから　まア〳〵気《き》を長《なが》く兄《にい》さんの許《とこ》に謹慎《おとなしく》して居《ゐ》るが宜《よ》い、軽躁《からはずみ》な心《こゝろ》を出《だ》して　此様《こん》な淋《さむし》いお寺《てら》なんぞに居《ゐ》られるものかツてプイと何所《どつか》へ姿《すがた》を隠《かく》すやふな事《こと》でもあられると何様《どんな》に案《あん》じられるか知《し》れないから　能《よう》く心《こゝろ》を沈着《おちつ》けて時節《じせつ》を待《まつ》てゝ呉《くれ》なくちやア吾儕《わたし》が困《こま》るよ

粂「ヘイ有難《ありがた》う、誠《まこと》に何《ど》うも面目次第《めんぼくしだい》もございませぬ

主婦「サ早《はや》く行《ゆ》くが宜《よ》い、何時《いつ》までも茲《こゝ》に居《ゐ》ると面倒《めんだふ》だから　谷中《やなか》のお寺《てら》へ行《い》つたら能《よ》く兄《にい》さんの言《い》ふ事《こと》を聴《き》いて身躰《からだ》を大事《だいじ》にして時節《じせつ》の来《く》るのを待《まつ》て居《ゐ》なよ

粂「ヘイ有難《ありがた》う存《ぞん》じます

と袂《たもと》から手拭《てぬぐひ》を取出《とりだ》し涙《なみだ》を拭《ぬぐ》ひながら店《みせ》へ出《で》て来《く》ると番頭《ばんたう》は粂之助《くめのすけ》が暇《いとま》になつて好《よ》い気味《きみ》だと喜《よろ》こんで居《ゐ》る

粂「エヽ番頭《ばんつ》さん　私《わたし》は唯今《たゞいま》お暇《いとま》になりまして谷中《やなか》の兄《あに》の方《はう》へ参《まい》りますから　何分《なにぶん》お店《みせ》の事《こと》を宜《よろ》しく願《ねが》ひます

番頭「左様《さやう》ぢやげナ、根《ね》から些《ちやつ》とも知《し》らんかつたが　何《ど》う云《い》ふ理由《わけ》で粂之助《くめのすけ》がお暇《いとま》になりますかと、云《いふ》て吾儕《わし》も色《いろ》〳〵言詞《ことば》を尽《つく》してお詫《わび》をしたが却々《なか〳〵》お聴容《きゝい》れがない、お前方《まへがた》が知《し》つた事《こと》ぢやない、此様《こない》に云《い》はれるで如何《どう》にも仕《し》やがないぢやテ、併《しか》し何《ど》うも気《き》の毒《どく》な事《こつ》ちやナ、根《ね》から、全躰商人《ぜんたいあきんど》はお前《まへ》の性分《しやうぶん》に合《あ》はぬのぢやから　却《かへつ》て谷中《やなか》のお寺《てら》へ行《ゆ》きなはつた方《はう》が心《こゝろ》が沈着《おちつ》いて宜《え》いやらふ

粂「ヘイ有難《ありがた》う、何《ど》うも長々《なが〳〵》お世話《せわ》さまでございました、お店《みせ》の方《はう》も段々《だん〳〵》忙《いそが》しくなりますから人《ひと》が殖《ふ》へなければならぬ処《ところ》を少《すけ》なくなるんですから何分宜《なにぶんよろ》しくお頼《たの》み申《もうし》ます、アノ定吉《さだきち》どんは何所《どつ》かへ行《ゆ》きましたか

番頭「イヤ今其所《いまそこ》に居《を》つたツけ、定吉《さだきち》イ定吉《さだきち》

定「オヤ粂《くめ》どん今《いま》お前《まへ》さんを探《さがし》に表《おもて》へ出《で》ましたが　貴郎《あなた》はお暇《いとま》になりましたてへから何《どう》いふ理由《わけ》だらふと聞《き》いても解《わか》らないんですが　本当《ほんたう》に何《ど》うもお気《き》の毒《どく》さまで

粂「お前《まへ》と吾儕《わたし》とは別段情交《べつだんなか》が好《よ》かつたからお前《まへ》に別《わか》れるのは誠《まこと》に辛苦《つら》いけれども　拠《よんどころ》ない事《こと》があつてお暇《いとま》になつたのだが　吾儕《わたし》が居《ゐ》なくなると番頭《ばんつ》さんに無理《むり》な小言《こゞと》を云《い》はれても誰《たれ》も詫《わび》て呉《くれ》るものがないから　お前《まへ》も能《よ》く気《き》を附《つけ》て叱《しか》られないやふに御奉公《ごほうこう》を大事《だいじ》にするんだよ

第一席(四)

定「ヘイ有難《ありがた》う、お前《まへ》さんが下《さが》る位《くらひ》なら吾儕《わたし》も下《さが》つた方《はう》が宜《よ》うございます、幾許吾儕《いくらわたし》が居《ゐ》る気《き》でも外《ほか》の者は悉皆意地《みんないぢ》が悪《わる》くつて居《ゐ》られませぬもの、其《そ》ン中《なか》でも新次郎《しんじろう》どん抔《など》はシンネリムツヽリの可厭《いや》な人《ひと》で　吾儕《わたし》が寐《ね》てヱると枕元《まくらもと》へ焼藷《やきいも》の皮《かは》なんぞを故意《わざ》と置《お》いて　爾《さ》うしてお内儀《かみ》さんが朝暖簾《あさのれん》の処《とこ》から顔《かほ》を出《だ》して　サ皆起《みんなおき》なよと仰《おつ》しやる時《とき》に新《しん》

どんの意地悪《いぢわる》が　アノ昨晩《さくばん》定吉《さだきち》が寐《ね》ながら焼藷《やきいも》を喰《た》べましたなんテ嘘《うそ》ばかり吐《つい》て人《ひと》を叱《しか》らせるんですもの、爾《さ》うすると番頭《ばんつ》さんが吾儕《わたし》の尻《しり》を捲《ま》くつて定規板《ちやうぎいた》でピシヤ〳〵撲《な》ぐるんですもの、痛《いた》くて堪《たま》りやアしませんヤ、過般《こないだ》も宿下《やどをり》の時阿母《ときおつか》さんに爾《さ》う云《い》つたんです、お内儀《かみ》さんもお嬢《ちやう》さんも粂《くめ》どんも皆善《みんない》い方《かた》だけれども外《ほか》の者《もの》は残《のこ》らず意地《いち》が悪《わる》くツて辛抱《しんばう》が出来《でき》ないてへと　其様《そん》な事《こと》を云《い》ふものぢやアない夫《それ》が身《み》の修行《しゆぎやう》だから忍耐《がまん》をしなくツちやア往《い》けないと云《いは》れますから　粂《くめ》どんがお在《いで》なさる間《あいだ》は辛抱《しんばう》が出来《でき》る、粂《くめ》どんは大層吾儕《たいそうわたし》を可愛《かあい》がつてお呉《く》んなすつて　何《なに》か美味物《おいしいもの》でもあるとお土蔵《くら》の棚《たな》へ内証《ないしよ》で取《とつ》といてお呉《く》んなすつて　チヨイと出《だ》し物《もの》があるから土蔵《くら》まで一緒《しよ》に行《い》つてお呉《くれ》ツて連《つれ》てツてサ　お喫《た》べつて*カステラ巻《まき》だノ何《なん》だノを喫《た》べさせて下《くだ》すつたり　お小遣《こづかい》をお呉《く》んなすつたりして本当《ほんたう》に優《やさ》しくして下《くだ》さるよと左様《さう》云《い》つたら　阿母《おふくろ》が涙含《なみだぐ》んでアア有難《ありがた》い事《こと》だ、爾《さう》いふ御方《おかた》が居《ゐ》らつしやるのはお前《まへ》が奉公《ほうこう》の出来《でき》る瑞《ずゐ》相《さう》だから　何《なん》でも其方《かた》を失嬌《しくじ》らないやふにしなくつちやア往《い》けない、其方《そのかた》の御機嫌《ごきげん》を損《そこ》ねるとお店《みせ》には居《ゐ》られないから　何様《どん》な無理《むり》な事《こと》を仰《おつ》しやつても云《い》ふ事《こと》を聴《き》くんだよ、爾《さ》う可愛《かあい》がるには何《なに》か了見《れうけん》があるんだらふ、ヒヨツとして一緒《しよ》に寝《ね》ろとでも云《い》つたら寝《ね》ても宜《い》いと云《い》ひましたよ

粂「ウフヽ、お前《まへ》と一緒《しよ》に寐《ね》たつて仕様《しやう》がない、早《はや》く彼方《あつち》へお出《いで》、何時迄《いつまで》も茲《こゝ》に居《ゐる》と又叱《またしか》られるから

定「ヘイ、今往《いまい》きます

粂「清助《せいすけ》どんは何《ど》うしたへ

定「今物置《いまものをき》に薪《まき》を積直《つみなほ》して居《ゐ》ましたツけ

粂「チヨイと清助どんにも暇乞《いとまごひ》をして行《い》かう

定「ぢやア吾儕《わたし》も一緒《しよ》に行《ゆ》きませふ

粂「清助どん何《ど》うも長々《ながぐ》お世話《せわ》になりました

清「オヽ粂どんか、今《いま》ネ俺《をれ》が聞《きい》たンだ、おさきどんがの話《はなし》に今日《けう》急《きふ》に粂どんがお暇《いとま》になつたてへから俺《をれ》ハア本当《ほんと》に魂消《たまげ》ただ、何《なん》でも是《これ》は番頭野郎《ばんたうやろう》の作略《さくりやく》に違《ちげ》エねへ、彼奴《あいつ》は可厭《いや》に意地《いぢ》が悪《わる》くつて　何《なに》かお前《めへ》さまを追出《おひだ》させるやふに巧《たく》んだに違《ちげ》エねへだ、本当《ほんたう》にアノ位憎《くれへにく》らしい野郎《やろう》もねへもんだ、チヨイと何《なに》一品《ひとつ》呉《くれ》るんでも　お前《まへ》さんと番頭《ばんたう》とでは斯《か》う違《ちが》ふだ、此様《こん》な物《もの》は俺《おら》ア嫌《きれ》へだ、お前《めへ》も嫌《きれ》へかも知《し》れ

ねへが喰《くへ》るなら喰《くつ》て呉《く》んろ勿躰《もつてへ》ねへからツてお前《まへ》さんは美味物《うめへもの》を呉《くれ》るだが　番頭野郎《ばんたうやろう》は自分《じぶん》が夫程《それほど》に好《す》かねへものでも惜《おし》がつて呉《くれ》やアがるだ、過般《こねいだ》も他家《わき》から法事《はふじ》の饅頭《まんぢう》が来《き》た時お店《みせ》へも出《で》ると　彼奴《あいつ》は酒家《さけのみ》だから甘《あめ》エ物《もの》は嫌《きれ》エだらふ、夫《それ》だのにサ清助汝《われ》がに饅頭《まんぢう》を呉《くれ》てやる、田舎者《いなかもん》だから此様《こん》な結構《けつこう》なものは喰《くつ》た事《こと》はあるめへ、汝《われ》がのやふな奴《やつ》に遣《や》るのは惜《おし》いもんだけんど汝《われ》がに喰《く》はす　と斯《か》う吐《ぬか》しやアがるだ、俺《をれ》も余《あんま》り腹《はら》が立《たつ》たから何《ど》うかして意趣返《いしゆげへし》をしてやらふと思《おもつ》た　過般《こねへだ》*鹿角菜《ひじき》と油揚《あぶらげ》のお菜《せい》の時《とき》お椀《わん》の中《なか》へソツと草鞋虫《わらじむし》を入れて喰《く》はせてやつたゞ、其様《そん》な事《こと》は何《ど》うでも宜《い》いが　お前《めへ》さんがお暇《いとま》になるなら何《なん》にも楽《たのしみ》がねへから俺《をれ》も下《さが》らふか知《し》ら、下《さが》らば直《すぐ》に故郷《くに》へ帰《けへ》りやす、俺《をれ》は信州《しんしう》飯山《いひやま》の在《ぜへ》でごぜへますから　滅多《めつた》に来《く》る事《こと》もあるめへが善《ぜん》光寺《くわうじ》へ参詣《さんけい》にでも来《く》る事《こと》があつたら是非《ぜひ》寄《よつ》て下せへまし　田舎《いなか》の事《こつ》だから何《なに》も外《ほか》に御馳走《ごちそう》の仕《し》やふがねへから鹿《しか》でも撃《ぶつ》て御馳走《ごちそう》しベイから、何《なん》だか馴染《なじみ》の人《ひと》に別《わか》れるのは辛苦《つれ》えもんだネ、何《ど》うかまア成《なる》たけ煩《わづら》はねへやふに気《き》イ附《つけ》て、宜《え》いかネ

粂「有難《ありがた》う娘《むすめ》のお梅《うめ》に逢《あい》たいは山々《やま〳〵》だがお内儀《かみ》さんのお言葉《ことば》副《ぞへ》もあるから　其儘暇《そのまゝひま》を取《とつ》て是《これ》から谷中《やなか》の*長安寺《ちやうあんじ》へ参《まい》り　早晩《いまによ》好い音信《たより》があるだらふと待《まつ》て居《をり》ました

第一席(五)

此方《こちら》はお梅《うめ》、アレ切何《きりなん》の音信《たより》も無《な》いが若《も》しや粂之助《くめのすけ》の了見《れうけん》が変《かは》りはしないかと娘心《むすめこゝろ》に色々《いろ〳〵》と思《おも》ひ計《はか》り耐《こら》へかねたものか　或夜《あるよ》二歩金《ぶきん》で五十両程《りやうほど》を窃出《ぬすみだ》して懐中《くわいちう》いたし　お高祖頭巾《こそづきん》を被《かむ》り庭下駄《にはげた》を履《はい》たなりで家《いゑ》を抜出《ぬけだ》し　上野《うへの》の*三《み》橋《はし》の側《そば》まで来《く》ると夜明《よあかし》の*茶飯屋《ちやめしや》が出《で》て居《ゐ》たからお梅は夫《それ》へ来《き》て

梅「御免《ごめん》なさいまし

爺「ヘイお入《い》来《で》なさいまし、此方《こちら》へお掛《かけ》なさいまして

梅「ハイアノ谷中《やなか》の方《はう》へは何《ど》う参《まい》つたら宜《よろ》しうございませふ

爺「エヽ谷中《やなか》は那方《どちら》までお出《いで》なさるんですイ

梅「アノ長安寺《ちやうあんじ》とか申《もう》す寺院《てら》でございますがネ

爺「エヽ*鴻雁寺《こうがんじ》を呉《くれ》ろと仰《おつ》しやるんですか、エヘヽ鴻雁《こうがん》寺《じ》なら蠟燭屋《ろうそくや》へお出《いで》なさらないぢやアございませぬよ

梅「イヽエアノお寺《てら》でございますがネ

爺「何《なん》ですイ*蟪《おけら》の虫《むし》ですと——

梅「イヽエ長安寺《ちようあんじ》と云《い》ふお寺《てら》へ参《まい》るのでございますがネ
スルと小暗《こぐら》ひ処《ところ》に居《ゐ》た一人《ひとり》の男《をとこ》が口《くち》を出《だ》して

男「エヽ若《も》しく〵お嬢《じやう》さん　其長安寺《そのちやうあんじ》といふのは吾儕《わつし》が能《よ》く知《し》つてますヨ

云《い》ひながらズツと出《で》た男《をとこ》の打扮《なり》を見《み》ると　*紋羽《もんば》の綿頭巾《わたづきん》を被《かむ》り裾短《すそみぢか》な筒袖《つゝそで》を着《ちやく》し　*白木《しろき》の二《ふ》タ重《え》廻《まは》りの三尺《じやく》を締《し》め目《め》倉縞《くらじま》の股引腹掛《もゝひきはらかけ》と云《い》ふ風躰《ふうてい》

男「まア御免《ごめん》なさい、吾儕《わつし》ア此様《こん》な打扮《なり》をしてエますが其長安寺《そのちやうあんじ》の門番《もんばん》でげす

梅「オヤ〵夫《それ》ぢやア貴郎《あなた》にお聴《きゝ》まをしたら分《わか》りませふが　アノ粂《くめの》之助《すけ》は矢《や》ツ張《ばり》和尚様《おしようさま》のお側《そば》に居《を》りますか

男「エヽ粂《くめの》之助《すけ》さんはお在《いで》でごぜへます、貴嬢《あなた》は何《なん》ぞ御《ご》用《よう》でもあるんでげすか

梅「ハイアノ粂《くめの》之助《すけ》は私共《わたくしども》に長《なが》らく勤《つと》めて居《を》つたものですが　少《すこ》し理由《わけ》がありまして先達暇《せんだつていとま》を出《だ》しましたが　夫切《それきり》何《なん》の沙汰《さた》もございませんで余《あんま》り案《あん》じられますから　出《で》て参《まい》りましたのでございます

男「ヘエー左様《さやう》でございますか、ぢやアマア吾儕《わつし》と一緒《しよ》にお出《いで》なさい、到底彼方《どうせあつち》へ帰《かへ》るんですからお連申《つれもうし》ませふ、其代《そのかは》りお嬢《じやう》さまに少《すこ》しお願《ねげ》ひがあるんでげす、毎度《まいど》吾儕《わつし》は和尚様《をしやうさま》から殺生《せつしやう》をしてはならねへぞとやかましく云《い》はれるんでげすが　嗜《すき》な道《みち》は止《や》められず毎晩斯《まいばんか》うやつて*ドン〵へ来《き》ては鰻《うなぎ》の穴釣《あなつり》をやつてるんでげすが　切望《どうぞ》お嬢《じやう》さま吾儕《わつし》が此所《こゝ》で釣《つり》をした事《こと》は和尚様《をしやうさま》に黙《だま》つてゝお呉《くん》なさい

梅「御不都合《ごふつごふ》の事《こと》なら決《けつ》して申《もう》しは致《いた》しませぬ

男「オイ老爺《ぢい》さん

爺「ヘイ

男「アノネ、此《この》お嬢様《ぢようさん》は俺《をれ》の方《はう》へ来《く》る御方《おかた》だから俺《をれ》が御《ご》案内《あんない》をして行《ゆく》んだ、サ喰《くつ》た代《でへ》を茲《こゝ》へ置《を》くぜ

爺「貴郎是《あなたこれ》は一分銀《ぎん》でお釣《つり》はござりませぬが——

男「ナニ釣《つり》は要《い》らねへ、お前《めへ》にやつちまはア

爺「夫《それ》は何《ど》うも有難《ありがた》う存《ぞん》じます、左様《さやう》なら夜《よ》が更《ふ》けて居《を》

りますからお気《き》を附《つけ》あそばして

男「ナニ大丈夫《でへじやうぶ》だ、俺《をれ》が附《つい》てるから

と怪《あやし》の男《をとこ》がお梅を連《つれ》て*不忍弁天《しのばずべんてん》の池《いけ》の辺《ほとり》まで係《かゝ》つて参《まい》りました

第二席（一）

エヽ引続《ひきつゞき》のお梅粂之助《むめくめのすけ》のお噺《はなし》——何《どう》いふ理由《わけ》か女子《をなご》の名《な》を先《さき》に云《い》つて男子《おとこ》の名《な》を後《あと》で喚《よ》ぶ、お花半七《はなはんひち》とかお染久松《そめひさまつ》とか夕霧伊左衛門《ゆうぎりいざゑもん》とか云ふやうな訳《わけ》で　実《じつ》に可笑《おかし》いものでござります

さて日本《につぽん》も嘉永《かえい》の五年《ねん》あたりはまだ世《よ》の中《なか》が開《ひら》けませぬから神信心《かみしんぐ》に凝《こ》るとか　易占《うらない》に見《み》て貰《もら》ふとか云ふやふな人《ひと》が多《おほ》かつたものでござります

丁度《ちやうど》嘉永の六年《ねん》に亜米利加船《あめりかぶね》が日本《につぽん》へ船来《とらい》をいたしてから　諸藩共《しよはんとも》に鎖国攘夷《さこくじやうい》などゝ云《い》ふ事《こと》を称《とな》へ出《だ》しソロ〳〵紛《ごた》擾《つき》はじめましたが　*町家《てうか》では些《ちつ》とも気《き》が附《つ》かずに居《お》つたことでござります

彼《か》の浅草三筋町《あさくさみすぢまち》の甲州屋《こうしゆうや》の娘《むすめ》お梅《むめ》が粂之助《くめのすけ》の跡《あと》を慕《した》つて家出《いへで》をいたす、何程年歯《なんぼとし》が行《ゆ》かぬとは申《もうし》ながら実《じつ》に無分別《むふんべつ》極《きは》まつた訳《わけ》でござります、左様《さやう》な事《こと》とは毫《すこし》も知《し》らぬ粂之助が丁度《てうど》お梅《むめ》が家出《いへで》をした其翌朝《そのよくあさ》のこと　兄《あに》の玄道《げんだふ》が谷中《やなか》の*青雲寺《せいうんじ》まで法要《ほうえう》があつて出《で》かけた留守《るす》　竹箒《たかぼゝき》を持《もつ》て頻《しきり》に庭《には》を掃《は》いて居《お》ると　表《おもて》からズッと這入《はいつ》て来《き》た男《おとこ》は年頃《としごろ》三十二三位《くらい》で色《いろ》の浅黒《あさぐろ》い　鼻梁《はなすじ》の通《とほ》つたチョッと青髭《あほひげ》の生《は》へた口《くち》元《もと》の締《しま》つた怜悧《りこう》さふな容貌《かほつき》をして居《ゐ》ますけれども　打扮《なり》を見《み》ると極不粋《ごくぶいき》な拵《こしらへ》で　艾草縞《もぐさじま》の単衣《ひとへもの》に紺《こん》の一本独鈷《ぼんどつこ》の帯《おび》を締《し》めニコ〳〵笑《わら》ひながら

男「エヽ御免《ごめん》なさいまし

粂「ハイ、御出《いで》なさい

男「エヽ長安寺《てうあんじ》といふのは当院《こちら》ですか

粂「ヘイ、左様《さやう》でございます

男「アノ当院《こちら》に粂之助《くめのすけ》さんといふ御方《おかた》がお出《いで》でござりますか

粂「ヘイ、粂之助《くめのすけ》は私《わたくし》でございますが——

男「ア左様《さやう》でげすか、是《これ》は何《ど》うも——左様《さやう》ならチョイと表《おもて》まで顔《かほ》を貸《かし》てお貰《もら》ひ申《まをし》たいもので

条「ヘイ——アノ生憎兄《あいにくあに》が居《ゐ》ませぬで何《ど》うも家《うち》を空《から》にして出《で》る訳《わけ》には参《まゐ》りませぬから　若《も》し何《なん》ぞ御用《ごよう》がおあんなさるなら庫裡《くり》の方《はう》へお上《あが》んなすつて

男「左様《さやう》でげすか　ぢやア御免《ごめん》なせへまし

条「サ何卒此方《どうぞこちら》へ

男「ヘイ

紺足袋《こんたび》の塵埃《ほこり》を払《はら》つて上《うへ》へ昇《あが》る　条之助《くめのすけ》は渋茶《しぶちや》と共《とも》に有合《ありあひ》の乾菓子《ひぐわし》か何《なに》かを夫《それ》へ出《だ》す

男「イヱ、モウお構《かま》ひなせへますな、ヘイ有難《ありがた》う、ヱ、貴郎《あなた》にはお初《はつ》に御目《おめ》に係《かゝ》りますが私《わつち》は千駄木《せんだぎ》*の植木職《うゑきやく》九兵衛《へゑ》と云《い》ふ者《もの》でございまして

条「ヘイ〳〵ヘイ

九「実《じつ》ア其昨夜《そのゆふべ》お嬢《ぜう》さんが突然《だしぬけ》に吾儕《わつし》ン許《とこ》へお入来《いで》なすつたんで

条「エ、お嬢《ぜう》さんと仰《おつ》しやるのは——

九「エー鳥越桟町《とりこゑざんまち》の甲州屋《かふしうや》のお嬢《ぜう》さんで

条「ヘエー如何《どう》いふ理由《わけ》で貴郎《あなた》の許《とこ》へお嬢《ぜう》さんが——

第二席(二)

九「イヤ是《これ》は解《わか》りますめへ、斯《かう》いふ理由《わけ》なんでげすアノお嬢《ぢよう》さんが二才《ふたつ》の時《とき》に、吾儕《わつし》の母親《おふくろ》がお乳《ちゝ》を上《あ》げたんで、まア外《ほか》に誰《たれ》も相談相手《さうだんあいて》が無《な》いからつて、尋《たづ》ねてお入来《いで》なすつたから、母親《おふくろ》も愕《びつく》りして、まアお嬢《ぢよう》さん、今時分何《いまじぶんどう》いふ理由《わけ》で入《い》らしつたてへと　犬《いぬ》に吠《ほへ》られたり何《なん》かして、命辛《いのちから》〴〵漸《やうや》うの事《こと》でお前《まへ》の許《とこ》へ来《き》た理由《わけ》は、誠《まこと》に乳母《ばあ》や面目《めんぼく》ないが、長《なが》らく宅《うち》に勤《つと》めて居《ゐ》た手代《てだい》の条之助《くめのすけ》といふものと人知《ひとし》れず懇《ねんご》ろを通《つう》じて夫婦約束《ふうふやくそく》をした、処《ところ》が阿母《おつかあ》さんが世間《せけん》の批評《くち》が蒼蠅《うるさい》から、一時斯《じか》うはするものゝ後《のち》には必《かなら》ず添《そは》せてやると仰《おつ》しやつて、条之助《くめのすけ》に暇《いとま》を出《だ》して了《しま》つた後《あと》で、外《ほか》から聟《むこ》を取《と》れと仰《おつ》しやる、夫《それ》ぢやア何《ど》うも条之助《くめのすけ》に義理《ぎり》が済《す》まないから、吾儕《わたし》は斯《かう》やつて駈出《かけだ》したんだと仰《おつ》しやるんです、爾《さ》うすると吾儕《わつし》の阿母《おふくろ》は肝《きも》を潰《つぶ》してネ——素《す》ツ堅気《かたぎ》だから却々合点《なかなかがつてん》しねへ、夫《それ》はお嬢《ぢよう》さん頓《とん》でもない事《こつ》で、お店《みせ》の奉公人《ほうこうにん》や何《なに》かと私通《いたづら》をするやうなお嬢《ぢよう》さんなら、吾儕《わつし》の許《とこ》へは置《おき》ませぬ只《たつ》た今《いまで》出てお出《いで》なせへと云《い》ふから、吾儕《わたし》が

仲裁《ちうさい》をして、まア阿母《おつか》ア待《まち》ねイ、爾《さ》うお前《めへ》のやうに頑固《かたくな》な事《こと》ばかり云《い》つちやア仕様《しよう》がねへ、折角《せつかく》頼寄《たより》に思《おも》つてお入来《いで》なすつたお前《めへ》まで、其様《そん》な邪慳《じやけん》な事《こと》を云《い》つたら娘心《むすめこゝろ》の一ト筋《すじ》に思《おも》ひ詰《つ》め、此家《こゝ》から又駈出《またかけだ》して途中散途《とちうさんど》で何様《どん》な軽躁《かるはづみ》な心《こゝろ》を出《だ》して間違《まちげへ》がねへとも限《かぎ》らねへ、まア〱俺《おれ》の云《い》ふ通《とほ》りにして居《ゐ》ねへと云《い》つて、夫《それ》からお嬢《ぢよう》さんを此方《こつち》へ喚《よ》んで、阿母《おふくろ》は彼様《あん》な事を云ひますが、お前《めへ》さんは何所迄《どこまで》も粂《くめ》之助《のすけ》さんと添《そひ》たいと云《い》ふ了見《れうけん》があるなれば、吾儕《わつし》がまア如何《どう》にでもしてお世話《せわ》を致《いた》しませふ、貴嬢《あなた》は御宅《おうち》を勘当《かんだう》されても粂之助《くめのすけ》さんと添遂《そひとげ》るといふ程《ほど》の御決心《ごけつしん》がありますかてへと、屹度《きつと》遂《と》げます、一旦《たん》粂之助《くめのすけ》も吾儕《わたし》と夫婦約束《ふうふやくそく》をしたのですもの、確《たしか》に吾儕《わたし》を見棄《みすて》ないと云《い》ふ事《こと》も云《い》ひましたし、又其様《またそん》な不実《ふじつ》な人ではありませぬ、ぢやア宜《よ》うがすが、何所《どこ》か行《ゆ》く所《ところ》がありますかと云《い》ふと、何所《どこ》も目的《あて》がねへ、斯《か》う云《い》ふから吾儕《わつし》も困《こま》つて、兎《と》も角《かく》粂さんに逢《あ》つてからの事《こと》に仕《し》ませふと云《い》つて、今日《けふ》ワザワザお前《めへ》さんの許《とこ》へ尋《たづ》ねて来《き》たんです、が、お前《めへ》さんも矢《や》つ張《ぱり》お嬢《ぢよう》さんと何所迄《どこまで》も添遂《そひとげ》ると云《い》ふ御了見《ごれうけん》があるんですか、無《な》いんですか、一応《をう》貴郎《あなた》の胸《むね》を聴《き》きに来《き》たんでげす

粂「夫《それ》は何《ど》うも怪《け》しからぬ事《こと》です、アノ時《とき》御内儀《おかみ》さんが色々《いろ〱》と御真実《ごしんじつ》に仰《おつ》しやつて下《くだ》すつたから、私《わたくし》は斯《か》うやつて何所《どこ》へも行《ゆ》かずに辛抱《しんばう》をして居《ゐ》ますのに、お嬢《ぜう》さんに聟《むこ》を取《と》れと仰《おつ》しやるやふな、其様《そん》な御了見違《ごれうけんちが》ひの御方《おかた》なら、私《わたくし》は何所迄《どこまで》もお嬢《でう》さんを連《つれ》て逃《にげ》まして、何様《どん》な真似《まね》をしたツて屹度《きつと》添遂《そひとげ》ます

九「夫《それ》で吾儕《わつし》も安心《あんしん》をしたが、お前《まへ》さん何所《どつ》か知《し》つてる所《ところ》がありますか

粂「私《わたくし》は別《べつ》に懇意《こんい》な家《うち》もありませぬ

九「夫《それ》ア困《こま》るネ、何所《どつ》かありませぬか

粂「ヘイ、何《なに》も——

九「何《なに》も無《な》いたツて、困《こま》るねイ、ぢやまア斯仕《かうし》やふ　下《しも》総《ふさ》の*都賀崎《つがさき》と云《い》ふ所《ところ》に金蔵《きんざう》と云《い》ふ者《もの》がある、吾儕《わつし》とは少《すこ》し親類合《しんるゐあひ》の者《もの》だから、此方《これ》へ手紙《てがみ》を附《つけ》て上《あ》げるから、当人《たうにん》に逢《あ》つて能《よ》く相談《さうだん》をして世帯《しよたい》を持《も》たせて貰《もら》ひなさるが宜《い》い、併《しか》し彼地《あつち》へ行《ゆ》くだけの路金《ろぎん》と世帯《しよたい》を持《も》つだけの用意《ようい》はありやすか

粂「貯金《おかね》と云《い》つては別《べつ》にございませぬが、兄《あに》が過般《こないだ》 私《わたくし》に仕舞《しまつ》て置《お》けと預《あづ》けた金《きん》がございます、夫《それ》は本堂再建《ほんだうさいこん》のため、世話人衆《せわにんしう》のお骨折《ほねをり》で八十両《れう》程《ほど》集《あつ》まりましたのでございます

第二席(三)

九「イヤ八十両《れう》ありやア結好《けつこう》だ、三十両《れう》一ト資本《もとで》と云《い》ふが何様《どん》な事《こと》をしても五十両なければ十分《ぶん》てへ訳《わけ》には往《ゆ》かねへが　其上《そのうへ》に尚《まだ》三十両も余計《よけい》な資金《もの》があれば立派《りつぱ》に夫《それ》で取《とり》附《つけ》ますが　其金《そのかね》をお前《まへ》さん取《と》れますか

粂「ヘイ用簞笥《ようだんす》の抽斗《ひきだし》に這入《はいつ》て居《ゐ》ますから直《ぢき》に取《と》れます爾《さ》うして後刻《のち》にお宅《たく》へ出《で》ますが那方《どちら》です

九「アノ千駄木《せんだぎ》へお出《いで》なさると右側《みきがは》に下駄商《げたや》があります、夫《それ》へ附《つい》て広《ひろ》い横町《よこちやう》を右《みぎ》へ曲《まが》ると棚村《たなむら》といふ*お坊主《ばうず》の別荘《べつそう》がある、其後《そのうしろ》へ往《い》つて植木職《うへきや》の九兵衛と云《い》へば直《ぢき》に知《し》れます

粂「ぢやア今晩兄《こんばんあに》が帰《かへ》つたら直《すぐ》に出《で》ます

九「今晩《こんばん》と云《い》つても成《なる》たけ早《はや》い方《はう》が宜《よ》うがすよ

粂「ヘイ、日暮《ひぐれ》までには何様《どん》な事《こと》をしても屹度《きつと》参《まい》ります

九「ぢやア其心算《そのつもり》で何分《なにぶん》お頼《たの》ウ申《もうし》ます

粂「ヘイ、宜《よろ》しうございます

九「左様《さやう》なら

プイと表《おもて》へ出《で》て了《しま》ふ、其跡《そのあと》で粂《くめの》之助《すけ》が無分別《むふんべつ》にも不図悪《ふとあく》心《しん》を起《おこ》し　己《おのれ》が預《あづかり》の金子《きんす》八十両を窃出《ぬすみだ》し此方《こなた》へ出《で》て見《み》ると今《いま》の男《をとこ》が証拠《しやうこ》に置《を》いて行《い》つたものか予《かね》て見覚《みをぼへ》あるお梅《うめ》の金《かね》巾着《きんちやく》が其所《そこ》に投出《はうりだ》してあつた、取上《とりあ》げて見《み》ると裡《なか》に金子《かね》が三両許《ばかり》這入《はいつ》て居《ゐ》る

粂「ス、ハテな、是《これ》はアノ人《ひと》が置《を》いて行《い》つたのか知《し》ら、ア、爾《さ》う〱、之《これ》を置《を》いて行《ゆ》くからは此《こ》ン中《なか》へ　八十両の金子《かね》を納《い》れて来《こ》いと云ふ謎《なぞ》かも知《し》れない

と右《みぎ》の*女夫巾着《みやうときんちやく》の中《なか》へ金子《かね》を入《い》れ確《しつか》り懐《ふところ》に仕舞《しま》つてソロ〱出《で》かけやふかと思《おも》つて居《ゐ》る処《ところ》へ兄《あに》の玄道が帰《かへ》つて参《まい》り　夫《それ》より入替《いれかは》り立代《たちかは》り客《きやく》が来《く》るので何分《なにぶん》出る事《こと》が出来《でき》ませぬ

話頭《おはなし》は二ツに岐《わか》れまして鳥越桟町《とりこへざんまち》の甲州屋《かうしうや》方《かた》では大騒擾《おほさはぎ》、昨夜《ゆうべ》娘《むすめ》のお梅が家出《いへで》をいたした切《ぎり》搔暮行衛《かいくれゆくえ》が解《わか》りませぬから家内中《うちぢう》の心配《しんぱい》大方《おほかた》ならず　御鬮《おみくじ》を取《と》るやら卜筮《うらない》に占《み》て貰《もら》

ふやら大変《たいへん》な騒《さはぎ》をして居《を》る処《ところ》へ　不忍弁天《しのばずべんてん》の池《いけ》に十六七の娘《むすめ》の死体《しがい》が打込《うちこ》んであるといふ噂《うはさ》を聞込《きゝこ》んで来《き》て知《し》らせた者《もの》があるから　阿母《おふくろ》は仰天《げうてん》して取《と》るものも取敢《とりあへ》ず来《き》て見《み》るとお梅《むめ》に相違《さうい》ないから　早々《そう〳〵》人《ひと》を以《もつ》て御《ご》検視《けんし》を願《ねが》ひ段々《だん〳〵》死躰《したい》を調《しら》べて見《み》ると縊殺《くびりころ》して池《いけ》の中《なか》へ投込《なげこ》んだものらしく殊《こと》には持出《もちだ》した五十両の金子《きんす》が懐《ふところ》にないから大方物取《おほかたものとり》であらふと事《こと》が極《き》まつて　検視済《けんしずみ》の上死骸《うへしがい》を引取《ひきと》り漸《やうや》く日暮方《ひぐれかた》に死骸《しがい》を棺桶《くわんおけ》へ収《おさ》めることになつた、処《ところ》へ鳶頭《かしら》が来《き》まして

鳶「へイ唯今《たゞいま》、アノ何《なん》でげす、八丁堀《ちやうぼり》さんと夫《それ》から一番《ばん》遠《とほ》いのが麻布《あざぶ》の御親類《ごしんるい》でげすが　夫々《それ〴〵》皆《みんな》乾児《こぶん》を出《だ》してお知《し》らせ申《もう》しました

番頭「ア、夫《(それ)》は何《ど》うも大《おほ》きに御苦労《ごくらう》〳〵

鳶「何《なん》だなア、定《さだ》さん、男《おとこ》の癖《くせ》にオイ〳〵泣《な》くのは止《よ》しねへ、お内儀《かみ》さんは女性《おんな》でこそあれア、云ふ*御《ご》気象《きしやう》だから涙《なみだ》一滴飜《てきこぼ》さぬで忍耐《がまん》をして居《ゐ》らつしやるのだ、夫《それ》だのにお前《まへ》が早桶《はやをけ》の側《そば》へ行《い》つてオイオイ泣《な》くもんだから不可《いけね》エよ

定「泣《な》くなツて夫《それ》は無理《むり》でございます、何《なん》だか此早桶《このはやをけ》の側《そば》へ来《く》ると哀《かな》しくなるんですもの、お嬢《じよう》さんは別段《べつだん》に可愛《かあい》がつて呉《くれ》ましたから吾儕《わつし》は哀《かな》しくなるのです

鳶「まア泣《な》いちやア不可《いけ》ねエ、エ、お内儀《かみ》さん唯今《たゞいま》——

主婦「アイ鳶頭《かしら》大《おほ》きに色々《いろ〳〵》お骨折《ほねをり》で何《なに》も彼《か》もお前《まへ》のお蔭《かげ》で行届《ゆきとゞき》ました

鳶「何《ど》ういたしまして、就《つ》きまして麻布《あざぶ》さんの方《はう》へお嬢《じやう》さんが家出《いえで》をなすつた事《こと》を知《し》らせにやりやして　金太《きんた》が稍《やうや》く先方《むかう》へ着《つ》いた位《くらい》の時《とき》に又斯《またかう》いふ変事《へんじ》が出来《でき》ましたから追《おつ》蒐《かけ》て人《ひと》を出《だ》し　コレ〳〵でお死去《なくなり》になつたてへ事《こと》をお知《し》らせ申《もう》しましたら大層《たいそう》にお駭《をどろ》きなすつたさふでげす

第二席(四)

主婦「爾《さ》うであつたろふ、モウ麻布《あざぶ》のが一番彼《ばんあれ》を可愛《かあい》がつて呉《くれ》たから誠《まこと》に有難《ありがた》う、万事《ばんじ》お前《まへ》のお蔭《かげ》で行届《ゆきとゞき》ました、が、斯《かう》なるのも皆因縁事《みないんねんごと》と諦《あきら》めて居《ゐ》ますから吾儕《わたし》は哀《かな》しくも何《なん》ともありませぬよ

鳶「イヱ何《ど》うも御気象《ごきしやう》な事《こと》で、まア何《ど》うもお嬢《じやう》さまが御《お》幼少時《ちいせいじ》分《ぶん》確《たし》か七才《なゝつ》のお祝《いはひ》の時吾儕《ときわつし》がお供《とも》を致《いた》しまして鎮守様《ちんじゆさま》から浅草《あさくさ》の観音様《くわんのんさま》へ参《めへ》りましたが今未《いまだ》に能《よ》く覚《おぼへ》て居《を》

ります、往来《わうらい》の者《もの》が皆振反《みんなふりかへ》つて見《み》て　まア何《ど》うも玉子《たまご》を剝《む》いたやふな綺麗《きれい》なお嬢《じやう》さんだ可愛《かあい》らしいお児《こ》だつて　誰《だれ》でも誉《ほめ》ねへものは無《ね》ヱ位《くれい》でげしたが　幼少時分《ちいせいじぶん》からのお馴染《なじみ》ゆへ此頃《このころ》になつてお嬢《じやう》さんが高慢《かうまん》なことを仰《おつ》しやいまして　も　貴嬢《あなた》其様《そん》な事《こと》を云《い》つたツて往《い》けませぬ　吾儕《わつし》の膝《ひざ》の上《うへ》で小便《しよんべん》をした事《こと》がありますゼてへと　アラ鳶頭《かしら》幼少時分《ちいせいじぶん》の事を云《い》つちやア可厭《いや》だよなんテ真紅《まつか》におなりでげしたが　何《なん》とも申《もう》さふやふはごぜへませぬ

主婦「ハイ、お前《まへ》も久《ひさ》しい馴染《なじみ》ゆへお線香《せんかう》でも上《あ》げてやつてお呉《く》れ

鳶「ヘイ有難《ありがた》う――エ、番頭《ばんつ》さん誠《まこと》に何《ど》うも頓《とん》でもねへ事《こと》で

番「イヤ鳶頭大《かしらおほ》きに御苦労《ごくらう》であつた、まア此方《こつちや》へ来《き》なさい、何《ど》うもお内儀《かみ》さんの思召《おぼしめし》を考《かんが》へて見《み》るとお気《き》の毒《どく》で何《ど》うもならぬ、ならぬが当家《うち》のお嬢《じやう》さんを殺《ころ》したのは誰《たれ》ぢやと云《い》ふ事《こと》は　大概《たいがい》お前《まへ》も感付《かんづ》いて居《を》るぢやらふナ

鳶「イヽエ些《ちつ》とも知《し》りやせぬよ、何《なん》だか物取《ものどり》だらふてへ評判《ひやうばん》なんで

番「イヽヤ物取《ものどり》ではない、何《なん》でも是《これ》は粂之助《くめのすけ》の仕業《しわざ》に相違《さうい》ないといふ吾儕《わたし》の考《かんが》へだ

鳶「ハ頓《とん》でもねへ事《こと》を云《い》ひますネ、其様《そん》なお前《めへ》さん――ナ何程《なんぼ》粂《くめ》どんが憎《にく》いたツて無暗《むやみ》に人殺《ひところし》に落《おと》したりなんかして　何《ど》うしてお前《まへ》さん粂《くめ》どんは其様《そん》な悪《わる》い事《こと》をするやふな人《ひと》ぢやアねへ

番「イヤ夫《それ》は往《い》かぬ、御内儀《おいえ》はん斯《かう》いふ最中《さなか》で諍論《いさかい》をしては済《す》みまへんが　一寸之《ちよつとこれ》に就《つ》いてお咄《はなし》があるんでオス、一昨夜《さくや》吾儕《わたい》が鳥渡用場《ちよつとようば》へ参《まい》りまして用《よう》を達《た》してから手《て》を洗《あら》ふて居《を》ると　ホンノリと星光《ほしあかり》で人影《ひとかげ》が見《み》へるでハテナと思《おも》ふて斯《か》う透《すか》して見《み》て居《を》ると　垣根《かきね》の外《そと》へ廻《まは》つて来《き》たのが粂之助《くめのすけ》でオス、スルとお嬢《じやう》さまが此方《こつちや》から声《こへ》を掛《かけ》て粂之助《くめのすけ》ぢやないかと云《い》ふと　ハイ私《わたくし》でございますと低声《こゞえ》で云《い》ひました哩《わい》、まア粂之助能《くめのすけよ》う来《き》てお呉《くれ》だ、ハイ漸《やうや》うの事《こと》で忍《しの》んで参《まい》りました、お前《まへ》に逢《あい》たうて逢《あい》たうて何《ど》うもならぬであつた、吾儕《わたい》も逢《あい》たうてならぬから漸《やうや》うの思《おも》ひで参《まい》りました、吾儕《わたい》も爾《さ》う長《なが》う寺《てら》に辛抱《しんばう》しては居《ゐ》られまへぬ、貴嬢《あんた》はんも吾儕《わたい》のやふな者《もの》でも本当《ほんたう》に思《おも》ふて下《くだ》はるなら　一層《いつそ》手《て》に手《て》

を取《とつ》て此所《こゝ》を逃《にげ》まはふ、爾《さ》うして貴嬢《あんた》と二人《ふたり》で夫婦《ふうふ》になつて深山《みやま》の奥《をく》なりと行《い》んで暮《くら》したいが　夫《それ》に就《つ》いても責《せめ》て金子《かね》の五六十両も持《もつ》てお出《いで》やと云《いふ》と、オヽ左様《さやう》か、其《そ》んなら屹度《きつと》明日の晩持《ばんもつ》て行《い》ぬと云《い》ふ事《こと》を確《たしか》に聞《き》いた

鳶「ヘエー、夫《それ》から

番「何《ど》うも変《へん》やと思《おも》ふて居《を》ると貴郎《あんた》お嬢《じよう》さんが莫大《ばくだい》のお金《かね》を持《もつ》て逃《に》げやはつた　夫《それ》ゆへ何《ど》うも吾儕《わたい》の思《おも》ふには　条《くめ》之助《のすけ》がお嬢《じよう》さまを殺《ころ》して金子《かね》を取《とつ》て其死骸《しがい》を池《いけ》ン中《なか》へ投《はう》り込《こ》んだに違《ちが》ひない　と斯《か》う考《かんが》へるのでオス

鳶「オヽ〳〵番頭《ばんつ》さん詰《つま》らねへ事《こと》を云《い》つちやア不可《いけね》エぜ、お前《まへ》は全躰条《ぜんてへくめ》どんを憎《にく》むから爾《さ》う思《おも》ふんだが、まア能《よ》く考《かんが》へて見《み》ねイ、条《くめ》どんが人殺《ひとごろし》をするやふな人《ひと》だか何《なん》だか、ソヽ其様《そん》な解《わか》らねへ事《こと》を云《い》つたつて仕様《しやう》がねへぢやアねへか

番「イヤ全《まつた》くの事《こと》だ、証拠《しやうこ》があるゼ

鳶「証《しやう》――ナヽ何《なに》が証拠《しやうこ》だ

番「定吉《さだきち》イチヨツと茲《こゝ》へ来《こ》い、エヽイメロ〳〵泣《な》くな

定「何《なん》です番頭《ばんつ》さん、泣《な》くなたつてお嬢《じよう》さまが死《し》んで哀《かな》しくつて堪《たま》らないから泣《な》くんです

第二席(五)

番「エヽイ汝《おのれ》がお嬢《ぢよう》さまを殺《ころ》したも同《おん》なじ事《こつ》た

定「アヽいふ無理《むり》な事《こと》ばかり云《い》ふんだもの、何《どう》いふ理由《わけ》で

番「汝《おのれ》は*一昨日夜《さきおとゝひのよ》此店《このみせ》で帯《おび》を締直《しめなほ》す時《とき》に落《おと》した艶書《てがみ》はお嬢《ぢよう》さんに頼《たの》まれて条之助《くめのすけ》の許《とこ》へ届《とゝ》けやふとしたのぢやないか

定「アラ――仕様《しやう》がないナ、彼所《あすこ》に持《もつ》て居《ゐ》るのだもの、道理《だうり》で無《な》いと思《おも》つた

番「此様《こん》なものをお嬢《ぢよう》さまから頼《たの》まれるのが悪いのだ

定「頼《たの》まれるのが悪《わり》いたつて――仕様《しやう》がないナ――其頼《そのたの》まれたのは何《なん》でございます――仕様《しやう》がないナ、アノ夫《それ》はお嬢《ぢよう》さんが定《さだ》やチヨイとお出《いで》てへから　ハイてつてお居間《ゐま》へ行《い》つたンです、爾《さ》うするとお前何所《まへどこ》へ行《ゆ》くんだと仰《おつ》しやるから　私《わたくし》は谷中《やなか》の方《はう》へ参《まい》るんですと云《い》つたら　其《そ》んならお前之《まいこれ》を条《くめ》どんに届《とゞ》けて呉《くれ》つてお手紙《てがみ》を私《わたくし》の懐《ふところ》へ入《い》れたから持《もつ》て行《ゆ》つたんです

番「ウム、持《もつ》て行《い》つて何《ど》うした

定「何《ど》うしたつて——仕《し》やふがないナ

番「汝《おのれ》は度々《たび〴〵》粂之助《くめのすけ》の許《とこ》へ寄《よ》るから悪《わる》いのぢや

定「ナニ寄《よ》る気《き》でもないんですが近《ちか》いからアノお寺《てら》の前《まい》を通《とほ》ると曲角《まがりかど》のお寺《てら》だもんですから　能《よ》く門《もん》の所《とこ》なんぞを箒《はい》てゝ久振《ひさしぶり》だお寄《より》なてへから　ヘイてんで旧《もと》は朋輩《ほうばい》だから寄《より》ますするね

番「道理《だうり》で何日《いつ》も使《つかひ》が長《なが》いのや

定「ナニ別《べつ》に長《なが》い訳《わけ》もないんですが　今葬式《いまおとむらい》が来《き》てお饅《まん》頭《ぢう》を貰《もら》つた夫《それ》をお前《まへ》に上《あ》げるからお待《まち》てへから待《まつ》てたんです

番「エヽイ喰《くら》い物《もの》の事《こと》ばかり云《い》ふて居《を》る、汝《おのれ》が取次《とりつぎ》をするから此様《このやう》な間違《まちがひ》が出来《でけ》たのヤ、サ是《これ》を御覧《ごらん》、此艶書《このてがみ》が何《なに》よりの証拠《しやうこ》ヤ、吾儕《あたい》はお前《まへ》に逢《あい》たうて逢《あい》たうてならぬから家出《いへで》をしてお前《まへ》の許《とこ》へ行《ゆ》く、何卒末長《どうぞすへなが》く見棄《みすて》ずに置《をい》てお呉《くれ》と書《か》いてあるぢやないか、是《これ》が何《なに》よりの証拠《しやうこ》ぢや

定「証拠《しやうこ》だツて其様《そん》な事《こと》は吾儕《わつし》ア知《し》りやアしねへ

番「知《し》りやせぬと云《いふ》てまア能《よ》く考《かんが》へて見《み》なはれ、当家《うち》のお内儀《いえ》はんは此様《こない》に諦《あきらめ》の宜《え》え御方《おかた》だから涙《なみだ》一滴《てき》翻《こぼ》さぬが鳶頭《かしら》が仲間《なか》へ這入《はいつ》て口《くち》を利《き》きモウ甲州屋《こうしうや》の家《うち》へは足踏《あしぶみ》をさせぬと云切《いひきつ》て引取《ひきとつ》たのぢやないか、夫《それ》ぢやのに又当家《またこゝ》へ粂《くめ》之助《のすけ》が忍《しの》んで来《き》てお嬢《ぢやう》さんを誘《さそ》ひ出《だ》すやふな事《こと》になつたのは　大方鳶頭《おほかたかしら》も内々《ない〳〵》知つて居《を》るのではないか、粂之助《くめのすけ》と共謀《ぐる》になつてお嬢《ぢやう》さんを誘《さそ》ひ出《だ》し　金額《かね》を半分《はんぶん》くらい取《とつ》たのではないかアと思《おも》はれても是非《ぜひ》がないぢやないか

云《い》ふと怒《おこ》つたノ怒《おこ》らないノ、原来正直《もとしやうじき》な人《ひと》だから額《ひたひ》へ青《あほ》筋《すじ》を出《だ》して

鳶「何《なに》を吐《ぬか》しやアがるんでイ、撲《なぐ》り附《つけ》るぞ、コレ頭《あたま》を禿《はげ》らかしやアがつて法外《ばか》も休《やす》み休《やす》み云《い》へ、粂《くめ》どんが人《ひと》を殺《ころ》して金《かね》を取《と》るやふな人《ひと》か人《ひと》でねへか大概解《てへげへわか》りさふなもんだ、手前《てめへ》の心《こゝろ》に識別《しきべつ》ウするから其様《そん》な事《こと》を吐《ぬか》すんだ、俺《をれ》が半分《はんぶん》取《とつ》たア何《なん》だ、撲《なぐ》り付《つけ》るぞ

番「打《ぶ》たいでも宜《え》え、吾儕《あたい》は理《り》の当然《たうぜん》を云《い》ふのヤ、お嬢《ぢやう》さまを殺《ころ》して金子《かね》を取《とつ》たと云《い》ふ訳《わけ》ぢやないが　爾《さ》う思《おも》はれても是非《ぜひ》がないと云《い》ふのヤ

鳶「何《なに》が是非《ぜひ》がないんだ、撲倒《はりたを》すぞ

清「まア〳〵少《すこ》し待《まつ》てお呉《く》れ

と云ひながら台所《だいどこ》より出《で》て来《き》たは清助《せいすけ》といふ御飯炊《おまんまたき》

清「鳶頭《かしら》まア〳〵　貴郎《あんた》は正直《しやうぢき》な方《かた》だアから此様《こん》な事《こと》を云《い》はれたら嘸《さぞ》はア胆《きも》が焦《い》れて堪《たま》るめへが　俺《をれ》が一ト通《とほり》云《い》はねばなんねへ事《こと》があるだアから少《すこ》し待《まつ》たが宜《え》え――コレ番《ばん》頭《とう》さん、茲《こゝ》へ出《で》ろ

番「何《なん》ぢや、汝《おのれ》が出《で》る幕《まく》ぢやアない、汝《おのれ》は炊夫《めしたき》だから台《だい》所《どこ》に引込《ひつこ》んで飯《めし》の焦《こげ》ぬやふに気《き》を附《つけ》て居《を》れ、此様《こない》な事《こと》に口《くち》出《だし》をせぬでも宜《え》いワ

第二席(六)

清「成程《なるほど》俺《おれ》は僅少《わづか》なお給金《きうきん》を戴《いたゞ》いて炊夫《めしだき》をしてエるからツて飯《めし》せへ焦《こ》がさねへやふにして居《ゐ》れば宜《え》えといふもんぢやアあんめへ、当家《うち》へ泥坊《どろぼう》が這入《へいつ》てお内儀《かみ》さんを斬殺《きりころ》しても俺《おら》が炊夫《めしたき》だからツて何《なん》にも構《かま》はずに竈《へつゝい》の前《めへ》に安座《ぶつゝは》つてゝ宜《え》えと思《おも》はつしやるか　汝《われ》が曲《まが》つた心《こゝろ》に識別《しきべつ》するから爾《さ》う云《い》ふ間違《まちが》つた事《こと》を云《い》ふだ、コレ能《よ》く考《かんげ》へて見《み》ろよ、汝《われ》は粂《くめ》どんを憎《にく》むから少《すこ》しの事《こと》を廉《かど》に取《とつ》て粂《くめ》どんが嬢《ちやう》さまを殺《ころ》したなんてへが　何所迄《どこまで》も汝《われ》が其様《そん》な事《こと》を頑張《ぐわんば》つて殺《ころ》したと云《い》はゞ俺《おら》ア合点《がつてん》しねへだ、粂《くめ》どんが庭《には》へ来《き》てお嬢《ぢよう》さまと相《そう》談《だん》して　明日《あした》の晩連《ばんつれ》て逃《にげ》やふてへ約束《やくそく》をしたのを見《み》たと云《い》はゞ　何故《なぜ》早《はや》く其事《そのこと》をお内儀《かみ》さんへ知《しら》せねへだ、粂《くめ》どんがコソ〳〵でお嬢《ぢよう》さまを誘出《さそひだし》に来《き》やしたから油断《ゆだん》をしねへが宜《よ》うがすとチヨツと知《し》らせれば夫《それ》で宜《え》えだ、爾《さ》うすれば直《すぐ》にお嬢《ぢよう》さまを他家《わき》へ預《あづ》けるとか　左《さ》もなければお内儀《かみ》さんが気《き》イ附《つけ》て奉公人《ほうこうにん》も皆起《みんなおき》て居《を》らば　何《ど》うしたつて嬢《ぢよう》さまが逃出《にげだ》す気遣《きづけへ》はねへだ、逃《にげ》なけりやア殺《ころ》される事もねへだ、夫《それ》を知《し》つて居《ゐ》ながら黙《だま》つてゝ　嬢《ぢよう》さまが逃出《にげだ》してから殺《ころ》されゝば汝《われ》が殺《ころ》したも同《おな》じ事《こつ》だぞ　まだ愚図《ぐづ》〳〵何《なに》か云《い》やアがると汝《われ》を打《ぶ》つ殺《ころ》して俺《おれ》も死《し》んぢまうだ

主婦「コレ〳〵清助《せいすけ》静《しづか》にしないか、番頭《ばんたう》さんに向《むか》つて其様《そん》な事《こと》を云《い》つては済《す》まないぢやないか――鳶頭《かしら》お前《まへ》も嘸《さぞ》腹《はら》が立《たつ》たらふが何卒《どうぞ》忍耐《がまん》をしてお呉《く》れ　悉皆《みんな》吾儕《わたし》が呑込《のみこ》んで居《ゐ》るから、吾儕《わたし》は決《けつ》して粂之助《くめのすけ》の仕業《しわざ》とは思《おも》はないけれども　大方《おほかた》粂之《くめの》助《すけ》も此事《このこと》を知《し》らずに谷中《やなか》に居《ゐ》るに相違《さうい》ない、お前《まへ》が行《い》つてコウ〳〵と知《し》らせたら　粂之《くめの》助《すけ》も定《さだ》めて驚愕《びつくり》

するだらふと思《おも》ふから　お願《ねがひ》だがお前《まへ》チヨイト此事《このこと》を粂之助へ知《し》らせてお呉《くれ》でないか

鳶「エ往《ゆ》きますとも　半分取《はんぶんとつ》たらふなんテ頓《とん》でもねへ濡衣《ぎぬ》を着《き》せられたんですもの直《すぐ》に行《い》つて来《き》ます　少《すこ》し提灯《てうちん》をお貸《かし》なすツて

スーツと腹立紛《はらたちまぎれ》に飛出《とびだ》して谷中《やなか》の長安寺《ちようあんじ》へやつて来《き》ました

鳶「エヽ御免《ごめん》なせへ、御免《ごめん》なせへ

粂「ハイ——オヤ〳〵鳶頭《かしら》

鳶「ヤ、粂《くめ》どん——まア宜《よ》かつた、ハー——お前《めへ》に怪《あや》しい事《こと》があれば何所《どつ》かへ逃《にげ》ちまうんだが　チヤンと兹《こゝ》に居《ゐ》て呉《くれ》たんでまア宜《よ》かつた、アヽ有難《ありがて》エ

粂「アノ兄《あに》さん、何《なん》だか鳥越《とりこへ》の鳶頭《かしら》がお入来《いで》なさいましたよ

玄「イヤー鳶頭《かしら》、まア何卒此方《どうぞこつちや》へ——誠《まことど》に何うも御《ご》不沙《ぶさ》汰《た》をして済《す》まぬ、チヨツと御礼《おれい》かた〴〵お尋《たづ》ね申《もう》さんならぬのぢやが　何分《なにぶん》にも寺用《じよう》に取紛れて存《ぞん》じながら大《おほ》きに御《ご》不沙汰《ぶさた》を——

鳶「爾《さ》う長《なが》ツたらしく云《い》つてられちやア困《こま》る、大騒動《おうさうどう》が出来《でき》たんだ、まア御挨拶《ごあいさつ》は後《あと》にしてお呉《く》んなせへ、オヽ粂《くめ》どん　お嬢《ちよう》さまが昨夜家出《ゆうべいへで》をした事《こと》を知《し》つてるかイ

粂「イヽエ——

鳶「イヽエつて震《ふる》へたぜ、エオイお嬢《ちやう》さまが殺《ころ》されちまつたんだよ

粂「エツお嬢《ちよう》さまが——

鳶「死骸《しがい》が弁天《べんてん》の池《いけ》から今朝《けさ》上《あが》つて御検視《ごけんし》を願《ねが》ふの何《なん》のツて大騒《おほさわ》ぎをしたンだ

粂「ヘエー——ぢやア千駄木《せんだぎ》の植木職《うゑきや》の九兵衛《へゑ》さんと云《い》ふのは何《なん》です、全躰《ぜんたい》まア何《どう》いふ理由《わけ》なんです

第二席(七)

鳶「何《どう》いふ理由《わけ》の何《なん》のつて大変《たいへん》な騒《さはぎ》なんで　まア和尚《をしやう》さんお聴《きゝ》になつて下《くだ》せへまし、お嬢《ちよう》さまは粂《くめ》どんに逢《あい》てへ一心《しん》から莫大《ばくでへ》の金子《かね》を以《もつ》て家出《いへで》をしたから　大方盗坊《おほかたどろぼう》に蹋《つけ》られて途中《とちう》で遣《や》るの遣《や》らねへノと云《い》つたもんだから殺《ころ》されたに違《ちげ》エねへンで　夫《それ》を店《たな》の番頭野郎《ばんとうやろう》が斯《か》う吐《ぬかす》んだ、何《なん》でも

粂《くめ》どんがお嬢《ぢやう》さまを誘出《さそひだ》して途中《とちう》で殺《ころ》して金子《かね》を取《とつ》たに違《ちげ》へねへ　鳶頭《かしら》も粂《くめ》どんと共謀《ぐる》になつて其金《そのかね》を廿五両位取《とつ》たらふ、斯《か》う吐《ぬか》すんだ、吾儕《わつし》は腹《はら》が立《たつ》て堪《たま》らねへから余程《よつぽど》撲付《なぐりつけ》てやらふかとは思《おも》つたけれども　お前《まい》さん何《ど》うもネお内儀《かみ》さんが御愁傷《ごしうしやう》の中《なか》だから其様《そん》な乱暴狼籍《らんばうろうぜき》の挙動《まね》をしちやア済《す》まねへと思《おも》つて耐《こら》へて居《ゐ》たが　粂《くめ》どんが何《なん》にも知《し》らずに斯《か》うやつて居《ゐ》るから本当《ほんと》に宜《よ》かつた、何卒直《どうぞすぐ》に行《い》つてお呉《く》んなせへ

玄「イヤ夫《それ》は重々《ぢう〴〵》御道理《ごもつとも》な訳《わけ》ぢや、此方《こちら》にも不行跡《ふしだら》がある事《こつ》ちやから爾《さ》う云ふ御疑念《ごぎねん》が懸《かゝ》つても詮方《しかた》がない、詮方《しかた》がないが爾《さ》う云《い》ふ場合《ばあい》になると粂之助《くめのすけ》は頓《とん》と口《くち》の利《き》けぬ奴《やつ》ぢやで　貧道《わし》も一緒《しよ》に参《まい》りませふ

鳶「夫《それ》ア有難《ありがて》エ、成《なる》たけ大勢《おほぜい》の方《はう》が宜《よ》うがす、ぢやア直《すぐ》に行《い》つてお呉《く》んなせへ

是《これ》から提灯《てうちん》を点《つ》けて寺《てら》を出《で》かけ　三人揃《にんそろ》つて甲州屋《かうしうや》の裏口《ぐち》から這入《はいつ》て来《き》ました

主婦「サア何卒此方《どうぞこちら》へ〳〵

鳶「エ、お内儀《かみ》さん、谷中《やなか》の長安寺《ちやうあんじ》の和尚様《おしやうさま》も入《い》らつしやいましたよ

主婦「オヤ〳〵夫《それ》は何《ど》うも——サまア何卒此方《どうぞこちら》へ——

玄「ハイ、御免《ごめん》を——唯今鳶頭《たゞいまかしら》から不慮《ふりよ》の事《こと》を承《うけたま》はりまして何《なに》とも御愁傷《ごしうしやう》の段察《だんさつ》し入《いり》ます

鳶「まア其様《そん》な長《なが》ツたらしい吊詞《くやみ》は後《あと》にしてお呉《く》んなせへ、サ粂《くめ》どん此方《こつち》へ這入《はい》んなよ

粂「ヘイ——エ、お内儀《かみ》さん　お嬢さまが頓《とん》だ事《こと》にお成《なり》あそばしまして嘸御愁傷《さぞごしうしやう》でございませふ

是迄《これまで》は涙《なみだ》一滴《てきこぼ》さぬで居《ゐ》たが今《いま》しも粂之助《くめのすけ》の顔《かほ》を見《み》ると耐《こら》へかねて　袖《そで》を顔《かほ》へ推宛《おしあて》てワツとばかりに夫《それ》へ泣倒《なきたほ》れました

主婦「粂《くめ》や、何《ど》うも頓《とん》だ事《こと》になりましたよ、吾儕《わたし》はネ呉《くれ》々《ぐ》も爾《さ》う云《い》つて居《ゐ》たのだよ、決《けつ》して出《で》ちやアならない早晩吾儕《いまにわたし》が宜《よ》いやふにするからお前心配《まへしんぱい》おしでないよと云《い》つて置《を》くのに　親《をや》の言葉《ことば》に背《そむ》いて家出《いへで》をしたものだから　倏忽親《たちまちをや》の罰《ばち》が中《あた》つてア、いふ訳《わけ》になつたンだから　吾儕《わたし》はもう皆是迄《みんなこれまで》の約束事《やくそくごと》と諦《あきら》めて居《ゐ》たが　お前《まへ》の顔《かほ》を見《み》たら如何《どう》にも忍耐《がまん》が出来《でき》なくなつて声《こへ》を出《だ》しましたが　元々《もと〳〵》お

前《まい》の為《ため》に家出《いへで》をして此様《こん》な死様《しにやう》をしたのだから　お前何卒《まへどうぞ》お線香《せんこう》の一本《ぽん》も上《あ》げて回向《ゑこう》をしてやつておくれ

粂「ヘイ、何《なん》とも申《もう》さふやふはございませぬ　誠《まこと》に何《ど》うも重々《ぢうぐ》私《わたくし》が悪《わる》いのでございます

主婦「イヽエお前ばかりが悪《わり》い訳《わけ》ぢやアないよ

鳶「オヽ番頭《ばんつ》さんチヨイと茲《こゝ》へ来《き》ねイ

番「アイ、何《なん》ぢや

鳶「オヽ粂《くめ》どんはチヤンと茲《こゝ》に居《ゐ》るよ、エオヽ人《ひと》を殺《ころ》して金《かね》を取《とつ》たやふな訳《わけ》なら　プイと何所《どつ》かへ逃《にげ》ちまはア、俺《をれ》が寺《てら》へ報知《しらせ》に行《ゆ》くまでアツケラケンと居《ゐ》られるか、サ何《ど》うだ、是《これ》でもまだ手前《てめへ》は俺《をれ》を疑《うたぐ》つてやアがるか

番「まア貴郎《あんた》は粂之助《くめのすけ》を贔負《ひいき》にして居《を》るで爾《さ》ふ思《おも》ひなはるのぢや、コレ粂之助《くめのすけ》チヨツと此所《これ》へ来《こ》い、汝《おのれ》はまだ年歯《とし》は十九で虫《むし》も殺《ころ》さぬやうな容貌《かほつき》をして居《を》るが太《ふと》い奴《やつ》ぢや、躰克《ていよ》くお嬢《ぢやう》さまを誘出《さそいだ》して　不忍弁天《しのばずべんてん》の池《いけ》の縁《ふち》の淋《さみし》い処《ところ》でお嬢《ぢやう》さまを殺《ころ》して金《かね》を取《とつ》て　死骸《しがい》を池《いけ》の中《なか》へ投《はう》り込《こ》んだに違《ちが》ひあるまい、サ何《ど》うだ、真直《まつすぐ》に云《い》ふて了《しま》へ

斯《か》う云《い》はれると元人《もとひと》が善《よ》いから余《あんま》り腹《はら》が立《たつ》て口《くち》が利《きか》れない、息成立《いきなりた》つて番頭《ばんたう》の胸倉《むなぐら》へ武者振附《むしやぶりつ》かうとする途端《とたん》にポンと堕《おち》たのは九兵衛が置忘《をきわす》れて帰《かへ》つた女夫巾着《みやうときんちやく》、番頭《ばんたう》は早《はや》くも之《これ》を拾取《ひろひと》つて高《たか》く差上《さしあ》げ

番「コ、此品《これ》ぢや、お内儀《いへ》はん是《これ》はお嬢《ぢやう》さんが不断持《ふだんもつ》て居《ゐ》やはりました巾着《きんちやく》でがせふ

云《い》ひながら振《ふ》ると中《なか》からドサリと堕《おち》た塊《かたまり》は　五十両《りやう》ではなくて八十両《りやう》

第三席(一)

エヽ引続《ひきつゞ》いてお聴《きゝ》に入《い》れまする闇夜《やみよ》の梅《うめ》、お梅粂之助《うめくめのすけ》は互《たがい》に若《わか》い身空《みそら》で心得違《こゝろえちがひ》をいたしたるより其身《そのみ》の大難《だいなん》を醸《かも》しました

さて彼《か》の梅《うめ》*には四徳《とく》を具《ぐ》すといふが爾《さ》うかも知《し》れませぬ、若木《わかぎ》を好《この》まんで老木《おひき》の方《はう》を好《この》む、又梅《またうめ》の成熟《せいじゆく》するを「貞《てい》たり」とか申《まをし》て　婦女《おなご》の節操《みさほ》あるを貞女《ていじよ》といふも同意味《おなじいみ》で春《はる》は花咲《はなさ》き夏《なつ》は実《み》を結《むす》び秋《あき》は木《こ》の葉《は》が落《おち》て枯木《かれき》のやふになつたかと思《おも》ふと又自《またし》然《ぜん》に芽《め》が出《で》て来《く》るは洵《まこと》に妙《みやう》なものでございまして　人《ひと》も天然自《てんねんし》然《ぜん》に此物《このもの》を看《み》る、アヽ好《よ》い景色《けしき》だ

とか綺麗《きれい》な色《いろ》だとか——五色《ごしき》ばかりではなく木《き》の葉《は》の黄《き》ばんだのも面白《おもしろ》く又染《またしみ》だらけになつたのも面白《おもしろ》い、是《これ》は唯其《たゞその》人《ひと》の好《このみ》に依《よ》つて色々《いろ〳〵》になるのでございます

*心《こゝろ》こそ割《わり》なきものと思《おも》ひぬる

見《み》る物《もの》からや恋《こひ》しかるべき

で見《み》る物《もの》も聞《き》く物《もの》も恋《こひ》しく　心《こゝろ》と云《い》ふものは別《べつ》に形貌《かたち》は無《な》いが善《ぜん》を見《み》れば善《ぜん》に感《かん》じ悪《あく》に出逢《であ》へば悪《あく》に染《そ》まる、然《さ》れば己《おのれ》の好《この》む所《ところ》の境界《けうがい》が悪《わる》いと其身《そのみ》を果《はた》すやふな事《こと》もあるのでございます

粂之助《くめのすけ》は奉公中主人《ほうこうちうしゆじん》の娘《むすめ》お梅《うめ》に想《おも》はれたのが因果《いんぐわ》の始《はじまり》でございまして　自分《じぶん》も済《す》まない事《こと》と感念《かんねん》をいたしたから兄《あに》玄道《げんだふ》の側《そば》へ参《まい》り小《ちい》さくなつて謹直《おとなし》く時節到来《じせつたうらい》を待《まつ》て居《ゐ》ました所《ところ》へ　千駄木《せんだぎ》の植木職《うへきや》九兵衛と云《い》ふものが参《まい》り

九「昨晩《さくばん》お嬢《じよう》さんがお入出《いで》に成りましたから　私が何所《どこ》へでもお逃《に》がし申《もう》すやふにするゆへ金子《かね》の才覚《さいかく》をして来《こ》い」

と云《い》ふので　故意《わざ》とお梅《うめ》の巾着《きんちやく》の中《なか》に三両許《ばかり》入《い》れた儘《まゝ》置《お》いて帰《かへ》つた　是《これ》が九兵衛の計画《たくみ》のある処《ところ》でございます

此方《こちら》はまだ年歯《とし》が若《わか》いから何《なん》の気《き》も附《つ》かず是《これ》は全《まつた》くお梅《うめ》から届《とゞ》けたものと心得《こゝろえ》て　前後《あとさき》の思慮《しりよ》も浅《あさ》く其巾着《そのきんちやく》の裡《うち》へ本堂再建《ほんだうさいこん》の普請金《ふしんきん》八十両といふものを窃出《ぬすみだ》して押込《おしこ》み　之《これ》を懐《ふところ》へ入《い》れて置《をい》たのが立上《たちあ》がる機会《はづみ》にドサリと堕《おち》たから番頭《ばんたう》は爰《こゝ》ぞと思《おも》つて右の巾着《きんちやく》を主婦《あるじ》の前《まい》へ突付《つきつ》けたり鳶頭《かしら》にも見せたりして居丈高《ゐたけだか》になり

番「サ粂之助《くめのすけ》、此巾着《このきんちやく》が出《で》る上《うへ》は貴様《きさま》がお嬢《ぢよう》さんを殺《ころ》したに相違《さうい》あるまい

と攻付《せめつけ》たから座中《ざちう》の人々《ひと〴〵》互《たがい》に顔《かほ》と顔《かほ》を見合《みあは》せ　鳶頭《かしら》も甲《こう》州屋《しうや》の家内《かない》も実《じつ》に駭《おどろ》いて

主婦「豈夫《よもや》粂之助《くめのすけ》がお梅《うめ》を殺《ころ》して五十両といふ金子《きんす》を取《とり》はすまい

とは思《おも》ふが金子《かね》が出《で》た、見《み》ると五十両ではなくして八十両の包金《つゝみかね》、表書《うへ》には「本堂再建普請金世話人万屋源兵衛《ほんだうさいこんふしんきんせわにんよろづやげんべえ》預《あつか》る」と書《か》いてあつたから　誰《たれ》より驚《おどろ》いたのは玄道和尚《げんだふおしやう》でブル〳〵震《ふる》へながら

玄「マ是《こ》れ粂之助《くめのすけ》、マ此金子《このかね》は如何《どう》した

粂「ハイハイ申訳《まをしわけ》がございませぬ

玄「是《これ》はまア——番頭《ばんとう》さん、鳶頭《かしら》、又御《またご》当家《たうけ》の御家内様《ごかないさま》まで粂之助《くめのすけ》がお嬢《じやう》さまを殺《ころ》して金子《きんす》を取《と》つたらうと云《い》ふ御疑《ごぎ》念《ねん》をお掛《かけ》なさるは御道理《ごもつとも》の次第《しだい》でござる、なれども此儀《このぎ》に就《つ》いては貧道《てまい》より少々《せう〳〵》粂之助《くめのすけ》へ申聞《まをしき》けたい事《こと》がござれど少《すこ》しく他聞《たぶん》を憚《はゞか》りまするゆへ何所《どこ》か離《はな》れたお居間《ゐま》はござりますまいか、余《あま》り人様《ひとさま》のお出《いで》のない所《ところ》を拝借《はいしやく》いたしたいもので

主婦「ハイ〳〵、アノ鳶頭《かしら》、奥《をく》の六畳《じやう》へ連《つれ》て行《い》つたら宜《よ》からう、離《はな》れてゝ彼所《あすこ》が一番静《ばんしづか》でもあり人《ひと》が行《ゆ》かないから

鳶「宜《い》いかネ、大丈夫《だいじやうぶ》かへ和尚《をしやう》さん

玄「イエ、決《けつ》して逃《に》がしはいたしませぬから御安心《ごあんしん》なすつて——サア来《こ》い

と粂之助《くめのすけ》の手《て》を執《とつ》て引立《ひきたて》る、粂之助《くめのすけ》は和尚《をしやう》の従者《とも》で来《き》たのだから今日《けふ》は*耳《みゝ》こぢりを差《さ》して居《ゐ》る、兄玄道《あにげんだふ》に引立《ひつたて》られ拠《よんどころ》なく奥《をく》の離座敷《はなれざしき》へ来《く》ると　息成肩《いきなりかた》を突《つか》れたからバツタリ畳《たゝみ》の処《とこ》へ伏《ふ》しました

第三席（二）

玄道和尚《げんだふおしやう》は開直《ひらきなほ》つて

玄「コレ粂《くめ》、手前《てまい》はまア呆《あき》れ反《かへ》つた奴《やつ》ぢや、コレ手前《てまい》はナ　御両親《ごれうしん》が相果《あいはて》てからといふものは吾儕《わし》の手許《てもと》に置《を》いて丹誠《たんせい》をしてやつたのぢやないか——婦女子《おなご》の手《て》もない寺院《てら》へ引取《ひきと》り十一の歳《とし》から吾儕《わし》が丹誠《たんせい》をして　読書《よみかき》から行儀作法《ぎやうぎさはふ》に至《いた》るまで一ト通《とほり》は仕込《しこ》んでやつたが　何《なに》を言《い》ふにも借財《しやくざい》だらけの寺院《てら》へ住職《じうしよく》をしたのが誤《あやまり》で　ナカ〳〵爾《さ》う何日《いつ》までも手前一人《てまいひとり》に貢《みつ》いでやる訳《わけ》にも往《い》かぬから不自由《ふじいう》を耐《こら》へて御当家《ごたうけ》へ願《ねが》ひ住込《すみこま》せると　長《なが》の歳月御《としつきご》丹誠《たんせい》を戴《いたゞ》いた御主人《ごしゆじん》様《さま》の大恩《だいをん》を忘《わす》れ　奉公人《ほうこうにん》の身《み》の上《うへ》でありながら御主人《ごしゆじん》様《さま》の令嬢《れいじやう》と不義《ふぎ》いたづらをするとは何《なん》と云《い》ふ心得違《こゝろえたが》ひの事《こつ》ちや、ソレで手前《てまい》は武士《ぶし》の胤《たね》と云《い》はれるか、吾儕《わし》も手前《てまい》も*土井大炊頭《どゐおほいのかみ》の家来《けらい》*早川三左衛門《はやかはさんざえもん》の胤《たね》ぢやないかい、吾儕《わし》は小児《こども》の時分《じぶん》は清之進《せいのしん》と云《い》ふたが何《ど》の人相見《にんさうみ》に観《み》せても剣難《けんなん》の相《さう》があると云《い》ふたに依《よつ》て　九才《さい》の折《をり》に出家《しゆつけ》を遂《と》げ谷中南泉寺《やなかなんせんじ》の弟子《でし》になつて玄道《げんだう》、剃髪《ていはつ》をしてからモウ長《なが》い間《あいだ》の事《こつ》ぢや、其後《そのご》嘉永《かえい》の始《はじめ》に各藩《かくはん》にて種々《さま〴〵》の議論《ぎろん》が起《おこ》り得《え》来《ら》うやかましい世《よ》の中《なか》になつた、其折父《そのをりちゝ》早川三左衛門殿《どの》には*正義《せいぎ》

を主張《しゆちやう》して　夫《それ》は往《い》かぬ爾《さ》う云《い》ふ道理《だうり》はないと云《い》ふて殿《との》へ御諫言《ごかんげん》を申上《もうしあ》げたる処《ところ》　重役《ぢうやく》の為《ため》に憎《にく》まれて遂《つい》には追放《つゐはう》仰付《あうせつ》けられた、阿父様《おとゝさま》には夫《それ》を口惜《くやし》う思召《おぼしめ》してか邸《やしき》を出《で》てから切腹《せつぷく》をして相果《あいはて》られた、続《つゞ》いて母様《はゝさま》もお隠《かく》れになる時《とき》の御遺言《ごゆいごん》に　お前《まへ》の弟《おとゝ》条《くめの》之助《すけ》はまだ頑是《ぐわんぜ》もない小児外《しやうにほか》に頼《た》寄《よ》る者《もの》もないに依《よつ》て切望《どうか》お前《まへ》丹誠《たんせい》をして成人《せいじん》させて呉《くれ》との御依頼《おたのみ》、ソコで吾儕《わし》が寺院《てら》へ引取《ひきとつ》て十一から三ケ年《ねん》も貴様《きさま》の面倒《めんだふ》を見《み》てやつたが　今《いま》も云《い》ふ通《とほ》り何分不如意《なにぶんふによい》ぢやに依《よつ》て御当家《ごたうけ》へ願《ねが》ふたのも　爾《さ》う云ふ柔弱《にうじやく》な身躰《からだ》ぢやから商人《あきんど》に仕《し》やふと思《おも》ふた吾儕《わし》の心尽《こゝろづくし》も水《みづ》の泡《あは》となり　夫《それ》のみならず誠《まこと》に愧入《はぢい》つたのは此《この》八十両の金子《かね》ぢや、知《し》つての通《とほり》の貧《びん》乏寺《ばうでら》ぢやが幸《さいは》ひにも檀家《だんけ》の者《もの》にも用《もち》ゐられ　本堂《ほんだう》が大破《たいは》に及《およ》んだ再建《さいこん》をせにやなるまい吾儕《わし》が世話人《せわにん》になつてやる奮《ふん》発《ぱつ》せいと万屋《よろづや》も心配《しんぱい》をして呉《くれ》て　コレ見《み》ろ　まア是丈《これだけ》の金《か》子《ね》を集《あつめ》て是《これ》を資本《もとで》に追々《おひ〳〵》と再建《さいこん》に取掛《とりかゝ》る心算《つもり》で　ワザ〳〵源兵衛《げんべえ》さんが一昨日《おとつひ》持《もつ》て来《き》たに依《よつ》て直《すぐ》手前《てまい》に仕舞《しまつ》て置《を》けと云《い》ふて渡《わた》した其金子《そのかね》を手前《てまい》が窃出《ぬすみだ》して此所《これ》へ持《もつ》て来《く》るとは何《ど》ういふ了見《れうけん》ぢや、此金《これ》がなければ片時《かたとき》も俺《をれ》はアノ寺《てら》に居《ゐ》られぬと云《い》ふ事《こと》も手前《てまい》能《よ》う知《し》つて居《を》るぢやないか、憎《にく》い奴《やつ》ぢや、同早川《おなじはやかは》の家《いへ》に生《うま》れても吾儕《わし》は総領《そうれう》の身《み》の上《うへ》でありながら出家《しゆつけ》となり　又手前《てまい》の兄《あに》三次郎と云《い》ふ者《もの》は何《ど》ういふ因《いん》縁《ねん》か十一二才《さい》の頃《ころ》からして盗心《たうしん》があつて　鳥渡重役《ちよつとぢうやく》の家《うち》へ遊《あそ》びに行《い》つても銀《ぎん》の煙管《きせる》ぢやとか紙入《かみいれ》ぢやとか風呂敷《ふろしき》とか手拭《てぬぐひ》とか云《い》ふものを窃《ぬす》んで袂《たもと》へ入《い》れて来《く》るぢや、ソコで阿《お》父様《とうさま》も呆《あき》れて了《しま》ひ　此奴《こいつ》が跡目相続《あとめさうぞく》をすべき奴《やつ》ぢやけれども仕方《しかた》がないと云《い》ふて　十九の時《とき》に勘当《かんだう》をされた、丁度《ちやうど》三人の同胞《けうだい》でありながら吾儕《わし》は出家《しゆつけ》になり弟《おとゝ》は泥坊根性《どろばうこんじやう》がありり　手前《てまい》は又主家《しゆか》の娘《むすめ》と不義《ふぎ》をして暇《いとま》を出《だ》されるのみならず　兄《あに》の身《み》に取《とつ》ては大切《たいせつ》の金子《かね》まで取《と》ると云《い》ふ奴《やつ》ぢやから如何《どう》人さんから云《い》はれても一言《ごん》の申訳《まをしわけ》はあるまい、憎《にく》い奴《やつ》ぢや、兄《あに》の自滅《じめつ》をすると云《い》ふ事《こと》を悉《くわ》しく知《し》つて居《ゐ》ながら斯《かう》いふ不都合《ふつごふ》をするとは云《い》はうやふない人非人《にんぴにん》め

と腹立紛《はらたちまぎれ》に条之助《くめのすけ》の領髪《ゑりがみ》を把《とつ》て引倒《ひきたほ》して実《じつ》の弟《おとゝ》を想《おも》ふばかりの強異見《こはいけん》、涙道《るいだふ》に泪《なみだ》を浮《うか》べ身《み》を震《ふる》はせながら条之助《くめのすけ》を畳《たゝみ》へこすり附《つけ》る、条之助《くめのすけ》は身《み》の分疏《いひわけ》が立《たち》ませぬから

条「申訳《もをしわけ》をいたします――モヽ申訳《まをしわけ》を――何卒《どうぞ》お放《はな》しな

すつて下《くだ》さいまし
玄「サ、何《ど》う分疏《いひわけ》をする
粂「ヘイ、申訳《まをしわけ》は此通《このとほり》でござります
と自分《じぶん》の差《さ》して来《き》た小短《こみぢか》い脇差《わきざし》を脱て抜《ぬく》より早《はや》く喉《のど》へ突《つき》立《たて》に係《かゝ》つた

第三席(三)

玄道《げんだう》は胆《きも》を潰《つぶ》して其手《そのて》を抑《おさ》へ
玄「コ、コレ待《ま》てツ
粂「イヽエお留下《とめくだ》さるな、申訳《まをしわけ》がありませぬから私《わたくし》は自《じ》害《がい》をいたして申訳《まうしわけ》をいたします
玄「自害《じがい》をしたツて夫《それ》で済《す》むと思《おも》ふか
頻《しきり》に諍《あらそ》ふて居《お》る処《ところ》へガラリト椽側《えんがは》の障子《しやうじ》を開《あ》けて這入《はいつ》て来《き》た男《をとこ》を見《み》ると　紋羽《もんば》の綿頭巾《わたづきん》を*鼻被《はなつかむり》にして結城《ゆうき》の藍微塵《あゐみぢん》に単衣《ひとへもの》を重《かさ》ねて着《き》まして目倉縞《めくらじま》の腹掛《はらかけ》と云《い》ふ扮装《こしらへ》、小意気《こゐき》な装《なり》でズツと這入《はいつ》て
男「マヽお待《まち》なせへ、オヽ詰《つま》らねへ事《こと》をするなイ、手前《てめへ》は死《し》なねへでも宜《い》いや
粂「ヘエー
と顔《かほ》を見《み》ると今日《けう》朝《あさ》の裡《うち》に来《き》た、千駄木《せんだぎ》の植木職《うへきや》の九兵衛だから愕然《びつくり》して
粂「オヤ、貴郎《あなた》は千駄木《せんだぎ》の植木職《うへきや》さんで——
九「ウム、植木職《うへきや》の九兵衛《へゑ》だ、お前《めへ》はまア死《し》なねへでも宜《い》い——エ、和尚《をしやう》さん小哥《わつち》は千駄木《せんだぎ》の植木職《うへきや》の九兵衛と云《い》つて　此粂之助《このくめのすけ》を欺騙《だまかし》に行《い》つた悪党《あくたう》でごぜへます
玄「何《なん》ぢや——悪党《あくたう》とは
九「ヘイ、誠《まこと》に面目次第《めんぼくしでへ》もござへませぬ、お前《めへ》さんの為《ため》には現在《げんざい》の弟《おとゝ》でありながら　十九の時《とき》に邸《やしき》を出《で》て了《しま》ひやした、夫《それ》ゆへ粂《くめ》の顔《かほ》を知《し》らねへもんだから欺騙《だまかし》に行《い》つたんです、兄《あに》さん大層《たいそう》まア年歯《とし》が寄《よ》つてお顔《かほ》を見忘《みわす》れちまひましたよ
玄「ヱ、誰《たれ》ぢや
九「ヱヘヽ、お前《まへ》さんの弟《おとゝ》の三次郎です
玄「ア、此奴《こいつ》——ウムー成程《なるほど》、爾《さ》う云へば何所《どつ》か見覚《みおぼへ》がある、手前《てまい》は何《ど》うして此所《こゝ》へ出《で》て来《き》た
三「ヘイ、実《じつ》アね　此家《こゝ》の娘《むすめ》たア知《し》らねへで小哥《わつち》が上野《うへの》

の広小路《ひろこうぢ》の夜明店《よあかしみせ》で一盃《ぺい》やつてる処《ところ》へ　立派《りつぱ》な身装《なり》をした娘《むすめ》が庭下駄《にはげた》を穿《は》いたなりでやつて来《き》て道《みち》を聴《き》いてるんです、谷中《やなか》の長安寺《てうあんじ》へは何《ど》う行《ゆ》きますツて、小哥《わつち》もね　お前《めへ》さんが其長安寺《そのてうあんじ》の和尚《をしやう》さんとも知《し》らず粂之助《くめのすけ》が小哥《わつち》の弟《おとゝ》と云《い》ふことも知《し》らねへもんだから　旨《うま》い金蔓《かねづる》に有附《ありつい》たと実《じつ》ア其《その》娘《むすめ》を欺騙《だまか》して引張出《ひつぱりだ》し　*穴《あな》の稲荷《いなり》の脇《わき》で娘《むすめ》を殺《ころ》し巾着《きんちやく》ぐるみ有金《ありがね》を引浚《ひつさら》ひ　死骸《しがい》は弁天《べんてん》の池《いけ》ン中《なか》へ投込《はふりこ》んだのは小哥《わつち》の仕業《しわざ》だ、夫《それ》ばかりでなく娘《むすめ》を殺《ころ》す前《めへ》に段々容子《だんだんやうす》を聞《き》くと宅《うち》に奉公《ほうこう》をして居《ゐ》た粂之助《くめのすけ》と云《い》ふ者《もの》は暇《いとま》が出《で》て　当時《たうじ》では*谷中仲門前《やなかなかもんぜん》の長安寺《てうあんじ》と云《い》ふ寺院《てら》に居《ゐ》るんだと聴《き》いたからモウ一ト仕事仕《しごとし》やうと思《おも》つて粂《くめ》の許《とこ》へ出《で》かけ　旨《うま》く欺騙《だまか》して金子《かね》を持《もつ》て逃《に》げてお出《いで》なさいと云《い》つたのは小哥《わつち》の入智恵《いれぢゑ》、本堂再建《ほんだうさいこん》の普請金《ふしんきん》八十両を盗《ぬす》ませたのも皆此《みなこの》三次郎の作略《さくりやく》でごぜへます

玄「フムー、此奴《こいつ》――得来奴《えらいやつ》ぢやな

三「デネ、まア爾《さ》う云《い》ふ理由《わけ》なんだから　鳶頭《かしら》と番頭《ばんたう》や何《なに》か残《のこ》らず此所《こゝ》へ喚《よ》んでおくんなせへ

玄「粂《くめ》、早《はや》う喚《よ》んで来《こ》い

粂「誰方《どなた》か早《はや》く来《き》て下《くだ》さいましよ

と怒鳴《どなつ》たから　何事《なにごと》かと思《おも》つて鳶頭《かしら》も番頭《ばんたう》も皆揃《みなそろ》つて来《き》ました、ズラリと大勢並《おほぜいなら》んで置《おい》て右《みぎ》の一伍一什《いちぶしじゆう》を三次郎が話《はな》した時《とき》には　鳶頭《かしら》も番頭《ばんたう》も驚《おどろ》いて暫《しばら》くは口《くち》も利《き》けぬ位《くらゐ》でありました

三「サ、何卒吾儕《どうぞわつし》に縄《なは》をかけて引《ひ》く処《とこ》へ引《ひ》いてお呉《く》んなせへ、決《けつ》して粂之助《くめのすけ》の科《とが》ぢやアねへ、吾儕《わつし》が人殺《ひとごろし》をしたんですから――其代《そのかは》り何《ど》うか阿兄《あに》さん　粂《くめ》を可愛《かあい》がつてやつてお呉《く》んなさい、又粂《またくめ》も宜《よ》いか、モウ四十を越《こ》してる阿兄《あに》さんだ、能大事《よくだいじ》にして上《あ》げてくれ、よ、お前幾才《まいゝくつ》になる、ナニ廿歳《はたち》だ、ウム爾《さ》うか――イヤ鳶頭誠《かしらまこと》に何《なん》とも云《いひ》やふがごぜへませぬ、お前《めへ》さんは粂《くめ》を贔負《ひいき》にしてお呉《く》んなすつて、ヤレコレ言《い》つて下《くだ》すツたのは小哥《わつち》からも厚《あつ》く御礼《おれい》を申ます、実《じつ》ア今日《けふ》此家《こゝ》へ忍《しの》び込《こ》んで間《ま》が好《よ》かつたら此《この》ドサクサ紛《まぎれ》にモウ一《ひ》ト仕事《しごと》する心算《つもり》で来《き》る処《ところ》が　マ斯《かう》いふ訳《わけ》になりましたから何卒小哥《どうぞわつち》へ縄《なは》を掛《かけ》て突出《つきだ》してお呉《くん》なせへ――ヤイ番《ばん》頭《たう》、サ俺《おれ》を搏《しば》れ

番「ナニ此奴《こいつ》――汝《おのれ》が泥坊《どろぼう》か、此《この》お庭《には》へ何所《どつ》から這入《はいつ》た

三「何所《どつ》からだツて這入《へい》るが、サ縛《しば》れ、其代《そのかは》り俺《をれ》が喰《くら》ひ込《こ》めばモウ娑婆《しやば》ア見《み》る事は出来《でき》ねへから此番頭《このばんたう》　手前《てめへ》も一緒《しよ》に抱《だ》いて行《ゆ》くから爾《さ》う想《おも》へ

番「夫《それ》ア得来事《えらいこつ》ちやな

是《こ》れから棄置《すてを》けませぬが　甲州屋《かうしゆうや》の家内《かない》は当家《うち》から縄付《なわつき》を出《だ》すのも厭《いや》だと心配《しんぱい》をして果《はて》しがない、ソコで三次郎が到頭自訴《たうくじそ》いたして何《ど》うしても斬首《ざんしゆ》の刑《けい》に行《おこな》はるべきであつたのが　何《ど》ういふ事《こと》か三宅*へ遠嶋《えんたう》を仰付《あふせつ》けられましたが大層改悛《たいそうかいしゆん》の効《かう》が顕《あら》はれ後御赦《のちおしや》になつて　此三次郎は兄玄道《あにげんだふ》の徒弟《とてい》となり修行《しゆげう》の功《かう》を積《つ》んで長安寺《てうあんじ》の後住《ごじう》を務《つと》めました

此者《このもの》は穴釣《あなつり》三次と云《い》つて其頃下谷《ころしたや》では名高《なだか》い泥坊《どろばう》でござりました　又条之助《またくめのすけ》は遂《つひ》に甲州屋《かうしゆうや》へ貰《もら》はれまして甲州屋《かうしゆうや》の跡目《あとめ》を相続《さうぞく》いたし　其後浅草《そのゝちあさくさ》*の仲町《なかまち》の富田屋《とみたや》と云《い》ふ古着商《ふるぎや》から娘《よめ》を貰《もら》ひましたが　此嫁《このよめ》も誠《まこと》に心懸《こゝろかけ》の良《よ》い婦人《ふじん》でござりまして　母《はゝ》に孝行《かうく》を尽《つく》したといふ末《すへ》御目出度御話《おはな》しでござります、先《ま》づ闇夜《やみよ》の梅《むめ》のお話《はなし》は是《これ》だけにして置《をき》まする

（完）

奴《やつこ》勝《かつ》山《やま》

奴勝山《やつこかつやま》

三遊亭円朝　口演

天の巻

エ、此度《このたび》*博文館《はくぶんくわん》よりの御依頼《ごいらい》でございまして、是非何《ぜひなに》か短篇《みじかい》ものを口演《やれ》よとの仰《おほ》せでござりますが、*円朝《てまへ》も長《なが》らく病気《びやうき》でございまして、頓《とん》と何処《どこ》へも出《で》ませんで家《うち》に籠居《こもりきり》でありまする、それに舌《した》が衰弱《よわり》ましたし、物忘《ものわす》れをいたしたりして、最《も》う何《ど》うにも斯《か》うにも法《ほふ》がつきませんから、お断《ことは》りを申《まう》しました、すると*小野田先生《をのだせんせい》が強《たつ》て何《なん》でも可《い》ゝ、面白《おもしろ》くなくとも可《い》ゝから、口演《やつ》たら宜《よ》からうとの仰《おほ》せでございますから、それに従《したが》ひまして円朝《わたくし》が極《ご》く壮年折《わかいおり》に、二三度《ど》寄席《せき》などでやツたことのありまする奴勝山《やつこかつやま》の綺語《おはなし》を申上《まうしあ》げる積《つも》りでございます、けれども終《おはり》まで舌《した》が続《つゞ》くか何《ど》うだか分《わか》りませぬから、若《も》し中途《ちうと》で苦《くる》しくなりました其折《そのおり》は、*門人《もんじん》の金馬《きんば》に代理《だいり》をさせますやも知《し》れませぬから、予《あらかじ》めお断《ことは》り申《まを》して置《を》きます、何卒御聴悪《なにとぞおきゝにく》うございませう、否《いな》お読悪《よみにく》うございませうが、其辺《そのへん》は幾重《いくえ》にもお詫《わび》をいたしまする。

さて元禄年間《げんろくねんかん》、芝三田《しばみた》にお屋敷《やしき》を構《かま》へられたる、唯今以《たゞいまもつ》て御子孫御繁昌《ごしそんごはんじよう》であらせられまするから、態《わざ》と姓氏《おなまへ》は申上《まうしあげ》ません、仮《か》りに*松平式部之丞様《まつだひらしきぶのじようさま》といふお大名《だいめう》が厶《(ござ)》いました、誠《まこと》に御有福《ごゆうふく》なお家《いえ》でございます、然《しか》るに其式部之丞様《そのしきぶのぜうさま》はフト病気《びやうき》にならせられましたが、別《べつ》に何処《どこ》が悪《わ》るいといふではありません　唯何《たゞなん》となく気《き》が勝《すぐ》れない、*俗《ぞく》にいふ気鬱病《きうつびやう》、御家臣達《ごかしんたち》は大層心配《たいさうしんぱい》をなされまして、お抱《かゝ》えの医者《いしや》に診察《みせ》ました所《ところ》、是《こ》れは気鬱《きうつ》の病《やまひ》であるから、お薬《くすり》を差上《さしあげ》ることは差上《さしあ》げるが、お薬《くすり》ばかりでは到底御全快《とてもごぜんくわい》といふ事《こと》は叶《かな》ふまい、何《なに》かお気晴《きばら》しになるやうな事《こと》をおさせ申《まう》さなければならぬといはれまして、御近臣共《ごきんしんども》はお物見御遊山《ものみごゆさん》なぞお勧《すゝ》め申上《まうしあ》げまするが、一向《かう》に外出《ぐわいしゆつ》等遊《とうあそ》ばす御気色《ごけしき》がありません、所《ところ》が矢張御近臣《やはりごきんしん》で松蔭勘解由《まつかげかげゆ》といふものがありまして、大層《たいさう》のお気《き》に入《い》りでございます、此人《このひと》が種々《いろく》と工夫《くふう》をいたし、何《なに》か殿様《とのさま》のお気晴《きばらし》になるものをと、頻《しき》りに心配《しんぱい》をいたしましたが、不図心附《ふとこゝろづ》きましたのは、大層《たいそう》*花魁《おいらん》の似顔《にがほ》を画《えが》いた錦絵《にしきゑ》が其頃流行《そのころりうこう》いたしたものでございます、此《この》錦絵《にしきゑ》でも御覧《ごらん》に入《い》れたら宜《よ》からうと、*吉原《よしはら》開《ひら》けて以来《このかた》、其《その》頃人気《ころにんき》のある花魁達《おいらんたち》の錦絵《にしきゑ》をば集《あつ》めて殿様《とのさま》の御覧《ごらん》に入《い》れました、所《ところ》が是《これ》が大層《たいそう》の御意《ぎよい》にかなひまして、

式「コレ〳〵勘解由《かげゆ》、傾城遊女《けいせいゆうぢよ》などいふものは妙《めう》なものぢやの、大層美《たいそううつ》くしいものを着《き》て居《ゐ》るの、此《これ》は何《なん》といふものぢや

勘「畏《おそ》れながら申上《まうしあ》げます　此《これ》は*裲襠《しかけ》と申《もう》しまする

式「大層高《たいそうたか》い下駄《げた》を穿《は》いて居《ゐ》るの

勘「是《こ》れは*三枚歯《まいば》の駒下駄《こまげた》と申《もを》します、此《こ》れで*仲《なか》ノ町《ちやう》を道中《どうちう》いたすのでございます

式「左様《さよう》かな、美事《みごと》なものぢや、此最初《このさいしよ》のは何《なん》といふ傾城《けいせい》であるぞ」

殿様《とのさま》が何時《いつ》になく御機嫌《ごきげん》がよく、お言葉《ことば》がかゝツたから松蔭勘解由《まつかげかげゆ》も嬉《うれ》しいと見《み》えて、頻《しき》りに御相手《おあいて》をして吉原遊女《よしはらゆうぢよ》のお話《はなし》を申上《まうしあ》げまする

勘「エヽ畏《おそれ》ながら此最初《このさいしよ》のは有名《ゆうめい》の*高尾太夫《たかをだゆう》にございます、是《こ》れは吉原始《よしはらはじ》まりましてよりの名妓《めいぎ》にございまして、三浦屋四郎左衛門《うらやしろうざえもん》の抱《かゝ》えでありまする

式「ウム、何《ど》ういふ元《もと》は身分《みぶん》の者《もの》ぢや

勘「左様《さよう》にございます、此者《このもの》の生《うま》れは下野国下塩原塩釜《しもづけのくにしもしほばらしほがま》村《むら》の百姓長助《ひやくせうちやうすけ》が娘本名《むすめほんみやう》をみよと申《もう》し、幼少《やうせう》の折《おり》より三浦《うら》屋《や》に養《やしな》はれまして、十六歳《さい》の時《とき》より高尾太夫《たかをだゆう》と名乗《なの》り遊女《ゆうぢよ》と相成《あいな》りましたが、其美《そのうつ》くしさ譬《たと》ふるにものなく、「*彼《あ》れ御覧《ごらん》ぜよ、彼様《あのよう》な生《うま》れ付《つき》もある事《こと》にや、誠《まこと》に天《てん》の成《な》せる麗《れい》質《しつ》にこそ、すらりしやんとしたる容姿《なりふり》の窈窕《しとやか》さ、みめつツきと玉《たま》のやうなる、情《なさけ》の程《ほど》一入《しほ》にて心機尋常《こゝろゆきよのつね》ならず」など物《もの》の本《ほん》にも見《み》えまして、仲々《なかなか》の美人《びじん》にございます、況《ま》して菱川師宣《ひしかわもろのぶ》の名筆《めいひつ》生けるが如《ごと》くに絵《ゑが》いてございまする

式「此者《このもの》はもう没《なく》なツたか

勘「左様《さやう》にございます　今《いま》よりズツと以前寛永《いぜんくわんゑい》十八年《ねん》に生《うま》れて万治《まんぢ》二年《ねん》十二月《ぐわつ》五日《か》十九歳《さい》にて病没《びやうぼつ》いたしたる故《ゆゑ》、世に此《こ》れを*万治高尾《まんぢたかを》と申《まう》します

式「此楓《このかへで》は何《なん》ぢや

勘「それは高尾《たかを》の紋所《もんどころ》にございます、高尾《たかを》は代々一葉《だいぐひとは》の楓《かへで》を紋所《もんどころ》といたしました　俗説《ぞくせつ》には或時三浦《あるときみうら》屋の女房《にようぼう》がお美代《みよ》を連《つ》れまして、神詣《かみもう》でに参《まい》る途中秋《とちうあき》の末《すゑ》にて一村雨《ひとむらさめ》の

降《ふ》ツて参《まゐ》りまして、雨宿《あまやどり》する所《ところ》なく、如何《いかゞ》なさんと困難《こんなん》いたし居《を》りまする所《ところ》へ、一人の老僧《ろうそう》が参《まい》りまして、傘《かさ》を差翳《さしかざ》してくれましたから二人《ふたり》は嬉《よろこ》び、三人《にん》にて松《まつ》の木《き》の蔭《かげ》まで参《まい》り、其処《そこ》に雨止《あめやみ》をいたし居《を》りまする節《せつ》、其老僧《そのろうそう》はお美代《みよ》を熟々《つく〲》見《み》まして、此娘《このむすめ》の容相《やうぼう》常《つね》の女《をんな》ではない　定《さだ》めし人《ひと》に知《しら》るゝやうになるであらうと、傘《からかさ》に挿《さ》したる紅葉《もみぢ》を取《と》ツて其娘《そのむすめ》に与《あた》えましたから、女房《にようぼう》は立帰《たちかへ》ツて其趣《そのをもむ》きを主人《しゆじん》に話《はな》しますると、夫《そ》れは常《つね》の僧《さう》であるまい、偏《ひとへ》に神《かみ》の御託《おつげ》であらう、紅葉《もみぢ》は高尾山《たかをやま》を指《さ》したるもの故《ゆへ》、此娘《このむすめ》を高尾《たかを》と命《つ》けよと申《まう》し、夫《そ》れより楓《かへで》を以《もつ》て紋所《もんどころ》といたしたなど申伝《まをしつた》えまする

式「成程其方《なるほどそのほう》は能《よ》う存《ぞん》じて居《を》る、此次《このつぎ》の傾城《けいせい》は何《な》んと申《まう》すのぢや

勘「是《こ》れは*吉原京町《よしはらきようまち》一丁目《ちようめ》高島屋《たかしまや》清左衛門《せいざえもん》抱《かゝ》え吉野《よしの》と申《まう》しまする、矢張菱川師宣《やはりひしかはもろのぶ》の筆《ふで》にございまする、此遊女《このもの》は万治《まんぢ》二年《ねん》、二十一二歳《さい》で身請《みうけ》をされましたが、仲々才女《なか〱さいじよ》にこれありました、一体吉原《たいよしはら》と申《まう》す遊女町《ゆうぢよまち》は、*庄司甚右衛門《しようじじんうえもん》始《はじ》めの名《な》を甚内《じんない》と申《まう》しましたものが江戸御城下所々《ゑどごじやうかしよ〱》に散乱《さんらん》いたして居《ゐ》りました遊女屋《ゆふぢよや》をば上《かみ》へ願《ねが》ツて、元和《げんな》三年《ねん》三月《ぐわつ》の頃今《ころいま》の*葺屋町近辺《ふきやちやうきんぺん》一面《めん》の萱葭繁《かやよしゝげ》れる沼《ぬま》でありましたを埋《う》めて一ケ所《しよ》に遊女屋《ゆふぢよや》を集《あつ》め、葭原《よしはら》といツたのを後《のち》に吉原《よしはら》と改《あらた》めましたが、繁華《はんくわ》目《め》を驚《おどろ》かす計《ばか》りでございましたが、後明《のちめい》暦《れき》二申年十月《ぐわつ》九日《か》*石谷将監殿《いしがやしやうげんどの》御奉行職《ごぶぎやうしよく》の節《せつ》、御入用《ごにふよう》に付《つき》換地《かえち》仰付《おほせつ》けられ、代地《だいち》の儀《ぎ》は*浅草寺《あさくさでら》の後日本堤《うしろにほんづゝみ》の辺《へん》か、本《ほん》所《じよ》の内《うち》か、両所何《りやうしよいづ》れへなりとも引移《ひきうつ》れとの御達《おんたつし》、依《よつ》て吉原《よしはら》町《まち》の年寄共日本堤《としよりどもにほんづゝみ》の方《かた》へ引移《ひきうつ》ることに相談《さうだん》を決《けつ》し、其時上《そのときかみ》より引越料《ひきこしりやう》として金《きん》一万五百両下《りやうくだ》し置《お》かれました所《ところ》、間《ま》もなく翌明暦《よくめいれき》三年正月《ねんしやうぐわつ》十八*日本郷本妙寺《にちほんがうほんめうじ》火事《くわじ》に吉原町《よしはらまち》も類焼《るゐせう》いたした故《ゆゑ》、遊女屋《ゆふぢよや》一同《どう》は浅草代地近辺《あさくさだいちきんぺん》、*今戸《いまど》村山谷《むらさんや》村鳥越近辺《むらとりごえきんぺん》に借宅《しやくたく》の上商売《うへしやうばい》いたし、同年秋《どうねんあき》八月《ぐわつ》新地《しんち》日本《にほん》堤《づゝみ》の後《うしろ》に普請《ふしん》尽く《こと〲》出来《しゆつたい》いたして之《こ》れに引移《ひきうつ》り、新吉原《しんよしはら》と名《な》づけました、大門《おほもん》を北《きた》に取《と》りましたは、是《こ》れ*女《をんな》は陰《いん》にして北《きた》を司《つかさ》どる訳《わけ》にございます、此処《こゝ》も一面《めん》の野原《のはら》で、草《くさ》茫々《ばう〱》として生茂《おひしげ》り、虫《むし》の声寂々《こゑせき〱》として哀《あは》れに、田《た》の面《も》の雁《かり》のみ陣《ぢん》を列《つ》らね、到底人間《たうていにんげん》の住《す》むべき所《ところ》とは思《おも》はれませんでしたのを、吉原町《よしはらまち》が引移《ひきうつ》りましてより、俄《にわ》かに繁華《はんくわ》の街《ちまた》

となり、隅田《すだ》の河水《かはみづ》皎然《かうぜん》と月《つき》に灩《きら》めき、橋場《はしば》の烟《けむり》繊々《せんく》と風《かぜ》に靡《なび》き、年《とし》も万治《まんぢ》と改《あらた》まりましてよりは、大廈《たいか》高楼軒《かうろうのき》を並《なら》べ、其賑《そのにぎや》かさ以前《いぜん》の吉原《よしはら》の如《ごと》くに相成《あひな》りましたのを見《み》て、「華《はな》やかなむかしに万治《まんぢ》二年哉《ねんかな》」と詠《よ》みましたるは此吉野《このよしの》女《め》にございまする

式「ウム、仲々《なかく》才女《さいぢよ》であるの、此次《このつぎ》のは何《な》んと申《まう》すぞ

勘「是《こ》れも有名《いうめい》な*薄雲太夫《うすぐもだいふ》、「*京町《きやうまち》の猫通《ねこかよ》ひけり揚屋町《あげやまち》」など申《まう》し、大層猫《たいさうねこ》を愛《あい》しまして、*薄雲《うすぐも》の猫《ねこ》などいふ怪談《くわいだん》も世《よ》に之《こ》れありまする

式「左様《さやう》か、ハテ勘解由《かげゆ》、其次《そのつぎ》の遊女《ゆふぢよ》は如何《いか》にも不思議《ふしぎ》なる扮装《いでたち》をいたし居《を》るな、之《こ》れは何《な》んといふ傾城《けいせい》ぢや」

殿様《とのさま》の不審《ふしん》に思召《おぼしめし》たのは無理《むり》もない、是《こ》れぞ乃《すなは》ち*勝山《かつやま》花魁《おいらん》でありまして、普通《ふつう》の傾城遊女《けいせいゆふぢよ》の風俗《ふうぞく》とは一風変《ぷうかは》ツて居《を》ります、此勝山《このかつやま》が道中《だうちう》いたす時《とき》の身装《みなり》は黒天鵞絨《くろびろうど》へ金糸《きんし》にて*釘抜《くぎぬき》を縫《ぬは》せ、萌黄繻子《もえぎじゆす》へ黒糸《くろいと》にて横筋《よこすぢ》を縫《ぬ》はせたる半《はん》襟《えり》を掛《か》け、衣裳凡《いしやうすべ》て奴《やつこ》の扮装《いでたち》にて、花《はな》の街《ちまた》に*外《そと》八文字《もんじ》内《うち》八文字《もんじ》を踏《ふ》む有様《ありさま》、実《じつ》に人《ひと》の目《め》を驚《おどろ》かしたといふことで、気《き》象《しやう》も特《こと》の外勝《ほかすぐ》れた婦人《ふじん》、引手茶屋《あげや》の主人《しゆじん》が勝山《かつやま》の衣裳《いしやう》を不《ふ》審《しん》に思《おも》ひまして、何故《なん》の意匠《このみ》かと問《と》ひました時《とき》に、勝山《かつやま》はニツコと笑《え》んで、妾《わちき》は浅猿《あさま》しくも遊女傾城《ゆふぢよけいせい》とて、他人《ひと》の気《き》嫌気褄《げんきづま》を取《と》る身《み》の上《うへ》となりました、他人様《ひとさま》の後《あと》に立ち、他人様《ひとさま》の奴隷同様《やつこどうやう》のものでありますから、斯様《かやう》な身装《みなり》をいたしまするとの返事《へんじ》、主人《しゆじん》も感服《かんぷく》して、成程勝山花魁《なるほどかつやまおいらん》は一ト見識《けんしき》あると誉《ほ》めたのが是《こ》れが江戸《えど》中《ぢう》の評判《ひやうばん》となり、奴勝《やつこかつ》山《やま》と綽号《あだな》され、武家衆方《ぶけしゆうがた》、或《ある》は大町人《おほちやうにん》、引手《ひくて》数多《あまた》の全盛《ぜんせい》でございます、左《さ》れば勘解由《かげゆ》は

勘「エヽ畏《おそ》れながら申上《まうしあ》げまするが、此《こ》れは当時《とうじ》吉原《よしはら》に全盛比《ぜんせいなら》ぶものなき*松葉屋《まつばや》の勝山《かつやま》といふ傾城《けいせい》にござりまする、遊女傾城《ゆふぢよけいせい》は他《ひと》の奴僕《どれい》に比等《ひと》しきものであると自分《じぶん》から卑下《ひげ》いたして斯様《かやう》な服装《ふくさう》をいたし居《を》りまするが、併《しか》し生《うま》れは武《ぶ》家《け》とやらでありまするゆえ、歌《うた》、俳諧《はいかい》、其他《そのた》の遊芸《ゆふげい》まで何《なに》一トツ通暁《つうげふ》いたさぬものはなく、況《ま》して幼少《えうせう》の折《をり》学《まな》びましたとやらにて、剣道《けんだう》の腕前《うでまへ》も多少是《たせうこれ》ありまするとの事《こと》、殊《こと》に*気象闊達《きしやうくわつたつ》の者《もの》でござりまする故《ゆゑ》、却々普通《なかくふつう》の俗物《ぞくぶつ》は相手《あひて》にいたさぬとの事《こと》でございまする、既《すで》に前年《ぜんねん》も*長崎奉行《ながさきぶぎやう》を相手《あひて》に争論《さうろん》いたしたとやらの風説《ふうせつ》も之《こ》れあり、情《じやう》にかけて

は金《かね》にも権勢《けんせい》にも意《い》を寄《よ》せず、所謂《いはゆる》*富貴《ふうき》に淫《いん》せられず、威《ゐ》武《ぶ》に屈《くつ》せられず、目《め》に厳諸侯《げんしよこう》なしとはチト褒過《ほめす》ぎたかのやうに存《ぞん》ぜられますするが、兎《と》に角容貌《かくやうぼう》は世《よ》に稀《まれ》なる美人《びじん》の上《うへ》に気象勝《きしやうすぐ》れたるものには相違《さうゐ》ございませぬ」

と、松蔭勘解由《まつかげかげゆ》、弁《べん》に任《まか》せて喋舌立《しやべりた》てると大変殿様《たいへんとのさま》の御《ぎよ》意《い》に入《い》ツたと見《み》えまして

*式「勘解由《かげゆ》、予《よ》は気分癒《きぶんすぐ》れた、大層面白《たいさうおもしろ》い、予《よ》は其婦人《そのふじん》を見《み》たいものぢや」

との仰《おほ》せ、勘解由《かげゆ》心中《しんちう》に、之《こ》れは困《こま》ツたことになツた、余《あま》り殿様《とのさま》の御気嫌《ごきげん》が克《よ》かツたものだから喋舌《しやべ》り過《す》ぎたと思《おも》ツたが仕方《しかた》がない

勘「畏《おそ》れながら申上《まうしあ》げます、何《ど》うも君主《きみ》が*ならせられまする訳《わけ》には参《まゐ》りますまいかと存《ぞん》ぜられまする

式「イヤ何《な》んでも参《まゐ》りたい、早速供揃《さつそくともぞろへ》を申付《まうしつ》けよ」

との仰《おほ》せ、さア松蔭《まつかげ》も今更困《いまさらこま》りまして、御近臣達相談《ごきんしんたちさうだん》の上《うへ》御《ご》家老筆頭柴田《からうひつとうしばた》浅之進様《あさのしんさま》へ此事《このこと》を申上《まうしあ》げた、此柴田《このしばた》てえ方《かた》は当式部之丞殿《とうしきぶのぜうどの》の叔父《おぢ》に当《あた》られて居《を》り、柴田《しばた》といふ重役《ぢうやく》の家《うち》へ養子《やうし》に参《まゐ》られた身分《みぶん》、今《いま》では家老筆頭《からうひつとう》といふ位地《ゐち》に居《を》られますが、式部之丞殿《しきぶのぜうどの》がまだ年若《としわか》であるから、自然《しぜん》と家老《からう》の権勢《けんせい》が強《つよ》い、今松蔭《いままつかげ》の話《はなし》を聞取《きゝと》ツて、胸《むね》に一物《もつ》あるのだからニツコと笑《ゑ》み

浅「殿《との》が気鬱《きうつ》であるのを松蔭《まつかげ》の尽力《じんりよく》で漸《やうや》く外出《ぐわいしゆつ》をいたさうとまで気《き》が進《すゝ》んで来《き》たのは幸《さいは》ひだ、何《なに》も吉原《よしはら》だからとて大名《だいめう》の往《ゆ》くべき所《ところ》でないと限《かぎ》ツたものではない、現《げん》に*仙《せん》台《だい》の太守始《たいしゆはじ》め、大名《だいめう》が大分廓通《だいぶくるわがよ》ひをして平生《へいぜい》の勤労《きんろう》の鬱《うさ》を晴《はら》したといふ話《はなし》もあるのだから、供揃《ともぞろへ》などいふ仰々《げう〱》しい事《こと》をせずに、忍《しの》びで通《かよ》れるのなら一向《かう》差支《さしつかへ》あるまい」

と、お為《ため》ごかし忠義振《ちうぎぶり》の一言《ごん》に、相談《さうだん》一決《けつ》いたしまして、茲《こゝ》でお忍《しの》びで吉原《よしはら》へ参《まゐ》られまして、*尾張屋《をはりや》といふ茶屋《ちやゝ》へ勝《かつ》山《やま》を聘《よん》で見《み》ると、聴《き》きしに勝《まさ》る美人《びじん》であり、其上万事《そのうへばんじ》の挙動《やうす》が窈窕《しとやか》でありまして、少《すこ》しも蓮葉《はすは》な所《ところ》は見《み》えません、殿様《とのさま》は奴勝山《やつこかつやま》などゝいふから、定《さだ》めし多少蓮葉《たせうはすは》の所《ところ》もあるであらう、唯《たゞ》ホンの一時《じ》目《め》を慰《なぐさ》めるために一見《けん》してみやう位《ぐら》ゐでお出《いで》になりましたのですが、何《ど》うして仲々《なか〱》蓮葉所《はすはどころ》ではない、天人《てんにん》が仮《か》りに人間《にんげん》と化《くわ》して下界《げかい》に降《くだ》つて来《き》たのでもあらうかと疑《うたが》はれるばかりの婦人《ふじん》、大層《たいさう》な御贔負《ごひゐき》で、夫《そ》

れからといふものは、繁々《しげ〳〵》お通《かよ》ひに相成《あひな》りまして、今《いま》では有頂天《うてうてん》の有様《ありさま》、柴田浅之進《しばたあさのしん》は之《こ》れを見《み》て密《ひそ》かに悦《よろこ》び居《を》りまするが、同《おな》じ重役《じうやく》の内《うち》で七百石《せき》を頂戴《てうだい》する若竹折衛《わかたけおりゑ》といふ者《もの》、之《こ》れは特《こと》の外《ほか》の忠臣《ちうしん》で、殿《との》の廓通《くるわがよ》ひに眉《まゆ》を蹙《ひそ》めて居《を》りまする、奥方《おくがた》の操《みさほ》の前《まへ》も大《おほい》に御心痛《ごしんつう》で、折々《をり〳〵》は若竹《わかたけ》と奥方《おくがた》とは種々《いろ〳〵》と御諫《おいさ》め申《まう》しましたが、一向《かう》にお聴入《きゝい》れがございません、此儘《このまゝ》に打捨《うちすて》て置《お》きましては、御家《おいへ》の大事《だいじ》であると、忠義金鉄《ちうぎきんてつ》の如《ごと》き若竹折衛《わかたけおりゑ》は思案《しあん》を定《さだ》め、此上《このうへ》は此身《このみ》に如何《いか》様《やう》のお尤《とが》めを蒙《かうむ》らうとも、罪《つみ》*を一身《しん》に引受《ひきう》けて彼《か》の勝山《かつやま》を打殺《うちころ》し、殿《との》の煩悩《ぼんのう》の根《ね》を絶《た》つに如《し》かずと、斯《か》く決心《けつしん》いたしまして、或夜《あるよ》三平《べい》といふ之《こ》れも忠義《ちうぎ》の下僕《げぼく》一人《にん》を引連《ひきつ》れて新吉原《しんよしはら》を指《さ》してやツて参《まゐ》りました。此方《こなた》は勝山《かつやま》、然《さ》ういふ事《こと》とは夢《ゆめ》にも知《し》りませんから、沐浴《ゆあみ》*も済《す》み、化粧《おしまひ》も済終《しま》ツた夕間暮時《ゆうまぐれどき》、尾張屋《をはりや》より送《おく》られて来《き》たは一人《にん》の立派《りつぱ》なる武士《ぶし》、一人《ひとり》の従者《とも》を連《つ》れて勝山指名《かつやまなざし》といふので、早速勝山《さつそくかつやま》の部屋《へや》へと通《とほ》りまする　*番頭新造《ばんとうしんざう》が参《まゐ》りまして

新「さア旦那《だんな》、お寝衣《ねまき》をお着換《きか》え遊《あそ》ばしませ」

といふと、彼《か》の武士《さむらい》は

武「イヤ構《かも》ふて呉《く》れるな、拙者少々《せつしやせう〳〵》仔細《しさい》あツて勝山太夫《かつやまだいふ》に談話《はなし》があるのぢやから、何《ど》うぞ茲《こゝ》へ勝山《かつやま》を呼《よ》んでくれ、他聞《たぶん》を憚《はゞ》かる事《こと》であるから、其方《そのはう》は暫《しば》らく他《ほか》へ往《い》ツて居《ゐ》て貰《もら》ひたい

新「オヤ左様《さやう》でござんすか、何《なん》のお話《はなし》かは知《し》りんせんが、それならお呼《よ》びになりんすまで他《わき》へ往《い》んでます、花魁《おいらん》は今《いま》呼《よ》ぶでざいます」

と、番頭新造《ばんとうしんざう》は立《た》ツて往《ゆ》きます、入代《いりかは》ツて勝山《かつやま》が参《まゐ》りまして、ピツタリと客《きやく》の傍《そば》へ座《すは》りまして

勝「主《ぬし》はんは能《よ》う来《き》てくんなました、何《なに》か用事《ようじ》があるんでざいますか

武「イヤ何《ど》うも初会《しよくわい》*から用事《ようじ》があるの話《はなし》があるのと、花魁《おいらん》を呼立《よびた》てゝ誠《まこと》に相済《あひす》まんが、私《わし》は斯《か》ういふ処《ところ》へは一向《かう》に来《き》たことのない田舎武士《いなかぶし》、野暮《やぼ》なところは許《ゆる》して下《くだ》ツしやい、所《ところ》で密話《はなし》といふは外《ほか》でもない、実《じつ》は当時《とうじ》花《はな》の廓《くるわ》の吉《よし》原町《はらまち》に全盛類《ぜんせいたぐ》ひなき勝山花魁《かつやまおいらん》の似顔《にがほ》だとか、一枚絵《まいゑ》だとかいふものを私《わし》はある所《ところ》から手《て》に入《い》ツたが、見《み》れば見《み》る程美《ほどうつ》くしい御身《おんみ》の姿《すがた》、況《ま》して画伯《ぐわはく》が入神《にふしん》の筆《ふで》もて絵《ゑが》いたるもの

なれば、活《い》けるが如《ごと》き其風姿《そのやうす》に、煩悩《ぼんのう》の犬忽《いぬたちま》ちに起《おこ》り、寝《ね》ては夢《ゆめ》、起《お》きては幻《まぼろし》の影《かげ》の形《かたち》に添《そ》ふが如《ごと》く、常《つね》に御身《おんみ》の姿《すがた》が拙者《せつしや》の眼前《がんぜん》にチラつきて意馬心猿《いばしんゑんしき》頻りに狂《くる》ひ、禁《とゞ》むるに由《よし》なく今《いま》は少時《しばらく》も堪《た》えられぬ*転輾反側《みのくるしみ》、一層《さう》身請《みうけ》して我庭《わがには》の眺《なが》めとしたら此上《このうへ》もない楽《たのし》みであらうと、実《じつ》は今夜《こんや》其方《そのはう》の身請《みうけ》に参《まゐ》ツたのぢやが、大抵身代金《たいていみのしろきん》といふは何《ど》の位《くらゐ》あれば足《た》りるのか、其方《そち》さへ諾《うん》と承知《しやうち》すれば今夜《こんや》直様連《すぐさまつれ》て往《ゆ》かうと思《おも》ふが、花魁承知《おいらんしやうち》をしてくれるであらうな

勝「そりや火急《くわきう》な事《こと》、主《ぬし》、戯言《たはれごと》はおきなんし

武「何《な》んの戯言《たはれごと》であらうか、ソレ三平《ぺい》、用意《ようい》の金《もの》を持《も》つて参《まゐ》れよ」

と声《こゑ》を掛《か》けると次《つぎ》の間《ま》より若党《わかとう》三平《ぺい》、風呂敷《ふろしき》を差出《さしだ》します、取出《とりいだ》す金子《きんす》二百両《りやう》

武「さア是《これ》はホンの手附《てつけ》の金《かね》、爰《こゝ》に証書《しようしよ》も認《したゝ》めあるから、後《あと》で屋敷《やしき》にさへ参《まゐ》れば何《なん》千両《りやう》なりと遣《つか》はすであらうから、先《ま》づ此金《このかね》と証書《しようしよ》をば納《おさ》めて貰《もら》ひたい、さア最《も》う斯《かう》なれば、其方《そち》の身《み》は拙者《せつしや》の物《もの》も同前故《どうぜんゆゑ》、不憫《ふびん》だが勝山太夫《かつやまだいふ》、少《すこ》し仔《し》細《さい》あつて其方《そち》が命《いのち》は拙者《せつしや》が貰《もら》ひ受《う》けたぞ」

と、まだ勝山《かつやま》が返事《いらへ》さへなきに、腰刀《こしのもの》スラリ引抜《ひきぬ》き、ヤツといひさま突掛《つゝか》かるを勝山《かつやま》はヒラリ身《み》を変《か》はし、傍《そば》にあツたる乱箱《みだればこ》、取《と》るより早《はや》く身構《みがま》えて小楯《こだて》に取《と》ツたる其早業《そのはやわざ》、婦人《ふじん》ながらも侮《あなど》りがたく見《み》えました

勝「まア主《ぬし》は、何《な》んたる事《こと》でありんす　名前《なまへ》さへ名乗《なの》らずして突然《いきなり》に斬付《きりつけ》るとは、武士《ぶし》の法《はふ》でありんすか、まア〳〵刃物《はもの》を鞘《さや》に納《おさ》め、妾《わちき》の言事《いふこと》聴《き》きなんし」

と、泰然自若《たいぜんじじやく》たる其有様《そのありさま》に若竹《わかたけ》は感服《かんぷく》いたし

若「成程名《なるほどな》乗《のり》も告《あ》げず仔《し》細《さい》も言《い》はず斬付《きりつ》けたは拙者《せつしや》の無《ぶ》躾《しつけ》、然《しか》らば姓名《なまへ》を明《あか》してくれん、拙者《せつしや》は……

勝「イヤ〳〵それ聴《き》くには及《およ》びいせん、主《ぬし》の姓名《なまい》は聴《き》かずとも、松平式部《まつだいらしきぶ》之《の》丞様《ぜうさま》の御家臣《ごかしん》で、若竹折衛《わかたけおりゑ》様《さま》と有仰《おつしや》るお方《かた》でありんす

若「ヱツ、夫《そ》れを何《ど》うして……

勝「まア〳〵其処《そこ》へ座《すわ》んなまし、妾《わちき》の方《はう》からも実《じつ》は少々《せう〳〵》お話《はなし》もありんす、主《ぬし》は忠義《ちうぎ》の為所《しどころ》が違《ちが》ツてゐなます」

と言《い》はれて若竹撲《わかたけは》地《た》と座《すは》り

若「花魁《おいらん》、忠義《ちうぎ》の為所《しどころ》が違《ちが》ツて居《ゐ》るとは、そりやア又何《またど》

ういふ訳《わけ》ぢや

勝「さア、主《ぬし》の忠義《ちうぎ》の為所《しどころ》が違《ちが》ツて居《ゐ》るといふたのは外《ほか》でもありんせん、主《ぬし》は殿様《とのさま》が妾《わちき》の許《もと》へ繁々《しげ〳〵》お通《かよ》ひなさるのを苦《く》にしなまして、妾《わちき》さえ無《な》きものにすれば禍《わざはひ》の根《ね》を絶《た》ち葉《は》を枯《か》らすとのみ思《おも》ひなんすが、併《しか》し此妾《このわちき》よりまだ外《ほか》に、お家《いへ》に悪人《あくにん》のあることを知《し》りんせんとはチト迂闊《うくわつ》ではありんせんか、お家《いへ》の大事《だいじ》を御《ご》存知《ぞんぢ》ないとは……

若「ナニ、お家《いへ》の大事《だいじ》とは……

勝「さア主《ぬし》、之《こ》れを御《ご》覧《らん》なまし

と箪笥《たんす》の底《そこ》より取出《とりいだ》す包《つゝみ》、中《なか》より出《いだ》す一通《つう》の書面《しよめん》、若竹《わかたけ》折衛《をりゑ》手《て》に取上《とりあ》げ、読下《よみくだ》して吃驚《びつくり》いたしましたのも無理《むり》はない、ソモ此手紙《このてがみ》はといふと、松平家《まつだいらけ》の家老《からう》柴田《しばた》浅之進《あさのしん》より同家《どうけ》お抱《かゝ》えの剣術指南番《けんじゆつしなんばん》、轟伴左衛門《とゞろきばんざゑもん》といふものへ贈《おく》りましたもので、其文意《そのぶんい》は若殿式部之丞《わかとのしきぶのじよう》も虚弱《きよじやく》の上《うへ》に今《いま》では吉《よし》原通《はらがよ》ひ、いづれ一ト騒動持上《さうどうもちあが》るから、其時兼々《そのときかねぐ》謀《たく》んだる御《お》家乗取《いへのりとり》の事《こと》も首尾《しゆび》克《よ》く参《まゐ》るであらう、併《しか》し家老末席《からうばつせき》の若竹《わかたけ》折衛《をりゑ》は殿様《とのさま》への忠義者《ちうぎもの》、我々《われ〳〵》に対《たい》しての邪魔者故《じやまものゆゑ》、機会《をり》あらば切害《せつがい》してくれ、彼《かれ》さへなくば我々《われ〳〵》も枕《まくら》を高《たか》くして寝《ね》ら

れる道理《だうり》　夫《そ》れに日外《いつぞや》盗《ぬす》み出《いだ》せし*小狐丸《こぎつねまる》の宝剣《ほうけん》も能《よ》う注意《ちうい》して露見《ろけん》せぬやういたしてくれとしてありますから、折衛《をりゑ》顔色土《がんしよくつち》の如《ごと》く相成《あひな》り、

若「エ、、それではあの柴田奴《しばため》は殿《との》をば死地《しち》に陥《おとしい》れて、已《おの》れお家《いへ》を乗取《のりと》らんの謀《たく》みでありしか、シテ我《われ》が預《あづ》かるお家《いへ》の宝物小狐丸《ほうもつこぎつねまる》を轟伴左衛門《とゞろきばんざゑもん》に盗出《ぬすみいだ》させしとあるからは、是《こ》れも我身《わがみ》を失錯《しくぢ》らせて、腹《はら》でも切《き》らせん策略《さくりやく》に相違《さうゐ》なし、最《も》う斯《か》うしては居《を》られん、早《はや》う帰《かへ》ツて其大事《そのだいじ》を取調《とりしら》べなければならぬワイ、併《しか》し花魁《おいらん》、其方《そち》は何《ど》うして此書面《このしよめん》が手《て》に入《はい》りたるか、詳《くわ》しく話《はな》してくりやれ

勝「さア夫《そ》れにも仔細《しさい》のある事《こと》、実《じつ》は其轟伴左衛門《そのとゞろきばんざゑもん》といふ奴《やつ》も、妾《わちき》に横恋慕《よこれんぼ》　殿《との》の御寵愛《ごちやうあい》の妾《わちき》と知《し》りながら、姓氏《なまへ》を変《か》えて此松葉屋《このまつばや》へ入込《いりこ》み、妾《わちき》を指名《なざし》の初会《しよくわい》から、振《ふ》ツて〳〵振抜《ふりぬ》いても、根気強《こんきつよ》く通《かよ》ツて来《く》る内《うち》、或夜酒《あるよさけ》に酔《よ》ふて落《おと》した此書面《このふみ》、妾《わちき》も初《はじ》めて見《み》た時《とき》は吃驚《びつくり》しいんした其後《そのご》二三度《ど》殿様《とのさま》がお出《いで》になりんしたが、正可《まさか》に殿様《とのさま》に打付《うちつ》けて言《い》ふ事《こと》もならず、何《ど》うか其若竹様《そのわかたけさま》とやらに御面会《ごめんくわい》して、御家《おいへ》の大事《だいじ》を告《つ》げたいものと、殿様《とのさま》の御身《おんみ》を案《あん》じ、お家《いへ》をば思《おも》ふ念力《ねんりき》の通《つう》じてか、今宵《こよひ》若竹様《ぬし》に遇《あ》ふとは夢《ゆめ》にも知《し》りんせんでした、先刻《さつき》よりの御様子《ごやうす》や此妾《このわちき》に斬付《きりつ》けなされた其《そ》の模様《もやう》で、主《ぬし》は其若竹様《そのわかたけさま》に相違《さうゐ》ないと妾《わちき》は疾《と》うに判《はん》じたんでありんす、さア折衛様《をりゑさま》、一刻《こく》も早《はや》うお帰《かへ》りの上《うへ》、御家《おいへ》の大事《だいじ》、刀《かたな》の詮議《せんぎ》に心《こゝろ》を砕《くだ》きなさんしたが宜《い》いでありんす、妾《わちき》とて賤《いや》しい身《み》ではありんすが、情《なさけ》を受《う》けし殿《との》のお為《た》めゆえ、及《およ》ばずながら尽《つく》しいんすから、主《ぬし》にも何卒殿様《どうぞとのさま》のお身《み》をば守《まも》つてくんなまし、それに其《その》お金《かね》も持《も》つて帰《かへ》つてくんなまし」

と、事理明白《じりめいはく》に説得《せつとく》され、若竹折衛《わかたけをりゑ》今更《いまさら》ながら感服《かんぷく》なし

若「イヤ聴《き》きしにまさる奴勝山《やつこかつやま》、流石《さすが》は花街《くるわ》の全盛太夫《ぜんせいたいふ》、ヤ、ホト〳〵感心《かんしん》しました、夫程《それほど》までに殿《との》の身《み》を思《おも》ふてくれるとは辱《かたじ》けない、さう云《い》ふ天晴《あつぱれ》の婦人《ふじん》とは知《し》らんであつた、普通《なみ》の傾城《けいせい》と思《おも》ふたが私《わし》の不覚《ふかく》ぢや、勘弁《かんべん》してくれ、デハ此後拙者《このごせつしや》も機会《をり》を見《み》て、悪人輩《あくにんばら》を究命《きうめい》してくれる程《ほど》に、其方《そち》も又蔭《またかげ》になり日向《ひなた》になり手助《てだす》けをしてくれよ、又其金《またそのかね》はお身《み》が化粧料《けしようのしろ》、納《おさ》めて置《おい》て貰《もら》ひたい、さア三平《べい》立帰《たちかへ》らう」

と彼密書《かのみつしよ》を懐中《くわいちう》なし若党《わかたう》三平《べい》を引連《ひきつ》れて吉原《よしはら》を立出《たちい》で、途《みち》を急《いそ》いで*芝御成門《しばおなりもん》の此方《こなた》まで来《き》かゝると、深々《しん〳〵》たる杜《もり》の木蔭《こかげ》より現《あら》はれ出《い》でたる黒装束《くろいでたち》の曲者《くせもの》二人《にん》、折衛《をりゑ》主従《しゆじう》が行道《ゆくて》を遮《さへぎ》り大刀抜連《だいたうぬきつ》れ斬《きつ》てかゝる、折衛《をりゑ》後《あと》へ飛退《とびの》いて

若「ヤア何者《なにもの》なれば無法《むはう》にも名乗《なのり》も告《つ》げず斬付《きりつく》るぞ、察《さつ》するに追剝強盗《おひはぎがうたう》の類《たぐい》と相見《あひみ》えたり、無礼《ぶれい》をなすと手《て》は見《み》せぬぞ

と言《い》はせも果《は》てず一人《ひとり》の曲者《くせもの》

「エヽ、冗言《むだごと》ぬかすな」

と飛込《とびこ》みさまに斬下《きりさ》げられ、何《なに》さま不意《ふい》をくらツたんだから堪《たま》らない

若「アツ……」

と叫《さけ》んで反倒《のけぞり》に血烟《ちけむり》立《た》つて打《うち》たふれ、虚空《こくう》を攫《つか》んで苦《くる》しみ居《を》ります其有様《そのありさま》、憐《あは》れとも何《なん》とも申《まを》さうやうのない次第《しだい》でございます

地 の 巻

松平家《まつだいらけ》の忠臣若竹折衛《ちうしんわかたけをりゑ》は、不意《ゆくりなく》も何者《なにもの》かに殺害《せつがい》されたとは、神《かみ》ならぬ身《み》の悴《せがれ》の素《そ》五郎《らう》、妻《つま》の雪野《ゆきの》に向《むか》ひまして

素「アノ雪野《ゆきの》や、まだお父上《ちゝうへ》はお帰《かへ》りにはならぬかな

妻「旦那様《だんなさま》、お父上《ちゝうへ》はまだお帰《かへ》りになりません

素「ハテナ、今日《けふ》は何処《どこ》といつてお出先《でさ》きを伺《うかゞ》はなんだが何処《どこ》へお出《いで》になつたのであらう、お出先《でさ》きさへ知《し》れて居《ゐ》れば、籠《かご》でもお迎《むか》ひにあげるのであるが、若途中《もしとちう》でひよんな事《こと》でもなければ宜《よ》いが、何《ど》うも私《わし》は動悸《むなさわぎ》がしてならぬわい」

と言《い》ツて居《ゐ》る所《ところ》へ、若党《わかたう》三平《べい》急遽《あはたゞし》く立帰《たちかへ》り

三「ダヽ旦那様《だんなさま》、タヽ大変《たいへん》でございます

素「何《なん》ぢや三平《べい》……早《はや》く仔細《わけ》を申《まを》せ

三「オヽ大旦那様《おほだんなさま》が、何者《なにもの》にか殺《ころ》されました

素「エツ、それは大変《たいへん》……」

と取《と》るものも取敢《とりあへ》ず、三平《べい》の案内《あんない》に宙《ちう》を飛《と》んで来《き》て見《み》ますと父《ちゝ》の折衛《をりゑ》は血《ち》まみれになつて縡切《こときれ》て居《を》りますから、残念《ざんねん》な事《こと》をいたした、とそれ〴〵死骸《しがい》の始末《しまつ》をして家《いへ》へ持《も》ちかへりまして、三平《べい》は

三「若旦那大変《わかだんなたいへん》な事《こと》が出来《でき》ました、残念《ざんねん》な事《こと》をいたしま

した、実《じつ》は今晩吉原表《こんばんよしはらおもて》へまゐつて、勝山花魁《かつやまおいらん》に面会《めんくわい》をなされまして、殿様《とのさま》の御乱行《ごらんぎやう》の根本《もと》を絶《た》うと勝山《かつやま》をば斬《きつ》てお了《しま》ひなされうとすると、却《かへ》つて勝山花魁《かつやまおいらん》からお家《いへ》の大事《だいじ》を知《し》らせられ御家老《ごからう》の柴田様《しばたさま》より轟伴左衛門《とゞろきばんざゑもん》への密書《みつしよ》をば勝山《かつやま》が拾《ひろ》つたのをお貰《もら》いなされて、始《はじ》めて殿《との》のお廓通《くるわかよ》ひに実《じつ》は悪人原《あくにんばら》は手《て》を拍《う》つて悦《よろこ》び居《を》ることをも御存知《ごぞんじ》に相成《あひな》り、驚《おどろ》いて御帰邸《おかへ》りの途中《とちう》で箇様《かやう》な仕義《しぎ》、私《わたくし》は其曲者《そのくせもの》は矢張伴左《やはりばんざ》衛門《ゑもん》の弟子《でし》の軍蔵《ぐんざう》ではないかと思《おも》ひまする」

と素五郎《そらう》と妻《つま》の外四辺《ほかあたり》に人《ひと》なきを見澄《みすま》して、是《これ》より柴田《しばた》等《ら》の陰謀《ゐんばう》、小狐丸《こぎつねまる》の一条《でう》まで詳細《しやうさい》に告知《はなし》ましたから、素五《そ》郎《らう》の驚《おどろ》きは一《ひ》ト方《かた》ならず、亡父《ちゝ》の死骸《しがい》を検《あらた》めし折《をり》に其密書《そのみつしよ》も何処《いづれ》へか消亡《きえうせ》たれば、定《さだ》めし其曲者《そのくせもの》が奪《うば》ひ去《さ》りしならん、然《しか》して其曲者《そのくせもの》といふも伴左衛門《ばんざゑもん》が己《おの》が悪事《あくじ》の邪魔者《じやまもの》とて、父上《ちゝうへ》を尾《つ》けつまはしつして、到頭今夜殺害《たう〳〵こんやせつがい》に及《およ》んだのであらう、如何《いか》にも無念《むねん》千万なれど、兎《と》に角上《かくかみ》へお届《とゞけ》せずばなるまいと、折衛《をりゑ》が死骸《しがい》の傍《かたはら》に落《おち》て居《ゐ》ました印籠《ゐんらう》をば添《そへ》て上《かみ》へ折衛横死《をりゑわうし》の義《ぎ》をお届《とゞ》けに及《およ》びました、スルと式部之丞様《しきぶのじようさま》に於《お》きましては公儀《こうぎ》よりして突然《とつぜん》に、其方《そのはう》の家《いへ》に伝《つた》はる名《めい》剣小狐丸《けんこぎつねまる》を一見《けん》いたしたいから早速差出《さつそくさしだ》せえとの御上意《ごじやうい》でございます、然《しか》るに其宝剣《そのほうけん》の監督主任若竹折衛《あづかりぬしわかたけをりゑ》は変死《へんし》の届《とゞけ》出《いで》でございます、ソコデ家老《からう》の柴田浅之進《しばたあさのしん》が段々御《だん〳〵ご》宝蔵《ほうざう》を穿鑿《せんさく》すると、大切《たいせつ》の小狐丸《こぎつねまる》は紛失《ふんじつ》でございます　殿様《とのさま》も吃驚遊《びつくりあそ》ばして、お上《かみ》へは百日《にち》のお日延《ひのべ》に願《ねが》うて置《お》き、若竹《わかたけ》折衛《をりゑ》は大切《たいせつ》なる宝剣《ほうけん》を紛失《ふんじつ》したる段《だん》、不届至極《ふとゞきしごく》と、悴素五《せがれそ》郎永《らうなが》のお暇《いとま》となりました、親父《ちゝ》には死《し》なれ今《いま》は又永暇《またながのいとま》といふのですから、素五郎《そらう》も愁傷《しうしやう》の上《うへ》に愁傷《しうしやう》を重《かさ》ねました次《し》第《だい》であります、ソコデ奉公人《ほうこうにん》には暇《いとま》を出《だ》し、家来《けらい》の三平《べい》と女房《にようばう》の雪野《ゆきの》を連《つ》れ、三人《にん》で屋敷《やしき》を出《で》ることになりましたが、式部之丞様《しきぶのじようさま》の母堂《はゝぎみ》といふのは至《いた》つて賢明《けんめい》の方《かた》でありますから、剣《かたな》の紛失《ふんじつ》といひ、折衛《をりゑ》の切害《せつがい》といひ、殿《との》様の廓通《くるわがよ》ひなど、是《これ》は唯事《たゞごと》でない、早《はや》く父《ちゝ》の仇討《あだうち》をいたし、剣《かたな》の詮議《せんぎ》をして帰参《きさん》をするやうにと、内々《ない〳〵》素五郎《そらう》の許《もと》へお手紙《てがみ》でありまして、当座《たうざ》のお手当《てあて》として百両《りやう》といふ金子《きんす》を下《くだ》さいました、固《もと》より有福《いうふく》の若竹家《わかたけけ》でありますから、別段金子《べつだんきんす》に不自《ふじ》由《ゆう》はございません、茲《こゝ》で亡父《ちゝ》の仇敵《あだ》を打《う》ち、剣《かたな》の詮議《せんぎ》をするには人知《ひとし》れぬ所《ところ》が宜《よ》いといふので、*本所《ほんじよ》の小梅《こうめ》へ浪宅《らうたく》を構《かま》え、三平《べい》と両人《りやうにん》で日々《にち〳〵》肝胆《かんたん》を砕《くだ》いて居《ゐ》る、無論《むろん》小狐丸《こぎつねまる》は伴左衛門《ばんざゑもん》が何処《いづれ》へか匿《かく》してあるに相違《さうゐ》なく、父親《ちゝ》を殺《ころ》したのは伴左衛門《ばんざゑもん》であらうと大方目星《おほかためぼし》はついて居《ゐ》るが、肝腎《かんじん》の勝山《かつやま》から受取《うけとつ》た密書《みつしよ》を奪《うば》はれて了《しま》つたから証拠《しようこ》がない、夫《それ》故《ゆゑ》明白《めいはく》に訴出《うつたへで》ることも出来《でき》ず、何《なに》か手《て》がかりはあるまいかと、毎日芝《まいにちしば》の屋敷《やしき》の近所《きんじよ》や、伴左衛門《ばんざゑもん》の様子《やうす》などを探《さぐ》りに出《で》て居《を》ります、或日《あるひ》のこと

三「旦那様《だんなさま》、唯今戻《たゞいまもど》つてまゐりました

素「オヽ三平《べい》であつたか、何《なに》か今日《けふ》は手《て》がかりがあつたかな

三「イヤ一向《かう》に様子《やうす》が知《し》れません

素「三平《べい》や、私《わし》は今日《けふ》不思議《ふしぎ》なことを聴《き》いて来《き》た、向島《むかうじま》*の土手《どて》の下《した》に立派《りつぱ》な構《かまへ》をいたして、龍庵《りやうあん》といふ扁額《がく》をかけたる宅《いへ》より何者《なにもの》だか知《し》らんが、夜々《よな〳〵》深編笠《ふかあみがさ》に面体《めんてい》を蔵《かく》して、松葉屋《まつばや》の勝山《かつやま》が許《もと》へ通《かよ》ふものがあるさうぢや、深編笠《ふかあみがさ》の丹《たん》*前姿《ぜんすがた》で大分《だいぶ》金《かね》ビラを切《き》るゆゑに、廓《くるわ》の者等《ものら》に丹前大尽《たんぜんだいじん》と綽号《あだな》されるとのこと、何《ど》うも其人物《そのじんぶつ》の風体《ふうてい》が伴左衛門《ばんざゑもん》に似《に》て居《を》るやうだが、何《ど》うか其丹前大尽《そのたんぜんだいじん》とやらの様子《やうす》を篤《とく》と詮《せん》議《ぎ》いたして見《み》たいものだ

三「左様《さやう》でございますか、そんなら明日私《めうにちわたくし》は旦那様《だんなさま》のお供《とも》をして、其龍庵《そのりうあん》とやらへ参《まゐ》つて見《み》ませう、若《もし》白昼《ひる》で不《い》可《け》なければ夕方《ゆふかた》からでも参《まゐ》つて見《み》ませう、まづ今晩《こんばん》はお休《やす》み遊《あそ》ばせ

素「左様《さやう》さ、事《こと》によると伴左衛門《ばんざゑもん》が向島《むかうじま》へ別邸《しもやしき》でも建《こしら》えて、保養《ほやう》がてら其《それ》へ参《まゐ》ツて居《を》るのかも知《し》れんテ、然《しか》らば明《めう》晩《ばん》夕方《ゆふかた》から一《ひと》つ探索《たんさく》に往《い》つて見《み》やう、

妻《つま》の雪野《ゆきの》もそれへ参《まゐ》りまして

妻「何《なん》にいたしても伴左衛門《ばんざゑもん》めを早《はや》く引捕《ひつとら》えて、剣《かたな》の在所《ありか》を白状《はくじやう》させたいものでございます、さア旦那様《だんなさま》お休《やす》み遊《あそ》ばせ」

と、若竹夫婦《わかたけふうふ》は奥《おく》の間《ま》へ床《とこ》を延《の》べて寝《ふせ》りました、三平《べい》は入口《いりぐち》の脇《わき》の三畳《ぢやう》に寝《ね》ましたが、夜陰《やいん》にフット吹《ふ》き来《く》る風《かせ》に目《め》を覚《さま》して三平見《べいみ》ると、大《だい》の男《をとこ》が手拭《てぬぐひ》にて面部《めんぶ》を包《つゝ》み、尻《しり》を高《たか》く端折《はしを》つて、何処《いづれ》から忍《しの》び込《こ》んだか、手《て》に刃物《はもの》を持《も》ち、主人《しゆじん》の寝間《ねま》をさして往《ゆ》く様子《やうす》に、三平《べい》ガバと跳起《はねお》きさま、後《うしろ》より

三「狼藉者《らうぜきもの》ツ……」
といひながら組付《くみつ》きましたから、賊《ぞく》は驚《おどろ》く途端《とたん》、素《そ》五郎《らう》も飛起《とびお》きて　三平《べい》と共々《ともぐ》に其賊《そのぞく》をば高手小手《たかてこて》に縛《しば》りあげた
三「旦那様《だんなさま》、お怪我《けが》はございませんか、刃物《はもの》を持《も》つて居《ゐ》ましたから吃驚《びつくり》しました、モツと動《うご》けぬやうに縛《しば》らなくては不可《いけ》ません
素「怪《け》しからん奴《やつ》だ
三「面体《めんてい》を隠《かく》して居《ゐ》ます、旦那様《だんなさま》、燈火《あかし》を持《も》ツて来《き》ませうか
素「燈火《あかし》を持《も》ツて来《こ》い、不届至極《ふとゞきしごく》な奴《やつ》だ、顔《かほ》を上《あ》げろ」
被《かぶ》ツて居《を》ります手拭《てぬぐひ》を取《と》ツて見《み》ると二度吃驚《どびつく》り
素「コレ手前《てまへ》は松平家《まつだひらけ》の剣道指南番《けんだうしなんばん》轟伴左衛門《とゞろきばんざゑもん》の門弟《もんてい》軍蔵《ぐんざう》だな
軍「面目次第《めんぼくしだい》もございません
三「軍蔵《ぐんざう》ですか、怪《け》しからん奴《やつ》だ、まア貴様《きさま》は何《ど》ういふ訳《わけ》で御当家《ごたうけ》へ忍《しの》び込《こ》んだんだ
軍「ヘイ、全《まつ》たく物盗《ものとり》でございます、若竹様《わかたけさま》の御宅《おたく》とは存《ぞん》じませんで入《はい》りました、師匠《しゝやう》が浪人《らうにん》をいたしまして貯《たくは》へがなくなりましたもんですから、出来心《できごゝろ》で入《はい》りましたので、全《まつた》く貧《ひん》の盗《ぬす》みでございます、何《ど》うぞ御勘弁《ごかんべん》を願《ねが》ひます
三「馬鹿《ばか》ア云《い》へ、貧《ひん》の盗《ぬす》みといふことがあるものか、貧《ひん》の盗《ぬす》みといふものは第《だい》一に物《もの》を取《と》ツてコツソリ逃《に》げ出《だ》すものだが、貴様《きさま》は俺《おれ》が見《み》て居《ゐ》ると直《すぐ》に旦那《だんな》の部屋《へや》へ忍《しの》び込《こ》んで切害《せつがい》しやうとしたではないか、是《これ》には何《なに》か深《ふか》い仔細《しさい》があるだらう、白状《はくじやう》しろ
軍「ナニ別《べつ》に仔細《しさい》ツてえものはありやアしません、全《まつた》く貧《ひん》の盗《ぬす》みで……
素「シテ又轟伴左衛門《またとゞろきばんざゑもん》が浪人《らうにん》をいたしたとは何《ど》ういふ訳《わけ》だ、三平《べい》々々、此奴《こやつ》は容易《ようい》な事《こと》では白状《はくちやう》はせん、太《ふて》え奴《やつ》だ、何《なに》かで打《う》て〳〵
三「さア言《い》はんか、スツかり白状《はくじやう》せんと是《こ》れで打《ぶ》つぞ」
傍《そば》にあツた弓《ゆみ》の折《をれ》を見付《みつ》けて来《き》て
と、続《つゞ》けて二三度《ど》ピシリ〳〵と打《ぶ》ちました
三「さアまだ言《い》はんが、言《い》はんけりやア打《ぶ》つぞ
軍「申《まう》します〳〵、皆《み》んな申《まう》しますから命丈《いのちだけ》は助《たす》けて下《くだ》さい、実《じつ》は斯《か》うでございます、若竹様《わかたけさま》の大旦那《おほだんな》を増上寺《ぞうじやうじ》の

脇《わき》で殺《ころ》したのは何者《なにもの》であるか知《し》れないが、落《を》ちて居《ゐ》た品《しな》が証拠《しようこ》で、其品《そのしな》が轟様《とゞろきさま》のものであツたばツかりで、到頭《とう〱》上《かみ》からお暇《ひま》が出《で》ました、拠《よんどこ》ろなく向島《むかふじま》に龍庵《りやうあん》といふ家《いへ》を借《か》りて居《を》るんですが、何《なに》も那《か》もすツかり白状《はくぢやう》しますが、全《まつた》く貴方様《あなたさま》のお父《とつ》さんを殺《ころ》したのは轟伴左衛門《とゞろきばんざゑもん》に相違《さうゐ》ないんでございます、実《じつ》は彼《あ》の時此軍蔵《ときこのぐんざう》も手伝《てつだ》ツたことは手伝《てつだ》ひましたが、殺《ころ》したのは伴左衛門《ばんざゑもん》です、併《しか》し家老《かろう》の柴田浅之進《しばたあさのしん》と同盟《はらをあ》はせてお家《いへ》を乗取《のつと》らうといふんですから、内々《ない〱》扶持《ふち》米《まい》は来《く》るんで、表向丈《おもてむきだ》け浪人《らうにん》になツて居《を》るんです、夫《そ》れに小狐丸《こぎつねまる》も全《まつた》く轟《とゞろき》が盗《ぬす》んだんで、向島龍庵《むかふじまりやうあん》に匿《かく》してあります、私《わたくし》も斯《か》うなツたら仕方《しかた》がありません、命《いのち》を助《たす》けて下《くだ》すツた御恩《ごをん》があるから、是《こ》れから心《こゝろ》を改《あらた》めて、貴方方《あなたがた》に御奉《ごほう》公《こう》いたします、何《なん》なら之《こ》れから向島《むかふじま》の轟《とゞろき》の住居《すまゐ》へ私《わたくし》が御案《ごあん》内《ない》を致《いた》しまするから、一緒《しよ》にお出下《いでくだ》すツて龍庵《りやうあん》へ踏込《ふんご》んで、伴左衛門《ばんざゑもん》を殺《ころ》すなり、捕縛《ふんじば》るなりして、小狐丸《こぎつねまる》の宝剣《ほうけん》を取《とり》返《かへ》しなすツたら宜《よろし》うございませう、お父《とつ》さまの懐中《ふところなか》にあツた密書《みつしよ》もチヤンと私《わたくし》が仕舞《しま》ツてある所《ところ》を知《し》ツてますから、夫《そ》れを証拠《しようこ》に小狐丸《こぎつねまる》を以《もつ》てお邸《やしき》へお出《いで》なさりやア、お邸《やしき》も安泰《あんたい》、大旦那《おほだんな》の仇《かたき》も討《う》て、貴方《あなた》の御帰参《ごきさん》も叶《かな》ふ道理《だうり》、それだけ私《わたくし》は御奉公致《ごほうこういた》しますから、何《ど》うか命《いのち》だけはお助《たす》けを願《ねが》ひます

素「左様《さやう》か、夫《そ》りやア何《ど》うも驚《おどろ》き入《い》ツた、なア三平《べい》、全《まつた》くあの龍庵《りやうあん》は伴左衛門《ばんざゑもん》の隠家《かくれが》であるとよ、デハ此奴《こいつ》を案内《あんない》に連《つ》れて往《い》ツて、向《むか》ふ島《じま》へ出掛《でかけ》るとしやう

三「左様《さやう》ならば早速仕度《さつそくしたく》を致《いた》しませう

素「此奴《こいつ》を取逃《とりにが》さんやうに致《いた》せ、縛《くゝ》ツた儘《まゝ》連《つ》れて参《まゐ》れよ

軍「何《ど》うとも宜《よろ》しい様《やう》に願《ねが》ひます

素「コレ雪野《ゆきの》、其方《そち》は留守《るす》をいたせ

妻「イエ妾《わたくし》も一大事《だいじ》でございますから何《ど》うか御《ご》一緒《しよ》に参《まゐ》りたうございます

素「左様《さやう》なら一緒《しよ》に参《まゐ》れ」

と、此処《こゝ》で三人《にん》は彼《か》の軍蔵《ぐんざう》を先《さき》に立《た》てまして、夜《や》中《ちう》小《こ》梅《うめ》の浪宅《らうたく》は締《しま》りをいたして立出《たちい》でました、是《こ》れよりいたしまして向《むか》ふ島《じま》の土手《どて》に掛《かゝ》り、今三囲《いまみめぐり》神社の前《まへ》を過《す》ぎて二三歩《ぼ》参《まゐ》ツたかと思《おも》ふと、明茶屋《あきぢやゝ》の裡《うち》より四人斗《にんばか》りの黒扮装《くろいでたち》の面部《めんぶ》を深《ふか》く包《つゝ》みました侍《さむらひ》、抜身《ぬきみ》を持《も》ツてバラ〳〵〳〵と立出《たちい》

でた、之《これ》を見《み》た素五郎《そごらう》は大音《だいおん》に「何者《なにもの》である」

と声《こゑ》を掛《か》けますると、四人《にん》の内《うち》の首魁《かしら》と見《み》ゆるもの一人《にん》前《まへ》へ出《いで》まして

首「ハヽヽ貴様達《きさまたち》は余程《よほど》白痴《たわけ》な奴《やつ》だな、軍蔵《ぐんざう》の罠《わな》にかゝりオメ〳〵此処《こゝ》まで来《く》るたア御苦労《ごくらう》なこツた、俺《おれ》はな轟《とゞろき》伴左衛門《ばんざゑもん》だ、さア皆《みな》さん殺《や》ツちまへ、覚悟《かくご》しろ

と、四人《にん》の者前後《ものぜんご》より斬《きり》かゝるを

素「やア〳〵、汝等《なんぢら》は轟伴左衛門《とゞろきばんざゑもん》の一群《ぐん》でありしか、謀《たくみ》に掛《かゝ》つたは残念千万《ざんねんせんばん》、ナニオメ〳〵と悪人輩《あくにんばら》の手《て》に掛《かゝ》るべきか、それ三平雪野《べいゆきの》確乎《しつかり》いたせ」

と、一足後《あしあと》へ下《さが》ツてギラリ大刀《だいとう》を引抜《ひきぬ》きざま、斬込《きりこ》み来《く》る一人《にん》の弱腰《よはごしめ》見蒐《が》けて、礑《はた》と蹴《け》れば、其者《そのもの》は*流《なが》れ足《あし》になツて倒《たふ》れた、今一人此方《いまにんこなた》より打込《うちこ》み来《く》る大刀《だいとう》を心得《こゝろえ》たりと身《み》を捻《ひね》れば、打込来《うちこみきた》る力《ちから》や余《あま》りけん、前《まへ》の方《はう》へ転《こけ》かゝるを左手《ゆんで》にて襟髪攫《えりがみつか》みて投据《なげす》えたり、此度《このたび》は左方《ひだりのかた》より烈《はげ》しく斬《きり》込《こ》み来《く》るをば体《たい》を捻《ひね》り身《み》を替《かは》し、日頃《ひごろ》の力量顕《りきりやうあら》はして二三度《ど》四五度《ど》打合《うちあ》ふ内《うち》、素五郎《そごらう》の運《うん》や尽《つ》きたりけん、後《うし》ろよりエイと叫《さけ》んで伴左衛門《ばんざゑもん》が斬下《きりさ》げたる一刀《とう》に、無惨《むざん》や素五郎《そごらう》肩先《かたさき》より斬下《きりさ》げられ、アツと叫《さけ》びて打倒《うちたふ》れ、無念《むねん》の拳空《こぶしくう》を攫《つか》む其《そ》の有様《ありさま》、目《め》も当《あ》てられぬ有様《ありさま》であります、妻《つま》の雪野《ゆきの》も甲斐《かひ〴〵》しく夫《おつと》の敵《かたき》と伴左衛門《ばんざゑもん》を相手《あいて》に斬結《きりむす》んで居《を》りましたが、元《もと》より女《おんな》の繊弱《かよわ》い腕《かひな》 遂《つひ》に斬付《きりつ》けられ是《こ》れ又無惨《またむざん》の最《さい》後《ご》を遂《と》げました、是《こ》れを見《み》て三平残念《べいざんねん》と同《おな》じく伴左衛門目《ばんざゑもんめ》掛《が》けて斬付《きりつく》るを物々《もの〳〵》しやと四人《にん》一団《だん》になツて斬込《きりこ》まれ、今《いま》は早絶体絶命《はやぜつたいぜつめい》、三平心中《べいしんちう》に此処《このところ》で犬死《いぬじに》するも無用《むよう》の業《わざ》、一度此《たびこ》処《ゝ》をば逃延《にげの》びれば又分別《またふんべつ》もあらうものと、逸足出《いちあしだ》して逃出《にげいだ》す、一同《どう》は「コレ〳〵下郎《げらう》、逃《に》げやうとて逃《に》がすものか、止《とゞ》まれ〳〵」

と追掛《おひか》けんとするのを、伴左衛門之《ばんざゑもんこれ》を制《せい》し

伴「下郎《げらう》なぞ打捨《うつちや》ツて置《おき》なさい、高《たか》の知《し》れたる若党風情《わかとうふぜい》、追跡《おつかけ》たとて別《べつ》に心配《しんぱい》はござらん」

と、是《こ》れから軍蔵《ぐんざう》の縄《なは》を解《と》いてやりまして

伴「軍蔵《ぐんざう》々々、大《おほ》きに御苦労《ごくろう》であツたな、皆《みな》さんも御苦《ごく》労《らう》〳〵、旨《うま》く往《ゆ》きましたな、是《こ》れで枕《まくら》を高《たか》くして寝《ね》られるといふもんです、まア此素五郎《このそごらう》の死骸《しがい》を御覧《ごらう》じろ、何《な》んてえ意気地《いくぢ》のねえ態《ざま》でござらうなア、親父《おやぢ》は芝《しば》の御成御門《おなりごもん》で

暗殺《だましうち》、倅《せがれ》は又此隅田《またこのすみだ》の土手《どて》で返打《かへりうち》、斯《こ》んな愉快《ゆくわい》なことはござらん、サ、御《ご》一同《どうこ》斯んな死骸《しがい》は河《かは》へ投《はう》り込《こ》んだ方《はう》が宜《よ》うござる

一同「左様《さやう》〳〵、夫《そ》れが宜《よ》い〳〵、此様《こん》な汚《けが》らはしいものは川《かは》の中《なか》へ投《はう》り込《こ》んで了《しま》へ」

と、大勢《おほぜい》で素五郎夫婦《そごらうふうふ》の死骸《しがい》を川《かわ》の中《なか》へドブリ、憐《あはれ》むべし、忠義無《ちうぎむ》二の若竹親子《わかたけおやこ》、妻《つま》の雪野《ゆきの》まで兇漢伴左《きやうかんばんざ》衛門《ゑもん》の手《て》に懸《かゝ》り、素五郎夫婦《そごらうふうふ》の死骸《しがい》は何《いづ》くへ着《つ》きましたか相分《あひわか》りません、扨《さ》て下僕《しもべ》三平《べい》の行衛《ゆくゑ》は如何《いかゞ》相成《あいな》りまするか、素五郎《そごらう》の忠義《ちうぎ》は水泡《すいほう》に帰《き》し終《をは》りまするかは追々《おい〳〵》と申上《まうしあ》ぐるでございます。

さてお咄《はなし》は変《かは》りまするが、何時《いつ》も全盛《ぜんせい》なのは吉原《よしはら》でございます、花魁《おいらん》と申《まう》しまして美《うつ》くしい女《おんな》が沢山居《たくさんを》りまする、あの里《さと》へ参《まい》れば何《ど》うしても帰《かへ》るのが厭《いや》になりまするが、左様《さう》云《い》ふ所《ところ》に出来《でき》て居《を》るのでございます、太鼓《たいこ》なぞ叩《たゝ》きましてヤアトコトントコトンなんて何処《どこ》まで浮《うか》れ出《だ》すか知《し》れやしません、元禄時分《げんろくじぶん》は今日《こんにち》と異《ちが》ひまして、大層人気《たいさうにんき》が宜《よろ》しうございました、*花魁《おいらん》は太夫《たゆふ》、格子《かうし》、端《はし》と三通《とほ》りになツて居《ゐ》て、太夫《たいう》と来《く》ると其《そ》りやヤ又大層《またたいそう》な見識《けんしき》のあツたものでございます、今日《こんにち》ぢや見識《けんしき》なんてえものは薬《くすり》にしたくもございません、又此《またこの》*花魁《おいらん》といふことは何《ど》ういふことだといひますと、狐《きつね》や狸《たぬき》は尾《を》で人《ひと》を誑《だま》す、遊女傾城《ゆうぢよけいせい》は尾《を》はない口先《くちさ》きで人《ひと》を欺《だま》す、狐狸《きつねたぬき》のやうに尾《を》は不用《いら》んから夫《そ》れでおいらんといツたのだとも申《まう》しますし、又遊女傾城《またゆふぢよけいせい》などゝいふものは壮年者《わかいもの》のもてあそぶもので、老人《らうじん》には用《よう》のないものだ、年《とし》を老《と》ツては不用《いら》んものだといふ所《ところ》から、老《おい》てはいらん、おいらんと申《まう》すのださうでございます、是《こ》れはホンの戯言《たわれごと》でございますが、さて勝山《かつやま》といへば其頃大層《そのころたいさう》な勢《いきほひ》であツたもので、昔《むかし》の高尾《たかを》薄雲《うすぐも》も勝山《かつやま》の全盛《ぜんせい》には及《およ》ばんと云《い》はれた位《くら》ゐでございます、此勝山《このかつやま》の許《もと》え近頃繁々《ちかごろしげ〳〵》通《かよ》ツて参《まゐ》ります客《きやく》は、丹前大尽《たんぜんだいじん》といはれまして、多《おほ》くの*幇間末社《たいこまつしや》を引連《ひきつ》れ、中々《なか〳〵》奢《おご》りを極《きは》めますが、何《ど》ういふものか勝山《かつやま》は振《ふ》ツて振《ふ》ツて振抜《ふりぬ》いて居《を》ります、これが即《すなは》ち前《まへ》に述《の》べましたる轟伴左《とゞろきばんざ》衛門《ゑもん》でございます、スルと或日《あるひ》の事《こと》、番頭新造《ばんとうしんざう》が勝山《かつやま》の傍《そば》へやツて参《まゐ》りまして

新「あの花魁《おいらん》え、今何《いまな》んだかおまはんに会《あ》はしてくれと

いふ人《ひと》が来《き》て居《ゐ》なます、彼《あ》の離《はな》れの座《ざ》敷《しき》へ廻《まわ》して置《おき》ましたから、一寸会《ちよつとあ》ツてくんなまし、何処《どこ》の人《ひと》だと尋《たづ》ねたら、会《あ》へば解《わか》ると斯《こ》ういツて居《ゐ》たんざいます

勝「ア丶左様《さう》でざいますか、何処《どこ》のお方《かた》かしりんせんが、妾《わちき》に遇《あ》ひたいと言《い》ひなますなら、一寸遇《ちよつとあ》ツて来《き》ませう」

と、離座敷《はなれ》へ来《き》て見《み》まするとー人《ひとり》の男《をとこ》が悄然座《しよんぼりすわ》ツて居《を》りまする

勝「妾《わちき》に用《よう》があるといふのは主《ぬし》でございますか」

と、ピツタリ其処《そこ》へ座《すわ》ると彼《か》の男《をとこ》は

男「誠《まこと》に花魁《おいらん》、初対面《おはつ》でございまして失礼《しつれい》ではございますが、実《じつ》は少々《せう〱》花魁《おいらん》にお願《ねがひ》があツて参《まゐ》ツたのであります、何《なに》を隠《かく》さう手前《てまへ》は若竹折衛《わかたけをりゑ》の家臣《けらい》三平《べい》といふものでございます

勝「オ丶左様《さう》言《い》へば日外《いつぞ》やは失礼《しつれい》でありんした

三「エー。花魁《おいらん》能《よ》くお忘《わ》すれでござんせんでした、日外《いつぞや》は誠《まこと》に失礼《しつれい》しましたが、彼《あ》の晩帰《ばんかへ》りに御主人《ごしゆじん》の折衛様《をりゑさま》は悪《あく》党《とう》の轟伴左衛門《とゞろきばんざゑもん》といふ奴《やつ》の為《ため》に暗殺《やみうち》にあツてお果《はて》なされ

勝「エ丶夫《そ》れではあの若竹様《わかたけさま》が……、夫《そ》れから……

三「是《こ》れも矢《や》ツ張《ばり》家老《かろう》の柴田《しばた》と轟《とゞろき》の計略《けいりやく》で、小狐丸《こぎつねまる》をば何《いづ》れへか隠《かく》し、之《こ》れが為《ため》に御子息《ごしそく》の素五郎様《そごらうさま》は御浪人《ごろうにん》、残《ざん》念《ねん》に思《おも》ふてお父上《ちゝうへ》の仇《あだ》も討《う》ちたし、小狐丸《こぎつねまる》も探《さが》し出《だ》して首《しゆ》尾《び》克《よ》く邸《やしき》へ帰参《きさん》がしたいと伴左衛門《ばんざゑもん》の様子《やうす》をば内々《ない〱》探《さぐ》ツて居《ゐ》る其内《そのうち》に、十日《か》程《ほど》後暗《あとやみ》の夜《よ》に、素五郎様《そごらうさま》も御家内《ごかない》の雪野《ゆきの》様《さま》も隅田《すみだ》の土手《どて》で返《かへ》り討《うち》……」

是《こ》れ〱云々《しか〲》斯様《かやう》々々《〱》と、是迄《これまで》のありし次第《しだい》を委《くわ》しく話《はな》しまして

三「さて花魁《おいらん》、お願《ねがひ》といふは外《ほか》でもありません、其《そ》の悪《あく》党《とう》轟《とゞろき》伴左衛門《ばんざゑもん》といふ奴《やつ》が当時《たうじ》此廓《このくるわ》で丹前大尽《たんぜんだいじん》といはれて、相変《あいかわ》らず貴方《あなた》の客《きやく》なのであります、併《しか》し花魁《おいらん》は日外若竹《いつぞやわかたけ》の大旦那《おほだんな》へ密書《みつしよ》を渡《わた》された程《ほど》の義侠心《ぎゝやうしん》、悪《あく》を挫《くぢ》き善《ぜん》を扶《たす》ける全盛花魁《ぜんせいおいらん》、此下僕《このしもべ》三平《べい》が主人《しゆじん》の仇伴左衛門《かたきばんざゑもん》を討《う》ちたいと明《あか》ら様《さま》に願《ねが》ツて出《で》れば否《いや》とはいはぬ御気象《ごきしやう》を呑込《のみこ》んでの上《うへ》で罷出《まかりで》たのでありますから、何《ど》うか花魁此《おいらんこの》三平《べい》が孤忠《こちう》を不愍《ふびん》と思召《おぼしめ》さば日頃《ひごろ》の義侠心《ぎゝやうしん》で、何《ど》うぞ何《なに》とか工風《くふう》して仇討《あだうち》の手助《てだす》けをして下《くだ》さりませ

勝「オヤまア本当《ほんたう》に感心《かんしん》でありんす、失礼《しつれい》ながら下僕風《しもべふ》

情《ぜい》の身《み》を以《もつ》て主人《しゆじん》の仇《あだ》を討《う》たうとは実《じつ》に見上《みあ》げた御心底《ごしんてい》あの伴左衛門《ばんざゑもん》は始《はじめ》ツから妾《わちき》は厭《いや》で〳〵振《ふ》ツて〳〵振抜《ふりぬ》いて居《ゐ》るんでございます、ぢやア主斯《ぬしか》うしなまし、今夜《こんや》又伴左《またばんざ》衛門《ゑもん》が来《き》ませう程《ほど》に、此松葉屋《このまつばや》の二階《かい》で、血《ち》の雨《あめ》を降《ふ》らすのは内所《ないしよ》へ対《たい》してお気《き》の毒故《どくゆゑ》、明日《あす》の朝極早《あさごくはや》く茶屋《ちやゝ》まで帰《かへ》るやうに妾《わちき》が取謀《とりはから》ひませうから、主《ぬし》はあの角《かど》で待伏《まちぶせ》して居《ゐ》なんして、不意《ふい》に出《で》て斬《き》ツて終《しま》ひなんし、それにあの伴左《ばんざ》衛門《ゑもん》は茶屋《ちやゝ》へ大小《こしのもの》を預《あづ》けて無腰《むこし》で来《く》るのが常《つね》でありんすから、幾位剣術《いくらけんじゆつ》の先生《せんせい》でも逃《に》げることは出来《でき》ないでありんせう、主左様《ぬしさう》いふ手筈《てはづ》にしなまし」

といはれて、三平《べい》は両手《りやうて》を支《つ》き

三「何時《いつ》に変《かは》らぬ花魁《おいらん》の御気象《ごきしやう》、此三平《このべい》が忠義《ちうぎ》を憫《あわれ》んで手助《てだす》けをしてやらうとは誠《まこと》に難有《ありがた》う存《ぞん》じます、デハ明朝《めうてう》は何《いづ》れへか待伏《まちぶせ》をして居《を》りますから、何《ど》うぞ夜《よ》の明《あ》けぬ内《うち》に伴左衛門《ばんざゑもん》を此処《こゝ》の家《いへ》から出《だ》すやうにして下《くだ》さいまし、何分《なにぶん》宜《よろ》しく願《ねが》ひます」

と、堅《かた》く約束《やくそく》を致《いた》しまして三平《べい》は何《いづ》れへか立去《たちさ》りました、其晩《そのばん》になると果《はた》して例《れい》の丹前大尽《たんぜんだいじん》、轟伴左衛門《とゞろきばんざゑもん》は又《また》も多《おほ》くの幇間末社《たいこまつしや》を引連《ひきつ》れて勝山花魁《かつやまおいらん》の許《もと》へと押上《おしあが》り、陽気《やうき》に騒《さわ》ぎまして寝《しん》に就《つ》きましたが、何《ど》う勝山《かつやま》が取斗《とりはから》ツたものでありますか、未《ま》だ夜《よ》も明《あ》け離《はな》れず、人影《ひとかげ》さへも能《よ》く弁別《みわけ》ることの出来《でき》ませんのに、伴左衛門《ばんざゑもん》は松葉屋《まつばや》を立出《たちい》で、五六間《けん》来《き》たかと思《おも》ふ時分《じぶん》に、三平物陰《べいものかげ》より様子《やうす》を見《み》て居《ゐ》ると、何《ど》うも伴左衛門《ばんざゑもん》に相違《さうい》ないから、突然現《とつぜんあら》はれ出《い》で、行過《やりすご》して置《おい》て後《うし》ろより

三「主人《しゆじん》の仇覚悟《かたきかくご》しろ」

と、打《うつ》ツて掛《かゝ》ると伴左衛門不意《ばんざゑもんふい》を喰《くら》ツて横《よこ》に飛退《とびの》き

伴「何者《なにもの》だ

三「誰《だれ》でもない、若竹《わかたけ》の家来《けらい》三平《べい》だ、最《も》う覚悟《かくご》を極《きめ》ろ」

と、忠義《ちうぎ》の刃《やいば》を振被《ふりかぶ》ツて来《く》る奴《やつ》をばヒラリと体《たい》を変《かは》して

伴「黙《だま》れ、下郎《げらう》の身《み》を以《もつ》て生意気《なまいき》なことをするな　拙者《せつしや》は其様《そん》なこたア知《し》る者か

三「ナニ、知《し》るも知《し》らぬもあるものか、能《よ》くも主人《しゆじん》を殺《ころ》したなア

と、斬込《きりこ》んで参《まゐ》るのを、ヒラリ〳〵体《たい》を変《かは》して隙《ひま》もあらば逃《にげ》んといたすのを、焦《いら》ツて斬込《きりこ》む三平《べい》が小手《こて》をば扇《あふぎ》もて

丁《ちやう》と打ツた、哀《かな》しい事《こと》には左程剣術《さほどけんじゆつ》の心得《こゝろえ》のない三平《べい》だから、思《おも》はず刀《かたな》をポロリ大地《だいち》へ落《おと》しました、此《これ》刀をば伴左衛《ばんざゑ》門素《もんす》早《ばや》くも拾《ひろ》ひ取《と》り

伴「己《おの》れツ下郎奴《げらうめ》、又返《またかへ》り討《うち》か、不憫《ふびん》ながら覚悟《かくご》をしろ」

と刃《やいば》を振被《ふりかぶ》ツた、其《そ》の途端何時《とたんいつ》の間《ま》に現《あら》はれたか、一人《ひとり》の女性《をんな》、跣足《はだし》の儘飛込《まゝとびこ》み来《きた》り、懐剣逆手《くわいけんさかて》に

女「不忠者《ふちうもの》、其処動《そこうご》くな」

と、健気《けなげ》にも伴左衛門《ばんざゑもん》の後《うし》ろより突《つ》いて掛《かゝ》るは是《こ》れ別人《べつじん》ではありません、三平《べい》が孤忠《こゝろ》を憐《あはれ》んで助太刀《すけだち》に出《で》た勝山《かつやま》花魁《おいらん》でございます、伴左衛門之《ばんざゑもんこ》れを見《み》て

伴「女《をんな》の身《み》にて小賢《こざか》しく助太刀《すけだち》するたア面白《おもしろ》い、エツ観念《くわんねん》……」

と、横《よこ》に払《はら》ツた一刀《いつとう》に勝山体《かつやまたい》を縮《ちゞ》めたから、刀《かたな》かすツて勝山《かつやま》が頭《つむり》の髷《まげ》をばザツクリ切《き》りました、此隙《このひま》に三平《べい》は伴左衛門《ばんざゑもん》へムンヅと斗《ばか》りに組附《くみつ》いたから、ジタ〳〵と逡巡《たぢろ》く所《ところ》を、得《え》たりと勝山面《かつやまおもて》へ垂《たる》る額髪振乱《ひたへがみふりみだ》しつゝ刃《やいば》の下《した》を掻潜《かいくゞ》りグサと計《ばかり》に伴左衛門《ばんざゑもん》が横腹《よこはら》に短刀《たんとう》をば突込《つゝこ》んだから堪《たま》らない、アツと計《ばか》りによろ〳〵と蹌踉《よろけ》る所《ところ》を三平《さんべい》は足《あし》をあげて丁《ちやう》と蹴《け》り、刀《かたな》を取返《とりかへ》して伴左衛門《ばんざゑもん》の肩先《かたさき》から忠義《ちうぎ》の刃《やいば》グツサリと斬下《きりさ》げたから、流石《さすが》の凶漢《きようかん》も到頭落命《とう〳〵らくめい》に及《およ》んだ、三平口惜《べいくや》しいからズタ〳〵に伴左衛門《ばんざゑもん》を斬《き》りさいなんだ所《ところ》は恰《まる》で疳癪持《かんしやくもち》が餅《もち》を壊《こわ》すやうだ、今迄夢中《いまゝでむちう》で居《ゐ》た三平《べい》、見《み》ると勝山《かつやま》が助太刀《すけだち》に来《き》て居《ゐ》て髷《まげ》が二ツに切《き》れて居《ゐ》るから吃驚《びつくり》いたしましたが、気《き》を静《しづ》めて

三「花魁《おいらん》でございましたか、大《おほ》きに難有《ありがた》うございます、お庇《かげ》で漸《やうや》く仇《かたき》が討《う》てました

勝「モシお前《ま》はん仇《あだ》を討《う》ちなんして嘸本望《さぞほんもう》でござんせう

三「千万嬉《うれ》しうございます、花魁《おいらん》がなけりやア斯《こ》う早《はや》く討止《しとめ》ることは出来《でき》ないのでございます」

と云《い》ツて居《ゐ》る内《うち》に何《なに》しろ廓内《なか》の事《こと》でありますから忽《たちま》ち人《ひと》が沢山《いつぱい》に群集《たか》りました、勝山花魁《かつやまおいらん》の評判《ひやうばん》が大《たい》したもので豪《えら》い女《をんな》だと江戸中《えどちう》へパツと噂《うはさ》が立《た》ツた、其処《そこ》で三平《べい》は会所《くわいしよ》へ訴《うつた》へ出《い》で、芝《しば》のお邸《やしき》へも其旨《そのむね》を届《とゞ》け出《いで》ます、直様会所《すぐさまくわいしよ》からは人《ひと》を遣《や》ツて向《むか》ふ島《じま》の龍庵《りやうあん》の前後《せんご》を警護《けいご》いたし、松平家《まつだひらけ》の家来《けらい》と立会《たちあひ》の上《うへ》で龍庵《りやうあん》を家捜《やさが》しにいたしました所《ところ》、小狐丸《こぎつねまる》

の宝剣《ほうけん》も彼《か》の密書《みつしよ》も出《い》でましたから、其処《そこ》で善悪判明《ぜんあくはんめい》いたし、誠《まこと》に三平《ぺい》は忠義《ちうぎ》なものであると主人《しゆじん》の仇《あだ》を討《う》ツたんだから元《もと》より罪《つみ》はない、再《ふたゝ》び屋敷《やしき》へ呼《よ》び返《かえ》されまして、若竹《わかたけ》家《ゝ》の後《あと》を継《つが》せまして、二代目《だいめ》若竹折衛《わかたけをりゑ》と名乗《なの》らせましたといふ大層《たいそう》な出世《しゆつせ》、彼《か》の密書《みつしよ》から事《こと》が露見《ろけん》して、家老《かろう》の柴田《しばた》浅之進《あさのしん》は切腹《せつぷく》して相果《あいは》てた、殿様《とのさま》の廓通《くるわかよ》ひも止《や》みまして松平家《だひらけ》は此処《こゝ》に無事《ぶじ》に納《おさ》まりましたが、さて勝山《かつやま》は一旦髷《たんまげ》を切《き》られたんだから元《もと》の様《やう》に頭髪《つむり》を結《ゆ》うのは誠《まこと》に不吉《ふきつ》だから、何《なに》か工夫《くふう》はあるまいかと種々《いろ〳〵》心《こゝろ》を砕《くだ》きました末《すゑ》、結《むす》び始《はじ》めましたのが恰当今日《ちやうどこんにち》の*丸髷《まるまげ》のやうな結髪《つむり》で、大層勝山花魁《たいそうかつやまおいらん》に似合《にあ》ひましたから、又々《また〳〵》是《こ》れが大評判《おほひやうばん》になりまして、以《い》前《ぜん》に勝《まさ》る全盛《ぜんせい》を極《きわ》めることに成《な》りました、其頃蔵前《そのころくらまへ》には*十八大通《だいつう》なんといふ通人《つうじん》が居《を》りまして、是《これ》は妙《めう》だ、如何《いか》にも品《ひん》が好《よ》くて何処《どこ》となく雅味《がみ》のある髷《まげ》だ、家内《かない》にも結《ゆ》はして見《み》やうなどゝ、其頃《そのころ》の通人達《つうじんたち》が御妻女《ごさいぢよ》に結《ゆは》せました所《ところ》から、大層流行致《たいさうりうかういた》すことになりまして、今日《こんにち》でも御婦人《ごふじん》がお結《ゆ》ひ遊《あそ》ばす丸髷《まるまげ》といふのは先《ま》づザツと此風《このふう》でございます、勝山《かつやま》が結《ゆ》ひ始《はじ》めましたから、世《よ》に之《こ》れを勝山髷《かつやまゝげ》とも申《まを》しまする、殿様《とのさま》も之《こ》れをお聞《き》き遊《あそ》ばしまして、如何《いか》にも立派《りつぱ》な婦人《ふじん》である、珍《めづ》らしい気象《きしやう》な女《をんな》だ、と大層賞美致《たいそうしやうびいた》されまして、茲《こゝ》で何《なん》千といふ金子《きんす》を以《もつ》て勝山《かつやま》の身受《みうけ》を遊《あそ》ばして、三平《ぺい》と夫《ふう》婦《ふ》に致《いた》しまして若竹《わかたけ》の家《いへ》を継《つ》がせると云《い》ふことになりました、三平《ぺい》も*天運循環《てんうんじゆんくわん》いたして今《いま》は立派《りつぱ》なる身《み》の上《うへ》、勝山《かつやま》花魁《おいらん》を妻《つま》といたし勝山《かつやま》も夫《おつと》に貞操《ていさう》を尽《つく》しまして楽《たの》しい月日《つきひ》を送《おく》ツたといふ、名妓奴勝山《めいぎやつこかつやま》の奇談《きだん》、是《これ》にて結局《けつきよく》と仕《つかまつ》りまする。

《*翠雨生速記》

塩《しお》原《ばら》多《た》助《すけ》後《ご》日《にち》譚《ものがたり》

塩原多《しほばらた》助後日譚《すけごにちものがたり》

三遊亭円朝　遺稿

（一）

扨《さて》お聞《きゝ》に入《い》れ升(ます)は円朝《ゑんてう》が久《ひさ》しくお耳《みゝ》に触《ふ》れました*塩原多《しほばらた》助《すけ》の後日物語《ごにちものがた》りでござい升　此《この》お話《はな》しの主人公塩原多助《しゆじんこうしほばらたすけ》が一戸主《こしゆ》と成《な》りましたのは明和《めいわ》八年《ねん》の事《こと》で　唯今《たゞいま》からは丁度《てうど》百年以前《ねんいぜん》に*今日皆様《こんにちみなさま》がお唱《とな》へになる自主自立《じゝゆじりつ》で一代《だい》に*其当《そのたう》時《じ》三十万円《まんゑん》と申升《ます》から今日《こんにち》なら三百万円《まんゑん》の財産家《ざいさんか》に成《な》られた人《ひと》で　此咄《このはな》しは牽強附会《けんけうふくわい》の作《つく》り咄《ばな》しで無《な》く実説《じつせつ》であり升から咄《はな》しとしてお聞《きゝ》の方《かた》も新聞《しんぶん》なり冊子《ほん》なりでお読《よ》みになる方《かた》もお雇人衆抔《やとひにんしうなど》へ多少御奨励《たせうごせうれい》にもなりませう　是《これ》は円朝《わたくし》が得来《えらい》のでも何《な》んでも無《な》く塩原多助《しほばらたすけ》さんが得来《えらい》のであり升　此塩原《このしほばら》の話《はな》しを脚史《しくみ》ましたのは円朝《わたくし》の僥倖《こぼれしあはせ》でございました、此後編《このこうへん》をといふお指図《さしづ》がござい升ので前編《ぜんぺん》に洩《も》れました多助《たすけ》の逸事《いつじ》を得度《えたい》と存《ぞん》じて皆様《みなさま》へ願《ねが》ひまして漸々《やう〳〵》の事《こと》で実説《じつせつ》を探《さぐ》り得《え》て筆《ふで》を採《と》る事《こと》に致《いた》しました　此多助《このたすけ》は*明和《めいわ》八年《ねん》から文化《ぶんくわ》の末《すゑ》廿四五年《ねん》の間《あひだ》に三十万円《まんゑん》の身代《しんだい》に成《な》られました　其栄華《そのえいぐわ》も僅《わづ》か五六十年《ねん》で*安政《あんせい》三年《ねん》に滅却《めつきやく》となりましたのは全《まつた》く*二代目《だいめ》の多助《たすけ》の油断《ゆだん》からで　誰《だれ》やらの歌《うた》に「*折《を》りを得《え》て心許《こゝろゆるす》な山《やま》ざくらさそふ嵐《あらし》のありとこそ聞《き》け」で俺《おれ》は巨万《きよまん》の財産家《ざいさんか》だ千や二千の金《かね》を遣《つか》つた所《ところ》で何《なん》の響《ひゞ》きにも成《な》りやア仕《し》ねへといふ油断《ゆだん》から奢《おご》る心《こゝろ》が出升《でます》と忽《たちま》ち住馴《すみな》れた家《いへ》は人手《ひとで》に渡《わた》して身代限《しんだいかぎ》りになる者《もの》が幾許《いくら》もあり升《ます》　必《ひつ》竟親《けうおや》が粒々辛苦《りふ〳〵しんく》をして溜《ため》ました財《たから》を其子《そのこ》は手《て》も濡《ぬら》さずに譲《ゆづ》られたので金《かね》の有難味《ありがたみ》をしらないから金《かね》の扱《あつか》ひを麁末《そまつ》にする　金《かね》の方《はう》でも先代《せんだい》は大切《たいせつ》に俺《おれ》を取扱《とりあつか》つて呉《く》れたから都合《つがふ》で脇《わき》へ往《い》つても居心《ゐごゝろ》が悪《わる》いから成《な》る丈《た》け爰《こゝ》の家《うち》へ帰《かへ》つて来《く》る様《やう》にしたが今《いま》の息子《むすこ》の代《だい》に成《な》つては其取《そのと》り扱《あつか》ひがイケぞんざいだから成《な》る丈《た》け出《だ》される様《やう》にして出《で》たが最期《さいご》モウ帰《かへ》られへと言《い》つて帰《かへ》つて来《き》ません　円朝《わたくし》が或《あ》る御贔負先《ごひゐきさき》の御《ご》主人《しゆじん》につまらん*茶我楽《ちやがらく》をお譲《ゆづ》り申て請取《うけと》つた代《かは》り金《きん》を碌《ろく》に勘定《かんでう》も致《いた》さずに袂《たもと》へ押込《おしこ》み升《ます》と其旦那《そのだんな》が　オイ円朝汝《ゑんてうおめへ》は爾金《さうかね》を麁末《そまつ》に扱《あつか》ふから金《かね》が居附《ゐつか》ねへ　俺《おれ》の所《ところ》へ金《かね》が来《く》ると一枚《まい》〳〵叮寧《ていねい》に数《かぞ》へて少《すこ》しでも揉《もめ》たのは皺《しは》を延《のば》して新《あたら》しい紐手《ひもて》

を掛《かけ》て大切《たいせつ》に弗函《どるばこ》へ仕舞《しま》つて置《お》くから出《で》ても友達《ともだち》を連《つ》れて直帰《すぐかへ》つて来《く》ると申されましたが実《じつ》に其通《そのとほ》りでござい升、此《この》多助《たすけ》は*明和《めいわ》八年《ねん》から計《はか》り炭《ずみ》を売《う》り出《だ》しまして　其年《そのとし》の十二月*幕府《ばくふ》の御用達《ごようたし》藤《ふぢ》の屋《や》の娘《むすめ》のお花《はな》が多助《たすけ》の堅固《けんご》で才器《さいき》のある所《ところ》を見込《みこ》んで嫁《よめ》に参《まゐ》る　其日《そのひ》に十三艘《さう》の炭船《すみぶね》が来《く》るといふ恰《あだか》も盆《ぼん》と正月《せうぐわつ》が一緒《しよ》に参《まゐ》つた様《やう》な幸福《かうふく》を得《え》ましたのは多《た》助《すけ》が夫迄《それまで》になめた艱難辛苦《かんなんしんく》の徳《とく》が一時《じ》に報《むく》ひましたのでございませう　*女房《ねうばう》の悪《わる》ひのは三年《ねん》の不作《ふさく》だと申升通《とほ》り女房《ねうばう》が悪《わる》かつたら多助《たすけ》もアレ程《ほど》の身代《しんだい》には成《な》れんでしたらうが嫁《よめ》のお花《はな》と申すのは婚礼《こんれい》の晩《ばん》に振袖《ふりそで》を薪割《まきわり》で切《き》つて働《はたら》いたといふ位《くら》ゐの心懸《こゝろがけ》でござい升から其後《そのゝち》もお引摺《ひきず》り抔《など》といふ裾《すそ》の長《なが》い着物《きもの》は大嫌《だいきら》ひで、いつも裾《すそ》を高《たか》く端折《はしをり》まして緋縮《ひぢり》緬《めん》の襷《たすき》を掛《かけ》て俗《ぞく》に冷飯草履《ひやめしざうり》と唱《とな》え升藁草履《わらざうり》を履《はき》まして多助《たすけ》と一緒《しよ》に真黒《まつくろ》に成《な》つて働《はたら》いて居《を》り升　是《これ》が前々《ぜんぐ》申上《あぐ》る通《とほ》り透通《すきとほ》る様《やう》な華奢《きやしや》な美人《びじん》でござい升から店先《みせさき》は人立《ひとだち》が致《いた》し升、炭《すみ》の小売《こうり》も此美人《このびじん》が雪《ゆき》の様《やう》な手《て》を真黒《まつくろ》にして商《あきな》ひを致《いた》すから*門跡様《もんぜきさま》の御《ご》十念《ねん》でも授《さづ》かる気《き》でお花《はな》の手《て》で計《はか》られた炭《すみ》を態々《わざぐ》買《かひ》に来《く》る物数寄《ものずき》が多《おほ》いので多助《たすけ》の店《みせ》は毎日売出《まいにちうりだ》しの様《やう》であり升　或日《あるひ》の昼少《ひるすこ》し過《す》ぎに一人《ひとり》の武士《さむらひ》が人《ひと》を押分《おしわけ》て塩《しほ》原《ばら》の家《うち》へツカ〳〵と這入《はいつ》て来《き》ました

（二）

多助《たすけ》の店《みせ》へ這入《はいつ》て参《さん》じました侍《さむら》ひは年齢《としごろ》は四十五六　鉄《てつ》

御納戸《おなんど》の紋附《もんつ》きの羽織《はおり》に唐桟《たうざん》の袴《はかま》　余《あま》り立派《りつぱ》で無《な》い大小《だいせう》を帯《たい》し手《て》に小包《こづゝ》みを提《ひつさ》げました儘《まゝ》で傍《かた》わらに積《つ》んである炭俵《すみだわら》とお花《はな》の姿《すがた》を見競《みくらべ》て居《を》りましたが　昔《むかし》の武士《さむらひ》といふ者《もの》は横平《わうへい》なもので、許《ゆる》せヨと云《い》ひながら店先《みせさき》へ腰《こし》を掛《か》け升からお花《はな》が「入《いら》ツしやい　計《はか》りを宜《よ》くして差上《さしあげ》升から味噌漉《みそこし》をお出《だ》し遊《あそ》ばせ

武「味噌漉《みそこ》し……味噌漉《みそこ》しとは何《な》んぢや

花「オヤ御免遊《ごめんあそ》ばせ　妾《わたし》は煮込《にこ》みの田楽屋《でんがくや》のお爺《ぢ》いさん歟《（か）》と存《ぞん》じました

武「田楽屋《でんがくや》の爺《ぢゞ》いとは太《ひど》いノフ

花「コレは失礼《しつれい》を申上《まをしあ》げました

と莞爾笑《につこりわら》つたお花《はな》の顔《かほ》は芙蓉《ふやう》に露《つゆ》を帯《おび》た様《やう》で其露《そのつゆ》がポタ〳〵飜《こぼ》るゝ様《やう》な愛敬《あいけう》でござい升から　其侍《そのさむら》ひは口《くち》をしだら無《な》く開《あい》て眼尻《めじり》を細《ほそ》くして見惚《みと》れて居《を》り升からお花《はな》は少《すこ》し気味《きみ》が悪《わる》くは成《な》りましたが身形《みなり》も人品《じんぴん》も爾《さ》う卑《いや》しい人《ひと》でもありませんから　此方《こちら》は新店《しんみせ》の事《こと》で一軒《けん》でも得意《とくい》を殖《ふや》し度《たい》と存《ぞん》ずる矢先《やさき》でござい升から愛嬌《あいけう》を飜《こぼ》しません様《やう》に店頭《みせさき》の火《ひ》鉢《ばち》に埋《うづ》めてござい升粉炭《こなずみ》の熾《おこ》つて居《ゐ》るのを火箸《ひばし》で掻廻《かきまは》しながら

花「一服召上《いつぷくめしあが》りまし

武「ハイ忝《かたじ》けない、イヤ和女《おまへ》は実《じつ》にうつくしいノ

花「オヤマア御串戯《ごぜうだん》ばかり　妾《わたひ》の様《やう》なコンナ真黒《まつくろ》な者《もの》を

武「否《いや》、其所《そこ》が結構《けつこう》ぢやテ　暗《やみ》の梅《うめ》は殊更匂《ことさらにほ》ひが深《ふか》いと申す如《ごと》く、何程面《いくらおもて》に紅粉《こうふん》を粧《よそほ》ひ身《み》に綾錦《あやにしき》を纏《まと》つても其行状《そのおこなひ》が正《たゞ》しく無《な》ふては畜類《ちくるゐ》にも劣《おと》る　和女《おまへ》の事《こと》も予《かね》て噂《うわ》さには聞《きい》て居《を》つたが縹致《きれう》と言《い》ひ行状《おこなひ》と言《い》ひ聞《きゝ》しにも優《まさ》る事《こと》で感服《かんぷく》致《いた》した　拙者《せつしや》はツイ此《この》*三つ目《め》の津軽《つがる》の家来《けらい》じやが　急《きふ》に炭《すみ》が御用《ごよう》になるが此門《このかど》に積《つ》んである炭《すみ》は一俵何程《べういくら》で納《おさめ》るか直段《ねだん》を承知《せうち》仕度《したい》ものだ

花「ハイ有難《ありがた》う存《ぞん》じ升が生憎唯今《あやにくたゞいま》主人《やど》が出《で》まして

武「亭主《ていしゆ》が留守《るす》では直段《ねだん》が分《わか》らんと申すのか

花「イヱ分《わか》らぬ事《こと》もございませんがアノモウ直《ちき》に宿《やど》が帰《かへ》り升《ます》から夫《そ》れ迄御待《までおまち》を願《ねが》ふ事《こと》は出来《でき》ますまい歟

武「待《また》れんよ　実《じつ》は四*ツ目《め》の林屋《はやしや》と申すのが薪炭《まきすみ》の出入《でいり》だが先日注文《せんじつちうもん》をして置《おい》た薪炭《まきすみ》が払底《ふつてい》で下野炭《しもつけずみ》は*限《き》れ物《もの》ぢやと申して参《まゐ》ツたので俄《には》かに御差支《おさしつかへ》が出来《でき》て我等《われら》の役儀《やくぎ》にも

＊係《かゝ》はる事《こと》ぢやで和女《そち》の所《ところ》で直段《ねだん》も分《わ》からない様《やう》なことなら松井町《まつゐてう》の方《はう》でも尋《た》づねにやアならん

花「ハイ夫《それ》は嘸御困《さぞおこまり》でございませう　勿論此頃《もちろんこのごろ》は炭《すみ》が払《ふつ》底《てい》でござい升ナニ御直段《おねだん》も分《わか》つて居《を》り升

と申しましたが此《この》お花《はな》は縹緻《きれう》といひ品格《ひんかく》といひ王公貴人《わうこうきじん》の奥方《おくさま》と申ても恥《はづか》しく無《な》い女《をんな》であり升　才智《さいち》にも長《たけ》て居《を》り升が少《すこ》しも利口《りこう》を鼻《はな》に掛《か》けません　縫《ぬ》ひ針《はり》は素《もと》より文筆《ぶんぴつ》が出来《でき》る香花茶《かうくわちや》の湯何《ゆな》んでも出来《でき》升が　根《ね》が御用達《ごようたつし》の嬢《でう》さんで深窓《しんさう》に成人《ひとゝな》つた人《ひと》だから十露盤《そろばん》が出来《でき》ません、＊唯今《たゞいま》では数学抔《すうがくなど》と申して嬢様方《でうさまがた》が筆算《ひつさん》でも玉算《たまざん》でも大概《たいがい》な男《をとこ》は徒跣《はだし》でござい升が其当時《そのたうじ》の嬢様方《でうさまがた》はなまじ銭勘定抔《ぜにかんでうなど》がお出来《でき》になると下卑張《げびば》つて居《を》る抔《など》と軽弾《さげしみ》升位《くら》ゐなもので　サレドモ千俵《べう》からの商《あきな》ひを取《と》り外《はづ》してはならぬと存《ぞん》じましたから丁《でつ》稚三太郎《ちさんたらう》を小影《こかげ》へ呼《よ》んで

花「三太《さんた》や旦那様《だんなさま》のお留守《るす》に千俵《べう》といふ炭《すみ》の御注文《ごちうもん》を取《とり》外《にが》しちア申理由《まをしわけ》が無《な》い、けれども直段《ねだん》の分《わか》らないのに困《こま》つて終《しま》つたが幾許《いくら》に売《う》れば宜《いゝ》の歟汝《そなた》には分《わか》らないかへ

稚「左様《さやう》ねへ、今炭《いますみ》の払底《ふつてい》な時《とき》ですから百五十両《れう》に売《う》れ

ば大丈夫《だいでうぶ》*金《かね》の脇差《わきざし》です

花「なぜ其所《そこ》へ金《かね》の脇差《わきざし》が附《つ》くのだへ

武「コレ〳〵内儀《ないぎ》まだ炭《すみ》の直段《ねだん》は分《わか》らんかへ

（三）

其時《そのとき》お花《はな》が此方《こちら》を向《むい》て莞爾《につこりわら》笑ひました愛嬌《あいけう》は生《いき》た弁天様《べんてんさま》と申して宜歟《よいか》実《じつ》に比論様《たとへやう》がございません　顔《かほ》の形《かた》ちを崩《くづ》して爾《さ》も嬉《うれ》し気《げ》にお花《はな》を見《み》て居《を》りましたが不図《ふと》気《き》が附《つい》て極《きま》りが悪《わる》ひから

武「何《ど》うだへ直段《ねだん》は知《しれ》たかへ

花「ハイ真事《まこと》にお気《き》の毒様《どくさま》でござい升が当節《たうせつ》は炭《すみ》が払底《ふつてい》で一概《がい》にお直段《ねだん》を高《たか》く致《いた》しまして、アレでアノ炭《すみ》が百五十金《きん》より少《すこ》しも引《ひ》けませんで

と口《くち》から出任《でまか》せに申《まを》しましたから彼武士《かのさむらひ》も驚《おどろ》きまして

武「ナニ百五十金《きん》　少《すこ》し高《たか》いではない歟

花「何《ど》う致《いた》しまして外様《ほかさま》と違《ちが》ひまして重《かさ》ねて御用《ごよう》を仰《あふ》せ附《つ》けられ度《た》く存《ぞん》じ升から精々《せいぐ》働《はたら》きましたので

武「左様歟《さやうか》　尤《もつと》も出入《でい》りの林屋《はやしや》でも元方《もとかた》が品切《しなぎ》れで直段《ねだん》に拘《かゝ》はらず炭《すみ》が無《な》いと申して居《を》つたが和女《おまへ》の店《みせ》には何《ど》うして爾《さ》う多分荷《たんとに》を持《もつ》て居《を》る

花「妾共《わたしども》では先達《さきだつ》て野州《やしう》の炭《すみ》を一手《て》に引《ひ》き取《と》りましたが他《ほか》の炭屋《すみや》には品切《しなぎ》れで荷《に》がございませんから唯今《たゞいま》の中《うち》に召《め》しませんと尚《なほ》お高《たか》く成《な》り升

武「なる程左様《ほどさう》歟もしれん、そんなら御用《ごよう》を申し附《つけ》るから此後《そのご》は差支《さしつか》への無《な》い様《やう》に致《いた》せ　其中《そのうち》には鑑札《かんさつ》を附与《わたし》てお出入《でい》りに致《いた》し遣《つか》はす

花「ハイ有難《ありがた》う存《ぞん》じ升　何分宜敷《なにぶんよろし》くお引立《ひきたて》を願《ねが》ひ升

武「アイ〳〵夫《それ》は身共《みども》から重役衆《ぢうやくしう》へは塩梅《あんばいよ》能く執成《とりな》して遣《つか》はす　御内儀《おないぎ》乃《そこ》で此《この》千俵《べう》を今直《いますぐ》に送《おく》つて呉《く》れる事《こと》が出来《でき》様《やう》かノ、実《じつ》の所《とこ》ろ今屋敷《いまやしき》には炭《すみ》が一俵《べう》も無《な》いので大差支《おほさしつか》へで居《ゐ》るのぢや

花「ハイ夫《それ》が唯今宿《たゞいまやど》も店《みせ》の者《もの》も居《を》りませず妾《わたくし》と小僧《こぞうぎ》限りで何《ど》う致《いた》す事《こと》も出来《でき》ませんから夕方迄《ゆふかたまで》御勘弁《ごかんべん》を願《ねが》ひ升

武「夫《それ》がノ、林屋《はやしや》から今朝《こんてう》にも来《く》る積《つも》りで有《あ》つた所《とこ》ろを、急《きふ》に断《ことわ》つて来《き》たのでお差支《さしつか》へになるのぢやが困《こま》つたノ……夫《それ》では仕方《しかた》が無《な》い　人足《にんそく》は屋敷《やしき》から連《つ》れて参《まゐ》るが車《くるま》はある

歟の

花「ハイお車《くるま》も一挺位《てうぐら》ゐはござい升が

武「宜々《よい〳〵》夫《それ》ぢやア車《くるま》も屋敷《やしき》から持《も》つて参《まゐ》らう

花「宿《やど》も留守《るす》の事《こと》でござい升から御用代《ごようだい》は前金《まへきん》にお下《さ》げを願《ねが》ひ度《た》う存《ぞん》じ升

武「夫《それ》も宜《よ》い　身共《みども》が出直《でなほ》して金子《きんす》を持参致《ぢさんいた》すから俵数《へうすう》に間違《まちが》ひの無《な》い様《やう》に調《しら》べて置《おい》て呉《く》れ

三「モシ〳〵内儀《おかみ》さん　夫《それ》も早《はや》く無《な》いと外《ほか》から御注文《ごちうもん》の有《あ》つた時《とき》には売升《うります》と被仰《おつしや》いよ

武「コレ小僧《こぞう》余計《よけい》な事《こと》を申すな、内儀《ないぎ》今直《います》ぐに代金《だいきん》は持参致《ぢさんいた》すで他《ほか》へ売様《うるやう》な事《こと》が有《あ》つてはなりませんぞ　儻左様《もしさやう》な事《こと》があると身共《みども》は腹切《はらき》り道具《だうぐ》ぢや

花「何所《どこ》へも差上《さしあげ》は致《いた》しません　其代《そのかは》り成《な》る丈《だ》けお早《はや》くお願《ねが》ひ申上《まをしあ》げ升

武「手間《てま》は取《と》らんがノ、車《くるま》の都合《つがふ》もせんならず、斯《か》う俄《にはか》に寒《さむ》いので疝気《せんき》の加減《かげん》か腰《こし》が釣《つ》つて少《すこ》し歩行《あるく》に手間《てま》が取《と》られる、呉々《くれ〴〵》気《き》を短《みぢ》かくして他《ほか》へ売《う》つて抔呉《などくれ》ては困《こま》るぞ

花「ハイ承知致《せうちいた》しました

武「夫《それ》では屹度《きつと》頼《たの》みましたよ

と起《た》ちに掛《か》ゝり升から

花「モシ〳〵旦那様《だんなさま》

武「応《おう》何《な》んだ

花「貴君様《あなたさま》の御名前《おなまへ》は何《な》んと被仰《おつしや》い升歟

武「身共《みども》はナ、津軽屋敷《つがるやしき》の賄役《まかなひやく》を勤《つと》むる橋口金吾《はしぐちきんご》と申す者《もの》ぢや

花「ハイ勝栗様《かちぐりさま》と被仰《おつしや》い升歟

武「否勝栗《いやかちぐり》では無《な》い橋口《はしぐち》ぢや、御通用《ごつうよう》を這入《はい》つてお賄《まかな》ひ*組頭《くみがしら》の長家《ながや》はと尋《たづね》ると知《し》れるヨ

花「ハイ有難《ありがた》う存《ぞん》じ升　成《な》る丈《だ》けお早《はや》う願《ねが》ひ升

金「アイアイ御用代《ごようだい》は直《すぐ》に持参《ぢさん》を致《いた》す

と言《い》ひながら疝気《せんき》のせへか跛《びつこ》を引《ひ》きながら急《いそ》いで帰《かへ》りました　お花《はな》は跡《あと》を見送《みおく》りながら「三太《さんた》や

三「ハイ

花「百五十金《きん》は高直過《たかす》ぎやア仕《し》なからうかね

三「高直《たかく》たツて構《かま》やア仕《し》ません、夫《それ》に今炭《いますみ》が無《な》いのでござい升から

花「夫《それ》ぢやアモウ些《ちつ》と高直《たか》く申せば宜《よか》つたかね

三「余《あん》まり高直《たかく》ツても気《き》の毒《どく》ですから百五十両《れう》は丁度《てうど》宜《い》い所《ところ》でござい升

花「爾《さ》うかねへ

と売《う》りは売《う》りましたが心配《しんぱい》だから気《き》を揉《も》んで三太《さんた》と咄《はな》しをして居《を》る所《ところ》へ間《ま》もなく津軽家《つがるけ》から人足《にんそく》に大八車《だいはちぐるま》を三台引《だいひ》かせ例《れい》の橋口金吾《はしぐちきんご》が附《つい》て遣《や》つて参《まゐ》りました

（四）

お花《はな》が見《み》升と金吾《きんご》の顔《かほ》は風呂場《ふろば》*の硝子障子《がらすせうじ》の如《ごと》くビッショリ汗《あせ》をかきながら遣《や》つて参《まゐ》りまして

金「コレ〳〵家内《かない》は居《を》る歟《か》

花「大層《たいそう》お早《はや》ふございました、マアお茶《ちや》を召《めし》あがりましと茶《ちや》を出《だ》すと金吾《きんご》は一口《くちの》飲み掛《か》けて茶碗《ちやわん》を置《お》き直《たゞち》に門口《かどぐち》へ駈出《かけだ》しまして

金「コラ〳〵人足《にんそく》〳〵

と人足《にんそく》を呼《よ》びお花《はな》を立《た》ち会《あは》せて炭俵《すみだはら》を荷車《にぐるま》へ積《つ》み幾返《いくかへ》りも運送《うんそう》を致《いた》す中《うち》に千俵《べう》の炭《すみ》を運《はこ》び切《きり》ました　橋口《はしぐち》は息《いき》を吐《つ》き

金「吁草臥《あゝくたびれ》た

と言《い》ひながら塩原《しほばら》の店頭《みせさき》へ上《あが》りまして懐中《ふところ》の胴巻《どうまき》から小《こ》判《ばん》を一包《つゝ》み半則《はんすなは》ち百五十金《きんと》取り出《だ》しまして

金「コレ〳〵家内為替方《かないかはせかた》の封金《ふうきん》ではあるが所天《ていしゆ》が不在《ふざい》だと申すから念《ねん》の為《た》めに更《あら》めて受取《うけと》るが宜《い》いぞ

花「ハイ有難《ありがた》う存《ぞん》じ升

と件《くだん》の金《かね》を押《お》し戴《いたゞ》き百金《きん》の方《はう》はお為替方《かはせかた》の御封金《ごふうきん》でござい升から改《あらた》め升には及《およ》びませんと五十金《きん》の包《つゝ》みを解《と》きまして員数《ゐんずう》を改《あらた》め

花「有難《ありがた》う存《ぞん》じ升　確実《たしか》に頂戴《てうだい》を致《いた》しました

金「乃《そこ》でノ、請取書《うけとりがき》を出《だ》さんければならんが　所天《ていしゆ》が留守《るす》なら仮請取《かりうけとり》で宜《よい》から出《だ》して貰《もら》はんならん

花「ハイ

とお花《はな》は掛《か》け硯《すゞり》と巻紙《まきがみ》を持出《もちだ》しまして

花「お名宛《なあて》は何《な》んと認《したゝ》め升

金「巻紙《まきがみ》では行《ゆか》ん　屋敷《やしき》の用紙《ようし》は美濃紙《みのがみ》であるが仮請取《かりうけと》りの事《こと》だから半紙《はんし》でも宜《よ》いが下書《したがき》を身共《みども》が書《かい》て遣《つか》はさう、其硯《そのすゞり》を貸《かし》な

と件《くだん》の硯箱《すゞりばこ》を自分《じぶん》の前《まへ》へ引寄《ひきよ》せ巻紙《まきがみ》へさら〳〵と認《したゝ》めて、サア此通《このとほ》りで宜《よ》いからとお花《はな》に渡《わた》し升とお花《はな》が起《たつ》て半紙《はんし》を持《も》つて参《まゐ》り雑作《ざふさ》も無《な》く其通《そのとほ》りを認《したゝ》めまして

花「是《これ》で宜敷《よろし》うござい升歟

と見《み》せましたが金吾《きんご》は熟《つく》〴〵見《み》て感心《かんしん》を致《いた》し

金「立派《りつぱ》なものだ　大橋流《おほはしりう》を書《か》き成《な》さるの、是《これ》なら立派《りつぱ》

に御祐筆《ごいうひつ》が勤《つと》まる
と自分《じぶん》の書《かい》た下書《したがき》が少《すこ》し恥《はづ》かしく成《な》りましたから其下書《そのしたがき》を丸《まる》めて袂《たもと》へ入《い》れて仕舞《しま》ひました
花「オヤマア否《いや》な御串戯《ごぜうだん》ばつかり
金「串戯所《ぜうだんどこ》ろじやア無《な》い実《じつ》に名筆《めいひつ》じや、何《ど》うか印判《いんばん》を押《おし》て下《くだ》さい
花「ハイ畏《かしこ》まりました
と店《みせ》の*仕切《しき》り判《ばん》を押《おし》て出《だ》し升と
金「是《これ》で宜敷《よろし》い
と証書《せうしよ》を受取《うけと》つて懐中《くわいちう》致《いた》し
金「夫《それ》では多助《たすけ》が帰宅致《きたくいた》したら身共《みども》の長家《ながや》へ参《まゐ》る様《やう》に申して呉《くれ》
花「かしこまりました
金「爾《さう》して和女《おまへ》も折《を》り〳〵お出《いで》　家《うち》に娘《むすめ》があるが至《いた》つて芸事《げいごと》が好《す》きで琴《こと》は奈須流《なすりう》を遣《や》るが当年《たうねん》の*仕舞浚《しまひざら》ひ迄《まで》には奥《おく》許《ゆる》しを貰《もら》ふ積《つも》りじや　屋敷《やしき》でも奥方《おくがた》が大《だい》の琴好《ことずき》でお出《いで》だから折節《をりふし》お屋敷《やしき》へ召《め》されて姫様《ひいさま》のお相手《あひて》をするが定《さだ》めし和女《おまへ》も琴《こと》は立派《りつぱ》にお出来《でき》だらう　閙《いそ》がしい中《なか》で稀《たま》には命《いのち》の洗濯《せんたく》もせんければ不可《いか》ん　些合奏《ちとあはせ》ものにでも出掛《でか》けてお出《い》で夫《それ》とも多助《たすけ》が出《だ》さん歟ね、其《それ》も尤《もつと》も美《うつく》しいからノ
花「御串戯《ごぜうだん》ばつかり
金「串戯《ぜうだん》ぢやア無《な》い正実《ほんとう》にお出《い》でよ
花「有難《ありがた》う存《ぞん》じ升
金「種々《いろ〳〵》お世話《せわ》で有《あ》つた
と戸外《おもて》へ出《で》ましても跡《あと》を振《ふ》り返《かへ》り〳〵お花《はな》の顔《かほ》を見《み》て参《まゐ》りますから往来《わうらい》の人《ひと》に突当《つきあた》つて何《なに》を仕《し》やアがるんだと剣突《けんつく》を食《く》ふ、又《ま》た石《いし》に蹶躓《けつまづ》いて生爪《なまづめ》を剝《はが》し損《そこ》なふ
金「吁痛《あゝいた》い
と足《あし》の指《ゆび》を撫《なで》ながら矢張《やは》りお花《はな》の顔《かほ》を見《み》い〳〵参《まゐ》ると思《おも》はず狗《いぬ》の足《あし》を踏《ふ》んでワンと吠《ほ》へられて驚《おどろ》きながら帰《かへ》りました　丁稚《でつち》の三太《た》が可笑《をかし》がつて
三「彼奴《あいつ》ア助兵衛侍《すけべゑざむら》ひだア　お内儀《かみ》さんの顔《かほ》をばツかり見《み》ながら往《ゆき》やアがつて到《たう》〳〵狗《いぬ》に食《く》ひ附《つか》れ損《そこ》なやアがつた
花「其様《そん》な大《おほ》きな声《こゑ》をするものぢやア無《な》い
と叱《しか》りました　其中《そのうち》に日《ひ》も晩景《ばんけい》となり徐徐店《そろそろみせ》を片附《かたづ》け様《やう》といふ時分《じぶん》に多助《たすけ》が帰宅《きたく》を致《いた》しました

（五）

多助《たすけ》は天理《てんり》に協《かな》つた人《ひと》で　円朝《わたくし》が御贔負《ごひゐき》に成《な》りました陸奥《むつ》*伯爵《はくしやく》の御親父《ごしんぶ》伊達自得様《だてじとくさま》が御存命《ごぞんめい》の時分《じぶん》に毎度《まいど》御教諭《ごけうゆ》に預《あづ》かりましたお詞中《ことばちう》に　原天《もとてん》は人《ひと》と一致《ち》なり天誠《てんまこと》あり人何《ひとなん》ぞ誠無《まことな》からん哉《や》といふ心《こゝろ》の歌《うた》に「*嘘《いつは》りの無世《なきよ》なりけり神無月《かんなづき》唯真事《たゞまこと》より時雨《しぐれ》そめけん」といふ事《こと》がある　冬《ふゆ》になれば時雨降《しぐれふ》る春《はる》は霞《かす》む夏五月雨《なつさみだ》るゝ　是《これ》に違《たが》はぬのが天《てん》の道《みち》で此季候《このきこう》に違《たが》はず今日《こんにち》の勤《つと》めをするのが人《ひと》の道《みち》　又《ま》た禽獣《きんじう》にも夫《それ》〴〵勤《つと》むべき道《みち》がある、鶯《うぐひす》の春《はる》を告《つ》げ鶏《にはとり》の時《とき》を告《つ》げ馬《うま》の人《ひと》を乗《の》せ牛《うし》の荷物《にもつ》を曳《ひ》く　是《これ》が則《すなは》ち禽獣《きんじう》の道《みち》ぢやと被仰《あふ》せられた事《こと》がござい升が　前《ぜん》申上《あげ》る通《とほ》り多助《たすけ》は天道《てんだう》に協《かな》つた人《ひと》でござい升から忠孝《ちうかう》の道《みち》も自然《しぜん》に勤《つと》まり商売《せうばい》も楽《らく》に出来《でき》るのが天理自然《てんりしぜん》の妙《めう》でござい升　凡《およ》そ人間《にんげん》の勤《つと》めといふ事《こと》を多助《たすけ》は勤《つと》めとは思《おも》ひません　朝《あさ》は一番鶏《ばんどり》と倶《とも》に起《お》きまして店《みせ》の飾《かざ》りを致《いた》し　夜《よる》は更爛《かうたく》る迄帳合《までてうあひ》を致《いた》したり明日《あす》の商《あきな》ひの事《こと》を彼方《あちら》へは斯《か》う爰《こゝ》へは斯《か》うと手配《てくば》りを附《つ》け升のが夏暑《なつあつ》く冬寒《ふゆさむ》いと同《おな》じ事《こと》で苦《く》とも太儀《たいぎ》とも思《おも》はず水車《みづぐるま》がグル〳〵廻《まは》る様《やう》に自然天然《しぜんてんねん》に廻《まは》つて参《まゐ》る、爾《さ》ればこそ多助《たすけ》は一生《せう》の中《うち》に草臥《くたび》れたといふ事《こと》を知《し》らなかつたと言《い》ひ升、今日《こんにち》も得来《ゑらい》お仁《かた》が有《あ》つて一文無《もんな》しが僅《わづ》か三十年経過《ねんたつた》かたゝぬ間《ま》に巨万《きよまん》の財産家《ざいさんか》に成《な》つたお仁《かた》は幾許《いくら》もあり升が明和安永《めいわあんえい》といふ四海静穏《かいせいをん》の時《とき》に発達《はつたつ》を致《いた》されたのは得来《えらい》ものであり升今《いま》お花《はな》が灯《あか》りを点《つ》け様《やう》といふ所《ところ》へ

多「今帰《いまかへ》つた

と言《い》ひながら上《あが》り端《はな》で衣類《きもの》の埃《ほこ》りを払《はら》つて居《を》り升

花「オヤお帰《かへ》り遊《あそ》ばせ　大層《たいそう》お帰《かへ》りがお遅《そ》いから*和泉橋《いづみばし》の山口《やまぐち》へでもお廻《まは》りに成《な》つた歟《か》と存《ぞん》じて居《を》りました

多「遠《とほ》い得意先《とくいさき》を歩行《あるい》たから日《ひ》の短《みじか》いので直《ち》き暮《くれ》て終《しま》つた、夫《それ》は爾《さう》と炭《すみ》の俵数《たわらかず》が大層減《たいそうへ》つて居《ゐ》る様《やう》だが何《ど》うしたのだ、

お花《はな》は丁稚《でつち》の三太《た》と顔《かほ》を見合《みあは》せて居《を》りましたが

花「唯今《たゞいま》申し上《あ》げ升から御足《おみあし》をお洗《あら》ひ遊《あそ》ばせ　三太《さんた》早《はや》くお灌《すゝ》ぎを持《も》つて来《こ》ないか、

やがて三太《さんた》が盥《たらひ》へ水《みづ》を汲《く》んで持《もつ》て参《まゐ》るから足《あし》を洗《あ》ら《》ひ店《みせ》へ昇《あが》つて参《まゐ》つて

多「炭《すみ》は何《ど》う仕《し》たのだ
花「お喜《よろこ》び遊《あそ》ばせ　津軽様《つがるさま》から急《きふ》に下野炭《しもつけずみ》を千俵《べう》といふ御用《ごよう》がございまして先刻《せんこく》お屋敷《やしき》へお運《はこび》に成《な》りました、
多助《たすけ》は首《くび》を傾《かたむ》けながら
多「ナニ二度《ど》に千俵《べう》か
花「ハイ
多「イヤ流石《さすが》はお大名《だいめう》だ魂消《たまげ》たのふ、夫《それ》は有難《ありがた》い事《こと》だが

夫《それ》で其炭《そのすみ》を屋敷《やしき》へ納《をさめ》たのか
花「ハイ
多「直段《ねだん》が和女《おまへ》には分《わか》るまいが誰《たれ》ぞに相談《さうだん》でもして申上《あげ》たのか
花「イヽエ、皆出払《みなではら》つて誰《だれ》も居《をり》ませんでした
多「夫《それ》では*久《きう》八さんに相談《さうだん》でもして申上《あげ》たのか
花「父《ちゝ》は矢《や》ツ張《ば》り商《あきな》ひに出《で》まして
多「ウム爾《さう》だらう……夫《それ》で何《ど》うしてお買《か》ひ上《あげ》に成《な》つた
花「宿《やど》が留守《るす》でござい升から帰《かへ》り升迄《ますまで》お待《まち》を願《ねがひ》升と申上《あげ》た所《ところ》が、旧来《きうらい》四ツ目《め》の林屋《はやしや》が出入《でいり》で予《かね》て注文《ちうもん》を致《いた》して置《おい》た所《ところ》が今日《こんにち》に成《な》つて下野炭《しもつけずみ》が払底《ふつてい》でお間《ま》に合《あは》んと断《ことわ》りを申して来《き》て大差支《おほさしつか》へだから手前《てまへ》の所《ところ》で分《わか》らずば松井《まつゐ》町を聞合《きゝあは》せると被仰《おつしや》るので、猶予《いうよ》をして此御用《このごよう》を取外《とりはづ》しては成《な》らんと存《ぞん》じまして三太《さんた》と相談《さうだん》を致《いた》して百五十金《きん》で納《をさ》めました
と聞《きい》て多助《たすけ》は驚《おどろ》きました
多「夫《それ》で黙止《だま》つてお買上《かいあ》げに成《な》つたの歟《か》
花「ハイ少《すこ》し不廉《たかい》では無《な》い歟《か》と被仰《おつしや》いましたから　下野《しもつけ》炭《ずみ》は品切《しなぎ》れでござい升から決《けつ》してお不廉《たかく》は差上《さしあ》げませんと

申し上《あ》げましたら、ソンなら夫《それ》で宜《よい》から直《す》ぐ屋《や》敷《しき》へ運《はこ》べといふ御《お》沙《さ》汰《た》でござい升から　唯今皆出《たゞいまみなで》払《はら》ひまして人《ひと》も車《くるま》もございませんゆゑ何《ど》うか貴君《あなた》の方《はう》からお人《ひと》も車《くるま》もお持《もた》せで取《と》りにお遣《つか》はしを願《ねが》ひ升と申し上《あ》げましたら　夫《それ》ぢやア爾《さ》う致《いた》さうと被仰《おつしや》つて取《と》りにお遣《つか》はしでござい升

多助《たすけ》は益々《ます〱》呆《あき》れて居《を》りました

（六）

多「何《ど》しても百五十両《れう》と言《い》つては大層《たいそう》な直段《ねだん》の違《ちが》ひでは無《な》い歟《か》

花「済《すみ》ません事《こと》を致《いた》しましたねへ、余《よ》ツ程《ほど》の御損毛《ごそんもう》に成《な》りましたのです歟

多「否《いや》、損《そん》なら此方《こちら》が災難《さいなん》と諦《あきら》める迄《まで》ぢやが法外《はふぐわい》の高売《たかうり》で困《こま》つたね　凡《おほよ》そ三層倍《ぞうばい》の利益《りえき》だ

花「オヤ、爾《そ》うです歟《か》、夫《それ》で安心《あんしん》を致《いた》しました

多「コレお花和女《はなおまへ》は御台所《おだいどころ》八百万石《ごく》といふ公方様《さま》を相手《あひて》に商《あきな》ひをしてござる内《うち》に生《うま》れて多分《たんと》儲《まう》かる事《こと》ばかり聞《きい》てお在《い》でだから丸《まる》で儲《まう》けても百五十両《れう》だと思《おも》つて居成《ゐな》さるだらうが、町家《てうか》の商《あきな》ひといふものは夫《それ》では一篇箇限《いつぺんこぎり》で跡《あと》が続《つゞ》かぬといふものぢや

花「ハイ悪《わる》ひ事《こと》を致《いた》しました　御損《ごそん》が入《い》つては不可《いけな》いとばかり存《ぞん》じたものですから何《どう》ぞ御免遊《ごめんあそ》ばして

多「否《い》や決《けつ》して小言《こゞと》をいふ理由《わけ》じやア無《な》い　和女《おまへ》に悪心《あくしん》が有《あ》ツて仕《し》た事《こと》では無《な》し必竟勘定《ひつけうかんでう》に疎《うと》いから多分利益《たぶんりえき》さへ有《あつ》たら宜《よから》うといふ思《おも》ひ違《ちが》ひで仕《し》たのだらうが　此後《このご》は其様《そん》な軽《かる》はづみをせずに分《わか》らん事《こと》は分《わか》りませんと言《い》ツて夫《それ》で先《さき》様《さま》が待《また》れんといふなら御縁《ごえん》の無《な》いのだと諦《あきら》めるより他《ほか》に仕《し》方《かた》は無《な》い

花「ハイ畏《かしこま》りました　唯ゝ《たゞ〲》斯《かう》いふ大《おほ》きな御注文《ごちうもん》を取《と》り外《はつ》して馬鹿《ばか》な奴《やつ》だと御叱《おしか》りの無《な》い様《やう》と存《ぞん》じて飛《とん》だ不調法《ぶてうはふ》を致《いた》しました

多「否強《いやあなが》ち不調法《ぶてうはふ》といふ理由《わけ》じやア無《な》い　俺《わし》の留守《るす》に大《だい》枚《まい》な商《あきな》ひをしたのも和女《おまへ》の働《はたら》きで大手柄《おほてがら》といふ方《はう》だが唯高《たゞたか》売《うり》が宜敷《よろし》く無《な》いのだ、何等《どちらか》歟と言《い》へばまだしも損《そん》といふ方《はう》が宜《よ》い、是《これ》から直《すぐ》に津軽様《つがるさま》へ往《い》つて其《その》お役人《やくにん》に金《かね》を返《かへ》して来《く》るから今《いま》の金《かね》を出《だ》してお呉《くれ》

花「ハイ種ゝ《いろ〳〵》と御教訓《ごきやうくん》で有難《ありがた》う存《ぞん》じました　女《をんな》の浅敢果《あさはか》な心《こゝろ》から大失策《おほしくじり》を致《いた》しました、是《これ》からは屹度《きつと》気《き》を附《つ》け升這度《このたび》は御有免《ごゆうめん》を願《ねが》ひ升

多「何《ど》んな不調法《ぶてうはふ》でも仕《し》た様《やう》に其様《そんな》に詫《わび》るにやア及《およ》ばん

花「貴郎《あなた》の御意見《ごゐけん》を伺《うかが》つて見《み》ると正実《ほんとう》に妾《わたくし》が悪《わる》うございました　被仰《おしや》る通《とほ》り自分《じぶん》で天窓《つむり》を打《ぶた》れましたのは自分《じぶん》が勘弁《かんべん》さへ致《いた》せば夫《それ》で宜《よ》いのでござい升が人様《ひとさま》のお天窓《つむり》を打《ぶ》ちましてはツイ麁想《そさう》だとばかりでは済《すみ》ません様《やう》なもので正実《ほんとう》に悪《わる》ひ事《こと》を致《いた》しました　モウ〳〵是《これ》に懲《こ》りまして何事《なにごと》でもお留守《るす》に一存《いちぞん》で取《と》り計《はか》らふ様《やう》な事《こと》は致《い》たし升まい　モウ〳〵懲々《こり〴〵》致《いた》しました何《どう》ぞ御免遊《ごめんあそ》ばせ

と両手《れうて》を突《つい》て詫《わ》び入《い》り升

多「爾《さ》う幾度《いくど》も過《あやま》るには及《およ》ばん　決《けつ》して和女《おまへ》が悪気《わるぎ》で仕《し》たといふでは無《な》し　軍《いくさ》で言《い》へば抜駈《ぬけがけ》の高名《かうめう》を仕《し》たので唯軍《たゞぐん》令《れい》は違《ちが》ツたといふだけの事《こと》で抜駈《ぬけがけ》と雖《いへど》も手柄《てがら》は何処迄《どこまで》も手《て》柄《がら》に相違《さうゐ》は無《な》い　決《けつ》して爾《さ》う詫入《わびい》るには及《およ》ばん

と宥《なだめ》て居《を》り升　万事《ばんじ》が此様《このやう》で互《たが》ひに一歩《ぼ》宛《づゝ》譲《ゆづ》ツて居《ゐ》るので家内《かない》が和合致《わがふいた》すから商《あきな》ひも繁昌《はんぜう》を致《いた》し升　是《これ》が通常《つうぜう》の内儀《おかみ》さんだと直《すぐ》に眼《め》の色《いろ》を変《かへ》麦酒《びーる》の瓶《びん》の口《くち》を抜《ぬ》き損《そこ》なつた様《やう》に口《くち》の端《はた》を泡吹《あぶく》だらけに致《いた》して、其様《そん》なに叱言《こゞと》を言《いは》ずとも宜《いゝ》じやアない歟《か》、何《なに》も妾《わたし》が悪《わる》かれと思《おも》ツて仕《し》た理由《わけ》じやアなし家《うち》の為《た》めだと思《おも》ツて仕《し》た事《こと》だ　夫《それ》も損《そん》でも仕《し》たら知《し》らん事儲《ことまう》けが多過《おほすぎ》たツて亭主振《ていしゆぶ》ツて天窓《あたま》ごなしに叱《しか》り附《つけ》るにやア及《およ》ばねへ此方《こつち》やア、礼《れい》のひとつも言《いは》れる気《き》で居《ゐ》るン

だ、*おいねへデレ助《すけ》だ抔《など》と喰《く》つて掛《かゝ》り升　御亭主《ごていしゆ》の方《はう》でも女房《ねうばう》に悪口《あくこう》を吐《つか》れて黙止《だまつ》て居《ゐ》る理由《わけ》にやア参《まゐ》りませんから何《なに》を吐《ぬか》しやアがる此阿魔《このあま》めと忽《たちま》ち拳《こぶし》の雨《あめ》が降《ふ》る近所合壁《きんじよがつぺき》から仲裁《ちうさい》は来《く》るといふのが随分多分《ずゐぶんたんと》ござい升

（七）

名《な》におふお花《はな》は幼少《えうせう》のときから両親《ふたおや》に事《つか》へて孝心《かうしん》で何事《なにごと》にも忍耐力《にんたいりよく》が強《つよ》い　女《をんな》として勤《つと》むべき事女《ことをんな》に三従《じう》のと申して幼《えう》にしては親《おや》に従《したが》ひ嫁《か》しては本夫《をつと》に従《したが》ひ老《おい》ては子《こ》に従《したが》ふといふ本文《ほんぶん》も能《よ》く心得《こゝろえ》て居《ゐ》る　爾《さ》れば本夫多助《をつとたすけ》を敬《うやま》ひ升事《ますこと》は主親《しゆおや》より優《まさ》り升《ます》　多助《たすけ》も又《ま》た女房《にようぼう》を寵《いつくし》み升《ます》る事《こと》は慈母《じぼ》の赤児《あかご》に於《おけ》る如《ごと》く　近辺《きんぺん》の田夫《でんぶ》野《や》人等《じんら》は多助《たすけ》さんは女房孝行《にようぼうかう〱》だ甚《はなはだ》しいのは二本棒《ほんぼう》だ鼻垂《はなたら》しだと迄《まで》に申す程《ほど》で　夫婦気《ふうふき》を揃《そろ》へて稼《かせ》ぎましたから僅《わづ》か三四十年《ねん》の間《あひだ》に都下《とか》屈指《くつし》の豪《がう》商《しやう》と成《な》ツて後世迄《こうせいまで》名《な》を残《のこ》しましたが　徳《とく》は孤《こ》ならず必《かな》らず隣《りん》ありとやらで多助《たすけ》の徳《とく》は図《はか》らず円朝《わたくし》に及《およ》ぼし夫《それ》から書肆《しよし》やまと新聞社寄席《しんぶんしやよせ》劇場《しばゐ》に迄及《までおよ》びました　仇《あだ》し事《ごと》は扨置《さておき》つと致《いた》しまして　多助《たすけ》は橋口金吾《はしぐちきんご》から女房《にようばう》が受取《うけと》りました百五十両《りやう》の半額《はんがく》七十五両《りやう》を*丸《まる》十の印《しるし》を染《そ》め出《だ》しました木綿《もめん》の財《さい》布《ふ》へ入《い》れまして更《あらた》めて金《きん》七十五両《りやう》の請取書《うけとりしよ》を認《したゝ》め

多「お花小袖《はなこそで》に紋附《もんつ》きの羽織《はおり》と袴《はかま》を持《も》つて来《き》て下《くだ》さい

花「ハイ

と起《た》つて龍門羽二重《りうもんはぶたへ》の鉄納戸《てつをなんど》の*三所紋《みつどころもん》の羽織《はおり》唐桟留《たうざんとめ》に黒《くろ》八丈《ぢやう》の裏《うら》の附《つ》きました袴結城紬《はかまゆふきつむぎ》に中渡《なかわた》りの更紗《さらさ》の下着《したぎ》*米沢《よねざは》博多《ゝかた》の帯《おび》といふ今迄《いまゝで》の筒袖打扮《つゝそでいでだち》とは打《う》ツて更《かは》ツた身形《みな》り、諺《ことわざ》に申《まを》す馬士《まご》にも衣裳《いしやう》で男振《をとこぶ》りも一層立上《そうたちあが》ツて見《み》えますからお花《はな》も心嬉《こゝろうれ》しく莞爾《につこ》り笑《わら》ひながら

花「今日《けふ》は大層改《たいそうあらた》まつた御身形《おみな》りで

多「小袖抔《こそでなど》といふ物《もの》は此様《こん》な時《とき》に着《き》なければ無用《むよう》な物《もの》だ、仲間《なかま》へ出《で》るにはベンベラ着物抔《きものなど》を着込《きこ》んで往《ゆく》と彼奴《あいつ》は贅沢《ぜいたく》だ抔《など》と信用《しんよう》を無《なく》なすが屋敷《やしき》へ出《でる》には身分相応《みぶんさうおう》の身形《みな》りをして往《ゆか》んでは信用《しんよう》が無《な》い　仏法《ぶつぱふ》で言《い》ふ人《にん》を見《み》て法《はふ》を説《とけ》とは此《この》事《こと》じや

と夕飯《ゆふげ》も食《しよく》せず津軽越中守様《つがるゑつちうのかみさま》のお屋敷《やしき》へ参《まゐ》り通用門《つうようもん》へ橋口金吾様《はしぐちきんごさま》のお小屋《こや》へ出《で》升と断《ことは》つてお賄《まかな》ひ方《かた》の橋口金吾《はしぐちきんご》の宅《たく》へ参《まゐ》りました、其当時《そのたうじ》は御案内《ごあんない》の如《ごと》く士農工商《しのうこうせう》といふ別《べつ》が

ございまして商人《せうにん》は四民《みん》の一番末《ばんすゑ》に置《おか》れまして士《し》と農工商《のうこうせう》の段階《だんかい》が太敷《はなはだし》く違《ちが》ひまして武士《さむらひ》が農工商《のうこうせう》を見《み》る事恰《ことあだか》も家来《けらい》の如《ごと》く農工商《のうこうせう》が武士《さむらひ》に対《たい》し升る事《こと》は主君《しゆくん》に於《おけ》る如《ごと》くでありました、其中《そのなか》で高禄《かうろく》をお取《と》りの御大身《ごたいしん》は町人《てうにん》百姓《せう》に接《せつ》するのも丁寧《ていねい》でございましたが小身《せうしん》の小役人程太《こやくにんほどはなは》だしうございました、明治《めいぢ》の聖世《せいく》になりましては四民同等《みんどうく》で御器量《ごきれう》さへあれば那方《どなた》でも執政《しつせい》に成《な》れるといふ御制度《ごせいど》ではあり升がまだ藩制《はんせい》の余風《よふう》が残《のこ》つて居《を》つて月給《げつきふ》の尠《すく》ない人《ひと》は威張《ゐばり》たがり升　新聞社《しんぶんしや》へ伺《うかゞ》ひましても社長《しやてう》さんよりは受附《うけつけ》の人《ひと》の方《はう》が面《つら》が高《たか》うござい升　故《もと》の判事《はんじ》富永冬樹《とみながふゆき》*（今《いま》は故人《こじん》）といふ洒落《しやれ》た御人《おひと》の咄《はな》しに　日本《にほん》の礼《れい》は逆《さか》さまで至尊《しそん》は立礼《りつれい》と言《い》ツて立《た》ツて居《ゐ》て拝《はい》すれば宜《よい》　大臣次官《だいじんじくわん》は趺坐《あぐら》で咄《はな》しが出来《でき》る、局長《きよくてう》となると坐《すは》らにやア咄《はな》しが出来《でき》ん、判任官《はんにんくわん》のお役《やく》人様《にんさま》にア手《て》を突《つい》て物《もの》を言《いは》にやアならん、巡査《じゆんさ》となると土下《どげ》坐《ざ》をせにやア成《な》らんと言《いは》れましたが其趣《そのおもむき》が無《な》きにしも非《あら》ずでござい升　是《これ》は極内《ごくない》ゝ《く》に願《ねが》ひ升　今晩《こんばん》お聞《きゝ》にお出《いで》のお客様《きやくさま》は円朝《わたくし》の親類《しんるゐ》と存《ぞん》じて咄《はな》しを致《いた》し升　扨多助《さてたすけ》は橋口《はしぐち》の玄関《げんくわん》へ参《まゐ》りまして

多「お頼《たの》み申升

と音信《おとない》升と　ドウレと言《い》ひながら出《で》て参《まゐ》ツた執次《とりつ》ぎが町《てう》人《にん》と見《み》ましたから玄関《げんくわん》へ棒《ぼう》の様《やう》に突《つ》ツ立《たつ》た儘《まゝ》で

取「何所《どこ》から参《まゐ》ツた

多「ハイ俺《わたくし》は相生《あひおひ》*町の塩原屋多助《しほばらやたすけ》と申す炭屋《すみや》でがんす、先刻俺《せんこくわたくし》の留守《るす》に愚妻《ぐさい》から差上《さしあ》げました炭《すみ》の事《こと》で旦那様《だんなさま》にお目通《めどほ》りを願《ねが》ひ度《た》うがんす

（八）

取次《とりつぎ》は多助《たすけ》を尻眼《しりめ》に掛《か》けまして

取「今《いま》申上《あげ》て見《み》るから暫時《ざんじ》控《ひか》へて居《を》れ

と奥《おく》へ参《まゐ》りましたが程無《ほどな》く出《で》て参《まゐ》りまして

取「サア此方《こちら》へ通《とほ》らつしやい

多「ハイ有難《ありがた》う存《ぞん》じ升

と其取次《そのとりつぎ》に附《つい》て八畳《でふ》の座敷《ざしき》へ通《とほ》つて控《ひか》へて居《を》り升と程《ほど》なく橋口金吾《はしぐちきんご》が出《で》て参《まゐ》つて自《みづ》から床《とこ》の間《ま》を後《うし》ろに座《ざ》を占《しめ》ました

多助《たすけ》は一膝下《ひとひざゝが》りまして両手《れうて》を突《つ》き

多「御初《おはつ》に御意得《ぎよいえ》ますが俺《わたくし》が塩原屋《しほばらや》多助《たすけ》で真事《まこと》に不調法《ぶてうはふ》者《もの》でがんす、此後《このゝち》も御贔負《ごひゐき》にお願《ねが》ひ申升

金「左様《さやう》歟　其方《そのはう》の店《みせ》は新店《しんみせ》に似合《にあ》はず薪炭《まきすみ》を多分《たんと》仕入《しいれ》て置《おく》が感心《かんしん》じや　夫《それ》に妻《さい》は美人《びじん》なり能書《のうしよ》なり夫《それ》にも感心《かんしん》を致《いた》した　鳥渡《ちよつと》書《かい》た請取《うけとり》でさへ屏風《べうぶ》の張交《はりま》ぜ位《ぐら》ゐには成《な》る、アレで奉書《ほうしよ》の紙《かみ》へ散《ち》らし書《がき》でも認《したゝ》めさせたら定《さだ》めし見事《みごと》で在《あら》う

多「恐《おそ》れ入《い》り升　実《じつ》は其御《そのお》請取《うけとり》に就《つき》まして伺《うかゞ》ひましたでがんす、俺《わたくし》が留守中《るすちう》に愚妻《ぐさい》が勘定違《かんでうちが》ひを致《いた》し多分《たぶん》に金子《きんす》を頂戴致《てうだいゝた》して何《なん》とも相済《あひす》みましねへ事《こと》で何《ど》うか御勘弁《ごかんべん》を願《ねが》ひ升　先刻《せんこく》愚妻《ぐさい》が差上《さしあ》げました受取書《うけとりがき》と是《これ》と御取《おと》り替《かへ》を願《ねが》ひ升

ト懐中《ふところ》から受取書《うけとりがき》を出《だ》しましたから橋口《はしぐち》は眼《め》の色《いろ》を変《かへ》て怒《いか》りました

金「黙《だま》れ町人《てうにん》　一端《たん》百五十金《きん》と申《まを》すから夫《そ》れ〴〵重役方《ぢうやくがた》の僉議《せんぎ》も済《す》んで百五十金《きん》で御買上《おかひあ》げに相成《あひな》つたものを爾《さ》う軽々敷《かるぐゝし》く変更《へんがへ》が出来《でき》るものと存《ぞん》じ居《を》る歟白痴《たはけ》ものめ

と叱《しか》り附《つ》け升と多助《たすけ》は笑《わら》ひながら

多「御屋敷《おやしき》の御法《ごはふ》は存《ぞん》じやせんが前《まへ》に申上《まをしあ》げたのは全《まつた》く嚊《かゝ》アが勘定《かんでう》を知《し》りませんのでがんす

橋「黙止《だま》れ　其方《そのはう》は律義《りちぎ》な男《をとこ》と聞及《きゝおよ》んで居《を》つたが不埒《ふらち》な奴《やつ》だ　炭《すみ》の払底《ふつてい》な所《ところ》を附《つ》け込《こ》ンで他家《たけ》へ高直《かうね》に売《う》り込《こ》み多《た》分《ぶん》の利益《りえき》を貪《むさぼ》らうと心得《こゝろえ》　直増《ねまし》を申出《まをしいで》て儻《も》し採《と》り用《もち》ひが無《な》くば炭《すみ》を取《と》り戻《もど》さうと申《まを》す所存《しよぞん》じやな　身共《みども》も十八年来《ねんらい》御《お》賄《まかな》ひ方《かた》を奉職致《ほうしよくいた》して居《を》る、其様《そん》な古手《ふるて》を食《く》ふ様《やう》な爺父《おやぢ》じやア無《な》い馬鹿者《ばかもの》めが

と天窓《あたま》ごなしに叱《しか》り附《つ》け升と多助《たすけ》は思《おも》はず笑《わら》ひ出《だ》しましたから金吾《きんご》は弥々《いよ〳〵》立腹《りつぷく》を致《いた》して

金「コラ其方《そのはう》は町人《ちやうにん》の分際《ぶんざい》で武士《ぶし》たる者《もの》を嘲弄致《てうろういた》すな

多「イヱ〳〵何《ど》う致《いた》しやして左様《さやう》ではござへましねへ俺《わたくし》も商人《あきうど》でござへ升　仮令何《たとへな》ンで有《あら》うと一端納《たんをさ》めました物《もの》を其品《そのしな》を取《と》り返《かへ》そうの御直増《おねまし》を頂戴致《てうだいいた》そうのと左様《さやう》な事《こと》は毛頭《まうとう》ござへやせん　愚妻《ぐさい》が思《おも》ひ違《ちが》ひで余分《よぶん》の御金《おかね》を戴《いたゞ》きましたので余分《よぶん》の金子《きんす》を返済《へんさい》に出《で》ましたのでがんす、何《ど》うぞ御受納《じゆなふ》を願《ねが》ひ升

と懐《ふところ》中から七十五両《れうと》取り出《いだ》して金吾《きんご》の前《まへ》へ置《お》きました金吾《きんご》は少《すこ》し狐《きつね》に撮《つま》まれた様《やう》な心持《こゝろもち》で妙不思儀《めうふしぎ》な顔《かほ》をして金《かね》包《づゝみ》と多助《たすけ》の顔《かほ》を見競《みくら》べて居《を》りましたが急《きう》に容《かた》ちを更《あらた》め詞《ことば》を和《やは》らげまして

金「夫《それ》では何《なに》かへ　御用代金《ごようだいきん》が余分《よぶん》で有《あ》るから返上《へんぜう》に参《まゐ》ツたと箇様《かやう》な理由《わけ》歟

多「ハイ左様《さやう》でがんす、

金吾《きんご》は此時始《このときはじ》めて多助《たすけ》が差出《さしだ》した請取書《うけとりがき》を執《と》つて見《み》まして

金「ハヽア夫《それ》では七十五両相違《れうさうゐ》致《いた》したのか
多「ハイ
金「*百五十両《れう》の脊中《せなか》で七十五両《れう》と申せば半分違《はんぶんちが》ふのじや
が一体何《たいど》うしたのじや
多「ハイ愚妻《ぐさい》の実家《じつか》は公儀《こうぎ》の*御細工所御用達《ごさいくじよごようたし》で不自由《ふじいう》なく育《そだ》ちました者《もの》で、銭勘定《ぜにかんでう》もまだ碌《ろく》には分《わか》りましねへが、店開《みせびら》きを致《いた》して間《ま》も無《な》い店《みせ》へ千俵《べう》といふ炭《すみ》の御注文《ごちうもん》を受《うけ》ましたので、何《なん》んでも是《これ》を取《と》り外《はづ》しては成《な》らん、なれども取《とり》附《つ》き身上《しんせう》の事《こと》で損《そん》をさせては済《すま》ん、百五十両《れう》なら宜《よか》らうといふホンの鼻元思案《はなもとしあん》で申上《あ》げました直段《ねだん》でがんす
金「何《なに》さま其方《そのはう》の妻《さい》は実家《じつか》が公儀《こうぎ》の御用達《ごようたし》で銭勘定《ぜにかんでう》もしらぬとは爾《さ》も有《あら》う奥床《おくゆか》しいものじや
多「併《しか》し商人《あきうど》の女房《ねうばう》が十露盤《そろばん》を正実《ほんとう》に知《し》らずに半分《はんぶん》お高《たか》く願《ねが》つたにはイヤモ実《じつ》に閉口《へいこう》を致《いた》したでがんす、併《しか》し召《め》します方《はう》でも大概相場《たいがいさうば》のある物《もの》を半分高《はんぶんたか》くお買入《かひい》れに成《な》ると申すのも恐《おそ》れながら少《すこ》し御無勘定《ごむかんでう》と存《ぞん》じやす

（九）

此時金吾《このときゝんご》は天窓《あたま》を掻《かき》ながら
金「爾《さ》う言《いは》れては近頃赤面《ちかごろせきめん》の至《いた》りだノ
多「ホイ是《これ》は貴所《あなた》の前《まへ》で申すのでは無《なか》つたですが
金「イヤ塩原屋其方《しほばらやそのはう》の潔白《けつぱく》には感心《かんしん》を致《いた》した、凡《およ》そ商人《あきんど》が利益《りえき》といふ事《こと》に至《いた》ると義理人情《ぎりにんじやう》も顧《かへり》みぬといふが常《つね》じやが夫《それ》を態々違算《わざ〳〵ゐさん》を致《いた》したと申し出《で》たのは適《あつぱ》れなものぢや、なれども多助《たすけ》一両前後《りやうぜんご》の事《こと》であれば違算《ゐさん》でござつたとも申し上《あ》げらるゝが　七十五金《きん》の大金《たいきん》を碌《ろく》に調《しら》べもせず金子《きんす》を下《さ》げ渡《わた》したと成《な》つては身共《みども》が不念《ふねん》に相成《あひな》るで左様《さやう》な事《こと》を今更重役衆《いまさらぢうやくしう》には申し出《いで》られん、依《よ》つて這度《このたび》は一時《じ》品切《しなぎ》れで相場《さうば》の騰貴《あが》つた事《こと》に致《いた》して其儘《そのまゝ》にして置《おい》て呉《く》れ
多「イヤ旦那様《だんなさま》飛《と》んだ事《こと》を仰《おつ》しやりやす　僅《わづ》か千俵《べう》の多《た》寡《くわ》で七十五両《りやう》といふ利益《りえき》を貪《むさぼ》る事《こと》は出来《でき》ましねへ、何《ど》うぞ御受納《ごじゆなふ》を願《ねが》ひやす
金「其方《そのはう》の志《こゝろざ》しは能《よ》ふ分《わか》つて居《ゐ》るが今其事《いまそのこと》を申立《たて》ると身《み》共《ども》の越度《をちど》に相成《あひな》る　其所《そこ》を存《ぞん》じて其金《そのかね》を持《も》つて帰《かへ》れ
多「夫《そ》りやア何《な》ンと被仰《おつしや》つても不可《いけ》ましねへ　七十五両《れう》に納《をさ》めやしても相当《さうたう》の儲《まう》けはあるのでがんす、其上《そのうへ》へまだ

多分《たぶん》の利益《りえき》を貪《むさぼ》りやしては今日様《こんにちさま》へ済《す》みましねへ

金「左様《さやう》でも有《あら》うが唯今《たゞいま》に成《な》つて右様《みぎやう》な事《こと》を申《まう》し出《だ》しては如何《いか》にも麁忽《そこつ》の取扱《とりあつか》ひをした事《こと》に成《な》つて身共一人《みどもひとり》の失錯《しくぢり》では無《な》い、御賄《まかな》ひ一同《どう》の不念《ふねん》に相成《あひな》つて進退伺《しんたいうかゞ》ひでも差出《さしだ》さねばならん事《こと》に相成《あひな》るから金子《きんす》は其儘受取《そのまゝうけと》つて置《お》け

多「何《な》んと御意《ぎよい》が有《あ》つても受取《うけと》りましねへ　其様《そん》な不冥利《ふめうり》な事《こと》を致《いた》しては俺《わし》が主人《しゆじん》へ対《たい》しても申《まう》し訳《わけ》が無《な》い　又《ま》た貴殿《あなた》は御内《ごない》々にして下《くだ》さる思召《をぼしめ》しでも天知《てんし》る地知《ちし》るといふ事《こと》が有《あ》つて悪《わる》い事《こと》は知《し》れ易《やす》いものでがんす、其時《そのとき》にアノ塩原屋《しほばらや》では七十五両の炭《すみ》を足元《あしもと》を見《み》て百五十両《れう》に売《う》つた抔《など》と噂《うは》さをされましては一般《いつぱん》の商《あきな》ひに響《ひゞ》き升で何《ど》うか受取《うけと》つて下《くだ》さへやし

金「其儀《そのぎ》は能《よ》く分《わか》つて居《ゐ》る、身共《みども》を始《はじ》め大勢《おほぜい》の迷惑《めいわく》に相《あひ》成《な》る儀《ぎ》じやからと申すに其方《そのはう》は余程聞分《よほどきゝわけ》の無《な》い奴《やつ》じや　天知《てんし》る地知《ちし》る抔《など》と申す事《こと》は腐《くさ》れ儒者《じゆしや》の言《い》ひ種《ぐさ》で天《てん》が物《もの》を言《い》つた事《こと》も地《ち》から耳《みゝ》の生《は》へた例《ためし》も無《な》いが、必竟汝《ひつきやうてまへ》と身共《みども》が黙止《だまつ》てさへ居《を》れば汝《てまへ》は慈悲《じひ》をして徳《とく》を取《と》るといふ事《こと》に当《あた》つて至《し》極便利《ごくべんり》では無《な》いか

多「夫《それ》は橋口様《はしぐちさま》のお詞《ことば》とも思《おも》ひましねへ、天《てん》に口無《くちな》し人《ひと》を以《もつ》て言《いは》しむるといふ事《こと》があり升　天《てん》は物《もの》を言《いは》ず地《ち》に耳《みゝ》は無《な》いと思《おも》ふと大違《おほちが》ひ　天地《てんち》は能《よ》く知《し》つてござつて夫《それ》を人《ひと》に命《めい》じて言《いは》せるのです、又御同様《またごどうやう》の間《あひだ》で言《いは》なければ人《ひと》はしらんとの御意《ぎよい》で御座《ござつ》たが御詞《おことば》の様《やう》に仮令人《よしひと》は知《し》らんにもせよ悪事《あくじ》を働《はたら》いては自己《おのれ》で自己《おのれ》の本心《ほんしん》に済《すみ》ません、人《ひと》のしらぬのを宜事《よいこと》に致《いた》して悪《わる》いと知《しり》つゝ悪《わる》い事《こと》を致《いた》しては我《われ》と自己《おのれ》の気《き》が咎《とが》めて人中《ひとなか》へ顔《かほ》が出《だ》されたもんじやアござへやせん貴殿《あんた》も又《ま》た役目《やくめ》を大切《たいせつ》に思召《おぼしめ》せば悪《わる》い事《こと》は改《あらた》めねばなりません　第《だい》一貴殿《あなた》が不調法《ぶてうはふ》になるのが辛《つら》いからと言《い》つてみす〳〵七十五両御主人《れうごしゆじん》へ御損《ごそん》を掛《かけ》るとは失礼《しつれい》ながら御忠義《ごちうぎ》とは御賞申《ほめまう》す事《こと》が出来《でき》ん様《やう》でござい升が、何《な》んと思召《おぼしめ》し升歟《か》と問《と》ひ詰《つめ》られまして橋口《はしぐち》は多助《たすけ》の申《まう》す事《こと》を無理《むり》とは聞《きゝ》ませんが差当《さしあた》つて自己《おのれ》の失錯《しつさく》を覆《おほ》ふ事《こと》が出来《でき》ませんので口《くち》の酸《すく》なるほど*理解《りくわい》を致《いた》しても多助《たすけ》がいつかな聞入《きゝいれ》ませんから少《すこ》し疳癪《かんしやく》に障《さは》つたので蟀谷《こめかみ》へ蛭《ひる》がのたくつた程《ほど》の青筋《あをすぢ》を出《だ》しまして

金「黙《だま》れ多助《たすけ》　先刻《せんこく》から事《こと》を分《わ》けて申《まう》し聞《きけ》るに貴公《きこう》には分《わか》らん歟《か》　よもや分《わか》らん事《こと》は無《なか》らう　達《た》つて強情《ごうぜう》を申《まう》し張《は》るなら当方《たうはう》にも了簡《れうけん》がある、能《よ》ふ勘弁《かんべん》を致《いた》して返答致《へんたういた》せと刀《かたな》の柄《つか》へ手《て》を掛《かけ》んばかりに多助《たすけ》をハツタと白眼附《にらみつ》けました

（十）

尋常《じんぜう》一様《やう》の男《をとこ》なら七十五両《れう》といふ金《かね》が猫婆《ねこばゞ》で儲《まうか》るの一件《けん》なり爾無《さな》くとも武士《さむらひ》が手《て》を突《つか》ぬばかりに頼《たの》み升ので宜敷《よろし》うござい升と承知《せうち》をする所《ところ》でございますが　多助《たすけ》は充分腹《じうぶんはら》が出来《でき》て居《を》る　其上自分《そのうへじぶん》には一点《てん》の曇《くもり》も無《な》く仮令相手《たとへあひて》が大名《だいめう》で有《あら》うが小前《こまへ》の商人《あきうど》で有《あら》うが商《あきな》ひに懸引《かけひ》きといふものが無《な》く同《おな》じ直段《ねだん》に外売《ほかうら》ないのであり升から　掛《かゝ》りの役人《やくにん》は別段《べつだん》媚《こび》るにも及《およ》ばんから敢《あへ》て恐《おそ》るゝ所《ところ》が無《な》いので少《すこ》しも動《どう》じません

多「コレは意外《いぐわい》な事《こと》を承《うけた》まはり升、俺《わし》が法外《はふぐわい》の金《かね》を戴《いたゞ》いて平気《へいき》な面《つら》で居《ゐ》てこそ不届《ふとゞき》とも不埒《ふらち》とも被仰《おつしや》い　だが正直《せうぢき》に間違《まちが》ひの廉《かど》を申上《あ》げて余分《よぶん》の金子《きんす》を返上《へんぜう》に参《まゐ》つた者《もの》が不《ふ》埒《らち》だといふ法《はふ》はありましねへ　其潔白《そのけつぱく》な事《こと》の取次《とりつ》ぎをした

貴殿《あんた》を失損《しくじら》せるといふのは重役《ぢうやく》が御無体《ごむたい》でがんす、其御重《そのごぢう》役《やく》の御名前《おなまへ》は何《な》ンと被仰《おつし》やるか伺《うかゞ》ひ度《て》へもので

金「コレ〳〵静《しづ》かにせん歟　汝御重役《てまへごぢうやく》の御名前《おなまへ》を伺《うかゞ》つて何《なん》に致《いた》す

多「心得《こゝろえ》の為《た》めに伺《うかゞ》つて置度《おきて》へで

金「其御重役《そのおぢうやく》が身共《みども》を失損《しく》じらせ様《やう》とも何《な》んとも言《いは》れたのでは無《な》いので　今《いま》の所《ところ》では水《みづ》なら澄渡《すみわた》つて居《ゐ》る所《ところ》へなまじ汝《おまへ》が其《そ》の水《みづ》の中《なか》へ飛《と》び込《こ》んで游《およ》ぐ、とか掻《か》き廻《まは》すとかすると澄《すん》で居《ゐ》た水《みづ》が忽《たちま》ち濁《にご》る、其水《そのみづ》の濁《にご》らん様《やう》にして呉《くれ》と先刻《さつき》から頼《たの》んで居《ゐ》るのじや

多「其水《そのみづ》の濁《にご》りもなまじ*焼明礬《やきめうばん》を入《い》れて澄《すま》せて置《お》くよりは玉川砂利《たまがはじやり》で正実《ほんとう》に漉《こさ》なければ清水《せいすゐ》には成《な》りなしねへ、何《ど》う歟《か》御重役《ごぢうやく》の御名前《なまへ》を俺《わし》に聞《きか》せて下《くだ》せへ

金「其御重役《そのおぢうやく》と申すはナ御当家《ごたうけ》では飛鳥《とぶとり》も落《おち》るといふ勢《いきほ》ひで御用人兼御勘定奉行《ごようにんけんおかんでうぶぎやう》小田切治部《をだぎりぢぶ》といふお人《ひと》じヤ

多「其小田切《そのをだぎり》といふは余《よ》ツ程《ほど》無慈悲《むじひ》なお人《ひと》と見《み》えやすな

金「コラ壁《かべ》にも耳《みゝ》のある世《よ》の中《なか》じや　滅多《めつた》な事《こと》を申すな

多「無慈悲《むじひ》だから無慈悲《むじひ》だと言《い》ふのでがんす　俺《わし》が其小田切様《そのをだぎりさま》にお目《め》に掛《かゝつ》てお咄《はな》しを致《いた》すベイ

金「コレ馬鹿《ばか》を申すな　治部殿《ぢぶどの》は御用人《ごようにん》の筆頭《ひつとう》で今《いま》に年寄衆《としよりしう》に成《なら》つしやるお仁《かた》だ　町人《てうにん》づれの其方《そのはう》に容易《たやす》くお逢《あ》ひになるもの歟《か》

多「御家老《おからう》だから素町人《すてうにん》にお逢《あひ》に成《なら》ねへといふ事《こと》は無《ね》へでがんす、十万石《ごく》の御身上《ごしんぜう》に対《たい》しては九牛《くぎう》が一毛歟《もうか》も知んねへが七十五両《れう》といふ金《かね》が現在《げんざい》お徳《とく》になる事《こと》にした貴殿《あんた》を

失損《しくじら》せるといふのが分《わか》りま仕《し》ねへ、夫《それ》じやア丸《まる》で賞罰《せうばつ》といふものが無《ね》へでがんす

金「コレ多助《たすけ》　汝《てまへ》の申《まう》す所《ところ》は至極尤《しごくもつと》もじやが損徳《そんとく》に拘《かゝ》はらず一端極《たんき》めた事《こと》が跡《あと》から間違《まちが》ふといふのは如何《いか》にも不手際《ふてぎは》で役目《やくめ》の落度《おちど》になる　治部殿《ちぶどの》に逢度《あひたく》ば案内《あんない》も仕様《しやう》が今日《けふ》は帰《かへ》つて明日《あす》出直《でなほ》して来被成《きなさ》イ、今日《けふ》は炭《すみ》の宰領《さいれう》や何《なに》かで草臥《くたびれ》た　其《その》うへまだ夜食《やしよく》も食《くわ》んから空腹《くうふく》で堪《たま》らん

多「俺《わし》も夕飯前《ゆふはんまへ》でがんすが、明日《あす》も商売《せうばい》が有《あ》つて毎日《まいにち》〱暇潰《ひまつぶ》しは出来《でき》や仕《し》ねへ、是《これ》から小田切様《をだぎりさま》へ往《ゆき》やす

金「イヤハヤ強情《ごうぜう》な奴《やつ》じやな、身共《みども》も馬鹿《ばか》な事《こと》をした小田切《をだぎり》の名前《なまへ》を言《いは》んければ宜《よか》つた

多「イヤ旦那《だんな》さん御心配《ごしんぱい》にやア及《およ》びま仕《し》ねへ　金輪奈落《こんりんならく》貴殿《あんた》の御迷惑《ごめいわく》になる様《やう》な事《こと》は申《まう》しま仕《し》ねへ

金「ソンなら何《ど》うも仕方《しかた》が無《な》い、参《ま》ゐるなら参《ま》ゐれ　多《た》分《ぶん》お逢《あひ》は無《なか》らうと存《ぞん》ずるが儻《もし》お逢《あひ》が有《あ》つても、成《な》る丈《た》け和《やは》〱《や》々遣つて呉《く》れ

多「決《けつ》して御心配《ごしんぱい》にやア及《およ》びま仕《し》ねへ

と云《い》ひながら七十五両《れう》の金《かね》を財布《さいふ》へ入《い》れて懐中《くわいちう》を致《いた》し受取書《うけとりがき》を紙入《かみい》れの中《なか》へ入《い》れまして

多「飛《とん》だ御無礼《ごぶれい》を致《いた》しやした　又《ま》た何《いづ》れお伺《うかゞ》ひ申し上《あ》げ升

と理屈《りくつ》は理屈《りくつ》　得意先《とくいさき》でござい升から丁寧《ていねい》に挨拶《あいさつ》を致《いた》して橋口金吾《はしぐちきんご》の宅《たく》を出《で》まして小田切治部《をだぎりちぶ》の長屋《ながや》へ参《まゐ》りました　是《これ》は表長屋《おもてながや》で玄関《げんくわん》も広《ひろ》く立派《りつぱ》でござい升、門口《かどぐち》には小田切《をだぎり》治部《ちぶ》、同順《どうじゆん》三郎といふ表札《へうさつ》を出《いだ》し間口《まぐち》十間《けん》を打通《うちとほ》したる広《ひろ》やかなる住居《ぢうきよ》である　多助《たすけ》は恐《おそ》る〱内玄関《うちげんくわん》へ参《まゐ》り

多「お頼《たの》まうし上《あ》げ升

「*通《どほ》れー

と言《い》ひながら小侍《こざむら》ひが出《で》て参《まゐ》りました

（十一）

津軽家《つがるけ》は代々《だいゞ》奥州津軽郡弘前《あうしうつがるごほりひろさき》に於《お》いて*十万石《まんごく》御領《ごれう》して、準国主《じゆんごくしゆ》申《まを》して国主《こくしゆ》に準《じゆん》ずるといふお家柄《いへがら》　御紋所《ごもんどこ》ろは*御《ぎよ》葉牡丹《えふぼたん》で藤原姓《ふぢはらせい》では厳《きび》しい御紋《ごもん》でござい升　*太祖《たいそ》津軽左京《つがるさけうの》太夫《たいふ》と申し上《あ》げたお仁《かた》は近衛家《このゑけ》からお別《わか》れに成《な》つたお仁《かた》で其嫡子《そのちやくし》*越中守《ゑつちうのかみ》信枚《のぶひら》と仰《あふ》せられたお方《かた》へ徳川家康公《とくがはいへやすこう》の姪満《めいま》

天《て》姫君《ひめぎみ》がお輿入《こしい》れに成《な》りましたといふ徳川時《とくがはじ》代《だい》には中々《なか〳〵》由《ゆい》緒《しょ》のあるお家《いへ》でありました、彼小田切治部《かのをだぎりぢぶ》といふお仁《かた》は至《いた》つて厳格《げんかく》で賄賂《わいろ》といふ事《こと》が大嫌《だいきら》ひで　賄《まかな》ひ方《かた》とか作事方《さくじがた》とかいふ役《やく》は町人《てうにん》に親《したし》敷く接《せつ》し升のに多《おほ》くは小禄《せうろく》の者《もの》でござい升から賄賂《わいろ》と申す事《こと》を厳敷《きびし》く禁《きん》じてある其代《そのかは》り此向《このむ》きの者《もの》へは御役料《おやくれう》といふものを多分《たぶん》に遣《つか》はされた　一体《たい》人《ひと》を遣《つか》ふのに暮《くら》しの立《たゝ》ぬ位《くら》ゐに外給金《ほかきふきん》を遣《やら》ないで能《よ》く働《はたら》け私《わたくし》をしては相成《あひな》らんと申すは使《つか》ふ人《ひと》が無理《むり》でござい升、此《こん》様なことは円朝《わたくし》が申し上《あ》げずとも事《こと》でござい升が爰等《こゝら》が緩《ゆる》みの加《か》減《げん》でございませう、小田切治部《をだぎりぢぶ》は年末《ねんまつ》の事《こと》で遅《おそ》く迄事務《までじむ》をお執《と》りに成《な》つて退出後夕飯《たいしゆつごゆふはん》を食《あが》つて居《を》られた所《ところ》へ執次《とりつ》ぎの小侍《こざむら》ひが紙門《ふすま》を開《あ》けまして

小「申し上《あ》げ升

治「何《な》んだ

小「唯今御玄関《たゞいまおげんくわん》へ先刻炭《せんこくすみ》を納《をさ》めました塩原多助《しほばらたすけ》と申す者《もの》が参《まゐ》りました　御当家《ごたうけ》の御家法《おかはふ》にも拘《かゝ》はる大切《たいせつ》の儀《ぎ》を言上《ごんぜう》致《いた》し度《た》いから是非《ぜひ》ともお逢《あ》ひを願《ねが》ひ度《たい》と箇様《かやう》申し升が如何《いか》様《やう》取《と》り斗《はから》ひませう

治「御家法《おかはふ》に拘《かゝ》はる儀《ぎ》で炭屋《すみや》が面会《めんくわい》を仕度《したい》と申すの歟

小「ヘイ

治「面会所《めんくわいしよ》へ通《とほ》して置《おけ》、爾《さ》うして茶《ちや》を遣《や》れ、コレお広敷《ひろしき》から頂戴《てうだい》をした菓子《くわし》を遣《つか》はせ

と申し附《つ》けました、是《これ》は治部《ちぶ》が先刻買入《せんこくかひい》れた炭《すみ》は大分高《だいぶたか》直《ね》の様《やう》に存《ぞん》じたが大概橋口《おほかたはしぐち》が炭屋《すみや》へ迫《せま》つて賄賂《わいろ》を取《と》つたので炭屋《すみや》が其事《そのこと》を申し立《たて》に参《まゐ》つたのだナと心附《こゝろづ》きましたから箇様《かやう》に丁寧《ていねい》に取《と》り扱《あつか》はせ軈《やが》て面会所《めんくわいしよ》へ出《で》まして

治「汝《おまへ》が炭屋《すみや》の多助《たすけ》かへ

多「ヘイ

と多助《たすけ》が顔《かほ》を上《あ》げて見《み》升と年《とし》の頃《ころ》は五十少《すこ》し出《で》て居《を》りませうが色《いろ》は白《しろ》く鼻筋《はなすぢ》が通《とほ》つて眼中涼《がんちうすゞ》やかで眉毛《まゆげ》が濃《こ》く実《じつ》に威《ゐ》有《あ》つて猛《たけ》からずと申す立派《りつぱ》な侍《さむら》ひ　流石《さすが》に津軽家《つがるけ》の御重《おちう》役《やく》と見《み》え升から多助《たすけ》は思《おも》はず平伏《へいふく》を致《いた》し

多「始《はじ》めましてお目通《めどほ》りを致《いた》しやす　小生《わたくし》が塩原屋《しほばらや》の多《た》助《すけ》にござり升　今日《こんにち》は多分《たぶん》の御用《ごよう》を仰《あほ》せ附《つ》けられまして有《あり》難《がた》う存《ぞん》じやす

治「拙者《せつしや》は小田切治部《をだぎりぢぶ》じやが先刻《せんこく》は何角世話《なにかとせわ》で有《あ》つたノ

多「恐《おそ》れ入《い》り升、生憎小生《あひにくわたくし》が留守《るす》で家内《かない》ばかりで手廻《てまは》りませんのでお屋敷《やしき》のお車《くるま》を拝借致《はいしやくいた》しやした爾《さ》うで、重々有《ぢう〳〵あり》難《がた》う存《ぞん》じやした

治「ナニカ唯今執次《たゞいまとりつ》ぎの者《もの》の申すには当屋敷《たうやしき》の家法《かはふ》に就《つい》て申す事《こと》が有《あ》るとやらじやが何《ど》んな事歟《ことか》　遠慮《ゑんりよ》には及《およ》ばん直《すぐ》に申して呉《く》れ

多「ハイ附《つか》ん事《こと》を伺《うかゞ》ひ升が先御当家《まづおたうけ》で剣術《けんじゆつ》の先生《せんせい》を尊君《あなた》様《さま》が御推挙《ごすゐきよ》で　彼者《あのもの》は五百石《こく》の器量《きれう》のある剣術遣《けんじゆつゝか》ひだからお召抱《めしかゝ》へが宜敷《よろし》いと申せば殿様《とのさま》はハア左様歟《さやうか》と仰《あほ》せられて御抱《おかゝ》へに成《な》りました跡《あと》で其剣術遣《そのけんじゆつゝか》ひの手並《てなみ》を尊君《あなた》がお試《ため》しになると五百石《こく》の価直《ねうち》は無《な》いと尊君《あなた》が思召《おぼしめ》しても　一端上《たんか》みへ仰《あふ》せ上《あげ》られた以上《いぜう》は半高《はんだか》にさせるといふ事《こと》は出来《でき》ないものでござい升歟《か》

治「異《い》な事《こと》を尋《たづ》ぬるが、誰《たれ》ぞ御奉公《ごほうこう》を望《のぞ》む者《もの》でもあるの歟《か》

多「イエ左様《さやう》ではがんせんが　若《も》し其剣術遣《そのけんじゆつゝか》ひが横着《わうちやく》な奴《やつ》で自分《じぶん》に爾程《さほど》の器量《きれう》の無《な》いのを知《し》りながら五百石《こく》の御扶《おふ》持《ち》を貪《むさぼ》つて居《ゐ》る時《とき》には尊君《あなた》は殿様《とのさま》に眼鏡違《めがねちが》ひの御詫《おわび》を成《な》す

つて、仮令尊君《たとへあなた》が失損《しくじ》る迄《まで》も其剣術遣《そのけんじゆつゝか》ひを減高《げんだか》にせんければ済《すま》ねへ理屈歟《りくつか》と存《ぞん》じやすが如何《いかゞ》でがんす、

小田切《をだぎり》が何《な》んと答《こた》へ升か明日分《めうにちわか》り升、

（十二）

治部《ちぶ》は妙《めう》な事《こと》を尋《たづ》ぬる男《をとこ》だと思《おも》はれましたが多助《たすけ》が正直《せうじき》一図《づ》で詞《ことば》に飾《かざ》りの無《な》いといふ事《こと》を見抜《みぬ》きましたので、何《なん》ぞ仔細《しさい》のある事《こと》と思《おも》ひましたから

治「夫《それ》は申さずとも然《さ》る場合《ばあひ》には拙者《せつしや》が目鑑違《めがねちが》ひのお詫《わ》びを申上《まをしあ》げて其剣客《そのけんかく》に暇《いとま》を出《だ》す分《ぶん》の事《こと》じや

多「なる程分《ほどわか》りました、儻其剣術《もしそのけんじゆつ》の先生《せんせい》が正直《せうじき》な人《ひと》で小生《わたし》は五百石《こく》の価直《ねうち》はござらん、全《まつた》く御推挙《ごすゐきよ》を下《くだ》されたお人《ひと》の御鑑定違《おめがねちが》ひであるから半高《はんだか》二百五十石返上《こくへんぜう》を致《いた》すと申た時《とき》　尊君《あんた》が爾《さ》うでも有《あら》うが一端《たん》五百石《こく》と極《きま》ツた事《こと》を彼是《かれこれ》言《い》ひ出《だ》しては小田切《をだぎり》の失損《しくじ》りになるから黙止《だまつ》て其儘《そのまゝ》五百石《こく》を貰《もら》ツて置《お》けとお仰《つ》しやる歟　如何《いかゞ》でござへ升

治「其方《そのはう》は益々《ます〳〵》異《ゐ》な事《こと》を申すが仮《かり》に左様《さやう》な剣術者《けんじゆつしや》があれば寄特《きとく》の申分《まをしぶん》じやから早速殿《さつそくとの》へ言上《ごんぜう》を致《いた》し　申出《まをしいで》の如《ごと》く半《はん》高《だか》に致《いた》す歟矢張《やは》り五百石下《こくゝだ》し置《おか》るゝ歟思召《おぼしめし》に任《まか》するより外《ほか》は無《な》い

多「爾《さ》うありさうな事《こと》に思《おも》ひやす、殿様《とのさま》を商人屋《あきうどや》の亭主《ていしゆ》に譬《たとへ》ては済《すま》ねへ事《こと》でがんすが　先殿様《まづとのさま》が主人《しゆじん》で尊君《あんた》が番頭《ばんとう》で尊君《あんた》が買《かつ》た品物《しなもの》を売人《うりて》が間違《まちが》へてアレハ半分高《はんぶんたか》く御上《おあげ》申したから代金《だいきん》を半分御返《はんぶんおかへし》を申しますと言《いつ》て出時《でたとき》　番頭《ばんとう》の尊君《あんた》が其通《そのとほ》りを主人《しゆじん》へ取次《とりつい》だ時《とき》に主人《しゆじん》が其番頭《そのばんとう》を叱《しか》りませうか何《どう》でせう

治「其方《そち》は分《わか》らん事《こと》を申す奴《やつ》じや　其剣客《そのけんかく》が自己《おのれ》を知《しつ》て五百石《こく》は過分《くわぶん》であの半高返納《はんだかへんなう》を仕度《したい》と申出《いで》なば主人《しゆじん》たる者《もの》は其番頭《そのばんとう》を叱《しか》る所《とこ》ろでは無《な》い　潔白《けつぱく》な好《よ》い侍《さむら》ひを推挙致《すゐきよいた》したと御賞《おせう》しがあるは

多「必《かな》らず取次《とりつい》だ番頭《ばんとう》が眼鏡違《めがねちがひ》の廉《かど》で失損《しくじ》る案《あん》じはござへましねへか

治「くどい男《をとこ》だノ

多「左様《さやう》なら旦那様《だんなさま》　先刻炭代《せんこくすみだい》百五十金《きん》の半分《はんぶん》七十五両《れう》お返《かへ》し申上《あげ》やすから御受納《ごじゆなふ》を願《ねが》ひやす

と懐中《ふところ》から件《くだん》の七十五両取出《れうとりだ》しまして小田切《をだぎり》の前《まへ》へ置《お》き

多「先刻《せんこく》差上《さしあげ》ました仮請取《かりうけとり》と此受取書《このうけとりがき》と御引《おひ》き更《かへ》を願《ねが》ひ升、爾《さ》うしてまだお願《ねが》ひががんす、是《これ》は橋口様《はしぐちさま》に少《すこ》しも御《お》不念《ふねん》は無《な》へでがんす全《まつた》く女房《にようばう》の了簡違《れうけんちが》へでがんす　橋口様《はしぐちさま》は剣術遣《けんじゆつゝか》ひを五百石《こく》で抱《かゝ》えた人《ひと》で唯眼鏡違《たゞめがねちが》へといふ丈《だ》けの事《こと》で　其剣術遣《そのけんじゆつゝか》へが二百五十石辞退《こくじたい》を仕《し》て出《で》たのだから、橋口様《はしぐちさま》に不調法《ぶてうはふ》は無《な》へ理由《わけ》と存《ぞん》じやすが　何《ど》うか橋口様《はしぐちさま》の迷惑《めいわく》に成《な》らねへ様《やう》にお願《ねが》ひ申しやす

と小田切《をだぎり》を敬《うやま》ひ橋口《はしぐち》の不念《ふねん》にならぬ様《やう》にと遠廻《とほまは》しに執成《とりな》して居《ゐ》る気転《きてん》を賞《せう》しまして

治「多助其方《たすけそのはう》は才物《さいぶつ》じやの、治部感心《ちぶかんしん》を致《いた》した、最初剣客《さいしよけんかく》を抱《かゝ》へ入《い》れに附《つい》ての間違《まちが》ひを問《と》ひ究《きは》めたのは後此治部《のちこのちぶ》に口《くち》を明《あか》せん準備《じゆんび》で詰《つま》り橋口《はしぐち》の身分《みぶん》に別条《べつでう》の無《な》い様《やう》との縄張《なはばり》ぢやらうが軍法《ぐんぱふ》の進退駈引《しんたいかけひき》も此理《このり》に外《ほか》ならん、爾《され》ば商《あきな》ひ上《ぜう》の駈引《かけひき》も此筆法《このひつぱふ》で無《な》ければ行《ゆ》くまい　其方《そのはう》は必《かなら》ず大身代《おほしんだい》を起《おこ》すで有《あら》う

多「積《つま》らん事《こと》を爾《さ》うお賞《ほめ》に預《あづか》つては痛《いた》み入《い》ります、夫《そ》れでは橋口様《はしぐちさま》にお咎《とが》めはありましねへナ

治「心配《しんぱい》には及《およ》ばん　拙者《せつしや》も始《はじ》めは御家法《ごかはふ》に拘《かゝ》はる一大事《だいじ》抔《など》と申したから何事《なにごと》歟と存《ぞん》じた

多「左様《さやう》申《さ》さねへと炭屋風情《すみやふぜい》の小生《わたくし》に迚《とて》もお逢《あひ》は無《なか》らうと存《ぞん》じやして、御家法《ごかはふ》に拘《かゝ》はる抔《など》と嘘《うそ》を吐《つい》て恐《おそ》れ入《い》り升

治「夫《それ》もひとつの駈引《かけひき》ぢや、凡《およ》そ商人《あきうど》と申す者《もの》は左右《とかく》利《り》にのみ走《はし》つて人《ひと》の道《みち》といふ事《こと》を顧《かへり》みぬものじやが　其方《そのはう》は潔白《けつぱく》で義気《ぎき》が有《あ》つてイヤ実《じつ》に一言《ごん》も無《な》い、人間《にんげん》は原凡夫《もとぼんぷ》じや　凡夫《ぼんぷ》として間違《まちが》ひのある事《こと》は敢《あへ》て珍《めづ》らしうも無《な》い、

箇様《かやう》間違《まちが》ひましたと能《よ》う申し出《いで》た　此《この》七十五金《きん》は治部《ぢぶ》確《たしか》に受納致《じゆなふいた》した、百五十両《れう》の受取書《うけとりしよ》は役所《やくしよ》にあるが明日《あす》でも下《さ》げ遣《つか》はす、此赴《このおもむ》きを早速殿《さつそくとの》へ言上致《ごんぜういた》して永《なが》く炭薪《すみまき》の御用《ごよう》を仰《あふ》せ附《つ》けらるゝ様《やう》に取計《とりはから》ひ得《え》さするから左様心得居《さやうこゝろえを》るやうに

（十三）

多助《たすけ》は雀踊《こをどり》をして喜《よろこ》ぶだらうと存《ぞん》じ升と爾《さ》うでもなく

多「夫《それ》は有難《ありがた》い仕合《しあはせ》でがんす、併《しか》し旦那様《だんなさま》　多助《たすけ》は誉《ほめ》られて御用《ごよう》が仕度《した》さに代金《だいきん》をお返《かへ》し申しに出《で》た理由《わけ》ぢやアがんせん　全《まつた》く嬶《かゝあ》の違算《ゐさん》で多分《たぶん》に頂戴《てうだい》を致《いた》したでがんすから返上《へんぜう》に出《で》たのでがんす、御用《ごよう》は矢《や》ツ張是迄通《ばりこれまでどほ》り四ツ目《め》の林《はやし》屋《や》へ仰《あほ》せ附《つ》けられて這度《こんど》の様《やう》なお差支《さしつか》への事《こと》がございましたら御用《ごよう》を願《ねが》ひ度《た》ふがんす

治「実《じつ》に其方《そのはう》は飽迄実意《あくまでじつい》のある男《をとこ》だ、附《つか》ん事《こと》を聞《き》く様《やう》だが生国《せうこく》は何所《どこ》ぢや

多「ハイ上州沼田《ぜうしうぬまた》でがんす

治「沼田《ぬまた》は今《いま》の城主《ぜうしゆ》は*土岐侯《ときこう》だが其以前《そのいぜん》は*黒田大和守様《くろだやまとのかみさま》の御領地《ごれうち》であつたが　儻《も》し其《そ》の方《はう》の父《ちゝ》は黒田家《くろだけ》か土岐家《ときけ》の浪人《らうにん》とでも申す様《やう》な事《こと》では無《な》いか、

当《あた》らずと雖《いへど》も遠《とほ》からずで多助《たすけ》も内心驚《ないしんおどろ》きましたが

多「何《ど》う致《いた》して其《そ》んな者《もの》ぢやアがんせん、沼田領《ぬまたれう》の百姓《せう》でがんす

治「左様歟《さやうか》、通常商人《つうぜうせうにん》には無《な》い了簡《れうけん》を持《も》つて居《ゐ》るで儻《ひよつ》と武家出《ぶけで》では無《な》い歟《か》と存《ぞん》じたが何《なん》にせよ感服《かんぷく》な事《こと》だ

と大層《たいそう》小田切治部《をだぎりぢぶ》といふ人《ひと》の気《き》に入《い》りまして其日《そのひ》は七十五両《れう》を受取《うけと》つた儘《まゝ》で多助《たすけ》を帰《かへ》しましたが　其翌日《そのよくじつ》百五十両《れう》といふお花《はな》の認《したゝ》めました請取書《うけとりがき》を返《かへ》し　四五日経過《たち》升と津《つ》軽家《がるけ》の御賄所《おまかなひしよ》から差紙《さしがみ》が到来致《たうらいいた》したから出《で》て見《み》升ると　御《ご》本家《ほんけ》は勿論《もちろん》*三ツ目《め》通《どほ》りの御分家《ごぶんけ》共炭薪《ともすみまき》の御用達《ごようたし》を申附《つ》けられました、正直《せうぢき》の首《かうべ》に神舎《かみやど》ると申《まを》すのは爰《こゝ》でございませう、存《ぞん》じ掛《が》け無《な》く多助《たすけ》は好歳《よいとし》を取《とり》ました、明《あく》れば安永元《あんえいぐわん》壬《みづのへ》の辰年《たつどし》でございました、此年《このとし》の正月天《せうがつてん》へ光《ひか》り物《もの》が飛《と》びまして何《いづ》れ凶事《きよじ》のある知《し》らせで有《あら》うと言伝《いひつた》へましたが果《はた》して*其《その》二月廿八日本郷丸山《ほんがうまるやま》の本妙寺《ほんめうじ》から出火致《しゆつくわいた》し下町《したまち》は一円浅草《ゑんあさくさ》の雷門《かみなりもん》も谷《や》中天王寺《なかてんわうじ》の五重《ぢう》の塔《たふ》も焼《や》け　丸《まる》の内《うち》の諸侯方《しよこうがた》も

過半御類焼《くわはんおるゐせう》　*見附《みつけ》先《まづ》和田倉《わだぐら》、馬場《ばゞ》先常盤橋《さきときはばし》神田橋《かんだばし》、筋違御門《すぢかひごもん》等《ら》が皆焼落《みなやけおち》　丸《まる》の内《うち》や大名小路《だいめうこうぢ》に在《あ》る諸侯《しよこう》の上屋敷《かみやしき》其外《そのほか》小《を》川町神保町外桜田辺《がはまちじんばうてうそとさくらだへん》に在《あ》る諸侯《しよこう》の上屋敷《かみやしき》は過半類焼《くわはんるゐせう》を致《いた》しましたが　又《ま》た其翌《そのよく》廿九日目黒行人坂《めぐろぎやうにんざか》から出火《しゆつくわ》を致《いた》し両《れう》方《はう》の火《ひ》が一緒《いつしよ》になりまして*三月の朔日《つひたち》に漸《やうや》く鎮火致《ちんくわいた》しました　此時多助《このときたすけ》は*神田佐久間町《かんださくまてう》の元主人山口屋《もとしゆじんやまぐちや》へ見舞《みまひ》に駈《か》け附升《つけます》と丁度《てうど》主人《しゆじん》が店頭《みせさき》に荷物《にもつ》を河岸《かし》や土蔵《どざう》へ運《はこ》ぶ手伝《てづた》ひを致《いた》して居《を》りましたから

多「是《これ》は旦那様騒々《だんなさまさう〴》しい事《こと》でがんす

山「オヽ多助殿《たすけどの》か能《よ》く来《き》て呉《くれ》た　大分間《だいぶあひだ》もあるから此所《こゝ》迄《まで》は焼《やけ》ても来《こ》まいとは思《おも》ふが何分風《なにぶんかぜ》があるで飛火《とびゝ》といふことがあるから油断《ゆだん》は出来《でき》ん

多「爾《さう》でがんすとも、何《な》ンでも要心《えうじん》に如《しく》はがんせんと申て居《を》る中《うち》に烈《はげ》しく半鐘《はんせう》が鳴《な》り升から

多「旦那様《だんなさま》、ヱラ半鐘打升《はんせうぶちます》が何所《どこ》かへ火《ひ》が飛《と》ンだです

山「なる程爾《ほどさ》うで有《あら》う

と言《い》つて居《ゐ》る中《うち》に、*明神下《めうじんした》へ飛《と》んだ〳〵といふ声《こゑ》がワイ〳〵と致《いた》し升　是《これ》と同時《どうじ》に近辺《きんぺん》へ火《ひ》が参《まゐ》つたからグワラ

〱といふ音《おと》がする表《おもて》を駈《かけ》る人《ひと》の足《あし》が弥々《いよ〱》速《はや》く成《な》ると申すので

多「旦那様《だんなさま》モウ不可《いけ》ましねへから一番大切《ばんたいせつ》な品《しな》をお出《だ》し成《な》せへ

山「爾《さ》うして貰《もら》ふ、多助此方《たすけこつち》へ来《き》て呉《く》んな

と土蔵《どざう》の中《なか》から二千両《れう》の金《かね》を出《だ》し

山「コレとノ仏壇《ぶつだん》にある先祖《せんぞ》の位牌《ゐはい》を持出《もちだし》て呉《く》れ

多「宜《よ》ふがんす畏《かしこ》まりやした

と二千両《れう》の金《かね》を主人《しゆじん》と二人《ふた》りで荷《にな》ひまして居間《ゐま》へ参《まゐ》ると仏壇《ぶつだん》から位牌《ゐはい》を三基小風呂敷《みつこぶろしき》に包《つゝ》んで渡《わた》しました

多「モウ何《なに》も有《あ》りましねへ歟《か》

山「まだ有《あ》つた〱

と革財布《かはざいふ》にある五百両《れう》の金《かね》を出《だ》して是《これ》も持退《もちの》いて呉《く》れと申されましたが　唯今《たゞいま》なら十円札《さつ》で二百枚《まい》百円札《さつ》なら二十枚袂《まいたもと》へでも入《はい》り升が　其当時《そのたうじ》は*小判《こばん》二百枚と申升と一*枚《まい》の小判《こばん》は大概縦《たいがいたて》が二寸余《すんよ》で横《よこ》が一寸《すん》二三分目方《ぶめかた》が三匁《もんめ》二三分《ぶん》　是《これ》が二千枚《まい》と申すと六貫《くわん》二三百目箱《めはこ》が二個《ふたつ》迚《とて》も人込《ひとご》みの中《なか》を是《これ》を脊負《しよつ》て往来《わうらい》を致《いた》す理由《わけ》にはから参《まゐ》らん　出入《でいり》の車力《しやりき》を一人《ひとり》呼《よ》ンで参《まゐ》りまして是《これ》へ千両箱《れうばこ》二個《ふたつ》と位牌其外《ゐはいそのほか》帳面葛籠一個《てうめんつゞらひとつ》を積《つ》み乗《の》せまして　自分《じぶん》は五百両入《れうはい》つた財布《さいふ》を首《くび》へ掛《か》け車《くるま》の跡押《あとお》しを致《いた》して本所《ほんじよ》の宅迄無事《たくまでぶじ》に引《ひ》き取《と》りました

（十四）

多助《たすけ》の宅《うち》ではお花《はな》が見舞《みまひ》の弁当《べんたう》を拵《こしら》へて居《ゐ》る最中《さいちう》でありました

花「オヤお帰《かへ》りでしたか　お店《たな》は何《ど》うでござい升

多「俺《わし》の出《で》る迄《まで》はまだ火《ひ》イ罹《かゝ》らなかつたがモウ今時分《いまじぶん》は陀目《だめ》でがんせう、オヽ丁度弁当《てうどべんたう》が出来《でき》て居《ゐ》たか寔《まこと》にお誂《あつら》ひ向《む》きだ

と言《い》ひながら今積《いまつ》んで参《まゐ》つた金箱《かねばこ》や帳面葛籠《てうめんつゞら》を店《みせ》の者《もの》に手伝《てづた》はせて奥《おく》へ運《はこ》び　今車《いまくるま》を曳《ひい》て来《き》た車力《しやりき》に酒手《さかて》を三百文《もん》出《だ》しまして

多「藤助殿《とすけどの》コリヤア尠《すく》ねへが、得来人《えらいひと》で骨折《ほねをり》だつたから一杯飲《ばいの》んで呉《くれ》さつせへ

藤「夫《そ》りやア済《すみ》ません　お辞宜無《じぎな》しに頂《いた》だき升

多「爾《さ》うして何《な》んとも気《き》の毒《どく》だが此煮染《このにしめ》や握飯《むすび》を店《たな》へ持《も》つて往《い》つて態《わざ》と御見舞《おみま》ひ申上《あ》げると言《い》つて出《だ》して下《くだ》せへと今積《いまつん》で参《まゐ》つた空車《からぐるま》へ積《つ》ンで山口屋《やまぐちや》へ持《もた》せて遣《や》りましたが 斯《かく》の如《ごと》く多助《たすけ》の働《はたら》く事《こと》には無陀《むだ》がございません、本所《ほんじよ》は大川《おほかは》を隔《へだて》て居《ゐ》るから大丈夫《だいでうぶ》ではあり升が火勢《くわせい》が熾《さか》んに成《な》ツて参《まゐ》ると火先《ひさき》へは風《かぜ》が手伝《てづた》ふ様《やう》な気味《きみ》も有《あ》つて意外《いぐわい》な所《ところ》へ飛火《とびゝ》が致《いた》す 又《ま》た悪漢《わるもの》が此虚《このきよ》に乗《ぜう》じまして飛火《とびひ》と思《おも》はせて殊更《ことさら》に火《ひ》を附《つけ》る奴《やつ》も有《あ》つて油断《ゆだん》は出来《でき》ませんから 今山《いまやま》口屋《ぐちや》から預《あづか》つて参《まゐ》つた物《もの》は穴蔵《あなぐら》へ運《はこ》び入《い》れて*砂蓋《すなぶた》を致《いた》し其《その》上《うへ》へ水桶《みづをけ》を乗《の》せて置《お》きましてお花《はな》を呼《よ》ンで申升には

多「俺《わし》は是《これ》から野州《やしう》の荷主《にぬし》の所迄《ところまで》往《い》ツて来《く》るで家《うち》を気《き》を附《つけ》て下《くだ》さい、此火事《このくわじ》は本所迄順《ほんじよまでじゆん》に焼《やけ》て来《く》る気遣《きづか》ひは無《な》いが儻《ひよ》つと飛火《とびひ》でも仕《し》たら、家《うち》の物《もの》は何《なに》ひとつ穴蔵《あなぐら》へ入《い》れては成《なん》ねへ 和女《おまへ》は此位牌《このゐはい》と厄介《やつかい》でも*目盲《めくら》の叔母様《をばさま》(お亀《かめ》)と子供《こども》を連《つれ》て藤野屋《ふぢのや》迄立退《までたちの》いて下《くだ》せへ 宜《いゝ》かね

花「アラ和郎此大火《あなたこのたいくわ》の中《なか》を御他行《おたげう》では妾《わたくし》ばかりで困《こま》るじやアありませんか、荷主様《にぬしさま》の御無沙汰《ごぶさた》廻《まは》りなら態々《わざ〳〵》大火《たいくわ》の中《なか》をお出《いで》に成《な》らんでもの事《こと》じやアありません歟《か》、今日《こんにち》はお止《や》め遊《あそ》ばせ

多「又《ま》た遊《あそ》ばせが出《で》やしたナ 和女《おまへ》こそ此大火《このたいくわ》の中《なか》で遊《あそ》ばせ詞《ことば》も困《こま》るで無《ね》へ歟《か》、

ト笑《わら》ひながら

多「荷主《にぬし》へ御無沙汰《ごぶさた》廻《まは》りじやアねへ、実《じつ》は主人《しゆじん》の用《よう》でちよつくら野州迄往《やしうまでゆく》だが 此火事《このくわじ》も本所迄来《ほんじよまでく》る案事《あんじ》は無《ね》へと平気《へいき》で草鞋《わらじ》を履《はい》て居《ゐ》る所《ところ》へ隣家《となり》の竹下屋《たけしたや》久八《きう》が駈込《かけこ》ん

で参《まゐ》りましたが　例《れい》の麁忽《そこつ》な人《ひと》でござい升から

久「内儀《おかみ》さん、多助《たすけ》さんはまだ帰《かへ》らねへ歟《か》

花「ハイ今帰《いまかへ》りました

久「夫《それ》から又《ま》た何処《どこ》かへ往《い》つたのか

多「爰《こゝ》に居《ゐ》るでがんす

久「エー恟《びつく》りした其所《そこ》に居《ゐ》たの歟《か》、屈《こゞ》んで居《ゐ》たものだから眼《め》の中《なか》へ這入《はい》つて終《しま》つた、大層《たいそう》な嵐《あらし》では無《な》い、ナニ大水《たいすゐ》ナニ火《ひ》ナニエ、じれつてへ火事《くわじ》だナウ、オイ多助《たすけ》さん草鞋《わらじ》を履《はい》て又《ま》た火事《くわじ》見舞《みまひ》の出直《でなほ》しか

多「イ、エ野州《やしう》へちよつくら往《い》ツて来《く》るで留守《るす》を何《な》ン分《ぶん》御頼《おたのみ》申升

久「野州《やしう》へ飛火《とびゝ》が仕《し》たの歟《か》

多「爾《さう》じやア無《ね》へでがんす、和郎様《おめへさま》も知《し》ツてる*荷主《にぬし》の吉《よし》田《だ》八左衛門《ゑもん》さんの所迄《ところまで》往《い》ツて来《く》るでがんす

久「コレ多助《たすけ》さん　此《この》マア大喧嘩《おほげんくわ》じやア無《な》かつたナニ此《この》大火事《おほくわじ》の中《なか》で女《をんな》ばかり残《のこ》して荷主《にぬし》へ態々《わざ〳〵》顔出《かほだ》しをするには及《およ》ばねへ　汝《おめへ》にも似合《にあは》ねへ止《よ》せ〳〵

多「一応《おう》は尤《もつとも》だが這度《こんど》の様《やう》な大火《たいくわ》は二度《ど》と再度出会《ふたゝびでつくわ》す事《こと》はねへ、斯《か》ういふ時《とき》に人《ひと》を救助《たすけ》ながら金儲《かねまう》けをするのが人《ひと》の働《はたら》きといふものでがんす、少《すこ》し俺《わし》に考《かんが》へが有《あ》ツてする事《こと》でがんして直《すぐ》に帰《か》へツて来《き》やすから何分留守《なんぶんるす》を御頼《おたの》ん申やす

久「デモ有《あら》うが

と久《きう》八が再応止《さいおうと》めるのを聞《き》きませんで　汝様《おめへさま》が爾《さ》ういふ事《こと》を言《い》ツて呉《くれ》ちやア困《こま》ると振《ふ》り捥《もぎ》る様《やう》に致《いた》して*野州安蘇郡《やしうあそごほり》飛駒村《とびこまむら》の吉田屋《よしだや》と申す炭《すみ》の荷主《にぬし》へ参《まゐ》りました

（十五）

多助《たすけ》は飛駒村《とびこまむら》の吉田屋《よしだや》と申《まを》す炭薪《すみまき》の大荷主《おほにぬし》へ参《まゐ》りまして今吉田屋《いまよしだや》に持合《もちあは》せて居《を》る炭《すみ》を土釜《どがま》と堅炭《かたずみ》を取交《とりまぜ》まして二万俵《べう》外《ほか》に三万俵薪《べうまき》と雑木《ざうき》堅木《かたき》を取交《とりま》ぜまして何《なん》万束《そく》といふ注文《ちうもん》を致《いた》し　此手《このて》附《つけ》として山口屋《やまぐちや》から預《あつか》りました五百両《れう》の内《うち》を三百両吉田屋《れうよしだや》へ渡《わた》しまして　此荷物《このにもつ》を貴殿方《きでんがた》へ送《おく》り限《きら》ざる中《うち》は他仲買《ほかなかゞひ》へは一切《さい》送《おく》り申間敷《まをすまじ》く後日《ごじつ》の為《た》め如件《くだんのごとし》といふ書附《かきつけ》を取《とり》まして　吉田屋《よしだや》でも久々《ひさ〴〵》だから一晩泊《ばんとま》ツて往《ゆけ》と申《まを》すのを　実《じつ》は江戸《えど》に火事《くわじ》が有《あつ》て本郷《ほんがう》から目黒迄《めぐろまで》は大概《たいがい》

焼《や》けて終《しま》ツたらうと思《おも》ふ　爾《そ》うい ふ中《うち》だから急《いそい》で帰《かへ》らにやアならぬ、此所《こゝ》では炭薪《すみまき》も多分《たぶん》に売《う》れ様《やう》と思《おも》ふから*山方《やまがた》へも抜目《ぬけめ》無《な》く注文《ちうもん》をしてお置《お》き成《なさ》い、俺《わし》が江戸《えど》へ帰《かへ》れば此外《このほか》に御注文《ごちうもん》を致《いた》して其節《そのせつ》手金《てきん》が御入用《ごにふよう》なら又《また》お渡《わた》し申《まをし》ても大《だい》事無《じな》いといふ約束《やくそく》を致《いた》して吉田屋《よしだや》の家《うち》を出《で》まして　栃木中《とちぎちう》にある藁草履《わらざうり》と草鞋《わらじ》を買占《かひしめ》まして馬《うま》に積《つま》せ帰《かへ》り道《みち》の各駅《かくえき》でも草履草鞋《ざうりわらじ》を買《かひ》　丁度《てうど》本馬《ほんうま》三駄《だ》に附《つけ》させて同《おな》じ野州《やしう》の*生井《なまゐ》と申す船場《ふなば》に*中田屋《なかだや》といふ積問屋《つみどひや》があり升　多助《たすけ》の取引先《とりひきさき》であり升から是《こ》の送《おく》り状《ぜう》と手紙《てがみ》を附《つけ》て送《おく》り　多助《たすけ》は夫《それ》から*佐野《さの》の天明《てんめい》へ廻《まは》りまして鍋釜鉄瓶《なべかまてつびん》小鍋《こなべ》五徳《ごとく》鉄火箸《かなひばし》鉄網《かなあみ》の類《たぐ》ひを出来《でき》て居《を》る丈《だ》け買《か》ひ　此処《こゝ》でも草履草鞋《ざうりわらじ》を買占《かひしめ》まして是《これ》を馬《うま》に積《つ》み自《みづ》から宰領《さいれう》を致《いた》して生井《なまゐ》の中田屋《なかだや》へ参《まゐ》り升と嚢《さき》に送《をく》つた草履草鞋《ざうりわらじ》も着致《ちやくいた》して居《を》り升から残《のこ》らず是《これ》を船積《ふなつ》みに致《いた》し　自分《じぶん》は上乗《うはの》りを致《いた》して神田川《かんだがは》の山口屋《やまぐちや》の川岸《かし》へ船《ふね》を着《つけ》て上陸《ぜうりく》を致《いた》したのが*安永元年《あんえいがんねん》三月四日の朝《あさ》でござい升　多助《たすけ》は直《すぐ》に船《ふね》から上《あが》ツて見升《みます》と山口屋《やまぐちや》は高運《かうゝん》な事《こと》で大《たい》火《くわ》の中《なか》を免《まぬが》れましたから多助《たすけ》も雀踊《こをど》りをして喜《よろこ》び

多「旦那《だんな》様《さま》真《ま》事《こと》に御無沙汰《ごぶさた》を

といふ多助《たすけ》の顔《かほ》を見《み》まして善《ぜん》右《ゑ》衛門《もん》も大《おほい》に喜《よろこ》びまして

善「多助殿《たすけどの》何《ど》う仕《し》た　見《み》らるゝ通《とほ》り俺《わし》の家《うち》は火《ひ》の中《なか》で残《のこ》ツたといふものだ、乃《そこ》で汝《おまへ》にも早速《さつそく》知《し》らせて喜《よろこ》ばせも仕度《した》し　御先祖様《ごせんぞさま》の位牌《ゐはい》もお移《うつ》し申して御安心《ごあんしん》を御《お》させ申し度《たい》と斯存《かうぞん》じて番頭殿《ばんとうどん》を汝《おまへ》の家《うち》へ遣《や》ると　お花《はな》が言《いふ》には火事《くわじ》からお店《たな》の預《あづか》り物《もの》を車《くるま》へ積《つ》んで帰《かへ》ると其荷物《そのにもつ》は残《のこ》らず穴蔵《あなぐら》へ入《い》れて目塗《めぬり》をして、儻飛火《もしとびゝ》で爰等《こゝら》が焼《やけ》る様《やう》な事《こと》が有《あつ》ても家《うち》の荷物《にもつ》は穴蔵《あなぐら》へ入《い》れては成《なら》ん、汝《われ》は此位牌《このゐはい》を持《もつ》て立退《たちのけ》俺《わし》は野州《やしう》迄《まで》往《い》つて来《く》ると幾許留《いくらとめ》ても聴《きか》ずに草鞋《わらじ》を履《はい》て出《で》て往《いつ》たといふ咄《はな》し　併《しか》し御位牌《おゐはい》は大切《たいせつ》にお仕舞《しま》ひ申てござい升と位牌丈《ゐはいだ》けは受取《うけと》つて来《き》た　汝《おまへ》の事《こと》だから万に間違《まちが》ひのある案事《あんじ》は無《な》いが　今日《けふ》でモウ四日になるが何《な》ンの沙汰《さた》も無《な》いのが不思議《ふしぎ》だと昨夕《ゆうべ》も家内《かない》と咄《はな》しを仕《し》て居《ゐ》た事《こと》だが何《ど》う仕《し》被成《なさ》つた

多「飛《と》ンだ御心配《ごしんぱい》を掛《かけ》て済《すま》ねへ事《こと》でがんすが、此様《こん》な大《おほ》火事《くわじ》が二度《ど》と再度《ふたゝび》ある訳《わけ》のものでも無《な》し斯《か》ういふときに人《ひと》救助《だすけ》をして金儲《かねまう》けをするのが人間《にんげん》の働《はた》らきだと存《ぞん》じやして、直《す》ぐに栃木《とちぎ》の吉田屋《よしだや》へ参《ま》ゐつて夫《そ》れから是々箇様《これこれかやう》で

と自己《おのれ》が遣《や》つて来《き》た事《こと》を残《のこ》らず咄《はな》しまして、其生井《そのなまゐ》の船《ふな》場《ば》から夜通《よどほ》し漕《こが》せて此川岸《このかし》迄《までも》持つて参《まゐ》りましたと咄《はな》し升と主人《あるじ》善《ぜん》右《ゑ》衛門《もん》は感心《かんしん》を致《いた》し

善「爰《こゝ》で炭薪《すみまき》の昇《あが》る事《こと》を考《かんが》へて、山方《やまがた》へ手金《てきん》を打《うつ》て来《き》たは今《いま》に始《はじ》めぬ事《こと》だが感心《かんしん》〳〵

多「ナニお賞《ほめ》に預《あづか》る程《ほど》の事《こと》でもがんせん、モシ番頭《ばんとう》さん和郎《あんた》其所《そこ》の板《いた》へ諸人救助《しよにんたすけ》の為《た》め草鞋草履大安売《わらじざうりおほやすうり》と書《かい》て下《くだ》せへ

番「承知仕《せうちし》ました

多「夫《それ》に鍋釜鉄瓶大安売《なべかまてつびんおほやすうり》と斯《か》う二枚《まい》書《かい》て下《くだ》せへ

（十六）

山口屋《やまぐちや》の番頭《ばんとう》は早速墨《さつそくすみ》を小僧《こぞう》に摺《す》らせ板《いた》へは砥《と》の粉《こ》を塗《ぬ》りまして是《これ》へ唯今《たゞいま》多助《すけ》の申た通《とほ》り二枚認《まいしたゝ》めまして

番「多助《たすけ》さん是《これ》で宜敷《よいか》ね

多「有難《ありがた》ふござへやす立派《りつぱ》に出来《でき》やした、那方《どなた》もお労《つか》れの中《なか》でお気《き》の毒《どく》だが手《て》を貸《か》して下《くだ》せへ

と栃木《とちぎ》から積《つ》ンで参《まゐ》ツた荷物《にもつ》の川岸《かし》揚《あ》げを致《いた》し一先《まづ》川岸《かし》

蔵《ぐら》へは納《い》れまして　生井《なまゐ》から来《き》た船頭《せんどう》には尚《なほ》酒手《さかて》を遣《つか》はして返《かへ》し　山口屋《やまぐちや》の土蔵《どざう》から荒莚《あらむしろ》を出して川岸《かし》の納屋《なや》の前《まへ》へ拡《ひろ》げて例《れい》の草履《ざうり》草鞋《わらじ》鍋釜《なべかま》を並《なら》べ板札《いたふだ》を建《た》て売始《うりはじ》めると　売《う》れたの売《う》れないのではありません、殆《ほとん》ど手取《てど》り奪《うば》ひ取《ど》り山《やま》口屋《ぐちや》では奉公人《ほうこうにん》が惣掛《そうがゝ》りでござい升が何所《どこ》から此《こん》様な買人《かひて》が出《で》て参《まゐ》つた歟といふ程夥《ほどおび》たゞしい人《ひと》で　草鞋《わらじ》を俺《おれ》に十足《そく》売《うつ》て呉《く》れ、遠《とほ》くへ帰《かへ》るだ早《はや》くして呉《く》れイと一人《ひと》りで惣仕舞《そうじまひ》にでもする様《やう》にポン*附《つ》く阿哥《あにい》もござい升　妾《わたし》に其御鍋《そのおなべ》を一《ひと》個下《つくだ》さい那方《どなた》も其様《そん》なに押《おし》ては不可《いけ》ませんと金切《かなき》り声《ごゑ》を振《ふ》り立《たて》る内儀《おかみ》さんもあり、そんなに押《おし》ちやア死《し》ンで終《しま》ふと泣《な》く子僧《こぞう》さんもあり、丸《まる》で施行米《せげうまい》を貰《もら》ふ様《やう》な混雑《こんざつ》であり升、今日《こんにち》なら巡査《じゆんさ》をお願《ねが》ひ申して制《せい》してお貰《もら》ひ申す理由《わけ》だが其《その》当時《たうじ》は左様《さやう》な便宜《びんぎ》もございませんから抱《かゝ》への鳶《とび》の者《もの》を呼《よ》び上《あ》げまして人《ひと》を制《せい》すといふ為体《ありさま》でした、是《これ》は前《まへ》に申上《あ》げ升通《とほ》り近来稀《きんらいまれ》な大火《たいくわ》で　草履《ざうり》草鞋《わらぢ》を商《あきな》ひ升る番《ばん》太郎　とばかり申上《あ》げては唯今《たゞいま》のお若《わか》いお仁《かた》にはお分《わか》りになり升まいが都下《とか》には一町内毎《てうないごと》に左右《さいう》に一ケ所宛《しよづゝ》に木戸《きど》がありまして此木戸《このきど》の番《ばん》を致《いた》す者《もの》を番《ばん》太郎と申まして*草履《ざうり》草鞋《わらじ》姫糊《ひめのり》抔《など》と

申す荒物商《あらものあきな》ひを致《いた》して居《を》りました、尤《もつと》も冬《ふゆ》に成《な》れば傍《かたは》ら焼《やき》芋《いも》を売《うつ》て居《をり》ました　*信州番太《しんしうばんた》に越後《ゑちご》米搗《こめつき》と申ましたが爾《そ》う極《きまつ》た事《こと》も有升《あります》まい　此番《このばん》太郎は悉《こと〲》く類焼《るゐせう》を致《いた》し其外《そのほか》の荒物《あらもの》屋《や》と雖《いへど》も皆類焼《みなるゐせう》を致《いた》して草鞋《わらじ》を売《う》る家《うち》が無《な》い、*偶々《たま〱》焼残《やけのこ》つた家《うち》で商《あきな》ひ升が法外《はふぐわい》の直段《ねだん》で買《か》ひ附《つ》けられん、*其頃《そのころ》草鞋《わらじ》の価《あた》へは十二文《もん》、十六文位《もんぐら》ゐで今日《こんにち》の即《すなは》ち一厘《りん》二毛《もう》、一厘《りん》五毛《もう》、位《ぐら》ゐでございませう所《ところ》が一足《そく》百文《もん》(今《いま》の一銭《せん》)位《ぐら》ゐに飛《とび》上《あが》り殆《ほとん》ど十層倍《そうばい》でござい升　唯今《たゞいま》山口屋《やまぐちや》で売《う》り出《だ》しましたのは一足《そく》十六文《もん》から廿文《もん》だから売《う》れるも道理《だうり》でござい升

併《しか》し馬《うま》に五駄程《だほど》の草鞋《わらじ》が其日《そのひ》に二駄《だ》足《ゝ》らず売《う》れました　其《その》日《ひ》は早終《はやじま》ひに致《いた》して善右衛門《ぜんゑもん》が多助《たすけ》に向《むか》つて　夕飯《ゆふめし》を上《あ》げるのだが本所《ほんじよ》の宅《うち》で嘸《さぞ》お花《はな》が待《まつ》て居様《ゐやう》から　*我家楽《わがいへらく》の釜盥《かまだら》ひで足《あし》を延《のば》して寛《ゆつ》くり家《うち》で飯《めし》を食《く》つた方《はう》が宜《よか》らうといふので多助《たすけ》は灯燈《ひとも》し頃《ごろ》に帰宅《きたく》を致《いた》しました、スルと宅《うち》には久《きう》八もお花《はな》が父《ちゝ》も参《まゐ》つて居《を》りまして、お花《はな》は　宿《やど》では山口屋《やまぐちや》さんがお焼《やけ》に成《な》つたと思《おも》つて取《と》り逆上《のぼせ》て淵川《ふちかは》へ身《み》でも投《な》げは致《いた》し升まい歟《か》とおろ〳〵涙《なみだ》で居《ゐ》ると　久《きう》八もアノ通《とほ》り主人《しゆじん》思《おも》ひの男《をとこ》だから的切《てつき》り夫《それ》に相違《さうゐ》無《な》い　此上《このうへ》は出《で》た日《ひ》を命日《めいにち》にして経《けう》でも読誦《あげ》るのが多助《たすけ》への追善《つひぜん》だと申すのを　藤野《ふぢの》屋《や》は首《かむり》を左右《さいう》に振《ふり》まして

藤「否々《いや〱》多助《たすけ》に限《かぎつ》て其様了簡《そんなれうけん》の狭《せま》い男《をとこ》では無《ない》　殊《こと》に寄《よつ》たら此大火《このたいくわ》で炭薪《すみまき》や材木《ざいもく》が高《たか》くなると目《め》を着《つけ》て野州《やしう》の荷主《にぬし》へ炭薪《すみまき》か材木《ざいもく》の買出《かひだ》しに往《いつ》たの歟《か》もしれん

花「夫《それ》に致《いた》しても宿《やど》で出《で》ましたのは廿八日　先月《せんげつ》は小《せう》の月《つき》でございましたから今日《けふ》で五日《いつか》になり升のに手紙《てがみ》が一本《ぽん》参《まゐ》らんといふ事《こと》はございません

藤「廿八日の夕方《ゆふがた》に発足《たつ》たのだから向《むか》ふへ着《つい》て直《すぐ》に飛脚《ひきやく》屋《や》へ手紙《てがみ》を出《だ》した所《ところ》がまだ着《つか》ん、決《けつ》して心配《しんぱい》をするにやア及《およ》ばん　本家《ほんけ》が焼《やけ》て気《き》を違《ちが》ふ様《やう》な男《をとこ》には藤野屋《ふぢのや》は娘《むすめ》を遣《やら》ん町人《てうにん》でこそあれ了簡《れうけん》はなま中《なか》の武士《さむらひ》も及《およ》ばぬ所《ところ》がある　必《かな》らず心配《しんぱい》をするな

と泰然《たいぜん》と致《いた》して居《を》つたのは流石《さすが》に藤野屋《ふぢのや》でござい升

(十七)

店《みせ》の者《もの》が奥《おく》へ駈込《かけこ》んで参《まゐ》つて

「お内儀《かみ》さん旦那《だんな》が御帰《おかへ》りでござい升、

オヤと三人《にん》が顔《かほ》を見合《みあは》せて居《ゐ》る処《ところ》へツカ〱多助《たすけ》が遣《やつ》て参《まゐ》つて

多「コレハ〱藤野屋《ふぢのや》の旦那《だんな》、久《きう》八さんも能御出被成《よくおいであひなさ》いました

久「コレ多助殿《たすけどの》　能所《よくどころ》の騒《さわ》ぎじやアねへ、汝《おめへ》が地震《ちしん》じやアねへ雷《かみな》りでも無《な》へ、ソラ火事《くわじ》の晩《ばん》に野州《やしう》へ往《ゆく》と言《い》つて出《で》た限《かぎ》り音《おと》も沙汰《さた》も無《な》へのでお花《はな》さんは気《き》を揉《もん》で何《な》んでもコリやア唯事《たゞごと》じやアねへ正哉神隠《まさかかみかく》しにもなるめへ、何《な》んでも本店《ほんだな》を一図《づ》に焼《やけ》たと思《おも》つて取《と》り逆上《のぼせ》て変《ひよん》な事《こと》でも仕出来《しでかし》は仕《し》まい歟《か》と得来取《えらいと》り越苦労《こしくらう》　此久《このきう》八も汝《おめへ》が常日頃《つねひごろ》から本店《ほんだな》思《おも》ひで火事《くわじ》の最中《さなか》に本店《ほんだな》から預《あづか》つて来《き》た荷物《にもつ》を穴蔵《あなぐら》へ納《い》れて目塗《めぬ》りをして　仮令本所《たとへほんじよ》へ飛火《とびゝ》がして家《いへ》の焼《やけ》る事《こと》が有《あ》つても穴蔵《あなぐら》の戸前《とまへ》を開《あけ》て家《うち》の物《もの》を何《な》にひとつ納《い》れる事《こと》はならないと堅《かた》く言《い》ひ附《つけ》た位《くら》ゐだから何《なん》ともしれぬと俺《わし》は正直《しやうぢき》に言《いひ》ましたが　イヤ流石《さすが》に藤野屋《ふぢのや》の旦那様《だんなさま》は多助《たすけ》に限《かぎ》ツて其様《そん》な狼狽《うろたへ》た男《をとこ》では無《ない》は　其様《そん》な根生《こんぜう》の狭《せま》い男《をとこ》なら娘《むすめ》は遣《やら》ん、野州《やしう》の荷主《にぬし》の所《ところ》へ行《ゆく》と言《いつ》たのなら屹度《きつと》往《いつ》たに違《ちが》ひ無《な》いと多寡《たくわ》を括《くゝ》ツて居被成《ゐなさ》る、否爾《いやさ》うばかりは申されぬと論判《ろんばん》

中《ちう》、不図《はからず》汝《おまへ》がお帰《かへ》りで有《あ》ツたが一体《いつたい》何所《どこ》へござらしつた

藤「多《た》助殿《すけどの》何うだ　此所《このとこ》ろ炭薪《すみまき》の品切《しなぎ》れになるのを見込《みこ》んで随分《ずゐぶん》買込《かひこ》んで来被成《きなさ》つたか、其様《そん》な事《こと》なら俺《わし》の方《はう》へ鳥《ちよつ》渡《と》でも咄《はな》しがあれば　譬《たとへ》にも利《り》は本《もと》にあると言《い》ツて資本《もとで》が充分《じうぶん》で無《な》ければ思《おも》はしい益《えき》も見《み》られんといふもの、何《ど》の様《やう》な相談《さうだん》にも乗《の》ツたものを何故《なぜ》一応咄《おうはな》して下《くだ》さらなかつた

多「イヤ皆様《みなさま》へ飛《と》んだ御心配《ごしんぱい》をお掛《か》け申しました、藤野《ふぢの》屋《や》様《さま》へも御相談《ごさうだん》を申上げ様《やう》と存《ぞん》じましたが金子《きんす》は店《たな》の方《はう》で貸《かし》て呉《くれ》ました、其上人《そのうへひと》の智恵《ちゑ》と申すものは脊競《せいくら》べと同《おな》じ様《やう》なもので　多少《たせう》の高《たか》い低《しく》いの在《ある》にも致《いた》せ大概《たいがい》は似《に》たもの故《ゆゑ》、一《ひ》人《と》り是《これ》が宜《よい》と云考《いふかんが》へが附升《つきます》と他《ほか》の人《もの》も同《おなち》考《かんがへ》を附《つけ》るは必《ひつ》定《でう》、乃《そこ》で先《さきん》ずれば人《ひと》を制《せい》すとやらで一足《あし》でも先《さき》へ踏出《ふみだし》た者《もの》が勝利《せうり》と存《ぞん》じましたからお咄《はな》しにも出《で》ませずお花《はな》にも久《きう》八さんにも精《くはし》い咄《はな》しもせず急《いそ》いで栃木《とちぎ》へ乗着《のりつけ》ましたので　お喜《よろこ》び下《くだ》さいましまだ一人《ひとり》も江戸《えど》から参《まゐ》つた者《もの》はございませず栃木《とちぎ》でもまだ江戸《えど》の大火《たいくわ》を知《し》らん内《うち》でございましたから直《ね》段《だん》も割《わ》りに安《やす》く　其《その》うへ四万俵《べう》といふ炭《すみ》を積出《つみだ》して終《しま》はぬ中《うち》は他《ほか》の仲買《なかゞひ》へ一俵《べう》でも渡《わた》すまいといふ書附《かきつけ》を取《と》り　四万俵《べう》の外《ほか》三月中《ちう》の追《お》ひ注文《ちうもん》は極《きめ》た直《ね》段《だん》で早速《さつそく》送《おく》らうといふ書《かき》附《つけ》も取《と》り」

ト是《これ》より薪及《まきおよ》び藁草履《わらざうり》草鞋《わらじ》　佐野《さの》の天明《てんめい》から鉄物類《てつものるゐ》一切《さい》を仕入《しい》れ　生井《なまゐ》から船積《ふなづ》みにして佐久間《さくま》町の川岸《かし》から陸揚《りくあげ》をして　今日《けふ》半日《はんにち》で草鞋《わらじ》と草履《ざうり》を二駄《だゝ》足らず売《うつ》たといふ一伍十什《いちぶしじふ》を語《かた》りければ　藤野屋《ふぢのや》は自己《おの》が目鏡《めがね》の違《たが》はざりしを喜《よろこ》びお花久八《はなきう》は多助《たすけ》が臨機《りんき》の働《はたら》きを喜《よろこ》びたり　藤野屋《ふぢのや》は山口屋《やまぐちや》の焼残《やけのこ》りたると多助《たすけ》が這度《こんど》の目算其図《もくさんそのづ》に中《あた》りたるを祝《しゆく》す為《ため》一盞《さん》を酌《くま》うといふを久八《きう》も至極夫《しごくそれ》が宜敷《よろし》からうと同意《どうい》を致《いたし》て　久八《きう》とお花《はな》が一人《ひとり》の下女《げぢよ》を相手《あひて》に勝手元《かつてもと》を働《はたら》く丁稚《でつち》の三太《さんた》が酒《さけ》を買《かひ》に往《ゆ》く　直近所《ぢききんじよ》の肴屋《さかなや》で鳥渡仕出《ちよつとしだ》し抔《など》をする家《うち》へ肴《さかな》の注文《ちうもん》を致《いた》して藤野屋《ふぢのや》と仮親《かりをや》の久八《きう》多助夫婦《たすけふうふ》と申《まを》す、ホンの水《みづ》入らずで禧《よろこ》びの小酒盛《こざかもり》を致《い》たし彼是戌刻《かれこれいつゝ》といふ時分《じぶん》に藤野屋《ふぢのや》はいそ〳〵喜《よろこ》んで帰《かへ》りました　多助《たすけ》は今迄草臥《いまゝでくたびれ》たといふ事《こと》を知《し》らん男《をとこ》ではござい升が　二月《がつ》の廿八日《にち》以来《いらい》三月《がつ》五日《か》迄《まで》六日《か》間奔走《かんほんそう》を仕通《しどほ》しで少《すこ》しは草臥《くたび》れましたと見《み》え　入湯《にふたう》を致《いた》して其晩《そのばん》は亥刻《よつ》カツキリに臥《ふせ》りました

(十八)

其翌日《そのよくじつ》も多助《たすけ》は早朝《さうてう》から山口屋《やまぐちや》へ参《まゐ》り升とモウ山口屋《やまぐちや》の前《まへ》は草鞋草履《わらぢざうり》の買人《かひて》が山《やま》の様《やう》に詰《つ》め掛《か》けて居《を》る　山口屋《やまぐちや》では漸《やうや》く表《おもて》の蔀《しとみ》を開《あ》けました所《ところ》だから

「少々《せう〳〵》お待《ま》ち下《くだ》さい　草鞋《わらじ》は川岸《かし》の納屋《なや》にござい升のだから唯今《たゞいま》直《ぢ》きに納屋《なや》を開《あ》け升から

と申ても中々《なか〳〵》聴《きゝ》ません

「爾《さ》う歟《か》も知《し》れねへが自己《おら》ア本郷《ほんがう》から来《き》たのだから百足《そく》ばかり売《う》つて呉《く》ンねへ

と畚《もつこ》を担《かつ》いで来《く》る者抔《ものなど》がござい升　丁度《てうど》此所《こゝ》へ多助《たすけ》が遣《や》つて参《まゐ》つて

多「お早《はや》う

と店《みせ》の者《もの》へ挨拶《あいさつ》を致《いた》すや否《いな》や直《すぐ》に鍵《かぎ》を持《もつ》て参《まゐ》つて川岸蔵《かしぐら》の戸前《とまへ》を開《あけ》て莚《むしろ》を拡《ひろ》げると其莚《そのむし》ろの上《うへ》へツカツカ昇《のぼ》つて参《まゐ》つて、俺《おれ》が一番《ばん》に来《き》たのだから十足《そく》呉《く》れろ、嘘《うそ》だ俺《わし》が一番《ばん》だから五十足《そく》呉《く》れろとワイ〳〵といふ騒《さわ》ぎだから多助《たすけ》が手《て》を左右《さいう》へ振《ふ》りまして

多「マア〳〵静《しづか》にさつせへ　幾許汝等《いくらおまへら》がガン〳〵言《いは》つしつた所《ところ》が此《こ》の人数《にんず》へ一時《じ》に商《あき》なひが出来《でき》るもんじやアがんせんから、少《すこ》し待《ま》つて下《くだ》さへ

と制《せい》し升が中々《なか〳〵》聴《きか》ない

「ソンなら俺《わし》が何《なん》百両《れう》でも草履《ざうり》草鞋《わらじ》の惣仕舞《そうじまひ》をするから俺《わし》に売《うつ》て呉《くれ》ろ

といふ虫《むし》の宜奴《いゝやつ》が出《で》て参《まゐ》る　此所《こゝ》へ抱《かゝ》えの鳶人足《とびにんそく》が子分《こぶん》を二人《ふた》り連《つれ》て駈附《かけつけ》て参《まゐ》つて

鳶「オイオイ静《しづ》かにして呉《く》んねへ

と三人《にん》の鳶《とび》の者《もの》が六尺棒《しやくぼう》で*埒《らち》を拵《こしら》へて人《ひと》を堰《せい》て居《ゐ》る　多《た》助《すけ》は大音声《だいをんぜう》に

多「皆様此板看板《みなさんこのいたくわんばん》にも書《かい》てがんす通《とほ》り諸人助《しよにんたす》けの為《た》めにホンの薄口銭《うすこうせん》で売《う》る商《あきな》ひですから一人《にん》に十足以上《そくいゝぜう》は売《う》りましねへ、又《ま》た卸売《おろしうり》は仕《し》ねへでがんす、折角遠方《せつかくゑんぱう》へ人《ひと》を出《だ》して小前《こまへ》の衆《しう》に廉《やす》い草鞋《わらじ》を履《はか》すべいと思《おも》つたのを　五十足《そく》百足中《そくなか》には惣仕舞《そうじまひ》をするから売《う》れと人《ひと》に骨《ほね》を折《を》らせて懐手《ふところで》で銭儲《ぜにまう》け仕様《しやう》といふ爾《そ》ういふ仁《かた》にやア売《う》りましねへ　一人《ひと》り頭《あたま》へ十足《そく》よりやア売《う》りましねへ

と申升《まうし》と

「至極御尤《しごくごもつとも》

と声《こゑ》を掛《かけ》る者《もの》がある

「其様《そんな》法《はふ》は無《ね》へ、売直《うりね》で買《か》ふ分《ぶん》にやア百足《そく》でも二百足《そく》でも売《うれ》ねへといふ道理《だうり》は無《ね》へ筈《はず》だ

と論《ろん》じ掛《かけ》る者《もの》もある　其中土蔵《そのうちどざう》から草鞋草履《わらじざうり》を担《かつ》ぎ出《だ》しまして一人《ひと》り前《まへ》十足宛《そくづゝ》売りましたが五駄《だ》の草鞋草履《わらじざうり》が二日に売限《うりき》れました　鍋釜類《なべかまるゐ》は草鞋《わらじ》の様《やう》に手取《てど》り奪取《うばひど》りには参《まゐ》りませんが是《これ》も三日で売限《うりき》れる　爰《こゝ》へ野州《やしう》から炭薪《すみまき》がドン〱入《はい》つて来《く》ると　丁度佐久間町《ちやうどさくまてう》の川岸《かし》*久保《くぼ》町の原両国広小路《はらりやうごくひろこうぢ》抔《など》へお救《すく》ひ小屋《ごや》が建《た》つ　御小屋《こや》入《い》りを願《ねが》ひ升者《もの》の外《ほか》は差掛《さしか》けなり小屋掛《こやが》けなり致《いた》し　各々業《おの〳〵げふ》に就《つ》く事《こと》になり升と第一《だい》に入用《いりよう》の物《もの》が薪炭《まきすみ》である　又《ま》た二百余《よ》の諸侯《しよこう》も過半《くわはん》御類焼《るゐせう》で米蔵薪炭蔵《こめぐらまきすみぐら》も焼落《やけおち》まして江戸市中米炭薪《えどしちうこめすみまき》といふ物《もの》が皆無《かいむ》になりましたから非常《ひぜう》の高直《かうね》である、政府《せいふ》でも占《し》めるといふ事《こと》を禁《きん》じ高直《かうね》に売《う》る事《こと》は相成《あひな》らんと申してお触《ふ》れが出《で》ましたが勢《いきほ》ひ騰貴《とうき》を致《いた》し武家《ぶけ》も町人《てうにん》も殊《こと》の外難渋《ほかなんじう》でございまして　此時公儀《このときこうぎ》では諸大名《しよだいめう》帰国致《きこくいた》し度《た》き者《もの》は勝手次第《かつてしだい》に帰国《きこく》を許《ゆ》るすといふ御内評議《ごないへうぎ》が有《あ》つて大概御評決《たいがいごへうけつ》になりました　*此時《このとき》に尾州公《びしうこう》が不時《ふじ》にお月番《つきばん》の御老中《ごらうぢう》大久保加賀《おほくぼかゞの》守様《かみさま》の御役邸《ごやくてい》へお越《こ》しに成《な》りまして

「承《うけたま》はる所《ところ》では諸大名勝手次第《しよだいめうかつてしだい》帰国《きこく》を許《ゆる》すといふ事《こと》をお触《ふ》れ出《だ》しになる赴《おもむ》きに承知《せうち》を致《いた》したが然《しか》と左様歟《さやうか》

とのお問《と》ひに加州侯《かしうこう》が

「如何《いか》にも左様《さやう》でござる、

尾州公《びしうこう》は席《せき》を御進《すゝ》めになりまして

「今般未曽有《こんぱんみぞう》の大火《たいくわ》で江戸市中《えどしちう》は野原《のはら》の如《ごと》くである、此《この》

際《さい》には在国《ざいこく》の大名《だいめう》も出府《しゆつぷ》を命《めい》ぜられて然《しか》るべきであるを、見附《みつけ》〳〵も焼《や》け落《お》ち御要害《ごえうがい》とても浅間《あさま》の時節《じせつ》に大名《だいめう》へ帰国《きこく》を許《ゆる》さるゝといふ事《こと》は方角違《はうがくちが》ひの御評議《ごへうぎ》では無《な》いか、自分《じぶん》一向其意《かうそのい》を得《え》ぬ

と少《すこ》しく御立腹《ごりつぷく》の気味《きみ》で仰《おほ》せられました　大久保加州《おほくぼかしう》は何《な》んとお答《こた》へになり升歟《か》

（十九）

加賀守殿《かがのかみどの》は片手《かたて》を膝《ひざ》に乗《の》せ片手《かたて》を畳《たゝみ》に突《つい》て尾州公《びしうこう》の御意《ぎよい》を聴《きい》て居《を》られましたが此《こ》の時両手《ときれうて》を膝《ひざ》に乗《の》せ天窓《つむり》を上《あ》げられまして

「御不審《ごふしん》の儀《ぎ》御尤《ごもつとも》に伺《うかゞ》ひ升が此儀《このぎ》に就《つい》ては同役《どうやく》とも篤《とく》と協議《けふぎ》を遂《と》げまして上聞《ぜうぶん》に達《たつ》する一段《だん》となりました、仰《おほ》せの如《ごと》く這度《このたび》は未曽有《みぞう》の大火《たいくわ》で　緒大名《しよだいめう》の中《うち》には上屋敷中屋敷《かみやしきちうやしき》共《とも》に類焼《るゐせう》を致《いた》せし向《む》きも有《あつ》て米炭薪抔《こめすみまきなど》と申す日用《にちよう》の物《もの》も多《おほ》く類焼《るゐせう》を致《いた》し　町屋迚《まちやとて》も此日用品《このにちようひん》を商《あきな》ふ者《もの》も過半土蔵《くわはんどざう》を落《おと》し其品物《そのしなもの》を焼失致《せうしついた》せし為《た》めに非常《ひぜう》の高価《かうか》となり　武家《ぶけ》も町人《てうにん》も之《これ》を購求致《こうきういた》さうと存《ぞん》じても資力《しりよく》が続《つゞ》かねば遂《つひ》には餓死《がし》するの外《ほか》はございません、之《こ》れを救助致《きうじよいた》さんとせば御府内《ごふない》の人頭《ひとあたま》を減《げん》ずる歟　近廻《ちかまは》りの諸大名《しよだいめう》は其領地《そのれうち》から*五穀薪炭《ごこくしんたん》を御府内《ふない》へ廻《まは》さする歟の二ツより外《ほか》はござらん　御屋形《おやかた》には御府内《ごふない》に在勤《ざいきん》の御譜代大名《ごふだい〱めう》の減《げん》ずる時《とき》は万一天下《まんてんか》を窺《うかゞ》ふ反逆人之《はんぎやくにんこれ》ありし時《とき》を気遣《きづか》ひ玉《たま》ふ歟《か》は存《ぞん》ぜねど、御威光《ごゐくわう》は赫赫《くわくくわく》たり決《けつ》して爾《さ》る御心配《ごしんぱい》には及《およ》び申《まを》さず　万一国持大《まんくにもちだい》名《めう》の内《うち》にて不軌《ふき》を計《はか》り候者《もの》これあるとも御親藩御家門《ごしんぱんごかもん》あり御旗元《おはたもと》あり少《すこ》しも恐《おそ》るゝに至《いた》り申《まを》さず、遠《とほ》き慮《おもん》ぱかりも爾《さ》る事《こと》ながら近々患《きん〳〵うれ》ひを除《のぞ》く事目下《こともくか》の急務《きふむ》と存《ぞん》じ候て斯《かく》は評《へう》決仕《けつつかまつ》りたり　爾《さ》りながら御政務《ごせいむ》の儀《ぎ》を御念頭《ごねんとう》に掛《か》けさせられ手前屋敷迄態々《てまへやしきまでわざ〳〵》御駕《おかご》を枉《まげ》させ玉《たま》ひたる事恐《ことおそ》れながら加《か》賀守感服仕《がのかみかんぷくつかまつ》りて候　折角《せつかく》の御気附《おきづけ》に付前条《つきぜんでう》を上聞《ぜうぶん》に達《たつ》し候節御屋形御心添《せつおやかたおこゝろぞへ》の儀《ぎ》も御参考迄併《ごさんかうまであは》せて上聞《ぜうぶん》に達《たつ》し申《まを》すべく

と加州侯《かしうこう》も老功丈《らうこうだ》けに尾州公《びしうこう》へも花《はな》を持《もた》せて御返答《ごへんたふ》に及《およ》ばれたと申《まを》す事《こと》を或先生《あるせんせい》から伺《うかゞ》つた事《こと》がございました　斯《か》くの如《ごと》き為体《ありさま》で米《こめ》なり炭《すみ》なり薪《まき》なり是迄江戸市中《これまでえどしちう》の問屋《とひや》に貯《たくは》へて有《あつ》た物《もの》が大概焼《たいがいやけ》て終《しま》つた其中《そのなか》へ　四万俵《べう》と申す炭《すみ》に

数《す》百束《そく》といふ薪《まき》が参《まゐ》つたから山口屋《やまぐちや》の利益《りえき》は夥《おび》たゞしい事《こと》で　草履《ざうり》草鞋《わらじ》鍋釜《なべかま》から精算《せいさん》を致《いた》し升と千両余《りやうよ》の純益《じゆんえき》がございました　今日《こんにち》では地所《ちしよ》の周旋《しうせん》を致《いた》しましても甘《うま》く行《ゆけ》ば千両儲《りやうまう》けるのは造作《ざうさ》もありませんが　其当時《そのたうじ》は無職《むしよく》千両《りやう》十三年《ねん》と申す事《こと》がございまして　無職業《むしよくげふ》でも千両《りやう》あれば十三年食《ねんく》つて居《ゐ》られたものだと申す位《くら》ゐ、是《これ》は何《ど》ういふ所《ところ》から割出《わりだ》したもの歟《か》分《わか》りませんが*昔《むかし》も利子《りし》は廿五両《りやう》一分《ぶ》でござい升から千両《りやう》の金《かね》を廻《まは》して行《ゆけ》ば月《つき》に十両《りやう》の利子《りし》は急度《きつと》取《と》れる　一ケ月十両《りやう》あれば下女《げぢよ》二人《ふた》り位《くら》ゐを遣《つか》つて御新造《ごしんざう》はお引《ひ》き摺《ず》りで居《を》られました、所《ところ》へ僅《わづ》かの間《ま》に利益《りえき》がありましたから　山口屋《やまぐちや》善《ぜん》右衛《ゑ》門《もん》は或日《あるひ》自分《じぶん》の居間《ゐま》へ利益《りえき》千両《りやう》の金《かね》を千両箱《りやうばこ》へ入《い》れて床《とこ》の間《ま》へ飾《かざ》り　此床《このとこ》の間《ま》の掛《か》け物《もの》は商《あき》なひ神《がみ》と申すので*尚信《なほのぶ》の画《ゑが》きました蛭子《ゑびす》が鯛《たい》を釣《つ》ツてござる軸《ぢく》を掛《か》けました　多《た》助《すけ》を客《きやく》に番頭《ばんとう》の利《り》助《すけ》を相伴《せうばん》に祝盃《しゆくはい》を挙《あげ》まして善《ぜん》右衛《ゑ》門《もん》が

善「トキニ多助殿《たすけどの》　這度汝《こんどおまへ》の働《はたら》きは彼《か》の*紀伊国屋《きいのくにや》文左衛《ぶんざゑ》門《もん》、川村瑞軒《かはむらずゐけん》にも劣《おとら》ぬ手際《てぎは》で実《じつ》に感心《かんしん》を仕《し》ました、番頭《ばんとう》どんと利益《りえき》を勘定《かんでう》した所《ところ》が丁度《てうど》千両余《れうよ》の利益《りえき》である　途中《とちう》の運賃船賃《うんちんふなちん》は汝《おまへ》から書出《かきだし》て俺《わし》の方《はう》で払《はらつ》てあるから　千両《れう》の上《うは》端《は》七十何両《なんれう》は俺《わし》の方《はう》へ貰《もらつ》て置《おい》て其事《そのこと》に就《つい》て働《はたら》いた者《もの》へ褒賞《はうび》に遣《や》り升　千両《れう》は全《まつた》く汝《おまへ》の働《はたら》きだから持《もつ》て帰《かへ》ツて下《くだ》さい

多「夫《そ》りやア飛《と》ンだ事《こと》でがんす、必竟此事《ひつけうこのこと》を思《おも》ひ附《つい》たのも這度《こんど》は的切《てつき》りお店《みせ》も納屋《なや》もお焼《やけ》になる爾《さう》した日《ひ》には安《やす》イ御散財《ごさんざい》で無《な》く、夫《それ》が為《た》めに年取《としと》ツた貴所《あんた》が御苦労《ごくらう》を被成《なさ》る

のをお労敷《いたはし》く存《ぞん》じやしたで不図《ふと》思《おも》い附《つい》た目算《もくさん》が当《あた》ツたです、是《これ》も俺《わし》に金《かね》が有《あ》ツて仕《し》たじやア無《な》し貴所《あんた》からお預《あづか》り申した金《かね》をお断《こと》はりも無《な》く持出《もちだ》して手金《てきん》も打《うち》、品《しな》も買《かつ》たでがんす　儻《も》し始《はじ》めから俺《わし》が利益《りえき》にする積《つも》りなら、嚊《かゝ》アの実家《さと》の藤野《ふぢの》屋《や》へ咄《はな》して資本金《もとできん》を借《かり》て往《ゆく》です、お店《たな》の為《た》めに仕《し》た事《こと》だからお店《たな》の金《かね》を持出《もちだ》したです、俺《わし》が些細《ささい》な働《はたら》きは斯《かう》してお座敷《ざしき》で旦那《だんな》と番頭《ばんとう》さんのお執持《とりもち》で御酒《さけ》を戴《いたゞ》いたので沢山《たくさん》だす　何卒《どうぞ》此金《このかね》はお納《おさ》めを願《ねが》ひ度《た》うがんす

（二十）

善「多助殿《たすけどん》夫《そ》りヤア不可《いか》ン　必竟《ひつけう》思《おも》ひ通《どほ》りに儲《まう》かつたから宜様《よいやう》なもの丶　儻《も》し見込《みこ》みが外《はづ》れて損《そん》を仕《し》たら家蔵《いへくら》を売《う》つても又《ま》た藤野屋《ふぢのや》さんへ泣附《なきつい》てなりとも俺《わし》に損《そん》を掛《かけ》ぬといふ事《こと》は鏡《かゞみ》に掛《かけ》て見《み》る様《やう》じや、夫《それ》とも汝《おまへ》は遣損《やりそこ》ねたら丸々《まる〳〵》俺《わし》に損《そん》を掛《かけ》る気《き》で遣《や》ン被成《なす》つた歟

多「前以《ぜんもつ》て貴所《あんた》へ御咄《おはな》しをして爾《さ》うするが宜《よ》いと御許《おゆる》しを受《うけ》ました上《うへ》ならば遣《や》り損《そこ》ねた時《とき》には御迷惑《ごめいわく》を御掛《おか》け申《まを》す歟かもしれませんが　御断《おことは》りも無《な》く致《いた》した事《こと》で、万《まん》一御損《ごそん》が参《まゐ》り升れば仰《おほ》せの通《とほ》り家蔵《いへくら》を売《う》り夫《それ》でもまだ足《たり》ませずば嚊《かゝ》アの実家《さと》の藤野屋《ふぢのや》へ咄《はな》しましても、必《かな》らず御損《ごそん》は御掛《おか》け申《まを》さん心得《こゝろえ》でがんす

善「爾《さ》うで有《あら》うと俺《わし》は始《はじ》めから推察《すゐさつ》をして居《ゐ》ました、爾《さ》ういふ了簡《れうけん》であれは汝《おまへ》の金《かね》で汝《おまへ》が損得《そんとく》を試《こゝろ》みた様《やう》なもので此善《このぜん》右衛門《ゑもん》は三日なり、四日なり四五百両《れう》の金《かね》を融通《ゆうづう》に貸《かし》たといふ位《くら》ゐなもので　本家《ほんけ》出店《でみせ》の間柄《あひだがら》では其位《そのくら》ゐな融通《ゆうづう》を仕合《しあ》ふのは世間普通《せけんふつう》の咄《はな》しぢや　辞宜《じぎ》には及《およ》ばん　此金《このかね》を持《も》つて帰《かへ》つてお花《はな》に喜《よろこ》ばせるが宜《よ》い

多「重々厚《ぢう〳〵あつ》い思召《おぼしめし》で有難《ありがた》ふは存《ぞん》じ升が此《この》お金《かね》を戴《いたゞ》きましては何《ど》うも俺《わたくし》の心済《こゝろずみ》が致《いた》しません　其代《そのかは》り此後《このご》何《なん》ぞ事《こと》がございましたら資本《もとで》を拝借致《はいしやくいた》して一儲《ひとまう》けさせて戴《いたゞ》き升

善「夫《そ》りやア其時《そのとき》の咄《はな》しで金《かね》は俺《わし》が出《だ》す　汝《おまへ》は体《からだ》と胸《むね》を働《はたらか》せて利益《りえき》が有《あつ》ても損《そん》が行《いつ》ても二つ山《やま》と仕様《しやう》じやア無《な》いか

多「爾《さ》うして頂《いたゞ》けば有難《ありがた》う存《ぞん》じ升、天《てん》の時《とき》は地《ち》の理《り》に如《しか》ず、地《ち》の理《り》は人《ひと》の和《わ》に如《しか》ずとか申《まを》す事《こと》がござい升とやら　及《およ》ばずながら俺《わたくし》が天《てん》の時《とき》と地《ち》の理《り》を考《かんが》へまして御相談《ごさうだん》に出《で》

升から　貴所《あんた》の腑《ふ》に夫《それ》が落《おち》たら自由箇間敷《じいうがまし》いが二ツ山《やま》で俺《わし》に儲《まう》けさせて下《くだ》せへ
善「夫《それ》で汝《おまへ》は宜《よい》のだノ
多「ハイ決《けつ》して否哉《いなや》はがんせん
善「夫《それ》じやア多助這度《たすけこんど》の事《こと》も予《わし》は金《かね》を出《だ》す　汝《おまへ》は地《ち》の理《り》を考《かんが》へて野州迄往《やしうまでい》つて儲《まう》けた金《かね》だから矢張《やは》り二ツ山《やま》に仕様《しやう》
多「ソりやア行《ゆか》ねへでがんす、今《いま》申たのは此後《このゝち》の咄《はな》しで、這度《こんど》のは平《ひら》にお納《おさ》めを願《ねが》ひ升
善「貴公《きこう》は存外道理《ぞんぐわいだうり》に疎《うと》い男《をとこ》だ、今組合商《いまくみあひあきな》ひに仕様《しやう》といふ約束《やくそく》をして其舌《そのした》の根《ね》も乾《かは》かぬ中《うち》に夫《そ》りやア行《ゆけ》ないとは男《をとこ》らしくも無《な》い、此善右衛門《このぜんゑもん》は筋道《すぢみち》の違《ちが》つた銭《ぜに》を喜《よろこ》んで取《と》る様《やう》な野郎《やらう》だと思《おも》つて居《を》るの歟　*神田《かんだ》の佐久間《さくま》町へ胞衣《えな》を埋《う》めた善右衛門《ぜんゑもん》だ　貴様《きさま》も入《い》らず予《おれ》も入《い》らねへといふ金《かね》でも正哉前《まさかまへ》の川《かは》へ捨《すて》る理由《わけ》にも行《ゆく》めへから　焼《やけ》て難渋《なんじう》の者《もの》へ施《ほどこ》しに出《だ》して終《しま》つて貴様《きさま》とは向後《かうご》お交際《つきあひ》は御免《ごめん》だ、爾《さ》う思《おも》つて呉《く》んねへ　多助殿予寐《たすけどんおらね》るから御免《ごめん》を蒙《かう》むる
と太《はなは》だ不機嫌《ふきげん》で起《たゝ》うと致《いた》し升から番頭《ばんとう》の利《り》七が
利「マア〳〵お待下《まちくだ》さい……コレ多助《たすけ》さん何《ど》う仕《し》たもの

だ、旦那《だんな》が汝《おまへ》の言条《いひでう》も立《た》つて二ツ山《やま》にして遣《やら》うと被仰《おつしや》るのを酢《す》だ蒟蒻《こんにやく》だと穏当《おとなし》く無《ね》へ、有難《ありがた》うござい升と言《い》つて半分《はんぶん》戴《いたゞ》いて置《おき》ねへ

多「ハイ〳〵、俺《わし》が今日《けふ》斯《かう》して世《よ》に立《た》つて居《を》られるは全《まつた》く旦那様《だんなさま》の庇蔭《おかげ》でがんす、身代《しんだい》を丸《まる》で持《もつ》て来《こ》いと被仰《おつしや》れても嫌応《いやおう》の言《いは》れない俺夫《わたくし》を　大枚《だいまい》のお金《かね》を下《くだ》さるといふので有難過《ありがたすぎ》てお請《うけ》が出来《でき》ないでがんすが、善悪《よしあし》ともに旦那様《だんなさま》のお詞《ことば》に背《そむ》くまいといふのが俺《わし》の志願《しぐわん》でがんすから、仰《あほ》せの通《とほ》り半分頂戴《はんぶんてうだい》を致《いた》し升

利「夫《それ》が宜《よい》〳〵早《はや》く爾《さ》う言被成《いひなさ》りやア宜《いゝ》に余計《よけい》な事《こと》で御立腹《ごりつぷく》をおさせ申て……旦那様《だんなさま》お聞《きゝ》の通《とほ》り頂戴《てうだい》を致《いた》すと申居《を》り升から今日《こんにち》の所《ところ》は御勘弁《ごかんべん》を願《ねが》ひ升

善「アハヽヽヽ、請《うけ》てさへ呉《くれ》れば俺《わし》も心持《こゝろもち》が宜《よい》といふものだ、多助其千両箱《たすけそのれうばこ》は昔《むかし》紀文《きぶん》の家《いへ》に有《あ》ツた物《もの》だといふ事《こと》で　親父《おやぢ》が何所《どこ》から貰《もら》ツて来《き》て以来大事《いらいだいじ》にして置《おい》たのだが　汝《おめへ》が這度《こんど》の働《はたら》きは*紀文《きぶん》の密柑船《みかんぶね》にも優《まさ》ツた位《くらゐ》往々《ゆく〳〵》は紀文《きぶん》を凌《しの》ぐ程《ほど》の分限《ぶんげん》にならるゝのを祝《しゆく》して其千両箱《そのれうばこ》を汝《おめへ》に進《しん》ぜる

多「重《かさ》ね〳〵有難《ありがた》うがんす、其様《そん》なめつぽうけも無《な》い事《こと》は思《おも》ひも寄《よら》ぬ事《こと》でがんすが、思召《おぼしめし》でがんすから、戴《いたゞ》いて置《お》き升

善「爾《さう》して下《くだ》さい

と床《とこ》に飾《かざ》ツて在《あつ》た千両箱《れうばこ》の内《うち》から五百両《れうだ》出して跡《あと》を箱《はこ》ぐるみ多助《たすけ》に遣《や》りました

（廿一）

多助《たすけ》は千両箱《りやうばこ》へ五百両《りやう》の金子《きんす》を入《い》れました儘炭薪《まゝまきすみ》の川岸《かし》揚《あげ》を致《いた》す軽子《かるこ》に持《もた》せまして　宅《たく》へ戻《もど》つてお花《はな》に今日《けふ》は是《これ》〳〵斯《かく》〳〵で有《あ》つたと咄《はな》しを致《いた》すと　お花《はな》も殊《こと》の外喜《ほかよろこ》びまして直《すぐ》に竹下屋《たけしたや》の久八《きう》と四ツ目《め》の藤野屋《ふぢのや》へ人《ひと》を遣《や》つて呼《よ》び寄《よ》せ今日《けふ》山口屋《やまぐちや》で是《これ》〳〵だと申《まを》す咄《はな》しを致《いた》すと久八《きう》は

久「夫《それ》は多助《たすけ》さん入《い》らねへ辞宜《じぎ》ぢやア無《な》かつたか、下《くだ》さる物《もの》は夏《なつ》もお小袖《こそで》といふ事《こと》があるのに　汝《おめへ》が働《はたら》きで儲《まう》けたのだから貰《もら》つて置《おい》たつて仔細《しさい》の無《ね》へ金《かね》ぢやアねへ歟《か》

藤「否久八《いやきう》さん爾《さ》うで無《ね》へ、山口屋《やまぐちや》が悉皆持《みんなもつ》て往《ゆ》けと言《い》つたのも感心《かんしん》だが　多助殿《たすけどの》が入《い》らねへと言《い》つたのは君《きみ》と臣《しん》

は船《ふね》と水《みづ》の如《ごと》しと言《い》つた詞《ことば》の通《とほ》り思《おも》へば思《おも》はるるといふのが義《ぎ》理人情《りにんじやう》といふものだ、此間《このあひだ》もいふ通《とほ》り這度《このたび》の仕事《しごと》は思《おも》ふ図《づ》に当《あた》つて手柄《てがら》には違《ちが》へねへが軍令《ぐんれい》には外《はづ》れて居《ゐ》るのだ実《じつ》は山口屋《やまぐちや》が　怪《け》しからん事《こと》だ先祖《せんぞ》の位牌《ゐはい》と大金《たいきん》を預《あづか》りながら無断《むだん》で野州《やしう》くんだりへ往《いく》といふ法《はふ》は無《な》い、此後《このご》も店《みせ》の者《もの》が之《これ》を手本《てほん》に懸先《かけさき》から伊豆《いづ》へ炭《すみ》を買《かひ》に往《ゆき》ましたと言《い》つた時《とき》に多助《たすけ》は宜《いゝ》が汝《てまへ》は相成《あひな》らんといふ小言《こゞと》も言《い》はれまい、乃《そこ》で法《はふ》は法《はふ》で正《たゞ》さにやアならねへ所《ところ》だが　平生律義《ふだんりつぎ》に事《こと》をして居《ゐ》るから乃《そこ》を大目《おほめ》に見《み》る日《ひ》にやア汝《てめへ》の働《はたら》きで儲《まう》けた金《かね》だから皆《み》ンな持《も》つて往《ゆけ》といふのは当然《あたりまへ》な詞《ことば》で　其実此方《そのじつこつち》は面《めん》目無《ぼくな》へ次第《しだい》だが二つ山《やま》と成《な》つたのは跡《あと》に物《もの》が残《のこ》らねへで大《おほ》きに宜《よか》つた……是《これ》が紀文《きぶん》の千両箱《れうばこ》かね　なる程《ほど》モウ七八十年《ねん》になるから此箱《このはこ》の時代《じだい》が丁度《てうど》其様《そん》なものだらう　何《なん》にても僅《わづか》五七日の間《あひだ》に主人《しゆじん》にも儲《まう》けさせ、自分《じしん》も五百両儲《れうまう》けたといふ事《こと》は実《じつ》に目出度《めでたい》、本家《ほんけ》でも床《とこ》の間《ま》へ飾《かざ》つて商《あきな》ひ神《がみ》の蛭子《ゑびす》の命《みこと》を祭《まつ》つた顰《ひそみ》に習《ならつ》て神棚《かみだな》へ神酒《おみき》でも捧《あげ》て心祝《こゝろいは》ひに店《みせ》の者《もの》へ酒《さけ》でも飲《のま》せ　明日《あす》は態《わざ》と赤《あか》の飯《めし》でも焚《たい》たら宜《よ》からう、

流石《さすが》に藤野屋《ふぢのや》は計《はか》り炭《ずみ》を売《う》ツて歩行《あるく》多助《たすけ》に一人《ひとり》の娘《むすめ》を呉《くれ》た位《ぐら》ゐで物《もの》の道理《だうり》が能《よ》く分《わか》ツて居《を》るから申す事《こと》に卒《そつ》が無《な》い多助《たすけ》も藤野屋《ふぢのや》の申す通《とほ》り神棚《かみだな》へも仏壇《ぶつだん》へも御燈《おあか》しを上《あげ》　店《みせ》は店奥《みせおく》は奥《おく》で心《こゝろ》ばかりの祝《いは》ひを致《いた》しました、多助《たすけ》の家《うち》で祝《しゆく》宴《えん》が二度《ど》になる様《やう》でござい升が　最初《さいしよ》は死《し》ンだと存《ぞん》じた多《た》助《すけ》が其事《そのこと》で帰《かへ》ツて其目的《そのもくてき》を達《たつ》したと申す祝《いは》ひ　後《のち》のは全《まつた》く儲《まう》けが五百円有《あ》ツたといふ祝《いは》ひでござい升、此塩原多助《このしほばらたすけ》の事《こと》は円朝《わたくし》も数回《すくわい》席亭《よせ》でも御機嫌《ごきげん》を伺《うかゞ》ひ筆記《ひつき》の本《ほん》にもなり*当《たう》やまと新聞《しんぶん》へも出《だ》し、芝居《しばゐ》でも度々《たび〴〵》演《えん》じましたので其《その》

成人《ひとゝなり》は子供衆《こどもしう》も御案内《ごあんない》でござい升が　生《うま》れは歴然《れつき》とした武家《ぶけ》でござい升が、幼少《えうせう》から他人《たにん》の手《て》で育《そだて》られましたので見度《みたい》と思《おも》ふ事《こと》も食度《たべたい》と存《ぞん》ずる事《こと》も遠慮《ゑんりよ》を致《いた》し、アレが欲《ほ》しいと存《ぞん》じても忍《しの》びましたのが所謂《いはゆる》習《なら》ひ姓《せい》とやらで堪忍《かんにん》と申す事《こと》が常《つね》に成《な》つて　伯母《をば》のお亀《かめ》が無慈悲《むじひ》も堪《こら》へ先妻《ぜんさい》のお栄《えい》が不実不貞《ふじつふてい》も我慢《がまん》を致《いた》す位《くら》ゐだから　寒《さむ》いのも暑《あつ》いのも眠《ねむ》いのも空腹《くうふく》も爾《さ》のみ苦《く》にも成《な》らず　識《しら》ず〳〵堪忍《かんにん》の出来《でき》る様《やう》心《こゝろ》の根《ね》が固《かたま》つたので　歌《うた》に

*雨《あめ》に伏《ふ》し風《かぜ》になびけるなよ竹《だけ》は
よゝに久《ひさ》しきためしならずや

で　竹《たけ》は細《ほそ》く長《なが》い物《もの》で其《その》枝葉《しえふ》は二間《けん》も三間《げん》も拡《ひろ》がり升夫《それ》が目方《めかた》のある雪《ゆき》を脊負《しよひ》暴風雨《あらし》に吹《ふか》れて二重《ふたへ》に折《を》れる様《やう》になりましても倒《たふ》れ無《な》い　是《これ》が心根《しんこん》でございませう　*心根《しんこん》は天理自然《てんりしぜん》の妙用《めうよう》であると伊達《だて》自得居士《じとくこじ》が円朝《わたくし》へお示《しめ》しになりましたが　なる程《ほど》草木《さうもく》心《こゝろ》無《な》しとは申升が　雪《ゆき》にも風《かぜ》にも耐《たへ》升のは根《ね》と根《ね》がからみ合《あ》つて根本《こんぽん》が固《かた》いからであり升人《ひと》も心根《しんこん》の定《さだま》つて居《を》る者《もの》は不時《ふじ》の出来事《できごと》に狼狽《らうばい》して倒《たふ》るゝ様《やう》な事《こと》はありません　又《また》心根《しんこん》の動《うご》く人《ひと》は偶《たま》に宜《よ》い事《こと》を考《かんが》へても　とは言《いふ》ものゝ何《ど》うだらうかと直《す》ぐに気《き》が替《かは》るから先見《せんけん》の明《めい》抔《など》といふ事《こと》がありません

（廿二）

前席《ぜんせき》に先見《せんけん》の明《めい》といふお咄《はな》しを致《いた》しましたが　円朝《わたくし》の隣家《りんか》に*長兵衛《ちやうべゑ》さんに権《ごん》八さんと申すと鈴《すゞ》が森《もり》へ出《で》さうでござい升が　此両人《このりやうにん》は農作《のうさく》を業《なりは》ひに致《いた》して居《を》る者《もの》ですが先頃《さきごろ》の咄《はな》しに　瓜《うり》を作《つく》るに風《かぜ》の吹《ふ》く年《とし》は小蔓《こづる》が多《おほ》く張《は》り唐黍《たうもろこし》を作《つく》るに風《かぜ》のある年《とし》は土際《つちぎは》から上《うへ》へ多《おほ》く根《ね》が張《は》る　是《これ》は皆《みな》大風《おほかぜ》に中《あた》りましても倒《たふ》れぬ用心《ようじん》で　砂石《しやせき》を飛《とば》す様《やう》な風《かぜ》がドツト吹《ふい》て参《まゐ》ると大地《だいち》を摑《つか》んで堪《こらゆ》る身構《みがま》へだと申《まを》されましたが、夫《それ》から見《みる》と人《ひと》は万物《ばんぶつ》の長《ちやう》と申すから円朝《わたくし》も長《ちやう》の一人《にん》ですが万物《ばんぶつ》の長《ちやう》には縁《ゑん》が遠《とほ》いので円朝《ゑんてう》と号《つけ》た理由《わけ》でもありませんが辛抱弱《しんばうよわ》いので時々《ときぐ〳〵》倒《たふ》れ、多助《たすけ》は辛抱強《しんばうづよ》いのと心根《しんこん》が固《かた》いから物事《ものごと》を前知《ぜんち》する力《ちから》がある、扨《さて》大火《たいくわ》を目的《めあて》に諸国《しよこく》から屋根板《やねいた》を江戸《えど》へ積《つ》み送《おく》りました、是《これ》は年輩《ねんぱい》の御仁《おかた》は御承知《ごせうち》でございませうが、其当時《そのたうじ》は市中《しちう》は大概《たいがい》柿《こけら》屋根でありましたから定《さだ》めし屋根板《やねいた》の購求《こうきう》が多《おほ》からうと存《ぞん》じて諸方《しよはう》から江戸《えど》

へ積送《つみおく》ツたのであり升が　中以上《ちういぜう》の人《ひと》は此大火《このたいくわ》に懲《こ》りまして板屋根《いたやね》は飛火《とびゝ》が危険《けんのん》だから瓦屋根《かはらやね》に仕様《しやう》、土蔵《どざう》作《づく》りが宜《いゝ》抔《など》と瓦《かはら》は非常《ひぜう》に高《たか》くなりましたが　屋根板《やねいた》は購求者《こうきうしや》が存外《ぞんぐわい》*尠《すくな》ふございましたから是《これ》を持込《もちこ》ンだ者買《ものかひ》入れた者《もの》は冗《むだ》な蔵《くら》式《しき》を払《はら》ツて品物《しなもの》を積《つ》ンで置《お》く理由《わけ》だから安《やす》くも売《うら》ねばなりませんが　外《ほか》の品《しな》と違《ちが》ツて廉《やす》けりやア買《か》ツて置《おか》うといふ理《わ》由《け》に行《ゆか》ないから売《うれ》ない、多助《たすけ》は或朝《あるあさ》の事《こと》で茄子《なす》の香々《かう〱》を食《くつ》て

多「お花《はな》　俺《わし》が気《き》のせへかしらんが茄子《なす》の香《かう》の物《もの》が今年《ことし》は迷方《めつぽう》甘《うま》い様《やう》に思《おも》ふが和女《おまへ》は何《ど》うだ

花「爾《さ》うお仰《つしや》れば正実《ほんとう》に甘《うま》うござい升　昨日《きのふ》の朝《あさ》も勝手《かつて》で下女《げぢよ》や三太《さんた》がモウ茄子《なす》のお香々《かう〱》さへあれば沢山《たくさん》でお菜《さい》は入《い》らないと申て居《を》りました

多「爾《さ》うだらう」

と申て又《ま》た午飯《ひるめし》にも夜食《やしよく》*にも味《あぢ》はつて見《み》る所《ところ》が例《いつ》もよりは余《よ》ほど甘《うま》い、爰《こゝ》で多助《たすけ》が茄子《なす》に味《あぢ》のある年《とし》は必《かな》らず大嵐《おほあらし》があると聞伝《きゝつた》へて居《を》つたのみならず沼田《ぬまた》に居《を》る頃《ころ》に三四度《ど》経験《けいけん》も仕《し》たが果《はた》して爾《さ》うであつた　乃《そこ》で此秋《このあき》の末《すゑ》には必《かな》ら

ず嵐《あらし》があるに相違《さうゐ》無《な》い　就《つい》ては此春《このはる》の大火《たいくわ》を目的《めあて》に屋根板《やねいた》を買込《かひこ》んだ者《もの》や之《これ》を持込《もちこ》んだ者《もの》は蔵式《くらしき》を払《はら》ふ事《こと》も出来《でき》ずに幾許《いくら》でも附直《つけね》で売《うる》とかいふ事《こと》だが　此度《こんど》本店《ほんだな》からお貰《もら》ひ申た五百両《れう》を資本《もとで》に屋根板《やねいた》を買込《かひこ》み見込《みこ》みが外《はづ》れた所《ところ》で不時《ふじ》に得《え》た金《かね》だから爾《さ》のみの響《ひゞ》きにはならんと考《かんが》へまして屋根《やね》板《いた》を買《か》ひ始《はじ》めますと　サア本所《ほんじよ》の塩原屋《しほばらや》で屋根板《やねいた》を買《か》ふといふので持余《もてあま》し連《れん》が陸続持込《りくぞくもちこ》んで来《く》るを無性《むせう》に買込《かひこ》みまして　隣《とな》りに*角松《かくまつ》と申す本所切《ほんじよき》つての味噌屋《みそや》がある其《そ》の地面《ちめん》内《うち》に毀《こは》し蔵《ぐら》があるから此蔵《このくら》を借《かり》て家根板《やねいた》を入《い》れて置《お》くと近所《きんじよ》の湯屋髪結《ゆやかみゆ》ひ床《どこ》での評判《へうばん》には

「六兵衛《べゑ》さん聞《きい》たか

六「何《なに》を

「何《なに》をツて汝《おめへ》が滅方誉《めつぱうほめ》て居《ゐ》る奇麗《きれい》な内儀《かみ》さんの居炭屋《ゐるすみや》ノウ

六「夫《それ》が何《ど》うしたんだ

「夫《それ》がノ春《はる》の大火事《おほくわじ》の時野州《ときやしう》とかへ往《い》つて草履《ざうり》、草鞋炭《わらじすみ》薪《まき》を買込《かひこ》んで千両金《れうかね》を儲《まう》けた味《あぢ》を占《しめ》て此頃屋根板《このごろやねいた》を無闇《むやみ》に買込《かひこ》む様子《やうす》だが、徐《そろ》〳〵冬《ふゆ》が来《く》るので此春焼残《このはるやけのこ》つた此本所《このほんじよ》深川《ふかゞは》の番《ばん》だと見込《みこ》みを附《つけ》て屋根板《やねいた》を買込《かひこ》んだに違《ちげ》へ無《ね》へがアンなのは儻《も》し火事《くわじ》が無《ね》へと自分《じぶん》で火《ひ》を附《つけ》る歟もしれねへ夫《それ》を思《おも》ふと丸山《まるやま》の火事《くわじ》抔《など》も怪《あや》しいぜ

六「積《つまら》ねへ事《こと》を言《い》ふな　アノ塩原屋《しおばらや》の多助《たすけ》といふ男《をとこ》は神《かん》田《だ》佐《さ》久《く》間《ま》町の炭問屋《すみどんや》へ久敷《ひさし》く勤《つと》めて　主人《しゆじん》の目鏡《めがね》で此相生《このあひおひ》町へ世帯《しよたい》を持《も》つて計《はか》り炭《ずみ》を売《う》つて歩行《あるい》て居《ゐ》たが　炭《すみ》ばかりで無《な》く自分《じぶん》の身《み》も粉《こ》にして働《はたら》くのを藤野屋《ふぢのや》といふ御用達《ごようたし》の娘《むすめ》が其心根《そのこゝろね》に惚《ほ》れて嫁《よめ》に来《き》たといふ位《くら》ゐな男《をとこ》で、新店《しんみせ》で居《ゐ》ながら津軽《つがる》や*小笠原《をがさはら》、向井《むかゐ》抔《など》といふ目《め》欲《ぼ》しい屋敷《やしき》の出入《でい》りに成《な》つた働《はたら》き者《もの》　何《な》んで火附《ひつけ》抔《など》をするもの歟《か》

「六の野郎《やらう》め他人《たにん》の女房《にようぼう》に惚《ほ》れて居《ゐ》やアがつて無闇《むやみ》に誉《ほめ》やがらア、いけ好《すか》ねへ二本棒《ほんばう》だぜ

と悪口《わるくち》を聞《き》く者《もの》もございましたが　*此安永元年《このあんえいぐわんねん》の八月遠《ゑん》州《しう》三州《しう》は大嵐大海嘯《おほあらしおほつなみ》で　江戸《えど》は同《おな》じく三日に辰巳《たつみ》から大風《おほかぜ》が起《おこ》つて参《まゐ》つたから深川本所《ふかゞはほんじよ》は殊《こと》に風害《ふうがい》が多《おほ》ふございました

(廿三)

嵐《あらし》には風筋《かぜすぢ》と云《いふ》ものがござい升て深川《ふかゞは》から辰巳《たつみ》の筋《すぢ》に当《あた》りました所《ところ》は取分《とりわけ》烈《はげし》うございましたが　前申上《ぜんまをしあげ》る通《とほ》り此当時《このたうじ》は屋根《やね》は柿葺《こけらぶき》で瓦屋根《かはらやね》と申《まを》すものは本所深川《ほんじよふかゞは》には数《かぞ》へる程外《ほどほか》ありませんからモウ過半《くわはん》吹《ふき》めくられました　差掛《さしかゝ》つては荒莚《あらむしろ》や苫《とま》で嵐《あらし》を凌《しの》いで居《を》りましたが　四五日経過《たち》升と屋根葺《やねぶき》に掛《かゝ》り升所《ところ》が屋根板《やねいた》が払底《ふつてい》で格外《かくぐわい》の高直《かうぢき》になりましたから　多助《たすけ》は角松《かくまつ》の土蔵前《どざうまへ》で屋根板《やねいた》を売出《うりだ》し升と此度《このたび》も手《て》取《ど》り奪取《ばひど》りで　間口《まぐち》三間半奥行《けんはんおくゆき》五間《けん》の土蔵《どざう》に一抔其裏《ばいそのうら》の明家《あきや》を二戸《こ》借《かり》て入《い》れて置《おい》た屋根板《やねいた》が僅《わづか》に五日間《かん》に奇麗《きれい》に売《うれ》て終《しまつ》て　見倒《みたふ》して五百両《れう》に買《かつ》た屋根板《やねいた》が千二百両《れう》になりました　此春秋両度《このはるあきれうど》で多助《たすけ》は真《しん》に千五百両程利益《れうほどりえき》がありました此当時《このたうじ》千五百両《れう》と申《まを》しては金《かね》のくらゐは今日《こんにち》の一万五千円《ゑん》程《ほど》でございましたが　今《いま》の一万五千円得《ゑんえ》る事《こと》は爾《さ》う難《かた》くは無《な》い幾許《いくら》も儲《まうか》る方《はう》がある　比諭《たとへ》に申《まを》す一獲千金《くわくせんきん》といふ米《べい》*商取引所《せうとりひきしよ》なり株式取引所《かぶしきとりひきしよ》なり地面《ぢめん》の売買抔《ばいぐなど》と申《まを》す金儲早道《かねまうけはやみち》が幾許《いくら》もあり升が　安永年間《あんえいねんかん》には箇様《かやう》な場所《ばしよ》が無《な》いので鋤《すき》や秣《まぐさ》で起《おこ》す様《やう》な金《かね》の儲《まうか》る事《こと》はありませんから　多助《たすけ》は今紀《いまき》文《ぶん》だ抔《など》といふ評判《へうばん》が立《た》つて店《みせ》は無闇《むやみ》に繁昌《はんぜう》を致《いた》し升ので野《や》州《しう》の荷主《にぬし》からはドシ〳〵荷《に》が参《まゐ》る　或日《あるひ》隣家《りんか》の角松《かくまつ》の主人《しゆじん》が多助《たすけ》の店《みせ》へ参《まゐ》りましたから丁稚《でつち》の三太《さんた》が

三「旦那《だんな》お隣《とな》りの旦那《だんな》が入《いら》つしやいました

ト怒鳴《どなり》升から多助《たすけ》が奥《おく》から飛《と》んで出《で》て参《まゐ》つて

多「コレ〳〵早朝《さうてう》の御尊来《ごそんらい》で何《なん》ぞ御用《ごよう》で

角「マアお早《はや》ふござい升、他《ほか》の事《こと》でもございませんが此《この》程《ほど》屋根板《やねいた》の置場《おきば》にお貸《かし》申した土蔵《くら》は台無《だいな》しに毀《こは》れて居《ゐ》るから何《ど》うせ塗《ぬ》り直《なほ》さにやア成《な》らんのですが　近来《きんらい》お店《みせ》も殊《こと》の外《ほか》御《ご》繁昌《はんぜう》で、蔭《かげ》ながらお喜《よろこ》び申して居《をり》升、就《つい》ては荷《に》の多《おほ》い割《わり》に店《みせ》がお手狭《てせま》の様《やう》だが土蔵《くら》を塗《ぬ》り替《か》へるにしても裏《うら》に二軒《けん》ある長家《ながや》も明店《あきや》に成《な》つて居《ゐ》るので不用心《ぶようじん》で困《こま》り升が、地《ち》代《だい》や店賃抔《たなちんなど》は汝《おまへ》さんの事《こと》だから何《ど》うでも宜《よ》いが土蔵《くら》ぐるみ使《つか》つて下《くだ》さらん歟

多「夫《それ》は有難《ありがた》ふがんす、此所《こゝ》へ此様店《こんなみせ》は出《だし》ましたが、斯《か》う繁昌《はんぜう》を仕様《しやう》とは我《われ》ながら思《おもは》ねへでがんした　斯《か》う庇蔭《おかげ》で繁昌《はんぜう》を致《いた》し升と此店《このみせ》では狭《せま》くて*法返《はふがへ》しが附《つ》きましねへ、何《ど》うか御《お》土蔵《くら》も裏《うら》の明家《あきや》も拝借《はいしやく》を致《いた》し度《た》うがんす

松「夫《それ》では土蔵《くら》も入用《いりよう》かね

多「寧《いつ》そ今度《こんど》の店《みせ》を炭《すみ》の置場《おきば》にして御土蔵《おくら》を店《みせ》に仕様《しやう》と存《ぞん》じ升

松「夫《それ》も宜《よか》らう　ソンなら其様《そのやう》に土蔵《くら》の手《て》入《い》れもして進《しん》ぜ様《やう》　何《な》んでも汝《おめへ》さんの様《やう》に世間《せけん》よりア廉《やす》く売《う》つて品物《しなもの》の更《かは》るのを是《よい》として居成《ゐな》さるのが正実《ほんとう》の商《あきな》ひだ、並大体《なみたいてい》な商人《あきうど》は概《がい》して一割《わり》とか一割《わり》五分《ぶ》とかの利《り》を見《み》ねば売《う》らん事《こと》にして居《ゐ》るで　品物《しなもの》は例《いつ》も蔵《くら》の番人《ばんにん》をさせらるゝので商《あきな》ひ神《がみ》が飽《あ》きて些《ち》ツとも働《はたら》かぬので遂《つ》い不《ふ》繁昌《はんぜう》になり行《ゆ》くのを汝《おまへ》さんの店《みせ》の代呂物《しろもの》はグル〳〵代《かは》つて行《ゆ》くので代呂物《しろもの》があきない、故《ゆゑ》に商《あきな》ひ神《がみ》が汝《おまへ》さんの店《みせ》を守《まも》つてござるのぢや、何《ど》うか俺《わし》の悴《せがれ》も汝《おまへ》さんに化《くわ》せられて商《あきな》ひ神《がみ》の保護《ほご》を受《うけ》させ度《たい》と存《ぞん》じて居《を》り升

多「恐《おそ》れ入《い》りました　夫《それ》では何分宜敷《なにぶんよろし》く御願《おねが》ひ申《まをし》升

松「ハイ〳〵承知《せうち》仕《し》ました　必竟《ひつけう》私《わたし》の方《はう》も御勧《おすゝ》め甲斐《がひ》が有《あ》つて宜《いゝ》といふものだ

と角松《かくまつ》も喜《よろこ》んで帰《かへ》りましたが　早速《さつそく》件《くだん》の土蔵《くら》の穴《あな》を塞《ふさ》ぎ腰巻《こしまき》を築足《つきた》し表《おもて》を店掛《たながゝ》りに直《なほ》して土戸《つちど》を拵《こしら》へ　是《これ》で家賃《やちん》が一ケ月《げつ》三円《ゑん》でございます　*此節《このせつ》なら三十円《ゑん》でも廉《やす》い位《くら》ゐな

もので、此時節《このじせつ》に僅《わづ》か半年経過《はんとしたつ》か立《たゝ》ぬ中《うち》に千五百両儲《れうまう》けたのだから多助《たすけ》の名《な》が高《たか》く成《な》つたのも無理《むり》はありません

（廿四）

多助《たすけ》は角松《かくまつ》の土蔵《どざう》を店《みせ》に致《いた》しまして唯今迄《たゞいまゝで》の店《みせ》を炭《すみ》の置《お》き場《ば》に致《いた》し　裏《うら》に二戸《こ》の明《あ》き家《や》のございましたのを　一戸《こ》を台所《だいどころ》に一戸《こ》を伯母《をば》のお亀《かめ》の住居《すまひ》に致《いた》し　其子《そのこ》の四万《しま》太郎は今年《ことし》十二歳《さい》になり升が　生《うま》れ立《だち》利《り》口《こう》で目盲《めくら》のお亀《かめ》を孝行《かうく》にするので多助夫婦《たすけふうふ》も可愛《かあい》がりまして丁稚《でつち》代《がは》りに店《みせ》を三太《た》同様《どうやう》に働《はたら》かせて居《を》り升が　手習《てなら》ひをさせても十露盤《そろばん》を教《をし》へても記臆《おぼへ》込《こ》むと決《けつ》して忘《わす》れません、夫《それ》に引《ひ》き換《か》へ勘蔵《かんざう》といふ店《みせ》の者《もの》は三十歳《さい》になり升が*九六の銭《ぜに》で用《よう》に足《たり》ず其癖《そのくせ》大《たい》食《しよく》で腹立《はらだち》ツポクお負《ま》けに朝寐《あさね》と来《き》て居《を》り升が　唯取得《たゞとりえ》なのは正直《せうぢき》と尻《しり》が軽《かる》い　勘蔵《かんざう》と呼《よ》ぶとハイと申す返辞《へんじ》と倶《とも》に座《ざ》を起《た》つ　何所彼所《どこそこ》へ往《ゆ》けと用《よう》を命《めい》じ升と直《すぐ》に戸外《おもて》へ駈出《かけだ》し升が　人《ひと》を使《つか》ふ人《ひと》は用《よう》を言《い》ひ附《つけ》ていつ迄《まで》も愚図《ぐづ》〳〵して居《ゐ》られるのは随分嫌《ずゐぶんいや》なもので　表《おもて》へ出《で》てから油《あぶら》を売《う》る迄《まで》も家《うち》を出《で》る時《とき》は威勢《ゐせい》能《よ》く出《で》て呉《くれ》ないと心持《こゝろもち》が悪《わる》い、中《なか》に横着《わうちやく》な小僧《こぞう》さんは何所《どこ》へ往《い》つて来《こ》いと言《い》ひ附《つ》けられ升と駈出《かけだ》して戸外《おもて》へ出《で》升が　直《す》ぐに犬《いぬ》の交接《つる》む尻尾《しつぽ》を持上《もちあぐ》る抔《など》といふ御《お》折介《せつかい》を遣《やら》かし升、此勘蔵《このかんざう》は元来正直者《ぐわんらいせうぢきもの》だから左様《さやう》な事《こと》は無《な》いので多助《たすけ》も眼《め》を掛《か》けて使《つか》つて居《を》る　お花《はな》は依怙贔負《えこひゐき》が無《な》いから万遍無《まんべんな》く面倒《めんだう》を見《み》て使《つか》つて遣《や》り升　殊《こと》にお亀《かめ》は眼《め》が不自由《ふじいう》だと申《まを》すので労《いたは》つて介抱《かいはう》を致《いた》して遣《や》り升から　お亀《かめ》も多助夫婦《たすけふうふ》を神仏《かみほとけ》の如《ごと》くに難有《ありがた》がつて居《を》り升　乃《そこ》で家内《かない》が和合《わがふ》を致《いた》して皆《みな》心《こゝろ》持《もち》能《よ》く働《はたら》くから自然《しぜん》と商売《せうばい》も繁昌《はんぜう》を致《いた》し升

お咄《はな》しが替《かは》りまして*本所横網《ほんじよゝこあみ》に松前志摩守《まつまへしまのかみ》様《さま》といふ御大《おだい》名《めう》がございました　御高《おたか》は三万石《ごく》　*松前《まつまへ》の福山《ふくやま》と申す所《ところ》にお城《しろ》が有《あ》つて蝦夷地《えぞち》を一円《ゐん》に領《れう》してお在《ゐで》で有《あ》つたから鮭漁《しやけれう》の運上《うんぜう》でも大層《たいそう》な事《こと》で有《あ》つたから至《いた》つて御富貴《ごふつき》でありましたが　此松前侯《このまつまへこう》の大部屋《おほべや》では*銀張《ぎんば》りの博奕《ばくち》が出来《でき》ました　円朝《わたくし》は此博奕《このばくち》の事《こと》が殆《ほとん》ど不案内《ふあんない》で少《すこ》しも分《わか》りません　講談《かうだん》師《し》で今《いま》は故人《こじん》になられた*文車《ぶんしや》が博奕打《ばくちうち》の講釈《かうしやく》を得意《とくい》で弁《べん》じ升から左《と》に右《かく》にひと通《とほ》り聞《きい》て置《おか》うと存《ぞん》じて聞《きゝ》升と文車《ぶんしや》も委《くは》敷《し》く教《をし》へて呉《くれ》ましたが　精《くは》しく教《をそ》はる程分《ほどわか》らなく成《な》つて参《まゐ》

つて何《ど》うしても博奕《ばくち》の事《こと》が円朝《わたくし》には行《ゆけ》ません　何《なに》か箇様《かやう》申上《まをしあげ》ると円朝《わたくし》が上品《ぜうひん》の様《やう》だが爾《さ》うでは無《な》い全《まつた》く不器用《ぶきよう》の故《ゆゑ》であり升　此時上州《このときぜうしう》の客人《きやくじん》〳〵と言《いは》れる男《をとこ》が始《はじ》めから*丁方《てうかた》とやらで二三十両《れうと》取られましたから　跡《あと》は片意地《かたいぢ》に丁《てう》を張《はつ》たが少《すこ》しも受無《うけな》い　側《がは》でも気《き》の毒《どく》に成《な》つて*横山《よこやま》町の畳屋《たゝみや》の職人《しよくにん》で出歯安《でばやす》といふ勇《いさ》みが

安「客人《きやくじん》　二三番休《ばんやす》んで気《き》を抜《ぬい》て見成《みな》せへ　意地《いぢ》で乞《こ》ひ目《め》の出《で》る物《もの》ぢやア無《ね》へ

と注意《ちうい》をしたのは信切《しんせつ》と言《いは》なければ成《な》りませんが人間《にんげん》は曲《まが》つて来《くる》と辟《ひが》みで　此所《こゝ》ではしらねへ顔《かほ》が多《おほ》いから*足《あし》でも出《だ》されると取《と》る目的《めあて》も無《ない》から*犬《いぬ》の糞《くそ》の上《うへ》へソツと置《おき》やアがるのだナと邪推《じやすゐ》を廻《まは》して張掛《はりかけ》た銭《ぜに》を引込《ひつこ》ませて懐《ふとこ》ろへ入《い》れ

「俺《わつち》やア、モウ止《よし》やせう　何所《どこ》の馬《うま》の骨《ほね》だか分《わか》らねへ此《こ》方徒《ちと》に足《あし》でも出《だ》されると穢多《ゑた》町へ犬《いぬ》を追《お》ひ込《こ》んだ様《やう》なもので取《と》れる見込《みこ》みは無《ね》へからお気《き》の毒《どく》だ　何《いづ》れ明日《あす》にも種子《たね》を仕込《しこ》んでお相手《あひて》に成《な》りやせう

と座《ざ》を起《た》ちに掛《かゝ》り升から此大部屋《このおほべや》を預《あづ》かつて居《ゐ》る玉《たま》五郎といふ者《もの》が

玉「オイ阿哥《あにい》つまらねへ事《こと》を言《い》ひなさんナ　誰《だれ》も汝《おめへ》を見《み》悔《くび》つて爾《さ》う云《い》つた理由《わけ》じや無《な》へ、旅《たび》を抱《かゝ》へて居被成《ゐなさ》る人《ひと》だから積《つま》ら無《な》く走《はし》ツてもお気《き》の毒《どく》だと親切心《しんせつごゝろ》で安阿哥《やすあにい》が爾《さ》う言《い》つたのだが気《き》に障《さは》つたら了簡《れうけん》して寛《ゆつ》くら遊《あそ》ンで往《い》つて呉《く》んねへ、阿哥差支《あにいさしつか》へも無《な》からうが都合《つがふ》で些《ちつ》とやそつとは何《ど》うでも仕様《しやう》から機嫌《きげん》を直《なほ》して呉《く》ンねへ

（廿五）

部屋頭《へやがしら》は亭主役《ていしゆやく》に口《くち》を利《きゝ》ましたが　此上州《このぜうしう》の客人《きやくじん》と申すのは此《この》お咄《はな》しで皆《みな》さんにお憎《にく》しみを受《うけ》て居《を》る*道連《みちづ》れ小平《こへい》が流《なが》れ〳〵て江戸《えど》へ出《で》て参《まゐ》つたのだから嫌《いや》にひねくれて居《を》つて

小「御親切《ごしんせつ》はお忝《かたじ》けだがモウ止《よそ》うヨ

玉「奈是《なぜ》

小「面白《おもしろ》く無《ね》へから

と矢《や》ツ張《ば》り勃《む》ツとして居《を》りましたので　右《と》に左《かく》松前《まつまへ》の部《へ》屋頭《やがしら》が金迄貸《かねまでかさ》うと言《い》つて口《くち》を聞《きい》た鼻《はな》を弾《はぢ》いたから出歯安《でばやす》が黙止《だまつ》ちやア居《ゐ》られませんから

安「オイ客人《きやくじん》イヤサ上州《ぜうしう》の阿哥《あにい》、汝《おめへ》に休《やす》みねへと言《いつ》たのは懐《ふところ》寒《さむ》の旅烏《たびがらす》を寄《よ》つて群《たか》つて毟《むし》り取《と》るのも殺生《せつせう》だと*跋《ばつ》を切《き》つて遣《や》つたのを有難《ありがた》へと礼《れい》も言《いは》ず、張《は》つた銭迄引析《ぜにまでひつぺが》して不吉《ふきつ》な真似《まね》を仕《し》やアがるのを腹《はら》も立《たて》ずに虫《むし》を耐《こら》へ、金迄貸《かねまでか》すと言《い》ひ成《な》さる親分《おやぶん》の顔《かほ》を穢《よご》して面白《おもしろ》く無《ね》へとは何《な》んてへ言草《いひぐさ》だへ、江戸馬鹿《えどばか》にするなへ土《ど》百姓《せう》め

と一本極《ぼんき》め込《こ》んだから小平《こへい》は承知《せうち》仕《し》ない

小「汝《てめへ》の言草《いひぐさ》は夫限《それぎ》り歟　土《ど》百姓《せう》たア誰《だれ》が事《こと》だ　能《よ》く面《つら》を見《み》て物《もの》を吐《ぬか》せ、是《これ》でも原《もと》は将軍家《せうぐんけ》のお膝元《ひざもと》で生《うま》れたのだが身性《みぜう》の悪《わる》さに上州《ぜうしう》へ高飛《たかとび》をした賭場稼《とばかせ》ぎ　馴《な》れねへ旅《たび》も道連小平《みちづれこへい》と人《ひと》に知《しら》れた長脇差《ながわきざし》だ、名前《なめへ》が安丈《やすだ》け面迄安《つらまでやす》ツポイ野郎《やろう》だ

と毒吐《どくづい》たから安《やす》も黙止《だまつ》ちやア居《ゐ》られません

安「何《なに》を譫言《たはこと》を吐《つき》やアがるんだ

と烟管《きせる》を振上《ふりあ》げて打《うつ》て掛《かゝ》るのを小平《こへい》は悩《びく》とも仕《し》ません、同《おな》じく烟管《きせる》を逆《ぎやく》に持《もつ》てサア来《こ》い野郎《やらう》と身構《みがま》へて居《を》る　此時《このとき》末座《まつざ》に居《を》りました、夜鷹久次《よたかきうじ》といふ三*笠《かさ》町の小笠原《をがさはら》加賀守《かゞのかみ》人呼《ひとよ》んで夜鷹小《よたかを》笠原《がさはら》と云《いふ》六千石《ごく》のお旗下《はたもと》の手廻《てまは》りをして居《を》る　形《なり》は至《いたつ》て小粒《こつぶ》だが喧嘩《けんくわ》ツ早《ばや》い男《をとこ》が側《わき》に置《おい》てあツた真鍮《しんちう》巻《まき》の木刀《ぼくたう》を振上《ふりあ》げて道連小平《みちづれこへい》の手許《てもと》へ驀直《まつしぐら》に飛《と》び込《こ》んで参《まゐ》つて嫌《いや》といふ程肩口《ほどかたぐち》を打《うち》ました　有繋《さすが》の小平《こへい》も不意《ふい》を食《くら》つて跡《あと》へジタ〳〵と素去《すさ》る処《ところ》を出歯安其他《でばやすそのほか》四五人《にん》で手取《てと》り足《あし》取《と》り小平《こへい》を引担《ひつかつ》いで戸外《おもて》へ出《で》たのを部屋頭《へやがしら》がマア〳〵静《しづか》にして呉《くれ》ろと一同《どう》を宥《なだ》めました、是《これ》は小平一人位《こへいひとりぐら》ゐは殺《ころ》しても仔細《しさい》は無《な》いのだが、儻《も》し其様《そん》な事《こと》でもあると此賭場《このとば》が潰《つぶ》れて部屋頭《へやがしら》の懐《ふところ》へ影響《えいけう》を来《きた》すから穏《おだや》か主義《しゆぎ》を執《とつ》て双方《さうはう》を

宥《なだ》めまして　不肖《ふせう》でも有《あら》うが今日《けふ》の所《とこ》ろは予《わし》に預《あづ》けて呉《くれ》ろ双方顔《さうはうかほ》の立《た》つ様《やう》にするからと謝《あやま》る様《やう》に宥《なだ》め升ので畳屋《たゝみや》の安《やす》は平生《ふだん》の交際《つきあひ》も有《あ》つて野暮《やぼ》も言《い》へませんから

安「親分《おやぶん》の賭場《とば》で此様《こん》な事《こと》を持上《もちあ》げちやア済《すま》ねへが　騎《き》虎《こ》の勢《いきほ》ひとやらで仕方《しかた》もねへが元来俺《もとよりわし》の方《はう》で事《こと》は好《この》みません、向《むか》ふ次第《しだい》で何《ど》うでも仕《し》やす

玉「早速《さつそく》の御承知《ごせうち》で有難《ありがて》へ　小平《こへい》さんとやら　聞《き》き成《な》さる通《とほ》り安阿哥《やすあにい》に言分《いひぶん》は無《ね》へさうだが汝《おめへ》は何《ど》うだ

小「年《とし》を取《と》つた親分《おやぶん》に心配《しんぺい》をさせるのもお気《き》の毒《どく》だ、俺《わつち》やアひとつ撲《ぶた》れて割《わり》が悪《わる》ひが本当人《ほんたうにん》の安《やす》さんとやらに言《い》ひ分《ぶん》が無《な》けりやア相手《あひて》無《な》しの喧嘩《けんくわ》は出来《でき》ねへ、親分汝《おやぶんおめへ》さんにお預《あづ》け申しやせう

玉「年寄《としよ》りの顔《かほ》を潰《つぶ》さずに浄《きよ》く預《あづ》けて下《くだ》すつたのは忝《かたじ》けねへ、客人是《きやくじんこれ》で少《すこ》し気《き》が抜《ぬ》けたから是《これ》から*受目《うけめ》へ廻《まは》るから、多分《たんと》の事《こと》も出来《でき》ねへが御入用《ごにふよう》ならお遣《つか》ひ成《な》せへ

小「御親切《ごしんせつ》は有難《ありがて》へが此近所迄《このきんじよまでい》往つて来《く》ると少《すこ》し都合《つがふ》が出来《でき》るから後《あと》で出直《でなほ》して来《き》やす

玉「爾《さ》うか　夫《それ》ぢやア速《はや》く往《い》つて来《き》成《な》せへ

小「直《すぐ》に来《き》やすから」

と小平《こへい》が松前《まつまへ》の邸《やしき》を出《で》ると雪《ゆき》がボツ〳〵降《ふつ》て来《き》ましたが僅《わづ》か一つ目《め》の橋《はし》の袂迄参《たもとまでまゐ》ると牡丹餅《ぼたもち》の様《やう》な雪《ゆき》がボタリ〳〵と降《ふ》つて参《まゐ》つた

小「コリやア行《ゆけ》ねへ、何《なん》ぼ雪《ゆき》でも傘無《かさな》しぢやア一足《ひとあし》も歩行《あるけ》ねへが、三十両《れうた》足らずの金《かね》を悉皆《そつくりと》取られちまつたので漸《やう》〳〵二朱《しゆ》と五百ばかり外無《ほかね》へが　是《これ》で傘《かさ》や下駄《げた》を買《か》つた

日《ひ》にやア夜食《やしよく》に有附《ありつ》く事《こと》も出来《でき》ねへ、多助《たすけ》の家《うち》は直《ぢ》き相生《あひおひ》町と聞《きい》て居《ゐ》たが　終始出《しじうで》てばかり居《ゐ》て夕方《ゆふかた》で無《な》けりやア家《うち》に居《ゐ》ねへといふ事《こと》だが今日等《けふら》は此様《こん》な雪《ゆき》だから早《はや》く帰《かへ》つて来《く》る歟もしれねへ　彼奴《あいつ》の家《うち》へしけ込《こ》むにやア下駄《げた》傘《からかさ》といふ拵《こしら》へよりやア　ウム其事《そのこと》だ

と黙頭《うなづい》て一つ目《め》の橋《はし》を渡《わた》りました

（廿六）

此時《このとき》は安永《あんえい》二年《ねん》二月三日でありました　六ツ時唯今《どきたゞいま》の午《ご》後《ゞ》六時《じ》頃《ごろ》には家根《やね》も大地《だいち》も真白《まつしろ》になる程降《ほどふ》り積《つも》り余寒《よかん》が烈《はげ》しく成《な》つて参《まゐ》りましたから　お花《はな》が嘸伯母《さぞおば》さんが寒《さむ》からうといふので粉炭《こずみ》の熾《おこ》つたのを火鉢《ひばち》へ入《い》れてお亀《かめ》の房《へや》へ持《も》つて参《まゐ》つて

花「伯母《をば》さん雪《ゆき》が降《ふ》つて来《き》ましたから嘸御寒《さぞおさむ》うございませう　手《て》をおかざし被成《なさい》

と火鉢《ひばち》を持《も》つて来《き》ましたから

亀「オヤマア爾《さ》うでござい升か、ナニお前《まへ》さん吾儕《わたし》ヤア家《うち》の中《なか》に居《ゐ》るばかり　夫《それ》に斯《かう》して綿《わた》の多分《たんと》入《はい》つた物《もの》を着《き》せてお貰《もら》ひ申して居《ゐ》るので少《すこ》しも寒《さむ》い事《こと》はございません、其《その》以前吾儕《いぜんわたし》は沼田《ぬまた》を逃《に》げましてから雪《ゆき》の降《ふ》る中《なか》を素袷《すあはせ》ひとつで山《やま》から山《やま》を歩行《あるい》た事《こと》を思《おも》ひ升と唯今《たゞいま》では御大名《おだいめう》の御隠居《ごいんきよ》様《さま》に成《な》つた様《やう》なものでござい升、是《これ》も皆《み》んなお前《まへ》さん方《がた》

と云《い》ひ掛《かけ》て見《み》えぬ眼《め》に溢《あふ》るゝ程涙《ほどなみだ》を浮《うか》めまして

亀「御夫婦《おふうふ》の庇蔭《おかげ》でござい升　勿体無《もつたいな》く／＼

花「碌《ろく》な御世話《おせわ》も出来《でき》ませんが爾《さ》う言《い》つて下《くだ》さると実《じつ》にお嬉《うれ》しう存《ぞん》じ升　例《いつ》も旦那《だんな》が御仰《おつしや》るには伯母《をば》さんの気《き》がアンナに和《やわ》らかくなつたのは俺《わし》の僥倖《しはあせ》だと言《い》つて大層喜《たいそうよろこ》んで居《を》り升よ

亀「恐《おそ》れ入《い》ります勿体無《もつたいな》ふござい升

と暫《しば》らく泣《ない》て居《を》りましたが漸《やう》やく涙《なみだ》を払《はら》ひまして「此《この》間《あひだ》も吾儕《わたくし》の懺悔咄《ざんげばな》しをお聞《きか》せ申ましたが今考《いまかんが》へ升と我身《わがみ》に愛想《あいそ》が尽《つき》升　夫《それ》も十九《つゞ》や廿歳《はたち》の若《わか》い身《み》なればまだしも、四十面《づら》を提《さげ》て密男《みそかをとこ》の*原丹治《はらたんぢ》と世間晴《せけんはれ》て夫婦《ふうふ》になり度《た》く、夫《それ》につけて邪魔《じやま》に成《な》るのは多助《たすけ》だから何《ど》うか多助《たすけ》を殺《ころ》して下《くだ》さいと現在伯母《げんざいをば》の口《くち》から甥《をひ》を殺《ころ》せと頼《たの》む抔《など》とは鬼《おに》とも蛇《じや》とも譬《たと》へ様《やう》の無《な》い　何《なん》たら迷《まよ》ひで有《あつ》たかと夫《それ》を考《かんが》へ出《だ》すと生《いき》て

居《ゐ》る空《そら》はありません

トオイオイ声《こゑ》を上《あ》げて泣《な》きました、お花《はな》も気《き》の毒《どく》に存《ぞん》じて倶《とも》に貰《もら》ひ泣《な》きをして居《ゐ》ました

亀「今眼《いまめ》が潰《つぶ》れて不自由《ふじいう》を致《いた》すのも親子《おやこ》で乞食《こじき》を致《いた》す迄《まで》零落《おちぶれ》ましたのも皆自分《みなじぶん》で作《つく》つた罪《つみ》の報《むく》ひでござい升　其乞食《そのこじき》の親子《おやこ》を引《ひ》き揚《あ》げて何不自由《なにふじいう》も無《な》く御介抱下《ごかいはうくだ》さるのみならず　言《いは》ば仇敵《あだかたき》の丹治《たんぢ》の胤《たね》の四万太郎迄実子《しまたらうまでじつし》の様《やう》に可愛《かあい》がつて下《くだ》さるのは有難《ありがた》いとも嬉《うれし》いとも詞《ことば》でお礼《れい》は申されず朝夕御夫婦《あさゆふごふうふ》を拝《おが》んで居《を》り升

と言《い》ひつゝ泣伏《なきふ》してコン〳〵咳入《せきい》りますのをお花《はな》は脊中《せなか》を擦《さす》りながら

花「伯母《おば》さん其様《そん》なにクヨ〳〵成《な》さると体《からだ》に障《さは》り升から気《き》を拡《ひろ》く持《も》つて入《いら》つしやいヨ、四万太郎《しまたらう》が不断《ふだん》中升にも俺《わたし》が今《いま》に大人《おほきく》なると母《はゝ》を安楽《あんらく》にさせると言《い》つて居《を》り升から御安心成《ごあんしんな》さいまし　爾《さ》うしてアノ子《こ》は利口《りこう》で記臆《おぼへ》が宜《よ》いから今《いま》に立派《りつぱ》な商人《あきうど》になると旦那《だんな》も被仰《おつしや》つてお在《いで》でござい升から夫《それ》を楽《たの》しみに時節《じせつ》を待《まつ》てお在成《いでな》さい

亀「有難《ありがた》う存《ぞん》じ升が彼《あれ》も素性《すぜう》の悪《わる》ひ人《ひと》の胤《たね》でござい升から行末《ゆくすゑ》が案《あん》じられ升

と又《ま》た泣《な》き入《い》りますのをお花《はな》も気《き》の毒《どく》に思《おも》ひまして

花「伯母《をば》さん人《ひと》は氏《うじ》より育《そだ》ちと言《い》ひ升　夫《それ》に麻《あさ》の中《なか》の蓬《よもぎ》といふ事《こと》もございまして　蓬《よもぎ》は曲《まが》つたものですけれども直《すぐ》な麻《あさ》の中《なか》に育《そだ》ち升と直《すぐ》に化《くわ》させられて蓬《よもぎ》も直《すぐ》になると申比例《たとへ》もあり升　夫《それ》に四万《しま》太郎といふ名《な》は呼《よ》び悪《にく》いから寧《いつそ》の事《こと》に岸田《きしだ》の家《いへ》の絶《たえ》ない様《やう》に岸田右之助《きしだうのすけ》と改名《かいめい》をさせると旦《だん》

那《な》が被仰《おつしや》つてデございました
亀「夫《それ》はマア有難《ありがた》ふございい升　嘸草葉《さぞくさば》の蔭《かげ》で*右内殿《うないどの》が喜《よろこ》ぶ事《こと》でございませう
とお亀《かめ》が太く喜《よろこ》ぶ折柄三太《をりからさんた》が其所《そのところ》へ参《まゐ》りまして
三「お内儀《かみ》さん
花「何《な》んだへ
三「店《みせ》の脇《わき》の所《ところ》に穢《きた》ない菰《こも》を着《き》た乞食坊主《こじきばうず》が屈《かゞ》んで居《ゐ》升から、彼所《あつち》へ往《ゆけ》と申しても強情《ごうぜう》に動《うご》きません、爾《そ》うして俺《わたくし》の顔《かほ》を見《み》まして　汝《てめへ》は塩原屋《しほばらや》の奉公人歟《ほうこうにんか》　無慈悲《むじひ》で無《な》けりやア金持《かねもち》にやアなれねへ　汝《てめへ》も主人《しゆじん》の多助《たすけ》を見習《みなら》つて無慈悲《むじひ》な奴《やつ》だと申し升から勘蔵殿《かんざうどん》と二人《ふた》りで引《ひ》き摺《ず》り出《だ》さうと存《ぞん》じても図太《づぶ》〳〵しい奴《やつ》で動《うご》きませんが何《ど》う致《いた》しませう

（廿七）

お花《はな》は多助《たすけ》に似《に》て至《いた》つて慈善家《じぜんか》であり升から
花「好《い》ゝやね雪《ゆき》が降《ふ》つて困《こま》るから軒下《のきした》に雪《ゆき》を止《や》めて居《ゐ》るのだらう、手暴《てあら》な事《こと》をおしで無《な》い、苟且《かりそめ》にも御出家《ごしゆつけ》を邪慳《じやけん》にして罰《ばち》の中《あた》つた人《ひと》は幾許《いくら》もあるから、弘法様《こうばふさま》は今以《いまもつ》て衆生《しゆせう》済度《さいど》の為《ため》に所々《しよ〳〵》をお歩行《ある》きなるさうだヨ
三「ナニあなた弘法《こうばふ》なんてへ面《つら》じやアありません　*法界《はふかい》坊《ばふ》の様《やう》な坊主《ばうず》です
花「其様《そん》な毒口《どくぐち》を利《き》くものじやア無《な》いヨ　斯《かう》して家《うち》に居《ゐ》てさへ寒《さむ》いから戸外《おもて》じやア嘸寒《さぞさむ》からう　お搗餅《かちん》でも御報謝《ごはうしや》を仕《し》ませう
とお花《はな》が起《た》つて奥《おく》の方《はう》へ参《まゐ》らうと致《いた》す所《ところ》へ一僕《ぼく》も連《つれ》ず立派《りつぱ》な侍《さぶらひ》が這入《はいつ》て参《まゐ》りました、唯見升《とみます》と年《とし》の頃《ころ》五十五六で*黒琥珀《くろこはく》の無地《むぢ》の羽織《はおり》に茶苧《ちやう》の袴《はかま》、臘色塗《ろいろぬ》りの鞘《さや》に茶柄《ちやづか》、縁頭《ふちがしら》が*赤銅斜子《しやくどうなゝこ》に　金《きん》の立浪《たつなみ》に千鳥鉄鍔《どりてつゝば》の大小《だいせう》を横帯《よこたへ》、渋蛇目《しぶじやのめ》の傘《からかさ》に銀杏歯《いてふば》の足駄《あしだ》を履《はき》まして
侍「此方《こちら》が塩原屋多助《しほばらたすけ》だノ
丁稚《でつち》三太《た》が
三「お内儀《かみ》さん又津軽様《またつがるさま》から
花「何《なん》だへ失礼《しつれい》な
と叱《しか》りながら其所《そこ》へ両手《れうて》を突《つき》まして
花「入《いら》つしやいまし、手前共《てまへども》が塩原屋多助《しほばらやたすけ》でございい升

侍「主人《あるじ》は在宿《ざいしゆく》かの

花「花主廻《とくいまは》りに出《で》ましたがモウ程無《ほどな》ふ帰宅《きたく》を致《いた》そうと存《ぞん》じます

侍「花主廻《とくいまゐ》りとあらば遅《おそ》くも日《ひ》の暮《くれ》には帰宅致《きたくいた》そうの

花「ハイ何《いつ》も灯燈《ひとも》し頃《ごろ》には屹度《きつと》帰《かへ》り升が、何《なん》ぞ不時《ふじ》に用《よう》でも出来《でき》ましたか夫《それ》に致《いた》してもモウ戻《もど》らうと存《ぞん》じます

侍「夫《それ》では迷惑《めいわく》敷《か》しらんが多助《たすけ》の帰《かへ》る迄《まで》何所《どこ》ぞへ拙者《せつしや》を置《お》いて下《くだ》さらん敷《か》

花「ハイ寔《まこと》に見苦《みぐる》しうござい升が何《ど》うか此方《こちら》へお昇《あが》りを願《ねが》ひ升

とお花《はな》が案内《あんない》を致《いた》して奥《おく》の八畳《でふ》へ通《とほ》しまして茶煙草盆《ちやたばこぼん》を出《だし》ました

侍「イヤモウ、構《かまつ》て下《くだ》さるな、和女《おまへ》が当家《たうけ》の御家内《ごかない》か

花「ハイ不調法者《ぶてうはふもの》で毎度《まいど》多助《たすけ》が御贔負《ごひゐき》を戴《いたゞ》きまして有難《ありがた》ふ存《ぞん》じ升

とお花《はな》は津軽家《つがるけ》のお賄方《まかなひかた》の御重役《ごぢうやく》だと思《おも》ひましたから丁寧《ていねい》に挨拶《あいさつ》を致《いた》し升

侍「此方《こちら》は何《いつ》も繁昌《はんぜう》だと聞《きい》て居《をつ》て蔭《かげ》ながら喜《よろこ》んで居《ゐ》た

花「有難《ありがた》ふ存《ぞん》じ升　是《これ》も全《まつた》くお屋敷様抔《やしきさまなど》のお引立《ひきたて》でござい升、貴台様《あなたさま》は津軽様《つがるさま》で　昨年《さくねん》多助《たすけ》がお目通《めどほり》を致《いた》しました旦那様《だんなさま》で

侍「イヤ拙者《せつしや》は津軽《つがる》では無《ない》、今姓名《いませいめい》を名乗《なのつ》ても宜《いゝ》が其中《そのうち》には多助《たすけ》が帰《かへ》らうから多助《たすけ》から和女《おまへ》に咄《はな》すのが順《じゆん》だから邪魔《じやま》で有《あら》うが暫時《ざんじ》置《おい》て下《くだ》さい　爾《さう》してノ、日《ひ》の暮《くれ》は何所《どこ》の家《うち》でも世話《せわ》しいものだからモウ構《かま》つて下《くだ》さるな

と申す詞附《ことばつ》きが物和《ものやわ》らかで何《なん》と無《な》く頼母《たのも》しい様《やう》な気《き》が致《いた》しましたから茶菓子《ちやぐわし》抔《など》を出《だ》して愛想《あいそ》を致《いた》して居《を》る中《うち》に日《ひ》が暮《くれ》ましたから行燈《あんどん》に灯《ひかり》を点《つけ》させ店《みせ》を締《しめ》させ様《やう》と致《いた》す所《ところ》へツカ〳〵這《はい》つて参《まゐ》つた者《もの》は年《とし》の頃《ころ》が四十二三で黒麻《くろあさ》の衣《ころも》に茶木綿《ちやもめん》の布《ぬ》の子《こ》を着《き》て柿色《かきいろ》の大津脚半《おほつきやはん》を穿《は》き　素足《すあし》に*草鞋《わらじ》履《ばき》で*浄厳院《ぜうげんゐん》と硯《すずり》の墨《すみ》で書《かい》た番傘《ばんがさ》をつぼめた儘《まゝ》で店《みせ》の上《あが》り端《ばな》へ置《お》き　顔色《ぐわんしよく》は日《ひ》に焦《や》けて嫌《いや》に黒《くろ》く眼中人《がんちうひと》を射《ゐ》るといふ凄味《すごみ》のある毬栗坊主《いがぐりばうず》でござい升　上《あが》り端《はな》へ腰《こし》を掛《か》けまして

「モシ多助《たすけ》さんはお家《うち》か

と申し升から手代《てだい》の勘蔵《かんざう》は驚《おどろ》きまして

勘「オヽ汝《おまへ》は先刻《さつき》の坊《ばう》さんだね、旦那《だんな》が汝達《おまへたち》に用《よう》が有《あ》つて堪《たま》るもの歟《か》　早《はや》く彼所《あつち》へ往《ゆき》ねへ　店《みせ》を仕舞《しま》ふ邪摩《ぢやま》に成《な》らア

「用《よう》が有《あ》つて堪《たま》るの堪《たま》らねへと言《い》つて人間《にんげん》は何所《どこ》に懇意《こんい》な人《ひと》がある歟《か》しれたものぢやアねへ、多助《たすけ》さんに逢《あ》やア理由《わけ》が分《わか》るのだ　早《はや》く爰《こゝ》へ多助《たすけ》を呼《よ》んで呉《くれ》ィ

勘「オヤ這奴《こいつ》ア乞食坊主《こじきばうず》の癖《くせ》に旦那《だんな》を呼《よ》び捨《すて》に仕《し》やアがつたナ

「知《し》れた事《こと》よ　兄《あに》が弟《をとうと》を呼《よ》び捨《ずて》にするのは当然《あたりまへ》だ

勘「何《なに》を吐《ぬか》す家《うち》の旦那《だんな》に兄弟抔《けうだいなど》があるものかへ

と次第《しだい》に声高《こわだか》になり升ので奥《おく》からお花《はな》が何事《なにごと》歟《か》と存《ぞん》じて出《で》て参《まゐ》り升と　四万《しま》太郎が怖《こわ》々お花《はな》の側《そば》へ参《まゐ》りまして

四「お内儀《かみ》さんアノ坊《ばう》さんが旦那《だんな》の兄《あに》さんだと申し升

花「アイ宜《よい》ヨ騒《さわ》ぐものでは無《な》いよ

と四万《しま》太郎を宥《なだ》めながら訝《おかし》な坊主《ばうず》とは存《ぞん》じましたが其者《そのもの》の側《そば》へ参《まゐ》りました

（廿八）

花「是《これ》はあなた入《いら》つしやいまし、コレ勘蔵失礼《かんざうしつれい》な事《こと》を申

しては成《な》りませんヨ　貴僧《あなたご》御免遊《めんあそ》ばせ此者《このもの》は平生《へいぜい》から寔《まこと》に物言《ものい》ひ節《ぶし》が悪《わる》うございまして、ツイ申し過《すご》しを致《いた》しましてして嘸《さぞ》御立腹《ごりつぷく》でございませうが、何《ど》うぞ御勘弁《ごかんべん》を願《ねが》ひ升、爾《さ》うしてあなたは何所等《どちら》からお出《いで》でござい升歟

「俺《わつ》ちは上州《ぜうしう》の沼田《ぬまだ》から参《めへ》りやした

花「オヤ左様《さやう》でござい升か　生憎《あいにくた》多助《すけ》が留守《るす》でござい升が、お名前《なまへ》は何《な》んと仰《おほ》せられ升歟

「少《すこ》し仔細《しさい》が有《あ》つて今名前《いまなまへ》を言《い》ふ訳《わけ》には行《ゆか》ねへが俺《わつ》ちは多助《たすけ》の先妻《せんさい》のお栄《えい》の兄《あに》です

ト言《い》ひながら草鞋《わらじ》を脱《ぬ》ぎまして泥《どろ》だらけの足《あし》を手拭《てぬぐ》ひで粗《ざつ》と拭《ふ》きまして店《みせ》へ昇《あが》り　平気《へいき》で火鉢《ひばち》へ両手《れうて》をかざして

「オイ小僧気《こぞうき》の毒《どく》だが茶《ちや》でも湯《ゆ》でも熱《あつ》いものを一杯《ばいくん》呉ねへ

ト申す為体《ありさま》は最《さ》も悪体《にくてい》であるからお花《はな》は　此奴《こいつ》は唯《たゞ》の銭《ぜに》貰《もら》ひでは無《な》い詐術《かたり》だなと存《ぞん》じましたから　寧町内《いつそてうない》の鳶頭《とびがしら》でも呼《よ》びに遣《やら》う歟と思《おも》ひましたが　イヤ〳〵其様《そん》な事《こと》を仕《し》たら却《かへ》つて面倒《めんだう》に成《な》るだらう、何《ど》うした物歟《ものか》と心配《しんぱい》を致《いた》して居《ゐ》ると　奥《おく》ではお亀《かめ》が四万《しま》太郎からお栄《えい》の兄《にい》さんだといふ気味《きみ》の悪《わる》い坊主《ばうず》が沼田《ぬまだ》から来《き》たと聞《きゝ》まして　夫《それ》では僄《ひよ》つと先年《せんねん》お栄《えい》を勾引《かどわか》した道連小平《みちづれこへい》では無《な》い歟と存《ぞん》じましたから蔭《かげ》で大《おほい》に心配《しんぱい》を致《いた》して居《を》り升と　勘蔵《かんざう》は裏口《うらぐち》から出《で》て参《まゐ》つて隣家《りんか》の竹下屋《たけしたや》久《きう》八の所《ところ》へ参《まゐ》つて是《これ》〳〵箇様《かやう》でと咄《はな》し升と久《きう》八は驚《おどろ》きまして塩原屋《しほばらや》へ駈《か》け込《こ》んで参《まゐ》ると昇《あが》り口《くち》の框《かまち》で向《むか》ふ臑《ずね》を打《う》つて

久「アイタヽタ

と臑《すね》を押《おさ》へて転《ころ》げ昇《あが》るからお花《はな》も愕然《びつく》り致《いた》して

花「オヤ阿父《おとつ》さん何《ど》うか被成《なさ》いましたか

久「痛《いた》い〳〵今昇《いまあが》る機会《はづみ》に頭《あたま》をナニ胸《むね》をナニ向《むか》ふ臑《づね》を厭《いや》といふ程打《ほどぶつ》たんだがモウ宜《いゝ》々《く》　今何《いまなに》が三太《た》イヤ何《なに》が来《き》て言《い》ふにやア、ソレ何《な》んだア何《なん》とか言《いつ》たつけ

花「誰《だれ》ですと

久「丹助勘蔵《たんすけかんざう》だ　彼《あれ》が来《き》て　乞食坊主《こじきばうず》がと言《い》ひ掛《かけ》ましたが側《そば》に居《ゐ》る坊主《ばうず》に気《き》が附《つい》て小声《こゞゑ》になりまして

久「オイお花《はな》さん彼《あれ》かへ

花「ハイ

塩原多助後日譚　(二十八)

久「エヘン、申し汝《おまへ》さん唯今手代《たゞいまてだい》から承《うけた》まはるには主人《あるじ》の留守中《るすちう》へ来《き》て何《なに》か被仰《おつしや》るさうだが一体何《たいなん》の御用《ごよう》でお出《いで》に成《な》つたのです歟

僧「何《なん》の用《よう》でも汝方《おめへがた》の知《し》つたことじやア無《ね》へ　多助《たすけ》に逢《あ》やア分《わか》ることだ

久「生憎今日《あいにくけふ》は多助《たすけ》は留守《るす》ですから居《ゐ》る時御出被成《ときおいでなさ》い

僧「留守《るす》なら帰《かへ》る迄待《までまち》やせう

久「ダガね見《み》た事《こと》も無《な》へ人《ひと》を女《をんな》ばかりの家《うち》へ殊《こと》には夜分《やぶん》お置《おき》申す理由《わけ》にやア行《ゆき》ません　又《ま》た汝《おめへ》さんも苟《いやし》くも柔和忍《にうわにん》肉《にく》といふ法衣《はふえ》を纏《まと》つた方《かた》が在家《ざいけ》へ来《き》て女《をんな》ばかりの所《ところ》に居《ゐ》被成《なさ》るのは宜敷《よろし》く無《な》からう

僧「大《おほ》きにお世話《せわ》だ　汝方《おめへがた》は見《み》ず知《しら》ずでも此方《こつち》の主人《しゆじん》とは縁《えん》に繋《つな》がる兄弟《けうだい》だ、多助《たすけ》が帰《かへ》りやア事《こと》は分《わか》るのだ、本所《ほんじよ》くんだり迄又出直《までまたでなほ》して来《く》る理由《わけ》にやア行《ゆか》ねへ、多助《たすけ》の帰《かへ》る迄置《までおい》て呉《く》ンねへ

久「ダガね、モシ御出家《ごしゆつけ》　多助《たすけ》も用多《ようおほ》の男《をとこ》だ　出先《でさき》で何《ど》んな用《よう》が出来《でき》て今夜《こんや》は帰《かへ》らねへ歟も知《し》れねへ、夫《それ》を女房《ねうばう》はまだ逢《あつ》た事《こと》も無《ね》へ汝《おめへ》さんを止《と》めて置《お》く事《こと》は成《な》りません

僧「何故《なぜ》ならねへ、四間《けんま》間口《ぐち》の炭問屋《すみどんや》で奉公人《ほうこうにん》を多《おほ》く使《つか》ふ家《うち》の女房《ねうばう》が　現在所天《げんざいていしゆ》の兄弟《けうだい》だといふ俺《おれ》を止《とめ》る事《こと》が出来《でき》ねへなら出来《でき》ねへで扱《あつか》ひの仕様《しやう》は幾許《いくら》も有《あら》ア　夫式《それしき》の扱《あつか》ひが出来《でき》ねへのか

花「ハイ妾《わたくし》には出来《でき》ません　近頃此方《ちかごろこちら》へ縁附《えんづい》て参《まゐ》つて、何事《なにごと》も馴《なれ》ませんから知《し》らないお人《ひと》をお泊《と》め申《まを》して間違《まちが》ひでもござい升と妾《わたくし》が多助《たすけ》に済《すみ》ませんから明日《あす》にも多助《たすけ》の居《を》り升時《とき》お出《いで》を願《ねが》ひ度《た》う存《ぞん》じ升、夫《それ》に雪《ゆき》は降《ふ》り升しモウ店《みせ》を締《し》め升から何卒《どうぞ》お帰《かへ》りを願《ねが》ひ度《た》う存《ぞん》じ升、勘蔵《かんざう》モウ表《おもて》をお〆《し》めよ

勘「ヘイお内儀《かみ》さんアンな奴《やつ》を締《し》め込《こ》んで仕舞《しまひ》升と尚《なほ》〱急《き》ふにやア出《で》て往《ゆき》ませんぜ

と極小声《ごくこごゑ》で申《まを》し升

花「宜《よい》はね　お帰《かへ》ん成《な》さる時《さき》に開《あけ》てさへ進《あげ》れば

勘「開《あい》て居《ゐ》るのにさへ出《で》ない奴《やつ》だから

と口《くち》の内《うち》で小言《こごと》を申《まを》しながら門《かど》の戸《と》を下《おろ》しました、スルと雪《ゆき》は降《ふ》る一入寒《ひとしほさむ》いから炭《すみ》を小買《こがひ》に来《く》る者《もの》がポツ〱あり升が是《これ》は皆蔀口《みなしとみぐち》から商《あきな》ひを致《いた》して居《を》り升　此鬧《このいそが》しい中《なか》で彼《か》の坊主《ばうず》は太々敷《ふとぐし》く動《うご》きませんから久《きう》八が

久「オイ御出家《ごしゆつけ》　店《みせ》の真《ま》ん中《なか》へ大《おほ》きくブッ坐《つは》つて居《ゐ》られちやア稼業《かぎやう》の邪魔《じやま》になるから帰《かへ》つて下《くだ》せへ

（廿九）

坊主《ばうず》は肩《かた》で笑《わら》ひながら

僧「爰《こゝ》に居《ゐ》ちやア悪《わる》いてへのか

久「邪魔《じやま》になるから悪《わる》いといふのだヨ

僧「爾《さ》う歟爰《こゝ》で悪《わる》けりや、奥《おく》へ往《い》つて待《まち》やせう

と起《た》ち升からお花《はな》が其袂《そのたもと》を押《おさ》へて

花「モシ奥《おく》にはお屋敷《やしき》の御客様《おきやくさま》がお在《いで》でござい升

と止《とめ》るのを鼻《はな》にも掛《かけ》ず其袂《そのたもと》を払《はら》つて奥《おく》へツカ〱踏《ふ》ん込《ご》んでドッカリ胡坐《あぐら》をかいて唯見《とみ》ると誰《だれ》か居《ゐ》る、成程人《なるほどひと》が居《ゐ》る嘘《うそ》じやアねへと熟々其人《よく〱そのひと》を見《み》升と五十四五とも見《み》ゆる立《りつ》派《ぱ》な侍《さむら》ひが威儀《ゐぎ》を正《たゞ》しく坐《すは》つて居《を》るので有繫《さすが》の坊主《ばうず》も怖《ぞ》つとは致《いた》しましたが　弱身《よはみ》を見《み》せては行《ゆけ》ねいと存《ぞん》じましたから図太《づぶ》〱敷《し》く度胸《どきよう》を据《す》へて腰《こし》から煙草入《たばこい》れを抜《ぬ》き出《だ》しまして

塩原多助後日譚（二十九）

僧「御免《ごめん》ねへ

　ト言《い》ひながら侍《さむら》ひの前《まへ》にある火鉢《ひばち》をグッと引寄《ひきよ》せまして脂《やに》だらけの煙管《きせる》を出《だ》し、＊たばといふ字《じ》の無《な》い粉《こ》ばかりを雁《がん》首《くび》へ詰《つ》めて火《ひ》をうつしパクリ〳〵吹《ふか》しながら天井《てんぜう》を見《み》て居《を》つた、お花《はな》も久《きう》八も彼悪漢《かのわるもの》が侍《さむら》ひの居《ゐ》る奥座敷《おくざしき》へ参《まゐ》りましたから気《き》を揉《も》んで奥《おく》へ参《まゐ》つて見《み》ると武家《ぶけ》の前《まへ》も憚《はゞ》からず乱《らん》暴《ばう》な為体《ありさま》でござい升　お花《はな》は侍《さむら》ひの側《そば》へ参《まゐ》つて手《て》を突《つ》き

花「殿様実《とのさまじつ》に恐《おそ》れ入《い》り升　此者《このもの》は多助《たすけ》に逢度《あいたい》と申升が今日《けふ》は留守《るす》だから又《ま》た来《き》て呉《くれ》ろと申ても聞入《きゝいれ》ませず　店《みせ》に居《ゐ》て悪《わる》けりやア奥《おく》へ往《ゆく》と申して一人《ひとり》でツカツカ爰《こゝ》へ参《まゐ》りましたのでござい升……モシ御出家《ごしゆつけ》さん、苟《かり》にも法衣《はふえ》をお纏《まと》ひ被成《なさ》る御身分《おみぶん》で不作法千万《ぶさはふせんばん》な、御武家《ごぶけ》の前《まへ》で大胡坐《おほあぐら》とは失礼千万《しつれいせんばん》じやアありません歟　サア彼方《あちら》へお出被成《いでなさ》イヨ」

　久《きう》八も揉手《もみで》を致《いた》しながら

久「殿様何《とのさまな》んとも恐《おそ》れ入《い》り奉《たてまつ》り升此方《このかた》で、俺《わたくし》は久《きう》八と申しまして親類《しんるゐ》の者《もの》でござい升　至《いた》つて麁忽者《そこつもの》で何分御《なんぶんご》贔負《ひゐき》にお願《ねが》ひ申上《あ》げ升此坊主《このばうず》……さんは多助《たすけ》の留守《るす》を附《つ》け込《こん》で女《をんな》ばかりと侮《あなど》りまして粗暴敷《あら〳〵し》い事《こと》を申升ので　唯今直《たゞいまぢき》に連《つ》

れ出《だ》し升から少〻《せう〳〵》御《ご》勘弁《かんべん》を願《ねが》ひ升

侍「拙者《せつしや》に少《すこ》しも斟酌《しんしやく》は入《い》らんから能《よ》く示談《じだん》を致《いた》して帰《かへ》すが宜《よか》らう

久「ヘイ〳〵有難《ありがた》ふ存《ぞん》じ升、オイ坊《ばう》さん何《なん》とか咄《はな》しを附《つけ》るから店《みせ》へ来被成《きなせ》へ

僧「能《よ》く種《いろ》んな事《こと》を言《い》やアがるな　店《みせ》じやア稼業《かげふ》の邪魔《じやま》になるといふから奥《おく》へ来《き》たのだ　夫《それ》に又《ま》た店《みせ》へ来《こ》いと言《い》やアがるのか

侍「コラ〳〵久《きう》八とやら店《みせ》へ往《ゆ》くには及《およ》ばん　拙者《せつしや》も爰《こゝ》へ来合《きあは》せたが因果《いんぐわ》じや　聴人《きゝて》に成《な》つて遣《つか》はすから其所《そこ》で談判《だんぱん》を致《いた》せ

久「ヘイヘイ有難《ありがた》ふ存《ぞん》じ升」

坊主《ばうず》も侍《さむら》ひが聴人《きゝて》に成《な》つて遣《やら》うと云《いは》れたので少《すこ》し気味《きび》が悪《わる》く成《なつ》たと見《み》えまして

坊「夫《そ》れじやア店《みせ》へ往《ゆ》から歟ト起《たち》かゝるから侍《さむら》ひが

侍「コラ〳〵御坊遠慮《ごばうゑんりよ》は無《な》い　店《みせ》では稼業《かげふ》の邪魔《じやま》に成《なら》うから爰《こゝ》で咄《はなし》をして苦《くる》しう無《な》い

久「オイ坊《ばう》さん全体汝《ぜんたいおまへ》さんは何《なん》の用《よう》が有《あ》つて来被成《きなさ》つたのだ

僧「其用向《そのようむき》は汝達《おめへたち》に咄《はな》した所《ところ》が益《えき》も無《ね》へ事《こと》だから爰《こゝ》で悪《わる》けりやア店《みせ》サ、店《みせ》で悪《わる》きやア爰《こゝ》で多助《たすけ》の帰《かへ》るのを待《まつ》と仕様《しやう》だ

久「ダガノ、御出家《ごしゆつけ》　俺《わし》は多助《たすけ》の家内爰《かないこゝ》に居《ゐ》るお花《はな》の親《おや》だ　多助《たすけ》は留守勝《るすがち》で其留守中《そのるすちう》は万事《ばんじ》俺《わし》が引受《ひきうけ》て居《ゐ》るから仮令金銭《たとへきんせん》の事でも多分《たぶん》の事《こと》は不可《いか》んが少々《せう〳〵》の事《こと》なら取《と》り計《はか》らひの出来《でき》ん事《こと》は無《な》い　咄《はな》して見《み》なさい

僧「爾《さ》う始《はじ》めから汝《おめへ》が切《き》つて出《で》りやア疾《とう》に咄《はな》しは出来《でき》たのだ、其《その》お頼《たの》みといふのは他《ほか》でも無《ね》へ　多助《たすけ》の出《で》た上州沼《ぜうしうぬま》田《た》へ這度《こんど》一ケ寺《じ》建立《こんりふ》をする事《こと》に就《つい》て領主《れうしゆ》の土岐様《ときさま》を始《はじ》め其《その》家中《かちう》の衆《しう》へも寄進《きしん》を頼《たの》みに出府《しゆつぷ》を仕《し》たのだ　多助《たすけ》も出《で》た国《くに》の事《こと》だから一番肌《ばんはだ》を脱《ぬい》で寄進《きしん》に附《つい》て貰《もら》へ度《たへ》のだ

久「なる程爾《ほどさ》うして沼田《ぬまだ》と言《い》つた所《ところ》で三万石《ごく》の城下《ぜうか》で狭《せめ》へ所《ところ》でも無《なか》らうが　沼田《ぬまた》の何所《どこ》へ何宗《なにしう》の寺《てら》を建立仕成《こんりふしな》さるのだ

僧「何所《どこ》と言《いつ》たつて先《さき》へ立《たつ》ものが金《かね》だ、寄進《きしん》が多分集《たんとあつま》りやア城下《ぜうか》の好所《いゝところ》へ建立《こんりふ》を仕様《しやう》し　儻《も》し金《かね》が尠《すく》なけりやア残《ざん》

念《ねん》ながら場末《ばすゑ》へ建《たて》るより外《ほか》に仕方《しかた》は無《ね》へ、是《これ》が妙僧智識《めうそうちしき》がする事《こと》なら講中《かうぢう》とか世話人《せわにん》とかいふ者《もの》が有《あ》つて世話《せわ》もして呉《くれ》るのだが　何《なに》をいふにも此身形《このみなり》ぢやア相手《あひて》になる人《ひと》が無《ね》へ　乃《そこ》で先妻《せんさい》の縁《えん》もあるから多助《たすけ》を発起人《ほつきにん》に頼《たの》む積《つも》りだが　何《ど》うだ汝《おめへ》ぢやア捌《さば》きが附《つく》めへ

(三十)

久八《きう》は思《おも》はず笑《わら》ひ出《だ》しました
僧「人《ひと》に物《もの》を言《いは》せて何《なに》が可笑《をかし》いのだへ
久「何《なん》だと言《い》つて串戯《じやうだん》も休《やす》み〳〵言被成《いひなさ》へ　此節柄上州《このせつがらぜうしう》の沼田《ぬまた》へ寺《てら》を建《たて》るのに江戸《えど》から寄進《きしん》に附《つ》く物数寄《ものずき》があるもの歟《か》、早《はや》へ咄《はな》しが其様《そん》な猫《ねこ》を冠《かぶ》つた厭《いや》な言草《いひぐさ》よりやア平《ひら》つたく幾許《いくら》か合力《がふりよく》をして呉《くれ》ろと言《い》つた方《はう》が宜《い》ゝじやアねへ歟《か》全体何程貰《ぜんていどれほどもら》ひ度《て》へのだ
僧「ナーに至《いた》つて少《すこ》しばかり有《あり》やア宜《い》ゝのだ
久「少《すこ》しと言《い》つて幾許欲《いくらほ》しいのだ
僧「タツた三百両《れう》ありアマア宜《い》ゝのだ
と平気《へいき》な面《つら》で言《い》い升からお花《はな》と久八《きう》は顔《かほ》を見合《みあは》せ互《たが》ひに呆《あき》れて居《を》りましたが　久八《きう》は平生《へいぜい》の臆病《おくびやう》に似合《にあは》ず側《そば》に武士《さむらひ》の居《ゐる》のを頼《たの》みに臂《ひぢ》まくりを致《いた》して
久「御出家《ごしゆつけ》イヤサ坊《ばう》さん無法《むはふ》な野譫言《のだこと》*を吐《つき》なさんナ、本堂建立《ほんだうこんりう》だの旅僧《たびそう》だのと胡麻化《ごまくわ》したつて行《ゆか》ねへ、汝《てめへ》は食《くは》せ者《もの》だ、人《ひと》を馬鹿《ばか》に仕《し》やアがらア、
此時唐紙《このときからかみ》の外《そと》に何《ど》んな容子《ようす》歟《か》と気《き》に成《な》り升《ます》から立聞《たちぎゝ》を致《いた》して居《を》つた勘蔵《かんざう》が
勘「モシお隣《とな》りの旦那《だんな》　其奴《そいつ》は御出家所《ごしゆつけどころ》ぢやア有《あり》ません破戸《ごろつき》の騙術《かたり》でござい升ヨ
僧「破戸《ごろつき》だの騙術《かたり》だのと自己《おれ》が何《いつ》の幾日《いくか》に何所《どこ》で何《なに》を騙術《かたつ》た事《こと》が有《あ》る　手証《てせう》を見《み》たのか、ヤイ間抜《まぬ》け野郎《やらう》サア何所《どこ》で見《み》た
勘「何《な》んだへ乞食坊主《こじきばうず》の癖《くせ》に仕《し》やアがつて人《ひと》の事《こと》を間抜《まぬ》け野郎《やらう》だなんてへ言《い》やアがる
僧「間抜《まぬ》けだから間抜《まぬ》けと言《い》つたが何《ど》うしたんだへ
ト段々声高《だん〳〵こはだか》になり升からお花《はな》が心配《しんぱい》を致《いた》して唐紙《からかみ》の方《はう》を向《む》きまして
花「勘蔵黙止《かんざうだまつ》てお在《い》で

ト気《き》を揉《も》んで頻《しき》りに制《せい》して居《ゐ》ると　久《きう》八は彼《か》の悪僧《あくそう》の前《まへ》へ膝《ひざ》を突《つ》き附《つ》けまして

久「オイ坊《ばう》さん汝《おめへ》を乞食《こじき》と言《い》つた所《ところ》で其様《そん》なに憤《おこ》る事《こと》は無《ね》へぢやアねへ歟、騙術《かたり》は手証《てせう》を見《み》たかといふが本堂建立《ほんだうこんりう》抔《など》と言《い》ひ加減《かげん》の事《こと》を言《い》つて来《く》りやア立派《りつぱ》な騙術《かたり》じやアねへか

僧「篦棒《べらばう》め俺《おれ》が騙術《かたり》なら、多助《たすけ》の野郎《やらう》は盗人《ぬすつと》だ

久「這奴飛《こいつとん》でもねへ事《こと》を吐《ぬか》しやアがる　多助《たすけ》が何《なん》で盗人《ぬすつと》だ、夫《それ》とも盗人《ぬすつと》の証拠《せうこ》がある歟夫《それ》を聞《きか》う

勘「旦那《だんな》の事《こと》を盗賊《ぬすつと》とは途徹《とてつ》も無事《ないこと》を言奴《いふやつ》だ、お隣《となり》の旦《だん》那此様《なこん》な奴《やつ》は召連訴《めしつれうつた》へをする方《はう》が宜《よ》ござい升

僧「面白《おもしろ》へサア召連訴《めしつれうつた》へをしろ、此度《こんど》食《くら》へ込《こ》みやア二度《ど》と娑婆《しやば》は見《み》られねへ体《からだ》だ、其代《そのかは》り兄弟《けうでい》の好《よし》みに多助《たすけ》の野郎《やらう》も抱《だい》て往《ゆく》から爾《そ》う思《おも》やアがれ

ト左《ひだ》りの手《て》で右《みぎ》の足《あし》を摑《つか》んで左《ひだ》り股《もゝ》の所《ところ》へ載《のせ》て居直《ゐなほ》りました　悪僧《あくそう》の権幕《けんまく》に久《きう》八も勘蔵《かんざう》も愕致《びつくりいた》して思《おも》はず跡《あと》へ素《す》去《さ》りました、お花《はな》はおど〳〵心配《しんぱい》を致《いた》して居《ゐ》る　此為体《このていたらく》を見《み》かねましたから側《そば》に居《を》つた侍《さむら》ひが一膝此方《ひとひざこちら》へ向《む》けまして

「コレ御坊《ごばう》

と声《こゑ》を掛《か》けました、是《これ》から武士《さむらひ》と悪僧《あくそう》の応対《おうたい》になり升が面白《おもしろ》い所《ところ》でござい升

（三十一）

件《くだん》の武士《さむらひ》は膝《ひざ》へ手《て》を置《お》きまして

侍「コレ御僧先刻《ごそうせんこく》から是《これ》で承《うけた》はつて居《を》る所《ところ》が　三百金《きん》

用立《ようだて》て呉《くれ》と申さるゝのを大金《たいきん》の事《こと》で留守《るす》では執斗《とりはから》ひが出来《でき》んから主人《あるじ》の居《を》る時《とき》に来《こ》いと申すのは当然《たうぜん》の返答《へんたふ》と存《ぞん》ずる、依《よ》つて帰《かへ》られたが好《よ》うござらう

僧「へイ御武家様《おぶけさま》の御扱《おあつか》ひぢやアござへやすが、俺《わつ》ちやア多助《たすけ》とは親類《しんるゐ》の中《なか》で貴所方《あなたがた》の御存《ごぞん》じ無《な》い因縁《いんえん》がある事《こと》ですからお扱《あつか》ひは御無用《ごむよう》に存《ぞん》じやす

侍「イヤ横合《よこあひ》から箇様《かやう》な事《こと》を申すのは入《いら》ざらん事《こと》と思《おも》ふで有《あら》うが、何《なに》をいふにも女《をんな》ばかり　今一人《いまひとり》は家内《かない》の実家《じつか》ぢやと申す事《こと》だが仮令舅《たとへしうと》で有《あら》うとも主人《あるじ》の留守《るす》に大枚《だいまい》三百両《れう》といふ大金《たいきん》の執斗《とりはから》ひの出来様道理《できやうだうり》も無《な》い、夫《それ》で困《こま》り限《き》つて居《を》る動静《やうす》を見《み》るに忍《しの》びず、入《い》らざる事《こと》と承知《せうち》を仕《し》ながら口《くち》を利《きい》たのぢやが　御僧《ごそう》は一ケ寺《じ》を建立《こんりふ》すると言《いは》るゝからは一ケ寺《じ》の住職《ぢうしよく》と成《な》つて法務《ほふむ》の執《と》れる人《ひと》と存《ぞん》ずる、御身《おんみ》は苟《いやし》くも貪瞋痴《どんじんち》の三つを戒《かい》する出家《しゆつけ》の身《み》で喜捨《きしや》をする志《こゝろざ》しの無《な》い者《もの》を強《しひ》て金《かね》を出《だ》させ様《やう》と迫《せま》るのは以《もつ》ての外《ほか》の事《こと》では無《な》い歟

僧「夫《そ》りやアお前《めへ》さん世間《せけん》は広《ひろ》うげす、一ケ寺《じ》の住職《ぢうしよく》で、生如来《いきによらい》の様《やう》な面《つら》をして人《ひと》には老少不定諸行無常《らうせうふぢやうしよげうむぜう》を諭《さと》しながら自分《じぶん》じやア百歳迄《いつそくまで》も生《いき》る気《き》で　本堂《ほんだう》の再建《さいこん》と名《な》を附《つけ》て檀《だん》家《か》から金《かね》を集《あつ》め其金《そのかね》を高利《かうり》に貸附《かしつけ》て大黒狂《だいこくぐる》ひをする坊主《ばうず》が幾許《いくら》もありやす　俺《わつ》ちやア天窓《あたま》は丸《まる》いが心《こゝろ》は四角《かく》で閻魔《えんま》の御帳面《おてうめん》にも此世《このよ》から名《な》を記《しる》されて居《ゐ》るお尋《たづ》ね者《もの》、這度《こんど》お手《て》当《あて》に成《な》りやアお貰《もら》ひになる俺《わつ》ちの体《からだ》　其手数《そのてすう》を掛《かけ》るより名《な》乗《の》つて出様《でやう》と気《き》が附《つい》て蔓《つる》*にする気《き》で溜《ため》た金《かね》を遂丁半《ついてうはん》で取《とら》れて終《しま》ひ　其盛返《そのもりかへ》しの資本金《たねせん》を貰《もら》ひに来《き》たら多助《たすけ》は留守《るす》、明《あ》日《す》に成《な》つちやア賭場《どば》は無《な》し　何《な》んでも彼《か》でも多助《たすけ》に逢《あ》ひ首《しゆ》尾能《びよ》く貸《かし》て呉《くれ》りやアよし　愚図《ぐづ》〳〵吐《ぬか》しやア此方《こち》も意地《いぢ》づく多助《たすけ》の野郎《やらう》も抱込《だきこ》んで冥途《めいど》の旅《たび》の道連小《みちづれこ》平《へい》と肩書《かたがき》のある吝《けち》な野郎《やらう》サ」

と聞《きい》てお花《はな》は久《きう》八と顔《かほ》を見合《みあは》せ吁《あつ》とばかりに呆《あき》れて居《を》りましたが　件《くだん》の武士《さむらひ》は少《すこ》し眼《め》に角《かど》を立《たて》まして

侍「然《しか》らば其方《そのはう》は立派《りつぱ》な科人《とがにん》じやが其科人《そのとがにん》が何等《なんら》の理由《わけ》を以《もつ》て此家《このや》へ無心《むしん》に参《まゐ》つたのじや

小「左《さ》様正哉《やうまさか》柄《え》の無《ね》へ所《ところ》へ柄《え》を挿《すげ》て参《まゐ》つた訳《わけ》でもござへやせん　多助《たすけ》の先妻《せんさい》のお栄《えい》を七歳《なゝつ》の時《とき》に勾引《かどわか》し　縹致《きれう》の好《いゝ》のを見込《みこ》んで末始《すゑし》終食物《ぢうくひもの》にする気《き》で十九の歳《とし》まで育《そだて》ました

のを　多助《たすけ》の伯母《をば》のお亀《かめ》といふ*阿魔《あま》に実母《じつぼ》の廉《かど》で取《と》り戻《もど》され　其《その》お亀《かめ》めが多助《たすけ》の親父《おやぢ》を*蕩込《べてこ》んで、後妻《ごさい》に成《な》つた其縁《そのえん》でお栄《えい》は多助《たすけ》の女房《ねうばう》にされ　夫《それ》ばかりじやア無《ね》へ山口屋《やまぐちや》へ忘《わす》れも仕《し》ねへ十三年跡《ねんあと》、野州《やしう》の荷主《にぬし》の吉田屋《よしだや》だとマンマと化《ばけ》て八十両騙術《れうかたり》に往《いつ》た其時《そのとき》も多助《たすけ》の為《た》めに尻《しり》が割《わ》れ　*百にも成《な》らねへ其上《そのうへ》に赤《あか》ツ恥《ぱぢ》を欠《か》かされて素手《すで》で帰《かへ》つた意趣晴《いしゆばら》しに　多助《たすけ》の野郎《やらう》を聖堂前《ひじりだうまへ》で殺《ころ》さうとした其時《そのとき》も邪魔《じやま》が入《はい》つて*お茶《ちや》の水《みづ》の一番川岸《ばんがし》から投《な》げ込《こ》まれ　命《いのち》は有《あ》つたが体《からだ》は動《うご》けず、直《すぐ》に御用《ごよう》と食《くら》ひ込《こ》み　悪事《あくじ》は随分働《ずゐぶんはたら》いたが人殺《ひとごろ》しを仕《し》た事《こと》は無《ね》へ　唯横堀《たゞよこぼり》の庵室《あんしつ》で原丹治《はらたんじ》を殺《ころ》したのは母《はゝ》のお角《かく》を殺《ころ》された敵討《かたきうち》を仕《し》ましたのだと砂利《ぢやり》の上《うへ》でも言立《いひたて》たので細《ほそ》つた首《くび》は繋《つな》ぎやしたが　何《なに》を言《い》ふにもモウ取《と》る年《とし》去年《きよねん》は丁度《てうど》四十二で*役附《やくづ》く迄《まで》に牢内《ろうない》でも少《すこ》しは幅《はゞ》も利《きい》たのを　二月の火事《くわじ》の*解放《ときはな》しを神妙《しんべう》にして立戻《たちもど》りやア少《すこ》しは罪《つみ》も軽《かる》くなるのを　まだ業《がふ》が滅《めつ》しねへで方々逃《はうぐにげ》て居《ゐ》やしたが　此《この》ら へ老耄《やき》が廻《まは》つちやア、モウ盗人《ぬすつと》もお仕舞《しま》ひサ　爰等《こゝら》が悪事《あくじ》の見限《みかぎ》り所《どこ》ろ、名乗《なの》つて出様《でやう》と気《き》は附《つい》たが　なまじ牢《ろう》内《ない》でも売《うつ》た顔丈《かほだ》け少《すこ》しの蔓《つる》じやア往悪《ゆきにく》く　無理算段《むりさんだん》で拵《こしら》へ

た三十両《れう》は博奕《ばくち》に取《と》られ、其仕返《そのしかへ》しの資本《もとで》を造《つく》りに嫌《いや》な文《もん》句《く》を云《い》ひに来《き》やした、

（三十二）

其時久《そのときゝう》八が前《まへ》へ乗《の》り出《だ》しまして

久「大概汝《おほかたてめへ》は其様《そん》な奴《やつ》だらうと思《おも》つて居《ゐ》た、ダガ多助《たすけ》を抱《だ》き込《こ》むとかいふ事《こと》を度《たび》〳〵咄《ぬか》すが　鵜《う》の毛《け》で突《つい》た程《ほど》も暗《くら》い事《こと》の無《ね》へ多助《たすけ》を何《ど》うして汝《わり》やア抱《だ》き込《こ》む

小「何《ど》うして抱《だ》き込《こ》まうとも汝達《てめへたち》の知《し》つた事《こと》じやアねへが爾程聞《さほどきゝ》たきやア言《いつ》て聞《きか》せ様《やう》、お亀《かめ》といふ奴《やつ》は領主《れうしゆ》の藩中《はんちう》の原丹治《はらたんじ》に密着《くつゝい》て現在主《げんざいぬし》ある自分《じぶん》の娘《むすめ》を丹治《たんじ》の悴《せがれ》と不義《ふぎ》をさせ揚句《あげく》の果《はて》が恩《おん》のある塩原《しほばら》の家《うち》へ火《ひ》を附《つけ》て有金《ありがね》衣類《いるゐ》を引《ひ》つ拐《さら》ひ逃亡《かけおち》をした御尋《おたづ》ね者《もの》、其旧悪《そのきうあく》のあるお亀《かめ》を現在此家《げんざいこのや》へ引《ひ》き取《と》つて御隠居様《ごいんきよさま》にして置《おく》のは言《いは》ずとしれた同類《どうるゐ》だと此廉《このかど》を言《い》ひ立《たて》りやアお亀《かめ》は素《もと》より多助《たすけ》めも牢《らう》つ這入《ばいり》やア免《まぬが》れねへ、多助《たすけ》に逢《あつ》て此廉《このかど》を談《だん》じ込《こ》んだら　内済《ないさい》を頼《たの》む、と言《い》つて三百両出《れうだ》さずにやア居《ゐ》られめへ、オイ久八《きう》さんとやら咽《のど》が乾《かは》いた　湯《ゆ》でも茶《ちや》でも飲《のま》して呉《く》んねへ」

此太々《このふと〴〵》しい小平《こへい》の長台詞《ながせりふ》を黙止《だまつ》て聞《きい》て居《を》つた侍《さむら》ひは　悪《わる》い奴《やつ》とは思《おも》ひましたが事《こと》を暴立《あらだて》なば却《かへ》つて多助《たすけ》の不為《ふため》で有《あら》うと思慮致《しりよいた》して

侍「コリや小平《こへい》其方《そのはう》は当家《たうけ》で儻《も》し三百両《れう》呉《く》れると申たら貰《もら》ふ積《つも》りで有《あら》うな

小「勿論戴《もちろんいたゞ》く物《もの》は夏《なつ》も御小袖《おこそで》で貰《もら》ひやす

侍「左様致《さやういた》して其《その》三百両《れう》を蔓《つる》とやらに致《いた》してお仕置《しおき》を願《ねが》ふのか

小「乃《そこ》が一番考《ばんかんが》へものです、本統《ほんとう》に現生《げんなま》で三百両入《れうはい》りましたら名乗《なの》つて出《で》て御仕置《おしおき》を受《うけ》るよりやア足《あし》を洗《あら》つて堅気《かたぎ》になり　是迄《これまで》の同類《なかま》へは口止《くちど》め金《きん》を夫々《それ〴〵》遣《や》り　残《のこ》つた金《かね》を資本《もとで》にして罪障消滅《ざいせうくめつ》の為《た》めに珠数屋《じゆずや》の店《みせ》でも出《だ》しやせう

侍「夫《それ》は感服《かんぷく》の事《こと》ぢや、大悪《だいあく》の者《もの》は善《ぜん》に近《ちか》いとやら　全《まつた》く改心《かいしん》を致《いた》して商人《せうにん》になるといふが真実《しんじつ》ならば多助《たすけ》になり代《かは》つて拙者《せつしや》が其金《そのかね》を用立《ようだて》申さう

小「何《な》んですかへ、ソンなら其《その》三百両《れう》を多助《たすけ》に代《かは》つて貴所《あんた》が俺《わつ》ちに下《くだ》さると被仰《おつしや》るんですかへ

侍「左様《さやう》に大金《たいきん》の貯《たくは》へは無《な》いが百金《きん》で宜敷《よろし》くば*割下水《わりげすゐ》の

坂部《さかべ》と申す同僚《どうれう》に預《あづ》けて置《おい》た金子《きんす》がある、幸《さいは》ひ雪《ゆき》も止《や》んだ容子《ようす》ぢや　夫《それ》で宜敷《よろし》くば遣《つか》はすが　百両《れう》は取《と》つて置《おい》て又候《また(ぞろ)》当家《たうけ》へ強全《ねだり》に参《まゐ》る様《やう》な事《こと》が有《あ》つては相成《あひな》らんが夫《それ》で宜《よ》いか

小「口止《くちど》め金《きん》から店《みせ》を出《だ》す資本迄《もとでまで》ぢやア少《すこ》し不足《ふそく》でござへやすが、折角殿様《せつかくとのさま》のお扱《あつか》ひですから大負《おほまけ》に手《て》を打《うつ》と致《いた》しやせう、一端宜《たんい》いと承知《せうち》を仕《し》た以上《いぜう》は悪党《あくたう》は義《ぎ》の堅《かた》へもので爰《こゝ》の家抔《うちなど》へは足踏《あしぶみ》も致《いた》しやア仕《し》やせん

侍「なる程《ほど》、口頭《くちさき》で拙者《せつしや》を欺《あざ》むくのでは無《な》く全《まつた》く正《たゞ》しき道《みち》を守《まも》つて生活《せいくわつ》を立《たて》る心底《しんてい》に聊《いさゝか》相違《さうゐ》はあるまいな

小「夫《そ》りやア被仰《おつしや》る迄《まで》も無《な》く身《み》が可愛《かあい》から堅気《かたぎ》に成《な》つて、人並《ひとなみ》の交《まじは》りを仕《し》て見《み》度《てへ》のでござへやす

侍「確《しか》と左様《さやう》だな

小「へイ御念《ごねん》にやア及《および》やせん

侍「然《しか》らば拙者《せつしや》と割下《わりげ》水迄《すゐまで》同道《どうだう》をして呉《くれ》

小「今《いま》から割下《わりげ》水迄《すゐまで》お出《いで》にならずとも貴所《あなた》が借《かせ》と被仰《おつしや》つたら正哉《まさか》嫌《いや》とは言《い》ひやすめへから爰《こゝ》でお貰《もら》ひ申度《て》へもので

侍「拙者迚《せつしやとて》も当家《たうけ》へ始《はじ》めて参《まゐ》つた者《もの》で、まだ家内《かない》へ知己《ちかづき》にも相成《あひな》らん、何《いづ》れ主人《しゆじん》が帰《き》宅《たく》のうへと折角待居《せつかくまちを》る所《ところ》じや、

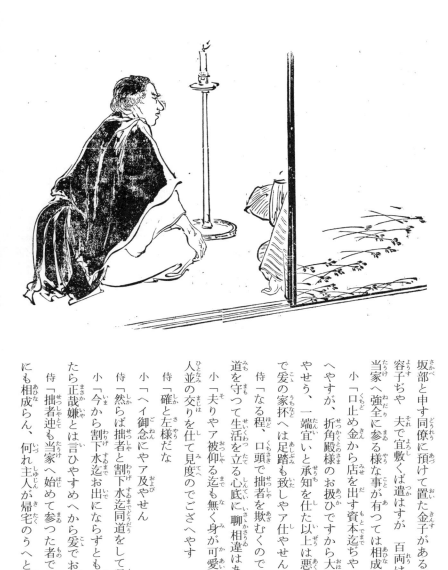

拙者《せつしや》は謂有《ゆゑあ》つて当家《たうけ》の多助《たすけ》には大恩《だいおん》を受《うけ》た事《こと》が有《あ》つて、以来遠国《らいゑんごく》へ参《まゐ》つて不沙汰《ぶさた》を致《いた》し居《を》つたが這度出府致《こんどしゆつぷいた》したに附《つい》て其礼旁々推参致《そのれいかたぐ\すゐさんいた》した者《もの》じやが　其方《そのはう》の申分聞《ぶんき》くに忍《しの》びず仲裁《ちうさい》を試《こゝろ》みたのである、雪道《ゆきみち》を太儀《たいぎ》であるが割下水迄同道《わりげすゐまでどうだう》を致《いた》して呉《く》りやれ

小「ヘヱー俺《わつ》ちは御貰《おもら》ひ申《まを》す方《はう》だから何所迄《どこまで》でも往《ゆ》きやすが貴所様《あんたさま》こそ御気《おき》の毒様《どくさま》で

と聞《きい》て久八《きう》は驚《おどろ》きまして

久「モシ殿様此様《とのさまこん》な奴《やつ》に百両遣《れうつか》はさるのでござい升歟這奴堅気《こいつかたぎ》になる抔《など》と申《まを》すのは嘘《うそ》の皮《かは》でござい升

と紙間《ふすま》の外《そと》から勘蔵《かんざう》が首《くび》を出《だ》しまして

勘「嘘《うそ》を吐《つ》く奴《やつ》は盗人《どろぼう》になると申升《まをし》が、這奴《こいつ》は疾《とう》に盗人《どろぼう》に成《な》つて居《を》り升ものを

(三十三)

彼《か》の武士《さむらひ》は久八《きう》勘蔵等《かんざうら》を制《せい》しまして

侍「コラコラ左様《さやう》に申すものでは無《な》い、性《せい》*は善《ぜん》と申す事《こと》が有《あ》つて畢竟性《ひつけうせい》と情《ぜう》と二ツある様《やう》に申すが其本《そのもと》は心《こゝろ》ぢや、性《せい》と情《ぜう》は水《みづ》と浪《なみ》の様《やう》なもので不意《ふい》に風《かぜ》が起《おこ》つて浪《なみ》の立《た》つ時《とき》は情《ぜう》が働《うご》くので風《かぜ》が止《や》んで水《みづ》が静《しづか》になれば原《もと》の性《せい》と成《な》る浪《なみ》の外《ほか》に水《みづ》も無《な》く水《みづ》の外《ほか》に浪《なみ》は無《な》い如何《いか》なる人《ひと》と雖《いへど》も原《もと》、性《せい》は善《ぜん》なる物《もの》ぢや　此小平《このこへい》とやらも深《ふか》く感《かん》ずる所《ところ》が有《あ》つて発心《ほつしん》を致《いた》された物《もの》と見《み》ゆる

久「ヘヱー

侍「分《わか》つたかね

久「根《ね》つから分《わか》りません

侍「夫《それ》では箇様《かやう》申たら分《わか》らう　人《ひと》は各々《おの〳〵》天命《てんめい》の性《せい》を受《うけ》て生《うま》れた者《もの》ぢやが賢愚《けんぐ》があり気質《きしつ》に緩急《くわんきふ》がある、不図心得違《ふとこゝろえちが》ひをする者《もの》もあるが、原来陰陽《ぐわんらいいんやう》五行《げう》の気《き》の集《あつま》つて出来《でき》た象《かた》ちである　其《そ》の象《かた》ちも慾《よく》に導《みちび》かれて真《しん》の道《みち》を失《うしな》ふ者《もの》が多《おほ》い此道《このみち》を修《おさ》むるのが教《をし》へぢや　今小平《いまこへい》が是迄《これまで》は曲《まが》つた根性《こんぜう》を持《も》て居《を》つたが追《お》ひ〳〵道普請《みちぶしん》をして清浄《せうぜう》の道《みち》が歩行《ある》き度《たい》と申す　是《これ》が則《すなは》ち性《せい》は善《ぜん》なりといふ所《ところ》じや

勘「ヘヱー道理《だうり》で店《みせ》へ参《まゐ》り升清《せい》も善《ぜん》と申しました

侍「夫《それ》は何《な》んの事《こと》じや

勘「ヘイ店《みせ》へ参《まゐ》る車力《しやりき》の清吉《せいきち》は原善《もとぜん》五郎と申しました

侍「ハヽヽア誰《たれ》やらの句《く》に、一時雨《ひとしぐれ》しぐれてもとの月《つき》夜哉《よかな》」で　小平《こへい》も是迄《これまで》はあたら時雨《しぐれ》の雲《くも》に覆《おほ》はれて居《ゐ》たのを、今《いま》は浮雲《ふうん》も晴《はれ》てもとの月夜《つきよ》に成《な》つたのじや、小平左様《こへいさやう》で有《あ》らうな

小「ヘイ御講釈《おかうしやく》も有難《ありがた》うござへやしたが　斯事《かうこと》が極《きま》りやア俺《わつ》ちも多助《たすけ》に逢《あは》ねへ方《はう》が宜《よう》ごすから戴《いたゞ》く物《もの》をお早《はや》く願《ねが》ひ度《たい》ものです

侍「多助《たすけ》に逢度《あひた》く無《な》いと申すのが唯今《たゞいま》も申す性《せい》は善《ぜん》の著《いちじ》るしい所《ところ》じや　夫《それ》では小平太儀《こへいたいぎ》ながら割下水《わりげすゐ》迄同道《までどうだう》をして呉《くり》やれ

小「ヘイ〳〵

侍「御内儀《ないぎ》積《つま》らん説法《せつぱふ》抔《など》を始《はじ》めて嘸退屈《さぞたいくつ》で有《あ》つたらう、大《おほ》きに長座《ちやうざ》を致《いた》した　何《いづ》れ又《ま》た出《で》るで、多助《たすけ》が帰《かへ》つたら宜《よう》言《い》ふて呉《くり》やれ

花「何《ど》うなる事《こと》と存《ぞん》じましたら殿様《とのさま》の庇蔭《おかげ》で有難《ありがた》ふ存《ぞん》じ升

久「実《じつ》に貴所《あなた》のお扱《あつか》ひなればこそ納《おさま》りまして何《なん》ともお礼《れい》の申し上様《あげやう》もございません、併《しか》し貴所《あなた》が百両《れう》お恵《めぐみ》と申《まを》しては何《なん》ともはや

トもぢ〳〵致《いた》して居《をる》を

侍「否心配《いやしんぱい》を仕《し》やるな、世《よ》の中《なか》の至宝《しはう》と申すのは人間《にんげん》じや、其人間《そのにんげん》一人《にん》を改心《かいしん》させて真事《まこと》の人《ひと》にするといふ事《こと》は中《なか》〳〵金《かね》づくで出来《でき》る理由《わけ》の物《もの》では無《な》い　是《これ》なる小平《こへい》は去年厄《きよねんやく》

年《どし》じやとか申したで四十三歳《さい》　彼《かれ》が生《うま》れ出《で》てから四十三年《ねん》此《この》四十三年間《ねんかん》に消費致《ひせういた》した金《かね》は食料衣服《しよくれういふく》で一ケ年金《ねんきん》二十両《れう》と見積《みつも》つて八百六十両《れう》じや　彼《かれ》が此儘《このまゝ》お所刑《しおき》になれば則《すなは》ち八百六十両《れう》が御国《みくに》の損《そん》になる　今日《こんにち》から改心致《かいしんいた》して十年《ねん》なり十五年《ねん》なり正路《せうろ》に渡世《とせい》を致《いた》せば隠然御国《いんぜんみくに》の為《ため》で中々《なか〳〵》百両《れう》には換《かへ》られん　拙者《せつしや》も多助《たすけ》に逢《あつ》たら咄《はな》しを致《いた》すが、多助《たすけ》が帰宅致《きたくいた》したら小平《こへい》が改心《かいしん》をすると申す咄《はなし》をして置《おい》て呉《くれ》

花「多助《たすけ》に申し聞《きけ》ましたら嘸《さぞ》かし喜《よろこ》び升事《こと》でございませう、爾《そ》うして貴殿様《あなたさま》は何《なん》と仰《おほ》せられ升歟《か》、何故《なぜ》お名前《なまへ》を伺《うかゞ》つて置《おか》ぬのだと吃度小言《きつとこごと》を申さうと存《ぞん》じ升

侍「左様《さやう》なら多助《たすけ》が帰《かへ》つたら戸田《とだ》の家来《けらい》じやと申して呉《く》れ　妻《さい》の清《せい》も宜敷《よろし》く申したといへば多助《たすけ》には相分《あひわか》る　イヤ大《おほ》きに世話《せわ》で有《あ》つたサア小平参《こへいまゐら》う

小「ヘイ那方《どなた》も失礼《しつれい》を申やした

ト小平《こへい》は件《くだん》の侍《さむら》ひの跡《あと》に附《つい》て戸外《こぐわい》へ出《で》ました　雪《ゆき》は降《ふ》り止《や》みましたが空《そら》は充分《じうぶん》の雪催《ゆきもよ》うで、途中《とちう》は何《な》んの咄《はな》しも無《な》く割下水《わりげすゐ》をさして参《まゐ》りました、此方《こなた》の多助《たすけ》の家《うち》では何《いつ》れもホツと息《いき》を吐《つ》きましたが　勘蔵《かんざう》は愚《おろ》かながらも主思《しうおも》ひでござい升から何《なん》だか変《へん》だと存《ぞん》じて裏口《うらぐち》から密《そつ》と出《で》まして侍《さむら》ひと小平《こへい》の跡《あと》を見《み》え隠《がく》れに尾《つい》て参《まゐ》りました、折《をり》から聞《きこ》へ升のが*入江町《いりえてう》の四《よ》ツの鐘《かね》　此時《このとき》又《ま》た雪《ゆき》が降《ふ》り出《だ》しましたから往来《わうらい》は図絶《とだえ》て一際淋《ひときわさび》しくなりました

（三十四）

侍《さむら》ひと小平《こへい》は道《みち》すがら別《べつ》に咄《はな》しも無《な》く多助《たすけ》が住居《すまひ》の少《すこ》し先《さき》の四《よ》ツ角《かど》から割下水《わりげすゐ》へ出《で》て　*東《ひがし》へ三町程参《ほどまゐ》つて黒子宗《くろこそう》三郎といふお旗下《はたもと》の邸《やしき》と駒野金《こまのきん》三郎といふ是《これ》も旗下邸《はたもとやしき》の間《あひだ》の角《かど》に畑《はたけ》のある所《ところ》へ差掛《さしかゝ》つた時《とき》

小「モシ旦那貴所《だんなあんた》が御同役《ごどうやく》だと歟《か》被仰《おつしや》るお仁《かた》のお宅《たく》はまだ余程《よつぽど》ござへやす歟《か》、太《ひど》く寒《さむ》く成《な》つて来《き》やした

侍「モウ直《ぢき》ぢや　此横町《このよこてう》を曲《まが》つて畑《はたけ》の取《と》り附《つ》きが駒野《こまの》で二軒目《けんめ》が*野々《のゝ》山《やま》其次《そのつ》ぎが先刻《せんこく》申した坂部《さかべ》の宅《たく》ぢや

小「夫《それ》ぢやア旦那《だんな》　割下水《わりげすゐ》へ出《で》ずに津軽《つがる》の表前《おもてまへ》を来《き》た方《はう》が近《ちか》ふごした

侍「何《なに》さま、爾《そ》うで有《あ》つた、コラ小平《こへい》　近頃太儀《ちかごろたいぎ》ぢやが坂部《さかべ》は在宿《ざいしゆく》か鳥渡聞《ちよつときい》て来《き》て呉《く》れ

小「ヘイ畏《かしこ》まりやしたが殿様《とのさま》儻《も》し坂部《さかべ》の旦那《だんな》がお留守《るす》なら何《ど》うなり升

侍「坂部《さかべ》が留守《るす》なら他《ほか》で都合《つがふ》をして正哉《まさか》素手《すで》では帰《か》へさんから安心《あんしん》を致《いた》して居《を》れ

小「夫《それ》で安心《あんしん》を致《いた》しやした、殿様《とのさま》は是《これ》に在《いら》ツしやい升歟《か》

侍「是《これ》に待《まつ》て居《を》る

と小平《こへい》を少《すこ》し先《さき》へ遣《や》り過《すご》しまして後《うし》ろから抜手《ぬくて》も見《み》せず切《き》り附《つ》けましたが刀《かたな》は業物《わざもの》切《き》り人《て》は一流《りう》の達人《たつじん》ザクリと音《おと》をさせて肩口深《かたくちふか》く切《き》り込《こ》みました、なれども大胆不敵《だいたんふてき》の小《こ》平《へい》は唯《たゞ》ヒヤリと致《いた》した丈《だ》けで別《べつ》に痛《いた》くも無《な》いが何《なん》と無《な》く変《へん》だと存《ぞん》じて肩口《かたぐち》へ手《て》を遣《や》つて見《み》升と手《て》は血《のり》だらけだから後《うし》ろを振《ふ》り向《む》くとピカリ光《ひか》つた物《もの》はと存《ぞん》じて小平《こへい》が

小「ヤイ侍《さむら》ひ　汝《わり》やア卑怯《ひけう》にも俺《おれ》を切《き》りやアがつたナ二本差《ほんざ》しやア人間《にんげん》の司《つかさ》だといふ侍《さむら》ひがナナ奈是《なぜ》名乗《なの》り掛《か》けて殺《ころ》さねへ　欺《だま》し討《うち》とは卑劣《ひれつ》な奴《やつ》だ、サア来《こ》い奴《うぬ》

と言《い》ひながら懐中《くわいちう》に呑《のん》で居《を》つた合口《あひくち》の鞘《さや》を払《はら》つて件《くだん》の侍《さむら》ひへ飛《と》び附《つい》て参《まゐ》るのを

侍「何《なに》をする馬鹿者《ばかもの》

と申ながら彼《か》の業物《わざもの》で片手《かたて》撲《なぐ》りに払《はら》ひ升と、丁度《てうど》合口《あひくち》を持《もち》ました腕《うで》をバラリン、ズント切《き》り落《おと》された　四辺《あたり》は塵《ちり》も芥《あくた》も降《ふ》り隠《かく》し唯一帯《たゞいつたい》の銀世《ぎんせ》界《かい》に紅《くれな》ゐを流《なが》しましたのは奉書《ほうしよ》の紙《かみ》へ紅筆《べにふで》で文字《もんじ》を書《かい》たといふ為体《ありさま》でございました　モウ往来《わうらい》は絶《たへ》て無《な》い　有繫《さすが》の小平《こへい》も次第《しだい》に弱《よ》はりまして、バッタリ其処《そこ》へ倒《たを》れました、此《こ》の時向《ときむか》ふから小提灯《こてうちん》を提《さげ》た人《ひと》が参《まゐ》る容子《よふす》だから侍《さむら》ひは手早《てばや》く刀《かたな》の血《のり》を拭《ぬぐ》ツて鞘《さや》へ納《おさ》め足早《あしばや》に其処《そこ》を去《さり》ました

お咄《はな》しは前《まへ》へ戻《もど》りましてお花久《はなきう》八は店《みせ》の上《あが》り端《はな》迄　侍《さむらひ》客《きやく》を送《おく》つて出《で》まして戸《と》の猿《さる》を下《おろ》し、モウ寝《ね》ても宜《よい》ヨ　ト三太郎右《う》*の助《すけ》に申附《つけ》て奥《おく》へ参《まゐ》り

花「阿父《おとつ》さんお腹《なか》がお透《すき》でしたらう

久「アノ小平《こへい》の野郎《やらう》の為《た》めにやきもき仕《し》たので何《なん》だかだで腹《はら》が張《はつ》て飯《めし》を食《く》ひ度《た》いとも思《おも》はねへ

花「妾《わたくし》もモウ今晩《こんばん》の様《やう》な恂《びつく》り仕《し》た事《こと》はありません

久「和女《おめへ》は女《をんな》の事《こと》で無理《むり》は無《ね》へ　俺《おいら》も実《じつ》に困《こま》つた　何《なに》しろ相手《あひて》は多助《たすけ》さんの咄《はな》しに聞《きい》て居《ゐ》た道連小平《みちづれこへい》だ物《もの》を、引《ひ》き摺《ず》り出《だ》す事《こと》も出来《でき》ず、爾《さ》うかと言《い》つて優《やさ》しく仕《し》て居《ゐ》りやア何処迄野《どこまでの》作張《さばる》か方図《はうづ》が無《な》し、アノ悪々敷《にくくし》い言《い》ひ種《ぐさ》を我慢《がまん》して聞《き》いて居《ゐ》る間《あひだ》は実《じつ》に忌々《いまくし》仕かつた

花「妾《わたくし》は何《ど》う仕様《しやう》と思《おも》つて途方《とはう》に暮《くれ》て居《を》りましたが、アノ御侍《おさむら》ひが連出《つれだ》して呉《くれ》たので漸《やうや》く歯《は》の根《ね》の合《あは》ないのが直《なほ》りました、アノ時旦那《ときだんな》の御帰《おか》へりの無《な》かつたのが却《かへ》つて宜《よ》うございました

と言《い》つて居《ゐ》る所《とこ》ろへ六畳《でう》の自己《おの》が部屋《へや》からお亀《かめ》が手探《てさぐ》りで出《で》て参《まゐ》つて

亀「お花《はな》さん飛《とん》だ奴《やつ》が参《まゐ》りまして嘸《さぞ》お驚《どろ》きでございましたらう、何《ど》うしてアノ小平《こへい》が参《まゐ》つた歟《か》と妾《わたし》も途方《とはう》に暮《く》れました、夫《そ》れも是《これ》も皆吾儕故《みなわたしゆゑ》と存《ぞん》じ升、済《す》みません〳〵〳〵

と泣伏《なきふ》し升から

花「アラ又《ま》た其様《そん》な事《こと》をお仰《しや》るヨ、爾《さ》う何《なに》も彼《か》もクヨ〳〵思《おも》ふと体《からだ》に障《さは》り升から御心配《ごしんぱい》を被成《なさ》い升な

久「ナニアノ野郎《やらう》は仮令《たとへ》お亀《かめ》さんが居《ゐ》ねへでも無心《むしん》位《ぐら》ゐにやア来《く》る奴《やつ》だが、和女《おまへ》さんの古疵《ふるきづ》を知《しつ》て居《ゐ》られるには些《ちと》困《こま》つたが、アノ野郎《やらう》お亀《かめ》さんの素性《すぜう》を脇《わき》へ往《い》つて喋舌《しやべ》らなけりやア宜《いゝ》がサ

亀「是迄《これまで》永年《ながねん》篤《あつ》くお世話《せわ》になりましたがモウアンな奴《やつ》が参《まゐ》つちやア、何時《なんどき》多助殿《たすけどの》に御迷惑《ごめいわく》が掛《かゝ》る歟知《しれ》ませんから妾《わたし》は今晩《こんばん》の中《うち》にお暇《いとま》を致《いた》しませう
花「爾《さ》うしてあなたは何所《どこ》へお出《いで》になるのです
亀「何所《どこ》と申て参《まゐ》る所《ところ》はありませんが弥《いよ》〳〵御恩《ごおん》を仇《あだ》で報《はう》ずる様《やう》なものでござい升から
と又《ま》た潸然《さめ〴〵》と泣《な》き出《だ》しました

（三十五）

久八《きう》はお亀《かめ》の顔《かほ》を差覗《さしのぞ》く様《やう》に致《いた》して
久「コレお亀《かめ》さん其様《そん》な詰《つま》らない事《こと》を言《い》ふものじやア無《ね》へ、和女《おまへ》が其様《そん》な事《こと》を言《い》ふと多助殿《たすけどん》が和女《おまへ》や右《う》の助《すけ》の事《こと》に就《つい》て心配《しんぱい》を仕被成《しなさ》る事《こと》も無《む》になるといふ様《やう》なもので却《かへ》つて夫《それ》が多助殿《たすけどん》に気《き》の毒《どく》といふ位《くらゐ》なものだ
花「伯母《おば》さん今《いま》阿父《おとつ》さんの言《い》ふ通《とほ》りです、決《けつ》して心配《しんぱい》を被成《なさ》い升な
とお花《はな》と久八《きう》が交《かは》る〳〵宥《なだ》めて居《を》り升所《ところ》へ勝手《かつて》から喘々《ぜい〳〵》息《いき》を切《き》つて駈込《かけこ》んで参《まゐ》つた者《もの》があるからお花《はな》も驚《おどろ》きました
況《まし》て久八《きう》は周章者《あはてもの》でござい升から驚《おどろ》いて起《た》つ機会《はづみ》に行燈《あんどう》に突《つ》き当《あた》つて一緒《いつしよ》に倒《たふ》れましたので真闇《まつくら》に成《な》りましたから震《ふる》へながら大声《おほごゑ》で
久「誰《だれ》ダー
と吐鳴《どな》りましたから駈込《かけこ》んで来《き》た奴《やつ》も驚《おどろ》いて
勘「ヘイ俺《わたくし》でござい升
久「名《な》を言《い》へ俺《わたくし》といふ名《な》があるものかへ
勘「ヘイ勘蔵《かんざう》でござい升
久「何《な》んだと勘蔵《かんざう》だ
勘「ヘイ勘蔵《かんざう》でござい升
久「ヱ、篦棒《べらぼう》め愕《びつく》りさせやアがる驚《おどろ》いた
勘「俺《わたくし》も驚《おどろ》きました
久「ふざけるナ串戯《ぜうだん》ぢやア無《ね》へぜ　何《な》んだつて此様《こん》な馬《ば》鹿気《かげ》た事《こと》をするんだへ、お花《はな》さん勘蔵《かんざう》だよ
花「アラマア勘蔵《かんざう》愕《びつく》り仕《し》たよ　妾《わたし》やア先刻《さつき》の小平《こへい》が又《ま》た来《き》たの歟と思《おも》つた
勘「俺《わたし》も爾《さう》ぢやア無《な》い歟と存《ぞん》じました
久「何《なに》を言《い》ふのだ　汝《おめへ》が飛込《とびこ》んで来《き》て汝《おめへ》が爾《さ》う思《おも》ふ奴《やつ》も

ねへもんだ
勘「夫《それ》でも俺《わたし》やア彼奴《あいつ》が追駈《おつかけ》て来《き》て行燈《あんどう》を消《けし》たの歟と存《ぞん》じました」
此時《このとき》お花《はな》は起《た》つてお亀《かめ》の房《へや》にありました行燈《あんどう》を提《さげ》て参《まゐ》り
花「勘蔵殿《かんざうどん》　全体汝《ぜんたいおまへ》は何処《どこ》へ往《い》つたのだ
勘「俺《おれ》やアあの侍《さむら》ひの小平《こへい》に百両《れうや》遣るといふのが変《へん》な咄《はな》しだが　儻《ひよ》つと仕《し》たらアノ侍《さむら》ひも小平《こへい》の同類《どうるゐ》で近日盗賊《きんじつどろぼう》に入《はい》る積《つも》りで家《うち》の様子《やうす》を見《み》に来《き》たのじやア無《な》い歟と存《ぞん》じましたから　彼奴等《きやつら》の跡《あと》を密《そつ》と尾《つい》て参《まゐ》つたのでござい升

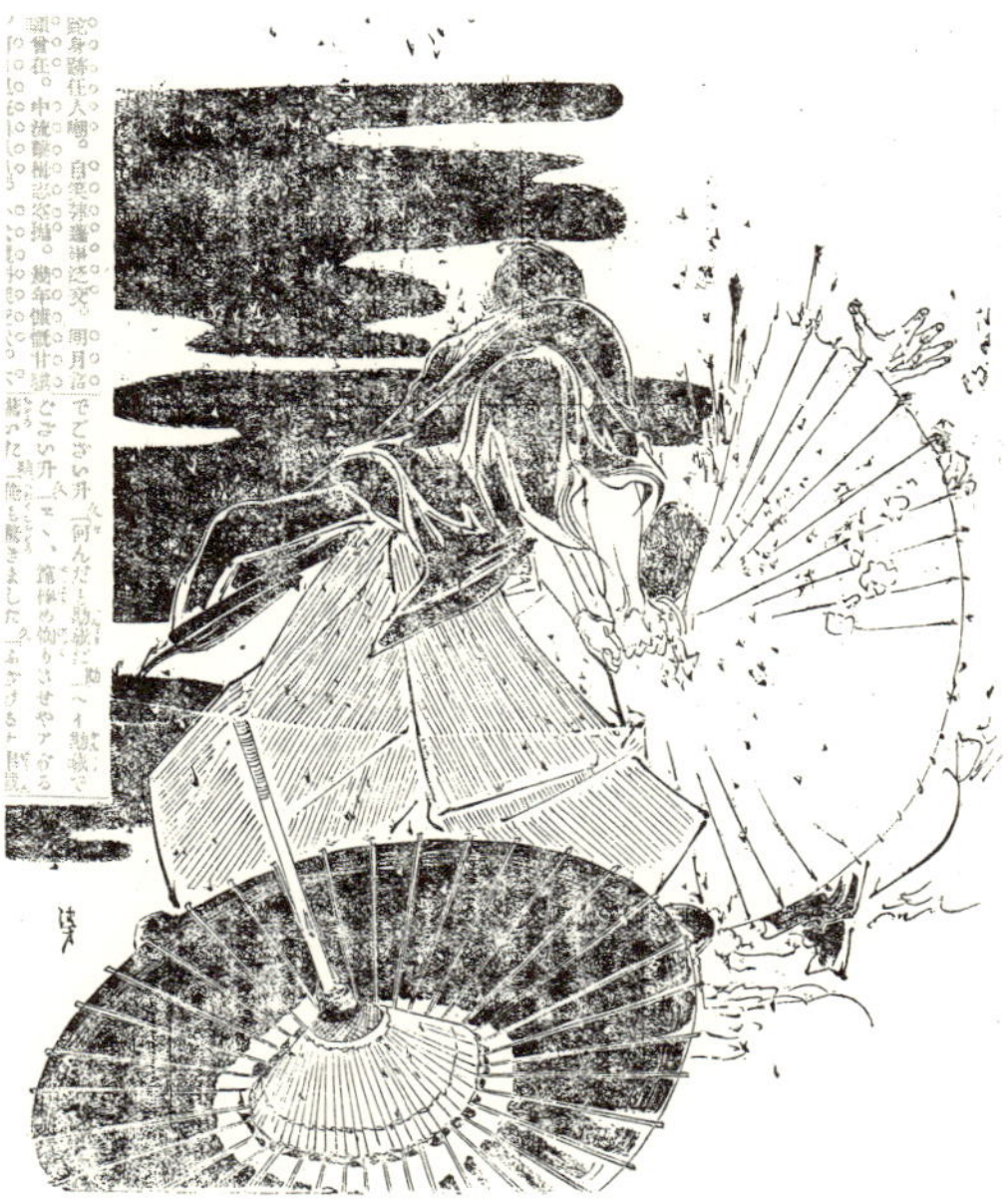

久「夫《そ》りやア宜所《いゝところ》へ気《き》が附《つい》た、爾《さ》う仕《し》たら何《ど》うした
勘「爾《さ》う致《いた》し升とね
久「ウーム
勘「侍《さむら》ひも悪漢《わるもの》も爰《こゝ》の四角《よつかど》を出《で》て津軽様《つがるさま》に就《つい》て割下水《わりげすゐ》へ出《で》て右《みぎ》へ曲《まが》りまして　二ツ目《め》の横町《よこてう》の角《かど》に畑《はたけ》があり升　其《その》畑《はたけ》に就《つい》て曲《まが》りまして其所《そこ》に立止《たちどま》つて密々《ひそ〳〵》咄《はな》しを仕《し》て居《ゐ》升
久「フムなる程《ほど》〳〵夫《それ》から何《ど》うした
勘「夫《それ》から駒野様《こまのさま》の前《まへ》の所《ところ》で這度《こんど》は小平《こへい》が先《さき》へ立《たつ》て参《まゐ》る」
ト言掛《いひかけ》て勘蔵《かんざう》がブル〳〵と震《ふる》へ出《だ》しまして
勘「思《おも》ひ出《だ》しても慄《ぞつ》と致《いた》します
久「何《ど》うして
勘「小平《こへい》が先《さき》へ立《た》つて歩行《あるい》て参《まゐ》り升と
久「何《ど》うした〳〵
勘「旦那《だんな》

久「なんだ
勘「殆《とん》と湯屋《ゆや》で絞《しぼ》つた手拭《てぬぐ》ひをはたく様《やう》な音《おと》が突然《だしぬけ》に致《いた》しましたので　腰《こし》が抜《ぬけ》るばかりに俺《わたくし》やア愡《びつく》り仕《し》まして逃《に》げ出《だ》して参《まゐ》りましたが　お隣《とな》りの旦那《だんな》アノ坊主《ばうず》は遣《や》られたのでござい升ね
久「爾《そ》うかもしれねへ
勘「何《な》んでもアノ侍《さむら》ひも同類《どうるゐ》で仕事《しごと》を仕《し》たうへで分《わ》け前《まへ》を取《と》られまいと思《おも》つて遣附《やつゝけ》て終《しま》つたの歟《か》もしれません
久「否爾《いやそ》うじやア無《な》からう　仮令金《たとへかね》を遣《や》つた所《ところ》が迚《とて》も改《かい》心《しん》は仕《し》まいから後《のち》の難儀《なんぎ》にならん様《やう》にと遣《やつ》つけたの歟《か》も知《し》れねへ
勘「左様何等《さやうどちら》にしても遣《や》つた様《やう》でござい升ね、お前《まへ》さんは何《な》んと思召《おぼしめ》し升
久「見《み》て来《き》た者《もの》が家《うち》に居《ゐ》た者《もの》に聞《き》く奴《やつ》があるもの歟《か》、併《しか》し勘蔵殿変《かんざうどんへん》は変《へん》だのふ
勘「実《じつ》に変《へん》ですねへ
久「怪《あや》しいノウ
勘「怪《あや》しうござい升ねへ
久「乃公《おれ》の真似《まね》を仕《し》ちやア行《ゆか》ねへ
と一同顔《どうかほ》を見合《みあは》せて心配《しんぱい》を致《いた》して居《ゐ》る所《ところ》へ店《みせ》の戸《と》をドン〳〵叩《たゝ》く音《おと》が致《いた》すと一同《どうま》又た震《ふる》ひ上《あが》りました

（三十六）

「オイ早《はや》く開《あけ》ねへか俺《おれ》だ〳〵
といふ声《こゑ》は紛《まが》ふ方《かた》も無《な》い多助《たすけ》でござい升から
花「旦那《だんな》がお帰《かへ》りだヨ　速《はや》く表《おもて》をお開《あけ》よ旦那《だんな》だヨ
勘「成程旦那《なるほどだんな》様《さま》の声《こゑ》だ」
と勘蔵《かんざう》は飛出《とびだ》して表《おもて》の戸《と》を開《あけ》升と
多「今帰《いまかへ》りました
と多助《たすけ》が這入《はいつ》て参《まゐ》りましたからお花《はな》は喜《よろこ》びまして「お帰《かへ》り遊《あそ》ばせ
多「大《おほ》きに遅《おそ》く成《な》りました、勘蔵此傘《かんざうこのかさ》は店《たな》から借《かり》て来《き》たのだから干《ほし》て置《おい》て呉《くだ》せイ、番傘《ばんがさ》で宜《よう》がんすといふのを旦那《だんな》が聞《きか》ねへで之《これ》を差《さし》て行《ゆけ》と言《い》つて、*先《さき》の円《まる》い結構《けつこう》な傘《かさ》を貸《かし》て下《くだ》すつたダ　コレ三太《さんた》　極《きま》りで船《ふね》を漕《こい》で居《ゐ》るなア　彼所《あすこ》へ往《いつ》て雑巾《ざうきん》を持《もつ》て来《こ》い

三「ヘイ

と三太《さんた》は返辞《へんじ》は仕《し》ましたが眼《め》を擦《こす》つて居《ゐ》て起《た》ちませんのを右《う》の助《すけ》が早速起《さつそくた》つて雑巾《ざうきん》を濡《ぬら》して持《も》つて参《まゐ》つたのを多助《たすけ》は一入喜《ひとしほよろこ》びまして　其雑巾《そのざうきん》で足《あし》を拭《ふ》きながら久八《きう》を見《み》て

多「コレは隣《とな》りの阿父《おとつ》さん能《よ》くお出被成《いでなせ》へました

久「余《あん》まり能《よ》くも来《こ》なかつたが　マア〳〵汝《おまへ》がお帰《かへ》りで安心《あんしん》を仕《し》ました」

此時多助《このときたすけ》は上《うへ》へ昇《あが》つて

多「ハテネ、夫《そり》やア何《ど》うい ふ理由《わけ》でね

久「イヤモウお留守《るす》に飛《と》んでもねへ奴《やつ》が来《き》ましてねへ

多「フム、飛《と》んだ奴《やつ》とは何者《なにもの》が来《き》やしたか

久「夫《それ》がねへ毎度《まいど》汝《おまへ》の咄《はな》しに聞《き》く道連小平《みちづれこへい》が来《き》やした

多「ヱヽ道連小平《みちづれこへい》が

とギックリ胸《むね》に応《こた》へました

多「爾《さ》ら何《ど》んな風体《ふうてい》で何《なん》と言《い》つて来《き》ました

久「去年《きよねん》の牢払《らうばら》ひから逃走《かけおち》をしたと言《い》つて坊主《ばうず》に成《なつ》て衣《ころも》を着《き》て泥足《はだし》の儘《まゝ》で店《みせ》へ昇《あが》り込《こみ》やアがつて、爰《こゝ》じやア商《あきな》ひの邪魔《じやま》に成《な》ると言《い》やア奥《おく》にお侍《さむら》ひのお客《きやく》がござるのも構《かま》はず其所《そこ》へズン〳〵往《いき》やアがつて無遠慮《ぶゑんりよ》に胡坐《あぐら》を組《くん》でお亀《かめ》さんの身《み》の上《うへ》を大《おほ》きな声《こゑ》で喋舌《しやべ》りやアがつて　三百両貸《れうかし》て呉《くれ》なけりやア多助《たすけ》を同類《どうるゐ》にして抱込《だきこ》むと吐《ぬか》しやアがる　実《じつ》に困《こま》らせ限《きり》やアがつた

ト聞《きい》て多助《たすけ》は小平《こへい》が来《き》たと聞《きい》た時既《ときすで》に儻《もし》やお亀《かめ》が爰《こゝ》に居《ゐ》る事《こと》を嗅《か》ぎ附《つけ》て強請《ねだり》に来《き》たのでは無《な》い歟と思《おも》つた所《ところ》が案《あん》の丈其通《でうそのとほ》り　彼奴《きやつ》が此辺《このへん》に胡乱《うろ》附《つい》て居《を》つたでは伯母《をば》を斯《かう》して

は置《おか》れ無《な》いと腕《うで》を組《く》んで思案《しあん》に暮《く》れる様子《やうす》を見《み》てお花《はな》は多《た》助《すけ》の側《そば》へ寄《よ》りまして

花「モシ貴殿《あなた》御心配《ごしんぱい》を遊《あそ》ばし升な、小平《こへい》は善心《ぜんしん》に立返《たちかへ》りました

多「ナニ彼奴《きやつ》が善心《ぜんしん》に成《な》つたと

久「来合《きあは》せて居《ゐ》たお武家《ぶけ》の御理解《ごりかい》で是《これ》から堅気《かたぎ》に成《な》つて罪障消滅《ざいせうくめつ》の為《た》めに珠数屋《じゆずや》の店《みせ》を出《だ》すと言《い》つて居《ゐ》たが当《あて》にやアならない

多「爾《さ》うして来合《きあは》せた御武家《おぶけ》といふのは何処《どこ》の御仁《おかた》だ

花「何処《どこ》の御仁《おかた》だか存《ぞん》じませんが日《ひ》の暮方《くれがた》の雪《ゆき》の降《ふ》る最中《さいちう》に立派《りつぱ》な御武家《おぶけ》がお出《いで》　是非《ぜひ》多助《たすけ》に逢度《あひたい》から留守《るす》ナラ帰《かへ》る迄《まで》待《また》うとお仰《しや》い升から奥《おく》へお通《とほ》し申して御茶《おちや》を進《あげ》て居《を》る所《ところ》へ　阿父《おとつ》さんがお言《い》ひの通《とほ》りに奥《おく》へヅカ〳〵小平《こへい》が踏《ふ》ん込《ご》んで参《まゐ》りまして御武家《おぶけ》の前《まへ》も憚《はゞ》からず乱暴《らんばう》な事《こと》を申升と其御武家《そのぶけ》が　拙者《せつしや》は塩原多助《しほばらたすけ》に恩《おん》を受《うけ》た者《もの》だから多助《たすけ》に代《かは》つて百両遣《れうつか》はすから真人間《まにんげん》になれ　と段々《だん〴〵》御理解《ごりかい》がございましたので流石《さすが》の悪人《あくにん》も恥《はづ》かしく成《な》りました様子《やうす》でした

多「フウーなる程《ほど》夫《そ》れから

久「其御理解《そのごりかい》で小平《こへい》……否《い》や小平所歟《こへいどころか》*大平口《おほへいこう》を致《いた》し以来《いらい》は屹度改心《きつとかいしん》を致《いた》し升から百両《れう》爰《こゝ》で呉《くれ》と図太《づぶ》〳〵敷《し》く吐《ぬか》すのを、御侍《さむら》ひが爰《こゝ》に持合《もちあは》せは無《な》いが割下水《わりげすゐ》の同役《どうやく》の所《ところ》に預《あづけ》て有《あ》るから同道《どうだう》を致《いた》せと言《い》つて小平《こへい》を連《つ》れて出掛《でか》けましたので一同蘇生《どうよみがへ》つた様《やう》な心持《こゝろもち》で居《を》る所《ところ》です

（三十七）

お花《はな》と久八《きう》の咄《はな》しを聞《き》きまして多助《たすけ》は不審《ふしん》に思《おも》ひましたから

多「其《そ》の武家《ぶけ》といふのは津軽様《つがるさま》の御重役《ごぢうやく》では無《な》いかしらん、幾歳位《いくつぐら》ゐのお仁《かた》だ

花「ハイ五十三四で人品《じんぴん》の宜《よい》お方《かた》で津軽様《つがるさま》ではございません、お名前《なまへ》を伺《うかゞ》ひ度《た》う存《ぞん》じ升帰《かへ》りまして何故《なぜ》お名前《なまへ》を伺《うかゞ》つて置無《おかな》い抔《など》と小言《こごと》を申《まを》され升から　と申し上《あ》げましたら、多助《たすけ》が留守《るす》なら又《ま》た更《あらた》めて参《まゐ》う　拙者《せつしや》は戸田《とだ》の家来《けらい》じや妻《さい》の清《せい》も宜《よろし》敷く申したと言《い》へば多助《たすけ》には分《わか》ると斯《か》うお仰《つしや》いました

多「夫《それ》*じやア小生《わし》が阿父様《おとつさま》だ　吁《あゝ》お目《め》に掛《かゝ》り度《たい》かつた

と涙堂《るゐだう》に浮《うか》む嬉《うれ》し涙《なみ》だを拭《ぬぐ》ひながら

多「余《よ》つ程長《ほどなが》くお待成《まちなす》つたか

花「ハイ小一《こ》時余《ときよ》もお待《まち》でございましたが　夫《それ》では常《つね》〴〵お噂《うは》さに伺《うかゞ》ふ阿父様《おとつさま》でございました歟《か》、道理《だうり》こそ先様《さきさま》でもお逢《あ》ひ遊《あそ》ばし度《たい》と思召《おぼしめ》して日《ひ》の暮方《くれがた》から亥刻頃迄《よつごろまで》お待《まち》遊《あそ》ばしましたが、生憎其所《あやにくそこ》へアンな邪摩《じやま》が這入《はい》りましたので不可《いけな》い事《こと》を致《いた》しました

久「左様《さやう》でしたかナア、夫《それ》では先様《さきさま》でも嘸逢《さぞあひ》たかつたらうに、お気《き》の毒《どく》な、爾《そ》う言《い》へばアノお侍《さむら》ひは貴所《おまへ》に能《よ》く似《に》てござるヨ

多「ハヽア夫《それ》ぢやア小平《こへい》の奴《やつ》が小生《わし》を抱込《だきこ》む抔《など》と言《いつ》たので彼奴《きやつ》に金《かね》を遣《や》ると言《い》つて連出《つれだ》したのは小生《わし》の難儀《なんぎ》に成《なら》ねへ様《やう》にして下《くだ》さる思召《おぼしめ》しぢやア無《なか》らう歟《か》　儻《も》し夫《それ》で阿父様《おとつさま》の御迷惑《ごめいわく》にならにやア宜《い》ゝがのふ

久「今《いま》も勘蔵《かんざう》と其咄《そのはなし》よ、勘蔵《かんざう》も貴所《おめへ》の阿父様《おとつさま》とはしらず始《はじめ》てござつた御侍《おさむら》ひが始《はじめ》て逢《あつ》た悪漢《わるもの》に大枚《だいまい》百両恵《れうめぐ》むと云《いふ》のは変《へん》な事《こと》だと裏口《うらぐち》から密《そつ》と出《でゝ》二人《ふたり》の跡《あと》を尾《つけ》て行《いつ》たら　津軽《つがる》様《さま》から二ツ目《め》の横町《よこてう》でバツサリと云音《いふおと》の仕《し》たのは何《な》んでもアノ侍《さむら》ひが小平《こへい》を切《き》つたに違《ちが》ひ無《な》いと今咄《いまはな》しを仕《し》て居《ゐ》た所《ところ》サ、

此《これ》を聞《きい》た多助《たすけ》は手招《てまね》ぎをして勘蔵《かんざう》を自分《じぶん》の側《そば》へ呼《よ》びまして

多「汝《おめへ》見《み》たの歟《か》

勘「ハイ恐慌《おつか》ねへので向《むか》ふは見《み》へませんでしたが、唯《たゞ》バツサリといふ音《をと》を聞《きい》て一目散《もくさん》に逃《に》げて来《き》ました

多「爾《さ》うか宜《よ》い〳〵、ダガ勘蔵如才《かんざうじよさい》もあるまいが誰《だれ》にも此咄《このはな》しをするなヨ

久「爾《さ》うだ〱コレ勘蔵殿《かんざうどの》汝《おめへ》ばかりじやアねへ、三太《さんた》にも右《う》の助《すけ》にも小平《こへい》の来《き》たことを人《ひと》に咄《はな》すのじやアねへと言《い》ひ附《つ》けて置《おい》て呉《く》んなよ、追《お》ひ〱夜《よ》も更《ふけ》るからお暇《いとま》を仕様《しやう》と久八《きう》は自分《じぶん》の宅《たく》へ帰《かへ》る　勘蔵《かんざう》は店《みせ》へ参《まゐ》る　跡《あと》は多助《たすけ》が夫々《それぐ》戸《と》締《じま》りを改《あらた》めまして其夜《そのよ》は臥戸《ふしど》に入《い》りましたが　自分《じぶん》の身《み》の上《うへ》又《ま》た親角右衛門《おやかくゑもん》の事《こと》が気《き》に掛《かゝ》つて寐《ね》られませんから其翌朝《そのよくてう》は平生《つね》より早《はや》く起《お》きましたが　*諺《ことわざ》にいふ雪《ゆき》の旦《あした》で天気《てんき》は善《よし》　寔《これ》に春《はる》めいた日和《ひより》でござい升が旭《ひ》が出《で》てからポツ〱雪《ゆき》が解《とけ》升ので路《みち》は悪《わる》い、なれども往来《わうらい》の繁《しげ》き竪川通《たてかはどほり》でござい升から通行人《つうかうにん》の咄《はな》しに

「イヤコレは源兵衛《げんべゑ》さん宜天気《いゝてんき》になりました　早朝《さうてう》から何所《どこ》へ

「*報恩寺橋《はうおんじばし》手前迄《てまへまで》用達《ようた》しに往《ゆ》きましたが割下水《わりげすゐ》の駒野様《こまのさま》の角《かど》に畑《はたけ》のある、アノ横町《よこてう》に乞食坊主《こじきばうず》が試《ため》し切《ぎ》りに成《な》つて居《ゐ》ました

「ハテネ何《いつ》も寒《さむ》さに向《むか》つて来《く》ると物騒《ぶつさう》で行《いか》んが乞食坊主《こじきばうず》じやア正哉物奪《まさかものと》りでも無《な》からう

「左様何《さやうなに》にしても夜表《よるおもて》へは出《で》ねへ事《こと》だネ

と往来《わうらい》の人《ひと》の咄《はな》しを聞《きい》た多助《たすけ》も勘蔵《かんざう》も扨《さて》はと思《おも》ひました

（三十八）

此時久《このときゝう》八が遣《や》つて参《まゐ》つて

久「ヤア多助《たすけ》さんお早《はや》ふ

多「コレは阿父《おとつ》さんお早《はや》ふ　昨夜《ゆふべ》は種々《いろ〱》有難《ありがた》ふございました　今日《こんち》は好天気《いゝてんき》になりました

久「昨夜《ゆふべ》の塩梅《あんばい》では今朝《けさ》起《おき》たら三尺《じやく》も積《つも》つて居《ゐ》る歟と思《おも》つたら、存外《ぞんぐわい》の天気《てんき》に成《な》つた　殊《こと》に雪《ゆき》の明日《あした》は裸虫《はだかむし》の洗濯《せんだく》だといふ比論《たとへ》の通《とほ》りで今朝《けさ》は昨夜《ゆふべ》に引《ひ》き換《かへ》て太《ひど》く暖《あつ》たかで宜《い》い

多「昨夜《ゆふべ》と言《い》へば今店《いまみせ》の前《まへ》で往来《わうらい》の人《ひと》が割下水《わりげすゐ》で坊主《ばうず》が試《ため》し切《ぎ》りに遭《あつ》たのを見《み》て来《き》たとの咄《はな》しで有《あ》つたが、アノ様《やう》子《す》では何《ど》うでも小平《こへい》は遣《やら》れたに違《ちが》ひは無《な》い、阿父様《おとつさん》は俺《わし》の迷惑《めいわく》を救《すく》つて遣《やら》うといふ厚《あつ》い思召《おぼしめし》で有《あら》うが、夫《それ》が為《た》めに阿《お》父様《とつさん》のお身《み》にお難儀《なんぎ》が罹《かゝ》りは仕《し》まい歟と今《いま》から夫《それ》が苦労《くらう》でござい升

久「イヤ思《おも》へば思《おも》はるゝで最《もつと》も至極《しごく》だ、夫《それ》じやア多助殿《たすけどん》

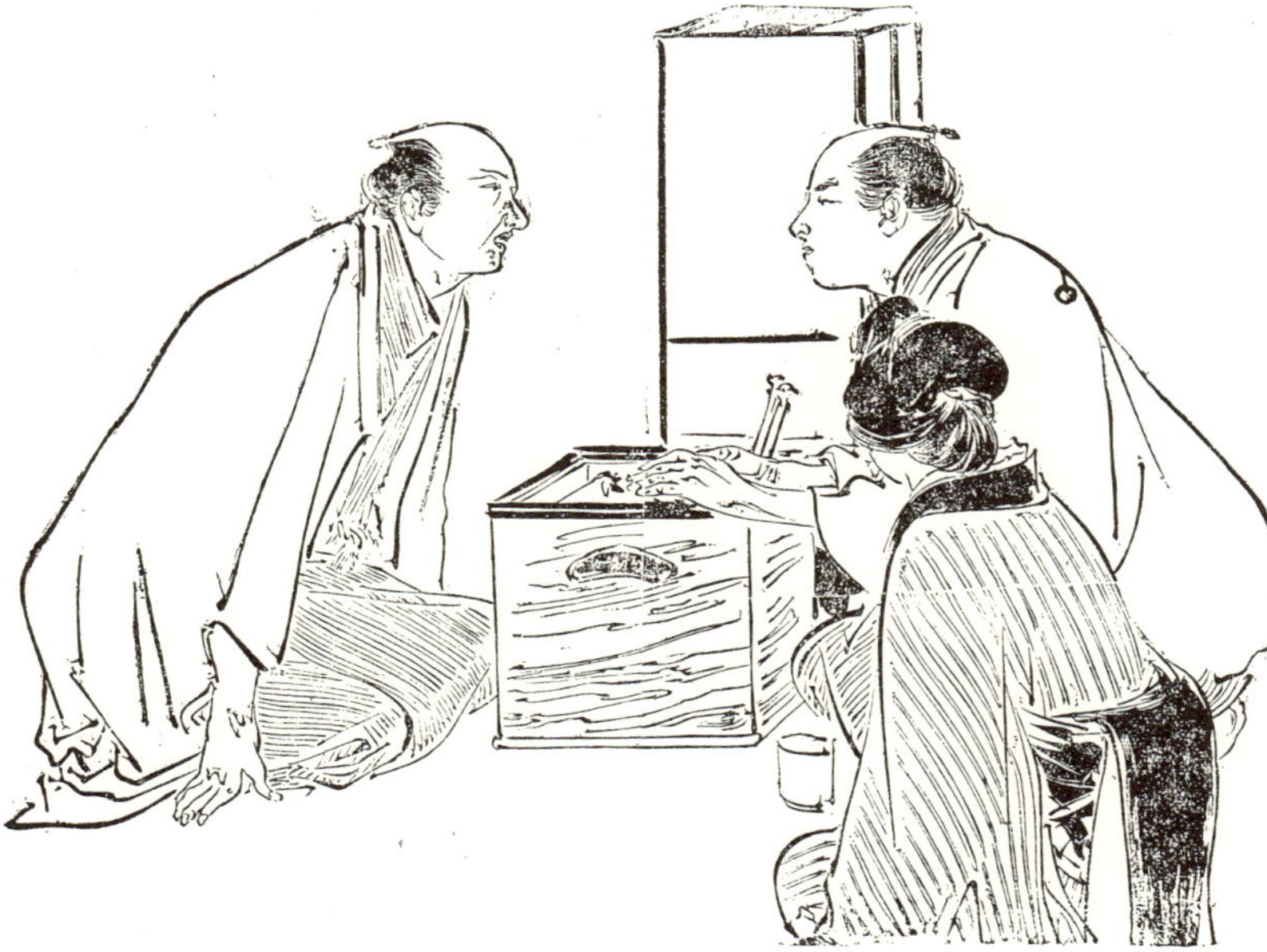

塩原多助後日譚（三十八）

斯仕様《かうしやう》　俺《わし》やア是《これ》から割下水《わりげすゐ》へ一走《はし》り往《いつ》て其殺《そのころ》されて居《ゐ》るといふ奴《やつ》が全《まつた》くの小平《こへい》歟　夫《それ》とも他《ほか》の坊主《ばうず》が試《ため》し切《ぎ》りに成《な》つたの歟ひとつ見《み》て来《き》ませう

多「天気《てんき》とは言《い》ひながらまだ道《みち》も片附《かたづか》ぬ所《ところ》を老人《としより》を使《つか》つては済《すま》ないが往《い》つて来《き》て下《くだ》されば大安心《おほあんしん》といふもの、勘蔵《かんざう》貴様《きさま》もお隣《とな》りの旦那《だんな》のお供《とも》をして往《い》つて来《こ》い

勘「ハイ畏《かしこま》りました、小生《わたくし》は能《よ》く場所《ばしよ》も存《ぞん》じて居《を》り升から、お隣《とな》りの旦那《だんな》お供《とも》を致《いた》しませう

久「爾《さ》う歟御苦労《ごくらう》だが夫《それ》じやア一緒《しよ》に往《ゆか》う

と両人連立《れうにんつれだち》まして津軽《つがる》の表門前《おもてもんまへ》を真直《まつす》ぐに参《まゐ》つて二ツ目《め》の横町《よこてう》を北《きた》へ曲《まが》り駒野《こまの》の邸《やしき》の前迄参《まへまでまゐ》ると七八人《にん》武《ぶ》家体《けてい》の者《もの》が死骸《しがい》の周囲《ぐるり》を取《と》り巻《まい》て居《を》る、其中《そのうち》に町奉行《まちぶげう》手附《てづ》きの同心《どうしん》も見《み》え升から久《きう》八は　是《これ》は検使《けんし》が出張《しゆつてう》に成《な》り組合邸《くみあひやしき》からも役人《やくにん》が立会《たちあつ》て死骸《しがい》を検察《あらため》て居《ゐ》るのだなと存《ぞん》じました　唯今《たゞいま》と違《ちが》ひまして此当時《このたうじ》は検使《けんし》出張《ゝゆつてう》の場所《ばしよ》へ町人抔《てうにんなど》が立止《たちどま》つてデモ居《を》りませうものなら、イヤもお眼玉頂戴《めだまてうだい》でございますから往来《わうらい》を通行《つうかう》する者《もの》の積《つも》りで斯見《かうみ》升と切《き》り倒《たふ》されて居《を》りましたのは紛《まご》ふ方《かた》も無《な》く昨日参《さくじつまゐ》つた道連小平《みちづれこへい》の坊主《ばうず》でござ

い升が　検使《けんし》の報告振《はうこくぶ》りが何《ど》んな工合《ぐあひ》歟夫《それ》を知《し》り度《たい》と存《ぞん》じたが力《ちから》に及《およ》びませんから　割下《わりげ》水《すゐ》へ出《で》て跡《あと》を振《ふ》り向《むい》て見《み》升と　立会《たちあつ》た侍《さむら》ひの中《うち》に　小平《こへい》の切倒《きりたふ》されて居《ゐ》た所《ところ》の畑《はたけ》の前《まへ》で　其向《そのむか》ふ角《かど》は*小《こ》浜藤《はまとう》十郎と云《いふ》お船手役人《ふなてやくにん》から出《で》て居《を》る味《み》*噌《そ》摺用人《すりようにん》の悴《せがれ》で梅村《うめむら》由《よし》次郎といふ者《もの》で　此梅村《このうめむら》は久《きう》八が毎《まい》度《ど》醤油《せうゆ》の明樽《あきだる》を買《か》ふ花主《とくい》先《さき》であるから先《まづ》〆《し》めたと思《おも》ひましたから勘蔵《かんざう》に

　久「貴様《きさま》は先《さき》へ帰《かへ》つて　昨夜《ゆふべ》小平《こへい》は殺《ころ》されたに相違《さうゐ》無《な》い小生《おれ》は検使《けんし》の模様《もやう》を聞《きい》て跡《あと》から帰《かへ》ると多助《たすけ》に爾《さ》う言《い》つて呉《くれ》ろ

　と申附《つ》けて勘蔵《かんざう》を先《さき》へ帰《かへ》し　自分《じぶん》は三笠《みかさ》町へ参《まゐ》つて入湯《にふたう》抔《など》を致《いた》して時《とき》を移《うつ》し以前《いぜん》死骸《しがい》の有《あ》つた所《ところ》へ戻《もど》つて見《み》升とモウ死骸《しがい》は桶《をけ》へ入《い》れて其処《そこ》に置《おい》て有《あ》る　検使《けんし》並《なら》びに立会《たちあひ》の役《やく》人《にん》は残《のこ》らず引《ひ》き取《と》りましたから久《きう》八が小浜藤《こはまとう》十郎殿《どの》の邸《やしき》へ参《まゐ》り門《もん》を這入《はい》りまして直《す》ぐ右手《みぎて》の角《かど》が梅村《うめむら》の小屋《こや》だから勝《かつ》手口《てぐち》へ参《まゐ》つて

　久「今日《こんにち》は

　と申すと下女《げぢよ》が

　下「オヤ明樽屋《あきだるや》さんまだ中々《なか〱》樽《たる》は明《あ》きませんよ

　久「イヽエ今日《こんにち》は明樽《あきだる》のお払《はら》ひを願《ねが》ひに出《いで》ましたのでございません、若旦那様《わかだんなさま》に少々《せう〱》お目《め》に掛《かゝ》り度《た》く出《いで》ましたト申して居《を》る所《ところ》へ由《よし》次郎がヌツクリ出《で》て参《まゐ》つて

　由「樽屋《たるや》の久《きう》八歟、四五日後《あと》に樽《たる》を売《う》つたばかりじやアねへ歟

　久「今日伺《こんにちうかゞ》ひ申したのは明樽《あきだる》ではございません　モウお*餅練《かちんね》りに間《ま》もございませんがお*餅《かちん》のお構《かま》ひに明樽《あきだる》の格好《かつかう》な物《もの》がござい升ので、お取置《とりお》きに成《な》つては如何《いかゞ》歟と存《ぞん》じて伺《うかゞ》ひに出《で》ました

　由「今日《けふ》は母《はゝ》が留守《るす》で分《わか》らん

　久「ヘイ左様夫《さやうそれ》では又《ま》た伺《うかゞ》ひ升、トキニ御門前《ごもんぜん》に昨晩試《さくばんため》し切《ぎ》りが有《あ》つたと歟申す事《こと》でござい升な

（三十九）

由《よし》次郎は久《きう》八の問《と》ひに対《たい》しまして

　由「殺《ころ》された奴《やつ》は去年《きよねん》の二月大火《がつたいくわ》の時牢払《ときろうばら》ひに遭《あつ》て夫《それ》なりに逃亡《かけおち》をした小平《こへい》といふ上州無宿《ぜうしうむしゆく》ださうだ、其様《そん》な悪《わる》ひ

奴《やつ》だから仲間《なかま》喧嘩《けんくわ》でもやらかして其意趣《そのいしゆ》で殺《ころ》されたのだらうといふ事《こと》だ、併《しか》し切《き》ツた奴《やつ》は余程《よほど》の手者《てしや》だと検使《けんし》も言《い》ツて居《ゐ》たが　何《なに》しろ其様《そん》な悪《わる》い奴《やつ》だから死骸《しがい》は小屋《こや》＊へ引《ひ》き渡《わた》すさうだ

久「ヘヱー左様《そん》な悪《わる》い奴《やつ》でござい升歟《か》、町《まち》の評判《へうばん》では出家《しゆつけ》だ抔《など》と申して居《を》りましたが

由「如何《いか》にも頭《あたま》は円《まる》いが心《こゝろ》は四角《かく》な奴《やつ》なのだ　夫《それ》に脊中《せなか》から両腕《れうで》へ掛《か》けて登《のぼ》り龍《りう》に降《くだ》り龍《りう》の彫物《ほりもの》がある　上州無宿《ぜうしうむしゆく》の小平《こへい》といふ事《こと》も其彫物《そのほりもの》で分《わか》ツたのだ

久「爾《そ》うでござい升歟《か》　夫《それ》で安心《あんしん》を致《いた》しました

由「何《なに》を安心《あんしん》した

久「申し上《あ》げた明樽《あきだる》を此方《こなた》で一個《ひとつ》取《と》ツて戴《いたゞ》けば皆捌《みなは》け口《ぐち》が出来《でき》たと申すもので夫《それ》で安心《あんしん》を致《いた》しました

由「俺《わし》の方《はう》は多《た》分買《ぶんか》ふだらうと思《おも》ふが今阿母《いまおふくろ》が留守《るす》で分《わか》らねへのだぜ

久「イヱ多分《たぶん》御取《と》りに成《な》るでございませう、又《ま》た伺《うかゞ》ひ升と足早《あしばや》に小浜《こはま》の邸《やしき》を出《で》まして相生町《あひおひてう》へ帰《かへ》ツて参《まゐ》りました、多助《たすけ》も勘蔵《かんざう》が帰《かへ》ツて小平《こへい》の殺《ころ》されたといふ事《こと》は承知《せうち》致《いた》しましたが、実父《じつぷ》の角右衛門《かくゑもん》に難儀《なんぎ》が罹《かゝ》りはせぬ歟《か》と心配《しんぱい》を致《いた》して居《を》る所《ところ》へ久八《きう》が息急帰《いきせきかへ》ツて参《まゐ》ツて　検使《けんし》に立会《たちあつ》た小浜《こはま》の御用人《ごようにん》の御子息《ごしそく》に就《つい》て聞《きい》た所《とこ》ろが　脊中《せなか》の彫物《ほりもの》から上州《ぜうしう》無宿《むしゆく》の小平《こへい》といふ者《もの》で　去年《きよねん》の春牢払《はるろうばら》ひの儘逃亡《まゝかけおち》をしたお尋《たづ》ね者《もの》であるから死骸《しがい》は小屋《こや》へ引《ひ》き渡《わた》す事《こと》に成《な》つて此事《このこと》の凫《けり》は附《つい》たから之《これ》を殺《ころ》した者《もの》の詮儀《せんぎ》は無《な》い　言《いは》ば殺《ころ》し徳《どく》だと検使《けんし》が言《いつ》ツて居《をつ》た　と由《よし》次郎から聞《きい》た通《とほ》りを逐一《ちく》咄《はな》しましたから多助《たすけ》も漸《やうや》く安心《あんしん》を致《いた》しました、因果応報《いんぐわおうはう》といふ事《こと》は

免《まぬか》れません事《こと》で、小平《こへい》も是迄《これまで》は種々《しゆ〴〵》の悪事《あくじ》を働《はたら》いて天網《てんもう》を免《まぬか》れて居《を》りましたが、既《すで》にお茶《ちや》の水《みづ》からも投《な》げ込《こま》れて夫《それ》が為《た》めに入牢《じゆろう》も致《いた》した　塩原角右衛門《しほばらかくゑもん》が多助《たすけ》の家《うち》に居様《ゐやう》とは存《ぞん》ぜずして押借《おしがり》に参《まゐ》つたのは則《すなは》ち因果《いんぐわ》の然《しか》らしむる所《ところ》でございませう、扨塩原屋《さてしほばらや》の店《みせ》は年々《ねん〳〵》商法《せうはう》は手広《てびろ》になり　随《したが》つて利益《りえき》もあるので身代《しんだい》も追々《おひ〳〵》好都合《かうつがふ》になり升のは全《まつた》く多助《たすけ》が百折撓《せつたゆ》まぬ勉強《べんけう》の効《かう》と慈善心《じぜんしん》に富《と》む所以《ゆゑん》で有《あ》りませう、併《しか》し*敵国外冠無《てきこくぐわいかんな》きものは亡《ほろ》ぶるとやら申しまして幾分歟《いくぶんか》他《ほか》に抵抗力《ていかうりよく》の無《な》い者《もの》は行《ゆけ》ません　多助《すけ》は前々《ぜん〴〵》弁《べん》じ来《きた》りました如《ごと》く性来正直《せいらいせうぢき》で実《じつ》に温厚《おんかう》の君子《くんし》であり升から出入《でい》り屋敷《やしき》を始《はじ》め荷主売先《にぬしうりさき》に至《いた》る迄賞《までほ》めない者《もの》はありません　爾《さ》りながら商人間《せうにんかん》には商売忌敵《せうばいいみがた》きとかいふ事《こと》がございまして炭問屋《すみどんや》社会《なかま》では多助《たすけ》が薄利《はくり》で商《あきな》ひを致《いた》すので、夫《それ》が邪魔《じやま》でならん

　且他人《かつひと》の繁昌《はんぜう》を見《み》て羨《うらや》ましくなり嫉《ねたま》しくなり遂《つひ》に其人《そのひと》を憎《にく》むといふは浅猿《あさまし》い事《こと》だが　落語家《はなしか》抔《など》でも矢張《やつぱ》り小《ちい》さな了簡《れうけん》から自分《じぶん》の持席《もちせき》が不入《ふい》りで他《ほか》の席《せき》が大入《おほいり》であると偏執《へんしう》心《しん》を起《おこ》しまして　ナーニ彼奴技《あいつわざ》は未熟《みじゆく》だが運《うん》が宜《よい》ので、詰《つま》り此辺《このへん》は聴客《きくきやく》に耳《みゝ》が無《な》いのだ抔《など》と愚痴《ぐち》を申升が　是《これ》は落語《はなし》家《か》ばかりで無《な》く、可成《かなり》な御商人衆《ごあきうどしう》でも隣《となり》の店《みせ》で立派《りつぱ》な煉瓦《れんぐわ》歟土蔵造《かどざうづく》りでも出来《でき》升と例《れい》のチン〳〵を起《おこ》して、コケ威《おど》しにアンな物《もの》を建《たて》やアがつて南《みなみ》を塞《ふさげ》たから風入《かぜい》りが悪《わる》くツて抔《など》と口小言《くちこごと》タラ〳〵でござい升

(四十)

　円朝《わたくし》が深《ふか》く御贔負《ごひゐき》を戴《いたゞ》いた*山岡鉄舟先生《やまをかてつしうせんせい》が常々《つね〴〵》御教訓《ごけうくん》の中《うち》に　人《ひと》の幸福《かうふく》は倶《とも》に喜《よろこ》び人《ひと》の困難《こんなん》は倶《とも》に憂《うれ》ひ、自他《じた》の別無《べつな》く心《こゝろ》の平等《べうどう》なる人《ひと》を神《かみ》とも仏《ほとけ》ともいふと仰《おほ》せられましたが　此塩原多助《このしおばらたすけ》は奉公人《ほうこうにん》でも主人《しゆじん》でも自他《じた》の別無《べつな》く其憂《そのうれ》ひは共《とも》に憂《うれ》ひ升ので不識《しらず》〳〵天《てん》の恵《めぐみ》を得《え》て僅《わづか》の中《うち》に名高《なだか》い金持《かねもち》に成《なり》ました　其当時《そのたうじ》恰《あだか》も安永《あんえい》三年《ねん》十月十七日に浅草《あさくさ》雷門《かみなりもん》の前通《まへどほ》りへ新《あら》たに橋《はし》が架《かゝ》りました　此橋《このはし》を大川橋《おほかはゞし》と唱《とな》えました　則《すなは》ち唯今《たゞいま》の吾妻橋《あづまばし》でござい升　夫迄《それまで》は*竹《たけ》町に渡《わた》し舟《ぶね》が有《あり》まして*彼清元《かのきよもと》の梅《うめ》の春《はる》に「首尾《しゆび》の松《まつ》が枝《え》竹町《たけまち》に渡《わた》し守身《もるみ》も時《とき》を得《え》て」抔《など》と申す文句《もんく》が有《あり》まして鳥渡粋《ちよつといき》な様《やう》だが　渡《わた》し舟《ぶね》では本所《ほんじよ》から浅草《あさくさ》へ通《つう》ずる荷物《にもつ》の運搬《うんぱん》に太《はなは》だ不便《ふべん》でございましたが此新橋《このしんけう》が架設《かせつ》に成《な》ツたので本所《ほんじよ》や浅《あさ》

草《くさ》に住《す》む者《もの》の便利《べんり》は幾干敷《いくらか》分《わか》らん　其中《そのうち》にも薪炭《まきすみ》は日用《にちよう》の物《もの》であり升から大川橋架設《おほかはゞしかせつ》に就《つい》て第《だい》一の庇陰《おかげ》を蒙《かうむ》ツた物《もの》は炭問屋《すみどんや》であり升　是《これ》に依《よ》つて翌年《よくねん》の三月炭仲間《すみなかま》組合《くみあひ》の年行《ねんげう》事《じ》が前申上《ぜんまをしあ》げた様《やう》な趣意《しゆい》で集会《よりあひ》を催《もよふ》さうといふ事《こと》を本所浅《ほんじよあさ》草《くさ》の重《おも》なる炭屋仲間《すみやなかま》へ相談《さうだん》に及《およ》び升と　何《いづ》れも不同意《ふどうい》の者《もの》は無《な》く万事宜敷《ばんじよろしく》といふ事《こと》で有《あ》つたから　十八日を当日《たうじつ》と定《さだ》めまして*両国柳橋《れうごくやなぎばし》の万《まん》八楼《ろう》　唯今《たゞいま》の亀清《かめせい》の在《あ》る所《ところ》が万《まん》八でございました　此所《こゝ》で喜《よろこ》びの参会《さんくわい》を催《もよふ》すと申す事《こと》を更《さら》に廻《くわい》状《ぜう》で通知《つうち》を致《いた》すと皆承知《みなせうち》を致《いた》し　当日《たうじつ》は昼少《ひるすこ》し過《す》ぎ頃《ごろ》から続《ぞく》〳〵万《まん》八楼《ろう》へ出向《でむ》き唯今《たゞいま》の午後《ごゞ》二時頃《じごろ》には五十名近《めいぢか》くの人《ひと》が集《あつま》りまして　まだ*其頃《そのころ》は柳橋《やなぎばし》に表向芸者《おもてむきげいしや》と唱《とな》ふる者《もの》は無《な》い　富本《とみもと》の師匠《しせう》とか常盤津《ときはづ》の師匠《しせう》とかいふ表《おも》て芸者《げいしや》が有《あ》ツて箇様《かやう》な集会《よりあひ》の席《せき》の御執持《おとりもち》に呼《よば》るゝといふ塩梅《あんばい》でございました、併《しか》し*芳町《よしてう》には色子茶屋《いろこぢやゝ》だの*堺町《さかひてう》葺屋町《ふきやてう》に中村座《なかむらざ》市《いち》村座《むらざ》といふ大劇場《おほしばゐ》がありまして　中以上《ちういぜう》の御人《おひと》が芝居見物《しばゐけんぶつ》には芝居町《しばゐまち》で夕飯《ゆふはん》を食《く》ふと申す事《こと》に極《きま》ツて居《を》りまして贔負《ひゐき》の俳優《やくしや》を呼《よ》ぶ随《したが》ツて芸者《げいしや》が来《く》るといふ寸法《すんばふ》でございました本所《ほんじよ》には*御旅《おたび》、弁天《べんてん》、松井《まつゐ》町に遊女屋《いうぢよや》がございましたから

是《これ》にも芸者《げいしや》がございましたが本所《ほんじよ》も芳町《よしてう》も余《あま》り他所《よそ》へは出《で》ません、他所《よそ》*へ多《おほ》く出《で》ましたのは深川《ふかゞは》で是《これ》が本場《ほんば》の芸者《げいしや》でございませう　此日《このひ》も多《おほ》く芸者《げいしや》は深川《ふかゞは》から参《まゐ》ツて居《を》り升　時刻《じこく》は既《すで》に入江町《いりえてう》の八《や》ツ時《どき》の鐘《かね》が水《みづ》に響《ひゞい》て手《て》に取《と》る如《ごと》く聞《きこ》え升から年行事《ねんげうじ》が

　行「皆《みな》さんまだ御二人《おふた》り程《ほど》御見《おみ》えに成《な》りませんが徐々《そろ〳〵》御《お》膳《ぜん》を差出《さしだ》し升

　ト挨拶《あいさつ》をして御膳《おぜん》が出《で》る　夫夫《それぞれ》座《ざ》へ就《つ》きましたが中々《なか〳〵》塩《しほ》原屋《ばらや》が来《こ》ない、其所《そこ》に居合《ゐあは》せぬ者《もの》を悪《わる》くいふ事《こと》は今《いま》も昔《むかし》も替《かは》りは無《な》い　況《まし》て今旭《いまひ》の出《で》といふ多助《たすけ》の事《こと》だから徐々《そろ〳〵》悪口《わるくち》が始《はじ》まりました

　甲「モシ林町《はやし》*さんまだ塩原屋《しほばらや》は来《き》ませんか

　林「まだ見《み》えません　アノ男《をとこ》は何所《どこ》へでも早《はや》く来《き》た事《こと》はありませんナ、ねへ二ツ目《め》さん

　と一調子《てうし》張上《はりあ》げて本所《ほんじよ》二ツ目《め》に居《ゐ》る三川屋《みかはや》*といふ薪炭《まきすみ》を可《か》なり手広《てびろ》に捌《さば》く男《をとこ》を呼《よ》び升と

　二ツ目「何《な》ンです

　林「他《ほか》でもありませんが今日《けふ》は我〳〵《われ》炭屋《すみや》仲間《なかま》に取《と》ツては実《じつ》に祝《いは》ふべき事《こと》で　夫《それ》に多助《たすけ》は近来《きんらい》吉原町《よしはら》へも大分《だいぶ》商《あきな》ひをするといふから新橋《しんけう》の庇陰《おかげ》を蒙《かふむ》る事《こと》はアノ男抔《をとこなど》は我《われ》〳〵よりは多《おほ》い　仮令《たとへ》身代《しんだい》の多少《たせう》は擱《おい》て彼《あれ》は新組《しんくみ》、我〳〵《われ》は古《ふる》組《ぐみ》だ　爾《さ》すれば彼《あれ》は我《われ》〳〵に先達《さきだつ》て出席《しゆつせき》をして行事衆《ぎやうじしう》の手《て》伝《づた》ひでもするが当然《あたりまへ》だ　夫《それ》を今以《いまも》つて来《こ》ぬとは人《ひと》を馬鹿《ばか》にした奴《やつ》じやア無《な》いか

　二ツ目「林町《はやし》さん御説《ごせつ》は至極御尤《しごくごもつとも》に拝聴《はいてう》する、爾《さ》りながら夫《それ》は世《よ》の中《なか》の交際《かうさい》といふ事《こと》を知《し》つた男《をとこ》に向《むか》つて御仰《おつしや》る御《ご》口上《こうぜう》で、多助《たすけ》の様《やう》な無我夢中《むがむちう》な奴《やつ》は相手《あひて》にならねへ、第一《だい》御同様《ごどうやう》とは竈違《かまちが》*ひだ　根《ね》が上州沼田在《ぜうしうぬまたざい》の土《ど》百姓《せう》で書画《しよぐわ》は分《わか》らず碁将棋《ごせうぎ》はしらず歌俳諧《うたはいかい》は皆無《かいむ》、身形《みなり》の拵《こしら》えといふ事《こと》をしらねへ、何《な》ンでも彼《か》でも金《かね》を溜《ため》るといふより外《ほか》に楽《たの》しみのねへ男《をとこ》だ、右《と》に左今《かくいま》じやア本所《ほんじよ》で五本《ほん》の指《ゆび》に折《を》れる金持《かねもち》でありながら家《うち》の様《ざま》ア見被成《みなせ》へ　角松《かくまつ》の毀《こは》れ蔵《ぐら》を借《かり》て夫《それ》を店《みせ》にして今迄《いまゝで》の店《みせ》を炭《すみ》の置場《おきば》にして置《お》く随分不《ずゐぶんふ》体裁《ていさい》な家《うち》サねへ

（四十一）

悪口《あくこう》の端緒《たんちよ》が開《あ》き升と方々《はうぐ》からお喋舌《しやべり》が出《で》て参《まゐ》ツて
乙「全体《ぜんたい》アノ位《くら》ゐの身上《しんぜう》でせめて土蔵《どざう》の一ケ所位《しよぐら》ゐは建《たて》さうなものじやアありません歟《か》
二ツ目「建《たて》た所《ところ》が入《い》れる物《もの》が無《なか》らう、奴《やつこ》は年中木綿《ねんぢうもめん》の筒《つゝ》袖《そで》で余所往《よそゆき》も平常着《ふだんぎ》も無《ね》へ　其上飯《そのうへめし》を食《く》ふ膳《ぜん》は禿《はげ》ちよろ、茶碗《ちやわん》は*尾張焼《をはりやき》で夫《それ》も薄手《うすで》ならまだしもだが厚手《あつで》で寐惚《ねぼけ》た様《やう》な藍色《あゐいろ》で　年《ねん》が年中梅干《ねんぢううめぼし》に沢庵《たくあん》、朔日《ついたち》十五日《にち》には寄特《きどく》にお頭附《かしらつ》きの魚《さかな》は宜《いゝ》が目差《めざし》の干物《ひもの》が二疋附《ひきづけ》は情《なさ》け無《ね》へ
林「二ツ目《め》、なれども彼奴《あいつ》は高運《かううん》だ、本所小町《ほんじよこまち》といふ評《へう》判《ばん》の藤《ふぢ》の屋《や》の娘《むすめ》が好《この》ンで嫁《よめ》に行《いつ》たのが妙《めう》じやアねへか
二ツ目「あれが世《よ》にいふ似《に》た者夫婦《ものふうふ》で、アノ娘《むすめ》もあれ程《ほど》の縹緻《きれう》を以《もつ》て居《を》れば何所《どこ》へ嫁《よめ》に往《い》ツてもお蚕《かいこ》ぐるみで魚《さかな》の食飽《くひあき》が出来《でき》る所《とこ》ろを、御覧被成《ごらんなせ》へ　*ぼうた布子《ぬのこ》に焼穴《やけあな》だらけな前垂《まへだれ》を〆《しめ》て　がんす野郎《やらう》と共稼《ともがせ》ぎとは余《よ》ツ程《ぼど》の変《かは》り者《もの》サ
と猪口《ちよく》を持《もつ》て座《ざ》を起《た》ち　床《とこ》の間《ま》を脊負《しよつ》て上座《ぜうざ》に居《を》つたのは六十四五の老人《らうじん》で此中《このなか》の年長《ねんてう》であるから　此《こ》の前《まへ》へ座《すは》つて
二ツ目「*花川戸《はなかはど》さん今日《こんにち》は御苦労様《ごくろうさま》で　一献頂戴《ひとつてうだい》を
花「御盃《さかづき》を御持参《ごぢさん》の御容子《ごようす》だがお為替《かはせ》に致《いた》さう
二ツ目「夫《それ》では仰《おほ》せに随《したが》ツて、オイ〳〵春《はあ》ちやん御酌《しやく》を
春「ハイ
と徳利《とくり》を持《もつ》て参《まゐ》ツたのは*深川《ふかゞは》の仲町《なかてう》で春本《はるもと》の春吉《はるきち》と言《い》ツた流行《はやり》ツ妓《こ》で
二ツ目「花川戸《はなかはど》さんから
花「*御若役《わかやく》に和郎《おまへ》さんから
二ツ目「先々《まづ〳〵》
春「太《ひど》く御面倒《ごめんだう》ですねへ、夫《それ》じやア斯仕《かうし》ませう
と起《た》ツて両方《れうはう》の手《て》へ徳利《とくり》を持《もち》まして「サア御一緒《ごいつしよ》にお酌《しやく》を仕《し》ませう
花「此妓《このこ》は才子《さいし》だね
二ツ目「是《これ》は春本《はるもと》のお春《はる》と言《い》つて仲町随一《なかてうずゐいち》の流行《はやり》ツ妓《こ》で、今日等此《こんちらこの》お春坊《はるばう》を連《つれ》て来《く》るといふのは御行事《ごげうじ》が余程《よつぽど》の骨折《ほねをり》で　*二六時《じ》中《ちう》御《ご》約束《やくそく》の無《な》い日《ひ》は無《な》いといふ位《くら》ゐです
春「*太《ひど》く音《ね》の宜《いゝ》三味線《さみせん》ですね、根《ね》ツから評判程《へうばんほど》じやアありませんヨ

二ツ目「花川戸《はなかはど》さん斯《か》ういふのを炭屋《すみや》の嬶《かゝ》アにして働《はたら》かせりやア塩原屋《しほばらや》糞《くそ》を食《くら》へでござい升

春「其塩原《そのしほばら》屋さんのお内儀《かみ》さんといふのは妾共《わたくしども》も御贔負《ごひゐき》に成《な》る藤野屋《ふぢのや》のお嬢《でう》さんだそうでござい升ねへ、感心《かんしん》なねへ

二ツ目「太《ひど》く感心《かんしん》を仕《し》たの　何《ど》うだ和女《おめへ》も炭屋《すみや》の女房《ねうばう》に成《なつ》ちやア

春「何《ど》うか成《な》り度《たい》もんで

二ツ目「何《ど》うだ物《もの》は相談《さうだん》だが俺《おれ》の所《とこ》へ来《き》て呉《くれ》ねへ歟《か》

春「養女《やうぢよ》にですか、夫婦養子《ふうふやうし》に往《ゆき》ませう歟《か》

二ツ目「遠廻《とほまは》しにのろけやアがる、サアひとつ飲《の》め

花「頻《しき》りに塩原屋《しほばらや》のお咄《はな》しで有《あ》つたが多助《たすけ》はまだ見《み》えん様《やう》だね、何事《なにごと》も約束《やくそく》は欠《かゝ》ん男《をとこ》だが今日《けふ》は何《ど》うしたしらん

二ツ目「今《いま》も大勢《おほぜい》で多助《たすけ》の噂《うは》さを仕《し》て居《ゐ》ましたが　彼奴《あいつ》慾《よく》に目《め》の無《な》い奴《やつ》だから何《なん》ぞ慾張《よくば》り仕事《しごと》に掛《かゝ》ツて参会《さんくわい》を忘《わす》れたのかもしれねへ

花「イヤ義理《ぎり》も交際《つきあひ》も捨《すて》て終《しま》はなけりやア金持《かねもち》にはなれねへ、第《だい》一会席料理《くわいせきれうり》も*五色《ごしき》の茶漬《ちやづけ》も同《おな》じ様《やう》に心得《こゝろえ》て居《ゐ》て、菓子《くわし》を食《くは》せた所《ところ》が竹川町《たけがはてう》の*点心堂《てんしんだう》も卸菓子屋《おろしぐわしや》も分《わか》りやア仕《し》ねへ

二ツ目「実《じつ》に其通《そのとほ》りだ、だが花川戸《はなかはど》さん高《たか》い声《こゑ》じやア言《い》へねへが、向《むか》ふの角《すみ》に居《ゐ》る松井町《まつゐてう》の山《やま》十杯《など》も其質《そのたち》でござい升ぜ

(四十二)

例《れい》の悪口《あくこう》が一昨年《さくねん》の大火《たいくわ》の様《やう》に松井《まつゐ》町の山《やま》十へ飛火《とびゝ》が致《いた》したが　人《ひと》の悪口《わるくち》といふ物《もの》は面白《おもしろ》いと見《み》えて何処《どこ》でも咄《はな》しが持《もて》升が　感服《かんぷく》な男《をとこ》で、孝心《かうしん》な者《もの》で抔《など》と申すお咄《はな》しは余《あま》り歓迎《くわんげい》をされません、二ツ目《め》の三川屋《みかはや》は図《づ》に乗《の》りまして

二ツ目「アノ山《やま》十も*時《とき》の鐘《かね》の無《ね》へ国《くに》から出《で》て来《き》て僅《わづ》か二十年《ねん》の間《あひだ》にアレ程《ほど》の金持《かねもち》に成《な》りやしたが、アノ男《をとこ》が*釜屋《かまや》堀《ぼり》へ別荘《べつさう》を造《つく》つたといふので見《み》に往《ゆ》きやしたが実《じつ》に驚《おどろ》きやした

花「ハアー

二ツ目「*先《ま》づ床柱《とこばしら》が紫檀《したん》の八寸角《すんかく》に牡丹《ぼたん》に唐獅子《からしゝ》の彫《ほり》がある、落《おと》し掛《が》けが黒柿《くろがき》で厚《あつ》サ二寸《すん》五分《ぶ》　床框《とこかま》ちが檳榔子《びんらうじ》に合天井《がふてんぜう》、桷《ふち》が黒塗《くろぬ》り、手洗鉢《てうづばち》が新《あたら》しい御影石《みかげいし》へ虎《とら》の彫刻《てうこく》があるといふ迚《とて》も人間《にんげん》は住《すま》はれねへ家《うち》だ

花「なる程《ほどゞ》何うしても寺《てら》の広間《ひろま》といふ拵《こしら》へだのふ

二ツ目「其女房《そのねうばう》と来《き》たら碌《ろく》でも無《ね》へ面《つら》へコテ〳〵白粉《おしろい》を塗《ぬつ》て*藍返《あゐがへ》しのふき模様《もやう》にお*納戸《なんど》縮緬《ちりめん》の無垢《むく》を着《き》て*吉野《よしの》漢東《かんとう》織《おり》の帯《おび》、*萱掛納戸《かやかけなんど》の山繭《やまゝゆ》の長襦袢《ながじゆばん》で丸《まる》でお寺《てら》の大黒《だいこく》といふ打扮《いでたち》だネ

花川戸「夫《それ》でもアノ家内《かない》は山《やま》十と同国《づうくに》じやアねへ歟《か》

二ツ目「同国《づうくに》にやア違《ちが》へ無《ね》へが何《な》ンでも亭主《ていしゆ》よりやア二十五里《り》二町半山奥《てうはんやまおく》で　猿《さる》や熊《くま》を友達《ともだち》に成長仕《せいてうし》たのだから娘《むすめ》の時《とき》にやア山袴《やまばかま》に筒袖《つゝそで》で居《ゐ》た女《をんな》だといふ事《こと》だ

花川戸「筒袖《つゝそで》と言《い》やア多助《たすけ》はまだ見《み》えねへノ　毎年仲間《まいねんなかま》の参会《さんくわい》にやア崩《くづ》れは廓内《なか》へ繰《く》り込《こ》む事《こと》に成《な》つて居《ゐ》るのだが、アノ塩原《しほばら》に限《かぎ》つちやア是迄遂《これまでつひ》に一度《ど》交際《つきあつ》た事《こと》はねへが今日《けふ》の寄《よ》り合《あ》ひは我々同業者《われ〳〵どうげふしや》に取《と》つては得難《えがた》い幸福《さいはひ》だから、今《いま》に彼男《あのをとこ》が見《み》えたら邪《じや》が非《ひ》でも吉原《よしはら》へ交際《つきあは》する事《こと》に仕被成《しなせ》へ

林「至極俺抔《しごくわたしなど》も御同意《ごどうい》だがアノ吝嗇迚《しはんぼうとて》も交際気遣《つきあふきづか》ひ無《な》しだ

といふ時此林《ときこのはやし》町から二ツ膳《ぜん》を隔《へだ》てゝ坐《すは》つて居《ゐ》た*六間堀《けんぼり》の武蔵屋《むさしや》といふ男《をとこ》が　モウ*図夫《づぶ》七位《ぐら》ゐに成《な》つて居《ゐ》ましたが大《だい》の多助贔負《たすけびゐき》だから

武「斯林《かうはやし》町　汝方《おめへだち》は寄《よつ》て群《たか》つて多助《たすけ》の荒抔《あらなど》を言《い》ふのは面白《おもしろ》く無《ね》へ、何《な》ンだつて此間迄神田《このあひだまでかんだ》の山口屋《やまぐちや》に奉公《ほうこう》をして居《ゐ》て計《はか》り炭《ずみ》を担《かつ》いで歩行《あるい》た奴《やつ》が四五年《ねん》の間《あひだ》に憚《はゞか》りながら商《あきな》

ひ高《だか》じやア本所《ほんじよ》をきつて五本《ほん》の指《ゆび》の一二に折《をら》るゝ様《やう》に成《な》つたのは我々《われ〳〵》の組合《くみあひ》の名物男《めいぶつをとこ》だ、言《い》ふは異《ゐ》なものだが言《いは》にやア分《わか》らねへから言《い》ふが　二ツ目《め》汝《おめへ》の様《やう》に酒《さけ》と女《をんな》に目《め》が無《な》く来《く》る下女《げぢよ》にも来《く》る下女《げぢよ》にも*カン〳〵ノフを極込《きめこ》んで　年中《ねんぢう》夫婦《ふうふ》喧嘩《げんくわ》の絶《たえ》ねへといふ家事《かじ》不《ふ》取締《とりしま》りの男《をとこ》と多助《たすけ》とは人間《にんげん》の質《たち》が違《ちがふ》わア篦棒《べらばう》な」

と素《す》ツ破抜《ばぬい》たから二ツ目《め》も黙止《だまつ》て聞《きい》て居《ゐ》る理由《わけ》にやア行《ゆか》ンから

二ツ目「何《なに》を吐《ぬか》すのだ　成《な》り上《あが》りの塩原屋《しほばらや》に胡麻《ごま》を摺《す》つて渡世《とせい》をする様《やう》な卑劣《ひれつ》な人間《にんげん》とは夫《それ》こそ質《たち》が違《ちが》わア

武「コリヤア面白《おもしろ》へ聴所《きゝどころ》だ　塩原屋《しほばらや》へ胡麻《ごま》を摺《す》つて商《あきな》ひをするとは何《なん》の事《こと》だ、此助兵衛《このすけべゑ》野郎《やらう》め

二ツ目「ナニ此畜生《このちくせう》め

と拳《こぶし》をあげて打《うつ》て掛《かゝ》ると、何此馬鹿《なにこのばか》野郎《やらう》と蹌《よろめ》きながら起《た》ち上《あが》つて膳《ぜん》を跨《また》ぐ機会《はづみ》に*間夫結《まをとこむす》びに致《いた》した芸者《げいしや》の帯《おび》へ片足《かたあし》突《つ》つ込《こ》んだから堪《たま》らない　自己《おのれ》の膳《ぜん》の上《うへ》へ尻餅《しりもち》を突《つき》ましたので吸物椀《すゐものわん》が飛《とん》で隣《となり》に居《を》りました*佐賀《さが》町川岸《かし》の下総屋《しもふさや》といふ人《ひと》の膝《ひざ》を汁《しる》だらけに致《いた》した、芸者《げいしや》がお浮雲《あぶな》うござい升と

手《て》を執《と》つて引《ひ》き起《おこ》すと着物《きもの》も羽織《はおり》の裾《すそ》も隠元豆《いんげんまめ》のきんとんと木《き》の芽合《めあ》ひがベツトリ着《つい》た形《な》りだから流石喧嘩相手《さすがけんくわあひて》の二ツ目《め》も張《は》り抜《ぬけ》がして終《しま》ふ　其所《そこ》へ仲人《ちうにん》が這入《はいつ》て此闘争《このいさかひ》は鎮《しづ》まりましたが此時《このとき》多《た》助《すけ》が息急遣《いきせきや》つて参《まゐ》りました

（四十三）

多《た》助《すけ》は此時《このとき》が丁度《てうど》三十八歳色《さいいろ》が白《しろ》く鼻筋《はなすぢ》が通《とほ》ツて額《ひたひ》が広《ひろ》く、眼《め》は大《おほ》きい方《はう》ではありませんが眼中何《がんちうなん》と無《な》く尖《するど》く鳥渡見《ちよつとみ》ると強《つよ》い様《やう》な顔《かほ》ですが莞爾笑《につこりわら》ふと口元《くちもと》に言《い》へぬ愛嬌《あいけう》が有《あ》ツて磨《みが》けば勿《なか》〳〵好男《よいをとこ》でござい升が　形《な》りにも振《ふ》りにも頓着《とんちやく》を致《いた》さず箇様《かやう》の場所《ばしよ》へ参《まゐ》るにも木綿《もめん》の筒袖《つゝそで》に前垂掛《まへだれがけ》ではるかの末席《ばつせき》へ手《て》を突《つき》まして

多「ヘイ御《ご》一同様《どうさま》今日《けふ》は御苦労様《ごくらうさま》で大《おほき》に遅刻《ちこく》を致《いたし》まして何共《なんとも》申上様《あげやう》がございません

と挨拶《あいさつ》を致《いた》し升と一同《どう》が

「コレは相生《あひおひ》町　先刻《せんこく》から御待《おまち》申て居《ゐま》したサア御席《おせき》へ

と異口同音《ゐくどうおん》に申升と　例《れい》の六間堀《けんぼり》の武蔵屋《むさしや》が片乱《ひよろ》〳〵と致《いたし》ながら座《ざ》を起《たつ》から芸者抔《げいしやなど》が貴郎《あなた》御《お》浮雲《あぶな》ふござい升と介抱《かいはう》をする　武蔵屋《むさしや》は贔負《ひゐき》に存《ぞん》ずる塩原屋《しほばらや》が参《まゐ》つたから矢張踏《はりそう》〳〵と致《いた》して多《た》助《すけ》の側《そば》へ参《まゐ》ツて

武「コウ相生町太《あひおひてうひど》く遅《おそ》かつたな、斯《か》ういふ席《せき》へ遅《おそ》く来《く》ると不可《いか》ン種《いろ》〳〵悪口《わるくち》を利《き》く奴《やつ》があツて、ナニ汝人《おめへひと》は何《な》ンと言《い》ツたつて構《かま》ふ事《こと》があるもの歟、蔭《かげ》じやア将軍様《せうぐんさま》の悪口《わるくち》さへ利《きか》アナ　サア御席《おせき》へ

と手《て》を採《と》る

多「貴所《あんた》太《ひど》く酔《よつ》て居被成《ゐなさ》ツて浮雲《あぶない》　俺《わたし》やア爰《こゝ》で沢山《たくさん》でがんす

といふ爰《こゝ》へ年行事両人《ねんげうじれうにん》が参《まゐ》りまして

「塩原屋《しほばらや》さん何所《どこ》の参会《さんくわい》でも御席順《おせきじゆん》の御辞退《ごじたい》に手間《てま》が取《と》れ升ので今日《けふ》は御席順《おせきじゆん》を鬮引《くじびき》に致《いた》して　汝《おまへ》さんの分《ぶん》は御酌《ごしやく》人衆《にんしう》に代鬮《だいくじ》を頼《たの》んで十六番丁度《ばんてうど》武蔵屋《むさしや》さんの御隣《おとな》りでござい升から何卒御席《どうぞおせき》へ御着《おつき》を願《ねがひ》升

多「爾《さ》ういふ理由《わけ》なら仕方《しかた》が無《ねへ》　那方《どなた》も御免《ごめん》を蒙《かふむ》り升《ます》

と会釈《ゑしやく》をして設《まう》けの席《せき》に着《つ》きました、スルト蔭《かげ》では彼是《かれこれ》と批難《ひなん》もございましたが、名《な》におふ広《ひろ》い様《やう》でも狭《せま》い炭屋仲間《すみやなかま》殊《こと》には売出《うりだ》しで、野州《やしう》の竈元《かまもと》とは密着《みつちやく》の間柄《あいだがら》に成《な》ツて居《を》ツ

て野州竈《やしうがま》を扱《あつか》ふには多助《たすけ》の手《て》を経《へ》た方《はう》が便埋《べんり》でござい升から

「コレは塩原屋《しほばらや》さん

と方々《はう〲》から猪口《ちよこ》が来《く》る　多助《たすけ》は下戸《げこ》でござい升から膳《ぜん》の廻《まは》りへ猪口《ちよこ》の天水桶《てんすゐをけ》が十二三並《なら》びました、此時年行事《このときねんげうじ》が席《せき》の真唯中《まつたゞなか》へ進《すゝ》み出《で》まして

行事「御《ご》一同様《どうさま》へ申上《あ》げ升　今日《こんにち》は皆様方御《みなさまがたご》一人《にん》も御欠《ごけつ》席無《せきな》く尊来《そんらい》に成《な》りまして行事《げうじ》一同祝着《どうしゆくちやく》に存《ぞん》じ上《あ》げ升　就《つき》まして昨年《さくねん》は秋《あき》の末《すゑ》より致《いた》して今年《ことし》二月迄《がつまで》の商《あきな》ひ向《む》きは前《ぜん》年《ねん》に比《くら》べますれば何方様《いづかたさま》も御繁昌《ごはんぜう》で大悦至極《たいえつしごく》に存《ぞん》じ上《あ》げ升　且予々噂《かつかね〲うはさ》のみございました大川橋《おほかははし》も弥々昨年《いよ〱さくねん》十月を以《もつ》て御《ご》普請御出来《ふしんごしゆつたい》と成《な》り御府内《ごふない》一般《ばん》の御便理《ごべんり》は申《まを》す迄《まで》もございませんが　取《と》り分《わ》け浅草本所《あさくさほんじよ》に住居致《ぢうきよいた》す我々共《われ〱ども》は著《いちじ》るしき庇蔭《おかげ》を蒙《こうむ》りまする所《ところ》から　御公儀様《ごゝうぎさま》の御仁政《ごじんせい》に報《むく》ゆる為《た》め本所浅草《ほんじよあさくさ》に住居致《ぢうきよいた》す我々《われ〱》は是迄《これまで》よりは莫大《ばくだい》に運賃《うんちん》の省《はぶ》けましたる丈《だ》け御花主方《おとくいがた》へ安直《やすね》に商《あきな》ひを致《いた》すのがせめても御仁《ごじん》政《せい》に報《むく》ひ奉《たてまつ》る事《こと》で有《あら》うと　箇様《かやう》な趣意《しゆい》を持《もち》まして御参会《ごさんくわい》を願《ねが》ひましたる儀《ぎ》にござり升　就《つき》ましては此以後《このいご》睦《むつ》み合《あ》ひを専《せん》一に致《いた》し度《た》く存《ぞん》じ升る所《ところ》から時々《じゝ》相場《さうば》の高低《かうてい》は廻文《くわいぶん》を以《もつ》て御通知《ごつうち》申上《まをしあ》げ升る間《あひだ》　成《な》るべく不同《ふどう》の代価《だいか》を以《もつ》て売買《ばい〲》のござりませぬ様《やう》に致《いた》し度《た》く存《ぞん》じ上《あ》げ升」

と述終《のべをは》り升ると　拝承《はいせう》と答《こた》ゆる者《もの》もあれば

「承知《せうち》〱、　大承知《おほせうち》

抔《など》といふ仁《ひと》もある　又《ま》た

「御行事《おげうじ》万々《ばん〲》御苦労《ごくらう》

抔《など》といふ者《もの》も有《あ》ツて兎《と》に角可《かくか》の声《こゑ》ばかりで否《いな》の声《こゑ》を聞《きゝ》ま

せんから行事《げうじ》が

行「満場何《まんでういづ》れも様《さま》に御不同意《ごふどうい》の御声《おこゑ》を伺《うかゞ》ひませんで満足《まんぞく》を致《いた》し升　炭仲間《すみなかま》一統大繁昌《とうおほはんぜう》御芽出度《おめでた》う存《ぞん》じ上《あ》げ升、皆様《みなさま》御手《おて》を拝借致《はいしやくいた》してひとつ〆《し》めませう」

勿論《もちろん》と座中《ざちう》一同手《どうて》を挙《あ》げまして、ヨイ〳〵〳〵、シヤアン〳〵〳〵と手拍《てうち》がありました

（四十四）

其時行事《そのときげうじ》はヘイ御芽出度《おめでた》うと挨拶《あいさつ》を致《いた》して座《ざ》を起《たつ》のを合《あひ》図《づ》に芸妓《げいぎ》が夫《それ》へ並《ならび》まして

「松《まつ》の太夫《だいふ》の裲襠《うちかけ》は蔦《つた》の模様《もやう》のト例《れい》の*長唄《ながうた》の老松《おひまつ》の座附《ざつき》が済《す》むと心得《こゝろえ》たお客《きやく》は春《はる》ちやん一盞進様《ひとつあげやう》と盞《さかづき》を差《さ》し升、芸者衆《げいしやしう》は此座附《このざつき》が済《す》んで三味線《さみせん》を下《した》へ置《お》く此所《こゝ》が寔《まこと》に手持不沙汰《てもちぶさた》でござい升　此時透《このときすか》さず猪口《ちよく》をさして呉《くれ》る人《ひと》は苦労《くらう》を仕《し》た人《ひと》だと言《い》ひましたが、爾《さ》うでございませう、*其頃《そのころ》は今日《こんにち》の半玉《はんぎよく》といふ者《もの》がございません、円朝《わたくし》も若《わか》い時分《じぶん》にお客様《きやくさま》のお供《とも》で伊勢参詣《いせまいり》を致《いた》した事《こと》がございましたが其時*宮《そのときみや》の熱田《あつた》で二ツ一といふ芸子《げいこ》に出会《であひ》ました、是《これ》は皆若《みなわか》いので二ツ寄《よ》せて一人前《にんまへ》の芸者《げいしや》といふので則《すなは》ち今日《こんにち》の半玉《はんぎよく》です　是《これ》を太《ひど》く珍《めづ》らしく存《ぞん》じました位《ぐら》ゐだから安永《あんえい》の頃《ころ》には半玉《はんぎよく》は無《な》いから　*座敷《ざしき》が済《す》むと直《す》ぐに調子《てうし》を直《なほ》してお酌《しやく》に*音頭《おんど》とか京《けう》の四季《き》とかを踊《をど》らせる理由《わけ》には行《ゆ》きませんから、貴所何《あなたなん》ぞお発《はつ》し成《な》さいヨと客《きやく》を煽動《せんどう》致《いた》し升　以前《いぜん》*十組《とくみ》とか九店《くたな》とか言《い》つて商人仲間《あきうどなかま》が立《たつ》て居《ゐ》る時分《じぶん》には春秋両度《はるあきれうど》には必《かな》らず参会《さんくわい》といふのがありまして此時《このとき》の晴《は》れに致《いた》すつもりで予《かね》て踊《をど》りとか*富本《とみもと》とかの稽古《けいこ》をする者《もの》が随分《ずゐぶん》ございましたから　此方《こちら》は*富本《とみもと》の浅間《あさま》が出《で》る　と向《むか》ふの隅《すみ》で*常盤津《ときはづ》の将門《まさかど》が出《で》る　或《ある》ひは震《ふる》ひ声《ごゑ》の一中節《ちうぶし》もあり*夕顔棚《ゆふがほだな》の此方《こなた》よりと銅鑼鉦《どらがね》を敲《たゝ》く様《やう》な声《こゑ》で唸《うな》り出《だ》す、中《なか》には身《み》の丈《たけ》が四尺《しやく》五寸足袋《すんたび》が十三文甲高《もんかふだか》といふ大《だい》の男《をとこ》が*汐汲《しほく》みを踊《をど》るといふ騒《さわ》ぎが始《はじ》まり升　此時多助《このときたすけ》の居廻《ゐまは》りを取《と》り巻《まい》たのが林町《はやしてう》の近江屋《あふみや》二ツ目《め》の三川屋《かはや》夫《それ》に花川戸《はなかはど》の源兵衛《げんべゑ》抔《など》といふ一昨年本卦返《さくねんほんけがへ》りは済《す》んだと申す老人《らうじん》が年甲《としが》斐《ひ》も無《な》く多助《たすけ》を取巻《とりまき》まして

林「相生《あひおひ》町、我々《われ〳〵》一同《どう》から貴所《あなた》へ折《を》り入《い》つてお願《ねが》ひがあるがコリヤア是非《ぜひ》とも聞《きい》て貰《もら》はにやア成《な》りません

多「何事《なにごと》かしらんが更《あらた》まつてお願《ねが》ひ抔《など》とは何《な》んの事《こと》でがんす歟

二ツ目「他《ほか》でも無《な》いが塩原屋《しほばらや》さん　毎年参会《まいねんさんくわい》の崩《くづ》れは吉《よし》原《はら》へ引《ひ》き下《さが》るといふのが定極《でうきま》りの様《やう》に成《な》つて居《ゐ》る所《ところ》が　汝《おめへ》さんに限《かぎ》つて是迄唯《これまでたゞ》の一度《ど》も交際成《つきあひな》すつた事《こと》が無《ね》へが今日《けふ》は不断《ふだん》の参会《さんくわい》とも違《ちが》つて大川橋《おほかはばし》が出来《でき》た為《た》めに便利《べんり》を得《え》る其祝《そのいは》ひの参会《さんくわい》だから、今日《けふ》は是非《ぜひ》とも交際《つきあつ》て下《くだ》せへ

花川戸「コレサ汝方《おまへがた》は吉原《よしはら》へ繰《く》り込《こ》むといふ事《こと》は殆《ほとん》ど定《でう》例《れい》の様《やう》には成《な》つて居《ゐ》るが　必竟《ひつけう》する所《ところ》申さば私事《わたくしごと》で、往《ゆか》にやア成《な》らん交際《つきあは》にやアならんといふ道理《だうり》は無《ね》へ、唯々同《たゞ〳〵おな》じ稼業《かげふ》をする者《もの》だから何事《なにごと》も打解《うちとけ》て相談《さうだん》をした方《はう》が宜《いゝ》といふ夫《それ》こそ気《き》の合《あ》つた者同士《ものどうし》が睦《むつ》み合《あひ》の為《た》めに別会《べつくわい》を開《ひら》くといふので、俺《わし》の様《やう》な疾《とう》に阿弥陀如来《あみだにょらい》のお迎《むか》ひを受《うけ》て居《ゐ》る身《み》でもお仲間合《なかまあひ》だからお交際《つきあひ》をするのだ、爾《さ》うい志《こゝろざ》しのある人《ひと》ばかりにして、爾《さ》も無《な》く仲間《なかま》抔《など》は突倒《つきたを》したつて俺《おれ》さへ宜《よ》けりやア宜《いゝ》といふ様《やう》な人《ひと》は勧《すゝ》めねへが宜《いゝ》」

ト此花川戸《このはなかはど》といふ爺父《おやぢ》は下腹《したつぱら》に毛《け》の無《な》い、したゝか者《もの》でござい升から否《いや》に遠廻《とほまは》しに嗜《たしな》め升と　花川戸《はなかはど》の隣《とな》りに居《ゐ》たのが*山谷《さんや》の吉善《よしぜん》といふ廓内《くわくない》を一杯《ぱい》に商《あきな》ひをして居《を》つた所《ところ》が近来多助《きんらいたすけ》に廓内《くわくない》の得意《とくい》を取《と》られた意根《いこん》も内々《ないく》ござい升所《ところ》から*此助銃砲《このすけでつぱう》に出《で》まして

吉「イヤ、塩原屋《しほばらや》さんは内儀《おかみ》さんが美《うつく》しいから何《ど》んな女《をんな》を見《み》ても気《き》に入《い》らねへのだ　*忠臣蔵《ちうしんぐら》の三段目《だんめ》と言《い》つても*遠《ゑん》通寺《つうじ》歟もしれねへが、師直《もろなほ》の台詞《せりふ》に其奥方《そのおくがた》の側《そば》にばかりへばり着《つい》てござるで仲間《なかま》の事《こと》はお構《かま》ひ無《な》いじや迄《まで》といふ咄《はな》し

だから　花川戸《はなかはど》さんの言成《いひな》さる通《とほ》り止《よし》て斯《か》う気《き》の揃《そろ》つた仲《なか》間合《まあひ》の者《もの》ばかりが宜《よい》サ

林「否爾《いやさ》うで無《ね》へ、多助《たすけ》さんだつて仲間合《なかまあひ》の事《こと》を思《おも》ひ成《な》さればこそ閙《いそが》しい中《なか》を出《で》て来成《きな》すつたのだ、夫《それ》に*樽酒《たるざけ》の正《まさ》宗《むね》も宜《よい》が偶《たま》にやア小買《こがひ》の七ツ梅《うめ》も格別《かくべつ》だナア多助《たすけ》さん

二ツ目「爾《さ》う所《どころ》じやアねへ、今相生《いまあひおひ》町の塩多《しほた》と言《いつ》ちやア誰《たれ》しらねへ者《もの》も無《ね》へ大商人《おほあきうど》だ　夫《それ》がまだ吉原《よしはら》の大門《おほもん》は右《みぎ》を向《む》いて居《ゐ》るか左《ひだ》りを向《む》いて居《ゐ》るか御存《ごぞん》じ無《な》しと言《いは》れちやア本所組合《ほんじよくみあひ》の恥《はぢ》だものを、其位《そのくら》ゐな事《こと》の分《わか》らねへ塩多《しほた》さんじやア無《ね》へ

花「コリヤア爾《さ》う有《あ》りそうな事《こと》だが夫《それ》とも今日《けふ》はお差支《さしつか》へかね

ト*妹脊山《いもせやま》の御殿《ごてん》の官女然《くわんぢよぜん》と大勢《おほぜい》に取《と》り巻《まか》れましたお三輪《わ》の多助《たすけ》は何《な》んと返辞《へんじ》を致《いた》し升歟

(四十五)

多助《たすけ》は側《そば》で囂々《がやがや》言《いは》れ升ので逆上《のぼせ》あがつて額《ひたひ》の汗《あせ》を拭《ふ》きながら

多「俺《わし》やア御存《ごぞん》じの通《とほ》り山出《やまだ》しで吉原《よしはら》といふ事《こと》は後《あと》にも先《さき》にもタッタ一度《ど》*久喜万字《ひさきまんじ》とかいふ家《うち》へ往《い》つた事《こと》がある限《ぎ》りだす

林「コリヤア勿《なか》〳〵隅《すみ》へは置《おけ》ねへ　久喜万字《ひさきまんじ》は*火焔玉屋《くわえんたまや》に続《つゞい》ての大籬《おほみせ》だ、其所《そこ》で店《みせ》の花魁《おいらん》を買《か》つたのか夫《そ》れとも*仲《なか》の町《てう》かな

多「否女郎買《いやぢよらうかひ》ぢやアがん仕《し》ねへ　炭《すみ》を納《い》れた払《はら》ひを取《と》りに行《いつ》たのだス

二ツ目「何《なん》の事《こと》だ面白《おもしろ》くもねへ用達《ようたし》に吉原《よしはら》へ来《き》たつて何《ど》うなるもの歟

多「否素《いやもと》より夫《それ》が何《ど》うなるといふ咄《はなし》ぢやア無《ね》へのです、昼日中吉原《ひるひなかよしはら》へは来《き》た限《ぎ》りだといふお咄《はな》しをしたのでがんす、俺《わし》も咄《はなし》の種《たね》なり大川橋《おほかはばし》の庇蔭《おかげ》で本所組《ほんじよぐみ》が便利《べんり》を得《え》た祝《いは》ひの参会《さんくわい》で、常《つね》とは違《ちが》ふ理由《わけ》だから願《ねがつ》ても御同道《ごどうだう》を仕度《したい》と思《おも》ひやす、何《ど》うか宜敷《よろし》くお願《ねが》ひ申しやす

花「イヤ有繫《さすが》は売出《うりだ》しの塩多《しほた》さんだ、皆《みな》さん今年《こんねん》は相生《あひおひ》町さんが吉原往《よしはらゆ》きへ新加入《しんかにふ》を成《な》さる爾《さ》うだ」

並居《なみゐ》る一統《とう》が口《くち》を揃《そろ》へまして

「夫《それ》は結構《けつかう》

多「乃《そこ》で二ツ目《め》さん　汝《おめへ》さんにお聞《きゝ》申し度《たい》が此連中《このれんちう》が吉《よし》原《はら》へ往《ゆけ》ば芸者《げいしや》は幾人《いくにん》ばかり呼《よ》ぶダスな

二ツ目「爾《さ》うね一座《ざ》の頭数《あたまかず》は四十七八だが廓《なか》へ繰込《くりこ》む者《もの》は漸《やつ》と三十人位《にんぐら》ゐのものだらうが、夫《それ》でも芸者《げいしや》は五組無《くみな》けりやア不可《いけ》ねへノ

多「ハヽア夫《それ》じやア芸者《げいしや》にもい組《ぐみ》とかろ組《ぐみ》とかいふ組合《くみあひ》があるのだす歟《か》

二ツ目「串戯《ぜうだん》を言《いつ》ちやア行《いけ》ねへ、*火消人足《ひけしにんそく》じやアあるめへし其様《そん》な組合《くみあひ》は無《ね》へが、二人《ふた》りを一組《くみ》といふ事《こと》に成《な》つて居《ゐ》るのだから五組《くみ》と言《い》やア十人《にん》の事《こと》だ

多「ハヽア乃《そこ》へ鼓持《つゞみもち》とか太鼓持《たいこもち》とかいふ奴《やつこ》も呼《よ》び揚《あが》るですか

二ツ目「夫《そ》りやア勿論《もちろん》サ

多「爾《さう》して夫等《それら》の者《もの》へ纏頭《はな》を遣《や》るでせうナ

二ツ目「勿論《もちろん》

多「其入用《そのいりよう》は天窓割《あたまわり》でせうね

二ツ目「勿論《もちろん》

多「其席《そのせき》で*旅勘定《たびかんでう》といふ理屈《りくつ》にも行《ゆく》めへから誰歟《たれか》ら繰替《くりか》へて跡《あと》で集《あつめ》るのだらうね

二ツ目「勿論《もちろん》

多「其時《そのとき》しるの知《し》らねへのといふ事《こと》は無《なか》らうね

二ツ目「勿論《もちろん》

花「コラ〱宜加減《いひかげん》に仕《し》ねへか　勿論《もちろん》を売《うり》に来《き》た様《やう》だ又《ま》た相生《あひおひ》町も分《わか》り限《き》つた事《こと》を馬鹿念《ばかねん》を入《い》れて聞《きく》にも及《およ》ばねへじやアねへ歟《か》

多「分《わか》り限《き》つた事《こと》ならお尋《たづ》ねも仕《し》ませんが俺《わし》にやア分《わか》らねへからお聞《きゝ》申したです　爾《さ》う極《きま》りやア大安心《おほあんしん》だ、夫《それ》じやア俺《わし》やアちよツくら家《うち》へ帰《かへつ》て出直《でなほ》してお跡《あと》から往《ゆき》やすが、何所《どこ》町《まち》の何屋《なにや》へ往《ゆく》ダス

林「仲《なか》の町の*山口巴《やまぐちどもえ》といふ家《うち》へ来《き》て下《くだ》せへ

多「蛤豆腐《はまぐりとうふ》へ往《ゆく》ダス歟《か》

林「蛤豆腐《はまぐりとうふ》じやアねへ、山口巴《やまぐちどもえ》といふ茶屋《ちやや》だ、大門《おほもん》を這《は》入《い》ると右側《みぎがは》の直《ぢ》き取《と》ツ附《つき》で直《す》ぐに分《わか》る

多「宜《よう》がんす　夫《それ》じやア那方《どなた》も御先《おさき》へ御免蒙《ごめんかふむ》りやす

林「何《どう》だ飯《めし》を食《く》つて往《いつ》ちやア

多「イヤ遅《おそ》くなると何《な》んねへから」と座《ざ》を起《たち》ましたから行事《ぎやうじ》が「マア御待下《おまちくだ》さい御土産《おみやげ》を」といふので膳附《ぜんづき》の肴《さかな》を折《を》りへ入《い》れさせて遣《や》る　多助《たすけ》は是《これ》を提《さげ》て帰《かへ》りました　サア跡《あと》では今日《けふ》こそ塩原《しほばら》を退治《たいぢ》たといふので大江山《おほえやま》で鬼《おに》の首《くび》でも取《と》つた様《やう》な喜《よろこ》びで　*柳橋《やなぎばし》の伊豆《いづ》屋《や》へ家根舟《やねふね》を三艘《ぞう》注文《ちうもん》を致《いた》して万《まん》八の河岸《かし》へ廻《まは》させ　年行《ねんぎやう》事《じ》と一味《み》に洩《も》れた人《ひと》を残《のこ》し一同舟《どうふね》へ乗《の》り移《うつ》りまして　*真乳《まつち》沈《しつ》んで梢乗《こずへの》り込《こ》む山谷堀《さんやぼ》り　と隆達節《りうたつぶし》に唄《うた》つた通《とほ》り山谷堀《さんやぼり》へ乗込《のりこま》せました

(四十六)

伺《うかゞ》ひ続《つゞ》きました塩原多助《しほばらたすけ》は一足先《あしさき》へ万《まん》八楼《ろう》を出《で》て相生《あひおひ》町へ帰宅《きたく》を致《いた》し升とお花《はな》が「オヤお帰《かへ》り遊《あそ》ばせ　大層《たいそう》お早《はや》いじやアありませんか

多「少《すこ》し仔細《しさい》が有《あ》つて俺《おれ》一足先《あしさき》へ帰《かへ》つて来《き》たゞ

花「何故《なぜ》です

多「咄《はな》す事《こと》があるから奥《おく》へ来《こ》う

とお花《はな》を伴《ともな》ひまして居間《ゐま》へ参《ま》ゐり　実《じつ》は今日《けふ》箇様《かや》ら是々《これ〳〵》と万《まん》八の席上《せきぜう》で有《あ》つた事《こと》を残《のこ》らず咄《はな》しを致《いた》しまして

多「爾《さ》ういふ理由《わけ》だから鳥渡耳《ちよつとみゝ》を貸《か》して呉《くれ》、壁《かべ》にも耳《みゝ》のある世《よ》の中《なか》だ、謀《はか》り事《ごと》は密《みつ》なるを以《もつ》て善《よし》とするとかいふ比喩《たとへ》もあるから」

とお花《はな》の耳《みゝ》へ口《くち》を寄《よ》せて何事《なにごと》か囁《さゝや》き升とお花《はな》は黙頭《うなづき》

花「夫《それ》が宜《よ》うござい升、其様場所《そんなばしよ》では成《な》る丈《た》け人《ひと》に笑《わら》はれ無《な》い様《やう》に被成《なさ》るに限《かぎ》り升、爾《さ》うして御召《おめし》は御小袖《おこそで》を出《だ》しませう歟《か》

多「イヤ着物《きもの》は矢《や》つ張《ぱ》り筒袖《つゝそで》が却《かへ》つて宜《よか》らう

花「夫《それ》でも貴郎《あなた》見《み》えの場所《ばしよ》で見《み》つとも無《な》いではございません歟《か》

多「ナーニ、今咄《いまはな》した事《こと》を遣《や》つて彼奴等《あいつら》に泡《あは》を吹《ふか》せりやア直《すぐ》に帰《かへ》つて来《く》るのだから是《これ》で宜《いゝ》から今《いま》の物《もの》を早《はや》く仕《し》ねへ

花「ハイ

とお花《はな》は起《たち》まして半紙《はんし》に水引《みづひ》き夫《それ》に小銭《こぜに》(今日《こんにち》の一厘銭《りんせん》)の四貫束《くわんたば》を*十段目《だんめ》の初菊《はつぎく》が十次郎《じらう》の甲《かぶと》を持《もつ》た様《やう》な塩梅《あんばい》に重《おも》たさうに持《もつ》て参《まゐ》つて　是《これ》を二百文宛半紙《もんづゝはんし》へ包《つゝ》みまして赤青《あかあを》の水引《みづひき》を掛《かけ》　其外《そのほか》に*金《きん》二百疋《びき》百疋《びき》といふ目録包《もくろくづゝ》みを多助《たすけ》が拵《こしら》ゆる　お花《はな》が側《そば》から上書《うはがき》を致《いた》す　是《これ》が悉皆出来《すつかりでき》ましたから*細美《さよみ》の風呂敷《ふろしき》へ包《つゝん》で自《みづ》から是《これ》を脊負《しよつ》て吉原仲《よしはらなか》の町へ参《まゐつ》て見升《みます》と　*闇《やみ》の夜《よ》も吉原《よしはら》ばかり月夜哉《つきよかな》といふ有名《いうめい》な俳句《はいく》もあり不夜城《ふやぜう》と申す別天地《べつてんち》、殊《こと》に*今日《こんにち》の仲《なか》の町《てう》と違《ちが》ひまして往《わう》来《らい》幅《はゞ》が狭《せま》い其真中《そのまんなか》へ桜《さくら》を植《うゑ》て根占《ねじめ》には*血《ち》汐《しほ》の紅葉《もみぢ》をあしらい、雪洞《ぼんぼり》を所々《ところ〴〵》へ燈《とも》し両側《れうがは》の茶屋《ちやゝ》の二階《かい》の軒《のき》には提燈《てうちん》を釣《つる》し宛然家毎《さながらやごと》に*チリカラカツポンといふ騒《さわ》ぎ　多助《たすけ》は魂消《たまげ》ました　吉原《よしはら》の昼《ひる》は*錦《にしき》の裏《うら》だといふが　炭《すみ》の勘定《かんでう》を請取《うけとり》に久《ひさ》喜万字《きまんじ》へ一度《ど》昼来《ひるき》た事《こと》があるが其時《そのとき》は往来《わうらい》に桜《さくら》も無《な》く静《しづか》なもので有《あ》つたが　今来《いまき》て見《み》ると実《じつ》に極楽世界《ごくらくせかい》へでも往《い》つた様《やう》な気《き》がする、コリヤア若《わか》へ者《もの》を遣《よこ》す所《ところ》じやアねへ、実《じつ》に世界《せかい》の魔所《ましよ》だと思《おも》ひました　皆《み》んなの来《き》て居《ゐ》る山口巴《やまぐちどもゑ》は大《おほ》門《もん》を這入《はい》る直《す》ぐ右側《みぎがは》だといふ事《こと》だがと眼《め》を止《と》めて見《み》升と成《な》る程柿色《ほどかきいろ》の暖簾《のれん》に山口巴《やまぐちどもゑ》と記《しる》してござい升から、此所《こゝ》だと存《ぞん》じて上《あが》り端《はな》の椽台《えんだい》に腰《こし》を掛《か》けまして往来《わうらい》の群集《ぐんじゆ》を見《み》て居《をり》升と　山口屋《やまぐちや》では二階《かい》へ来《き》て居《ゐ》るお客《きやく》の供《とも》だと思《おも》ひましたから別《べつ》に気《き》にも止《とめ》ずに居《をり》ました、スルと二階《かい》では毎年《まいねん》の集会崩《しふくわいくづ》

れには屹度《きつと》当廓内《たうくわくない》へ参《まゐ》る事《こと》に極《きま》つて居《ゐ》るから芸者《げいしや》も予《かね》てのお馴染《なじみ》　*お咲《さき》、お鶴《つる》、お浜《はま》、おでん、おやす、およの、おひよん抔《など》と申す此当時《このたうじ》の顔揃《かほぞろ》ひ、幇間《ほうかん》はお猿《さる》の半治《はんじ》、五町《てう》久次《きうじ》、萩江《はぎえ》佐吉《さきち》、都民中《みやこみんちう》、富本倉太夫《とみもとくらたいふ》、菅野《すがの》加《か》十、升太夫《ますたいふ》、徳之介《とくのすけ》抔《など》といふ連中《れんぢう》が追《お》ひ〳〵繰込《くりこ》む　続《つゞ》いて台《だい》の物《もの》が這入《はい》る、何歟《なにか》賑《にぎ》やかな事《こと》といふので*お獅子《しゝ》は何所《どこ》だといふ拳《けん》が始《はじ》まる、*桜霧島《さくらきりしま》、難波《なんば》のさつき歟《か》今宮《いまみや》か抔《など》と申す騒《さわ》ぎ唄《うた》二挺鼓《てうつゞみ》に笛太鼓《ふえたいこ》といふ一と賑《にぎや》かし済《す》ました所《ところ》で花川戸《はなかはど》が

花「何《ど》うだ塩多《しほた》はアレ程《ほど》に奇麗《きれい》な事《こと》を言《い》やアがつていまだに来《こ》ねへのは太《ふ》とい野郎《やらう》じやアねへ歟

林「何《なん》ぼ何《な》んでも今日《けふ》ばかりは来《く》るだらうと思《おも》つたがイヤハヤ論《ろん》にも評定《へうでう》にもならねへ呆《あき》れた野郎《やらう》だ

と申すと例《れい》の多助贔負《たすけびゐき》の武蔵屋《むさしや》が

武「アノ塩多《しほた》と云男《いふをとこ》は贅《むだ》な事《こと》は一切仕《さいしね》へが神仏《かみほとけ》の勧化《くわんげ》だの祭礼《さいれい》の割前《わりまへ》だのと筋道《すぢみち》の立《た》つた銭《ぜに》を出《だ》す事《こと》は厭《いとは》ねへ男《をとこ》だ夫《それ》に一端歯《いつたんは》から外《そと》へ出《だ》した事《こと》は必《かなら》ず遣《や》り遂《とげ》る気質《きしつ》だから今《こん》夜《や》は遅《おそ》くも屹度《きつと》来《く》る、儻来《もしこ》なけりやア俺《わし》が多助《たすけ》の割前《わりまへ》を払《はら》ふ、其代《そのかは》り遅《おそ》くも多助《たすけ》が来《き》たら俺《わし》の勘定《かんでう》は二ツ目《め》と林町《はやしてう》と花川戸《はなかはど》で持《もつ》て下《くだ》せへ

林「面白《おもしれ》へ　一番儲《ばんかけ》を行《ゆか》ふ

二ツ目「オイ御内儀《おないぎ》夫《それ》とも塩原屋《しほばらや》といふ家《うち》から断《ことは》りでも来《き》たのを誰《だれ》か聞《きい》て忘《わす》れてでも居《ゐ》やア仕《し》ねへかへ

女房「何《ど》うだへ、誰歟《たれか》伺《うかゞ》つて忘《わす》れて居《ゐ》るのじやアないかへ

女中「爾《そ》う言《い》へば先刻《さつき》からお一人《ひと》り何等《どちら》かのお供《とも》が梯子《はしご》

の段《だん》の下《した》にお在《いで》ですヨ

(四十七)

二ツ目「オイ誰歟《だれか》此中《このうち》で家《うち》から迎《むか》ひの来《く》る約束《やくそく》の人《ひと》が有《あ》るかへ

花「女郎買《ぢよらうかひ》に来《く》るのに迎《むか》ひを遣《よこ》せといふ間抜《まぬ》けも無《なか》らうと思《おも》ふが夫《それ》とも*内儀《おかみ》が角《つの》で隠密《をんみつ》を遣《よこ》したのかノ、斯《か》う見渡《みわた》した所《ところ》で夫程女房《それほどねうばう》が気《き》を揉《も》む程《ほど》の雁首《がんくび》も無《ね》へ様《やう》だが

林「爾《さう》して其迎《そのむか》ひに来《き》たといふ男《をとこ》は幾歳位《いくつぐら》ゐで何《ど》んな風《ふう》体《てい》な男《をとこ》だ

女「ハイ三十五六位《ぐら》ゐで木綿《もめん》の筒袖《つゝそで》の着物《きもの》に紺《こん》の前垂《まへだれ》を掛《か》けて草履《ざうり》を懐《ふとこ》ろへ入《い》れて梯子《はしご》の段《だん》の下《した》に坐《すは》つてお在《いで》です

武「皆《みな》さん夫《そ》りやア塩多《しほた》ぢやアありません歟、オイ女中《ぢよちう》爾《さ》うして其男《そのをとこ》と言《いふ》は色白《いろじろ》で憎気《にくげ》の無《ね》へ男《をとこ》ぢやア無《ね》へか

女「爾《さ》うでござい升　少《すこ》し顔《かほ》が面長《おもなが》で、お勝《かつ》どん抔《など》はお迎《むか》ひには惜《を》しいものだと言《い》つて岡惚《をかぼ》つて居《を》りました

武「〆〱《しめ》夫《それ》ぢやア塩多《しほた》に間違《まちが》ひ無《な》しだ、弥〱《いよ》俺《わし》の勘《かん》定《でう》は其方持《そつちもち》は承知《せうち》だらうナ

林「まだ何《ど》うだか分《わか》つた物《もの》ぢやアねへが弥〱《いよ》塩多《しほた》に違《ちが》ひ無《な》けりやア三人《にん》で持《もつ》よ

二ツ目「武蔵屋《むさしや》汝《おめへ》の贔負役者《ひゐきやくしや》だが女郎買《ぢよらうかひ》に筒袖《つゝそで》は驚《おどろ》くナト申しながら林町《はやしてう》に二ツ目《め》六間堀《けんぼり》の武蔵屋《むさしや》の三人《にん》が階下《した》へ降《おり》まして

林「能《よ》く来《き》て下《くだ》すつたが女中《ぢよちう》が何《な》んとも言《いは》ねへのでお入来《いで》を少《すこ》しも知《し》らずサ

武「塩多《しほた》さん、能《よ》く来《き》て下《くだ》すつた　アレ程奇麗《ほどきれい》な口《くち》を利《きゝ》ながら来《こ》ねへと言《い》つて、イヤモ、散《さん》〲汝《おめへ》の噂《うはさ》だつたが俺《おれ》一人《ひと》り遮《さへ》ぎつてイヤ塩多《しほた》に限《かぎ》つて一端受合《たんうけあ》つた事《こと》は必《かな》らず遂《とげ》る男《をとこ》だから屹度《きつと》来《く》る、イヤ来《こ》ねへといふので実《じつ》は儲《かけ》を仕《し》たが大勝利《だいせうり》だ

二ツ目「六間堀《けんぼり》はまだ酔《よつ》て居《ゐ》るぜ、サア相生町《あひおひ》兎《と》も角《かく》も二階《かい》へ

と両人《ふたり》が手《て》を採《と》つて二階《かい》へ連《つ》れて参《まゐ》り

林「誰方《どなた》も相生町《あひおひ》が来《こ》られました、時《とき》ニお内儀此方《ないぎこなた》が相《あひ》生《おひ》町の塩多《しほた》さんだ

内儀「貴郎御《あなたご》串戯《ぜうだん》な、階下《した》に在《いらし》つたつて　何分御贔負《なにぶんごひゐき》を

多「お内儀様《かみさん》でした歟　何分予《なにぶんわし》は生《うまれ》て始《はじ》めて此様《こん》な所《ところ》へ参《まへ》りやしたから少《すこ》しも勝手《かって》が知《しれ》ねへ、山口巴《やまぐちどもえ》だと此方《こちら》の名《な》前丈《まへだ》けは聞《きい》て居《ゐ》たで、此方《こちら》に炭屋仲間《すみやなかま》の人《ひと》はお在《いで》です歟と聞《きく》と、此方《こちら》にお在《いで》だから暫《しばら》く爰《こゝ》に待《まつ》て居《ゐ》ろと言《い》ひ成《な》さるから先刻《さつき》から待《まつ》て居《ゐ》やした

内儀「アラマア御免遊《ごめんあそ》ばせ　恐《おそ》れ入《い》り升ねへ

多「何《な》んと花川戸《はなかはど》さん俺《わし》は嘘《うそ》を吐《つき》升めへ　来《く》ると言《い》つたら屹度《きつと》来《く》るです、併《しか》し余《あま》り急《いそ》いで忘《わす》れ物《もの》を仕《し》ただヨ

林「何《なに》を忘《わす》れ成《な》すつた

多「急《いそ》いで来《こ》うと思《おも》つたものだから夕飯《ゆふはん》を食《く》ふのを忘《わす》れたダ、早《はや》く飯《めし》が貰《もら》ひ度《た》へ

内儀「ハイ今直《います》ぐに御飯《ごはん》を　併《しか》し駈附《かけつけ》三杯《ばい》とか申す事《こと》がござい升からお熱《あつ》い所《ところ》をひとつ喫召《めしあが》れ

と猪口《ちよく》を差《さ》す

多「有難《ありがた》ふだが、俺《わし》やア酒《さけ》が大嫌《だいきら》ひでがんす

二ツ目「オイ御家内相生町《ごかないあひおひ》は酒《さけ》は少《すこ》しも行《ゆけ》ねへのだから飯《めし》を早《はや》く進《あげ》て　今晩《こんばん》は迷方上玉《めつぱうぜうだま》をぬしに出《だ》して貰《もら》ひ度《た》へ

内儀「ハイ畏《かしこ》まりました」

此時女中《このときぢよちう》が膳《ぜん》に飯《めし》を添《そ》へて持出《もちだし》ました
多「ヤア飯《めし》が来《き》ましたナ　是《これ》で大《おほ》きに腹《はら》の虫《むし》が沈着《おちつい》た、トキニお内儀《かみ》さん　俺《わし》は田舎者《ゐなかもの》だが俺《わし》が毎度《まいど》お世話《せわ》になるお仲間《なかま》の衆《しう》がお前等《めへら》の所《ところ》で種《いろ》〳〵お世話《せわ》になるさうだから此様形《こんなゝ》りだが鳥渡《ちよつと》お礼《れい》に出《で》たですから、上玉《ぜうだま》も何《なに》も入《い》りやせん
内「オヤマア鳥渡御容子《ちよつとごようす》の宜《い》い事《こと》ね
林「相生《あひおひ》町太《ひど》く評判《へうばん》が宜《い》いノ、トキニ芸者《げいしや》や帮間其他《はうかんそのほか》へも渡《わた》らざアなるめへ
多「何所《どこ》を渡《わた》るだネ
二ツ目「軽業《かるわざ》でも仕《し》やアしめへし　渡《わた》るといふのは祝儀《しうぎ》を出《だ》す事《こと》だヨ
多「祝言《しうげん》をする　誰《だれ》か　汝様《おめへさま》が歟
林「祝儀《しうぎ》だネ、分《わか》らねへ　金《かね》を遣《や》る事《こと》だヨ
多「爾《さ》うか夫《それ》なら俺《わし》が家《うち》から拵《こしら》へて来《き》やした」
と麻風呂敷《あさぶろしき》を側《そば》へ引《ひ》き寄《よ》せまして
多「皆《みん》なで幾人《いくたり》居《ゐ》るだね
二ツ目「芸者《げいしや》が五組帮間《くみはうかん》が七人女中《にんぢよちう》が五人若《にんわか》い者《もの》が四人《にん》爰《こゝ》の内《うち》と都合《つがふ》*廿六頭《あたま》だネ
多「頭抔《あたまなど》といろ〳〵むづかしいが廿五人《にん》に爰《こゝ》なお内儀《かみ》さん歟善哉《よしく》」
と麻風呂敷《あさぶろしき》を拡《ひろ》げて出《だ》すのを見《み》升と　小銭《ぜに》が二百文宛半《もんづゝはん》紙《し》へ包《つゝ》んで水引《みづひき》が掛《かゝ》つて青銅《せいどう》二百文《もん》と書《かい》てあるのを廿五積《つみ》揚《あ》げて
多「サアお持《も》ち成《な》せへ
と言《い》つたら一同驚《どうおどろ》きました

(四十八)

多助《たすけ》が麻風呂敷《あさぶろし》きの中《なか》から二百文宛《もんづゝ》の纏頭《しうぎ》を出《だ》しましたので芸者《げいしや》も帮間《ほうかん》もくす〳〵笑《わら》ひ出《だ》しましたが　多助《たすけ》を全《まつた》く山出《やまだ》しと侮《あなど》りまして帮間《ほうかん》のお猿半治《さるはんじ》が
半「頂戴物《ちやうだいもの》は御趣向《ごしゆかう》で　頓《とん》とお*宮《みや》の棟上《むねあ》げへ出会《でくわし》た様《やう》です」
と冷評半分《ひやかしはんぶん》に申《まをし》升と芸者《げいしや》のおよの抔《など》といふ女《をんな》は見番《けんばん》でも名《な》うての口悪《くちわる》だから
よの「吾儕《わちき》やア又《ま》た半治《はんぢ》さんが法印《はふいん》さんに有《あり》さうな顔《かほ》だ

から*御釜〆《かまじめ》に来《きた》お初穂《はつほ》歟《か》と思《おも》ましたヨ

民中「ダガね此《この》お鳥目《てうもく》を戴《いたゞ》いて是丈《これだ》け*飛鳥山《あすかやま》で土器《かはらけ》を投《な》げ様《やう》ものなら右《みぎ》の腕《うで》がブラに成《なら》ア

升太夫「夫《それ》よりやアお*鬮判断《みくじはんだん》に遣《や》ツて盆《ぼん》から先《さき》の吉凶《きつけう》を占《うらな》ツて貰《もら》ふのだね」

と寄《よつ》て群《たか》ツて多助《たすけ》を愚弄《なぶり》升が　多助《たすけ》は空聾《そらつんぼ》を走《はし》らせて平《へい》気《き》な面《かほ》をして男女《なんによ》の芸者《げいしや》へ例《れい》の二百文《もんづゝ》包みを遣《や》りまして又《ま》た別《べつ》の包《つゝ》みを女中若《ぢよちうわか》い者《もの》に遣《つかは》しました、花川戸《はなかはど》を始《はじ》め林《はやし》町二ツ目《め》抔《など》といふ*大部屋《おほべや》から出《で》る方《はう》の敵役《かたきやく》が互《たが》ひに袖褄《そでつま》を引《ひい》て笑《わら》ツて居《ゐ》る　菅野《すがの》加《か》十といふ男芸者《をとこげいしや》則《すなは》ち幇間《ほうかん》が　右《と》に左《かく》客《きやく》たるべき者《もの》の呉《くれ》た纏頭《しうぎ》でござい升から*生有難《なまありがた》く懐《ふところ》へ入《い》れたが重《おも》くツて困《こま》るので不図《ふと》思《おも》ひ出《だ》したのは家《うち》を出《で》て烟草《たばこ》入《い》れが空《から》で有《あ》る事《こと》に気《き》が附《つい》たから　烟草《たばこ》を買《か》ツて銭《ぜに》の目方《めかた》を減《へら》さうといふ考《かんが》へを起《おこ》したから山口屋《やまぐちや》の男衆《をとこしう》に烟草《たばこ》を買《か》ふ事《こと》を頼《たの》まうと存《ぞん》じて　階下《した》へ来《き》て例《れい》の二百文《もん》の包《つゝ》みを開《あけ》て見《み》升と　*驚《おどろ》いたのは其包《そのつゝ》みの中《うち》に別《べつ》に金《きん》二百疋《ぴき》と記《しる》した祝儀包《しうぎづゝ》みが入《はい》ツて有《あつ》た、加《か》十は之《これ》を女中《ぢよちう》や若《わか》い者《もの》に咄《はな》しましたから手《て》ン手《で》に包《つゝ》みを開《あけ》て見《み》升と女中若《ぢよちうわか》い者《もの》の方《はう》へは金《きん》百疋《びき》と記《かい》た目録包《もくろくづゝ》みが入《はい》ツて居《ゐ》るから　アリヤア粋《いき》な仁《かた》でお茶番《ちやばん》にアンな風《ふう》をして入《いら》ツしやるのだと言《い》つて俄《にはか》に誉《ほ》め出《だ》して　女中頭《ぢよちうがしら》のおさかといふが二階《かい》へ昇《あが》ツておよのお浜《はま》抔《など》にコレ〳〵だと耳打《みゝうち》を致《いた》し升と　夫《それ》から耳打《みゝうち》の数珠繋《じゆづつな》ぎが始《はじま》ツて、オヤマア粋《いき》な遊《あそ》びを被成《なさ》るじやア無《な》い歟《か》と俄《にはか》に青銭《あをせん》を帯《おび》の間《あひだ》へ挟《はさ》みまして、爾《さ》うしてアンな形《ふ》りをしてお出被成《いでなさ》るが好男《いゝをとこ》じやア無《な》いかと岡惚《をかぼ》れをする者抔《ものなど》が出来《でき》ま

して多助《たすけ》は景気《けいき》を持直《もちなほ》しました　おさきは青銅《あをどう》二百文《もん》と記《しる》した水引《みづひき》を大勢《おほぜい》の中《なか》で解《とき》升と中《なか》から金《きん》二百疋《ぴき》と書《かい》た目録包《もくろくづゝ》みが出《で》たから

さき「何《ど》うも相生《あいおひ》町さん御趣向《ごしゆかう》で恐《おそ》れ入《い》りましたねへ」

ト二ツ目《め》や林町《はやしてう》の敵役《かたきやく》に向《むか》ひまして「何《ど》うです皆《みな》さん被《な》成《さ》る事《こと》が渋《しぶ》イじやアありません歟《か》」

と言《いは》れて悪口連《わるくちれん》は面目《めんぼく》を失《うしな》ふと同時《どうじ》に二分《ぶ》宛《づゝ》の纏頭《しうぎ》が十八人《にん》　外《ほか》に若《わか》い者女中《ものぢよちう》此塩梅《このあんばい》では家《うち》へは二両《れう》も遣《やつ》たらう　爾《さ》うして見《み》ると十七八両《れう》で凡《およ》そ二分《ぶ》見当《けんたう》の頭割《あたまわり》は*些頭痛《ちとづゝう》だと思《おも》ひました　武蔵屋《むさしや》は喜《よろこ》んだの喜《よろこ》ばないのじやアありません　起《た》ち上《あが》ツて雀踊《こをど》りを致《いた》して

「サア何《ど》うだ　山出《やまだ》しだ田舎者《ゐなかもの》だと口調《くちやう》〳〵に悪《わ》るく言《い》つた塩多《しほた》の手際《てぎわ》は何《ど》ンなもんじや

と片腕捲《かたうでまく》ツて突出《つきだ》しました　一人《ひと》り天窓《あたま》二分《ぶ》の割前《わりまへ》と申《まをし》ては些細《さゝい》な事《こと》の様《やう》でござい升が今日《こんにち》では五円《ゑん》です　纏頭《しうぎ》ばかりが五円頭《ゑんあたま》は些頭痛《ちとづゝう》でございましたらう　夫《それ》に引《ひ》き替《かへ》て多助《たすけ》は粋《いき》な人《ひと》だといふので彼方《あちら》でも相生町《あいおひてう》さん此方《こちら》でも相《あい》生町《おいてう》さんと大持《おほもて》でございました

（四十九）

妬気偏執《ときへんしう》と申《まを》す事《こと》は小人《せうじん》の上《うへ》には免《まぬが》れん事《こと》で、併《しか》し嫉妬《しつと》とは必《かな》らず自己《おのれ》の利益《りえき》にはなりません、大家《たいけ》の奥様抔《おくさまなど》が旦《だん》那様《なさま》がお浮気《うはき》を被成《なす》つても黙止《だま》つてさへお在《いで》になれば金箔《きんぱく》附《つ》きの奥様《おくさま》で　旦那《だんな》の方《はう》でも身《み》に暗《くら》い事《こと》が有《あ》るから　何《ど》うだへ*橘町《たちばなてう》の大彦《だいひこ》で塩瀬《しほぜ》へ彼所《あすこ》の家《うち》の専売《せんばい》の当込《あてこ》み染《ぞめ》で箔《はく》押しの古代模様《こだいもやう》、アレを丸帯《まるおび》にするといゝぜ、*竺仙《ちくせん》が赤坂《あかさか》の春本《はるもと》へ染《そめ》て遣《や》つた不昧公《ふまいこう》の片羽車《かたはぐるま》の文庫《ぶんこ》の裾模様《すそもやう》　あれを這度《こんど》は*政子《まさこ》の手箱《てばこ》にして染《そめ》させては何《ど》うだ抔《など》と御機嫌《ごきげん》をお取《とり》になり升が　是《これ》がひとつ間違《まちが》つて黒焦《くろこげ》のお妬《やき》といふ事《こと》になると　篦棒《べらぼう》め男《をとこ》の働《はたら》きだ、嚊《かゝ》アの実家《さと》から鐚《びた》三文世《もんせ》話《わ》になりやア仕《し》めへし、勝手《かつて》に仕《し》やアがれと来《くる》からサア手《て》も附《つけ》られ無《な》い　斯《か》うなると奉公人《ほうこうにん》も嫉妬《やきもち》の御新造《ごしんざう》へは味方《みかた》が尠《すくな》い、詰《つま》り御自分《ごじぶん》の御損《ごそん》になり升　丁度《てうど》炭屋《すみや》の悪口連中《わるくちれんぢう》も多《た》助《すけ》がトン〳〵拍子《べうし》に仕出《しだ》しましたを嫉《ねたま》しく存《ぞん》じ　何所《どこぞ》では多助《たすけ》に恥辱《ちじよく》を与《あた》へ様《やう》と存《ぞん》じて居《ゐ》ると　例《れい》の架橋祝《かけういは》ひがございましたので　此日《このひ》こそ多助《たすけ》が少《すこ》しも勝手《かつて》を知《し》らぬ吉原《よしはら》へ

連《つ》れ出《だ》して恥《はぢ》を欠《かゝ》せ様《やう》と存《ぞん》じて居《ゐ》ると却《かへ》つて多助《たすけ》が大持《おほもて》に持《もて》て此方《こちら》が恥《はぢ》を欠《か》きましたから弥々《いよ〳〵》業《がふ》が熱《にへ》て堪《たま》らん、是《これ》から遊女屋《いうぢよや》へ繰《く》り込《こ》んで相方《あひかた》の女郎《ぢよらう》に*毒《どく》を流《なが》して振《ふ》つて〳〵振《ふ》り抜《ぬか》せて遣《やら》うと拙中《せつちう》の拙《せつ》といふ考案《かうあん》を起《おこ》して　遊女屋《いうぢよや》は何所彼所《どこそこ》といふ評儀《へうぎ》もありましたが　江戸《えど》町二丁目の*佐野《さの》槌楼《づちろう》が宜《よか》らうといふので　一同《どう》佐野《さの》槌楼《づちろう》へ押上《おしあが》りまして　お定《さだま》りの通《とほ》り引附《ひきつ》け座敷《ざしき》へ通《とほ》つたが　何分多《なにぶんた》人数《にんず》の事《こと》だから花魁《おいらん》が揃《そろ》ひません　拠《よんどこ》ろ無《な》ふ*仲《なか》の町《てう》もあり店《みせ》もあり*引込《ひつこ》み雛妓《しん》抔《ぞなど》といふ堀出《ほりだ》し者《もの》も交《まじ》つて先*如意輪《まづによいりん》の小観音《こくわんおん》が廿八人《にん》ヅラリと斜《はす》に座《ざ》し升、小《こ》人数《にんず》の引附《ひきつ》けは貴殿《あなた》さまが花魁《あなた》さまと盃台《さかづきだい》を持《も》つて引附《ひきつ》け升が　斯《か》う大《おほ》一座《ざ》では何《どれ》が何《どれ》だか、分《わか》りませんから那方様《どなたさま》もお印《しるし》を頂戴《てうだい》といふので、手拭《てぬぐ》ひなり烟管《きせる》なり扇子《せんす》なり、烟草《たばこ》入れなりを若《わか》い者《もの》に渡《わた》す　台《だい》の物《もの》が這入《はい》る　夫《それ》からスッチヤン賑《さわ》ぎ芸尽《げいづく》し　下戸《げこ》は専《もつぱ》ら肴荒《さかなあら》しに取《と》り掛《かゝ》る、宜機会《よいしほ》を見《み》まして茶屋《ちやゝ》の女房《ねうばう》がチトお片附《かたづけ》に致《いた》しませうと号令《がうれい》を掛《かけ》ると　芸者《げいしや》は三味線《さみせん》を下《した》に置《お》く幇間《はうかん》は踊《をど》りを止《やめ》る　大勢《おほぜい》の禿《かむろ》が手《て》に手《て》に証拠物件《せうこぶつけん》を持《もつ》て出《で》て参《まゐ》る、手拭《てぬぐ》ひのお客《きやく》が艶柳《たをやぎ》さん、烟管《きせる》が羽根鶴《はねづる》さん、烟草《たばこ》入《い》れが敷妙《しきたへ》さん、禿《かむろ》は各自《かくじ》の花魁《おいらん》の部屋《へや》へ其客《そのきやく》を連《つ》れて参《まゐ》る、芸者幇間《げいしやはうかん》は夫々客《それ〳〵きやく》を送《おく》つて其部屋《そのへや》〳〵へ参《まゐ》り何《いづ》れ今程《いまほど》といふのが引《ひ》き去《さ》る呼吸《こきふ》であり升　二ツ目《め》林町《はやしてう》抔《など》といふ多助《たすけ》に恥《はぢ》を与《あた》へ様《やう》といふ連中《れんちう》が幇間《たいこもち》の升太夫《ますたいふ》に金《きん》二百疋散財《びきさんざい》をして多助《たすけ》の相方《あひかた》に宜《よろし》く毒《どく》を流《なが》し込《こ》んで呉《くれ》ろと頼《たの》んだから　乃《そこ》は地獄《ぢごく》の沙汰《さた》もで多助《たすけ》の相方《あひかた》と極《きま》つた唐衣《からきぬ》の部屋《へや》へ往《い》つて見《み》ると花魁《おいらん》が居《ゐ》ない、ハテ花魁《おいらん》はと新造《しんぞ》に聞《きい》

て見《み》ると　今客人《いまきやくじん》が帰《かへ》らつしやるので送《おく》りに往《い》つたと申《まを》すから　何所《どこ》のお客《きやく》だと聞《きゝ》升と　山口屋《やまぐちや》の大《おほ》一座《ざ》のお客《きやく》だと申すので升太夫《ますたいふ》は鼻《はな》が明《あき》ましたが　素《もと》より意趣《いしゆ》も意恨《いこん》も無《な》い多助《たすけ》ですから物怪《もつけ》の僥倖《さいはひ》にして是《これ》を林町《はやしてう》に復命《ふくめい》して詰《つま》り手《て》も濡《ぬら》さず二百疋徳《ぴきとく》を得《え》ましたが　悪《わる》ひ事《こと》は出来《でき》んもので林町《はやしてう》は二百疋散財《ぴきさんざい》の上塗《うはぬ》りとなりました

（五十）

多助《たすけ》は佐野槌《さのづち》を切《き》り上《あ》げて其帰《そのかへ》りに山口巴《やまぐちどもえ》に立寄《たちよ》りまして都《すべ》て其晩《そのばん》の勘定《かんでう》を支払《しはら》ひまして請取書《うけとりがき》を取《と》り　大門《おほもん》を出《で》たのが丁度《てうど》引《ひ》け頃今日《ごろこんにち》の午後《ごゝ》十二時《じ》でありましたが　其翌《そのよく》朝《てう》も例《いつも》の通《とほ》り早《はや》く起《お》きまして　茶屋《ちやゝ》で出《だ》した纏頭《しうぎ》から芸者《げいしや》の玉《ぎよく》　佐野屋《さのや》の勘定酒食《かんでうしゆしよく》の代迄《だいまで》二十八人《にん》の頭《あたま》へ割附《わりつ》けまして自《みづ》から取《と》り集《あつ》めに廻《まは》りましたが　炭屋仲間《すみやなかま》の者《もの》が平生《ふだん》の遊《あそ》びに比《くら》べては莫大《ばくだい》の費用《ひよう》が掛《かゝ》りましたから　何《いづ》れも懲《こ》り〳〵致《いた》して　其後《そのご》の参会《さんくわい》には多助《たすけ》の方《はう》から吉原《よしはら》へお供《とも》を致《いた》しませう歟抔《など》と申しても先方《せんばう》で逃《にげ》る位《くら》ゐでありました、翌《よく》*安永《あんえい》五年《ねん》七月二日は養父《やうふ》塩原角《しほばらかく》右衛《ゑ》門《もん》の十七回忌《くわいき》の命日《めいにち》でございから　今年《ことし》は久々《ひさぐ》で国《くに》へ往《い》つて養父《やうふ》の法事《はふじ》をせにやアならんとモウ一夜明《やあけ》ると其心構《そのこゝろがま》へをお花《はな》にも咄《はな》し　伯《を》母《ば》のお亀《かめ》にも左様《さやう》申し升と　お亀《かめ》は身《み》を切《き》らるゝより夫《それ》が辛《つら》く　嘸《さぞ》本夫《をつと》角右衛《かくゑ》門《もん》は恩知《おんし》らずの不貞《ふてい》不義者《ぎもの》だと冥土《めいど》で吾儕《わたし》を恨《うら》んで有《あら》う其罰《そのばち》で此通《このとほ》り両眼《れうぐわん》が潰《つぶ》れたので有《あら》うと、オイオイ泣《ない》て居《を》り升

多「コレ伯母様《をばさま》　今和女《いまおまへ》が泣《なか》しツたつて何《ど》うなるもんじやアねへ、阿父様《おとつさま》はアノ通《とほ》り慈悲善根《じひぜんこん》の深《ふけ》へ人《ひと》だデ、今《いま》和女《おまへ》が改心《かいしん》して生《うま》れ更《かは》つた様《やう》に成《な》つたのを必《かなら》ず草葉《くさば》の蔭《かげ》で喜《よろこ》んでござらツしやらう、決《けつ》して涙《なみだ》が追善《つひぜん》にやアなりましねへ、俺《わし》が国《くに》へ往《い》つてお墓参《はかまゐ》りを仕《し》たら和女様《おめへさま》の事《こと》も能《よ》くお詫《わ》びをして進《しん》ぜるで、マア〳〵泣《なか》ねへが宜《いゝ》」

ト優《やさ》しく申さるゝ程《ほど》お亀《かめ》は尚涙《なほなみだ》の乾《かは》く隙《ひま》はありません、扨光陰《さてくわういん》に関守《せきもり》無《な》しとやらで、いつしか春《はる》も去《さ》り夏《なつ》も半《なかば》と成《な》りましたが彼《か》の多助《たすけ》が養父《やうふ》角右衛《かくゑ》門《もん》の命日《めいにち》は七月二日であり升から、出立《しゆつたつ》を六月廿日と極《きめ》ましたが　*此年《このとし》は四月に改《かい》元《げん》がございまして天明元年《てんめいぐわんねん》となりました、五月閏《うるう》がありましたから六月は実《じつ》に熱《にえ》る様《やう》な暑《あつ》さでありました　先久々《まづひさぐ》で

塩原多助後日譚　（五十）

古《こ》郷《けう》へ参《まゐ》る事《こと》でござい升から伯父《をぢ》の太左《ざ》衛《ゑ》門《もん》を始《はじ》め、下男《げなん》*の五八、幸《かう》右衛《ゑ》門《もん》夫婦《ふうふ》其他《そのほか》古《ふる》い馴染《なじみ》の人達《ひとたち》も存亡《そんぼう》は分《わか》りませんが夫《それ》〳〵手土産《てみやげ》の用意《ようい》を致《いた》し　戸田家《とだけ》の塩原方《しほばらかた》へ参《まゐ》つて多助《たすけ》が出《で》ましたでお目通《めどほ》りを願《ねが》ひ度《た》ふがんすと申し入《い》れ升と　角《かく》右衛《ゑ》門《もん》も御殿《ごてん》から下《さが》つて衣服《いふく》を着替《きか》へ　夏《なつ》の端居《はしゐ》とやらで椽側《えんがは》近《ちか》くへ出《で》て涼風《すゞかぜ》を待《ま》つて居《を》る所《ところ》へ妻《つま》のお清《せい》が参《まゐ》りまして

清「あなた多助《たすけ》が参《まゐ》つたさうでございます

角「多助《たすけ》が来《き》た、爾《さ》う敷座敷《ざしき》へ通《とほ》して置《お》け

清「ハイ

とお清《せい》は座《ざ》を起《た》ちまして取次《とりつ》ぎの女中《ぢよちう》に

清「今見《いまみ》えた多助《たすけ》といふ人《ひと》を座敷《ざしき》へ通《とほ》して煙草盆《たばこぼん》を出《だ》したりお茶《ちや》を呈《あげ》たりして置《おき》な」

と命《めい》じました、其身《そのみ》も垢染《あかじみ》た単物《ひとへもの》を着替《きか》へて其所《そのとこ》ろへ出《で》まして

清「オヤ多助《たすけ》、其《そ》の後《のち》は暫時《しばら》く

多「阿母様《おつかさま》寔《ゝこと》に御不沙汰《ごぶさた》を致《いた》しやした、例《いつ》もながらお健《すこやか》のお顔《かほ》を拝《はい》しまして何《な》により喜《よろ》こばしうがんす、爾《さ》う

して阿父様《おとつさま》はまだお下《さが》りに成《なり》ましねへ歟」

と問《と》ふて居《を》る所《ところ》へ右《みぎ》の手《て》に手提《てさげ》の煙草盆《たばこぼん》、左《ひだ》りの手《て》に団扇《うちは》を持《もち》まして出《で》て参《まゐ》つて

角「オヽ多助《たすけ》か能《よ》く参《まゐ》つたノ、例《いつ》も繁昌《はんぜう》だと申す事《こと》で蔭《かげ》ながら喜《よろこ》んで居《を》る

多「有難《ありがた》うがんす　庇蔭様《おかげさま》で方々様《はう〲さま》から御贔負《ごひゐき》に成《な》りまして日増《ひまし》に繁昌《はんぜう》を致《いた》すでがんす」

と言《い》ひながら四辺《あたり》へ気《き》を兼《かね》まして小声《こゞゑ》で「阿父様《おとつさま》今年《ことし》は貰《もらは》れました親父《おやぢ》の*十七年《ねん》でがんす

角「なる程月日《ほどつきひ》の経《た》過《つ》は早《はや》いものでモウ爾《さ》うだノ

（五十一）

多「国《くに》には分家《ぶんけ》の太左衛門《たざゑもん》抔《など》といふ人《ひと》も居《を》り升で相当《さうたう》の法事《はふじ》位《ぐら》ゐはして呉様《くれやう》と思《おも》ひやすが　俺《わし》も幼少時《ちいさいとき》から厚《あつ》く世《せ》話《は》に成《な》ツた養子《やうし》の事《こと》だすから、法事《はふじ》をする為《た》めに*下新田迄《しもしんでんまで》往《い》ツて参《まゐ》らうと存《ぞん》じやして　僅《わつか》の旅《たび》ではござい升が鳥渡御暇《ちよつとおいとま》乞《ご》ひに出《で》ましたで

角「下新田《しもしんでん》の角右衛門殿《かくゑもんどの》は其方《そち》が為《た》めに大恩人《だいおんじん》たる事《こと》は詞《ことば》を待《また》んが　拙者迚《せつしやとて》も浪々《らう〱》の身《み》の便無《たよりな》きを角右衛門殿《かくゑもんどの》の情《なさ》けで今日《こんにち》の身《み》に相成《あひな》ツた大恩人《だいおんじん》　仕官《しくわん》の身《み》で無《な》くば其方《そち》と同道致《どうだういた》して*八軒《けん》寺《じ》町の楽陽寺《らくやうじ》へ参詣《さんけい》を致《いた》し法会《はふゑ》を営《いとな》み度《た》く存《ぞん》ずるが主人《しゆじん》ある身《み》は夫《それ》も意《こゝろ》に任《まか》せん、*せまじきものは宮《みや》仕《づか》へとか世俗《せぞく》に申すが自活《じくわつ》を町人《てうにん》が結句《けつく》増歟《ますか》もしれん　お清手箱《せいてばこ》を持《もつ》て来《き》て呉《くれ》

清「ハイ

と女房《にようばう》が手箱《てばこ》を持《も》ツて参《ま》ゐると此箱《このはこ》の中《なか》から小判《こばん》五枚《まい》取《と》り出《だ》しまして

角「多助是《たすけこれ》は些少《させう》じやが古郷《こけう》へは錦《にしき》といふ事《こと》もあれば法事《はふ》も見《みつ》とも無《な》くない様《やう》に　是迄《これまで》の馴染《なじみ》へは夫《それ》〲土産物《みやげもの》も入《いら》う

と態《わざ》と餞別《はなむけ》を致《いた》す

多「土産物《みやげもの》も夫《それ》〲用意《ようい》を致《いた》しました　又《ま》た這度法事《このたびはふじ》の事《こと》は疾《とう》から心掛《こゝろが》けて少々《せう〱》づゝ金《かね》を除《のけ》て置《お》きましたで、此様《こん》な莫大《ばくだい》な大心配《おほしんぱい》を戴《いたゞか》ないで宜《よう》がんす　夫《それ》に去年頂戴致《きよねんてうだいいた》した五十両《れう》は今以《いまもつ》て脇《わき》へ預《あづ》けてがんすから是《これ》は御納《おおさ》めを願《ねが》ひ度《たう》がんす

塩原多助後日譚（五十一）

清「折角《せつかく》阿父様《おとつさま》が御餞別《ごはなむけ》を被成《なさ》ると被仰《おつしや》るから戴《いたゞ》いてお置被成《おきなさ》イ

多「ハイ有難《ありがた》うがんす　折角《せつかく》の思召《おぼしめ》しでがんすから頂戴《ちやうだい》を致《いた》し升

角「先年《せんねん》の五十両《れう》へ手《て》を附《つけ》んとは感服《かんぷく》の事《こと》じや　モソツと何《ど》うか致《いた》すのじやが手廻《てまは》らんで、夫《それ》で不肖《ふせう》をして呉《くれ》、お清何《せいなに》は無《な》くとも首途《かどで》の祝《いは》ひに盞《さかづき》を取《と》らせ様《やう》　用意《ようい》を仕《し》やれ

多「夫《そ》りやア有難《ありがた》う存《ぞん》じやす」

お清《せい》が委細《ゐさい》心得《こゝろえ》て座《ざ》を起《た》ちました跡《あと》で

角「多助《たすけ》お亀《かめ》を太《きつ》う労《いたは》り呉《く》るゝは忝《かたじ》け無《な》い、大罪人《だいざいにん》のアノ伯母《おば》を労《いたは》り呉《く》るゝに就《つい》て其方《そち》の身《み》に難儀《なんぎ》の罹《かゝ》らぬ様《やう》、邪摩《じやま》を取除《とりのけ》た事《こと》は承知《せうち》を致《いた》して居《を》る歟《か》

多「ハイ的《てきゝ》切り阿父様《おとつさま》のお情《なさ》けと存《ぞん》じてお嬉《うれし》敷くは存《ぞん》じやしたが　アンな奴《やつ》でも人一人《ひとひとり》　儻《ひよつと》阿父様《おとつさん》のお身《み》の御難《ごなん》儀《ぎ》に成《な》りは仕《し》まい歟《か》と大《おほ》きに心配《しんぱい》を致《いた》しやしたが、一昨年《おとゝし》の火事《くわじ》の牢払《らうば》らひから逃亡《かけお》ちをした御尋《た》づね者《もの》と分《わか》りましたので　殺《ころ》した者《もの》の御僉議《ごせんぎ》は無《な》いと承《うけたま》はりまして大《おほ》きに安心《あんしん》を致《いた》しました

角「素《もと》よりアノ様《やう》な者《もの》を生《いか》し置《おい》ては諸人《しよにん》の迷惑《めいわく》と相成《あひな》り天下《てんか》の御為《おんた》めにも相成《あひな》らん　武士《ぶし》に向《むか》つて無礼《ぶれい》を働《はたら》いたから手《て》討《うち》に致《いた》したと申《まを》せば事《こと》は済《す》む」

此咄《このはな》しの中《うち》にお清《せい》は銚子《てうし》と盃《さかづき》を持来《もちきた》り国産《こくさん》の献上残《けんぜうのこ》りをお清《せい》の手《て》料理《れうり》で酒《さけ》の肴《さかな》に致《いた》して持出《もちだ》しました

多「コリヤア阿母《おつか》様《さま》御《お》構《かま》ひ下《くだ》さらねば宜《いゝ》に　有難《ありがた》ふがんした

清「マア寛《ゆつく》りして御出《おいで》　其中《そのうち》に何《なん》ぞ御肴《おさかな》が出来《でき》ませう、祥月《せうつき》といへば月日《つきひ》の極《きま》ツた事《こと》で仕方《しかた》も無《な》いが今年《ことし》の暑《あつ》さは別《べつ》だから*定斎《ちよさい》だの、薄荷《はくか》だの、薬《くすり》の用意《ようい》をして御出《おいで》ヨ

多「ナニ僅《わづ》か四日路《ぢ》の旅《たび》でがんす、夫《それ》に生《うま》れ古郷《こけう》も同様《どうやう》な所《ところ》で土地《とち》の案内《あんない》は知《しつ》て居《を》り升し伯父《をぢ》の太左衛門《たざゑもん》其外《そのほか》の友《とも》達抔《だちなど》もまだ居《を》りませうから、仮令《たとへ》病《や》み煩《わづら》ひがございましても案《あん》じ事《ごと》はござゐま仕《し》ねへ　外《ほか》の事《こと》と違《ちが》ツて暑《あつ》いから止《よさ》うといふ理屈《りくつ》にもさんじやせんで何《どう》も仕《し》かたががん仕《し》ねへ」其中盃《そのうちさかづき》は彼方此方《あちこち》と巡《まは》りましたが多助《たすけ》は素《もと》より生下戸《きげこ》で、角右衛門《かくゑもん》も深《ふか》くは用《もち》ゐませんから盃事《さかづきごと》は宜《い》い加減《かげん》に切《き》り揚《あげ》まして　阿父様《おとつさま》も阿母様《おつかあさま》も随分御機嫌能《ずゐぶんごきげんよ》うと申升ると両親《れうしん》は其方《そち》も堅固《けんご》で往《いつ》て来《き》やれと互《たがひ》に別《わかれ》を告《つげ》まして多助《たすけ》は戸田《とだ》の邸《やしき》を罷出《まかりで》ました　早《はや》くも六月廿四日と成《な》りましたから翌《よく》廿五日は出立《しゆつたつ》といふ予定《よてい》でございましたから　店《みせ》の事《こと》は手代《てだい》の勘蔵《かんざう》お花《はな》　年端《としは》は参《まゐ》りませんが右《う》の助《すけ》は利発《りはつ》で記《き》臆《おく》が能《よ》く商《あきな》ひの道《みち》も能《よ》く呑込《のみこ》ンで居《を》り升るから右《う》の助《すけ》と此《この》三人《にん》に申含《まをしふく》め　其他《そのた》不時《ふじ》に事《こと》の有《あ》ツた時《とき》は隣家《りんか》の久《きう》八と藤《ふぢ》野屋《のや》の旦那《だんな》に御相談《ごさうだん》をする様《やう》にと申附《まをしつ》け置《お》きまして　其夜《そのよ》は心《こゝろ》ばかりの立振舞《たちふるま》ひを致《いた》して翌《よく》廿五日早天《さうてん》に出立《しゆつたつ》を致《いた》しました

（五十二）

多助《たすけ》は前々《ぜんぐ》申上《あ》げましたる通《とほ》り六月廿五日の明《あけ》六ツ時《どき》旭日《あさひ》が東《ひがし》からお昇《あが》りになる頃《ころ》に本所相生《ほんじよあひおひ》町を出立致《しゆつたついた》しまして　其晩《そのばん》は中仙道《なかせんどう》の*桶川宿《おけかはじゆく》へ一泊致《ばくいた》し夫《それ》から順《じゆん》に中仙道《なかせんだう》を登《のぼ》り上州高崎《ぜうしうたかさき》から*金子《かねこ》渋川《しぶかは》と三国街道《みくにかいだう》を参《まゐ》つて　*中山宿《なかやましゆく》から別《わか》れて沼田《ぬまた》の城下《ぜうか》へ一泊致《ばくいた》し六月廿八日に下新田《しもしんでん》へ着《つき》ました、差詰《さしづ》め隣家《りんか》の太左衛門《たざゑもん》の家《いへ》へとは思《おも》ひましたが　危《き》急《いふ》の場合《ばあひ》とは申しながら兎《と》に角無断《かくむだん》で家出《いへで》を致《いた》した身《み》であ

るから一応《おう》は人《ひと》を以《もつ》て詫《わび》を入《い》るゝのが順《じゆん》だ　夫《それ》には五八が宜《よ》いが併《しか》し五八は存生《ぞんせう》で居《を》る歟しらん　何所《どこ》歟で聞度《きゝたい》ものだと名《な》にしおふ村《むら》を出《で》ましてから十六年目《ねんめ》でござい升から村《むら》の状《さま》も少《すこ》し変《かは》つて居《ゐ》る　多助《たすけ》が寺子《てらこ》朋輩《はうばい》の与《よ》十は壮健《たつしや》だらうと与《よ》十の門《かど》から覗《のぞい》て見《み》升と遂《つゐ》ぞ見《み》た事《こと》も無《な》い人《ひと》が住《すま》つて居《を》り升　其他《そのた》ゝ多助《すけ》が居《を》る頃《ころ》に相応《さうおう》に古《ふる》かつた家《いへ》は建直《たてなほ》つて新敷《あたらしく》相成《あひな》つて居《を》る、其頃《そのころ》の新家《しんや》で有《あ》つたのは軒《のき》が傾《かたむ》き壁《かべ》が崩《くづ》れて居《を》る、見《み》まい聞《きく》まい咄《はな》すまいといふ三猿《えん》の彫刻《ほりもの》の有《あ》つた庚申塚《かうしんづか》は小溝《こみぞ》の橋《はし》に渡《わた》してある　其中《そのなか》に見覚《みおぼえ》のある松杉《まつすぎ》は唯見《とみ》ると二抱《ふたかゝ》へも大《おほ》きく相成《あひな》り枝《えだ》を垂《た》れ葉《は》を重《かさ》ね以前《いぜん》に増《まさ》る繁茂《はんも》を見《み》るに附《つけ》ましても　自己《おのれ》が生立《おひたち》ました家《いへ》は其時焼《そのときやけ》た儘《まゝ》で草原《くさばら》に相成《あひな》つて居《を》り升ので、一入旧懐《ひとしほきうくわい》の情《ぜう》に絶《たへ》ず暫《しばら》く佇《たゝず》んで泣《ない》て居《を》りましたが今更詮《いまさらせん》の無《な》い事《こと》ですから　彼一叢茂《かのひとむらしげ》る松杉《まつすぎ》の立樹《たちき》は塩原《しほばら》家の菩提所《ぼだいしよ》の裏手《うらて》であり升から多助《たすけ》は裏門《うらもん》から這入《はい》りまして庫裏《くり》へ参《まゐ》り　お頼《たの》ン申すと音信《おとなひ》升と

「通《どほ》れ

と答《こた》へて出《で》て参《まゐ》つたのは六十二三歳《さい》の比丘尼《びくに》で　手織木《ておりも》綿《めん》の鼠《ねずみ》の単物《ひとへもの》に同《おな》じ色《いろ》の木綿《もめん》の細帯《ほそおび》襞積《ゝだ》の延《のび》た腰衣《こしごろも》を前垂《まへだれ》同様《どうやう》に着《つけ》まして

尼「何所等《どちら》からお出《いで》だね

多「ハイ江戸《えど》から参《まゐ》りやしたが御住主《ごぢうじゆ》さんはお在《いで》でがんす歟

尼「ハイ今日《けふ》はお法用《はふよう》でお出掛《でか》けでしたが、お帰《かへ》りは日《ひ》暮《ぐれ》に成《な》りませうね

多「夫《それ》じやアお前《まへ》さんに聞《きい》たら分《わか》らうが　今《いま》から十五六年前此村《ねんぜんこのむら》に塩原角右衛門《しほばらかくゑもん》といふ仁《ひと》が有《あ》つたダ、其所《そこ》の家《うち》に奉公《ほうこう》をして居《ゐ》た五八といふ男《をとこ》はまだ壮健《たつしや》で居《を》りやせうかナ

尼「ハーア五八さん歟　まだ壮健所《たつしやどころ》じやアありません、ピンピンして居《ゐ》るだね

多「夫《それ》ではお前《めへ》さん　俺《わし》がお礼《れい》を仕《し》やすが其《その》五八をちよつくら呼《よ》んで来《き》て下《くだ》さる事《こと》は出来《でき》やすめへ歟」

トいふ多助《たすけ》の顔《かほ》を熟々《つくぐ》見《み》まして

尼「ハア夫《そ》りやア造作《ざうさ》は無《ね》へが貴郎《あんた》は何処《どこ》歟で見《み》た様《やう》な人《ひと》だが江戸《えど》の何《な》んといふ所《ところ》からござつた

多「ハイ江戸《えど》の本所相生町《ほんじよあひおひ》といふ所《ところ》から来《き》タだす

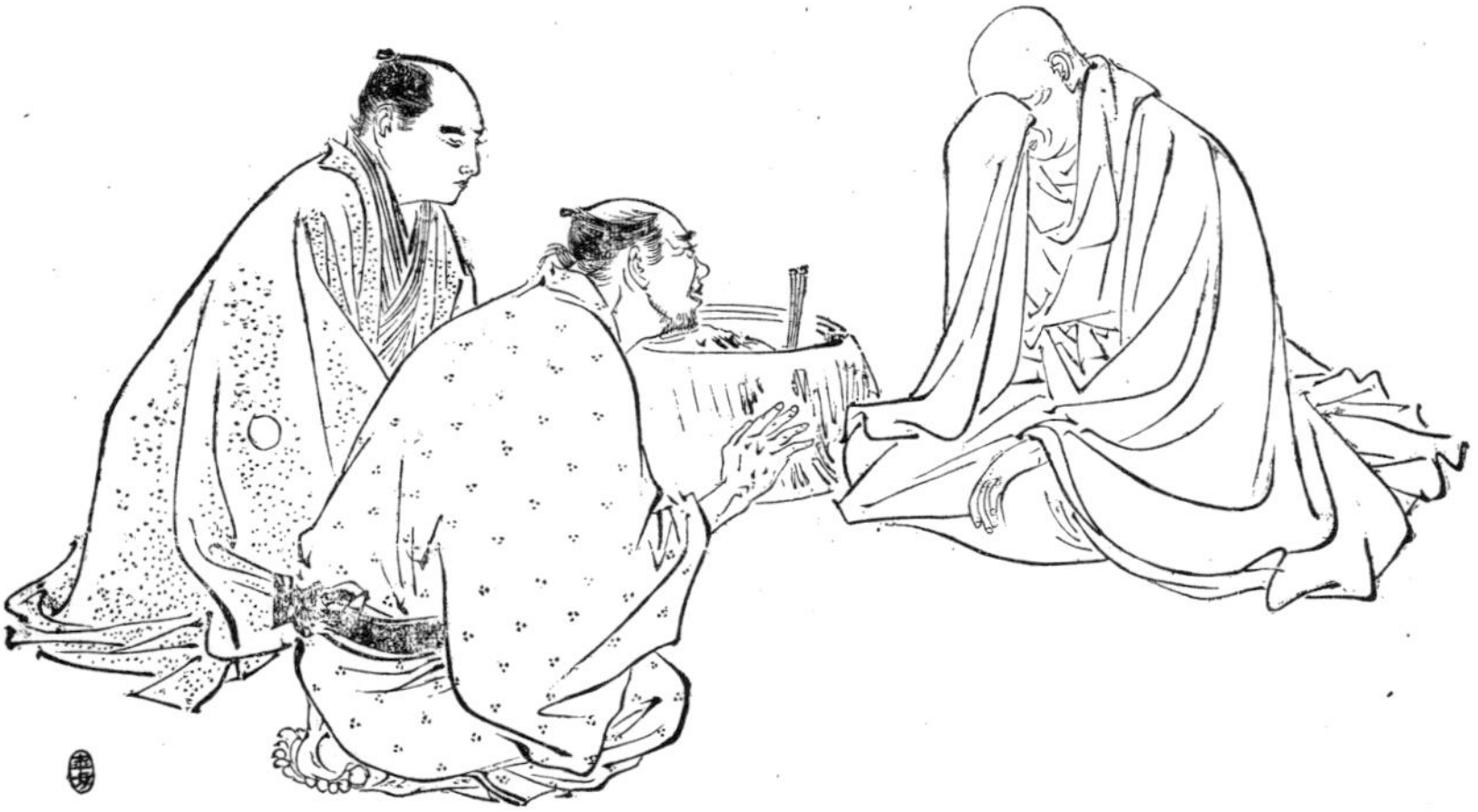

尼「ハハア爾《さう》かね　夫《それ》じやア己《おれ》往《い》つて来《き》て進《しん》ぜるが誰《だれ》も居《ゐ》ねへから汝等《おめへら》留守《るす》をして呉《く》れさつせイ

多「合点《がてん》でがんす

尼「夫《それ》じやア往《い》つて来《き》やす

と出《で》て参《まゐ》つたが間《ま》も無《な》く帰《かへ》つて参《まゐ》つた比丘尼《びくに》の跡《あと》に尾《つい》て五八が遣《やつ》て参《まゐ》つたから多助《たすけ》は喜《よろこ》びまして

多「オヽ五八か、汝《われよ》能く壮健《たつしや》で居《ゐ》て呉《くれ》たな

ト嬉《うれ》し涙《なみだ》を拭《ぬぐ》ふ多助《たすけ》の顔《かほ》を熟々《つくぐ》五八が見《み》まして

五「オヽ多助《たすけ》さんですか

と飛《とび》つく様《やう》に致《いた》して多助《たすけ》の両手《れうて》を握《にぎ》りまして

五「貴殿《あんた》マア能《よ》く壮健《たつしや》でござつたナ逢度《あひた》ふがんした」

ト暫《しばら》く泣《ない》て居《を》りました

（五十三）

五八は漸《やうや》く手《て》の掌《ひら》で涙《なみだ》を拭《ぬぐ》ひまして

五「貴所《あんた》は大概身《おほかたみ》でも投《な》げたか首《くび》でも釣《つ》つたか何《ど》の道死《みちし》んだで有《あら》うと三四日泣明《なきあか》しやした、夫《それ》から貴所《あんた》の出《で》た日《ひ》を命《めい》日だと思《おも》つて今《いま》に香花《かうげ》を手向《てむ》け仏壇《ぶつだん》へはお膳《ぜん》を備《そな》へて居《を》

りやしたが　能《よ》くマア無事《ぶじ》で帰《かへ》つて来《き》て呉《く》ん成《な》すつた」

此二人《このふた》りの贈答《ぞうたふ》を聞《きゝ》まして彼比丘尼《かのびくに》が這《は》ひ出《だ》して参《まゐ》つて

比「アラマア俺《わし》ア何所《どこ》歟《か》で見《み》た様《やう》だと思《おも》つたに多助《たすけ》さんかへ、能《よ》く壮健《たつしや》で居《ゐ》たダナア

多「イヤ俺《わし》も寧《いつ》そ死《し》なふ歟《か》と思《おも》つたが　八歳《やつゝ》の時《とき》から養育《そだて》られた家《うち》を見捨《みすて》て出《で》ちやア死《し》んだ親父《おやぢ》に済《すま》ねへ理由《わけ》だが国《くに》に居《ゐ》れば丹治《たんじ》に殺《ころ》さるゝ、命《いのち》にやア換《かへ》られねへから家出《いへで》を仕様《しやう》と覚悟《かくご》は極《き》めたが五八汝《おめへ》に相談《さうだん》をすりやア止《よ》せと留《とめ》るに違《ちが》ひ無《ね》へと思《おも》つたから、思《おも》ひ切《き》つて村《むら》を出《で》て　沼田原《ぬまたはら》の一本松《ぼんまつ》へ青馬《あを》を繋《つない》で　馬《うま》の耳《みゝ》へ念仏《ねんぶつ》といふ事《こと》はあるがアノ通《とほ》り利口《りこう》な馬《うま》だから面《かほ》を撫《なで》て別《わか》れを告《つぐ》ると　可哀想《かあいさう》に青馬《あを》がホロ〳〵涙《なみだ》を飜《こぼ》した時《とき》ア俺《おら》ア此様《こん》な辛《つら》い悲《かな》しいと思《おも》つた事《こと》は無《な》かつたヨ、五八俺《おれ》やアいまだに其時《そのとき》の事《こと》を思《おも》ひ出《だ》すと悲《かなし》くツて涙《なみだ》の止度《とめど》が無《な》へ様《やう》だ」

ト手拭《てぬぐ》ひを顔《かほ》へ宛《あ》てオイ〳〵泣《なき》升から

五「オヽ尤《もつとも》でがんす、俺《おら》もアノ晩《ばん》お帰《かへ》りが無《ね》へので心配《しんぱい》でがんすから翌朝尋《よくあさたづ》ねに出《で》たけれども貴郎《あんた》の行衛《ゆくゑ》は少《すこ》しも分《わか》らず原中《はらなか》の一本松《ぼんまつ》に青馬《あを》が繋《つな》いであるのを見《み》て、ハヽアコリヤア多助《たすけ》さんは死《し》んだなと思《おも》ひやした、サア爾《さ》うするとお亀殿《かめどの》もお栄《えい》ッ子《こ》も的切《てつき》り貴郎《あんた》が死《し》んだと思《おも》つたから先《せん》の名主《なぬし》とグルに成《な》つて直《す》ぐ翌月《よくづき》の三日に丹《たん》三郎を婿《むこ》に取《と》るといふから　分家《ぶんけ》の太左衛門《たざゑもん》さんと俺《わし》とが婚礼《こんれい》の席《せき》へ踏込《ふみこ》んで大喧嘩《おほげんくわ》を遣《や》つた　其時丹《そのときたん》三郎に切《き》られた疵《きず》がコレ此通《このとほ》り小鬢《こびん》の所《ところ》にまだ残《のこ》つて居《を》りやす

多「何《なに》を云《い》つても向《むか》ふは侍《さむら》ひだから刃物騒《はものさわ》ぎに成《な》つたのだな　危険事《あぶねへこと》だつたノ

五「実《じつ》に危険《あぶねへ》なんてへ　太左衛門様《たざゑもんさま》は驚《おどろ》いて椽《えん》から落《おち》て起上《おきあが》らうとする所《ところ》を既《すで》に丹《たん》三郎の奴《やつ》におッ切《きられ》るかと思《おも》つたら、聞成《きゝなさ》へ青馬《あを》が馬小屋《うまごや》から飛出《とびだ》してお栄《えい》と丹《たん》三郎を嚙殺《かみころ》して貴郎《あんた》の仇討《あだうち》を青馬《あを》が仕《し》やしたが、可哀想《かあいさう》に青馬《あを》は其場《そのば》で丹治《たんじ》の野郎《やらう》におッ切《き》られて死《し》んだダ

多「青馬《あを》が丹治《たんじ》に殺《ころさ》れたか」

と涙堂《るゐだう》に涙《なみだ》を浮《うか》めまして「畜生《ちくせう》でも恩《おん》は知《し》つて居《を》るものをナア」

と又潸然《またさめぐ》と泣《なき》ました

五「夫《それ》から大騒動《おほさうどう》で、ナア婆《ば》ア様《さま》

婆「ホンに大騒《おほさわ》ぎに成《な》つたでがんす、太左衛門《たざゑもん》さんも五八殿《どん》が是々《これ〳〵》だと村中《むらぢう》へ触《ふ》れたものだから　不断悪《ふだんにく》まれて居《ゐ》るお亀《かめ》や丹治《たんじ》の事《こと》だから村中《むらぢう》が惣出《そうで》に成《な》つて丹治《たんじ》親子《おやこ》を打《ぶち》殺《ころ》せと言《い》つて鋤《すき》や鍬《くは》や棒《ぼう》ちぎりを持出《もちだ》した時《とき》にやア実《じつ》に怖《おそろ》しかつたのう

五「夫《それ》から貴郎《あんた》　家《うち》の垣根《くね》の周囲《まはり》を取《と》り巻《まく》と之《これ》を追《お》ひ返《かへ》さうとして前《まへ》の名主《なぬし》の幸左衛門《かうざゑもん》が出《で》て来《き》るのを　彦《ひこ》八郎と稲《いな》一郎が鋤《すき》で打殺《ぶちころ》したもんだから丹治《たんじ》もお亀《かめ》も驚《おどろ》きやアがつて、逃《に》げ出《だ》す時《とき》にお栄《えい》と丹《たん》三郎の死骸《しがい》を藁小屋《わらごや》の中《なか》へ投《な》げ込《こ》んで火《ひ》を附《つけ》たから　村《むら》一同《どう》が魂消《たまげ》やして火《ひ》を消《け》し止《とめ》る事《こと》に成《な》つて居《ゐ》る中《うち》二人《ふたり》とも逃《にが》して終《しま》つたダ、夫《それ》は仕方《しかた》が無《な》いとして名主殿《なぬしどん》を殺《ころ》した一件《けん》が厳《きび》しく成《な》つたにやア困《こま》りやした

（五十四）

之《これ》を聞《きい》た多助《たすけ》も眉《まゆ》に皺《しは》を寄《よ》せまして

多「夫《そ》りやア困《こま》ツたナ、夫《それ》から何《ど》う成《な》ツた

五「爾《さ》うすると太左衛門様《たざゑもんさま》が　汝等《わいら》心配《しんぱい》をするな俺《おれ》が引《ひき》

受《うけ》るからと言《いは》しつて、一人《ひとり》で役所《やくしよ》へ出被成《でなす》ツて名主殿《なぬしどん》を殺《ころ》したのは斯々《かう〳〵》いふ理由《わけ》で村《むら》の束《たば》ねをする者《もの》には有間敷《あるまじ》き事《こと》だと村中《むらぢう》が其不埒《そのふらち》を憎《にく》ンで殺《ころ》したのだと其入《そのい》り訳《わけ》を言《いは》しつたので　村中《むらぢう》が証人《せうにん》に呼《よ》び出《いだ》されて一応御尋《おうおたづ》ねに成《な》ツた所《ところ》が太左衛門様《たざゑもんさま》の中立《まをしたて》に少《すこ》しも違《ちが》はねへものだから　漸《やつ》との事《こと》で御構《おかま》へ無《な》しといふ事《こと》で済《す》みやしたが　貴郎《あんた》の家《うち》は丸焼《まるやけ》になり又《また》お亀《かめ》が丹治《たんじ》と云《い》ひ合《あは》せて田地《でんち》を抵当《ていたう》に方々《はう〴〵》から金《かね》を借《かり》て置《おい》たから田地《でんち》も山《やま》も人手《ひとで》に渡《わた》り　今《いま》じやア塩原《しほばら》の物《もの》と言《いつ》たら一寸《すん》の土地《とち》も有《あ》りやア仕《し》ねへ」

と又《また》オイ〳〵泣出《なきだ》しました

多「五八《ごはち》ヨ、夫《それ》も時節《じせつ》で仕方《しかた》がねへが、其事《そのこと》も這度俺《こんどわし》が来《き》たに就《つい》ては少《すこ》し考《かんが》へも有《あ》ツての事《こと》だ、爾《さ》うして分家《ぶんけ》の伯《を》父様《ちさま》は御変《おかは》りも無《な》い歟

五「夫《それ》も早涙《はやなみだ》の種《たね》で、太左衛門様《たざゑもんさま》は十三年跡《ねんあと》に死亡《なくなつ》たダ

多「爾《さ》うか、しらねへ事《こと》で仕方《しかた》も無《ね》へが、其命日《そのめいにち》に精進《せうじん》さへ仕《し》ねへとは済《すま》なかつた〳〵　乃《そこ》で伯《を》母様《ばさま》は

五「御家内様《ごかないさま》も其翌年死亡《そのよくとしなくな》つたダ

多「爾《さ》うして伯父様《をぢさま》の跡《あと》は

五「*お作《さく》さんに原町《はらまち》の油屋《あぶらや》から婿《むこ》を取《と》つた所《ところ》が　其《そ》の婿《むこ》が心掛《こゝろがけ》の悪《わる》い奴《やつ》で子供《こども》が出来《でき》ると間《ま》も無《な》く逃亡《かけおち》をして今年《ことし》で丁度《てうど》足掛《あしか》け三年《ねん》に成《な》りやすが今《いま》に行衛《ゆくゑ》がしれましねへだ

多「ヤレ〳〵爾《さ》うしてお作《さく》は何《ど》うした

五「ハア何《ど》うも仕様《しやう》がねへから其子《そのこ》が男《をとこ》の子《こ》だから其《その》成人《おほきく》なるのを待《まつ》て居《ゐ》るだネ

多「山《やま》や田地《でんち》は其儘《そのまゝ》あるのか

五「イヤ夫《そ》んならまだしも結構《けつこう》だが其婿《そのむこ》が山師《やまし》に欺《だまさ》れて唯同様《たゞどうやう》に取《とら》れて今《いま》じやアホンの小《ちい》せへ畑《はたけ》ばかりだ

多「爾《さ》うして汝《われ》何《ど》うして居《ゐ》る

五「俺《わし》は此中《このなか》*新田《しんでん》へ家《うち》を借《か》りて雇《やと》はれ百姓《せう》をして居《ゐ》やす

多「フムーまだ独身《どくしん》か

五「イヱ八年跡《ねんあと》に村《むら》の者《もの》に勧《すゝ》められて玉《たま》八の娘《むすめ》を嚊《かゝ》アに貰《もら》つて、ハアア子供《こども》が二人《ふたり》出来《でき》やした

多「夫《そり》やア宜《よか》つたマア安心《あんしん》だ

五「ナーニ女房《ねうばう》より子供《こども》より貴郎《あんた》に逢《あつ》たのが何《なに》より嬉《うれ》しふがんす」

と又《ま》た涙組《なみだぐ》み升と婆《ばゝ》アも膝《ひざ》をすり出《だし》まして

婆「モシ多助《たすけ》さん、吾儕《わし》は円《ゑん》次郎の母《はゝ》だすヨ

多「オヽ幸右衛門様《かうゑもんさま》の家内様《かみさん》か、マア能《よ》く御壮健《おたつしや》でござらしつた　皆《みな》さん御変《おかは》りもありません歟

婆「ハイ御咄《おはな》しをするのも涙《なみだ》の種《たね》ダスが　爺《ぢゞ》いは死亡《なくな》り惣領《そうれう》の幸《かう》八は山狩《やまがり》に出《で》て熊《くま》や猪《しゝ》に追《おは》れて谷底《たにそこ》へ落《おち》て死亡《なくなり》、又次《またじ》男《なん》の円《ゑん》次郎は沼田《ぬまた》の原《はら》で人《ひと》に突殺《つきころ》され　ホン二木《き》から落《お》ちた猿《さる》とは吾儕《おら》が事《こと》で、能々《よく〳〵》因縁《いんねん》の悪《わる》いのだと思《おも》ひやしたから、此寺《このてら》の和尚《おせう》さんのお弟子《でし》に成《な》つて爺《ぢゞ》イや子供《こども》が極《ごく》楽《らく》とやらへ往《ゆ》く様《やう》に仏様《ほとけさま》へお願《ねが》ひ申し　和尚《おせう》さんの煮焚《にたき》や洗濯《せんたく》をして後生願《ごせうねが》ひをして居《を》りやす」

ト言《い》はれて多助《たすけ》の胸《むね》へ応《こた》へました、是《こ》れは芝居《しばゐ》を御覧《ごらん》じたか前《まへ》の噺《はな》しをお聞《き》きのお方《かた》は御承知《ごせうち》でございますが　此《こ》の比丘尼《びくに》の悴《せが》れの円次郎《ゑんじらう》は取《と》りも直《なほ》さず自分《じぶん》の身代《みがはり》に原丹《はらたん》治《じ》に殺《ころ》されたも同様《どうやう》でござい升から一入気《ひとしほき》の毒《どく》に思《おも》ひまして

多「伯母《おば》さん嘸便《さぞたよ》り無《な》く思《おも》ひなさんせうが何事《なにごと》も定《さだ》まる約束事《やくそくごと》と諦《あきら》めて、きな〳〵さつしやるなヨ

(五十五)

多助《たすけ》の優《やさ》しい詞《ことば》を聞《きゝ》まして比丘尼《びくに》はオイオイ声《こゑ》を揚《あ》げて泣《なき》ましたが漸々《やう〳〵》襦袢《じゆばん》の袖《そで》で涙《なみだ》を拭《ぬぐ》ひながら

尼「親切《しんせつ》に爾《さ》う言《い》つて下《くだ》すつて有難《ありがたう》ごんす、モウナニ吾儕《わたし》も諦《あきらめ》て今日《けふ》此頃《このごろ》じやア気楽《きらく》な身《み》になりやしたが　遂《つひ》汝《おまへ》さんがアンな優《やさ》しい事《こと》を言《い》つて下《くだ》さるので遂涙《つひなみだ》の止《と》め度《ど》が無《ね》へだ、正直吾儕《せうじきわし》の悴《せがれ》の事《こと》よりやアお可愛想《かあいさう》だと貴郎《あなた》の事《こと》は忘《わす》れま仕《し》ねへ　五八殿《ごはちどの》に逢度《あふたび》に何《いつ》も貴郎《あんた》の噂《うは》さばかりサ　又《ま》た此五八殿《このごはちどん》は雉子《きじ》が啼《ない》たつちやア俺《おら》が多助《たすけ》さんは何《ど》うしたか、兎《うさぎ》が打飛《ぶつと》んだつちやア多助《たすけ》さんが壮健《たつしや》で刎《は》ねてる知《し》らせだらうと*貴郎《あんた》の事《こと》ばへ言《い》つて居《ゐ》た　其貴郎《そのあんた》が無事《ぶじ》で帰《かへ》つただから嘸嬉《さぞうれ》しからうによノウ

五「嬉《うれ》しい所《どころ》かハア恰《まる》で夢《ゆめ》の様《やう》だ、夢《ゆめ》と言《い》やア昨夜《ゆふべ》多助《たすけ》さんが帰《かへ》つた夢《ゆめ》を見《み》たから、夢知《ゆめし》らせといふ事《こと》も有《あ》つて多《た》助《すけ》さんは壮健《たつしや》で居被成《ゐなさ》るんだらうと思《おも》つて居《ゐ》ると　此婆《このば》ア様《さま》が江戸《えど》から人《ひと》が来《き》たといふから　若《も》し儻《ひよつ》と多助《たすけ》さんの所《ところ》から使《つか》ひが来《き》たのじやア無《なか》らうかと直《すぐ》に来《き》て見《み》ると　正実《ほんとう》の多助《たすけ》さんだものを嬉《うれ》しいのは通《とほ》り過《すぎ》て居《を》らア

婆「通《とほ》り過《すぎ》るといふと嬉《うれ》しいのが何《ど》所《こ》迄《まで》往《いく》だ

五「三国峠《みくにとうげ》を打越《うちこ》して越後《ゑちご》の新潟迄《にひがたまで》も往《いく》だよ

と嬉《うれ》し涙《なみだ》を拭《ぬぐ》ひながら「爾《さ》うして多助《たすけ》さん貴郎《あんた》は是迄《これまで》何《ど》所《こ》に居被成《ゐなす》つた」

と問《とは》れまして多助《たすけ》も嬉《うれ》しさの余《あま》りに黐《こぼ》れ升涙《なみだ》の露《つゆ》を拭《ぬぐひ》ながら　抑《そも〳〵》此村《このむら》を出《で》升時《とき》の艱難《かんなん》から尋《たづぬ》る実父《じつぷ》の所在《ありか》は分《わから》ず既《すで》に身《み》を沈《しづ》め様《やう》と致《いた》したのを神田《かんだ》の山口屋《やまぐちや》に助《たす》けられて同家《どうけ》に十有余年間奉公《いうよねんかんほうこう》を致《いた》したのも養父《やうふ》の家《いへ》を再興《さいこう》が仕度《したい》といふ一心《しん》である、然《さ》れども其《その》一心《しん》が届《とゞ》いて今《いま》では本所相《ほんじよあひ》生《おひ》町へ炭薪《すみまき》の店《みせ》を出《だ》し身代《しんだい》も相応《さうおう》に出来《でき》たといふ事《こと》を委敷《くはし》く咄《はな》し　今年《ことし》は養父《やうふ》角右衛門《かくゑもん》の十七回忌《くわいき》であるから一先国《まづくに》へ立戻《たちもど》つて法会《はふゑ》も営《いとな》み　絶家再興《ぜつかさいこう》の事《こと》も取《と》り計《はか》らふと多年《たねん》心掛《こゝろか》けて居《を》つたといふ十六年間《ねんかん》の長物語《ながものがた》りを聞《きゝ》ました五八も比丘尼《びくに》の老婆《らうば》も感涙《かんるゐ》に咽《むせ》ぶ迄《まで》に喜《よろこ》びました、折柄和尚《をりからおせう》が帰《かへ》つて参《まゐ》つて其所《そこ》では咄《はな》しが出来《でき》ぬといふので多助《たすけ》を方丈《はうでう》へ通《とほ》しまして一別以来《べついらい》の応答《おうたふ》が始《はじま》りまして

多「俺《わし》も御承知《ごせうち》の様《やう》な理由《わけ》で大恩《だいおん》を受《うけ》た養家《やうか》を捨《すて》て国《くに》を

出《で》ましたが　何《な》んでも養家《やうか》を再興《さいこう》せにやアならねへと十六年苦心《ねんくしん》を致《いた》しました庇蔭《おかげ》に唯今《たゞいま》では今日《こんにち》にも困《こま》りませず世《よ》渡《わた》りの出来《でき》る様《やう》になりましたから　今年《ことし》は養父《やうふ》の十七年《ねん》になり升のでお寺様《てらさま》へお願《ねが》ひ申して法事《はふじ》を仕度《したい》と存《ぞん》じて十六年振《ねんぶり》で村《むら》へ帰《かへ》りましたが　昔馴染《むかしなじみ》の五八《ごはち》や幸右衛門《かうゑもん》さんのお家内《かゝ》と咄《はな》したり聞《きい》たり唯今迄身《たゞいままでみ》の上咄《うへばな》しを致《いた》して居《を》りやした　命日《めいにち》は七月二日でござい升が見《みつ》とも無《な》く無《な》い様《やう》に御《ご》法会《はふゑ》を願《ねが》ひ度《た》う存《ぞん》じやす

僧「夫《それ》は〳〵御奇特《ごきとく》な事《こと》で、今《いま》は塩原《しほばら》の家《いへ》は本家《ほんけ》はアノ通《とほ》りの始末《しまつ》　分家《ぶんけ》の太左衛門《たざゑもん》さんの方《はう》も婿《むこ》の不所存《ふしよぞん》から田《でん》地《ち》も山《やま》も人手《ひとで》に渡《わた》り　僅《わづ》かの畑《はたけ》を五八《ごはち》やお作《さく》が耕《たがや》して夫《それ》で漸《やうや》く糊口《こゝう》を凌《しのい》で居《を》るので　寺《てら》の附届《つけとゞ》け迄《まで》は届《とゞ》かず無縁同様《むえんどうやう》には成《な》ツて居《を》るが　夫《それ》でも五八《ごはち》が寄特《きどく》に墓参《はかまゐ》りもすれば寺《てら》の掃除《さうぢ》もして呉《くれ》る、時《とき》としては豆《まめ》なり小豆《あづき》なりを持《もつ》て来《き》て呉《くれ》る、貧道《わし》も馴染《なじみ》の角右衛門《かくゑもん》さんなり太左衛門《たざゑもん》さんなりの事《こと》ゆゑ毎月命日《まいげつめいにち》には屹度《きつと》御勤《おつと》めはして居《を》り升、爾《さ》うして這度法事《こんどはふじ》を被成《なさ》るのは御親父《しんぷ》ばかりで宜《よ》いのかノ

多「ハイ序《ついで》と言《い》ツては済《すみ》ませんが伯父夫婦《をぢふうふ》円《ゑん》次郎の親子《おやこ》、

悪人《あくにん》ではがんすが非業《ひがふ》に死《しに》ましたお栄丹《えいたん》三郎には戒名《かいめう》を御《お》附《つ》け下《くだ》すつて附《つ》け法事《はふじ》に願《ねが》い度《た》いものでがんす

（五十六）

多助《たすけ》は七月二日の法事《はふじ》の仕方《しかた》を住主《ぢうじゆ》に頼《たの》み　中新田《なかしんでん》の五八の家《いへ》を仮《か》りの旅宿《りよしゆく》と定《さだ》めまして　法事《はふじ》の当日《たうじつ》は村中《むらぢう》の貧《びん》乏人《ばふにん》に押《の》し餅《もち》を二枚青銭《まいあをせん》一貫文宛《くわんもんづゝ》の施行《せげう》をする事《こと》に極《き》めて　是《これ》は名主《なぬし》の家《いへ》を借《か》りて施行《せげう》を致《いた》した方《はう》が宜《よか》らうと考《かんが》へましたから　多助《たすけ》が現今《げんこん》の名主助左《なぬしすけざ》衛門《ゑもん》の宅《たく》へ参《まゐ》り　十七年《ねん》前迄御《ぜんまでご》当村《たうそん》に居《を》ツた塩原角《しほばらかく》右衛門《ゑもん》の悴《せがれ》多助《すけ》と申す者《もの》だが御《お》目通《めどほ》りが致《いた》し度《た》いと申込《こ》み升と　此助左《このすけざ》衛門《ゑもん》は前名主幸左《ぜんなぬしかうざ》衛門《ゑもん》がお亀《かめ》や原丹治《はらたんじ》から金轡《きんぐつは》を塡《はめ》られて偏頗《へんば》の所業《しよげふ》が有《あ》ツた為《た》めに非業《ひがふ》の死《し》を遂《とげ》たのみならず　殺《ころ》され損殺《ぞんころ》し徳《とく》と成《な》ツた跡役《あとやく》でござい升から　万事公平《ばんじこうへい》に事務《じむ》を執《と》るので村中《むらぢう》では鬼《おに》の跡《あと》へ仏《ほとけ》が来《き》たといふ評判《へうばん》の名主《なぬし》で、殊《こと》に前名主《ぜんなぬし》が横死《わうし》を遂《と》げましたのも塩原家《しほばらけ》から起《おこ》ツた事《こと》であり升から多《た》助《すけ》の名前旦其人《なまへかつそのひと》と成《な》りも兼《かね》〴〵聞及《きゝおよ》ンで居《を》り升ので早速通《さつそくとほ》して面会《めんくわい》を致《いた》しました

多「御初《おはつ》に御目《おめ》に掛《かゝ》り升が俺《わし》は十七年跡迄御《ねんあとまでご》当村《たうそん》に居《を》りました者《もの》で　以来御心易《いらいおこゝろやす》く御願《おねが》へ申上《あ》げ升

助「手前《てまへ》は当村《たうそん》の名主役助左《なぬしやくすけざ》衛門《ゑもん》と申やす、汝様《おめへさま》の事《こと》も予《かね》〴〵聞及《きゝおよ》ンで居《を》ツたです、又《ま》た此《こ》の度《たび》は角右《かく》衛門殿《ゑもんどの》の法《はふ》事《じ》の為《た》めにござツたといふ事《こと》も和尚《わせう》から聞《きゝ》やしたが御寄特《ごきどく》な事《こと》で

多「就《つ》きまして旦那様《だんなさま》へ些《ちと》御願《おねが》ひが有《あ》ツて出《で》ました　と申すは他《ほか》でもがんしねへが親共《おやども》の法事《はふじ》に就《つ》きまして村中《むらぢう》の貧乏人《びんばふにん》へ餅《もち》に銭《ぜに》を些《ちつと》ベイ宛《づゝ》施行《せげう》が仕度《してへ》でがんす、志《こゝろざ》しでする事《こと》だすから二度《ど》三度《ど》貰《もら》ひに来《く》る者《もの》が有《あ》ツても仔細《しさい》ねへでがんすが　大概頭数《たいがいあたまかず》を伺《うかゞ》ツてする事《こと》で　頭数《あたまかず》の極《きま》ツてるものを素早《すばや》へ奴《やつこ》は幾度《いくたび》も貰《もら》ツて年寄《としよ》りや子供《こども》は貰《もら》ふ事《こと》が出来《でき》ねへといふも気《き》の毒《どく》だすから　太《きつ》い御迷惑《ごめいわく》でがんすが貴所《あなた》の御玄関前《おげんくわんまへ》を借用《しやくよう》して施行《せげう》を出《だ》し度《てへ》と存《ぞん》じやすが如何《いかゞ》でがんすか

名「なる程《ほど》、なまじ善根《ぜんこん》をして却《かへ》つて罪《つみ》を作《つく》る事《こと》が無《な》いでもがんせんが　夫《そ》りやア皆畢竟施行《みなひつけうせげう》を受《うけ》る奴《やつ》の心得違《こゝろえちが》いといふものじや　部下《ぶか》一人《ひとり》の仕事《しごと》に名主《なぬし》の玄関前《げんくわんまへ》を御用立《ごようだて》

るといふ理由《わけ》には行《ゆか》んが村《むら》の貧民《ひんみん》をお救《すく》ひ下《くだ》さる善根《ぜんこん》の為《た》めに御入用《ごにふよう》なのであれば、決《けつ》して支《つか》へはござらんお貸《か》し申そう

多「夫《そ》りやア有難《ありがた》うがんす　此方様《こなたさま》の御玄関先《おげんくわんさき》なら何《ど》んな横着《わうちやく》な奴《やつ》でも二度取《どどり》をする案事《あんじ》はがんせん　夫《それ》に貧乏《びんばう》と不貧乏《ふびんばう》の界《さか》ひ目《め》といふものも随分六《ずゐぶんむつ》ツかしいでがんす、俺《わし》等《ら》の様《やう》に脇土地《わきとち》から参《まゐ》つた者《もの》にやア頓《とん》と分《わか》りましねへ、乃《そこ》はお役柄《やくがら》で爰等《こゝら》を界《さかひ》といふ事《こと》をお極《き》め下《くだ》すつて　其貧乏人《そのびんばうにん》も夫婦暮《ふうふぐら》しとか両親《れうしん》があり子供《こども》もあるといふ様《やう》な所《ところ》は差別《さべつ》を附《つけ》て　今月《こんげつ》は大《だい》の月《つき》で中二日《なかふつか》がんすが餅《もち》を搗《つか》せる都合《つがふ》もござり升るでお取《と》り調《しら》べが願《ねが》ひ度《た》へもんでがんす

名「御尤《ごもつと》もでがんす、なまじ善根《ぜんこん》を施《ほどこ》そうとして却《かへ》つて罪《つみ》を作《つく》ると申したのは爰《こゝ》の事《こと》で前以《ぜんもつ》て名前《なまへ》を書留《かきとめ》て一人別《にんべつ》に渡《わた》して遣《や》れば二重《ちうど》取りの患《うれ》ひもあるまい、宜《よう》がんす早速《さつそく》取《と》り調《しら》べて五八の宅迄《たくまで》お通知《つうち》を仕《し》ますベイ

多「有難《ありがた》ふがんす　夫《それ》にモウひとつお願《ねが》ひががんす、夫《それ》は従前俺《じうぜんわし》の親父《おやぢ》の角右衛門《かくゑもん》が所有《しよいう》でがんした田畑《でんばた》と山《やま》、又《ま》た分家《ぶんけ》の太左衛門《たざゑもん》が持《もつ》て居《を》つた田地《でんぢ》と*小《こ》めへ山《やま》を*相対小《あひたいこ》向《むか》ひで買戻《かひもど》そうとすると慾《よく》の出《で》るのは人情《にんぜう》で、詰《つま》り咄《はな》しになりま仕《し》ねへが　親《おや》や伯父《をぢ》が一所懸命《しよけんめい》の土地《とち》を不心得《ふこゝろえ》の奴《やつ》に無《な》くされたですから相当《さうたう》の直段《ねだん》で買戻《かひもど》し度《た》うがんすが　ひとつ御心配《ごしんぱい》を願《ねが》ひ度《た》へもので

（五十七）

助「夫《それ》は失礼《しつれい》ながら感心《かんしん》なお心掛《こゝろが》けだ　買《か》つた人達《ひとたち》を汝《おまへ》さんは御存《ごぞん》じないが、勿《なか》〳〵悪《わる》い奴等《やつら》で斯《か》ういふ買人《かひて》があ

る抔《など》と言《い》へば直《すぐ》に附込《つけこ》んで、俺《わし》の持《も》つて居《ゐ》る中《うち》は何《ど》うでも宜《よ》ひが手附《てつけ》を取《と》つて外《ほか》へ売《う》る約束《やくそく》を仕《し》ましたからひとつ聞《きい》て見《み》ませうが　幾許歟《いくらか》不廉《たかく》成《な》りませう位《ぐら》ゐな事《こと》は言《い》ひかね無《な》い奴等《やつら》だが其所《そこ》は名主《なぬし》といふ役儀《やくぎ》を権《けん》に談判《だんぱん》をして進《しん》ぜ様《やう》

多「夫《そ》りやア有難《ありがた》ふがんす、乃《そこ》でモウひとつお願《ねが》ひがあるダス、夫《そ》りやア外《ほか》でもがんしねへが、俺《わし》に能《よ》く馴染《なじ》んだ青馬《あを》といふ馬《うま》が有《あ》つたです、其馬《そのうま》が可哀想《かあいさう》に原丹治《はらたんじ》といふ領主《れうしゆ》の家来《けらい》で悪《わる》い奴《やつ》に殺《ころ》されたです、其青馬《そのあを》の為《た》めに沼田《ぬまた》原《はら》の一本松《ぼんまつ》の側《そば》に馬頭観音《ばとうくわんおん》の碑《ひ》を建《たて》て遣度《やりた》ふがんすが　其《その》事《こと》も御承知《ごせうち》を願《ねが》ひ度《て》へもんで

助「沼田《ぬまた》の原《はら》は俺《わし》の支配《しはい》でがんせんが　他《ほか》の事《こと》とも違《ちが》つて慈悲善根《じひぜんこん》といふ方《はう》だすから誰《たれ》も不承知《ふせうち》はあり升めへ

多「夫《それ》では何分《なにぶん》お願《ねが》ひ申し上《あ》げ升

ト名主《なぬし》の家《いへ》を去《さ》り沼田《ぬまた》の町の石屋《いしや》へ頼《たの》み表《おもて》へ馬頭観世音《ばとうくわんぜおん》裏《うら》へ施主塩原多助《せしゆしほばらたすけ》　之《これ》に年号《ねんがう》月日を記《しる》す事《こと》に致《いた》して誂《あつら》へました　扨《さて》七月二日と成《な》りましたから菩提所《ぼだいしよ》へは早朝《さうてう》から多《た》助《すけ》は五八を連《つ》れて参《まゐ》り　又《ま》た分家《ぶんけ》太左衛門《たざゑもん》の娘《むすめ》のお作《さく》は今《こ》年《とし》三歳《さい》に相成《あひな》り升子供《こども》を連《つ》れて参詣《さんけい》を致《いた》し　檀那寺《だんなでら》の東陽《とうやう》寺《じ》は至《いた》つて貧寺《ひんでら》でござい升が　多助《たすけ》が養父《やうふ》角右衛門《かくゑもん》の為《た》めに一大法会《だいはふゑ》を営《いとな》み升ので御布施《ごふせ》も大分《だいぶん》に宜《いひ》から沼田《ぬまだ》の組合《くみあひ》寺《でら》から住持《ちうぢ》納所《なつしよ》抔《など》を頼《たの》み入《い》れまして　導師《だうし》は東陽寺《とうやうじ》が自《みづ》から勤《つと》め外《ほか》に坊《ばう》さんが六人《にん》と申すので片田舎《かたゐなか》では一村挙《そんこぞ》つて見物《けんぶつ》に出《で》る位《くら》ゐなものでござい升　此法事《このはふじ》の終《しま》ひましたのが未《ひつじ》の刻《こく》といふ今《こん》日の午後《ごゞ》二時《じ》でござい升　夫《それ》から、多助《たすけ》五八施主方《せしゆかた》一同《どう》は名主助左衛門《なぬしすけざゑもん》の宅《たく》へ参《まゐ》り升と名主《なぬし》の門前《もんぜん》は一庵了信信士《あんれうしんくし》追善《つひぜん》の施行《せぎやう》といふ札《ふだ》が出《で》て居《ゐ》る　又《ま》た施行《せぎやう》を貰《もら》ふ者《もの》がモウ二三十人《にんつ》詰め掛《か》けて居《ゐ》る所《ところ》へ　施主《せしゆ》の多助《たすけ》、五八、太左衛門《たざゑもん》の娘《むすめ》のお作円次郎《さくゑんじらう》の母《はゝ》の比丘尼婆《びくにばゞ》アが遣《や》つて参《まゐ》りましたから一同尻端折《どうしりつぱしをり》を下《おろ》して挨拶《あいさつ》を致《いた》す者《もの》もあれば　後《うし》ろの方《はう》からイヨ塩原《しほばら》の若旦那《わかだんな》抔《など》と申して冷評者《ひやかすもの》もあり升、下等社会《かとうしやくわい》の人物《じんぶつ》は事《こと》が分《わか》らんから現《げん》に今自分等《いまじぶんら》に幾許歟《いくらか》の施行《せぎやう》をして呉《く》るゝ大旦那《おほだんな》が施行《せぎやう》の為《た》めに来《こ》られたのであるから相当《さうたう》の礼義《れいぎ》を述《のべ》るのは当然《たうぜん》の事《こと》であるのを却《かへ》つて冷評《ひやかす》に至《いた》つては沙汰《さた》の限《かぎ》りでござい升が強《あなが》ち悪気《わるぎ》で申す理由《わけ》でも無《な》いのです　現《げん》に以前将軍家《いぜんせうぐんけ》の御代替《ごだいがは》り或《ある》ひ

は官位御《くわんゐご》昇進等《せうしんら》の時分《じぶん》には町入《まちい》り能《のう》と申す家持町人《いへもちてうにん》、差配《さはい》人《にん》へ御《お》能拝見《のうはいけん》を仰《あふせ》つけられたもので、此時《このとき》は何《いづ》れも麻上下《あさかみしも》着用《ちやくよう》で将軍《せうぐん》の御前《ごぜん》へ出《で》て御能《ごのう》を拝見致《はいけんいた》すのだから　最《もつと》も謹《つゝし》んで拝見《はいけん》をせにやアならぬ理由《わけ》だが　名《な》は家持町人《いへもちてうにん》、差《さ》配人《はいにん》でござい升が其実何《そのじつなに》町で幾人《いくにん》といふ人員《じんゐん》を書上《かきあ》げて置《おい》て差配人《さはいにん》が承知《せうち》をすれば誰《たれ》が出《で》ても宜《よい》のですから　上下《かみしも》へ紙《かみ》で松茸《まつだけ》を紋《もん》に張《は》り附《つけ》て居《ゐ》る者《もの》もある　手遊《てあそ》び人形《にんげう》を紋所《もんどころ》に致《いた》して出《で》る者《もの》もあり升が　夫《それ》すら恐《おそ》れ入《い》る次第《しだい》であり升のに将軍家《せうぐんけ》の御出座《ごしゆつざ》があり升と、イヨ親玉抔《おやだまなど》と申して冷評《れいへう》を致《いた》す、平生若《へいぜいも》しお成先抔《なりさきなど》で之《これ》を遣《やら》かさうものなら縛《しば》り首《くび》でござい升が　此日《このひ》は何事《なにごと》も寛典《くわんてん》でお咎《とが》めにも成《な》りません、又《ま》た此親玉《このおやだま》を極《き》め込《こ》む者《もの》も無礼《ぶれい》をする気《き》では無《な》い　矢張《やは》り贔負俳優《ひゐきやくしや》を誉《ほめ》る位《くら》ゐな格《かく》で居《を》り升、是《これ》と同《おな》じ事《こと》で施行《せぎやう》を貰《もら》ふ人々《ひとぐ》も悪気《わるぎ》では無《な》く唯誉《たゞほめ》たのでありませう

（五十八）*

多助《たすけ》を始《はじ》め施主《せしゆ》一同《どう》が名主助左衛門《なぬしすけざゑもん》の玄関《げんくわん》へ参《まゐ》り升《ます》と助左衛門《すけざゑもん》は袴羽織《はおりはかま》で玄関《げんくわん》の端《はな》へ出《で》まして一同《どう》に向《むか》ひ

助「扨今日是《さてこんにちこれ》へ来《こら》れた村《むら》の衆《しう》一同《どう》へ申入《まをしい》れて置《を》く事《こと》がある、爰《こゝ》に居《ゐ》らるゝ客人《きやくじん》は御存《ごぞん》じの人《ひと》もあり、咄《はな》しに聞《きい》て知《しつ》てお在《いで》の人《ひと》もござらう、是《これ》は今《いま》から十七年前迄当村《ねんまへまでたうそん》に居《を》られた塩原角《しほばらかく》右衛門《ゑもん》といふ人《ひと》の息子《せがれ》の多助殿《たすけどの》である　仔細有《しさいあ》つて国《くに》を出《で》られて十六年間江戸《ねんかんえど》で艱難辛苦《かんなんしんく》をされて今《いま》では何《なに》不自由《ふじいう》の無《な》い身《み》となられ、今年《ことし》は親《おや》の十七年忌《ねんき》に当《あた》るので其《その》法事《はふじ》の為《ため》に当所《たうしよ》へ来《こ》られ則《すなは》ち今日東陽寺《こんにちとうやうじ》で法事《はふじ》を勤《つと》められた　其功徳《そのくどく》の為《た》めにお前方《まへがた》へ餅並《もちなら》びに青銭《あをせん》一貫文宛《くわんもんづゝ》を施《せ》

行《げう》が仕度《したい》が　夫《それ》が為《た》めに混雑《こんざつ》を生《せう》ずる様《やう》では仏《ほとけ》の為《た》めにもならぬから汝《おまへ》の玄関前《げんくわんまへ》を借度《かりたい》といふ所望《しよもう》じや、其御奇特《そのごきとく》な志《こゝろざ》しに免《めん》じて玄関前《げんくわんまへ》をお貸《かし》し申す事《こと》に致《いた》した　今爰《いまこゝ》で銘《めい》〵々の名前《なまへ》を呼《よ》び揚《あげ》るから一人《ひとり》宛《づゝ》神妙《しんめう》にして施行《せげう》を受《うけ》らるゝ様《やう》に仕成《しなさ》イ、サア名前《なまへ》を読《よ》み上《あ》げるヨ

と助左衛門《すけざゑもん》が人別帳《にんべつてう》から土地《とち》を一畝《せ》も所有《しよいう》をして居《を》らぬ全《まつた》くの水呑《みづのみ》百姓《せう》　小作人《こさくにん》に雇《やと》はれて居《ゐ》る百姓抔《せうなど》といふ者《もの》を選《え》り抜《ぬ》きまして百三十人《にん》程《ほど》順《じゆん》に名前《なまへ》を読揚《よみあげ》ると　五八其他《そのほか》角右衛門《かくゑもん》の世話《せわ》に成《な》つて居《を》つた小前《こまへ》の百姓《せう》三五郎伝蔵《でんざう》の倅《せがれ》で今親《いまおや》の名《な》を継《つい》で三五郎伝蔵《でんざう》と呼《よ》んで　是《これ》も五八同様雇《どうやうやと》はれ百姓《せう》をして居《を》る者《もの》が施行《せげう》を貰《もら》ひながら手伝《てつだ》ひに参《まゐ》つて居《を》りましたから　此両人《このれうにん》が五八の手伝《てつだ》ひを致《いた》して餅《もち》と鳥目《ちやうもく》一貫文宛《くわんもんづゝ》を与《あ》たゆる事《こと》に奔走《ほんそう》を致《い》たし　格別《かくべつ》の雑沓《ざつとう》も無《な》く八九分通《ぶどほ》り施行《せげう》が終《をは》らふと致《いた》す時《とき》　年《とし》の頃《ころ》は廿四五で鳥渡《ちよつと》色白《いろじろ》で小造《こづく》りな男《をとこ》が頬冠《ほうかむ》りを致《いた》し　外《ほか》に四十位《ぐらゐ》の眉間《みけん》に疵《きづ》のある風体《ふうてい》の悪《わる》い男《をとこ》がツカ〳〵玄関前《げんくわんまへ》へ遣《や》つて参《まゐ》つて四十格好《がつかう》の男《をとこ》が

「ヘイ御免被成《ごめんなさ》い、俺《わつ》ちは此近村《このきんそん》に居《を》る仁太郎《にたらう》といふ者《もの》ですが　今日《こんにち》は御志《おこゝろざ》しの御施行《ごせげう》だといふ事《こと》でマア御芽度《おめでた》うござへやす　貧乏人《びんばうにん》にばかり下《くだ》さるといふ事《こと》で尚々《なほ〳〵》結構《けつこう》でござへやす、俺共《わつちども》も貧乏人《びんばうにん》じやア金箔《きんばく》の附《つい》て居《を》る方《はう》ですが何《ど》うか御施行《おせげう》を戴《いたゞ》き度《た》うござへやす

五「オイ〳〵今日《けふ》の施行《せげう》はノ、今《いま》から十六年前迄《ねんまへまで》は当村《たうそん》に立派《りつぱ》な門戸《もんこ》を張《は》つて御在《ござ》つた塩原角《しほばらかく》右衛《ゑ》門《もん》さんといふ御《お》仁《ひと》の御子息《ごしそく》で爰《こゝ》に御在《ござ》る多助《たすけ》さんといふ御人《おひと》だ　此御方《このおかた》が江戸《えど》へ出《で》て身代《しんでへ》を拵《こせ》へて今年《ことし》は先代《せんだい》の十七年《ねん》だと言《い》つて仏《ぶつ》

参《さん》に当村《たうそん》へ御在《ござ》つて*貧窮《ひんきう》な者《もの》には施行《せげう》を被成《なさ》るのですが夫《そ》りやア当村《たうそん》の者《もの》に限《かぎ》るので他村《たそん》の者《もの》は駄目《だめ》でがんす

「ハヽア、爾《さ》ういふ汝《おめへ》は何《な》んだ

五「何《な》んだとは何《な》んだ　コレ俺《わし》はナ角《かく》右衛《ゑ》門様《もんさま》が壮健《たつしや》な頃《ころ》から奉公《ほうこう》をした五八といふ者《もの》だす

仁「予々《かね》咄《はな》しに聞《きい》た五八といふ唐変朴《たうへんぼく》は汝歟《おめへか》、オイ汝《おめへ》じやア咄《はな》しが分《わか》らねへ多助《たすけ》さんに逢《あ》う

多「モシ、小生《わし》が多助《たすけ》でがんすが汝《おめへ》さんは

「多助《たすけ》さんです歟《か》　お初《はつ》にお目《め》に掛《かゝ》り升、俺《わたし》やア今《いま》五八さんに爾《さ》う申した通《とほ》り此近村《このきんそん》を彷徨《さまよつ》て居《ゐ》る仁太郎《にたらう》といふ者《もの》だ、何《なに》もお志《こゝろざ》しの施行《せげう》を被成《なさ》るのに尻《しり》の穴《あな》を狭《せま》く下新田《しもしんでん》一村《そん》と限《かぎ》ン被成《なさ》る理由《わけ》も無《なか》らう　施行《せげう》を被成《なさ》るのも御奇特《ごきどく》又《ま》た他村《たそん》から聞伝《きゝつた》へてお志《こゝろざ》しを受《うけ》に出《で》た者《もの》も奇特《きどく》と言《いは》にやアならねへ　迚《とて》も被成《なさ》る施行《せげう》なら、僅《わづか》の事《こと》に物惜《ものおし》みを被成《なさ》らねへで、俺《わつ》ち等《ら》も其施行《そのせげう》に預《あづか》り度《て》へものでがんすがね

多「なる程汝《ほどおめへ》さんの言《い》ふ事《こと》も御尤《ごもつとも》です、見被成《みなさ》る通《とほ》り跡《あと》に十二三人残《にんのこ》つて在《あ》る衆《しう》は今朝《けさ》から来《き》て御在《おいで》のだから彼人《あのひと》〳〵を済《すま》せて夫《それ》から汝《おめへ》さんの方《はう》に仕《し》ませう　多分《たぶん》お手間《てま》もお取《とら》せ申すまいから暫《しばら》くお待下《まちくだ》さい

仁「少《すこ》し急《いそ》ぐ用《よう》を控《ひか》へて居《ゐ》るんだがマア能《よ》うござへやすお待《まち》申やせうから彼方《あつち》の方《はう》を早《はや》く片附《かたづけ》てお遣《や》んなへ

（五十九）

彼仁《かのに》太郎の外《ほか》に手拭《てぬぐ》ひを真深《まぶか》に冠《かぶ》りました男《をとこ》が仁《に》太郎の蔭《かげ》に佇立居《たゝずみゐ》たるを多助《たすけ》は変《へん》な奴《やつ》だと思《おも》ひましたが　別《べつ》に文《もん》句《く》も言《いは》ねば必定《ひつでう》仁《に》太郎の尻《しり》に附《つ》いて施行《せげう》を貰《もら》ひに来《き》た者《もの》と思《おも》つて意《い》にも介《かい》せず　村《むら》の貧民《ひんみん》を一々《いち〳〵》呼《よ》び出《だ》して施行《せげう》を与《あた》へ全《まつた》く村内《そんない》の者《もの》へは渡《わた》し切《き》りまして　残《のこ》つた者《もの》は仁《に》太郎と彼手拭《かのてぬぐ》ひを冠《かぶ》つた男《をとこ》のみでござい升から　多助《たすけ》が仁《に》太郎に向《むか》ひ

多「イヤ大《おほ》きにお待《まち》でがんした　施行《せげう》の餅《もち》も銭《ぜに》も少《すこ》し余《あま》りやしたから進《しん》ぜませう　五八其餅《そのもち》と銭《ぜに》を彼《あの》お二人《ふた》りに進《しん》ぜろ

五「ハイ合点《がてん》でがんす、オイ其所《そこ》な仁《に》太郎殿《どん》とやら大《おほ》きに待《また》せて気《き》の毒《どく》だつた、サア二人前《ふたりまへ》遣《やる》ぜ

仁「何《ど》うも有難《ありがた》ふごぜへやす　オイ六ンベイ施行《せげう》を下《くだ》さ

るといふからお礼《れい》を申せ
ト五八が差出《さしだ》し升物《もの》を手《て》に取《と》りまして
仁「オイ五八さんこりやア何《なん》だへ
五「何《な》んだへダ、物覚《ものおぼ》えの悪《わる》い男《をとこ》じやア無《ね》へか、江戸《えど》から来《き》たお客《きやく》が施行《せげう》を出《だ》すといふから貰《もら》ひに来《き》たと云《い》ふじやアねへ歟
仁「エイ、其通《そのとほ》り貰《もら》ひに来《き》たのです
五「夫《それ》だから遣《や》つたのだ　夫《それ》で宜《よい》じやアねへ歟

仁「オイ五八さん　俺《わし》ア物貰《ものもら》ひじやア無《ね》へ　切餅《きりもち》に一貫《くわん》の銭《ぜに》が欲《ほし》くつて*茂久《もく》の川《かは》と中山峠《なかやまとうげ》を越《こし》て来《き》ア仕《し》ねへ
五「何《なに》も恩《おん》に掛《かけ》て其様《そん》な遠方《あんばう》から来《き》て貰《もらは》ねへでも困《こまら》ねへでがんす
仁「汝《おめへ》の方《はう》じやア来《き》て貰《もら》はねへのが僥倖《さいはひ》歟《か》も知《し》れねへが、俺《わつ》ちの方《はう》じやア来《こ》にやア成《な》らねへ因縁《いんねん》が有《あ》つて来《き》たんダ
五「何《な》んだと　江戸《えど》からござつた客人《きやくじん》が志《こゝろざ》しの施行《せげう》をするのに来《こ》にやアならねへ因縁《いんねん》が有《あ》つて来《き》たとは何《なん》たる言《い》ひ草《ぐさ》だか、其様《そん》な者《もの》に志《こゝろざ》しの施行《せげう》は遣《やら》ねへ、仮令客人《たとへきやくじん》が遣《やら》うと言《いは》しつても俺《おれ》が遣《や》んねへ
仁「何《な》んだへ是《これ》ばかりの物《もの》は呉《くれ》ると言《い》つても入《い》らねへ叩《たゝ》ツ返《かへ》すから受取《うけと》れ　其替《そのかは》りナ、ウンと纏《まとま》つた施行《せげう》を貰《もら》ふから爾《さ》う思《おも》へ
五「何《な》んだ纏《まとま》つた施行《せげう》を貰《もら》ふ、何吐《なにぬか》す歟《か》此酷道《このごくだう》め　見《み》ず知《し》らずの汝等《わいら》に塵《ちり》ツ葉《ぱ》一本《ぽん》でも遣《や》つて*お耐《たま》り拳《こぶし》があるものかへ
仁「オイ六ンベイ　モウ宜《いゝ》や手拭《てぬぐ》ひを取《と》れ
六「オイ

と小造《こづく》りの男《をとこ》が冠《かぶ》つて居《ゐ》た手拭《てぬぐ》ひを取《と》り升と第《だい》一に驚《おど》ろいたのはお作次《さくつ》ぎに驚《おどろ》いたのが五八でございましたが　夫《それ》は其筈《そのはず》で此《この》六ンベイと呼《よ》んで居《ゐ》る男《をとこ》は一端分家《いつたんぶんけ》の太左衛門《たざゑもん》の養子《やうし》則《すなは》ちお作《さく》の所天《ていしゆ》になりました甚《じん》三郎でござい升　若《わか》気《げ》の至《いた》りとは申ながら放蕩《はうたう》に身《み》を持崩《もちくづ》しまして到《たう》〳〵破戸《ならずもの》の仲間《なかま》入《い》りを致《いた》し　*勢多《せた》の仁《に》太郎と申す勢多郡《せたごほり》に転附《ごろつ》いて居《を》つて悪疫《あくえき》の如《ごと》く忌《い》み嫌《きら》はれて其勢多郡《そのせたごほり》にも居《ゐ》られず唯今《たゞいま》では三国街道《みくにかいだう》の*横堀《よこぼり》といふ所《ところ》に居《ゐ》る仁《に》太郎と倶《とも》に小銭《こぜに》博奕《ばくち》のかすり取《と》りを致《いた》して居《を》りましたが　不図《ふと》這度江戸《こんどえど》から多助《たすけ》が養父《やうふ》の法事《はふじ》に来《き》て　角右衛門《かくゑもん》の所有《しよいう》で有《あ》つて山林《さんりん》田畑並《でんばたなら》びに分家《ぶんけ》太左衛門《たざゑもん》が所有《しよいう》で甚《じん》三郎が無《な》くしました田《でん》畑迄《ばたまで》も買戻《かひもど》すといふ事《こと》を聞《きゝ》ましたので　仁《に》太郎を*蝙蝠安《かふもりやす》に致《いた》して助左衛門《すけざゑもん》の玄関《げんくわん》へ参《まゐ》つたのであり升からお作《さく》も五八も一時《じ》驚《おどろ》きました　五八は多助《たすけ》の袖《そで》を引《ひ》きまして

五「モシ多助《たすけ》さんアノ若《わか》い野郎《やらう》は一度《ど》お作《さく》さんの養子《やうし》に成《な》つた甚《じん》三郎といふ碌《ろく》で無《な》しでがんす

多「爾《さ》うか宜《いゝ》ヨ〳〵

と黙頭《うなづき》ながら其所《そこ》へ出《で》まして

多「モシ*仁《に》三郎さんとやら　先刻《さつき》から聞《きい》て居《ゐ》ると纏《まとま》つた施行《せげう》を貰《もら》はにやア成《な》らんとか言《い》ひ為成《なす》つたが　一体何《たいど》ういふ理由《わけ》で纏《まとま》つた施行《せげう》を汝《おめへ》さんに進《しん》ぜにやアならねへ理由《わけ》だネ

仁「俺《わつ》ちが申さずとも爰《こゝ》に居《ゐ》る野郎《やらう》を見成《みなす》つたら理由《わけ》が分《わか》りさうなものだが分《わか》らざア咄《はな》して聞《きか》せ様《やう》、爰《こゝ》の甚《じん》三郎は塩原《しほばら》の分家《ぶんけ》の太左衛門《たざゑもん》の相続人《さうぞくにん》　其所《そこ》に居《ゐ》るお作《さく》の所天《ていしゆ》這度汝《こんどおめへ》が来《き》て太左衛門《たざゑもん》の法事《はふじ》もして原《もと》太左衛門《たざゑもん》が持《も》つて居《ゐ》て甚《じん》三郎へ譲《ゆづ》られた田地《でんち》を買戻《かひもど》したとか買戻《かひもど》すとかいふ事《こと》だが　誰《だれ》に断《ことは》つて其田地《そのでんち》を買戻《かひもど》すのだ、買戻《かひもど》した上《うへ》で誰《だれ》に遣《や》ん成《な》さる積《つも》りなんだ

多「ハヽア其事《そのこと》の因縁《いんねん》を附《つけ》に来成《きな》すつた歟《か》、マア一服呑《ぷくの》んでお咄《はな》し申すベイ

と腰《こし》から烟草入《たばこい》れを出《だ》して悠々《ゆう〳〵》と烟草《たばこ》を呑始《のみはじ》めました

（六十）

多「何《なに》しに其山《そのやま》や田《た》を買《か》ふとも買《か》つた山《やま》を誰《だれ》に遣《やら》ふとも銭《ぜに》を出《だ》して買《か》つた者《もの》の勝手《かつて》で　此塩原《このしほばら》に関係《かけかま》ひの無《ね》へ汝等《おまへら》

の知《し》つた事《こと》では無《ね》へでがんす

仁「なる程《ほど》此《この》仁太郎《にたらう》は塩原《しほばら》に関係《かけかま》ひは無《ね》へが、爰《こゝ》に居《を》る甚《じん》の野郎《やらう》は塩原《しほばら》の分家《ぶんけ》で同《おな》じ塩原《しほばら》を名乗《なの》る太左衛門《たざゑもん》の養子《やうし》で其所《そこ》に居《を》るお作《さく》の所天《ていしゆ》だ、今年《ことし》三歳《みつゝ》に成《な》つて行々《ゆく〳〵》分家《ぶんけ》を相続《さうぞく》する太一《たいち》の実《じつ》の親父《おやぢ》だ、甚《じん》三郎が少《すこ》し都合《つがふ》が有《あ》つて或《ある》人《ひと》に売《う》つたのだが　甚《じん》三郎の方《はう》で入用《にふよう》の時《とき》は売《う》つた直段《ねだん》に御定法《ごでうはふ》の利《り》を添《そ》へて持《も》つて来《く》りやア何時《いつ》でも帰《かへ》して遣《や》るといふ約束《やくそく》に成《な》つて居《を》るので言《いは》ばまだ甚《じん》三郎の物《もの》だ、夫《それ》ゆゑ何所《どこ》の誰《たれ》に断《ことは》つて買戻《かひもど》したと言《い》つたのが万更《まんざら》無理《むり》な訳《わけ》もあるめへ、何《ど》うだ多助《たすけ》さん

五「コレ仁太郎殿《にたらうどの》とやら　多助《たすけ》さんは昨今《さくこん》江戸《えど》から来《き》成《な》すつて何《なに》も御存《ごぞん》じ無《ね》へと思《おも》つて勝手《かつて》儘《まゝ》の事《こと》を吐《ぬか》し居《を》る、なる程《ほど》甚《じん》三郎は分家《ぶんけ》の婿《むこ》でお作《さく》さんの所天《ていしゆ》に成《な》つたには間違《まちげ》へ無《ね》へが　身《み》持放埒《もちはうらつ》で幾許《いくら》か有《あ》つた金《かね》は飲《の》むとか打《ぶ》つとかいふ事《こと》に皆《みな》遣《つか》つて終《しま》ひ、其上《そのうへ》山《やま》や田畑《たはた》は借《か》りの形《かた》に取《と》られて仕舞《しま》ひ、当村《たうそん》でも可《か》なり固《かて》へ身代《しんだい》だと言《いは》れた分家《ぶんけ》の身上《しんぜう》を滅茶苦《めつちやく》茶《ちや》に仕居《しを》つた其上《そのうへ》で、子《こ》が産《うま》れると間《ま》も無《な》く逃亡《かけおち》をして三年間面《ねんかんつら》も出《だ》さず、今《いま》ヌツクト此所《こゝ》に来《き》やアがつてヤレ俺《おれ》の山《やま》だ金《かね》さへ出《だ》しやア返《かへ》そうといふ約束《やくそく》が出来《でき》て居《を》るのとイヤモ途方《とはう》途徹《てつ》も無《ね》へ野郎《やらう》だ、サツサと出《で》て往《い》け　出《で》て往《いか》ねへと其分《そのぶん》にはして置《おか》ねへぞ

甚「五八《ごはち》何《なに》を吐《ぬか》すのだ、出《で》て往《ゆけ》と言《いつ》たつて此所《こゝ》が甚《じん》三郎の家《うち》で外《ほか》に出《で》て往《ゆ》く所《ところ》は無《ね》へのだ、山《やま》や田地《でんち》も欲《ほし》きやア売《う》つて遣《や》るめへものでもねへが、涙金《なみだきん》は幾許《いくら》出《だ》すのだ

五「涙金《なみだきん》を出《だ》す理屈《りくつ》も無《ね》へが万一《もし》出《だ》すと仕《し》た所《ところ》で汝等《うぬら》に出《だ》す道理《だうり》は無《な》い、出《だ》して能《よ》くば家附《いへつき》のお作坊《さくばう》に出《だ》すは

甚「仮令《たとへ》お作《さく》が家附《いへつ》きで俺《おれ》が入《い》り婿《むこ》で有《あ》つた所《ところ》が、一端《たん》名前主《なまへぬし》に成《な》りやア太左衛門《たざゑもん》が家《うち》の地屋敷《ぢやしき》は勿論竈《もちろんかま》の下《した》の灰《はい》迄《まで》も俺《おれ》が物《もの》だ　指《ゆび》でも差《さし》て見《み》ろ　唯置《たゞお》くもの歟

五「夫《それ》でも汝《わり》やア逃亡者《かけおちもの》じやアねへ歟

甚「逃亡《かけおち》は仕《し》ねへ、俺《おれ》が勝手《かつて》で遊《あそ》んで歩行《あるい》て居《ゐ》たのだ、斯《か》うして今日《けふ》帰《かへ》つて来《く》りやア原《もと》の通《とほ》りの名前主《なまへぬし》だ

仁「爾《さ》うとも〳〵今《いま》は宿附《やどつき》の名前主《なまへぬし》だ　モウ一日早《はや》く帰《かへ》りやア今日《けふ》の法事《はふじ》の施主《せしゆ》に連《つら》なる体《からだ》ダ、土地《とち》買戻《かひもど》しの涙金《なみだきん》なり今日《けふ》の仏事《ぶつじ》の施行《せげう》なりを清《きよ》く甚三《じんざ》に遣《や》つて呉《く》んねへ

五「仁太郎殿《にたらうどん》は知己《ちかづき》も無《ね》へ人《ひと》だが甚《じん》三郎さんとは久《ひさ》しい

知《し》り合《あひ》だが、小遣《こづか》ひ銭《せん》でも欲《ほ》しいといふなら多助《たすけ》さんにお願申《ねがひまを》して二貫歟《くわんか》三貫《ぐわん》の銭《ぜに》は貰《もら》つても遣《やん》めへものでも無《な》いが　今日《けふ》は帰《かへ》つてまだ二三日多助《たすけ》さんは俺《おれ》が家《うち》に逗留《とうりう》をしてござらつしやるから　俺《おれ》が家迄来《うちまでこ》う、俺《おれ》も年来《ねんらい》の好身《よしみ》にお執成《とりな》しを仕《し》て進《しん》ぜるは

甚「御親切《ごしんせつ》は有難《ありがて》へが薪《まき》にして焚《たい》ても五貫《くわん》や六貫《くわん》の価直《ねうち》のある大《だい》の男《をとこ》が二人《ふた》り掛《かゝ》つて二貫《くわん》や三貫《ぐわん》の銭《ぜに》を貰《もら》つて何《なに》にするもの歟　汝《おめへ》の方《はう》の咄《はな》しが分《わか》らなけりやア俺《おれ》の方《はう》も分《わか》らねへぞ

五「分《わか》らねへと何《ど》うするのだ

甚「何《ど》うするとは知《し》れた事《こと》よ　多助《たすけ》が家《うち》の地屋敷《ちやしき》は何《ど》う仕様《しやう》とも構《かまは》ねへが分家《ぶんけ》の物《もの》は指《ゆび》でも差《さゝ》せねへから爾《さ》う思《おも》へ

多「モシ甚《じん》三郎さんとやら　汝《おまへ》は原町《はらてう》の油屋《あぶらや》の息子《むすこ》さんだそうな、汝《おまへ》の爺様《じいさん》とは御懇意《ごゝんい》に仕《し》ましたが阿父様《おとつさん》は仏甚《ほとけじん》兵衛《べゑ》と言《いは》れてイヤモ結構《けつかう》なお人《ひと》で有《あ》つたが　親《おや》に似《に》ぬ子《こ》は鬼子《おにご》とやらで、正実《ほんとう》に汝《おまへ》の様《やう》に親御《おやご》に似《に》ぬ子《こ》が出来《でき》たものじや　二貫《くわん》か三貫《ぐわん》の銭《ぜに》ならば俺《わし》に頼《たの》んで貰《もら》つて遣《や》ると世《よ》にも親切《しんせつ》な五八《ごはち》の詞《ことば》を用《もち》ゐず、汝《おまへ》が無《な》くした地屋敷《ちやしき》を買戻《かひもど》し

て太左衛門《たざゑもん》の家《いへ》を再興《さいこう》させるのが不承知《ふせうち》とは分《わか》らぬ咄《はな》し、夫《それ》も不承知《ふせうち》を言《い》ふべき人《ひと》の不承知《ふせうち》ならまだしも、今《いま》では何《なん》の由縁《ゆかり》も無《な》い汝《おまへ》が不承知《ふせうち》とは片腹痛《かたはらいた》イ　不承知《ふせうち》が言《い》へるものなら見事《みごと》不承知《ふせうち》を言《い》つて見《み》なされ

(六十一)

*其時甚三郎《そのときじんらう》は名主《なぬし》の玄関《げんくわん》へ上《あが》り込《こ》みまして

甚「俺《おれ》が物《もの》を俺《おれ》が売《うら》せ無《ね》へと不承知《ふせうち》を言《い》ふに何《なに》も不思議《ふしぎ》は無《な》からう

多「太左衛門《たざゑもん》の所持《しよじ》の山《やま》を俺《おれ》の物《もの》だとは何《ど》ういふ理由《わけ》だ

甚「汝《おめへ》は久敷《ひさし》く江戸《えど》へ往《い》つて居《ゐ》たので国《くに》の事《こと》は知《し》るめへが　此甚三郎《このじんらう》は三年跡《ねんあと》に、塩原太左衛門《しほばらたざゑもん》の所《ところ》へ養子《やうし》に来《き》て程無《ほどな》く舅《しうと》は死亡《なくなる》俺《おれ》が跡目相続《あとめさうぞく》といふ事《こと》で名主殿《なぬしどん》も立会《たちあ》つて立派《りつぱ》に弘《ひろ》めをした俺《おれ》だ、爾《さ》すれば太左衛門《たざゑもん》の家《いへ》の物《もの》は地内《ちない》地屋敷《ちやしき》はいふに及《およ》ばず、古《ふる》い文句《もんく》だが竈《かまど》の下《した》の灰迄《はいまで》も俺《おれ》がものだ、爾《さ》う言《いつ》たら汝《おめへ》は三年此方《ねんこのかた》家出《いへで》をしたと言《い》ふだらうが　汝《おめへ》は既《すで》に十六年家出《ねんいへで》をして居《ゐ》てさへも塩原血筋《しほばらちすぢ》だから山《やま》や田地《でんぢ》を買戻《かひもど》して塩原《しほばら》の家《いへ》を再興《さいこう》するといふじやアねへか、夫《それ》から思《おも》やア甚三郎《じんらう》は飽《あき》も飽《あか》れも仕《し》ねへ女房《ねうばう》はあり太左衛門《たざゑもん》にやア血筋《ちすぢ》の孫《まご》の悴《せがれ》もある、爾《さ》すれば立派《りつぱ》な一門《もん》だ、儻俺《もしおれ》に地屋敷《ちやしき》を売《う》るに就《つい》て故障《こせう》が言《いへ》なけりやア、多助《たすけ》さん汝《おめへ》に塩原《しほばら》の再興《さいこう》も出来《でき》ねへ理由《わけ》歟《か》と俺《おれ》が思《おも》ふが何《ど》んなものだへ」

と多助《たすけ》の顔《かほ》を穴《あな》の明《あ》く程見《ほどみ》て居《を》りました、不理屈《ふりくつ》ではあるが多助《たすけ》も無断《むだん》で家出《いへで》をして其跡《そのあと》で塩原《しほばら》の家《うち》が退転《たいてん》を致《いた》したのであり升、殊《こと》に家出《いへで》をしてから十六年《ねん》になり五八すら多助《たすけ》の出《で》た日《ひ》を命日《めいにち》にして仏壇《ぶつだん》へ香華《かうはな》を手向《てむけ》て居《ゐ》るといふ位《くらゐ》だから人別帳《にんべつてう》は疾《とう》に消《けえ》て居《ゐる》、夫《それ》に引《ひ》き換《かへ》て甚《じん》三郎の方《はう》は人別《にんべつ》が依然《いぜん》と消《け》へずに居《ゐ》る様《やう》だと多助《たすけ》は負《まけ》であるから虚《うつか》り口《くち》は利《き》けんと躊躇《ちうちよ》の体《てい》であるのを助左衛門《すけざゑもん》が察《さつ》しましたから其所《そこ》へツカ〳〵と参《まゐ》つて

助「オイ、甚三郎殿《じんどの》　多助殿《たすけどの》が寄持《よりもち》にも村《むら》の困《こま》る者《もの》へ施《せ》行《げう》を仕被成《しなさ》る其中《そのなか》へ邪摩《じやま》が這入《はい》るとは怪《け》しからん男《をとこ》じやア無《な》い歟、夫《それ》に何《な》んだと太左衛門《たざゑもん》の地屋敷《ちやしき》を買戻《かひもど》す事《こと》は不承《ふせう》知《ち》だと、コレ何所《どこ》を押《おし》や其様《そん》な言《い》ひ草《ぐさ》が出《で》て来《く》るのだ、太《た》左衛門老人《ざゑものらうじん》が節倹《せつけん》をして買求《かひもと》めた山《やま》なり田地《でんぢ》なりを無《な》くし

たのは貴公《きこう》じやア無《な》いか、夫《それ》を受戻《うけもど》して下《くだ》さると云《い》へば貴《き》公《こう》の為《た》めには大恩人《だいおんじん》だ　有難《ありがた》いと三拝《さんばい》をすべき所《ところ》を不承知《ふせうち》とは無《む》法千万《はふせんばん》な奴《やつ》だ　第《だい》一貴公《きこう》は此村《このむら》へ白昼足踏《はくちうあしぶみ》は出来《でき》ぬ筈《はず》の奴《やつ》だ　又《ま》た太左衛門《たざゑもん》の家《うち》に有《あ》つた貴公《きこう》の人別《にんべつ》は疾《とう》に消《け》へて居《ゐ》るぞ

甚「モシ玄関《げんくわん》の旦那《だんな》　始《はじ》めて伺《うかゞ》ひましたが、名主《なぬし》の勝手《かつて》に本人《ほんにん》へも承知《せうち》をさせず無《む》人別《にんべつ》にするといふ事《こと》が出来《でき》升歟

助「夫《それ》りやア名主《なぬし》一個《こ》の了簡《れうけん》では出来《でき》ん

勘「爾《さ》う無《な》くつちやアならねへ筈《はず》だ、爾《さ》うして俺《わつ》ちの人《にん》別《べつ》は誰《だれ》が承知《せうち》でお消《け》しに成《な》りやした

助「貴様《きさま》の親御《おやご》甚兵衛《じんべゑ》殿《どの》と兄《あに》さんの久兵衛《きうべゑ》殿《どの》からの申出*《いで》で人別《にんべつ》は消《けし》ました

甚「夫《それ》じやア何《なん》と御仰《おつしや》イ升、親父《おやぢ》の甚兵衛《じんべゑ》と兄《あに》の久兵衛《きうべゑ》が貴郎《あなた》へ願《ねが》つて人別《にんべつ》を消《け》したのでござへ升か

助「如何《いか》にも左様《さやう》

甚「へヱー乃《そこ》で太左衛門《たざゑもん》の方《はう》は何《ど》う成《なつ》て居《を》り升

助「お作《さく》と甚兵衛《じんべゑ》殿《どの》と談合上《だんがふぜう》で離縁《りえん》に相成《あひな》つて居《ゐ》る

甚「嚊《かゝ》アを去《さ》るにやア三条半《みくだりはん》といふお定《さだ》まりがありやす

が*所天《ていしゆ》の留守《るす》に女房《ねうばう》が親父《おやぢ》へ咄《はな》して所天《ていしゆ》を離縁《りゐん》するといふ事《こと》が出来《でき》やすものですか

助「夫《そ》りやア出来《でき》る、或《ある》ひは一日《にち》二日《か》の留守中《るすちう》に何《なん》の落度《おちど》も無《な》い婿《むこ》を仮令《たとひ》親父《おやぢ》が承知《せうち》でもする理由《わけ》には行《ゆ》くまいが稼《かせ》ぎ人《にん》が無断《むだん》で家出《いへで》をして三年越《ねんごし》音信《たより》が無《な》ければ妻子《つまこ》は生活《せいくわつ》の途《みち》が無《な》い、故《ゆゑ》に先《まづ》不《ふ》心得《こゝろえ》の所天《ていしゆ》を去《さ》つて更《あら》たに婿《むこ》でも迎《むか》えねば妻子《つまこ》は路頭《ろとう》に迷《まよ》はねばならん、夫《それ》ゆゑ生死《せいし》もしれぬ者《もの》は其親《そのおや》の承諾《せうだく》を得《え》て離縁《りゐん》をするは当然《たうぜん》な事《こと》だ　爾《さ》すれば貴公《あなた》は太左衛門《たざゑもん》の家《うち》には何《なん》の関係《かゝりあ》ひも無《な》い男《をとこ》だ、四の五の言《いは》ずにサッサと爰《こゝ》を立去《たちさ》れ

甚「太左衛門《たざゑもん》の家《いへ》が離縁《りゑん》に成《なつ》たと言《い》やア仕方《しかた》もねへが此《この》村《むら》へ足踏《あしぶみ》の出来《でき》ねへ奴《やつ》と言被成《いひなす》つたのは何《どう》いふ訳《わけ》だネ

助「甚《じん》三郎貴様《きさま》、久兵衛殿《きうべゑどん》の申出《いで》に依《よつ》てモウ*勘当帳《かんだうてう》に附《つい》た体《からだ》だ

流石《さすが》の甚《じん》三郎も太左衛門《たざゑもん》の家《うち》は離縁《りえん》に成《なつ》た其上《そのうへ》へ勘当帳《かんだうてう》へ記《しる》されたと言《い》つては此村《このむら》へは足踏《あしぶみ》も出来《でき》ぬ　夫《それ》に相手《あひて》が多助《たすけ》か五八なら横《よこ》に車《くるま》を曳通《ひきとほ》す事《こと》も出来《でき》るが名《な》におふ名主《なぬし》の助左衛門《すけざゑもん》といふのでは虚《うつか》り事《こと》も出来《でき》ません、仁《に》太郎が代《かは》つて助左衛門《すけざゑもん》に向《むか》ひ　此野郎《このやらう》が太左衛門《たざゑもん》の家《うち》は離縁《りえん》になる勘当《かんだう》の御帳《おてう》へ附《つい》たとお聞《きゝ》申せばモウ申し上《あげ》る所《ところ》はございません、甚《じん》の野郎《やらう》は此仁《このに》太郎が引《ひ》き留《とめ》て帰《かへ》り升がせめてものお慈悲《じひ》にお施行《せげう》の青差《あをざし》とお餅《もち》を頂戴《てうだい》至《いた》し度《たい》ものでと悄々《しほ〳〵》として申し升から助左衛門《すけざゑもん》、ソンなら爾《さ》うと早《はや》く申せば宜《よい》にと則《すな》はち青銭《あをせん》一貫文宛《くわんもんづゝ》へ切餅《きりもち》を添《そへ》て遣《つか》はすと両人《れうにん》は有難《ありがた》うござい升と一礼《れい》を述《のべ》て孤鼠《こそ》〳〵と逃《にげ》る如《ごと》くに出《で》て参《まゐ》りました　多助《たすけ》五八お作《さく》抔《など》も助左衛門《すけざゑもん》へ厚《あつ》く一礼《れい》を述《のべ》まして助《すけ》左衛門《ざゑもん》に仕《つかは》るゝ下男《げなん》下女《げぢよ》手代《てだい》抔《など》へ例《れい》の餅《もち》と青差《あをざ》しを遣《つかは》して助左衛門《すけざゑもん》の宅《たく》を引取《ひきと》りました、其翌《そのよく》三日は*沢田《さはだ》の原《はら》へ馬頭《ばとう》観音《くわんおん》の大碑《たいひ》を建《たて》升ので　之《これ》を請負《うけおひ》ました石屋《いしや》は早朝《さうてう》から出張《でばつ》て手伝《てづた》ひの土方《どかた》を使役《しえき》致《いた》して手軽《てがる》く足場《あしば》を組《く》んで台石《だいゝし》を据《す》へ　其上《そのうへ》に馬頭観音《ばとうくわんおん》の碑《ひ》を乗《の》せて目塗《めぬ》りの漆食《しつく》ひ迄《まで》仕上《しあ》げに成《な》りましたのが九ツ半時《はんどき》　唯今《たゞいま》の午後《ごゞ》一時《じ》でございませう、青陽寺《せいやうじ》の和尚《おせう》は此碑《このひ》に向《むか》つて経《けう》を上《あ》げる　参詣《さんけい》に参《まゐ》つた者《もの》へは施主《せしゆ》の多助《たすけ》から赤飯《こわめし》を遣《や》るといふので参詣人《さんけいにん》一同《どう》は青《あ》馬《を》が仏果《ぶつくわ》を得《え》升《ます》る様《やう》にと祈念《きねん》を致《いた》して午後《ごゝ》の二時《じ》から思《おも》ひ〳〵に引《ひ》き取《と》り升　青陽寺《せいやうじ》の和尚《おせう》も名主《なぬし》助左衛門《すけざゑもん》と

同道至《どうだういた》して午後《ごゞ》三時《じ》に建碑《けんぴ》の場所《ばしよ》を引《ひ》き下《さが》り　赤飯《こわめし》*の桶土《をけど》瓶茶碗《びんちやわん》の類《たぐ》ひは　跡《あと》へ残《のこ》りました者《もの》は多助《たすけ》にお作《さく》五八の三人《にん》でござい升　此人々《このひとぐ》等《ら》が持運《もちはこ》びしても青馬《あを》が乗仏《ぜうぶつ》を致《いた》す様《やう》にと祈念《きねん》を致《いた》して徐《やを》ら其場《そのば》を引《ひ》き取《とら》うと致《いた》す所《ところ》へ　例《れい》の仁《に》太郎甚《じん》三郎を先《さき》に破戸《ならずもの》三人手《にんて》に手《て》に得物《えもの》を携《たづ》さへまして茂《しげ》る叢《くさむら》の中《なか》から現《あら》はれまして多助《たすけ》五八お作《さく》を中《なか》へ囲《かこ》み

甚「ヤイ多助《たすけ》　奴《うぬ》はまだ此村《このむら》に居《ゐ》る頃《ころ》からお作《さく》と度々《たびぐく》操り合《あつ》て居《ゐ》た事《こと》ア誰知《たれし》らねへ者《もの》は無《な》へが　過去《すぎさ》つた事《こと》と大目《おほめ》に見《み》て其事《そのこと》は曖気《おくび》にも出《だ》さず、品能《ひんよ》く法謝《はふしや》に預《あづか》らうと掛《かけ》た謎《なぞ》が解《とけ》ねへで　御帳《みてう》に附《つけ》た尻迄割《しりまでわ》られ痛《いた》み入《い》つて引《ひ》き下《さが》つたは今日《けふ》の供養《くやう》に仕返《しかへ》しを仕《し》て遣《やら》うといふ了簡《れうけん》で胸《むね》を擦《さす》つて返《かへ》つたのダ、今日《けふ》こそは野郎籠《やらうかご》の鳥《とり》だ、素直《すなほ》に出《だ》すなら一端《たん》は一家《け》に成《な》つた汝《てめへ》と俺《われ》、此儘《このまゝ》で返《かへ》そうが　嫌《いや》だと吐《ぬか》しやア汝等《うぬら》三人沢田《にんさはだ》の原《はら》の一本松《ぼんまつ》が娑婆《しやば》と冥途《めいど》の別《わか》れ路《みち》だ、度胸《どけう》を据《すゑ》て返事《へんじ》をしろへ

五「甚《じん》三郎汝《わ》りやア悪《わる》ひ奴《やつ》に成《なつ》たダノフ、年《とし》は取《と》つても五八ダ　汝等《わいら》五人《にん》や十人《にん》は何《な》んでもない　サア来《こ》い

ト腕《うで》まくりを致《いた》す、面倒《めんだう》だ遣《やつ》つけつちまへト申す仁《に》太郎の下知《げぢ》に破戸《ならずもの》一同《どう》が手《て》に手《て》に棒《ぼう》ちぎりを持《もち》まして打《う》つて掛《かゝ》る　多助《たすけ》も一生懸命《せうけんめい》実父《じつぷ》角《かく》右衛《ゑ》門《もん》から譲《ゆづら》れた護身《ごしん》の一刀《たう》は這度《こんど》江戸《えど》を発足致《はつそくいた》してから腰《こし》を離《はな》しませんが　今相手《いまあひて》は名《な》におふ破戸《ならずもの》五六人《にん》　此方《こちら》は五八と自己《おのれ》ばかり　其上足弱《そのうへあしよわ》の女《をんな》を連《つ》れて居《を》り升《ます》から彼《かの》一刀《たう》の鞘《さや》を払《はら》ひましたが足《あし》はブル〳〵震《ふる》へて居《を》り升　相手《あひて》は命知《いのちし》らずの破戸気丈《ならずものきでう》の五八は是《これ》を事《こと》とも致《いた》さず抵抗《ていこう》を致《いた》しましたから耐《たまら》ない　あはれむべし三人《にん》は袋敲《ふくろだゝ》きに成《な》つた上《うへ》に一命《めい》も危《あやふ》く見《み》へました時《とき》に多《た》助《すけ》が　青馬《あを》よ汝《われ》に霊《れい》があらば這奴《こいつ》を嚙殺《かみころ》して呉《くれ》と大声《おほごゑ》に二三度《ど》申し升と　何所《どこ》から飛出《とびだ》して参《まゐ》つたか一疋《ぴき》の青馬《あを》が忽《こつ》然現《ぜんあら》はれ出《いで》まして破戸《ならずもの》を見掛《みか》けて食附《くひつ》きに掛《かゝ》ると　此悪漢《このわるもの》等《ら》も其以前《そのいぜん》多助《たすけ》の愛《あい》しました青馬《あを》は飼主《かひぬし》の仇敵《あだがたき》お栄丹《えいたん》三郎を食《く》ひ殺《ころ》したと申す事《こと》も聞《きい》て居《を》り升《ます》から　此多助《このたすけ》が申した事《こと》を聞《きい》て青馬《あを》の霊《れい》が現《あら》はれたのであると心得《こゝろえ》ましたので一同《どう》は多助《たすけ》五八を捨置《すておい》て彼青馬《かのあを》へ打《うつ》て掛《かゝ》りましたが　馬《うま》は暴《あれ》に暴《あれ》て遂《つひ》に仁《に》太郎の頭《あたま》へ食《く》ひ附《つ》きましたから一同逃《どうに》げ去《さ》り升《ます》と馬《うま》も其跡《そのあと》を追《お》つて参《まゐ》りました、多助《たすけ》五八も奇異《きい》の思《おも》ひを致《いた》しましたが　是《これ》は下新田《しもしんでん》の油屋《あぶらや》の悴久兵衛《せがれきうべゑ》が秘蔵《ひざう》の

青馬《あを》で　毛色《けいろ》も塩原《しほばら》の馬《うま》に似《に》て居《ゐ》るといふ噂《うはさ》もある位《くら》ゐで
利口《りこう》な馬《うま》でございましたが　此日《このひ》久兵衛《きうべゑ》と倶《とも》に沼田《ぬまた》迄参《までまゐ》つ
て久兵衛《きうべゑ》が取引《とりひ》き先《さき》の門《かど》に繋《つな》いで置《お》きました手綱《たづな》を切《き》りま
して暴《あば》れ出《だ》したので実《じつ》に偶然《ぐうぜん》でござい升が　皇天《てんとう》は多助《たすけ》の
危難《きなん》を救《すく》ふのに此青馬《このあを》を以《もつ》て致《いた》したの歟《か》もしれません　扨《さて》
多助《たすけ》は危《あやふ》い難《なん》を遁《のが》れまして其翌日《そのよくじつ》は塩原角《しほばらかく》右衛門《ゑもん》が所有《しよいう》の
土地《とち》　太左衛門《たざゑもん》が所有《しよいう》の土地《とち》等《とう》を買入《かひい》れの取引《とりひ》きを致《いた》し
塩原《しほばら》の本家《ほんか》はお作《さく》の子《こ》を角《かく》太郎と改《あらた》めまして相続人《さうぞくにん》と致《いた》し
五八は太左衛門《たざゑもん》と改《あらた》めまして分家《ぶんけ》の跡《あと》へ直《なほ》して角《かく》太郎の後《こう》
見《けん》と致《いた》し　本家《ほんけ》分家《ぶんけ》倶《とも》に八月《げつ》廿八日に江戸《えど》へ帰《かへ》りました*

怪《かい》談《だん》阿《お》三《さん》の森《もり》

怪談《くわいだん》阿三《おさん》の森《もり》

第一席

お噺《はなし》はチト当今《たうこん》の御時世《ごじせい》に向《むき》の遠《とほ》い怪談《くわいだん》でございますが、深川《ふかゞは》に*阿三《おさん》の森《もり》と申《まを》し、阿三様《おさんさま》といふ小《ちいさ》な祠《ほこら》のある処《ところ》、古《ふる》くは*雀《すゞめ》の森《もり》と申《まを》しました。森《もり》といつてもほんのちよんぼりとした森《もり》で、昔《むかし》のお旗本《はたもと》のお邸《やしき》などには此様森《こんなもり》は幾干《いくら》もございます……*久左衛門新田《きうざゑもんしんでん》と海辺新田《うみべしんでん》との間《あひだ》で*黒船神社《くろふねじんじや》から余《あま》り遠《とほ》く隔《へだ》つて居《を》りません。*洲崎遊廓《すさきいうくわく》へ通《かよ》ふ早船《はやぶね》の通《とほ》る川筋《かはすぢ》からも、こんもりとした此《こ》の森《もり》は見《み》えて居《を》ります。全体《ぜんたい》*この川《かは》は遠《とほ》く砂村新田《すなむらしんでん》から出《で》て、石小田新田《いしこだしんでん》と平井新田《ひらゐしんでん》の間《あひだ》を流《なが》れまして、*洲崎弁天《すさきべんてん》のところへ出《で》ると流《なが》れに沿《そ》ふて*平野橋《ひらのばし》を潜《くゞ》り、*入舟町数矢町《いりふねちやうかずやまち》の川岸《かし》を流《なが》れて*蓬莱橋《ほうらいばし》をくゞりますと、右《みぎ》は*富岡門前《とみをかもんぜん》の川岸《かし》、左《ひだり》は*平富町《ひらとみちやう》、佃町《つくだちやう》、牡丹町《ぼたんちやう》などで、*石島橋《いしじまばし》を越《こ》えると深川《ふかゞは》に有名《いうめい》の*蛤町《はまぐりちやう》になつて*松島橋《まつしまばし》の処《ところ》から左《ひだり》へ越中島橋下《ゑつちうじまばしした》をぬける、さうすると片側《かたがは》が*大島町《おほしまちやう》、片側《かたがは》が越中島《ゑつちうじま》で、そこを通《とほ》つて、*調練橋《てうれんばし》をくゞり*熊井町《くまゐちやう》の川岸《かし》伝《づた》ひに大河《おほかは》へ流《なが》れ出《だ》す小川《こがは》でございますが、石島橋《いしじまばし》へまゐるまでに、今《いま》は*古石場町《ふるいしばまち》と申《まを》す処《ところ》の向《むか》ふに見《み》える森《もり》がこの阿三《おさん》の森《もり》で、只今《たゞいま》申《まを》し上《あ》げるお噺《はなし》の土台《どだい》となる土地《とち》でございます。ヅヽとの昔《むかし》は*此辺《このへん》はみな海《うみ》で遠浅《とほあさ》のところ、段々《だん〳〵》と打寄《うちよ》せる波《なみ》が塵芥《ごみ》や砂《すな》を持《もつ》て来《き》て海《うみ》が埋《うづま》り、追々《おひ〳〵》に家《うち》も建《たち》ましたが、*津波《つなみ》で家《うち》も攫《さら》はれたといふお噺《はなし》もある場所《ばしよ》でげす……。

さて是《こ》れより阿三《おさん》の森《もり》に就《つい》て一条《ひとくだり》のお噺《はなし》を申《まを》し上《あ》げまするが、享保《きやうほ》の頃《ころ》深川《ふかゞは》蛤《はまぐり》町《ちやう》の漁師《れふし》善兵衛《ぜんべゑ》の娘《むすめ》にお古乃《この》といふのがございまして、本所《ほんじよ》のお旗本《はたもと》松岡様《まつをかさま》と仰《おつし》やる、お高《たか》は二千石《ごく》を頂戴《ちやうだい》なすつて有福《いうふく》なお邸《やしき》へ御奉公《ごほうこう》に上《あ》がる、このお古乃《この》さんは漁師《れふし》の娘《むすめ》のやうでない、誠《まこと》に優美《しとやか》で縹緻《きりやう》も好《よ》うございます、年頃《としごろ》も丁度《ちやうど》十七八、番茶《ばんちや》も出端《でば》なと申《まを》し沸《たぎ》つたお湯《ゆ》に入《い》れるとサツと出《で》たところは美味《おいし》い味《あぢ》のあるものでげすて……松岡様《まつをかさま》のお手《て》がつき、酸物好《すゐものごの》みをするやうになつて、お邸《やしき》にも置《お》いておかれないと云《い》ふので、お手《て》厚《あつ》いお手当《てあて》を下《くだ》され、親元《おやもと》へ下《さが》つて身二《みふた》つになり、産《う》み落《おと》しましたがお三《さん》さんでございます。奥様《おくさま》の手前《てまへ》もあつて表《おもて》向殿様《むきとのさま》とのお手《て》は切《き》れたことに成《な》つて居《を》りますが、斯《か》うしてお胤《たね》まで宿《やど》して見《み》るとお古乃《この》さんも思《おも》ひ切《き》れません、殿《との》様《さま》もまたお心残《こゝろのこ》りのするは人情《にんじやう》でございませう。時折《ときをり》お忍《しの》びでお出遊《いであそば》すこともある処《ところ》から、裏《うら》の空地《あきち》に二階家《かいや》を建《た》てまして殿様《とのさま》のお出《い》でのときは此《こ》の新築《しんちく》の座敷《ざしき》で睦《むつま》じくお話《はなし》なされ　生《うま》れたお三《さん》さんも段々《だん〳〵》可愛《かあい》らしくなるにつけ、お古乃《この》さんも善兵衛夫婦《ぜんべゑふうふ》も只《た》だ大切《たいせつ》に育《そだ》て、立《た》*てば這《は》へ這《は》へば歩《あゆ》めと下《した》へも置《お》かないで、蝶《てふ》よ花《はな》よと侍《かしづ》いて居《を》りましたが、此儘《このまゝ》で参《まゐ》れば何事《なにごと》もございませんでげすが盈《みつ》れば欠《か》くる浮世《うきよ》の慣《なら》ひでございますか、お古乃《この》さんは不図《ふと》風邪《かぜ》の心《こゝ》地《ち》が原因《もと》で、十九の春弥生《はるやよひ》の花《はな》と共《とも》に散《ち》り失《う》せて了《しま》ひ、お三《さん》は善兵衛夫婦《ぜんべゑふうふ》の手《て》で育《そだ》てねばならない事《こと》になる、続《つゞ》いて殿様《とのさま》もお逝去《かくれ》になつて、お手当《てあて》も戴《いたゞ》けないやうな始末《しまつ》に成《な》ります。善兵衛《ぜんべゑ》も娘《むすめ》に死《し》なれてからは板子《いたご》一枚下《まいした》は地獄《ぢごく》の稼業《かげふ》も厭《いや》になり、漁師《れふし》を廃《や》めて孫《まご》のお三《さん》が成人《せいじん》するを楽《たのし》みに暮《くら》しましたが、手《て》を束《つか》ねて居喰《ゐぐひ》をしては続《つゞ》く訳《わけ》のものでありませんから、亀戸天神《かめゐどてんじん》の近所《きんじよ》へ越《こ》して小清潔《こざつぱり》した団《だん》子屋《ごや》を始《はじ》めますると、是《こ》れが幸《さいは》ひに流行《はやつ》て誰《た》れ云《い》ふとなく梅見団子《うめみだんご》で名代《なだい》となりました。

月日《つきひ》の経過《たつ》のは早《はや》いもので、亀戸《かめゐど》へ引越《ひきこし》たは昨日今日《きのふけふ》のやうに思《おも》つて居《を》りましたが、何時《いつ》か六七年《ねん》もすぎて、お三《さん》は人目《ひとめ》に注《つ》く年頃《としごろ》の十七となりました。母親《はゝおや》の標緻《きりやう》を承《う》けて美女《いゝをんな》で愛嬌《あいけう》が溢《こぼ》れるほどありますから、梅見団子《うめみだんご》の小町《こまち》娘《むすめ》だ金函娘《かねばこむすめ》だと評判《ひやうばん》をいたし、近所《きんじよ》の壮者《わかいもの》は喰《た》べたくもないお団子《だんご》を喰《く》ひに来《き》て朝店《あさみせ》を明《あ》けるから夜《よ》る閉《し》めるまで、二人《ふたり》三人《にん》のお客《きやく》が絶《た》えたことはなく、就中梅《とりわけうめ》*の咲《さ》く時分《じぶん》より藤《ふぢ》の散《ち》る頃《ころ》までは、腰《こし》を掛《か》けてお茶《ちや》を喫《の》む処《ところ》もない大繁《おほはん》昌《じやう》でございます。斯《か》うなると爺《ぢい》さん婆《ばあ》さんの手《て》では店《みせ》が手《て》張《ばつ》て間《ま》に合《あひ》ませんから、奉公人《ほうこうにん》を置《お》いて爺《ぢい》さん婆《ばあ》さんは自《じ》分《ぶん》で手《て》を下《おろ》さなくも宜《よ》くなり、お三《さん》も給仕《きふじ》なんかはせず多《おほ》く帳場《ちやうば》に坐《すわ》つて居《を》りましたが、若《わか》い衆《しゆ》が二人連《ふたりづれ》で朝《あさ》ツぱら遣《や》つて来《き》て、

若「阿爺《おとつ》さん、今日《こんにち》は……」

爺「お早《はや》うございます、今日《けふ》はお休《やす》みでげすかえ……朝《あさ》*焼《やけ》のしてる塩梅《あんばい》ぢやア、昨夜《ゆんべ》は吉原《なか》でげせうね。」

若「違《ちげ》えねえ、阿爺《おとつ》さんも隅《すみ》に置《お》けねえ苦労人《くらうにん》だからなア……」

爺「お*手《て》の筋《すぢ》でげせう……だが余《あんま》り凝《こつ》ちやアお為《ため》になりますめえよ、親方《おやかた》を失敗《しくじつ》たら長《なが》い年期《ねんき》を棒《ばう》に振《ふ》り虻蜂取《あぶはちと》らずになつて了《しま》ひませうぜ、まア程々《ほどく》にお遣《や》んなせえませ……」

若「なアにね休《やす》むつもりもなかつたんだが、寝坊《ねばう》を仕過《しす》ぎた上《う》へに、一寸《ちよつ》と一本仰《ぼんあふ》つたんで、帰《けえ》る時《とき》が半間《はんま》に成《な》りあがつたもんだから、何《ど》うで仕事《しごと》は半《はん》チク序《つひで》だ、叱言《こゞと》を言《いは》れるにしても顔《かほ》の余焔《ほてり》だけでも冷《さま》して帰《けえ》らうと思《おも》つて……」

爺「さうですかい……まア辛抱《しんばう》なさいよ。」

と言《い》つてゐる処《ところ》へ、善兵衛《ぜんべゑ》の心易《こゝろやす》いお医者《いしや》で松山玄哲《まつやまげんてつ》といふのが、お出入屋敷《でいりやしき》の若旦那《わかだんな》とでも云《い》ひさうな立派《りつぱ》な方《かた》のお供《とも》をして、梅見《うめみ》に来《き》たといふ風《ふう》で梅見団子《うめみだんご》の店先《みせさき》を覗《のぞ》き込《こ》みまして、

玄「善兵衛《ぜんべゑ》さん、何時《いつ》も御繁昌《ごはんじやう》で……」

と声《こゑ》をかけまする、善兵衛《ぜんべゑ》もフイと見《み》ると玄哲《げんてつ》といつて、一体《たい》は古方家《こはうか》ではありますが、実《じつ》はお*幇間医者《たいこいしや》のお饒舌《しやべり》で、諸人助《しよにんたす》けの為《た》めに匙《さぢ》を手《て》に取《と》つたことのない人物《じんぶつ》……大概《たいがい》なお医者《いしや》なら如何《いか》な藪井竹庵《やぶゐちくあん》でも紙入《かみいれ》の中《なか》にお丸薬《ぐわんやく》か散薬《さんやく》ぐらゐは、お医者《いしや》といふ肩書《かたがき》に面《めん》じて入《はい》つて居《を》りますが、此《こ》の玄哲《げんてつ》の紙入《かみいれ》には手品《てじな》の種《たね》や百眼《ひやくまなこ》などが入《い》れてあらうといふ、お幇間《たいこ》を看板《かんばん》にかけて居《を》ります厄介《やつかい》なお医者様《いしやさま》でございますから、

善「玄哲《げんてつ》さんぢやアありませんか、梅見《うめみ》と洒落《しやれ》こみかい……先《ま》ア一服遣《いつぷくや》つてお出《い》でなさい、久《ひさ》し振《ぶ》りぢやア……お茶代《ちやだい》を取《と》らうとは云《いは》ないから寄《よ》つて往《い》きなさい。」

玄「お茶代《ちやだい》なしとは有難《ありがた》い……御前《ごぜん》一服遣《ぶくや》つて参《まゐ》りませう、此家《こゝ》の老爺《おやぢ》は愚老《ぐらう》が昵懇《じつこん》の者《もの》で御遠慮《ごゑんりよ》はございませんよ……それにな時々噂《ときぐうはさ》をいたして居《を》ります梅見団子《うめみだんご》の小町《こまち》娘《むすめ》は此家《こゝ》でげす、お三《さん》と申《まを》して今年《ことし》十七歳《さい》になる余程《よほど》の別嬪《べつぴん》、串戯口《じやうだんぐち》の一ツも利《き》き見《み》るだけでも結構《けつこう》なもの、梅《うめ》もよろしいが動《うご》きもしない口《くち》もきゝません、小町娘《こまちむすめ》は口《くち》もきゝます動《うご》きもします、まア見《み》るは放楽《はうらく》だお入《はい》りなさい……」

と自《みづか》ら案内《あんない》して奥《おく》の離《はな》れ座敷《ざしき》の椽《えん》に腰《こし》をかけまするると、

善兵衛《ぜんべゑ》の女房《にようぼう》と云《い》ふと若《わか》さうに聞《きこ》えますが、最《も》う白髪《しらが》の婆《ばあ》さんでございます、お茶《ちや》を二個《ふたつ》お盆《ぼん》に乗《の》せ持《も》て来《き》て、

婆「まア玄哲《げんてつ》さん久《ひさ》しくお見《み》えなさいませんから、何《ど》うなすつたかと思《おも》つて毎度《まいど》お噂《うはさ》を申《まを》して居《を》りました……今日《けふ》は何方《どちら》へ……」

玄「その後《ご》は存外御不沙汰《ぞんぐわいごぶさた》いたしました、相変《あひかは》らずの御《ご》繁昌《はんじやう》で結構《けつこう》でげすな、今日《けふ》は*臥龍梅《ぐわりうばい》へ梅見《うめみ》に出懸《でかけ》ましたが、*梅見《うめみ》れば方図《はうづ》がないといふ譬《たとへ》の通《とほ》り、まだ慊《あきた》らず梅見団子《うめみだんご》の小町娘《こまちむすめ》を見《み》やうといふのでな、はゝゝゝゝゝゝ。」

婆「玄哲《げんてつ》さん、相変《あひかは》らず瓢軽《へうきん》なことを云《い》てなさる、お前《まへ》さんなんぞは生《うま》れ代《かは》つて来《こ》なければ……」

玄「イヤ御挨拶《ごあいさつ》で痛《いた》み入《い》りましたな……時《とき》に阿母《おつか》ア是《こ》れは愚老《ぐらう》の御出入屋敷《おでいりやしき》の阿部様《あべさま》の殿様《とのさま》だから、能《よ》く御挨拶《ごあいさつ》を申《まを》しあげなさいよ。」

と言《いつ》て、婆《ばあ》さんに耳打《みゝうち》いたしました。婆《ばあ》さんも連《つれ》の若様《わかさま》を見上《みあげ》ると美男子《いゝをとこ》だ、年齢《としごろ》は二十一二でもあらうかと思《おも》はれまして、お忍《しの》びのことだから黒羽二重御紋附《くろはぶたへごもんつき》の着流《きなが》しに、献上博多《けんじやうはかた》のお御帯《みおび》には、研《みが》きの鮫鞘《さめざや》を落《おと》しざしになされ、雪駄《せつた》ばきといふ当時意気《たうじいき》なお旗本衆《はたもとしう》のお服装《なり》で、いかにも立派《りつぱ》でございますから婆《ばあ》さん*早桶《はやをけ》へ両足《りやうあし》を突込《つきこ》む好年《いゝとし》をしながらポツとして了《しま》ひました。

善「婆《ばあ》さんや、何《なに》をしてるのだよ、*煮《に》くたらしの番茶《ばんちや》なんかを出《だ》して……そつちの玉露《ぎよくろ》を入《い》れてお出《だ》しなさい、*殻《から》ツ茶《ちや》ぢやアいかんよ、団子《だんご》なんか召食《めしあが》りもしめへ、彼《あ》の昨日《きのふ》貰《もら》つた羊羹《やうかん》を切《き》つてな、いゝかね、余《あんま》り薄《うす》く切《き》つては吝《けち》くさツて外見《みつとも》ないから、程合《ほどあひ》にお切《き》んなさいよ、いゝかね、未《ま》だ懵然《ぼんやり》してるのか、好年《いゝとし》をしあがつて……お客様《きやくさま》に失礼《しつれい》ぢやないか。」

と善兵衛《ぜんべゑ》は頻《しき》りに世話《せわ》をやいて居《を》ります。帳場格子《ちやうばがうし》の内《うち》に居《ゐ》ましたお三《さん》さん、爺婆《ぢゝいばゝあ》はまだ小供《こども》のやうに思《おも》つて居《を》りますが、*椽《えん》の下《した》の小豆《あづき》でも時節《じせつ》が来《く》ると花《はな》が咲《さ》くもので、最《も》う*臀《いしき》を撫《な》でまはし後《うしろ》を振返《ふりかへ》つて見《み》たがる年頃《としごろ》、美男子《びなんし》を見《み》る眼附《めつき》は口《くち》ほどに物《もの》をも云《い》ふ始末《しまつ》でございますから、離亭《はなれ》へ行《ゆ》くときチラと見《み》た玄哲《げんてつ》の同伴《つれ》の男《をとこ》、何《なん》だか極《きま》りが悪《わる》く態《わざ》と横向《よこむい》て了《しま》ひましたけれど、気《き》になつて堪《たま》りませんから、窃《そつ》と横手《よこて》の障子《しやうじ》を開《あ》けて隙間《すきま》から覗《のぞ》いて見《み》ますと、

玄哲《げんてつ》の傍《そば》に坐《すわ》つてゐるのは人品《じんぴん》といひ縹緻《きりやう》といひ、女《をんな》にしても見《み》ま欲《ほ》しき優男《やさをとこ》でございます、之《これ》を見《み》ると恋風《こひかぜ》ゾツと身《み》に泌《し》み　何《ど》うした風《かぜ》の吹廻《ふきまは》しで、彼様綺麗《あんなきれい》な殿御《とのご》が此処《ここ》へ来《こ》られたかと思《おも》ふと、急《きふ》にクワツと逆上《のぼせ》て耳朶《みゝたぼ》が火《ひ》の如《ごと》くクワツクワツとして真紅《まつか》になる、何《なん》となく間《ま》が悪《わる》くなりましたから礑《はた》と障子《しやうじ》を閉切《しめき》り、帳場《ちやうば》の方《はう》へ向《む》きましたけれど、障子《しやうじ》を閉切《しめき》つては、横目《よこめ》を使《つか》つても男《をとこ》の姿《すがた》を見《み》ることが出来《でき》ません、また窃《そつ》と障子《しやうじ》を開《あけ》て庭《には》の梅《うめ》の花《はな》を見《み》る振《ふり》をしながら、チヨイ〳〵と玄哲《げんてつ》の同伴《つれ》を見《み》て彼方《あちら》で此方《こちら》を向《む》くと恥《はづか》しくなつて障子《しやうじ》を閉《し》める、障子《しやうじ》を閉《しめ》ては顔《かほ》を見《み》られないからまた開《あ》ける、開《あ》けるかと思《おも》へば閉《し》め、閉《し》めるかと思《おも》へば開《あ》け、出《で》たり引込《ひつこん》だり、引込《ひつこん》だり出《で》たりモヂ〳〵して居《ゐ》るのを、玄哲《げんてつ》が目早《めばや》く認《みと》めまして、

玄「若旦那《わかだんな》、先刻《さつき》から彼女《えてもの》がしげ〳〵と視《み》て居《を》りますよ、梅《うめ》の花《はな》を見《み》る振《ふり》をしてゐても眼球《めだま》は全然此方《まるでこちら》を視《み》て居《を》ります、今日《けふ》は御前《ごぜん》*にすつかり蹴《け》られましたね。」

と言《い》ひながらお三《さん》さんの方《かた》を眺《なが》め

玄「あれ又引込《またひつこ》んだ、ソレまた出《で》た、引込《ひつこん》だ、出《で》た……」

と玄哲《げんてつ》は一人《ひとり》で噪《さわ》いでゐます処《ところ》へ、婆《ばあ》さんがお三《さん》さんを呼《よ》んで何《なん》だか吩咐《いひつ》けて居《を》る様子《やうす》でございますから、玄哲《げんてつ》は態《わざ》と仰々《ぎやう〳〵》しく衣紋《えもん》を繕《つくろ》ひながら。

玄「占《しめ》た、お娘《むすめ》が只今《たゞいま》お茶《ちや》を持《もつ》て参《まゐ》りまする……御前《ごぜん》にばかりチヤホヤすれば持《もつ》てまゐる羊羹《やうかん》はその間《ま》に愚老《ぐらう》がせしめまするぞ、色気《いろけ》より喰気《くひけ》で割《わり》を合《あ》はせなければ……」

と諧謔《おどけ》を云《い》つて居《を》りまする。お三《さん》は急《きふ》に頭《あたま》へ手《て》をあげて鬢《びん》の乱《みだ》れを掻《かき》あげるやら、衣紋《えもん》を直《なほ》すやらして漸《やうや》うのことで、お盆《ぼん》に急須《きふす》と茶碗《ちやわん》を載《の》せて持《もつ》て来《き》ますと、その後《あと》から婆《ばあ》さんが羊羹《やうかん》を南京焼《なんきんやき》の菓子皿《くわしざら》に象牙《ざうげ》の箸《はし》をつけて持《も》ち出《だ》しまする、二人《ふたり》の前《まへ》に来《き》ますとお三《さん》さんは只《た》だ恥《はづか》しいが一杯《ぱい》でございますから、

三「玄哲《げんてつ》さん入《い》らツしやいませ……貴郎《あなた》よく……」

と跡《あと》は口《くち》のうちでグヅ〳〵に云《いつ》て婆《ばあ》さんの後背《うしろ》にばかり附着《くツゝい》て居《ゐ》ますを、玄哲一人《げんてつひとり》でお饒舌《しやべり》をいたして一座《ざ》を照《てら》*さないやうに斡旋《とりもつ》てゐましたが、お三《さん》は恥《はづ》かしいのか嬉《うれ》しいのか御前《ごぜん》の顔《かほ》を横目《よこめ》でヂロ〳〵視《み》ない振《ふり》して視《み》てゐる、気《き》

があれば目《め》も口《くち》ほどに物《もの》を云《い》ふと申《まを》します譬《たと》へ通《どほ》りで、御《ご》前《ぜん》〳〵と云《いは》るゝ阿部《あべ》新十郎様《しんらうさま》もお三《さん》の艶《あでや》かな容姿《すがた》に見惚《みと》れ、魂《たましひ》も天外《てんぐわい》に飛《と》ぶばかりでございました。新十郎様《しんらうさま》は、

新「玄哲《げんてつ》さん、便所《はゞかり》は何方《どちら》でせうか……」

玄「オツと合点《がつてん》……愚老《ぐらう》が御案内申《ごあんないまを》さう。」

婆「何《なん》ですね、玄哲《げんてつ》さん、お三《さん》に御案内《ごあんない》させますよ……お前《まへ》さんはお起《た》ちなさらずとも好《よ》うございますわ……お三《さん》や御前様《ごぜんさま》を御案内申《ごあんないまを》しあげなさい……手拭《てぬぐひ》がお気味《きみ》が悪《わる》からうから、用箪笥《ようだんす》の二番目《ばんめ》にあるのを出《だ》してお出《い》でなさい。」

と婆《ばあ》さん中々《なか〳〵》に気前《きまへ》を見《み》せる接待振《もてなしぶり》で、

婆「貴郎様《あなたさま》、何《ど》うか……汚《むさ》くツてお気味《きみ》が悪《わる》うございませうが……」

と申《まを》します尾《を》について、お三《さん》も一生懸命《しやうけんめい》な声《こゑ》を出《だ》しまして、

三「何《ど》うか此方《こちら》へ……」

と先《さき》に立《た》ちて案内《あんない》いたしまするが、只《た》だ夢中《むちう》で足《あし》が椽側《えんがは》につかず空《くう》を歩《ある》いてるやうな気《き》がして、胸《むね》はドキ〳〵動悸《どうき》が甚《はなは》だしくいたしまする。新十郎《しんらう》は便所《はゞかり》から出《で》てまゐりますと、お三《さん》はたゞ〳〵恥《はづか》しいが一杯《ぱい》で。お冷水《ひや》を灌《か》けませうとも何《なん》とも云《い》はず、懵然柄杓《ぼんやりひしやく》を持《も》つて立《た》つて居《を》りますを、見《み》て取《と》つた新十郎様《しんらうさま》は

新「これは憚《はゞか》りさまで……」

と両手《りやうて》を差出《さしだ》しましたが、お三《さん》は恥《はづか》しいが一杯《ぱい》でげすから、目《め》も晦《くら》んで見当違《けんたうちが》ひのところへお冷水《ひや》を灌《か》けますので、新十郎《しんらう》の手《て》は彼方此方《かなたこなた》と追駈《おつか》けまはつて漸《やうや》うのことで手《て》を洗《あら》ひまするると、今度《こんど》は新《あたら》しい手拭《てぬぐひ》を差出《さしだ》してモヂ〳〵して居《を》りまする、初々《うひ〳〵》しい素振《そぶり》を差向《さしむか》ひで見《み》ますと身体《からだ》もブル〳〵ツと顫《ふる》へるやうで、アゝ美《うつく》しい、いゝ縹緻《きりやう》だと思《おも》ひ詰《つ》めながら、ソツと手《て》を下《おろ》して手拭《てぬぐひ》を取《と》らうといたしましても、未《ま》だモヂ〳〵遣《や》つて居《ゐ》て放《はな》しません、全《まる》で手拭《てぬぐひ》の引張《ひつぱ》りこをして居《ゐ》るやうなものでげすが、此処《こゝ》に口《くち》でも言《い》はれなければ筆《ふで》でも書《か》くことの出来《でき》ない、何《なん》とも言《い》ひやうのない電気《エレキ》*が通《かよ》ひましたから、新十郎《しんらう》は恐々《こわ〴〵》ながら手拭《てぬぐひ》の上《うへ》から手《て》をヂツと握《にぎ》りましたが、この手《て》を握《にぎ》るは誠《まこと》に愛情《あいじやう》の深《ふか》いものでございます。お三《さん》は握《にぎ》られた手《て》をヂツと握《にぎ》り返《かへ》して

真紅《まつか》になつて下向《したむい》た儘《まゝ》、決《けつ》して放《はな》さうとはいたしません。此様《こんな》ことで大分《だいぶ》手間《てまど》取つて居《を》りまするを、此方《こちら》に待《ま》つてゐる玄哲《げんてつ》は、

玄「御前《ごぜん》は便所《はゞかり》に何処《どこ》まで往《ゆ》かれたんだらう……若旦那《わかだんな》やーい、迷子《まひご》〳〵の若旦那《わかだんな》やーい……」

と云《い》つて一人《ひとり》で騒《さわ》いで居《を》りまする。新《しん》十郎《らう》は低声《こごゑ》で、

新「お放《はな》しなさい、若《も》し人《ひと》に見《み》られてはお互《たがひ》に為《た》めになりません……」

と云《い》つて握《にぎ》つた手《て》を放《はな》さうとしてもお三《さん》は猶《な》ほ放《はな》さないで、覗《のぞ》くやうに見《み》あげる眼《め》は羞明《まぶし》さうで、嫣然《につこり》しまして、

三「また入《い》らツして下《くだ》さいませ……」

と申《まを》しまするを頷《うなづ》いて、再《ふたゝ》び三度《みたび》キウーと握《にぎ》り合《あつ》て惜《をし》き手《て》を放《はな》しあひ匆々《そこ〳〵》に元《もと》の席《せき》に復《かへ》りました。玄哲《げんてつ》はます〳〵口《くち》を尖《とん》がらかせ、

玄「これは何《ど》うも……長《なが》い〳〵、最早《もはや》未《ひつじ》の刻《こく》に間《ま》もあるまいに、御出仕《ごしゆつし》の遅《おそな》はるは……ハヽヽヽヽ、*飛《と》んだ三段《だん》目《め》のお茶番《ちやばん》……いざ、いざ、いざ御帰館《ごきくわん》と仕《つかま》つらう。」

と急《せ》き立《た》てられまして新《しん》十郎《らう》は跡《あと》に気《き》が残《のこ》りますが、是《ぜ》非《ひ》なく去《さ》らばとお立《た》ちになるを、お三《さん》さんも残《のこ》り惜気《をしげ》に見《み》送《おく》りました。

さて此《こ》の御前《ごぜん》と申《まを》しますは、食禄《しよくろく》二千石《ごく》を頂戴遊《ちやうだいあそば》す天下《てんか》の御直参《ごぢきさん》でゐらせられる松岡半之進様《まつをかはんのしんさま》の御《ご》三男《なん》で、遠縁《とほえん》の阿部家《あべけ》へ御養子《ごやうし》にお出《い》でなされ、阿部新《あべしん》十郎《らう》と仰《おつし》やる方《かた》で、お年《とし》は今年《ことし》二十二、お旗本《はたもと》切《き》つて美男《びなん》でゐらツしやるから御縁談《ごえんだん》も煩《うるさ》いやうにございますが、何《ど》ういふものかお気《き》に召《め》さないので、まだ御独身《おどくしん》でゐらツしやる。お三《さん》さんの阿《お》父様《とつさま》は松岡様《まつをかさま》でゐらツしやるから、新《しん》十郎様《らうさま》は異腹《はらちがひ》のお兄《あに》様《さま》にお当《あた》り遊《あそば》す訳《わけ》で……双方《さうはう》ともそんな事《こと》は些《ちつ》とも御存知《ごぞんち》なく、茲《こゝ》に怪《あや》しい因縁《いんねん》が初《はじ》めてお顔《かほ》の合《あつ》た御兄妹同士《ごきやうだいどうし》の間《あひだ》に纏《まつは》りつくのも、何《なに》か深《ふか》い因果《いんぐわ》の回《めぐ》り来《き》たのでございませう。是《こ》れが怪談《くわいだん》の発端《ほつたん》となつていよ〳〵阿三《おさん》の森《もり》の由来《ゆらい》と相成《あひな》るのでございます。

第二席

松岡様《まつをかさま》のお屋敷《やしき》は御総領清之丞様《ごそうりやうせいのぢやうさま》のお代《よ》となつて歴然《れつき》と遣《や》つておいで遊《あそ》ばしますが、御次男《ごじなん》は夭死《わかじに》なされ、お三男《なん》

の新《しん》十郎《らう》様《さま》は御《ご》遠縁《とほえん》の阿部家《あべけ》の名跡《みやうせき》をお継《つ》ぎなされましたけれど、奥様《おくさま》がおありなさるでもなく、御養父《ごやうふ》も御養母《ごやうぼ》も素《もと》よりない、お屋敷《やしき》の事《こと》は味噌擦用人《みそすりようにん》の服部金右衛門《はつとりきんゑもん》が取《とり》仕切《しきつ》て忠実《まめ》に遣《や》つてくれますから、お気楽《きらく》なものでございます。夫《そ》れに此《こ》の節《せつ》はぶら〳〵御病気《ごびやうき》で鬱《ふさ》ぎ勝《が》ちで居《ゐ》らツしやる処《ところ》へ、お幇間医者《たいこいしや》の玄哲《げんてつ》が参《まゐ》りまして梅見《うめみ》に誘《さそ》ひ出《だ》され団子屋《だんごや》へ立寄《たちよ》つて小町娘《こまちむすめ》のお三《さん》さんと手《て》を握《にぎ》り合《あつ》た後《のち》は、明《あ》けても暮《く》れても忘《わす》れられませんから、玄哲《げんてつ》が来《く》れば好《よい》がと、玄哲《げんてつ》の来《く》るのを待《ま》つてお在《いで》なされまする。何《なに》もお幇間医者《たいこいしや》をお待《ま》ちなさる訳《わけ》ではございませんが、彼《あ》れが来《き》たらまた梅見団子《うめみだんご》へ入《い》つてお三《さん》の顔《かほ》を見《み》やうとの思召《おぼしめ》しでございませう。処《ところ》が玄哲老生憎一月《げんてつらうあひにくひとつき》ばかりも遣《や》つて参《まゐ》りませんから、新《しん》十郎《らう》様《さま》はクヨ〳〵遊《あそば》して一層《いつそう》お鬱《ふさ》ぎの御容体《ごようだい》で、この頃《ごろ》は最《も》う夜具《やぐ》を引被《ひつかぶ》つた儘《まゝ》でうつら〳〵として、夢幻《ゆめまぼろし》に恋《こひ》しい女《をんな》の姿《すがた》を御覧《ごらん》になるを切《せめ》てものお楽《たのし》みとしてお在《いで》なさいました。此様果敢《こんなはか》ない思《おも》ひをせずとも御自身《ごじしん》でお出遊《いであそば》せば雑作《ざうさ》もないことで、毎日《まいにち》でも顔《かほ》を見《み》せたり見《み》られたりする位《くらゐ》の事《こと》は自由《じいう》でございませうに、世間知《せけんし》らずの内気《うちき》な新《しん》十郎《らう》様《さま》であるから、幾千惚《いくらほれ》て居《ゐ》る女《をんな》の処《ところ》だからツて、強面敷《あつかましく》ノコ〳〵とお出懸《でかけ》に成《な》ることは出来《でき》ません、毎日《まいにち》〳〵玄哲《げんてつ》が来《く》れば好《よ》いがと夫《そ》ればかり待《まつ》て居《ゐ》らツしやる。

新「金《きん》右衛《ゑ》……」

金「はア。」

新「玄哲老《げんてつらう》が参《まゐ》つたら直《す》ぐ予《よ》の部屋《へや》へ通《とほ》せよ、今日等《けふら》は来《き》さうな日和《ひより》ではなからうかのう。」

金「左様《さやう》にございまする……玄哲老《げんてつらう》の参《まゐ》りさうな日和《ひより》とも思《おも》はれませぬ……御用《ごよう》がござりますればお使《つかひ》を差出《さしだ》しませうや。」

新「おゝ、さうだな、参《まゐ》るやうにと申《まを》し遣《つか》はせい。」

金「畏《かしこ》まりましてございまする。」

と用人《ようにん》の金右衛門《きんゑもん》は早速使者《さつそくしゝや》を立《た》てましたから、玄哲老《げんてつらう》〔は〕いそ〳〵遣《や》つて参《まゐ》り

玄「御用人様《ごようにんさま》、只今《たゞいま》はお使《つか》ひで恐《おそ》れ入《い》りました……ハイ〳〵、御前様《ごぜんさま》が……左様《さやう》でございますか、夫《そ》れではお居間《ゐま》へ伺《うかゞ》ひませう。」

と勝手知《かつてし》つたお屋敷内《やしきうち》でげすから、無遠慮者《ぶゑんりよもの》の玄哲《げんてつ》ズン〳〵お奥《おく》へまゐりまして、

玄「御前様《ごぜんさま》……御前様《ごぜんさま》、玄哲御機嫌《げんてつごきげん》を伺《うかゞ》ひまする……又《また》お鬱《ふさ》ぎでげすか、何《ど》うも困《こま》りましたね、チト浮々遊《うき〳〵あそ》ばせな、気《き》から病《やまひ》が出《で》るわいな……はゝゝゝ。」

と来《く》ると直《す》ぐ諧謔《おどけ》を言《いつ》てゐる、新《しん》十郎様《らうさま》はお待《ま》ちかねの処《ところ》でございますから、

新「おゝ、玄哲老《げんてつらう》か、能《よ》く来《き》てくれた。」

玄「いや彼《あ》れ以来《いらい》、存外《ぞんぐわい》の御不沙汰《ごぶさた》で恐《おそ》れ入《い》りました、はア御気分《ごきぶん》がお悪《わる》い、それは困《こま》りますな、全体御前《ぜんたいごぜん》は鬱気《うつき》で居《ゐ》らツしやるから、気《き》から御病気《ごびやうき》を引《ひ》き起《おこ》して年中《ねんぢう》クヨ〳〵してお在遊《いであそば》すので……些《ち》と婦人《ふじん》にでも御関係《ごくわんけい》あそばして御覧《ごらん》なさいませ、又《また》お気《き》が冴《さ》え〴〵して面白《おもしろ》いものでごわす、愚老《ぐらう》などはな斯《か》く頭《あたま》を兀《はげ》らかしても、婦人対手《ふじんあひて》ならまだ〳〵壮《わか》い者《もの》に負《まけ》ない積《つも》りで……なんでございますと、助平《すけべい》でづう〳〵しいからだと仰《おつし》やいますか、是《こ》れは恐《おそ》れ入《い》りましたな、鳴《な》く猫《ねこ》より鳴《な》かぬ猫《ねこ》が鼠《ねずみ》を取《と》ると申《まを》す譬《たと》へもございますから、御前《ごぜん》などは油断《ゆだん》がなりませんよ、油断《ゆだん》がならぬと云《いへ》ば、此間《このあひだ》梅見《うめみ》のお供《とも》をいたした時《とき》に、梅見《うめみ》団《だん》子《ご》の小町娘《こまちむすめ》をコロリとお手懐《てなづけ》なさるお手際《てぎは》は遠《とほ》く愚老《ぐらう》などの及《およ》ばない処《ところ》でげすよ、*芸妓衆《げいしやしう》とか花魁《おいらん》なら先方《さき》に血道《ちみち》を揚《あ》げさせたツてそりやね、売《う》り物買《ものか》ひ物《もの》でげすから構《かま》ふことはごわせんが、素人《しらうと》の小娘《こむすめ》を玩弄《おもちや》になさるは罪造《つみつく》りでげせう、はゝゝゝ。」

新「これ玄哲《げんてつ》、そんな事《こと》は云《いは》ないでくれよ……それはさうと最《も》うそろ〳〵亀戸《かめゐど》の藤《ふぢ》が咲《さ》いたらうぜ、迷惑《めいわく》でも同行《どうかう》をして貰《もら》ひたいものだが……。」

玄「藤《ふぢ》の花《はな》ですか……まだ〳〵でげすよ、今《いま》やつと桜《さくら》の一重《ひとへ》が咲《さ》いたばかり八重《やへ》は蕾《つぼみ》も固《かた》ふございまするぜ。」

新「最《も》う咲《さ》きさうなものだ、往《い》つて見《み》やうではないか……。」

と頻《しきり》に亀戸往《かめゐどゆ》きを言《い》ひ張《は》られましたので、玄哲老《げんてつらう》もハ、ア、藤《ふぢ》は何《ど》うでも好《よい》のだな、お三《さん》さんの顔《かほ》が見《み》たいのだ、巧《うま》く煽《おだ》てゝ置《お》けば寝酒《ねざけ》の一杯《ばい》ぐらゐは楽々飲《らく〳〵のま》れると、腹《はら》の中《なか》で懐中勘定《ふところかんぢやう》をいたしまするは中々横着《なか〳〵わうちやく》なお医者様《いしやさま》でございますが、其処《そこ》は取巻《とりま》きに馴《な》れて居《を》ります、お幇間医者《たいこいしや》の

玄哲《げんてつ》でげす。夫《そ》れではお供《とも》いたさうと云《い》ふことになる、今《いま》まで寝《ね》てゐました新《しん》十郎様《らうさま》は勃然《むつく》とお起《お》き出《だ》しになつて支《し》度《たく》をいたし、*本所割下水《ほんじよわりげすゐ》のお屋敷《やしき》をお出懸《でかけ》になり、あれから*法恩寺橋《はふをんじばし》通《どほ》りを真直《まつす》ぐに大平町《たいへいちやう》を通《とほ》り、天神橋《てんじんばし》を渡《わた》りますと最《も》う其処《そこ》が亀戸《かめゐど》の天満宮様《てんまんぐうさま》でございます。その橋詰《はしづめ》にあるのが梅見団子《うめみだんご》の店《みせ》でげすから、玄哲《げんてつ》は暖簾《のれん》を押《お》し分《わ》けまして、

玄「善兵衛《ぜんべゑ》さん居《ゐ》なさるか……」

と声《こゑ》をかけますと、丁度店頭《ちやうどみせさき》へ出《で》て居《を》りました婆《ばあ》さんが、玄哲《げんてつ》が阿部《あべ》の殿様《とのさま》をお連《つ》れ申《まを》して来《き》たのを見《み》ますと、急《きふ》に表《おもて》へ飛《と》び出《だ》してまゐり、

婆「これはようこそお出下《いでくだ》されました、さア何《ど》うかお通《とほ》りなさいませ……お三《さん》や、お三《さん》や、殿様《とのさま》がお出《い》で遊《あそば》した、奥《おく》のお座敷《ざしき》を一寸《ちよい》と掃出《はきだ》しなさいよ……玄哲《げんてつ》さんよくまアお連申《つれまを》して下《くだ》さいました、彼《あ》れからね、彼《あ》れも毎日《まいにち》〳〵殿《との》様《さま》のお噂《うはさ》ばかりいたして、何《ど》うして入《い》らして下《くだ》さらんのだと、妾《わたし》を責《せ》めてダヾを捏《こね》て困《こま》り切《き》つて居《を》りますよ、ホヽヽ……爺《ぢい》さんでございますか、ハイ、今日《けふ》はお三《さん》の母《はゝ》の寺《てら》詣《まゐ》りにまゐりました、夕方《ゆふがた》には戻《もど》りませうから、何《ど》うか寛《ゆる》りとお遊《あそ》びなされて下《くだ》さいませ……」

と歯痕《はぐき》を出《だ》してお世辞《せじ》たら〳〵でございまする。流石《さすが》の玄哲老《げんてつらう》も婆《ばあ》さんに喋舌《しやべり》つけられまして、この処《ところ》チヨイとお株《かぶ》を取《と》られたやうでございましたが、

玄「御前《ごぜん》、首尾《しゆび》は上乗吉《じやうじようきち》お誂《あつら》へ向《む》きでごわすぜ……余程《よほど》このお供《とも》は割《わり》の悪《わる》い役廻《やくまは》りで、昨夜《ゆふべ》の夢見《ゆめみ》が何《なん》だか悪《わる》かつたと思《おも》つてました、御前《ごぜん》、え、御前様《ごぜんさま》え愚老《ぐらう》へのお手当《てあて》はヅンとふんだんに願《ねが》ひまする……」

と煽《おだ》てながら奥《おく》の離《はな》れに通《とほ》りますると、お三《さん》さんは恋焦《こひこが》れてゐます殿様《とのさま》が俄《にはか》にお出《いで》になつたのでげすから、恥《はづか》しいやら嬉《うれし》いやらが混交《こつちや》になつて、一寸《ちよつ》と会釈《ゑしやく》をしたまゝで勝《かつ》手《て》の方《はう》へ参《まゐ》ると、さア是《こ》れからが大変《たいへん》で頭髪《かん〳〵》を直《なほ》すやら、着物《きもの》を着替《きかへ》るやら大騒《おほさわ》ぎでございます。其《そ》のうち婆《ばあ》さんがお茶《ちや》を持《もつ》て来《く》る、続《つゞ》いてお菓子《くわし》が出《で》るといふ段取《だんどり》で、お三《さん》さんも挨拶《あいさつ》に参《まゐ》つて婆《ばあ》さんの後背《うしろ》にばかりゐて、ヂロ〳〵と新十郎《しんらう》と顔《かほ》を見合《みあは》せ、耳《みゝ》の根元《ねもと》まで真紅《まつか》にして、眼《め》もうつとりして居《を》りまする。玄哲《げんてつ》は婆《ばあ》さんを片蔭《かたかげ》に呼《よ》んで、酒《しゆ》

肴《かう》の注文《ちうもん》をいたしますると婆《ばあ》さん大呑込《おほのみこ》みでお取持《とりもち》をいたさうと奔走《ほんそう》して居《ゐ》る。やがて酒肴《さけさかな》が並《なら》ぶと玄哲老《げんてつらう》まづお毒《どく》味《み》と云《い》つて、グイと一杯《ぱい》をあけましたが。

玄「おい、お三《さん》や、お前《まへ》から御前《ごぜん》へお盃《さかづき》をお上《あ》げなさいよ……それ、御前《ごぜん》から下《くだ》さるのだ、戴《いたゞ》かれるも戴《いたゞ》かれぬもあつたものかね、さアお盃《さかづき》を持《もつ》て……ハヽア何《なん》だかこれでは御婚礼《ごこんれい》の三々九度《さん〴〵くど》のやうでございまする。」

と徐々《そろ〳〵》お饒舌《しやべり》を始《はじ》めました。新十郎《しんらう》はあまり嗜《たしな》まぬ酒《さけ》でございますから、直《す》ぐ真赤《まつか》になつて、酔眼朦朧《すゐがんまうろう》として困《くる》しさうなのを、婆《ばあ》さんは早《はや》くも見《み》て取《と》りまして、

婆「玄哲《げんてつ》さん、殿様《とのさま》はあまり召飲《めしあが》らないやうで……お困《くる》しさうにお見受申《みうけまを》されまするが、チト横《よこ》におなり遊《あそば》しては如何《いかゞ》でせうねえ。」

と申《まを》しまするると、玄哲老《げんてつらう》は舌《した》なめづりをいたしながら、

玄「それ結構《けつかう》、愚老《ぐらう》はこゝで鱈腹頂戴《たらふくちやうだい》いたしまする……何《ど》うか御遠慮《ごゑんりよ》なら御休息《ごきうそく》あそばしませ、婆《ばあ》さん、好《よ》かな、ナニお二階《かい》が閑静《しづか》でよろしからう……結構《けつかう》〳〵。」

と手酌《てじやく》でグイ〳〵と仰《あふ》つて居《を》りまする。

婆「お三《さん》や、殿様《とのさま》をお二階《かい》へ御案内申《ごあんないまを》しあげなよ、此処《こゝ》では騒々《さう〴〵》しくツて到底《とて》もお寝《よ》られまいからね……お前《まへ》がよく気《き》を注《つ》けて御介抱申《ごかいはうまを》しあげなよ。」

と粋《すゐ》をきかした捌方《さばきかた》でございますから、お三《さん》は新十郎《しんらう》を案内《あんない》してお二階《かい》へあがつて了《しま》ひまする。玄哲《げんてつ》は猶《な》ほ夕日《ゆふひ》が座敷《ざしき》の奥《おく》の方《はう》まで赤々《あか〳〵》とさしまする時分《じぶん》まで飲《の》み、最《も》うへヾレケに成《な》つて居《を》りますから堪《たま》りません。

玄「御前《ごぜん》、御前《ごぜん》、最《も》う徐々《そろ〳〵》帰《かへ》りませう、玄哲《げんてつ》十分《ぶん》に頂戴《ちやうだい》仕《つかまつ》りました、この上戴《うへいたゞ》くときはお供《とも》が六《むづ》ヶ敷《し》うごわります、ハヽヽヽ。」

と高調子《たかでうし》に新十郎《しんらう》も最《も》う日《ひ》の入《い》り近《ちか》くなつたに吃驚《びつくり》いたし、二階《かい》を下《お》りやうとしますのをお三《さん》は袖《そで》を引《ひ》き留《と》めまして、

三「この品《しな》は母様《はゝさま》のお遺物《かたみ》として肌身離《はだみはな》さず持《もつ》て居《を》りますものでございますが何《ど》うか妾《わたし》の紀念《かたみ》と思召《おぼしめ》してお邪魔《じやま》でございませうけれど、お預《あづか》り下《くだ》さいませ……」

と香合《かうがふ》の蓋《ふた》を差出《さしだ》し身《み》は大切《たいせつ》に*守袋《まもりぶくろ》へ収《をさ》めましたから、新十郎《しんらう》は手《て》に取《と》つて見《み》ますと、源氏《げんじ》五十四帖《でう》のうち花散里《はなちるさと》

の蒔絵《まきゑ》のある立派《りつぱ》なものでございます。

新「これを我等《われら》に……それでは確《たし》かに預《あづ》かつた、私《わし》も其方《そなた》に変《かは》らぬ印《しるし》と之《こ》れを進《しん》じませう。」

と脇指《わきざし》について居《ゐ》た、*割笄《わりかうがひ》を割《さ》き一本《ぼん》与《あた》へまして、此《こ》の日《ひ》は別《わか》れを告《つ》げ、玄哲《げんてつ》に伴《ともな》はれ残《のこ》り惜《をし》くも*鴛鴦《をし》の翅《つばさ》をさかれる心地《こゝち》で帰《かへ》りました。

濡《ぬ》れぬ前《さき》こそ露《つゆ》をも厭《いと》へとか申《まを》しまする通《とほ》りで、新《しん》十郎《らう》は嬉《うれ》しい逢瀬《あふせ》を遂《と》げた後《のち》は、気《き》も大胆《だいたん》になるものでございます。逢度見《あひたいみ》たいといふ一心《しん》から、色《いろ》にはなまじ連《つれ》は邪魔《じやま》といふやうなことになりまして、只《た》だ一人《ひとり》で梅見《うめみ》団子《だんご》へ遣《や》つてまゐり、半日《はんにち》ぐらゐを遊《あそ》んで往《ゆ》くことが度重《たびかさ》なり、新《しん》十郎《らう》とお三《さん》は全然《まるで》夢《ゆめ》のごとく嬉《うれ》しい月日《つきひ》を送《おく》つて居《を》りました。

お噺《はなし》が変《かは》つて松岡様《まつをかさま》の御隠居様《ごいんきよさま》は七十余《よ》のお年《とし》にお成《な》り遊《あそば》しても、誠《まこと》に御健全《ごちやうぶ》で居《ゐ》らつしやいましたが、何《なん》といつてもお年《と》齢《し》がお年《と》齢《し》でゐらつしやるから中《なか》の虚《うつろ》になつた朽《くち》木《き》と同《おな》じことで、大風《おほかぜ》が吹《ふ》けば倒《たふ》れかねないお身体《からだ》でげす。処《ところ》がお庭《には》の花《はな》のちら〳〵散《ち》り出《だ》すころからお床《とこ》にお就《つ》きなされた、素《もと》より御老病《ごらうびやう》のことで……御《ご》当主《たうしゆ》清之丞様《せいのじやうさま》は申《まを》すに及《およ》びません、新《しん》十郎様《らうさま》にとつても阿母様《おかあさま》でございます、お三《さん》のことも気《き》になりますけれど、阿母様《おかあさま》の御病気《ごびやうき》を余所《よそ》に亀戸通《かめゐどがよ》ひも成《な》され悪《にく》いので、昼夜《ちうや》殆《ほとん》ど御実家《ごじつか》松岡様《まつをかさま》へ入《い》り浸《びた》つての御看病《ごかんびやう》を遊《あそば》してゐらつしやいました。お手当《てあて》は十分《ぶん》で痒《かゆ》いところへ手《て》の届《とゞ》くほどに遊《あそば》して、名《な》あるお医者《いしや》様《さま》がお薬餌《くすり》も差上《さしあ》げられまするが、日《ひ》に〳〵お疲《つか》れが増《ま》しお命《いのち》も最《も》う旦夕《たんせき》に迫《せま》つて、今《いま》にも知《し》れない御容体《ごようだい》となりましたから、清之丞様《せいのじやうさま》新《しん》十郎様《らうさま》を始《はじ》め御親類《ごしんるゐ》の方々《かたぐ》も御心配《ごしんぱい》なすつて居《ゐ》らつしやる。御隠居様《ごいんきよさま》もお覚悟《かくご》を遊《あそば》したと見《み》えて、お二《ふ》人《たり》をお枕元近《まくらもとちか》くお呼《よ》びなされ、重《おも》い枕《まくら》を少《すこ》しおあげ遊《あそば》し、

隠「清之丞《せいのじやう》も新《しん》十郎《らう》もこの母《はゝ》が最期《いまは》に臨《のぞ》んで言《い》ひ遺《のこ》すことがありますから、能《よ》く聴《き》いて下《くだ》さいよ。」

と仰《おつし》やいました。お二方《ふたかた》もお心《こゝろ》の中《うち》では迚《とて》も御本復《ごほんぶく》は覚《おぼ》束《つか》ないとお諦《あきら》めに成《な》つて居《ゐ》らつしやるが、病人《びやうにん》の阿母様《おつかあさま》に向《むか》つて其様《そんな》ことは申《まを》されませんから、

清「母上《はゝうへ》、左様《さやう》にお気《き》の弱《よわ》いことを仰《おほ》せられず、お心《こゝろ》確《たし》

かに御養生遊《ごやうじやうあそば》されませい。」

隠「いゝや、左様《さう》でありません、今度《こんど》は最《も》う現世《このよ》のお暇《いとま》乞《ごひ》で、阿父様《おとうさま》がお側《そば》へ来《こ》いと云《い》つて今日《けふ》にもお迎《むか》ひに来《き》て下《くだ》さる程《ほど》に、幾干歎《いくらなげ》いても詮《せん》ないことでありますぞ……夫《そ》れにつけ妾《わたし》が死《し》んで了《しま》へば外《ほか》に知《し》るものゝない事《こと》だから息《いき》のあるうちにお前方《まへがた》に知《し》らせて置《お》きたいのは、二人《ふたり》の外《ほか》に一《ひとり》人の妹《いもと》があつて、立派《りつぱ》に阿父様《おとうさま》の血統《ちすぢ》であります、お前《まへ》方《がた》には今一人《いまひとり》の兄妹《きやうだい》があるのです　斯《か》うばかりでは訳《わけ》が解《わか》るまいがの、お前方《まへがた》は小供《こども》であつたから能《よ》くは覚《おぼ》えてゐないかも知《し》れないが、深川　蛤　町《ふかゞはゝまぐりちやう》の漁師《れふし》の娘《むすめ》でお古乃《この》といふお小間使《こまつかひ》が邸《やしき》へ来《き》てゐたことは、薄々《うすく》でも心《こゝろ》に覚《おぼ》えがあらう……その娘《こ》はそれは気立《きだて》の好《い》い柔順《すなほ》なものであつたから、大層阿父様《たいそうおとうさま》の御意《ぎよい》に召《め》してお可愛《かあい》がり遊《あそば》したが間違《まちが》ひの種《たね》でのう、お古乃《この》は阿父様《おとうさま》のお胤《たね》を宿《やど》しましたが、妾《わたし》もね、出来《でき》たことなら仕方《しかた》がない寧《いつ》そお側妾《そばめ》にとお勧《すゝ》め申《まを》して見《み》たが、夫《そ》れでは余《あま》り家《か》事《じ》不取締《ふとりしまり》になつて、親類縁者《しんるゐえんじや》にも面《めん》目《ぼく》ないと阿父様《おとうさま》の堅《かた》い思召《おぼしめ》しで、相応《さうおう》の御手当《おてあて》で宿《やど》へお下《さ》げあそばしましたが、其《そ》の後風《のちかぜ》の消息《たより》で聞《き》けば無事《ぶじ》に女《をんな》の児《こ》を産《う》みおとしてお三《さん》と名《な》をつけ、阿父様《おとうさま》も時折《ときをり》はお出《い》でになるなどと告口《つけぐち》をして呉《く》れたものもありましたが、妾《わたし》が彼《か》れ是《こ》れ申《まを》し上《あ》げては悋気嫉妬《りんきしつと》のやうに当《あた》ると差《さ》し控《ひか》へ、其《そ》のまゝに過《すご》すうち阿父様《おとうさま》はお逝去《かくれ》あそばし、お古乃《この》の家《うち》も亀戸《かめゐど》あたりへ引越《ひつこ》したとの噂《うはさ》……妾《わたし》はお古乃《この》を露聊《つゆいさゝ》か憎《にく》いなどゝは思《おも》ひもしません、阿父様《おとうさま》のお胤《たね》に違《ちが》ひのないお三《さん》とやらいふ小供《こども》、仮令《たとへ》お前方《まへがた》と兄妹《きやうだい》の名乗《なのり》をさせるは、世間《せけん》を憚《はゞか》らねばならないにしても、切《せめ》て邸《やしき》へ引《ひ》き取《と》つて手《て》許《もと》で成人《せいじん》させ、身《み》の落付《おちつき》を定《さだ》めてやつたなら、阿父様《おとうさま》も草《くさ》葉《ば》の蔭《かげ》で嘸《さ》ぞお喜《よろこ》び遊《あそば》さうと、心《こゝろ》には掛《かゝ》つて居《ゐ》ましたけれど、好機会《よきをり》もなくまた其様《そんな》ことを打明《うちあ》けて頼《たの》む人《ひと》もないのでのう、ツヒ今日《けふ》が日《ひ》まで延々《のびく》になりました、腹《はら》は違《ちが》ひますがお前方《まへがた》に取《と》つては一人《ひとり》の妹《いもと》だから、妾《わたし》のない後《のち》は何《ど》うか探《さが》し出《だ》して相応《さうおう》な処《ところ》へ身《み》を固《かた》めさせ妾《わたし》の志《こゝろ》ざしを継《つ》いで下《くだ》さい、是《こ》ればかりが死《し》んでゆく此《こ》の身《み》の心残《こゝろのこ》り……」

と染々《しみぐ》との昔語《むかしがたり》を聞《き》いて居《ゐ》らツしやるお二方《ふたかた》も思《おも》ひも寄《よ》らぬお話《はなし》に、兄《あに》の清之丞様《せいのじやうさま》もお驚《おどろ》きなされました、総身《そうみ》にブル〳〵と顫《ふる》ひが来《き》て、お顔《かほ》の色《いろ》も変《かは》るまでに吃驚《びつくり》なされたは新十郎様《しんらうさま》でございます。母上《はゝうへ》のお話《はなし》の様子《やうす》から考《かんが》へると梅見団子《うめみだんご》のお三《さん》は何《ど》うやら、そのお古乃《この》といふ者《もの》の腹《はら》に宿《やど》つた、阿父様《おとうさま》のお胤《たね》らしく思《おも》はれますから、腋《わき》の下《した》より冷汗《ひやあせ》のだら〳〵流《なが》れるを我慢《がまん》して差俯伏《さしうつむい》ておいでなされまする。清之丞様《せいのじやうさま》は弟《おとゝ》の新十郎様《しんらうさま》にそんな関係《わけ》のあらうとは露《つゆ》御承知《ごしようち》ないことでげすから、一層《そう》お枕元《まくらもと》へ近《ちか》く摺寄《すりよ》り、

清「初《はじ》めて承《うけたま》はる、父上《ちゝうへ》の落胤《おとしだね》お三《さん》とやら申《まを》す者《もの》の儀《ぎ》は、委細承知《ゐさいしようち》いたしてござりまする、弟《おとゝ》とも力《ちから》を協《あは》せ是非《ぜひ》探《さが》し出《だ》し、仮令表向《たとへおもてむ》き兄妹《きやうだい》の名乗《なのり》はいたさずとも、いよ〳〵夫《そ》れに相違《さうゐ》なしと認《みと》めが附《つ》きませば、内々《ないく》にて名乗《なのり》もして遣《つかは》すでござらう、身《み》の上《うへ》に就《つき》ましては悪《あし》ふは取計《とりはか》らひませぬほどに、御懸念遊《ごけねんあそば》さぬやう願《ねが》はしふ存《ぞん》じまする……のう新《しん》十郎《らう》、左様《さう》ぢやないか……」

新「兄上《あにうへ》の仰《おほ》せられます通《とほ》り、必《かなら》ず我等兄弟《われらきやうだい》にて目《め》を懸《か》け遣《つかは》しますれば、御安心《ごあんしん》あそばしまするやうに……」

と口《くち》は重宝《ちようはう》なもので、然《さ》り気《げ》なく申《まを》されましたが、言《い》ふに言《いは》れない心《こゝろ》の中《うち》の苦《くるしみ》は自業自得《じごふじとく》とは申《まを》しながらお気《き》の毒《どく》なことでございます。御隠居様《ごいんきよさま》は御兄弟《ごきやうだい》のお優《やさ》しいお言葉《ことば》に御安心遊《ごあんしんあそば》し、

隠「それではお頼《たの》み申《まを》します……」

と仰《おつし》やるもお口《くち》のうち、お枕《まくら》にお頭《つむり》が着《つ》くとその儘《まゝ》、フーと吹《ふ》き来《く》る風《かぜ》にお仏壇《ぶつだん》の御燈明《みあかし》が消《き》えまするやうに、息《いき》が絶《た》えるを此《こ》の世《よ》のお名残《なごり》に遠《とほ》く西方弥陀《さいほうみだ》の浄土《じやうど》へ旅立《たびだ》たれました。

第三席

さて新十郎様《しんらうさま》でございますが、病身《びやうしん》でゐらつしやる上《うへ》に、阿母様《おかあさま》の御看病《ごかんびやう》や何《なに》や箇《か》やのお疲《つか》れで、御気分《ごきぶん》も優《すぐ》れませんし、御忌中《ごきちう》のお謹慎《つゝしみ》で、お頭《つむり》へ剃刀《かみそり》もお当《あて》なさらず月代《さかやき》はのびる、お櫛梳《くしあげ》なども常《つね》のやうには遊《あそば》しませんから、お鬢《びん》の毛《け》は斯《か》う垂《た》れ、お顔《かほ》の色《いろ》も誠《まこと》に悪《わる》い。別《わけ》てお三《さん》とのことが始終《しよつちう》お胸《むね》に絶《た》えず、彼《あ》れが母上《はゝうへ》の最終時《いまはのきは》に仰《おほ》せられたお三《さん》であつたら、此《こ》の新《しん》十郎《らう》は何《なん》たる因果《いんぐわ》であらうぞ、知《し》らぬことゝは云《い》ひながら畜生《ちくしやう》に均《ひと》しいものだ、兄上《あにうへ》が若《も》し御承知《ごしようち》になつたらお手打《てうち》に成《な》るとも仕方《しかた》がない、忌中《きちう》でも明《あ》けたら亀戸《かめゐど》へ立越《たちこ》えお三《さん》に能《よ》く素性《すじやう》を尋《たづ》ねた上《うへ》でと、御《ご》

心配《しんぱい》になつて居《を》りますが、存魂惚《ぞつこんほれ》こんでおいでなさる女《をんな》のことでげすから、お三《さん》が嫣然《にこり》とする顔《かほ》が夢幻《ゆめまぼろし》のやうに眼先《めさき》にちらつき、ア、彼《あ》れも嘸《さ》ぞ待《ま》ち焦《こが》れてゐやう、我《わ》れを無情《つれない》ものと恨《うら》んでゐやうと思召《おぼしめ》すと、彼《あ》れに口留《くちどめ》さへしておけば世間《せけん》では知《し》らぬ二人《ふたり》の身《み》の上《うへ》だと恋《こひ》にお心《こゝろ》も乱《みだ》れて、道《みち》ならぬ道《みち》に蹈《ふ》み迷《まよ》ひ一人《ひとり》で胸《むね》を痛《いた》めておいでになります処《ところ》へ、

玄「何《ど》うも申訳《まをしわけ》のない御不沙汰《ごぶさた》をいたしまして……御前《ごぜん》、お身体《からだ》は如何《いかゞ》でございます、両三日《りやうにち》は厳《き》びしいお暑《あつ》さに相《あ》ひ成《な》りましたがお障《さは》りもごわせんか……」

と玄哲老《げんてつらう》が遣《や》つてまゐりました。新十郎様《しんらうさま》は横《よこ》に成《な》つてゐらツしたが、お起《お》き遊《あそば》し、

新「いや是《こ》れは玄哲《げんてつ》さんか、大分《だいぶ》暑《あつ》くなつたのう、先《ま》ア此方《こちら》へお這入《はい》り、そこは風通《かぜとほ》しが悪《わる》くツて暑《あつ》いよ。」

玄「有難《ありがた》うございます、ナニ此処《こゝ》で結構《けつかう》で……一寸《ちよつ》と伺《うかゞ》ふのでございましたが、追々《おひ〳〵》お暑《あつ》く成《な》つてまゐツたので、藪医《やぶい》の愚老《ぐらう》でも相応《さうおう》に病家《びやうか》も出来《でき》、イヤ最《も》う何《なに》やかやで大《おほ》御不沙汰《ごぶさた》……御前《ごぜん》は何《ど》うも御血色《ごけつしよく》が能《よ》くない、ナニ又《また》お加《か》減《げん》がわるい、それは〳〵。」

新「何《ど》うも加減《かげん》がわるくて、母《はゝ》の歿後《ぼつご》寝《ね》たり起《お》きたりで、飯《めし》も碌々《ろく〳〵》咽喉《のど》へ通《とほ》らんよ。」

玄「それはお困《こま》りでげすな、お加減《かげん》の悪《わる》いと知《し》つたら、今日《けふ》伺《うかゞ》ふのでは無《な》かつたのでごわすが……」

新「加減《かげん》が悪《わる》くツても寝《ね》切《き》りにしても居《ゐ》ない、咄相手《はなしあひて》もなく無聊《ぶりやう》に困《くる》しんで居《ゐ》るところだから、寛《ゆつ》くり咄《はなし》て往《い》つてもいいよ。」

玄「有難《ありがた》うございます……今日《けふ》伺《うかゞ》つたは実《じつ》はアノお知《し》らせに参《まゐ》つたので……」

新「何《なん》の知《し》らせに来《き》なしたのだ、無遠慮《ぶゑんりよ》に何《なん》でも云《い》ふお前《まへ》が言渋《いひしぶ》ツてるは、聞捨《きゝず》てにならんよ、何《なん》の知《し》らせに来《き》たのか、奥歯《おくば》に物《もの》の挟《はさま》つたやうにジラさずと淡泊《あつさり》言《いつ》て了《しま》つたら宜《いゝ》だらうに……」

玄「申《まを》し上《あ》げますよ、何《ど》うで言《いは》ねばならぬことで……実《じつ》はあの可哀《かあい》さうに梅見団子《うめみだんご》の小町娘《こまちむすめ》が亡《なくな》りましたよ。」

新「えゝ彼《あ》のお三《さん》が亡《なくな》つた。」

玄「はア全《まつた》く亡《なくな》りました……御前《ごぜん》に三月越《みつきごし》お目通《めどほ》りしな

いのを苦《く》に病《や》み、御隠居様《ごいんきよさま》のお逝去《かくれ》になつたことも承知《しようち》して居《を》ります、御前《ごぜん》の御忌中《ごきちう》でお慎《つゝし》みなされて居《を》ることも承知《しようち》して居《を》りましたが、只《た》だお目《め》に懸《かゝ》りたい、お目《め》に懸《かゝ》りたいの一心《しん》で病気《びやうき》にでも成《な》りさうな処《ところ》へ、生憎食傷《あいにくしよくあたり》が原因《もと》で真個《ほんとう》の病気《びやうき》を起《おこ》し、御前《ごぜん》がお遣《つかは》しになりましたお笄《かうがひ》の片割《かたわれ》を後生大切《ごしやうだいじ》に抱《いだ》き、息《いき》を引《ひ》き取《と》るまで御前《ごぜん》のことを言続《いひつゞ》けに死《し》にましたは、見《み》てゐる者《もの》が惨《いぢら》しくツて、其《そ》の挙動《やうす》が目先《めさき》にチラ付《つ》いてゐるやうだと、婆《ばあ》さんが来《き》てオイ〳〵泣《な》きながらの物語《ものがた》りでごわした、御前《ごぜん》は真個《ほんとう》の罪造《つみつく》りでげす、*男《をとこ》も好《よ》く生《うま》れると思《おも》はぬ罪《つみ》を造《つく》りまする……死《し》んだものは今更仕方《いまさらしかた》もありませんから、切《せ》めて念仏《ねんぶつ》の一遍《ぺん》も唱《とな》へてお遣《や》りあそばせ……」

と申《まを》しますから新十郎様《しんらうさま》は目《め》を数叩《しばだゝ》いて何《なん》にも仰《おつし》やいませんで、お手文庫《てぶんこ》の内《うち》からお宝《たから》をお出《だ》しになつて、紙《かみ》に包《くる》んだのを二個玄哲《ふたつげんてつ》の前《まへ》にお置《お》きになり、

新「生者必滅《しやうじやひつめつ》で仕方《しかた》がない、現世《このよ》に生《うま》れて来《く》るものは何時《いつ》か一度《ど》は死《し》なねばならないのだから、如何《いか》に悔《くや》むとも詮《せん》がない、外出《そとで》でもするやうに成《な》つたら、彼《あ》れは居《ゐ》なくとも尋《たづ》ねもするが、是《こ》れは聊《いさゝ》かの志《こゝろざ》しだから、何《ど》うか届《とゞ》けて遣《や》つてくれよ……此方《このはう》はお前《まへ》へ……酒《さけ》の一献《こん》も上《あげ》たいのだが、未《ま》だ喪中《もちう》にある身《み》だから帰《かへ》りに一杯飲《ばいや》つて下《くだ》さい。」

玄「これは〳〵、愚老《ぐらう》にまで……甚《はなは》だ恐《おそ》れ入《い》りました、早速先方《さつそくさき》へお届《とゞ》け申《まを》し、御前《ごぜん》の篤《あつ》い思召《おぼしめ》しを言聞《いひきか》せまするで……一刻《こく》も早《はや》く爺《ぢゝ》い婆《ばゞ》あを喜《よろこ》ばせて遣《や》りませう、左様《さやう》ならばまた近々《ちかぐ》に寛《ゆる》りとお見舞《みまひ》ながらに罷《まか》り出《で》るといたします。」

と云《い》つて玄哲《げんてつ》は、新十郎《しんらう》の懵然《ぼんやり》してゐる間《ま》に往《い》つて了《しま》ひました。

新「これ、玄哲老《げんてつらう》、ア、最《も》う往《い》つて了《しま》つたか、彼《あ》れが死《し》んだのなら寺位《てらぐらゐ》は教《をし》へて往《ゆ》けば好《よい》に、聞《き》かうと思《おも》つて居《ゐ》る間《ま》に往《い》つて了《しま》つていけないことをした、ア、お三《さん》は可哀《かあい》さうなものだ、腹異《はらちが》ひの兄《あに》とも知《し》らず恋焦《こひこが》れて焦《こが》れ死《じに》をしたか……」

と一人言《ひとりごと》をいつて、人目《ひとめ》がありませんから男泣《をとこな》きに泣《な》き、クワツと逆上《のぼせ》が来《き》て根《ね》が人《ひと》の善良方《よいかた》だけに愛着《あいちやく》の情《じやう》が一層《そう》深《ふか》うございまして、夫《そ》れからと云《い》ふものはます〳〵気《き》が鬱《うつ》

く々して御病気《ごびやうき》が重《おも》くなりました。

いくら御病気《ごびやうき》でもお邸《やしき》にお在遊《いであそば》しては、御親類方《ごしんるゐがた》のお見舞《みまひ》に入《い》らツしやる方《かた》もあつて、お面会《あひ》なさらぬ訳《わけ》にもいかぬ、新十郎様《しんらうさま》は夫《そ》れが煩《うるさ》くツて堪《たま》りません、只《た》だ人《ひと》に面会《あつ》て口《くち》を利《き》くのも懶《ものう》い、物臭太郎《ものぐさたらう》に成《な》つてお了《しま》ひなされたから寧《いつ》そ向島《むかふじま》の寮《れう》へでも出養生《でやうじやう》なさらうと、御忌中《ごきちう》が明《あ》けると直《す》ぐ御別荘《ごべつさう》の方《はう》へお越《こし》なされ、相変《あひかは》らず鬱々《うつく》として一間《ひとま》に垂籠《たれこ》めてお在《いで》なされましたが、其《そ》のうちお盆《ぼん》にも成《な》りましたことで、素《もと》より親《おや》に孝心《かうしん》の深《ふか》い方《かた》でいらツしやるから、お居間《ゐま》へ亡母上《なきはゝうへ》のお位牌《ゐはい》をお飾《かざ》り遊《あそば》し、その側《そば》へ彼《か》のお三《さん》がまた逢《あ》ふまでの紀念《かたみ》にとお手渡《てわたし》した、香合《かうがふ》の蓋《ふた》をもお飾《かざ》りになつて、是《こ》れをお三《さん》と思召《おぼしめ》して懇《ねんごろ》に吊《とむら》つてお在遊《いであそば》しました。此《こ》の御別荘《ごべつさう》には年取《としと》つた婆《ばあ》やと寮番《れうばん》の甚兵衛《じんべゑ》お富《とみ》の夫婦《ふうふ》ものばかりで、極閑静《ごくしづか》でございます。今日《けふ》はお盆《ぼん》の十三日《にち》で何処《どこ》でも霊祭《たまゝつり》の準備《したく》をして、夕方《ゆふがた》になるとお迎《むか》ひ火《び》といつて麻殻《あさがら》を燃《も》しますするので、生垣一《いけがきひと》ツ隔《へだ》てた向《むか》ふの家《うち》で、お迎《むか》ひ火《び》を焚《た》く烟《けぶ》りがスウと立昇《たちのぼ》るを見《み》てゐらした新《しん》十郎様《らうさま》は、

新「婆《ばゝ》ヤ、婆《ばゝ》ヤ……」

婆「はい……何《なに》か御用《ごよう》でございますか。」

新「あのな、寮番《れうばん》の甚兵衛《じんべゑ》に麻殻《をがら》をチトばかり求《もと》めさせてくれ。」

婆「御前様《ごぜんさま》、何《なん》でございます 麻殻《をがら》*なんかをお召《め》しになつて……先《ま》ア厭《いや》でございますよ。」

新「さうでない、今日《けふ》は亡母上《なきはゝうへ》の新盆《にひぼん》であるから、病気《びやうき》で斯《か》うして居《ゐ》ても心《こゝろ》ばかりの供養《くやう》をいたす積《つも》りで、お位牌《ゐはい》だけは飾《かざ》つたが、お迎火《むかひび》を焚《た》くことを頓《とん》と忘《わす》れて居《ゐ》ました……今向《いまむか》ふの家《うち》から烟《けむり》の上《あが》るを見《み》て急《きふ》に用意《ようい》の足《た》りないのを残念《ざんねん》に存《ぞん》ずるから、気《き》の毒《どく》だがホンの真似事《まねごと》だけすれば好《よい》のだ、整《とゝの》へさせてくれ。」

婆「はい、左様《さやう》な思召《おぼしめ》しならば、直《す》ぐ爺《ちい》やに整《とゝの》へさせまする。」

と婆《ばあ》やは起《た》たうとするを、

新「寮番《れうばん》に左様《さう》いつたら、予《よ》が羽織《はおり》を持《も》つてまゐれ……」

婆「畏《かしこま》りました。」

と暫《しば》らくすると黒紗《くろしや》の五《いつ》ツ紋附《もんつき》の羽織《はおり》を持《もつ》てまゐり、後《うしろ》からお着《き》せ申《まを》しまする　寮番《れうばん》の甚兵衛爺《じんべゑぢい》やはいそ〳〵麻殻《をがら》一束抱《ひとたばかゝ》へて、*切戸口《きりどぐち》から這入《はいつ》てまゐり、

甚「御前様《ごぜんさま》、遅《おそ》なはりました、*小梅《こうめ》まで一走《ひとはし》り参《め》えりましたので……はい〳〵。」

新「あ、御苦労《ごくらう》であつたのう。」

甚「御前様《ごぜんさま》え、こゝでお焚遊《たきあそば》しますか。」

新「おゝ、其《そ》の飛石《とびいし》の上《うへ》あたりが好《よ》からうのう。」

甚「はい、はい……」

と云《い》つて、持《もつ》てまゐつて火打石《ひうちいし》にホクチを持《も》ち添《そ》へ、火《ひ》打金《うちがね》に当《あ》てましてカチ〳〵と火《ひ》を打《う》ち、フーフーと吹《ふ》きながら附木《つけぎ》に移《うつ》して麻殻《をがら》に火《ひ》を燃《も》しつけまするると、烟《けぶり》はスゥと一筋高《ひとすぢたか》く揚《あ》がつて、軒《のき》に群《むらが》る*名物《めいぶつ》の蚊柱《かばしら》は散乱《さんらん》して了《しま》ひました。新十郎様《しんらうさま》は合掌《がつしやう》してお在《いで》になられるうち、燃《も》えた火《ひ》も瞬《またゝ》く間《ま》に消《き》えましたから、お仏壇《ぶつだん》に御燈明《みあかし》をあげお念《ねん》仏《ぶつ》を仰《おつ》しやつてゐらツしやつたが、やがて月《つき》は昼間《ひるま》のやうに差込《さしこ》む椽端《えんばな》に敷物《しきもの》をしかせて椽側《えんがは》にいで、蚊遣《かやり》を燻《くす》べ団扇《うちわ》で寄《よ》せ来《く》る蚊《か》を払《はら》つてお在《いで》なされました。短《みぢか》き夏《なつ》の夜《よ》は更《ふ》け易《やす》いもので、浅草寺《せんさうじ》の鐘《かね》がボーン〳〵と亥刻《よつ》(今《いま》の十時《じ》)を打《う》ち出《だ》しまする、その頃《ころ》の向島《むかふじま》でげすから人《ひと》つ子《こ》一人《ひとり》通《とほ》るものはございません、四辺《あたり》は深々《しん〳〵》として鐘《かね》の音《ね》も陰《いん》に籠《こも》つて物凄《ものすご》く、気《き》も滅入《めい》つてまゐるやうで、遠《とほ》くで啼《な》く梟《ふくろ》のこゑが寂《さび》しく聞《きこ》えて居《を》りまする。お仏壇《ぶつだん》の御燈火《みあかし》は睡《ねぶ》さうにパツ〳〵と数叩《しばだゝ》いて、大《おほき》な丁子《ちやうじ》が落《お》ちさうで今《いま》にも消《き》えさうに成《な》つて居《を》りまする、行燈《あんどう》の火影《ほかげ》も薄暗《うすくら》くお座敷《ざしき》の中《なか》は何《なん》となく陰鬱《いんうつ》な気《き》が籠《こも》つて来《き》ました。

婆「御前様《ごぜんさま》、まだお休《やす》みに成《な》りませぬか、お床《とこ》を展《の》べませう……」

新「おゝ、最《も》う大分夜《だいぶよ》も更《ふ》けたから休《やす》みませう、お前《まへ》も床《とこ》をとつたら休《やす》みなさい、余《あま》り好《よ》い月《つき》であるから雨戸《あまど》は引《ひ》かずに置《お》いてくれ。」

婆「夜風《よかぜ》にお当《あた》り遊《あそば》しては、御病気《ごびやうき》の障《さわ》りに成《な》りませうに……左様《さう》でございますか、それではお休《やす》み遊《あそば》してから私《わたくし》が引《ひ》きまする、何《ど》うぞ其《そ》の儘《まゝ》に遊《あそば》してお置《お》き下《くだ》さいませ。」

と婆《ばあ》やは床《とこ》を展《の》べて勝手《かつて》へ参《まゐ》つて了《しま》ひまするると、又寂寞《またひツそり》

して来《き》て新十郎《しんらう》はお三《さん》のことが胸《むね》に浮《うか》んで、アヽ可哀《かあい》さうな　全《まつた》く我《わ》れを思《おも》ひ込《こ》み、死《し》ぬまであの笄《かうがひ》を肌身《はだみ》より離《はな》さなかつたと玄哲《げんてつ》の咄《はなし》、アヽ可哀《かあい》さうだと彼《か》の位牌《ゐはい》の代《かは》りに仏壇《ぶつだん》に飾《かざ》りおく、香合《かうがふ》の蓋《ふた》を手《て》に取《と》りまして、お三《さん》を思《おも》ふ外無念無想《ほかむねんむさう》に撫《な》でまはしたり、頬《ほう》に押《お》し当《あて》たりして居《を》りますると、カランコロン〳〵といふ下駄《げた》の音《おと》が不図《ふと》耳《みゝ》に入《い》りました。ハテ変《へん》だ、宵《よひ》の口《くち》でも日《ひ》が暮《く》れると人通《ひとゞほ》りがパッタリ絶《た》えて了《しま》ふ此《こ》の辺《へん》に、夜《よ》も更《ふ》けた今頃《いまごろ》、いくら月《つき》の好《いゝ》晩《ばん》だからツて、彼《あ》の下駄《げた》の音《おと》は何《ど》うも女《をんな》のやうで、連《つれ》もない一人《ひとり》の足音《あしおと》と思《おも》へるが訝《をか》しいと、新十郎様《しんらうさま》は耳《みゝ》を澄《すま》して聞《き》いておいでになる。下駄《げた》の音《おと》は生垣《いけがき》の外《そと》でパッタリ止《とま》つて、自分《じぶん》の家《うち》でも覗《のぞ》いて居《ゐ》るのでは無《な》いかと思《おも》はれまするから、是《こ》れはいよ〳〵不思議《ふしぎ》だ不思議《ふしぎ》なこともあるものだと、ヂッと生垣《いけがき》の方《かた》を見詰《みつめ》てゐらッしやると、またカランコロン〳〵といふ音《おと》をさせて*三囲様《みめぐりさま》の後《うしろ》の方《はう》へ往《い》つたやうでございましたから、近所《きんじよ》では最《も》う休《やす》んで了《しま》つたのに、此家《こゝ》ばかりが起《お》きてゐて火影《ほかげ》が映《さ》したから覗《のぞ》いたのだらう、アヽ往《い》つて了《しま》つた。女《をんな》は兎角《とかく》に他人《ひと》の家《うち》などを覗《のぞ》きたがるものでと思《おも》つてお在《いで》になると、又《また》カランコロン〳〵と引返《ひつかへ》して来《き》て生垣《いけがき》のところでパッタリ足音《あしおと》が止《とま》る、おや又来《またき》たなと何《なん》となく気《き》になつて其《そ》の方《かた》を見詰《みつ》め、今夜《こんや》は変《へん》な晩《ばん》だ、是《こ》れが若《わか》い女《をんな》かなんかであつたら嘸《さ》ぞ気味《きみ》を悪《わる》がるだらうと思《おも》つてゐらッしやると、何《なん》だか御前様《ごぜんさま》〳〵と呼《よ》んでるやうに聞《きこ》えますので、婆《ばあ》やでも呼《よ》ぶのかと後《うしろ》を振向《ふりむき》ましたが居《を》りません。ハテ不思議《ふしぎ》だ確《たしか》に呼《よ》んだに違《ちが》いないにとキヨロ〳〵遊《あそば》すと、又《また》も御前様《ごぜんさま》〳〵と呼《よ》ぶその声《こゑ》は正《まさ》しくお三《さん》であります。おゝお三《さん》だ、お三《さん》が来《き》たのだと庭《には》へ飛《と》び下《お》りやうとしましたがツイと気《き》が注《つい》て、お三《さん》は最《も》う現世《このよ》に居《ゐ》ないもの、夫《そ》れが此《こ》の夜更《よふけ》に来《く》る筈《はず》はない、これは全《まつた》く自分《じぶん》の心《こゝろ》の迷《まよ》ひ、縦《よし》んば無事《ぶじ》で居《ゐ》たツて、彼《あ》れは異母《はらちがひ》の妹《いもと》だ、遂《と》げられる恋《こひ》ではないが、生《いき》てゐれば互《たがひ》に煩悩《ぼんのう》の種《たね》となつて、何様《どんな》間違《まちが》ひが起《おこ》らぬとも限《かぎ》らないとこであつた、可哀《かあい》さうではあつたが死《し》んで呉《く》れたが互《たがひ》の為《た》め、畜生道《ちくしやうだう》に堕落《おち》た苛責《かしやく》もこの胸《むね》ばかりで澄《す》む、世間《せけん》には親兄弟《おやきやうだい》の名《な》も出《だ》さずに了《しま》はれる、南無阿弥陀仏《なむあみだぶつ》〳〵と口《くち》の中《うち》で唱《とな》へながら目《め》を瞑《つぶ》つてゐますが、またも呼《よ》ぶ声《こゑ》が何《ど》うしてもお三《さん》でございますから、新十郎様《しんらうさま》はます〳〵不思議《ふしぎ》で堪《たま》りません、到《たう》頭庭下駄《とうにはげた》を引掛《ひつか》け飛石伝《とびいしづた》ひに忍《しの》び足《あし》で、生垣《いけがき》の側《そば》まで忍《しの》び寄《よ》つて御覧《ごらん》になりますと、秋草《あきくさ》を染《そ》め出《だ》しました浴衣《ゆかた》に、大模様《おほもやう》のある帯《おび》を当世流行《たうせいはやり》の*吉弥結《きちやむすび》に締《し》め、月影《つきかげ》をうけた蒼白《あをじろ》い頬《はう》に鬢《びん》の後《おく》れ毛《げ》がバラ〳〵と垂《た》れ、懵然《ぼんやり》と佇立《たゝず》んで居《を》りますは、紛《まぎ》れもないお三《さん》でございますから、新十郎様《しんらうさま》は余《あま》りの意外《いぐわい》に吃驚《びつくり》なすつて居《ゐ》らッしやる。

三「御前様《ごぜんさま》……」

といつて何時《いつ》ものやうに嫣然《につこり》しました。

新「おや、お三《さん》……お前《まへ》は亡《なくな》つたやうに聞《き》いて居《ゐ》ましたが……」

三「あら、御前様《ごぜんさま》、厭《いや》でございますよ、延喜《えんぎ》でもない事《こと》を仰《おつし》やいまする。」

新「まア此方《こつち》へお這入《はいり》……生垣《いけがき》について右《みぎ》に廻《まは》ると非常《ひじやう》口《ぐち》があるから、今明《いまあ》けて上《あ》げる。」

と新十郎《しんらう》は夢《ゆめ》のやうな気《き》で三尺《じやく》の栞戸《しをりど》を明《あ》けまするを待《ま》ちかねたお三《さん》は、

三「御前様《ごぜんさま》……」

と突然《いきなりて》手に縋《すが》りついて嬉《うれ》しさうに寄添《よりそ》ひました、新十郎《しんらう》もその肩《かた》へ手《て》を掛《か》け、よく戸外《おもて》でお小供衆《こどもしゆう》の遊《あそ》んでゐらッしやる、*おぢやの塊《かたま》りエッサッサと云《い》ふやうな姿《すがた》、二人《ふたり》の身体《からだ》はまるで一《ひと》ッになつてお座敷《ざしき》へ連《つ》れ込《こ》まれました。

新「お前《まへ》は亡《なくな》つたと玄哲《げんてつ》から聞《き》いてゐたに、何《ど》うして今《いま》ごろ此処《こゝ》へ来《き》なしたか……」

三「おや、彼《あ》の方《かた》が其様《そんな》ことを申《まを》しましたか、まア呆《あき》れかへつて物《もの》が言《いは》れませんのね、彼《あ》れきり三月《みつき》も入《い》らつしやらんのですもの……妾《わたし》は何様《どんな》に心配《しんぱい》して居《ゐ》たか知《し》れませんよ、それに家《うち》の方《はう》も都合《つがふ》があつて直《ぢ》き小梅《こうめ》に引越《ひつこし》てまゐりますと、御前《ごぜん》が此《こ》の御別荘《ごべつさう》に御病気《ごびやうき》でゐらッしやると承《うけたまは》つて、何《ど》うかしてお目《め》に懸《かゝ》りたいと存《ぞん》じましても、昼日中《ひるひなか》うろ〳〵して居《ゐ》て寮番《れうばん》の方《かた》にでも見咎《みとが》められては大変《たいへん》と思《おも》ひますし、又爺《またぢゝ》い婆《ばゝ》あも一人《ひとり》で外《そと》へ出《だ》しませんから、恐《こわ》いことも怖《おそろ》しいことも忘《わす》れて、今夜《こんや》そつと脱《ぬ》け出《だ》して参《まゐ》り、垣根《かきね》の外《そと》から見《み》ますと恋《こひ》しい御前《ごぜん》が居《ゐ》らッしやりながら、幾干《いくら》お呼申《よびまを》しても知《し》らん顔《かほ》を遊《あそば》してゐらッしやるに妾《わたし》は自《じ》烈《れ》ッたくなつて了《しま》ひましたが、稍《やつ》とのことで思《おも》ひが届《とゞ》きお嬉《うれ》しふございます。」

新「それでは無事《ぶじ》でゐたのか、私《わし》は全《まつた》く亡《なく》なつた事《こと》と思《おも》ひ、是《こ》れこの通《とほ》り母上《はゝうへ》のお位牌《ゐはい》に並《なら》べ、お前《まへ》から預《あづか》つた香《かう》合《がふ》の蓋《ふた》を仏壇《ぶつだん》に飾《かざ》り、今夜《こんや》も迎《むか》ひ火《び》を焚《た》いて新仏《にひぼとけ》の気《き》で回《ゑ》向《かう》をして居《を》りました、何《なん》の事《こと》だ……」

三「有難《ありがた》うございます、夫《そ》れ程《ほど》に思召《おぼしめ》して下《くだ》さるは、染《しみ》〴〵お嬉《うれ》しふ存《ぞん》じまする、妾《わたし》は仮令《たとへ》どんな事《こと》があつても御前《ごぜん》様《さま》より外《ほか》の男《をとこ》は決《けつ》して持《も》ちませぬ……」

と密々《ひそ〴〵》話《はなし》ごえのしますのを変《へん》に思《おも》ひました婆《ばあ》やは、ソツと廊下《ろうか》の此方《こなた》から覗《のぞ》いて見《み》ますると、新十郎様《しんらうさま》は只《た》だにこ〳〵して居《ゐ》らツしやる、其《そ》のお側《そば》に何《なん》だかポツと烟《けむ》のやうなものが座《すわ》つて居《を》りまするから、何《なん》だらう訝《をか》しい、妾《わたし》の目《め》が霞《かす》んだのか知《し》らん、何《なん》だかお側《そば》にゐるやうだがと、目《め》を擦《こす》り〳〵視張《みはり》ましたが、たゞ茫然《ぼんやり》と烟《けむ》のやうに人《ひと》が座《すわ》つてるかと思《おも》はれるばかりでございます、婆《ばあ》やは不思議《ふしぎ》で堪《たま》りませんから、寮番《れうばん》の甚兵衛《ぢんべゑ》爺《ぢい》さんの処《ところ》へ駈《か》け附《つ》けて参《まゐ》りました。

第四席

夫《そ》れからといふものは毎晩《まいばん》〳〵、浅草寺《あさくさでら》の鐘《かね》がボーンと陰《いん》に籠《こも》つて物凄《ものすご》く聞《きこ》える子《ね》の刻《こく》、只今《たゞいま》で申《まを》す十二時頃《じごろ》ほひになりますと、若《わか》い女《をんな》の声《こゑ》がして新十郎様《しんらうさま》は睦《むつま》しくお話《はなし》をなさる、寮番夫婦《れうばんふうふ》や婆《ばあ》やがソツと覗《のぞ》いて見《み》ると、烟《けむ》のやうなものが座《すわ》つて居《ゐ》ますから、気味《きみ》が悪《わる》くなつてお邸《やしき》の御用《ごよう》人《にん》まで内々《ないく》で申《まを》し上《あ》げまするると、服部様《はつとりさま》もそれは怪《けし》からん事《こと》のあるものだと思召《おぼしめ》して、或夜《あるよ》お出《いで》になつて見《み》ると、寮《れう》番《ばん》からの話《はなし》に些《ちつ》とも変《かは》りませんので、早速《さつそく》*法恩寺《はふおんじ》の良観《りやうくわん》和《を》尚《しやう》は当代《たうだい》の名僧《めいさう》でございますから、此《こ》の方《かた》にお話《はなし》になりますと、松岡様《まつをかさま》の菩提寺《ぼだいじ》でもあり新十郎様《しんらうさま》の御親父《ごしんぷ》とは碁敵《ごがたき》でお心易《こゝろやす》かつた事《こと》でげすから、

和「女《をんな》と話声《はなしごゑ》がする……ほう、烟《けむ》のやうなものが座《すわ》つて居《を》ると云《いは》るゝかな。」

服「左様《さやう》にござりまする、何《なん》とも合点《がてん》の参《まゐ》らぬ始末《しまつ》で……」

和「はゝゝゝ、何《なに》も不思議《ふしぎ》な事《こと》はない、是《こ》れも過去《くわこ》の因《いん》

縁《ねん》でな、死霊《しりやう》に取附《とりつか》れて居《ゐ》らツしやるのだ、可《よ》しく〳〵、私《わし》が参《まゐ》つて新十郎殿《しんらうどの》に因果《いんぐわ》を含《ふく》め、怨霊退散《をんりやうたいさん》をさせて進《しん》じませうが、遺恨《ゐこん》を含《ふく》む死霊《しりやう》でないから容易《えうい》には退《の》くまい……荒立《あらだて》ては死《しな》れた半之進殿《はんのしんどの》の名《な》も出《で》る、新十郎殿《しんらうどの》の御外聞《ごぐわいぶん》にも成《な》らうも知《し》れぬ、まア私《わし》に任《まか》せてお置《お》きなさい。」

と良観和尚《りやうくわんをしやう》は豪《えら》いもので、居《ゐ》ながらに因縁《いんねん》のまつはる処《ところ》をお観破《みやぶ》りになりましたから、お支度《したく》を遊《あそば》して向島《むかふじま》の別荘《べつさう》へお出《いで》になる、新十郎様《しんらうさま》は思《おも》ひも寄《よ》らぬ良観和尚《りやうくわんをしやう》のお尋《たづ》ねに、寝《ね》てゐらツしたお床《とこ》を上《あ》げさせ、お召物《めしもの》を着替羽織《きかへはおり》をお着《ちやく》し遊《あそば》し、

新「これは能《よ》うこそお出下《いでくだ》されました。」

和「御病気《ごびやうき》のやうに承《うけたま》はつて居《を》つたで、お尋《たづ》ね申《まを》さうと存《ぞん》じながらツヒ〳〵御不沙汰《ごぶさた》いたし居《を》つたが……おゝ、是《こ》れは中々《なか〳〵》の御大病《ごたいびやう》ぢや……」

新「寝《ね》てばかり居《を》る程《ほど》でもございませんが……」

和「いや左様《さう》でござらぬ、死相《しさう》が現《あらは》れて居《を》る……一寸《ちよつ》と此方《こちら》を向《むい》て御覧《ごらん》なさい、何様《なにさま》な、新十郎殿《しんらうどの》驚《おどろ》いては成《な》りませぬぞ、貴下《あなた》の処《ところ》へ夜《よ》な〳〵若《わか》い女《をんな》が忍《しの》んで参《まゐ》らう、ナニも吃驚《びつくり》なさることはない、其《そ》の女《をんな》は生前《せいぜん》から関係《わけ》があつたもので……私《わし》が察《さつ》する処《ところ》では是《こ》りや何《ど》うやら御兄妹《ごきやうだい》のやうぢやな。」

と申《まを》されましたので新十郎様《しんらうさま》は大層《たいそう》お驚《おどろ》きなされ、只《た》だ〳〵赤面《せきめん》して差俯伏《さしうつむい》ておいでになりました。

和「何《なに》も左様《さやう》に恥入《はぢい》つてお在《いで》なさることはない、凡俗《ぼんぞく》の眼《め》から見《み》たら畜生道《ちくしやうだう》へ堕《おち》たなどゝ申《まを》さうが、是《こ》れも定《さだ》まる因縁因果《いんねんいんぐわ》で前世《ぜんせ》からの約束《やくそく》ごとぢや、悔《くや》んでも仕方《しかた》がない随性《ずゐしやう》ぢや、貴下《あなた》の処《ところ》へ毎晩《まいばん》来《く》る女《をんな》は最《も》う疾《と》うに幽瞑界《ゆうめいかい》に往《い》つて居《を》るが、霊魂《たましひ》が貴下《あなた》を恋慕《こひした》つて往《ゆ》く処《ところ》へ往《ゆ》かれず宇宙《うちう》に迷《まよ》ひ、煩悩《ぼんのう》の絆《きづな》を切《き》りかねてな、毎夜《まいよ》あゝして来《く》る死霊《しりやう》でありますぞ、私《わし》の云《い》ふことに能《よ》く心《こゝろ》を落付《おちつ》けてお用《もち》ひなさらぬと、お生命《いのち》も二十日《か》とは覚束《おぼつか》ない、何《ど》うでござるな新十郎殿《しんらうどの》、私《わし》が申《まを》したことに偽《いつは》りはござるまいがな……」

と云《いは》れましたので新十郎《しんらう》は、閻魔《えんま》の庁《ちやう》にありと聞《き》いてゐた浄玻璃《じやうばり》の鏡《かゞみ》にても映《うつ》されたやうな気《き》がいたして、総身《さうみ》から冷汗《ひやあせ》をだら〳〵流《なが》し、

新「何《なん》とも御挨拶《ごあいさつ》の申《まを》し上《あ》げる言葉《ことば》もなく面目《めんぼく》ない始末《しまつ》

でございまする。」

和「お解《わか》りになれば結構《けつかう》……御寮番《ごれうばん》の衆《しゆう》に近所《きんじよ》のお寺《てら》で新仏《しんぼとけ》の俗名《ぞくみやう》を尋《たづ》ねさせて御覧《ごらん》なさい、お心《こゝろ》に当《あた》る名《な》が屹度《きつと》ございませう。」

と云《いは》れたので、甚兵衛《ぢんべゑ》に吩咐《いひつけ》て探《さが》させますると果《はた》して、直《す》ぐ傍《そば》の長命寺《ちやうめいじ》*に新仏《しんぼとけ》がございまして、亀戸《かめゐど》の団子屋《だんごや》の娘《むすめ》でお三《さん》といふものだと知《し》れましたから、新十郎様《しんらうさま》はます〳〵驚《おどろ》いて今《いま》は怖《おそろ》しくなつてまゐり、良観和尚《りやうくわんをしやう》に懺悔《ざんげ》をいたして只管《ひたすら》に死霊退散《しりやうたいさん》の御祈禱《ごきたう》を頼《たの》みました。

和尚様《をしやうさま》はお頷《うなづ》きになつて、夫《そ》れでは此《こ》の御札《おふだ》を間毎《まごと》にお貼《はり》なさいと下《くだ》され、大抵《たいてい》は死霊《しりやう》も出《で》ますまいが、恋慕《れんぼ》の執《しう》念《ねん》は深《ふか》いものだから、此儘《このまゝ》では済《す》まぬ、また変《かは》つたこともござらう、其《そ》の時《とき》は私《わし》が祈禱《きたう》をして進《しん》じませうと仰《おつし》やツてお帰《かへ》りになつた。お札《ふだ》の力《ちから》は怖《おそろ》しいもので、其《そ》の夜《よ》からお三《さん》の亡霊《ばうれい》は尋《たづ》ねてまゐりません、新十郎様《しんらうさま》の御病気《ごびやうき》も日《ひ》の経過《たつ》に従《したが》ひまして、段々《だん〳〵》とお快《こゝろよ》くお成《な》りあそばし、其《そ》の年《とし》の秋《あき》の末《すゑ》には全《まつた》く御本復《ごほんぷく》といふ事《こと》になつて、割下水《わりげすゐ》のお屋《や》敷《しき》へ御帰《おかへ》りなされました。

その後《のち》は何《なん》のお話《はなし》もなく年《とし》は無事《ぶじ》に暮《く》れ、新玉《あらたま》の年立《とした》ちかへる春《はる》となりました。新十郎様《しんらうさま》も何時《いつ》までお独《ひと》りで居《ゐ》らツしやる訳《わけ》にもまゐりませんので、お目出度御相談《めでたいごさうだん》がドン〳〵運《はこ》び俄《にはか》に正月《しやうぐわつ》の末《すゑ》に奥様《おくさま》のお輿入《こしい》りがある事《こと》に略《ほ》ぼ定《さだま》りました。何事《なにごと》に寄《よ》らずお話《はなし》のトン〳〵拍子《びやうし》に運《はこ》びまする時《とき》は、訳《わけ》なく纏《まとま》りの附《つ》くものでございますが、さア一《ひと》ツコヂれたと成《な》ると其《そ》のお話《はなし》は容易《ようい》に纏《まとま》るものでなく、また纏《まとま》つた処《ところ》で満足《まんぞく》なことは先《ま》づ稀《ま》れでげす。新十郎様《しんらうさま》の阿母《おかあ》様《さま》は去年《きよねん》の夏《なつ》お逝去《かくれ》になつたので、当《あた》り前《まへ》なら未《ま》だ服忌《ぶく》の掛《かゝ》つてお在《いで》なさるお身体《からだ》でげす、けれども御養子《ごやうし》*にお出遊《いであそば》したから、実親《じつおや》の方《はう》の服忌《ぶく》はグッと減《へつ》て居《を》りますので、御《ご》婚礼《こんれい》のお式《しき》をお挙《あ》げ遊《あそば》されても批難《ひなん》はございませんが、お謹慎深《つゝしみぶか》い方《かた》でゐらツしやるから、親《おや》に対《たい》する服忌《ぶく》の終《をは》る一周忌《しうき》までは御辞退《ごじたい》になりましたが、折角纏《せつかくまとま》つた御縁《ごえん》だからと御兄上様始《おあにうへさまはじ》め御親類方《ごしんるゐがた》からもお勧《すゝ》めになつて、夫《そ》れではとホンの御内祝言《ごないしうげん》に止《とゞ》め御披露《ごひろう》は追《おつ》てといふ事《こと》に極《きま》りまして、黄道吉日《くわうだうきちにち》を選《えら》びいよ〳〵お輿入《こしいり》は正月《しやうぐわつ》廿八日《にち》とお取極《とりき》めになりました。

さて弥々《いよ／＼》当日《たうじつ》となりますると、幾干《いくら》御内祝言《ごないしふげん》と申《まを》しても、熊《くま》さんや八《はつ》さんが風呂敷包《ふろしきづゝみ》一《ひと》ツを提《さ》げて来《く》るお嫁《よめ》さんを貰《もら》つたり、*手前《てまへ》どもで能《よ》くやる引越女房《ひつこしにようぼう》と申《まを》して、やつとこさで裏店《うらだな》の一軒《けん》も借《か》り、留守番《るすばん》が無《な》くては困《こま》ると貰《もら》つた女《にようぼう》房《ぼう》が、まだ祝言《しふげん》もしないうちに最《も》う世話女房《せわにようぼう》か何《なん》か気取《きど》りで、手拭《てぬぐひ》を姉様被《あねさまかぶり》かなんかにして掃除《さうぢ》もする御飯《ごはん》も焚《た》くといふのとは違《ちが》ひまする。対手《あひて》は同《おな》じお旗本《はたもと》でも格式《かくしき》が違《ちが》ふ大身《たいしん》でゐらツしやる*麻布笄《あざぶかうがひ》の大久保様《おほくぼさま》のお嬢《ぢやう》さんで、阿部《あべ》の殿《との》様《さま》の美男《びなん》に惚込《ほれこ》んでお乗込《のりこ》みになる方《かた》でございます。其《そ》のお交際《つきあひ》でげすから立派《りつぱ》なことは申《まを》し上《あ》げるまでもございません、お客様《きやくさま》は先方《さき》の御両親《ごりやうしん》と此方《こなた》ではお兄上御夫婦《あにうへごふうふ》、それに双方《さうはう》のお媒介人《なかうど》だけで三々九度《ど》の御儀式《ごぎしき》からお床盃《とこさかづき》、色直《いろなほ》しなどとそれ／＼にお式《しき》もすみ、新十郎様《しんらうさま》と大久保《おほくぼ》のお嬢様《ぢやうさま》は嬉《うれ》しい新枕《にひまくら》をおかはせになつて、不図《ふと》お目《め》が覚《さ》めますと、御夫婦《ごふうふ》のお休《やす》みになつて居《ゐ》らツしやる真中《まんなか》に、一疋《ぴき》の蛇《へび》がとぐろを巻《ま》いて居《を》りますから、新十郎様《しんらうさま》は吃驚《びつくり》なされましたが、幸《さいは》ひ奥様《おくさま》が知《し》らずにお在《いで》なさるから蛇《へび》のゐた位《くらゐ》に噪《さわ》ぎ散《ち》らすといふやうな事《こと》はなさいません、新十郎《しんらう》様《さま》はお煙管《きせる》でお押《おさ》へになつて、其《そ》の儘《まゝ》お庭先《にはさき》へお捨《す》てになつて了《しま》ひ、この時《とき》は何《なん》のお気《き》も注《つ》かずに再《ふたゝ》びお休《やす》みになりました。さて翌朝《よくあさ》お起《お》きになつて昨夜《ゆふべ》のことをお思《おも》ひ出《だ》しになり、今時分蛇《いまじぶんへび》の出《で》る季節《きせつ》でもないに、何《ど》うして彼様《あんな》不思《ふし》議《ぎ》があつたか、それにしても何《ど》うしたらうとお庭《には》を御覧《ごらん》になると、蛇《へび》は煙管《きせる》に頭《あたま》を指貫《さしつらぬ》かれたまゝに死《し》んで居《を》りますから、ギヨツとなすツて庭《には》へお下《お》りなされ、人目《ひとめ》に掛《かゝ》らぬ処《ところ》へ捨《す》てやうと成《な》されますと死《し》んでゐた蛇《へび》がスル／＼と這《は》つて何処《どこ》へか消《き》えて了《しま》ひ、*延《のべ》のお煙管《きせる》だけは雁首《がんくび》に血汐《ちしほ》がついて残《のこ》つて居《を》りますから、新十郎様《しんらうさま》は是《こ》れはと吃驚《びつくり》なされたが、未《ま》だ深《ふか》い考《かんが》へもございませんでした。処《ところ》が奥様《おくさま》とお休《やす》みになるとこの蛇《へび》が毎晩毎晩現《まいばんまいばんあらは》れますので、新十郎様《しんらうさま》はこんな怪《あや》しいことを奥《おく》は知《し》つて黙《だま》つてゐるのか、夫《そ》れとも知《し》らずにゐるのか試《ため》して見《み》やうと思召《おぼしめ》し、

新「奥《おく》や、お前《まへ》は蛇《へび》が好《す》きかね。」

と仰《おつし》やいますと、奥様《おくさま》は優美《しとやか》に両手《りやうて》をお突《つき》なされまして、

奥「私《わたし》は性質《うまれつい》ての大嫌《だいきら》ひでございます、途中《とちう》で蛇《へび》の姿《すがた》を見《み》ましても身《み》が縮《ちゞ》むやうで、意気地《いくぢ》がございません。」

と御挨拶遊《ごあいさつあそば》しまする、左様《さう》すると全《まつた》く知《し》らずに居《ゐ》るのだ、良観和尚《りやうくわんをしやう》がまだ怪《あやし》いことがあると仰《おつし》やつたは是《こ》れだらうと、早速法恩寺《さつそくはふおんじ》に参詣《さんけい》いたしました新十郎様《しんらうさま》はお心易《こゝろやす》い間《あひだ》がらヅヽと方丈《はうぢやう》へお通《とほ》りになり、良観和尚《りやうくわんをしやう》にお面会《あひ》なされると、

和「此頃《このごろ》はお目出度儀《めでたいぎ》がござつたさうで、お喜《よろこ》びにもまだ出《で》ません……はゝア、又始《またはじま》りましたかな……中々執念《なか〳〵しふねん》の深《ふか》い女《をんな》でござるのう。」

新「これは恐《おそ》れ入《い》つたお言葉《ことば》で……実《じつ》は祝言《しふげん》をいたして其《そ》の夜《よ》より、奥《おく》と一《ひと》ツ寝《ね》さへすれば、屹度両人《きつとりやうにん》の間《あひだ》に一疋《ぴき》の蛇《へび》がとぐろを巻《ま》いて居《を》りまするが、奥《おく》には一向目《かうめ》に止《とま》らないやうでございますから、夫《そ》れとなく問《と》ひ試《こゝろみ》ましたが、何《ど》うも全《まつた》く存《ぞん》ぜぬ体《てい》にございます……」

和「左様《さう》であらう、奥様《おくさん》には見《み》えまい、アヽ困《こま》つた執念《しふねん》ぢや……此《こ》の儘《まゝ》にして置《おい》たら新十郎殿《しんらうどの》は元《もと》の病人《びやうにん》ぢや、其《そ》の蛇《へび》も容易《えうい》に捕《つかま》へる事《こと》は難《かた》からうのう。」

新「仰《おほ》せの通《とほ》り、捕《とら》へることは中々《なか〳〵》むづかしふございまする。」

和「左様《さやう》か、中々手捕《なか〳〵てづかま》へには出来《でき》まいぢや、先頃《せんころ》も申《まを》したが、新十郎殿《しんらうどの》の因縁《いんねん》は深《ふか》しい因縁《いんねん》ぢや、何《なに》しろ口惜《くちをし》い〳〵で祟《たゝ》る幽霊《ゆうれい》ではなくて、恋《こひ》しい〳〵と思《おも》ふ幽霊《ゆうれい》で、三世《ぜ》も四世《せ》も前《まへ》からある女《をんな》がお前《まへ》さんを思《おも》ふて、生《い》き代《かは》り死《し》にかはり容態《かたち》はいろ〳〵に変《かへ》て付纏《つきまと》ふてゐるのだから、遁《のが》れ難《がた》い因縁《いんねん》があり、何《ど》うしても遁《のが》れられまい、死霊除《しれうよけ》だけは出来《でき》たが、その身《み》にまつはる悪因縁《あくいんねん》は何《ど》うも仏《ほとけ》のお力《ちから》にも六《むづ》かしい、只《た》だ苦限《くげん》を薄《うす》くするまでのう。」

新「それでは貴僧《あなた》のお力《ちから》でも、蛇《へび》を除《よけ》ることは出来《でき》ませんか……」

和「*蛇《へび》を除《よ》けたら、今度《こんど》は蛙《かへる》、夫《そ》れから蛞蝓《なめくじ》といふやうに、形容《かたち》を変《かへ》ては附纏《つきまと》ふのだから一《ひと》ツ払《はら》へばまた一《ひと》ツで果《はて》しがないぢや、はゝゝゝ。」

新「何《ど》うも仕様《しやう》がございませんね、お経《きやう》の功力《くりき》で何《なん》とか御工夫《ごくふう》はつきますまいか。」

和「まだお前《まへ》さんの驚《おどろ》きなさる事《こと》があるぢや、折角《せつかく》お貰《もら》ひなされた奥様《おくさん》ぢやがの　是《こ》れも短命《たんめい》ぢや、長《なが》ふて一年《ねん》のうちに閻魔《えんま》の庁《ちやう》へ再縁《さいえん》ぢやぞ、早《はや》ければ五十日《にち》ぢや……お

前《まへ》さんは何《ど》うでも独身《どくしん》で居《ゐ》ないと寿命《じゆみやう》がないよ……左様《さう》ぢや、因果《いんぐわ》を含《ふく》めて蛇《へび》を封《ふう》じ込《こ》んで見《み》やうかのう、一《ひと》ツ遣《や》つて見《み》やう……それには先《ま》づ蛇《へび》を生捕《いけどつ》て来《き》なさい、はゝア、心配《しんぱい》しなくも好《よ》い、捕《つかま》るやうにして捕《つかま》へれば、落《おち》たものを拾《ひろ》ふより訳《わけ》がないぢや、是《こ》れをお貸《か》し申《まを》さうから、今夜《こんや》にも蛇《へび》が出《で》たなら上《うへ》から被《かぶ》せて置《お》けば最《も》う逃《にげ》る気遣《きづかひ》はないが、気味《きみ》が悪《わる》いと思《おも》つたらクル〳〵と包《くる》んで置《お》けば好《よ》いぢや、少《すこ》しでもこの袈裟《けさ》が蛇《へび》の身体《からだ》へ掛《かゝ》つたら動《いご》けるものでない、安心《あんしん》なものぢや、持《もつ》て来《き》なさるにも之《こ》れに包《つゝ》んで提《さ》げて来《こ》られると、動《いご》きも何《ど》うもしないで柔順《おとなし》くして居《ゐ》るよ。」

　と一条《でう》の袈裟《けさ》を貸《か》して下《くだ》されたを、新《しん》十郎様《らうさま》は喜《よろこ》んでお持《も》ち帰《かへ》りになり、今宵《こよひ》もまた蒲団《ふとん》の中《なか》にとぐろを巻《まい》てゐるか知《し》らん、彼様《あんな》に大《おほき》なものが、二人《ふたり》の間《あひだ》へ這入《はひつ》てゐるを奥《おく》が知《し》らないも不思議《ふしぎ》だと思召《おぼしめ》しました。此《こ》の夜《よ》もお休《やす》みになつてお目《め》が覚《さめ》るとチヤンと何時《いつ》ものやうに、お蒲団《ふとん》の中《なか》でお二人《ふたり》のお休《やす》みになつてゐる真中《まんなか》に居《を》ります。奥様《おくさま》もお目《め》をお覚《さま》しになつたが少《すこ》しも蛇《へび》のゐることは御存知《ごぞんち》がありません、新《しん》十郎様《らうさま》はこゝだと良観和尚《りやうくわんをしやう》から借《か》りておいでに成《な》つた袈裟《けさ》を蛇《へび》の上《うへ》からパツとお掛《かけ》になりますと、蛭《ひる》に塩《しほ》でも振掛《ふりかけ》ましたやうに小《ちいさ》く縮《ちゞ》みあがつて柔順《おとなし》くして居《ゐ》ます。新《しん》十郎様《らうさま》はそれを*大手《おほて》文庫《ぶんこ》の中《なか》に収《をさ》め、また上《うへ》から縄《なは》をかけ置《お》き翌朝早々《よくあささう〳〵》法恩寺《はふおんじ》へお出向《でむ》きになりました。良観和尚《りやうくわんをしやう》は眼鏡《めがね》をかけて書見《しよけん》をして居《ゐ》られましたが、新《しん》十郎《らう》より差出《さしだ》す文庫《ぶんこ》を、

和「あゝ其《そ》の儘《まゝ》にソツクリして置《お》きなさい、私《わし》が見《み》なくも好《よ》いぢや……首尾《しゆび》よく怨霊《をんりやう》を捕《つかま》へたら、今度《こんど》は封《ふう》じ込《こ》む場所《ばしよ》だ、あの女《をんな》は深川生《ふかゞはうま》れであつたのう。」

新「左様《さやう》で……確蛤町《たしかはまぐりちやう》のやうに聞及《きゝおよ》びまするが……」

和「深川《ふかゞは》……生《うま》れた場所《ばしよ》から東南《とうなん》の間《あひだ》の小山《こやま》へ埋《うづ》めるのぢやが、扨《さ》て何処《どこ》ぢやの、蛤町《はまぐりちやう》から東南《とうなん》では丁度《ちやうど》よいところがある、彼《あ》の雀《すゞめ》の森《もり》ぢや、……まア埋《うめ》る場所《ばしよ》は極《きま》つたが、そこに新《しん》十郎殿《らうどの》小《ちいさ》な祠《ほこら》を一《ひと》ツ建《たて》て貰《もら》ひたい、私《わし》が怨霊《をんりやう》をこの祠《ほこら》に祀《まつり》こめて、お三《さん》とやらの亡霊《ばうれい》も得道解脱《とくだうげだつ》させやうが、お前《まへ》さんの悪因縁《あくいんねん》はこれで消滅《せうめつ》したでは無《な》いぢや、今《いま》の奥様《おくさん》との間《あひだ》はまア無事《ぶじ》ぢやが、先日《せんじつ》も云《い》ふ通《とほ》り不幸《ふかう》にして短命《たんめい》ぢやてのう……新《あらた》に女《をんな》を持《もつ》たら又屹度《またきつと》怪異《くわいい》がある、

その時私《ときわし》のところへ頼《たの》みに来《き》てもいかんでのう、これは予《かね》て断《ことわ》つておくよ。」
と良観和尚《りやうくわんをしやう》に悃々《こんく》と因果《いんぐわ》を含《ふく》められましたから、新《しん》十郎《らう》は聞《き》けば聞《き》くほど我《わ》が身《み》に纏《まつは》る悪因縁《あくいんねん》が怖《おそろ》しく、一層《そ》腰《こし》の物《もの》を捨《すて》て墨染《すみぞめ》の法衣《ころも》に着替度《きかへたく》なりましたが、直《す》ぐそんな事《こと》もされません上《うへ》に、偕老同穴《かいらうどうけつ》と誓《ちか》ひまする妻《つま》が短命《たんめい》ときいては心持《こゝろもち》が好《よ》くないが、是《こ》れも因果《いんぐわ》だと断念《あきら》めまして、若《わか》党家来《たうけらい》はお寺《てら》から帰《かへ》して寺男《てらをとこ》と、良観和尚《りやうくわんをしやう》役僧《やくそう》二人《ふたり》に伴《ともな》はれて深川《ふかどは》の浜辺《はまべ》へ出《い》でると、小《ちいさ》な丘《をか》があつて建樹《たちき》の茂《しげ》るはアレぞ雀《すゞめ》の森《もり》、こゝへ文庫《ぶんこ》ぐるみ埋《うづ》めて良観和尚《りやうくわんをしやう》は丁寧《ていねい》に読経《どくきやう》され、さア是《こ》れでよい此《こ》の上《うへ》は祠《ほこら》だと一同《どう》と共《とも》に新《しん》十郎様《らうさま》も帰《かへ》りました。さて不思議《ふしぎ》なことには其《そ》の夜《よ》より蛇《へび》も出《で》ませんし、怪《あやし》いと思《おも》ふことも更《さら》にございませんから、新《しん》十郎様《らうさま》もお喜《よろこ》びで重荷《おもに》を下《おろ》したやうに御安心《ごあんしん》なさると、落胆《がつかり》して両《りやう》三日《にち》はお疲《つか》れの為《た》めにお休《やす》みになりました。

　彼《か》れ是《こ》れいたすうちに五月雨《さみだれ》の頃《ころ》となりまして、祠《ほこら》も漸《やうや》う出来《しゆつたい》いたし、先《ま》づ太平無事《たいへいぶじ》のお目出度《めでたい》お屋敷《やしき》となつて、奥様《おくさま》の御披露《ごひろう》を改《あらた》めてなさらうと、お支度遊《たくあそば》した日《ひ》から奥《おく》様《さま》はお床《とこ》にお就《つ》きなされ、次第《しだい》〳〵に弱《よわ》つてお出《いで》なさるのが目《め》に見《み》え、お医者様方《いしやさまがた》も匙《さぢ》を投《な》げて居《ゐ》らツしやいます。お薬《くすり》は差上《さしあげ》てるものゝ御病症《ごびやうしやう》が皆暮解《かいくれわか》りませんのには、流石《さすが》の名医《めいゝ》方《がた》も手《て》の附《つけ》やうがなかつたのでございませう。新《しん》十郎様《らうさま》は良観和尚《りやうくわんをしやう》から聞《き》いて居《を》りますから、是《こ》れも因果《いんぐわ》だと悃《ねんごろ》に介抱《かいほう》してお遣《つかは》しになつたが、定業《ぢやうごふ》の尽《つ》きるところは仕方《しかた》がありません、良観和尚《りやうくわんをしやう》の言《いは》れた通《とほ》り到頭《たうとう》六月《ぐわつ》の二十日《はつか》に亡《なくな》られて了《しま》ひました。新《しん》十郎様《らうさま》も跡《あと》懇《ねんごろ》に吊《とぶら》つた後《あと》は、阿部家《あべけ》へは更《さら》に御養子《ごやうし》をして名跡《みやうせき》をお立《た》てなされ、御自分《ごじぶん》は若隠居《わかいんきよ》を遊《あそば》し、剃髪《ていはつ》して*青同心《あをどうしん》となられ良観和尚《りやうくわんをしやう》の教《をし》へをうけて、雀《すゞめ》の森《もり》の片辺《かたほとり》に小庵《せうあん》を結《むす》び愚凸《ぐとつ》と呼《よ》び朝《あさ》な夕《ゆふ》なに森《もり》の祠《ほこら》を世話《せわ》して、数《す》十年《ねん》の後何事《のちなにごと》もなく歿《ぼつ》せられました。

　愚凸《ぐとつ》が小庵《せうあん》を結《むす》んでから、其《そ》の美《うつく》しい青同心《あをどうしん》を見《み》んと、浮気《うはき》な女《をんな》たちがちらほらと参《まゐ》りますうち、誰言《たれい》ひ出《だ》すともなく此《こ》の祠《ほこら》をお三様《さんさま》と申《まを》しまして、雀《すゞめ》の森《もり》もお三《さん》の森《もり》と呼《よ》ぶやうになり、それが又《また》一転《てん》いたしお三《さん》とお産《さん》と語音《ごいん》の同《おな》じな処《ところ》から、後《のち》にはお産《さん》の神様《かみさま》のやうに間違《まちが》へて了《しま》つたのでございます。

怪談阿三の森　終

心中《しんじゅう》時雨《しぐれ》傘《がさ》

芳麿

心中時雨傘《しんぢうしぐれがさ》

第一席

エヽ此《こ》のお噺《はなし》は御維新前《ごゐしんまへ》、慶応元年《けいおうぐわんねん》の十一月《ぐわつ》二十一日《にち》に、日暮里《につぽり》は*花見寺《はなみでら》の前《まへ》、お*諏訪様《すはさま》の境内《けいだい》にございました心中《しんぢう》のお噂《うはさ》で、お年《とし》を召《め》した方《かた》はお聞及《きゝおよ》びに成《な》つてゐらツしやいませうから、嘘《うそ》ツ八《ぱち》の戯作《げさく》ものでないだけが、幾干《いくら》かお土産《みやげ》に成《な》らうかでございます。

慶応《けいおう》は三年続《ねんつゞ》きまして明治《めいぢ》の前《まへ》の年号《ねんがう》でございます、丁度《ちやうど》維新前《ゐしんまへ》の紛擾最中《ごた〳〵さいちう》で江戸《えど》などは又元《またもと》の野原《のはら》になりはしないかと、取越苦労《とりこしくらう》をなさる方《かた》も多《おほ》く、攘夷論《じやういろん》の火《ひ》の手《て》は熾《さかん》で三百年来続《ねんらいつゞ》いた徳川様《とくがはさま》の天下《てんか》も、何時《いつ》*転覆《ひつくりか》へるか知《し》れない御時世《ごじせい》でございますから、手前《てまへ》どもゝ高《たか》い処《ところ》へ上《あが》つて呑《のん》気《き》な事《こと》を申《まを》して居《を》りましても、明日《あす》は何《ど》うなるかと心細《こゝろぼそ》いやうな気《き》がいたしました。其様中《そんななか》でも御祭礼《おまつり》と申《まを》しますと、江戸《えど》ツ子《こ》の威勢《いせい》はまた格別《かくべつ》なもので、隣町《となりちやう》で縮緬《ちりめん》のお揃衣《そろひ》が出来《でき》るから、此方《こちら》でも縮緬《ちりめん》にしろ、*真岡木綿《まをかもめん》の中形《ちうがた》では外聞《ぐわいぶん》が見《み》つともないなどゝ、借金《しやくきん》を質《しち》に置《お》いて立派《りつぱ》にいたしたものでございます。別《わけ》て*山王様《さんのうさま》と*天王様《てんわうさま》とは天下祭《てんかまつり》と申《まを》し江戸祭礼《えどさいれい》の両大関《りやうおほぜき》、俳人《はいじん》*宝井其角《たからゐきかく》も*番附《ばんづけ》を売《う》るも祭《まつり》のきほひ哉《かな》と云《い》つて居《を》りまするし、*神田祭《かんだまつり》には*服部嵐雪《はつとりらんせつ》が*花《はな》すゝき大名衆《だいみやうしゆう》を祭《まつり》かなとも申《まを》して、其《そ》の賑《にぎは》ひは宏大《くわうだい》もないものでございました。其《そ》の外《ほか》*深川富《ふかゞはとみ》ケ岡《をか》の八幡様《はちまんさま》や*亀戸《かめゐど》の天神様《てんじんさま》、*浅草《あさくさ》の三社祭《じやまつり》なども名高《なだか》いお祭礼《まつり》で大層賑《たいさうにぎは》つたものでございました。それに伴《つ》れて場末《ばすゑ》のお祭《まつり》でも当今《たうこん》とは大分御容子《だいぶごやうす》が変《かは》つて居《を》りまして、何処《どこ》でもお立派《りつぱ》に御祭礼《おまつり》が出来《でき》まする御時世《ごじせい》で、毎年《まいねん》九月《ぐわつ》廿一日《にち》には*根津権現《ねづごんげん》のお祭《まつり》でございますが、此《こ》の祭礼《さいれい》は由緒《ゆいしよ》あるお祭《まつり》で宝永《はうえい》の二年《ねん》まではお庭祭《にはまつり》と申《まを》し、ホンのお式《しき》があつたばかりでげすが、同《おなじ》三年《ねん》にお宮《みや》が御造営《ござうえい》になつて翌《よく》四年駒込《ねんこまごめ》から花車《だし》を曳《ひ》き出《だ》してお祭《まつり》らしくなり、正徳年間《しやうとくねんかん》には山王御祭礼格《さんのうごさいれいかく》にならひ、公儀《こうぎ》からのお許《ゆる》しがございまして、江戸町々《えどまち〳〵》より始《はじ》めて花車《だし》を出《いだ》して賑《にぎは》ひ、中々立派《なか〳〵りつぱ》なお祭《まつり》になりました。*当時《たうじ》ではその頃《ころ》のやうではございませんが、*根津《ねづ》には遊廓《くるわ》もあつて派出《はで》を尽《つく》します土地柄《とちがら》で、何《ど》うしても場末《ばすゑ》のお祭《まつり》とは思《おも》はれないほどお立派《りつぱ》でございまする。

当今《たうこん》のお子《こ》様方《さまがた》は学校《がくかう》へゐらツして御勉強《ごべんきやう》を遊《あそば》し、お祭《まつり》だからツて*樽神輿《たるみこし》なんか舁《か》き　*えツしよい〱、わツしよい〱、塩《しほ》まいてお呉《く》れとお噪《さわ》ぎなさる方《かた》は少《すくな》ふございますが、手前共《てまへども》の子供《こども》の頃《ころ》はお祭《まつり》といへば、*黄色《きいろ》く染《そ》めた麻《あさ》に起上小法師《おきあがりこぼし》の達摩《だるま》をつけた手襷《たすき》をかけ、晒《さらし》の手拭《てぬぐひ》で向鉢《むかふはち》巻《まき》をいたし、樽神輿《たるみこし》を舁《かつ》ぎましたもので、左《さ》もないと*子《こ》若《わか》中《ちう》と書《かい》た万燈《まんどう》を振立《ふりた》てまする、その中《なか》には随分《ずゐぶん》*大僧《おほぞう》も交《まち》つて無邪気《むじやき》に跳《は》ねまはり、お祭《まつり》らしくツて威勢《いせい》の好《いゝ》ものでございました。エヽ、今日《けふ》は*権現様《ごんげんさま》の宵宮《よみや》で大層賑《たいそうにぎは》ひましたが、上野《うへの》の寛永寺《くわんえいじ》で初夜《しよや》の鐘《かね》をボーン〱と打《う》ち出《だ》しまする頃《ころ》ほひになりますると、群集《ぐんじゆ》も追々《おひ〱》に散《ち》り境内《けいだい》に*天道店《てんとみせ》を張《は》る商人《あきんど》も店《みせ》を片附《かたづけ》て帰《かへ》り支度《じたく》にかゝり、*猿芝居《さるしばゐ》や河童《かつぱ》のお化《ばけ》なんかの見世物小屋《みせものごや》は、明日《あす》のお祭《まつり》を当込《あてこ》んで夜明《よあか》しをする、またそれを当込《あてこ》みに*おでん燗酒《かんざけ》や夜鷹蕎麦《よたかそば》、または茶《ちや》めし屋《や》などが居残《ゐのこ》るばかりとなつて、最《も》う人影《ひとかげ》もちらりほらりと成《な》りました。権現様《ごんげんさま》の御境内《ごけいだい》は寂寞《ひつそり》いたしたが、御門前《ごもんぜん》は直《す》ぐ遊女屋《ゆうぢよや》で*松葉長屋《まつばながや》などの長屋見世《ながやみせ》もございます処《ところ》で、未《ま》だドヤ〱ドヤドヤ素見客《ひやかし》が押歩《おしある》いて居《を》りますから、門前《もんぜん》に*どツこい〱の店《みせ》を出《だ》してゐました縁日商人《えんにちあきんど》のうちではどツこい屋《や》のお初《はつ》と名《な》の通《とほ》つた二十三四の女《をんな》、これが美女《いゝをんな》といふでもないが、愛嬌《あいけう》がある評判《ひやうばん》ものでございますから、聟《むこ》にならうの嫁《よめ》にくれろのと云《い》ふ口《くち》は降《ふ》るやうにあつても、自分《じぶん》が居《ゐ》なくなつては一人《ひとり》の母《はゝ》が困《こま》るからお嫁《よめ》にはいかない、聟《むこ》を貰《もら》つても其《そ》の聟《むこ》がお袋《ふくろ》を邪見《じやけん》にするやうでは余計《よけい》な心配《しんぱい》をしなくばならぬと云《いつ》て、可惜盛《あつたらさか》りを寡《やもめ》で暮《くら》して居《を》ります親孝行《おやかう〱》もの、

△「お初《はつ》さん、何《ど》うだね、最《も》う了《しま》つたら、大分《だいぶ》おそいよ、今《いま》に*中引《なかび》けだ……」

初「さうだね、最《も》う九《こゝの》ツ近《ちか》いでせうねえ、了《しま》ひませう……直《す》ぐお跡《あと》から参《まゐ》りますよ。」

△「それぢやア、早《はや》く来《き》なせえよ。」

と同《おな》じ仲間《なかま》の夜《よ》商人《あきんど》は荷《に》を担《かつ》いで往《い》つて了《しま》ひまする、*お初《はつ》も店《みせ》を片付《かたづ》け稼業道具《かげふだうぐ》を背負《しよひ》こみまして、*須《す》賀町《がちやう》から*八《や》重垣町《へがきちやう》の方《はう》へ出《で》ますと、最《も》う中引《なかびけ》で九《こゝの》ツ今《いま》の十二時《じ》でござ

いますから素見客《ひやかし》も途切《とぎれ》〳〵で、張見世《はりみせ》の花魁《おいらん》も*助見世《すけみせ》が二人《ふたり》か三人寂《にんさび》しさうに座《すわ》つて居《ゐ》るばかり、アヽ今夜《こんや》は大層《たいさう》遅《おそ》くなつた嘸《さ》ぞ阿母《おつかあ》が待《まつ》てゐるだらうと、スタ〳〵*茅町《かやちやう》の方《かた》へ参《まゐ》りましたが、是《こ》れから真直《まつすぐ》に茅町通《かやちやうどほ》りを池《いけ》の端仲町《はたなかちやう》へ出《で》て、*下谷《したや》の稲荷町《いなりちやう》に帰《かへ》りますには大廻《おほまは》りで、*山《やま》の下穴《したあな》の稲荷《いなり》の前《まへ》を*黒門前《くろもんまへ》へ出《で》るのが近《ちか》ふございますから、*七軒《けん》町《ちやう》の処《ところ》から曲《まが》つて権現様《ごんげんさま》の下《した》へ斜《はす》に横切《よこぎ》り、夜道《よみち》は馴《な》れてゐますから平気《へいき》なもので、池《いけ》の端《はた》を遣《や》つて参《まゐ》りますが、何《なに》しろ最《も》う遅《おそ》い、お山《やま》では九ツ鐘《こゝのかね》を撞《つ》き始《はじ》めました。スルと其《そ》の頃《ころ》の流行《はやり》の唄《うた》で「*かわいお方《かた》に謎《なぞ》かけられて解《とか》ざなるまい繻子《しゆす》の帯《おび》」といふ唄《うた》を二三人《にん》で謡《うた》ひながら、素見帰《ひやかしがへ》りが遣《や》つてまゐりましたが、二十日《はつか》の月《つき》は澄《すみ》わたつて昼間《ひるま》のやうでございますから、擦違《すれちが》つた一人《ひとり》が振返《ふりかへ》り、

△「やア、どツこい屋《や》のお初《はつ》さんだな、今帰《いまけえ》りなさるか……」

○「お初《はつ》さんか、好処《いゝところ》で逢《あつ》た、蕎麦《そば》でも喰《く》つてからうぢやねえか、交際《つきあひ》ねえ。」

初「有難《ありがた》うございますが、今夜《こんや》は最《も》う遅《おそ》いから、お預《あづ》けにして置《お》きませう。」

□「おい〳〵、其様《そんな》ことを言《いは》ねえで、己《おい》らと一所《しよ》に来《き》ねえな、お前《めへ》だツて独身者《ひとりもの》だらう、己《おい》らだツて皆一人《みんなひとり》ものよ。」

△「左様《さう》よ、お互《たげえ》に独身者《ひとりもの》と独身者《ひとりもの》だ、丁度巧《ちやうどうま》く出来《でき》てらア、此処《こゝ》で己《おい》らがお初《はつ》さんに逢《あ》ふのア、権現様《ごんげんさま》のお引合《ひきあはせ》だアな、来《き》ねえよ。」

初「お思召《ぼしめし》は有難《ありがた》いが、最《も》う遅《おそ》いから……」

○「なアに、遅《おそ》くツたツて構《かま》ふものかよ、なア兄弟分《きやうだいぶん》……」

□「左様《さう》だとも、何《ど》うで寝《ね》るのだ……何処《どこ》で寝《ね》たツて同様《おんな》じことだ、野暮《やぼ》を言《いは》ないで来《き》ねえと云《い》つたら来《き》ねえ……」

と一人《ひとり》が手《て》を取《と》つて連《つ》れ行《ゆ》かうとします、お初《はつ》はこの乱《らん》暴《ばう》な厭《いや》らしい揶揄方《からかひかた》に腹《はら》を立《た》て、

初「何《なん》だね、串戯《じようだん》も好加減《いゝかげん》におしよ、莫迦《ばか》らしい。」

と手《て》を振捥《ふりもぎ》つて足早《あしばや》にスタ〳〵参《まゐ》りますを追縋《おひすが》つて、

△「何《なん》だな、お前《めへ》も十九《つゞ》や二十《はたち》の者《もの》ぢやあるめへし、野《や》

暮《ぼ》を言《いは》ねえで……」

　と後《うしろ》から捕《つかま》へて放《はな》しませんから、お初《はつ》は只《た》だ若《わか》い者《もの》の挪揄《からかひ》だと思《おも》つてましたに何《ど》うやら左様《さう》でない、女一人《をんなひとり》と侮《あなど》つて何様乱暴《どんならんばう》をするか知《し》れない様子《やうす》が見《み》えましたから、気《き》味《み》が悪《わる》くなつて来《き》た、弱身《よわみ》を見《み》せたら何《ど》うされるか知《し》れないと、力任《ちからまか》せに捕《つかま》へられた手《て》を捻《ねぢ》あげました。

△「ア痛《いて》い……コン畜生《ちくしやう》ツ、酷《ひど》い事《こと》を仕《し》あがるな……さア最《も》う勘弁《かんべん》ならねえ、ヤイ、笑《わら》つてゐずと皆手《みんなて》を貸《か》せやい……丁度好《ちやうどいゝ》、穴《あな》の稲荷《いなり》へ誘引《しよびい》てこまさう。」

初「お前《まへ》さん方《がた》は何《なに》をするのだ……」

　と突《つ》き退《の》けて逃《に》げ出《だ》さうといたしましたが、対手《あひて》は大《だい》の男《をとこ》が三人《にん》で手取《てど》り足取《あしど》り無理無体《むりむたい》に穴《あな》の稲荷《いなり》へ引《ひ》き摺《ず》り込《こ》まうとしますから、お初《はつ》も今《いま》は一生懸命《しやうけんめい》になつてアレー〱と声《こゑ》を立《た》てゝ、頻《しき》りに助《たす》けを求《もと》めて居《を》りまする。この悲鳴《ひめい》を聞《き》いてバタ〱と駈《か》け附《つ》けてまゐつた者《もの》がございまして、突然一人《いきなりひとり》を握《にぎ》り拳《こぶし》で張《は》り飛《とば》しますと、ウーンと云《いつ》てバツタリ倒《たふ》れて了《しま》つたので、外《ほか》の二人《ふたり》は此《こ》の勢《いきほ》ひに吃驚《びつくり》してお初《はつ》を其処《そこ》へ投《ほう》り出《だ》し、一目散《もくさん》に雲《くも》を霞《かすみ》と逃《に》げ去《さ》りました。投《ほう》り出《だ》されたお初《はつ》は漸《やうや》うに起《お》き上《あが》り、しだらなく成《な》つた前《まへ》を掻《か》き合《あは》せながら、土《つち》に両手《りやうて》を突《つ》き、

初「誰方《どなた》かは存《ぞん》じませんが、危《あやふ》いところをお助《たす》け下《くだ》さいまして有難《ありがた》う存《ぞん》じまする。」

　と礼《れい》を述《の》べますると、其《そ》の男《をとこ》も、

◎「意外《とんで》もねえ目《め》に逢《あひ》なしたね、怪我《けが》はしなかつたか……左様《さう》か、そりやまア好《よか》つた、お前《めへ》も何《ど》うして此様処《こんなとこ》を今時《いまじ》分一人《ぶんひとり》で通《とほ》ンなさるのだ。」

初「はい、妾《わたし》は根津《ねづ》の権現様《ごんげんさま》のお祭《まつり》で商《あきな》ひにまゐり、急《いそ》いで帰《かへ》る途中《とちう》彼《あ》の衆《しゆう》に厭《いや》らしいことを言掛《いひかけ》られた果《はて》が、こんな苛《ひど》い目《め》に逢《あ》ひました……貴郎《あなた》が来《き》て下《くだ》さらなかつたら、何様恥《どんなはづか》しい惨状《みじめ》を見《み》たか知《し》れません処《ところ》を……有難《ありがた》うございます。」

　と礼《れい》をいひますを熟々《つく〴〵》と月明《つきあか》りに透《すか》し、見《み》て居《ゐ》ました男《をとこ》はハタと手《て》を打《うつ》て、

◎「何処《どこ》でか見《み》たやうな姉様《ねへさん》だと思《おも》つてたが、お前《めへ》は権《ごん》現様《げんさま》のお鳥居前《とりゐめへ》に店《みせ》を張《は》つてゐたどツこい屋《や》さんだね。」

初「はい、左様《さう》でございます、どツこい屋《や》の初《はつ》と申《まを》しま

するもので……」

と今《いま》までは只《た》だ有難《ありがた》い嬉《うれ》しいと思《おも》つて居《を》りますばかりで、胸《むね》もドキ〱と動悸《どうき》がして夢中《むちう》でしたから、助《たす》けて貰《もら》つた人《ひと》の顔《かほ》も碌々《ろく〱》見《み》ないで居《ゐ》ましたが、少《すこ》しは気《き》も落付《おちつ》きヒヨイと恩人《おんじん》の顔《かほ》を見《み》ますと、棟《むね》は違《ちが》つてゐますが同《おな》じ稲荷町《いなりちやう》の裏長屋《うらながや》に住《す》む形金《かたきん》〱と云《い》つて、形付職《かたつけしよく》*の金《きん》三郎《らう》でございますから、

初「おやまア、お前《まへ》さんは形金《かたきん》さんぢやございませんか……」

金「形金《かたきん》だよ……お前何《めへど》うして私《わつち》の名《な》を知《し》つて居《ゐ》なさる。」

初「はア、妾《わたし》はお前《まへ》さんの居《ゐ》なさる隣地面《となりぢめん》の長屋《ながや》に居《を》りますから、お顔《かほ》も見覚《みおぼ》えお名前《なまへ》も聞《き》きかぢつて居《ゐ》ますの……」

金「左様《さう》かい、それぢやお前《めへ》は彼《あ》のお袋《ふくろ》と二人《ふたり》でゐる孝《かう》〱行者《もの》だね……違《ちげ》えねえ、夜見世《よみせ》を張《はつ》てお袋《ふくろ》を養《やしな》つてなさるんだと聞《き》いてたが、お前《めへ》だツたか……まア怪我《けが》もなくて好《よ》かつた、大分《だいぶ》遅《おそ》いそろ〱帰《けえ》らう。」

初「はア、参《まゐ》りませう、何《ど》うも有難《ありがた》うございました、お蔭《かげ》さまで危《あやふ》いところを助《たす》かりまして……」

金「なアに、其様《そんな》に礼《れい》を云《い》ふには当《あた》らない、私《わつち》も今夜《こんや》は根津《ねづ》へ素見《ひやかし》に往《い》つたんだが、お祭《まつり》だけに何処《どこ》の店《みせ》も紛《ごた》ついてるから、懵然帰《ぼんやりけえ》つて来《く》るとお前《めへ》の声《こゑ》だ……私《わつち》も夢中《むちう》で飛《とび》込《こ》んだ始末《しまつ》さ。」

初「左様《さう》でしたか、斯《か》うして危《あやふ》いところを救《すく》つて戴《いたゞ》くも何《なん》かの因縁《いんねん》でせうねえ。」

と云《い》つて連立《つれだ》ち帰《かへ》らうといたしまするど、今《いま》までは二人《ふたり》とも気《き》が注《つか》ずに居《を》りましたが、側《そば》に一人《ひとり》倒《たふ》れてゐるものがある。金《きん》三郎《らう》は側《そば》へ寄《よ》つて見《み》て、

金「こりや意外《とんで》もない事《こと》をした、今《いま》の騒《さわ》ぎで……何《ど》うやら殺《ごね》て了《しま》つたやうだ……」

初「それは大変《たいへん》な事《こと》になりましたねえ。」

金「えゝ、仕方《しかた》がねえ。」

初「金《きん》さん、金《きん》さん。」

金「何《なん》だね……」

初「人《ひと》の悪《わる》ひやうだが、幸《さいは》ひ誰《だれ》も見《み》て居《ゐ》たものはないか

らね、早《はや》く往《ゆ》きませう　お前《まへ》さんに此上迷惑《このうへめいわく》の掛《かゝ》るやうな事《こと》があつては、猶更申《なほさらまを》し訳《わけ》がないから……」

金「あゝ撲《なぐ》りどこが悪《わる》かつたと見《み》える、仕方《しかた》がねえなア、意外《とんで》もない事《こと》を遣《や》らかして了《しま》つた……是《こ》れも約束事《やくそくごと》と諦《あきら》めるより仕方《しかた》がねえ、南無阿弥陀仏《なむあみだぶつ》〳〵。」

と金《きん》三郎《らう》は正直者《しやうぢきもの》でございますから、大層《たいそう》しよげて稲荷《いなり》町《ちやう》の長屋《ながや》へ帰《かへ》つて参《まゐ》りお初《はつ》は是非《ぜひ》とも寄《よ》つてくれと強《たつ》て申《まを》しますので、金《きん》三郎《らう》とて直《す》ぐ帰《かへ》つた処《ところ》で独身者《ひとりもの》、火《ひ》の気《け》一《ひと》ツあるではなし温茶《ぬるちや》一杯《ばい》呑《の》むことも出来《でき》ませんから、夫《そ》れぢやア一服《ぷく》遣《や》らせて貰《もら》ひませうかと、送《おく》り込《こ》んで参《まゐ》りました。

初「阿母《おつか》さん、今帰《いまかへ》つた、大層遅《たいそうおそ》くなつて嘸《さ》ぞ待《まつ》てたらうね……金《きん》さん、さア何《ど》うか這入《はいつ》て下《くだ》さいまし。」

母「おゝ帰《かへ》つたのか……誰《だ》れか御《ご》一所《しよ》かい。」

初「阿母《おつか》さん、今夜《こんや》は苛《ひど》い目《め》に逢《あつ》たのを、この方《かた》に助《たす》けて戴《いたゞ》いたのだから、お前《まへ》からもお礼《れい》を申《まを》し上《あ》げて下《くだ》さい。」

と是《こ》れから危《あやふ》い難義《なんぎ》を救《すく》はれた話《はなし》をいたしますると、煎《せん》餅蒲団《べいぶとん》に包《くる》まつてゐたお袋《ふくろ》は、聞《き》く度《たび》ごとにおゝ〳〵と云《い》つて乗《の》り出《いだ》し、嬉《うれ》し涙《なみだ》に暮《く》れて厚《あつ》く礼《れい》を申《まを》しまする、金《きん》三郎《らう》はたゞ畏《かしこま》つて煙草《たばこ》を吹《ふ》かし、人殺《ひとごろ》しをしては仮令過《たとへあやま》ちだからツて此《こ》の儘《まゝ》では居《ゐ》られない、夜《よ》が明《あ》けたら早速《さつそく》*下手人《げしゆにん》に訴《うつた》へ出《で》やうと覚悟《かくご》をして居《を》りますから、何《なん》となく鬱《ふさ》ぎ切《き》つて挨拶《あいさつ》もトンチンカンでございます、お初《はつ》はその胸《むね》の中《うち》を察《さつ》し自分《じぶん》の事《こと》から金《きん》三郎《らう》を下手人《げしゆにん》に出《だ》しては気《き》の毒《どく》と思《おも》ひますが、女《をんな》のことで何《ど》うにも仕方《しかた》がございません。

初「金《きん》さん、お前《まへ》さんに意外《とんで》もない御心配《ごしんぱい》まで掛《かけ》て誠《まこと》に済《す》みませんねえ、何《ど》うぞ御勘弁《ごかんべん》をして下《くだ》さいよ、妾《わたし》はこんな不束者《ふつゝかもの》ですが、此《こ》の御恩《ごおん》は死《し》ぬまで忘《わす》れません、何《ど》うかお内儀《かみ》さんと思召《おぼしめ》しお洗濯《せんたく》でもお使《つかひ》でも御遠慮《ごゑんりよ》なく云《いつ》て下《くだ》さい……ねえ阿母《おつか》さん、妾《わたし》は生涯《しやうがい》金《きん》さんを……」

と云《い》つて恥《はづ》かしさうに顔《かほ》を赤《あか》くして打俯《うつぶい》て了《しま》ひました。

母「あゝ、夫《そ》れが好《いゝ》よ、御恩《ごおん》に成《な》つたことは決《けつ》して忘《わす》れてはならない、それを忘《わす》れるやうでは人間《にんげん》の皮被《かはき》た畜生《ちくしやう》だからね。」

初「左様《さう》ですとも……だけれど金《きん》さんは、余所他《よそほか》にお約《やく》束《そく》なすつた方《かた》があるかも知《し》れないからね、それが何《なん》だか気《き》掛《がゝ》りでね。」

金「串戯言《じようだんいつ》てはいけねえ、私《わつち》のやうなもんに……其様《そんな》気《き》の利《き》いた真似《まね》が出来《でき》るもんか、お前《めへ》さんの思召《おぼしめ》しは有難《ありがて》えが、私《わつち》も正直《しやうぢき》のところ、ヒヨンな機会《はづみ》で人《ひと》を殺《ころ》したから此《こ》の儘《まゝ》に無事《ぶじ》では済《すま》ねえ、何《ど》うで*伝馬町《てんまちやう》の厄介《やくけえ》になる身《み》だ……なアに、お前《めへ》の為《た》めぢやねえ、是《こ》れが私《わつち》の身《み》に纏《まつは》る前《まへ》の世《よ》からの約束事《やくそくごと》だ、あの時《とき》お前《めへ》が居《ゐ》なくも喧嘩《けんくわ》をして間《ま》違《ちが》へを遣《や》らかしたかも知《し》れねえんだ、なに心配《しんぺい》しなさる事《こと》はない、皆私《みんなわつち》に備《そなは》る約束《やくそく》だからね……其様《そんな》場合《ばあい》だ、内儀《かみ》さん何《なに》かあつては反《かへ》つて面倒《めんだう》だ、余計《よけい》な心配《しんぺい》をお前《めへ》さん方《がた》に掛《かけ》るんだから……」

母「金《きん》さんとやら、お前《まへ》さんに左様《さう》いはれると妾《わたし》たちは真個《ほんたう》に何《なん》と云《いつ》てい ゝか解《わか》らないので困《こま》りますよ、娘《これ》もね、親《おや》の口《くち》から此様《こんな》ことを云《いつ》ては訝《をか》しいが、今《いま》まで随分嫁《ずゐぶんよめ》にくれ、ヤレ婿《むこ》にならうと云《いつ》て下《くだ》さる方《かた》も沢山《たくさん》あつたが、妾《わたし》に惨状《みぢめ》を見《み》せまいと嫁入盛《よめいりざか》りを過《すご》し、今日《けふ》が日《ひ》まで斯《か》うして独身者《ひとりもの》でゐるのが親《おや》の身《み》では心掛《こゝろが》ゝりで堪《たま》りませんよ、ねえ、金《きん》さん、不束《ふつゝか》な娘《これ》のことだから、お気《き》には入《い》るまいが、娘《これ》の難儀《なんぎ》を助《たす》けて下《くだ》した上《うへ》にまた此様無理《こんなむり》な、押附《おしつけ》のお頼《たの》みは御迷惑《ごめいわく》でせうが、娘《これ》が願《ねが》ひを適《かな》へて遣《や》つて下《くだ》されば身《み》を粉《こ》に砕《くだ》いても、屹度御恩返《きつとごおんがへ》しはさせまする、初《はじ》めてお目《め》に掛《かゝ》つて此様《こんな》ことをいふのも、矢《や》つ張《ぱ》り何《なん》かの約束《やくそく》、因縁《いんねん》でございませう。」

とお袋《ふくろ》も真心《まごゝろ》を表《あらは》し飾《かざ》り気《け》もなく申《まを》しまするから、金《きん》三郎《らう》とて*竹《たけ》の端《はし》や棒切《ぼうき》れではございません、*長屋女郎《ながやぢよらう》が空涙《そらなみだ》を溢《こぼ》して深切振《しんせつぶり》に口説《くど》きますのとは天地雲泥《てんちうんでい》の相違《さうゐ》で、その深切《しんせつ》が染々《しみ〴〵》と耐《こた》へまして、あゝ此様女房《こんなにようばう》を持《もつ》たら何様《どんな》に嬉《うれ》しいだらうと思《おも》ひますと、明日《あす》にも名乗《なのつ》て出《で》て牢屋《らうや》に繋《つなが》れる身《み》と覚悟《かくご》はして居《を》りますが、踏切《ふんぎ》つて断《ことわ》るだけの確《しつか》りした腹《はら》の底《そこ》に力《ちから》がございませんから、

金「私《わつち》も厭《いや》の応《おう》のといふ訳《わけ》ぢやねえが、困《こま》つたなア、こんな*痩腕《やせうで》ぢやア嬶《かゝあ》を喰《くは》せることも出来《でき》ねえからなア。」

初「なアに、妾《あたし》の頼《たの》みさへ聞《き》いてお呉《くん》なさらア、明日《あした》からお前《まへ》さんに親子《おやこ》が凭《もた》れかゝつて喰《た》べさして貰《もら》はふとは思《おも》ひませんよ、妾《あたし》だツて斯《か》うして稼業《かげふ》に出《で》てゐれば、有難《ありがた》いことには親子《おやこ》が喰《た》べるには困《こま》りもしない、一日《にち》や二日《ふつか》雨《あめ》が

降《ふ》つて稼業《かげふ》を休《やす》んだツて、まさか喰《た》べずにも居《ゐ》ないからねえ、金《きん》さん、無理《むり》のお頼《たの》みだらうが意外《とんだ》ものに見込《みこま》れたと断念《あきら》めて左様《さう》しておくれな。」

金「そりや私《わつち》の方《はう》には何《なん》の*イサコサは無《ね》いが……困《こま》つたなア……まア、夫《そ》れぢやア約束《やくそく》だけはするが、私《わつち》も娑婆《しやば》に居《ゐ》られるか居《ゐ》られねえか分《わか》らねえ身体《からだ》だから、お前《めへ》さん方《がた》に気《き》の毒《どく》で……。」

初「なんの気《き》の毒《どく》なことがあるものかねえ、万一《ひよつと》お前《まへ》さんが伝馬町《てんまちやう》へでも往《い》きなさるやうな事《こと》があれば、五年《ねん》が十年《ねん》でもチヤンと待《まつ》てます、お前《まへ》さんの顔《かほ》を潰《つぶ》すやうな事《こと》はしませんから安心《あんしん》して居《ゐ》て下《くだ》さい。」

と茲《こゝ》に不思議《ふしぎ》な事《こと》からお初金《はつきん》三郎《らう》の奇縁《きえん》が結《むす》ばりました。

第二席

さて金《きん》三郎《らう》でございますが、翌《よく》二十一日《にち》の朝《あさ》になりますると、昨夜《ゆふべ》のことが気《き》になつて耐《たま》りませんから、知《し》らぬ振《ふり》をして茫然《ぼんやり》と*山下《やました》の袴越《はかまごし》のところへ遣《や》つて参《まゐ》りまする。観《み》世物小屋《せものごや》などは徐々《そろ〳〵》客《きやく》を呼《よ》ぶ支度《したく》に掛《かゝ》つてゐる、*源水《げんすゐ》の歯《は》磨売《みがきうり》も今店《いまみせ》を張《は》つたばかり、*豆蔵《まめざう》は一生懸命《しやうけんめい》に饒舌立《しやべりたて》て往《わう》来《らい》の人足《ひとあし》を止《とめ》させ、此方《こちら》でも御用《ごよう》と仰《おつし》やる、はい〳〵御用《ごよう》と仰《おつし》やる、彼方《あちら》でも御用《ごよう》と仰《おつし》やる、はいはい御用《ごよう》と仰《おつし》やるなんかと遣《や》つて居《を》ります。其《そ》の隣《となり》では*熊《くま》の膏薬《かうやく》を売《うつ》てゐる、また*少《すこ》し離《はな》れて編笠《あみがさ》を被《かぶ》つた浪人体《らうにんてい》の男《をとこ》が、七《なゝ》ツ下《さが》りの羊《やう》羹色《かんいろ》の継《つぎ》の当《あた》つた紋附《もんつき》で扇子《せんす》を半開《はんびら》きにして口《くち》にあてがひ、薦《ござ》の上《うへ》に座《すは》つて剝《はげ》ツチヨロケの刀《かたな》を側《そば》に置《お》きまして、観世《くわんぜ》流《りう》の謡《うたひ》をうたつて合力《かふりよく》を受《う》けて居《を》る、小車《こぐるま》を曳《ひ》いた小僧《こぞう》さんが犬《いぬ》の寝《ね》てゐるのに石《いし》を打附《ぶつゝけ》などして居《を》りますと、勇《いさ》み肌《はだ》のお若《わか》い衆《しゆ》が行《ゆ》き合《あひ》まして、

○「ヘン畜生《ちくしやう》、朝帰《あさげへ》りだな……笑《わら》かせあがらア……何処《どけ》え登《あが》つた。」

△「*松葉《まつば》よ……。」

○「糞《くそ》でも喰《く》らへ、*大引過《おほびけす》ぎの転寝《ごろね》をしあがつて……。」

△「憚《はゞか》んながら、其様《そんな》*お安《やす》いのぢやねえ、*浅《あさ》い川《かは》なら膝《ひざ》までまくれ、深《ふか》くなるほど帯《おび》を解《と》くチヽチンチンだ。」

○「コン畜生巫山戯《ちくしやうふざけ》あがると水《みづ》を打被《ぶつかぶ》せるぞ……。」

△「怒《おこ》るねえ、今《いま》のはみんな嘘《うそ》だ……今朝《けさ》な穴《あな》の稲荷前《いなりめへ》

に人殺《ひとごろ》しがあるてえんで見《み》て来《き》たんだ。」
○「人殺《ひとごろ》し、阿魔《あま》か……なに野郎《やらう》だと……野郎《やらう》ぢやア見《み》に往《ゆ》く張合《はりあひ》がねえ……。」
△「見《み》て来《き》や、まだ御検視《ごけんし》が来《こ》ねえから、*薦被《こもかぶ》りで居《ゐ》らア、刃物持《はものもた》ねえ人殺《ひとごろ》しだ。」
○「コン畜生《ちくしやう》まだ舁《かつ》ぎあがるな。」
△「舁《かつ》ぐんぢやアねえてえば、全《まつた》く何処《どこ》一《ひと》つ斬《きら》れてゐねえ、それにな縊《くび》り殺《ころ》しでもねえツて、ワイ〳〵騒《さわ》いでらア、まア往《い》つて見《み》ねい。」
○「変《へん》な殺《ころ》され方《かた》もあるものだな、余程頓痴気《よつぽどとんちき》な野郎《やらう》だ……何様奴《どんなやつこ》だ……。」
△「*破落漢《ごろんぼ》よ。」
と話《はなし》てるのが耳《みゝ》に這入《はいり》ました金《きん》三郎《らう》は、扨《さ》ては昨夜《ゆふべ》の対手《あひて》は破落漢《ごろつき》であつたか　夫《そ》れにしても何様噂《どんなうはさ》をして居《ゐ》るかと、池《いけ》の端《はた》へ出《で》まして穴《あな》の稲荷《いなり》の前《まへ》へ来《く》ると人《ひと》の黒山《くろやま》で、桜《さくら》の木《き》の根本《ねもと》に薦《ござ》を被《かぶ》せてございますから、顔《かほ》も身体《からだ》も見《み》えません、見物《けんぶつ》は殺《ころ》した当人《たうにん》が来《き》てゐると知《し》らず勝手《かつて》な臆《おく》測《そく》を逞《たくま》しふいたし、種々《いろんな》*熱《ねつ》を吹《ふ》いて居《を》りまする、御検視《ごけんし》の立《たつ》まで待《ま》つてゐやうと思《おも》ひましたが、何《なん》だか気持《きもち》が悪《わる》くツて見《み》て居《ゐ》られませんから、其《そ》の儘帰《まゝかへ》つてまゐり、すぐ蒲団《ふとん》を被《かぶ》つて寝《ね》て居《を》りますると、夕方差配《ゆふがたおほや》の勘兵衛《かんべゑ》が門口《かどぐち》から覗《のぞ》きこみまして、
勘「金《きん》さん居《ゐ》るかい……。」
金「差配《おほや》さんですかい、段々《だん〳〵》遅《おそ》くなつて申訳《まをしわけ》がごぜえませんが、最《も》う少《すこ》しお待《まち》なすつておくんなせえ、晦日《みそか》に勘定《かんぢやう》を取《と》ると屹度持《きつともつ》て参《めへ》りますから……。」
勘「正直《しやうぢき》なお前《めへ》の事《こと》だから、己等《おいら》も家賃《やちん》が一月《ひとつき》や二月《ふたつき》滞《とゞこほ》つたツて気《き》にもしねえよ、なアに催促《さいそく》に来《き》たのぢやアねえ安心《あんしん》しなさい。」
金「左様《さう》ですかい、私《わつち》はまた先月分《せんげつぶん》が溜《たま》ツてるから……差配《おほや》さんの声《こゑ》を聞《き》くとゾツとしましたぜ……。」
勘「気《き》の小《ちいさ》い男《をとこ》だなア、ハヽヽ……時《とき》に金《きん》さん隣長屋《となりながや》には怖《おそろ》しい女《をんな》が住《すま》つて居《ゐ》たのう。」
金「怖《おそろ》しい女《をんな》ツて、まさか鬼《おに》や蛇《ぢや》が居《ゐ》た訳《わけ》ぢやアありますめへ……何《なに》が居《ゐ》たのですえ。」
勘「莫迦《ばか》を言《い》ひなさんな、彼《あ》の孝子娘《かうくむすめ》と評判《ひやうばん》のどツこい

屋《や》のお初《はつ》が、昨夜《ゆんべ》穴《あな》の稲荷《いなり》で人殺《ひとごろ》しをしたツて*今《いま》の先《さ》き、岡引衆《をかつぴきしう》に引《ひ》かれて往《い》つたよ、彼《あ》の愛嬌《あいけう》のある顔《かほ》で虫《むし》も殺《ころ》しさうもない容子《ようす》で人殺《ひとごろ》しをするとは何《なん》と呆《あき》れたものぢやア無《な》いか……。」

金「何《なん》ですツて、どツこい屋《や》のお初《はつ》が人殺《ひとごろ》しの科《とが》で連《つ》れて往《ゆ》かれましたツて……さア大変《たいへん》だ、お初《はつ》が連《つ》れて往《ゆ》かれたとあつては最《も》う斯《か》うして居《ゐ》られない、お町奉行《まちぶぎやう》へ駈込《かけこみ》訴《そ》訟《しよう》だ。」

勘「おいく、金《きん》さん、お前《めへ》は何《ど》うしたのだな、どツこい屋《や》のお初《はつ》が連《つれ》て往《ゆ》かれたとて騒《さわ》ぐことは無《な》いぢやないか、気《き》でも狂《ちが》つたか……ア、解《わか》つた、お前《めへ》は彼《あ》のお初《はつ》と何《なん》か関係《わけ》でもあるのだな、縦《よし》んば関係《わけ》があるにしても放心《うつかり》お奉《ぶ》行所《ぎやうしよ》へ駈込《かけこ》み願《ねが》ひなんかしたら大騒《おほさわ》ぎだ、お前《めへ》の身《み》に科《とが》がなくツてもお縄《なは》を戴《いたゞ》くやうなことになるよ、是《こ》れ気《き》を落付《おちつ》けて己等《おいら》に話《はなし》なさい、差配《おほや》と店子《たなこ》は親子《おやこ》も同前《どうぜん》だ、悪《わる》いやうにはしないから……金《きん》さんまア心《こゝろ》を落付《おちつ》けなさいよ。」

金「へいく、夫《そ》れではお話《はなし》しますから聞《きい》ておくんなせいませ……。」

と昨夜《さくや》からの次第《しだい》を詳《くは》しく語《かた》りまして、

金「ねえ、斯《か》ういふ一埒《いちらつ》でごぜいますから、私《わつち》が黙《だま》つて、人殺《ひとごろ》しの罪《つみ》をお初《はつ》に塗《ぬ》りつけて居《ゐ》られねえ……お気《き》の毒《どく》だが、お前《まい》さんも附添《つきそ》ひに来《き》ておくんなせいな。」

勘「ふゝむ左様《さう》か……そんな訳《わけ》なら立派《りつぱ》に名乗《なのつ》て出《で》ろ、可《よ》し、己等《おいら》も附添《つきそひ》に出《で》てやらうよ……*北《きた》の御奉行浅野備前《おぶぎやうあさのびぜんの》守様《かみさま》は御仁心《ごじんしん》の深《ふか》いお方《かた》と聞《き》いてゐる、お前《めへ》の明《あか》りは屹度《きつと》立《た》つよ、夫《そ》れにはお初《はつ》が何《なに》よりの証拠人《しようこにん》だ、逃《に》げた二人《ふたり》の悪者《わるもの》を搾《しめ》あげると、其《そ》の場《ば》の訳《わけ》は立派《りつぱ》に解《わか》る……己等《おいら》が書《かき》附《つけ》はこさへてやる、何《なに》しろ明日《あす》の朝早《あさはや》く北《きた》の御奉行所《おぶぎやうしよ》へお恐《おそ》れながらと出《で》ねえ、お初《はつ》に往《い》かれたらどツこい屋《や》のお袋《ふくろ》も嘸《さ》ぞ困《こま》るだらう、是《こ》れも好《よい》わ、お前《めへ》の縁《えん》に繋《つな》がる者《もの》なら仕方《しかた》ねえ、埒《らち》の明《あ》くまで己等《おいら》が面倒《めんだう》を見《み》てやらうよ、跡《あと》の心配《しんぱい》はしねえでも好《よ》い、差配《おほや》の勘兵衛《かんべゑ》がウンと引受《ひきう》けたぞ。」

金「差配《おほや》さん何《ど》うも有難《ありがた》うごぜいます、夫《そ》れで私《わつち》も安心《あんしん》しました……では、一寸《ちよつ》とお袋《ふくろ》の処《ところ》へ尋《たづ》ねて往《い》つて心配《しんぱい》しねえやうに安心《あんしん》させて遣《や》りませうよ。」

勘「あゝ、夫《そ》れが好《い》い……。」

と心切《しんせつ》な差配《おほや》さんでございますから、跡々《あとく》の事《こと》まで引受《ひきう》けてくれました。是《こ》れと云《い》ふのも日頃《ひごろ》金《きん》三郎《らう》の正直《しやうぢき》を見込《みこ》で、義気《ぎゝ》に感心《かんしん》したからでございませう。

差配《おほや》の勘兵衛《かんべゑ》が帰《かへ》りますと金《きん》三郎《らう》は直《す》ぐお初《はつ》のお袋《ふくろ》が嘸《さ》ぞ一人《ひとり》で心配《しんぱい》してゐるだらう、可哀《かあい》さうに稼《かせ》ぎを揚《あ》げられては、明日《あす》から喰《く》ふにも困《こま》るに違《ちが》ひない能《よ》く慰《なぐさ》めて安心《あんしん》させて遣《や》らねばならないと、独者《ひとりもの》の気楽《きらく》さ*ガタクサした上総《かずさ》戸《ど》をピタリと締《しめ》ました儘《まゝ》、締《しま》りをするでも無《な》く飛《と》び出《だ》して隣長屋《となりながや》へ這入《はいつ》てまゐります。お初《はつ》の家《うち》は八軒長屋《けんながや》の奥《おく》から二番目《ばんめ》の九尺間口《しやくまぐち》で二間半《けんはん》の六畳一間《でふひとま》、最《も》う薄暗《うすぐら》くなつてゐるのに燈火《あかし》もつけず、お袋《ふくろ》は奥《おく》の方《はう》に懵然《ぼんやり》と気抜《きぬけ》のしたやうになつて、お仏壇《ぶつだん》に向《むか》つて坐《すわ》つて居《を》りますから、

金「阿母《おつか》ア、意外《とんで》もないことに成《な》つたツてねえ、私《わつち》はいま聞《き》いたから直《す》ぐ飛《と》んで来《き》たよ。」

母「はい、有難《ありがた》うございます、誰方《どなた》ですか御深切《ごしんせつ》さまに……。」

金「何《なん》だなア、阿母《おつか》ア、私《わつち》だよ、形金《かたきん》だよ、確《しつか》りしなくちやア困《こま》るなア。」

母「おゝ、金《きん》さんでございますかい、私《わし》はまたお長屋《ながや》の衆《しう》でも見舞《みまつ》て下《くだ》すつたのだと思《おも》つて……さア何《ど》うか此方《こつち》へお上《あが》んなしてお呉《く》んなさいませ。」

金「阿母《おつか》ア確《しつか》りして居《ゐ》ねえよ、何《なに》も心配《しんぺい》することはねえ、お初《はつ》さんが人殺《ひとごろ》しをしたんぢやないよ、人殺《ひとごろ》しの下手人《げしゆにん》は立派《りつぱ》にあるんだからな、明日《あす》は屹度《きつと》帰《けへ》るやうに成《な》るだらう、今夜一晩《こんやひとばん》だからの、好《いゝ》かね、確《しつか》りして居《ゐ》てくんな、お前《めへ》さんにトボ〳〵されちやア私《わつち》が困《こま》る、確《しつか》りしてくんな。」

母「はい、御深切《ごしんせつ》に有難《ありがた》うございます、私《わし》は最《も》う覚悟《かくご》をして居《を》ります……娘《あれ》のお腹《なか》の中《なか》も読《よ》めて居《を》りますから、はい〳〵、手先《てさき》の衆《しゆ》に曳《ひ》かれてまゐる時《とき》も、些《ちつ》とも悪《わる》びれた風《ふう》も仕《し》ないで、事《こと》が露顕《ばれ》た上《うへ》は仕方《しかた》がない、お索《なは》を戴《いたゞ》きまするツてねえ金《きん》さん、手先《てさき》の衆《しう》も好覚悟《いゝかくご》だ、人殺《ひとごろ》しをするほどあつて度胸《どきやう》が据《すわ》つてるツて……。」

と申《まを》しながら何程覚悟《いくらかくご》をして居《ゐ》ると云《い》ひましても、老人《としより》の事《こと》でございますから先立《さきだつ》ものは涙《なみだ》で、ホロ〳〵と泣《な》き出《だ》しました。

金「なんだと、露顕《ばれ》た上《うへ》は仕方《しかた》がないお索《なは》を戴《いたゞ》くツて……おい〳〵串戯《じやうだん》ぢやねえぜ、お初《はつ》さんは其様事《そんなこと》を云《い》つてたかい、余《あんま》り好度胸過《いゝどきやうす》ぎらアな……夫《そ》れぢやア此《こ》の一件《けん》を自分《じぶん》で背負込《しよひこ》んでく積《つも》りだ……まア好《いゝ》わ、お初《はつ》さんが幾干《いくら》背負込《しよひこ》むつもりだツて、真個《ほんたう》の下手人《げしゆにん》のあるからは、お奉《ぶ》行様《ぎやうさま》には眼《め》がある、お調《しら》べになれば白《しろ》いと黒《くろ》いは直《ぢ》きに解《わか》るんだ……阿母《おつか》ア、決《けつ》してクヨ〳〵思《おも》ひなさんなよ、何様《どんな》ことがあつたツて、お初《はつ》さんが人殺《ひとごろ》しの罪《つみ》を被《き》るやうなことアねえ、若《も》しも其様《そんな》ことがあらア天地《てんち》が転覆《ひつくりか》へつて、この世《よ》に神《かみ》も仏《ほとけ》もねえんだからなア、心配《しんぺい》しねえで居《ゐ》なよ、お初《はつ》さんは屹度《きつと》*白《しろ》いものに成《な》つて帰《けへ》つて来《く》るからな。」

母「それに娘《あれ》の連《つれ》られて参《まゐ》るときに、阿母《おつか》さん是《こ》れも何《なに》かの因縁《いんねん》と諦《あきら》めて下《くだ》さい、訴人《そにん》のある上《うへ》は最《も》う逃《のが》れない罪《ざい》科《くわ》……心《こゝろ》に誓《ちか》つた良人《をつと》に妾《わたし》のことから迷惑《めいわく》かけては気《き》が済《す》みませぬと低声《こゞゑ》で、私《わし》に因果《いんぐわ》を含《ふく》め、納得《なつとく》させて往《い》きましたよ。ねえ、金《きん》さん、外《ほか》に頼《たよ》りのない老人《としより》、何《ど》うか面倒《めんだう》を見《み》ておくんなさい……。」

と又《また》ホロ〳〵と泣《な》き出《だ》して、袖《そで》に涙《なみだ》の掛《かゝ》るとき他人《ひと》の情《なさけ》の頼《たの》まるゝでございます。夜《よ》さへ明《あ》けると北《きた》の町奉行所《まちぶぎやうしよ》へ自訴《じそ》して、お初《はつ》の冤罪《むじつのつみ》を雪《すゝ》がうと決心《けつしん》して居《を》ります金《きん》三郎《らう》でございますから、

金「阿母《おつか》ア、最《も》う泣《な》きなさんな、お初《はつ》さんは屹度《きつと》明日《あす》にも帰《けへ》つて来《く》る……帰《けへ》つて来《こ》なけりやアならねえんだがの、万《まん》が一《いち》にもお上《かみ》の事《こと》だから、私等《わつちら》の自由《じいう》にならねえで、二《ふつ》日《か》や三日《みつか》止《とめ》られる事《こと》があつても心配《しんぺい》しねえが好《いゝ》よ、お前《めへ》さんの身体《からだ》は私《わつち》がチヤンと引受《ひきう》けた、夫《そ》れにの、私《わつち》は昨夜《ゆんべ》詳《くは》しく話《はなし》た通《とほ》り真個《ほんたう》の下手人《げしゆにん》だ、縦《よし》んばお初《はつ》さんが何様《どんな》に背負込《しよひこま》ふと思《おも》ツたツて、お上《かみ》のお調《しら》べで何《ど》う風《かぜ》が変《かは》るか知《し》れねえ、万一《ひよつと》私《わつち》がお手《て》になるやうな事《こと》があつても気《き》を確《しつか》りしてくんなさい、お前《めへ》さんの身体《からだ》は私《わつち》の差配《おほや》で仏《ほとけ》の勘兵衛《かんべゑ》と綽号《あだな》を取《と》つた深切《しんせつ》な人《ひと》に、昨夜《ゆんべ》の約束《やくそく》も打明《ぶちまけ》て私《わつち》に一人《ひとり》のお袋《ふくろ》が出来《でき》たからと頼《たの》んで置《お》いた、お前《めへ》さんに難儀《なんぎ》を掛《かけ》るやうな事《こと》は決《けつ》してねえからな、明日《あす》の朝《あさ》は勘兵衛《かんべゑ》さんを連《つ》れて来《き》てお前《めへ》さんにも引合《ひきあは》すから、心配《しんぺい》せずにお初《はつ》さんの帰《けへ》るのを待《まつ》て居《ゐ》ねえよ、好《いゝ》かね、阿母《おつか》ア……解《わか》つたらうね。」

母「はい〱、何《なに》から何《なに》まで御深切《ごしんせつ》に有難《ありがた》ふございます。」

金「何《なん》だな、其様《そんな》に礼《れい》を云《い》ふことがあるものか、面会《あつ》たは昨夜《ゆんべ》が始《はじ》めだが……私《わつち》は生《うみ》の阿母《おつか》アのやうな気《き》がしてらアよ。」

とお初《はつ》の赤誠《まごゝろ》に深《ふか》く心《こゝろ》の動《うご》きました金三郎《きんらう》は、その母親《はゝおや》は自分《じぶん》にも他人《たにん》で無《な》いやうな気《き》がいたし、帰《かへ》り途《みち》に直《す》ぐその足《あし》で差配《おほや》さんの家《うち》へ遣《や》つてまゐります。

金「差配《おほや》さん、差配《おほや》さん。」

勘「誰《だれ》だ、表《おもて》から鳴込《なりこ》んで来《く》るのは……金《きん》さんかね……。」

金「その金《きん》さんで……。」

勘「何《なん》だな、自分《じぶん》で金《きん》さんてえ奴《やつ》があるものか、何《ど》うかしたのかい、莫迦《ばか》にあわ喰《くつ》てるぢやないか……用《よう》があるなら這入《はいつ》て寛《ゆつ》くり話《はなし》なさい。」

金「御免《ごめん》なさい差配《おほや》さん、お初《はつ》さんの一件《けん》でね、折入《をりい》つてお願《ねが》ひに来《き》たんで……。」

勘「うむ、何《ど》うした、正直《しやうぢき》な金《きん》さんの頼《たの》みだ、聴《きゝ》ませう……おい、婆《ばあ》さん何《なに》をクッ〱笑《わら》つて居《ゐ》なさる、お茶《ちや》をあげねえか、ナニお茶《ちや》がない、上総屋《かずさや》さんのお志《こゝろざ》しに来《き》たのがあるよ、彼《あ》れはまだ手《て》を附《つけ》ない……*其様《そんな》ことを云《い》つてないでお入《い》れなさい、彼《あ》あして置《お》いたら風《かぜ》を引《ひ》いて呑《のま》れなくなりますよ、序《つひで》にその茶棚《ちやだな》に最中《もなか》があるから……。」

と勘兵衛《かんべゑ》さんは金三郎《きんらう》の正直《しやうぢき》な処《ところ》に惚《ほ》れこんで居《を》りますから、誠《まこと》に機嫌《きげん》がよろしい。

金「何《ど》うぞ構《かま》つて下《くだ》すちやア往《い》けねえ……戴《いたゞ》きます、最《も》う沢山《たくさん》で……。」

勘「金《きん》さん、その頼《たの》みといふは何《なん》だね。」

金「差配《おほや》さんまア聞《きい》ておくんなさい、お前《めへ》さんが帰《けへ》んなさると、私《わつち》はね、気《き》になつて耐《たま》らねえから、お初《はつ》さんの家《うち》へ出懸《でかけ》ると阿母《おつか》アはホロ〱泣《な》いてるぢやごぜいませんか。」

勘「そりや、左様《さう》だらうよ、稼《かせ》ぎ人《にん》を揚《あ》げられたばかりでも悲《かな》しからうが、お負《まけ》に人殺《ひとごろ》しの刑状持《きやうじやうもち》と来《き》てゐるからのう。」

金「その事《こと》でねえ、私《わつち》が差配《おほや》さんに折入《をりい》つてお頼《たの》み申《まを》したいんで……実《じつ》アね先刻《さつき》もお話《はなし》した通《とほ》り、下手人《げしゆにん》は私《わつち》なのだ、それにお初《はつ》さんの処《ところ》へお手《て》が廻《まは》ると、私《わつち》の罪《つみ》を背負込《しよひこ》む積《つも》りで揚《あげ》られツたんですぜ、露顕《ばれ》た上《うへ》は仕方《しかた》がないお索《なは》を戴《いたゞ》きますツて……まだね、阿母《おつか》アに左様《さう》言《い》つて往《い》つた事《こと》がある、自分《じぶん》の事《こと》から心《こゝろ》に誓《ちか》つた良人《をつと》を困《くる》しめては済《す》まないツて、因果《いんぐわ》を含《ふく》めて断念《あきらめ》させたさうで……私《わつち》は是《こ》れを聞《き》くと直《す》ぐ御奉行所《おぶぎやうしよ》へ駈込《かつこ》みたくなつて、尻《けつ》がウヂ〳〵して来《き》あがつたんです、夫《そ》れから私《わつち》も段々《だん〳〵》阿母《おつか》アを宥《なだ》めて、お前《めへ》の身体《からだ》は引受《ひきう》けたと云《い》つてやると涙《なみだ》を溢《こぼ》して、私《わつち》のやうなもんでも頼《たよ》りにするぢやごぜえませんか、此様《こんな》に頼《たよ》りにされてる私《わつち》が明日《あした》また駈込《かつこ》み願《ねが》ひに出《で》たと聞《き》いたら、阿母《おつか》アは何様《どんな》に心細《こゝろぼそ》からうと私《わつち》は他人《たにん》と思《おも》はれねえ気《き》がして、差配《おほや》さんお前《めへ》さんにお初《はつ》の阿母《おつか》アをくれ〴〵頼《たの》みに来《き》たのでさア、何《ど》うぞね、差配《おほや》さんお初《はつ》さんの帰《けへ》つて来《く》るまでは面倒《めんだう》を見《み》て遣《や》つて下《くだ》さい、私《わつち》は何《ど》うで五年《ねん》や十年《ねん》で帰《けへ》れやうとは思《おも》はねえ、御奉行様《おぶぎやうさま》のお眼鏡《めがね》一《ひと》ツで遠島《ゑんたう》になるか首《くび》をチヨン切《ぎ》られるか知《し》れねえのだ、其様《そんな》ことは屁《へ》とも思《おも》はねえが、阿母《おつか》アのことが気《き》になつて耐《こた》へられねえからね。」

勘「金《きん》さん、お前《まへ》さんの心持《こゝろもち》は能《よ》く呑込《のみこ》みました、己《おい》らも斯《か》うしてお前《まへ》さんから、差配《おほや》さん何分頼《なにぶんたの》むと云《い》はれウンと受合《うけあつ》たからは、*咽喉《のど》のお舎利様《しやりさま》が灰《はい》になるまで、他人様《ひとさま》から後指《うしろゆび》さゝせるやうなことは仕《し》ない、お前《まへ》さんの刑状《きやうじやう》だツて、対手《あひて》が悪徒《わるもの》だ……なに、お仕置《しおき》になるもんか、御慈《おじ》悲深《ひぶか》いお奉行様《ぶぎやうさま》だからの、お調《しら》べが済《す》めば帰《かへ》れるよ、何《ど》うかねビク〳〵せずと立派《りつぱ》に遣《や》つて来《き》てくんなよ。」

金「へい、有難《ありがた》うごぜいます、差配《おほや》さんのお言葉《ことば》を聞《き》いて私《わつち》は心丈夫《こゝろぢやうぶ》になつちまツた、それでは何分《なにぶん》お頼《たの》み申《まを》します。」

勘「よいとも、跡《あと》の心配《しんぱい》はしないでもよいからの、お前《まへ》に悪《わる》い処《とこ》は些《ちつ》ともないのだ　お白洲《しらす》で威張《ゐばつ》て来《き》なさい。」

金「へい、宜《よ》うがすとも……。」

と金《きん》三郎《らう》も差配《おほや》の勘兵衛《かんべゑ》が深切《しんせつ》に威勢《ゐせい》ついてまゐり、此《こ》の夜《よ》はお初《はつ》の阿母《おつか》アが寂《さび》しからうと泊《とま》りに往《い》つて遣《や》り、夜《よ》が明《あ》けるを待《ま》ちかねて我《わ》が家《や》へ帰《かへ》りました　まだ家《うち》へ這入《はいり》ませんうちに勘兵衛《かんべゑ》さんテク〳〵遣《や》つて来《き》ました。

勘「金《きん》さん、最《も》う出掛《でか》けなさるか……。」

金「是《こ》れはお早《はや》うごぜいます、なアにね、昨夜《ゆふべ》は阿母《おつか》アが寂《さび》しからうと思《おも》つて泊《とま》つてやり今帰《いまけへ》つて来《き》たところで……。」

勘「左様《さう》かい、今朝《けさ》は己等《おいら》の家《うち》で飯《めし》を喰《くつ》て往《い》きなさい、温《あつた》かい飯《めし》に豆腐汁《とうふじる》でな腹《はら》を拵《こしら》へて往《い》くが好《よい》よ、お前《まへ》さんといひどツこい屋《や》のお初《はつ》さんと云《い》ひ、揃《そろ》ひも揃《そろ》つて心《こゝろ》の淡泊《さつぱり》とした人達《ひとたち》だ……駈込《かけこ》み願《ねが》ひをする書附《かきつけ》も拵《こさ》へておいたし、鼻紙《はながみ》から金《かね》の用意《ようい》もして置《お》いた、支度《したく》は己等《おいら》の家《うち》でするがよい。」

金「何《ど》うも済《す》みませんねえ、差配《おほや》さんえ、お牢《らう》へ参《まゐ》るに金《かね》は要《い》らねえぢやありませんか、金《かね》なんか何《なん》にも役《やく》に立《た》ちやうがねえに……。」

勘「莫迦《ばか》を言《いは》ないものだ、お牢《らう》へ這入《はいる》ときに金蔓《つる》*といつてな、二分《ぶ》なり三分《ぶ》なりの金《かね》を持《もつ》て往《い》かないと惨酷《みじめ》な目《め》に逢《あは》されるのだ、突掛《つゝかけ》*な牢《らう》で役附《やくづき》でもするやうな悪党《あくたう》は、何《なん》十両《りやう》といふお金《かね》を持《もつ》て這入《はいる》んだよ。」

金「へい、其様《そんな》ものですかい……。」

と金三郎《きんらう》は呆《あき》れて居《を》りますを、勘兵衛《かんべゑ》に急《せ》き立《た》てられ連《つれ》立《だ》つて差配《おほや》さんの家《うち》へ参《まゐ》りました。

第三席

引続《ひきつゞ》いて金三郎《きんらう》のお話《はなし》でございます。当時《たうじ》南《みなみ》*の御町奉行《おんまちぶぎやう》は井上信濃守様《ゐのうへしなのゝかみさま》で御役所《おんやくしよ》は数寄屋橋内《すきやばしうち》にございまして日本《にほん》橋以南《ばしいなん》の御支配《ごしはい》でゐらッしやる。北《きた》の御町奉行《おんまちぶぎやう》は飯田《いひだ》*町黐《まちもち》の木横丁《きよこちやう》にお屋敷《やしき》があつて三千五百石《こく》の御禄高《おろくだか》でゐらッしやる浅野備前守様《あさのびぜんのかみさま》で、御役所《おんやくしよ》*は呉服橋内《ごふくばしうち》でございまして、御用人《ごようにん》には杉本銅蔵《すぎもとどうざう》、安達直右衛門《あだちなほゑもん》、玉置清之進《たまきせいのしん》なんどのお歴々《れき〳〵》で、お支配《しはい》は日本橋以北《にほんばしいほく》でございます。両御奉行《りやうごぶぎやう》とも与力《よりき》が二十五騎《き》、同心《どうしん》百二十人宛《にんづゝ》がお指図《さしづ》に依《よつ》て働《はたら》き、まだその下《した》に与力《よりき》や同心衆《どうしんしう》に使《つか》はれてゐるものが沢山《たくさん》居《を》りました。この同心衆《どうしんしう》に使《つか》はれて居《を》ります、お手先《てさき》または俗《ぞく》に岡引《をかつぴき》と申《まを》しまする儕輩《やから》には、何《ど》うかすると性質《たち》の悪《わる》いのがございまして、賄賂《わいろ》を取《と》つて冤罪者《むじつもの》を引《ひ》つ張《ぱ》つて参《まゐ》つたり、遊人《あそびにん》や悪徒《わるもの》と同腹《ぐる》になつて、罪《つみ》もないものを牢屋《らうや》へ打《ぶち》込《こん》だりした悪《わる》い習慣《しふくわん》があつたものださうでございます。余《よ》事《じ》はさて措《を》きまして、金三郎《きんらう》は九月《ぐわつ》二十三日《にち》の朝《あさ》、下谷《したや》の稲荷町《いなりちやう》に住《すま》つて居《を》りますから、御支配《ごしはい》の北御町奉行浅野《きたおんまちぶぎやうあさの》備前守様《びぜんのかみさま》の呉服橋内《ごふくばしうち》の御番所《ごばんしよ》へ、駈込《かつこ》み願《ねが》ひをするのでございますが、御門《ごもん》には左右《さいう》に棒《ばう》を突《つ》き立《た》てまして、二人《ふたり》の御門番《ごもんばん》が控《ひか》へ、只今《たゞいま》の裁判所《さいばんしよ》のやうに誰《だれ》でも勝手《かつて》に通行《つうかう》の出来《でき》る訳《わけ》のものではない、金《きん》三郎《らう》は駈《か》けて来《き》て御門《ごもん》へ飛《と》び込《こま》ふといたしますと、御門番《ごもんばん》は左右《さいう》から六尺棒《しやくぼう》をヌツと出《だ》して斜《はす》かひに組合《くみあは》せ、

番「下《さが》れ、下《さが》れ、下《さが》り居《を》らう……。」

と厳《いか》めしく叱《しか》り附《つ》けられましたが、此《こ》の御門《ごもん》を這《は》入《いる》のが中々《なか〳〵》骨《ほね》が折《を》れる、何《ど》うかすると殴《たゝ》き倒《のめ》されて擦過傷《すりむきゝず》ぐらゐは受《う》けることがある、此処《こゝ》を通《とほ》り越《こ》しさへすれば跡《あと》は、善《ぜん》悪《あく》ともにお調《しら》べが受《う》けられるのだと、差配《おほや》の勘兵衛《かんべゑ》から言《いひ》聞《きか》されて居《を》りますから、此処《こゝ》が大切《だいじ》の処《ところ》だと存《ぞん》じ、

金「お願《ねが》ひの者《もの》でございます、何《ど》うぞお通《とほ》し成《な》され下《くだ》さいませ……。」

と遮《さへぎ》つて通《とほ》らうと致《いた》しまするを、御門番《ごもんばん》は六尺棒《しやくぼう》で跳《は》ね除《のけ》るやうにして、

番「差越願《さしこしねが》ひは成《な》らん、下《さが》れ……。」

金「お願《ねが》ひの者《もの》でございます……。」

と尚《なほ》も組合《くみあは》した棒《ぼう》を飛《と》び越《こ》すやうにして御門内《ごもんない》に転《ころ》げ込《こ》みました。身体《からだ》が御門内《ごもんない》へ這《は》入《いつ》て了《しま》ひますと、御門番《ごもんばん》は追《おつ》駈《かけ》て来《き》て突《つ》き出《だ》さうとはしません。直《す》ぐお同心衆《どうしんしう》の手《て》に渡《わた》つて下調《したしら》べがございました。金《きん》三郎《らう》は自訴《じそ》する位《くらゐ》でございますから、申上《まをしあ》げに些《ちつ》とも淀《よど》みもなく辻褄《つぢつま》がチヤンと合《あつ》て、穴《あな》の荷稲前《いなりまへ》の人殺《ひとごろ》しの下手人《げしゆにん》は確《たしか》に此者《このもの》だらうと同心衆《どうしんしう》も思《おも》はれましたが、どツこい屋《や》のお初《はつ》がお召捕《めしと》りになつて居《ゐ》るのに、又々《また〳〵》下手人《げしゆにん》の現《あらは》れるは訝《をか》しい、何《いづ》れか一人《ひとり》は恩《をん》か義理《ぎり》の為《た》めに罪科《ざいくわ》を背負込《しよひこ》むのだなと、其処《そこ》はこんな事《こと》の捌《さば》きに馴《な》れておいでになる、餅屋《もちや》は餅屋《もちや》でございますから直《す》ぐにお気《き》が注《つ》く、お気《き》が注《つ》いて双方《さうはう》の申《まを》し上《あ》げを穿議《せんぎ》して御覧《ごらん》になると、何方《どちら》を何方《どちら》と定《さだ》めることが出来《でき》ませんから、二人《ふたり》とも牢屋《らうや》へお下《さ》げになつて、訴人《そにん》の御穿鑿《ごせんさく》になりまして段々《だん〳〵》とお調《しら》べが届《とゞ》いて見《み》ると、殺《ころ》されたのは諸家《しよけ》の大部屋《おほべや》などへ出入《でいり》をする博奕打半《ばくちうちはん》ケの銀次《ぎんじ》といふものゝ乾児《こぶん》で、泥坊仙太《どろばうせんた》といはれる位《くらゐ》で前科者《ぜんくわもの》でございましたが、逃《にげ》た二人《ふたり》は熊次《くまじ》に吉平《きつぺい》といふ無頼漢《あぶれもの》で、この二人《ふたり》が朋友《ともだち》の

敵《かたき》とお初《はつ》を指《さ》したことが分《わか》りお初《はつ》はお上《かみ》を偽《いつは》る不届者《ふとゞきもの》とのお叱《しか》りを受《う》けたばかりでお許《ゆる》しになり、金《きん》三郎《らう》は過《あやま》つて人《ひと》を殺《ころ》したも対手《あひて》が前科者《ぜんくわもの》の碌《ろく》でなしでございましたから、何《なん》のお咎《とが》めもなく無事《ぶじ》に出牢《しゆつらう》いたし、両人《りやうにん》とも青天白日《せいてんはくじつ》の身《み》となつて目出度《めでたく》帰《かへ》りましたは其《そ》の年《とし》の十二月《ぐわつ》初《はじ》めでございました。

勘「金《きん》さん、まア〳〵無事《ぶじ》で目出度《めでたい》〳〵、はい是《こ》れはお前《まへ》さんがお初《はつ》さんかい　お初《はつ》にお目《め》に懸《かゝ》ります、己等《おいら》はの、金《きん》さんの差配《おほや》で、差配《おほや》といへば親《おや》も同前《どうぜん》店子《たなこ》といへば子《こ》も同前《どうぜん》とかいつての、此《こ》の金《きん》さんは己等《おいら》が子《こ》のやうに思《おも》つて……何《なに》さ、碌《ろく》な世話《せわ》も出来《でき》ないが、金《きん》さんの方《はう》で差配《おほや》さん〳〵と言《いつ》て呉《く》れるもんだから、ツイ好気《いゝき》になつて交際《つきあつ》て居《ゐ》ますよ、はい、何《なに》かい、随分《ずゐぶん》困《こま》つたらうね、お前《まへ》さんは女《をんな》の事《こと》だから、外《ほか》にゐる奴等《やつら》が皆《みんな》阿婆摺《あばずれ》の碌《ろく》で無《な》しばかりで、お前《まへ》さんのやうな気立《きだて》の優《やさ》しい義理固《ぎりがた》い人《ひと》には、一日《にち》も居《ゐ》られる処《ところ》でないさ、夫《そ》れでも何処《どこ》一《ひと》ツ悪《わる》くもなく、斯《か》うして無事《ぶじ》に二人《ふたり》とも帰《かへ》んなさるは、天道様《てんたうさま》は見透《みとほ》しだ、お前《まへ》方《がた》に微塵《みぢん》も悪《わる》い処《ところ》がないから、大手《おほで》を振《ふつ》て帰《かへ》られたのだ、なう、お初《はつ》さんの阿母《おつか》ア、お前《まへ》も是《こ》れで大安心《おほあんしん》といふもの、己等《おいら》のやうに子供《こども》のないものは真個《ほんとう》に羨《うらやま》しいよ。」

と差配《おほや》の勘兵衛《かんべゑ》は我《わ》が事《こと》のやうに嬉《うれ》し喜《よろこ》びまして、一人《ひとり》で饒舌《しやべつ》て居《を》ります、言葉《ことば》の切《き》れるを待《ま》つて居《ゐ》ましてお初《はつ》は勘兵衛《かんべゑ》の前《まへ》に両手《りやうて》を突《つ》いて丁寧《ていねい》にお辞誼《じぎ》をいたし、

初「今度《こんど》は思《おも》はぬことから金《きん》さんと云《い》ひ、妾《わたし》まで種々《いろ〳〵》とお世話《せわ》になつて、其上《そのうへ》に留間《るす》中母《ちうはゝ》が親身《しんみ》も及《およ》ばぬお世話《せわ》を受《う》けたさうで、何《なん》ともお礼《れい》の申《まを》し上《あ》げやうもございません、この御恩《ごおん》は決《けつ》して忘《わす》れませんで……。」

と挨拶《あいさつ》をする金《きん》三郎《らう》も、差配《おほや》さんや阿母《おつか》アに挨拶《あいさつ》する、長屋《ながや》の衆《しう》も入《い》れ代《かは》り立替《たちかは》り喜《よろこ》びに来《き》てくれて、どツこい屋《や》の家《うち》は全然《まるで》盆《ぼん》と正月《しやうぐわつ》が一所《いつしよ》に来《き》ても、此様《こんな》世話《せわ》しい事《こと》は無《な》からうと、牢屋《らうや》の疲《つか》れを休《やす》めることも出来《でき》ません程《ほど》でございました。するとお初《はつ》のお袋《ふくろ》は只《た》だ嬉《うれ》しいが一杯《ぱい》でホク〳〵喜《よろこ》んで居《を》りましたが、

母「差配《おほや》さん、貴下方《あなたがた》のお蔭《かげ》で斯《か》うして二人《ふたり》揃《そろ》ふて帰《かへ》つて呉《く》れたお目出度《めでた》序《つひで》に……一つね差配《おほや》さんが表向《おもてむき》のお媒介《なかうど》

になつて下《くだ》され、祝言《しうげん》の真似《まね》ことでもさせて戴《いたゞ》かれますまいか……左様《さう》すれば年寄《としより》は明日《あす》が日《ひ》に亡《なくな》つても思《おも》ひ置《お》くことがございませんが……。」

勘「うむ、阿母《おつか》ア、好《いゝ》ところへ気《き》が注《つき》なした、否《いや》も応《おう》もあるものか、勘兵衛《かんべゑ》が媒介役《なかうどやく》、合点《がつてん》だ、明日《あす》とも云《いは》ず今日《けふ》がよい、日《ひ》が善《い》いの悪《わる》いのなどゝは夫《そ》りや平常《ふだん》いふことで、二人《ふたり》に取《と》つては今日《けふ》のやうな目出度日《めでたいひ》はない、今夜《こんや》祝言《しうげん》をさせませう……。」

母「それでは何《ど》うか……お初《はつ》、お前《まへ》も得心《とくしん》だらうね。」

と云《いは》れまして男勝《をとこまさ》りの女《をんな》ではございますが、此様《こんな》ときになると初心《しよしん》に返《かへ》つて顔《かほ》を真赧《まつか》にいたし、モヂ〳〵しながら、

初「阿母《おつか》さんの思召《おぼしめ》しならば……。」

と跡《あと》は口《くち》の中《うち》で何《なん》と言《いつ》たか分《わか》らぬ位《くらゐ》でございました。誠《まこと》にこれがお女中《ぢよちう》の貴《たつと》い処《ところ》で、当今《たうこん》の女中《ぢよちう》……斯《か》う申《まを》し上《あげ》ては恐《おそ》れ入《い》りますが、最《も》う二十三四にもなつて男《をとこ》の肌《はだ》を知《し》らない女《をんな》なんてえのは、下等社会《かとうしやくわい》には鉦《かね》*と太鼓《たいこ》で探《さが》してもございません、夫《そ》れは小面《こづら》の憎《にく》いほどイケ洒哇《しやあ》〳〵としたもので、手前共《てまへども》の存《ぞん》じて居《を》る、お名前《なまへ》は申《まを》し上《あ》げかねますが、某大工《あるだいく》さんの御娘子《おむすめご》なんと来《き》ては、此方《こちら》で赤面《せきめん》する程《ほど》でございます。お初《はつ》さんも承知《しようち》する、金《きん》三郎《らう》も差配《おほや》の勘兵衛《かんべゑ》が先立《さきだち》の事《こと》ですから、好《よい》やうにと申《まを》しましたので、出牢祝《しゆつらういは》ひと祝言《しうげん》とを一所《いつしよ》に行《おこな》ひまして、イザお開《ひら》きと云《いつ》ても一間《ひとま》しかない裏長屋《うらながや》のこと、新夫婦《にひふうふ》が阿母《おつか》アの傍《そば》で枕《まくら》を並《なら》べるも妙《めう》でないと、世話好《せわずき》の勘兵衛《かんべゑ》の計《はから》ひで、両人《ふたり》は金《きん》三郎《らう》の家《うち》へまゐつて夫婦《ふうふ》の契《ちぎ》りを、千代八千代《ちよやちよ》共《とも》に白髪《しらが》になるまでと固《かた》めましたは、誠《まこと》にお目出度《めでたい》お話《はなし》で是《こ》れで目出度《めでたし》〳〵になると、何《なん》の事《こと》はございませんが、兎《と》角浮世《かくうきよ》は儘《まゝ》ならぬもので、両人《ふたり》の身《み》に畜《まつは》る因縁因果《いんねんいんぐわ》は、人間万事《にんげんばんじ》塞翁《さいをう》の馬《うま》で、是非《ぜひ》ないものでございまする。

御縁《ごえん》といふものはヒヨンな処《ところ》から結《むす》ばるもので、お目出《めで》度夫婦《たくふうふ》になつて見《み》ると何《ど》うも一間切《ひとまぎり》では都合《つがふ》が悪《わる》い、左様《さう》かと云《いつ》て二軒借《けんか》りてゐるは費《つひへ》が多《おほ》いからと、勘兵衛《かんべゑ》の借店《かりだな》に六畳《でふ》と三畳《でふ》の二間《ふたま》ある家《うち》が明《あい》たを幸《さいは》ひ、そこへ引越《ひつこ》すことにしましたが同町《どうちやう》であり差配《おほや》も勘兵衛《かんべゑ》でございます、なに店賃《たなちん》の一《ひと》ツや二《ふた》ツ溜《たま》つた位《くらゐ》で彼《あ》れ是《こ》れ云《い》ふ気遣《きづかひ》のない、誠《まこと》に安気《あんき》な店《たな》で人《ひと》の悪《わる》い者《もの》なら、出来《でき》る店賃《たなちん》も引張《ひつぱつ》て払《はらは》な

い算段《さんだん》をしますが、金《きん》三郎《らう》でもお初《はつ》でも其様《そんな》横着心《わうちやくしん》は少《すこ》しもございません。左様《さう》なると金《きん》三郎《らう》は一生懸命《しやうけんめい》に職業《しごと》を励《はげ》み、親方《おやかた》の受《う》けも誠《まこと》に好《よ》い、お初《はつ》とて遠走《とほばし》りこそ仕《し》ませんが、矢《や》ツ張《ば》り縁日《えんにち》へ出《で》て当物《あてもの》のどツこい〳〵を遣《や》つて夫婦《ふうふ》共稼《ともかせ》ぎで居《を》ります。

お話《はなし》は早《はや》いもので、翌年《よくとし》も最《も》う十一月《ぐわつ》となりました。夫《ふう》婦《ふ》は去年《きよねん》の災難《さいなん》を昔語《むかしがたり》にして楽《らく》ではございませんが、其日《そのひ》〳〵に追《おは》れる程《ほど》でもなく三人《にん》が睦《むつま》しく暮《くら》して居《を》りましたが、例《れい》の差配《おほや》の勘兵衛《かんべゑ》さんが遣《や》つて来《き》て、

勘「おゝ、今日《けふ》は両人《ふたり》ともお揃《そろ》ひで居《ゐ》なさるだらうと思《おも》つて来《き》たに、金《きん》さんは最《も》う仕事《しごと》に出《で》たか……稼《かせ》ぎ人《にん》だのう。」

初「これはお出《いで》なさいまし、さア先《ま》づお上《あが》んなして……良人《うちのひと》も今日《けふ》はお朔日《つひたち》でお休《やす》みでございます、二三日《にち》お湯《ゆ》にはいらなかつたので今《いま》の先《さ》き朝湯《あさゆ》に参《まゐ》りました……急《きふ》な御《ご》用《よう》なら呼《よ》んで参《まゐ》りませうか……。」

勘「なアに、呼《よび》に往《ゆ》かなくも好《いゝ》よ、急《いそ》ぐ事《こと》では無《な》いから帰《かへ》るのを待《まち》ませう、はい、御免《ごめん》なさい、阿母《おつか》ア丈夫《ぢやうぶ》で結構《けつかう》だ、己等《おいら》毎日《まいにち》家《うち》の婆《ばあ》さんとお前《まへ》さんの噂《うはさ》をしてね、羨《うらや》ましく思《おも》つてます……はい、最《も》う構《かま》はツしやるな、己等《おいら》も斯《か》うしてお前方《まへがた》の家《うち》へ来《き》てお茶《ちや》の一杯《ぱい》も御馳走《ごちそう》になるは何様《どんな》に嬉《うれ》しく楽《たの》しみか知《し》れねえよ、世間《せけん》の奴等《やつら》ア世話《せわ》になる時《とき》ばかり差配《おほや》さんの擂木《すりこぎ》のとヤイ〳〵言《いひ》あがつて、用《よう》がなくなると鼻《はな》も引《ひ》つかけねえが、お前方夫婦《まへがたふうふ》は初《はじ》めも終《をは》りもない何時《いつ》も同《おな》じことだから頼《たの》もしい……。」

と夫婦《ふうふ》の正直《しやうぢき》を喜《よろこ》び誉《ほめ》ちぎつて居《を》りまする、処《ところ》へ金《きん》三郎《らう》は濡手拭《ぬれてぬぐひ》を提《さ》げて帰《かへ》つて来《く》る、台所《だいどころ》で御飯《ごはん》を焚《た》きながら水《みつ》を汲《くん》でゐたお初《はつ》は声《こゑ》をかけ、

初「ちよいとお前《まへ》さん、先刻《さつき》から差配《おほや》さんがお出《い》でになつて待《まつ》てゐなさるよ。」

金「左様《さう》か……それは気《き》の毒《どく》だつたな。」

初「アノお茶《ちや》はあげたが茶菓子《ちやぐわし》がきれたから、御飯《ごはん》が炊《ふ》きかけてるし、一寸《ちよつ》と買《か》つて来《き》て下《くだ》さいな。」

金「ヨシ〳〵買《か》つて来《き》よう、阿母《おつか》アは。」

初「今差配《いまおほや》さんとお話《はなし》してるよ。」

金「よし、それぢや急《いそ》いで往《い》つて来《く》る、差配《おほや》さんお早《はや》う

……今直《います》ぐ参《まゐ》りますから一服遣《ぷくや》つて丶下《くだ》さい……。」

と金《きん》三郎《らう》は濡手拭《ぬれてぬぐひ》を台所《だいどころ》へ投《はう》り出《だ》して茶菓子《ちやぐわし》を買《か》ひに往《ゆ》く、こんな風《ふう》で夫婦《ふうふ》中《なか》は至極《しごく》よく家《うち》の中《なか》にブツクサ云《い》ふものがありません。

金《きん》三郎《らう》は帰《かへ》つて来《く》ると紙袋《かんぶくろ》をお初《はつ》に渡《わた》し、挨拶《あいさつ》して居《を》りますうちに、お盆《ぼん》に紙《かみ》を敷《し》きカステーラを持《もつ》て来《き》て、

初「差配《おほや》さん、さア何《ど》うか一《ひと》ツお摘《つま》みなして下《くだ》さいまし、未《ま》だ美味《おいしい》ものも出来《でき》ないさうで詰《つま》らないものですが……。」

勘「これは気《き》の毒《どく》だな、来《く》るたんびに菓子《くわし》まで買《か》はしては……。」

金「なアに、私等《わつちら》もお蔭《かげ》で、この頃《ごろ》は差配《おほや》さんにお茶菓子位《ちやぐわしぐらゐ》が出《だ》せるやうに成《な》つたも、皆差配《みんなおほや》さんのお蔭《かげ》だと嬶《かゝあ》も喜《よろこ》んで居《を》ります、まア一《ひと》ツ遣《や》つて下《くだ》せい　お茶《ちや》が冷《ひへ》たでせう温《あつた》かいのと取替《とりかへ》ませう。」

勘「なに、是《こ》れで沢山《たくさん》だ、折角《せつかく》の御馳走《ごちそう》だ喰《たべ》ないのは心持《こゝろもち》の悪《わる》いものだから、遠慮《ゑんりよ》せずに戴《いたゞ》かう……時《とき》に金《きん》さん、朝《あさ》ツぱらから来《き》たのはね、最《も》う酉《とり》の市《いち》も近《ちか》くなつて来《き》たに、お前《まへ》さんも知《し》つてる通《とほ》り、己等《おいら》は毎年熊手《まいとしくまで》店《みせ》を出《だ》すから、今年《ことし》も出《だ》す支度《したく》をしてると生憎《あひにく》売子《うりこ》が足《た》りなくツて困《こま》つてるが、お前方《まへがた》夫婦《ふうふ》で手伝《てつだつ》て貰《もら》へなからうか、立前《たちまへ》に成《な》るやうにはするよ。」

金「あゝ好《よ》うごすとも、始終《しよつちう》お世話《せわ》にばかり成《な》つてるのだ、馴《な》れねえから役《やく》には立《たつ》まへがなアお初《はつ》、差配《おほや》さんのお店《みせ》を手伝《てつだつ》て上《あ》げやうぢやねえか……。」

初「いゝともね、妾等《わたしら》でお間《ま》に合《あ》ふまいが、一生懸命《しやうけんめい》になつて遣《や》りませうよ。」

金「さうよなア、差配《おほや》さん、嬶《かゝや》もあゝ言《いひ》ますから……何事《なにごと》置《お》いてもお手伝《てつだひ》に上《あが》ります、何《なん》なら今《いま》からでも好《よ》うごぜいます。」

勘「いや何《ど》うも早速《さつそく》承知《しようち》して下《くだ》して有難《ありがた》い、己等《おいら》も性《しやう》の知《し》れない人《ひと》は傭《やと》ひ度《たく》ないので困《こま》つて居《ゐ》たのだ、まア夫《そ》れでは今年《ことし》も店《みせ》は張《は》れる、儲《まう》かれば歳暮《くれ》の餅《もち》くらゐは己等《おいら》の方《ほう》で搗《つい》て遣《や》るよ、はゝゝゝ。」

と笑《わら》つて帰《かへ》りました。

十一月《ぐわつ》の酉《とり》の日《ひ》は酉《とり》の市《まち》と申《まを》し、俳人宝井其角《はいじんたからゐきかく》も「春《はる》*をまつことの始《はじ》めや酉《とり》の市《まち》」と詠《よん》で居《を》りますが、酉《とり》の市《まち》と申《まを》

すと*吉原田圃《よしはらたんぼ》の鷲大明神《わしだいみやうじん》の賑《にぎは》ひは宏大《くわうだい》もないもので、只今《たゞいま》から百年《ねん》も前頃《まへごろ》から始《はじま》つたものださうにござります。全体《ぜんたい》この酉《とり》の市《まち》といつて賑《にぎは》ひまするお*酉様《とりさま》の本家《ほんけ》は、葛西《かさい》の花《はな》又村《またむら》にございまして別当《べつたう》は正覚院《しやうがくゐん》、俗《ぞく》に此処《こゝ》を大酉《おほとり》と申《まを》し、昔《むかし》は参詣《さんけい》の人々《ひとぐ》が鶏《にはとり》を納《をさ》めまして、お祭《まつり》が済《す》むと其《そ》の鶏《にはとり》を浅草《あさくさ》の観世音《くわんぜおん》のお堂前《だうまへ》に持《も》つて来《き》て放《はな》つが例《れい》になつて居《を》りましたが、近年《きんねん》は左様《さやう》のこともないやうで、年《とし》をお取《と》りになつたお方《かた》に伺《うかゞ》つて見《み》ると天保《てんぽう》の末頃《すゑごろ》までは、沢山《たくさん》にあつたと仰《おつし》やいました。売物《うりもの》は熊手《くまで》と芋頭《いもがしら》粟餅《あはもち》などで是《こ》れは当今《たうこん》でも変《かは》りがございませんが、花又村《はなまたむら》は何《なに》しろ江戸《えど》から三里《り》もあつて足掛《あしがゝ》りが悪《わる》いので人出《ひとで》も少《すく》い、*吉原田圃《よしはらたんぼ》と来《き》ては彼《あ》の結構《けつかう》なところを控《ひか》へて、浅草《あさくさ》の観音様《くわんおんさま》には一跨《ひとまた》ぎで足《あし》掛《がゝ》りが好《い》から、有蔵無蔵《うざうむざう》が押掛《おしかけ》て其《そ》の賑《にぎは》ひは大層《たいそう》もないものでございまする。此《こ》の方《かた》を新酉《しんとり》と申《まを》して熊手《くまで》は見挙《みあげ》るばかり大《おほき》いのもあつて、お商人衆《あきんどしう》の威勢《ゐせい》のいゝ事《こと》はまた格別《かくべつ》で、見《み》てゐて気持《きもち》の好《い》ゝものでございます。金三郎夫婦《きんざぶらうふうふ》は差配《おほや》の勘兵衛《かんべゑ》に頼《たの》まれて、

○「さア負《まか》つた〳〵、延喜《えんぎ》のいゝ熊手《くまで》は此方《こちら》だ〳〵、負《まか》つた〳〵。」

△「熊手《くまで》は此方《こちら》だ……来年《らいねん》の福《ふく》を掻《か》き込《こ》む熊手《くまで》は此方《こちら》だ、さア買《かつ》た〳〵、福徳屋《ふくとくや》の店《みせ》は此方《こちら》でございます。」

□「さア買《かつ》た〳〵美味芋頭《おいしいもがしら》、蒸《ふか》したての烟《けぶ》が立《た》つてるのが、たツた二十四文《もん》……大芋頭《おほいもがしら》……。」

とワイ〳〵と騒々《さうぐ》しい中《なか》で、一生懸命《しやうけんめい》客《きやく》を呼込《よびこ》むに声《こゑ》を嗄《から》して叫《さけ》び居《を》りましたが、亥刻《よつ》ごろには大略《あらかた》仕込《しこ》んだ熊《くま》手を售《う》つて了《しま》ひましたから、何《なん》でも一本《ぽん》も残《のこ》らず售《う》つて差配《おほや》さんを喜《よろこ》ばして遣《や》らふと、金三郎《きんざぶらう》もお初《はつ》も共《とも》に、

金「さアお買《か》ひなさい〳〵、残《のこ》り物《もの》には福《ふく》がある、此《こ》の熊手《くまで》が一本《ぽん》あると、来年《らいねん》の福《ふく》はみんな掻《か》き込《こ》んだ……さア最《も》う一本《ぽん》か二本《ほん》でお了《しま》ひ、負《まけ》た〳〵。」

と店頭《みせさき》で残《のこ》つた熊手《くまで》を振廻《ふりまは》して居《を》ります、お初《はつ》も一二本《ほん》の熊手《くまで》を持《もつ》て、

初「来年《らいねん》の福《ふく》を掻《か》き込《こ》んだ〳〵、延喜《えんぎ》の好熊手《いゝくまで》は早《はや》く買《か》はないと売《う》れ切《き》れ〳〵……。」

と威勢《ゐせい》よく遣《や》つたので子刻《こゝのつ》(今《いま》の十二時《じ》)ごろには一本《ぽん》も残《のこ》らず売《う》り切《き》つて、早々《さつさ》と店《みせ》を片付《かたづけ》て居《を》ります処《ところ》へ、勘兵《かんべ》

衛《ゑ》は人波《ひとなみ》に煽《あふ》られながら、店《みせ》の景気《けいき》は何《ど》うであらうかと気《き》になりますから遣《や》つてまゐり、

勘「いや御苦労《ごくらう》〳〵、何《ど》うだツたね。」

金「これ見《み》ておくんなさい、一本《ぽん》も残《のこ》さず売《う》り切《き》つて店《みせ》を片付《かたづけ》てる処《ところ》で……。」

初「入《い》らツしやいませ、まアお目出度《めでたう》ございます、気持《きもち》の好《いゝ》やうに売《う》つて仕舞《しまひ》ましたよ、妾《あたし》も毎日商《まいにちあきな》ひに出《で》てますが、此様《こんな》気持《きもち》よく売《う》つたことは始《はじ》めてゞ……客足《きやくあし》の悪《わる》い店《みせ》を助《たす》けてやらうかと思《おも》ふやうですよ。」

勘「さうか、夫《そ》れは有難《ありがた》い、全《まつた》くお前方《まへがた》の骨折《ほねをり》だ……何《ど》うで吉原《なか》の大引過《おほびけすぎ》まで掛《かゝ》つて五本《ほん》や十本《ぽん》は*背負《しよひ》こみだらうと思《おも》つてたのだ。」

金「私《わつち》アね、何処《どこ》かから百本《ぼん》ばかし担《かつ》ぎ込《こ》んで来《こ》やうかと思《おも》つた位《くらへ》でね。」

勘「まア〳〵阿漕《あこぎ》な慾《よく》には渇《かわ》かぬものだ、遣《や》り過《す》ぎて慾《よく》張《ば》ると大損《おほぞん》をするから……小屋《こや》の毀《こわ》しなんかは跡《あと》に任《まか》して置《お》いてもよい、嘸《さ》ぞ草臥《くたぶ》れたらう　さア徐々《そろ〳〵》浅草《あさくさ》の方《はう》へ廻《まは》つて帰《かへ》りませう。」

と勘兵衛《かんべゑ》は蕎麦《そば》でも喰《く》つて往《ゆ》くつもりでございます。俄《にはか》に火事《くわじ》だ〳〵と云《い》ふ声《こゑ》がしますと、半鐘《はんしやう》をヂヤン〳〵ヂヤン〳〵と打出《うちだ》しまする、霜月《しもつき》になると火事《くわじ》は毎晩《まいばん》のことで、何《ど》うかすると半鐘《はんしやう》を一夜《や》に三度《ど》も四度《よたび》も聞《きゝ》ます位《くらゐ》ですから、ヂヤン〳〵には驚《おどろ》きません。

△「やア、大《おほ》きくなるぞ……この風《かぜ》ぢやア堪《たま》らねえヤ、火《ひ》が這《はつ》てあがる、何処《どこ》の見当《けんたう》だらうな。」

○「さうよ、先《ま》づ*広徳寺見当《くわうとくじけんたう》かなア……。」

この話《はなし》が耳《みゝ》に這入《はいり》ましたから三人《にん》は吃驚《びつくり》いたし、群集《ぐんしゆ》の中《なか》を潜《くゞ》り脱《ぬ》け田圃《たんぼ》へ出《で》ますると、風《かぜ》は強《つよ》くツて火《ひ》の手《て》は立《たち》昇《のぼ》りませんのに、月夜《つきよ》と来《き》てゐますから見当《けんたう》は見憎《みにく》いが、広徳寺見当《くわうとくじけんたう》より確《たしか》に左《ひだり》に触《ふ》れて居《を》ります、

金「危《あぶ》ねえぜ……。」

勘「さうだ、火《ひ》に包《くる》まれてるかも知《し》れねえのう……お前《まへ》の家《うち》でも婆《ばあ》さん一人《ひとり》で嘸《さ》ぞ心配《しんぱい》してるだらう。」

初「何《ど》うも見当《けんたう》が悪《わる》いね……。」

と三人《にん》は息《いき》を切《き》つて駈《か》け出《だ》しました。

第四席

当今《たうこん》では冬季《ふゆ》になりましても、火事《くわじ》はお少《すけ》ないやうに思《おも》ひますが、昔《むかし》は江戸《えど》の花《はな》と申《まを》して火事《くわじ》の少《すく》ない年《こと》は不景気《ふけいき》だなんて、能《よ》く仰《おつし》やつた方《かた》もございました位《くらゐ》で、風《かぜ》でも強《つよ》く吹《ふ》きます晩《ばん》は今夜《こんや》は危険《けんのん》だからツて、用心深《ようじんぶか》い方《かた》は御大《ごたい》切《せつ》な物《もの》は風呂敷包《ふろしきづゝみ》に遊《あそば》し、お枕元《まくらもと》にチヤンとお置《お》きなされ、いざと云《い》へばそれを持《もつ》て駈《か》け出《だ》す御支度《おしたく》を遊《あそば》したもので、鳶《とび》の衆《しう》などになりますと、刺繡《さしこ》の頭巾半纏《づきんはんてん》は屹度《きつと》枕元《まくらもと》におき、今夜《こんや》は危険《けんのん》だといふやうな晩《ばん》は転寝《ごろね》をして、ヂヤンと出《で》が掛《かゝ》ると直《す》ぐ半纏《はんてん》を引掛《ひつか》け、鳶口《とびぐち》を提《さ》げて飛《と》び出《だ》される用意《ようい》が、平生《ふだん》から出来《でき》　お内儀《かみ》さんまでが冬《ふゆ》の季節《きせつ》には、落《お》ち〳〵寝《ね》られないものと思召《おぼしめ》しておいでになつた位《くらゐ》でございます。

△「酷《ひど》い風《かぜ》ですね、今晩《こんばん》なんか火事《くわじ》が出《で》たら一燻《ひとく》べで灰《はひ》になつて了《しま》ひませう、何《ど》うか近所《きんじよ》から火《ひ》を出《だ》さなければ好《よ》いが……。」

○「全《まつた》くですよ、此《こ》の節《せつ》大層《たいそう》放火《つけび》があるといふから、お互《たがひ》に用心《ようじん》しませうよ。」

と長屋《ながや》の衆《しう》は話《はなし》をして亥刻頃《よつごろ》には大抵《たいてい》お休《やす》みになつて了《しま》ふ。カチ〳〵カチ〳〵と火《ひ》の用心《ようじん》の拍子木《ひやうしぎ》を鳴《な》らして火《ひ》の番《ばん》が廻《まは》つて参《まゐ》りました。アヽ火《ひ》の番《ばん》が廻《まは》つて来《き》たから最《も》う子刻《こゝのつ》に間《ま》もあるまいと、人々《ひと〴〵》が云《い》つて居《ゐ》ますうちヂヤン〳〵ヂヤン〳〵ヂヤン〳〵と云《い》ふ摺半鐘《すりばん》でございますから、ソレ火事《くわじ》だ、摺半鐘《すりばん》だ、火元《ひもと》は何処《どこ》だと長屋中《ながやぢう》が総起《そうお》きになつて騒《さわ》ぎ出《だ》しましたので、お初《はつ》のお袋《ふくろ》も心配《しんぱい》して戸外《そと》へ出《で》ました、

母「お長屋《ながや》の衆《しう》、火事《くわじ》は何処《どこ》でございませうか、今夜《こんや》は生憎若《あひにくわか》いものが居《を》りませんので……はい〳〵、何方《どちら》の方《はう》でございます。」

△「何処《どこ》だか分《わか》らねえよ、大方小火《おほかたぼや》ぐれえで済《すん》だのだらう。」

と呑気《のんき》なもので又家《またうち》へ這入《はいり》ますから、婆《ばあ》さんも家《うち》へ這入《はい》り最《も》う帰《かへ》つて来《く》れば好《よい》が、今夜《こんや》は遅《おそ》くならうも知《し》れない、厭《いや》なことだ物騒《ぶつさう》でと云《い》ひながら、又煎餅蒲団《またせんべいぶとん》に包《くる》まつて居《ゐ》ました。世間《せけん》は寂寞《ひつそり》して了《しま》ひ、近所《きんじよ》でも寝《ね》たやうでござい

ますから、夫《そ》れでは大事《おほごと》にもならず済《すん》だと見《み》える、まア好《よか》つた、留守《るす》に火事《くわじ》でもあつては足《あし》も自由《じいう》でない老人《としより》、何一《なにひと》ツ荷物《にもつ》を出《だ》すことも出来《でき》なかつたと、安心《あんしん》してツイ眠《ねむ》つたものと見《み》えまして、二度目《どめ》にワア〳〵と云《い》ふ騒《さわ》ぎの声《こゑ》に目《め》を覚《さま》した頃《ころ》は、火《ひ》は最《も》う長屋《ながや》の裏《うら》まで来《き》て居《を》ります、裏《うら》の雨戸《あまど》をヒヨイと開《あけ》ると火《ひ》の子《こ》は雨《あめ》の降《ふ》るやうにバラ〳〵バラ〳〵と吹《ふ》き込《こ》み、風《かぜ》は真艫《まとも》に此方《こちら》へ煽《あふ》り付《つ》けて居《を》りますから、婆《ばあ》さんは腰《こし》も抜《ぬけ》るほど驚《おどろ》きまして、急《きふ》に逃《に》げやうともしませんで、只《た》だまご〳〵して気《き》*もトツチて居《を》ります。

斯《か》う急《きふ》なことになりますと近所《きんじよ》の人《ひと》でも、自分《じぶん》たちが最《も》う周章《あはて》切《き》つてゐて、其《そ》の身《み》を逃《に》げ出《だ》すが稍《やつ》との事《こと》で中々《なか〳〵》余所《よそ》の世話《せわ》まで焼《や》いては居《ゐ》られません。此《こ》の頃《ころ》のお長屋《ながや》ですから瓦葺《かはらぶき》はなく、大抵《たいてい》はガサ〳〵の板葺《こけらぶき》で火《ひ》にお附《つき》なさいと云《い》はぬばかりに焚物《たきもの》を乗《の》せて居《ゐ》ますので、忽《たちま》ち裏《うら》の長屋《ながや》から此方《こちら》へ燃《も》え移《うつ》つた、婆《ばあ》さんは最《も》う懵然《ぼんやり》して了《しま》つて只《た》だトボ〳〵して居《を》りますばかり、逃《に》げ出《だ》さうともせず、生《いき》ながら焦熱地獄《せうねつぢごく》の苦《く》を嘗《な》めて黒焼《くろやき》になるのを待《ま》つのでござりました。

吉原田圃《よしはらたんぼ》から駈附《かけつけ》てまゐりました金《きん》三郎《らう》お初《はつ》は、途中《とちう》まで来《く》ると火《ひ》の手《て》は見《み》えなくなつたので、好塩梅《いゝあんばい》に消《き》えたかと話《はなし》ながら、勘兵衛《かんべゑ》の後《おく》れて来《く》るを待合《まちあは》せてゐますと、再《ふたゝ》びパツと火《ひ》の手《て》は上《あが》つて、火気《くわき》の模様《もやう》が下《した》を一杯《ぱい》に這《は》ひ広《ひろ》がつて居《ゐ》るやうでございますから、

金「差配《おほや》さん、また燃上《もえあが》りましたぜ、何《ど》うも見当《けんたう》が悪《わる》いからお先《さき》へ御免《ごめん》なせえ……。」

初「御免《ごめん》なして下《くだ》さい……お前《まへ》さん、何《なん》だか妾《わたし》は胸騒《むなさわ》ぎがしてドキ〳〵しますよ。」

金「阿母《おつか》アが何様《どんな》に吃驚《びつくら》してるか……。」

と二人《ふたり》は宙《ちう》を飛《と》ぶやうに駈付《かけつ》けますと、稲荷町《いなりちやう》は今盛《いまさか》んに燃上《もえあが》つて凄《すご》いやうに怖《おそろ》しい。二人《ふたり》はお袋《ふくろ》が気《き》に成《な》りますから恐《こわ》いも怖《おそろ》しいもない、夢中《むちう》で火《ひ》の中烟《なかけむ》の中《なか》を潜《くゞ》り抜《ぬ》けましては、稍《やつ》とのことで自分《じぶん》の家《うち》の傍《そば》へまゐりますと、我《わ》が家《や》からは黒烟《くろけむり》を吐《は》き出《だ》し、最《も》うチヨロ〳〵チヨロ〳〵と火焔《くわえん》が櫺子《れんじ》の間《あひだ》から出《で》て居《を》ります。

金「阿母《おつか》アは居《ゐ》ねえか……阿母《おつか》ア……阿母《おつか》ア……。」

初「阿母《おつか》さんやい……阿母《おつか》さんやい……。」

と夫婦《ふうふ》は声《こゑ》を嗄《から》して呼《よ》びますが返事《へんじ》をする者《もの》がありません。夫婦《ふうふ》は気狂《きちがひ》のやうになつて喚《わめ》いて居《を》りますと、何処《どこ》からか、

◎「アレー、助《たす》けてくれ……助《たす》けてくれ。」

といふ声《こゑ》がする、金《きん》三郎《らう》は耳《みゝ》を引立《ひつた》てましたが、突然《いきなり》そこに捨《す》てゝあつた濡薦《ぬれごも》を引《ひ》つ被《かぶ》つて後《うしろ》を振向《ふりむ》き、

金「おい、彼《あ》の声《こゑ》が変《へん》だ……己《おら》ア見《み》て来《く》る。」

とお初《はつ》に申《まを》しまして焔々《えん〳〵》と燃《も》え上《あが》つて居《を》ります猛火《まうくわ》の中《なか》へ飛《と》び込《こ》まうといたします。

初「アレ、お前《まへ》さん危険《あぶな》いよ。」

といふ間《ま》もありません、金《きん》三郎《らう》は真《ま》一文字《もんじ》に我《わ》が家《や》へ飛《と》び込《こ》みまするとお袋《ふくろ》は烟《けむ》に巻《ま》かれてうろ〳〵してゐる、着《き》物《もの》に最《も》う火《ひ》がついて袂《たもと》もチヨロ〳〵燃《も》え出《だ》す始末《しまつ》でございますから、

金「阿母《おつか》ア確《しつか》りしねえよ、私《わつち》だ……金《きん》三郎《らう》だよ……。」

と云《い》ひましても只《たゞ》助《たす》けてくれーと、夢中《むちう》で言《い》つてゐるばかりですから、金《きん》三郎《らう》はぐづ〳〵して居《ゐ》たら共《とも》に焼死《やけし》なねば成《な》りません。猶予《ゆうよ》の出来《でき》ない場合《ばあひ》でございます、突然《いきなり》にお袋《ふくろ》を小脇《こわき》に抱《かゝ》へまして戸外《おもて》へ出《で》やうと仕《し》ますと、ヅシリと云《い》ふ凄《すご》い音《おと》がして梁《はり》が焼落《やけお》ち、濡薦《ぬれごも》を被《かぶ》つてゐる金《きん》三郎《らう》の肩《かた》へ落《おち》て参《まゐ》りましたので、思《おも》はず倒《たふ》れると火《ひ》の子《こ》はパツと立《た》ち昇《のぼ》り、渦《うづ》をまきて飛《と》び散《ち》り、金《きん》三郎《らう》もお袋《ふくろ》も猛火《まうくわ》の中《なか》より起《お》き上《あが》ることが出来《でき》ません、是《こ》れを見《み》て居《ゐ》ますお初《はつ》は最《も》う夢中《むちう》でございます、危険《あぶない》ことも忘《わす》れて飛《と》び込《こ》み救《すく》はふとする、

鳶「危険《あぶない》……危険《あぶない》……。」

と云《い》つて駈《か》けて参《まゐ》つた鳶《とび》の衆《しゆう》二人《ふたり》は、鳶口《とびぐち》でお初《はつ》を制《せい》し留《と》めやうとしますから、

初「放《はな》しておくんなさい……良人《うちのひと》と阿母《おつか》さんが……。」

と金切声《かなきりごゑ》を出《だ》して火《ひ》の中《なか》へ駈込《かけこ》まふとする、一人《ひとり》の鳶《とび》の衆《しう》は猛火《まうくわ》の中《なか》に人《ひと》の倒《たふ》れてゐる姿《すがた》を見附《みつけ》ましたから、

鳶「お前《めへ》なんかは危険《あぶね》え〳〵、退《どい》た〳〵、己《おい》らが助《たす》けて遣《や》る……。」

といくら火《ひ》の中《なか》へ飛込《とびこ》むが稼業《かげふ》だからツて、猶予《ゆうよ》もなく火焔《くわえん》の逆巻《さかま》く中《なか》へ勢《いきほ》ひ込《こ》んで突《つ》き入《い》ります、お初《はつ》を抑《おさ》へてゐた一人《ひとり》も、

鳶「お前《めへ》が来《き》ちやアいけねえ。」

と云《い》つて続《つゞ》いて飛《と》びこみ、ボウ〳〵燃《もえ》て居《を》ります梁《はり》の下《した》になつて、藻掻苦《もがきくる》しんでゐる金《きん》三郎《らう》とお袋《ふくろ》を二人《ふたり》して一人《ひとり》づゝ救《すく》ひ出《だ》し、

鳶「危《あぶ》ねえとこだツた、怪我《けが》はなかつたか……お前《めへ》のお袋《ふくろ》か……左様《さう》か。」

金「お蔭《かげ》で……生命拾《いのちびろ》ひをしました、有難《ありがた》うございます。」

初「何《ど》うも親方有難《おやかたありがた》うございました、お蔭《かげ》で二人《ふたり》が助《たす》かりまして……。」

と礼《れい》を申《まを》しまするを碌々《ろく〳〵》聞《き》きもせず、鳶《とび》の衆《しう》はまた火《ひ》のドン〳〵燃《もえ》てゐる方《はう》へ行《い》つて了《しま》ひまする。親子《おやこ》三人《にん》は漸《やうや》うのことで火事場《くわじば》を逃《に》げましたが、生命辛々《いのちからぐ》でございます、箸《はし》一本出《ぽんだ》すことの出来《でき》ない丸焼《まるやけ》で、今夜《こんや》から雨露《あめつゆ》を凌《しの》ぐ家《いへ》もなければ着《き》るものもない、喰《た》べるものもない始末《しまつ》で路頭《ろとう》に迷《まよ》ふといふ惨酷《みじめ》なことになりました。

暫《しばら》くすると火事《くわじ》もやつと鎮《しづま》りまして、幸《さいは》ひに差配《おほや》の勘兵衛《かんべゑ》さんの家《うち》は風上《かざかみ》になつたので、危《あや》ふく焼残《やけのこ》りましたから、その晩《ばん》は親子《おやこ》三人《にん》勘兵衛《かんべゑ》の家《うち》で夜《よ》を明《あか》し、焚出《たきだ》しの握飯《おにぎり》に腹《はら》をこさへまして、金《きん》三郎《らう》とお初《はつ》は今夜《こんや》から雨露《あめつゆ》を凌《しの》ぐ処《ところ》を見附《みつけ》ねばならぬと、借家《しやくや》を探《さが》しに参《まゐ》り*山伏町《やまぶしちやう》にやつと一軒見附《けんみつけ》まして、引移《ひきうつ》ることになりますと平常正直《ふだんしやうぢき》に遣《や》つてます徳《とく》はこんな時《とき》に現《あらは》れますもので、彼方《あちら》からも此方《こちら》からも気《き》の毒《どく》だと云《い》つて、世帯道具《しよたいだうぐ》や喰物《くひもの》を恵《めぐ》んでくれる、金《きん》三郎《らう》の仕事《しごと》の親方《おやかた》も自分《じぶん》で出《で》て来《き》て世話《せわ》をやく、勘兵衛《かんべゑ》さんは夜具《やぐ》の心配《しんぱい》をして呉《く》れると云《い》ふやうに、何《ど》うにか斯《か》うにか不自由《ふじいう》ながら明日《あす》から空腹目《ひもじいめ》も寒《さむ》い目《め》もせずに済《す》むことになり、親子《おやこ》三人《にん》まア安心《あんしん》と落胆《がつかり》して気《き》が落付《おちつ》きました。

さて気《き》の張《は》つて居《を》ります時《とき》は、草臥《くたびれ》も出《で》ません、少々《せう〳〵》な撲傷《うちきず》ぐらゐは痛《いた》いとも思《おも》はず過《すご》すものでございますが、まア是《こ》れで好《よ》しとなると急《きふ》に草臥《くたぶれ》が出《で》て、身体《からだ》の関節《ふしぐ》が痛《いた》むやうな事《こと》は貴下方《あなたがた》にも随分《ずゐぶん》お覚《おぼ》えがあらうと存《ぞん》じます。金《きん》三郎《らう》は夢中《むちう》で火《ひ》の中《なか》へ飛《と》び込《こ》みお袋《ふくろ》を助《たす》けましたとき、梁《はり》が落《お》ちて右《みぎ》の二《に》の腕《うで》を強《つよ》く打《う》ち、何《なん》だか痛《いた》むやうな気《き》がして右《みぎ》の手《て》が自由《じいう》に使《つか》へませんでしたが、気《き》が張《は》つて居《ゐ》ましたから左程《さほど》の事《こと》とも思《おも》はず居《を》りますと、落付《おちつく》に従《したが》つて痛《いた》み

が段々《だん〳〵》と強《つよ》くなつて、動《うご》かしても痛《いた》むといふやうになつて、プクリと膨《はれ》て参《まゐ》りましたので、*名倉《なぐら》へ往《い》つて見《み》て貰《もら》ひますと、是《こ》れは何《ど》うして大変《たいへん》な怪我《けが》だ、骨《ほね》が砕《くだ》けて居《ゐ》る療治《れうぢ》をしても迚《とて》も元《もと》のやうになるまいと云《いは》れ、稼《かせ》ぎ人《にん》が右《みぎ》の手《て》を取《と》られては何《ど》うすることも出来《でき》ません。痛《いた》みは追々《おひ〳〵》にひどく成《な》り今《いま》は起《お》きても居《を》られませんから、金《きん》三郎《らう》はドツと床《とこ》に就《つ》きました。

初「何《ど》うだい、今日《けふ》は些《ちつ》とは痛《いた》みが軽《かる》くなつたやうな気《き》はしないかい。」

金「左様《さう》だなア、些《ちつ》とは好《いゝ》と云《いつ》てお前《めへ》にも安心《あんしん》させてえが、未《ま》だ動《うご》かすことも出来《でき》ねえんで……己《おら》ア、お前《めへ》に気《き》の毒《どく》で仕様《しやう》がないよ、己《おら》アが斯《か》うして寝込《ねこん》で了《しま》つては、お前《めへ》が骨《ほね》が折《を》れやうと思《おも》つて、寝《ね》てゐる気《き》はしねえが、我慢《がまん》にも起《お》きることが出来《でき》ねえんで、毎日《まいにち》〳〵夫《そ》ればかり気《き》になつて、痛《いた》み所《しよ》よりは余《よ》つ程《ぽど》困《くる》しいのよ……。」

初「お廃《よし》よ、また其様《そんな》愚痴《ぐち》をこぼして、お前《まへ》さんの其《そ》の怪我《けが》だつて、阿母《おつか》さんを彼様《あんな》怖《おそろ》しい火《ひ》の中《なか》から助《たす》けておくんなした為《た》めの大怪我《おほけが》、妾《わたし》はつく〴〵考《かんが》へると、何《ど》うした因縁《いんねん》で親子《おやこ》がお前《まへ》さんに斯《か》うも難儀《なんぎ》を掛《か》けるかと気《き》の毒《どく》でならない、お前《まへ》さんのやうに言《いは》れると妾《わたし》こそ真個《ほんと》に穴《あな》へでも這入《はいり》たくなるよ　後生《ごしやう》だから最《も》うそんな事《こと》は云《いは》ずに気永《きなが》に養生《やうじやう》しておくんなさい、妾《わたし》は身《み》を粉《こ》に砕《くだ》いても三人《にん》がお粥《かゆ》位《ぐらゐ》は啜《すゝ》つて取続《とりつゞ》くやうにはするから、何《ど》うかねえ、お前《まへ》さん……。」

とお初《はつ》は染々《しみ〴〵》と申《まを》しまする、傍《そば》からお袋《ふくろ》も口《くち》を出《だ》しまして、

母「真個《ほんたう》に是《こ》れが因果《いんぐわ》の塊《かたまり》とでも云《い》ふのだらうが、お前《まへ》さんも不思議《ふしぎ》な御縁《ごえん》で斯《か》うして親子《おやこ》となつて深切《しんせつ》にして下《くだ》さる、常々《つね〴〵》娘《これ》にも決《けつ》して余所外《よそほか》の亭主《ていしゆ》のやうに思《おも》つて我儘《わがまゝ》を出《だ》しては罰《ばち》が当《あた》ると言聞《いひきか》してゐますよ、年《とし》を取《と》つて役《やく》にも立《た》たず、只《た》だ若《わか》い者《もの》の足手纏《あしてまとひ》で厄介《やつかい》を掛《かけ》るが気《き》の毒《どく》だ……寧《いつ》そあの時《とき》に焼死《やけしん》でゐたら此様《こんな》大怪我《おほけが》もさせまいにと思《おも》ふと私《わし》は悲《かな》しくなります。」

金「阿母《おつか》ア意外《とんで》もない事《こと》を云《いひ》なさる、此様《こんな》廻《まは》り合《あは》せになるも、三人《にん》が持《もつ》て生《うま》れた約束《やくそく》づくだ、悪《わる》いあとは又《また》善《い》い風《かぜ》も吹《ふ》いて来《く》るものだから、心配《しんばい》しなさるな。」

初「真個《ほんと》に左様《さう》だよ、良人《このひと》さへ全癒《なほ》れば、元《もと》の身体《からだ》に成《な》らないまでが、何《ど》うか斯《か》うか笑《わら》つて暮《くら》せるやうになるよ、なアにお天道様《てんたうさま》は見殺《みごろ》しにはなさらんからねえ。」

とお互《たがひ》に宥《なだ》めたり慰《なぐさ》めたりして居《を》りますうちに此年《このとし》も経《た》つ過《つ》て了《しま》ひました。明《あく》れば、元治《ぐわんぢ》二年《ねん》でございますが、最《もつと》もこの年《とし》の四月《ぐわつ》七日《か》に年号《ねんがう》が改《あらた》まつて慶応元年《けいおうぐわんねん》となりました。金《きん》三郎《らう》の腕《うで》の痛《いた》みは漸《やうや》う少《すこ》しづゝ薄《うす》らいで、此《こ》の節《せつ》は寝《ね》てばかりは居《を》りませんから、お初《はつ》は毎日当物《まいにちあてもの》の荷《に》を背負《しよつ》ては稼《かせ》ぎに出《い》で、昼《ひる》は浅草観音様《あさくさくわんおんさま》の地内《ちない》にどツこいくの店《みせ》を開《ひら》きますが、御方便《ごはうべん》なもので春《はる》のことでもありますし、相応《さうおう》に儲《まう》けもあつて細々《ほそぐ》ながら暮《くら》しを立《た》てゝ居《を》りました。さう斯《か》うするうち今度《こんど》はお袋《ふくろ》が病《や》みつき、看病《かんびやう》は片手《かたて》の利《き》かない金《きん》三郎《らう》では出来《でき》ませんから、お初《はつ》が家《うち》に居《ゐ》なければ成《な》らぬ、左様《さう》すると何処《どこ》からも収入《はいる》ところがない、三人《にん》が乾干《ひぼし》にならねば成《な》らないので、金《きん》三郎《らう》が利《き》かぬ身体《からだ》でどツこいくの荷《に》を背負《しよつ》ては稼《かせ》ぎに出《で》ることに成《な》つた、何《ど》うして斯《か》うも不幸《ふかう》が続《つゞ》くかと夫婦《ふうふ》は歎《なげ》きのうちにも気《き》を取直《とりなほ》しては、其《そ》の日《ひ》くを送《おく》つて居《を》りまする、ある夜《よ》深切《しんせつ》者《もの》の勘兵衛《かんべゑ》は遣《や》つてまゐりまして、

勘「阿母《おつか》アは何《ど》うだ……同《おな》じ事《こと》か、そりや困《こま》るのう……金《きん》さんの方《はう》は些《ちつ》とは快《よい》かい。」

金「毎度《まいど》有難《ありがた》うごぜいます、お蔭《かげ》で悪《わる》い方《はう》ではなく、今日《けふ》も観音様《くわんおんさま》で稼《かせ》いで参《めへ》りましたが、余《あんま》り豪《えら》い風《かぜ》で燈明《あかり》が持《もて》まいと思《おも》つて夜《よる》だけは休《やす》みましたよ。」

初「良人《うちのひと》もねえ、まだ全癒《ほんたう》でない身体《からだ》で毎日稼《まいにちかせ》ぎに出《で》るのを見《み》ますと妾《わたし》は自分《じぶん》の出《で》る方《はう》が余程楽《よつぽどらく》ですよ。」

勘「そりや其様《そんな》ものかも知《し》れんが、金《きん》さんも内《うち》にばかり居《ゐ》るより気《き》が張《は》つて却《かへつ》て好《いゝ》かも知《し》れん……お初《はつ》さんのやうに何《なに》も箇《か》も一人《ひとり》で仕様《しやう》と云《い》つたツて、左様《さう》いくものでないから、お互《たがひ》に助《たす》けたり助《たす》けられたりするが夫婦《ふうふ》だよ。」

奥底《おくそこ》のない内輪話《うちわばなし》で勘兵衛《かんべゑ》は、

勘「あゝ最《も》うあれは、*お山《やま》の亥刻《よつ》だね、是《こ》れは長居《ながゐ》をしました、まア阿母《おつか》アを大切《だいじ》にしなさいよ、又見舞《またみまひ》に来《く》るから……。」

と帰《かへ》り掛《か》けますときお袋《ふくろ》の容体《ようだい》が些《ちつ》と変《へん》になつてまゐりました。

初「お前《まへ》さんちよいと見《み》て下《くだ》さいな、何《なん》だか咽喉《のど》に啖《たん》が絡《から》んで来《き》たやうで……。」

金「左様《さう》か、そりア大変《たいへん》だ、阿母《おつか》ア……阿母《おつか》ア……。」

と呼《よ》びますが最《も》う返事《へんじ》がありませんで、上眼《うはめ》を使《つか》つて無《む》理《り》に何《なに》かを見《み》やうとするやうでございます。勘兵衛《かんべゑ》も側《そば》へ来《き》てヂツと見《み》て居《ゐ》ましたが、

勘「お医者《いしや》は何処《どこ》だ……己等《おいら》がチヨツクラ呼《よ》んで来《き》て遣《や》らう……。」

初「なアに、妾《わたし》が一走《ひとはし》り往《い》つて来《き》ませう。」

勘「この容体《ようだい》ぢやアお気《き》の毒《どく》だが、此方《こつち》のものでないよ、万《まん》一のときにお前《まへ》たち夫婦《ふうふ》が死目《しにめ》に逢《あ》はないやうな事《こと》があつては心残《こゝろのこ》りだらう、二人《ふたり》とも枕元《まくらもと》に附《つい》て看病《かんびやう》して上《あ》げなさい、是《こ》れが最《も》うお別《わか》れだ……己等《おいら》が往《い》つて来《き》て遣《や》るから……。」

金「それでは済《す》みませんがお願《ねが》ひ申《まを》しませうか……医者《いしや》様《さま》は直《ぢ》き向《むか》ふ横町《よこちやう》の杉田《すぎた》朴斎先生《ぼくさいせんせい》といへば直《す》ぐ分《わか》ります。」

勘「左様《さう》か……分《わか》つた……。」

と深切《しんせつ》な勘兵衛《かんべゑ》さんは駈《か》け出《だ》して参《まゐ》りました、暫《しばら》くすると朴斎先生《ぼくさいせんせい》勘兵衛《かんべゑ》と一所《いつしよ》にお出《いで》になつて病人《びやうにん》の側《そば》へ坐《すわ》つて最《も》う脈《みやく》を取《と》るまでの事《こと》はございませんが、其処《そこ》はお医者《いしや》の掟《おきて》ですから、お首《くび》を少《すこ》し曲《まげ》て脈《みやく》を見《み》たり、眼《め》を開《あ》けて見《み》たりして、些《ちつ》とも騒《さわ》がず落付払《おちつきはら》つたものでございます、

医「何《ど》うも御命数《ごめいすう》で是非《ぜひ》がござらぬ、何《なに》しろ御老体《ごらうたい》の事《こと》でげすから……誠《まこと》に御愁傷様《ごしうしやうさま》でござる……はい左様《さやう》なら……。」

と朴斎先生《ぼくさいせんせい》済《すま》したものでサツサと帰《かへ》つてお了《しま》ひになる。斯《か》う言《いは》れても何《なん》だかまだ息《いき》を引取《ひきとつ》たとは思《おも》はれません、夫《ふう》婦《ふ》は懵然《ぼんやり》して居《ゐ》ますので、勘兵衛《かんべゑ》さんが一人《ひとり》で世話《せわ》を焼《や》きまして、早桶《はやおけ》に納《をさ》めるやうになつてお初《はつ》はオロ〳〵と涙組《なみだぐん》で参《まゐ》りましたが、気丈《きぢやう》な女《をんな》ですから女々《めゝ》しく泣《な》き狂《くる》ふやうなことは致《いた》しません、金《きん》三郎《らう》も不自由《ふじいう》な身体《からだ》ながら手伝《てつだつ》てヤツと納棺《なふくわん》しましたが、扨《さ》て葬《はうむ》るお寺《てら》がありませんので、勘兵衛《かんべゑ》さんの旦那寺《だんなでら》は日暮里《につぽり》の花見寺《はなみでら》でございますから、此処《こゝ》に極《き》めたら宜《よか》らうと是《こ》れも勘兵衛《かんべゑ》さんがテク〳〵日暮《につぽ》里《り》まで懸合《かけあひ》に往《い》つてくれ、何《なに》が何《なん》でも最《も》う是《こ》れが親子《おやこ》のお別《わか》れだからと、翌日《よくじつ》は一日《にち》仏《ほとけ》を家《うち》におきまして其《そ》の夜《よ》は長《なが》

屋《や》の人《ひと》も四五人来《にんき》てくれ、金《きん》三郎《らう》の友達《ともだち》も集《あつま》つて賑《にぎや》かに夜《よ》伽《とぎ》をいたし、明《あく》る朝早《あさはや》く*差担《さしにな》ひも余《あんま》りだと、勘兵衛《かんべゑ》さんの指図《さしづ》で粗末《そまつ》ではございますが駕《かご》で送《おく》り出《だ》しまして、日暮里《につぽり》の花見寺《はなみでら》へ葬《はうむ》り、七日《なぬか》〳〵の法要《はふえう》も心《こゝろ》ばかりに執行《とりおこな》ひ、夫《ふう》婦《ふ》差向《さしむか》ひで寂《さび》しく暮《くら》して居《を》りました。

第五席

夏《なつ》も何時《いつ》か過《す》ぎ秋《あき》も半《なかば》となつて、涼風《すゞかぜ》の肌膚《はだへ》に泌《し》むやうになります頃《ころ》から金《きん》三郎《らう》は去年《きよねん》の古疵《ふるきず》がチクリ〳〵と痛《いた》み出《だ》し、十月《ぐわつ》の末《すゑ》には又《また》も動《うご》いても疼痛《いたみ》を感《かん》じ、横《よこ》の物《もの》を縦《たて》にすることも出来《でき》ません、何《なに》から何《なに》まで皆女房《みなにようばう》お初《はつ》の手《て》を借《か》らなけりや成《な》らないので、アヽ何《なん》たる因果《いんぐわ》か、生《いき》てゐたとて役《やく》にも立《たゝ》ぬ穀潰《ごくつぶ》し　乃公《おれ》が斯《か》うして居《ゐ》るからお初《はつ》が余《よ》計《けい》に困《こま》るのだ、乃公《おれ》には斯《か》うやつて裏《うら》のついた物《もの》を着《き》せて呉《く》れたが、彼《あ》れは可哀《かあい》さうにまだ単衣《ひとへ》に半纏《はんてん》を引掛《ひつか》けて居《ゐ》る、此様惨状《こんなみじめ》を見《み》るよりは寧《いつ》そ一思《ひとおも》ひに死《し》んだが増《ま》しだらう、若《も》し乃公《おれ》が死《し》んだらお初《はつ》は嘸《さ》ぞ歎《なげ》くに違《ちが》ひないが、歎《なげ》いたとて身一《みひと》つに成《な》れば気楽《きらく》だ、まだ老朽《おひくち》たといふ年《とし》でもない、三十前《まへ》の女《をんな》なら何《ど》うにでも身《み》の振方《ふりかた》は附《つ》きもする、乃公《おれ》が生《い》きて居《ゐ》たら義理固《ぎりがた》い彼《あ》れは一生貧乏人《しやうびんばうにん》で、*鉄槌《かなづち》の川流《かはなが》れ同様頭《どうやうあたま》の上《あが》ることはない、今死《いまし》ねば現世《このよ》の苦限《くげん》は逃《のが》れ、彼《あ》れも一花咲《ひとはなさか》せることが出来《でき》まいものでないと、其《そ》の身《み》の不自由《ふじいう》から浮世《うきよ》を果敢《はか》なく感《かん》じました金《きん》三郎《らう》は、時《とき》折《をり》に死《し》にたいと口走《くちばし》ることもございますと。

初「何《なん》だい、また其様意気地《そんないくぢ》のないことを云《いつ》て……お前《まへ》さんを殺《ころ》すくらゐなら妾《わたし》はこんなに苦労《くらう》はしないよ、確《しつか》りおしな、いくら意気地《いくぢ》のない女《をんな》の痩腕《やせうで》でもお前《まへ》さんを喰《たべ》させてく位《くらゐ》の事《こと》はするからね、其様《そんな》ことにクヨ〳〵するのは後生《ごしやう》だから廃《よし》ておくれ……。」

金「お前《めへ》のさう言《いつ》てくんなさるを無《む》にするのではねえが、己《おら》アつく〴〵浮世《うきよ》が厭《いや》になつた……お前《めへ》に難儀《なんぎ》が掛《かゝ》らなけりやア今直《います》ぐにでもお暇乞《いとまごひ》をするけれど、跡《あと》の心配《しんばい》が気《き》の毒《どく》で……。」

　とホロリと男泣《をとこな》きに涙《なみだ》を流《なが》します、是《こ》れを見《み》て居《ゐ》るお初《はつ》は胸《むね》も張《は》り裂《さけ》るやうでございますが、気《き》を弱《よは》くしてはます〳〵良人《をつと》を苦《くる》しますのだと、涙《なみだ》に曇《くも》る声《こゑ》を態《わざ》と笑《わら》ひに紛《まぎ》ら

し、

初「それぢやアお前《まへ》さんは妾《わたし》のやうな意気地《いくぢ》なしが厭《いや》になつたのかい、厭《いや》なら厭《いや》と判然言《はつきりいつ》ておくんなさいな、些《ちと》男《をとこ》らしく確《しつか》りお仕《し》なさいよ。」

金「そんなに腹《はら》を立《た》てなくも好《いゝ》ぢやねえか。」

初「何《なに》も腹《はら》を立《た》ちやア仕《し》ないが、お前《まへ》さんが余《あん》り愚痴《まぐち》ツぽいからさ……最《も》う〳〵其様《そんな》ことは言《いひ》ツこなしに仕《し》やうね。」

とお初《はつ》は病人《びやうにん》に逆《さから》はぬやうにと気《き》を紛《まぎ》らす話《はなし》などいたして居《を》りました。十月《ぐわつ》も過《す》ぎ十一月《ぐわつ》となつては、いくら若《わか》い者《もの》でも単衣《ひとへ》では遣《や》り切《きれ》ませんから、種々《いろ〳〵》の遣繰算段《やりくりさんだん》で裏《うら》の附《つい》た物《もの》を肩《かた》にかけましたが、段々《だん〳〵》と大道商人《*だいだうあきんど》の霜枯時《しもがれどき》で、此《こ》の頃《ごろ》は稼《かせ》ぎも面白《おもしろ》くございませんから、手元《てもと》が一層困《いつそうくる》しい、斯《か》うなると金《きん》三郎《らう》は利《き》かぬ手《て》を恨《うら》めしさうに眺《なが》めて、溜息《ためいき》を吐《つ》いて居《を》りまする、お初《はつ》は今朝《けさ》も例《いつも》のやうにどツこいく〳〵の荷《に》を背負《しよつ》て出懸《でか》けやうとして立戻《たちもど》りまして、

初「お前《まへ》さん、妾《あたし》の留守《るす》のうちに又例《またいつも》のやうにクヨ〳〵お思《おも》ひで無《な》いよ、好《いゝ》かい、今日《けふ》は剣徳《*けんとく》が好《いゝ》から屹度儲《きつとまう》かるに違《ちが》ひない、帰《かへ》りに美味物《うまいもの》でも買《か》つて来《く》る……莫迦《ばか》〳〵しい気《き》を出《だ》してお呉《く》れでないよ。」

金「大丈夫《だいぢやうぶ》だ、お前《めへ》に心配《しんぺい》さすやうな事《こと》はしねえ、安心《あんしん》して往《い》つて来《き》な、成《な》るたけ早《はや》く帰《けえ》つてくんねえ、遅《おそ》いと気《き》掛《がゝ》りになつて堪《たま》らねえからなア。」

初「あいよ。」

と云《い》つて出懸《でか》けました。夫《そ》れと摺違《すれちが》つて路次口《ろじぐち》へ皿《さら》に鼠《ねずみ》の掛《かゝ》つてゐる絵《ゑ》がつき下《した》にねずみとり薬《ぐすり》と書《かい》た幟《のぼり》を杖《つえ》につき、岩見《いはみ》銀山《ぎんざん》鼠取薬《ねずみとりぐすり》を売歩《うりある》く行商人《ぎやうしやうにん》が這入《はいつ》て来《き》て、溝板《どぶいた》の上《うへ》を幟竿《*のぼりざほ》でコツ〳〵遣《や》りながら、

商「居《ゐ》ないかな、居《ゐ》ないかな……悪戯《いたずら》ものは居《ゐ》ないかな……岩見《いはみ》銀山《ぎんざん》鼠取《ねずみと》り……一服《ぷく》でころり〳〵と取《と》れる……居《ゐ》ないかな、居《ゐ》ないかな、悪戯《いたづら》ものは居《ゐ》ないかな……。」

金「鼠取屋《ねずみとりや》さん……鼠取屋《ねずみとりや》さん……。」

商「はい〳〵、お幾個《いくつ》差上《さしあ》げまする。」

金「その鼠取《ねずみとり》は能《よ》く験《き》くかねえ、何《ど》うも贋物《いかもの》があつて仕《し》様《やう》がねえが。」

商「はい〳〵、手前共《てまへども》の売《う》りますは正真正銘《しやうしんしやうめい》間違《まちげ》えの

ねえ、岩見《いはみ》銀山《ぎんざん》から出《で》る鼠取《ねずみと》りでございます、一服《ぷく》で根絶《ねだや》しになります、贋物《いかもの》なんかと一所《いつしよ》になりません、鼠《ねずみ》ばかりぢやごぜいません、犬《いぬ》にでも猫《ねこ》にでも一口喰《ひとくちくは》せば即坐《そくざ》にころりと死《し》にまする。」

金「左様《さう》かい、それぢやア人間《にんげん》にも毒《どく》だらうなア……。」

商「そりやあお前《まへ》さん人間《にんげん》だツて一服《ぷく》も遣《やつ》て御覧《ごらん》なせい、堪《たま》つたもんぢやアありませんぜ、直《す》ぐに身体中紫斑《からだぢうぶち》になつて死《し》んでしまひます……此間《このあひだ》もお前《まへ》さん、此《こ》の薬《くすり》を持《もつ》た手《て》で亥《ゐ》の子《こ》の牡丹餅《ぼたもち》をこさへ、家内中腹痛《かないぢうはらいた》を起《おこ》して大騒《おほさは》ぎを遣《や》つた方《かた》がごぜいましたよ、取扱《とりあつか》ひには御用心《ごようじん》なさらないと危険《けんのん》なものでございます、はい〳〵。」

金「そんなに能《よ》く効験《きく》かね……。」

商「そこが自慢《じまん》の鼠取《ねずみと》りで……。」

金「一服幾干《ぷくいくら》だい。」

商「はい〳〵、一服《ぷく》が二十四銅《どう》……お幾個《いくつ》差上《さしあ》げまするか……。」

金「そんなに能《よ》く効験《きく》なら、朋友《ともだち》にも分《わけ》て遣《や》らう、三服《ぷく》くんねえ。」

商「はい〳〵有難《ありがた》うごぜいます……。」

と薬《くすり》を渡《わた》して居《を》りますとき、虫《むし》が知《し》らしたとでも云《い》ふのでございませうか、お初《はつ》は路次《ろじ》を出《で》て小半丁《こはんちやう》まゐると下駄《げた》の鼻緒《はなを》がプツヽリ切《き》れましたから、えヽ忌々《いま〳〵》しい延喜《えんぎ》でもない　稼《かせ》ぎの出懸《でがけ》に鼻緒《はなを》が切《き》れては碌《ろく》な事《こと》はないと、御幣《ごへい》を担《かつ》ぎまして引返《ひつかへ》してまゐると良人《をつと》が今岩見銀山鼠取薬《いまいはみぎんざんねずみとりぐすり》を買《か》つて居《を》りますから、ハツト思《おも》つて惘《あは》てヽ家《うち》へ駈《か》け込《こ》みました。

金「何《ど》うしたのだ、莫迦《ばか》に惘《あは》てくさツてるぢやアねえか……。」

初「お前《まへ》さん、今何《いまなに》を買《かつ》てゐなすつた。」

金「何《なん》にも買《か》やアしねえ。」

初「お前《まへ》さんは水臭《みづくさ》い人《ひと》だねえ、妾《わたし》の心《こゝろ》も知《し》らないで、鼠取薬《ねずみとりぐすり》なんか買《か》つて何《ど》うしなさる積《つも》りなのだえ……途中《とちう》で鼻緒《はなを》が切《き》れて帰《かへ》つたらこそ、妾《わたし》の目《め》に入《はい》つたやうなものヽ、何《なん》にも知《し》らず何時《いつ》ものやうに帰《かへ》つたら、お前《まへ》さんは仏様《ほとけさま》に成《な》つて居《ゐ》なさる気《き》でせう、夫《そ》れでは余《あんま》り水臭《みづくさ》い仕打《しうち》と云《い》ふものぢやありませんか、妾《わたし》だつてお前《まへ》さんの心《こゝろ》は能《よ》く知《し》つて居《ゐ》る、最《も》う一年《ねん》から斯《か》うして一所《いつしよ》にゐるのだもの、幾干莫迦《いくらばか》でも亭主《ていしゆ》の気心位呑込《きごゝろぐらゐのみこ》めない事《こと》はないよ、お前《まへ》さんを其様身体《そんなからだ》にして気《き》を揉《も》ますも皆妾《みんなわたし》から出《で》たことで、お前《まへ》さんが何《ど》うでも死《し》ぬと云《い》ひなさるなら、妾《わたし》は見殺《みごろ》しにはしませんよ、三途《さんづ》の川《かは》も手《て》を引《ひ》き合《あつ》て渡《わた》ります……お前《まへ》さんの心《こゝろ》も察《さつ》しるが妾《わたし》の気《き》も些《ちつ》とは察《さつ》しておくれな、自分《じぶん》さへ死《し》んで了《しま》へば跡《あと》の惨状《みじめ》は構《かま》はないとは余《あんま》り水臭過《みづくさすぎ》るぢやないか　ねえお前《まへ》さん……。」

と亭主《ていしゆ》の膝《ひざ》に縋《すが》り附《つ》いて泣伏《なきふ》しました、金《きん》三郎《らう》も眼《め》を数《しば》叩《だゝ》きましてお初《はつ》の手《て》を取《と》り、

金「あゝ己《おれ》が悪《わる》かつた勘忍《かんにん》してくれ、決《けつ》して悪気《わるぎ》でした事《こと》でねえ、此様身体《こんなからだ》になつては最《も》う浮世《うきよ》の廃物《すたれもの》だ、切《せめ》て自分一人《じぶんひとり》の糊口《くちすぎ》でも出来《でき》ることなら不具者《かたわ》になつても、生存《いきながら》へて居《ゐ》たら何様芽《どんなめ》が出《で》ねえとも限《かぎ》らねえが、自分《じぶん》で自分《じぶん》の始末《しまつ》も出来《でき》ず、頭《あたま》の頂天《てつぺん》から足《あし》の爪先《つまさき》までお前《めへ》の厄介《やつけへ》になつて、斯《か》うして居《ゐ》る己《おれ》の辛《つら》さ、それもよ、有《あ》り余《あま》る身代《しんでえ》なら又《また》といふこともあるが、後《あと》の月《つき》までお前《めへ》は裏《うら》の附《つい》たもの一枚引張《まいひつぱ》ることも出来《でき》ねえ、しがない生活《くらし》の中《なか》で、何《なに》を楽《たのし》みにノホヽンで居《ゐ》られる……只《た》だ〳〵お前《めへ》を困《くる》しめる為《た》めに生《い》きて居《ゐ》るのかと己《おら》ア我《わ》が身《み》で我《わ》が身《み》が解《わか》らなくなつて、此様《こんな》ものでも亭主《ていしゆ》だと思《おも》へばこそ厭《いや》な顔《かほ》もせず、彼《あゝ》もして呉《く》れる斯《か》うもして呉《く》れる、あゝ嬉《うれ》しい有難《ありがた》いと思《おも》ふにつけ、是《こ》れも皆《みん》なお前《めへ》の血《ち》を搾《しぼ》るのだ涙《なみだ》の結晶《かたまり》だと胸《むね》が張裂《はりさけ》るやうで気《き》の毒《どく》でならねえよ……お初《はつ》こゝの処《ところ》を能《よ》く聞《きい》てくんな、己《おれ》は此《こ》の世《よ》に存命《ながらへ》てゐて詰《つま》らぬ身体《からだ》だよ、最《も》うこの世《よ》に何《なん》の望《のぞ》みも尽《つ》き果《はて》た不具者《かたわ》ものだよ、娑婆塞《しやばふさ》げの穀潰《ごくつぶ》しだから、何《ど》うか留《とめ》ずに此《こ》の世《よ》の苦限《くげん》を逃《のが》れさせてくんねえな、夫《そ》りやアそんならとも言《いは》れめへが、人情《にんじやう》に搦《から》んで留立《とめだて》されては、却《かへ》つて心《こゝろ》の苛責《かしやく》に逢《あは》せると同《おんな》じことになるのだ、毎日《まいにち》〳〵火責水責《ひぜめみづぜめ》の苦《く》を受《う》けるより辛《つら》い心《こゝろ》の中《うち》を察《さつ》してな、己《おい》らは最《も》う現世《このよ》に居《ゐ》ないもの、長《なが》い夢《ゆめ》を見《み》たと諦《あきら》めて留《とめ》ないでくんねえお頼《たの》みだから……。」

と云《いつ》て金《きん》三郎《らう》はホロ〳〵と涙《なみだ》を流《なが》しまする、膝《ひざ》の上《うへ》に頭《あたま》を擦附《すりつけ》て泣伏《なきふ》し生体《しやうたい》もないお初《はつ》は、ヨヽと声《こゑ》を立《た》てながら愁然《しうぜん》と俯《うなだ》れ居《を》ります良人《をつと》の顔《かほ》を恨《うら》めしさうに見上《みあ》げまして、

初「お前《まへ》さんに其様寂《そんなさび》しい心《こゝろ》を出《だ》されると妾《わたし》は斯《か》うして

居《ゐ》る張合《はりあひ》もなにもありやアしない、何《ど》うか後生《ごしやう》だから其様《そんな》心《こゝろ》を出《だ》さずに居《ゐ》ておくれなね。」

金「お前《めへ》が左様《さう》言《いつ》てくれるは嬉《うれ》しいが、今《いま》も云《い》ふ通《とほ》り己《おれ》は斯《か》うして居《ゐ》て何《なん》の楽《たのし》みもない身体《からだ》、深切《しんせつ》にされゝばされるほど心《こゝろ》に求《もと》める苛責《かしやく》の種《たね》となつて、生《いき》てゐる心地《こゝち》は些《ちつ》ともしないのだから、又水臭《またみづくさ》いと言《いひ》なさるかも知《し》れんが、眼《め》を瞑《ねむ》つて諦《あきら》めてくんねえ、お頼《たの》みだからよ。」

と云《い》ひましたので、お初《はつ》は啜《すゝ》り上《あ》げながら良人《をつと》の身《み》の上《うへ》を思《おも》ひ遣《や》りますと、生《うま》れもつかぬ不具者《かたわ》となつて自由《じいう》は利《き》かず、自分《じぶん》がいくら齷齪《あくそく》と気《き》ばかり揉《も》んでも、悲《かな》しい事《こと》には女《をんな》の身《み》で稼《かせ》ぎも思《おも》ふ半分《はんぶん》も出来《でき》ない、何《なに》か外《ほか》の稼業《かげふ》でもしたらと思《おも》はないでもありませんが、資本《もとで》とても無《な》い貧乏《びんばう》世帯《じよたい》、斯《か》う寒《さむ》くなつて来《き》ては夜店《よみせ》を張《はつ》ても油代《あぶらだい》も覚束《おぼつか》ないことが多《おほ》いから、心細《こゝろぼそ》くなるは無理《むり》でない、丈夫《ちやうぶ》でピン〳〵してる者《もの》でも、余《あんま》り思《おも》ふやうに成《な》らないと気《き》がクサ〳〵して来《き》て、寧《いつ》そ死《し》んだが増《ま》しと思《おも》ふこともある位《くらゐ》だもの、彼《あ》ゝして居《ゐ》たら嘸《さ》ぞ辛《つら》いだらう、彼《あ》の人《ひと》でも居《ゐ》てくれゝば稼《かせ》ぐ張合《はりあひ》にもなつて、心《こゝろ》の励《はげ》みが附《つ》くが若《も》し万一《ひよつと》留守《るす》のうちに、短気《たんき》でも起《おこ》されたら何《なに》を楽《たのし》みに生《い》きて居《ゐ》る甲斐《かひ》がない、正直真法《しやうぢきまつぱふ》の良人《をつと》が彼様《あんな》ことを言出《いひだ》すからは最《も》う能々《よくく》の覚悟《かくご》はしてゐるのだ、彼《あ》の様子《やうす》では遅《おそ》いか早《はや》いか泣《なき》を見《み》なければなるまい、左様《さう》かと云《いつ》て妾《わたし》が側《そば》を離《はな》れずに居《ゐ》たら夫婦《ふうふ》は乾干《ひぼし》になつて死《し》ぬより外《ほか》はない、家《うち》に残《のこ》る良人《をつと》の心《しん》配《ばい》ばかりしてゐて、揚句《あげく》の果《はて》が泣《なき》を見《み》るやうな事《こと》に出会《でつくは》すより、此《こ》の世《よ》に生《うま》れたものは何《ど》うせ遅《おそ》かれ早《はや》かれ、一度《ど》は死《し》なねばならぬに極《きまつ》てゐるのだ、同《おな》じ死《し》ぬなら夫婦《ふうふ》諸共《もろとも》三《さん》途川《づがは》も手《て》を引《ひ》き逢《あ》つて渡《わた》るが、結句《けつく》心掛《こゝろがゝ》りがなくて好《いゝ》だらう、今《いま》の妾《わたし》たちの身《み》の上死《うへし》なうと生《いき》やうと、誰一人《たれひとり》泣《ない》てくれる者《もの》もなく、只《た》だ深切《しんせつ》な勘兵衛《かんべゑ》さんが気《き》の毒《どく》だとお線香《せんこう》の一本《ぽん》も上《あげ》て下《くだ》さる位《くらゐ》だ、何《ど》うにか暮《くら》してる時分《じぶん》は金《きん》さんのお内儀《かみ》さんのと出入《ではい》つた人《ひと》も斯《か》うなつては影覗《かげのぞ》きもしない、薄情《はくじやう》で結晶《かたまつ》た世《よ》の中《なか》に独生《ひとりいき》てゐて何《なん》の楽《たのし》いことがあらうと、フイと急《きふ》に此《こ》の世《よ》が味気《あぢき》なくなりましたので、

初「お前《まへ》さん……何《ど》うしても死《しに》なさる積《つも》りなのかい……。」

金「あゝ、最《も》う厭《いや》で〳〵堪《たま》らないから、己《おら》ア死《し》なうと思《おも》

ふのだ、何《ど》うか留《とめ》ずに置《お》いてくんな。」

初「左様《さう》かい、其様《そんな》に決心《けつしん》したのなら、最《も》う留《とめ》ませんから、妾《わたし》も一所《いつしよ》に十万億土《まんおくど》とかへ往《ゆ》きませう。」

金「おい〳〵串戯《じやうだん》ぢやねえぜ、お前《めへ》は己《おい》らとは違《ちが》ひ立派《りつぱ》に遣《や》つてける身体《からだ》、運《うん》さへ向《むい》て来《く》ると何様《どんな》にも出世《しゆつせ》が出来《でき》る……。」

初「それが水臭《みづくさ》いと云《い》ふのだよ、夫婦《ふうふ》の情合《じやうあひ》は其様《そんな》ものではない……。」

と段々《だんく〳〵》口説立《どきだ》てますので、最《も》う死神《しにがみ》に魅入《みいら》れて居《を》ります金《きん》三郎《らう》でございますから、涙《なみだ》を溢《こぼ》して、

金「お初《はつ》、己《おら》ア何《なん》にも云《いは》ぬ、これこの通《とほ》りだ勘忍《かんにん》してくれ……。」

と手《て》を合《あは》して居《を》りますを、

初「何《なん》だね、左様《さう》話《はなし》が極《きま》つたら何《なに》もクヨ〳〵する事《こと》はないよ、切《せめ》て小清潔《こざつぱり》した服装《なり》でもして跡《あと》で他人《ひと》に笑《わら》はれないやうに仕様《しやう》……。」

と翌朝《よくあさ》になると屑屋《くづや》さんを連《つれ》て来《き》て、僅《わづか》ばかりの家財道具《かざいだうぐ》をバッタに売払《うりはら》ひ、近所《きんじよ》の手前《てまへ》は稼人《かせぎにん》の病気《びやうき》で世帯《しよたい》が張《は》り切《き》れないから、良人《をつと》の在所《ざいしよ》へ引込《ひつこ》むと取繕《とりつくろ》ひまして、手《て》に入《はい》つたお鳥目《てうもく》で二人《ふたり》は古着《ふるぎ》ながら小清潔《こざつぱり》した布子《ぬのこ》に着替《きかへ》、浅草観音《あさくさくわんおん》は夫婦《ふうふ》が小《こ》一年《ねん》も稼《かせ》ぎ処《どころ》とした場所《ばしよ》だからお礼《れい》参詣《まゐり》をして、差配《おほや》の勘兵衛《かんべゑ》さんにも夫《そ》れとなく暇乞《いとまごひ》して、世話《せわ》になつた礼《れい》を云《いは》ふとお初《はつ》は病人《びやうにん》の良人《をつと》を助《たす》け夫婦《ふうふ》で勘《かん》兵衛《べゑ》の家《うち》へ遣《や》つて参《まゐ》りました。

勘「これは珍《めづ》らしい、能《よ》く来《き》なすつた　金《きん》さん些《ちつ》とは快《いゝ》かね……今日《けふ》は何《ど》うして珍《めづ》らしいぢやないか、夫婦揃《ふうふそろ》ふて尋《たづ》ねて来《き》てくれるは……。」

金「何《ど》うも御無沙汰《ごぶさた》しました、あまり気持《きもち》が好《よか》つたもんで、お礼《れい》ながらにぶら〳〵……。」

初「差配《おほや》さんには一方《ひとかた》ならんお世話《せわ》になつてますので、切《せめ》てお礼《れい》にでも往《い》かないでは済《すま》ないと良人《うちのひと》も申《まを》しますから、今日《けふ》は一日稼業《にちかげふ》を休《やす》み、此方《こちら》をお尋《たづ》ね申《まを》し観音様《くわんおんさま》へでも参《まゐ》りまして保養《ほやう》をさせやうと思《おも》ひまして……。」

勘「さうかい、夫《それ》は結構《けつかう》だ、金《きん》さんも其様気分《そんなきぶん》になれば最《も》う大丈夫《だいぢやうぶ》だ。」

と勘兵衛《かんべゑ》さんは何《なん》にも知《し》りませんから、大層喜《たいそうよろこ》んで御馳《ごち》

走《そう》などして呉《く》れました　夫婦《ふうふ》はそこ〳〵に暇乞《いとまごひ》をしまして浅草《あさくさ》へ参《まゐ》ります頃《ころ》は、此節《このせつ》の定《さだ》めなき空合《そらあひ》、パラ〳〵と時雨《しぐれ》が来《き》ましたので、まだ時刻《じこく》は早《はや》いが雨止《あめやみ》ながらと天麩《てんぷ》羅屋《らや》で夕飯《ゆふめし》の支度《したく》を済《すま》し、表《おもて》へ出《で》ますと雨《あめ》は容易《ようい》に歇《や》みさうにありませんから、番傘《ばんがさ》一本《ぼん》を買《か》ひ相合傘《あひ〳〵がさ》で、トボ〳〵と浅草《あさくさ》を出《で》ましたは最《も》う火点《ひと》ぼし頃《ごろ》でございました、明日《あす》とも云《いは》ず今宵《こよひ》を限《かぎ》りこの娑婆《しやば》を暇乞《いとまごひ》して、果《はて》しなき旅《たび》の鹿《か》島立《しまだち》いたす身《み》には、見馴《みな》れた町々《まち〳〵》も物珍《ものめづら》しく、これが見納《みをさ》めと夫婦《ふうふ》は降《ふ》り来《く》る時雨《しぐれ》を、一《ひと》つの傘《かさ》に除《よ》けながら予《かね》て定《さだ》めた死処《しにどころ》、日暮里《につぽり》へと志《こゝろざ》しまして*浅草御門跡様《あさくさごもんぜきさま》の裏通《うらどほ》りを*松葉町《まつばちやう》へぬけ、半年余《はんとしあま》り住《す》み馴《な》れました山伏町《やまぶしちやう》も、心《こゝろ》に残《のこ》る気《き》はしながら知《し》る人《ひと》に逢《あ》ふも便《たよ》り悪《わろ》しと傘《かさ》を横《よこ》にして通《とほ》り過《す》ぎ、*下寺《したでら》について根岸《ねぎし》を*御院殿下《ごゐんでんした》に出《で》ますると、最《も》う火影《ほかげ》のさす家《いへ》とてもございません田圃道《たんぼみち》で誰《た》れ憚《はゞか》ることもない相合傘《あひ〳〵がさ》、霜月《しもつき》二十一日《にち》の宵暗《よひやみ》を漸《やうや》うと日暮里《につぽり》へ辿《たど》り着《つ》きました。此処《こゝ》から*諏訪《すは》の台《だい》にあがりますと昼《ひる》も小暗《こぐら》きお諏訪様《すはさま》の森《もり》で、その前《まへ》が花見寺《はなみでら》の裏門《うらもん》でございますから、垣根《かきね》の破《やぶ》れからお墓場《はかば》へ入《はい》り、亡《なき》お袋《ふくろ》の墓《はか》に詣《まう》でまして墓《ぼ》前《ぜん》を二人《ふたり》の死処《しにどころ》と互《たがひ》に名残《なごり》を惜《をし》んで居《を》りますと、カチ〳〵カチ〳〵と寺《てら》の夜廻《よまは》りが来《く》る様子《やうす》でございます、見附《みつけ》られては一大事《だいじ》とそこ〳〵に墓場《はかば》を逃《のが》れ出《い》で、お諏訪様《すはさま》の森《もり》の中《なか》に潜《ひそ》んで窺《うかゞ》ひますると、夜廻《よまは》りも遠《とほ》く去《さ》り拍子木《ひやうしぎ》の音《おと》も聞《きこ》えなくなりましたので、手《て》を取《と》り合《あつ》て*見晴《みはらし》の腰掛茶屋《こしかけぢやゝ》の跡《あと》で心《こゝろ》を落付《おちつけ》ます折柄《をりから》、金《きん》三郎《らう》の足《あし》にあたつた物《もの》があるを拾《ひろ》つて見《み》ますと矢立《やたて》でございます。

金「こんな物《もの》が……丁度好《ちやうどいゝ》、是《こ》れも一筆書《ひとふでか》き残《のこ》せとお諏《す》訪様《はさま》のお告《つげ》だらう、己《おれ》は書度《かきたく》も手《て》が利《き》かねえ、お前《めへ》、書《かい》てくんねえ。」

初「何《なに》も書置《かきお》くことゝツて無《な》いが……斯《か》うして死《し》ぬのも一《いつ》所《しよ》に死《し》ぬのだから、埋《うめ》るのも一所《ひとつところ》に埋《うめ》て貰《もら》へるやうに……。」

金「あゝ、夫《そ》れはお互《たがひ》にな……。」

と夫《そ》れからお初《はつ》は矢立《やたて》の筆《ふで》を出《だ》しましたが、鼻紙《はながみ》などに書《かい》て置《お》いても雨《あめ》に濡《ぬ》れたり、飛《と》び散《ち》つては何《なん》にも成《な》らぬから傘《かさ》の裏《うら》に書《か》いて置《お》けば大丈夫《だいぢやうぶ》と、闇《やみ》を探《さぐ》り書《が》きの仮名文《かなも》字《じ》で、

わたくしどもはふうふもの、どうぞいつしよにうめてください

十一月《ぐわつ》二十一日《にち》　　金《きん》三郎《らう》

は　つ

金「さア是《こ》れで何《なに》も思《おも》ひ残《のこ》すことア無《ね》い、最期《さいご》の覚悟《かくご》。」

と雨《あめ》の当《あた》らぬ森《もり》の芝生《しばふ》に坐《すわ》りました。

初「ちよいとお待《まち》よ、最期《さいご》の際《きは》に水《みつ》が無《な》くてはお薬《くすり》を呑《の》むにも都合《つがふ》が悪《わる》い、今御手洗《いまみたらし》のお水《みづ》を戴《いたゞ》いて来《く》るから……。」

とお諏訪様《すはさま》の御手洗《みたらし》の水《みづ》を柄杓《ひしやく》に一杯《ぱい》汲《く》んでまゐりまして、お初《はつ》は女《をんな》のことでございますから死《し》んでも醜《みにく》い態度《さま》は見《み》せまいと、腰紐《こしひも》を解《と》いて膝《ひざ》と膝《ひざ》とを確《しつか》り縛《しば》り、鼠取薬《ねずみとりぐすり》を一服《ぷく》グヒと水《みづ》と共《とも》に呑《の》みました、金三郎《きんらう》も後《おく》れはせぬと同《おなじ》くグヒと一服《ぷく》お初《はつ》が呑残《のみのこ》した水《みづ》を呑《の》みこみ。夫婦《ふうふ》は此世《このよ》の名残《なご》りにつこり笑《わら》つて抱《いだ》き合《あつ》て心中《しんぢう》を遂《と》げました。

翌朝《よくあさ》になりますと、心中《しんぢう》があつたと大騒《おほさわ》ぎでございましたが、遺書《かきおき》が雨傘《あまがさ》の裏《うら》にありましたので、お初金三郎《はつきんらう》と直《ぢ》きに知《し》れ、花見寺《はなみでら》からの知《し》らせに勘兵衛《かんべゑ》も飛《と》んでまゐり、寺《てら》の和尚様《をしやうさま》と勘兵衛《かんべゑ》の情《なさけ》で御役人《おやくにん》の手前《てまへ》を取繕《とりつくろ》ひまして、死骸《しがい》は勘兵衛《かんべゑ》が引取《ひきと》り夫婦《ふうふ》の望《のぞ》み通《どほ》り一《ひと》ツ所《ところ》に埋《うづ》め、花見《はなみ》寺《でら》の夫婦塚《めをとづか》と云《い》つて卵塔場《らんたふば》の南寄《みなみよ》りの片隅《かたすみ》に小《ちい》さな墓標《ぼへう》が残《のこ》つて居《を》りました。心中時雨傘《しんぢうしぐれがさ》のお話《はなし》はこれでお了《しま》ひでございます。

注解

火中の蓮華　（今岡謙太郎）

三　**池上**　現・東京都大田区の中央、本門寺を中心とする地域。「洗足池周辺の高い土地」にあたるところからの名称とも。本門寺は弘安年間（一二七八-八二）、土地の豪族池上宗仲が日蓮に傾倒し、その邸宅を寺院としたのに始まる。日蓮終焉の地として有名で、江戸時代中期からは日蓮の忌日をはじめ法会には多数の参詣客で賑わった。

池上の温泉　明治十九年に鉱泉が発見され（『通俗荏原風土記稿』一九一二年）、池上温泉場（現・めぐみ坂〈大田区池上一丁目〉付近）が設けられた。「大森の西南はるかの向うに大きな森が見える。それは、名高い池上の長栄山・本門寺の境内である。森の間に、田舎には、珍しい立派な建物が見える。それは、境内から湧き出る、鉱泉が諸病に効験があるといふので、近年に新築した浴室である」（『東京郷土地誌遠足の友』「荏原めぐり二池上本門寺」明治三十六年）。

松葉館　大町桂月「杉田の一夜」（明治三十一年）に「池上村に来り、鉱泉松葉館に至りて、浴し、酒し飯し、腹と共に、昨日来の望みも満ち、酔脚蹣跚として、大森の停車場に来り、茶店に憩ふ」と見える。

奥州福島の松葉館　明治十五年、県令として着任した三島通《みち》庸《つね》により、阿武隈河畔（現・杉妻会館が所在）に建てられた料亭兼宿泊施設。三島が安積疎水開通式のために明治十四年に造営した県の迎賓館が、のちに民間に払い下げられて料亭となった。『日本鉄道線路案内記』（明治三十五年）「福島停車場」の項に、「旅店（略）松葉館支店」「料理店　松葉館」が見える。

腕ツコキ　腕っこき。腕利きに同じ。

祖師堂　本門寺大堂のこと。日蓮の尊像（祖師像）を安置する。

或る御贔負の御方様　井上馨を指すか。本作連載直前の『中央新聞』明治三十年十一月十六日および二十二日の広告に、「三遊亭円朝が去年井上伯に従って静浦、修禅寺より甲州身延山に詣で、此の間不思議の貞婦に邂逅して其の履歴を聴き、茲《ここ》に本稿を起せる」とある。また、明治二十九年一月十一日および十四日『山梨日日新聞』によれば、円朝は興津にある井上馨の別荘から井上に随行して身延山へ参詣し、一月十日に興津へ向けて富士川を下っている。井上は本全集十巻四〇七頁「或人の教示で……」の注にも記したように、しばしば円朝作品に名を伏せたかたちで言及される。

沼津の静浦の保養館　駿東郡静浦村（現・静岡県沼津市）は別荘地、保養地として栄え、明治二十六年、御用邸も設けられた。静浦村の志下《しげ》には、同年、安藤正胤医師（四頁「安藤先生の病院」の注参照)による会員制の旅館・静浦保養館が建設され、隣に病院(静浦海浜院)も併設された。「保養館　静浦海浜院に隣り遊人の休泊に供す　鮮魚の割烹を以て其の名高し」(吉成権平『沼津案内』明治二十八年。

桃郷から静浦、獅子浜、江ノ浦……実に佳い景色で　以下、駿河湾に面し、北に富士を望む地。「桃郷」は現・沼津市下香貫近辺。本来は島郷か。明治二十六年に沼津御用邸が造営された(四頁「東宮殿下」の注参照)。「獅子浜」(現・沼津市獅子浜)は、静浦地区六カ村のなかでは最も長い浜をもち漁場も多かった。地内に日蓮宗本能寺がある。「江ノ浦」(現・沼津市江浦)は獅子浜の南東に位置し、江浦湾は天然の良港として古くから知られた。

四　**安藤先生の病院**　安藤正胤(一八四七—一九二六)が明治二十六年に設立した静浦海浜院(三頁「沼津の……」の注参照)を指す。「静浦海浜院　静浦村志下《しげ》にあり　東京の医師安藤正胤氏の病院なり　来りて治を乞へる者常に充満す　風景絶佳の地にあるを以て病を療し兼て精神を養なふに適せり」(吉成権平『沼津案内』)。安藤正胤は江浦(前注参照)生まれ、旧姓古谷。宇都宮藩医、侍医をつとめた洋医安藤正道(一八二七—七六)の養子となり、慶応三年(一八六七)鉄砲洲の福沢塾に入門。日本橋南茅場町(現・中央区日本橋茅場町)に安藤医院を設立。内科・外科を備えた静浦海浜院は、海水浴のできる会員制の健康保養旅館・保養館を併設し、福沢諭吉もたびたび滞在した。以上、上杉有「静浦海浜院長安藤正胤の研究」(『沼津史談』五十九、二〇〇八年三月)、および服部禮次郎「福澤門下生の墓所を巡る(十一)医学の道に進んだ鉄砲洲時代の福澤門下生——静浦保養館を創めた安藤正胤」(『福澤手帖』一四三号、二〇〇九年十二月)参照。

上等なお方ゝの御別荘　「江の浦港　静浦村馬込の海岸に西郷侯大木伯の別荘あり　夫より獅子浜を経て江の浦に達す　三面山を繞《めぐ》らし水深く波穏なり　蓋《けだ》し東海屈指の良港たり」「牛《うし》臥山《ぶせやま》あり　山の南端姥《うば》が懐《ふところ》の一洞を廻れば大山侯の別荘あり　猶半町余にして三島館に達す　館の側らに東京貴紳の別荘数宇あり」(吉成権平『沼津案内』)。牛臥山は現・島郷公園の西側に隣接)。

東宮殿下　嘉仁皇太子(のちの大正天皇)。「桃郷《とうこ》　三島館の東南二町の松林中に宮内省御用邸あり　沼津御用邸と称せらる　毎年夏季に東宮殿下行啓ありて御避暑あらせらるゝ所なり　其の西北に河村伯の別荘あり　其の東背を桃郷とす　古来桃花の名所たり　花時紅雲十里武陵桃源に譲らず　遠近より来り賞するもの頗る夥し　花中に割烹店あり　桃中軒といふ」(吉成権平『沼津案内』)。底本はこの直前、「恐れながら」の後を一字分あけており、闕字(敬意を表すため貴人の名や称号等の上を一字か二字分あけて書くこと)と思われる。

龍華寺　現・静岡市清水区村松二〇八五。観富山龍華寺。日蓮宗。寛文十年(一六七〇)、日近が開いた寺。大蘇鉄、高山樗牛の墓で知られる。

富蔵山本能寺　現・沼津市獅子浜二四〇。日蓮宗富蔵山本能寺。応永二十一年(一四一四)開創。北山本門寺歴代の隠居寺であった。境内から裏山は獅子浜城址。祈願の地に小堂があり御堂屋敷と呼び、五輪の堂塔が残存する。

五　**七字の題目・髭題目・跳題目**　日蓮宗で、法華経に帰依する心を表すために唱える「南無妙法蓮華経」の題目を書いたもの。

その書き方が、「法」以外の六字の筆端を、勢いよくひげのように四方にはね延ばして書くところからの名称。「法」の光に照らされて、万物が真理を体得し活動するさまを表したものという。ただし本文五行後のような説もある。

ひげいねエの真ン中　「違えねえの真ん中」をもじったクスグリ。「違いなしの真ん中」は、間違いないことをより強調して言う表現。

千箇寺参り　多くの寺院をめぐり参拝すること。また、その巡拝をする信者。日蓮宗では、追善や罪障消滅のため諸寺を巡拝、持参の首題帖に首題・日付の記入と寺印の捺印を請うことが多く行われた。

甲掛　鼻緒が擦れることから足の甲を保護するための履き物。足袋に似ているが底はなく、もっぱら脚半とともに用い、足袋をはかぬ下士や庶民の旅行具とされた。材料は白もしくは紺の木綿が一般的。

菅三度笠　菅笠の一種。貞享(一六八四-八八)頃三度飛脚が用い始めたのでこの名がある。饅頭形で顔が隠れるように深く作った笠で、飛脚、旅商人などが多く用いた。三度の笠。三度の菅笠。

六 **自化偈**　正しくは自我偈《じがげ》。主に天台宗・日蓮宗で詠まれる。『妙法蓮華経』「如来寿量品」の「自我得仏来、所経諸劫数、無量百千万、億載阿僧祇」以下五言一〇二句の偈文のこと。日蓮宗では朝晩本尊に向かい、『法華経』の「方便品」と「寿量品」の自我偈を読み、「南無妙法蓮華経」と題目を唱えることを、「勤行《ごんぎょう》」という。

七 **修禅寺**　現・静岡県伊豆市修善寺にある曹洞宗の寺。山号福地山、肖盧山、走湯山。修禅寺では大同二年(八〇七)弘法大師の創建と伝えるが、延暦十七年(七九八)空海の弟子杲隣《こうりん》の創建とも伝えられる。はじめは真言宗であった。建長年間(一二四九-五六)蘭渓道隆が来住して臨済宗に改めたが、のち曹洞宗に転じた。源範頼・頼家が幽閉殺害された所として有名。ここでは寺を含む門前町を指すか。

加殿山妙国寺　日蓮宗厳浄山妙国寺。永和三年(一三七七)創建。天正(一五七三-九二)頃、家康の側室万と義父蔭山氏広が閑居していたと伝わっている。

日蓮上人船渡しの御難　未詳。加殿村と接する柏久保村との間に加殿渡があったが、明治十七年に架橋された。

興津　現・静岡市清水区。江戸時代には東海道五十三次の興津宿として発展、明治以降は鉄道開通に伴い元勲の別荘が建ち、避寒地として全国的にも知られる。元禄六年(一六九三)銘の身延道標があり、『延喜式』に息津《おきつ》と見える。東海道と、身延・甲府へ通じる甲州往還(身延道)とが分岐する、交通の要衝であった。井上馨(三三頁「或る御贔負の御方様」の注参照)の別荘も明治二十九年頃ここに造られた(『世外井上公伝』五巻、十二編二章五節)。「身延街道口は、停車場より東へ凡三丁あり、北の方、小島(一里)但沼(一里半)小河内(二里)宍原(五里)塩出橋(六里)を経て、甲斐の万沢(九里)に至る、此道改修工事は、不日着手すべしと聞く」(上木浩一郎編『興津案内』明治二十九年)。

海水楼　明治二十一年に営業開始、『興津地区年表』によれば明治四十年に川崎財閥の川崎正蔵に売却された(土屋和男「近代和風住宅を通した景勝地の形成に関する史的研究」国会図書館デジタルコレクション、二〇〇〇年)。「海水楼亀次郎(停車場ヨリ西へ六丁)」(『興津案内』)。

八　**私は日蓮宗ではございませぬ、禅宗でございます**　円朝は晩年に日蓮宗に改宗したとされ、明治二十九年十月八日の『日宗新報』六一一号には円朝の改宗が言及されている（本全集十一巻後記「日蓮大士道徳話」〔成立〕の項参照）が、ここで「殿」の指摘を否定するのは、本人には改宗の意識がなかった、ないし変心があったことを示すものか、あるいは明治二十九年のこととされる本作のこの旅（三頁「或る御贔負の御方様」の注参照）の時点ではまだ改宗前という設定か。

綱ツ引のお車　人力車で、かじ棒を持つ車夫の他に、かじ棒に綱をつけて引く別の車夫がつくもの。急ぎの時などに用いる。

九　**田中屋勘蔵と云ふ上町の旅店**　明治三十二年刊の中川幹『甲州案内』身延山久遠寺の項に、「旅店ハ田中屋桝屋ヲ最トス」とある。明治二十九年一月の円朝身延山参詣時（三頁「或る御贔負の御方様」の注参照）も「旅店田中屋勘三」に投宿した。現在も旅館田中屋（山梨県南巨摩郡身延町身延三六六〇）がある。「上町」は身延町のうち総門側から順に北へ、元町、橘町、中（仲）町とあり、その次が上町。三門前で、旅館や店の多い門前町。

お祖師堂　「祖師堂」は身延山久遠寺境内の、日蓮の神霊を祀る堂閣。棲神閣。本堂の右隣に位置する。

御骨堂　御真骨堂。日蓮の遺骨を祀る堂。本堂の右側、仏殿の左隣に位置する。『谷文晁の伝』九三頁「骨堂」の注参照。

日朝堂　覚林坊（久遠寺の塔頭寺院・宿坊）敷地内にある堂。旧称朝師堂。日朝（一四二二－一五〇〇、久遠寺十一世貫主。次々注参照）により開かれた塔頭寺院で宿坊。日朝水という目薬を頒布する。

小島阪・富士見峠・西行峠・万沢　いずれも興津から身延を通る身延道の峠。「小島阪」は現・静岡市清水区小島町近辺。「富士見峠」は清水区宍原近辺。「西行峠」は、駿河甲州国境の峠。（七）の終わり（一八頁上）で詳述される。「万沢」は南巨摩郡南部町（旧・富沢町）万沢《まんざわ》。甲州駿河国境の口留番所があった。

日朝様　字は鏡澄、号は行学院、通称加賀阿闍梨。八歳で出家して比叡山および南都で学び、のち身延山の日延に従う。寛正元年（一四六〇）貫主を継ぐ。『法華経』の功徳により失明を免れたとの伝説があり、眼病平癒祈願の対象ともなった。

一〇　**材料かたぐ**　噺の材料（ネタ）採取を兼ねて、の意。

一一　**小湊の誕生寺**　小湊山誕生寺。現・千葉県鴨川市小湊にある日蓮宗の寺。日蓮生誕の地に建てられた。本尊は十界大曼荼羅。小湊寺とも。建治二年（一二七六）日蓮の高弟日家《にけ》が日蓮誕生の地を記念して開創したと伝えられ、十四世紀半ばまでには開かれていたと考えられている。

清水　誕生寺境内にある、日蓮が産湯を使ったとされる井戸のことか。日蓮誕生の際に清水が湧き出したと伝わる。

佐渡の塚原　現・新潟県佐渡市新穂大野。文永八－十一年（一二七一－七四）の間佐渡に流罪となった日蓮が身を寄せたとされる地。日蓮の居た三昧堂の跡地とされる場所に、現在は塚原山根《こん》本寺《ぽんじ》がある。

波木井六郎実長　一二二二－九七。南部光行の子。波木井郷（現・山梨県南巨摩郡身延町・南部町一帯）の地頭としてこの地を領し、波木井殿と呼ばれた。文永十一年（一二七四）五月十二日、幕府に失望した日蓮は鎌倉を立ち、十七日に実長と対面、郷内の身延山に庵を構え隠棲生活に入るが、これを全面的に支持した人物。

開会関　全ての人々が『法華経』の功徳によって救われる、その入口という意味。

逢島の祖師堂　九頁「お祖師堂」とは別のもの。発軫閣祖師堂、発軫堂とも。「翌三年(慶安三年(一六四五))八月逢島の祖師堂(三間一尺四方)を本願新屋六右衛門等の寄進に依つて建立」(『身延山史』一九二三年)。「逢島発軫堂は、総門内左側に在り、三間一尺四方の堂宇にして第廿六世日暹《にちせん》師の代慶安三年の創立なりしが、後《の》ち日潮師の代再建したるものなり、堂内には宗祖及び波木井日円上人の像を安置し「発軫」の額は水戸中納言綱条卿の筆なりと、今此所を逢島といへ、堂を発軫と称する所以は如何にといふに、宗祖大士文永十一年甲戌六月十七日初めて入山の砌《みぎり》、波木井実長と対面せられしに依りてなり」(石倉重継『日蓮宗各本山名所図会』「逢島発軫堂」明治三十六年)。日蓮・波木井対面の地とされる。

一二 **接待茶屋**　久遠寺編『身延の栞』(明治三十九年)「逢島」の項に、「茶所の堂前《まへ》に在る霊石《いし》は両尊腰懸《おふたりのこしかけ》の石なり」(「両尊」は日蓮と波木井)とある。「門内の右側、赤紺の手拭地、それには各々詣者の姓名やあるは講名なんどを白く染めぬきたるが、長き竿に景気よく下げられ、老媼老爺その下に渋茶を煮て来客に接す、これ去ぬる明治二十七年第七十七世日厳《にちごん》師の時、参詣者の疲労の咽を沾《うるほ》はさんため重き杖を休らふの便りにもと創めて設けられたるものなり」(石倉重継『日蓮宗各本山名所図会』「茶所」)。

佐野順道　石倉重継『日蓮宗各本山名所図会』「逢島発軫堂」の末尾に、「現時の別当佐野順道氏は宗祖の遺跡を保存することに於て、いとも熱心に殊勝なる人にして、本堂がかゝる由緒ある名蹟なるにもかゝはらず頽敗に委《まか》して誰顧みるなきを嘆き、去《い》ぬる明治廿八年以来東奔西走是日《これひ》も足らず、遂に東都信徒等の熱心なる協賛と外護を得て、堂宇を修繕し玉垣を造り、あるは石崖《いしがき》を築く等大《おほい》に面目を改めたり」「著者去ぬる五月延山調査のため出張せし時の如きも円臚(顱)に炎天の影さすも頓着なく、頻りに石を運び土を盛り、六十四五の老爺相手にかにかくと修繕に余念なき有様を蔭ながら幾回となく目撃し、さても奇特の僧侶」と記す。

身延川　身延山、鷹取山に囲まれた一帯を水源として参道に沿って流れ、富士川に注ぐ。

大平橋　現・山梨県南巨摩郡身延町小田船原から身延へ架かっている朱塗りの橋。現存。

建碑　俵石の句碑。天保二年(一八三一)の建立。松尾芭蕉の「御命講や油のような酒五升」、大島蓼太の「此の山の茂りや妙の一字より」、大島完来の「法華経とのみ山彦も鳥の音も」を刻する(『身延町誌』七編七章、一九七〇年)。

一三 **梅と桜で六百出しや気儘**　文久(一八六一-六四)頃に流行した「牡丹に唐獅子」ではじまる江戸文字鎖(尻取り唄)の一節「酒と肴で六百出しゃ気まま」。

品川の天王前　現・品川区北品川にある荏原神社の門前。荏原神社は貴船社・天王社の名で呼ばれ、五月(旧六月)の例大祭を「天王祭」と称する。

一四 **京橋五郎兵衛町**　現・中央区八重洲二丁目付近。古着屋をはじめ商家の町として賑わった。

此の節は巻煙草が流行ります　「巻煙草」は、紙で巻き、吸い口をつけた煙草。石井研堂『明治事物起原』十一編「巻煙草の製造」によれば、明治六年オーストリアの万国博覧会で竹内毅と石川巌が巻煙草の製造法を伝習、帰国後にそれぞれ製造に従事した。竹内は明治八年その製造が天覧に供され、十三年には工作局から製造機械の払い下げを受けるが、この頃には同業者も多くなり明治十七年廃業したとする。また、明治二十年頃には貧乏所帯の内職として定着し、二十三年四月三十日『東京朝日新聞』の記事に「巻煙草は、当時の流行物ゆゑ、マッチ箱の張に比しては、諸方に為しきれぬ程の仕事あり、然れども、之れ亦手間賃は頗る安い」とあるのを紹介している。

稲葉町　因幡町。現・中央区京橋二丁目付近。

一五　**身延様のお山に火事が……**　『身延山史』によれば、明治八年一月十日、西谷本種坊から出火、火は全山を覆い、本院をはじめ計百四十四棟の堂宇と多くの財宝什器を焼失する未曽有の大祝融となった。また、明治二十年三月四日にも中町から出火し、仮二王門・竹之坊・山本坊・松井坊などを類焼。ここでは、後に「二十一年前に家出」とあり、前者の火事を指すことがわかる。

一六　**覚林坊様**　日朝が開基した身延山久遠寺の塔頭で宿坊。日朝が誓願をたてたところから眼病平癒祈願の寺としても知られている。ここではその本堂のこと。ほかに日朝堂(九頁の注参照)がある。

一七　**小室**　現・山梨県南巨摩郡富士川町小室。

鰍沢　甲府盆地の南西角にあり、江戸時代には富士川舟運の拠点であった。河岸に口留番所が設けられた。「○鰍沢駅ハ峡南ノ都市ニシテ富士川上下ノ貨物此ニ輻湊スルヲ以テ商業繁盛ナリ　駅ノ南端富士川ノ左岸ニ運輸会社幷ニ乗船取締所アリ　又南巨摩郡役所鰍沢警察署鰍沢区裁判所鰍沢税務署郵便電信局等ノ諸官衙アリ　旅店ハ万屋。粉奈屋。富水館等ヲ最トス」(中川幹『甲州案内』明治三十二年)。なお、次々行のカギ括弧はひと呼吸置く印か。

横日　横から日が差すこと。秋も深い午後で、やや暮れかかった時間の意。

大野　現・山梨県南巨摩郡身延町大野。「南部ヲ発シ富士川ニ沿ヒ塩岡村ヲ経テ身延村ノ内大野ニ至ル　左方ニ一大伽藍アリ大野山本遠寺ト云フ」「大野村端ニテ道左右ニ分岐ス　右ヲ本道トシ左ヲ身延山路トス　左折二十町ニシテ身延ノ山門ニ達ス」(『甲州案内』)。

南部　現・山梨県南巨摩郡南部町。富士川通運の中心地。東北南部氏の発祥地でもある。

女郎買の糠味噌汁　女郎買いのような浪費をする者が、かえって家ではけちであること。見栄をはるところに金を使い、肝心なところで金銭を惜しむ意味もある。

一八　**西行峠と云ふ所は西行が……**　「西行峠」は九頁「小島阪……」の注参照。西行が駿河から富士川に沿って甲斐に入り、この峠で西行が文治二年(一一八六)、「風になびく富士の煙の空に消えてゆくへもしらぬわが思ひかな」(『新古今集』巻十七、雑歌中)の歌を詠んだとされる。「○西行坂　南巨摩郡万沢村ニアリ其地ノ字ヲ西行ト云フ(略)里人ノ説ニ依レバ昔時西行法師行脚ノ途次此地ニ小廬ヲ構ヘ暫ク閑居セシコトアリト」(大沢熊次郎『中央線鉄道旅行案内』明治三十六年)。

西行松　「西行阪ハ富士川北ニ漲リ又当方ニ転ズル所西行滝ノ岸上ニアリ　岸上一株ノ松アリ　老幹地ヲ覆ヒ盤根露出ス

里人伝フ西行法師此丘上ニ廬シテ「駿河なる富士の煙の空にきへて」云々ト詠セシ所ナリト(略)西行法師／ひさにへて我後の世をとへよ松あと忍ぶべき人もなき身は」(中川幹『甲州案内』明治三十二年、駿州往還の項)。「甲斐国誌に西行坂は西行村の北の小坂にして民戸ある処を西行村と云ふ　富士川此の処に漲り東に転ずるを西行滝と云ふ　岸上高き処に一株の松あり　老大にして地を覆ひ盤根多く露たり　数百年の者なり　里人の説に西行法師此の丘の上に庵を結び栖息したりと伝ふ　分明ならず　西行去て後里人石像を造り此の松の樹下に安置せり　今は所在を失せり　東山低く其の上に富士山現れ積雪常に皚々たり　宛も盆中に盛るが如し　茲に河灘を遥眺し風景殊に勝れたり　富士の図に前に山を置き又月を添へたるは皆此の西行坂より望む景色なりと云ふ然あらんか云々　此の大なる松は今はなし　西行太右衛門君許の古書に　往古此の峠に大なる松あり幾百年を経たるを知らず　享保十二年九月火起り近村総出にて此の火を消すもやまず一昼夜焼つづきたりとあり　又深草元政上人身延行記に　二十五日万沢を立ち　坂あり馬追ふものいはく此の坂を西行坂と云ふ　此の松を西行松と申すと云ふ　歌などあらんかと思ありへどもとわんよしなし　以て此峠に大なる松ありしを知るべし」(『万沢村誌』十三章二節西行区、一九三二年)。

新道　「万沢ヲ発シ十数町ニシテ此新道ノ上旧道ニ富士見三景ノ一ナル西行阪アリ」(『甲州案内』駿州往還の項)。「旧ト《も》ハ駿州往還ニ係ル坂路ナリシガ今ハ石切ノ新道開ケタルヲ以テ行旅ノ此処ヲ過グルモノ少シ」(『中央線鉄道旅行案内』前々注引用部からの続き)。「明治九年前は甲州街道区内を西に貫き字沢口より西行峠に登り福士村へ降りたるものなるが　明治九年稟志切越新道開鑿と共に富士川辺に県道変交せり」(『万沢村誌』十三章二節西行区)。

一九　**難所**　明治三十二年刊の中川幹『甲州案内』は、甲府から鰍沢、南部、万沢を経て興津を結ぶ駿州往還について、「鰍沢以南興津迄車馬ノ便ナキニアラザルモ富士川沿岸ノ懸涯ヲ駛走スルハ危険ノ虞アリ　寧ロ歩行ノ安全ナルニ若カザルナリ」とする。

二〇　**仁井屋からでも吩咐けて駕籠が出来たんなら大丈夫だが**　前掲『甲州案内』南部駅の項に「旅店ハ仁井屋銭屋等ナリ」と見える。街道で客待ちをする駕籠を雲駕籠といい、旅館が契約を結んだ駕籠屋より安価だが、酒手をねだるなど悪習が見られた。

何を言ふにも峠のこと　人通りの少ない峠ではどうすることも出来ない、の意。

二一　**艾縞**　白糸を緯《よこいと》とし、紺・茶などの色糸を経《たていと》として織った木綿の織物。またその縞柄。

夜具縞の大きな縞の袖無　夜具木綿等に用いられる粗い格子縞。芝居では『仮名手本忠臣蔵』の斧定九郎の衣装として知られ、山賊などが用いるイメージがある。「袖無」は袖のない衣服。ここは袖無し半纏か。

二二　**立場茶屋**　街道などの途中にあり、人足や馬、駕籠屋などが休息する掛け茶屋。

二三　**七面さん**　七面山。現・山梨県南巨摩郡、身延山久遠寺の鎮守。山腹の敬慎院に日蓮宗を守護する七面大明神(七面大菩薩とも)が祀られる。

富士川　山梨県と静岡県を流れる川。甲府盆地に流入する笛吹川と釜無川が盆地南部鰍沢あたりで合流して富士川となり、早川ほかを合せて南流する。富士宮市西部で静岡県内に入り、富士市と静岡市の境で駿河湾に注ぐ。

柳島　現・墨田区南東部と江東区亀戸辺を指す。日蓮宗の妙見山法性寺があり、観光地としても賑わった。

縄ぬけ　脱獄。

二六　**榧木峠と云ふ所もある**　後出(二十四)に「恐ろしい榧木峠と云ふ難所へ掛りました所に清子村」があるとされる(五九頁下)。峠入口にカヤノキの古木があったことからの名称。日蓮の挿した杖が根付いてこの木になったとの言い伝えがある。

福士　現・山梨県南巨摩郡南部町福士。

二七　**大きな自然石へお題目が彫ツて**　徳利旅氏ウェブサイト『はなしの名どころ』「円朝地名図譜」では、道長山唯勝寺題目塔(ただし題目の内容は異なる)とする。現・南巨摩郡身延町横根中三四三二。

二八　**市税だとか、商業税だとか……**　「市税」はいわゆる地方税を指すか。明治十一年の地方税規則により地方税の基本が規定され、のち明治二十一年の市制・町村制、および二十三年の府県制・郡制の公布により、市町村・府県に課税権が与えられ市町村税・府県税の仕組みが整備された。「商業税」は商工業者への課税を国税化した営業税(明治二十九年公布・三十年実施)の一区分名。「人税」は個人・法人の資産や所得に応じて課される税。明治初期の政府税収は、明治六年の地租改正以降、地租と酒造税がその大半を占めていたが、明治十五年朝鮮の壬午軍乱以降、海軍費を中心に国家財政の支出が増大し、その財源確保と税負担の不均衡是正のため所得税を創設、明治二十年に実施された(井手文雄『要説　近代日本税制史』)。

三二　**上総戸**《かみそうと》　「かずさど」の誤り。安房・上総で多く作られた既製品の粗末な板戸。多く裏長屋などで使用され、円朝『敵討札所の霊験』では飛騨山中のあばら屋の戸としても見える。

三三　**青底翳・黒底翳**　「青底翳」は緑内障のこと。眼圧の上昇と上昇した眼圧による視野等の視機能の障害を特徴とする疾患。症状が進むと視野がせばまって、失明に至ることもある。「黒底翳」は黒内障のこと。眼底を含め眼内に異常がないのに視力が低下して見えなくなる状態の総称。かつては瞳孔(ひとみ)の中が白く濁ってくる白内障(白そこひ)や発作のときに瞳孔を通して眼内を見ると青く見える緑内障(青そこひ)に対し、瞳孔の中に濁りがなく、光が反射してこないために黒く見え、しかも視力が低下してくる状態を黒内障(黒そこひ)と呼んでいた。

三四　**障礙**　さわり、たたりのこと。障碍。

目貫後藤と呼ばれた後藤一乗　一七九一―一八七六。幕末・明治初頭の金工。後藤八郎兵衛家五代謙乗の養子となり、六代をつぐ。はじめは家風にしたがった作品をつくったが、後に俳画的な作品、鉄を用いた作品などを製作し後藤彫に新風をふきこんだ。法眼《ほうげん》。後藤氏は室町時代に八代将軍足利義政の家臣であった祐乗を祖とし、代々刀装具の彫金を業とした。

三五　**知足山常徳寺**　日蓮宗。現・京都府北区にある。寛永五年(一六二八)、仏性院日奥が金工の後藤長乗の帰依を得て中興した。

三六　**自我偈**　六頁「自化偈」の注参照。

三八　**煉瓦通り**　現・東京都中央区の中央通りの一部にあたる銀座一帯の道。明治五年の出火により焼失した銀座一帯に銀座煉瓦街が建造され、これに因んで煉瓦通りと呼ばれた。

四三　**山女衒**　地方の小規模都市を回り、身売り候補の女性を募って歩く女衒。

四四　欲知過去因……　唐代の道世『諸経要集』および『法苑珠林』に引かれる説法。「経言。欲知過去因　当観現在果。欲知未来果　当観現在因(経に言う、過去の因を知らんと欲すれば、まさに現在の果を観るべし。未来の果を知らんと欲すれば、まさに現在の因を観るべし)」(『法苑珠林』巻五十六・述意部)。『平家物語』灌頂・大原御幸に「因果経」の説くところとして、また古活字本『保元物語』下「為朝鬼が島に渡る事　幷びに最後の事」(『日本古典文学大系31』付録)にも「説法」として、「欲知過去因、見其現在果、欲知未来果、見其現在因」とある(ただし前者は『新日本古典文学大系45』の注によれば、現存の『因果経』には見えず『心地観経』にある)。なお、本文「可見今生果」の振り仮名「みるべし」は、底本「しるべし」を訂した。

四五　栄長法印善知　日蓮宗に改宗した妙法寺住職恵頂のこと。鞍馬山で修験道を修め、小室では東三十三ヵ国の山伏の頭領となったとされる。

徳永山妙法寺　徳栄山妙法寺。現・南巨摩郡富士川町小室。真言の寺院であったが、文永十一年(一二七四)、住持の恵頂が日蓮との法論に敗れ日蓮宗に改宗した。寺号の徳栄山妙法寺は日蓮が銘したもので、そのとき恵頂は日伝と改めた。

其の毒消御符で……　身替わりになって死んだ犬を蘇らせたという日蓮直伝の護符は現在も配布され、妙法寺で寺の背後にある井戸水でしたためる。

四六　末法を開く　釈迦入滅後の時間を三区分(正法、像法、末法)に分けたうち、仏法が正しく行われなくなった最後の一万年の世に、経に基づき民を救う行為。

四個《か》の格言　日蓮が他の仏教宗派を批判した「真言亡国」「禅天魔」「念仏無間」「律国賊」の四つの格言。「先達て……争ひがありまして」とは、当時の、この四箇《しか》格言を巡る日蓮宗と他の各宗との対立を指す。各宗が協同して仏教興隆運動を起こすために設立された仏教各宗協会で、各宗の宗義綱要が編纂されることになったが、本多日生《ほんだにっしょう》は日蓮宗妙満寺派の宗義綱要から四箇格言を削除するよう迫られた。本多は受け入れず、交渉は決裂して裁判に発展した(一審で却下、控訴も棄却)。本多はなおもこの問題をめぐって全日蓮門下の結束を呼びかけ、明治二十九年十二月には統一団団結宣言大会が開かれて統一団が設立された。以上、『日蓮宗事典』「統一団」より。

宗旨論何方が負でも釈迦の恥　宗派間での諍いが無意味な譬え。「宗旨論どちが負ても釈迦の恥　才鳥」(緑亭川柳編『しげり柳』下、嘉永元年(一八四八))。

華厳宗　ここは『華厳経』のことか。『大方広仏華厳経』。大乗経典中、最も重要なものの一つで、華厳宗が所依《しよえ》とする経であるとともに、天台宗をはじめ諸宗に多大の影響を与えた。釈迦が悟りを開いて二十七日目に悟りの内容を開陳したものといわれる。

阿含方　『阿含経』の意。初期仏教経典の総称。釈迦の没後まもなくまとめられ、伝承されてきたもの。伝承の間に多くのものが付加され、現存の経の成立はかなり後代になる。直後の「般涅」は「般若経」のことか。

花の丸の合天井　「合天井」(格天井)は、方形に組んだ木の上に板を張った天井。そのなかに花が丸く図案化されている意。

「法華宗の御本堂はみなてんじの巻柱、欄間の天人の絵は土佐の極彩色になつて幢天蓋《はたてんがい》は殊に朱塗りでございます、合天井抔は極彩色紋が又陽気で井桁の中に橘を附ける」(円朝『日蓮大士道徳話』「発端」)。

巻柱　金箔などで装飾をした柱。

鐘と云ふものはドウも陰気なもので……　以下、鐘(浄土宗)が陰気で太鼓(日蓮宗)が陽気という論法、円朝『応文一雅伝』六席の二に見えるほか、『日蓮大士道徳話』「発端」にも次のようにある。「マア浄土宗や何かだと鉦《かね》を叩く　カンカン〱〱陽気な様だけれ共陰気でげすよ、鉦の音といふものは陰気な、又太鼓は陽気です、ドンドン〱〱と云ふから陽気だ、人の家が繁昌するとあそこの家はドン〱繁昌しますと云ふから太鼓の音でございます、又潰れた家のことをあそこの家は潰れて仕舞つたオヤおヂヤンだと云から鉦の音であります、どうも妙なものでございます」。

四七　**妙と云ふことは此の現世の御利益と云ツて……**　円朝『応文一雅伝』六席の二にも「ダガ物の生ずる時には妙の字が付き、物の滅する時には、南無阿弥陀仏が付くものだと御しやつた方があります」とある(本全集十一巻三二四頁該当箇所の注を参照)。また『日蓮大士道徳話』「発端」には、「念仏宗の方では現世の御利益といふことは無い、此世は誠に仮りの世の中で空《くう》のもので　あの世へ行けば極楽往生が出来るから未来の所を願ふと云ふのだけれ共、こちらの方は人間界へ生じて来るといふのは容易ならぬ事だ、此世位結構な楽な世の中は無い、それで本当の徳を積んで参れば在世は勿論二世も三世《ぜ》も是から段々と上になり、天上界へも生じることになれるから此所が大事だと云ふので妙法蓮華経といふ陽気な御宗旨だ」とある。以下に続く「妙」の語の用法、「南無妙法蓮華経」と「南無阿弥陀仏」の対比についても『応文一雅伝』六席の二に同様の言及がある。

四八　**玉子の抜き**　玉子入り蕎麦の、蕎麦そのものを抜いて汁に具を浮かべたもの。酒肴として誂える。

四九　**小湊の誕生寺……**　一一頁の注参照。以下、日蓮の出生については円朝『日蓮大士道徳話』に語られている。

貫名次郎重忠・梅菊女　貫名家は平安後期に現・静岡県の貫名に所領を得たところからの家系。次郎重忠は所領争いを理由に小湊に流されたとされる。日蓮は「海人が子」と自称し、教団では武士の子と伝えるが、当地の荘官クラスの子と考えられる。本全集十一巻一七八頁「日蓮上人が出家を……」の注参照。

五〇　**観音経の七難の部**　『観音経』では火難、水難、羅刹難、刀杖難、鬼難、枷鎖難、怨賊難の七つを七難とし、観世音菩薩の利益によって難を避けることが出来ると説かれる。

五一　**天照大神宮、八幡大菩薩**　「天照大神宮」は皇大神宮。伊勢の内宮で、祭神は天照大神。「八幡大菩薩」は八幡宮の祭神(応神天皇、比売神、神功皇后の三座で一体とする)の本地を仏教の立場から菩薩として呼ぶ称。古く源氏の氏神、のち武家の守護神となった。

諸天善神……普門品　「諸天善神」は仏法を守護する諸神。「普門品」は『法華経』八巻二十五品の「観世音菩薩普門品」の別称だが、ここでは広く『法華経』の意か。『法華経』は八巻二十八品からなり、開経、結経の各一巻を入れて十巻とする場合もある。

五二　**山筏**　山から切り出した木材などを運搬するための筏。

鈴川　現・静岡県富士市鈴川。吉原宿の南方にあたる。

岩淵、江尻　「岩淵」は現・富士市の一部で、富士川の西岸に位置する。富士川の渡渉の要地。鰍沢との舟運で発展し、幕府直轄地であった。「○富士川通船　慶長年中京都ノ士角倉了以幕命ヲ奉ジ浚渫開通セシモノニシテ　鰍沢ヨリ駿州岩淵駅マデ航程十八里　奇巌絶壁ノ間ヲ快走スルコト六時間ニテ達ス　峡民其利ニ頼ル」（中川幹『甲州案内』明治三十二年）。「下り船は五六時間にて鰍沢より巌淵に達すれども挽き船は三日乃至四日を費すなり　近年に至り春夏の候南風吹く日には帆を揚げて遡洄するに至れり」（久保田政弘『甲斐史談 小学校用』下「富士川漕運の話（二）」明治二十七年）。「江尻」は現・静岡市清水区の一部。江戸時代は東海道の宿場町として繁栄した。

ございました、」　受けのカギ括弧（」）は、場面ないし話題が転換する前の区切りを示すものか。

蒲原或は興津辺から魚の荷を……　「蒲原」は現・静岡市清水区。富士川河口の西岸にあり、駿河湾に面する。東海道五十三次の宿駅として繁栄。「興津」は七頁の注参照。近世の駿州往還は富士川水運により、甲州からは年貢米、駿州からは塩や魚が運ばれた。「○駿州往還　甲府ヨリ小井川村。鰍沢。切石。南部。万沢及静岡県宍原駅ヲ経テ興津駅ニ通ズ　里程二十四里　此間甲府ヨリ小井川迄鉄道馬車。小井川鰍沢間ハ車馬ノ便アリ　鰍沢以南興津迄車馬ノ便ナキニアラザルモ富士川沿岸ノ懸崖ヲ駛走スルハ危険ノ虞アリ　寧ロ歩行ノ安全ナルニ若カザルナリ／鰍沢ヨリ静岡県岩淵停車場迄富士川通船ノ便アリ軽舸快走十八里程ヲ僅々六時間ニシテ達ス」（中川幹『甲州案内』明治三十二年）。

八木間から小島と云ふ所の山　「八木間」は現・静岡市清水区八木間町。興津宿の北側にあたる。「小島」は現・清水区中部の一部。身延道に沿い、小島《おじま》藩一万石の陣屋があった。「興津の山の手に八木間村といふ小村あり。よき米を農作するよしを聞て／粒々に寒さ暑さの苦を重ね八木の名詰り米となるらん」（『世外井上公伝』五巻、十二編二章四節）。

宍原、打房、万沢、南部　「宍原」は現・静岡市清水区宍原。富士川支流稲瀬川の最上流域を占める。北は甲斐国巨摩郡万沢村（現・山梨県南部町）、東は内房村（現・静岡県富士宮市）・入山村（現・静岡市清水区）、西は中河内村（現・静岡市清水区）。興津宿と甲州万沢宿の中継ぎをする宿場であった。「打房」は内房（現・富士宮市内房）。身延道の万沢宿（現・山梨県南部町）との中継地でもあった。「万沢」は九頁の注参照。「南部」は一七頁の注参照。

五四　**縮緬ぢら**　いわゆるチリメンジャコのこと。干した姿が縮緬を広げたように見えるところからの名称。

五八　**最妙寺時頼**　北条時頼（一二二七-六三）。鎌倉中期の執権。引付衆を設けて訴訟制度を改革し、執権政治と北条氏の権威の増大を図った。また土民保護の政策姿勢から、諸国の民政を視察したという回国伝説が生じた。禅に帰依し、蘭渓道隆を鎌倉に迎え、建長寺を建てて開山とした。出家して最明寺殿と呼ばれた。

三度まで諫言を致して……　日蓮の幕府に対する三度の諫暁《かんぎょう》を言う。国難に対して邪宗を禁じ正法たる日蓮宗への帰依を求めたもの。一度目は文応元年（一二六〇）幕府最高実力者最明寺入道時頼に対する『立正安国論』建白、二度目は文永八年（一二七一）日蓮を捕縛する平左衛門尉頼綱に対しての諫暁、三度目は同十一年佐渡配流から赦免後の頼綱に対する諫暁。

北条時宗……日蓮宗を弘めろと云ふところの先づ免許　「北条時宗」は時頼の長男。一二五一‐八四。通称、相模太郎。元寇に際して強硬策をとり、文永の役・弘安の役でこれを撃退。禅を信仰し、中国宋より無学祖元を招き、円覚寺を建立した。「免許」について、円朝が『日蓮大士道徳話』において参照したとおぼしき小川泰堂『日蓮大士真実伝』(安政七年〈一八六〇〉序、本全集十一巻後記「日蓮大士道徳話」〔成立〕の項参照)巻五に、次のように記されている。三度目の諫暁(前注参照)を受け、執権時宗は日蓮の名僧ぶりに感激しつつ「天下の人の謗《そし》りをおもひ。一門の嘲《あざけ》りを恥《はぢ》て。一心決定なし給はず。去《さり》とて棄置《すておく》も心易からずと。宗門弘通《ぐつう》の定牒《ごめんぢやう》を書て。〔文永十一年〕五月二日。使者を以て。これを渡し給ふに。其状に曰く。頃年あまた真法の威力御《ぎよ》感《かん》最も深し。三国比類なき妙宗後代《こうだい》ありがたき尊僧。いづれの宗かこれに比せん。日本国中に。宗門を弘《ひろむ》る事。其妨《さまたげ》あるべからず。城左兵衛奉る。日蓮上人とありて。月日の下に。時宗の黒印ありて。奥州仙台孝勝寺に伝来す」(引用は明治十七年扇田豊次郎版より)。

真法　真実の仏の教え。

妙宗　有難い宗派の意。

五九　**光則寺**　日蓮宗の寺。現・神奈川県鎌倉市長谷。山号は行時山。文永十一年(一二七四)ころの開創とされる。日蓮竜ノ口法難の後、宿屋光則が帰依して自邸を寺として寄進した。開山は日朗。

孝勝寺　日蓮宗本山の一。現・宮城県仙台市宮城野区榴岡。山号は光明山。永仁三年(一二九五)日門がこの地に霊域を開いたと伝える。江戸時代数度の火災にあったが明治に入って再建され、独立本山となる。

清子村　現・南巨摩郡身延町清子。二六頁「榧木峠と……」の注参照。

三街沢村　光子沢村。現・南巨摩郡身延町光子沢。南流する富士川西岸と、これに合流する渓流が谷を刻む丘陵地に位置した。

六〇　**彼の倉沢の人と……**　由比宿‐興津宿間の地区(現・静岡市清水区由比東倉澤および由比西倉澤)。前回(二十三)お浪を発見したのは興津の魚商で、通り掛かった警部と蒲原の魚商二人が加わってお浪を助ける運びだった。

江尻の警察分署……二等警部　明治十三年に江尻警察署が置かれ、十七年には静岡警察署江尻分署に改称、十九年には再び江尻警察署となった。「二等警部」は明治八年制定の等級だが、十四年には府県の警部・巡査の等級は廃され、警部補が設置された。以上、『静岡県警察史』参照。

身体を縛ツて置いて　前回(二十三)では警部が自分で谷間に降りていく設定。

此の辺をお勧めなさる　静岡県一帯は徳川家ゆかりの土地で、明治維新の際に東京からも大挙して旧幕臣が移住した。

六三　**南部の警察分署**　現・南巨摩郡南部町。「○南部駅ハ峡南ノ小都会ニシテ富士川上下ノ船艇一時此処ニ寄ラザルナシ　警察署。区裁判所出張所。郵便電信局等ノ諸官衙アリ」(中川幹『甲州案内』明治三十二年)。

六四　**下りるときには鰍ケ沢から……**　鰍沢‐岩淵間の富士川水運のこと。五三頁「岩淵、江尻」の注参照。

冬の涸水でも……　降雨量の少ない冬期は川の水量も少なく、

遡っていくには都合が良い。「二日泊」るとは涸水で上りが早いときでも二日は(泊まりがけで)かかる、の意か。

六五 **大野**　一七頁「大野」の注参照。明治三十四年刊の中島景晴『袖珍山梨案内誌』「富士川通船発船時間案内」によれば、鰍沢下り船は、毎日午前四時三十分発、正午頃には岩淵に上陸。急行時間船賃は一人五十銭、普通船賃は三十五銭、一艘貸切は五円以内。

六七 **上川原**　現・南巨摩郡南部町辺りと思われるが未詳。六八頁下に「南部の駅の上川原と云ふ所」とある。

内房の本勝寺　長遠山本成寺。(現・静岡県富士宮市内房二九三一)。「内房」は五三頁「宍原、打房……」の注参照。

理教院　理境院。元亨年間(一三二一-二四)の開基で池上三院の一つ。本門寺総門を入ってすぐの左側にあり、延宝年間(一六七三-八一)理境院妙性日貞の寄進に因み改称された。大田区立池上小学校の前身にあたる。

六八 **徳川家康公……日に六万遍づゝ唱へた**　家康「将軍秀忠夫人浅井氏に与へたる訓戒状」(慶長十七年〈一六一二〉二月二十五日等。諸伝本あり)に、「近年、日課をたて、念仏六万遍づつ唱申候」。「南無阿弥陀仏」などと記した日課念仏の内、桑名市立文化美術館所蔵分には山岡鉄舟の鑑定書(明治十九年十月筆)の写しが付されている。徳川義宣「一連の徳川家康の偽筆と日課念仏」十(『金鯱叢書』八、徳川黎明会、一九八一年)。円朝『熱海土産温泉利書』一のマクラにも語られる挿話。

加藤肥後守清正　加藤清正(一五六二-一六一一)。安土桃山から江戸初期にかけての武将。肥後熊本の城主。熱心な日蓮宗信者としても知られ、江戸中期から「清正公」として神格化され親しまれた。

六九 **朝鮮征伐……**　武内確斎『絵本太閤記』七編九(享和二年〈一八〇二〉)「加藤清正入《イル》二蔚山城《ウルサンノシロニ》一」に、「〔清正〕船の舳《へ》さきに南無妙法蓮華経の大旗を立て」などとある。「俗間の軍記に、加藤清正の朝鮮征伐の時に、題目の旗立しといふ事を記し、児童走卒も常にしれる事ながら、朝鮮征伐を記したる実記に、かつて見えざる事なれば、年ごろ疑ひし事なるに(略)今南品川なる妙国寺といへる寺より、加藤清正のさし物へ、自筆にて題目をかける縮模の石摺をいだせり(略)俗間にいひ伝ふるもの、うたがふべからず」(山崎美成『海録』(天保八年〈一八三七〉成・写)九)。

(二十九)　以下(三十一まで)落語『法華長屋』をそのまま組み込んでいる。

なかと云ふ　などと云う。「なか」は、……等《など》、……なんか、の意。

南無妙りやう菠薐草に祖師大根　「南無妙法蓮華経」の地口だが、「妙」「りやう」のいずれかが衍字か。「祖師大根」は干し大根の地口。六代目三遊亭円生「法華長屋」(『円生全集』別巻上)では、「祖師大根」を売りに来た八百屋に女が「なんみょうほうれん草はないかい?」と聞く。

にちれん幾ら　一束の意味の「一連」と日蓮をかけた地口。

七〇 **八部経**　八文と、八部経(『法華経』が八巻あることを言うか)ないし一部経の地口か。「一部経」は「法華一部」とも称し『法華経』そのものを指す。

三十ばんじん　三十文と三十番神の地口。一か月間、毎日交替して如法経を守護する三十の神々。一般には『法華経』の守護神として知られる。はじめ天台宗で、のちに日蓮宗で信仰さ

れた。一日目から順に、熱田、諏訪、広田、気比、気多、鹿島、北野、江文、貴船、伊勢、八幡、賀茂、松尾、大原野、春日、平野、大比叡、小比叡、聖真子、客人、八王子、稲荷、住吉、祇園、赤山、建部、三上、兵主、苗鹿、吉備津の各神。

本第十六 『妙法蓮華経』「如来寿量品」第十六のことか。『法華経』の中心をなす考えを説いた経。

下雪隠 長屋の総後架。内後架に対する語。四代目橘屋円喬「法華長屋」(講談社『明治大正落語集成』三)に、「長屋の雪隠」とする。

七二 **念仏無間** 四箇の格言、「真言亡国、禅天魔、念仏無間、律国賊」の一つ(四六頁「四個の格言」の注参照)。

七三 **オンアヲキヤヒロシヤナア** 真言宗のお経『光明真言』の冒頭句。「唵阿謨伽《おんあぼきや》……」。六代目三遊亭円生「法華長屋」では、「おんがぼきゃァべえろしゃのう」というと、「この、まかぼだら野郎《やろ》」と塩をぶつける。ここは速記者が聞き損なったものか。

七四 **オーアイツ** 汚穢(屋)の意。

三菩薩 三宝尊のことか。日蓮宗の本尊。仏・法・僧の三宝を祀るための仏像。

七五 **七面大明神** 七面天女とも。『法華経』を守護するとされる女神。当初、身延山久遠寺の守護神として信仰され、後に日蓮宗寺院で祀られるようになった。二五頁「七面さん」の注参照。

柴又の帝釈様のお札 「帝釈様」は現・東京都葛飾区柴又七丁目、経栄山題経寺の俗称。日蓮自刻と伝えられる帝釈天を安置するところからの通称。

それぢやア…… 底本では以下「肥取」という話者名の発話になっているが、同一人物の発話が続いているものと見なし削除した。これ以前の発話も「肥取」と「丁」が混在しているが、同一人物である。

七六 **松葉ケ谷** 松葉ケ谷(現・鎌倉市大町)にある妙法寺の通称。楞厳山《りようごん》と号する。日蓮が結んだ庵の跡地と伝わる。次々行「房州小湊」(一一頁「小湊の誕生寺」の注参照)とともに日蓮宗の聖地。

七八 **伊東方成** 一八三四-九八。蘭医伊東玄朴の養子。本全集八巻三七一頁「伊藤方成先生」の注参照。

八一 **胸の雲霧が霽れて見れば元の月に返ります** 「善の魂が悪になるのは。何う云う訳だと伺つて見ますと。或るお物識《ものしり》のお講釈に。先づ早く云へば。月に雲の掛るやうなもので。(略)唯《たゞ》人が何も思はずに居ります時の心は冴たる月のやうなもので。誠に清らかで清々として居る所。煩脳の雲が掛り心の月を雲らせます」(円朝『塩原多助一代記』九回)。

欲知過去因…… 四四頁に既出の説法。

八三 **我身から憂き世の中を……** 「わが身から憂き世中《よのなか》となづけつゝ人のためさへ悲しかるらむ」(『古今集』巻十八、雑歌下)。

大悪を為す者は大善に近い者だ 「ア、大悪は善に近いと申すが」(円朝『後開榛名の梅が香』四十八)。「大悪のものが改心すれば。反つて善人になると云ふから」(円朝『業平文治漂流奇談』二回、本全集三巻二二頁の注参照)。「大悪なるもの程善にも強く、道も情も知りながら何ゆゑ賊になるものか」(円朝『緑林門松竹』六十二)。なお、日蓮の『大善大悪御書』(文永十二年〈一二七五〉。『日蓮聖人全集』六巻所収)に、「大事には小瑞なし。大悪をこれば大善きたる」とある。

谷文晁の伝　（延広真治）

八七　**酒井昇造**　本全集九巻後記「荻の若葉」（初出・底本）の項参照。

美術　本全集九巻二一頁の注参照。

美術館　当時の帝国博物館（名称の変遷が甚しい。現・東京国立博物館）を指す。明治十年、第一回内国勧業博覧会が上野公園で開催されたが（八月二十一日より十一月三十日）、東西の両本館の中心に建てられたのが美術館（煉瓦造、平屋。寛永寺本坊跡）。美術館の名称を付した本邦初の建造物で、博覧会閉会後の利用をも目的としていた。続いて明治十四年一月、コンドル設計の博物館（煉瓦造、二階建。ほぼ現在の東京国立博物館本館の位置）が竣工、第二回内国勧業博覧会（三月一日より六月三十日）に際しては、一階を美術館に充当するとともに先述の美術館を附属館としてそのまま活用。このような経緯もあって、博物館を美術館と呼んだのであろうか。なお円朝『鶴殺疾刄庖刀』四十二（本全集四巻二五四頁上）では、辰の口勧工場の増築した建物を「美術館」と称している。

文麗　加藤泰都《やすさと》（一七〇六―八二）。宝永三年、大洲藩三代藩主加藤遠江守泰恒の六男に生まれ、二千石の旗本加藤泰茂の養子となって正徳四年（一七一四）正月二十七日、家督を継ぎ、西の丸御小性組番頭などを歴任、宝暦六年（一七五六）九月二十日致仕。絵を狩野周信《ちかのぶ》（木挽町狩野三代）に学び、文晁の父と親交が有り、済松寺所蔵『瀟湘八景図巻』などの遺作がある。ここで円朝が泰恒と混同しているのは、泰恒も狩野常信（木挽町狩野二代）に学び、中御門天皇に奉ったほど画技に優れていたからであろう。円朝『名人競』三十七には「文令先生」と表記（本全集十巻一〇五頁下参照）。

田安侯の御家来で……　「田安侯」は御三卿の一、田安徳川家当主。谷直右衛門（次注参照）は初代宗武、二代治察《はるあき》、三代斉匡の三代に仕えた。宗武は正徳五年（一七一五）、八代将軍吉宗の次男に生まれ、享保十六年（一七三一）、田安家創設により当主となる。英邁で治者としての教養を身につけ歌人、国学者としても著名。明和八年（一七七一）六月四日卒、五十七歳。治察は宝暦三年（一七五三）、宗武の五男として出生、兄達の夭逝により明和八年家督を襲う。文武両道に秀でていたが安永三年（一七七四）九月八日卒、二十二歳。三代斉匡は本全集九巻二八頁の注参照。

谷直右衛門《なほうえもん》　ナオエモンと読むべきところ。正しくは谷十次郎本修。入江南溟撰の墓碑銘（森銑三「谷文晁伝の研究」『森銑三著作集』三）等によると、文晁の祖父が猶右衛門、清水礫洲『ありやなしや』（安政四年〈一八五七〉成・写）の頭注には実子（文二）を直右衛門、清宮秀堅『雲烟略伝』（安政六年序成。『芸苑叢書』）下には文晁の通称として文五郎と直右衛門を掲げる。なお、文晁の父を「お儒者」とするのは未審。父の田安家家臣としての職歴は『増補田園類説』の序（天保十三年〈一八四二〉、山内島谷）によると、普請役、上州前橋郡代官などで、文晁が天明八年（一七八八）四月九日、田安家に召し出された際は普請奉行であった（「谷文晁勤書」、蜂谷椎園『椎の実筆』四十八）。十次郎は麓谷と号して漢詩をよくし『麓谷初集』（寛政六年〈一七九四〉、文晁序）等が遺る。前田香雪『後素談叢』（明治三十一年序、『芸苑叢書』）四には、「入江北海を師として漢学を修め井上金峩山本北山などに深く交りて詩文に名あり」と記す。なお田安家侍読として知られるのは大塚孝綽《たかやす》(一七一九―九二)、黒沢雉岡《ちこう》(一七一三―九六)などである。

次男　未審。家督を継いだのは文晁。野村文紹『写山楼之記』(明治十九年成)の系図も文晁を長男とする。

下谷御徒士町の加藤侯御邸　現在の台東区台東四丁目の内、台東区立御徒町台東中学校(台東四丁目十三―十六)を中心とする区域。『諸向地面取調書』(安政三年〈一八五六〉成・写)によると上屋敷(七二六四坪余)、中屋敷(三六八〇坪。うち六八〇坪は永御預地)が道を狭んで存在していた。「下谷御徒士町」は本全集八巻三六八頁「御徒町」の注参照。

御手本を戴き　野村文紹『写山楼之記』には、「幼稚より加藤文麗子の門に入」とある(引用は中央公論社版『新燕石十種』五による。以下も同じ)。

天明二壬亥寅年三月五日に死去　壬寅年(「亥」は衍字)。『寛政重修諸家譜』巻七七五には、天明二年(一七八二)三月七日没、七十七歳、とある。

外の者を……　文政四年(一八二一)三月、水野出羽守に差し出した伝来書(野村文紹『写山楼之記』所収)には文麗の門弟とのみあるが、文麗に次いで、沈南蘋《しんなんぴん》の画法を学んだ渡辺玄対に就いている。本間游清『みゝと川』(文化十二年〈一八一五〉序・写)四、「文晁学二画於玄対一」の条に、「文晁十七八のころは玄対の許にゆきて画かく事をならひし」。文晁は宝暦十三年(一七六三)九月九日の出生なので、十七、八歳は安永八、九年、つまり文麗は存命。

此時文晁は十九才　文麗死去の際、文晁は二十歳。

八八　**狩野守信探幽だけが信仰で**　文晁の画風は八宗兼学、折衷と評されるように探幽だけに傾倒していた訳ではない。前々注の水野出羽守に差し出した伝来書を踏まえて、河野元昭『谷文晁』(『日本の美術』二五七、一九八七年十月号)は、「文晁は自己の様式が折衷であることをはっきりと自覚しており、それを誇りにしていたのである。狩野(探幽)派、土佐派、中国画を中心に、巨勢派以来の伝統的諸派、また近世では南蘋派や琳派、さらに流派として定着しなかったものまで、文晁は学ばなかったものはないと豪語する」と記す。しかも影響を受けていながら洋風画、円山四条派を挙げていないという。

子に臥して寅に起る　文晁の早起きはよく知られており、自詠の狂歌に「文晁の好きは晴天米のめし勤かゝさづいつも朝起」。自筆の二幅が、『谷文晁』(サントリー美術館開催、生誕二百五十周年記念展図録、二〇一三年)に収まる。

無口……親くなりやふが無い　文晁はむしろ歓談博交を好んだと思われる。例えば野村文紹『写山楼之記』「或書中抜写」の項に、山東京伝が折々来て雑談をしたが「或時、終夜明たるも不ㇾ知、雑談なしける内、客来りて、いまだ燈火の有るはいかなるや、とたづねしとぞ」とある。

田安侯の奥勤をいたし終には奥詰頭取とまで　「奥」は主君の私的空間を指すが田安家の職制は判然としない。文晁没後、遺族が田安家に呈した「谷文晁勤書」(前引)による官歴を以下に抄記する。天明八年(一七八八)四月九日、奥詰見習五人扶持。寛政四年(一七九二)三月二十四日、老中松平定信附となり百俵、同十一年四月二十四日、御近習番格。文化六年(一八〇九)十二月十六日父十次郎(九月五日没)の跡式を嗣ぐ。同九年四月十日、定信隠居(四月六日)につき、御附を免ぜられ奥詰、以後年々銀三枚下し置かる。文政二年(一八一九)四月十五日、頭役助に任ぜられ奥を兼ね、これまで通り御絵御用を仰せ付けらる。同十二年四月十三日、御絵師に任ぜられ即日剃髪を仰せ付けらる。天保十三年(一八四二)正月(実は十一年十二月十四日没だが、「谷文晁勤書」は存命という体裁を取っている。一〇七頁「天保十二年……」の注参照)、百五十俵　内　五拾俵金拾両　三人扶持持高　外銀三枚　御近習番頭取次席、奥詰御絵師。

一橋の楽翁公が殊の外文晁を御贔負　「一橋」は田安の誤り。松平定信は田安宗武七男として宝暦八年(一七五八)十二月二十七日出生。楽翁の号は享和二年(一八〇二)三月には名乗っている(渋沢栄一『楽翁公伝』岩波書店、一九三八年)。文晁は定信附(「谷文晁勤書」)となり、命を奉じて誠実に任務を遂行した。二、三例示すると、寛政五年(一七九三)、江戸湾防備のために相模伊豆の沿岸を巡視した定信に随い各地の風景を描いた『公余探勝図巻』、全国の古文化財を調査し写生した『集古十種』(寛政十二年序・刊)、補作して完本とした『石山寺縁起絵巻』(文化二年〈一八〇五〉完了)。いずれも定信の威光と文晁の画技あっての作品と言えよう。

自分の御主人と一橋公と隔日に出勤　「御主人」は田安家三代斉匡。天明七年(一七八七)六月十三日、一橋家より養子に入り、同八月二十一日致仕。前注のように円朝は定信(安永三年〈一七七四〉三月十一日、田安家より松平定邦の養子になる)を一橋公と思いこんでいる。野村文紹『写山楼之記』に「田安侯、桑名侯へ隔日出頭なし」とある。桑名侯は定信の意か。文政六年(一八二三)三月二十四日、白河藩(藩主松平定永は定信の嫡男)は桑名に移封されたが、定信は江戸に留まった。川崎三郎『日本百傑伝』十(明治二十六年)の「谷文晁」に、「文晁、徳川田安侯に仕へ、又松平楽翁侯に仕へ、隔日に出勤」とある。

酒は素より　野村文紹『写山楼之記』に、「中年までは酒を禁じ」とある。

元服を仕なければ煙草は喫せなかつたもの　江戸時代の喫煙と成人との関係について、たばこと塩の博物館『ことばにみる江戸のたばこ』(山愛書院、二〇〇八年)には、「自分の力で稼ぐことのできる一人前の大人が、その余禄のなかで楽しむべきものとして位置づけられ、半人前の人間には認めないという考え方が定着していった」とある。陰山白縁斎『進物調法記』(寛政七年〈一七九五〉)、元服の項に「たばこ　たばこ入」などと見える。

当今では商家の小僧さん……　かつてはあり得なかった行為。丸山侃堂・今村南史『丁稚制度の研究』(明治四十五年)一章「維新前の丁稚」に、「丁稚時代に於ては酒も禁制、煙草も禁制、衣服は必ず木綿にして羽織の著用を禁じ」とあり、「十七八歳に至りて元服を許し」手代となるが、その際、「煙草入、煙管」なども贈られたという。右は大坂の慣行であるが、江戸においても同様と思われる。なお、紙巻煙草は喫煙が容易で、ゆっくり味わえるため急速に普及した。宣伝も派手で、最大手の村井兄弟商会の行なった画札の挿入は蒐集熱を煽り、児童をも巻き込んだ。明治三十二年四月十六日付『時事新報』の「慶応義塾の喫煙取締」中に、「小学生徒にして途上煙草を吹かし」と見える。このような風潮に対し、明治三十三年四月一日、「未成年者喫煙禁止法」が施行され、喫煙は不良行為と見なされ補導の対象となった。

躰量が減る……　並木正義「喫煙と消化器疾患」(並木正義・

平山雄編著『喫煙の医学』講談社、一九八二年)には、喫煙すると体重が減少する理由として以下の三箇条を指摘する。皮下脂肪が減る、胃炎になり易く食欲不振に陥る、消化吸収機能が低下する。

八九　**煙草は身躰に毒**　貝原益軒『養生訓』(正徳三年〈一七一三〉)四に「烟草は性毒あり、烟をふくみて眩《めま》ひ倒るゝ事あり。(略)病をなす事あり、(略)貧民は費《つひえ》多し」。

お杉さま　前田香雪『後素談叢』三(前掲)、「探幽と文晁、文晁の碑文」の条に、「文晁の末女すき子といふは毛利家に仕へてことし(明治三十三年)八旬に近きも壮健にして建碑の挙を悦び有志者に対して往事を語りなどし又其書も拙からずして屢ば文通などしたり」とある。一方、野村文紹『写山楼之記』には、「末女ひさなる者(略)至て壮健にて、高名輪毛利家に仕へ、本年七十三の高齢にて、益々すこやかなり」とある。

九〇　**下谷二長町**　下谷を冠するのは明治五年より。武家地の俚俗名であった二長(丁)町が、久居藩藤堂家上屋敷や厳原藩宗家上屋敷などを合せた広い地域を指す町名に採用された。以下、幕末の二長町として注を付す。現・台東区台東二丁目界隈。『御府内備考』二十一には「二丁町。久保町の南より東へ入細き小路をいふ」とあるものの、近吾堂板「外神田下谷辺図」(嘉永六年〈一八五三〉再板)には、荒川雄蔵邸や松下貫一郎邸の面する南北の通りに「二長町トイフ」とある。一見、矛盾するようであるが、一帯の俚俗名と考うべきであろう。

拝領地　正しくは拝借地。『諸向地面取調書』(安政三年〈一八五六〉成)二の、田安中納言附、奥詰八人の中に「拝借地　下谷弐丁町　七拾六坪　谷直右衛門」と見える。『御府内往還其外沿革図書』(朝倉治彦『江戸城下変遷絵図集』十五、原書房、一九八六年)「下谷之内」中、天保十五年(一八四四)「当時之形」には、久居藤堂家下屋敷の反対側に、「谷直右衛門　御借上ケ地」とあり、「明和五子年之形」「文化四卯年之形」はともに同所は谷十次郎。現在の住所表示では、台東区台東二丁目六―四辺りと思える。

文晁の家は御一新前まで残つて居りました　野村文紹『写山楼之記』に、「下谷二長町住居、楼上より不二山眺望よし、故に写山楼の号あり」。加えて同書の「天保初年中写山楼上日々来客之図」には、多数の来客で賑わう写山楼の内外が描かれている(ただし翻刻の際にはこれを欠く。前掲図録『谷文晁』掲載)。また清水礫洲『ありやなしや』によると、「写山楼と云は、二階屋にて二十畳もしかるべし」とある。その大広間で文晁は揮毫した。また同書には、「翁歿してより文二にいたりて家道全く衰へて、今は家も跡もなし」。文二は嘉永三年(一八五〇)五月十一日没。

十月の七日に探幽祭　未審。野村文紹『写山楼之記』には、写山楼の年中行事を述べて「往年二七の稽古日には、仕出し屋の料理にて、楼上には、筆売玉宝堂主人、定式筆墨をひさぐ、正月十二日発会、十二月十二日納会には、柳橋なる芸妓四五名雇入、九月九日は生誕日なれば、楽人数名雇、音楽催し、芸妓も雇、来客社中も集り、盛大の宴なり」。また清水礫洲『ありやなしや』には、十月二十日の夷講の会に触れるが(一〇三頁「御武家にて……」の注参照)いずれも探幽祭に触れていない。なお、狩野探幽は、延宝二年(一六七四)十月七日没、七十三歳。

常に怒つた事のない人　川崎三郎『日本百傑伝』十(明治二

十六年）の「狩野探幽」に、「人に接するに襟懐を披き、談笑倦まず、其歓を尽す」とある。一方、弟で宗家八代を襲い、中橋狩野の祖となった永真安信に対する言動など、木村三暁庵『三暁庵随筆』（写）下に拠る限り、叱った例を含めて激しいものを感じる（三暁庵は明和四年〈一七六七〉没）。

某御大名……　伊達政宗のこと。三行後以下の挿話について は、前掲「狩野探幽」に以下のようにある（傍点略）。「伊達政宗、探幽をして七尺の金屏風に画かしむ。探幽、仙台侯の邸に至り、大に墨を硯池に湛し、馬履を其中に浸し、金屏を延ばして、数処に馬履形を押し、筆を把りて点景すること数条、政宗、意懌《(よろこ)》ばずして入る。闔坐皆驚く。探幽徐ろに筆を揮ひて補出すれば則ち履跟は、化して蟹と為り、竪条は、化して蘆と為る。畢りて之を観れば則ち蘆間の蟹なり。又他の一画は、唯墨点を数処に散乱するのみ。然れども、画を補ふに迨《(およ)》びて、終に数千の飛燕を成すと云ふ」。岡田三面子編著『日本史伝川柳狂句』二十一（中西賢治校訂、古典文庫、一九七九年）には、この軼事に因む十六句を収めており、かなり知られた話柄と思える。

馬に縁のある御方様　奥州は古来より駿馬の産地として知られるが、伊達政宗は産馬を奨励し改良にも意を用いた。ローマに派遣した支倉常長が元和六年（一六二〇）八月二十六日、仙台帰着の際にはルソンよりの馬二頭を伴っていたが、その苗裔が明治天皇の料馬金華山号。名馬として種々の軼事を残し（『宮城県史』十、同刊行会、一九五八年）、『明治天皇紀』八、明治二十六年十二月十四日の条に、「二十八年六月遂に斃死す、命じて剝製と為してこれを保存せしむ」とある。二十五歳。

梵天帯に真鍮巻の木刀　本全集一巻五頁の各注参照。

木挽町　正しくは鍛冶橋。探幽は元和七年（一六二一）、二十歳の折、鍛冶橋門外（現・中央区八重洲二丁目八など）に一〇三三坪の屋敷を拝領しており、鍛冶橋狩野の初代と呼ばれた。木挽町狩野初代は弟の尚信。

九一　**癇癖の強い君ゆへ**　『貞山公治家記録』附録一（『伊達家治家記録』藩祖伊達政宗公顕彰会、一九三八年）に以下のような軼事が録されている。江戸の浅草で金剛太夫の勧進能が催され、五日目の能七番が終って祝言に移ろうとした際、「只今一番所望」と桟敷から声を懸けるが、金剛太夫は出番の終った役者は帰りましたのでと再三辞退、そこで「一人モ残ラス撃殺セ」と足軽に命ずると、太夫は残っている役者だけで仕りますと承知した。

九三　**根機**　「根気」の誤植か。

骨堂　御《こ》真骨堂。身延山久遠寺（現・山梨県南巨摩郡身延町身延三五六七）境内にあり日蓮の分骨を安置している。お骨堂、而実《にじ》不滅堂などとも。火災や移遷が重なったが、現在のは明治八年一月十日焼失の後同十四年再建、八角形五間四方の規模で、報恩閣の右奥、拝殿の後ろに位置する。万治二年（一六五九）八月二十六日参詣した元政は「御《ゴ》骨堂《コツダウ》にまいりおがみ奉る。玉の宝塔の中にいとあざやかなり」（『身延道の記』本。寛文三年〈一六六三〉と記し、松平定能『甲斐国志』（文化十一年〈一八一四〉成）八十七には、「而実不滅堂　方三間半　日蓮ノ遺骨ヲ収ム。初メ西谷ニ所建拾間四方ノ堂ノ旧材ヲ用キ造レ之ト云フ」とある。

長栄稲荷　長栄山池上本門寺（現・大田区池上一丁目一―一）の山門前右横に祀る（長栄大威徳天の通称）。空襲被災の後、一九五九年長栄堂再建。この稲荷に関しては、坂本勝成「日蓮宗の稲荷信仰」(直江廣治編『稲荷信仰』雄山閣出版、一九八三年)に詳述されており、以下、摘記按配する。『新編武蔵風土記稿』(文政十一年〈一八二八〉成)四十五には「長栄稲荷社」として掲げ「鐘楼の下にあり、相伝ふ昔この稲荷日蓮上人に従ひてこの地にうつりしよりこのかた、山内を守る故に長栄と号すと、寛延元年〈一七四八〉九月正一位に任ず」。神仏分離令に際しては、隣接する天満宮などが廃されたのと異なり、大威徳天の化身なりとの主張が効を奏したのか分離を免れ、明治三十四年三月九日の火災に無事であったため人気沸騰するに至った。石倉重継『日蓮宗各本山名所図会』(明治三十六年)所引、「長栄稲荷尊天縁起」には、高祖大士佐渡流刑中に「白髪《しらが》の老翁《おきな》と現《なり》はれ(略)それよりは高祖大士の影身に添ひて守護《まもり》し奉り不思議の神力《じんりき》をあらはすこと屢々《たびたび》なり」と述べるが、鳥居を建てるか否かなど、神仏分離令の余波は長く続くこととなった。

柴田是真　頑固で金銭に恬淡とした人柄を窺うに足る軼事を鏑木清方『こしかたの記』(中央公論美術出版、一九六一年)より引く。「御一新からさう間のない時」に楠本東京府知事を通じて皇室より蒔絵の御用命があったが、「自分はきのふまで前公方様の御治世に人と成つたもので、云はゞそれを倒した朝廷方の御仕事をするのは気が済まない」と難色を示したので知事が「懇々と情理を尽して説得された」ところ、「倖令哉に御用命あれば果報の至りとなか〳〵ウンと言はなかつた」云々と見える。なお明治二十三年十月には帝室技芸員を拝命している。

九四　**ナカ**　など、の意。

何の伎でも有名になる人は……　円朝『名人競』一(本全集十巻四頁)にも同様な感想を述べている。

まだ知らぬ……　この歌、および十二行後の歌、いずれも未審。

赤嶋《あかしま》　「あかしま」は、あかしま風、あからしま風。暴風のこと。「赤嶋」は宛字。

九五　**其頃だから諸家よりして目録包が来る……**　以下、円朝『名人競』四十五に同じような軼事が見える。本全集十巻一二二頁「文晁先生は画料が来ると……」の注参照。

七軒の茶屋　大門を入って右側、江戸丁一丁目角までの間にある七軒の引手茶屋。大門口より近い順に、山口巴屋、亀屋、長崎屋、升屋、海老屋、松屋、駿河屋(文政九年〈一八二六〉秋『新吉原細見』。名称は漢字に改めた)。なお相見香雨「抱一上人年譜稿」(『相見香雨集』一、青裳堂書店、一九八五年)、文政九年の項に、「抱一が遊んだ吉原のお茶屋はいろ〳〵あつて、諸方に話が伝つてゐるが、就中(略)桐屋五兵衛方へは殆ど毎日お立寄がある」。桐屋は江戸丁二丁目、伏見町入口にあった引手茶屋で、大門を入って左側(七軒の反対側)。

チヤンと引前には宅へ帰る　野村文紹『写山楼之記』に、「夜業終れば、青楼仲の町なる森田屋にて全盛に遊び、其儘夜中帰宅なす」とある。

抱一上人は酒井雅楽頭様の御隠居で　本全集十巻一七頁「文晁……」の注のうち、抱一の項参照。

恰ど上方から加茂の季鷹が下つて参り　文政三年(一八二〇)、抱一の歌に「季鷹の吾嬬下りや初茄子ころは五月の末にそ有ける」(「抱一上人年譜稿」『相見香雨集』一)。

堀　山谷堀の略称。

京町二丁目の松葉屋半蔵　角町にあった妓楼。円朝は『鏡ケ池操松影』においても「京町二丁目の二軒目の立派な女郎屋」(本全集一巻四七四頁)とするが、寛政九年(一七九七)春の『吉原細見記』には角町木戸を入って左側一軒目、文化六年(一八〇九)春の『新吉原細見記』には角町木戸を入って右側二軒目。しかし天保十一年(一八四〇)秋の『新吉原細見』には見えない。一方、天保十四年(一八四三)春の『新吉原細見』には、京町二丁目木戸を入って右側四軒目に松葉屋知賀蔵が見える。角町と京町二丁目は一本違いの上に松葉屋知賀蔵が存在したので錯覚を起こしたものか。また「立派」とあるが、二軒の松葉屋はともに格は半籬交り見世で、総籬(玉屋山三郎など)には及ばない。

代々山　文政六年(一八二三)春の『新吉原細見』で筆頭に位置する、「よびだし新造附金壱両」の遊女で、その艶姿は渓斎英泉「吉原要事 廓の四季志」に描かれており(『江戸美女競 吉原細見』平木浮世絵財団、一九九五年)、抱一は、文政十年(一八二七)、「遊女代々山に霞鶯と言名を遺すとて　うぐひすは霞を釣簾《こす》の初音かな」(「抱一上人年譜稿」『相見香雨集』一)と詠じた。この軼事を『名人競』四十五には「八重山」とする(本全集十巻一二三頁)。八重山も松葉屋半蔵抱えで、文政九年(一八二六)秋の『新吉原細見』には六枚目に位置している。

昔時太夫職……　宝暦(一七五一-六四)末に太夫は無くなる。揚屋で太夫は共寝したが、吉原細見では、宝暦七年秋の『紋尽』に見える、玉屋山三郎抱え、小むらさきを最後に一旦、太夫が消え、同十一年春の『初緑』で揚屋が消える。同年秋の『細見実語教』では、揚屋無きまま、玉屋山三郎抱えの高尾が出現したものの同十二年春の『道中巣子陸《すごろく》』で消え、名実ともに散茶(その中にも上下が存する)が最高位の遊女になる。

九六　**チリカラタッポウ**　大鼓や小鼓を三味線に合せて賑かに囃す様子の形容。「其頃は新宿がまだ繁昌な時分で両側は万燈の様に明るくチリカラタッポで芸者を揚て騒いでをり升」(円朝『怪談乳房榎』二十三)。

一トひらで……　この句、および蜀山による七行後の「大門を……」の句と次頁上の「鴛鴦と……」の狂歌、いずれも未審。

桜を植る時　吉原の桜樹は三の輪(豊島郡三之輪村や下谷三之輪町。現・台東区三ノ輪など)より運び入れ、花期が終れば再び持ち去って翌年まで培養する(仲之町には根付かせない)。『徳川制度』(『朝野新聞』明治二十五年九月二十二日)「吉原の遊廓」には、「植込は三月中旬に始まりて四月上旬に終る」とある。その際、仲の町の両側に並ぶ引手茶屋の二階より眺めて美しいように枝振りを考え、開落に遅速ないよう配慮したという。

吉原に……　野村文紹『写山楼之記』には、文晁の朝起きを述べて「吉原に花を咲せて早帰り」を引く。

常陸帯の……　十一行後の下の句とともに、本全集十巻一二三頁の各注参照。

九七　**頓と慾がなかつた**　文晁は金銭に恬淡としていたが収入は多く豪奢な生活を営んだ。清水礫洲『ありやなしや』(前掲)に、「歳入千金に及ぶといふ〈其頃、東脩千金を得るもの、米庵、写山の両人のみといふ。〉画絹金屏風など山の如くにつみあげたり。写山は得失毀誉等に関係せざる瀟洒たる人なれば、婦人几案の側に侍してこれを先生に指揮す」(〈　〉は割書)。なお妻の阿佐子が指揮する様子が「天保初年中写山楼上日々来客之図」(九〇頁「文晁の家は……」の注参照)に描かれている。

伊勢四郎……　以下、本全集十巻一二三頁「伊勢屋四郎左衛門」以下の各注参照。

青地さん　伊勢屋四郎左衛門すなわち青地は、札差が廃されてより、資産を生かして金貸しを行なった。『日本三府五港豪商資産家一覧』(明治二十年)東京の部「五十万円以上」に、「金貸　青地四郎左衛門」。なお、「五十万円以上」では他に渋沢栄一などの名が見え、その上が最高の「百万円以上」で、三菱組、三井組、鹿島清兵衛。『日本全国五万円以上資産家一覧』(明治三十五年)では、東京府の部に「金百万円　青地四郎左衛門」とあり、他に井上馨、山県有朋などが名を連ねる。なお、最高は八千万円の岩崎弥之助、三井八郎右衛門、岩崎久弥。

福地源一郎先生の書かれました春雨傘　福地桜痴『侠客《おとこだて》春雨傘』(明治二十七年)。二代目市川団十郎が助六に扮した際の衣裳を着て、十八大通の一人、大口屋暁雨が吉原に通ったことなどを綴った小説で、初版はたちまち売切れたという。また桜痴自ら脚色し、明治三十年四月二十一日より歌舞伎座で初演、九代目団十郎扮する暁雨の好評もあって大当りを取った。

九六　**文化の二年……抱一上人は五十三、文晁先生は四十四**　実際には抱一は四十五歳、文晁は四十三歳。

田楽箱の莨盆　本全集八巻六二頁の注参照。

文晁先生は富士……御前には筑波山　先に抱一の名を上げ文晁を後にすべきところ。伊勢四郎の大雑把な性格を表す。西に富士、東に筑波を眺め、水道の水を喫するのが江戸っ子の自慢の種。井田太郎「富士筑波という型の成立と展開」(『國華』一三一五号、二〇〇五年五月)に、この屏風についての言及はなく、虚譚であろうか。

九九　**誰袖**　本全集十巻一二三頁の注参照。次行に「お心持克く御酒を召上りながら」とあるが、抱一は下戸であった(岡野敬胤『雨華抱一』明治三十三年)。

逆水　水揚げ法の一。逆さに持ち、葉の裏面にたっぷり水をかけて蒸散を防ぐ。

デね　底本「テね」。濁点を整えたが、あるいは三行前「宜しいテ」からの続きの意で「テね」と繋げたものか。

俳優とまで御交際　抱一の句に、例えば文化十四年(一八一七)には「正月六日とし越の日三升きたる　物申は団十郎や今朝の春」(「抱一上人年譜稿」『相見香雨集』一)。不昧(『塩原多助後日譚』二六八頁「竺仙が……」の注参照)は、茶道は別格として相撲への執心も著名であるが、俳優との関係は未審。

高貴な方が黒縮緬の羽織を召すといふは滅多に無い　『守貞謾稿』巻十四(嘉永六年〈一八五三〉序・写)に、「今世羽織ニ所用ノ物及ビ染色小紋縞等三都大同小異アリ」として、「大名以下専ラ黒縮緬家紋付、(略)市民も巨戸ノ主等ハ黒縮緬紋付」と詳述するように、高位の武家や富裕な町人が黒縮緬の羽織を着用している。一方、石上宣続『卯花園漫録』(文化六年〈一八〇九〉序・写)三に、「羽織といふもの、古来の道服也、(略)(道服は)道中にて塵埃の衣装にかゝらぬために着す物也、夫が転じて羽織と成たり、(略)羽織は道服の略と心得べし、仍て礼服にはならず」と断ずる。

一〇〇　**下谷の池の端仲の町の玉宝堂**　本全集十巻一二五頁「下谷池の端の玉宝堂」の注参照。野村文紹『写山楼之記』に、「二七の稽古日には、仕出し屋の料理にて、楼上には、筆売玉宝堂主人、定式筆墨をひさぐ」。

一〇一　**金五千疋**　五万文。一両を六千文とすれば、八両二千文。

横山町の絵の具屋清助 「横山町」は現・中央区日本橋横山町、東日本橋二・三丁目。「絵の具屋清助」は、伝馬町にあった絵具屋。天保十年(一八三九)五月十四日、渡辺崋山が蛮社の獄に坐し揚屋《あがりや》(伝馬町牢屋敷の内)入りを命ぜられたが、椿椿山などが「牢屋近辺なるゆゑ手都合甚だ宜しく」清助に差入れの代行を頼んでいる(清水礫洲『ありやなしや』)。崋山、その門人椿山などの出入りの可能性もある。

一〇二 **根岸肥前守** 根岸鎮衛《やすもり》(一七三七―一八一五)。南町奉行在職は寛政十年(一七九八)十一月十一日より文化十二年(一八一五)十一月九日。屋敷は町奉行所の内。「寛政の十年」は底本「寛政の二十年」を訂した。

一〇三 **御武家にて夷子講祭をなさる** 清水礫洲『ありやなしや』(前掲)に、「十月廿日ゑびす講の会と云は、芝口夷屋の大暖簾は先生の絵也。其下絵を表装してこれを床にかけ、其日の供給は夷屋より仕出すと云。来客数十人、茶番狂言あり。みな本業の人なれば、其おもしろき事言計りなし。徹夜の大讌《えん》なり、其費いくばくぞや」。

一位公 『田安徳川家記系譜』によると、田安家初代宗武は享保十四年(一七二九)九月二十七日に従三位、二代治察は明和二年(一七六五)十二月十五日に従三位、三代斉匡は寛政二年(一七九〇)七月五日に従三位、文政十年(一八二七)閏六月一日に従二位、天保八年(一八三七)十月二十八日には従一位に叙されている。

物の歪んだり…… 曲亭馬琴『烹雑《にまぜ》の記』(文化八年〈一八一一〉)中、「夷三郎」の条に「物の円《まろ》からず方《けた》ならざるを指て、いびつといふ。亦是えびすの義也」。

一〇四 **十月は陰の極にして……** 貝原益軒刪補『日本歳時記』(貞享五年〈一六八八〉)六に、「純陰の月なれば、陽無月といへる意なり。陽をかみと訓ずるは、鬼は陰の霊なり、神は陽の霊なり、(略)或人のいはく、(略)本朝にてこれを上無と云。故に十月を上無月と称す」。

正月の廿日には…… 三田村鳶魚編『江戸年中行事』(春陽堂、一九二七年)所収の諸書等には、武家の行事としては未載。

尾張町の恵比寿屋 「尾張町」は現・中央区銀座五、六丁目。「恵比寿屋」は著名な呉服屋。『江戸買物独案内』(文政七年〈一八二四〉)には、恵比須屋八郎左衛門。明治八年春の番付「大日本持丸長者鏡」(『明治期日本全国資産家・地主資料集成』四、柏書房、一九八四年)には東前頭二枚目に「東京　嶌田八郎右衛門」とあるものの、没落するのは早く、明治十年一月四日『東京日日新聞』に、昨年の「十二月卅一日に尾張町壱町目壱番地(元ゑびす屋跡)へ引移りまして」と日報社(『東京日日新聞』発行元)に故地を明け渡している。現在の銀座ニューメルサビル(中央区銀座五丁目七―十)辺りと思われる。円朝『政談月の鏡』七にも登場する。

暖簾 暖簾に染め抜く蛭子は、中央に真向きの像を、左右の各々には中央方向に顔を向ける像を、それぞれ配する。葛飾北斎『絵本庭訓往来』(文政十一年〈一八二八〉)上には、真向きと、向かって右向きとを、『江戸名所図会』(天保五年〈一八三四〉)一には、真向きと、向かって左向きとを描く。

一〇五 **柴田八郎右衛門が為換御用を……** 「柴田」は、正しくは島田。『幕府御用達綱目』(天保六年〈一八三五〉)に、「ゑびすや　島田八郎右衛門　おはり丁」とある。「為換御用を仰付けられたる時」は、宝暦二、三年(一七五二、五三)と思われる。宝暦三年版『宝暦武鑑』「金銀為替御用聞」の項に登載する三人の中に「おわり丁二丁め　嶋田八郎左衛門」と見えるものの、宝暦二年版には未載。『両替地名録』(嘉永七年〈一八五四〉)によると十三番組に属している。

一〇七 剃髪　文政十二年(一八二九)四月十三日、御絵師に任ぜられ、即日剃髪。八八頁「田安侯の奥勤……」の注参照。

御絵所改役　未審。「谷文晁勤書」には未載、田安家家臣として生を終えたと思える。

天保十二年十二月の十四日享年七十八才で入滅　史実として天保十一年(一八四〇)十二月十四日が正しいが、公的な届は「年を越えて十三年〈天保十三年壬寅なり〉の二月ころ出したるにて」(〈　〉は割書)との推測が前田香雪『後素談叢』二(前掲)に見える。

下谷の池の端池の妙音寺　日蓮宗妙音寺(現・台東区松が谷一丁目十四―六)は、大池に面していたため、池の妙音寺と称された。埋め立てが進んだものの、「乙酉(文政八年〈一八二五〉)書上」の段階で、「東西四十二間南北十間」存し(『御府内備考続編』百二十)、現在の池畔には昭和五十六年五月三日建碑の「弁天池改築記念」が存する。「隣」とされる源空寺は北約二百メートルに位置する。「池の端」は竄入したのであろう。明治六年三月の時点で、妙音寺(浅草松葉町)・源空寺(浅草北清島町。次注参照)ともに浅草に属し、明治十一年十一月二日、東京府を十五区六郡に編成してよりは浅草区となった。しかし十方庵大浄『遊歴雑記』二(文化十二年〈一八一五〉序・写)上には、源空寺(下谷北寺町)、同三(文化十三年序・写)上には妙音寺(下谷)とあり、下谷地域である。両地域の境界について文久三年(一八六三)に没した山崎美成『下谷通志』(写)に、「東は三味線堀をかぎりとせり」とあるが、源空寺や妙音寺の界隈は三味線堀(現・台東区小島一丁目にあった堀)の約一キロ北に位置し、そのため曖昧なのであろうか。昭和二十二年三月十五日、下谷区と浅草区とを合せて台東区が発足。

玄空寺　正しくは浄土宗源空寺。場所も違っている(現・台東区東上野六丁目十九―二)。戒名、本立院殿法眼生誉一如文晁居士。東京都指定旧跡。

闇夜の梅 （延広真治）

二 **作物**《さくもの》 さくぶつ。創った作品。

実説では久松が十五…… 以下、松村操編『実事譚』（明治十五年合本）による。延宝七年（一六七九）九月二十九日、大坂東堀油屋橋際の油屋の娘お染二歳を丁稚久松《きゆうまつ》十三歳が、守りをしていて前の川に落し水死させたため、土蔵に押し込められ縊死。なお、「お染久松」に関する記述で、現在、信憑性が高いとされているのは、朝日重章『鸚鵡籠中記』宝永七年（一七一〇）三月二十九日の条、八郎右衛門よりの伝聞ながら、「当春大坂に而心中。正月六日。板や橋南つめ油屋の僕《デッチ》久松〈角前髪〉。主人の娘そめと主の油細工所にて心中刃死」（〈 〉内は割書）。

桂川 実際は前注の通り、油屋の前の川（東堀）。ともに菅専助作の心中物である『染模様妹背門松』（明和四年〈一七六七〉十二月、豊竹此吉座初演）と『桂川連理柵』（安永五年〈一七七六〉十月、同座初演）とを混同したための誤り。土田衛『考証元禄歌舞伎』（八木書店、一九九六年）に、両作の類似点に関する論述がある。

質店の浄瑠璃 『染模様妹背門松』（前注参照）下の巻の切を「質店の段」と呼び、全曲中の眼目。

今宮 摂津国西成郡今宮村（現・大阪市浪速区恵美須など）。十日戎で知られる今宮蛭子太神宮（今宮戎神社）が鎮座する。

或狂言作者…… 近松門左衛門のこと。柳亭種彦『柳亭浄瑠璃本目録』（文化十五年〈一八一八〉成・写）には、「此年（宝永七年〈一七一〇〉）義太夫京都にのぼりて、芝居をかまふ、時に今宮にて心中ありと人のいひのゝしるをきゝ、門左衛門が許にいたり、此ことを、浄瑠璃につゞりくれよとたのみしかば、門左衛門すぐに筆をとりて、心中たつた今宮とかき、まづかくのごとき看板をいだし玉へとわたしける」。

三好長楽 正しくは松洛。生没年未詳。『菅原伝授手習鑑』（延享三年〈一七四六〉八月、竹本座初演）、『義経千本桜』（延享四年十一月、竹本座初演）、『仮名手本忠臣蔵』（寛延元年〈一七四八〉八月、竹本座初演）等の名作浄瑠璃の合作者として知られる。

心中話たつた今宮 正しくは『二郎兵衛おきさ 今宮の心中』（正徳元年〈一七一一〉夏、竹本座初演）。

林家正蔵 初代。正しくは林屋。天明元年（一七八一）江戸に出生。三笑亭可楽に入門、両国広小路（現・中央区東日本橋）に寄席を経営、一年中一門を率いて怪談咄を演じた。『ますおとし』（文政九年〈一八二六〉）など自作の咄本、合巻なども刊行。天保十三年（一八四二）六月五日没。

今戸 浅草今戸町（現・台東区今戸など）。隅田川と山谷堀に面し船宿が多く、瓦や人形の今戸焼で知られる。

たつた今戸心中噺 『柳亭浄瑠璃本目録』に、前掲「或狂言作者……」の注の所引部に続き、「文化それがしの年、林屋正蔵といふ浮世咄なす者が、浅草新大川橋のむら屋といふ茶屋にて、はなしの席をかまひし時、浅草今戸のもの、向島田中の稲荷のほとりにて心中せしことあり、その翌日「たつた今戸心中はなし」といふはなしを作りて、かの正蔵が人の笑ひをとりしことあり」。

三筋町 現・台東区三筋など。大番組屋敷地、書院番組屋敷地の間に、三本の小路が南北に通っているための俚俗名。

三味線堀 現・台東区小島一丁目五から二丁目四辺りに掛け

て存した堀で、鳥越川を経て隅田川に通じる。三味線の頭部の形状に似るための称。関東大震災後に埋め立てる。

夫《それ》ゆへ生駒といふ御邸がある　「生駒」の「駒」が三味線の駒に通うところよりのクスグリ。安政三年(一八五六)現在で(『復元江戸情報地図』朝日新聞社、一九九四年)、三味線堀の南西に、八千石の旗本生駒主殿邸(現・台東区台東二丁目二十五、三丁目九など)、主殿より借り受けた同小三郎邸(現・台東二丁目三十二、三丁目五など)が位置している。

仲町　池之端仲町。現・台東区上野二丁目、池之端一丁目。不忍池の南側に位置し、宝丹の守田治兵衛など名店が多く賑わった。

一二　**桟町**　浅草寿松院門前のうち、北門前の俚俗名。現・台東区鳥越二丁目。道を隔てると三筋町の南側。

甲州屋と申す紙商　甲州紙を扱う店という設定か。甲州紙では殊に、市川大門村(現・山梨県西八代郡市川三郷町)の肌吉奉書、西島村(同南巨摩郡身延町)の糊入奉書が著名。『心中万年草』(次注参照)の、お梅の実家は高野紙で知られる神谷(現・和歌山県伊都郡高野町)にある紙屋。

お梅　成田久米之介とともに近松門左衛門作『高野山女人堂心中万年草』(後記参照)の主人公。十七歳。

粂之助　『心中万年草』では久米之介。播州飾磨の武士の倅、今は寺小姓で十九歳。

一三　**鳥越**　浅草元鳥越町(現・台東区鳥越二丁目)。町に囲まれて鳥越明神社(鳥越神社。鳥越二丁目四―一)が鎮座する。安藤鶴夫『わたしの東京』(求龍堂、一九六七年)に、「明治四十一年の秋、鳥越神社の氏子として生れた。このごろ、とりごえ、とにごって発音する土地の者も多くなったが、あやまりである。すんで、とりこえ、が正しい」。

一七　**カステラ巻**　現在は、どら焼の皮で包んだカステラをいうが、時代設定との整合性等は未詳。

一八　**鹿角菜と油揚のお菜**　ひじきを、繊切りにした油揚げとともに甘辛く煮たもの。安価で栄養分に富む、商家の代表的な惣菜。河竹黙阿弥作歌舞伎『天衣紛上野初花』(明治十四年三月、新富座初演)序幕「どうで鹿尾菜《ひじき》に油揚の惣菜などをうまがつて喰つてゐる了簡では、二百両はさておいて百両の礼も出しにくからう」。

長安寺　臨済宗(現・台東区谷中五丁目二―二十二)、寿老人を安置する。朗月散史「三遊亭円朝の履歴」(『読売新聞』明治二十三年九月二十七日―十一月二十日)には、円朝の異父兄玄正(玄昌)が住職の任にあったと記すが、永井啓夫『新版 三遊亭円朝』によると、天保二年(一八三一)より明治二年まで住職を欠くので、看護職として代務していたと推する。

三橋　上野広小路を横切る忍川に架かっていた、三本よりなる橋。将軍の渡る中の橋(幅六間、渡り三間二尺ほど)の東西に幅二間ほどの小橋があった。なお、忍川は不忍池から現・マクドナルド上野公園前店(上野二丁目十三―十三)辺りより中央通りを横切って東西に流れていたが、現在は埋め立てられた。

茶飯屋　茶飯に餡かけ豆腐、煮しめなどを供する夜商い。

一九　**鴻雁寺**　正しくは仰願寺。本全集三巻二四一頁「高岩寺様な蠟燭」の注参照。

螻《おけら》　「螻」はケラではなく、蟬の一種(ニイニイゼミ、あるいはツクツクボウシ、ヒグラシとも)を指す字で、小野蘭山『本草綱目啓蒙』(享和三年―文化三年〈一八〇三―〇六〉)三十七に「蟪蛄ハナツゼミ」とある。この「蟪蛄」を螻蛄(ケラ)と混同したことによる誤りか。

紋羽の綿頭巾　粗く柔かく厚手に織った綿布で製した頭巾。

白木の二タ重廻りの三尺　白木屋は呉服を中心に薬や墨なども商い三尺帯は名物であった。大村彦太郎が寛文二年(一六六二)に日本橋通二丁目に開店、元禄十三年(一七〇〇)よりは日本橋通一丁目東側三軒目(現・中央区日本橋一丁目四―一。コレド日本橋)に移った。本全集七巻三二五頁「蛇形の単物に白木の二重廻りの三尺……」の注参照。六尺(二二七・四センチ)の帯で腰を二回りすれば三尺帯に見え、前または左、右で結び、背では結ばない。鳶の者、職人などが平常用いる。

ドン〱　不忍池から溢れた水が三尺ばかり下の忍川に落ちる地点で、水音による称。下町風俗資料館(台東区上野公園二―一)南の、上野公園入口附近。隣接地で育った画家小絲源太郎(明治二十年生)の憶い出によると(『小絲源太郎随筆集』一九八八年、私家版)、「(大雨が降ると)大水で流されてくる鰻が、石垣の間に住みついてしまうものらしい。鰻とりは、傘の骨ほどの竹の先へ鉤をつけた釣竿を、穴へさし込んでは釣り出す。一晩やっていると明け方には、魚籠一ぱいに鰻を持って帰った」。

三〇 **不忍弁天の池**　不忍池。弁天は天台宗生池院、中島弁天社(寛永寺不忍池弁天堂。台東区上野公園二―一)の本尊で円仁作と伝えられる。

町家では……　徳富猪一郎『近世日本国民史　彼理《ペルリ》来航及其当時』(民友社、一九二九年)七章には「上は将軍より下は市井小民に至る迄、如何に恐慌を惹起したるかは、とても想像の及ぶ所ではない」と記す。

青雲寺　臨済宗(現・荒川区西日暮里三丁目六―四)。花見寺として知られ眺望佳絶であった。円朝『真景累が淵』五では宗悦、『名人長二』四十一では長二郎の墓所と設定。

三一 **千駄木**　駒込千駄木町など千駄木山一帯の称(現・文京区千駄木一―三・五丁目、向丘二丁目など)。植木屋が多く藪蕎麦、菊人形などで知られた。

三二 **都賀崎**　未詳。『真景累が淵』七十八等に述べる「塚前」(本全集五巻四二八頁の注参照)であろうか(現・千葉県柏市塚崎など)。

三三 **お坊主**　御奥坊主、御数寄屋坊主など、江戸城内において、剃髪僧衣で雑役に従事する。

女夫巾着　二個が背中合せにくっついているように仕立てた巾着。多くは縮緬裂を用いた女性の手製で、一方には金銭を入れる。

三四 **御気象だから**　気が強い。気丈な。本全集七巻七〇頁の注参照。

三六 **一昨日《さきおとゝひ》**　「一昨昨日」と表記すべきところ。

三七 **梅には四徳……**　曲亭馬琴編、藍亭青藍補『増補 俳諧歳時記栞草』(嘉永四年〈一八五一〉)春に、『潜確《かく》類書』を引き「梅、四徳《しとく》を具《ぐ》す。初生の蕊《ずゐ》は元《げん》たり、開花は亨《かう》たり、子《み》を結ぶは利《り》たり、成熟《せいじゆく》するは貞《てい》たり。梅に四貴《しき》あり。稀なるを貴《たつと》て繁《しげ》きを貴ばず、老たるを貴て嫩《わか》きを貴ばず、痩《やせ》たるをたつとびて肥《こえ》たるを貴ばず、莟《つぼ》みを貴て開《ひらき》たるを貴ばず」。

三八 **心こそ……**　『古今和歌集』巻十四所収、清原深養父《きよはらのふかやぶ》作「心

をぞわりなき物と思ひぬるみる物からや恋しかるべき」。深養父は清少納言の曽祖父または祖父と伝えられる。

一三三 **耳こぢり** 短刀。嘲弄しての称呼。

土井大炊頭 大炊頭は古河土井家藩主代々の官途名。ここは利位《としつら》。文政五年（一八二二）九月一日、大炊頭に任ぜられ、嘉永元年（一八四八）四月二十五日致仕。『雪華図説』（天保三年〈一八三二〉）で知られる。

早川三左衛門 早川家は一家存するものの三左衛門は見出せない。天保十一年（一八四〇）時点での系譜を示す『古河藩系譜略』（写）には家老を勤めた六代惣右衛門は隠居、七代柯一郎は御先手者頭、御目付勤。明治三年の『諸課役員士族等名面』（写）によると、柯一郎は正庁大属の仕にある。つまり早川家は存続。古河藩関連は永用俊彦氏の御教示を得た。

正義 未詳。佐幕派の古河藩が勤王派に転じるのは藩主利与《としとも》の上洛（江戸出立、慶応四年〈一八六八〉三月二十日）で、道中で阻止しようとの動きも見られた（『古河市史』資料・近世編（藩政）、一九七九年）。一方、嘉永元年（一八四八）には藩主が再度交代している。『下総古河 土井家譜』（写）によると、利亨《としなり》、嘉永元年四月二十五日襲封、八月二十四日卒。利則《としのり》、同十一月八日襲封。しかし相続に関して、さしたる波乱は無かったのか、『古河市史』通史編（一九八八年）に記述を欠く。

一三五 **鼻被** 頭から鼻先までを覆う（〝切られ与三郎〟のような）手拭の冠り方。

一三六 **穴の稲荷** 忍岡稲荷の俗称（石窟に因む）で、花園稲荷神社（台東区上野公園四－十七）境内に祀る。

谷中仲門前 谷中天王寺中門前町辺り（現・台東区谷中七丁目）。天台宗天王寺（谷中七丁目十四－八）西側の門前町。以前は谷中感応寺中門前町だったが、天保四年（一八三三）感応寺が天王寺に改称したのに伴い町名を改めた。明治二年には谷中初音町二丁目に改称。

一三七 **三宅へ遠嶋** 池田信道『三宅島流刑史』（小金井新聞社、一九七八年）所収の『三宅島流人帳控』に記載を欠く。

浅草の仲町 浅草東仲町、同西仲町の併称（現・台東区雷門一・二丁目、浅草一丁目）。浅草広小路を南北に挟む繁華の地で、料理屋が多かった。

奴勝山 （山本和明）

一四一 博文館　大橋佐平が明治二十年に、東京本郷に創業した出版社。

円朝も長らく病気でございまして　明治三十二年十月の助演を最後に、病気療養のため円朝は高座に上がらなかった。本作掲載が明治三十三年七月二十日、その後、同年八月十一日に円朝は逝去、病名は進行性麻痺兼続発性脳髄炎であった。

小野田先生　小野田亮正のこと。生没年未詳。本作の速記者（作品末尾に署名あり）。後記参照。

門人の金馬　一八五八-一九二三。のちの二代目三遊亭小円朝。本名芳村忠次郎。三遊亭円流（後の円麗）の息。十五歳の時に父の弟弟子三遊亭円朝の門下に入る。明治二十六年頃には初代三遊亭金馬に改名し真打となる。

松平式部之丞　「態と姓氏は申上ません」とあり、おぼめかした表現。ちなみに「芝三田」には、肥前島原藩松平主殿頭屋敷、伊予松山藩松平隠岐守屋敷、陸奥会津藩松平肥後守屋敷などがあった。

俗にいふ気鬱病　気の塞ぐ病気。鬱病。

花魁の似顔を画いた錦絵が其頃流行いたしたもの　錦絵は浮世絵の多色刷木版画の総称であるが、元禄年間にはまだ墨刷の浮世絵であった。

一四二 吉原開けて以来　吉原は江戸時代の公許遊廓。慶長十七年（一六一二）、庄司甚右衛門を代表として遊廓設置を幕府に願い出で、元和三年（一六一七）再度の願いによって公許され、現・中央区日本橋人形町辺に土地を与えられ翌年開業した。周囲に堀をめぐらしており、一カ所だけの出入口を大門と云った。廓内は中央の通りを仲の町、その両側に五丁（江戸町一丁目二丁目・京町一丁目二丁目、角町）。明暦三年（一六五七）の江戸大火により、浅草（現・台東区千束）へ強制移転され、以来これを新吉原と呼び、以前の地を元吉原と称した。新吉原もほぼ同様の町割りである。次頁上段「一体吉原と申す遊女町は」以下にこの吉原の歴史が纏められている。

裲襠《しかけ》　裲襠《りょうとう》と、「しかけ」は同意で、打掛《うちかけ》のこと。打掛小袖の略で、小袖同様に帯を締めず打ちかけて着る裾の長いもの。搔取《かいどり》とも。

三枚歯の駒下駄　「駒下駄」は、台と歯が一つの木材を刳ってつくったもので、馬のひづめに似たところからの称。ぽっくり。「三枚歯」は花魁が道中（次注参照）に用いる三枚歯下駄。

仲ノ町を道中いたす　吉原の大門口から京町まで中央を貫く通りを練り歩くこと。遊女が引手茶屋へ客を迎えに行く折などにその通りを盛装し供を連れて練り歩くことを花魁道中という。

高尾太夫　「高尾」は江戸吉原の三浦屋における名妓の世襲名。『高尾考』『京山高尾考』『高尾追々考』などで考察されたが、代々の高尾についての詳細は明確となっていない。

彼《あ》れ御覧ぜよ……　以下『京山高尾考』（嘉永二年〈一八四九〉成）からの引用。「あれ御らんぜよ、あのやうな生れ付もある事にや、ま事に天のなせるれいしつ（麗質）にこそ、すらりしやんとしたるなりふりのしほらしさ、みめくつきと玉のやうなる、なさけの程ひとしほにて、心いきよの常ならず」（引用は中央公論社『続燕石十種』三収載）。

万治高尾　二代目（四代目との説もあり）の万治高尾のこと。仙台藩主伊達綱宗に愛され、所謂伊達騒動を描いた『伽羅先代《めいぼくせんだい》萩《はぎ》』の登場人物となった。ここで記載される高尾を巡る説は、「高尾は塩釜村に産れ、長助が娘にて、名をみよといへり」「此高尾、万治二年己亥十二月五日、十九歳にて病死の事は慥なれば」との記述があり、高尾の紋を巡る俗説も正徳三年（一七一三）癸巳五月板の吉原細見『亦逢染』（別名ゑにし染）から引用していることなどから見て、『京山高尾考』に拠る記述である。なお、本文は、「花魁達の錦絵」を「菱川師宣の名筆」とするが、錦絵は師宣より後の十七世紀後半に行われたものである。師宣による高尾の絵は、江戸版『好色一代男』巻七「さす盃は百二十里」に収載。

一四三　吉原京町一丁目高島屋清左衛門抱え吉野　寛文六年（一六六六）刊『吉原袖鑑』に吉原四天王に数えられた新町彦左衛門抱えの名妓。『京山高尾考』に「花やかなむかしに万治二年哉」とは、此所の一人よし野とかやの言の葉なり〈百樹按、此よし野を、山本芳順が家とする説あれど、ひがごと也、京町一丁目高島清左衛門かかへなり〉」とある（〈　〉は割注）。師宣による吉野の絵は江戸版『好色一代男』巻五「後は様付けて呼ぶ」に収載。

庄司甚右衛門　江戸吉原の創始者とされる。小田原の人（『異本洞房語園』）また駿河元吉原の人（『新吉原町由緒』）と伝えられる。一四二頁「吉原開けて以来」の注参照。

葺屋町　日本橋葺屋町（現・日本橋人形町）。

石谷将監殿　北町奉行石谷貞清（一五九四―一六七二）。奉行在任期間は慶安四年（一六五一）六月から万治二年（一六五九）一月。

浅草寺の後日本堤の辺か、本所の内か　「日本堤」は浅草聖天町（現・台東区浅草七丁目）から下谷箕輪（現・台東区三ノ輪）につづく山谷堀の土手。新吉原通いの道として利用された。「本所」は隅田川東岸に位置する現・墨田区南西部の俗名。

本郷本妙寺　日慶が開山した法華宗陣門流の寺院で徳栄山本妙寺。本郷丸山（現・文京区本郷五丁目）にあった頃には塔頭七院を有した（円立院、立正院、妙雲院、本蔵院、本行院、東立院、本立院）。いわゆる明暦の大火では、この寺の施餓鬼のお焚き上げから火が出たとも伝えられる。明治時代に現・豊島区巣鴨五丁目に移転。

今戸村山谷村鳥越近辺　「今戸村」「山谷村」は現・台東区北東部の地名。「鳥越」は浅草新鳥越（現・台東区今戸一・二丁目、東浅草一丁目、浅草六丁目）か。

女は陰にして北を司どる　中国古代の思想に、天地間にあって互いに対立し依存しながら万物を形成している陰陽二種の気があるとの考えがあり、たとえば日・昼・南・火・男は陽で、月・夜・北・水・女は陰とした。

一四四　薄雲太夫……　江戸吉原の太夫。京町三浦屋抱え。「京町の猫通ひけり揚屋町」は『近世江都著聞集』五「三浦遊女薄雲が伝」に其角句として載る。同書に「太夫、格子の、猫をいだかせ道中せし根元は、四郎左衛門抱に薄雲といふ遊女あり、此道の松の位と経上りて、能く人の知る所也、高尾、薄雲といふは代々有し名也、是は元禄七八の頃より、十二三年へ渡る三代薄雲と呼し女也」とある。八木敬一「姿海老屋と薄雲」（『全国古川柳研究誌』二号、一九七四年一月）が、「吉原細見」を用いて薄雲の記載をたどり詳しい。

薄雲の猫　河竹黙阿弥が慶応二年（一八六六）に書き下ろし、江戸市村座で上演した『櫓太鼓鳴音吉原』に登場する話。薄雲の愛猫がおかしな行動をするため、置屋の主人がその猫を切り殺したところ、実は薄雲を守るためだったと分かり、ねんごろに供養したという話をもとにしている。

勝山花魁　承応・明暦（一六五二―五八）頃の遊女の名。江戸吉原新町山本芳順抱えの勝山が有名。はじめ神田紀伊国屋風呂の湯女《ゆな》であったが、承応二年吉原に移り、太夫となった。だてな異風を好み、丹前風、勝山髷、外八文字などを流行させた。本文下段「松葉屋」との関係は未詳。文化八年（一八一一）の『奴勝山愛玉丹前』（後記〈成立〉の項参照）では「大磯の廓大松屋」と設定されている。

釘抜　釘抜紋。中心に穴の空いた正方形を斜めにした形など、釘抜（和釘用）を図案化した紋で、中間《ちゅうげん》や奴《やっこ》の着物につけられていた。

外八文字内八文字　花魁の道中の際の歩行の仕方。勝山はこの外八文字で横行闊歩し、奴風俗をもって名をあげたとされる。

松葉屋　江戸吉原の妓楼。本全集六巻一四四頁「吉原江戸町一丁目の松葉屋の常磐木」の注、七巻一一頁の注参照。

気象闊達の者　度量が大きく物事にこだわらない人。

長崎奉行を相手に争論いたしたとやらの風説　未詳。

一四五 **富貴に淫せられず……目に厳諸侯なし**　『孟子』滕文公下に「富貴不能淫。貧賤不能移。威武不能屈。此之謂大丈夫（富貴も淫すること能わず。貧賤も移すこと能わず。威武も屈すること能わず。此れを之れ大丈夫という）」とあり、その抜萃。いかに富貴の快楽を以てしても堕落に陥れることは出来ず、如何なる権威や武力により圧力をかけられても、その志を曲げさせることは出来ないの意。「目に厳諸侯なし」は、諸侯を目にも掛けないの意か。

式　底本「殿」。前後の話者名に揃えて訂した。

ならせられまする　「ならせる」は行くことを言う敬語。吉原に行くことを指す。

仙台の太守始め……といふ話もある　伊達騒動を題材とした実録『伊達厳秘録』では、仙台伊達家の三代藩主伊達綱宗が吉原の高尾太夫に魂を奪われ、廓での遊蕩にふけり、隠居させられることが発端となっている。

尾張屋といふ茶屋　吉原の揚屋尾張屋清十郎。加藤雀庵『新吉原細見記考』（三田村鳶魚編『鼠璞十種』上巻）に享保七年正月刊行の細見記などを引用し、「揚屋尾張屋清六とあるは、尾張屋清十郎なるべし。此頃清六といひしにや。此家、万治元年細見記、十九軒の中に見えて、宝暦六年細見記に至りて、此家只一軒あり。此人の名、洞房語園にも見ゆ。上にいへる寛文七年の犬枕に、ふかきものゝ部に、「あげや清十郎」と見ゆ。その住家の大なるも思ふべし」とある。

一四六 **罪を一身に引受けて……殿の煩悩の根を絶つに如かず**　お家騒動物の常套的設定。

沐浴も済み、化粧も済終ツた夕間暮時　「夕間暮時」は夕方のうすぐらい時刻を指す。石川雅望『吉原十二時』では、巳時（午前十時頃）の項に「あそびどもゝおき出で、ひとゝころにこぞりゐて、あさげくひて、さてゆぶねにいりひたりて、口々さへづりあへり」、午時（正午頃）の項に「おくまりたるかたのざうしにいりゐて、おの〳〵けさうしみがきさわぐ」とあり、それ以降に花魁は見世に出た。

番頭新造　吉原遊廓で、花魁の身の回りの世話や外との応対などをする女性で、概して三十歳以上で年季が終わった女郎上がりが多い。袖留めをし、眉毛をそらないのが特徴。

初会　遊女が初めてその客の相手をすること。二度目を「うら」、三度目以降を「なじみ」とした。

一四七　**転輾反側**　輾転反側。何度も寝返りを打つこと。心配や悩みごとを抱え、恋する人を思うなどして、眠れぬ様子を表す語。

一四九　**小狐丸の宝剣**　平安時代の刀工三条小鍛治宗近が打ったと伝えられる名剣で、満足のいく刀ができず困っていた宗近を助けんと、氏神である稲荷明神が童子に化けて相槌を打ったとされる(謡曲『小鍛治』)。

一五〇　**芝御成門**　増上寺の北の門(現・港区芝公園三丁目)。将軍が参詣の際に通行した朱塗りの門で、現・御成門交差点に存したが、明治三十四年頃、現・日比谷通り開通時に移築。東京プリンスホテル駐車場北東側に現存する。

一五一　**本所の小梅**　小梅村。範囲諸説あり、現・墨田区向島一―五丁目、押上一・二丁目内など。五巻二九三頁、六巻九頁、十巻一八九頁の各注参照。

一五二　**向島の土手**　現・墨田区の大川(隅田川)の土手。『粟田口霑笛竹』六十九では、お雪が向島の土手伝いに「嬉しの森」という薄暗い場所を吾妻橋が見える所まで歩く。

丹前姿　侠客などが着す広袖のゆったりとした伊達姿。江戸初期、江戸神田堀丹後守の邸前にあった風呂屋の湯女勝山の姿にはじまるとされる。この湯女が後に出世して勝山花魁となった。丹前風。丹前いでたち。「丹前姿とは前髪若衆をいふ」(『譬喩尽』三)。

一五五　**流れ足**　川の流れに足を取られるような、よろよろと歩くさま。

一五六　**花魁は太夫、格子、端と三通りになツて居て**　「太夫」は官許の遊女のうち最高級のもの。「京都江都遊女の名目　太夫これは芸の上の名也」(『異本洞房語園』上)。「格子」も遊女の階級の一つで、江戸吉原では、第二級の遊女をいった。大格子の内に部屋をもっていることに由来。「端」は端女郎の略。下級の遊女で局女郎、見世女郎とも云う。

花魁といふことは何ういふことだといひますと……　以下、花魁の語源説が述べられている。「狐狸のやうに尾は不用んから」の語源説は未詳。「老てはいらん」ではないが、「老たるも心をみだすゆゑに老乱とかく」(『奇妙図彙』)の語源説は確認できる。

幇間末社　「幇間」は遊客の機嫌をとり、酒興をもりあげることを業とする者。太鼓持ち。「末社」も「客」を「大尽」というのを「大神」に掛け、それを取りまく「末社」の意から、遊里で客の取り持ちをする者の意で同じ。

一六〇　**丸髷**　承応の頃、吉原の遊女勝山が結い始めたとされた髪形で、のちに丸髷の大形のものも称した。「京坂の新婦の既に歯を染て眉未剃ざる者往々嶋田に結はず勝山曲に結ぶ者あり　其形江戸の丸髷に似て聊か異也」(『守貞謾稿』巻十一)。

十八大通　安永・天明(一七七二―八九)頃に江戸新吉原を中心に、豪華な遊びをした大口屋暁雨、大和屋文魚などの通人。蔵前の札差が多数を占めた。十八は概数で、実際には十八人に達しておらず、人名も一定しない。承応の勝山とは時代錯誤がある。

天運循環　『大学』章句序に「天運循環、無往不復」とある。

天運というのはぐるぐると循環するもので、行って帰らないというものはないの意。

翠雨生　小野田翠雨、小野田亮正。翠雨小史とも号す。後記参照。

塩原多助後日譚　（佐藤かつら）

一六三 **塩原多助の後日物語り**　本作は円朝『塩原多助一代記』（以下『一代記』とする）の続編である。

今日皆様がお唱へになる自主自立　「自主」は明治を象徴する流行語（惣郷正明・飛田良文編『明治のことば辞典』）。「じしゆ〔自主〕　自立。＝独立シテ自由」（山田美妙編『日本大辞書』明治二十六年）。スマイルズのSelf Helpの翻訳で、明治初期のベストセラーとなった中村正直《まさなお》訳『西国立志編』（明治三―四年。内題「自助論」）では、この「自主自立」の語が強く説かれている。「インデペンデンス〔自主自立《ヒトリダツ》〕」（一編・六）、「邦国ニ自主自立《ヒトリダツ》ノ権《イキホヒ》アルコトナレドモ・ソノ自主《ドクリツ》ノ基礎《ドダイ》ハ・人民ノ性行ノ上ニ在ルナリ」（一編・四）など（新日本古典文学大系明治編十一巻『教科書・啓蒙文集』所収。振り仮名はいずれも左訓）。

其当時三十万円と申升から……　円朝が多助生前の財産を三十万円とし、また「今日なら三百万円」と換算している根拠は未詳。「今日」を仮に明治三十年頃とすると、当時の三百万円は日本銀行の「戦前基準企業物価指数」により平成二十六年の金額に換算して約五十一億円となる。

明和八年から文化の末廿四五年の間　多助が独立、開店したのが明和八年（一七七一）（『一代記』十五回）。ただし明和八年から文化の末年（一八一七）では四十五年ほどになり、計算が合わない。文化の末年ではなく寛政八年（一七九六）頃の誤りか。寛政八年頃ならば、次行の「僅か五六十年で安政三年」とも合致する（安政三年は一八五六年)。

安政三年に滅却　本全集一巻一八〇頁「天保の頃まで伝はり」の注参照。

二代目の多助　円朝が『一代記』を創作するきっかけとなったのが画家柴田是真(一八〇七-九一)から聞いた塩原家の怪談であり、その話の中では塩原家の潰れる原因となったのが二代目の行いからである(「塩原多助旅日記」『名家談叢』十一号附録・十二号附録、明治二十九年七・八月)。本全集一巻後記「塩原多助一代記」(成立)の項参照。なお、二代目の太助の怪談咄が藤川整斎『天保雑記』に見えることが指摘されている(延広真治「怪談咄のゆくえ――『塩原多助一代記』の変容」『文学』二〇一四年九・十月)。

折りを得て心許な……　『新続古今和歌集』所収の仏国禅師の和歌「をりえても心ゆるすな山桜さそふあらしのありもこそすれ」。詞書「見解のありける僧に示し侍りける」とある。満開の良い機を得ても油断をするな、花びらを散らしてしまう嵐もやってくるのだから、との意。

茶我楽　がらくたの茶道具と謙遜しての言い方か。

一六四 **明和八年から計り炭を売り出し**　『一代記』十五回で語られる。本全集一巻三四九頁「この時分には計り炭を売るものがないから」の注参照。

幕府の御用達藤の屋の娘のお花　本所四ツ目に住む藤野屋杢左衛門の娘お花。多助に嫁入りするくだりは『一代記』十六回以降参照。また、『一代記』では、お花の実家は「御駕籠御用達し」とある(本全集一巻三五一頁の注参照)。なお藤野屋杢左衛門は、延享四年(一七四七)の資料に、本所柳原六丁目の竹丸太問屋・炭薪問屋として名前が見える(田中康雄編『江戸商家・商人名データ総覧』)。

女房の悪ひのは三年の不作　悪い女房を持つと一生苦労する意のことわざ。

門跡様の御十念　ありがたいものの意か。「門跡様」は浅草の東本願寺あるいは築地本願寺を指すか。「御十念」は、浄土宗・時宗で僧侶が南無阿弥陀仏の名号を十遍唱えることで信者に結縁させること。

一六五 **三つ目の津軽**　弘前藩主津軽家。本所二ツ目(現・墨田区千歳三丁目、立川一丁目、両国四丁目、緑一丁目付近)に上屋敷があり、本所三ツ目(現・立川三・四丁目、緑三・四丁目付近)には中屋敷があった。

四ツ目の林屋　四ツ目は現・墨田区江東橋三・四丁目、毛利一・二丁目付近。本所の炭薪仲買業者として、本所清水町の林屋庄助、本所新坂町の林屋辰五郎などがいるが、四ツ目の林屋は見えない(『江戸商家・商人名データ総覧』)。

限れ物　切れ物に同じ。品不足、品切れ。

一六六 **松井町**　一丁目は現・墨田区千歳二丁目、二丁目は千歳三丁目。本所松井町一丁目には三軒、二丁目には十軒と、炭屋が数多くあった(樋口清之『日本木炭史』所収の『諸問屋名前帳』十九等による)。なお、次行「御困」の振り仮名は、底本「ごふまり」を訂した。

唯今では数学抔と申して……　明治八、九年頃の『読売新聞』では、「算術」という言葉にまじって「数学」も見える。

一六七 **大丈夫金の脇差**　金の脇差で物を切れば必ず切れるように、確実であるということ。

一六九 **お賄ひ組頭**　「賄組頭」は、江戸城において、賄頭から出す料理一切、青物・乾物・魚類・干魚などの吟味を担当した役職(『江戸幕府大事典』)。津軽藩の役職でこれに相当するのは「台所頭」かと思われ(『津軽史事典』)、本作では江戸幕府の職名を用いたものか。

風呂場の硝子障子　硝子障子は紙のかわりにガラス板をはめ込んだ戸。石井研堂『明治事物起原』十九編に、明治五、六年ごろには追々流行したとある。ここでは橋口が大汗をかいているのを風呂場で硝子障子に結露している様子に譬えた。

一七一 **仕切り判**　帳簿の締めくくりとして押す判。

仕舞浚ひ　年末のお浚《さら》い会。

一七二 **陸奥伯爵の御親父伊達自得様**　明治新政府の外交にたずさわった陸奥宗光(一八四四-九七)の父、伊達千広(一八〇二-七七)。自得は号。深川の自邸に和歌禅堂を建て、明治九年十月から和歌と禅の講義をしたという(高瀬重雄『伊達千広　生涯と史観』)。明治十年頃、円朝はそこへ禅学の講義を聴きに行っていた(朗月散史「三遊亭円朝の履歴」『読売新聞』明治二十三年九月二十七日—十一月二十日)。

嘘りの無世なりけり……　『続後拾遺集』所収の藤原定家の和歌。第四句最初の「唯《たゞ》」は「たが(誰が)」が正しい。

和泉橋の山口　和泉橋は神田川にかかり、その北側は神田佐久間町。『一代記』では神田佐久間町河岸に、多助が命を救われ奉公した炭薪問屋の山口屋があった(本全集一巻二九三頁「山口善右衛門と云ふ炭問屋」の注参照)。

一七三 **久八**　明き樽買いの岩田屋久八(本作では十四回に「竹下屋久八」とされる)。お花が多助に嫁入りする際に、お花の親代わりとなった。本全集一巻三五一頁「明き樽買ひの岩田屋久八」の注参照。

一七六 **おいねへデレ助だ**　「おいねへ」は「負えない」。始末に負えないでれでれしたやつ、という悪口。

丸十の印　多助の紋である、丸に十字を書く轡の紋(本全集一巻二九六頁「轡の紋付」の注参照)。

三所紋　両袖と背の三ヵ所に紋を付けていること。

米沢博多の帯　米沢では、九代藩主上杉治憲(一七五一-一八二二)が産業奨励策により安永・天明年間(一七七二-八九)から養蚕・織製を奨励し、越後や京都など各地から織り方を習得させた。文化(一八〇四-一八)のはじめ(享和二年〈一八〇二〉とも)、丹波の織師宮崎球六が米沢で帯地の織り方を教え、これが後世の博多帯に似ていたので、後に博多帯と称して売りさばかれていたという(渡部恵吉・小沢静夫編『米沢織物史』)。

一七七 **富永冬樹(今は故人)**　明治時代の裁判官。?-一八九九。幕臣の家に生まれ、岩倉使節団とともに欧米を巡遊し、明治八年頃から判事となった(『明治過去帳』)。明治三十五年刊の竹越与三郎『萍聚絮散記《へいしゆうじよさんき》』「富永冬樹氏」によれば、実業界を経て明治八年六等判事、二十三年に大審院判事、二十六年大審院部長、二十八年東京株式所の理事。「其才弁は東京交遊社会の名品」で、「経妙洒落なる外皮」の中に「沈痛にして真面目なる実質」「明治の生涯を送りたる江戸ッ子の標本」と評される。本文における( )内の注記が円朝によるものだとすれば、この「最後の江戸ッ子」の死(明治三十二年五月とされる)以降に、円朝「遺稿」とされる本作が執筆されたことになる。また、『実業家奇聞録』(明治三十三年)は富永について「豪放洒落《しやらく》にして汎交を辞せず」とし、磊落な性格を伝える逸事を収める。

相生町 本所相生町(現・墨田区両国二―四丁目、緑一―三丁目)。本全集一巻一八〇頁「本所相生町二丁目」「天保の頃まで伝はり」の各注参照。

一八〇 **百五十両の脊中で** 百五十両を負担させておきながら、の意か。

御細工所御用達 幕府の武具・馬具ほかの細工を司った御細工所出入りの業者。一六四頁「幕府の御用達藤の屋の娘のお花」の注参照。

一八二 **理解** 理を説き分くること(『言海』)。

一八三 **なまじ焼明礬を入れて澄せて置くよりは……** 明礬には沈殿作用がある。「玉川砂利」で水を漉すことについては未詳。多摩川は江戸っ子が取水して飲用にすることを誇りにしたもので、その砂利が清水には必要とした言か。

一八四 **通《どほ》れ** どうれ。訪問人の「頼む」という声に、家人が応答する際の語。「誰」の転。

十万石御領しで、準国主申して 「御領し」は、御領主の訛。「準国主申して」は、「準国主と申して」の意。

御葉牡丹で藤原姓では厳しい御紋 「御葉牡丹」は杏葉牡丹。「藤原姓では厳しい御紋」とは、この家紋がもともと公家の近衛家の紋で権威があるところから言う。近衛家と姻戚関係にあった氏のみ用いたが津軽家とのいきさつには諸説あるという(千鹿野茂『日本家紋総鑑』)。近衛家は藤原氏北家の嫡流で摂政・関白に就任する五摂家の一つ。

太祖津軽左京太夫…… 津軽氏の初代為信《ためのぶ》(一五五〇―一六〇七)。はじめ南部右京亮、のち津軽右京亮、津軽右京大夫と言った。豊臣秀吉により津軽領有を認められ、文禄二年(一五九三)に正式に津軽四万石の安堵状を得、また近衛家より牡丹の家紋の使用と藤原姓の名乗りを許されたという。

越中守信枚・満天姫 津軽信枚(一五八六―一六三一)は為信の三男で、家督を継いだ。満天姫は家康の異父弟松平康元の娘(一五八九?―一六三八)。最初、武将福島正之(一五八五―一六〇八)の正室で、正之の死後津軽信枚に再嫁した。

一八九 **土岐侯** 沼田藩主。本作の時代設定である安永元年(一七七二)当時の藩主は七代美濃守定経(一七二八―八二)。

黒田大和守 黒田直純(一七〇五―七五)。常陸国(現・茨城県)下館から沼田へ入部した黒田豊前守直邦(一六六六―一七三五)と直純と二代に渡って藩主をつとめ、上総国(現・千葉県)久留里へ移封となった。その後に土岐氏が沼田を支配した。

三ツ目通りの御分家 津軽家中屋敷を指すか。一六五頁「三つ目の津軽」の注参照。

其二月廿八日本郷丸山の本妙寺から出火致し…… 明和九年(安永元年＝一七七二)に起こったのは六行後にある目黒行人坂の火事で(二月二十九日出火)、本妙寺から出火したのは明暦三年(一六五七)一月十八日に起こった明暦の大火。二一〇頁下にも「丸山の火事」とある。円朝『荻の若葉』一、『名人競』六でも同様の錯誤がみられる(本全集九巻四頁「明暦」の注、十巻一八頁「明暦の大火事の時……」の注参照)。

一九〇 **見附先《まづ》和田倉、馬場先常盤橋神田橋、筋違御門** 「見附先」は未詳。見附(江戸城に三十六あった城門およびその番所)については、まず、の意か。「和田倉」は和田倉御門で、現・千代田区皇居外苑。「馬場先(御門)」は和田倉御門の南。「常盤橋」

は現・千代田区大手町二丁目から日本橋本石町へ、「神田橋」は大手町一丁目から神田錦町二丁目・内神田一丁目へ架かる。「筋違御門」は現・神田須田町二丁目。

三月の朔日に　底本「二月」を訂した。

神田佐久間町　現・千代田区神田佐久間町。

明神下　神田明神下。現・千代田区外神田二丁目。神田佐久間町からは西北方向にある。

一九一　**小判二百枚**　二千枚の誤りか。六行前に「二千両の金」とあり、円朝は一両を一円として二千両を二千円に換算している。

一枚の小判は大概縦が二寸余で……　小判には各種あるが、この大きさ・重さに合致するのは、元文小判あるいは文政小判。一枚が約十三グラムで、二千枚ならば二十六キログラムになる。

一九二　**砂蓋**　火事の際、穴蔵や土蔵の入口から火が入り込まないよう砂を用いて塞いだもの(小沢詠美子『災害都市江戸と地下室』)。穴蔵の場合、蓋をして渋紙を敷き、その上に砂をかきおろしてむらのないようにならし、よく踏みつけ、さらに水畳を敷きその真ん中に水をいっぱいに入れた水桶か盥《たらい》を置くといった方法があるという(『鎮火用心車』明和三年(一七六六))。

目盲の叔母様(お亀)　多助の継母。多助との再会と盲目になった経緯は『一代記』十六回に語られる。本作では以後「伯母」と表記。

一九三　**荷主の吉田八左衛門さん**　炭の荷主。『一代記』では八左衛門の息子の八右衛門が道連小平(二二五頁の注参照)に金を騙り取られるところを多助に救われ、その際の約束で多助が独立したときに千両の荷を届ける。ここはあるいは「八左衛門」ではなく「八右衛門」の誤りか。吉田八右衛門については本全集一巻三二三頁の注参照。

野州安蘇郡飛駒《とびこま》村　「飛駒」、正しくは「ひこま」。現・栃木県佐野市飛駒町。

一九四　**山方**　ここでは炭薪産地の山村を指す。

生井　現・栃木県芳賀郡茂木町生井。那珂川右岸の河岸。

中田屋といふ積問屋　未詳。「積問屋」は船積問屋のことで、荷物を諸国の産地から引き受けて消費地に向けて積み出した。

佐野の天明　てんみょう。現・栃木県佐野市天明町。日光例幣使街道の宿駅がある。江戸時代まで鋳物業が盛んで、「天明鋳物」が有名だった。

安永元年三月　底本「安政元年二月」を改めた。

一九六　**ポン附く**　居丈高に言うこと。

草履草鞋姫糊抔と申す荒物商ひ……　円朝『政談月の鏡』一でも番太郎について、冬は焼き芋、夏は心太、そのほか草履草鞋をよく売ったなど詳述され、同二でも番太郎の喜助が紙や草履などを商っている。

一九七　**信州番太に越後米搗**　番太郎に信州(現・長野県)の、米搗の労働者に越後(新潟県)の出身者が多いということ。ただし『政談月の鏡』一では信州ではなく「番太郎は越前から出るものが多かつたやうで、夫に湯屋の三助は能登国から出て来ます、米搗は越後と信濃からと極つて居ました、江戸ッ子の番太郎は無い」とする。

其頃草鞋の価へは十二文、十六文位ゐ　『守貞謾稿』巻三十に「草鞋十二文、十六文」とある。

我家楽の釜盥ひ　釜を盥の代用とするような不足の生活でも、自分の家が一番だということ。

三〇〇 **蜉を拵へて** 「蜉(埒)」は馬場などの周囲に設けた柵のこと。ここでは六尺棒を用いて簡単な柵を作って、の意。

三〇一 **久保町の原** 久保町原。現・港区新橋一丁目。幸橋を渡ったところの広場。

此時に尾州公が…… 本作のこの時点、安永元年(一七七二)の老中に大久保加賀守はいない。大久保加賀守は相模国小田原藩主。老中を務めたのは、忠朝(在任一六七七―九八年)、忠増(同一七〇五―一一年)、忠真(同一八一八―三七年)。どの人物にあたるか特定できない。同様に、「尾州公」(尾張徳川家)も特定できない。本話で語られる逸話は明暦の大火の際のもので、諸大名に帰国を許したのは「知恵伊豆」と称された松平伊豆守信綱(一五九六―一六六二)、異見を述べたのは紀州徳川家の祖、頼宣(一六〇二―七一)である(『厳有院殿御実紀』巻十三、明暦三年二月の項に見える)。

三〇二 **御屋形** 主人を言う尊敬語。ここでは尾州公のこと。

三〇三 **昔も利子は廿五両一分** 『守貞謾稿』巻八に、江戸の金貸業の場合「元金二十五両に月息金一分を普通とす」とある。

尚信 狩野尚信(一六〇七―五〇)。幕府の御用絵師で、木挽町狩野の祖。

紀伊国屋文左衛門、川村瑞軒 二人ともに伝説的な江戸前期の商人。紀伊国屋文左衛門(生没年諸説あり)の実説と伝説については、竹内誠「紀伊国屋文左衛門 考証」(津田秀夫編『近世国家の成立過程』所収)、同「紀伊国屋文左衛門の実像」(『徳川林政史研究所研究紀要』三五号)、水谷隆之「虚像としての紀伊国屋文左衛門」(『江戸文学』二九)に詳しい。川村(河村)瑞軒(一六一八―九九)は材木問屋、土木家で、明暦の大火の際に木曽の山林を買い占めて、焼け跡の普請を引き受け莫大な利益を上げたことで有名。航路の改善、治水事業なども行なった。後記「成立」の項参照。

三〇五 **神田の佐久間町へ胞衣を埋めた……** 山口屋善右衛門が生粋の江戸生まれであり、道に外れたことは嫌いだということを言う。胞衣(胎児を包んだ膜と胎盤)を、吉日を選んで恵方に埋めることは全国的に行われ、さまざまな呪術的な作法があった。

三〇六 **紀文の密柑船** 紀伊国屋文左衛門が、暴風雨の中紀州からみかんを船で江戸へ運んで大もうけをし、それを資金に材木業を始めたという有名な逸話だが、前掲竹内「紀伊国屋文左衛門 考証」によれば十九世紀半ばに創作されたものである可能性が強いという。

三〇七 **当やまと新聞へも出し** 前々行「塩原多助の事」は『一代記』を指すと思われるが、『一代記』は『やまと新聞』掲載ではなく速記法研究会から刊行された(本全集一巻後記「塩原多助一代記」(初出・底本)の項参照)。

三〇八 **雨に伏し風になびけるなよ竹は……** 出典未詳。

心根は天理自然の妙用であると伊達自得居士が…… 伊達千広(一七二頁「陸奥伯爵の御親父伊達自得様」の注参照)の深川での講義を掲載した『和歌禅話』にはみえない。

長兵衛さんに権八さんと申すと鈴が森へ出さう 「鈴が森」は少年白井権八と男伊達幡随院長兵衛の二人が、刑場のあった品川宿の南の鈴ヶ森で出会う有名な歌舞伎。現在上演されるのは文政六年(一八二三)三月、江戸・市村座初演、四代目鶴屋南北作『浮世《うきよ》柄比翼稲妻《づかひよくのいなずま》』の一部。それ以前にも白井権八と長兵衛は、多くの歌舞伎、実録本に取り入れられた。

二〇九 **蔵式を払ッて品物を積ンで置く**　「蔵式」は倉(蔵)敷料。倉庫、蔵に商品を保管する際に払う保管料。

茄子に味のある年は必らず大嵐がある　二宮尊徳は天保四年(一八三三)の初夏に、茄子を食べたところ秋茄子の味がすることから冷夏と飢饉を察知したという(富田高慶『報徳記』安政四年〈一八五七〉成、明治十六年刊)。また、広島では、茄子の花がよく咲くと暴風雨になるという(鈴木棠三『日本俗信辞典』動・植物編)。

二一〇 **角松と申す本所切つての味噌屋**　本所菊川町には「角松屋太助」という炭薪仲買業者がいたが(『江戸商家・商人名データ総覧』)、味噌屋の「角松」は未詳。

小笠原、向井　大身の旗本であった小笠原加賀守、向井将監の屋敷。それぞれ現・墨田区亀沢四丁目付近、本所一丁目。

此安永元年の八月遠州三州は大嵐大海嘯で……　明和九年(安永元年〈一七七二〉)八月二日、三日にかけ、静岡県内をはじめ東海地方は大風雨で川の氾濫や家の倒壊など大きな被害を受けた。由比では高波も発生したという(以上『静岡県史』別編二)。江戸でも八月一日、二日に大風雨が起こり家屋が潰れた(『武江年表』)。

二一一 **米商取引所なり株式取引所**　維新後、さまざまな米穀の取引所が設立されたが、明治九年八月の太政官布告により米商会所法が発布され、それに伴い米商会所が設立され公開市場が成立した。のち、明治二十六年には東京米穀取引所、四十年には東京米穀商品取引所と改称した(『明治事物起原』十編)。「東京株式取引所」は明治十一年六月に日本橋区兜町に開業した(同)。

法返しが附きましねへ　どうにもならない。「頬返し」は口に頬張ったものを舌で回して噛むこと。転じて「ぎっしり詰まって動きの取れないさま」を言い、多く否定形で用いる(前田勇編『江戸語の辞典』)。

二一二 **此節なら三十円でも廉い位ゐなもの**　「此節」がいつを指すか明確でないが、本作が連載された明治三十三年頃には家賃が高騰し、どんな山の手場末でも二間で三円以下の家賃は間もなく無くなるだろうという(明治三十三年三月十四日付『東京朝日新聞』)。

二一三 **九六の銭で用に足ず**　銭九十六文をまとめて、百文として通用させた慣例から、見かけは完全なようだが実は少し思慮や行いに欠けるところがあることを言ったもの。

本所横網に松前志摩守様　「本所横網」は現・墨田区横網一、二丁目。「松前志摩守」は蝦夷松前藩主。本作のこの時点安永二年の藩主は八代志摩守道広(一七五四-一八三二)。本所に下屋敷があった。松前氏は領地そのものではなくアイヌ交易の独占を知行としてあてがわれ、一時期を除いて無高だったが、安政二年(一八五五)十二代藩主崇広《たかひろ》の時、箱館開港にともなう上知の替地として陸奥国伊達郡梁川・出羽国村山郡東根に三万石を領有することとなった。

松前の福山　現・北海道松前郡松前町。

銀張りの博奕　十両以上を賭ける丁半賭博のこと。

文車　一立斎文車。初代(?-一八六二)、二代目(?-一八八一)が有名だが、ここでは二代目か。初代、二代目とも世話講談を得意とした。

二一四 **丁方**　丁半賭博で、丁の方ばかりに賭けることか。

横山町　現・中央区日本橋横山町など。

足でも出される　賭けで負け、支払いができないこと。

犬の糞の上へソツと置やアがるのだナ　犬の糞は軽蔑すべきもの、手に負えないものの譬えで、ここでは馬鹿にしてのけ者にする、といった意か。

二五 **道連れ小平**　『一代記』では多助の生涯に絡んで母の股旅お角とともにゆすりたかりを働いた護摩の灰。多助の父塩原角右衛門に懲らしめられお茶の水の河岸から神田川に落ちたが(『一代記』十五回)、ここで再登場した。

跋を切つて遣つた　「跋を切る」は、うまく調子を合わせること(秋永一枝『東京弁辞典』)。

三笠町の小笠原加賀守……　小笠原加賀守は大身の旗本。嘉永元年―安政三年(一八四八―五六)の記事が載る『諸向地面取調書』によれば、千八百坪の居屋敷が本所三笠町一丁目(現・墨田区亀沢四丁目)に、ほかに三笠町と吉田町(現・石原四丁目)に下屋敷もあった。吉田町は夜鷹がよく出没した。「夜鷹小笠原」はそこからの称か。

二六 **受目**　賭博で有利な目が出ること。

二七 **原丹治**　『一代記』でお亀の情夫となる、沼田藩士。横堀の庵室で道連小平に殺された。四万太郎の父。

二九 **右内殿**　岸田右内。多助の実父塩原角右衛門の元家来で、お亀の最初の夫。誤って多助の養父に殺される(『一代記』二回)。二行前「岸田右之助」は右内にちなんだ名。

法界坊　歌舞伎『隅田川《すみだがわ》続《ごにちの》俤《おもかげ》』(天明四年〈一七八四〉大坂・角の芝居初演)などに登場する乞食坊主。

黒琥珀　琥珀織という絹織物の黒染めのもの。横方向に低い畝がある。

赤銅斜子　赤銅魚子。彫金の技法の一つで魚の卵のような丸い模様をつけたもの。

三一 **草鞋履《わらじばき》**　底本振り仮名「わらざうり」を訂した。

浄厳院　江戸の寺としては未詳。

三五 **たばといふ字の無い粉**　「たばこ」というには貧相で、さしずめ、「たば」(束)のない「こ」(粉)とでも言うような代物、の意。「畳などは縁《へり》がズタ〳〵に成て居り　畳は只《たゞ》みばかりでタタは無い様《やう》な訳《わけ》で」(円朝『真景累が淵』一)と同様の表現。

三七 **野譫言《のだこと》**　「のだわごと」の転。勝手なこと。いいかげんなこと(『東京弁辞典』)。

三九 **蔓**　入牢の際、牢名主などに差し出す賄賂。

三〇 **蕩込《べてこ》んで**　「ぺてこむ」は、へつらうこと、おべっかを使うこと。ここでは色仕掛けでたらしこむ含意。

百にも成らねへ　わずかな金額である百文ぐらいの金にさえもならなかった、の意か。

お茶の水の一番川岸　『一代記』では「お茶の水の二番河岸」とある。本全集一巻三四二頁の注参照。

役附く　「四十二で厄」と牢内の「役」との掛詞。『朝野新聞』連載「徳川制度」の明治二十五年五月三十一日「囚獄の事」の「嗚呼この世の地獄！　伝馬町牢屋敷内の光景(編外)」の項には「牢内にもまたおのずから規律あり、制度あり。役人ありて一社会の体裁をなせり。たとえば牢名主は大統領にして、賞罰の権を掌握し、下座本番・下座本助番・詰の本番・詰の助番・隅の御隠居・上座の御隠居・穴の隠居・穴の御客などの役々ありて、諸般の事務を分担せり」「〇四人中役人と称するもののほか、毎朝顔を洗うを得ざる事」(引用は岩波文庫版による)。

解放し　牢払い。牢内の出火などの際に囚人を解放すること。切放しとも。「牢屋敷近火の節は、切り放しとて、牢内囚人を両国回向院境内に引き上げしめ、それより随意立ち退きを命ずるなり」「両国回向院境内には、牢屋同心並びに牢屋見廻り同心・同与力・加役付きの同心ら、数十人先達てより囚人の至るを待ち受け、ここにて一牢ごとの囚人頭数を取り調べ、一々姓名を帳簿に記し、「三日以内に浅草溜へ訴え出ずべく、右訴え出でしものは、罪一段軽く申し付くべきよし」をいい渡す。ここにおいて一同ありがたき旨御受けして、おのが気ままに退散す」(『徳川制度』『朝野新聞』明治二十五年六月九日、「囚獄の事」の「近火切り放し」の項)。明暦の大火の際、小伝馬町牢屋敷で牢屋奉行石出帯刀の独断による囚人解放があり、浅草善慶寺に翌日に戻れば罪一等減を約したのが、のちにも行われた(黒木喬『明暦の大火』)。

三二一 **割下水の坂部**　「割下水」は本所の地名。現・墨田区亀沢一―四丁目を東西に流れていた下水で、北割下水と南割下水があるが、単に「割下水」とある場合は南割下水を指し(本全集三巻四八頁の注)、本作でも同様。「坂部」はその割下水沿いに住んでいた旗本の一人として設定されているが、未詳。本所南割下水に屋敷のあった幕臣として「坂本伊織」がいる(『江戸幕府旗本人名事典』)。『江戸幕臣人名事典』に北本所二橋一丁目東之方南割下水に屋敷のある「坂本勝之丞」が見える(安政六年〈一八五九〉)。

三二二 **性は善と申す事が有つて……**　以下は、石田梅岩の性善説(『都鄙問答』巻三「性理問答ノ段」)に由来するものか。「石田先生事蹟」には、「心といへば性情を兼ね、動静体用あり。性といへば体にて静なり。心は動いて用なり。心の体を以ていはば性に似たる所あり。心の体はうつるまでにて無心なり。性もまた無心なり」(『石田梅岩全集』下)とあるのが本作に近いか。また、『孟子』告子・上に、孟子が人の性が善であることは水が低いところへ流れるようなものだと説く箇所がある。

三二五 **入江町**　現・墨田区緑四丁目。鐘撞堂があった。

東へ三町程参つて黒子宗三郎といふお旗下の邸と……　近吾堂板江戸切絵図(嘉永四年〈一八五一〉改板)に、割下水に沿って黒子宗三郎の屋敷があり、その東隣に「畠」が見える(図参照)。畠の南側は「駒野」とある。現・墨田区亀沢四丁目。黒子宗三郎は『柳営補任』に大工頭という役職で載り、『嘉永武鑑』によれば屋敷地は本所南割下水(『寛政譜以降旗本家百科事典』)。駒野金三郎は未詳。

野々山　前出近吾堂板江戸切絵図には「駒野」の隣に「野々下」が見えるが「野々山」は未詳。『諸向地面取調書』に、南割下水に近い本所緑町四丁目横町の野々山源八郎(小性組酒井

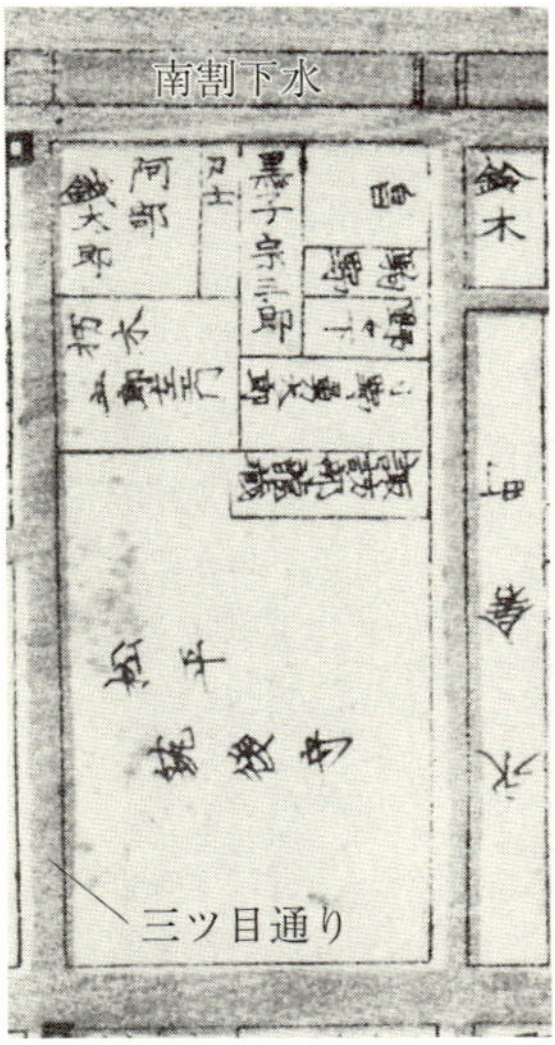

黒子宗三郎，駒野と野々下(近吾堂板江戸切絵図，嘉永4年)

組)が見える(前掲『寛政譜以降旗本家百科事典』)。

二三七 **右の助**　この箇所より以降、「右之助」が登場する。四万太郎が改名したものと考えられる。二一八頁参照。

二四〇 **先の円い結構な傘**　粗製の番傘は柄の先端を油紙で覆って麻糸で括るため先端にくびれがあるが、紅葉傘などの上等の傘はくびれがなかった(『守貞謾稿』巻三十)。このことを指すか。

二四三 **大平口**　小平どころか大平口(大いに閉口して)という洒落。

夫れじやア小生が阿父様だ　「十四年前《ぜん》に別れた実父塩原角右衛門様は阿部伊予守様の御家来であつたのが。浪人して後ち戸田様の家来になつて居る」(『一代記』九回)。

二四四 **諺にいふ雪の旦**　あとの箇所にも「雪の明日は裸虫の洗濯だ」と出てくる。雪が降った次の日は晴れて洗濯をするのに良い暖かい日になることが多いということ。

報恩寺橋　法恩寺橋。横川に架かる。現・墨田区石原四丁目と太平一丁目(法恩寺門前)とを結ぶ。

二四六 **小浜藤十郎と云お船手役人**　「お船手役人」は幕府所有の船舶の管理・運用を統括する役職。定員は四―六人で、向井将監らが名高いが、小浜《おばま》氏も江戸時代初期にお船手役人を務めている。

味噌摺用人　武家や旗本の用人をあざけっていう呼び方。味噌用人。

お餅練り　正月用の餅を作ること。

お餅のお構ひに　餅作りの準備のためにということか。

二四七 **小屋**　非人小屋の略。小平の死体が、罪人の死骸片付けに従事する非人の取り扱いとなった意。

二四八 **敵国外冦無きものは亡ぶる**　「外冦」は「外患」とあるべきところ。『孟子』告子・下の「敵国外患なき者は、国恒に亡ぶ」による。

山岡鉄舟先生　一八三六―八八。幕臣、剣術家。円朝との交流は、永井啓夫『新版三遊亭円朝』に詳しい。円朝と禅との関わりを深くする仲立ちとなった。「人の幸福は俱に喜び……」という御教訓については未詳。鉄舟が十五歳(嘉永三年〈一八五〇〉)の時に作ったという座右の銘「修身二十則」の中に、「十、何事も不幸を喜ぶ可からず候」「十二、他を顧みずして自分の善き事ばかりすす可からず候」とある(葛生能久編『高士山岡鉄舟』)。

竹町に渡し舟　本所中之郷竹町(現・墨田区吾妻橋一丁目)と浅草材木町(現・台東区雷門一丁目)とを結んだ渡し。吾妻橋架橋ののちも営業していた。

彼清元の梅の春　「梅の春」は清元の祝儀物の代表的な曲。四方真門《よものまかど》(長州侯毛利元義)作詞、作曲は異説があるが川口お直。文政十年(一八二七)の作と言われる。

二四九 **両国柳橋の万八楼唯今の亀清の在る所が……**　「万八楼」は有名な貸席・料理茶屋の万屋八郎兵衛(万八)。「亀清」も有名な料亭。万八は柳橋の北側、亀清は南側にあった。明治初年に亀清が万八跡に移ったと言われるがその正確な時期は未詳。ただ、萩原乙彦『東京開化繁昌誌』(明治七年)に、万八を描いた挿絵が載り、また本文でも「河長[橋北にあり]万八[同上]亀清柳屋は。将に衰頽《すいたい》の気を一振するや否。今に猶存せり」とある。明治十年刊の『懐中東京案内』二編には、「[両国柳町]亀清」は載るが万八は見えない。明治七―十年の間に万八が閉店したものか。

まだ其頃は柳橋に表向芸者と唱ふる者は無い　『守貞謾稿』

巻二十二に、柳橋や芳町などの江戸の町芸者について「陽に芸者と称するは私称にて、酌人と云ふを名目とす」とある。明治時代の柳橋とは異なり、江戸時代には芸者と公称する者はいなかったということ。

芳町には色子茶屋だの　「芳町」は里俗名で、日本橋の堀江六間町あたり。現・中央区日本橋人形町三丁目付近。男色を売る「色子茶屋」(陰間茶屋とも)が多かった。

堺町葺屋町　現・中央区日本橋人形町三丁目。天保の改革前まで、中村座、市村座があった。

御旅、弁天、松井町に遊女屋がございましたから　「お旅」は深川八幡宮御旅所で、現・江東区新大橋二丁目。「弁天」は一ツ目弁天(現・墨田区千歳一丁目)の門前。それぞれ私娼街であり、「松井町」は二丁目(現・墨田区千歳三丁目)に私娼がいた。

二五〇 **他所へ多く出ましたのは深川で**　『守貞謾稿』巻二十二に、天保(一八三〇-四四)以前の状況として次のように述べる。深川は吉原より江戸の中央部に近く、「日本橋辺堀江町その他、諸町々の船宿へこれを招きて、酒宴も房事にも及ぶ。故に商家奉公の輩など書を投じてこれを召すに、深川遊女、芸者ともに、猪牙《ちよき》と云ふ小舟にて得意の船宿に来る故、客柳巷に行かずして自由す。吉原は外出能はざる故にこの行なし」。天保の改革後は非公許の遊里(岡場所)が廃止され、客は吉原に行ったり、品川、千住、新宿などの宿場で遊ぶ者も多かったという。

林町　竪川の南沿岸で、現・墨田区立川一—三丁目。ここでは、その地に店を構える人を指す。以下にも同様の例がある。

三川屋　三河屋という炭屋は多い。本所二ツ目付近としては、本所林町一丁目に三河屋五兵衛、三河屋新八、三河屋清吉という炭屋がみえる(『江戸商家・商人名データ総覧』)。

竈違ひ　気風が全く異なること。

二五一 **尾張焼**　現・愛知県瀬戸市で作られる瀬戸焼。安手ないし実用第一のもの、あるいは野暮ったいもの。

ぼうた布子　木綿の綿入れの着物。

花川戸さん　「花川戸」は現・台東区花川戸一・二丁目。隅田川沿いで、奥州街道が通る。

深川の仲町で春本の春吉　「春本」は未詳。仲町には有名な茶屋の梅本があったが、あるいはそのもじりか。

御若役　若者のすべき役。ここでは年少(二ツ目)の方を先に、の意か。

太く音の宜三味線ですね　相手の話に適当に調子を合わせることや、本心でない言動を「三味線を弾く」というが、ここでは、お世辞がうまいという意か。

二五二 **五色の茶漬**　五品の菜・香の物を添えた茶漬飯。「会席料理」とは対照的な安価なもの。『江戸買物独案内』(文政七年〈一八二四〉序)に、「両国米沢町三丁目／五色　茶漬／三浦屋和助」とある。

竹川町の点心堂も卸菓子屋も分りやア仕ねへ　慶応元年(一八六五)版『歳盛記』(見立て細見)に「口取屋茶菓四郎」として菓子屋が並ぶ中に、「竹川丁／点心堂」が見える。嘉永六年(一八五三)版『細撰記』には見えない。なお、竹川町は現・中央区銀座七丁目。「卸菓子屋」は、小売業者に一般的な駄菓子を下ろす店か。

二五三 **時の鐘の無へ国**　人があまり住んでおらず、寺が無住であるような山奥の国の意か。

釜屋堀　竪川と小名木川の間にある十間川のこと。現・江東区大島一・二丁目の西を流れる。

先づ床柱が紫檀の……人間は住はれねへ　山十の別荘の、紫檀、黒柿などの重厚な材を用いたおおげさな作りを、仏像を安置する寺のようだと揶揄した(次行参照)。

藍返しのふき模様　袖口や裾の裏地を表に折り返して縁のように縫い付けた「ふき」にかけて染めた模様を、さらに藍で染めた着物。

お納戸縮緬の無垢　縮緬地で御納戸色(ねずみ色がかった藍色)の無地の着物。

吉野漢東織　赤と萌葱色の混じった地に格子縞を織り出した織物。古く中国から伝来した名物切の一種。

萱掛納戸の山繭の長襦袢　「萱掛納戸」は、赤みを帯びた黄色の萱草《かんぞう》色をうすくかけた御納戸色を言うか。「……掛」は、たとえば「紅掛空色」であれば、空色の上に紅色をうすくかける染法から来た名称(長崎盛輝『日本の伝統色彩』)。この色で山繭の糸を用いた長襦袢。

六間堀の武蔵屋　「六間堀」は現・江東区新大橋三丁目、森下一丁目、常盤一・二丁目あたり。深川森下町に、武蔵屋喜八という炭薪仲買業者がみえる(『江戸商家・商人名データ総覧』)。

図夫七　ずぶろく(泥酔状態)を超えて、たいそう酔っていること。

二五四 **カン〱ノフ**　ここでは夜這いのこと。

間夫結び　両端の長さをそろえず結ぶ帯の結び方。

佐賀町川岸の下総屋　「佐賀町川岸」は、隅田川東岸沿いの現・江東区佐賀一・二丁目の河岸。佐賀町に「下総屋」という炭薪仲買業者はみえない(『江戸商家・商人名データ総覧』)。

二五七 **長唄の老松の座附**　謡曲『老松』によって作られた祝儀曲で、各種あるが長唄の『老松』は文政三年(一八二〇)、四代目杵屋六三郎作曲。「座附」は、最初に祝儀のために芸妓が唄うこと。以下、本文には本作の年代とは合わない曲が登場する。

其頃は今日の半玉といふ者がございません　いつごろから「半玉」という名称が使われはじめたか明確ではないが、早い用例として、寛延三年(一七五〇)刊かとされる『松の雨』に「娘のかほに酔し半玉」(素人顔に酔った)が見える(鈴木勝忠『雑俳語辞典』)。

宮の熱田で二ツ一といふ芸子に出会ました　「宮」は熱田神宮の門前町で、東海道五十三次の宿場。現・愛知県名古屋市熱田区。「ふたついち」は半玉の意で、天保十年(一八三九)刊『あふむ石』に「瓜の蔓には/二ツ一から御気も汲」(親も芸子の意)が見える(鈴木勝忠校訂『雑俳集成第二期九　大坂幕末雑俳集』)。

座敷　「座附」(前出「長唄の老松の座附」の注参照)の誤りか。

音頭とか京の四季　「音頭」は、ここでは民謡を源流とする端唄のことか。「京の四季」は上方端歌・端唄・うた沢にあり、『日本音楽大事典』は、作曲者・成立年代とも不詳だが、嘉永二年(一八四九)刊の「大会吾妻諷《よくよせたあづまのひとふし》」が初出かとする。漢詩人中島棕隠《そういん》(一七七九—一八五五)が作った端唄で、多助とは年代が合わないという指摘がある(倉田喜弘「三遊亭円朝遺稿『塩原多助後日譚』解題」『文学増刊　円朝の世界』)。

十組とか九店　十組は商品別の十組から結成された問屋仲間で、江戸・大坂間の菱垣廻船による商品輸送を運営した。天保十二年(一八四一)の株仲間解散令により解散させられたが、廻船運航の取り締まりなどの必要があり、大坂で弘化三年(一八四六)に繰綿・油・紙などの単価の高い九種の商品を扱う九店仲間が結成され、江戸でもそれらを扱う問屋仲間が集まった。嘉永四年(一八五一)に十組問屋が再興されたが、九店仲間も存続した。

富本の浅間　本名題『其俤浅間嶽《そのおもかげあさまがたけ》』。安永八年(一七七九)三月、江戸・市村座初演。増山金八作詞。

常盤津の将門　本名題『忍夜恋曲者《しのびよるこいはくせもの》』。天保七年(一八三六)七月、江戸・市村座初演。『世善知鳥相馬旧殿《よにうとうそうまのふるごしょ》』のうち。宝田寿助作詞、五代目岸沢式佐作曲。

夕顔棚の此方より　近松柳ほか合作の人形浄瑠璃『絵本太功記』(寛政十一年〈一七九九〉七月、大坂・豊竹座初演)の十段目にある詞章。

汐汲み　長唄舞踊曲。文化八年(一八一一)三月、江戸・市村座初演の三代目坂東三津五郎による七変化『七枚続花の姿絵』の一。二代目桜田治助作詞、二代目杵屋正次郎作曲。初演時は常磐津との掛け合い、のちに文政六年(一八二三)九月の江戸・森田座における再演から長唄のみに改められる。

二五八　**山谷の吉善**　「山谷」は現・台東区の北東部。「吉善」という炭屋は、『江戸商家・商人名データ総覧』に見えない。

助銃砲　抜刀隊の後ろから援護射撃をする鉄砲隊、転じて背後から加勢すること。

忠臣蔵の三段目　歌舞伎『仮名手本忠臣蔵』三段目で高師直が、顔世御前への恋がかなわないため、夫の塩冶判官が登城に遅刻したことにかけて次のように悪口を言う。「そこもとはあやかり者だ。登城も遅なわる筈のこと。内にばかりへばりついてござるによって、御前表はお構いないじゃまで」(引用は歌舞伎オン・ステージ8『仮名手本忠臣蔵』による)。

遠通寺　意味が通じないことを、寺号のように言った。

二五九　**樽酒の正宗も宜が偶にやア小買の七ツ梅も格別だ**　「正宗」は灘の山邑氏の銘酒。「七ツ梅」は伊丹の木綿屋の銘酒。伊丹・池田・灘の酒は上等とされていた(『守貞謾稿』巻五)。長期で飲む「樽酒」を妻に、当座飲みの「小買」を遊女に譬え、たまには別の銘酒も良かろう、の意。

妹脊山の御殿の官女然と……　近松半二ほか合作の浄瑠璃『妹背山婦女《おんな》庭訓』(明和八年〈一七七一〉一月、大坂・竹田座初演)四段目の切で、求女(実は藤原淡海)に恋する杉酒屋の娘お三輪が、求女を追いかけてきて三笠山の新御殿で官女たちになぶられる。多助をとりまく炭屋たちがその場面の官女たち、多助がお三輪のようだということ。

久喜万字　新吉原江戸町二丁目(現・台東区千束四丁目)にあった妓楼。寛政七年(一七九五)秋より「吉原細見」で名前が確認できる(八木敬一・丹羽謙治編『吉原細見年表』)。

火焔玉屋　新吉原江戸町一丁目左角にあった大店の妓楼。代々の主人は玉屋山三郎(本全集四巻三六七頁の注参照)。廓中の惣名主をつとめた。暖簾に火焔玉を染め抜いたので火焔玉屋とも言った。

仲の町　仲の町張り。新吉原仲の町の引手茶屋まで、毎夕客を出迎えに出張る資格のある大見世の上位遊女。

二六〇　**二人りを一組といふ事に成つて居る**　『守貞謾稿』巻二十二「女芸者」によれば、吉原では見板芸者(仲の町の芸者)は二人ひと組で、一人では出なかった。

二六一　**旅勘定**　外出先で費用を計算するという意か。

山口巴　新吉原の大門をくぐった右手にあった老舗の引手茶屋。

柳橋の伊豆屋　伊豆屋は嘉永六年(一八五三)版『細撰記』、慶応元年(一八六五)版・明治元年版『歳盛記』に見える船宿。萩原乙彦『東京開化繁昌誌』(明治七年)にも「伊豆屋庄兵衛」が見える。

真乳沈んで梢乗り込む山谷堀りと隆達節に唄つた通り　「隆達節」は、堺の薬種問屋に生まれ、諸芸に秀でた高三《たかさぶ》隆達《りゅうたつ》(一五二七−一六一一)が創始したという近世初期の歌謡。宝永ごろ(一七〇四−一一)まで歌われた。ただしこの歌は、英一蝶(一六五二−一七二四)の作った小歌か。津村正恭編『片玉集前集』に隆達節歌謡(「文禄二年八月宗丸老宛百五十首本」)を写し取った箇所があり、編者自身が書写するに至った経緯を記す中で、「また一蝶も当時洒落いふばかりなき者にして、みづからつくりたる小哥とて世にいひつたへたるものあり。その詞こゝにしるす」として「真乳しづんで木末のりこむ今戸橋、土手のあひがさ、かた身がはりの夕しぐれ。／首尾をおもへばあはぬ昔のほそ布、とふおもふてけふは御ざんした、そふいふ事をきゝにさ」とある。これは「なげふし本調子」ともある。投げ節は近世初期の流行歌。以上、小野恭靖『「隆達節歌謡」の基礎的研究』による。一方で、端唄集の中にも見える。たとえば、端唄の一派のうた沢のものであるが、歌澤能六斎『改正哇《はうた》袖鏡』(安政六年〈一八五九〉)に、「待乳しづんでこずえにのりこみさんやぼりどてのあひ傘かたみがはりにゆふしぐれ君を思へばあはぬむかしがましぞかしどうしてけふはござんしたさういふはつ音をきゝに来た」との詞章が載る。また、明治十八年刊、柳園美登里編『古今端唄大全』にも同じ詞章が載る。同書は「歌澤家元発起の説」として、端唄の歴史の中で、「泉州堺の顕本寺の住僧隆達坊端唄を好める処より還俗して在家の聟となり其后端唄の一風を唄ひ起せしより世に広く行《おこなは》れ」とする。うた沢は隆達節の流れをくむと捉えられていたものか。

二六二　**十段目の初菊が十次郎の甲を持た様な……**　初菊は前出『絵本太功記』の登場人物で、武智十次郎の許嫁。十段目で十次郎の兜を袂に乗せ重そうに運ぶしぐさがある。

金二百疋百疋　一疋は十文。百疋は銭一貫文、金一分に相当し、二百疋では金二分となる。

細美の風呂敷　「細美」は麻布のこと。貲布。

闇の夜も吉原ばかり月夜哉　宝井其角の句「闇の夜は吉原ばかり月夜哉」(『武蔵曲《むさしぶり》』所収)。

今日の仲の町と違ひまして往来幅が狭い　明治期に往来幅を拡張したものか。時期は未詳。

血汐の紅葉　紅色に濃く染まった紅葉の意。

チリカラカツポン　『谷文晁の伝』九六頁「チリカラタツポウ」の注参照。

錦の裏　山東京伝の洒落本に、吉原の昼の情景を描いた『錦の裏』がある(寛政三年〈一七九一〉)。

二六三　**お咲、お鶴、お浜……幇間は……**　以下の芸者および幇間の名は、「山彦(三絃)半二」「やす」以外は、管見の限り、安永四年(一七七五)版のいずれの吉原細見にもない。また、都民中は天保元年から嘉永六年(一八三〇−五三)まで、荻江佐吉(「萩」ではない)は文政二年から嘉永元年(一八一九−四八)まで吉原細見に見える。富本ではないが、清元倉太夫も天保元年から十一年にかけて見える。さらに、本作の幇間(男芸者)に似た名前としては、山彦半二

(治)、大坂屋五調(丁)、南部屋河(嘉)十といった名前が主に天明年間(一七八一-八九)に、鶴(霍)賀升太夫も寛政四年―八年(一七九二-九六)に見える。菅野姓の幇間は文政八年より明治年間まで見える。さらに、「於猿《おさる》弥重(十)」という名前が寛政十三年、享和元年(一八〇二)の品川細見に見える。以上、竹内道敬「『吉原細見』に見る男芸者」(『近世芸能史の研究』)、同「吉原細見に見る男芸者」(『近世邦楽考』)。

お獅子は何所だといふ拳　お座敷遊びで、人数を決めて輪になってする。両手を上下に合わせて指の先を閉じたり明けたりして獅子を表し、この獅子頭を受け渡しするが、獅子頭を渡された人が気付かないと負けとなり罰として酒を飲む。喜熨斗古登子述・宮内好太朗編『吉原夜話』参照。ただし「拳」とは書かれていないが、手指で形を作ることや負けがあることから、「拳」と呼んだものか。

桜霧島、難波のさつき歟今宮か　幕末・明治初期の名古屋の随筆家小寺玉晁が、文化二年―天保五年(一八〇五-三四)のはやり歌を筆記した『小歌志彙集《おかしいしゅう》』に、文政十二年のはやり歌として「桜桐しま山茶花難波のさつきに今見山……」が見える。太平書屋刊『定本・小歌志彙集』参照。

二六四　**内儀が角で**　女房が焼き餅を焼いて。「角で」は角を出して、角を生やしての意で、嫉妬すること。

二六六　**都合廿六頭**　「芸者が五組……若い者が四人」の人数を数えると、二十六人(二人ひと組、二六〇頁の注参照)。それに内儀を足すので、ここは「廿七頭」とあるべきところ。次行「廿五」も二十六とあるべき。なお、妓楼が抱える「内芸者」は一人ずつ出たが、ここは「五組」とあるので芸者は見板芸者で十名と考えた。

お宮の棟上げ　上棟式の際、餅や小銭を撒いたことから、多助にもらった銭を棟上げに行ったようだと言った。「お宮」とは額が多いので言うか。

二六七　**御釜〆に来お初穂**　「御釜〆」は竈祓いのことで、毎月晦日に山伏などが家々をまわってする竈のお祓い。明和頃(一七六四-七二)の初穂料は百銅あるいは米一升、銭三十二文くらいという(『明和誌』)。また三好一光『江戸東京生業物価事典』に、竈〆の相場は最低がおひねり(十二文)に米二三合と極まっていたという。

飛鳥山で土器を投げ様ものなら右の腕がブラに成ア　飛鳥山では花見客が土器を投げて遊ぶことが行われた。河竹默阿弥作『鶴千歳曽我門松』(「野晒悟助」、慶応元年正月、江戸・市村座初演)序幕に大坂・住吉の土器売り詫助が登場するが、「もし〱旦那、お慰みに土器《かはらけ》を投げさっしゃりませぬか、見晴らしがようござります。四文が所《とこ》投げさっしゃりませぬか」と言って土器を売りに来る。二百文の祝儀で山ほど土器が投げられるということ。

お鬮判断　小銭でおみくじをひいて、吉凶を占うということか。

大部屋から出る方の敵役　大部屋の役者がつとめるような端役の敵役の意。

生有難く　「なま」は中途半端の意。

驚いたのは……　「金二百疋」は一人金二分、三行後の「百疋」は金一分の祝儀となり、銭二百文よりはるかに多額。祝儀の最低額は一分だった。客が祝儀代わりに遣り手や幇間などに与えた小菊という紙を紙花と言い、あとで一枚金一分に引き換えられた(阿達義雄『江戸川柳経済志 物価・遊里編』)。

二六八 **些頭痛だ** 普段の吉原での出費より多額になり、頭痛の種になったということ。

橘町の大彦で塩瀬へ……箔押しの古代模様 「大彦」は野口彦兵衛の創業になる呉服商。彦兵衛は同じ橘町の呉服問屋大幸の養子で明治七年に別家して同業の店を構えた(今永清士編輯解説『大彦コレクション 江戸時代名裳作品集』)。「橘町」は現・中央区東日本橋三丁目・日本橋久松町。「当込み染」は不明。「塩瀬」は厚地の織物で、それに古風な模様を染め上げ箔押ししたということか。

竺仙が赤坂の春本へ……片羽車の文庫の裾模様 「竺仙」は浅草の呉服商金屋仙之助(本全集十巻五頁「糶呉服商の……(竺仙)」の注参照)。「春本」は、赤坂田町(現・港区赤坂)にあった芸妓屋。多くの芸妓を抱えていた(『新撰東京名所図会』三十七編)。「不昧公」は出雲国松江七代藩主松平治郷(一七五一―一八一八)で、独自の流派を興した茶人として有名。「片羽車の文庫」は未詳。片羽車の紋をあしらった手文庫を、竺仙が着物の裾模様に染めたということか。

政子の手箱 北条政子が愛用したと伝わる手箱のことか。鎌倉・鶴岡八幡宮に「沃懸地籬菊螺鈿蒔絵手箱」(復元)が所蔵されている。この手箱は一八七三年(明治六年)ウィーン万国博覧会に出品して帰りの船が遭難し失われた。三嶋大社にも北条政子奉納の蒔絵手箱が所蔵されている。

二六九 **毒を流して** 遊女に多助の悪口を吹きこんで、の意か。

佐野槌楼 江戸町二丁目に実際にあった妓楼。安永四年(一七七五)の吉原細見には見えない。

仲の町もあり店もあり 「仲の町」はここでは、仲の町の引手茶屋まで客を迎えに行く大店の上級の遊女を指すか。二五九頁の注参照。「店」は道路に面した張見世で盛装し並んで客を待っている遊女のことか。

引込み雛妓 「引込(み)」とは妓楼で主人の部屋(内証)に置いて「いわば素人の扱いで、幹部候補生として修業させていたもののよう」で(『吉原細見年表』)、引込禿と引込新造とがあった。引込も、遊女として客を取る場合があった。

如意輪の小観音 如意輪観音は手が四本、足が二本の六臂の姿が一般で、遊女の手練手管になぞらえ、「如意輪観音」は遊女の異称となった。「小観音」とあるのは、客の人数が多いため、まだ駆け出しの遊女まで呼び集めたので、まだ遊女としては一人前でないことを表現したか。

二七〇 **安永五年七月二日は養父塩原角右衛門の十七回忌の命日** 底本、「安政五年」を訂す。養父の百姓塩原角右衛門の亡くなったのは宝暦十年(一七六〇)七月二日で(『一代記』五回)、安永五年(一七七六)で十七回忌。

此年は四月に改元が…… 実際は安永十年が天明元年。

二七一 **下男の五八、幸右衛門夫婦** 五八は多助が沼田にいたころ忠実に仕えた下男。幸右衛門は、多助の友人で多助と間違われて殺された円次郎の親。

二七二 **十七年** 底本「十三年」。他箇所は十七回(年)忌、ないし十七(十六)年前とあるので、誤りと見なし、訂した。

下新田 現・群馬県利根郡みなかみ町新巻・羽場あたり。本全集一巻一八〇頁「上州沼田の下新田」の注参照。

八軒寺町の楽陽寺　本文のつながりからして下新田近辺の寺を指すと思われるが未詳。『一代記』の冒頭に、「浅草八軒寺町の東陽寺」（本全集一巻一八〇頁の注参照）に塩原多助の墓があり、その墓に養父と実父の名前があるという記述があるが、これと混同したものか。二八五頁には「東陽寺」、二九五頁には「青陽寺」とある。全て同じ寺を指すか。なお、下新田の塩原家の菩提寺は広福寺（円朝「上州沼田 下新田日記」『演芸世界』二十三―二十八号、明治三十六年一―六月）。

せまじきものは宮仕へ……自活を町人が結句増歟もしれん　「せまじきものは……」は人形浄瑠璃『菅原伝授手習鑑』（竹田出雲ほか合作、延享三年〈一七四六〉八月、大坂・竹本座初演）の四段目で、寺子屋の師匠武部源蔵が道真（菅丞相）の子菅秀才の身代わりに寺子を殺すことを決意した時に言う言葉。「自活を町人が……」の意味がとりにくいが、「自活の町人が」「増《まし》」と取ると、主家に仕えず自活する町人の方が武士よりもましだ、の意か。

二七四 **定斎だの**　定斎は「じょうさい」「ぜさい」とも読み、夏の病に効くという煎じ薬。豊臣秀吉存生中に堺の薬種問屋村田定斎が始めた。

桶川宿　中山道の宿場。現・埼玉県桶川市。

金子渋川　いずれも三国街道の宿場で、「金子」は高崎の次の宿場、金古宿のこと。現・高崎市。渋川は金古宿の次で、現・渋川市。

中山宿　三国街道の宿場町。現・群馬県吾妻郡高山村中山。

二七九 **お作さんに原町の油屋から……**　「お作」は太左衛門の娘、『一代記』六回に名のみ登場する。「原町の油屋」については、円朝は明治九年の調査旅行において、沼田の原町で油屋を営む、初代太助の甥塩原金右衛門に会っている（「沼田の道の記」『演芸世界』十一―十九号、明治三十五年一―九月）。

中新田　沼田における「中新田」の地名は不詳。「下新田」（二七二頁の注、本全集一巻一八〇頁「上州沼田の下新田」の注参照）があり、中新田もあったか。あるいは下新田の誤りか。

二八一 **貴郎の事ばへ**　あなたの事ばかり。「ばい」は「べー」より丁寧な言い方で、限定の意を表す（『群馬県のことば』）。

二八四 **小めへ山**　「こまい」は細かい、小さい意。

相対小向ひ　「相対」も「小向ひ」も、面と向かって、の意。仲介者なしで直接買い戻す意か。

二八六 **五十八**　底本「五十七」を訂す。以下、二九〇頁の「六十」は底本「五十九」とあるのを、また二九三頁の「六十一」は底本「五十九」とあるのを訂す。

二八八 **貧窮な者には施行**　底本「貧窮な者にぼ施行」とある。「ぼ施行」は「御施行」の誤植という可能性もある。

二八九 **茂久の川と中山峠**　「茂久の川」は、北牧宿にあり吾妻川を渡る「杢の渡し」か（徳利旅氏ウェブサイト『はなしの名どころ』「円朝地名図譜」）。「中山峠」は前出の中山宿にある。

お耐り拳があるものかへ　「お耐り拳」は「おたまりこぼし」とも。起き上がりこぼしをもじった言葉。たまらない、やりきれない、の意。

二九〇 **勢多**　勢多郡は赤城山の山麓一帯。郡内の各村は、変遷を経て現在は群馬県桐生市、前橋市、渋川市、みどり市になった。

横堀　現・群馬県渋川市横堀。三国街道の横堀宿があった。

蝙蝠安　嘉永六年（一八五三）三月、江戸・中村座初演の瀬川如皐

作『与話情浮名横櫛』に登場する小悪党、蝙蝠の安五郎のこと。もとは大家の若旦那であった弟分の与三郎とともに、与三郎の元の恋人お富の家にゆすりに行く。

仁三郎さんとやら　多助が錯誤して（あるいはわざと）「仁太郎」「甚三郎」の名前を取り混ぜて呼びかけたものか、あるいは誤植か。

二九三　**其時甚三郎は……**　底本、錯簡あり。底本でのこの部分の前に十二行分あるが、続き方から同じ段の最後にまわした。

二九四　**申出で人別は消ました**　沼田では、勘当する（家に在る者を追い出すこと）、あるいは旧離を切る（既に家出した者との縁を切ること）場合は、村役人を通じて藩役所に届け出て、人別帳から除帳して公式のものとすることにより、刑法上の連帯責任を免れることができたという（『沼田市史　通史編　二』）。

二九五　**所天の留守に女房が親父へ咄して所天を離縁する**　江戸時代、地方によっては、夫が失踪した場合、夫の弟あるいは親類組合などが夫に代わって、妻方へ離縁状を出すことが行われたという（石井良助『日本婚姻法史』）。

勘当帳　勘当を公式に記録する帳簿で、親が町役人などと一緒に町奉行所に出て登録した。ここでは江戸での慣習をあてはめたものか。

沢田の原　沼田の原の誤りか。

二九六　**赤飯の桶土瓶茶碗の類ひは**　この後、「片付け」などの文言がないと文意が通じないが、脱落している。二行後の「此人々等が持運びしても……」の文もつながりが不自然か。

二九七　**本家分家倶に……帰りました**　「本家分家倶に」の後、何らかの文が脱落している。なお、底本はこの後に、下記のような断り書きがある。「校者曰す　塩原の後日も本年一杯の読み切りに致す目算《つもり》でございましたが　爾《さ》う参りませんが　既に桜痴居士執筆の薄命《はくめい》の花《はな》の広告も致し読者もお待兼との事で　塩原《しほばら》後日譚《ごじつものがたり》は一先づ中止を致し　薄命の花の結局後再度記載を致す事と仕《つかまつ》りたり」。「桜痴居士」は福地桜痴（一八四一―一九〇六）。本名源一郎。新聞記者、政治家などをつとめ、後年には歌舞伎座の設立や劇作を行なった。結局、桜痴「薄命の花」のあとに続編が掲載されることはなかった。

三〇一　阿三の森　本作では「雀の森」（次注参照）の別称と語られているが、そのように呼ばれていた事実の有無については不明。現・江東区牡丹一丁目には、於《お》三《さん》稲荷の小祠が現存する（後記〔成立〕の項参照）。

雀の森　現・江東区牡丹一丁目。近吾堂版江戸切絵図（下図参照）によると、永代寺門前仲町と蛤町の対岸に「黒船社稲荷神主鈴木主殿」とあり、その境内に「深川名所一ノ古跡スズメノ森」とある。一九五七年の『江東区史 全』によれば、当時の黒船稲荷の境内は雀の森とよばれた森林であり、大正期までその面影を残していたという。喜熨斗古登子『吉原夜話』は「親類の寮がその森の傍にあったものですから、チョイチョイ寮に遊びに行くと、その時にこれが雀の森ですよ、と伴の者に言われますが、行きにはちっとも気にとめないで参ります。ところが夕まぐれに家路につきます時にその森を見ますと、何千何万だか数知れない程の雀がチュウチュウと枝から枝にやどりして、実に大したものでした。それで雀の森という名が世に伝えられるようになったのでしょう」と述べている。

久左衛門新田と海辺新田　ともに近世に開発された葛飾郡西葛西領の土地。前者は現・江東区北砂付近。後者は、北は現・小名木川、東は江東区南砂、西は隅田川付近まで散在する地の総称。ここでは、江戸幕府の石置場であった久左衛門新田飛地、深川海辺新田飛地を言う（後出「古石場町」の注参照）。明治十二年『実測東京全図』には、東から「牡丹丁」「黒船神社」「海

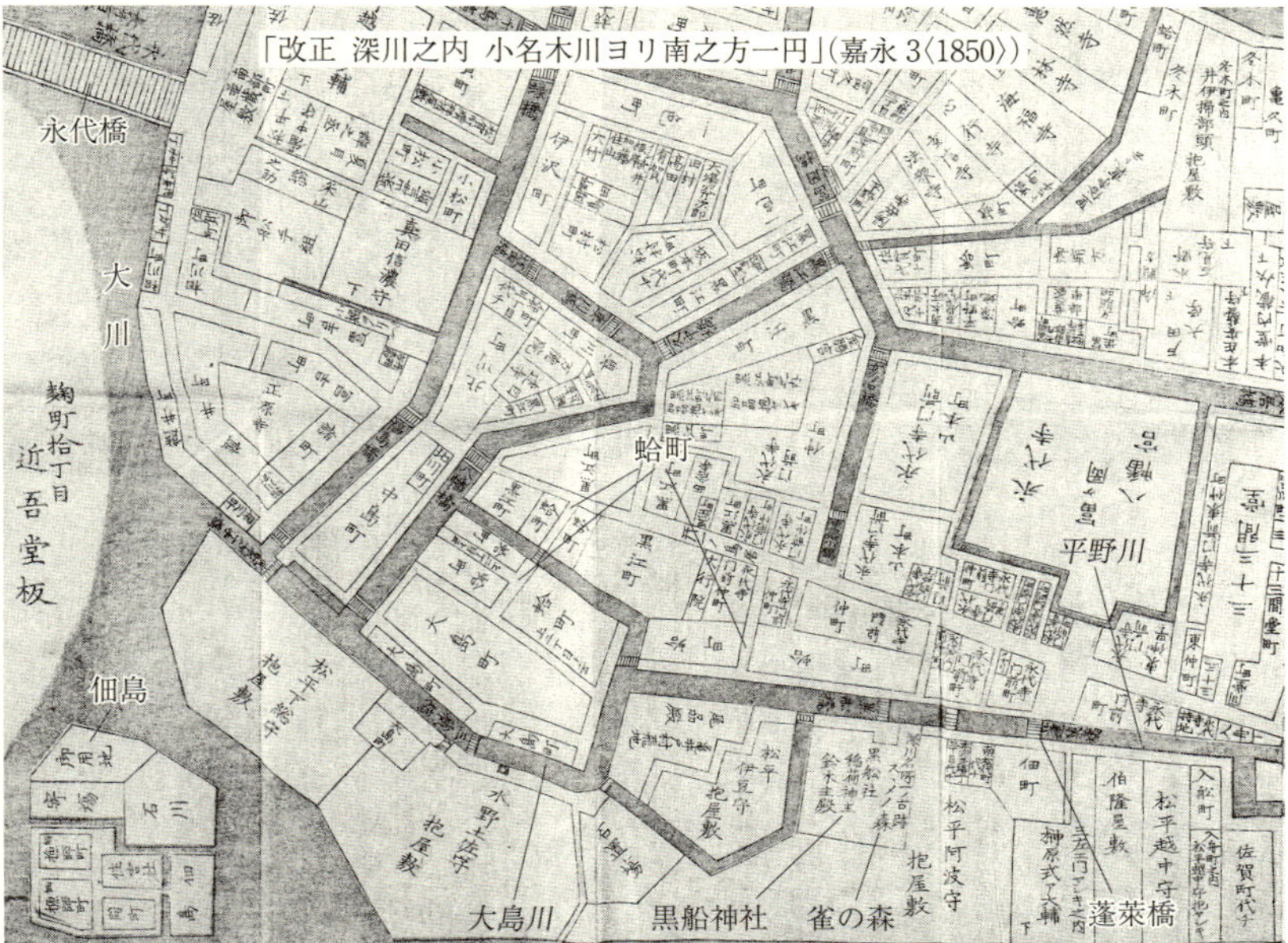

「改正　深川之内　小名木川ヨリ南之方一円」（嘉永3〈1850〉）

辺新田」、少し間をおいて「久左衛門新田」が並ぶ。

黒船神社　現・江東区牡丹一―十二―九。於三稲荷からはその北側すぐの場所にある。

洲崎遊廓へ通ふ早船の通る川筋　「洲崎遊廓」は、現・江東区東陽一丁目にあった遊廓。根津権現前にあった根津の遊廓が明治二十一年にかの地に移転。本全集十巻二六頁「洲崎の土手」の注参照。「川」は、大島川(現在は大横川の一部)。西は隅田川に注ぎ、東は平野川と名を変える。また、洲崎川を経て洲崎遊廓にもつながっていた。

この川は遠く砂村新田から出て……　「砂村新田」(現・江東区南砂付近)を西に流れる元〆川(関東大震災以降埋め立てられ道路になった)が横十間川につながり、「石小田新田」(明治十二年『実測東京全図』では現・東陽六、七丁目など)と「平井新田」(同、現・東陽四、五丁目など)の間を経て平野川(現在は大横川の一部)となることをいう。

洲崎弁天　洲崎弁財天社。現・江東区木場六丁目。元禄十三年(一七〇〇)、護持院大僧正隆光が創建。北東から流れてきた平野川がここで折れて西へ向かう。

平野橋　平野川で、入船町(次注参照)と平久町(現・江東区木場一丁目)とを結ぶ橋。

入舟町数矢町　「入舟町」(入船町)は現・江東区の木場二丁目、富岡二丁目、牡丹三丁目。「数矢町」は富岡二丁目。

蓬萊橋　富岡八幡宮の表門と、岡場所のあった佃町(現・江東区牡丹三丁目。本全集四巻四三三頁「佃を流して行く」の注参照)とを結ぶ橋(前頁図参照)。西側付近に巴橋が架設され、昭和四年に撤去された。

富岡門前　現・江東区富岡一丁目。

平富町、佃町、牡丹町　現・江東区牡丹三丁目から一丁目にかけての河岸。

石島橋　巴橋と黒船橋(現・清澄通り)の間に架かる橋。現・江東区富岡一丁目と門前仲町二丁目の境と、牡丹二丁目とを結ぶ。

蛤町　現・永代二丁目、門前仲町一・二丁目(前頁図参照)。江戸期は海辺新田のうち。浜十三町の一つ(本全集十巻六六頁「浜」の注参照)。

松島橋の処から左へ越中島橋下をぬける　「松島橋」は蛤町堀(平野川の西端で北へ迂回する運河)に架かり、蛤町一丁目と二丁目とを結んだ橋(現存せず)。西へ流れる平野川はここで南に迂回、「越中島橋」(現・門前仲町一丁目の臨海公園南側に架かる橋)をくぐって再び西へ曲がり、ここから大島川と名を変えた。

大島町・越中島　大島川北側の「大島町」は現・江東区永代二丁目、南側の「越中島」は越中島一丁目。

調練橋　大島川が大川(隅田川)に注ぐ直前にある橋(現存せず)。

熊井町　大島川河口北側の町、現・江東区永代一丁目。大川口の渡しがあり、隅田川対岸の霊岸島とを結んだ。

古石場町　幕府の石置場であった深川海辺新田飛地古石場、久左衛門新田飛地古石場、亀戸村飛地古石場は、俗称「古石場」と呼ばれていたが、明治二十四年に統合して深川古石場町となる。現・江東区牡丹および古石場。

此辺はみな海で……　城下町江戸の成立以降、とりわけ明暦三年(一六五七)の大火以後、市街地の拡大により現・江東区域沿岸部の干潟が新しい土地として求められ、北十間川以南が開発前線となった。江戸から搬出される塵芥を用いて土地の造成が進められ、明暦元年には永代島が、延宝九年(一六八一)には永代島新田・砂村新田が塵芥の投棄場所に定められた。以上、『江東区史』上(一九九七年)参照。

津波で家も攫はれた　寛政三年(一七九一)九月四日、深川洲崎一帯に高潮が襲来し、家屋が流されて多くの死者が出た。洲崎弁天境内には寛政六年に「波除碑」が建てられ、『江戸名所図会』にも描かれている。

三〇二　**立てば這へ這へば歩め**　「這へば立て立てば歩め」とあるべきところ。「はへバ立テたてバあゆめの親ごゝろ　針人」(『誹風柳多留』四五編)。

梅の咲く時分より藤の散る頃まで　新暦の二月から五月まで。亀戸天神は梅と藤の名所として知られる。

朝焼　朝から酒を呑んで顔が赤くなっていること。

三〇三　**お手の筋でげせう**　図星でしょう。「手の筋」は、相手についての推測や想像が的中すること。

お幇間医者　医術の腕が悪いため、太鼓持ちのような真似をして世渡りをする医者。円朝『怪談牡丹燈籠』一編二回にも、「飯島様へお出入のお医者に山本志丈と申す者が御座います　此人一体は古方家ではありますれど実はお幇間医者のお饒舌《しゃべり》で諸人救助《たすけ》のために匙を手に取らないと云ふ人物で御座いますれば　通常《たいがい》の御医者なれば一寸紙入の中にもお丸薬か散薬《こぐすり》でも這入て居ますが　此志丈の紙入の中には手品の種や百眼《ひゃくまなこ》抔が入れてある位なもので」とあり、山本は萩原新三郎を亀戸の臥龍梅へ梅見に連れ立った帰りにお露の家に誘い、本作同頁一五行「串戯口の……」と同様の軽口をたたく。

三〇四　**臥龍梅**　がりょうばい。樹の形が臥龍に似た梅の園芸品種のこと。亀戸には梅の花で有名な梅屋敷「清香庵」があり、臥龍梅で知られていた。本全集一巻一一頁「亀井戸の臥龍梅」の注参照。

梅見れば方図がない　「上見れば方図も無い」(上を見ると際限もないが下を見ると自分以下の者もいるので、自分の分際に満足せよという意)をもじった洒落。『怪談牡丹燈籠』でも用いられている(本全集一巻一二頁の注参照)。

早桶へ両足を突込む　いつ死んでもおかしくない状態を「棺桶に片足を突っ込んでいる」と表するのが一般的だが、急いで作った粗製の「早桶」に、片足ではなく両足を突込むということで、老婆が死に近い年齢であることをより強調。老齢にもかかわらず、老婆が美男に心を奪われている様を滑稽に表現している。

煮くたらしの番茶　「煮くたらす(煮腐らす)」は、煮てくたくたにすること。ここでは出がらしのお茶を言う。

殻ツ茶　空茶。茶菓子なしに茶だけを出すこと。

椽の下の小豆でも時節が来ると花が咲くもので　「縁の下の小豆の木」は、実らないところから、世に出られない人のたとえ。ここでは、そういう境遇でも華やかに盛る年頃を迎える、の意。

臀を撫でまはし　着物の臀(尻)の辺りを自ら撫でる、すなわち服装に気を配る意。

三〇五　**御前にすっかり蹴られましたね**　貴方ばかりもてて自分はか

たなしだ、の意。本全集一巻一四頁「蹴られた」の注参照(当該箇所にも、本作でお三が男を見初めてのぼせ上がり、障子を開け閉めしてもじもじするのと同様の記述あり)。

照さないやうに　客にばつの悪い思いをさせないように。「照らす」は明和(一七六四-七二)頃深川の岡場所に始まった遊里語で「冷遇する」「振る」の意。

三〇六 **電気《エレキ》**　電荷どうしが力を及ぼし、放電が起こり、電流が流れる現象は、蘭学を通じて江戸時代の知識人には「エレキテル」「エレキ」の音訳で知られていた。明治期に入ると漢字表記としての「電気」が定着し、読み方としては歴史のある「エレキ」に加え「デンキ」も使われるようになる。近代文学では、電気を物理的現象ではなく、精神的衝撃、特に男女の恋愛感情の比喩として用いる例が見られる。「軟らかな寿代さんの手は敬二の手に触れて、電気《でんき》を敬二の全身に走らした」(徳富蘆花『黒い眼と茶色の目』)。なお、便所の後の手洗い、手拭いのやりとりは『怪談牡丹燈籠』一編二回とほぼ同じ。

三〇七 **飛んだ三段目のお茶番**　『仮名手本忠臣蔵』三段目で、塩冶判官の出仕が遅なわることをふまえた軽口。

三〇九 **芸妓衆《げいしや》**　「げいしや(芸者)」が江戸で、酒席に出て興を添える女の業の称となるのは明和・安永(一七六四-八一)であり、本作の設定(享保〈一七一六-三六〉)と合わない。なお、それ以前は元文(一七三六-四一)頃から「をどり子」という称であった(『角川古語大辞典』)。

三一〇 **本所割下水**　現・墨田区亀沢一-四丁目あたり。「割下水」はここでは南割下水を言う(現・北斎通り。本全集三巻四八頁の注参照)。本所南割下水に阿部忠蔵政厚(四百石)の屋敷があった(小川恭一『江戸幕府旗本人名事典』)。

法恩寺橋通り・大平町・天神橋　現・蔵前橋通りを東に向かっている。「法恩寺橋」は大横川に架かり、現・墨田区石原四丁目と太平一丁目とを結ぶ。「天神橋」は横十間川に架かり、現・墨田区太平四丁目と江東区亀戸二・三丁目を結ぶ。

三一一 **源氏五十四帖のうち花散里の蒔絵……**　渡辺雅子「優雅な王朝的美意識――源氏物語意匠蒔絵香箱」(『聚美』十号、二〇一四年一月)は、メトロポリタン美術館に源氏香の伝統と結びつくかのような蒔絵作品が多く所蔵されているとし、江戸時代後期作製の「源氏物語貝合蒔絵香合」など、図柄や和歌で『源氏物語』のエピソードを想起させる香合を紹介している。『怪談牡丹燈籠』で枕を交わした後にお露が渡すのも母の形見の香箱(香合)で、「秋野《あきの》に虫の象眼入《ざうがんいり》の結構な品で　お露は此蓋《このふた》を新三郎に渡し自分は其身《そのみ》の方を取《とツ》て互《たがひ》に語り合ふ」(一編四回)。これは新三郎の夢の中との設定だが、夢が覚めても新三郎の傍に香箱の蓋が残る。

三一二 **割笄**　笄は、武士が髪など身嗜みを整える際に用い、刀の鞘の差し表に挟んだものだが(本全集八巻一〇七頁「笄ひにてチヨン〳〵打ち」の注参照)、「割笄」はその、縦に二分割した箸のような形態のもの。江戸期には装飾金具として流行した。

鴛鴦《をし》の翅をさかれる心地　鴛鴦《をし》は直前の同音「惜し」に導かれている。鴛鴦(オシドリ)は夫婦仲の良いさまに喩えられる鳥で、「鴛鴦の思い羽」(尾の両脇にある羽)と言えば夫婦の愛情の深い様を言う。

三一六 **男も好く生れると……**　男ぶりが良いと。「男も余《あん》り美《ま》く生《よ》れると罪だネー　死んだものは仕方がありませんから御念仏でも唱へておあげなさい」(『怪談牡丹燈籠』三編六回)。

三二七 麻殻なんかをお召しになつて 「麻殻」はアサの皮をはいだ茎で、盂蘭盆のかざりや、迎え火で焚くのに用いる。ここで「婆や」は漁師などがかぶる麻幹頭巾《おがらずきん》(苧屑頭巾《ほくそずきん》)と勘違いしている。

三二八 切戸口 くぐり戸の出入り口。

小梅 本所小梅村。現・墨田区向島一―四丁目、業平一丁目、押上一・二丁目など。

名物の蚊柱 新十郎の別荘のある向島、本所界隈は蚊が多いことで知られ、円朝作品においても「蚊の多い処」(『業平文治漂流奇談』十五)、「どうも名代の本所丈ひどい蚊だコレは厳しい、先刻ツから方〴〵喰れ升た」(『怪談乳房榎』六)など本所に蚊の記述が頻出する。『怪談牡丹燈籠』三編六回で新三郎は、お露が自分に恋いこがれて死んだことを山本志丈から聞き、俗名を仏壇に供へて念仏三昧で暮らしていたが、「盆の十三日なれば精霊棚の支度などを致して仕舞ひ椽側へ一寸敷物を敷き蚊遣を薫《くべ》らして 新三郎は白地の浴衣を着 深草形の団扇を片手に蚊を払ひながら冴へ渡る十三日の月を眺めて居ますと カラコン〳〵と珍らしく駒下駄の音をさせて生垣の外を通るものがある」。

三二九 三囲様 三囲稲荷(現・墨田区向島二丁目の三囲神社)。神像は弘法大師の作とされる。文和年間(一三五二―五六)三井寺の僧源慶が再興し、社壇を改築する際白狐が現れ神体を三回めぐったという言い伝えがある。

三三〇 吉弥結 寛文・延宝期(一六六一―八一)を盛時とする歌舞伎役者初代上村吉弥が考案したとされる帯の結び方。女性に人気があり、流行した。『都風俗鑑』二では「吉弥結びとて、唐犬の耳の垂れたる如く、二つ結びの両端をだらりと下ぐるなり」と説明。

吉弥結び
(『古今四場居色競百人一首』「上村吉弥」)

おぢやの塊りエツサツサ 子どもの遊び。童謡研究会編『諸国童謡大全』(明治四十二年)に、東京の遊戯唄として「お雑炊《じや》の固《かた》まりエツサツサ、お粥の固まりエツサツサ、／肩と肩とに手を懸けて、群童一団となり、斯く唄ふ」とある。

三三一 法恩寺 現・墨田区大平一丁目の、平河山法恩寺。日蓮宗。太田道灌が建立。開祖日住上人。

三三二 長命寺 現・墨田区向島五丁目の、宝寿山長命寺。天台宗。

御養子に……服忌はグツと減て居ります ここでは、養子に出た者の、その実親の死に際しての服忌期間が通常より短くなるとの意だが、誤り。林由紀子『近世服忌令の研究』四章によると、当時の相続養子の場合、実方の父母に対しても定式通りの服忌である(ただし実方の祖父母・伯叔父姑・兄弟に対しては半減)。元文元年(一七三六)九月の「服忌令」は、父母の場合は忌が五十日、服が十三ヶ月(原則、閏月を除く月数)と定める。

三三四 手前どもで能くやる引越女房 落語の設定によくある引越女房、の意。「引越女房 仲人なしで私合の男女などが正式の婚儀をあげず、新居に引き移るとともに名主・町役人に届け、近隣に披露して事を済ますこと。また、こうして迎えた女房」(穎原退蔵著・尾形仂編『江戸時代語辞典』)。三好一光『江戸語事典』では歌舞伎『比翼蝶春曽我菊』の「仲人いらずの引越し女房、当世流行るさうじゃわいのう」を示し、引例当時(文化十二年〈一八一五〉)からの流行らしいとする。

麻布笄の大久保様　麻布笄町は現・港区南青山六・七丁目、西麻布二・三丁目。麻布三軒家(現・西麻布三丁目)に大久保鋳之助忠志(七百石)の屋敷があった(小川恭一『江戸幕府旗本人名事典』)。

延のお煙管　延打ち(金属を鍛えて平らに打ち延べること)製のキセル。延煙管《のべきせる》。

三五 **蛇を除けたら、今度は蛙、夫れから蛞蝓**　蛇は蛞蝓を恐れ、蛞蝓は蛙を恐れ、蛙は蛇を恐れるとする中国の故事(『関尹子』)から、蛇と蛙と蛞蝓は互いに牽制しあう三すくみの関係にあると考えられていた。ここでは蛇がいなくなっても別の厄介者が出てきて果てしなくめぐること。

三六 **大手文庫**　手文庫(文具や手紙などを入れる箱)の大きいものか。

三七 **青同心**　青道心。仏門に入って間もない僧。

心中時雨傘　（佐藤至子）

三二 **花見寺**　日暮里の青雲寺(臨済宗)・妙隆寺(日蓮宗)・修性《しゅしょう》院(同)の俗称。寛延元年(一七四八)に妙隆寺の崖下につつじを植えたのがきっかけになり、付近の寺もこれをまねるようになり、名勝地となった(『江戸文学地名辞典』)。諏訪明神社(次注参照)に近接。現・東京都荒川区西日暮里三丁目、青雲寺・修性院(妙隆寺は修性院に合併)。青雲寺は『闇夜の梅』一一〇頁の注、本全集九巻二三四頁の注参照。

お諏訪様の境内　日暮里の諏訪明神社。「諏訪の台にあり(略)社頭いまも杉の木立生ひ茂りて上久《かみさび》たり。(略)当社別当は真言宗にして、法輪山浄光寺と号す。当寺の書院は、高崖に架して眼下に千歩の田園を見下ろせり。風色もっとも幽雅にして四時の眺望たらずといふことなし」(『江戸名所図会』巻五、天保七年〈一八三六〉)。現・荒川区西日暮里三丁目、諏訪神社。

高い処　寄席の高座。

真岡木綿の中形　染模様を施した真岡《もおか》木綿で作った浴衣。「真岡木綿」は真岡(現・栃木県真岡《もおか》市)で作られた丈夫で質のよい木綿織物。「中形」は型染めの染模様で、大紋・小紋の中間程度の大きさの模様のこと(染めに用いる型紙が中型紙〈鯨尺三寸七分—七寸五分〉であることに由来するとの説もある)。主に浴衣地の染模様として用いられたことから、模様の大小によらず染模様の浴衣のことも「中形」と呼ぶようになった。

山王様　山王祭。日吉山王権現社(現・東京都千代田区永田町二丁目、日枝神社)の祭礼。祭礼日は六月十五日。神輿行列

が江戸城に入るようになったのは元和年中（一六一五-二四）以降。寛永十一年（一六三四）より大祭となり、天和（一六八一-八四）頃より神田祭との隔年開催となる。「当社御祭礼は東都第一の大祭祀なり。当日往来を止て猥りに通行を免さず。（略）祭礼番組四十五番、町数凡《およそ》百六十丁余、各花出しを出して牛車にて是を曳く」（『東都歳事記』六月十五日の項、天保九年〈一八三八〉）。

天王様 天王祭。牛頭天王を祀る神田明神（現・千代田区外神田二丁目）境内の一の宮・二の宮・三の宮からそれぞれ南伝馬町二丁目御旅所・大伝馬町二丁目御旅所・小舟町一丁目御旅所に神幸。祭礼日は六月五日（二の宮）・七日（一の宮）・十日（三の宮）。祭礼の創始は南伝馬町が最も早く、慶長十八年（一六一三）六月七日に南伝馬町二丁目の高野新右衛門直久（伝馬役兼名主）が神輿を供奉し登城。その後、大伝馬町・小舟町の祭礼が創始された。化政期の氏子町は日本橋・京橋の一九一ヶ町（吉原健一郎「江戸天王祭覚書」『日本常民文化紀要』二十一、二〇〇〇年三月）。大伝馬町二丁目御旅所への神幸の行粧は「行列一番に幟十本、次に太鼓・榊・祭鉾・四神鉾・太鼓・獅子頭二・幣・小太鼓・神輿・神几・社務二人騎馬」（『東都歳事記』六月五日の項）。

宝井其角 江戸時代前期の俳人。一六六一-一七〇七。榎本氏。芭蕉の門人。

番附を売るも祭のきほひ哉 祭番附（祭の催し物や行列の順番などを記したもの）を売るさまも祭らしく勢いがあって賑やかなことだ、の意。『雑談集』所収句。なお、この句は『東都歳事記』六月十五日の項、山王祭の記事に引用されている。

神田祭 神田明神の祭礼。祭礼日は九月十五日。天和（一六八一-八四）頃より山王祭との隔年開催。神輿が江戸城に入るようになったのは元禄元年（一六八八）以降。「産子の町数六十町、番数三十六番、各出しねり物に善美を尽し、壮麗鄙人の目を驚かしむ（略）出しは何れも牛車にて曳なり、この外にをとり邌《ネリ》もの曳物数多出る」（『東都歳事記』九月十五日の項）。

服部嵐雪 江戸時代前期の俳人。一六五四-一七〇七。芭蕉の門人。

花すゝき大名衆を祭かな 『猿蓑』所収句。前書「神田祭／さればこそひなの拍子のあなる哉　神田祭の鼓うつ音　蚊足／拍子さへあづまなりとや」。「「拍子さへあづまなり」とは聞き捨てならぬ。今では武蔵野の薄が全国の大名を江戸に招きよせ、大名衆をあげての祭だぞ。「大名衆をまねき」に「まつり」と言い掛けた」（新日本古典文学大系『芭蕉七部集』注解）。なお、この句は『東都歳事記』九月十五日の項、神田祭の記事に引用されている。

深川富ケ岡の八幡様 富岡八幡宮（現・東京都江東区富岡一丁目）の祭礼。江戸時代の祭礼日は隔年八月十五日。「神輿三基、本所一の橋の南、蔵舟浦《おふなぐら》の前なる行祠《おたびしよ》へ神幸、同日帰輿す」（『江戸名所図会』巻七）。

亀戸の天神様 亀戸村の宰府《さいふ》天満宮（現・東京都江東区亀戸三丁目、亀戸天神）の祭礼。祭礼日は隔年八月二十四日・二十五日。「後水尾帝の勅許によりて、神輿供奉の行粧すべて宰府の例式に准《なぞら》へて、もつとも壮観たり。別当大鳥居氏乗車す。生《うぶ》子《こ》の町々よりも練物・車楽《だんじり》等を出だしてはなはだにぎはへり」（『江戸名所図会』巻七）。

浅草の三社祭 浅草の三社権現社（現・東京都台東区二丁目、浅草神社）の祭礼。江戸時代は隔年三月十八日が祭礼日で、浅草橋から駒形まで船渡御が行われた。明治以降は祭礼日が五月十八日となり船渡御もすたれたが、二〇一二年、三社祭斎行七〇〇年記念として三月十八日に船渡御が行われた。

根津権現のお祭……立派なお祭になりました　根津権現社(現・東京都文京区根津一丁目、根津神社)の祭礼。当社は元は団子坂(現・文京区千駄木二、三丁目)にあり、宝永三年(一七〇六)に現在地に社殿が造営された。「ホンのお式」は旧地での祭礼がささやかなものであったことを言うか。「宝永の頃までは御庭祭とて行ひしが、同三年丙戌当社御造営あり。明る四年亥九月廿一日駒込片町より祭りを出し、是より隔年になり、正徳二年に至り官より命ぜられ、山王御祭礼の格にならひて、同四年九月江戸町々より始て祭を渡し、出しねり物に美麗を尽くせしが其後行れず」(『東都歳事記』九月二十一日の項)。

当時　現在。

根津には遊廓もあつて　根津権現社門前町に形成された遊廓は江戸有数の岡場所として繁盛。天保改革時に新吉原に移されたが、慶応年間に幕府の陸軍奉行により根津での営業が許可され復活。明治二十一年に洲崎へ移されるまで続いた。

三三　**樽神輿**　酒樽で作った神輿。「子供のかきて騒ぎ廻れる樽御輿は、いずれの祭礼にもあるものなれども、神田・日本橋・京橋辺をもって第一とす。また数もいと多かりし。その造り方、酒の空樽を御輿の胴とし、塩籠を御輿の屋根に用い、草鞋を鳳凰の背に遣い、渋団扇を翼とし、楊枝を口ばしに作り、わらだわしを鈴に代え、樽の下へ棒を付けてかつぐなり。この外、思い付きの器物応用したるもの多し。これをかつぎ出しさわぎ廻るなり」(菊池貴一郎『絵本江戸風俗往来』明治三十八年)。

えッしよい〱……塩まいてお呉れ　神輿を担ぐ際の定型的な掛け声。『祭礼事典・東京都』(桜楓社、一九九二年)によれば「ワッショイワッショイ」「景気を付けろ」「水撒いておくれ」「塩撒いておくれ」といった掛け声は明治四年八月の深川八幡祭の時にできたという。

黄色く染めた麻に起上小法師の達摩をつけた手襷　祭礼時の子供の服装。「大方の子供鬱金染《うこんぞめ》の苧《を》手襷《だすき》をかけ、これに起上小法師、鈴、豆太鼓などの玩具を附く、また頭に花笠を被り、単衣を揃へ、足袋裸足となりていと勢よく駆けありくめり」(平出鏗二郎『東京風俗志』上・四章「宗教及び迷信」三節「祭礼、賽日、及び開帳」明治三十二年)。

子若中　若中(若者の組)よりさらに年少の集団を言う。小若。

大僧　体が大きくなり小僧の呼称がもはや似合わなくなった子供。

権現様の宵宮　根津権現社の例大祭前夜。

天道店　露店。

猿芝居《さるしばゐ》　底本の振り仮名「えんしばゐ」を訂した。

おでん燗酒　おでん(味噌田楽)と燗をした酒を売る露天商。「上燗おでん　燗酒と蒟蒻の田楽を売る。江戸は芋の田楽も売るなり」(『守貞謾稿』巻六)。

松葉長屋などの長屋見世　長屋見世は棟割長屋を仕切って遊女を置き、短時間で区切って売春させる下等の店。局見世。『根津遊廓昌記』(江戸町名俚俗研究会、一九六四年)の口図「根津遊廓の図」(明治十七年以後の根津遊廓図)によれば、根津神社の南側、須賀町内に「まつば長や」がある。

どッこい〱……どッこい屋　どっこいどっこいは当て物の

遊戯。どっこい屋はそれを商売とするもの。菊池貴一郎『絵本江戸風俗往来』下では子供の遊戯が大人向けの賭博めいたものになったとし、円盤状のものを紹介。「盤の上に竹篦《べら》の時計の指針の如きものを独楽《こま》の心棒に貫き、グルグル廻るよう作り、その篦の先の廻り止まりし処を当たりとす。当たりし者には賭銭に応じ三割の利銭をやる。盤には六個の目盛ありて、相撲の名或いは俳優の名または傾城の名を認めたり。このどっこいどっこいに銭を賭して勝負を決するは公《おおやけ》法の禁ずる所より、予め菓子を賭するよう粧いて店を飾る」。篠田鉱造『明治百話』上(昭和六年)「明治の子供遊戯」では子供の遊戯として宝引《ほうび》き形式のものを紹介。六つの面の絵から一つを選び、「十文銭なら脉牌《かるた》一枚、青銭なら二枚を、自分の好きな面絵《めんえ》の上へ載せ」、同じ六つの絵の小型版のそれぞれに糸をつけ一つかみにしたものから一本を引く。「ドッコイドッコイと子供もいえば、ドッコイ屋も、ドッコイドッコイといって、六糸の一本を、天道《てんとう》任せに引張る」。かるたを載せた絵と同じ絵を引き当てれば菓子を得る。「明治も初年まであって、余り見かけませんでしたが、どうかすると縁日に出てやっていました」。

中引け　「夜は十二時即ち中引け」(夢遊仙史『吉原新繁昌記』初編、明治十五年)。本全集七巻二四三頁「丑刻過《ひけすぎ》」の注参照。

須賀町　根津須賀町。明治二年からの町名。根津神社の南側の区域で、根津八重垣町に隣接。現・文京区根津一丁目。

八重垣町　根津八重垣町。明治二年からの町名。江戸時代には根津門前町と称した。根津遊廓の中心地。現・文京区根津一、二丁目。

三四　**助見世**　遊女が張見世をして客がついた後、さらに数を稼ぐために、登楼したその客はそのままにして再び張見世をしていること。

茅町の方へ……茅町通りを池の端仲町へ　近江屋版江戸切絵図『谷中本郷駒込小石川絵図』(嘉永三年〈一八五〇〉)によれば、不忍池の西側に茅町一・二丁目、南側に池ノ端仲町。現・台東区池之端一丁目、上野二丁目。

下谷の稲荷町　現・台東区東上野二―五丁目。広徳寺前とも呼ばれ、武家屋敷や寺社が立ち並んでいた。

山の下穴の稲荷　「山の下」の「山」は上野の摺鉢山(上野山内にある古墳)を指すか。「穴の稲荷」は『闇夜の梅』一三六頁の注参照。「忍岡稲荷祠　文殊楼の左にあり。石窟《いわや》の上に祠《やしろ》あるゆゑに、世俗穴《あな》の稲荷《いなり》と号《なづ》く」(『江戸名所図会』巻五)。

黒門前　「黒門」は、かつての東叡山寛永寺の総門。東叡山の南の表門で、下谷広小路の側にあった(現在は荒川区南千住の円通寺に移築され残存)。

七軒町　池之端七軒町(現・台東区池之端二丁目)。本全集五巻一八七頁「根津の七軒町」の注参照。

かわいお方に……　都々逸。「解かざなるまい」に謎を解く・帯を解くを掛ける。菊池眞一氏教示によれば『真情春雨衣』初編(安政四年〈一八五七〉か)に「粋なお前に謎かけられて解かざなるまい繻子の帯」、『都々一はうた節用集』二編(万延元年〈一八六〇〉)に、いけのはた錦光の作として「おもふおとこになぞかけられてとかざなるまいしゆすのおび」が見え、人口に膾炙した歌であったと思われる。『よしや武士』(明治十年)に「よしやどんなに縛らんしても解かざなるまい繻子の帯」とあり(中道風迅洞『どどいつ入門』徳間書店、一九八六年)、替え歌とみられる。なお『都々一はうた節用集』初編には円朝作の都々逸も掲載されている。

三三六 **形付職**　型付染の職人。布地などの上に型紙を当て、その上から防御糊・色糊を置いて模様をつける。

三三七 **下手人に訴へ出やう**　下手人として自ら名乗り出よう。「下手人」は血縁や主従関係のない庶民間で起こった殺人の加害者、あるいはそうした者への刑罰のこと。斬首となるが、処刑後の死骸は刀の試し物や腑分けの対象とされることはなく、死刑としては最も軽いものだった(平松義郎『江戸の罪と罰』「下手人について」平凡社、一九八八年)。

三三八 **伝馬町**　伝馬町の牢屋敷。裁判で取調中の者および刑の確定した者を収容した。跡地は現在、十思公園となっている(東京都中央区日本橋小伝馬町)。

竹の端や棒切れ　情を解さないものの喩え。

長屋女郎　遊廓の、長屋造りの見世(三三三頁「松葉長屋……」の注参照)の小部屋で売色した下級の遊女。切見世女郎、局女郎とも。「切見世　本名局女郎なり。けだし昔の吉原局女郎は中品妓なり。今世は吉原および岡場所ともに下品妓の名とす(略)また局を長屋、その女郎を長屋女郎とも云ふは、一宇数戸を開き、一戸一妓を置く故に長屋と云ふなり」(『守貞謾稿』巻二十二)。

痩腕　力量が乏しいこと。ここは、稼ぎが多くない意。

三三九 **イサコサ**　いさくさ。文句や不満。

山下の袴越　「山下」は上野の山下。上野黒門の東側(現・台東区上野六丁目。上野駅南側)で、見世物小屋などが並ぶ賑やかな場所だった。「袴越」は黒門(三三四頁「黒門前」の注参照)の左右の土手のこと。土手の石垣が袴の腰板の形に似たことからの名。本全集九巻一六七頁「上野の袴腰」の注参照。

源水　松井源水。江戸時代から代々続いた香具師の名跡。『松井家由緒書』によれば松井家の元祖玄長は越中出身で反魂丹を創製、江戸で売薬を始めたのは四代目源水の頃と思われ、曲独楽の芸などを見せて客を集めた。十三代目源水は慶応二年(一八六九)に米国人に雇われ洋行、彼の地で曲独楽の芸を見せた(朝倉無声『見世物研究』伎術篇・曲独楽、一九二八年)。明治三年没。

豆蔵　路上で物真似や放下(曲芸)を演じる芸人。芸を見せる前に往来の人に声をかけ、足を止めさせる。豆蔵の称は、貞享・元禄の頃に豆蔵という者が放下を演じて金銭を乞うたことによる(『嬉遊笑覧』巻四)。口真似・物真似をする者の意の「真似蔵」の転訛との説もある(同、巻九)。

熊の膏薬を売てゐる　「熊の膏薬」は熊の脂肪から製造した膏薬。曲亭馬琴『流行商人絵詞廿三番狂歌合』(文政十二年〈一八二九〉)九番「熊の伝三膏薬」に、「これはみなさま御ぞんじの、くまの伝三がくまのかうやく、きりきずしゆもつもそく座になほる、ものはためしとおつしやらう、これこのうでをきりまする、ところへかうすりこめば、見るうちにたちまちなほる、かぶれも出来ずきものへつかず、なんときみやうじやござりませぬか、「なるほどみやうだかふてゆくべい、「これ〳〵こゝへもひとかひください」とあり、その口上が知れる。

少し離れて編笠を被つた浪人体の男……合力を受けて居る　辻謡曲《つじうたい》。路上に座して謡曲をうたい往来の人に金銭を乞う。「謡曲という芸は下輩の人の習うことは稀にして、多くは武家の身柄のある人の嗜好し給ふ芸なりける。(略)辻謡曲は往来繁き場所を憚り、往来少なき橋の際か町家を離れし所に出て、破莚に正しく坐し、深編笠に面を隠し(略)元は由ある武家なるべきも、黒木綿の紋付は色の変わりし身の上に、重なる不幸に一重を着し、胸高く締めたる帯も山は綻びて芯の出るを恥じ、小刀の柄糸は塵埃に穢れたれども目釘の堅固なるは心のたけを示したり(略)剝げたる鞘には銘作の、納る御代にも流浪の身、清き心の白扇も天地金の世の軽薄に遺棄せられ」(菊池貴一郎『絵本江戸風俗往来』下)。なお「七ツ下り」は衣服などが古びていることをいう。

松葉　根津遊廓の大松葉楼か。『根津遊廓昌記』口図「根津遊廓の図」によれば八重垣町通り西側、総門から五軒目の大見世。大正十二年の鏑木清方の回想によれば、根津遊廓の洲崎移転後、大松葉の跡地は茶屋神泉亭となり、その後は病院になった。浮世絵師歌川芳年は大松葉になじみの遊女があり、錦絵にその湯上り姿を描いたという(『鏑木清方文集　二　明治追懐』「年方先生に学んだ頃」白凰社、一九七九年)。

大引過ぎの転寝を……　遊女が他の客のところに行ってしまい、ひとり置き去りにされたのだろうとからかったものか。「大引」は午前二時頃。

お安いのぢやねえ　自分と相方の遊女とは並々ならぬ関係にある。

浅い川なら膝までまくれ……　座敷踊り「浅い川」の歌詞。一九二五年生まれの芸者増田小夜の手記『芸者』(平凡社ライブラリー、一九九五年)には「浅い川なら　膝までまくる　深くなるほど　帯をとく」とあり、踊りは卑猥な動作を伴う。ここでは遊女と深い仲になって良い思いをしたことを匂わせるノロケ。

三四〇 **薦被りで居らア**　亡骸がこもを被せられた状態のままになっている。

破落漢《ごろんぼ》　ごろんぼう。ごろつき。あちこちをうろついて悪事を働くならず者。

熱を吹いて　盛んに勝手なことを口にして。

三四一 **今の先き**　今さっき。ほんの少し前。

北の御奉行浅野備前守様　浅野長祚(一八一六-八〇)。文久二―三年(一八六二-六三)に江戸北町奉行を務めた。

三四二 **ガタクサした上総戸**　「ガタクサ」はガタガタと音を立てるさま。がたぴし。「上総戸」は粗末な雨戸。

三四三 **白いものに成つて**　無罪になって。

三四四 **風を引いて**　鮮度が落ち、味が悪くなって。

三四五 **咽喉のお舎利様が灰になるまで**　咽喉仏が灰になるまで。死ぬまでの意。なお、咽喉仏は第二頸椎の俗称。僧侶の結跏趺坐する姿に形が似ていることによる(高橋長雄『小事典からだの手帖パート2』講談社、一九九一年)。

三四六 **金蔓《つる》**　『塩原多助後日譚』二二九頁「蔓」の注参照。

突掛な牢で役附でもするやうな悪党　「突掛な牢」は入牢早々の意。「役附」は『塩原多助後日譚』二三〇頁「役附く」の注参照。

南の御町奉行は井上信濃守様　井上清直(一八〇九-六八)。文久二―三年(一八六二-六三)に江戸南町奉行を務めた。

飯田町黐の木横丁　「飯田町」は現・千代田区九段北一丁目、富士見一丁目。近江屋版江戸切絵図『駿河台小川町図』(嘉永二

年〈一八四九〉によれば、飯田町の北側に「モチノ木坂」がある。「糯の木横丁」はこの辺りか。

御役所は呉服橋内　「呉服橋」は現・中央区丸の内一丁目の東端で外濠に架かる橋。北町奉行所は呉服橋御門内にあった。

三四九 **鉦と太鼓で探しても**　大勢で懸命に探しても。迷子を探す際、大勢で鉦と太鼓を鳴らしながら名を呼び歩いたことから。

三五一 **春をまつことの始めや酉の市**　春は正月の意。酉の市の時節が来ると、まだ先だと思っていた暮や正月の到来もさほど遠くはないことに思い至る。なお、この句は『東都歳事記』十一月酉の日の項、「酉の祭《まち》」の記事に引用されている。

三五二 **吉原田圃の鷲大明神**　現・台東区千束三丁目、鷲《おおとり》神社。

お酉様の本家は……江戸から三里　「葛西花又村鷲大明神社別当正覚院。世俗大とりといふ。参詣のもの鶏を納む。祭り終りて浅草寺観世音の堂前に放つ。境内にて竹把《クマデ》粟餅芋魁《イモカシラ》を售ふ。江戸より三里あり」(『東都歳事記』十一月酉の日の項)。現・東京都足立区花畑七丁目、大鷲神社(花畑大鷲神社)。

吉原田圃と……熊手は見挙るばかり大い　「下谷田圃鷲大明神社　別当長国寺。世俗しん鳥といふ(略)近来参詣群集する者夥し。当社の賑へる事は、今天保壬辰より凡五十余年以前よりの事とぞ。粟餅いもがしらを商ふ事葛西に仝じ。熊手はわきて大なるを商ふ」(『東都歳事記』十一月酉の日の項)。

三五三 **背負こみ**　負担を引き受けること。

広徳寺　現・台東区東上野四丁目にあった、臨済宗大徳寺派の寺院。山号は円満山。加賀前田家などの諸大名を檀家に持つ古刹で境内は広大。現在は練馬区に移転、跡地に台東区役所が建つ。本全集六巻二二七頁「下谷広徳寺前」の注参照。

三五五 **気もトッチて**　動転して。「とちる　あわてる。しくじる」(正岡容『明治東京風俗語事典』)。

三五七 **山伏町**　下谷山伏町。現・台東区北上野一、二丁目。

三五八 **名倉**　接骨医のこと。江戸時代から接骨医の家として有名な名倉家にちなみ、接骨医一般をこのように称した。

三五九 **お山の亥刻**　上野の時の鐘が打ち出す四つ《よつ》(午後十時頃)の鐘。

三六一 **差担ひも余りだ**　棺桶を運ぶのに、差担い(荷物に棒を通して二人で担ぐ方法)はあまりにぞんざいだ。

苦限　苦艱。苦しみ悩むこと。

三六二 **大道商人の霜枯時**　露天商が不景気になる季節。

剣徳　見得(見徳)は江戸時代に行われた富くじ。転じて、くじが当たる予兆、縁起の意。

居ないかな、居ないかな……　石見銀山鼠取薬の売り声。「鼠取り薬　鼠毒殺の薬を売る(略)京坂にて売詞に、「猫いらず、鼠とりぐすり、云々」。江戸も始めは同詞。今世はこれを云はず、「いたづらものは居なひかな」と云ふ。今俗、破落戸《ごろつき》を云ひて、いたづら者と云ふなり。故に鼠を破落戸に比するの戯言なり」(『守貞謾稿』巻六)。

三六七 **浅草御門跡様**　東本願寺。現・台東区西浅草一丁目。

松葉町　浅草松葉町。東本願寺の西側にある諸寺院の門前町と浅草浅留町・浅草坂本町が明治二年に合併して成立。現・台東区松が谷一―三丁目の一部。

下寺　上野の山下から北東方向に連なる寺町の俗称。

御院殿　寛永寺の住職である輪王寺宮法親王の隠居所。御隠殿。現・台東区根岸二丁目。

諏訪の台　諏訪明神社のある高台。三三二頁「お諏訪様の境内」の注参照。

見晴の腰掛茶屋　諏訪明神社の周辺にはいくつかの茶屋があった(『江戸名所図会』巻五・挿絵「日暮里惣図　其三」)。

後記

『円朝全集』の本文および注解について

一、三遊亭円朝の口演速記作品を、発表順に収録した。小品は第十三巻にまとめた。弟子の口演速記録のみ残された円朝創作とされる作品、文語文で筆録された円朝作品、紀行文や談話などの文章、書簡等の資料については別巻に収録した。

二、口演速記作品は原則として、初出本文を底本として翻刻した。一部または全部において初出本文が参看できない場合は、最初に書籍化された際の本文を底本とした。

三、本文作成にあたっては、挿絵を含めて、底本をできるだけそのまま保存するよう努めた。ただし、あきらかな誤記・誤植の類は訂正した。なお底本には、標準的ではない用法、口語を反映したとおぼしき表記も多く、しばしば誤記・誤植と区別しがたい箇所があるが、通用したと考え得るもの、あるいは意図されたと考え得るもの等に留意しながら、校注者が誤記・誤植と判断した場合には訂正した。また、底本に訂正記事がある場合は、該当する本文を修正した。

そのほか、翻刻にともなう処理については以下の通りである。

(一) 字体について

a 仮名について

i 「ハ」(は)、「ホ」(に)、「ゥ」(か)など、変体仮名はすべて通行の仮名に置き換えた。「子」は「ネ」に置き換えた。

ii　助詞や間投詞の「ハ」「ヤ」「ヘ」など、平仮名(変体仮名)に字形の似る片仮名については、作品中の表記傾向や語構成を考慮して、平仮名に改めた場合がある。

例　女中ハパタ〳〵廊下を駆て→女中はパタ〳〵廊下を駆て

iii　合字の「𪜀」「𪜈」「ヿ」、連綿体の「」「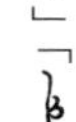」は、それぞれ「とき」「とも(ども)」「こと」、「まいらせ候」「かしこ」に置き換えた。ただし置き換えると文脈上不都合がある場合は、そのままとした。

b　漢字について

i　原則として常用漢字表に定められている字体を使用した。ただし一部の異体字については例外として底本のままとした。

例　燈(灯)、龍(竜)、峯(峰)、裡(裏)、烟(煙)、飜(翻)、躰(体)、嶽(岳)、駈(駆)、壻・聟(婿)、蹟(跡)、嶋(島)、姙(妊)、盃(杯)、躶(裸)、仝(同)、麪(麺)

ii　常用漢字表にない漢字については、原則として通行の字体を使用した。

例　讎→讐、甞→嘗、濶→闊、焰・熖→焰、廐→厩、匇→匆、侭→儘、伜→倅、廝→厮、憗→慭、扵→於、蝋→蠟

iii　通用する手偏と木偏の漢字については適宜整えた。

例　撿→検、搆→構、摸→模

(二)　用字・表記について

a　仮名遣いについて

i　標準的ではない歴史的仮名遣いや、同じ語における仮名遣いの揺れについても、原則として底本のままと

した。

例　(女房《にようばう》の振り仮名)「ねうばう」「にやうぼう」「にようぼ」「によぼう」、(妙義山《めうぎさん》の振り仮名)「みやうぎさん」「めやうぎさん」

ii　江戸語、訛り、その他の口語的な表記事例とみなしたものは、底本のままとした。

例　棟梁《とうりう》、女郎《ぢやうろ》・娼妓《じやうろ》、なにかど(何角、何廉)、承《うけたま》ります、入《いら》しやる、そりよう・それよを(「それを」の意)、それやア(「そりゃあ」の意)、……けれりやア(「けりゃあ」の意)

iii　清濁は適宜整理した。ただし現在では濁音(清音)の読みが一般的でも、当時は清音(濁音)が行われていたり、あるいは清濁音の混在があり得る場合には、底本のままとした。

例　莫大《ばくたい》、大恩《たいおん》、夕方《ゆふかた》、下山《げさん》、年頃《としころ》、恰《あだか》も、演《ゑん》する、片付《かたつけ》る、身上《しんしやう》、逐電《ちくてん》、上達《せうたつ》、植込《うゑごみ》、根方《ねがた》、大地《だいぢ》、誰《たれ》、償《つくの》ふ、同《おな》し

iv　拗音・促音などの字の大小は、底本のままとした。

v　ワ音を示す仮名の「は」は、語中・語尾に限らず底本のままとした(例「私《はたし》」「訳《はけ》」「草鞋《はらじ》」「早分《はやはか》り」)。また、ワ音の係助詞「は」が「わ」と表記されている場合も、底本のままとした。

b　振り仮名について

i　振り仮名と送り仮名とで衍字になっている場合は、同作品中の表記傾向や、一般的と思われる表記を考慮し、適宜いずれかを削除した。

ii　助詞が振り仮名の一部として組まれているものは、整えた場合もある。

例　力《ちからが》ある→力《ちから》がある

iii　振り仮名がない場合は、適宜、歴史的仮名遣いによる振り仮名を（　）を付して補った。

c　漢字の文字遣い・熟語について

i　現在の慣用とは異なる場合でも、かつて行われた用字や、当て字の可能性があると思われる表記は、底本のままとした。

例　勘忍（堪忍）、狼籍・浪藉（狼藉）、助大刀（助太刀）、煩脳（煩悩）、蓄生（畜生）、沙婆（娑婆）、遺趣（意趣）、心切・真切・信切（親切・深切）、純子《どんす》（鈍子・緞子）、繻袢（襦袢）、繿褸《ぼろ》（襤褸）、楷子《はしご》（梯子）、吃度《きっと》（屹度）、愛憎《あいそ》（愛想）、意恨（遺恨）、飛弾（飛驒）、潜然《さめぐ》（潸然）、眤懇（昵懇）、堀《ほ》る（掘）、洗湯（銭湯）、巨燵《こたつ》（炬燵）、死体《しがい》、仔細《いさい》、由断（油断）、狭《はさ》む（挟）、甜《なめ》る（舐）、謟《へつら》う（諂）、饀《あん》（餡）、詰《つま》らない（詰）、葭子《よしず》（葭簀）、襷《たすき》（襷）、詑《かこ》つ（託）、委《な》える（萎）、欠ける（駆・駈）、麁想（麁相）、お葉《は》（尾羽）打ち枯らす

（三）　その他

a　記号類（約物）ならびに組みの形式について

i　反復符「ゝ」「ヽ」「ゞ」「々」「〱」は、一般的な使い分けとは異なる用法も見られるが、底本のままとした。ただし「ゝ」と「ヽ」は、平仮名の場合は前者に、片仮名の場合は後者に統一した。

ii　句読点は、原則として底本のままとした。そのうえで、読みやすさを考慮して適宜句間を空けた。

iii　会話文の二重カギ（『　』）は、原則として一重カギ（「　」）に置き換えた。開始のカギ括弧（「）は、必要に応じて補い、付属の話者名略記も適宜補った。閉じのカギ括弧（」）は、ない場合が多いが、底本のままとした。

iv　リーダー（……）、ダーシ（――）は、二字分で統一した。長音符（ー）は一字分で統一した。

v　脱字や判読不能な文字において、補足すべき語が断定し得ない場合に、〔　〕で括って補った。挿絵の翻字

においては、本文中の人名を併記する際にも〔　〕を用いた。

vi　底本の改行は原則としてそのままとした。そのうえでさらに、会話文の前後や大きな場面転換がなされる場合において、適宜改行を施した。段落の冒頭は一字下げを施した。

b　単行本各巻および新聞連載各回(席)における表題・副題や口演者名・筆記者名は、作品初回(席)にのみ残し、以後省略した。同じ回(席)ないし見出しが繰り返される場合も、二度目以降は省き、一行空けて組んだ。また回(席)数について、底本に数え誤りがある場合には修正した。

c　同一と見られる固有名の錯誤や漢字表記・振り仮名の揺れは、地名については原則として底本のままとした。人名等については、仮名遣いの揺れや訛り以外は、話者名略記も含めて統一した。

『火中の蓮華』　お峯(延峯)→お峰(延峰)、篠井兼之亟→篠井兼之丞、日香→朝香

『塩原多助後日譚』　四方《よも》太郎→四万《しま》太郎、菅野《すげの》加十→菅野《すがの》加十、太助→多助、原丹次→原丹治、半次→半治、藤の谷→藤の屋

四、作品中に、病気、身体的欠損、出自に関わる差別などに関し、今日の人権意識に照らして不適当な表現・語句があるが、現在使用すべきでない表現も、原文の歴史性を考慮してそのままとした。

五、注解は、人名・地名・風俗および文意の取りにくい箇所などを対象とした。語釈は、『広辞苑』第六版に記載のない語、記載されていても補足が必要と思われる語を中心に付した。引用文中の〔　〕は、校注者による補足である。

火中の蓮華

（今岡謙太郎）

〔初出・底本〕『中央新聞』明治三十年十一月二十三日(四五二三号)―同年十二月三十日(四五六〇号)。全三十四回連載。底本には東京大学大学院法学政治学研究科附属近代日本法政史料センター明治新聞雑誌文庫所蔵のマイクロフィルムを使用した。なお、三十二回目は底本では「(三十一)」と誤記されているが、本書では訂した。挿絵は落款がなく不明。『中央新聞』掲載の「名人長二」と同じ画師か。

〔諸本〕単行本は確認出来ない。春陽堂版『円朝全集』、角川書店版『三遊亭円朝全集』も未収録。本作が広く知られるようになったのは斎藤忠市郎「落語史外伝――引退後の円朝(4)」(『落語界』二十四号、一九七九年)によってと思われる。その後、立風書房『名人・名演 落語全集』一巻、一九八二年に収録された。

〔梗概〕明治二十九年、円朝はさる貴顕と沼津へ旅行するが、その際、夫婦で千箇寺参りをしているという女に会う。そこから円朝らが修善寺に向かった際にもその女と出会い、さらに年が明けて興津を経て身延に詣でた際にも再会する。そのお浪という女の身の上を聞けば、夫篠井兼之丞の眼病平癒のため法華(日蓮宗)に改宗し、日朝堂へ願掛けをしているとの話。さらに事情を尋ねると、夫は、旧幕時代は旗本で小納戸役を務めた家柄で、その父篠井金兵衛は維新後煙草屋を始めて繁昌したが、清元の師匠延峰に入れあげて家財を蕩尽し、二十一年前に出奔して行方不明との話を聞く。

話かわって二十一年前。家屋を抵当にした金を持ち篠井金兵衛は清元延峰とともに身延へ参詣する。しかし乗った駕籠屋が悪く、峠で強引に下ろされ、歩く羽目になる。その際延峰が持っていた路銀を駕籠の中に忘れてしまう。金兵衛は茶屋の亭主勝五郎に火縄を借りて、暗い中を駕籠屋を探しに出るが、勝五郎はその火縄目当てに金兵衛を射ち殺す。実は延峰と勝五郎は旧知の間柄で、彼らが仕組んだ策略であった。

話戻って明治二十九年一月二十七日、篠井兼之丞とお浪夫婦は願掛けを終えて身延を出立したが、山道の雪に難渋して、とある庵室に泊まる。庵主の朝伝は盲人で、尼の朝香と二人暮らしであった。一泊した翌日、女二人は盲人二人を残して外出、その留守に朝伝は兼之丞へ蕎麦湯をふるまい二人で食べたが、これは毒入りであった。そこへ朝香帰宅、兼之丞を毒殺してお浪を金にする算段だったと打ち明ける。兼之丞は小室山の護符を飲んでなんとか体が効くようになるが、朝伝は毒死。ようよう兼之丞が表へ出たところへお浪が戻る。朝香は鉄砲をもって二人を追いかけ、二人は富士川へ落ち込み兼之丞は材木につかまって流される。

お浪は蔦葛に引っかかっているところを魚の行商人に発見され、村岡という二等警部によって救われる。一方兼之丞は材木にすがっているところを船頭に救われ、両人は南部の警察分署で再会する。朝香は船で富士川を逃げようとするところを村岡警部配下の探偵に捕縛される。

毒死した朝伝は実は勝五郎、朝香は兼之丞の父を殺した延峰だった。この因縁を知った朝香は覚悟を極め死刑となる。

右の物語の合間に、日蓮宗についての円朝の蘊蓄がしばしば差し挟まれ、また二十九―三十一回には落語『法華長屋』が挿入される。

〔成立〕晩年の円朝に独自の「日蓮伝」創作の構想があったことは藤浦富太郎「身延詣」（初出『続随録三遊亭円朝』一九七六年、のち改稿して『明治の宵』一九七九年所収）等によって知られる。また春陽堂版『円朝全集』十三巻には編者による お詫びとして鈴木行三が「お約束の「火中の蓮花」が一朝老人の記憶が朧気であつた為速記することが出来なかつた事で、甚だ遺憾ではありますが、皆様の御諒承を願ふ次第であります」と記している（巻末「円朝全集の編纂を終りて」）。

藤浦の証言によれば、円朝の妻お幸が「法華宗の祈禱所」に通ったのをきっかけに日蓮の人物にひかれ、新解釈による日蓮伝を纏めてみたいと決意するに至ったという。その題名を禅の公案からとった「火中の蓮」とし、その取材のため明治二十九年秋、妻お幸、長年の贔屓であった藤浦三周夫妻、弟子の三遊亭円花の五人で身延山に参詣し、現地の取材を行った。又一方、同じ明治二十九年の一月には円朝は井上馨に随身して静浦近辺を旅行しており、その折りに得た情報を元にしたと思われる部分も本文中かなりの量を占めている。連載に先立って『中央新聞』十一月十六日および二十二日の紙上には次のような広告が載せられた。

如燕と対峙して斯道の泰斗たる三遊亭円朝が去年井上伯に従つて静浦、修禅寺より甲州身延山に詣で、此の間不思儀の貞婦に邂逅して其の履歴を聴き、茲に本稿を起せるにて兇徒姦婦善男貞女等相出でゝ窮達幾変化を為し、仏法の妙智《めうち》力《りき》に依て竟《つひ》に悪亡《ほろ》び善栄《さか》ゆる因果を明かにしたるもの、其の面白きこと固《もと》よりいふまでもなし

藤浦は、当初纏められた「日蓮伝」（「火中の蓮」）は出生から日蓮と名乗るまでの時期を扱った部分といい、次のように記している。

日蓮と改めて宗門弘通に雄々しく立ち上るまでをひと区切りとして、ここまで書き上げたが、その後行きづまったのか、そのままになってしまった。／だから、高座では一度も演らなかったが、鬼子母神堂において、集まる信者の前で、序章のみを演ったことがあった。（『明治の宵』）

すなわち本作『火中の蓮華』の内容とはかなり懸隔があり、むしろ日蓮出生までを扱う本全集十一巻所収『日蓮大士道徳話』が近い内容を持つ。しかし、本作でも随所に日蓮の逸話に触れている点、取材から得たと見られる身延山

近辺の情報が多く盛り込まれている点、後半部分には本筋と関係なく落語『法華長屋』が組み込まれている点等からみて、やはり「日蓮伝」構想との関連は深いものと考えられる。また篠井兼之丞が毒を飲まされ富士川へ落ち込むまでの件は、ほぼそのまま落語『鰍沢』を持ち込んだもので、これも日蓮宗と深い繋がりのある演目である。

以上の点を勘案すると、本作は『日蓮大士道徳話』の一種の続編として構想された可能性も考えられる。作中に日蓮宗称揚の雰囲気が強いことに加え、五八頁の注でも触れたように、小川泰堂『日蓮大士真実伝』に依拠したと思われる記述が見える点も、そうした可能性を示唆するといえよう。『道徳話』が日蓮の一代記的性格が強いのに対し、本作では既存の作品を取り込んで、より一般的な形で日蓮宗の教義や特色を伝える内容となっているところも同様の可能性を感じさせる。また、円朝自身が登場人物となり、他の人物から聞いた話を端緒に物語が展開するという趣向はこれまでの円朝作品には見られない。それがそのまま円朝の日蓮宗への傾倒振りを表しているかは定めがたいが、晩年の円朝の、創作への姿勢を感じさせる作品といえる。

落語『鰍沢』との人物対応を示せば、本作の清元延峰(朝香尼)が『鰍沢』のお熊、勝五郎(朝伝)は膏薬売り伝次郎、兼之丞が旅人にそれぞれ相当する。さらに付け加えれば、清元延峰等によって篠井金兵衛が狙撃されるところは、河竹黙阿弥作と伝えられる落語『鰍沢二席目』をほぼそのまま持ち込んでいる。

以上のように、様々な先行作を持ち込んだ構成であり、『名人・名演 落語全集』解題が「長篇の続き噺に構成するためにいろいろと枝葉をつけていったあとがうかがわれる」と述べるように、全体としては散漫な面が見える。しかしその一方で兼之丞と浪の千箇寺参り、延峰の探偵による捕縛などは連載時と同時代という設定になっており、警察署や探偵、電信といった新時代の風俗が持ち込まれているところに新鮮味がある。また『霧隠伊香保湯煙』『蝦夷訛』など時代を明治にとった円朝作品には、舞台となった土地の地理や習俗について詳細に記され、一種の名所案内的な側面を持つものが見受けられるが、本作に関しても伊豆や身延山近辺の風景や道筋が詳しく描写されている点、共通した特色を持つといえよう。

なお日蓮宗関係の円朝作品として、ほかに「妙の浦浪」なるものの存在が吉沢英明によって指摘されている(「円朝の「妙の浦浪」を読む」『民族芸能』四八九号、二〇〇九年十二月十九日)ことを付言しておく。ただし、連載されたという『やまと新聞』明治三十一年四―五月の紙面はいずれの図書館とも欠号であり、内容は確認できない。吉沢によれば同作は、嘉永年間の上総を舞台にした日蓮宗尼僧・妙連の略伝で、全十席、三十八日間にわたる連載。「麻布霞町の鬼子母神堂の行者磯村松太郎氏からの御依頼でござりまして、右の鬼子母神堂にて毎月お説教がござりまする、其間へ交って円朝《わたし》が演る心算で編纂《こしらへ》て置きました」と円朝による言及があると伝えられる。速記は酒井昇造、挿絵は水野年方・鏑木清方。

谷文晁の伝

（延広真治）

〔初出・底本〕『中外商業新報』明治三十一年一月三日（四七六七号）より十四日（四七七五号）まで、「小説」として九回連載。本書はこの初出を底本とした。底本には、国立国会図書館所蔵の初出紙マイクロフィルムを使用し、『中外商業新報　復刻版』（柏書房）も適宜参照した。速記は酒井昇造（本全集九巻四六一頁参照）。挿絵を欠く。

〔諸本〕単行本での刊行は確認されておらず、また春陽堂版『円朝全集』、角川書店版『三遊亭円朝全集』にも収録されていない。なお、「円朝遺聞」（春陽堂版『円朝全集』十三）中の「病歿の前後」（遺物と遺稿）の条に、関東大震災により藤浦家で焼失した遺稿として、名人競べ（後出）の内、「谷文晁伝」（未成）が上っている。吉田章一「初代三遊亭円朝小伝」（『名人名演落語全集』一、立風書房、一九八二年）に、諸芸懇話会会員によって発見された七作品を掲げるが、その中に本作も含まれており、今回初めて単行本に収め得た。

〔梗概〕名人競べの内、谷文晁の伝。幼年より大名の加藤文麗に師事し十九歳で死別の後は師匠を取らず、狩野探幽のみを崇拝、画道に精励した。この文晁は田安家家臣の家に生まれ昇進を重ねる一方、松平定信の眷顧もあり、高価な顔料を用い得、祖母や父に孝養を尽した。

札差の伊勢屋四郎左衛門が抱一と文晁に筑波と富士の屏風絵を頼んだところ、抱一は酒を呑むばかりで容易に筆を下ろさなかったが、文晁は忽ち描いたので寸志を贈ると、その額の金粉を買って見事な屏風に仕上げた。また、町奉行根岸肥前守の注文で描いた蛭子大黒の双幅を納めに参じた際、蛭子講の由来を教えられた。蛭子を祀って蛭子講を催したくなった文晁は、呉服商恵比寿屋の暖簾が欲しいと言上すると「盗め」との仰せ、翌日恵比寿屋に出掛けたところ支配人から「まことに有難い」と料理を供される。帰宅して早速表装し根岸肥前守や恵比寿屋主人などを招いて盛大に祝った。

文晁は絵所改役となり、天保十二年十二月十四日入滅。

〔成立〕円朝の構想する名人競べは、『名人競』一席（本全集十巻）に明らかにされている。つまり、「天明、寛政、文化、文政、天保、弘化時代〔一七八一―一八四八〕の人は芸人から諸職人、或は書家画工狂歌師作者に至る迄名人と名の附きました人の身の上の異《かは》つたお咄をボツ〳〵集めまして、之を名人競と表題を致して」出来上る度に演じると言うのである。では具体的にどのような人々なのであろうか。幸い円朝は、『怪談乳房榎』（本全集六巻）、『荻の若葉』（同九巻）、『名人競』、『名人長二』（同十巻）などのマクラに該当する箇所で触れている。絵師、画工に絞って記すと次のようである。円山応挙、谷文晁、酒井抱一、歌川豊国、葛飾北斎、椿椿山、柴田是真、松村呉春、同景文、登彦（なお狩野探幽は何かにつけて言及されているが時代が早過ぎるので除き、登彦の何人たるかは未審）。右に挙げた中で回数の多いのは谷文晁で、円山応挙、酒井抱一、柴田是真と続く。従って谷文晁の独立した伝を立てるのは極く自然な動機と言えよう。

「名人」の語は七歳で初高座を勤めた円朝にとって、少年の日より脳裏に刻されていたに相違なく、「三遊亭円朝の履歴」（『読売新聞』明治二十三年九月二十七日から全二十四回連載。倉田喜弘校注『芸能』、日本近代思想大系十八、岩波書店、一九八八年）には、小円太（円朝の前名）の頃、「我必ず名人上手といはれずば此の業《わざ》に志せし甲斐なきのみ」と奮発したとあり、死後の評価として望んだのも「名人」と思われる。名人競べを意識して作品に反映させた嚆矢は『荻の若葉』。二代、三代の荻江露友伝に、名人たちの軼事を綴り合せて、「一生の中為《なかじ》切《きり》」とした旨、本全集九巻の後記「荻の若葉」の項に述べた。この『荻の若葉』は言わば済勝の足馴らしで、翻案物という新しい革袋に盛った美酒が、その名も『名人競』であり、同じ翻案物ながら焦点を一人に絞って感動を与えるのが『名人長二』となろうか。本作は短篇の上に出来映えも十全とは言えず、強弩の末の感は否めない。とは言え、それ故に円朝の名人観が露わになったとも評せようか。本作より窺える文晁の経歴、行住坐臥、特性などの一端を以下に抄記してみよう。自ら名人像が浮かび上るはずである。注に示したように、現世の文晁とは必ずしも一致しない。また探幽の行状で補った項がある（以下、作品名、関係する巻数、頁など略記する）。

○幼時より好きで巧みに描く（八七頁下）。

『荻の若葉』（一五頁下）に「嗜《すき》こそ物の上手なれ（略。兆殿司は）幼年の折柄画《ぐわ》を好んで」、『名人競』（一二〇頁下）に「名人と云ふものは比処《どこ》か子供の内から一格離れた処の有るもので」。「三遊亭円朝の履歴」によると、橘屋円太郎の子に生まれた円朝は、稽古をしている弟子の落語を聞き覚えたので、落語家にしたくなかった母親が異見をするが、「子供心の面白さに止《とど》まるべくもあら」ず、七歳で初高座。

○生涯両人《ふたり》と師匠を取らぬ（八七頁下）。

円朝も師と呼ぶは二代目円生のみ。「円朝遺聞」（春陽堂版『円朝全集』十三）中の「逸話」に、初代古今亭志ん生は、小円太を二代目円生には過ぎた弟子と見抜き度々、「おれの弟子にならないか」と誘ったが、師匠に義理を立てて円生門に止まったとある。その円生にいじめられはしたが、『名人競』（一五四頁上）では、「先づ名人と云はれた人」と称揚する。

○探幽のみを崇拝（八八頁上）。

探幽は、天明から弘化という名人競べの年代設定から言えば早過ぎるのであるが、法華の信者であったためもあってか円朝は関心深く、『名人競』（一二二頁下）には、「後《のち》にお話しを致しませう」とあり、藤浦富太郎氏に拠れば事実関東大震災で焼失した遺稿中に未完成の『狩野探幽伝』が存したという（春陽堂版『円朝全集』十三「円朝遺聞」）。

○子に臥し寅に起る（八八頁上）。
睡眠時間を短く（午前零時ごろに寝て四時ごろ起きる）して画道に精進する。本作では探幽との関わりが判然とはしないが、『名人競』（一〇六頁上）には、「真似を致した」とある。
○無口（八八頁上）。
『名人競』（一二二頁下）にも文晁を「口不調法」とする。
○忠義無二（八八頁上）。
図録『定信と文晁』（福島県立博物館、一九九二年）に端的に示されるように、松平定信と文晁は誠に幸せな君臣の関係にあったと思える。
○「画道に掛ては至極の勉強で（略）常住座臥共に心を放さず」（八八頁下）。「唯一心に画道のみを思詰め喜怒哀楽ともに画《ぐわ》になる」（九四頁上）。
『荻の若葉』（三四頁上）に、「絶えず心の中《うち》で其の職の事を考へて居るやうでなければ図抜けた銘人には成れん」、『名人競』（七二頁下）には、色気食気など一切の念を棄てて「芸一方に念を入れるやうでなければ、中ゝ貫」けないと述べる。また『荻の若葉』（三四頁上）には、円朝に懇意の方が「只《たゞ》高座に上《あが》ツて話をする斗《ばか》りぢやア不可《いか》ん（略）常住坐臥ともに話をして居なければ成らん」と被仰《おつしや》ったとあり、『名人競』（三頁下）にも同様に咄しており、円朝が「フヌケ」「ウンツク」と異名を取るほど「他事に於て放心なすまで其著作に従事せしこそ感ずべけれ」と、「三遊亭円朝の履歴」には称賛する。
○「ア、文五郎は親孝心の者ぢや」（九〇頁上）。
八八頁下には父の教えに従い服装も質素、酒や煙草は喫しないとある。円朝も親孝行であったことは、嘯月生「故三遊亭円朝」(『文芸倶楽部』明治三十三年八月十一日号。三遊亭円生『明治の寄席芸人』青蛙房、一九七一年)など、諸書に見えている。

○「探幽(略)常に怒つた事のない人」(九〇頁上)。

円朝の優しさに関して、新田直『夢幻と狂死』(現代思潮社、一九七二年)には、詳細に論じている。その円朝が明治二十四年三月、席亭の不徳義や門弟たちの背信行為に憤って寄席退穏を決意するに至る(三月二十五日『東京朝日新聞』。倉田喜弘編『明治の演芸』五、国立劇場、一九八四年)。あたかも探幽が腹立ち紛れに馬の草鞋で描いた(九二頁下)のに似てはいまいか。

○「探幽(略)殊に長生をいたしました」(九〇頁下)。

『名人競』(一五三頁下)に「長生《ながいき》をする人でなければ名人にはなれませんが、円朝抔《わたくしなど》は迚《とて》も長生《ながいき》が出来ませんから名人《めいじん》にはなれないと断念《あきら》めて居ります」。

○「宗祖が(略)日蓮宗と云ふものを開かれた御骨折は容易ならぬ根機のもので此《この》根機があつたら手前も画《ゑ》が名人になれるであらふ」(探幽の考え。九三頁上)。

『荻の若葉』(三四頁上)には同じ落語に「千度《たび》も三千度《たび》も数を掛けなければ決して妙を得ることは出来ない」と円朝が懇意の方に仰られたとある。『名人競』(七二頁下)に「名人に成る根気は三十年も掛るといふ、(略)根気を練《ねつ》て練抜いて始めて其の妙処に至る」。円朝の根気に纏わる話柄は多いが、「円朝遺聞」(春陽堂版『円朝全集』十三)の円右(初代の談話に、「何処かへ旅行しても、行く先々到る処の土地の様子から人情風俗などを詳しく取調べて、鳥渡《ちよつと》掛茶屋へ休みましても直ぐ四辺《あたり》の景色から掛茶屋の塩梅《あんばい》婆さんの様子などを一々手帳へ書き留めて帰る」とある。

○「其伎《わざ》に係つて何《ど》うか旨《うま》くやらうとか美しく拵へやらうとかいふ慾心が出る裡《うち》はまだ下手なんで文晁先生などはモウ

其《その》沖を超へて居る」（九四頁下）。

『名人長二』の長二は指物師なので、「他《ひと》に褒《ほ》められたいといふ諂諛《おべつか》があつては美事《いゝこと》は出来ないから其様《そん》な量見を打捨《うつちや》つて魂魄《たましい》を籠めて不器用に製《こしら》へて見ろ」（四〇九頁上）。

○「此人《このひと》（文晁）は名家になるだけあつて頓《とん》と慾がなかつた」（九七頁下）。

円朝の報酬に対する恬淡ぶりは種々伝えられているが、「円朝遺聞」（春陽堂『円朝全集』十三）中の「逸話」に収められた条を引きたい。「やまと新聞が円朝物で評判であつた頃でも円朝は報酬として一文も受取らなかつた、時々お礼として縮緬とか羽二重とかを貰ふ位なものであつた。さういふ時は必ずそれだけの額を包んで水引をかけて、新聞社へ出かけて『皆さんでお茶菓子でもと云つて置いて帰つた」。本作（一〇一頁下）の謝金で金粉を買わせた軼事を思わせるではないか。

先に本作を強弩の末と評したが、良く言えば淡白、悪く言えば散漫と思える。以下に二、三示そう。探幽の優しさを説くが、文晁の人柄もそうである。例えば本間游清『みゝと川』（文化十二年〈一八一五〉序写）一、「玄対文晁画評」は両者の鑑定ぶりを比較して、渡辺玄対は容易に真偽を言わないが、文晁は「売人なとのもて来て見するをは、いさゝからたかはしと思ふをも、よしと定めやりぬる」とある。文晁の伝である以上、文晁の優しさを表す軼事の一、二に触れるべきではなかったか。探幽の長生きにしても、文晁その人も長命ではなかったか。入滅の際に、先に言及した『名人競』（一五三頁下）を配すれば引締った筈である。根気にしても、文晁の閲歴を顧みれば誰しも圧倒されるのは、『石山寺縁起絵巻』の修復補完、古器物、古書画の一大図録『集古十種』（寛政十二年〈一八〇〇〉序刊）の編集など、定信の命を受けて達成した画業の数々であろう。ともすれば文晁が霞み勝ちになる程、探幽に比重が懸かっているのは、未成に終ったと伝えられる『狩野探幽伝』との関係によるのであろう。なお、円朝『粟田口霑笛竹』十一席冒頭には『集古十種』への言及があり、挿絵にも取り込まれている（本全集七巻三〇、三一頁参照）。

本作に、「諸国の勝地、山水明媚の図」を描いて居間の壁に貼って置き、来客の感想を聞いて「画《ゑ》の材料」にしたとある（一〇二頁上）。文晁は人も知ったる大旅行家で、松平定信『退閑雑記』（寛政九年〈一七九七〉序・成）八に、「ことに好事好古の癖あり、また山水をこのむ、年おさなき頃より諸国を遊歴して、我国において行みざる国は四五ヶ国に過ず（略）わづか三そじ余りなり」とある如く、定信も感嘆しており、旅によって文晁は画嚢を肥やしていった。円朝は固より取材や興行で旅の体験は豊富である。文晁の旅に重ね合せて話すべき事柄は多かったはずである。『名人競』（一二二頁下）にもよく似た条があるが、画料の包み紙を壁の腰紙にして、山水名所などを描いて来客の話を引き出して画の手本にしたとする。金銭に恬淡としていた面と絡めて、包み紙が生きて来る。そして何よりも『名人競』は、主要人物の一人狩野毬信が画師であるために、マクラで文晁を引き合いに出したに過ぎないのである。文晁を主人公とする本作で無視したのは余りに惜しい扱い方と言うべきであろう。円朝との類似と言えば、門弟の多さも無視できまい。喜多武清、高久靄厓、渡辺崋山、その弟子には椿椿山。円朝門には二代目円朝となる初代円右、初代円遊、二代目円馬、四代目円喬等数え上げれば果てしもない。師弟や門弟相互の人間模様など素材には事欠かなかったに相違ない。蛮社の獄で下獄、自刃に追い詰められた崋山の助命救援の運動に関して、「文晁の名の見出されぬのを寂しく思ふ。しかしこの年文晁はすでに八十にも近い頽齢であり、心に懸りながらも実際に崋山のために奔走するだけの気力を欠いてゐたのであらう」と、森銑三「谷文晁伝の研究」は推する（『森銑三著作集』三、中央公論社、一九七一年）。資料の欠如は円朝にとっての幸い、歴史離れを試みて文晁の最晩年を描くという方法も採り得たのではと口惜しく思う。

口惜しいと言えば画人文晁の伝にも関わらず、文晁の作品そのものに殆んど触れていないことも、そうである。舌端で絵を説明する困難さに加えて、聴衆に馴染みが少いので当然と言えるであろう。しかし『名人競』（一〇五頁下）に、文晁について「名人で御坐います、随分墨画《すみゑ》の山水を見まするると、墨を叩き付けた様な磊落《らいらく》な画風《かきかた》だから下手《へた》かと思ふと、又密な物になると、驚くやうなものを拝見致します」と話しているのである。作画期による画風の違いを、烏文晁、寛政文晁などと言い慣わしているが、円朝は二画風を自分の体験に照らして端的に表現する。画工を志して歌川国芳に入門した時期のあった円朝は、芝居咄に不可欠の大道具を自ら描いた。さぞかし文晁の画作についても一家言を有していたに違いない。それだけに本作が惜しまれてならないのである。

『荻の若葉』の「後記」で、江戸を思わず東京と言ってしまった間違いに触れたが、本作にも明治の影を感じる表現が見受けられる。一〇二頁上に「消防夫」とあるが、『名人競』（一二五頁下）には同様の場面ながら「仕事師」と江戸時代に相応しくなっている。また一〇四頁上の「神武天皇が日本を一統され皇統連綿として今日に至る偉勲《いさほし》は」なども、南町奉行というよりは警視庁総監の発言の感がある。

先に記したように文晁は多数の門人を擁していた。その一人、天保六年（一八三五）に没した田能村竹田『竹田荘師友画録』（写）には、文晁の人となりを簡潔に「資性爽快、度量宏闊、瀟洒調戯、一座風生」と記す。竹谷長二郎『竹田荘師友画録　訳解』（笠間書院、一九七七年）の口訳を誤植を訂して引くと「生まれつきからっとした性質で、度量が大きく、さっぱりとしてユーモアに富み、かれのいるところは一座に風が起こるようであった」。いかにも文晁は慕わしい人ではないか。円朝が伝を立てようとしたのは、その盛名功績も然ることながら、やはり人柄に引かれたに相違あるまい。

闇夜の梅　　（延広真治）

〔初出・底本〕『中外商業新報』明治三十一年一月二十三日（四七八三号）より二月九日（四七九七号）まで、「小説」として十五回連載。本書はこの初出を底本とした。底本には国立国会図書館所蔵の初出紙マイクロフィルムを使用し、柏書房刊の復刻版（二〇〇五年）を参照した。

〔諸本〕単行本初版は日本書院刊『円朝人情噺』。四六版、二一〇頁の内一—六二頁。他に「怪談阿三の森」「心中時雨傘」を収める。口絵、落合芳麿。仮製本。原紙くるみ表紙は、裏に懸けて流水（千草色）に四つ片喰《かたばみ》（藍海松《あいみる》茶）の散らし模様。行書で「三遊亭円朝口演」（千草色）、「円朝人情噺」（藍海松茶）、背題は行書で「円朝人情噺　三遊亭円朝口演」（藍海松茶）、裏表紙に篆書で「日本書院刊」。覆い表紙（カバー。早稲田大学演劇博物館所蔵本により記す）は、浅葱、赤、黄などの地に三味線を弾く女や行書の散らし書き（「きれた他人なほ恋し」など）があり、行書で「円朝人情噺」「三遊亭円朝（「朝」は函架番号票のため判読不可能）」（藍海松茶）。序文（「はしがき」、紫色）一頁。目次（「人情噺　闇夜の梅」「怪談噺　怪談阿三の森」「心中噺　心中時雨傘」、赤色）一頁。口絵一葉折り込み（「心中時雨傘」に因む、多色刷）。なお、国立国会図書館所蔵本は納本のため、後補の黒クロス、ボール表紙。そのため厚紙くるみ表紙の背題は見えない。岩波書店所蔵本は、覆い表紙を欠く外は、早稲田大学演劇博物館本に同じ。

　奥付（青色）に、大正二年五月十八日印刷（国会図書館本は貼紙により六月四日とする）、大正二年五月二十一日発行（国会図書館本は貼紙により六月七日とする）、口演者故三遊亭円朝、発行者福田滋次郎（東京市神田区北乗物町四番地）、印刷者菅井十一郎（東京市神田区松住町五番地）、印刷所碇文舎（東京市神田町《ママ》松住町五番地）、発行所日本書院（東京市神田区北乗物町四番地）、三十五銭。巻末自社広告（青色）一頁。

本文を初出と比較すると（上が初出）、例えば「ヱ、→エ、」「大坂→大阪」「三才→三歳」、会話に閉じの括弧（』）を付すといった小異の他に、二席三の「ス、ハテな」（一二三頁下）の「ス」や、最末部「先づ闇夜の梅のお話は是だけにして置まする」を削除。前者は意が通らぬとの判断であろうか。序文一頁は次の如くである。

はしがき

円朝師の人情噺は、よく人を魅《み》するの力があつた、牡丹燈籠《ぼたんどうろ》や、塩原多助など、人情の極致を穿《うが》つた傑作と称されて居《ゐ》る、本書の収むる三篇は比較的短篇ではあるが、円朝師独特の得意な読物で、其存生中《そのぞんぜうちう》口演されたものである、しかし未《いま》だ読書界に発表されなかつたものを選《えら》み集めたもので、珍中の珍書たるを失はぬ、流石《さすが》に円朝師の口演だけにいかにも垢抜《あかぬ》けがして人物の取合《とりあは》せが自然にかなつて居《ゐ》る。

大正二年五月　　　編者識

○春陽堂版『円朝全集』第一巻（一九二六年）、角川書店『三遊亭円朝全集』第四巻（一九七五年）に収録。

その他、円朝門下の口演として四代目三遊亭円生「忍岡恋闇夜《しのぶがおかこひのやみよ》」（『やまと新聞』明治二十年十二月十八日―二十九日、全十席、小相英太郎速記）、そして初代三遊亭金馬「恋闇怨巾着《こひのやみうらみのきんちやく》」（『朝野新聞』明治三十四年一月五日―二十四日、全十七席、速記者名を記さず「三遊亭円朝遺稿／三遊亭金馬口演」と並記）、二代目三遊亭小円朝「阿《お》花《はな》粂之《くめの》助《すけ》」（『文芸倶楽部』十四巻六号、定期増刊、明治四十一年四月十五日）。

〔梗概〕浅草三筋町の紙商甲州屋の娘お梅と手代粂之助の仲を感付いた後家は、いずれ婿にと思うものの、世間の手前、暇を出す。粂之助は兄玄道が住職を務める長安寺に身を寄せる。お梅は粂之助を慕い夜中に家を出、茶飯屋で長安寺への道を聞くが、それを耳にした泥棒の穴釣三次が道案内を買って出る。不忍池で翌日お梅の遺骸が見付かり、弔問に来た粂之助に疑いが懸るものの、忍び込んでいた三次は兄弟と気付き自訴。後年、遠島が赦免となり長安寺の住職に就き、粂之助は甲州屋を相続。

〔成立〕円朝は冒頭「戯作物抔とは事違ひ　全く私が聞《きい》ました事実談」というが、よく見受けられる真実めかすための言い種で、近松門左衛門作浄瑠璃『高野山女人堂心中万年草』(宝永七年〈一七一〇〉四月八日、竹本座初演)を枠組とし、話型「風鈴蕎麦屋の娘殺し」(後述)を展開させた作で、元来は道具入り芝居噺という(後述金馬口演)。

『心中万年草』は、高野山吉祥院の寺小姓成田久米之介と神谷宿の紙商雑賀屋与次右衛門の娘お梅との心中沙汰を、八百屋お七譚の趣向を取り込んで結構した浄瑠璃(諏訪春雄柱註『近松世話物集』一。角川書店、一九七〇年)。本作と比べると、近松作では高野山における男色の風が心中に至る原因の一となっているのに対して、男色とは無縁ながら、粂之助は兄が住職を務める長安寺に身を寄せるとの設定で、近松作の面影を残しつつ、円朝と異父兄玄正(玄昌)の関係を想起させるという楽屋落ちともなっている。また近松作では、お梅と婿がねとの祝言の場が描かれ、その後心中するのに対して、本作に婿がねは登場せず、お梅は殺される。なお植木職九兵衛との名乗りは、近松作中の駕籠屋九兵衛と役回りは異なるものの、偶然の一致とは思えない。

先に述べた話型「風鈴蕎麦屋の娘殺し」とは、渥美清太郎によれば、「文化七年のこと、江戸の或る町で、夜商ひの風鈴蕎麦屋が、良家の娘を駕籠屋へ連れ込んで、金を奪つた上に惨殺したといふ、血なまぐさい事件」(渥美清太郎「鶴屋南北世話狂言集」解説、『日本戯曲全集』十二、春陽堂、一九二九年)。実事を記録した文献は未見ながら、南町奉行の任にあった根岸肥前守鎮衛《やすもり》『耳嚢』七(文化三年〈一八〇六〉頃成立・写)の「金銀を賤民へ為見《みせ》間敷《まじき》事」は、匿った武士の所持金に目が眩んで殺した曽ての蕎麦屋、今は出家となった老人の懺悔話で、栗原翁の知人が当の老僧から聞いたという。いかにも実話めくが、町奉行に右を伝えた栗原翁とは講釈師栗原幸十郎であり（近藤瑞木「講釈師の読本」、東京都立大学『人文学報』、一九九九年三月号）、つまり信をおき難い。さらに、浜松歌国『摂陽奇観』（天保四年〈一八三三〉成立・写）四十九、文政七年（一八二四）八月の条に、天満（現・大阪市北区）の娘が「夜啼のうどん屋」に殺害された事件が録されているが、あたかも風鈴蕎麦屋を夜啼き饂飩屋に変えた塩梅で、ニュースの鴨（時を隔てて複数回同じ事件が起きた記録が残るのは虚報。平井隆太郎「かわら版のゆくえ」『かわら版・新聞』江戸明治三百事件Ⅱ。平凡社、一九七八年）の一例と考えたい。

ともあれ、右の趣向を取り込んだ作品には、歌舞伎、鶴屋南北「当穐《できあき》八幡祭」（文化七年〈一八一〇〉八月、市村座初演）、実録体小説、田舎斎龍仙『依田捌五人男』（文久二年〈一八六二〉成立・写）、講談、桃川実『大岡さばき迷子札』（明治三十三年、文事堂）、人情咄、談洲楼燕枝「旗本五人男」（『毎日新聞』明治三十年一月一日号より連載）などを挙げ得るが、本作では蕎麦屋を茶飯屋とした上に、客が殺害する等の新味を出している。

次に「闇夜の梅」との表題について触れたい。演題としては、元来は「穴釣三次」（春陽堂版全集十三巻解説）とされる。また、道具入り芝居咄としては「恋闇夜怨巾着《こいのやみうらみのきんちゃく》」（後述）などが寧ろ相応しく思える。新聞連載の時期に合せ『古今和歌集』一、凡河内躬恒の名吟「春の夜の闇はあやなし梅の花色こそ見えね香やは隠るゝ」に拠って上品めかして改めたのではあるまいか。なお『塩原多助後日譚』二に、津軽の侍が多助の女房お花の容貌と行状を賞して「暗《やみ》の梅は殊更《ことさら》匂ひが深いと申す如く」（一六五頁下）と言うが、本作の場合は夜、粂之助を慕って出奔したお梅を「貞女」（一三一頁下）とみたということであろうか。

以下、円朝の二人の門弟の速記に触れたい。それらと本作との異同は、円朝もそのように演じた可能性を示唆しよう。まず四代目三遊亭円生口述『忍岡恋闇夜』は、「真景累が淵」連載中断の穴埋めで、連載に先立つ明治二十年十二月十七日『やまと新聞』において、「師匠の作にて手短い事を」と述べ演題の角書にも「三遊亭円朝作」を冠する。店の名は奥州屋、粂之助二十一歳、山田氏、武士の出ながら藩名に言及がない。番頭は藤七、三次は植木屋宇兵衛を名乗り、同人の自害で局を結び、爾後の経緯に及ばないなど全般に慌しい運び具合となっている。

「三遊亭円朝遺稿／三遊亭金馬口演」と署名に併記する「恋闇怨巾着」も、連載に先立つ同三十三年十二月二十六日『朝野新聞』に、「円朝が若年時代道具入にて高座に演じ」と記し、一席には「師匠が壮年の頃、道具入りで演じまして、非常の好評を蒙りました」とあり、年齢的な食い違いがあるものの、道具入り芝居咄では一致。九席（正しくは八席）、お梅殺しの際の三次の科白を含む前後を以下に示そう。

○「知れた事でえ」と合方キツパリとなり、「鰻《うなぎ》を捕るとは表向き、ヌラリクラリと世を渡り、人の物は我物《わがもの》と、濡れ手で摑《つか》む穴釣《あなづ》り三次《じ》、飛んだ夜中《よなか》の穴探し、通り掛《かゝ》つたどん〳〵の、音《おと》に響きし色娘、恋路《こひぢ》の路《みち》に降る秋雨、濁りも深《ふけ》へ池水《いけみつ》の、泥に酔つたる鮒《ふな》同然、幾らジタバタしてもモウ適《かな》はねえ、親の罰だとあきらめて此《こ》の蓮池《はすいけ》のこやしとなーれ」これでは全然《まる》で芝居《しばゐ》でございますが、一寸《ちよつと》気取つて見たんでございます、「まさか此《こん》様な事は申《まをし》ますまい」と打消すが、芝居咄の面影を残す演出ではあるまいか。また局を結ぶに当り、粂之助の多幸（養子、結婚）に比して、「親の許さぬ不義いたずらの、其罰《そのばつ》にて斯様《かやう》な事に相成《あひなり》ました」と、お梅を糾弾し、「お若い御婦人」に対し、「斯様《かやう》な事をなすつては不可《いけ》ません」と「御異見《ごいけん》を申し」ている。今日から見れば剰語と思えるが、金馬は時世を見て付け加えたのであろう。ここで思い合わせるのは、高崎（群馬県）で刊行の、明治六年十二月『書抜新聞』一号の記事である。つまり、同地九蔵町の寄席でトリを取った「至上等の噺家《ハナシカ》」が粗筋より判じて本作と思しき咄を演じた事に対して、記事は「勧善懲悪に意なく只に愚談を主張せり（略）開化文明の罪人たり」と痛罵するが、その対象は円朝の可能性が高い（倉田喜弘『芝居小屋と寄席の近代』岩波書店、二〇〇六年）。

「恋闇怨巾着」と本作との異同を示すと、店の名は遠州屋、お梅の母の名は常、番頭は勘六、粂之助は武士の出で藤川氏、藩名不記、三次は植木屋宇兵衛と名乗り、後に処刑される等。また桟町を残松、長安寺を長庵寺などの上に、席数の重複一回(十二)、二回は欠く(七・十四)等、誤植が目立つ。

『阿花粂之助』を演じた三遊亭小円朝は、右の金馬の後名ながら、内容は大きく異なる。全く円朝に言及せず、道具入り芝居咄の面影はなく、出奔したお花が「穴釣《あなづ》り三次《じ》といふ悪漢に出遇ひ、之《これ》が為《ため》に一度《た》び粂之助の身に大難が掛るやうなことになる。けれども禍《わざは》ひ却《かへ》つて幸ひとなり、お花粂之助が晴れて嬉しき夫妻《めうと》になるといふ御目度《おめでた》い御話《おはなし》でございます」と慌しく局を結ぶのは紙数のためであり、この改変を考慮して、お花と替えたのであろう。

なお、本作に関した拙稿に「三遊亭円朝——「闇夜の梅」をめぐって」(『アジア遊学』一五五、二〇一七年七月)があり、本稿はこれを元に草した。

浄瑠璃に関しては、神津武男、阪口弘之、原道生の各氏の教示を得、倉田喜弘氏には種々御高配を得た。諸本の調査に際しては、永井美和子氏の助力を得、磯部敦氏、合山林太郎氏を煩わせた。

奴勝山

〔初出・底本〕雑誌『文芸倶楽部』六巻十編臨時増刊「講談　名妓伝」（明治三十三年七月二十日発行、内山正如編輯、博文館）に掲載。本書は掲載初出と思われるこの本文を底本とした。底本には東京大学大学院法学政治学研究科附属近代日本法政史料センター明治新聞雑誌文庫所蔵の初出紙を使用した。翠雨生こと小野田亮正による速記。

『文芸倶楽部』の特集「講談　名妓伝」では、松林伯円口演「孝女花扇」、真龍斎貞水口演「名物幾代餅」、春風亭小柳枝口演「廓文庫在原」、一龍斎文車口演「鏡ヶ池采女塚」、三遊亭金馬口演「小紫権八」、松林伯知口演「松葉屋薄雲」、麗々亭柳橋「三浦屋揚巻」、神田伯山口演「紺屋高尾」、放牛舎桃林口演「夕霧」、邑井一口演「山名屋浦里」、邑井貞吉口演「玉菊燈籠」、橘家円喬口演「巌亀楼亀遊」、そして最後に三遊亭円朝口演「奴勝山」が掲載される。すべて翠雨生速記。

速記者の翠雨生こと小野田翠雨は、本名を小野田亮正といい、紫珊情史、翠雨小史とも号す。同氏著『現代名士の演説振』（明治四十一年、博文館）の島田沼南序文に「小野田翠雨君は速記界の雄なり、速記の場数を経て、練達の技能を有す、耳聡くして腕敏し、各種の演説を速記して」とある。明治文学全集第96『明治記録文学集』に「現代名士の演説振」（抄）が収録されており、解題を記した神崎清が日本速記協会や衆議院速記課に問い合わせてみたところ「小野田亮正は『やまと新聞』の電話速記者であった」とのことで、これ以上の情報はなかったという。『日本速記五十年史』に拠れば、「明治四十五年当時に於ける新聞通信社の電話速記者」として、やまと新聞社三名の中に名を連ねている。確認するに『文芸倶楽部』でも多くの速記が見受けられる。主な速記本に放牛舎桃湖講演、小野田紫珊速記

（山本和明）

『更科勇婦伝』(大川屋書店、明治三十年)、『三遊亭円遊滑稽落語集』(大学館、明治四十三年六月)、『家庭落語集』(尚文館、大正六年)などがある。円朝と小野田翠雨との関わりだが、明治三十三年一月の『文芸倶楽部』六巻一編に掲載された小野田翠雨「初春の速記」の中で「三遊亭円朝の談話」が掲載されており、その冒頭に「イヤ是れは入らつしやい、暫くでございました」とあり、既知の仲であったことが知れる。同文には「私もモウ年を取りましたものですから、万事が大儀で口を利くのも面倒な位です」「何うも御覧の通り声が充分に出ませんから、後は茲に居ります門人の金馬からお聴取り下さい」との円朝の発言もあり、療養生活中の円朝の様子も窺えるものである。

〔諸本〕

○講談文庫『名妓伝』(博文館、明治四十五年)。掲出される作品は、順に桃川燕林「塩原高尾の伝」、麗々亭柳橋「三浦屋揚巻」、神田伯山「紺屋高尾」、放牛舎桃林「夕霧」、邑井一「山名屋浦里」、邑井貞吉「玉菊灯籠」、真龍斎貞水「名物幾代餅」、春風亭小柳枝「廓文庫在原」、一龍斎文車「鏡ヶ池采女塚」、猫遊軒伯知「侠妓小勝」、橘家円喬「巌亀楼亀遊」、三遊亭円朝「奴勝山」で、桃川燕林「塩原高尾の伝」は『文芸倶楽部』五巻二編「講談揃」(明治三十二年一月)、猫遊軒伯知「侠妓小勝」は『文芸倶楽部』十四巻十号「講談十八番」(明治四十一年七月)からであるが、その他はすべて『文芸倶楽部』六巻十編臨時増刊「講談　名妓伝」からの再録である。

○春陽堂版『円朝全集』に本作は収録されておらず、角川書店版『三遊亭円朝全集』七巻「雑纂篇」(一九七五年)に収録された。なお、本文冒頭部に「若し中途で苦しくなりました其折は、門人の金馬に代理をさせますやも知れませぬ」との表現があったが、金馬こと、のちの二代目三遊亭小円朝は、持ちネタとしてこの噺を受け継いでいる。小円朝による「奴勝山」は、『小円朝落語全集』(三芳屋書店、一九一六年)に収録される。

〔梗概〕元禄年間、芝三田に屋敷を構えたさる大名(仮に松平式部之丞とする)が気鬱病となる。気晴らしのために、家臣の松蔭勘解由は当時流行の花魁たち――高尾太夫、吉野、薄雲太夫、勝山などの錦絵を見せ、その逸話を語ったところ、松平公の御意に入り、殿はそれから吉原松葉屋の勝山の許に通うようになる。殿の廓通いをうち捨てて置けない忠臣若竹折衛は、勝山殺害を計画。下僕三平と吉原へ出かける。身請けに来たと云いながら、廓で勝山に斬りかかるが、勝山はそれを飛び退き制止し、ある手紙を見せる。それは、御家の筆頭家老柴田浅之進と剣術指南番の轟伴左衛門が、松平公の吉原通いに乗じ御家乗取を計画し、既に御家の重宝で、折衛預かる宝剣小狐丸を盗み出しているとの内容の密書であった。折衛は入手の由来を聞き、その密書を受け取り、刀詮議のため帰る途中、芝御成門近くで黒装束の曲者により殺害される(以上、天の巻)。

折衛の倅素五郎は、妻の雪野と父の帰りを待つが、三平から横死の経緯を知らされる。その後、宝剣紛失等より藩を永のお暇となり、本所小梅へ浪宅を構え、刀詮議と父の仇討ちをねらう。ある夜、忍び込んできた賊を三平が捉えてみると轟伴左衛門の門弟軍蔵であった。軍蔵が折衛殺害を白状したため、向島の轟伴左衛門別邸龍庵へ素五郎、雪野、三平は軍蔵を連れて乗り込むが、実は罠で、三囲神社近くで、轟らの待ち伏せにあい、若竹夫婦は殺害された。その場を逃げた三平は、吉原の勝山の許で仇討ちの手助けを頼む。轟伴左衛門が丹前大尽として勝山の許に通い、振り抜かれていたからであった。吉原松葉屋からの帰り道を狙い、忠僕三平は轟伴左衛門に斬りかかり、髷を切られた勝山の助太刀を得て、なんとか轟を倒すことができた。吉原での出来事ゆえ、勝山花魁の事件は江戸中に知れ渡り、勝山の評判を高らしめた。三平も会所へ訴え出て、龍庵を家捜しとなり、小狐丸も見つかり、柴田浅之進等の悪事が露見。柴田は切腹して果てた。主人の仇を討った三平は二代目折衛として若竹家を継ぐことになる。切られた髷ゆえ工夫して結いはじめた髪が評判となり勝山は以前に勝る全盛を極め、世に勝山髷と称するところとなった。殿様もそれを賞美し身請けの上、三平と夫婦にしたと云う(以上、地の巻)。

〔成立〕春陽堂版『円朝全集』の編輯にあたった鈴木古鶴に「円朝の『荻の若葉』と『奴勝山』」なる一文がある。円朝全集完成後、収録に洩れた作品について述べたものだが、その一節を一部引用する。

だが茲に円朝の口演らしいもので、『奴勝山』と云ふ二席物がある。古い文藝倶楽部に出たものだと云ふ事であるが筋は、(略)以上を二席につづめてあるので、ほんの荒筋と云ふ位でこまかい面白味はない。これは円朝口演とはあるが、古くからある話か、それとも粟田口などから取つて一時の穴埋めにしたものか分らぬ。無論大したものではなく、無くてよいものではあるが、兎も角全集には洩れたものゝ一つである。

(『愛書趣味』第四年五号通巻二十四号、一九二九年十二月二日。のち世界文庫による『円朝全集』復刻版の月報七に再録)

確認するに、本話は山東京山作、歌川国満画の合巻『奴《やつこ》勝山《かつやま》愛玉《むすめ》丹前《たんぜん》』(文化八年(一八一一)、津村屋三郎兵衛板)を元にする。『奴勝山愛玉丹前』は主人由井賀浜之進、その息浪五郎、しがらみ夫婦の仇雷左衛門を討とうとする奴品平を、大磯の廓大松屋の遊女奴勝山が手助けをし、目出度く敵討ちを成功させるという話である。お家の重宝の紛失、それを巡る忠臣の艱難辛苦、敵討ちといった当時の芝居に見受けられる典型的な仇討ちものの遊女助太刀譚となっている。奴勝山はもちろんのこと、轟軍蔵という名前などは、『奴勝山』に登場する轟伴左衛門と弟子の軍蔵を連想させるし、名剣小狐丸も登場しており、主人、若主人ともに敵に打たれる点なども同様である。「ましていはんや此本は、西鶴などからいけどつた、小夜嵐の類にあらず。新《あらた》に胸から産出《うみだ》した正真《しやうじん》の生娘《きむすめ》にて」と『奴勝山愛玉丹前』京伝序にあることを信じれば、京山による創作ということになろうか。もちろん、忠臣が主君の放蕩を諫めるため、その相手を殺そうとする設定などは、兄京伝の読本『昔話稲妻表紙』にすでに登場するものであり、その流用とも考えられよう。『奴勝山愛玉丹前』は、『山東京山伝奇小説集』(国書刊行会、江戸怪異綺想文芸大系4)に翻刻されており、参照されたい。

他にも円朝『菊模様皿山奇談』(本全集九巻所収)における渡辺織江、祖五郎親子と、本作の若竹折衛、素五郎という登場人物名が類似する。

円朝『奴勝山』は、相応に好評を得たようで、「奴《やっこ》勝山《かつやま》誉《ほまれの》助太刀《すけだち》」の表題で歌舞伎としても上演された。田村成義編『続続歌舞伎年代記　乾』(市村座、一九二二年)に拠れば明治三十五年三月、東京本郷座で上演。「二番目の勝山は講釈種なるを竹柴伝造脚色して女寅の出しものとなしたり」とある。この「講釈種」が、明治三十三年七月刊『文芸倶楽部』に収録された『奴勝山』であった。渥美清太郎「系統別歌舞伎戯曲解題(五十二)」(『芸能』五巻九号、芸能学会、昭和三十八年九月。のち日本芸術文化振興会より単行本化)を確認するに、「奴勝山誉助太刀」は「若竹素五郎(市川団吉)は、妻雪野(市川女寅)と、兄の仇轟仁八(市川新十郎)を探していたが、仁八は愛宕下へ誘き出して、夫婦とも返り討にする。若竹の下部三平(四代尾上松助)は、仁八が通つている吉原松葉屋の勝山太夫(二役女寅)の許へ行き委細を語る。勝山は同情し、仁八を大門外へ誘き出て、助太刀して三平に討たせる。そのとき勝山は髪を切られたが、短い毛で工夫をして結つた髷を勝山と称されるまで」との内容だったようである。

塩原多助後日譚

（佐藤かつら）

〔初出・底本〕初出は『日出国《やまと》新聞』明治三十三年十一月一日（四二三六号）―十二月三十一日（四二九六号）。全六十一回（底本では五十八回を五十七回と誤表示、また五十九回を三度数えてそれが最終となっている）。底本には東京大学大学院法学政治学研究科附属近代日本法政史料センター明治新聞雑誌文庫所蔵の初出紙を使用した。最後の明治三十三年十二月三十一日の回の末尾に断り書きがあり（二九七頁「本家分家倶に……帰りました」の注参照）、予定が狂い年内に掲載が終わらなかったので、福地桜痴の「薄命の花」を先にし、その後再び「塩原多助後日譚」を掲載するとある。しかし掲載が再開されることはなく、未完で終わった。明治三十四年一月十七日に日出国新聞社が類焼し、原稿や投書類も失われた事情も関わると考えられる（倉田喜弘「三遊亭円朝遺稿『塩原多助後日譚』解題」『文学増刊　円朝の世界』岩波書店、二〇〇〇年）。

すべての回に「三遊亭円朝遺稿」とあるが、速記者名の記載はない。挿絵は、記載の無い回もあるが、一回から年方、二十三回から三十七回まで清方、その後再び年方の名前がみえる（五十六回からは署名が無いが、五十七回のみ清方の署名がある）。年方は水野年方（本全集三巻後記「業平文治漂流奇談」「松の操美人の生埋」、八巻後記「松と藤芸妓の替紋」参照）。また、「山本刀」は彫工の山本信司（本全集三巻後記「松の操美人の生埋」、五巻後記「真景累が淵」参照）。清方は鏑木清方（一八七八－一九七二）。『やまと新聞』社長条野伝平（採菊）の子。水野年方に師事。円朝とも親交があり、清方の描いた円朝の肖像画（東京国立近代美術館蔵「三遊亭円朝像」）は有名である。後述のように、本作の『日出国新聞』連載には採菊が関わった。

なお、連載開始に先立ち、『やまと新聞』明治三十三年十月下旬には、新聞名表記の変更と紙面の「大拡張」が何度か告知され、そのなかで次のように本作の連載開始が言及された。

やまと新聞の大拡張
日出国《やまと》新聞の大飛躍

やまと新聞は来月一日より題字を日出国《やまと》新聞と改め年中無休刊《やすみなし》とし敏腕なる記者を増聘し内外の各重要地に通信員を置き政治上、経済上将《は》た社会上に議論精確、記事迅速、大《おほい》に旧来の面目を一新すると同時に故《こ》円朝名残《なごり》の傑作たる塩原多助後日譚《ごじつものがたり》を連載すべし　是《これ》実に近来の読物にして一ありて二なきものなり　又当日は大拡張の披露として本紙を八頁とし外《ほか》に高尚優美なる附録を添ふべし　尚《なほ》此の大拡張を機とし一日より引続き日々数十万枚を増刊して洽《ひろ》く全国津々浦々まで配布すべければ広告の効能は莫大なるべし

右に付一日の紙上掲載広告の申込みは二十九日限りとす

（『やまと新聞』明治三十三年十月二十五日）

〔諸本〕明治・大正時代に、本作を単行本化したものは見いだせない。斎藤忠市郎は「落語史外伝——引退後の円朝(10)」（『落語界』三十一号、一九八一年八月）において、本作を紹介し、冒頭部を引用した。そして『「文学」増刊　円朝の世界』において、倉田喜弘により初めて全文が翻刻紹介された。

〔梗概〕塩原多助は妻お花ともども懸命に働き、店は繁盛している。ある日多助の留守中に津軽家の賄役橋口金吾が訪れ、急な入用で千俵の炭を注文する。お花はわからないまま百五十両の値を告げて代金を受け取るが、帰った多助はあまりの高値に驚き七十五両を返金に津軽家に赴く。橋口は役目の落ち度になるからと金を受け取らないが、多助はさらに重役の小田切治部に目通りを乞い、橋口の落ち度とならないように話して金を返納するので治部は感心する。

のちに多助の店に津軽家の炭御用が命じられる。

安永元年二月の大火で多助はいち早く野州に赴き、荷主の吉田屋に炭や薪を注文し、草履、草鞋、鍋釜の類いを買い付けて江戸に戻る。火事で焼け出された人々に草履類や炭・薪を売り、千両余りの利益を得る。さらに茄子の味から大嵐があることを推測し、以前の利益を元手に屋根板を買い込むと果たして同年八月に大嵐があり、屋根板の需要が高まって多助は再び大きな利益を得る。

一方、以前から多助につきまとう護摩の灰道連小平は、二月の大火で牢から解放されたまま逃げる。小平は松前家の屋敷内の博打で大損をして、多助の家に住むお亀の過去の罪を種に店に強請に現れる。多助が留守でお花や居合わせた明樽屋久八はうろたえるが、偶然やってきていた多助の実父塩原角右衛門が小平を店から連れ出し、雪の降る中で小平を斬り、ついに小平は命を落とす。

安永四年、炭屋仲間は多助の成功を妬み、吉原に連れ出して恥をかかせようとする。多助は一計を案じ、幇間や芸者らに小銭とみせかけながら実は多額の金の入った祝儀を渡し、粋な遊びだと称賛を得る。炭屋仲間はなおも遊女に通じて多助をはずかしめようとするが、多助はさっさと帰ってしまいそのもくろみは外れる。祝儀その他に出費が多く、炭屋仲間は二度と多助を吉原に誘わなくなる。

安永五年七月二日は多助の養父塩原角右衛門の十七回忌にあたり、多助は故郷の沼田下新田に赴き法事を営むことにする。多助は下新田でかつての下男五八と再会する。そして、かつてお亀が多助の前妻お栄の聟に、お亀の愛人原丹治の息子丹三郎を迎えようとして村中が大騒動となった日に、多助の愛馬の青がお栄と丹三郎をかみ殺して多助の仇を討ったが、青自身は原丹治に殺されたということを聞き嘆く。その騒動で塩原角右衛門家が焼け、田地も失われたことを五八は話す。また、十三年前に塩原分家太左衛門が亡くなったこと、太左衛門の娘お作に聟を迎えたが、聟の不心得から山地田畑を失ったこと、聟はお作と子供を残して出奔したことを多助に告げる。多助は実父だけでなく、太左衛門夫婦、多助と間違われて殺された円次郎とその後に亡くなった円次郎の家族、さらにはお栄丹三郎らの法事も営むことにし、沼田原の一本松のそばに青のための馬頭観音を建立することにする。

法事の日、多助らが村の貧困者に施行をしていると、お作の聟甚三郎と、悪者仲間の勢多の仁太郎が強請にやってくる。二人は一旦村名主に追い返されたが、翌日多助らが馬頭観音を建て祈念をしているところへ甚三郎と仁太郎およびならず者三人が現れる。多助が青の霊に祈ると、一頭の青馬が現れて仁太郎に食いつき、ならず者を追い払う。これは下新田の油屋で飼われていて、青によく似ていると評判の馬で、偶然手綱を切って暴れたのだった。

多助は塩原角右衛門家と、太左衛門家の土地を買い戻し、お作の子を角太郎と名を改めて本家の相続人とし、五八を太左衛門と改めて分家を相続させ角太郎の後見人とし、八月二十八日に江戸に帰る。

〔成立〕 円朝は明治三十三年八月十一日に亡くなった。本作は、円朝の葬儀の後、条野採菊が円朝遺品から見つけ出し、『やまと新聞』が十一月一日から改題するのに合わせて連載することにしたという(倉田喜弘「解題」『「文学」増刊 円朝の世界』)。署名欄に速記者名がないことは右の経緯によると考えられるが、元々は速記者が介在した草稿に円朝が手を入れたものか、またはそもそも速記を媒介せず円朝が直接執筆したものか、不明である。ただし聞き違いによるものと思しき誤り(一七二頁「嘘りの無世なりけり……」の注参照)も見受けられる。

本作がいつ成立したかは定かではない。すでに『塩原多助一代記』(以下『一代記』とする)の末尾では、道連小平やお亀親子の件を塩原多助後日譚として発表することが語られていた。一七七頁「富永冬樹(今は故人)」の注に記したように、明治三十二年五月以降に書かれ(語られ)たものであると推定したくなるが、注記のスタイルから考えて採菊など『日出国新聞』の人間による補足である可能性もあり、決め手とならない。

本作二十一回には「此塩原多助の事は円朝《わたくし》も数回席亭《よせ》でもご機嫌を伺ひ筆記の本にもなり当やまと新聞へも出し、芝居でも度々演じましたので」(二〇七頁下)とある。「筆記の本」は、速記本『円朝叢談塩原多助一代記』(明治十七―十八年刊行)であろうが、「当やまと新聞へも出し」という記述については不詳である。まず、『塩原多助後日譚』(以下『後日譚』とする)以前に、多助関連の速記なりが『やまと新聞』に掲載されたかどうかがわからない(明治二十八年二月―三十三年一月の同紙の大半が現存を確認できず、その期間になんらかのかたちで掲載された可能性もある)。また右記述は、『やまと新聞』に『後日譚』が掲載されることが予定されていたかのような文意であるが、あるいは連載にあたってこのような記述を採菊が書き加えた可能性も考えられる。「芝居でも度々」とあるが、『一代記』は明治二十一年十月の春木座における初演以来、二十五年一月の歌舞伎座での五代目尾上菊五郎による上演ほか、円朝が亡くなるまでに、東京だけでも合計二十公演の上演をみている(小宮麒一編『歌舞伎・新派・新国劇　配役総覧　第七版(明治元年~平成二十二年)』二〇一一年)。二十五年の菊五郎による上演までに六公演、その後もおよそ年に一度はどこかの座が上演していた(円朝生前の最後の上演は明治三十二年九月東京座)。二十五年までは主に小芝居での上演であり、歌舞伎座での上演を劇化のもっとも主要な公演とするならば、「度々」というのは、二十五年から三十二年頃に至る間のいつかの時点での言葉ではなかろうか。成立時期について、宮信明は明治二十六年九月十八日から円朝が下新田への再訪の旅に行ったことから、この旅が『後日譚』成立の契機であった可能性を指摘する。宮は『日出国新聞』掲載の『後日譚』は明治二十年から二十六年頃のものか、ともする(「三遊亭円朝『塩原多助後日譚』論――二極化する享受を前にして」『立教大学大学院日本文学論叢』九号、二〇〇九年八月)。

次に、内容について考えてみたい。本作一回では、「此後編をといふお指図がござい升ので前編に洩れました多助の逸事を得度と存じて皆様へ願ひまして漸々の事で実説を探り得て筆を採る事に致しました」と語られるが、多助の実説というよりは、先行のさまざまな巷談を取り入れているように思われる。多助が大火や大嵐の時に機を見て利益を得る話は、すでに指摘があるように紀伊国屋文左衛門や河村瑞賢の逸話を種としている(中込重明「円朝の種明かし」〈『文学増刊　円朝の世界』所収、のちに『落語の種あかし』岩波書店、二〇〇四年所収〉、および宮信明前掲論文)。また、多助が吉原で恥をかかされそうになることにも、武士の石井常右衛門が朋輩の妬みで恥をかかされそうになるが、吉原の遊女高尾に頼んで朋輩等のもくろみを外す「石井常右衛門」という同様の説話がある(『日本伝奇伝説大事典』「石井常右衛門」の項)。

亀井秀雄は『後日譚』について、多助の「正直と機転(先見の明)と、頓智頓才と先祖孝養という「徳」を伝える内容の」挿話を組み合わせたもので、安永元年の大火という史実と道連小平の登場により挿話間の有機的な関連を持たせ、構成自体は各挿話を入れ替えても可能な、「きわめてルーズ」なものだったとする。また、『後日譚』は、『一代記』に対する挿話の追加という性格が強かったのではないかとも論じている(「円朝遺稿『塩原多助後日譚』の性格」〈『文学増刊　円朝の世界』所収〉)。亀井の指摘通り、『一代記』の末尾で述べられた道連小平の結局と、故郷に錦を飾って青や太左衛門らの法事を営むという、『後日譚』らしい内容以外は、先行の説話類に基づいた、多助の機知と徳とを示す挿話により成り立っているのが『後日譚』であると言えよう。ただし、本作では中断されたが、残りの部分は倉田喜弘も前掲「解題」で指摘する通り、「多助の死ないしは塩原家没落を扱った噺」であり、それはおそらく、『一代記』末尾で語ると予告された、お亀親子の行く末にも関わることであっただろう。このことは弟子の金馬(のちの小円朝)が代講した『塩原多助後日譚』にうかがうことができる。

金馬代講『塩原多助後日譚』は、速記本として明治三十四年一月に発行された(国立国会図書館所蔵、発行は芳村忠次郎で金馬本人)。表紙に、「三遊亭円朝遺稿／三遊亭金馬代講」とある。金馬自身による序文には、明治三十三年の

「天長の佳節」とあり、すなわち十一月三日である。この口演は春陽堂『円朝全集』十二巻（一九二七年）、角川書店『三遊亭円朝全集』五巻（一九七五年）にも収められており、以来、長らく『後日譚』はこの金馬代講のもので知られていた。第一席冒頭には、速記者を伴った金馬が、病中の円朝の枕元で、円朝に教わった『塩原多助後日譚』を聞いてもらうという場面があり、それに本文が続く。つまり円朝の承認のもとに、さらには円朝の指導を得て口演速記を採った、という体裁といえよう（速記者は西島冷香とある）。

そして金馬代講の速記本は、序文の日付が十一月三日ということから考えれば、本作すなわち『後日譚』連載開始と同時期に刊行準備をしていたことになる。金馬がどのような考えのもとにこの速記本を刊行したのか不明であるが、春陽堂版『円朝全集』十三巻（一九二八年）の「円朝全集口絵及各篇解説」には、「多助の後日譚又は二代目塩原多助と云ふやうなものが当時他にもあつたので、金馬が円朝直門といふ所から出したものと思はれます」とある（「多助の後日譚……」は金馬速記本より後の明治三十四年六月に刊行された松林伯円著・某隠士補綴『二代塩原太助栄華物語』を指すか）。

金馬代講の内容は以下の通りである。小平の強請と角右衛門が小平を斬ること、お亀が死んで四万太郎を多助夫妻が引き取ること、炭の値段の間違いから津軽家に炭の御用を命じられること、大火に際して多助が地所の売買で大金を得ること、沼田へ帰り病気の太左衛門を見舞い、青が六年前に病死したので一本松の側に青の塚を建てること、さらに太左衛門に塩原角右衛門家を再興させ五八に太左衛門の家を継がせ、下新田の道普請や横堀の休み茶屋設置を行い、太左衛門を看取ること、吉原で炭屋仲間に恥をかかされそうになること、多助夫妻の死、夫婦の間の男の子が二代目多助となり、四万太郎が角右衛門となって多助を後見するが、角右衛門が出方の喜六をだまして金を着服し喜六にたたられて死ぬこと。語られる順序と細部は違うが、円朝遺稿『後日譚』とほぼ同じ趣旨の挿話が並べられる。そして金馬代講の話では、お亀親子の行く末と、最後に四万太郎の不行跡により怪談話に移行するそのとば口が見られる。本全集一巻後記「塩原多助一代記」で述べたように、そもそも円朝は怪談として塩原太助の話を柴田是真から聞いたのだった。金馬代講の『塩原多助後日譚』の内容から、中断された『後日譚』の残りの部分が塩原家没落に関わる怪談であったことが推測できる。

ただし、金馬代講の怪談の一節について、若林玵蔵は「自分が是真の弟子から聞いたのとは少し違ふ」と言ったとされる(前掲「円朝全集口絵及各篇解説」)。本全集一巻後記「塩原多助一代記」の項に述べたが、塩原家の怪談は、「塩原多助旅日記」(初出『名家談叢』十一号附録・十二号附録、明治二十九年七・八月)に、多助と同じ上州出身者が塩原の番頭に金を預け騙り取られて身を投げ、以後塩原家に祟り、二代目、三代目とも不幸が続くという話が載る。また、異同のある同様の話が円朝自身によっても語られている(「芸人談叢三遊亭円朝」(九)―(十三)〈『毎日新聞』明治三十二年八月二十四日―三十日〉、前掲斎藤忠市郎「落語史外伝――引退後の円朝(10)」に再録)。

金馬によるもう一つの塩原後日譚と言える「塩原の怨霊」(『文芸倶楽部』十九巻十四号定期増刊、一九一三年十月)は、少し異同があるが明治三十四年刊の金馬代講の速記本の筋立てを踏襲するもので、速記本の最後の部分、すなわち怪談の箇所だけを抜粋したものである。これについては別巻に収録する予定であり、詳細はそちらへ譲りたい。

金馬代講の明治三十四年刊の速記本が出たとき、「同門の人たちの中には師の名を汚すものだといふ批難もあつたといふ事でありますが」という(前掲「円朝全集口絵及各篇解説」)。斎藤忠市郎は、金馬は円朝の腹案に依り演じたので金馬を批難するには当たらないとしながら、「しかし金馬演出は全体的に円朝の重厚さを失われたことは否めない」とする。確かに円朝遺稿と読み比べると、多助やほかの人物の描写は円朝遺稿の方がはるかに丁寧で真に迫り、『一代記』の世界そのままの人物像となっている。たとえば円朝遺稿の多助は、津軽家から炭御用を命じられるというのを、そのようなつもりではなかったと最初潔癖に断るが、金馬代講速記本の多助は、津軽の殿から直々に仰せつかり、そのまま喜んで受ける。金馬代講速記本の『塩原多助後日譚』の内容により円朝遺稿の続きも怪談で終わったであろうことが推測でき、恩恵を受けるのであるが、一方で円朝の描写の特長を改めて実感するのである。

なお明治四十三年七月に、大阪・朝日座で「塩原後日譚《しおばらごじつものがたり》」が上演されている。異同もあるが、場割や役名から基本的には金馬代講速記本に基づいたものかと考えられる（『近代歌舞伎年表　大阪篇』参照）。

また、延広真治は「怪談咄のゆくえ——『塩原多助一代記』の変容」（『文学』二〇一四年九・十月号）において『一代記』における馬の怪異とそれを断す手法や、他の作品に見られる塩原家の怪談への円朝の関心の反映などについて論じている。

怪談阿三の森

（横山泰子）

〔初出・底本〕円朝没後の大正二年に日本書院から刊行された単行本『円朝人情噺』が初出であり、本書では岩波書店所蔵本を底本とした。底本の体裁は後記「闇夜の梅」〔諸本〕の項参照。

右単行本の「はしがき」（後記「闇夜の梅」〔諸本〕の引用参照）には、「本書の収むる三篇は比較的短篇ではあるが、円朝師独特の得意な読物で、其存生中《そのぞんぜうちう》口演されたものである、しかし未だ読書界に発表されなかつたものを選《えら》み集めたもので、珍中の珍書たるを失はぬ、流石《さすが》に円朝師の口演だけにいかにも垢抜けがして人物の取合せが自然にかなつて居る」と書かれている。三篇のうち、本作と「心中時雨傘」は現時点では初出本文を確認できていないが、「闇夜の梅」は明治三十一年一月二十三日から『中外商業新報』での連載が初出（後記「闇夜の梅」〔初出・底本〕の項参照）である。「未だ読書界に発表されなかつた」とは、これら三作品が大正二年の段階で単行本化されていなかったことを意味するのであろう。

〔諸本〕春陽堂版『円朝全集』第八巻（一九二六年）、角川書店版『三遊亭円朝全集』第七巻（一九七五年）に収録。

〔梗概〕享保年間、本所の旗本松岡半之進は奉公人お古乃を寵愛し、二人の間にお三が誕生する。お三はあいついで両親を亡くし、お古乃の親である深川蛤町の善兵衛夫婦に育てられる。祖父母の始めた亀戸の団子屋で働くお三は、お幇間医者の玄哲が連れてきた阿部新十郎と出会い、互いにひと目ぼれする。のち玄哲の仲立ちにより二人は恋仲になり、お三は母の形見である香箱の蓋を新十郎に渡し、新十郎は割笄の片割れをお三に与える。しかし新十郎は実は松岡半之進の子で、遠縁の阿部家に養子に行った身であった。新十郎は母の遺言により、お三が腹違いの妹と知って悩む。因果の酷さとお三への恋慕とで心乱れる新十郎のもとへ、玄哲がお三の死を告げる。悲しみのあまり病を得、向島の別荘で療養する新十郎のもとへ、ある夜カランコロンと下駄の音が聞こえてくる。訪ねてきたのは死んだはずのお三であった。以来、二人は毎夜逢瀬を重ねるようになる。阿部家の用人が法恩寺の良観和尚に相談すると、良観は新十郎の因縁因果を言い当て、毎夜訪ねるお三が死霊であり、新十郎の生命の危険に瀕していることを諭す。死霊退散を乞う新十郎に良観は護符を授け、それによって幽霊は来なくなるが、やがて新十郎が嫁をもらうと怪しい蛇が毎晩出るようになる。再び相談すると、良観和尚は新妻のみならずこれから新十郎が娶る妻の短命を予言し、蛇を捕獲して、雀の森に埋めて祠を建てる。嫁は早死にし、新十郎は出家して祠の世話をした。祠はいつか「お三様」と呼ばれ、後にお産の神とされた。

〔成立〕梗概からわかるように、本作は円朝の代表作『怪談牡丹燈籠』の前半部と酷似した作品である。新十郎とお三が出会い、お三が焦がれ死にをして幽霊となる件は、『怪談牡丹燈籠』におけるお露と萩原新三郎の筋立てと同様である。それゆえに、そして単行本刊行が円朝没後であることも相俟ってか、本作は円朝口演として出されたものでありながら、偽作ではないかとされてきた。偽作説は、春陽堂版円朝全集における以下のような言及に始まるものと思われる。

怪談阿三の森は、円朝のものとして公にされて居りますが、この一篇は、円朝自身の口演に余人が筆を入れたものか、門人などの口演したものか、或は筋だけを取つて他人の綴つたものであらうと思はれます。今しばらく疑を存して、識者の明断を仰ぐことゝいたします（八巻扉裏解題）

これは円朝口演として出版されては居りますが、頗る怪しむべきもので牡丹燈籠から萩原新三郎お露の件だけをとり、これを腹違ひの兄妹としたゞけで、団子茶屋の見染も殆んど牡丹燈籠と同じく、殊に有名な牡丹燈籠のカランコロンをそのまゝ再びこゝに用ふるなど、円朝はそれ程の愚物ではありますまい。按ふに円朝の弟子の中の極めて智慧のない人の作つて口演したものか、或は芸術的良心のない例の講談本偽作屋の小細工であらうと思はれます。全集中に収むべきものではありませんが、此種のものは数種に過ぎませんから、参考の為に入れて置いたのであります　（十三巻「口絵及各篇解説」）

偽作説は角川書店版の『三遊亭円朝全集』でも踏襲され、七巻の解題では「おそらくは円朝門人の、それも円朝の芸風に似ている人物の手によって多少の書き替えが行なわれて発表されたものであろう」とある。偽作説の影響は大きく、東雅夫著『江戸東京怪談文学散歩』（角川選書、二〇〇八年）でも「三遊亭円朝作と伝えられる怪談噺『怪談阿三の森』」「この噺、円朝自身ではなく門人の作ではないかとする説が有力」と書かれている。

しかしながら、本作を円朝以外の別人の作とするには十分な根拠がないことも事実である。春陽堂版全集十三巻「口絵及各篇解説」の言及も、円朝ならばこんなことはしないであろうという臆見の域を出るものではない。噺家が自作ないし先行して伝わる噺に、さらに別の趣向を加えて作り直したり、語り直して磨き上げたりするような試みを念頭に置くべきであるし、実際、口演速記として残っている円朝作品にも、そうした語り直し、作り直しを見いだすことができる。あるいは仮に、本作を劣化した二番煎じと見なす場合にしても、晩年に脳病を煩ったとされる円朝の創作的枯渇がそこに関与していないとも断定できない。それゆえ、本作が円朝作ではないという結論を導くことは困難である。偽作であるか否かはともかくとして、本作を虚心に読んでみると、本稿筆者にはある一定の完成度を持った作品のように思われた。山本進も「於三稲荷探訪記」（『諸芸懇話会会報』一八〇号）において、

『牡丹燈籠』や『累ヶ淵』の長いスジからエッセンスだけを凝縮したようなもので、それなりに中編の人情噺としてうまく纏まっているとも言えます。（略）江戸末期の深川、本所の地理が、極めて巧みに、しかも正確にとり

こまれているのも、この作品の一つの特長ですが、明治九年から十年あまり本所二葉町に住んだという円朝の〝土地カン〟が、そこに生かされているようにも考えられ、一概に偽作と貶め去ることもできないように、私には思われます。

と述べている。

実作者が誰かを明らかにしえない現状では、円朝作である可能性を考えつつ、色々な角度から読み、検討すべきである。怪談と敵討を組み合わせて長編化したのが『牡丹燈籠』だったとすると、一度完成した長編を怪談として簡略化したのが本作ともいえる。近親相姦という筋立てと、女の妄念が蛇となる件からは、『真景累が淵』(本全集五巻)が思い起こされる。また『離魂病』(本全集十一巻)も、兄妹で契ったことから因果塚を建立する物語として本作との共通点がある。近親相姦や蛇のモチーフは、江戸期の文芸に見られるパターンである。明治大正期においても繰り返しそれらが使われていることから、それだけ物語に怪奇味をもたらす趣向として有効だったと考えられる。本作の蛇の件から想起されるのは、『雨月物語』の「蛇性の婬」である。『雨月物語』では、魔性の女が袈裟をかぶせられて力を失い、蛇となって捕らえられ埋められる。以後世に出ることを法力によって禁じられ、蛇塚が今も残るという終わり方になっており、本作によく似た先行例といえる。

本作の最後に稲荷の由来が語られているが、江東区牡丹一―六―五には於三稲荷が現存する。敷地内には明治三十年の銘をもつ釜七(本全集八巻二六六頁「釜屋堀の七右衛門……」の注参照)製の天水桶、大正十五年銘の百度石がある。代々この稲荷を古木弁財天とともに守護する前原延介《のぶゆき》氏によれば、次のような経緯が伝わっているという。もと稲荷は現・黒船橋の南たもと(現在地の北西付近)、大名屋敷内にあったもので、ある時期から前原家に任されることとなった。「忍藩」か「伊豆様」の所有だったものを、後に「大河内男爵《(ママ)》」から引き受けた、という話である。江戸切絵図上、場所としては松平伊豆守抱屋敷あたりなので、大河内松平家（のち大河内信古は明治に子爵）が想定される。ただし「忍藩」との名前から越中島で幕府調練場の西隣の松平下総守、あるいは雀の森周辺に抱屋敷を持った松平阿波守（蜂須賀家）の可能性もある。

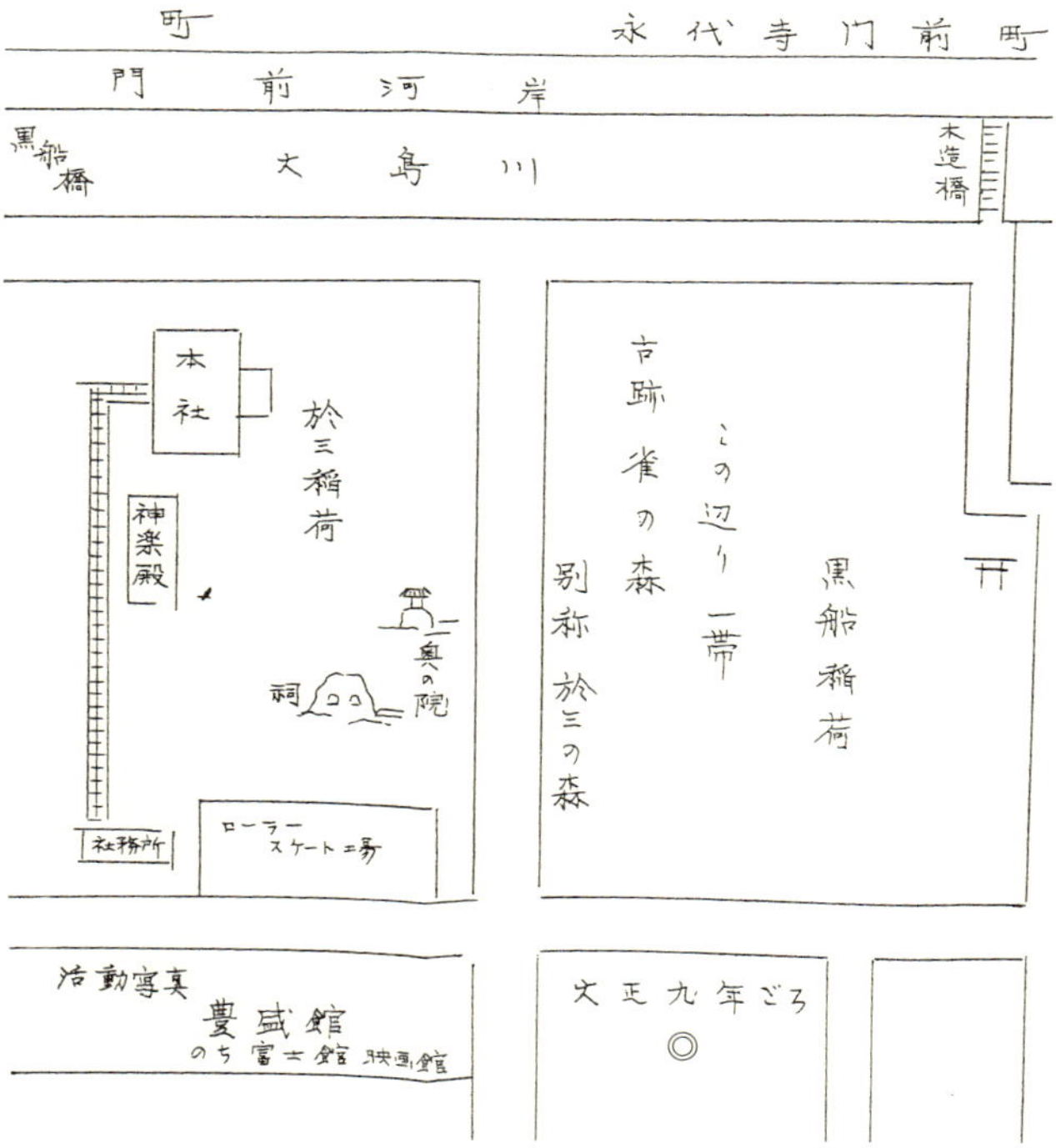

大正9年頃の於三稲荷，旧所在地とその周辺（◎印は現在地）

前原家には大正九年頃の略図（上図参照）が残っており、旧在所が大島川に面し、雀の森と黒船稲荷の西側に位置することを示している。関東大震災で焼失した後、そこから稲荷が現在の場所（前原家の敷地内）に移った時期については、前原家に「昭和三年　於三神社／弁天社　移転帳」（社の移転後その周囲に造園した過程の、古石場一番組鳶頭による記録）が残っており、遅くともこの頃までのことと考えられる。前原氏によれば当時は借地で、おそらく戦後になって祖父が「大河内」氏から土地を購入したらしい。

東京市区調査会『東京市及接続郡部地籍台帳』（明治四十五年）および『東京市及接続郡部地籍地図』（大正元年）を見ると、当時の

「古石場町二ノ一」(土地所有者は大河内正敏。なお当地は昭和六年に牡丹町に編入)の区画の、すぐ北側に「稲荷社」が記され、区画の南側には「常設活動豊盛館」が記されている。この位置関係は前原家所蔵の略図とほぼ一致しており、また「稲荷社」が黒船橋の南詰め付近にあったことがわかる(なお大正二年『深川区全図』では同じ「イナリ」の所在地番は「(古石場町)五」とされている)。他方、関東大震災による区画整理を経た昭和九年の『東京市深川区地籍台帳』『東京市深川区地籍図　土地台帳共』(内山模型製図社)を見ると、「於三稲荷」は以前の場所から五〇メートルほど東南の牡丹町一丁目「八ノ一」(土地所有者は大河内正敏氏)すなわち現在地に移転している。前原氏の談話の内容は、おおよそ資料的に裏付けられるといえよう。大河内正敏(一八七八―一九五二)は、機械工学者・実業家。東大教授となり、火砲構造理論・砲架構造理論および砲外弾道学を講義。理化学研究所長に就任し、理研コンツェルンの建設と運営に尽力。戦後は戦犯容疑で巣鴨拘置所に収容され、公職追放となった。

本作末尾には「語音の同じな処から、後にはお産の神様のやうに間違へて了つた」とあり、実際にも安産祈願がなされるようだが、この稲荷について矢田挿雲『江戸から東京へ』は、安産の神よりは「男の浮気止めの方に卓効があったらしい」と述べる。前原氏の談も同様で、昔は夫婦円満や浮気封じ、漁師が豊漁を願うための参拝も多かったという。

残念ながら本作に先行する時代の由来や伝承等古い時代の於三稲荷について、文献資料では明らかになっていない。まことに謎の多い作品である。だが、それだからこそ、先入観にとらわれずに読まれるべき作品といえよう。

（佐藤至子）

心中時雨傘

〔初出・底本〕大正二年に日本書院から刊行された単行本『円朝人情噺』に収録。本書ではその岩波書店所蔵本を底本とした。底本の体裁は後記「闇夜の梅」〔諸本〕の項参照。

底本とした単行本は円朝没後の刊行である。『闇夜の梅』がそうであるように単行本収録以前に別の媒体に発表されていた可能性もあるが、確認できていない。

〔諸本〕春陽堂版『円朝全集』第六巻（一九二七年）、角川書店版『三遊亭円朝全集』第七巻（一九七五年）に収録。

〔梗概〕根津権現の門前にどっこい屋の店を出しているお初は、深夜、老母の待つ下谷稲荷町の家に帰る途中で三人の悪漢にからまれる。近所に住む形付職の金三郎がこれを助けるが、過って一人を殺してしまう。金三郎は自首を覚悟するが、お初は恩を感じ、金三郎と生涯をともにしたいと言い出す。翌日、お初は悪漢殺しを疑われ、岡っ引きに連行される。驚いた金五郎は大家の勘兵衛にわけを話し、自ら町奉行に名乗り出る。取り調べの結果、殺された泥坊仙太は前科者で、仲間の二人がお初に罪を着せたものと判明し、お初と金三郎は許されて家に戻る。

二人は祝言を終え、お初の母とともに睦まじく暮らす。翌年十一月の酉の市の日、大家の依頼で熊手の店を出した二人は売れゆきに気分を良くして帰路に就くが、稲荷町の家が火事に見舞われ、金三郎は体を張ってお初の母を助け出す。家は全焼し、一家は山伏町に引き移るが、金三郎は火事の際に痛めた右腕が不自由になり、寝込んでしまう。一家はお初のどっこい屋の稼ぎで細々と暮らす。そのうちに老母が病みつき、看病するお初に代わって金三郎が利かない体でどっこい屋の商売に出る。

老母の没後、金三郎は古傷の痛みから働くこともままならなくなり、自分がお初を不幸な目にあわせているという呵責の念に耐えかね、鼠取りの薬を購入して死のうとする。お初は金三郎の心情を察し、金三郎が死んだら自分も生きる甲斐はないと考え、ともに死ぬことを決意する。二人は花見寺にある老母の墓に詣でた後、諏訪神社の森で、書置きを残して心中する。

〔成立〕本作は大きく分けて、お初と金三郎の出会いから無実の罪が晴れるまで、酉の市の繁盛から一家が火事で焼け出されるまで、金三郎の怪我から夫婦心中にいたるまでの三つの部分からなる。前半で男女が結ばれ、後半は一転して悲劇的展開となる構成は、例えば落語『宮戸川』などにも見られるものである(現行の口演では前半のみで切ることが多いが、お花殺しの筋を含む『宮戸川』は三代目春風亭柳枝の口演が『百花園』三巻三十八―四十号〈明治二十三年十一月二十日―十二月二十日〉に掲載されている。『口演速記明治大正落語集成』一巻、講談社、一九八〇年)。

春陽堂版『円朝全集』では本作を円朝作ではないと推察しているが、特に根拠は示されていない。すなわち同全集六巻の本作扉裏に「円朝のものとして公にされて居りますが、これは門人の口演か、他人が筆を加へたものかであるやうに思はれます」とあり、十三巻の「口絵及各篇解説」に「円朝口演として出版されて居るものではありますが、円朝の口演のまゝでない事は明かで、円朝の作かどうかも明瞭でありません。例の偽作屋が偽作して濫りに円朝の名を附したものであらうと思はれます。「怪談阿三の森」と同一の人の手に成つたものであることは疑ひを容れません」とある。その『怪談阿三の森』については、内容が『怪談牡丹燈籠』の一部と酷似することを指摘して「円朝はそれ程の愚物ではありますまい」とし、「按ふに円朝の弟子の中の極めて智慧のない人の作つて口演したものか、或は芸術的良心のない例の講談本偽作屋の小細工であらうと思はれます」としている(同「口絵及各篇解説」)。

なお、同全集では『闇夜の梅』と『因果塚の由来』(『離魂病』。本全集十一巻参照)についても別人が口演ないし記述したものとみているが、円朝の噺に基づく作であることは認めており、その点で本作および『怪談阿三の森』とは扱いが異なる。『闇夜の梅』については「円朝がもと「穴釣三次」と云つて高座で演じてゐた話を、円朝の歿後弟子の誰かが口演したか、或は何人かゞ書いたかして円朝の名で公にしたものと思はれます。(略)兎に角円朝の話の筆記が無い為め、已むを得ず参考として編入したので」とあり、『因果塚の由来』については「円朝の「因果塚」を、例の偽作屋が勝手に小細工をして、円朝歿後円朝の名で出版したものと思はれます。「離魂病」と云ふのも無論この人達の細工でありませう」とある(同「口絵及各篇解説」)。

本作を含むこれら四作について、このように別人により口演ないし記述されたものと推察された理由は定かでないが、これら四作の共通点として、単行本収録が円朝没後になされたことを挙げることができる。春陽堂版全集は基本的に単行本を底本としていると思われ、これら四作は円朝生前の単行本が見つからなかったために、本文の成立に関しても疑念が持たれたのではなかろうか。

だが、『離魂病』と『闇夜の梅』は円朝生前の口演速記が存在し(本全集十一巻・十二巻後記参照)、また、『怪談牡丹燈籠』と『怪談阿三の森』のような類似関係は例えば『松と藤芸妓の替紋』と『雨後の残月』の間にも認めることができる。既存作との類似のみを理由に『怪談阿三の森』を円朝作でないとすることは妥当ではない。

とは言え、『怪談阿三の森』と本作については円朝作と決定づける根拠が示せないことも事実である。例えば本作においてお初が金三郎にいきなり求婚し、老母がそれを後押しするくだりで「初めてお目に掛つて此様《こんな》ことをいふのも、矢つ張り何かの約束、因縁でございませう」と「因縁」を強調する点など、それまでの円朝作品に通じるものであり、それを根拠に円朝の作とみなすこともできそうだが、別人が円朝を模倣してこの語を持ち出したとみることも可能である。

また、本作には『東都歳事記』を参照したと思われる箇所が複数あり、特に根津権現に関する部分と酉の市に関する部分は比較的長文に及んでいる。『東都歳事記』の文章を自家薬籠中のものとして口演した結果か、あるいはこの書を参照しながら引き写した結果なのか、判然としないが、円朝の作に『江戸名所図会』を参照したもの(『怪談乳房榎』など)があることを考えると、このように地誌を参照・引用することはむしろ円朝らしい作風と言えるのかもしれない。

ともあれ、本作が円朝口演と銘打ち、円朝の名を冠した単行本に収められたということは、真の作者が誰であるかという問題とは別に、単行本刊行当時はこれを円朝作と称して違和感がなかったということを意味していよう。いわゆる円朝らしさとは何かを考える上で、この点は注意しておくべきである。

なお『五代目古今亭志ん生全集』八巻(弘文出版、一九九二年)の作品解説に、五代目三遊亭円楽が『助六伝』(『江戸桜心灯』)の構想を練っていた昭和五十年代半ば頃に東横落語会で『心中時雨傘』を演じ、「ちょうど『助六伝』の噺が『心中時雨傘』に似ているので、お客さんの反応を見たくて演ってみたんだ」と述べたとある。二作を比較すると、主人公の自害で噺が終わる点など共通点も認められるが、登場人物や筋立ては全く異なり、改作や換骨奪胎といった関係にはないことを付記しておく。

円朝全集　第十二巻　（第12回配本／全13巻＋別巻2）

二〇一五年二月二六日　第一刷発行

校注者　今岡謙太郎《いまおかけんたろう》　延広真治《のぶひろしんじ》　山本和明《やまもとかずあき》
佐《さ》藤《とう》かつら　横山泰子《よこやまやすこ》　佐《さ》藤至子《とうゆきこ》

発行者　岡本　厚

発行所　株式会社　岩波書店
〒101-8002　東京都千代田区一ツ橋二-五-五
電話案内　〇三-五二一〇-四〇〇〇
http://www.iwanami.co.jp/

印刷・法令印刷　函印刷・精興社
製本・牧製本　製函・加藤製函所

ISBN 978-4-00-092752-9　Printed in Japan